蒋光慈全集

第壹卷

方铭 / 马德俊 主编

合肥工业大学出版社

图书在版编目（CIP）数据

蒋光慈全集/蒋光慈著；方铭，马德俊主编．—合肥：合肥工业大学出版社，2017.5

ISBN 978-7-5650-3352-0

Ⅰ.①蒋…　Ⅱ.①蒋…②方…③马…　Ⅲ.①中国文学—现代文学—作品综合集　Ⅳ.①I216.2

中国版本图书馆 CIP 数据核字（2017）第 099572 号

蒋光慈全集（第一卷）

方　铭　马德俊　主编

出版策划　朱移山　冷桥勋

责任编辑　张　慧　权　怡

出　版	合肥工业大学出版社	版　次	2017 年 5 月第 1 版
地　址	合肥市屯溪路 193 号	印　次	2017 年 9 月第 1 次印刷
邮　编	230009	开　本	710 毫米×1000 毫米　1/16
电　话	总　编　室：0551-62903038	总印张	103.25
	市场营销部：0551-62903198	总字数	1658 千字
网　址	www.hfutpress.com.cn	印　刷	安徽联众印刷有限公司
E-mail	hfutpress@163.com	发　行	全国新华书店

ISBN 978-7-5650-3352-0　　总定价：298.00 元（全 6 册）

一寸山河一寸血，一抔热土一抔魂。回想过去的烽火岁月，金寨人民以大无畏的牺牲精神，为中国革命事业建立了彪炳史册的功勋，我们要沿着革命前辈的足迹继续前行，把红色江山世世代代传下去。

——习近平总书记2016年4月22日瞻仰金寨县革命烈士博物馆留言

胡耀邦在学生时代，读了蒋光慈写的《少年漂泊者》，便想“书里的人晓得漂泊，我为什么不可以革命！”于是，胡耀邦便毅然离家，走上了革命的道路。（参见《胡耀邦传》，人民出版社）

习仲勋曾多次对自己的孩子说过，当时认识到社会这么黑暗，旧的剥削制度要推翻，主要就是受《少年漂泊者》影响极深。（参见《习仲勋传》，中央文献出版社）

《少年漂泊者》出版后在全国引起非同一般的反响，许多读者给蒋光慈写信，称该作品为指路明灯，给在黑暗中摸索的青年指明了方向。陶铸说：“我就是怀揣着《少年漂泊者》去参加革命队伍的。”（参见《陶铸传》，中共党史出版社）

——邓小平题字“金寨县革命烈士博物馆”蒋光慈展厅说明词

蒋光慈像

蒋光慈全集

编　委　会

《蒋光慈全集》出版说明

蒋光慈被誉为中国无产阶级革命文学的“开山祖”和第一人。1957年政府追认他为革命烈士。今天，我们阅读蒋光慈的作品，仍然可以从中感受到他当年那股强烈的革命情绪。在中国革命的暴风雨来临之际，蒋光慈犹如领衔的海燕，掠过乌云迷漫的天空，高唱出战斗的曲调。他用激情把革命的主题和艺术规律结合起来，在中国现代文学界独树一帜。在上个世纪二三十年代中国文坛，他是和鲁迅、茅盾、郭沫若比肩而立的作家。几乎所有中国新文学史包括外国人撰写的中国新文学史或小说史，都以专章专节或以相当篇幅将他列为重要作家论述。

1917年是中国新文学的肇始之年；2019年我们将迎来五四新文化运动100周年。作为五四新文化运动催生的著名作家蒋光慈全集的出版，应该是中国现代文学界的一件盛事。

本次出版的《蒋光慈全集》共6卷。第一卷收录诗集《新梦》《哀中国》《乡情集》，东京养病日记《异邦与异国》，与因病去世的妻子若瑜书信集《纪念碑》；第二卷收录中篇小说《少年漂泊者》《短裤党》《野祭》《菊芬》，短篇小说集《鸭绿江上》；第三卷收录中篇小说《最后的微笑》《丽莎的哀怨》《冲出云围的月亮》；第四卷收录长篇小说《咆哮了的土地》；第五卷收录俄文翻译作品，包括：理论译作，长篇小说《爱的分野》《一周间》，短篇小说集《冬天的春笑》；第六卷收录理论著作、集外诗文以及蒋光慈生平著译年表等。

《蒋光慈全集》是第一次出版。本次出版，我们对原作中一些明显错讹作了修正，对个别字词按今天规范作了更改。

由于主客观条件限制，还有极少部分作者作品此次未能收入；已收入的作品也可能存在遗憾，祈请读者批评指正。

编　　者

目录

新　梦

這本小小的詩
集貢獻於東方
的革命青年

光赤

《新梦》诗集序

《新梦》作者光赤，是我数年前一个共学的朋友。那时，他是一个无政府主义者。后来，他留学苏俄共和国，受了赤光的洗礼，竟变成红旗下一个热勃勃的马克思主义的信徒①。他本富于情感，于研究社会科学之暇，高歌革命，没有三年，新诗已裒然成帙。我劝他把她发表，他居然允许了；现在出版有日，特把我劝他发表这本诗集的意思，略对读者，表明一下，做个引子。

魔鬼已把黑暗之网，密布在我们的上下四方！昏昏的迷雾中，现出一个妖精，红布缠头，胸前挂着诺贝尔法宝，左边两个玄学鬼，好像是"大成至圣"和"太上老君"；右边两个玄学鬼，好像是"阿弥陀佛"和"我主上帝"。只见中央那个妖精口中念念有词的道：

你的清晨则正在东方的，忍耐的黑暗之后等着，乳白而且静寂。

又道：

让你的冠冕是谦虚的，你的自由是灵魂的自由。

又道：

天天建筑上帝的座位，在你的贫穷的广漠的赤土上，而且要知道庞巨的东西并不是伟大的，骄傲的东西并不是永久的。

又道：

直至非圣洁的宴会中，天上突然落下武器，贯穿了他的粗大的心胸。

第一节是说，我们东方的文明是忍耐，在黑暗中的忍耐；也就是说，我

---

① 一九二九年《战鼓》本将"竟变成红旗下一个热勃勃的马克思主义的信徒"改作"思想为之一变"。——编者

们的国家被人灭亡（如印度）了，人类的生存权没有了，甚至田儿被人霸，马儿被人跨，妻儿被人压，大家要忍耐着，不要反抗，这是东方的文明呀！

第二节是说亡国的人们（如印度人），或尽先即补的亡国奴们（如中国人）要对那些灭亡你们的仇人谦虚，你们的国儿虽说灭亡了，田儿被人霸了，马儿被人跨了，妻儿被人压了，那些物质文明失掉了，算不得什么；你们可以寻你们的自由灵魂！

第三节是说你们不要羡慕那高楼大厦，也不要羡慕那满坑满谷，上帝是不跟着他的。而且那种庞巨的洋房，是没有你们这毛草棚子伟大的，他们那用科学方法弄得满坑满谷的田地，是没有你们的贫穷的广漠的赤土永久的。

第四节是说，你们纵然是相信我的话，纵然是恨那些灭亡你们国家的敌人，也千万的忍耐着，“善恶到头终有报，只争来早与来迟”，必有一日“天上突然落下武器”，把那些人类的魔鬼如劳合乔治、克拉孟梭、潘加雷等等加了冥诛！这种主张，不是别人的，就是现在一班玄学鬼和复辟党当作老佛爷欢迎的印度诗人名叫太戈尔的。唉！“商女不知亡国恨，隔江犹唱后庭花！”这种恬不知耻的亡国诗奴，只有把他填到茅厕里去！青年的朋友们，可怜的劳动兄弟们，一切被压的人们！且听我唱句儿别的调子罢：

横着欧亚的中间，
我站在乌拉山的最高峰上。
看啊！那不是太平洋么？
那阴惨惨地——水的气，
　　　　　　雾的瘴，
　　　　　　煤的烟，
隐隐跃跃现着的，那不是
美利坚假人道的旗帜的招展，
英吉利资本主义战舰的往来，
日本帝国主义魔王的狂荡？
那无数的人们，——
被那魔王战舰打下波浪的人们，
一撞，一撞，——张皇地撞，
只是怎么撞得起！
那里是救生的轮船？
那里是望得见的边际？

听啊！
那波浪轰轰
助那战鼓冬冬地响！
是厮杀声？
　痛哭声？
　喊叫声？

——《太平洋中的恶象》

大家一定战栗失色了；一定会说：可怕呀！我们学太先生说的那样忍耐着罢！但是不要害怕，且听我唱来：

仔细地听啊！
“远东被压迫的人们起来罢，
我们拯救自己命运的悲哀，
快啊，快啊，……革命！”

——同上

混蛋的、苟活的中国人，他们眯着睡眼，只知道得过且过，任你痛哭流涕，慷慨悲歌，叫得怎样利害，说得怎样危险，他总是缩头缩尾，任人宰割；忽然听见有人说道“忍耐”“灵魂的自由”“建筑上帝的座位在你的贫穷的广漠的赤土上”和“天上突然落下武器”等等鬼话，便像得了“安身立命”的道理似的，从此更有所借口了！少年的中国人，绝不在黑暗之后忍耐，绝不对那些欺压我们的谦虚，绝不让我们的庄严的国土，受强者蹂躏，绝不妄想“天上突然落下武器”的报应，我们要自己前进！我们要鼓动革命！这是我劝光赤同志发表他的《新梦》集的第一种意思。

现在流行的新诗人，他们的脑子是资产阶级的出产品，又多是美国奸商的文学家的高足弟子，他们的作品，十有八九都带着铜臭！绝没有替无产阶级“打抱不平”的。光赤同志的《新梦》，却处处代表无产阶级大胆的、赤裸裸的攻击资本主义的罪恶。《劳工歌》里说道①：

谁个给大家的饭吃，给大家的酒醉？
谁个终日劳动着不息？
谁个拿着犁儿犁地？

① 《战鼓》本作“他所译的《劳工歌》里说道”。——编者

谁个拿着锄儿挖煤？
谁个给一些老爷们的衣穿，
自己反露着脚儿，赤着身体？

这些都是我们的劳动兄弟！
我们硬被迫着负着重担，
我们硬被迫着闭着眼睛，
我们硬被拉着走向坟墓去！

谁个天天困在劳苦的工作里，
消磨自己的生活；
终日在汗里作工，血里作工，
总都是为着别个？
太阳的热光晒在谁人的身上？
谁个连点法律、自由都得不着？

这些都是我们的劳动兄弟！
我们的命运——奴隶的压迫，
我们硬被迫着闭着眼睛，
任着懒惰人们的打击！

一般没骨气的人，和小资产阶级处在这种环境里，自然是投降了掠夺阶级（资产阶级），或是也拿那老而不死的太戈尔的鬼话，“在东方忍耐的黑暗之后等着”，“天上突然落下武器贯穿他那粗大的心胸”，来做无可奈何的慰藉，或“催眠剂”。哼！真正的无产阶级绝不如是，且听我唱来：

睁开眼儿罢，劳动兄弟！
把无意识的压迫抛尽，
把黑夜的沉阴宣开，
排着队伍——勇敢地前进！

我们要得着优美的部分，
在这生活的宴会里；
并且得着光明的、意志的自由，

行一个健康的得胜礼！
我们好好锻炼我们犁儿、剑儿，
好同那新的生活过日子！

——《劳工歌》

所以我们绝不姑息，绝不苟安，绝不和帝国主义、资本主义妥协，一定要征服压迫和剥夺我们的人，一定要享用我们应享受的幸福，中国现代青年的诗人里具有这种态度的，光赤同志要算“首屈一指”，这是我劝他发表他的《新梦》集的第二种意思。

现在国内青年界流行的一种文艺，不是“甜哥哥”“蜜姐姐”的“我爱”“你爱”的闹个不休，便是什么“婚姻自由”“婚姻痛苦”“自由恋爱”的连篇累牍。从中国社会的腐败制度上说起来，这种现象，不能不说是一种解放的运动；然而我们国步沧胥，种且不保，人人，尤其是自诩爱国的青年，应当把“男女的爱”，扩充到国家社会，扩充到全体被压迫的阶级；或是以男女的爱情做那为人类牺牲的精神的调和和最后的安慰，如《夜未央》剧中的主人翁华西礼。这一层光赤同志也曾顾到，他在那《与一个理想的她》一首里歌道：

当我疲倦于革命的歌吟时，
我要饮温情的绿酒，
我爱！你替我斟注啊！
当我沉闷于人生的烦劳时，
我要听芳琴的细奏，
我爱！你给我低弹啊！
饮了绿酒，
听了细奏（最好用芳琴），
我又不得不高唱人生
在那革命的怒潮中飞舞。

我爱！你静听啊！
你听了我俩的心房内，
跳弹着什么人生的音节？——
世界上没有什么比雪还白，

世界上没有什么比我们的爱情还洁；
我们的结盟永不破裂，
我们生命的流（宜作源）泉永不干竭。

这种爱情是一种什么意义？革命的青年啊！革命的劳动者啊！单纯的个人恋爱，时候还早着哩！我们要把我们的温柔的情感供献给受苦难的群众呀！我们要在群众的血、群众的泪中，表现我们高尚的爱情呀！我很相信光赤的这一首诗一定可以给青年的革命者一个人生的指示。可以说是：

革命的爱情，爱情的革命！

这是我劝光赤同志发表他的《新梦》集的第三种意思。

然而“革命”“革命”，究竟我们的理想社会是什么样儿，若是没有具体的表示，还是盲目的行动罢了！光赤同志却已经把她描写出来，读者诸君，且听我歌来：

男的，女的，老的，幼的，没有贵贱；
我，你，他，我们，你们，他们，打成一片；
什么悲哀哪，怨恨哪，斗争哪……
在此邦连点影儿也不见。

也没都市，也没乡村，都是花园，
人们群住在广大美丽的自然间。
要听音乐罢，这工作房外便是音乐馆；
要去歌舞罢，那住室前面便是演剧院。

鸟儿喧喧，赞美春光的灿烂，
一声声引得我的心魂入迷。
这些人们真是幸福而有趣啊！
他们时时同鸟儿合唱着幽妙曲。

——《昨夜里梦入天国》

这便是共产主义完满成功时的极乐国。读了这首诗，一般人对于共产主义的误解，或视之为洪水猛兽或强盗世界的怀疑和恐惧，皆可涣然冰释，这是我劝光赤同志发表他的《新梦》集的第四种意思。

然而我们的理想社会，不是像柏拉图的“共和国”那样不伦不类的理想，也不是像《列子》书中“华胥国”、《镜花缘》中的“君子国”那样空想；我们是以无产阶级的革命势力，推翻旧来的资产阶级的社会组织，建立一个共劳共享的共产社会，是一步一步可以达到的，是有方法的。我们的第一步方法怎样？光赤同志道：

伟大的人啊！
你穿着红的衣，黑的衣，
暴动起来，
好一似翻天覆地；
那数千年的执权者，
逃跑了，逃跑了，
不能抵御。
啊！暴动！
你永远的光明，
永远的自由，
永远的新鲜，
好一似那深山流瀑的清水。

——《暴动》

他更热烈地歌道：

弹一弹，
野火的流光，
好一似那飞跑的、伟大的琴弦；
在那血流的烟雾中，
追随那群众的高呼狂喊：
打毁那宫殿的柱石
和那装饰品的美术馆。
恐怖遍布了，
放出自己强烈的呼声。
“帮助奴隶啊！
反对强盗，皇帝，富人，
反对一切压迫人的人们，

帮助一切被人压迫的人们!”

又接继着道:

让那书在灰堆中燃烧着,
让那十字塔的宝石
碎成片片
好做成一些新工具。
让那人们为着群众的自由,
捐弃了生命,
在那牢狱内,枪头上,
高呼着自由死。
让那在得胜奔放的潮流中,
一些抢掠、野蛮、虚伪……
偷偷地逃去。
让他去!

这是说不但要把资产阶级的社会组织打碎,并且要把一切反革命的文化所寄托的东西——哲学、美术以及传播这种思想的机关——都要消灭,因为:

破坏旧的,新的就昂起了;
打碎锁环,自由就来到了。
抛去那一切旧的,——
不中用的,残忍的,
我们的精神就畅快了。

——《暴动》

这是我劝光赤同志发表他的《新梦》集第六种意思。

还有一层危险,就是革命以后,大家都跑到权利的地位,忘了自己的阶级,像辛亥革命以后的同盟会一样,生活的条件一变动,革命性一消失,共产主义仍是飘浮在云雾中,无从实现,无从巩固。光赤同志在他的《一个从红军退伍归农的兵士》那首诗内说道:

放下枪头,
拿起锄头;
从枪头上夺得了自由,

从锄头上要栽培这自由。
啊！自由！自由！
昨日的枪头，
今日的锄头。

在这一节里，有几个重要的意义：（一）我们的革命要以农人根本觉悟做柱石的；（二）这种革命，不但要战争胜利，还要农业生产丰富，才可以永保胜利；（三）这种革命，只是无产阶级争自由，不是做官、发财，营求个人优越地位的勾当，所以"放下枪头，拿起锄头"，实夺取政权、压服反革命以后一个唯一的口号。中国一般烂污军人，有句惯用的口调，叫做"解甲归农"，这才真是"解甲归农"咧！但是前者是消极的，后者是积极的；前者是功成身退，或有不得已的意思，还是封建时代的旧伦理的观念；后者是无论枪头锄头，要其志在达到共产社会的完成。这是我劝光赤同志发表他的《新梦》集的第七种意思。

以上所说仅就光赤同志的《新梦》集的思想和情感方面立论。她的思想，是一个整个的无产阶级革命的思想，有积极反抗精神的革命思想；她的情感是太阳般的热烈的义侠的，代表无产阶级的呼声的情感。只有这种思想，才可以扫荡中国青年委靡不振的苟偷心理，把衰弱的中华民族，从国际帝国主义的压迫下面，举起他的头来；只有这种情感，才可以鼓荡那困苦无告的无产阶级的勇气，从国外资本主义、国内蛮横军阀的重围中杀出！

至于他的艺术如何，我不愿意讨论；我觉得一个人的作品，能用他的思想、情感，引起人的同情，使读者感发兴起，这便是高尚的艺术。不过集内也有描写的地方，我觉得不大自然的，如《梦中的疑境》说：

小孩子笑着，拉着我努力地走。
他说，"朋友，还想退后么？
我们走过的路已经变成了
　　　　险绝的崖壁，
　　　　颓废的荒丘。
我们未走过的路，那里还是
　　　　鲜艳的红花，
　　　　娇滴的绿柳。
朋友！前进啊，……走！"

“你应当时常快乐，
同我们小孩子的心情一样；
你更不应当退后，
因为退后是老年人的思想。
将来的都是幸福，
过去的都是失望！”

照思想方面说来，实在不错，不过这样宣教师的口气，却从一个小孩子嘴里说出，就艺术方面看来，不能不说是失败。全集中类似这样的还有，读者当能细细地寻出。在这一点上，我实在佩服太戈尔，他那首《恶邮差》的诗，用着小孩子的口气、神态，从反面写出他母亲胸中无限的情思，真是“栩栩生动”“耐人寻味”！但是光赤的《梦中的疑境》那首诗，是前两年的作品，试看他今年的诗就不同了。《十月革命的婴儿》一首诗里说道：

有的问：你们中国也有皮昂涅儿么？
有的问：你们中国还有发财的？
有的说：我们要组织皮昂涅儿的国际会；
有的说：请你回到中国的时候，
　　　　也组织皮昂涅儿的队伍像我们一样的。

这样写法，便很自然了。唉！光赤是一个热烈的青年，诗人！我拿太戈尔和他相提并论，无论照那方面说，都是比拟不伦。他绝不愿，且羞耻的去学太戈尔！他绝不愿像太戈尔那样看着几万万印度同胞，受着英人的践踏，还拿那些“忍耐”“精神自由”“欧人已在我们面前求救”的鬼话来“站在左边帮右衬”，替英人努力地消灭印度人的革命怒潮！现在又不害臊的跑到中国来了！这个老而不死的货！我愿《新梦》集出版，能以杀却一些那老货所撒的恶种！我更愿光赤越发努力，成就一个完全的：

革命的诗人，
人类的歌童！

——《自题小照》

高语罕

于德国佛兰克佛

1924，6，22

自　　序

这一本小册子是我留俄三年中的诗集。从前我在国内时，也曾作了许多诗歌，但是随作随丢，现在无从收集。这一本小册子完全没有插入一首去国前的作品。

“诗人”这个名词本身上原没有什么好坏之可言。我以为诗人之伟大与否，以其如何表现人生及对于人类的同情心之如何而定。我们读歌德、拜轮、海涅、惠德曼诸诗人的作品，总觉得他们有无限的伟大；但是一读苏东坡、袁子才诸诗人的作品，则除去吟风弄月和醇酒妇人而外，便没有什么伟大的感觉了。

我呢？我的年龄还轻，我的作品当然幼稚。但是我生适值革命怒潮浩荡之时，一点心灵早燃烧着无涯际的红火。我愿勉力为东亚革命的歌者！

俄国诗人布洛克说：

用你的全身，全心，全意识——静听革命啊！

我说：

用你的全身，全心，全意识——高歌革命啊！

蒋光赤

1924 年 3 月 1 日于莫斯科

红　　笑

艰难的路程已经走了，
危险的关头已经过了；
一大些白祸的恐慌，
现在都变成红色的巧笑了！

那里是日本海水的波荡？
那里是海参崴的炮声响？
我且登乌拉山的岭头——
无边无际地狂望①。

贝加尔湖的碧滴滴的清水
洗净了我的心脏；
贝加尔湖的山洞，
我一个一个穿过了——
都寻着了光亮。

那里是太平洋么？
那么样地乌烟瘴气！

① 1929 年《战鼓》本作“眺望”。——编者

那不是莫斯科么?
多少年梦见的情人!
我快要同你怀抱哩!

1921，7，4，于乌拉岭

十月革命纪念

看啊！这座自由神降生的纪念碑
庄严地冲入云霄里！
红旗飘扬，
红光闪烁，
这是自由神放射的爱光——不是？

听啊！这鼓乐喧天，
万人声里：
劳工神圣，
资本家消灭，
自由神万岁！

10 月 25 日

无穷的路

靖华买了一张托尔斯泰的相片，相片的情景：托尔斯泰——老年时代——负一包袋，持杖行于茫无涯际的路中。相片之上面题“无穷之路”四字。我看了之后，发生无穷的感想。

一步，两步，三步，
一步，两步，三步，
已经走了许多了，
看啊！这茫茫无穷的路！

走了一步，看看步后的路，
走了一步，看看步前的路；
啊！步后的路印了生命的痕迹，
步前的路还不知道怎样呢！

看得着的——天边，
走不尽的——路程，
我本愿意中止啊，
生命却逼着我前进！

渡得过的——海洋，
走不尽的——路程；
我本愿意中止啊，
生命却逼着我前进！

12 月 26 日

我应当怎样呢？

哎哟，哎哟……
我的生命的主宰呀，
我的上帝！
我应当怎样呢？

上帝，我不退后啊，
我要往地狱里去！
兄弟们喊着悲惨的声音，
我怎能忍心静听呢？
去啊，去啊！
我一定要安慰他们去！

哎哟，哎哟……
我的生命的主宰呀，
我的上帝！
快来引导我的灵魂罢，
你看看这前面的仇敌！

泪呀，泪呀，狂涌的泪呀！
你把我涌得昏了，
你把我涌到什么地方去？
——涌到太平洋的深底？
　　涌到地球外的空间里？
泪呀，泪呀，狂涌的泪呀！

你索性把我冲得碎碎地！

啊！这些可怜的兄弟们，
还正在喊着悲声呢！
我忍着心儿不听罢，
我应当怎样呢？

1922. 2. 5

劳工歌（译诗）

谁个给大家的饭吃，给大家的酒醉？
谁个终日劳动着不息？
谁个拿着犁儿犁地？
谁个拿着锄儿挖煤？
谁个给一些老爷们的衣穿，
自己反露着脚儿，赤着身体？

这些都是我们的劳动兄弟！
我们硬被迫着负着一担[①]，
我们硬被迫着闭着眼睛，
我们硬被拉着走向坟墓去！

* * *

谁个天天困在劳苦的工作里，
消磨自己的生活；
终日在汗里作工，血里作工，
总都是为着别个？
太阳的热光晒在谁人的身上？
谁个连点法律、自由都得不着？

这些都是我们的劳动兄弟！
我们的命运——奴隶的压迫，

---

① 三版本作“重担”。——编者

我们硬被迫着闭着眼睛，
任着懒惰人们的打击！

* * *

谁个这样柔顺地
忍受长时期的暴虐？
并且为着俄国“查里”① 的残杀，
谁个的血如水也般地流啊！
谁个替自己造了铁锁？
谁个将自己儿捆束？

睁开眼儿罢，劳动兄弟！
把无意识的压迫抛尽，
把黑夜的沉阴宣开，
排着队伍——勇敢地前进！

* * *

我们要得着优美的部分
在这生活的宴会里；
并且得着光阴的、意志的自由，
行一个健康的得胜礼！
我们好好锻炼我们的犁儿、剑儿，
好同那新的生活过日子！

起来罢，劳动兄弟！
看啊！——红霞升了，
宣开黑夜的沉阴，——
这——光明的白昼来了！

* * *

我们拿着自己的标帜——
自由的红旗！
他照耀，如火焰一般，

① 俄人称皇帝为查里。——三版原注。

震骇他的仇敌。
早晨鲜红的霞光，
这个标帜——恐怖啊，为着“查里”！
前进啊，劳动兄弟！
把“查里”的压迫抛尽！
我们的眼睛放开了，
前进，前进，前进！

2 月 19 日译

梦中的疑境

从那边走来了一个小孩子，
——真正地可爱啊！——
笑嘻嘻地同我行个握手礼。
他说，“朋友，你怎这般不快呢？
现在春天到了，
我同你一块儿玩耍去。”

我心里有点怀疑，
但是我还同小孩子一块儿走。
一步，两步，三步，
一步，两步，三步，……
“我倦了，
　　小朋友！”

小孩子笑着，拉着我努力地走。
他说，“朋友，还想退后么？
我们走过的路已经变成了
　　　险绝的崖壁，
　　　颓废的荒丘；
我们未走过的路，那里还是
　　　鲜艳的红花，
　　　娇滴的绿柳。
朋友！前进啊……走！”

"你应当时常快乐，
同我们小孩子的心情一样；
你更不应当退后，
因为退后是老年人的思想。
将来的都是幸福，
过去的都是失望！"

我亲爱地笑了一声，
同小孩子行了接吻礼。
"小朋友啊！……
我原来认得你！"

2月24日，醒后作

听鞑靼女儿唱歌

听啊！
　　口的芳音？
　　琴的清声？
宇宙神秘的狂舞？
人间生命的歌吟？

伊弹着西洋的琴，
伊唱着鞑靼的歌，
我连一句儿也不懂得，
但是我又何必懂得啊？

这样的芳香，
这样的清声，
仿佛我那一年听着的一样。
但是那一年的伊呢？
我对着今日的伊——
这么这样地痴想。

一缕一缕的
绕着我的灵魂乱晃；
一声一声的
鼓着我的心房响。
啊！今日的伊啊——
那一年伊的征象？

2 月 27 日

太平洋中的恶象

横着欧亚的中间，
我站在乌拉山的最高峰上。
看啊！那不是太平洋么？
那阴惨惨地——水的气，
　　　　　　　雾的瘴，
　　　　　　　煤的烟，
隐隐跃现着的，那不是
美利坚假人道旗帜的招展，
英吉利资本主义战舰的往来，
日本帝国主义魔王的狂荡？
那无数的人们，——
被那魔王战舰打下波浪的人们，
一撞，一撞，——张皇地撞，
只是怎么撞得起！
那里是救生的轮船？
那里是望得见的边际？

听啊！
那波浪轰轰
助那战鼓冬冬地响！
是厮杀声？
　痛哭声？
　喊叫声？
仔细地听啊！

“远东被压迫的人们起来罢，
我们拯救自己命运的悲哀，
快啊，快啊，……革命！”

一月为远东劳动大会作

复　活　节

耶稣复活了！
耶稣复活了！
我的耶稣呀！
我的耶稣呀！
你真正地复活了么？
你真正地复活了么？

天气这般地清爽！
人们这般地漂亮！
老的，小的，
男的，女的，
一往一来，
一来一往，
涌着，挤着，
拉着，扯着，
满街满园，
成行成队地游逛。
但是这些为着什么呢？
谁个把（耶稣为什么复活）
——想了一想？

这些来来往往的人——
欢喜耶稣复活的人，
也有穷的，也有富的，

也有幸的，也有不幸的。
富的，幸的，——
欢喜上帝赐了福气；
穷的，不幸的，——
可是欢喜上帝赐了痛苦呢？

有钱的也给耶稣敬礼，
贫穷的也给耶稣敬礼，
做恶的也给耶稣敬礼，
受苦的也给耶稣敬礼，
敬礼同是一样啊，
耶稣到底承受谁个的？

看啊！
这教堂中神父的威严，
好像皇帝爷一样！
这壁上的画像——
耶稣赤着脚儿，披着发儿，
向一般破衣烂缕的人们演讲。
这人群的几个黑脸粗手的工人
也画一画十字，念一念经，
诚恳地瞻拜耶稣圣像！

饮酒罢！
这是上帝的血！
吃面包罢，
这是上帝的肉！
我想：——
上帝的肉是爱的结晶，
上帝的血是爱的精液；
人们吃了上帝的肉，
　　饮了上帝的血，
都应该做上帝的好儿子！

普式庚花园里面，
一些小孩子——男的，女的，
围着圈儿玩耍真有趣！
伊们一对一对地歌舞，
我未曾见过这样的孩儿戏！
一个小男孩子唱着：
“姑娘啊！你可爱我呢?”
一个小女孩子和着：
“聪明的孩子啊！我爱你！
我同你是上帝亲爱的！”

我随走随看地逛，
我又这里那旦地想：
“假使耶稣复活了，
他看着现在的世界怎样?
他所教训人们的话，——
牺牲啊！博爱啊！——
那个人曾记在心上?”

上帝的血白给人们饮了！
上帝的肉白给人们吃了！
人们快忏悔罪恶罢，
莫空祝耶稣复活了！

1922年复活节

新　梦

冰雪的寒威去了，
春光带着笑意来了，
草也青了，
花也开了。

过去的迹痕
有哪些值得回忆？
现在的生活
有什么可以悲喜？
将来的路程
还有这般长远呢！

树阴底下的孩子
笑嘻嘻地玩耍；
树枝上的鸟儿
为什么这般欢叫呀？

铁可以算为最坚硬的罢，
但是我比铁还要坚硬些！
花可以算为最温柔的罢，

但是我比花还要温柔些！

鸟儿的歌声
唤醒了我的心迷；
春光灿烂啊！
怎能等闲地抛去？

最令我心醉的
是花儿的巧笑；
最令我悲伤的
是人们的狂暴；
最令我希望的
是前路的红光照。

贝加尔湖的清水
把我的心灵洗净了；
乌拉山的高峰
把我的眼界放宽了；
莫斯科的旗帜
把我的血液染红了。

听啊！
喊叫声？
厮杀声？
波浪声？
风雨声？
哭声里带着笑声，
笑声里带着哭声。

我要卧在光的底下，
眠在花的心里！
守着我的是谁？
司文艺的神女！

我的司文艺的神女
现在温柔地对我巧笑；
我的生命的寄托啊！
为什么从前那般对我烦恼？

河里的水
这般无昼无夜地流；
但是水的生命并没断呀，
海洋是他的归宿。

这地上所生的花草，
也有恶臭的，
也是芳香的；
恶臭的固然要芟刈了，
但是怎能恶及芳香的？

诗的光芒射了，
司文艺的神女笑了，
生命之花开了。

最令我感动的
是痛苦人们的血泪；
司文艺的神女啊，
快来引导我罢！
我要替伊们刷洗！

我的司文艺的神女啊！
你是——
刚烈的，
温柔的；
你也是——
严厉的，

仁慈的。
你是我的生命的寄托啊！
我怎能一刻儿离你？

人们真这般昏聩么？
把血钟撞一撞罢！
这么样轰轰冬冬地响，
大约总可以震醒一点罢！

长江的水啊，
终究流到海洋里；
阴沉的夜啊，
终究是要破晓的！

前路有艰难么？
不怕！
已经走了许多了，
还能退后么？

愁闷起来了么？
哭！
乐意发生了么？
笑！
哭的热泪
广洒在花的根底！
笑的欢声
广掺入风的波里。
但愿风送芳香
吹进了人们的心房深深地！

女儿的琴声，
鸟儿的歌声，
从前勾引我洒了进多热泪；

现在呢?
给了我许多安慰!

谁说诗人的心儿是沉闷的?
谁说诗人的歌声是悲哀的?
假使诗人的心儿是沉闷的,
那么,人间的生命
将长此地沉闷以终死;
假使诗人的歌声是悲哀的,
那么,宇宙的欢欣
又有谁个能为表现呢?

诗人的热泪
是安慰被压迫人们的甘露,
也是刷洗恶暴人们的蜜水。
假使甘露如雨也似地下,
蜜水如长江也似地流,
那么,世界还有什么污秽的痕迹?

历史的钟声
催逼人们前进的双脚;
假使你不半路僵卧了,
终究渡过这生命之河。

谁个给了我的方法?
谁个给了我的目的?
这些都是妄想啊!
除了我,还有谁个呢?

我再不沉闷了,
因为沉闷的海洋没有根底;
我再不失望了,
因为希望的花蕊终究是要吐香的。

我的可爱的朋友，
我的勇敢的兄弟，
也不要灰心，
也不要失意，
只要你一步一步地前走，
幸福终有一日接近你！

希望啊！
美丽的将来！
歌咏啊！
美丽的将来！

司文艺的女神
立在彩云端里：
跪接啊！
伊洒遍了爱的汁水。
司文艺的女神
卧在花的心里：
祈祷啊！
伊赐予了梦的憩蜜。
司文艺的女神
藏在心的房里：
歌咏啊！
伊鼓动了神的爱力。

希望的神
站在那边河岸上招手：
来罢，来罢，
失望的地方不可以久留！

从前的想象
都是错了！

现在的目光
却向将来的地方望了。
听啊！
鸟声喧喧，
好像唱着生命之歌。
我今后的灵魂啊，
永在这春光灿烂的空间里飞跃！

1922 年，劳动节前二日。

接到第一封家信之后

涌啊！钱塘江上的潮；
摇啊！大风前头的柳；
但是总抵不过我思家的情绪——
接到了第一封家信之后！

“为什么去国经年，
不曾给家中一信？
忘了家么？
也应该想一想：
父母念儿的心情！”
这几句伤心的、真情的话语，
真教我客地的游子
不觉得泪下涔涔！

“儿啊！暑假早归来。
许久不见吾儿，
为娘的心情不快。”
去春在家临行的嘱言，
到如今宛然在耳。
但是——母亲啊！
儿今年不得归来，
明年能不能归来？
数万里迢隔云山，
你在家每日倚门西望，

我这里每回东顾而徘徊。

本不愿思家，
但是思家的情绪不能已！
莫斯科初夏方热的时候，
家乡的风景应当如何呢？

6月3日在达齐

西　来　意

读维它所著《赤潮集》，见序文中有西来意三字，不禁生感，爰做此诗，并呈维它。

*　*　*

渡过了千道江河，
爬过了万重山岭；
回头看啊，
那满洲里的白雾苍茫，
那海参崴的炮声紧——紧！
恐吓受得太多了，
更不计及跋涉的艰辛，
饿乡的风雪冷。
维它啊！
俄罗斯好似当年的印度，
你我好似今日的唐僧。

*　*　*

苦啊！苦啊！……
黑夜里四面哭声，
航海的灯塔那里？
奋斗啊！奋斗啊！……
我跳出阴沉，
奔到此红光国里。
寻快乐么？不是！
我愿得到一点真经，
回转家乡做牧师。

不忍听的悲语哀吟，
鼓动了我的心灵不息；
阿弥陀佛！一声去了，
为人类，为社会，
为我的兄弟姊妹，
还问前途有甚危险呢？
啊，维它啊！
是我的——你的？——
西来意，
西来意！

我幼稚的心灵
早受了忧忿激；
我弱小的心肠
早充满了闲闷气。
回想起：廿载过去的光阴
全埋葬在浪漫悲哀的生活里！
哈哈！现在我的心灵活泼了，
时润将来希望的温柔雨；
我的心肠清净了，
且谢谢这赤浪红潮
将我全身的灰尘一洗！
从今儿我更不悲观了——
觉悟到人生的意义是创造的。
从今儿我更高歌狂啸——
为社会，为人类，
为我的兄弟姊妹！

* * *

维它啊！
中土阴沉，
我们负了取经的使命；
将来东方普照的红光，
能不能成为今日取经人的心影？

我们不要中辍啊！
努力罢！——那是我们的荣幸。
我们应当坚信啊！
勇进罢！——前路有自由美丽之神。
维它！维它！
你愿这“西来意”
化成一现的昙花，
还是宇宙波流中的推轮？

7 月 23 日

○○○（译诗）[①]

我的朋友，我的兄弟，疲倦的，痛苦的兄弟，
无论你是谁，都不要灰心丧气：
纵让这不公道和罪恶
完全占领这泪洗的大地；
纵让这神圣的思想被污辱破毁，
和这无辜的血流涌激：——
信仰啊，时机到了，——瓦尔[②]消灭，
爱情终究要回转大地的！
伊也不带着荆冕，也不负着重担，
也不曲着肩儿背着十字架，——
伊来到世界上全仗着自己的神力和荣誉，
持着闪灼命运的光辉在手里。
世界上永没有血泪和仇敌，
没有无十字架的坟墓和可怜的奴隶，
没有惨酷的穷乏，残忍的窘迫，
更没有杀人的刀剑，绞人的柱石。
啊，我的朋友！这是光明的将来，不是幻想，
也不是虚空的一个希望：
看啊：——罪恶已经布得紧了，
阴沉的夜太无光亮！

① 意为“无题”。本书另有二首，亦题作“○○○”。——编者
② 瓦尔（Vaal）是古代多神教的神名。——原注

人间因痛苦而疲倦了，闷塞在血液了，
哀吟于凶暴的竞争之场，——
现在向着爱情的方面走了，
向着伟大的爱情的方面走了，
且沉痛地祈祷啊，睁开眼睛盼望！……

俄国诗人那特孙（Nadson）著
8 月 24 日译于莫斯科

秋日闲忆

秋风起了，
黄叶飞了，
前年——今时，
今时——前年，
莫斯科城外的风光，
芜湖赭山上的景色。

毓情，你在东京么？
东京海岸的落枫可曾数遍？
语罕，现在正渡印度洋罢？
你也曾回首江山，瞥眼一看？

宝贵的光阴
被这黄叶一片一片地飘去。
要数罢？——数不起；
不数罢？——情不已！
为什么今日国外的感触，
反比当年国内的感触更深呢？

离国一年多了，
离家却两年了。
秋风瑟瑟，
黄叶萧萧，
怕又更触起父母念儿的心绪了。

啊！记起：——
长江轮上的夜哭，
赭山头上的夜月，
毓情寄我辞别的书信，
希平谆谆劝我的热语。
今日感触，
当年情绪，——
不记起也罢，
偏记起！

9 月 27 日于莫斯科乡间

○○○（译诗）

在此世界中，
心路有两支：
请君量智力，
到底向何之。

一为康庄道，
宽阔复逍遥；
一些争利者，
群起互相挠；
生活与目的，
乱不分丝毫；
因些罪恶物，
争斗逞凶豪。
精神已被锁，
生活已枯槁；
阴沉长夜里，
黑暗叹迢迢！
一为狭窄道；
行人须奋勇；
精神壮健者，
方能敢冲锋；
战为劳动者，
奴隶与贫穷；
挺身代伸雪，

扫尽不平种！
愿做苦人友，
热血化为虹！

涅格拉梭夫（Negrasoff）作

9月21日译

自题小照

是我，
非我；
非我，
是我；
且把这一副
不像他，
不像你的形容，
当做真我。

廿一年来，
哭也哭了许多，
笑也笑了许多，
对花月流热泪，
登高山放悲歌，
浪漫的心情纠缠着
浪漫的生活，
昏沉沉地浪漫过。
尽管消瘦，
尽管折磨，
到如今这一副形容

终究不是他；
不是你，
还是我。

赤城中——
听惯了风雨声；
红旗下——
常作了自由行；
行，行，行……
西来一游，
探得着许多资料，
充满了诗人的心境。
往日的悲哀，
今变成了荣幸；
濛濛的黄昏，
已放了光明。
西望西欧——
大西洋的波浪奔腾；
东观东亚——
太平洋的红日东升。
啊！我登着乌拉高峰，
狂歌革命！

啊！跑入那茫茫的群众里！
诅咒那贪暴的、作恶的，
歌咏那痛苦的劳动兄弟；
世界的将来属于
那可怜的饥民，卑贱的奴隶，
人类的光荣，除了他们，
还有谁个能够创造呢？
倘若我的泪不尽量地为他们流，
倘若我的诗不尽量地为他们歌，
这是我的不幸——

诗人的羞耻！
那么，这个真我，
又有谁个认识呢？
只合抛入千丈深渊，
万山窟里！

从那群众的波涛中，
才能涌现出来一个真我。
飞跃啊！
鼓荡啊！
追随那滚滚茫茫，
细听那奔腾音乐；
这心弦的滴滴娇弹——
软响芳声
同那万丈波涛——轰——冬——相和。
啊！这是人生之曲，
宇宙之歌！

前进罢！——红光遍地，
后顾啊！——绝壁重重。
革命的诗人，
人类的歌童，
我啊！
我啊！
抛去过去的骸骨，
爱恋将来的美容。

10 月 18 日

我的心灵

我旅行在这广漠的空间里，
无意地吃了许多花果；
我哪知道花果的蜜汁
会变成了我的心灵呢？

我逗遛在这绵延的时间里，
无意地听了许多哭笑；
我哪知道哭笑的音流
会变成了我的心灵呢？

我的心灵啊
因为你是花果的蜜汁变成的，
你才这般地缠绵而温情；
因为你是哭笑的音流变成的，
你才这般地热烈而深沉。

我的心灵啊！
风雨奔腾时，
我细听你的慷慨歌声；
云霞闲飞时，
我细听你的徘徊低吟。

有时我觉着宇宙的琴流
漫荡着我的耳鼓；

我的心灵总是紧紧地和着——
一拍——一拍儿地低奏。

有时我觉着我的心灵飞去了，
与那全人类的心灵同化；
我虽然还听着不断的歌吟，
却分不清是那一个的声音了。

有时我听着痛苦人们的哭声，
我的心灵就颤动着不已；
也许我的心灵故意地迫我罢，
为什么我因此流了许多热泪呢？

有时我听着强暴人们的笑声，
我的心灵就热跳着不已；
也许我的心灵故意地迫我罢，
为什么我因此生了许多厌恨呢？

我的心灵使我追慕
那百年前的拜轮
多情的拜轮啊！
我听见你的歌声了，
自由的希腊——
永留着你千古的侠魂！

我的心灵使我追惋
那八十年前的海涅：
多情的海涅啊！
你为什么多虑而哭泣呢？
多情的诗人——
可惜你未染着十月革命的赤色！

1923. 1. 24

暴动（译诗）

——追念威尔汉

伟大的人啊！
你穿着红的衣，黑的衣，
暴动起来，
好一似翻天覆地；
那数千年的执权者
逃跑了，逃跑了，
不能抵御。
啊！暴动，
你永远的光明，
永远的自由，
永远的新鲜，
好一似那深山流瀑的清水。

弹一弹
野火的流光，
好一似那飞跑的、伟大的琴弦；
在那血流的烟雾中，
追随那群众的高呼狂喊：
打毁那宫殿的柱石
和那装饰品的美术馆。
恐怖遍布了，
放出自己强烈的呼声：
“帮助奴隶啊！

反对强盗，皇帝，富人，
反对一切压迫人的人们，
帮助一切被人压迫的人们！”

这种强烈的呼声，
怎么不是真理？
你完全呼吸着意志，
你强有权力的认识，
你——永远是新的。

让那书在灰堆中燃烧着，
让那十字塔的宝石
碎成片片
好做成一些新工具。
让那人们为着群众的自由，
捐弃了生命，
在那牢狱内，枪头上，
高呼着自由死。
让那在得胜奔放的潮流中，
一些抢掠、野蛮、虚伪……
偷偷地逃去。
让他去！

破坏旧的，新的就昂起了；
打碎锁环，自由就来到了。
抛去那一切旧的，——
不中用的，残忍的，
我们的精神就畅快了。
啊！暴动，
睁着光亮的眼睛，
你引导人们向那自由乡里去。
打扫余灰，
洗尽颓垣，

新的歌唱——
新的生活重新起。
啊！破坏啊
我庆祝你！

布留梭夫 作

2月4日译

钢刀与肉头

——读中国报纸作

大将军的钢刀，
小百姓的肉头；
钢刀仓仓响，
肉头滚滚流。
只要满了大将军的心意，
哪管小百姓的肉头堆如山丘！

寄语劳苦的兄弟
和为自由而战的朋友：
我们切不要胆怯啊！
小百姓的肉头无尽，
大将军的钢刀总有锈钝的时候。

2 月 12 日

病　　魔

哎！我一生什么都不怕，
我所怕的就是你啊！
我有雄心，
你来的时候，
它就消沉了。
我有工作，
你来的时候，
它就抛弃了。
我本想时常寻点快乐，
但你一来了，
这快乐之神就板起面孔去了。
哎！我不能奈何你，
你真是我唯一的仇敌啊！

人们本来就不幸了，
你为什么这般扰乱呢？
但愿世界上永远没有你！

3 月 24 日

当我病的时候[①]，
倘若我有一个心爱的她

① 本诗从此句开始，《战鼓》本删去。——编者

来到床前温存存地问一声：
“我爱！你的病好了一点么？”
我的病一定要即刻减轻了十分！
倘若伊情切切地
向我接了一个香蜜的吻，
那么，一百剂药的效验，
也抵不了这一吻的灵应！

3 月 26 日

窗外的春含着笑色向窗内窥看，
窗内的人被春看得害羞了。
春啊！你是笑我呢？
还是故意地诱我呢？
你也不用笑我，
你也不用诱我，
我知道，我辜负你了！
我的这一颗被关住的心
实在忍不住了，
快要飞去了！

4 月 3 日

一个从红军退伍归农的士兵

打败了田尼庚，
剿灭了柯恰克，
收回了劳农的江山，
推倒了资本家和波默斯奇克①。
抛了多少头颅，
流了多少鲜血！
喂！回头看，不由得我浑身战栗！
但是向前看那光荣的将来，
更不由得我满心欢悦：
我是何等地幸福呀！
数年来枪林弹雨之中，
终能逃得性命一条，
亲睹共产主义社会的建设，

啊！归去！归去！
我原来是一个农民，
现在且归家去耕土地。
从今后愿永远做一个自由的农民，
一不受老爷们的压迫，
二不受寄生虫的闷气。
面包是汗珠子培植的，

① 地主。——原注

谁做工，谁得食！

五六年来从军征战，
抛弃了家园；
终日里在枪林弹雨之中过生活，
几几乎把家园的事情全忘完。
今日归来，一步一步，
不觉离家园不远；
为什么这一颗心只是
上上下下，西里古东的不安？
惧怕么？胆怯么？
抑是太过了喜欢？

我放开两眼——
四面八方仔仔细细地看：
啊！那深林中一座美丽房子的主人
岂不是大地主比得伊凡？
现在他逃到那儿去了？
这座房子被那些农民占住了？
奴仆赶走了主人，
不由得我起了无限的兴亡感！

呀！已经来到自家的门口了，
无知的犬认不得主人，
只是汪汪地狂吠；
从门内出来了一个白发苍苍老妇人：
“谁来了？”
“我最亲爱的母亲！
你的儿子亚乐嘉回来了，
快来，快来同你多年不见面的儿子接吻！”
母亲只抱着我哭，
我也觉着有无限的伤心；
本来有多少话要说，

但是从何说起呢?
哎哟！我可怜的母亲！

放下枪头，
拿起锄头；
从枪头上夺得了自由，
从锄头上要栽培这自由。
啊！自由！自由！
昨日的枪头，
今日的锄头。

5 月 6 日

柳　絮

记得儿时，
在柳深阴处，
与群儿乱扑柳絮；
争先恐后，
嘻嘻笑笑，
每个都想把柳絮扑在水里。
喂！好一幅天真的画图！

这一幅天真的画图
永远地
印在我的脑里，
挂在我的心里；
我不能把伊忘记，
我又怎忍把伊忘记呢？
哎哟！黄金的儿时离我而去了，
我再不能回转头来变成小孩子！

儿时见着柳絮——乱扑，
现在见着柳絮——沉思。
当乱扑柳絮的时候，
不过觉得柳絮有趣；
但是当对着柳絮沉思的时候，

这柳絮如丝也般地乱扰，
浪也般地涌激，
一齐都变成了我心中的情绪。

5 月 20 日

中国劳动歌

起来罢，中国劳苦的同胞呀！
我们受帝国主义的压迫到了极度；
倘若我们再不起来反抗，
我们将永远堕于黑暗的深窟。
　　打破帝国主义的压迫，
　　恢复中华民族的自主；
　　这是我们自身的事情，
　　快啊，快啊，快动手！

起来罢，中国劳苦的同胞呀！
我们受军阀的蹂躏到了极度；
倘若我们再不想法自救，
我们将永成为被宰割的鱼肉。
　　推翻贪暴凶残的军阀，
　　解放劳苦同胞的锁扣；
　　这是我们自身的事情，
　　快啊，快啊，快动手！

起来罢，中国劳苦的同胞呀！
我们尝足了痛苦，做够了马牛；

倘若我们再不夺回自由，
我们将永远蒙着卑贱的羞辱。
　　我们高举鲜艳的红旗，
　　努力向那社会革命走；
　　这是我们自身的事情，
　　快啊，快啊，快动手！

7 月 9 日

送玄庐归国

玄庐！你今归去，
我也没有什么别离的情怀，
我也不愿说一些别离的虚语。
但问你一声：你今归去，
将告诉人们一些什么呢？
西伯利亚的铁路有多么长？
白雪是怎样地多？
北风是怎样地冷？
还是告诉人们，红旗下的生活是怎样呢？

骂俄罗斯的人们说，
布尔雪委克野蛮无礼。
但你这次来看得很清楚了，
请回去告诉人们说，
不是！穷党是全世界被压迫人们的兄弟。

《瓦尔塞和约》是剥削弱小民族的凭单，
华盛顿会议是宰割中国人民的几椅；
到底谁个是我们的朋友，
谁个是我们的仇敌？
玄庐！你这次已探得赤俄的真意了，
请回去告诉人们说，
赤俄对待中国的态度是同情的。

玄庐！你这一次来，我知道：
无涯的白雪更把你的目光照亮了，
凛冽的北风更把你的心肠吹热了，
鲜艳的红旗更把你的血液染红了。
你今归去，我立看着你飞过乌拉山，
经过贝加尔湖，跳过满洲里，
跑入那闷沉沉的群众中，
高呼无产阶级革命
与全世界被压迫民族的解放万岁！

11 月 29 日

昨夜里梦入天国

昨夜里梦入天国，
那天国位于将来岭之巅。
它真给了我深刻而美丽的印象啊！
今日醒来，不由得我不长思而永念：

男的，女的，老的，幼的，没有贵贱；
我，你，他，我们，你们，他们，打成一片；
什么悲哀哪，怨恨哪，斗争哪……
在此邦连点影儿也不见。

也没都市，也没乡村，都是花园。
人们群住在广大美丽的自然间。
要听音乐罢，这工作房外是音乐馆；
要去歌舞罢，那住室前面便是演剧院。

鸟儿喧喧，赞美春光的灿烂，
一声声引得我的心魂入迷。
这些人们真是幸福而有趣啊！
他们时时同鸟儿合唱着幽妙曲。

花儿香薰薰的，草儿青滴滴的，
人们活泼泼地沉醉于诗境里；
欢乐就是生活，生活就是欢乐啊！
谁个还知道死、亡、劳、苦是什么东西呢？

喂！此邦简直是天上非人间！
人间何时才能成为天上呢？
我的心灵已染遍人间的痛迹了，
愿长此逗留此邦而不去！

12 月 1 日

小　诗①

朋友们!
我不愿意多说什么是人生,
我本知道什么是人生的究竟:

在人生的过程中,
且做一做人生的梦;
这些梦中的情事未必都是空幻的罢?
我以为:与其说统统都是空幻,
不如把统统都当成现实;
从现实中还可以寻点安慰,
从空幻中能够取得什么呢?

我本来懊丧不幸生活于今世!
但是我既然生活于今世,
我如何能超脱时间和空间的范围呢?
顶好过着今世的生活,
做一点今世所应做的事!

12 月 20 日

① 此诗《战鼓》本删去。——编者

我要拼命地活着！（译诗）

啊！我要拼命地活着！
一切实在的——把它永远保存起来，
一切无人性的——把它人性化将起来，
一切未实现的——更把它实现出来！

纵让艰苦的生活之梦闷塞我，
纵让我喘呼于此梦之中啊！
或者活泼跳跃的青年
在将来的时候这般地说我：
我们宽恕他的粗率罢，
这岂是他秘密的发动机么？
他是光明与善的婴儿，
他是自由的凯歌！

俄国诗人布洛克 作

12 月 3 日译

小　诗[①]

她有这般的美丽，
她有这般的娇好！
当她笑吟吟地立在雪中时，
倘若你走她面前不留心一点儿，
她就要化成一朵鲜艳的玫瑰花
战嵬嵬地在雪中开着了。

12 月 12 日

① 此首三版本及《战鼓》本均删去。——编者

莫斯科吟

莫斯科的雪花白，
莫斯科的旗帜红；
旗帜如鲜艳浓醉的朝霞，
雪花把莫斯科装成为水晶宫。
我卧在朝霞中，
我漫游在水晶宫里，
我要歌就高歌，
我要梦就长梦。

回忆过去所遗留的一点一点的迹痕，——
哭泣呢？
怨恨呢？
欢笑呢？
还是留恋呢？
不，朋友们！
那是过去的，
那是不可挽回的，
只合永远埋在被忘记的深窟里！

无涯的历史的河——
流啊！
流啊！

不断地流啊！
人类的希望旋转在你涌进的浪头上；
倘若你不流了，——
停止了，
不前进了，
人类的希望就沉没了，
将永沉没于黑暗之乡！

朋友们！
莫相信人类的历史永远是污秽的，
它总有会变成雪花般漂亮而洁白的一日。
我昨夜梦入水晶宫里，
得到一个确实的消息：
人类已探得了光明的路口，
现在正向那无灰尘的国土进行呢。

朋友们！
莫回顾那生活之过去的灰色黑影，
那灰色黑影真教我羞辱万分！
我今晨立在朝霞云端，
放眼一看：
好了！好了！
人类正初穿着鲜艳的红色衣襟。

十月革命，
如大炮一般，
轰冬一声，
吓倒了野狼恶虎，
惊慌了牛鬼蛇神。
十月革命，
又如通天火柱一般，
后面燃烧着过去的残物，
前面照耀着将来的新途径。

哎！十月革命，
我将我的心灵贡献给你罢，
人类因你出世而重生。

12 月 12 日

哭 列 宁

今日听到列宁病故的消息，不禁为人类解放运动一哭！历史上本不少伟大的人们，但是列宁对于人类所建立的功业却空前无比。列宁的早死乃人类历史的羞辱，我焉得不哭！

喂！呼喇喇殒落了一颗伟大的红星！
喂！阴凄凄熄灭了一盏光亮的明灯！
哎哟！我要痛哭了！
我要悲惨地哀歌了！
我的列宁！
俄罗斯劳农的列宁！
全世界无产阶级革命的列宁！
全人类解放运动的列宁！
哎！列宁你死了！
你真地死了！
好不教我心灵痛苦，
好不教我泪满衣襟！

俄罗斯的内部正须建设，
国际的革命潮正在奔腾；
我方梦想一鼓作气，
剿灭旧世界的残喘余生。
喂！好不幸呀！
不料共产的大业未成，
竟死了我最亲爱的，
全世界无产阶级革命的首领！

这不是应当的罢?
我要追问来由，
我又无从追问。
我要把招魂狂赋，
我又从何处招魂!

死啊，那卖阶级的尔贝尔特!
死啊，那法西斯蒂穆松林!
死啊，那卑贱的刚伯尔斯!
死啊，那戴假面具的威尔逊!
死啊，那一切资产阶级的大将!
死啊，那一切劳动阶级的敌人!
但是他们总不即刻地死，
却死了我亲爱的——列宁!

哎! 列宁，列宁，
你今死了，
你再不能回生了!
人是终究要死的，
坏的人早死了更好。
但是列宁你啊!
你今死了却未免太早。
你的死是无产阶级的羞辱，
我怎能不痛泣而悲号!

历史上本不少伟大的人们，
他们也值得诗人的赞美歌吟。
但是列宁你啊!
你是一个空前伟大的个性:
你送给了人类不可忘的礼物，
你所遗留的将与日月以同明!

听啊!

那骂列宁死的，乐列宁死的是谁?
那哭列宁死的，悲列宁死的是谁?
列宁死了，
列宁葬在哪里?
列宁葬在全世界资产阶级的欢笑里；
列宁葬在全世界无产阶级的哀悼里；
列宁葬在奔腾澎湃的赤浪里；
列宁葬在每一个爱光明的人的心灵里。

列宁死了，
列宁抛弃了我们而永逝！
但是，朋友们啊！
死的是列宁的肉体，
活的还是列宁的主义；
列宁虽死了，
列宁的心灵永化在无产阶级的心灵里。
倘若我们是列宁的学生啊，
且收拾眼泪，
挺起胸膛，
继续列宁的未竟之志。

1924，1，22

与一个理想的她

昨夜里将你梦见
在那无名的，诗境的花园里；
那花儿真芬芳啊！
是你的香气？
那鸟儿真欢叫啊！
是你的妙语？
你把我的心灵浸得沉醉了，
我倾卧在你的温怀里。
哎！我是如何欢欣而荣幸啊！
你证实了诗人的想象是真的。

我爱！每一个诗人都爱美，
你的美更令诗人神飞而心醉。
但是美是变动的啊，
我爱你却永无涯际。
我爱你，我永远地爱你，
我将我的心灵贡献给你，
我将一切所有的交给你，
我只要你给我歌，给我爱，
给我蜜吻，给我安慰。

我爱！你为甚这般疯狂地爱我呢？
为着我的财富，为着我的貌美？
不是！那财富是赃物，
那美又是时常变动的，
你爱我那是为着这个呢？
你爱我，你疯狂地爱我，
因为我是诗人，你是司文艺的神女。

当我疲倦于革命的歌吟时，
我要饮温情的绿酒，
我爱！你替我斟注啊！
当我沉闷于人生的烦劳时，
我要听芳琴的细奏，
我爱！你给我低弹啊！
饮了绿酒，
听了细奏，
我又不得不高唱人生
在那革命的怒潮中飞舞。

我爱！你静听啊！
你听了我俩的心房内
跳弹着什么人生的音节？——
世界上没有什么比雪还白，
世界上没有什么比我们的爱情还洁；
我们的结盟永不破裂，
我们生命的流泉永不干竭。

1 月 30 日

人生的格言（译诗）

我向自由的风问一问，
我应做甚，如何能做少年人？
游逛的风回答我说：
“应如空中风一般的飞腾。”

我向汪洋的大海问一问，
人生伟大的格言是什么？
响亮的大海回答我说：
“永远做一个声音浩壮的，像我。”

我向高照的太阳问一问，
我怎样能比朝霞还显得红耀？
太阳什么也没回答我，
但是我的心灵却听着了：“燃烧！”

巴尔茫特 著
1 月 30 日

○○○[1]

昨夜里想起你的身世，
我凄然落了几点无名的眼泪。
哎！你总算是幸福的了！
你已得了我的赠礼。

当我与你初会面时，
我以为你对于我有所明了，
我预备把我的爱情交给你，
但是现在希望已成为幻想了。

我对于你怀着无限的同情，
但你不能够觉得；
我告诉你我的心肠话罢，
可惜你又不能够明白。

我现在不能把爱情交给你了，
但我不能坦然地忘却你；
或者你的模样儿，歌笑儿，
在将来也落得诗人几番的回忆。

2 月 4 日

① 此诗《战鼓》本删去。——编者

倘若你是聪明的[①]

朋友！倘若你是聪明的，
你就不会失望，
你就不会畏惧，
你就不会有退后的思想！

2 月 5 日

① 此首三版本及《战鼓》本均删去。——编者

每回搔首东望

每回搔首东望，
我的心只是跳动不停。
诗人客地的情怀，
最苦的是遥悲故土的沉沦！
哎！中国，中国，
你何时复生?!

2 月 8 日
瓦斯金乡下

月夜的一瞬

青蓝的天空连一点云儿也没有，
如深沉的，广漠的碧海一般，
浮在我的头顶上面。
大地都被雪掩盖了，
看不出何处是森林，
何处是村庄，何处是山。
月儿如玉盘一般的圆，
她的美丽的清光，神秘的笑脸，
引得我起了无名的幻想：
“月宫里好一座幽妙的花园！”
月光把雪色照得更白，
雪色把月光反映得更为清婉。
乾坤啊，——水晶的石柩，
月光啊，雪色啊，——白茫茫的一片。
何处是我的家园？
何处是我的去路？
何处是我的来源？
我现在卧在水晶的石柩里！
我愿永远卧在水晶的石柩里！
什么是家园？
什么是去路？
什么是来源？
喂！最好是白茫茫的一片！

2 月 20 日

瓦斯金乡下

劳动的武士

我敬爱的劳动的武士啊！
你是英雄的，而且是忠诚的；
你把你的情妇——苏俄——保护得安稳，
你把她夺回来从那强人的手里。

我最敬爱的劳动的武士啊！
你是英雄的，而且是忠诚的；
你把旧的世界已打破一半了，
新的世界一定要创造在你手里。

我最敬爱的劳动的武士啊！
你是英雄的，而且是忠诚的；
人类的红火被你吹得高耀了，
你的宝刀将斩尽一切黑暗的魔鬼。

我最敬爱的，劳动的武士啊！
你是英雄的，而且是忠诚的；
你是拥护自由公道的天使，
你永值得诗人的歌咏和赞美！

2月23日　红军六周纪念节

小　　诗①

一

我所恐怕的莫过于隐约我面前的黑影，
它是不可捉摸的，
却有时刺痛我的心灵。

二

在某一瞬间，
伤心的事情虽然是没有，
而伤心的泪如江水也似地流。

① 这一组诗三版本及《战鼓》本均删去。——编者

三

论起战斗的勇敢来，
我把自身战胜了，
我总算是一个英雄了。

四

就使上帝是真有的，
我也不愿顺服他，
他除了痛苦还能给我什么呢？

五

当我想起群众的痛苦时，
我不觉把自己的痛苦忘却了，
但是同时我的痛苦又加了十倍。

六

我有时真沉闷于人生的深黑！
但我不相信深黑是无底的，——
永无光明的一日。

七

朋友们啊！
我愿意很痛苦地忍受，
倘若我的忍受能给群众以利益。

八

固然在现在的世界上，
有些不自然的笑和不自然的哭，
但是，朋友，这并不都是绝望的。

九

有时因疲倦而回顾，
似觉过去的花木曾有过无限的香蜜，
但是，朋友，这香蜜总是过去的。

十

倘若你留恋过去的美丽，
你就可以算是自痴了，
时间的急流怎能倒转呢？

十一

我抱着活泼的联续的希望，
踏着污秽的现在，
望那光荣美丽的将来。

十二

我已卷入澎湃的浪中，
我就变为一个浪儿
无边无际地狂涌。

2 月 25 日

临列宁墓

在茫茫的人海中沉没了一朵光明闪灼的浪花，
在克里母宫的城下长卧着一个今古无比的伟人；
历史故意地遗留下这一堆黄土——永远的纪念，
也不知要引起了许多赞美、哀痛和歌吟！

我不以为死是人生的悲剧，
我最可惜造福人类的人不能长生；
纵让全世界无产阶级号天痛哭，
也哭不醒最亲爱的墓里人！

列宁啊！你生前有改造世界的天能，
你死后怎么竟如昙花泡影的永逝？
也或者你安稳稳地卧在克里母宫的城下，——
远观世界革命的浪潮，近听赤城中的风雨。

列宁啊！你的光荣如经天的红日，
我要赞美你罢，我又何从赞美起？
你的墓是人类自由的摇篮，
愿你把人类摇到那自由乡里去！

2月25日

十月革命的婴儿

我对于皮昂涅儿（Pioneer[①]）的敬礼

十月，十月，
从那荆棘的，荒废的，蔓草的园中，
开辟了一块新土，
栽种下，蕃殖着将来的——
美丽的花木！
我啊！
一个东方的青年诗人，
一个梦想将来自由世界的人，
好生荣幸！
旅居在此新造之邦，
亲眼看见慢慢生长着美丽的花木——
它们的嫩蕊，
它们的稚茎！

它们的清香
刺透了我的心灵；
它们的鲜艳的颜色
逼射着我的眼睛。
它们……
它们……

① Pioneer 是共产主义的童子军。——原注

一队一队的小孩们，男的，女的，
颈肩上围披着小红巾；
手里敲着巴拉半（Baraban[①]），
口里歌唱出幼稚音：
“我们预备好了，
我们永远地预备好了。
我们是劳农的婴儿，
我们是共产主义的童子军；
我们是将来的花，
我们是新世界的主人……"

一，二，三，
敲响些，巴拉半！
一，二，三，
敲响些，巴拉半！
让巴拉半的声音响到伦敦，
让巴拉半的声音响到巴黎；
那里有我们的小兄弟，
那里有我们的小姊妹。

莫斯科童子军的铜鼓声，
开始了将来美丽的音节；
莫斯科童子军的歌唱声，
呼引出将来自由的世界。
我啊！
一个东方的青年诗人，
愿跟着你们高歌，
愿跟着你们欢跃！

① Baraban 是铜鼓名。——原注

一，二，三，
敲响些，巴拉半！
一，二，三，
敲响些，巴拉半！
让巴拉半的声音响过海参崴，
让巴拉半的声音响到长城里！
那里有我们的小兄弟，
那里有我们的小姊妹。

我屡到皮昂涅儿的队伍去，
他们一见我到了，
就把我围绕着紧紧地。
有的问：你们中国也有皮昂涅儿么？
有的问：你们中国还有发财的？
有的说：我们要组织皮昂涅儿的国际会；
有的说：请你回到中国的时候，
也组织皮昂涅儿的队伍像我们一样的。

有一次一个皮昂涅儿向我说：
“我们现在的生活虽然不大好，
但是我们的精神是奋兴的。
我们的父母是工人和农人，
我们的将来是无穷的……”
喂！我不能忘记这几句深刻的话语，
我又怎能忘记这几句深刻的话语？
我最惊讶的是：
偌大一个十一二岁的小孩子
怎能说出这般可敬的话语！

他们是新的人们，
他们是将来的——
美丽的花木！

十月的红雨，
好生洒润这美丽的花木；
俄罗斯，
红色的俄罗斯啊！
你是蕃殖美丽的花木的新土！

1924 年 4 月 4 日

怀　拜　轮

（1823. 4. 19—1924. 4. 19）

若说天才是聪明的，
为什么天才的遭遇比人们更寥落而痛苦？
若说天才是愚钝的，
为什么天才的感觉比人们更锐敏而深入？

在阴沉的、黑暗的世界中，
云雾密布，遍地凄凉，
人们屈服于权威之下方。
看啊！满眼都是地狱，
向何处寻得着自由之乡!?
祖国既不我留，
旅居那梦想的、金色的印度罢，
喂！更属渺茫！

在人类闷塞的时候，
在权威凶逞的时候，
只听得诗人不恭顺的高叫：
自由，
自由，
自由……

拜轮啊！
你是黑暗的反抗者，

你是上帝的不肖子，
你是自由的歌者，
你是强暴的劲敌。
飘零啊，毁谤啊……
这是你的命运罢，
抑是社会对于天才的敬礼？

我尝梦游于希腊之海滨，
回忆历史的往事，
追寻诗人仗义的迹痕。
在海波荡漾的声里，
在海鸟婉叫的声里，
在海风啸嗷的声里，
仿佛听见当年诗人吊古国的悲吟。
我啊！
我生在东方被压迫之邦，
我的心灵充满了屈辱的羞愤！
百年前你哀吊希腊的不振，
百年后我今乃悲故土的沉沦。

我们同为被压迫者的朋友，
我们同为爱公道正谊的人们：
当年在尊严的贵族院中，
你挺身保障捣毁机器的工人；
今日在红色的劳农国里，
我高歌全世界无产阶级的革命。
我们——永远
反对凶残的强盗，
反对无耻的富人，
反对作恶的上帝，
反对一切遮蔽光明的黑影。

拜轮啊！

十九世纪的你，
二十世纪的我；
际此诗人殁后百年的纪念，
我真说不尽我的感想之如何！

拜轮殁后百年纪念日作

与　安　娜

安娜啊！
我爱你，
我真爱你。
我虽未尝向你表示我的爱情，
但是安娜你是聪明的，
爱情又何必用言语表示呢？
安娜啊！
我爱你！
我真爱你。

你那一双清渊的眼睛
含蓄而荡漾着无涯际的深情；
从我初见你面的那一刻起，
你把我的灵魂儿拿定。
世界上难道还有别的
比你的微笑更为动人？
世界上难道还有别的
比你的美丽稍强一分？
安娜啊！
我从未爱过别个
像爱你这一般地很！

若说你对我无情罢，
我决不肯相信！

若说你对我有情罢，
为甚你又这般庄静？
有几次我想放胆地向你说：
“安娜啊！我爱你。”
但我都勉强忍住了，
我怕你说：“不必。”

时间不能多留我了，
我要离开红色的莫斯科——
回到那灰色的中国做工去。
我的安娜啊！
我不愿意留恋你，——
留恋你徒增加我的失意。
但不知他年重游俄土的时候，
我能不能再与你重新相遇？

人世间有多少不满意的事！
我是最不满意的人中之一。
倘若我能永远地
领会你的微笑，
享受你的安慰，
那么，我有多么幸福呢！
但是，安娜啊！
我要与你分别了，
他年更不知道何时……
亲爱的安娜啊！
别了！再会，再会……

7月6日

《新梦》三版改版自序

《新梦》出世后，作者接了许多不相识的革命青年的来信，对于作者甚加以鼓励和赞誉。固然他们对于作者的同情，不一定就能提高《新梦》在文学上的价值，但是因为对于作者表同情的都是革命青年，作者真是满意，愉快，高兴极了！不过在满意，愉快，高兴之中，作者又发生了恐惧——恐惧作者不能在文学界负自己所应当负的使命。

《新梦》初再版久已销售净尽，因种种关系，现在才预备三版付印。作者重新改正了一遍，将其中作者自己以为太不好的诗，删去了几首。又因为初再版的格式太不美观了，遂又决定将其改版。

《新梦》是作者的处女作，然而竟有三版的机会，作者不得不向读者们三致谢意。

光赤于上海，

1926年6月5日

哀 中 国

余　　痛

月光如镜也般的明，
海面如镜也般的平；
也没有浪的澎湃；
也没有风的呼鸣；
这时候坐船的人们大半都睡熟了，
也或者他们的梦乡安稳？

同船有个王老儿，
独自一个人夜深不睡；
我与他并倚着海船的栏杆，
他为我述了一段自身的悲史：

“我本来是天津人，
天津城外的东郊是我的故里。
我本来也有过贤妻；
我本来也有过爱子；
我是一个农人，
我本来也有过一个劳动的家室。
但是，先生，我好苦呀！
他们都在庚子年间
惨死在洋兵的手里！
我今年已经五十八岁了，
自从他们死后——

可怜我啊！寻食谋生，飘流异地。
唉！好残忍的洋鬼子！
唉！好该杀的洋鬼子！
他们把我的全家破坏了，
他们闹得我到这般田地！

“先生，那时候你或者还未出世，
但是，你总也听见过罢——
拳匪之乱，八国联军的暴举？
本来呢，我们是愚钝的乡下人，
那时候还不知道是什么一回事。
只听说：‘中国人杀了洋人了，
洋人派来兵舰攻打了，
我们快快逃难才好呢！’
哪知洋兵来得太快了，
我们没有跑得及。
只见那雄赳赳的洋兵，
也有穿黄的，也有穿白的；
也有穿灰的，也有穿黑的；
快枪明亮亮的荷在肩上；
刺刀冷森森的挂在腰底。
他们真是野蛮啊！
他们真是残忍啊！
他们任意地焚烧；
他们任意地奸杀；
被他们奸杀死了的人们，
谁个能算得有若干多寡？

“唉！先生，不提起也罢，
提起来，我的心如刀绞；
可怜我的贤妻被他们奸死了，
我的爱子被他们杀死了；
加之我的房屋被他们焚烧了，

我的菜禾被他们践踏了。
江河有尽头，
山岳有限高；
可是我的哀痛啊——没有尽头！
我的积恨啊——比天还要高！

“先生，你道我为什么夜深不睡？
实因为明月深宵更容易
触起我最伤心的往事。
我的可怜的贤妻，
我的可怜的爱子；
他俩虽然死去二十多年了，
但是，我何尝忘却了他们片时？
他们被害时的惨状
排列在我的脑里；
他们临死时的哀声
留着在我的耳里。
我总觉得情景尚在目前，
宛如过去不久的昨日。

“先生，我是一个无能为的人，
我的仇将无从雪报。
可是我想：洋人压迫中国人很久了，
中国人受洋人无礼的污辱也实在够了！
为什么到今日还在忍受？
为什么到今日还是颓倒？
莫不是中国该要灭亡？
莫不是四万万人尽是草包？
莫不是中国人有天生成的奴性？
莫不是都是无能为的弱者
像我王老儿一样的不好？”

王老儿说罢长叹息，

我痴倚着栏杆凄然而无语。
云雾忽掩遮了明月，
海浪冲破了静寂。

9 月 7 日

我们所爱者一定在那里

到处都密生着荆棘！
当我寻找我所爱者的时候，
荆棘拉碎我的衣襟，刺破我的身体；
我真受了无限的痛苦啊！
但是，当未寻找着我所爱者以前，
我虽忍受痛苦而不辞。

遍地都堆着粪泥！
当我寻找我所爱者的时候，
粪泥熏臭我的衣襟，污秽我的身体；
我真蒙了无限的羞辱啊！
但是，当未寻找着我所爱者以前，
我虽忍受羞辱而不辞。

在此密生着荆棘的世界中，
欲保持身体的安全是不可能的；
但是，倘若你畏惧而不前啊，
你将无寻找着你所爱者的一日。

在此堆积着粪泥的世界中，
欲保持身体的洁净是不可能的；
但是，倘若你畏惧而不前啊，
你将无寻找着你所爱者的一日。

我们所爱者还是
在荆棘中藏着，
在粪泥中埋着！
努力把粪泥扫除，
努力把荆棘砍去，
朋友，你看，
我们所爱者一定在那里！

罢　　工

她往日在公司里做工时，
脸上的颜色还觉白；
谁知歇了工作没多时，
她的脸色就变成了灰黑。
夕阳照在她的脸孔上，
显现出无限的凄惨与忧郁；
她今日倚门待他好久了——
盼望他回来报告好消息。

“天已不早了，已经黄昏了，
为什么阿毛的爸爸还不回来呢?
莫不是被山东打手打死了?
或者是被巡捕捉到巡捕房里去?”
她越想越怕越悲凄，
不禁一滴一滴地流下了酸泪!

他是这一次罢工最有力的工人，
他的主张更热烈而坚决，
他明知道妻子在家里哭泣，
但他任饿死也不愿屈折!

他回来了，她远远地就问：
“为什么现在才回来?
公司答应了我们的要求么?

家中已经没有了油，米，柴……”

他半晌不言，忽然叹口气：
“我们还有什么活头呢？
我已经吃够了烟草灰，
我已经吸够了烟草气；
与其活着做资本家的牛马，
不如死了做一个自由的鬼。”

她听了丈夫的话，
不禁呜咽而无语；
阿毛年小不知事，
双手扯着妈妈衣：
“妈妈！我真饿了，
快给我钱买吃去！”

他看着阿毛这般更伤心，
便说：“阿毛啊！你错了八字！
你不投胎到有钱的人家，
偏偏生在我家里！”

他已打定主意了，
与几个工人相约：
倘若罢工失败了，
一定要做死“他”两个！

我本是一朵孤云[①]

我本是一朵孤云，
徘徊在广漠的天空里；
可是天空太无着落啊，
我几番愿返到那故乡云峰去。

我自己深深地知道：
我是矛盾的结晶；
过去的——失望了，
将来的——还未定；
我真是矛盾啊！
我把“未定”当“已定”。

打我也受得住，
骂我也受得住，
但是我心灵的痛苦啊，
逼得我的泪如雨注。

悔不该生了这一副头脑：
它惯会无故地多想远忆。
倘若我是无知的白痴啊，
一切痛苦将离我而远去。

10月1日

① 此诗《战鼓》本删去。——编者

诗人的愿望

愿我的心血化为狂涌的圣水
将污秽的人间洗得净净地！
愿我的心血化为光明的红灯
将黑暗的大地照得亮亮地！

愿我的鲜艳的心血之花
香刺得人们的心房透透地！
愿我的荡漾的心血之声
飞入了人们的耳鼓深深地！

10 月 9 日

海上秋风歌

海上秋风起了，
吹薄了游子之衣；
到处都是冷乡呵，
我向何方归去？

海上秋风起了，
吹得了大地苍凉；
满眼都是悲景呵，
望云山而惆怅。

海上秋风起了，
吹颤了我的诗魂；
触目频生感慨呵，
哀祖国之飘零。

1925 年 10 月

怀 都 娘

秋风渐渐凉起来了，
使我更忆起那已到深秋的莫斯科：
树叶想早已落尽了，
但是都娘你还是从前一样康健么？

“愿这一张小小的画片儿
为你我二人永远友爱的押礼；
维嘉！你应当常常地忆念呵！”
这是你送给我像片上的题语。

“维嘉！回到那不自由的中国去，
好好把自己的热血搀合被压迫人们的酸泪！
去罢！我祝你的将来……”
这是你当我临行时的赠语。

当我临去莫斯科的前一日，
在你的家里，你斜卧在床上，
我摩着你的头发，伏着你的身子，
我的心做第一次最难受的战栗。
“都娘！我本不愿堕入情海里，
但是现在我不能自持；
给我一个温柔安慰的蜜吻罢！
此生我将长念而永忆。”
我大胆地向你哀说了，

却又怕听着你的答语。

“维嘉！你是个好孩子，
我真正地爱你且明白你；
但是我俩不过是朋友啊，
我们不必过于悲哀……分离……
你盼望着你的将来罢，
那将来可以使你愉快而欣喜。”
你竟笑嘻嘻地给了我温柔安慰的蜜吻，
你竟很畅达地给了我温柔安慰的答语；
你所给我的真是无量啊！
此生我将长念而永忆。

你常为我唱革命之歌，
你的歌声悲壮而苍凉；
你常为我唱失恋之歌，
你的歌声哀婉而悠扬。
但是现在我听不着你的歌声了，
空向那渺无涯际的云天怅望！

秋风渐渐凉起来了，
使我更忆起那已到深秋的莫斯科：
树叶想早已落尽了，
但是都娘你还是从前一样康健么？

1924 年 7 月

我是一个无产者

朋友们啊!
我是一个无产者;
除了一双空手，一张空口，
我连什么都没有。
但是，这已经够了——
手能运动飞舞的笔龙，
口能做狮虎般的呼吼，

朋友们啊!
我是一个无产者;
我既然什么都没有，
我怎顾惜人们所有的一切?
破坏——彻底地破坏罢!
我愿意造成一个“大家无”的，
同时也就是“大家有”的世界。

朋友们啊!
我是一个无产者;
有钱的既然羞与我为伍，
穷人们当然要与我交悦。
我的笔龙能为穷人们吐气，
我的呼吼能为穷人们壮色。
啊! 我是一个无产者!

朋友们啊！
我是一个无产者，
我知道无产者的命运是悲哀的，
所以我诅咒有产者野蛮而恶劣。
我要联合全世界命运悲哀的人们，
从那命运幸福的人们之宝库里，
夺来我们所应有的一切！

十月革命节后一日

寄　　友①

亲爱的朋友呵，我愿在你面前说一说我的悲愤；
你纵是会想，你也想不到我近来是如何的心情！
我与你临别时，我说我暂时离开上海——黑暗的死城，
我说我要到黄鹤楼头听听那汉江上革命的歌吟。

我说我们不要失望，我们要坚持着忍耐的精神，——
黄浦江中曾泛滥着血水，而汉江中的热流还是在奔腾；
我们的胜利终将不远，也许在六月的荷花时分，
我们一定可看得见不久要恢复上海，占领南京……
但是到而今呵，我不能证明我的预言确而可信，
我报告你，我的朋友呵，也许你要感觉着不幸：
汉江的热浪并不是如你我所想象的那般样高，
此间的革命党人也并不都是真为着民众而革命。

潇湘的凄风苦雨在哭泣，哭泣那尸横遍地；
武胜关外累累的土堆要爆起，那里埋藏着万千的冤鬼；
只道是民众要兴起，只道是为革命而战死，
又谁知兴起了反遭屠杀，战死了一无所得呢？

朋友，我觉悟了，什么党权，左倾……这都是空语，
今日是革命党人，明天他就可以露出凶狠的面皮；

① 此诗为《战鼓》本所增。——编者

旧军阀会利用土匪，新军阀却学会利用民众的势力，
他们的本性，唉，他们的本性原来都是一样的！

朋友，我觉悟了，我们要把枪柄拿到自己的手里！
请你相信我，只有炮弹可以保障我们的胜利！
我们要到军队中去，到军队中去，到军队中去呵！
去把那枪柄紧紧地，紧紧地拿到自己的手里……

在此严重的时期，在此危急存亡的时期，
我的心灵满充着痛苦，我的胸腔满充着悲愤；
我恨我是一个微弱的诗人，我的笔不能冲锋破阵，
但是让我狂喊罢，跟着勇士们前进呵，前进！

一九二七，七，于汉口。

哀 中 国

我的悲哀的中国！
我的悲哀的中国！
你怀拥着无限美丽的天然，
你的形象如何浩大而磅礴！
你身上排列着许多蜿蜒的江河，
你身上耸峙着许多郁秀的山岳。
但是现在啊，
江河只流着很呜咽的悲音，
山岳的颜色更惨淡而寥落！

满国中外邦的旗帜乱飞扬，
满国中外人的气焰好猖狂！
旅顺大连不是中国人的土地么？
可是久已做了外国人的军港；
法国花园不是中国人的土地么？
可是不准穿中服的人们游逛。
哎哟！中国人是奴隶啊！
为什么这般地自甘屈服？
为什么这般地萎靡颓唐？

满国中到处起烽烟，
满国中景象好凄惨！
恶魔的军阀只是互相攻打啊，

可怜小百姓的身家性命不值钱！
卑贱的政客只是图谋私利啊，
哪管什么葬送了这锦绣的河山？
朋友们，提起来我的心头寒，——
我的悲哀的中国啊！
你几时才跳出这黑暗之深渊？

东望望罢，那里是被压迫的高丽；
南望望罢，那里是受欺凌的印度；
哎哟！亡国之惨不堪重述啊！
我忧中国将沦于万劫而不复。
我愿跑到那昆仑之高巅，
做唤醒同胞迷梦之号呼；
我愿倾泻那东海之洪波，
洗一洗中华民族的懒骨。
我啊！我羞长此沉默以终古！

易水萧萧啊，壮士吞仇敌；
燕山巍巍啊，吓退匈奴夷；
回思往古不少轰烈事，
中华民族原有反抗力。
却不料而今全国无生息；
大家熙熙然甘愿为奴隶！
哎哟！我是中国人，
我为中国命运放悲歌，
我为中华民族三叹息。

寒风凛冽啊，吹我衣；
黄花低头啊，暗无语；
我今枉为一诗人，
不能保国当愧死！
拜轮曾为希腊羞，
我今更为中国泣。

哎哟！我的悲哀的中国啊！
我不相信你永沉沦于浩劫，
我不相信你无重兴之一日。

11 月 21 日

单恋之烦恼

一个很自由的蜜蜂，
本欲做飘然无恋的游子；
不知被一阵什么风，
吹到与一朵玫瑰花相遇。
玫瑰花的丽色射得他的双目晕眩，
玫瑰花的香气熏得他的心灵沉醉，
他不能自主了，
他失去自由了，
他愿永远为玫瑰花的伴侣，
愿永远卧在玫瑰花的心里。
但是奈何玫瑰花，
只是照常地开着，
只是照常地香着，
有情无情地不理?
他绕着玫瑰花飞着，飞着，飞着，
他向着玫瑰花望着，望着，望着，
但是飞着是空飞着啊！
望着也总是空望着啊！
奈何玫瑰花毫不觉识！
奈何玫瑰花毫不注意！
他几番欲大胆地向玫瑰花哀祈，
表示自己无限的钟情难于自已；
可是他是一个弱者啊！
他不敢向玫瑰花启齿；

他恐怕恼怒了玫瑰花，
自己更要不安而无趣。
他想飞入玫瑰花的心房，
尝一尝那仙露也不如的香蜜；
但是玫瑰花身有香刺啊，
刺了后岂不永远要留一痛迹？
他想虽然被玫瑰花刺了，
若能尝到那香蜜的滋味，
则也就愿意忍受痛苦了，
只要痛苦能取得来安慰！
可是他终是一个弱者啊！
他终不敢向玫瑰花启齿；
他恐怕恼怒了玫瑰花，
自己更要不安而无趣。
于是他烦恼，
烦恼得不已……

12 月 4 日

耶　稣　颂

反抗是罪恶，
奴隶要服从主人；
奴隶不应有二心，
主人甚事都可能。
耶稣呀！
这是你的伟大的教条呀！
阿们！

穷富由天定，
穷人不应恨富人；
富人日日食粱肉，
穷人饿死无人问。
耶稣呀！
这是你的无涯的博爱呀！
阿们！

忍耐是良方，
死后可以上天庭；
天庭享乐是真的，
地下受苦要甚紧？
耶稣呀！
这是你所赐予的安慰呀！
阿们！

遍地是血痕，
强者牺牲弱者命；
世界变成屠场了，
黑暗遮蔽了光明。
耶稣呀！
这是你的伟大的神力呀！
阿们！

1924 年，圣诞节

过　　年

四五年来我作客飘零，
什么年呀，节呀，纵不被我忘却，
我也没有心思过问。
我已成为一天涯的飘零者，
我已习惯于流浪的生活，
流浪罢，我或者将流浪以终生！

今年我从那冰天雪地之邦，
回到我悲哀的祖国之海滨。
谁知海上的北风更为刺骨，
谁知海上的空气更为寒冷；
比冰天雪地更惨酷些的海上呀！
你逼得无衣的游子魂惊。

看着那街道两边扎了许多彩门，
看着那送礼的人们来往不停；
看着那些商店贴着新年的广告，
我才觉得光阴真快——一年又尽！
老爷，少爷，小姐，太太欢乐新年到了，
但是如何呢，我和那一些穷苦的朋友们？

过年啊，我今天也来过个穷年，
且把一些纷乱的愁情抛开净尽。
我跳上电车坐到先施公司门口，

在噪杂的声中我买了啤酒一瓶；
更顺便在小铺里买了两包花生，
哦，这已经办好了过年的佳品。

第一杯酒祝福我亲爱的父母，
哦，多年未见面的双亲！
我亲爱的年老的父母呀！
祝你俩莫要念我，祝你俩康宁。
请你俩宽恕你俩的流浪的儿子，
他已多年未来家温亲定省。

第二杯酒祝福我悲哀的祖国，
哦，可怜的悲哀的爱人！
可怜的而可爱的祖国呀！
祝你莫要颓唐，祝你梦醒。
你应当有重兴复振的一日，
你要变成万花异锦的春城。

第三杯酒祝福全世界穷苦的兄弟，
哦，与我同一命运的人们！
穷苦而受压迫的兄弟呀！
祝你们莫要屈服，祝你们革命。
世界应为我们所占有了，
来！来同我打破这黑暗的囚城！

第四杯酒祝福飘零流浪的我，
哦，一个不合时宜的诗人！
飘零流浪的我呀！
祝你飘零流浪，祝你狂吟。
你要把你的血液喷成长江大海，
你要将你的声音变为响雷怒霆！

1924 年 12 月 31 日

给——

有一日我看见你，姑娘，
你与你的姊姊说了几句，
似觉有什么冤屈也似地，
你就因之低头而哭泣；
姑娘啊！你知道我当时怎样难过么？
我尽找尽找，总找不出安慰你的话语；
我想将你抱到我的怀里，
哀求你向我诉一诉衷曲；
用舌舔干你的明珠般的泪痕，
用手抚摩你的温柔细腻的玉体；
使你听到我的心如何为你而跳悸，
你或者因之减少点悲戚；
倘若你的悲戚减少了，
我就代你悲戚也是愿意的。
但是，姑娘，当你未允许我的时候，
我又怎敢将你怀抱呢？

有一日你看见我，姑娘，
你就掉过脸儿回避，
似觉有什么怨我也似地，
真教我摸不着头绪，
姑娘啊！你知道我当时如何怅惘么？
我尽想尽想，总想不出什么时候得罪了你；
我想双膝跪在你的面前，

哀求你向我说个所以；
就使我有什么不好的地方，
姑娘，你尽可打我几下，骂我几句，
我都可以欢喜地忍受啊，
为什么只这般见我不理呢？
我情愿将我的心拿给你看看，
使你知道它是不是为着你的。
但是，姑娘，当你未允许我的时候，
我怎敢在你面前跪下呢？

有一日我送你回去，姑娘，
我怕你一人走路有点孤寂，
在路中你总缄守着沉默，
我说三句，你只懊恼地回答一句；
姑娘啊！你知道我当时如何烦闷么？
我尽猜尽猜，总猜不出你的心事；
我想大胆挽夹着你的胳膊①，
问问你为什么这般不怿；
倘若你有什么讨厌我的地方，
姑娘，你不妨向我说得清清楚楚地；
我的灵魂已被你拿去了，
你对我还用着什么意气呢？
你可怜我一些儿罢！
我已经为着你肠回而心碎。
但是，姑娘，当你未允许我的时候，
我怎敢将你的胳膊挽夹呢？

有一日我想起你，姑娘，
我不禁滴下几点眼泪，
我真是再伤心没有了！

① 《战鼓》本改“胳膊”为“玉臂”，下同。——编者

为什么我得不到你的欢喜呢?
姑娘啊! 你知道我怎样为你憔悴么?
你一眼一笑，你的一切都令我心醉;
我想大胆地向你哀诉，
我是如何如何这般这般地爱你;
倘若你听了我的话之后，
你就慨然承诺或笑而不语，
那我就永远不希望别的幸福了，
因为你已给了我比一切贵重的东西;
姑娘，你坚信地爱我罢!
我是世界上第一个爱你的。
但是，姑娘，当你未允许我的时候，
我又怎敢向你哀诉呢?

1925 年 1 月 22 日

也或者你太过于丰艳了

也或者你太过于丰艳了，
我没有被你爱的福气；
姑娘，请你宽恕我罢！
我愿永远地将你忘记。

蜜蜂有意地飞到玫瑰花前，
本愿诚意地表示心中的爱恋；
可是她既然不愿领受了，
蜜蜂又何必烦恼而盘旋？

惹人的春风总是缓缓地吹，
我的心儿总是跃跃地动；
姑娘，我虽愿意忘记你，
但是我怀着无涯的隐痛！

夕阳还有恋着芳草的柔情，
朝霞也得在海波中遗留片影；
但是我在你的心中啊，
是否也曾印了一点儿斑痕？

姑娘，你是一个有福气的，
你怎能爱恋到这个无福气的我？
我知道你难于了解我，
但是这个不了解啊，好生教我难过！

姑娘，你是一个有福气的，
你绝不会爱恋到这个无福气的我；
我现在愿意将你忘记了，
但是这个忘记啊，教我好生难过！

1925 年 2 月 4 日

哭孙中山先生

这轰动声是泰山的倾跌?
这澎湃声是黄河的破裂?
哎！在中华民族命运的悲哀里，
我又要哭先生到泪尽而力竭！

我只道微小作祟的病魔
怎敌得科学的万能和先生的壮气；
我只望先生在最短的时间健起，
好领导这痛苦的民众奋斗而杀敌。

又谁知病深时科学也不能为力，
又谁知先生竟一病而不起！
呜呼！在万人希望和祷告的声中，
先生……先生……你今居然死矣！

举国屈服于外力的压迫下，
举国吟呻于军阀的残暴里，
先生！惟有你做民众的先锋，
惟有你虽经百挠而不屈。

神州遍流着漫天的洪水，
中华民族眼看将沉沦而不起；
先生！惟有你以救亡为己志，
惟有你数十年奔走革命如一日。

我去年在莫斯科哭列宁的泪还在湿，
不料今日又将此泪来痛哭你！
我哭列宁因他为无产阶级的首领，
我哭你因你是中华民族的导师。

我相信中华民族终有重兴之一日，
我相信你的精神将永存在民众的心灵里；
纵让那恶魔一时地得意而欢腾，
先生呵！你的墓上之花终久是要芬芳的！

这轰动声是泰山的颠倒？
这澎湃声是黄河的浪滔？
先生！但愿你这一死去，
永把中华民族的迷梦惊醒了！

1925 年 3 月 13 日

血花的爆裂

青岛的日本资本家杀死我们中国工人，
上海的日本资本家继续着起来响应，
上海的英巡捕更杀伤我们无数的学生；
杀罢，
杀罢，
尽量地杀罢！
你帝国主义的恶贼呀！
你惨无人道的猛兽呀！
反正你们爱鱼肉弱者呵，
请把这四万万人杀尽罢！

望云山呵我涕泪飘零；
想国事呵我满腔羞愤；
闻恶耗呵我几昏晕。
祖国呀，
祖国呀，
我悲哀的祖国呀！
你快兴奋起来罢！
你快振作起来罢！
你岂真长此地颓倒，
永远地——永远地受人蹂躏吗？

强暴未铲除时哪里有什么世界和平？
弱者未昂起时哪里有什么人道良心？

自身未强固时向人家说什么博爱平等?
中华民族呀，
中华民族呀，
我亲爱的中华民族呀!
你速醒漫漫的迷梦罢!
你速救自己的命运罢!
人家一个一个快把我们杀完了，
我们还能伸着颈子摇尾乞怜吗?

祝你因反抗而被杀的死者，
祝你因争自由而被杀的死者，
祝你一切为先锋的牺牲者!
死者呀，
死者呀，
光荣的死者呀!
你们的头颅已如炮弹的炸发，
你们的血液将灌出鲜艳的红花。
让将来脱去一切压迫的人们，
把你们的坟墓算为自由的摇篮罢!

起来罢，我们为中华民族的大暴动!
起来罢，我们把帝国主义的权威断送!
起来罢，我们将祖国的敌人灭种!
杀罢，
杀罢，
尽量地杀罢，
我中华民族的健儿呀!
我中华民族的勇士呀!
不自由无宁死呵!
杀，杀，杀，杀，杀……

1925 年 6 月 2 日

我要回到上海去

我要回到上海去，
我与上海已有半年的别离；
这半年呵！我固然奔波瘦了。
上海的景像也有许多更移的。
我要回去看一看——
它是否还像我的旧游地。

听说南京路堆满了许多殷红的血迹，
听说英国人枪杀中国学生工人当玩意；
我要回去看一看——
上海人究竟还有多少没有死；
那殷红的血迹是否已被风雨洗了去，
那无人性的枪声是否还是拍拍地不止。

听说我的许多朋友入了监狱，
听说有许多热烈的男儿愤得投江死。
我要回去看一看——
他们究竟没有受伤的还有几；
乘空问一问他们那枪弹是什么味，
他们未被打断的还有几条腿。

听说上海大学被洋兵占了去，
听说我的学生被称为过激；
我要回去看一看——
我教书的老巢是否还如昔；

那学生被驱逐了向何处去，
那洋兵是不是凶狠的狗彘。

我要回到上海去！
我要回到上海去！
我要回去看一看——
那黄浦江的水是否变成了红的；
那派来屠杀的兵舰在吴淞口一来一往的，
我要数一数它们到底有多少只。

我要回到上海去！
我要回到上海去！
我要回去看一看——
那红头阿三手里的哭丧棒是否还是打人不
顾死；
那一些美丽的，美丽的外国花园，
是否还是门口写着中国人与狗不准进去。

我要回到上海去！
我要回到上海去！
我要回去看一看——
那些被难烈士的坟土是否还在湿；
乘空摸一摸未死人的心上是否还有热气，
或者他们还是卑劣的，卑劣的如猪一般的睡。

我要回到上海去，
我与上海已有半年的别离；
这半年呵！我固然奔波瘦了，
上海的面目难道还是从前一样的？
我要回去看一看——
它是否还像我的旧游地。

1925 年 9 月 12 日于北京旅次

北　京

北京，北京是中国的首都，
这里充满着冠冕的人物；
我，我是一个天涯的飘泊者，
本不应在此地徘徊而踟蹰。

从前我未到北京，
听说北京是如何的伟大惊人。
今年我到了北京，
我饱尝了北京的污秽的灰尘。

这里有红门绿院，
令我想象王公侯伯的尊严；
这里有车马如川，
令我感觉官僚政客的靦颜。

东交民巷的洋房崭然，
东交民巷有无上的威权。
请君看一看东交民巷的围墙上，
那里有专门射击中国人的炮眼。

中央公园在北京中央，
来往的人们都穿着绮褂罗裳；
请君看一看游客的中间，
找不着一个破衣褴褛的儿郎。

北京的富家翁固然很多，
北京的穷孩子也真不少，
请君看一看洋车队伍的中间，
大半都是穷孩子两个小手拉着跑。

北京，北京是中国的首都，
这里充满着冠冕的人物；
我，我是一个天涯的飘泊者，
本不应在此地徘徊而踟蹰。

从前我未到北京，
听说北京是如何的繁华有趣；
今年我到了北京，
我感觉着北京是灰黑的地狱。

这里有恶浪奔腾，
冲激得我神昏而不定；
这里又暮气沉沉，
掩袭得我头痛而心惊。

1925 年 8 月 28 日于北京旅次

我背着手儿在大马路上慢踱

我背着手儿在“大马路”① 上慢踱，
我两耳所听的，两眼所见的，
硬涌得我脑海起了波浪的腾沸，
哭好呢？笑好呢？如何表示我的感受呢？

汽车的吼叫声，电车的空洞声，
马蹄声，嘈杂声，混合的轰隆声，
这样声，那样声，那样声，这样声……
似觉这庞然的大城呵在呼鸣。

这富丽繁华的商店，这高大的洋房，
这脂粉的香味，这花红柳绿的衣裳，
这外国人的气昂昂，这红头阿三的哭丧棒，
这应有尽有无色不备的怪现象……

多少钱？几扎洋？几个铜板卖一磅？
六个铜板；太费了；这哪能要八扎洋？
唉！这里洋，那里洋，洋！洋！洋！
人们的心灵是没有了，因为金钱将它斫丧。

这些面红齿白的美丽的姑娘，

① 旧时上海南京路也称大马路。——编者

我上前与她们认识罢，呵，莫狂妄！
美人是要阔人陪伴着的，
但是我呵，我是一个流浪的儿郎。

这是些行走的死尸，污秽的皮囊，
这是些沉沦的蚂蚁，糊里糊涂地扰攘，
这是些无灵魂的蠕动，浑沌的惨象，
我皱了眉低了头这般那般地思想：

倘若我有孙悟空的金箍棒，
那末我将赶他们到东海里去洗一洗；
倘若我有观世音的杨柳枝，
那末我将洒甘露驱散掉这些尘氛浊气。

倘若我是一个巨大的霹雳，
那末我将震醒他们的梦寐；
再不然倘若我是一把烈火，
我也可以烧尽一切不洁的东西。

在黑夜里

——致刘华同志之灵

一

我还记得我初次遇见你，
在一间窄小不明的亭子间里；
那时人是很有几个呵，
但我不明白我为什么只惊奇地，
对于你，对于你一个人特别注意。

那时你穿的灰痕点点的老布长衫，
你的头发蓬松着似许久未进理发店；
但是你那两只大眼放射着勇敢的光芒，
你的神情证明你是一个英武的少年，——
这教我暗地里向你瞟眼偷看。

我们先谈一些政治，恋爱，东西南北天，
后谈到一个正题……怎么干？
你说，“不要紧，我去，我当先，
反正我这一条命是九死余生的了；
为自由，为反抗而死的毕竟是好汉！”

你又说，“黑夜总有黎明的时候，
我不相信正义终屈服在恶魔手！
我只有奋斗，因为我什么都没有……”
你的话如火焰一般的热烈，飞流，
你的心，你的心呵，任冰山也冷不透！

二

有一次晚上我提笔拟写一篇《哀中国》，
我伏在桌上总是迟迟地不忍下笔写。
我又想象我们现居的这一个世界，
是一个黑暗沉沉，阴风惨厉的永夜；
虽然永夜终有要放黎明的时候，
但是当东方未曙，朝霞未白的以前呵，
这地狱的生活如何能令人消受得?!

这个当儿门咋呀一声，你进来了，
一个两眼闪灼神气英武的少年；
一时间我畏敬地向你看，“朋友，
你手里拿的这一卷是不是传单?”
“是呵，我们又要将血战……明天……”
你逼我对于你起一种深沉的感觉，
你——一个伟大的战士立在我面前！

双十节起了暴雨狂风，
天妃宫内溅满了鲜红的血痕；
在“打倒军阀，打倒帝国主义”的声中，
可恶的恶贼呵！把忠诚的黄仁送了命，
你也是这一天应被牺牲的一个呵，
但你只挨几个老拳，总算侥幸，
总算给你了再活过一年的光阴……

三

你尝为我述自己飘泊的历史；
你说你是无产者——从头算到底。
你也曾当过兵士，赴过前敌，
领略过那子弹在头上纷飞的味；
你也曾做过苦工，受过冻馁，
深知道不幸者的命运是痛苦的。

你说，“就是现在当我读书的时候，
也总未曾过过一天幸福的日子！
今天面包，明天衣服，后天书籍……
我纵刻苦用功又哪能安心呢？
唉！朋友，我要复仇，我要反抗，
我与这里黑暗的社会呵，势不两立！”

唉！若说人间尚有正义，
为什么恶者欢歌而善者哭泣？
为什么逸者奢淫而劳者冻馁？
难道说这都是上帝所注定的？
刘华呵！你是不幸者的代表，
你是上帝的叛徒，黑暗的劲敌！

四

你有领袖的天才，指挥的能力，
你毅然献身于工人的群众里；
数万被外国资本家的虐待者，压迫者，

庆幸呵，得了一个光明的柱石。

顾正红的惨死鼓动了热潮，
南京路的枪声，呼号，血溅，闹不分晓；
就是黄浦江呵也变了红色，
就是这伟大的上海呵也全被杀气笼罩了。

你领着数万被压迫者寻找解放的路，
努力为自由，人权，正义而奋斗；
我想象你那奔驰劳苦的神情，
唉！我只有一句话，“伟大呵，你的身手！”

但是友人和仇敌是不并行的，
光明哪能不受黑暗的侵袭？
于是他们，被压迫者的仇敌，
一定要，唉！一定要杀死你……

五

阴云遮蔽了光明的太阳，
在北风削削的静安寺路上，
一个刚出病院的少年行走着，
我们还可看出他的脚步踉跄样；
行走着，行走着，俯头在思量，
忽然围上来几个红头阿三，荷着枪，
还有两个中国狗仔把手铐献上：
“走！走！走！
巡捕房，巡捕房，巡捕房……”

工作太劳苦了，你便进了病院；
“罪过”太犯大了，你便入了监狱；

呵！朋友，什么病院，监狱——一样，
在恶魔横行的时候横竖无处是安乐地！
到处是黑暗，是荆棘，是囚城，
不奋斗便有死——哪里是逃跑的道路呢？
你当时高亢地说，“去就去，
到巡捕房里去，到巡捕房里去呵……
且看你们这些恶鬼将我如何处治。”

帝国主义者的恶毒，资本家的钱，
军阀的枪，结合起来打成一片，
于是在黑夜里，在霜风怒号的声中，
结果了，唉！结果了一个争自由的少年！
四个穿黑衣的警察，一个巡官，
如阴鬼一般将你偷偷地架出荒原，
先脱下了你的衣服，然后啪地一声，
唉！完了，完了，完了呀！
你永远地——永远地抛却了人间！

天空中的星星儿乱闪泪眼；
黄浦江的波浪儿在呜咽；
这时什么人道，正义，光明——不见面，
但闻鬼哭，神号，风嘶，夜鸟在哀怨！
唉！我的朋友，我的同志，我的战士，
你未在天妃宫内公然被走狗们打死，
你未在南京路口被枪杀在群众前，
但在黑夜里被刽子手偷偷地处死，——
我知道你虽死了，你的心不眠。

六

我待要买几朵鲜花献给你灵前，

尽尽生前同志的情谊——痛哭一番；
但谁知你死去尸身抛在何处，
在丛乱的野冢间抑在无人可寻的海边?
或者在黄浦江中已葬了鱼腹?
或者在那野僻的荒丘被野兽们饱餍?
哎哟！我的朋友呵！你死了，
但你死的这样惨……惨……惨……

数万工人失了一个勇敢的领袖，
现在也同我一样挥着热泪哭；
在他们那洁白的心房内，简单的想象中，
这巨大的悲哀将永无尽头。
唉！我的朋友，我的同志，我的战士，
你虽死了，你虽惨死了，
但你的名字在人类解放的纪念碑上，
将永远地，光荣地，放射异彩而不朽。

1925 年 12 月 21 日

血　　祭

在此惨淡的今日，在此不可忘却的今日，
我的心灵上起了千万层悲痛和羞愤的波纹；
我欲哭无泪，我欲号无声，我欲杀又无兵刃，
我只有深深地悲痛，深深地羞愤！羞愤！

我忆起来南京路上的枪声，呼号，痛迹，
和那沙基的累累的积尸，汉江的殷红的血水，
一切外国强盗向我们所施的残暴，无理……
我就是叫我全身不战栗，唉！又怎么能够呢？

说什么和平正义，说什么爱国要守秩序，
等我们都被杀完了，还有向刽子手讲理的机会？
可怜的弱者呵，受人污辱践踏的群众呵，
醒醒罢！须知公理对于弱者是永远没有的！

顶好敌人以机关枪打来，我们也以机关枪打去！
我们的自由，解放，正义，在与敌人斗争里。
倘若我们还讲什么和平，守什么秩序，
可怜的弱者呵，我们将永远地——永远地做奴隶！

血衣亭中悬挂着许多件令人伤心惨目的血衣，
烈士墓前空摆着许多花圈，石碑和奠礼；
我们的仇还未报，我们的冤还深沉在海底，
我们如何对此今日的去年，去年的今日？

在此惨淡的今日，在此不可忘却的今日，
我的心灵上起了千万层悲痛和羞愤的波纹；
我欲拿起剑来将敌人的头颅砍尽，——
在光荣的烈士墓前高唱着胜利的歌吟。

“五卅”流血周年纪念日

朋友——[①]

朋友，我真苦，苦得不堪言！
前望望，后看看——连天黑暗。
我的祖国，我的爱人，我的家园，
他们所给我的，唉，只有哀感！

我真愿抛却这烦扰的人间；
我真愿如顽石般在青山下静眠；
但是我的心呵，它只是烧，
烧得我如陷入了万丈深的火焰。

我的安慰在于那幻想的遥远，
但是那遥远呵，总减轻不了目前的哀感！
也许我终久要被这哀感牺牲掉，[②]

朋友，我真苦，苦得不堪言！
前进罢，——我无力，后退罢——我不愿。
可恨的是我心呵，它只能烧，
烧得我如陷入了万丈深的火焰。

1926年6月4日

① 此诗《战鼓》本删去。——编者
② 此段原本只有三行，疑系漏排。——编者

《鸭绿江上》的自序诗

我曾忆起幼时爱读游侠的事迹，
那时我的小心灵中早种下不平的种子；
到如今，到如今呵，我依然如昔，
我还是生活在令人难耐的不平的空气里。

我也曾爱幻游于美的国度里，
我也曾做过那温柔的蜜梦，
我也曾愿终身依傍着花魂，
抚摩着那仙女的玉腻的酥胸……

但是到如今呵，消散了一切的幻影，
留下的只有这现在的，真实的悲景！
我愿闭着眼睛追寻那仙女的歌声，
但是我的耳鼓总为着魔鬼震动得不宁。

是的，我明白了我是为着什么而生存，
我的心灵已经被刺印了无数的伤痕，
我不过是一个粗暴的抱不平的歌者，
而不是在象牙塔中漫吟低唱的诗人。

从今后这美妙的音乐让别人去细听，
这美妙的诗章让别人去写我可不问；
我只是一个粗暴的抱不平的歌者，
我但愿立在十字街头呼号以终生！

朋友们，请别再称我为诗人！
我是助你们为光明而奋斗的鼓号，
当你们得意凯旋的时候，
我的责任也就算尽了……

1926 年 10 月 28 日

乡 情 集

牯岭遗恨

在云雾弥濛的庐山的高峰，
有一座静寂的孤坟，
那里永世地躺着我的她——
我的不幸的早死的爱人。

遥隔着千里的云山，
我的心是常环绕在她的墓前。
牯岭的高——高入云天，
我的恨啊——终古绵绵！

若说人生是痛苦的，
为什么我此生也有过一番的遭遇？
若说人生是快乐的，
为什么她就这样短促地死去？

姑娘，你躺得静静地，
只有云雾来做你的衣；
姑娘，你躺得静静地，
只有明月来与你为侣。

可是我啊，我只有永世的悲哀；
可是我啊，我只有无涯的孤寂。
那甜蜜的过去，那不可挽回的……
姑娘，我只有空空的回忆。

本愿年年来到你的墓前，
多多地流连！多多地流连！
痛哭也是好的，惆怅也是好的，
只要能深感着旧日的欣欢。

但是而今到处是荆棘连天，
旅行是这般地艰难！
只能遥遥地招魂，
不能前来墓前祭奠……

你死去了已经两年，
这两年我饱受了无数的悲欢，
但这是我与民众共同的呵，
我的生活只有孤寂的一面。

我已经失去了慰安，
我与你此生是再不能相见！
这乐和苦，这辛和酸……
姑娘啊，你怎能来和我分一半？

两年来我也不知老了多少！
虽然我的年龄还轻——三十未到；
奈何我为着你总是深深地伤悼，
又活活地为着祖国的悲哀所笼罩！

曾记得我在你的面前宣言，
我的诗要歌吟着民众的悲欢，
纵然我是飘泊，颠连，
但是我的心愿永不变。

而今我的心愿依然仍旧，
可是祖国虽大我难以居留；
你将如何同我一样地悲愤呵！

若你还存生在人间的时候……

唉！我该有多少话要向你说！
我是如何地需要你的安慰与扶助！
但是命运注定了，注定了……
往日的欣欢只能向梦里去追求。

算了罢，我也勿须多多的哭你！
你躺在那儿好好地安息！
你所给予我的我已经满意了，
此生究竟还能与你同住了片时。

消逝了你那天生的美质，
存留着你那给予我的情义；
人生虽然就同幻梦一般，
但这幻梦里究有不可忘却的真实。

请你放心罢，我永不会忘情！
请你放心罢，我依旧的歌吟！
我歌吟，我勇敢地歌吟，
一半为着你，一半为着革命。

姑娘，你躺得静静地，
只有云雾来做你的衣；
姑娘，你躺得静静地，
只有明月来与你为侣。

庐山的风月永远是清幽，
你在那儿终古地漫游，
漫游，漫游，朝朝与暮暮，
永远隔绝了人世的烦忧。

让我在生活中永远地孤寂，

只留着对于你的一番回忆。
让我为着纪念你的缘故，
永远守着我那革命诗人的誓语……

1928，11，6，若瑜两周年忌日

乡　情

从故乡来了一个友人，
向我报告了许多消息，
他说故乡已改了面目，
完全不如那平静的往昔。

他说兵和匪闹不分晓，
为官的只知道自己的腰包；
有钱的被绑票，
无钱的更难熬……

我已经八年未归故乡了，
故乡的情事对我久已模糊；
他向我提起来一个人的名字，
顿令我想起儿时的景物。

在村镇的北头有一条小河，
小河的两岸上有着柳林，
这里在夏天可以听见蝉鸣，
在冬天也不断孩子们的踪影。

孩子们把此地当成俱乐部，
我那时也是俱乐部的一员；
我们有时围起树来捉迷藏，
有时预备起宴席来，烧饭。

孩子们之中有一个黄牛，
他的父亲本是抬轿的轿夫；
他的头发是黄的，其状如牛，
因此得了黄牛的称呼。

孩子们以黄牛为可耻的贱种，
黄牛时听着无端的恶语：
“你这黄牛，你不要讨气，
你，是一个轿夫的儿子……”

黄牛似乎知道自己不能与人平等，
因此也就默默的忍气吞声，
有时被孩子们欺侮得太甚了，
便也就挥起拳头来拼命。

那时我以为黄牛比别人都好，
他的那一副圆眼睛更令我发笑；
那时我的年纪还很小，
不明白黄牛到底贱在哪一条。

只有我一个人和他交好，
他们所给他的只是烦恼；
有时他们还讥笑着我说：
“你看，他同轿夫的儿子一道……”

我的父母还有点大量，
并不禁止我同黄牛来往。
有时我把他带到家里，
偷偷地给他几块米糖。

儿时的光阴就这样地过去……
后来我进了邻县的高小学堂。
他的父亲没有钱送他读书，

只把他送到孤寂的乡间去牧羊。

我还记得我们临别时的景象，
他的圆眼睛饱含着泪水汪汪；
他说他何尝不想同我一样，
怎奈没有……有钱的爹娘……

他说他很愿意进学堂，
学堂大概就同天堂一样；
但是他现在只好去牧羊，
忍受那乡间的雨露与风霜。

从此我们隔离在两地，
没有重新见面的机会，
他大约幻想着我读书的欢娱，
我也幻想着他那牧羊的孤凄。

从此我们就断了消息，
我想写信给他也无从写起：
一年，两年，三年地过去了……
我也就慢慢地将他忘记。

今朝友人提起黄牛的名字，
不禁令我发生无限的欣喜；
我便追问起我的儿时的朋友，
现在是否还生活于人世。

“我乡的农民也有点兴起，
他们不如从前那般的昏愚；
这个从前为人所鄙弃的黄牛，
现在做了农民协会的执委……

“他专与豪绅作对，

任谁也不奈他何，
从前是轿夫的儿子，
现在变成了穷人的大哥。

“那一件事情最为有趣，
就是他把姓刘的店门封闭；
他说姓刘的过去是好佬，
现在却到了倒霉的日子。

“他说这里有的是白米，
有的是成堆的布匹，
挨饿的来拿米，
受寒的来取衣……

“他自身是异常地干净，
从不乱取别人的分文，
可是他为着穷人们着想，
引起了豪绅们的仇恨。

“豪绅们在县中请了官兵，
誓除此地方的‘恶棍’，
黄牛虽然想逃走，
终于牺牲了性命……

“从此吾乡听不见了黄牛的叫鸣，
穷人们如丧了唯一的魂灵；
农民协会封闭了，
豪绅们又重新弹冠相庆……”

友人说罢长叹息，
我亦默默而无语；
不料被我久忘却了的黄牛，
现在又复活在我的心里。

给某夫人的信

一

记得我们前年初遇在汉江，
正当着革命浪潮的高涨；
那时你还有一个革命的丈夫，
你也就和着他热烈地狂嚷……

你说你很爱读我的文章，
很想见见我是生得如何模样，
一旦无意中与我相遇着了，
这使你感觉得无涯的快畅。

诗人都爱听着对于自身的敬慕，
我也就难免这种难免的心情；
当时我听了你对于我的敬慕，
不禁更向你注射了我的眼睛。

我不知我当时给了你什么印象，
也不知你对我发生了什么感想……
可是你那玲珑而活泼的神情，
令我相信你是一个十六七岁的姑娘。

在汉江我认识了许多女郎，
有的也很能令我心神向往；
但是夫人啊，我实在地告诉你，
我并没曾怎样地将你放在心上。

我本是一个流浪的诗人，
我的行踪没有一定的地方；
等到汉江的浪潮低落了，
我又重新流浪到旧日的浦江。

别后我不知你两夫妻何往，
我也并没打听你们的行踪怎样；
听说你的丈夫“悔过了”，
听说你也就因之改变了意向……

啊，在我们的这般时代，
这些事又何必多讲！
也不知有多少少年人，
先前与后来的言行两样！……

二

是去年的夏季，有一日，
我在北四川路上闲视，
迎面来了一个女郎，
其面貌好像有点相识。

她经过我的身边笑而不语，
我想开口又不好意思；
一时间我总是记不起，

后来我才决定了是你……

啊，你完全改变了服饰，
你穿着一身略现蓝花的布衣，
往日华丽而时髦的女郎，
现在变成了这般朴素的样子！

记得那一晚在亭子间里，
你为我诉起飘零的身世，
你说他飘流到南洋去了，
连你的生活都不能维持……

你说他“悔过”了还是失意，
世界上真没有地方讲理……
你说你已经将苦吃够了，
而况且他未必是真爱你……

我看一看亭子间内的布置，
不禁黯然生了同情的叹息；
一颗易于感动的心啊，
几乎令我为你流了眼泪。

我说，请你别要伤悲，
请你领受我的诚意的助力，
如果你有什么困难的时候，
我决不会忍着心儿不理。

从此我们的友谊便日见亲密，
这对于我也是很好的慰藉，
因为我是一个流浪的诗人，
从此可解一解生活的孤寂。

三

但是，夫人，我并不爱你，
虽然你向我有过几番的表示；
这并不因为你不是个可爱的人儿，
而是因为我们的中间有点异趣……

记得有一晚在黄浦滩的花园里，
那时半轮明月才初初地升起，
我们并倚着栏杆说东说西，
说到过去的生活以及将来的可惧。

你说人生没有什么意义，
顶好是快乐地过它一世，
如果能嫁一个有钱的丈夫，
再不必问什么革命与主义……

你说你已经疲倦了，
没有前进的勇气；
世界上尽有乐可寻，
何必再做愚蠢的傻子！

我忽然正确地明白了，
我们原是不同的人类：
你所需要的是安乐，
我所需要的却是别的……

有一天我过门访你，
不料你久已搬去。
我就是想去寻你，

但不知你搬到哪里。

从此我们便两断了消息，
我很奇怪你的这般行为：
为什么静悄悄地搬去了，
向我连一个字儿都不提？

若说友谊不深，
但是你待我甚为亲密；
若说友谊很深，
现在你却离开我而远避……

四

昨天我徘徊在南京路上，
忽然在人丛中看见了你的面庞，
你穿着一身华丽的衣裳，
你完全改变了旧日的模样……

脂粉增加了你的容光，
我不禁感觉到你美丽异常，
但是夫人啊，我往日不曾爱你，
现在更不能做这般痴想。

你与一个穿着漂亮西装的少年同行，
你好像陶醉于他那只挽你的臂膀；
你是那般地妩媚，
他是那般地高亢……

我本待要前去招呼，
可是我终于没有胆量，

谁个晓得你不至于说，
“谁认识你，你这流氓！”

啊，夫人，好好地享福罢，
因为这正合于你的梦想；
从今后可以不必自嗟命薄了，
就是把我忘记了也是应当！

我爱的她久已死亡，
梦破了恐无再圆的希望，
但是爱情并不是我的生命，
我的生命是在我的工作上……

我已是快要到三十岁的人了，
现在正是我应当努力的时光；
我忏悔我过去太浪漫了，
现在我要抛去一切的幻想。

我不知将来你能否还读到我的文章，
就是读到了恐于你也无关痛痒，
因为从今后我们永远地分开了，
你享你的福，我为我的工作忙……

1929，2，16

我应当归去

来的时候是炎热的夏天，
转瞬间不觉已是初冬了。
在此邦匆匆地住了三月，
我饱尝了岛国的情调……

岛国的景物随着季候而变更了。
说起来东京的风光实在比上海好。
但是我，我不知为什么，
一颗心总是系在那祖国的天郊。

那里，也许没有谁向我展着微笑，
那里，也许给我的只有烦恼，
反不如在这生疏的异国里，
我可以有着相当的自由而逍遥。

但是我是中国人，我是中国人，
我的命运已经把我的行踪注定了。
我应当归去，我应当归去，
虽然我的祖国是那般地不好……

曾经起过这般的心意：
我为什么不常在异国流浪呢？……
但是现在我感觉得我是怎样地
不能，不能和祖国相隔离！

纵然那里虎狼相奔驰，
纵然那里黑暗得如同地狱，
我总是深深地相信着，
光明的神终有降临的一日。

自然，我不是 nationalist①，
我所信仰的是国际统一：
日本的工人，中国的工人……
他们对于我统统都是一样的。

但是我的血液究竟是中国的血液，
我的言语也究竟是中国的言语，
如果我这个说着中国话的诗人，
不为着中国，而为着谁个去歌吟呢？

我深深地深深地知道，
我所服务的或者对我讪笑，
我所仇恨的，那不用说，
更要加以仇恨向我相报…

这又有什么办法呢？
我并不因此而烦恼。
如果敌人能够仇恨我，
这已经证明了我为着友人所需要。

诅咒那凶狠的刽子手，
我的祖国不是他们的窝巢，
祝福那反抗的贫苦者，
我和他们永远地在一道……

① nationalist，民族主义者。

祖国啊，被压迫的祖国啊，
也许你不了解我的效劳，
但是总有一日，总有一日，
你会很亲爱地将我想到。

只要有益于我所谓“伟大的”，
凡我所有的都献给你：
我的心灵，我的歌吟，
以及我的女神的美丽。

归去，归去，我应当归去，
重新回到祖国的怀抱里，
在群众痛苦和反抗的声中，
我将找到所谓伟大的东西。

我不需要光荣的名誉，
我也不需要友人的敬礼；
只要我能尽一点能力，
那已经足以使我满意……

什么个人的毁誉?！让它去！
重要的不是在这里！
但愿在祖国的自由史上，
我也曾溅了心血的痕迹。

1929，11，8，于东京

写给母亲

曾忆起我离家的那一年，那一年的春天，
那时是杨柳初绿，草儿初青，野花儿初露脸；
在一个清醒明媚的朝晨，你送我一程又一程，
我说，“母亲，回去吧！”你说，“儿呵，你几时才回来?”

你走送我，走送我到你不能再上去的山巅，
你目送我，目送我到林木遮蔽着不能再见；
你只希望我，叮咛我“我的儿呵，暑假早归来！”
又谁知一别七年，到而今我还是未返家园。

就在离家这一年的春天，我离开了悲哀的祖国，
跑到那冰天雪地的冷土，探求那新邦的生活；
我是毅然地，冒险地，但同时又是偷偷地跑脱，
呵，我的母亲，请你宽恕我，我没有给你字儿一个。

我经受了海船的颠簸，度过了惊人的炮火；
我吃饱了西比利亚的霜风，沐浴了荒漠的风波，
在饥饿，危险，寒冷，困苦之中我寻到了，
呵，我寻到了我的最后的目的地，梦想的北国。

摩西哥变成了我的亲爱的乳娘，给了我许多培养；
摩西哥变成了我的第二故乡，我将留恋她永远不忘。
可是我还有我的母亲，我还有我的原来的故乡，
我遗忘不了悲哀的祖国，母亲，我也不能将你遗忘。

过了四年，别了，我的亲爱的乳娘！
过了四年，别了，我的第二故乡！
我要回去看看母亲，因为母亲你正为着我而惆怅；
我要回去看看祖国，因为祖国而今已弄得满目荒凉……

归国后，东西飘零，南北奔走，无所驻足；
祖国虽大，但是没有地方给予我以安稳的勾留，
我屡次想回来亲亲我那清静的美丽的家园，
看看那如黛的青山，幽雅的松竹，儿时游泳的河湾……

但是满目荒凉的祖国，而今到处是炮火烽烟，令人胆寒，
家园的归路久已不通，家园已非昔日的家园。
我的母亲呵，我虽然想回来看看你衰老的容颜，
但是我又怎么能够呢？我只空有这回家的心愿！

一年，两年，三年，你的望眼将穿；
一年，两年，三年，我的归心似箭；
我要回来看看母亲而不能够回来，
你要见见你的儿子而不能够相见。

呵！今日的中国乃一块荆棘蓬蔓的荒原！
呵！今日的中国人弄得骨肉都不能团圆！
母亲，我的可怜的母亲，我的亲爱的母亲！
这将如何是好呢，难道说是命运使然？……

归国后，匆匆地，茫然地，不觉转瞬已三年，
这其间我所领受的羞辱，苦痛，真是不堪言！
母亲呵，我现在只有向你哭诉，只有向你哭诉，
因为在别人面前示弱，乞怜，哀语，我心不甘愿。

往日的朋友有许多发财的发财，做官的做官，
今日的朋友也不少投降的投降，丢脸的丢脸。
但是母亲呵，你给予了我这一副铁一般的骨头，

我只知道倔强，抵抗，悲愤，顽固，至死也不变。

而今的世界贵的是强夺，卑污，下贱，拍马与钻营……
哪里能容留我这一个倔强不化的，傲骨的诗人？
虽然是有许多往日的朋友肥马轻裘地显得多么威荣；
但是母亲呵，我得到的只是穷困，穷困与穷困。

照俗风，读书原来是为着褒扬父母，光耀门庭，
但是母亲呵，不幸你的儿子读了书反遭穷困；
到今日我未寄过你点儿礼物，半个铜子！
异乡的银钱虽多，但是你的儿子没有享受的福分。

曾记得幼时，几个穷苦的母舅对我的希望，
他们希望我将来做官发财，改一改他们的窘状；
可是而今我成为一个穷困的流浪的诗人，
只得将他们的希望付与汪洋，请他们原谅。

母亲呵！而今的世界到处可听着穷苦的哀鸣，
这哀鸣只逼得你的心软的儿子神魂不定；
他要为着一般穷苦的人们多多地多多地歌吟，
但无能力顾及几个穷苦的母舅，自己的亲人…

曾忆起幼时我爱读游侠的事迹，
那时我的小心灵中早种下不平的种子；
到如今，到如今呵，我依然如昔，
我还是生活在令人难耐的不平的空气里。

不平的生活逼得我走入疯狂；
不平的生活逼得我气破胸膛。
母亲呵，我抱怨你给了我这副铁一般的骨头，
不能卑屈地追随着那浊流的波荡。

而今的世界是黑暗的地狱，凶残的屠场，

只有无目的人能够安居，心死的人方能观望；
但是母亲呵，我的目在明亮，我的心在紧张，
我怎能够，唉，我怎能够静默着不发一点儿声响？

我恨不能跑到那高入云霄的昆仑山巅，
在那里做巨大的，如霹雳一般的狂喊；
我恨不能倾泻那浩荡无际的东海的洪波，
洗尽人类的羞辱，残忍，悲痛与污点。

呵，我只恨，我只恨，我的心愿大而能力小，
我欲冲破重围，而敌人据着坚固的营壕，
我几次负伤，我几次心痛，我几次悲号……
但是我呵，我终于不曾为羞辱的脱逃。

祖国而今变成了鬼气森森的死城，
无论走几步你都要嗅着血肉的羶腥！
往日的杀人是稀有的新闻，动人视听，
但是而今呵，这新闻已经不成其为新闻……

今年的黄浦江中鼓荡着血潮，
偌大的上海城但闻鬼哭与神号；
无数的弟兄他们就此被恶魔葬送了，
遗留下的，呵，只有这呜咽的浪涛。

今年的龙华桃花盛行开放，
红艳的花瓣儿随着那春风飘荡；
呵，这不是花瓣儿，这不是花瓣儿，
这是那些被牺牲的人们的血光。

母亲呵，我简直要疯狂，我简直要疯狂！
我的这一点慈柔的心灵怎经得这般摧丧；
我几番想道，我还是追随着他们死去吧，
我真是再忍受不下了这些食人的魍魉。

我几番立在黄鹤楼头向着云山痛哭，
我的悲愤助长了那滚滚的江汉的波流；
那滚滚的江汉的波流似乎呜咽地说道：
“诗人呵，痛哭吧，祖国而今到了沦亡的时候……”

唉！不说起也罢，说起来我的心痛如刀绞！
我纵想到黑暗，我也没想到会有黑暗的今朝。
什么是正义，人道，现在只是残忍与横暴……
呵，我的祖国呵，难道说你的命运就长此以终了!?

我几次想投笔从军，将笔杆换为枪杆，
祖国已经要沦亡了，我还写什么无用的诗篇?
而今的诗人是废物了，强者应握有枪杆，
我应当勇敢地荷着武器与敌人相见于阵前……

呵，战死了吧，战死了吧，战死在阵前！
死时的失败，我相信，胜于活时的偷安，
这敌人，这敌人，我真不愿与他们并立在世间，
不是我们被他们杀死呀，就是他们死在我们前。

我为我自己羞，我为我自己笑：
无用的诗人呵，你不能将祖国来救！
停止你的歌吟吧，不要空自做无力的忧愁；
焚毁你的诗篇吧！应显一显男儿的身手！

母亲呵，我知道你不能明白我心灵的要求，
你听了我的话，你一定将你的双眉紧皱：
“我的儿，你枉自怀着这些悲愤与忧愁，
这些都不是你应管的事情，何不罢休?”

“什么革命，什么诗篇，我看都可以罢休，
归来吧，我的儿，异乡不可以久留；
家乡有青的山，绿的水，幽雅的松竹，

家乡有温暖的家庭，天伦的乐趣，慈爱的父母……

“归来吧，我的儿，异乡不可以久留；
什么革命，什么诗篇，我看都可以罢休。
家乡还有薄田几亩聊可以糊口，
你又何必在外边惹一些无谓的闲愁？

“归来吧，我的儿，异乡不可以久留；
什么革命，什么诗篇，我看都可以罢休。
归来，归来后免得我将你常挂在心头，
你也免得再受那飘零的痛苦……”

不，我的母亲，你的儿吃惯了飘零的痛苦，
家园的幸福虽好，但你的儿不能安受；
我何尝不想终生埋没于山水的温柔，
遁入世外的桃源，离开这人间的疾苦？

但是我的母亲呵，我不能够，我不能够！
命运注定了我要尝遍这乱世的忧愁；
我的一颗心，它只是烧，只是烧呀，
任冰山，呵，任冰山也不能将它冷透！

1927. 10. 6

新的露西（译诗）

那一种狂风已经过了，我们保全的很少。
数一数旧日的交情，很多的友人没有了。
我重新回转我的荒芜的穷乡，
这穷乡我整整地有八年未归了。

我喊谁呢？我同谁个分一分
那种悲苦欢欣——我还在人世间生存？
这里就是如木鸟一般的风车
也立着不动，向我闭着眼睛。

这里我谁个也不认识，
那些曾忆念我的，现在久已忘记。
往日我的家园的故屋，
现在遗留的只是些灰烬的残迹。

而生活是这样地沸腾。
环绕着我的来往一些
年老的与年青的人们，
但是我却没有向什么人可以致敬，
无论在谁个的眼睛里都是陌生。

于是在我的脑海里起了波浪！
这难道说是我的家乡？
这一切是梦的景象？

在这里我宛然成了一个孤寂的旅客，
来自那逍遥的异邦。

唉！这是我呵！
我是这一乡村的公民，
或者这一乡村也就因此而要出名：
在这里曾经有一个女人，
生了一个俄罗斯的撤烂污的诗人。

但是思想的声音向我的心灵说道：
“醒醒吧！什么东西得罪你了？
这不过是茅屋中的别一辈的人们，
他们为新的光焰所燃烧。”

“你已经有点凋谢了，
别的青年歌着别的歌吟。
他们将成为更有趣味的人们，
已经不是一村而是全地球做他们的母亲。”

唉，故乡呵，我成了一个怎样可笑的人！
在憔悴的腮庞上飞涨着枯燥的红晕。
同乡的言语对于我是毫不分明，
在自己的国土内，我宛然是一个外邦人。

我看见：
星期日的村人，
聚集于村镇，就如进庙堂一样。
用着粗糙的，不净的言语，
他们讨论自己生活的状况。
已经夜晚了。金色的暮光，
覆罩着灰色的田场，
牛羊归栏了，
牧童随着晚风歌唱。

一个跛足的红兵，
回忆着过去的事情。
向人们诉说布炯将军的面目，
及红军们如何占领了别列可浦。
“我们将他们——一、二、三、四，——
只打得他们落花流水”……
这使得树木也将枝叶竖起，
女人们惊讶得难于自已。

从山上走下来一队青年团员，
他们按着手琴，好像乐意无边；
他们歌唱着白德内宜的诗歌，
活泼的歌声震动平原。

呵，这是怎样的国度呀！
在诗中我如何能说
我与民众有着很厚的友情？
此地不再需要我的诗了，
是的呵，我自己在此地也成了废人。

唉，怎样呢？
请原谅我吧，亲爱的故乡！
我已经于你有点效劳——我已经满意了。
让今天他们不再歌唱我吧，——
当我唱时，那时我的故乡是病了。

我领受一切。
凡是有的我都受领。
我准备照着开辟的道路前行，
将全身心都献于十月和五月的命运，
但我要留下的只是亲爱的鸣琴。

我不给予她到任何人的身手——

不给母亲，不给妻子，也不给朋友。
仅仅她交给我了自己的声音，
也只有她仅仅为我而温存地歌吟。

焕发吧，青年人！康健吧，你们的身体！
你们过的是别一种生活，你们歌的是别一种歌吟
而我走向那孤独的寂境，
永远地去平一平我的暴燥的魂灵。

但是就是那时候，
当全宇宙完全地
经过了民族的仇视，
消灭了痛苦与虚伪，——
我还是将全身心地
歌吟着
那地球的六分之一，
她的简短的名字叫做“露西”。

叶贤林 著

在火中（译诗）

一

那时又是害羞又是欢欣，
在我们这些粗鲁的人们中间，
你拿起枪来瞄准，
紧紧地挤着你的左眼。

你预备充当一个兵士，
我常暗暗地注意你，
我想算做你的兄弟，
为着要觉着多有点力气……

曾谈论过许多不相干的事情：
谈论到戏院，也谈论到南方的夜里……
在你临别的灰色的眼光中，
令人感觉得你是那样天真而又固执……

二

惊慌的，恐怖的时日，
南方的，勇敢的兵士……
火车头的烟筒是很高傲地叫号，
火车站弥弥地为着烟雾所笼罩……

紧紧的密密的行伍
在狭窄的月台上站立；
火车厢张着大口
将兵士们很迅速地吞食……

我与你的傲慢的眼光相遇，
颤动了竖起的双眉……
别了！别要忘记！
我为你预备着奠礼。

三

血液迷濛着时日，
饥饿废除了牙齿；
弱者生活于希望里，
当恐怖布满了人世。

生活因太紧张了而无力。
也没有燃料，也没有煤。
可是对于怯懦者，唉，
一天一天地只有不好的消息。

死亡者枕藉，
坟墓的数量是日渐地增长，
生活为死亡所侵占住了，
唉，该消灭了多少力量！

在生活里没有了温情的东西——
战争已经成了平常的事体，——
在那遥远的雪原上，
染印着鲜红的血迹。

四

装甲的列车，
张着狰狞的大眼，
开向了前线。
那等待是很不耐烦，
当东方快要发白了，
矇眬地已看见了天边……

谨慎的电报的语句
鼓动了这穷乡僻壤的惊慌，
陡然发生了莫名其妙的紧张；
在市场上，聚集了许多人群，
他们轻轻地，然而很多地谈讲，
有的抱着善意，有的在怨望。

一队一队的军队
接连着开向南方与北方，
到那紧要的阵地；
我们曾相信：我们总归要胜利！
俄罗斯在自己的胸坎上，

已经树立了永远幸福的权利！……

五

啊！有一天在输送
病的与受伤的兵士，
我与你的灰白而失神的目光
无意中相遇。

忽然我的喉中如生了什么东西也似的，
我走向坚硬的石壁；
你将左手伸向我，
唉，那时我是忍不住了眼泪。

人们将你抬入医室，
我忘记问你关于什么重要的东西；
我踉跄地在昏迷中来去，
丧失了气力。

我不曾知道，你对我是这样地宝贵，
这时才觉得我是怎样地对你。
火车在震动着，
我的心儿就如受了打击……

六

在行营的病室里是异常地静寂，
一个老看护妇坐着不出一点儿声息；
太阳的光就如银灰鼠一样，

穿绕过这屋宇檐前的白柱子。

你向我轻轻地述语，
你的微弱的声音有时觉得嘶碎；
一切的恐怖都消逝了，
幻想又重新穿上了绿衣……

满城为胜利所沉醉，
死者的血已润泽了土地……
这些吼叫的时日
向欧洲散布了震动的标语……

七

重新又是车站。
你向着非常的幸福而微笑。
在火车厢的大口中，
又重新飞出“乌拉”的喊叫。

你第二次又开走了；
燃烧着幸福的红火……
在这些时日内
没有个人的生活……

八

……死了！……
这又有何言呢？——
一点血痕

将化成鲜艳的宝石，
闪耀于红色的旗帜；
伟大的——将永远不死，
呵，该有多少少年人
饮着不死的酒浆，
和那光荣的玉液！……

亚历山大洛夫斯基 著

异邦与故国

序

这是我在东京养病时一部分的日记。不待读者指责，我先行承认：这不过是我个人生活的记录而已，并没有什么意义。因为只是我个人生活的记录，所以读者在此也得不到东京，尤其是日本的整个的印象。

像我这样年纪还轻的作家，本不应当即行将个人的日记发表出来，但是一因为要纪念此行，二因为经济的催促，所以也就不得不做例外的事了。

蒋光慈

一九二九，一二，上海

一九二九年八月二十五日

得了友人的帮助，好容易才把房子租好了。地点很幽静，窗外树木繁多，空气新鲜，倒还宜于养病，做事。

从今天起，我算在东京安住下来了。我能在此地住得许久呢？这连我自己也不能决定，也许要住三个月，也许要长住下去……老实说，我并不喜欢东京，然而我觉得在东京比在上海要自由些。虽然在事实上，东京并不是自由的地方，但是，我的天哪，那可要比上海自由得多了！唉，我的黑暗的祖国！……

吃了柏村博士所制的胃病药“海尔补”，我的胃病似乎好了些，食欲也增进些。我想，若慢慢地保养下去，不胡乱吃东西，大概不久就会痊愈起来的。我现在唯一的希望，就是我能成为一个很康健的人！一个病夫有什么用处呢？不但妨害自己，并且妨害别人，简直是莫大的罪过！

讨厌！我不懂得日本话，真正是大不方便。有事情要叫下女做，然而表示不出来。一切零零碎碎的事情，如果不是宪章帮我的忙，那我可真是糟了。我初来的时候，只当用英语可以通行，不料此邦的英语是太不通行了。我什么时候才学会日本话呢？我想一定要将它学好才是。

今天除收拾房间外，没做什么事。

八月二十六日

今天写了一封信给杏邨。我离国的时候，他进了监狱，现在算来，该是他要出狱的时候了。我身虽在异邦，可是我的心实未有片时曾将我的在祖国内的朋友们忘记过。而况杏邨是我最好的朋友，又在过着监狱的生活吗？……我忘记不了他的三个小孩子，我忘记不了他的夫人的那一副因焦虑而瘦削了的面相。我由此更忘记不了我的悲哀的祖国……

当我写这几行字的时候，我的窗外的树枝上的鸟儿在婉叫着，我的对面的房间内的日本女郎在曼妙地歌唱着。我感觉到异国的温柔。我就终身居留在异国里不好吗？然而我的一颗心，总是忘记不了祖国的苦味，总是时常飞到黑暗的，残酷的上海去。令我怀恨的又令我怀念的上海呵！……

房东向我要房钱，我很慷慨地把这个月的房钱交给他，我想，他或者要招待我比较好些。

同住的都是日本人，我们完全不说话。还有一个朝鲜人，但我认不出哪一个是的。朝鲜亡国纪念日，八月二十九日，快要到临了，你这位亡国的朋友呵，应当做什么感想呢？

日本人太客气了，有点讨厌。

八月二十七日

今天开始译了几页书。谅在十日之内，大概可以将《一周间》完稿了。版税已经预支了许多，书局老板恐怕要等待得不耐烦了。

下午天热，头昏，不能多做事。下女将房间打扫了一下，我见着她的强健的身躯，不禁联想到其余的日本女子。似乎日本女子都具着很强健的体格，不像中国女子那种弱不禁风的样子。同时，日本女子又是这般地温柔，这般地和顺……日本山川的秀气，恐怕都钟到女子身上来了。我觉着日本男子很讨厌，他们常给我以粗暴的，局促的感觉。

离国时连一本书都没带。在日本又买不到俄文书籍，这倒怎么办呢？现在我手边有一本朵斯托也夫斯基的《Poor People》，然而已经看得厌倦了。朵氏初出世的时候，即得着了别林斯基的知遇，这真是他大大的幸运！连一本小小的书经过别林斯基的推荐，即刻使朵氏成了名，这不是伟大的幸运吗？中国也许有朵氏，然而别林斯基是谁呢？

八月二十八日

今天天气很风凉，我的精神比昨天好些。已经有一点秋意了。上海现在是怎样呢?

我的食量虽然并不大坏，可是我的胃病并没有什么大的起色，有时还痛得利害。唉，我不知我为什么得了这一种讨厌的病！两年以前，我差不多没有生过病，就是生病，也是于最短期间就好了的。不料近两年来时常生病：去年生了三四个月的病，今年又是这样地不幸。这究竟是一回什么事呢?

日本的西瓜真好看，是那样地鲜红！然而我有胃病，我不敢去尝试……天哪，这真是苦煞人！我意想中的日本西瓜是多么地甜美而好吃呵！

今天我发觉了我们的下女并不是雇来的，原来就是房东自己的女儿。她几乎镇日地劳动着不息，无怪乎她的身体是那样地强壮。

我的生活似乎有点单调，然而这又有什么办法呢? ……

很想去找一找藤枝丈夫和藏原惟人两君，因为一个会说中国话，而别一个会说俄国话。我想一方面报告他们一点关于中国文化运动的现状，一方面对于日本的文坛有所询问。而且藏原君的俄文书籍一定是很多的，我想向他借几本。一本书都没有得看，岂不是要寂寞死人吗?

但是转而一想，也许要因此发生不便的事情……等些时再说罢。唉，我是中国人，一个不幸的中国人！就是旅居在异国里，也没有什么自由的可言。这较之当年羁留在巴黎的海涅，流浪在意大利的拜伦如何? 他们虽然是愤慨，他们虽然是不见容于祖国，然而他们在异国里究竟是自由的人呵！……

八月三十日

今日天气很凉，简直是有点秋意了。时间过得真快，“一年容易又秋风，”无论古今，皆同此感，现在我的窗外的树叶还是在绿着，还是在时时刻刻对着我微笑。但是再过一礼拜，或半月，或一个月……那时将完全是另一种景象，将都要变成苍凉的模样了。草木如此，人何不然?！我不禁想起来了我的青春，我愿我所有的一切将宝贵的青春重新换来！呵，这是可能的吗? 呵，如果这是可能的！……

我的日本话简直不会长进：一，没有先生教授；二，不同日本人接近；三，我自己也不努力自习；这样，如果我的日本话会学好，那除非是上帝的魔力了。每天译了一点书之后，便什么都不想做。这样下去倒怎么结局呢?

我的生活实在很单调，如果我会说日本话，那我至少也可以时常同我们房东的女儿谈谈。她很有趣，是一个很天真烂漫的姑娘。我很喜欢听她那一种小孩子式的撒娇的话音。

在上海时，与友人们谈政治谈得太多了，现在我想把中国的事情暂时忘记。已经有一个月不读中国报了，也没有听见什么消息，不知现在又闹到什么样子?

我不愿意谈起中国的事情，我愿将中国忘记掉，但是我不能够。我的一颗心总是在遥念着那些在很苦的争斗中的朋友们……我深深地抱愧着我现在旅居在异国里。

杏兄还没有信来，令我念念！他是否已经出了监狱呢？可恨的是灵菲、平万他们也不给我来信！很忙吗？他们应当知道他们的来信，对于我是有怎样大的意义！……

九月一日

今天是日本大震灾七周年纪念日。

今天是国际青年纪念日。

听说今天特别地戒严……

沈叶沉君告诉我说，大山郁夫氏本是日本劳动界的领袖，可是他主张再重新组织合法的新劳农党以后，在他的家里便不时有劳动者的叫骂……我不禁觉得有点好笑：这天天有劳动者在家里叫骂，如何能令人受得了呀?！这种滋味实在是不好尝的，我不晓得大山郁夫氏，所谓劳动界的领袖，何以对之。

我由大山郁夫联想到欧战后的柯茨基，普列汉诺夫……

今天午后洗了澡。在日本洗澡真便宜，每次只要五分钱。澡堂内没有任何的，像中国那样的陋习。我在上海时，很不高兴进澡堂子，因为那些茶房和擦背人的面孔，令我太感觉得不快了。

九月二日

今天有点不舒服，腹内不时作响，这大概是因为吃西瓜吃坏的。译书甚少。

我们下宿内新雇来了一位下女，她进入门内向我叩了两个头做见面礼，并说了些我所不懂的话，我真不知何以答复她。天哪，我现在才知做哑巴是很苦的事情。

中饭时饮了一小杯中国的五加皮，它的价钱是那样地昂贵！据说是因为关税重；关税的数目与酒的原来的价格相等。狡猾的日本人他们很知道，如果中国的酒容易运输到日本来，那日本人自己的酒，便没有日本人饮了。

今天我不吃晚饭了。很想把东京所有的热闹的地方逛一逛，然而我认不得路，没有办法。请朋友带着罢，那是要损失朋友的光阴的。可是我虽到东京不久，我已发现了东京市上的三多：咖啡馆，书店，果子铺。这表现日本人的什么呢？……

听说大咖啡馆，大料理店，都兼营着淫业，这是不是真情呢？我很愿意打听明白，然而我不敢进去。我进过几家小咖啡馆，觉得很便宜；咖啡一角钱一杯，没有任何的小账，临走时还听见侍女们所说的亲密的话：感谢，极其感谢……

因为不舒服的原故，今晚早行躺下，然而翻来覆去总是睡不着。脑海中涌起来了许多许多没有连系的，断片的思想。现在爬起来，且记录下来几段。

“两个伟大的革命家与两个伟大的文学家结了姻缘：Marx and Heine，Lenin and Gorky……”

“日本的菊池宽和中国的张资平同生着一副资本家的面相，前者已经有了一百多万的财产，而后者才开始努力着。”

“中国的普洛作家不得自由，而日本的却正相反……”

“我在日本久住下去呢，还是住了几个月就回到上海去？我虽然不大喜欢东京，然而我在此地可以多写一点东西……”

“…………”

“…………”

九月三日

今天的精神还是不大振作。

我真恼恨我得了这一种讨厌的胃病！……

惟有病人才感觉到康健的幸福。

我想回到我的家乡去，吃着那粗茶淡饭，呼吸着那田野的新鲜的空气，百事不问地住几个月，或者我的病就会完全好了的。可是有家归不得，奈何！奈何！

我的故乡呵，我的故乡呵，我离开你已经有整整的九年了。初离开你时，你是那样地安静，可是现在你是疮痍满目了！……那秀丽的山丘，那清澈的河溪，那清幽的竹林，一切，一切，现在还是仍旧么？

呵，我的故乡，我的母亲，我离开你的怀抱已经有这么许多年了！现在我是怎样地想投到你的怀抱里……

九月四日

精神稍好一点。

这两天大概是日本的什么宗教上的节期，街上家家门口挂着灯笼，而小孩子们的头上，差不多都裹着一条黄巾，看他们的神情甚是高兴。街上并发现了许多卖唱的人们：他们总是一对，有的是一成年的男子和一小女孩，有的是老太婆和一小女孩……一个弹着三弦，一个敲着小鼓，走到人家的门前便弹唱起来。我听不懂他们唱的是什么，然倒也觉得有趣。

在日本住着，这饮食方面的确是一个困难的问题。日本的饭菜我简直不能食，而中国的饭馆虽然在东京也开得很多，可是它们的口味都有点日本化了，而且又贵又不好。我现在才向我自己承认：如果说我到东京来，目的是在于多写文章，那的确是不差；如果说我的目的是在于疗养胃病，那可就有点滑稽了。日本新闻纸上差不多每天都登着胃病药的广告，这是证明什么呢？

这是证明胃病这件东西在日本是很普遍的呵。为着我的病体起见，我应当很快地回转上海去。

但是在我未写出一部书之前，我是不愿意就离开东京的。我临行时不是向友人们说过许多夸张的话吗？如果我就这样空着手回去，那将辜负他们对于我的期待，将使我自己陷于很羞愧的状态……

不，我还要忍着肚子痛在东京住下去！三个月，四个月，或半年……

明后天就可以把《一周间》译完了，天哪，这是多么愉快的事！我的儿子快生下来了，然而，它该是多末地难产呵！简直就和我做了一部书一样。可幸的是书译完了，钱便有了希望，我下一个月的生活费便有了着落了。

我将请宪章、森堡，……他们吃东西；以庆贺我这小小的成功。

一个著作家写完了一部书，和一个女人生下了一个孩子，这其间有什么差别呢？……

九月五日

昨夜落了一夜的雨，今日一日未停。天气凉起来了。大概从这次雨后，已正式地到了秋季，人们的身上将都要换单衣而为夹衣了。

听着淅沥的雨声，我觉着一层寂寞的薄纱在浅浅地笼罩着我……虽然只是一层寂寞的薄纱，然而我竟冲它不破。这是因为什么呢？客地的孤单？故乡的怀念？人生的感味？……似乎是，又似乎都不是，这真是令人难以表示的情境呢。如果是前两年，那我又将动起诗兴来，……

今天将《一周间》译完了，万岁！万岁！我是多么感觉着愉快呵！明天略略将它校对一遍，后天即将它寄到上海去。我设想书店老板接到了稿件的时候，将是怎样地高兴，怎样地放心……为什么不放心呢？我已预支了版税，现在不怕我骗他了！但是他已经答应了我，而我还未完全得到手的款子，他什么时候才寄给我呢？

《一周间》实在不愧为一部普洛文学的杰作，虽然他有许多描写的地方，我觉得是不大成熟的。最表现它的崇高的价值和意义的，那是在于它不但描写了国内战争的事实和革命党人的英勇的行为，而且将革命党人的心灵的深处给大众翻露出来。读者读了这一部书，将觉得所谓真正的革命党人并不是简单的凶狠的野兽，而却是具着真理性，真感情，真为着伟大的事业而牺牲的人们。……

我以为这是里别了斯基之最佳的著作。任这部书之后，他虽然继续地写了许多东西，可是及得上《一周间》的却没有了。不久读了他的一部近著《在转变中》，我觉得他退化了，难道说他的天才就这样停止住了吗？

我本想做一篇序，然转而一想，在序上说些什么话好呢？现在是不准人随便说话的时代……就这样让它去，连一句话都不说罢。这样比较妥当些。

昨晚一部分日本人，高丽人，中国人，在银座大街上示威，他们的口号是"反对帝国主义的战争"，"反对……收回中东路"，"拥护中国革命"……示威的结果，被捕了一百余人。这是日本报上所载的消息。

九月七曰

上午十一时以前，天气似有将要晴朗的景象，可是到了十二时，又淅沥地下起雨来了。雨已数日，厌倦殊甚。东京的天气将要长此是这样的吗？

寂寞，寂寞，寂寞……

九月八日

阴雨。

昨天晚上到森堡处借了两本书：一，哥尔基的小说《玛尔伐》，二，鲁纳卡尔斯基的《艺术之社会的基础》。两书都是中译本。今天上午把《玛尔伐》读完了，觉得译的还好。就此一书，也可看出哥尔基的伟大的天才来。你看他写景物时是那样地细腻，写性格时是那样的分明，同时他的主人翁该给人们以多大的新鲜的刺激！

今将书中的端律耶所说的话抄下两段来：

"卑劣吗？啊！你这掘地的东西！……你……你全不懂得人生。你所需要于女人的是肥大的胸部；她的性情你一点也不关心。然而只有从性情中才看得出一个人的色彩。一个女人没有了性情，就和面包没有了盐一样。你能从没有了弦线的 Balalaika 得到一些快乐吗？你这狗！”

“你想到太多了。……就为了这个原故！——瑞律耶用自信的口气说着，丢去了他的烟。——而且一个人想的时候，他会渐渐的嫌恶人生。……一个人应该常常行动，常常在人群中间……一个人应该使别人知道他真正是活着。一个人应该把人生游荡过去，不然它就会毁坏，浪游度日，东奔西走，这种生活有一天，过一天，那么你就不会烦闷了。”

这后一段话很可以表现出哥尔基的初期的主人公“浮浪汉”的坚强的人生观。……

复了灵菲一信。我说，“秋凉了，异国的秋风更容易动人的思念，我思念上海，思念住在上海的你们……你们千万别要忘记我在此地是很寂寞的呵！”

下午无聊又看了影戏。第一场是《牡丹灯记》，颇似中国传奇小说《牡丹亭》的故事。第二场是《赤垣源藏》，乃是一古装武侠的片子，其主人公赤垣源藏颇似《水济》中的人物。还有第三场我没看，因为我已坐了三点钟，精神有点疲倦了。

从影戏院中归来，读了《艺术之社会的基础》之一章，觉得大有读不下去之势，译笔是那样地难懂！……

我送了房东的女儿一两件小物品之后，我觉着她服侍我比较殷勤些……这或者并不因为她看重了一点小小的物质的利益，而是因为她感觉到了我并不是一个不可亲近的人，因之也就向我表示亲近些。唉，如果我能和她谈话，那这恼人的秋雨，也将少给我一点儿烦恼呢。

九月九日

我今年初到东京，不知东京的季候到底如何，如果要这样很久地连绵着秋雨下去，那可真要令人难耐了。

今天接到了中国寄来的报纸。去国已一个多月了，可是打开报纸一看，仍是从前的无聊！那上面所登载的，只是些“莫明其妙”，“混乱”、“可笑”、

"残酷"、"黑暗" 而已……未看时，想看；既看时，头痛，更觉得无聊……

我想即刻着手长篇的写作，但不知为什么总起不起头来。俗话说，"头难头难"，这句话实在是不错。

我问一问自己：我是不是有点文学的天才呢？似乎是有一点，似乎是并不是完全低能儿……但是我一想起朵斯托也夫斯基，托尔斯泰，哥尔基……我觉得我的天才是这样地渺小，渺小得不可言状！但是我应当失望吗？我应当退避吗？不，不，绝对地不！我就努力把我所有的表现出来罢！……

上午读了鲁那卡尔斯基的《艺术的对话》，觉得其中所引证的柯茨基的一篇文章内，有一段话可以抄录下来：

"……无论政治或艺术都非尽量地用力使人类震撼及向上不可；无论政治或艺术都非尽量地努力着深刻地追寻人类的精神不可。'政治文学——是坏的文学'，这句话是不真实的，政治和艺术能够种种样样地，有效果地，造成相互的关系。政治能够把最高的材料，最强烈的冲动提供给艺术家；而艺术是在最大的程度里使政治的斗士底力量巩固起来的。"

这一段话不是很明显地将艺术和政治的关系解释清楚了吗？

今晚的雨下得特别地大，我的情绪也就因之特别地纷乱。还是早入梦乡罢。……

九月十日

今天大风大雨闹了一整天，至晚六时才停止。我的房间内漏得一塌糊涂，如果暴怒着的风雨再延长几个钟头，那我真不知要弄到什么糟糕的地步了。但愿明天晴了罢！晴了罢！……

我孤单地坐在房中，默听着暴怒的风雨：忽而轰动，如大地震之到临；忽而奔腾，如千军万马的疾走；忽而澎湃，如黄河的破裂；忽而怒吼，如一群虎豹的逞威……曾有一瞬间，我觉着宇宙快要破灭了，地球快要沉落了，因之我也就毫无抵抗力地，一点儿声息都没有，化为那无名的，微小的灰末。

今晚的电灯没有来电，房东以小小的白蜡烛代之。日本人的东西处处都是小巧，这根小小的白蜡烛小到这般地步，如中国的毛笔筒子一样，真是有趣极了。我觉得我们在日本的民族身上，可以找出伶俐，聪明，精巧，坚忍，勇毅……然而找不出伟大来。也许日本民族的伟大性在日本的劳动阶级身上可以发展出来，然而这是将来的事……

刚一写到此地，电灯忽然亮了，精神不禁为之一振。在光明的电灯下过惯了生活的人，你要他回转去欢喜那小小的白蜡烛的微光，那是不可能的事情。

九月十一日

阴雨。

昨晚刚预备就寝的时候，宪章、森堡和谷君来了。我们始而谈了许多不关紧要的话，后来我问起谷君：他是不是预备终身从事文学呢？……他的答案是肯定的。于是我便提起了组织太阳社的东京支部的问题。他们三人都很赞成……

森堡拿出一部小说稿来请我看，我答应了他为他过细地看一遍。今天上午我到他们的寓处去，正式成立了太阳社的东京支部。与会的是宪章、森堡、谷君和伍君。我先向他们说明东京支部对于中国普洛文学的任务，次说及本支部在现时内的工作……会议的经过是很顺利而快畅的。

中饭我请他们小吃一下，以庆祝太阳社东京支部的成立。我这番又吃了四碗饭，似乎是吃得太多了，弄得走路不大方便。

上午回来小睡了一会，起来将森堡的中篇小说《爱与仇》用心地看了一遍。取材，主旨，描写各方面都很不错，确是一部很好的小说。虽然瑕疵是有的，可是他初作即能有如此的成绩，那的确是很难得的了。如果他就此努力下去，的确很有大成就的希望，这部中篇小说不过是一个小小的押礼而已。我的年青的朋友呵！努力罢！那伟大的光荣在等着你！……

当我要下笔创作，而竟连一个字都写不出来的时候，我苦恼着，——我不能说明我的这种苦恼是怎样地深巨。就在这时我觉得我是一个低能儿，一点儿天才都没有……

当我找得了适当的语句，将我所要表现出来的表现出来了的时候，我又是怎样地满意而愉快！这满意和愉快的程度是和那上面所说过的苦恼相等。

九月十二日

看你阴雨到几时！……

天公大概是发了疯，老是阴雨着不晴。这样阴雨下去，我恐怕小小的三岛要有沉沦的危险呢。七年前的大地震没有将日本破灭掉，七年后的久雨恐怕要将日本变为泽国……若然，那我算是倒霉的大王了，迟也不来，早也不来，刚刚碰到这个千载一时的机会……

唉，看你阴雨到几时！

今天着手长篇的创作了。写了五千字，成绩总算不坏。我预备两月写成，不知可能办到否？如果照着今日的成绩算来，那一月便可完稿了。本书完稿的时候，恐怕就是我归国的时候。呵，我是怎样地怀念着祖国，怀念着我那上海的朋友们！我想即刻就归国去，但是不带一部创作给他们看看，那我又怎么好意思呢？

现在我将我到东京后所得到的好处，记将下来：第一，我每天六点多钟起身，脱去睡懒觉的坏习惯。第二，东京的黄包车稀少而昂贵，这逼得出门时只有步行，别无办法（到远处坐电车不在此列），因之我的两腿练得有点结实起来了。第三，我的胃病虽还没有全好，但已好了一大半。就此三端，我已经应当向东京三致谢礼了。

如果我现在在东京所着手写的这一部长篇小说，将来会有好的结果的话，那我又将要怎样地感谢东京呢？东京呵，但愿你成为我的有价值的纪念地！……

九月十三日

今天下午晴了，太阳很羞怯地，慢慢地露出它的笑容来。我的精神为之一振。本想照常地工作下去，可是外边的晴朗的空气总是在吸引着我，我只好走出去散散步。走到宪章他们那里，坐了一会，他们开始同我谈起浪漫主义、自然主义和写实主义的阶级性的问题，我说了许多话，觉得稍微有点吃力。和他们一块吃过晚饭后，便乘电车到新宿逛夜市。在夜市里我发现了有许多东西真便宜，我买了一个小钱包和几张画片。如果我的钱很多，那我将要买很多的东西。路上见着有几个画像的，觉得他们画得很像，我本想叫他们为我画一张像，可是腰中已没有钱了。将夜市逛了之后，又微微地下起雨来，这逼得我们赶紧坐上高架电车走回家来。

来日本后，今天第一次接到了家信。父亲说，家乡在匪军骚扰之余，今年又大大地天旱……米谷不够吃，生意不能做，家中经济实有难支之势……

我应怎么样向父亲回信呢？安慰他吗？这安慰又何补于他的苦痛呢？他是一个忠厚的乡老，乎素不但不干预社会上的闲事，而且时常劝他的儿子们勿干外务。在这封信中他又提起来他常怀着的思想，他说，如果我觉得在外边不安全时，那还不如回到家乡隐居为好：享山水之清幽，度桑麻之乐趣，倒比那争逐名利为佳也。……父亲呵，为儿的并不争逐名利，但是不能即刻回来，这实有负于你那一番的苦心了。不过我身虽在他乡，我的家庭观念却很浓厚，每一念及你那为家庭生活困苦而挣扎白了的婆娑的头发，实在要令为儿子的伤心流泪呢！现在家乡的生活更加很苦了，我知道你那婆娑的头发又要因之多脱落几根了。但是我又有什么办法呢？

有些人说，革命者一定要脱离家庭，可是我，在实际上虽然脱离家庭已经快要有十年了，并不觉得我的家庭讨厌。反之，我时常很思念它。我的父亲是一个忠厚的乡老，我的母亲是一个慈惠的妇人，我的两个兄长是很谨慎的小市民，他们都很爱我，所以我也就不忍心故意地去讨厌他们……

九月十四日

天晴。窗外树枝上的飞虫儿（如蝉之类，我不知它们的名字），又唱起歌儿来了。

写完了十张原稿纸，再也没有兴趣多写下去了。这是一种什么东西来规定我呢？我想，这是懒惰性，最有害的懒惰性。

午后四时我出外散步。我在附近处发现了一条河，但是河水污浊异常，颇有上海苏州河之概。散步到了五点半钟时，顺便进一家中国料理吃晚饭。两个主人似乎是日本人，又似乎是中国人。他们说他们是中国人，我疑惑他们是冒充，因为照着他们的说话，有点不像中国人，或者是高丽人也未可知。

晚上宪章和胡晓春君来访我。胡君为我述起关于两个学生失踪，各团体代表赴中国公使馆要求向日本外务省抗议的事情……他将在日本的中国外交官形容得活现，令人发笑。后来我问起他是不是决定终身从事于文艺，他答应是的，于是我便邀他加入太阳社的东京支部。他是很聪明的，然而他的年纪还轻，是不是有坚定的意志呢？

将客人送走以后，我就回到房中躺下了，但不知今夜为什么神经很兴奋，总是翻来翻去睡不着。已是午夜两点了，现在我爬起来坐着，静听着那日间听不见，而在夜间听得很为清楚的火车和电车的轰动声。同居的人们大概都入梦了，院中只有秋虫的叫鸣。忽然一种思想飞到我的脑海里来：这些秋虫叫鸣着不歇，它们不知道倦怠吗？它的叫鸣对于它们的生活有什么作用呢？……关于这一层，我倒要问一问科学家（生物学家）了。他们能为我解释这个问题吗？

我住的是市外，近于乡间，所以在夜间也能听见狺狺的犬吠声。

如果一个人能够管理着自己的生理，那该是多么幸福的事情呵！……

九月十五日

上午赴太阳社东京支部的常会，开始由我将中国文坛的现势约略报告了一下，然后大家讨论。讨论完了以后，大家接着批评《丽莎的哀怨》，以森堡和宪章所说的话为最多。我希望他们多多地指出缺点来，可是他们将好处说得很多，而关于缺点一方面几等于没说。他们曾问起来我自己的意见，但是我自己有什么意见好说呢？

中饭后，我们同阵有六七个人乘电车去逛浅草公园。到了地点时，我发生两种惊异的感觉：一，公园的前面的一条街为影戏院的会聚之所，挨连着大概有三十家之谱，——这到底是什么原由呢？为什么这些影戏院都聚集在一块，而不分散在全东京的各地呢？二，这一条街上的来往的人数之多，为我从来所没见过的，若与南京路比较起来，那南京路要差十倍。他们似乎都有事，然而他们到底干什么呢？这街上也没有什么东西好看的，除了影戏馆而外。他们似乎并不都是为着看影戏而来，看影戏那他们是要进屋子内去的呵，在街上逡巡着干吗呢？我真是有点不解了。

进了公园之后，看见路道两旁都摆列着货物，大半都是卖小孩子的玩具的，我觉得这颇与上海的城隍庙相像。游人多而乱杂。园内有庙，烧香的现象也颇与城隍庙的相似。有一尊坐着莲花台上的如来佛的大铜像，倒很能令游者注意。像这一尊铜像的巨大，据我所知道的说，任中国是没有的。

逛了浅草公园之后，我们又乘地道的电车到上野公园。上野公园比较大而清净些，没有浅草公园的烦杂。在逛了公园中的动物园之后，我的两腿是酸得几乎走不动路了。后来我们走到不忍池的池畔坐下，这时已经是五点钟了，一阵一阵的沁人心脾的荷叶的清香，倒驱逐去了我的疲倦不少。这不忍池大有南京的莫愁湖的景象，不禁令我想起莫愁湖的风味来。不过，为什么这池名为“不忍”呢？莫不是有着伤心的历史吗？我很想知道这一层。

游罢归来时，我与他们分了手，随便走进一家西洋料理，吃了一点东西。算账时，女主人将账算成一块多钱，我觉着她实在有点敲我的竹杠。我吃的东西并不值这末许多钱呵！难道说这是因为她的店里有两个比较漂亮的下女吗？天晓得！……

今天走了很多的路，觉得很疲倦……呵，我还忘记了一件事，那就是我回寓时，路经过一所庙宇，这庙宇前演着社戏，我停住脚看了几分钟，觉得没有什么兴趣。那戏台上只是一个戴假面具的人跳着，舞着，一句话也不说，演着哑戏，而音乐又是那末地单调，实在有听不入耳之感。为什么日本人看得和听得津津有味呢？奇怪……在戏台前的小摊上，我花了一毛钱买了三件小玩具，胶做的：一只狮子，一匹骆驼和一个精屁股的孩子。回到房内时，我把小孩子放在狮子身上骑着，被房东的女儿看见了，笑得她弯起腰来，其实这又有什么好笑呢？大人就不能玩一玩小孩子的玩具吗？

你看，骆驼在前面走着，小孩子骑着，狮子在后面追着，这样子真正有点神气活现呢！

九月十七日

刚吃了中饭回寓时，恰好藤枝丈夫君来了。一见面之下，我便感觉到他是一个中国式的温雅的书生，而并不十分像日本人。他会说中国话，虽然不大流利，然而还能表示出自己的意思。一个日本人能够说到这样中国的话，已经是很难得了。

我们略略地谈了一会，他请我到他的家里去，于是我们便走出我的寓处了。路经过一家西餐馆，他引我走进去，我说我已经中餐过了，但结果他还是叫了两客饭。招待我们的一个下女，她说她是新来的，对于招待之事尚未熟悉。据藤枝君说，日本的小资产阶级日见破产，一般的由小资产阶级出身的知识阶级也就日见无产化，他们失业的非常之多。这位招待我们的下女，大概也是一个知识阶级者，也许就是一个中学毕业生呢！

出了餐馆，我们便乘高架电车；只一站路便到他住的所在了。这所在是市外，树木很多，宛然是一个乡间，幽静异常。国际文化研究所设立在此，但里面并没住着人，因为警察时常光顾也。到了他的家里之后，便在他的书房内坐下。一切布置都很简单。书架上有很多的中国书籍，这是因为藤枝君是一个专门研究中国问题的学者。墙壁上挂着有一张德国出版的图画《Commune Canton》，我见着不禁为之惘然……

藤枝君的夫人，我觉得是一个贤惠的少妇。一个四岁的女儿天真得可爱，但有点怕生客，我向她招手，她不敢走近我。

我们坐下不久，便来了一位日本的新进作家立野信之君，因为言语不通的原故，我并没有和他交谈。他坐了不久便走了，临行时说了一句俄国话Dosvi-dania（即再会的意思），说得很像。

藤枝君开始问起我中国文坛的现状，我便简单地告诉了他一下。接着便谈起日本作家……林房雄……片冈铁兵……藏原惟人，以及菊池宽和武者小路实笃来。后来我们谈到日本的天皇，日本各派的劳动党，大山郁夫氏的合法运动……

已是五点多钟了，我便向藤枝君辞别回寓，他将我送至电车站，并立了好久才转身回去。

案上的日历告诉我，今天是中秋节了。但是今夜和我共赏明月者何人？……走出房门外，倚栏向那蔚蓝无云的天空望去，只见高悬着一轮皎洁的明月，那月光要照澈人类的心魂。如果有一个同心的伴侣和我对此明月而相偎倚，那我将又是别一种的心境。曾记得那一年中秋节在法国花园里，我和若瑜并坐在绿荷池边，互相偎倚着，向那欢欣，圆满而晶莹的明月望去，两人默不一语，如被幸福的酒浆所溶解了也似的，恍惚升入了仙境。

但是今夜的月明如旧，而伊人已死去三年了！……人事为什么是这样地多变呢？……

往事不堪回首，且蒙着头儿睡去！今夜的明月是为着别人的！

九月二十日

天气闷燥，晚间落了雨。

老王来信说，自我去后，他觉得很寂寞，因为他不能和我高谈阔论，乱行争辩了。他说，我优游山水之间，真天人也……天哪，我现在优游什么山水呢？我只天天伏在房子内写文章，有什么山水可优游呢？带来的钱快要用光了，到那时不但不能优游什么山水，做什么天人，就是连肚子问题都要解决不了呵！

灵菲、平万来信，言语之间，颇多苦闷之慨……怎么办呢？我真不知用什么话来安慰他们。但是在我的眼光中，他们俩是新兴文学中的特出者，我很希望他们俩能坚持下去，以底于成就。唉，中国的环境，中国的环境呵！……

我近来颇觉得自己受了点朵斯托也夫斯基的技术的影响，老是偏向于心理方面的描写……这是康健的倾向呢，还是病的倾向呢？

《冲出云围的月亮》一部长篇小说，已经被我写了四分之一了。我觉得越写越困难，越要耗费我的脑力。现在我起了一种思想，就是我的胃病虽又快要好了，如果我这样耗用脑力下去，我岂不是然要得着脑病吗？近来这几天睡觉已经有一点不对了，怎么办呢？没有办法，我是不能丢开这部书不写的！什么都可以，让我得下脑病罢，但是这一部书是不可以中止的呵！……

我觉得我的惰性太深了，如果我不害着这种惰性病，那我将做出更多一点的成绩来。从今后我应当努力了罢，不努力我便是浑蛋一个。

九日二十二日

下午晴。

写了几封信。

中饭后去访藤枝丈夫，看一看他从北海道演讲有没有回来。恰巧他在家里。他说，他是刚于昨日回到东京的。坐下谈了一会之后，来了两个《战旗》的编辑员，我看他们都很年青，或者还在读书也未可知。我真要感谢他的夫人，忽而咖啡，忽而红茶，忽而果子点心，真是有点太劳碌她了！

最后我们谈到女作家的身上。藤枝拿出一本《真美善》女作家专号来，问我的意见如何，我只摇一摇头，笑一笑而已。我应当怎么样表示我的意见呢？天晓得！……

他说，他于今晚或可与藏原惟人见面，他将告诉他……呵，我是怎样地想向藏原君借几本俄国书看！

九月二十四日

午后四时许，到宪章处取一本《丽莎的哀怨》，因为藤枝君需要也。适逢森堡亦在家，顺便谈了一些话。他说，他的隔壁楼上住着一位军人，大概是张宗昌手下的小爪牙，天天同一位日本女人嘻嘻哈哈，时做出不堪入耳的声音，闹得他心神不安，可恶已极……他说，他现在正为着这事，着手写一篇小品文发发牢骚……我笑他因为这事而烦恼，未免有点太冤枉了！

晚餐时，同我同在一个饭馆内包饭吃的两个学生，其中有一个开始和我谈了话。我们开始通了姓名，接着他便提起了政治的问题。

他说："中国政局现在又变动了。"

我说："不错。变动一下也好。"

他说："中国人只知为己，不知为国，真是有点可恨！"

我说："你先生的话说得不错，中国人都是为己的。"

他说："南京政府固然……但是改组派也……现在中俄交涉甚形严重，为什么又要来改什么组呢？不过是胡闹而已。"

我没有做声。

他说："打来打去，不过是给××党造机会罢了。唉！（他深长地叹了一口气）中国怎么得了！××党得势，那岂不是糟了吗？"

我说："对啦！他们闹什么土地革命，打倒资本家，这还了得！这是绝对不可以的！……敢问你先生的家里……大约是很有钱罢？……"

我们还谈了些别的话，但是我现在很疲倦，急于要睡觉，没有再记录下去的兴趣了。

听说在日本的中国留学生有数千之多，而青年会内的留日书店所销售的书却非常之少，这是什么原故呢？他们完全不读中国书吗？他们完全把中国忘了吗？听说有一个攻文学的学生从来不读中国的作品，而竟然武断地说，“中国没有作家，中国的书没有一读的价值……”像这样的人，我想，回到中国后能够干一些什么呢？天晓得！……

听说，说这话的人还是预备从事文学批评的，这更是怪事了！唉，中国人，中国的留学生！我有什么话好说呢?！……

九月二十五日

午后四时许走出至高田町一带散步。沿路见着庙宇甚多，然建筑的规模皆甚低小。在日本欲求一规模尊严伟大如中国的庙宇者，大概是得不到的。这表示日本的封建文化的微弱。

普通的日本人经过庙宇时，皆脱帽致敬，犹如欧洲人看见了教堂便在胸口画十字。中国人则无此习惯也。

散步时顺便买了两件冬季的绒衬衣，感到价格很便宜。东京有许多东西比上海贵得出奇，然而也有些东西较上海为便宜。

晚饭后宪章、森堡来了。

他们俩告诉了我一件新闻：最近中国某作家写信给他的东京友人说，“你若要出名，则必须描写恋爱加革命的线索。如此则销路广，销路广则出名矣。……名字顶好多有几个，故做疑阵，使读者疑你的某部著作，或系某重要人物之所作也。……”我的天哪，这简直是什么话！这是一个作家所能说得出口的话吗？这是著作呢，还是投机呢？这是在干文学呢，还是在做野鸡呢？然而野鸡式的文学家在中国是可以出名的！……

今天想起在房州洗海水浴时所拟作的几篇短篇小说：《东京与上海》，《房州的女郎》，《海水浴》。在房州虽然住留了十数天，然因为胃病作祟，一个字都没有写。这几个短篇的内容是很有趣的，如果被我写起来，那也是很有意义的。但是我什么时候才能将它们写起呢？近来不知因为什么连一篇儿短篇小说都没有兴致写了。

我记得在房州时我已经将《东京与上海》的开头的语句想好了："为上海的生活所苦恼了的人们，总是渴慕着东京，而为东京的生活所困迫了的人们，又总是想念着上海……两个同为东方的大城，同是一样地庞大，一样地繁华……但是，谁个知道两个同是一样地黑暗呢？……"

九月二十六日

阴雨。

午后至藤枝家，送书给他。已经一点多钟了，他还未起身。我问他为什么起身这样宴，他说他白天里不能做事，做事全靠在夜里，故每日起身得这样宴。我想，他倒有点中国人的习惯了。

在他家吃了晚饭后，我同他两夫妇便乘车到帝国剧院，刚一进院便遇见了日本文坛的老大家藤森成吉和他的夫人。藤枝为我介绍了，但因为言语不通，便没有多谈话。他说出要请我吃饭的意思我说那倒可不必。他大概已经是四十多或五十岁的人了，然而他还很年青地努力着，他的思想和他的年龄成反比例，这较之中国人一上了一点年纪，便开倒车者为何如？……他说他下一个月有闲空，我或者到他的家里谈一谈。

接着藤枝又为我介绍了两位懂俄文的朋友，一个是杉本良吉，一个是黑田辰男，他们二人都是从事翻译俄国著作的。杉本君还在左翼剧场里当演员，什么时候我倒要赏鉴一赏鉴他的艺术呢。他的俄语说得还流利。

帝国剧院的规模虽然并不见得怎样伟大，然而里面的布置，设备，清洁，那完全是欧洲化了，找不出一点儿东方的痕迹。我想起来中国的剧场来，我的天哪，那是怎样地要令我发生不快的感觉！上海的资本主义并不是不发达，然而为什么那些中国剧场还是充满着老旧的气味呢？

今晚有三个脚本上演。第一个脚本《伪造株卷》为藤森成吉氏所作，分六场。第二个脚本《将他们免职的是谁?》，为三好十郎氏所作，乃是一幕喜剧。第三个是落合三郎氏所译编的法国马塞尔托鲁氏的《密侦》，四幕剧。

《伪造株卷》的演出，完全取着未来派的方法，布景简单，服装同样，这令我想起来莫斯科的“梅宜贺尔德剧院”初期的演剧。我对于演剧是外行，也许我的意见是不对的，然而我总觉得这种办法太不写实了，并不能给予观众以美的感觉，因之也就不能收宣传的效果。藤枝说，原作是写实主义的，不知为什么导演者却把它演得这个样。

《将他们免职的是谁?》这一幕喜剧却演得很出色，将一个小学校长一直到县知事的丑态表演得活灵活现。

《密侦》是反法西斯蒂的作品。演员都很健全，可以说没有一个蹩脚货。化装得也惟妙惟肖。在技巧方面，日本的演剧可以说已经走上欧洲的路了。最令我惊异的，那是在天皇所在地的东京，在这个堂皇的帝国剧院里，居然能公演着这种革命的剧本来！舞台的下面坐着两个警察，而舞台上面慷慨激昂地唱着 International，这岂不是很奇怪的事情吗？藤枝对我说，他们唱的是法语的 International，所以不被干涉，至于日本语的那可就要被禁止了。我真不明白这个道理。他们虽然是用法语唱着，但是那内容，那音调，岂不是一样的吗？鼓掌的声音是这样地多，那不是证明观众都明白那台上所唱的歌是一回什么事吗？日本的这个国家真令我奇怪！

然而一想起我的祖国来，那可真要令我痛哭了！……野蛮的中国呵！

九月二十七日

晴。

昨天藤枝送了我两张“本乡座剧院”的包厢票。我今天先去找沈叶沉君同去看戏，可是他的女朋友刚从中国来到，没有闲空。后来去找宪章，可巧在他那里碰到了楼建南君，他是刚下火车的。因为楼建南君不是宪章的女朋友，所以宪章可以和我同去。

“本乡座剧院”的建筑很特别，平顶，没有楼座。进院的时候要将皮鞋脱去，这种习惯虽然是很洁净，然而这实在有点麻烦。包厢内没有椅子，席地而坐；说一句实在话，这令没席地坐惯的人，真是有点吃苦。

第一个脚本是《炭坑夫》，原作者是麦尔顿，译者是佐野硕。叙一九〇八年德国一大炭坑罢工之事。第二个脚本是阿斯托洛也夫斯基的名著《森林》，因为此剧的情节我已知道，而且在莫斯科的“梅宜贺尔德剧院”里，我也曾看过一次，所以我比较看得更有兴趣些。布景演法种种，似乎都模仿梅宜贺尔德，令我想起六年前在莫斯科看《森林》的情景。该导演者大概是到过莫斯科的。

看了今天的演剧之后，我益信日本在演剧的技巧上已走上欧洲的路了。我觉得今天日本人所演的《森林》，并不比那“梅宜贺尔德剧院”所演的为坏。日本人真是聪明而又能努力呵！……

九月三十日

上午阴，下午晴。

上午心绪烦乱，下笔写作时写了很多的错字，半日只写了三页。下午较佳，写了八页。预定十月底可将长篇完稿，不知能否如愿。书店已经催我的稿子了，这样看来，我的著作大概还没到没出版机会的时候……

我的钱已经快要完了，如果国内老不汇款来，那我可真是要受窘了。今天写了一封信给全楚，大概在半月之内，他是可以将我的款子寄来的。

今天初次看见了日本的新娘。晚饭后，散步经过一家菜馆，见着门前聚集了许多人，我的好奇心动了，便也就挤上前去，看看是什么一回事。恰好这时从门内走出来了两个妇人，一个大概是伴娘，那一个就是打扮得很有趣的新娘。她们走出来没停步即坐上了汽车，使我没有仔细看清楚，这令我有点失望。

日本天皇昨晨生了一个女儿，这成了一个很大的事件，全日本的报纸为之出了专号。这真是怪现象！这生了一个孩子有什么大不了的事情呢？

日本的前内阁，侵略中国的大将，田中义一忽然害急症死了，这倒比较是一件重大的事件，因为日本帝国主义的健将又弱了一个，而被压迫的中国民众因之减少了一个敌人。日本的政友会恐怕不能再抬头了。贿爵事件的发觉，小川前铁相的入狱，田中的死亡，这在在都给政友会以巨大的打击。从今后，资产阶级色彩比较浓厚的民政党（现政府党）恐怕要在日本独霸了。

这两天日本的新闻纸，因为连篇载着田中的死和内亲王（皇帝的女儿之称）的生，闹得不亦乐乎，忘记了登载中国的消息。中国的政局现在到底闹得怎么样了呢？

“艺术家的作品就是艺术家的生命，如果他的作品的真价被人所误沾了，或者竟为人所完全不了解，那他该是多么苦痛呵！……”

十月一号

晴。

中饭后即往藤枝家里，顺便在路中买了几件玩具给他的小女儿。我到时，他刚起来。他说，藏原惟人于一点钟的时候在家里等我们，我们即刻就要动身去他家里才是。于是我们坐上汽车，不一会儿便到了藏原的家里。他家的房屋很古，也许他父亲从前是一个贵族也未可知。客厅里有一张很大的用着金色架子装着的油画，那怕是很古旧的东西，据藏原说，那是他父亲从欧洲运回来的。

藏原的年纪很轻，谈起来我才知道我还大他一岁。他的俄语很流利，没有日本人说英语的缺点。我们谈得很久，谈到俄文坛的现状，中国的普洛文学，日本的作家……藤枝随身带了一本《丽莎的哀怨》，并向藏原说明了这是我的近作，藏原因之便向我问起这一部书的内容来，我大概地告诉了他。他说，这是很有趣味的一部书，可惜他不能读。他说，他很希望我的作品能够译成日本文，使他有读的机会。

后来我说明向他借书的意思，他答应了。他的俄文书籍很不少，据他说，这大部分是他由俄回国时，随身携带回来的。我在他的书架上翻了很久，结果找出几本批评集和长篇小说。我很为满意。从今后，在日本，我不愁没有书读了。我应该多么地感谢他呵！

他送了我他的一部刚出版的近著《艺术与无产阶级》；我感谢他的盛意，然而我很可惜我不能够去读它。他说，他近来正在着手写《俄国近代文学史》。我想，他既然有了很多的参考书，这是很容易使他写出一部好书的。我忽然动了一个念头，为什么我不利用他的书籍在东京写出一部《Marxism与文学》呢？这对于现在中国的文坛，不是很要紧的工作吗？……

已经是快要五点钟了，藤枝还没有吃饭，我便向他提议，我请他到中国饭馆去吃饭。他说很好，可惜藏原因为五点钟要开一个什么会，不能和我们同去。我和藤枝向他告别了；走出之后，便坐上汽车至大雅楼。大雅楼规模虽不甚大，然而很洁净。这是北京的饭馆。

藤枝喜欢饮绍兴的黄酒，这倒出乎我的意料之外。我们共饮了三小瓶黄酒。在日本的中国酒价格奇贵，我真是不敢多饮呢。我向藤枝说，等他到上海时，那时我将请他到中国菜馆，痛痛快快地饮一饮中国酒……他说他今年年底一定要到上海去一次。

结账时，我们吃了四块多钱，连小账共花了五块半，天哪，这真是太贵了！太贵了！……

走出了饭馆之后，我们在街上各书店里，看了一个多钟头的旧书。日本的旧书真便宜，唉，如果我会看得日本文！那时我将要买很多的书呵！有一部大英百科全书只售价三十元，这真是太便宜没有了。可是一因为没钱，二因为那数量太多了，就是买了，也很难运回中国去。

看了旧书之后，我们又进入一家咖啡店吃了两杯 wisky。我看，藤枝倒是一个很爱吃酒的人呢。从咖啡店出来，时间已是不早了，便坐上高架电车转回家来。到家后，我连忙将我所借的书重新翻一遍，不禁觉得很愉快，即时将波连斯基的《现代批评之诸问题》读了两章。有几句话我觉得每一个都是应当记着的：

"艺术家能够看得见，认识出，而且艺术地将某一期间之社会生活的主要的脉搏，根本的源泉，表现出来，那时他才能成为伟大的艺术家。……"

十月二日

晴。

上午将波连斯基的《现代批评之诸问题》看完了。波氏为现代俄国有名的批评家，其观点大部分是很正确的。不过在这一部书内，有的地方却未免过于偏激了。论布留梭夫一文实在是很得当，作者深深地了解颓废派诗人走上革命的路的经过。

晚间宪章来了。他译了一部叶山嘉树的短篇小说集。我为他介绍至上海一家书店去卖，不知可能卖掉否？宪章走后，我开始读哥尔巴切夫的《现代文学丛论》。在这以前，我还没读过他的批评文章呢。

长篇已写了 160pages，本月底或可完成。但我是不是在小说完成时就回国呢？我现在简直不知如何决定才好。在东京我是可以多创作一点，多读一点书的，但是那上海，我所讨厌的上海，似乎总有一种什么力量在吸引着我……我总是想回到上海去，这可真有点奇怪了。

十月三日

阴雨。

如果东京是这般地多雨，那我真不愿在东京多住了。

午后森堡来了，他报告我说，宪章，公尧……许多人于今晨都被警察捉去了，不知因为何故……我不禁有点奇怪起来了……

今天只写作了两页。很希望此种现象不至于再复现。

我记起来了涅克拉梭夫的两句诗来：

> 谁个生活着不忿怒也不悲伤，
> 那他便不会爱恋自己的故乡。

唉，我的故乡呵！……我要为你忿怒为你悲伤到几时呢……

说也奇怪，我近来很想回到上海去，虽然我知道那上海是不会给我以愉快的感觉的。秋意渐渐地深了，我的思国的情绪也因之渐渐地增加了。

十月四日

阴雨。

杏邨寄来的《新月》上载了胡适之的一篇论文《我们什么时候才有宪法呢?》。这篇论文很证明现代中国的进步资产阶级对于现政治是如何地不满……这阶级的代表胡适之梦想着美国的共和政体，那政体是他的最高的理想。现在的中国政治当然离他的理想甚远，然而那理想恐终没有实现的机会。胡适之现在似乎又活动了，然而我想，他终不能跳出自己的圈子，再向前更远看一点……

胡适之依旧是五四运动时代的胡适之！那时他的思想是美国式的，现在他的思想还是美国式的。然而社会的潮流已经超过了胡适之很远了。……

哥尔巴切夫的《现代俄国文学丛论》已经读完了。他很有精到之处。但他说爱莲堡是“涅普”（新经济政策下面的资产阶级）的代表，我觉得那是未免有点太不公平了。今天读了列斯涅夫的《文学与批评的诸问题》，觉得他对于爱莲堡的批评，倒比较地公正些。他说，爱莲堡是一个无原则的虚无主义者和罗曼谛克，不但对于旧的他诅咒，即对于新的他也怀疑，有时并加之以嘲笑，这表明他是些原则的小资产阶级的怀疑派。如果说他是“涅普”文学的代表，那未免有点冤枉他了。

我读了许多爱莲堡的作品，觉得现代俄国作家，没有谁个能比得上他那般地暴露资产阶级的罪恶。近来，不久在国内时，读了他的一部新著《平等党的阴谋》，我觉得他的思想是比较地确定了，明显了。他依旧是向着革命的路走着的。

今晚建南、晓春、森堡三人来了。我问起宪章等的事情，晓春说没有什么；日本警察在相当期间，总要将中国的留日学生清检一下，这一次就是清检，并没有什么特别的事故，因之他们坐几天牢狱之后，自然就会被放出来的。……

这两天我的痔疮发了，行路都不大方便。这也是很讨厌的病症。据说，这种病症差不多每一个人都免不了的。俗语说“十人九痒，不痔则气”更足证明这种病症的普遍。但是，为什么这种病症是这样地普遍呢？因为自己的多病，我时常要发生研究医学的兴趣。回国后，我一定要多买几本医书看看。

十月五日

晴。

今天所写的一节，真是太把我难为住了：又要顾及读者，又要顾及自己的艺术，又要顾及许多别的……我想，就使有一个很大的天才，在现在的中国社会环境之中，也不能将这一节写好呵。唉，苦痛呵，苦痛……！

读了片冈铁兵的一篇小说《艺术的贫困》，这是片冈氏向左转的作品。这篇东西很令我想起郁达夫氏的一些小说来。据藤枝说，片冈氏先前也是浪漫得一塌糊涂，可以说如中国的郁达夫一样。但是片冈氏现在转变方向了！……

十月六日

今天是星期日。奇怪，星期日对于我似乎也有什么意义，一到了星期日，我便觉得要休息休息才是，一定要出去逛逛。午后至藤枝家里，打算和他的小女孩逗趣逗趣。藤枝说，他病了五六天，现在才好。他说，他的身体很强健，不会害大病。不过依我看来，他比我也强健不了许多。

他的小女孩真有趣。她很能吃巧格力糖，我买了一包小巧格力糖，她很不费力地全行吃了。她有时向我说话，可惜我不懂她所说些什么，只哼哼而已。藤枝问她愿意跟我上海去否，她点头表示很愿意。如果我能把她带到上海去，那岂不是很有趣吗？我觉得孩童总是世界上最神圣的，最纯洁的！

从藤枝家归来，已是五点半了。我直接走进我的包饭馆去。沈叶沉君和他的女朋友正在等我。吃了晚饭之戸，我们便游逛夜市。夜市上有许多东西真便宜……

从夜市归来，已经九点多了。沈君说，端先的夫人来到东京了。我想明天去看看她，问一问她关于上海的情形。

杏邨来了信，他说，他很苦闷……怎么办呢？我简直为他和灵菲等想不出妥当的办法。他说，他们希望我即速地回到上海去。我回去干什么呢？我对于他们有什么帮助吗？除开和他们谈谈话而外，我是不能做出什么事情的。我深深地知道他们的痛苦，然而我，我的痛苦也并不浅少呵！……总而言之一句话，在中国现在想有什么伟大的成就，那是不容易又再不容易的事！

十月七日

昨夜失眠，吃了两片阿特灵之后，才于两点钟入梦。今天的精神非常不好。小说一个字也没写。上午看完哥尔巴切夫的《文学革命的两年》。下午到森堡处，看看宪章等有没有出狱，可是他不在家。晚饭后到沈叶沉君处，约他去看端先的夫人，但是他又没有空。今天的一天就这样不高兴地过去了。

预算长篇本有十二万字，可是现在我想将它缩短到十万字之谱。现在中国的读者没有读长篇的时间，而且也没有购买厚书的能力。让我还是将我的书缩短一点罢。不过这种缩短并不妨碍本书的结构。

我的神经非常衰弱，不能受稍微的刺激，一受了稍微的刺激，夜里便要失眠。这将如何是好呢……

十月八日

阴雨。

今天读完了罗斯芹的《艺术家与时代》。我觉得罗氏的文笔太板滞了，有时竟艰涩得难懂。批评家是不应犯这种弊病的罢？……

晚饭后同沈叶沉君一道儿去看端先的夫人。她住在中华女生宿舍里。我觉得她有女艺术家的风味。在言语之间，她表示很不喜欢上海，而想常在东京住。我很同意于她的意见。但是我到底预备什么时候回国呢？……我想，我还是在东京多住一些时为好。

又接到了一封家信。信上无非说些时局不定，地方纷乱，兵匪为患，经济破产……等语。

十月九日

晴。

今天上午开始读法节也夫的《坏灭》（这是藏原惟人氏所译的名词，不过俄语 Razgrom 一字，我觉得译为《坏灭》有点不大妥当。但是我想了一些时，也找不出比较适当些的译名来）。这是俄国文坛最近的巨大的收获。所谓普洛文学这种东西，在格拉特柯夫的《水门汀》和谢拉菲莫维奇的《铁流》之后，更为这部著作所确定了，所坚固了。这是一部很康健的写实主义的作品。

下午建南、森堡、晓春三人来了。我们谈起日本的社会斗争日见尖锐化，因之日本政府的压迫政策，也就不得不更加严重起来……然而这是不是有效果呢？

晚饭后至附边的一家影戏院看影戏。头一场是武士剧，无大趣味。第二场是舞蹈，纯粹欧洲式的舞蹈。我不料日本女子也会舞蹈得这般活泼。第三场是现代剧《苍白的蔷薇》。这一剧在艺术上说来，简直可以与欧美的电影并驾齐驱了。三个女主角的表情，那简直不让美国的电影女明星。她们的美丽，尤其是那个饰绯佐子的滨口富士子，也很能动人心魂。滨口富士子的风骚妖冶，虽史璜生也无以过之。饰八重子的夏川静江可以说兼比比丽道芙和丽玲格许二人之长。这一次的影戏更将我在中国的旧观念“日本影戏不好”打破了。谁个能够指明这《苍白的蔷薇》赶不上欧美的出品呢？虽然作者的思想囿于资产阶级的范围，然而以艺术的眼光看来，这《苍白的蔷薇》不能不说是日本资产阶级的文化之一朵奇花了。

在银幕上我可以看见日本的女演员的表情，她们的悲哀喜乐，但是在银幕上我可以看见中国的女演员的一些什么呢？一副板滞的面孔而已。

我想到日本的歌舞伎座去看一看，然而那里的头等票价需要七元，减价时也要四元九角，真是令我望门兴叹！

十月十一日

阴。

今天上午的精神非常不好，不但没写作一个字，连书都看不下去。下午的精神比较好些，写作了四千字。长篇已经有了十一章，本可以算是完篇了，但我想如果再添上一章，或者本书的意旨要因之更明显些。

午后又去看影戏。在未看《结婚的悲剧》（原名为《不幸之男》）之前，我想武者小路实笃氏的作品，或者会给我以相当的满意；可是在看了之后，我感觉到一种无聊的失望。市侩的思想，庸俗的，琐碎的写实主义，令我不能看到终幕便走出影戏院了。

菊池宽，武者小路实笃，算为日本文坛的第一流作家，然而他们的作品充满着与其说是“人间味”，不如说是“市侩味”。市侩主义的作者居然在日本的文坛上握着霸权，这到底是一回什么事呢？……

后天或大后天，我的长篇就可以完成了。完成了之后，我将再做些什么呢？就回国呢还是在东京住将下去？读日文呢还是再从事著作？……我真要嘲笑我自己了！我是这样地没有果断！

秋风渐渐凉起来了，我的思国的情绪也就渐渐浓厚起来了。我讨厌上海，我讨厌中国，然而秋风总是在我的耳边说道：不如归去！不如归去！……

异邦虽好，然而我总感觉到一种寂寞。

记起来了旧作《海上秋风歌》的末一节：

海上秋风起了，
吹颤了我的诗魂；
触景频生感慨呵，
哀祖国之飘零！

十月十三日

晴。

长篇于昨日下午完成了。昨晚因校对长篇有无遗漏，到十二点多钟才就寝，弄得日记都没有写。今天上午我将长篇稿件寄到上海去了。这总是我到日本后一点小小的成绩。我生下的也许是低能儿，也许是一个残废者，然而这总是我的儿子呵！……我将我的儿子定名为《冲出云团的月亮》，这不是已经很显然地表明了他的内容了吗？这个名字或者比较长些，然而，我想，这并不要紧。这或者将显得更有趣些。

下午和森堡、建南到银座去逛了半天马路。这是东京的一条顶热闹的街了。等于上海的南京路。我买了几张电影女演员的照片和三套精美的小书签。后来我们走到日本桥，进到丸善书店内看一看，我的目的是在于看看有无俄国书籍，及杏邨所要的关于研究屠格涅夫和阿尔志拔绥夫两人的一类英文书籍。但结果是失望。俄文书籍虽然略有几本，然而那都是一些外侨的作品，已经没有令人注意的价值了。关于屠格涅夫和阿尔志拔绥夫的研究，我没找到一本。

从丸善书店出来，我们又逛了一回。路经过一个擦皮鞋的，每人只要花五分钱就可以叫他擦一擦。建南说，这种交易儿很容易做，等到我们没有饭吃的时候，不妨在上海的马路上干一干这种勾当。我很赞成他的话。我很奇怪上海的马路上为什么到现在还没有做这种职业的人呢？

天气已有了初冬的意味。我已将棉衣穿上身了。东京不会比上海更冷些罢？

长篇已经完成了，我将再干什么呢？我想请一个女教师，好好地读两个月日文。到了日本而不将日文学会，这岂不是笑话吗？

国内的战争又爆发了，这一次或者比较更热闹些……好！打他娘！……

晚间沈叶沉君来了。他说他预备后天动身回到上海去。我告诉了他一点关于中国近来文艺界的情形。他想回国后做一点艺术运动。我劝他说道，如果他是从事图画的，那他应当画几张革命的画出来；如果他是从事文学的，那他应当做出几篇革命的小说或诗歌出来；空喊，唱高调，而不务实际的行动，那是一点儿用处都没有的呵！……

沈君很诚实，没有一般所谓“留学生”的夸大的习气。

十月十四日

今天一整天算是东京最好的天气了。天上一点儿云块都没有，所谓秋高气爽者是也。

今天下午读完了法节也夫的《坏灭》。法氏的笔调很生动，描写心理尤能精细入微。在艺术的手腕上，他比李别金斯基高明得多了。《一周间》还有许多幼稚的地方，《坏灭》则令我们感觉得它的作者是一个很成熟的老匠了。

已经夜一点多钟了，然而因为不能耐“辗转反侧”之苦，又爬起身来写这两行字。现在我坐着远听火车的声响，近听院内秋虫的叫鸣……我的一颗心茫然……茫然……

十月十五日

因为昨夜失眠的原故，今天早晨起来很晏。将一杯牛奶——这是我的早餐——饮了之后，便开始读新俄作家费定的有名的长篇小说《城市与年头》。可是我的头脑昏昏然，不知所读的是什么。

午饭后去找藤枝，可是他久已不在家了。他的夫人说，他有一点小小的危险，在近地的朋友家住着……我明白了，没有多说几句话，便离开了他家。我在归途中想道，日本快要同中国一样了……

想送书给藏原，然而又不敢去。他不知道我的住址，我又忘记了他的门牌的号数，怎么办呢？等两天再说罢。

晚饭后独自到新宿的武藏野馆去看影戏。两张影片都是美国的产品，第一张是有声的，——我觉得有声电影反不如无声的好。两张影片都是毫无意思的作品，表现出资产阶级艺术的“内容贫困”。

从电影院出来之后，便逛新宿的夜市。我花了十分钱，买了两张西洋的画片。如在中国，其价格一定需要七八角钱之谱。夜市的货物真便宜呵！我逛来逛去，见着许多东西宴买，但是我的荷包不允许我。从夜市归来后，已是十一点多钟了。

十月十七日

上午到藏原家里，送书给他。因为他要赴什么会议，所以我在他的家里停留不久，在重新选借几本书之后，便和他同阵走出来了。在电车上我同他谈起文学家与实际工作问题。他也以为文学工作和实际工作那是很难联合在一起的，因为文学工作并不是很简单的工作，自有其特殊性。……我将中国的一般革命党人对于普洛作家的态度告诉了他。他说，在日本也曾有过这种情形，就是到现在也许还有，这的确是很难免的现象。我问他创作过没有，他说他从没创作过，但是他说，就是写艺术的论文也需要很多的时间呵……

下午开始读左林的《为普洛写实主义而战》，觉得他的意见很为正确，然而他对于谢芙林娜是那样地没有好感，这真令我大不以为然。以我的眼光看来，如果有些作家被称为普洛作家，则谢芙林娜也有被称普洛作家的权利。

下午四点多钟的辰光，王女士和一位吴女士来访。这位吴女士是初从中国来的，和我初次见面。在说话之中，我觉得她的思想很清楚。她们的住处不远，谈了一会，我们便同阵到她们的住处去。她们留我吃晚饭，这晚饭是她们自己做的，令我觉得很有故国的风味。晚饭后，吴女士的两位女友来访她。她们是两姊妹。我最奇怪的是，她们也不知听何人所说，知道我久已在东京了。

王女士为我述起H女士的事情，不禁令我为之惘然者久之。我记得，那是在前年的夏季，我客居在H镇的一所女学校里。有一天的下午，有一个相识的女生引进来了两个女子到我的房间里，她说她们是慕名而来拜访的。她们之中有一个就是H女士。我们从此便认识了。她的那位女友知道我是没有结婚的人，后来便在我的面前提议，并说明H女士对我爱慕的心情……我即刻便欣欣然决定了。在相识的不久之后，H女士亲身送一封自己写的长信给我，那封信所给予我的愉快，和她将来所给予我的失望恰好相等。在这一封信之后，我们的关系便决定了。她说，我们离开H镇时才能结婚……我并没勉强她。后来H镇的空气日见恶劣，我感觉着不能再住下去了，便问她有没有决心和我到上海去。她始而忸怩不定，继而向我说一些什么她不值得我爱，因为她有了肺病……一些拒绝的托词。我的性情是很爽直的，便向她宣布断绝爱情的关系，同时我未免要笑她太莫明其妙了。她到底怀着一种什么心理呢？在决裂不久之后，我便回到上海来。已经两年多了，我丝毫没有得着她一点儿消息，在别一方面说，我的确是把她忘记了。不料今天在这异国的东京，王女士为我述起了她的身世……王女士说，她投入便衣侦探队，害死了许多人……现在流落在无锡或在别的地方，过着最堕落的生活……回忆起来往事，我不禁为之惘然者久之。被王女士的述说所激动起来了的吴女士说道，这种女子真该死，还有什么值得惋惜的呢?！……

十月二十二日

上午开始读绮达阿克谢洛德女士的《文学批评集》。女士为俄国犹太人，死于一九一七年。她一方面对于普洛解放运动有很大的功绩，一方面为应用Marxism批评文学的首创者之一。其姊柳波夫·阿克谢洛德，则为Marxism的著名的哲学家。

下午送书给藏原。适逢他出外散步未归。他的妹妹不懂得外国语，和我说了半天也没说清楚。后来他的父亲出来了，用英语和我说话，请我等一等。我在附近的芝公园散了一回步之后，又重新回到藏原的家里，他已经回来了。

今天和他谈论了很久。我们先谈论关于未来主义与新写实主义的问题。他的意思以为，现在新俄的普洛写实主义未免受了未来主义的影响（在形式方面说），如普洛写实主义的动性，节势，都取自于未来主义。但是我却以为这并不尽然。新写实主义之所以与旧写实主义（在形式方面说）不同，其要点当然在于新写实主义的动性和节势Temp，但是这是现代工业生活对于艺术的反映，而并不是因为受了未来主义的影响所致。

我们又谈到爱莲堡，叶贤林……不料他却是叶贤林的一个大大的爱好者。

他居然为我背诵了几段叶贤林的诗，这真要令我愧觉到我的爱好叶贤林的程度不及他远了。我虽然很爱读叶贤林的诗，——呵，他的诗真是美丽，清快，令人感动呵！——但是我记得的却很少。而藏原居然能够成首地背诵，这岂不是证明他对于叶贤林太爱好了吗？

叶贤林的意识与我们的完全不同，然而他的诗却令我们这样地心醉！……

谈论着，谈论着，不觉天已经晚了。我向藏原提议到神田中国菜馆吃酒去。可惜他不能多饮，两人共同只饮了一瓶啤酒。从菜馆出来之后，他要到什么地方有事，我也就乘上电车回来了。

十月二十三日

上午继续读绮达女士的《文学批评集》，觉得她的批评精细入微，诚不愧当“文学批评家”这一个名号。今将她论卢梭一文中的一节翻译如下：

“卢梭的个人主义乃是对于高等阶级特权的反抗，亦就是对于下等阶级之受非人性的剥削的反抗。这是对于残酷的实际，狠毒的社会之反抗；因为那社会不但不保障弱者的权利，而且置之不问，一切唯诸强有力者是视。有力者就是有权利者。卢梭的这一种个人主义是倾向于反抗强有力者，而保护被压迫者，受痛苦者。但是现代的个人主义，却伸张强者欺压弱者的权利。卢梭为着反对自己时代的不良的社会的形式而奋斗，可是我们时代的个人主义，正与这相反，却企图着保全现代的社会制度。”

将森堡的短篇小说仔细看了一下。我觉得他的这一篇是失败了。晚饭后散步，顺便将原稿带给他，他很承认我所指摘的一切。他说他要重做。归来时，他和建南送我，进入一家小咖啡馆坐了一会。夜月清明得可爱，不忍即刻就寝。但是我应当睡早些，因为明天上午我要去拿钱呵。

十月二十五日

阴雨。今天天气很冷，有点冬季的意味了。……

同一个下宿住着的，有一个高丽人今早到我的房里来看我。他略略会说几句英语。为人似乎很和气。但我不知道他的真相，只简单地应酬他几句。也许他是革命党人，也许他是日本警察的侦探……明天是伊藤博文殁世的二十周年纪念。亡了国的高丽人对之将做如何的感想呢？……

读了 Thus and Thus 的题辞。巴比塞说：XXth Century——a Century that may be deseribed as the Age of Gold，of steel，or of the Jazz Band，but above all，as the Age of Blood！真的呵！现在的我们的这个世纪就是一个血的世纪呵！

秋雨萧萧，愁人心绪；孤灯默坐，倍觉凄凉。这令人难耐的旅中的寂寞呵！……灯下读了几十页《马克思主义对于文学和艺术的阐明》，然而因为心绪烦乱的原故，即读了也不知所读的是什么。

十月二十六日

镇日地呼啸着恼人的秋风秋雨……

“每一个具着重量的艺术天才，在很大的程度上，会扩大自己的力量，如果他能深入于我们时代的伟大的解放的思想。不过需要的是，这些思想能够溶解在他的血肉里，能够被他表现出来，如被一个艺术家所表现出来的一样。”——普列汉诺夫。

读了诸名家的艺术批评，我不禁慨叹我们国内批评坛的幼稚……

十月二十七日

如果昨天的天气是那样地恼人，那末今天的天气就未免太使人愉快了。秋高气爽，万里无云，这真可算东京的佳日了。

下午王、吴两女士来约游明治神宫，这正合我的意思。此外还有一个陈君同去，他是我们的向导。

明治神宫所供养的是一个什么神，我们大家没有一个人知道。参拜的人很多。当我们进入神宫内时，王、吴两女士也走上阶前去参拜了一下，——

她们是真心参拜呢，还是以为如此做着有趣？我可就不得而知了。神宫的所在地，可以说是一个很大的公园，其大小与上海的兆丰公园差不多，可是高大的林木丛立，为上海所难见。园内的路道很整洁，为东京其它的公园所不如，从此可见日本人信神的程度。我们在园内游了很久，可惜树林内不准人进入，草地上也不准人坐卧，这未免有点令我们扫兴了。

游过公园之后，我们步行至新宿驿。我实在有点走得疲倦了。归来后即躺卧了一会。

和我同饭馆包饭吃的有三个中国学生。我已经考察他们很久了。第一个的神气像劣绅或是什么委员，第二个——买办，第三个——北方的土豪（他是直隶人呵！），但是没有一个像研究学问的学生。他们的谈话对象，不是跳舞场，吊膀子，房东的姑娘，就是回国后怎样活动……我从来没听见他们谈论过学校的功课，或什么哪一种学问的事情。因之我也就一直到现在还不能断定他们是学习哪一科的。今晚我又将他们各自详细地审视一番，不禁暗自想道，这些留学生有什么用处呢？除开回国后做一些于社会没有益处的事情，他们能给社会一些什么呢？……

在日本的中国留学生，听说有数千之多，这其间当然有许多好的，有希望的，真正研究学问的，但是我恐怕很多的都是像这三位先生一样罢？……日本政府近来逮捕了一百多中国学生，据说因为他们有不稳的思想，而如具着“稳”的思想的这三位先生，虽然于日本的治安没有害处，可是将来对于中国的社会，也不知要做出多少的罪恶来呵！……

又很久了没接到国内友人的信。他们近来的状况怎样？

我要回到上海的心情，一天一天地逐渐加厚！异国的秋深了，故园的景物未知已凄凉寥落否耶？……

十月二十八日

晴。

读了《Marxism 对于艺术和文学的阐明》，一方面觉得惟有用 Marxism 才能解释艺术和文学的真价，一方面又惊异社会运动家，伟大的革命的领袖，如 Marx，Lassale，Mehring，Lafargue，Plehanov，Luxemburg，Lenin，Lunacharsky，他们对于文学和艺术是这样地有兴趣，是这样地深切地了解。

其他如专门文艺研究家 Friche，Cogan，对于文艺的认识，非一般资产阶级的学者所能及，那更不必说了。

R. Luxemburg（罗・萨卢森堡）的《俄国文学的精神》一文，不但证明她了解俄国的文学，而且证明她差不多读尽了俄国各名家的著作。她是一个实际运动家，从什么地方她有这些闲时间和兴趣，来读这些文学的著作呢？这真是为我所不明白的事情。

Lassale（拉萨尔）作了一篇戏剧《Fonzin kingen》，Marx 和 Engels 却异常地重视此事，写了很长的信给他，表示自己对于该剧的意见：不但称赞该剧的好处，而且很详细地指出它的缺点，以及如何修正才能排演等等。这可见得伟大的 Socialists，不但尽全力于哲学（辩证法的唯物论）的阐明，即对于艺术也很注意呢。

Marx 和 Heine（海涅）曾有过很深的友谊，Lenin 对于 Gorky（哥尔基）也特别地加以注意……伟大的革命的天才，他们的天才当然是多方面的，为一般人所不能企及。他们不但具着坚强的意志，确定的人生观，而且包容着各方面的知识，富裕着精神的生活。……

Lenin 的案头时常放着 Pushkin，Nekrasov，Tolstoy 等人的作品，这是很奇怪的事吗？不，这并不足奇，伟大的社会改造者，不但要在艺术中找出社会学的资料，而且要在艺术中得着美学的感觉，以丰富自己的精神的生活。

如果有些人以为读了点文学书，就无异于是反革命，那我们又将如何来批评 Lenin 呢？……

十月二十九日

阴雨。

不知为什么我近来越起身越晏了。今早起身时已经是九点了。这样下去，一定要恢复到在上海时的程度。一个人的惰性是很容易增长的。

下午至森堡处看有无信件。适遇着两三年前所认识的郑君。他的神情依旧，未知他的心志已变更了否耶？……我很着急，还没有一封信来。在谈论了许多关于个性在历史过程中的作用问题之后，我又为他们大概地说了一说文学的作用，及普洛文学发生的必然性。

郑君请我们数人到一家食堂吃很便宜的西餐。餐后顺便至他的寓处坐了一会。辞了郑君，森堡便送我回来，一路中他为我述说他是怎样地将短篇小说改作了。他说，如果再有缺点的话，他还是要继续改作下去……我觉得他的这一种忍耐的精神，对于自己作品的慎重和忠实，的确是为一般青年作家所少有的。

灯下又读了几十页普列汉诺夫的文集。他批评别林斯基的思想，为人，功绩，是那样地多方面而正确，给了我一个整个的别林斯基的印象。别林斯基是俄罗斯的伟大的文学批评家，然而因为俄罗斯的文学是与社会运动相联系着的，所以他也就是俄罗斯社会运动史上的最不可忘却的伟大的战士。我们的文学以及我们的社会，正需要着象别林斯基的这样一个人，但是他什么时候才出现呢？我祷告着，希望着……

翻开报纸一看，太平洋的和平会议开幕了。这会议显然是美日帝国主义的分赃会议，愚弄太平洋弱小民族的把戏。最不要脸，最怯懦的中国资产阶级，也腼然派了代表参加这种宰割中国的会议，真要令我感觉得万分的肉麻。中国的资产阶级梦想着和平，梦想着帝国主义的施惠，这结果只是一种梦想而已。

世界上各国的资产阶级有如中国的资产阶级这样地不要脸，这样地怯懦的吗？……即退一万步说，我们立在狭义的爱国主义的立场上，那我们也不能希望着中国的资产阶级会将中国弄得强盛起来的呵！中国的资产阶级是不会爱国的！…

十月三十日

下午到藏原的家里。我和他又谈论了一些关于文学上的问题。后来我们谈起翻译的事情，他说，日本有许多的翻译太坏，简直比原文还难读……我笑起来了。我说，在这一种关系上，那中，的翻译界更要莫明其妙了。近来中国有许多书籍都是译自日文的。如果日本人将欧洲的哪一国的作品带点错误和删改译到日本来，而中国人又将这部作品带点错误和删改从日文译到中国去，试问这作品岂不是要变了一半的相貌吗？如果俄国的作品先由德国人带点错误和删改译成德文，如此辗转地而英文，而日文，最后再由中国人集其“错误和删改”的大成，并再加上一点或者更多些，试问这部俄国的作品到底变成了一部什么东西了呢?！……谈到此地，我俩觉得不禁好笑起来了。

我向他又借了一本马查著的《文学与西方的无产阶级》。我问他有没有工夫和我到藤森成吉的家里去看看他，因为我觉得他是东方的普洛作家的老前辈，我应和他谈一谈，但是藏原说，近来的环境有点不方便……

从藏原家里出来，我到日本桥丸善书店逛了一逛，那里还是没有什么新的英文书。我买了一本很精致的写本，将来我或者要在上面写一部日记体的小说。

晚间到王、吴两女士的家里。适遇着陈君和另外一位新见面的何君。我们谈起现代中国社会的状况，以及一般知识阶级的饭碗问题。何君的思想很清楚，据他说，他是一个苦读的学生。陈君的思想摇荡而模糊，他想向上，然而他没有向上的勇气。我们又谈到日本“金解禁”的问题。这两天的日本的金价又增高起来了，一百三十元的中国银元，才能抵百元的日本金元。如此下去，一般自费的留日学生，如果他们的经济来源不充足的话，一定都要卷起被盖回到中国去。

灯下读了一章《文学与西方的无产阶级》。马查指明出辛克莱的意识上的缺点，但他说，辛克莱究竟是与我们很接近的作家，他的文学上的功绩实不可掩没。在辛克莱的作品中，我们可找出下列的肯定的优点来：第一，他比较正确地观察主人翁的心理，气分，和社会的实际生活之相互间的关系；第二，他用写实主义的手腕，表现出现代美国资本主义的实际。如《北与南》，《石炭王》，《四百》，《交易所员》等等，均为表现美国资本主义之最好的作品。

十一月一日

午饭后打算到森堡、建南的寓处，路中不料遇见了王女士和陈君，他们是送吴女士到日光旅行，刚从车站才回来的。我便和他们一块到王女士的寓所坐了一会。王女士拿了许多画片给我看。中间谈起未来主义和写实主义来。我说，在绘画上，除开写实主义而外，我反对一切乱七八糟的什么立体派，未来派，印象派……因为我，不，不仅止我一个人，见不出他们的好处来。记得我在一本书上读了一段故事：有一个，或者一群雕刻家，我记不清楚了，提议要在某一广场上为 Marx 塑铜像，Lenin 甚表示同意。不过他向提议的人说：“这是很好的事情，不过请将 Marx 的头部塑得像一点才好，千万别要弄成四不像了！……”Lenin 的这一种担心是有根据的，因为照着未来派或其他什么派塑起 Marx 的像来，那结果你说像什么都可以，可是不会像 Marx 的。

从王女士的寓所出来，未走几步路即碰到了森堡和建南。他们是来找我的。到我的寓所坐了一些时，天已经晚了，我便请他们出去吃晚饭。晚饭后我们到神田逛了一会马路。我们本想逛神田夜市的，可是等我们将夜市找到了之后，天公恶作剧。下起雨来了。我们急速跳上电车，怅然而归。

我的胃部这两天又生了毛病，不时地发痛。这两天的食量也不好。养了这些时候的胃病：难道又发作了不成吗？天哪，那将又是如何的糟糕呵！近来水果，尤其是苹果，吃得太多了，这或者是又将胃部弄坏了的原因。我对于我自己的卫生太不注意了！少不得又要加紧多吃一两瓶 Help，这是一种很好的胃病药呵。

十一月二日

午后同森堡、建南到日比谷公园参观帝都复兴展览会。表册和模型甚多，若详细参观，非尽一日之功不可。因为人众拥挤的原故，我们只得大概地参观一下。其间陈列最令我不能忘却的，那要算德永柳州氏的二十四巨幅油画了。德永柳州氏完全把当时地震恐怖的现状表现出来，令七年后的今日我们观其画者，也不禁感觉得如身临其境，神经为之紧张起来。如《海啸》，《吊死者》，《尸骨之山》尤能深入人的记忆。我素来以为日本人不能产生出伟大的作品，然而德永柳州氏却将我的这种观念消灭了。据我看来，德永柳州氏的确是一个伟大的画家。日本的大地震当然是日本全民族的不幸，然而由此大地震能够产生出如德永柳州氏的这样一个伟大的画家，那也未始不是日本文化的光荣了。

参观了帝都复兴展览会以后，我不禁感到日本的资产阶级以及为它服务的知识阶级，是非常地爱勤劳而努力向上。虽然他们重要的是他们本身的阶级的利益，然而在他们的利益之下，他们同时却为着全日本民族做了不少的开化的事业。不错，日本的资产阶级现在开始反动了，然而它的反动如欧美各先进国的资产阶级的反动一样，自有其相当的文明的手腕，决不如中国的资产阶级那般地野蛮，愚蠢，和卑怯。……

十一月六日

久负盛名的富士山及富士湖，今天算是被我一睹面目了。

昨晚吩咐了下女，今早五点多钟的辰光，她即将我叫醒了。七点钟和同伴者在新宿驿会齐。我反来比蔡张女士等先到。于七点半钟时上了火车。火车渐渐将我们送出东京以外了。火车在山谷中行走，两侧尽是山峦，际此初冬，只见红叶如云，别具一种自然的情调。讨厌的是，沿路山洞甚多，火车的烟气令人难耐。约十点钟的辰光到了大月，我们即下了火车，改乘汽车。沿路经过许多纯日本风的镇市。这已经是日本的内地了。然而居民的装束差不多与东京的一样，可以说没有什么分别。在汽车上共坐了一个多钟头之久。到湖畔时已将近十二点了。在湖畔略逗留了一会，便乘上汽船，开始游起湖来。

湖差不多即位于富士山的麓下，富士山的山巅已积了深厚的雪了。久仰大名的富士山，今日一见，觉得亦不过如是，我嫌它太单调了，太平庸了，而不能与人以伟大壮巍之感。其周围的蜿蜒俯伏的群山，我觉得倒比它清秀幽丽得多了。它的带有雪帽子的影子倒映于湖中，隐约可见。湖水清澈见底，波平如镜。因为位于群山之下，不能一眼见到彼岸，其弯曲引人入胜，“红叶满秋山，绿波荡舟影”不禁令游者几疑身入桃源之境了，同伴者还有两个日本女郎，这时坐在船头，轻曼地唱起歌来，不禁令我为之神往。汽船达到了对岸之后，我们便走上山去。山并不见得很低，然而因为路径平正，又加之游兴正浓，所以登至山巅时，并不感觉得疲倦。山巅上有一洞，洞口那边是富士的第二湖，名为“西湖”，因为天已不早了，我们打算当天回东京，所以只能在这“西湖”畔徘徊了一下。因为被山峦隔住了，我们看不清这所谓“西湖”者的面目到底如何，只领略了她一点侧面的微笑而已。明年我或有再来此地的机会，那是我将尽量地亲一亲富士五湖的怀抱。但是现在，暂且止于此罢！……

我们穿过山洞，下了山，在山麓下一家小店吃了一点点心之后，又乘上汽船，顺着原路回来。时已夕阳西下，富士山渐为烟雾所笼罩了。上了岸之后，我买了两褶富士湖的风景画片，及四块富士特产的羊羹，作为我送给我房东的礼物。

于是又是汽车……火车……山洞……京东……我回到寓所时，已是九点钟了。在归途的火车中，张女士说起日光的风景来……我答应了蔡女士：明年重来日本时，于暑期间我一定和她们到日光去旅行去。

回去告人无别语，
此邦山水最温柔。……

十一月七日

今天是十月革命的十二周年纪念日。莫斯科当然有一番盛况也。……

在今昨的两天日本报上，宣布了对于共产党第二次的大检举……

两相辉映，要令人起一种什么感想呢？

……

……

十一月九日

我已经决定在本月十五日动身回国了。我知道那里是没有什么愉快可以给我的，但是当无数万万被压迫的群众受着痛苦的时候，我有权利向我的祖国要求愉快吗？别人可以向它要求，然而我，我这个为祖国服务的人，是没有这种权利的！……

友人们在那里奋斗着……他们也许不了解我，也许要嘲笑我，鄙视我……呵，让他们去！重要的不是在于他们对我的关系！如果他们的行动能将被压迫的中国，我所眷怀着的贫苦群众，从敌人的手中解放出来，那已经是他们对于我的深恩大惠了，我还要要求他们一些什么呢?！如果他们不了解我，不能明白我，那也只是我个人的不幸，历史的必然，而不是他们的罪过。

呵，我应当归去，我应当归去，
重新投入那悲哀的祖国的怀抱里！

……

……

纪念碑

序

若瑜死了已经一周年了。今天是她死后周年的忌日，我有什么话好说呢？我只有表示不出来的无涯际的悲哀，深沉的苦痛！除了悲哀与苦痛而外，我还能说些什么话呢？有什么话可以表示出我的心境来？……

今天我应在烟雾迷濛中的牯岭上面，伏着那凄凉的，被风雨所飘零的孤坟痛哭，一方面吐尽生者的悲哀，一方面慰藉死者的幽魂。但是因为时局的影响，我只能立在黄埔滩上向着那遥远的，不呈现面目的庐山洒泪。“魂兮归来，我的爱人！魂兮归来，我的若瑜！……”唉！对于我只有这凄惨的泣号，除此凄惨的泣号而外，我没有其它的东西可以为对于死者的奠祭。

在这若瑜死后的一周年中，我总想将我与她的历史写出一部书来，做为永久的纪念。但每一提起笔来，我的心就颤动了，我的头就昏眩了，茫然不知从何说起，怅然不知如何表示，直到如今连一个字儿都没写出来。这大约是因为我的文学天才不能充分地表现出我的如海一般深的悲哀来。喂！我还配称一个文学家吗？若瑜呵！我对不起你！我对不起你呵！……

也许我终久是要把这一本书写成功的。现在且让我把我俩的通信整理一下，一切都仍其旧，一字不易地印出书来，作为一个小小的纪念碑。我俩所通的信当然比现在所印行的数量要多些，但是因为有很多的信都被散遗了，无从收集，只得仅限于此了。惯于流浪的我，行踪不定，今天也不知明天要到何处去，因之这些尚存留的信札，再将被我遗失了，也是意中事。但是这些信札是我此生中的最贵重的纪念物，我应当将它好好地存留起来，不但要借之以纪念死者，并借之以为生者的安慰。若瑜虽然是死了，但是她所遗留给我的爱迹是永远存在的。我把这本书印行了，也许读者要骂我为多事，但是我却以为这是我应当做的事。

我现在说不尽若瑜所有的好处，她的贵重的性格，她所给予我的真诚的爱……当她生的时候，我还不觉得她对于我是这般的贵重，但是现在？……

唉！我的天哪！你竟永远地将我的贵重的若瑜夺去了！我诅咒你，我永远地诅咒你！

倘若若瑜还健在的时候，那她将要如何地督促我，鼓励我，安慰我呢！她生前很坚决地希望我成功一个伟大的平民文学家，因之，她除了安慰我而外，还能督促我，鼓励我。但是现在呢？她死了！……我还是这般地无成就！我惭愧我辜负了她的希望！

我曾幻想与若瑜永远地同居，永远地共同生活，永远地享受爱情的幸福。但是在这一生中，我统共只与她同居了一个月，短促的一个月！唉！这是她的不幸呢还是我的不幸呢？我陷入无底的恨海里，我将永远填不平这个无底的恨海。

在此填不平的恨海中，让这一本书信的集子作为永远不灭的纪念碑罢！……

蒋光慈　1927 年 11 月 6 日于上海

上　卷

一

侠生我的爱友：

你的一月十一号的信，我今天收到了。我自信阳一共寄你五封信，你为什么只收到两封呢？末次的两封信皆用红水写的。一封是在信阳车站写的。怪事，我由信阳寄的家信也失了一封，我想这一定是邮局遗失了，或是学校夫役没发，不然，是不能失去的。

我因为好久没接你的回信，我以为你已离开了上海，所以也没把像片寄你，因为没寄，一天我没在家，竟被一个同学拿去了。她留一字云，“玉妹！你赠你爱友侠生的小照，我现在拿去了，请你再洗一张给他罢！”我现在已经又去洗了，三两天内就可以寄你，请勿念。

侠生！我知道你的精神生活是很枯寂的，你每次的来信，我念了几次，不禁为你表现无限的同情！我友！你的精神生活枯寂，我的精神生活又何尝有乐趣！……幸而我还能自慰，不然，我早就流于悲观自杀！我友！我很希望我友能自己安慰自己，对于任何事物皆放冷静些！

我友！你说世界上没有爱你的人，这话我个人是不相信的，因为你是一个可爱的人！

我下学期不想再教书了，因为教书的生活太麻烦，并且我不愿作学校管理，我在二女师本来是教务，下学期他们叫我担任斋务主任，我很不愿意任斋务。我在二女师虽是教书，可是和学生一样的孩子气，没事的时候和她们一阵儿跳舞呀，唱歌呀，说呀，笑呀，我没把她们当作学生，她们也没把我当作老师，我们大家好像同学一样，因为我的性质是生来的小孩子气。并且我也不愿意以严尊的态度与老师的架子对她们，她们也都很能努力的读书。所以我很爱她们。

下期若不去二女师教书，一定去南京了；我若去南京，我还想于暑期前后去杭州一游。过上海也想玩两天。

我刻下在家的生活非常寂闷！天天除了和我慈爱的母亲谈谈闲话，就是一个人闷坐在屋子里，看点儿书或者弹弹风琴。再闷很了的时候，就找婶母家的小妹妹来玩，但是有时候也讨厌她们来闹，很愿意一个人坐着。哎！总之，也是无聊！介石姐回家这么些天了，可是她还没来信呢。不知为什么，我真悬念不已！

几年来我的同志友人有许多已经嫁了人，她们现在不惟得不到什么快乐，并且得到了许多苦痛！我很可怜她们。吾之至友余培之姐于今年暑期内与宋屏东君结了婚，他俩起初爱情很好，后来不知为什么他对她就不很好了！现在培之姐是很痛苦的。我昨天接了她的一封信，我读了之后难过异常。哎！我也不知为她洒了多少同情泪！因为这个原故，我很希望我能成一个独身主义实行者，以免去这些无味的苦痛！

我既从事于教育，我很愿努力的继续研究教育，以造成一个平民教育者。可是我现在觉着我是一个毫没学识的人！想自己的志愿成功，必须抱着杜门谢客，埋首读书的态度。最可恨者即是我的身体大不如以前的康健。自从我到南京读书到现在身体总是多病，所以我有时对于我自己的前途很抱悲观！我友时常说人生以身体之康健为最重要；信哉斯言！我知道我友是很能自爱的人，不过我还希望我友此后少吃些有刺激性的东西，亦卫生之一助也！我友以为然否？

余容再谈。敬祝

你的精神愉快

你友若瑜手书

1925 年 1 月 22 日

二

亲爱的侠生：

你说我称你爱友使你怀疑，我也不和你辩论，因为我知道这不过是你一时的懊丧语。（处在这种冷酷无情的人们当中也不得不令人怀疑！）只是我总希望我们朋友彼此决不可有虚伪的心意和怀疑的态度！怀疑的朋友不是真的朋友。

我很相信你我是真诚的，友谊很深的朋友；因为我相信你，我也相信我自己是真诚的，富于感情的，不肯有负于人的人！或者我友以为不然。

世界上惟介石姐是个真正知我爱我的朋友！

我很希望我友能回家探探双亲，因为他们许多年不见你了，一定是很想念你的。你回家一次可以安慰双亲，也可以安慰你自己了。我友以为？

我的信你收着吗？像片还须三五天才能寄去，因为这几天阳光不好。

数日来精神烦闷，缭乱至极！再谈。敬祝

你的精神愉快

若瑜手书

1 月 24 日

三

亲爱的侠生吾友：

今天接到了你的二月廿六号的信，知道你已经搬了家，我以前给你的信，你收着了吗？大约是三封信，请你去学校门房问问看！

我因为种种困难情形，又来信阳教书，大约本学期是不能脱身了。暑假后是一定要去南京的，或能去杭州玩玩。我近来也是很寂苦的！

我听你说你栽了兰花，我今天也买了几盆兰花种上了，大约三两天内就可以开放她清香而幽美的花儿！看了她也生了无限的安慰，因为她与江南的兰花儿是同一的幽香。

数日来，精神不大好，不能多写字，再谈。敬祝

吾友愉快

你友若瑜上

4 日

四

侠生我的爱友：

你三月六日的信，我收到已经好几天了，因为我精神不好，没有复你。这几天已经痊愈了，望勿为念。

亲爱的侠友！我知道你是很希望我能去南京上学，但是我又何尝不愿意去南京上学呢？……我所以又来信阳的第一原因是二女师恳留，第二原因就是为我的上学经费没有着落！我父亲不肯完全担负我的上学经费！我自己又没多余钱。我以前上学都是用我母亲的钱，可是现在她也没多少钱了！所以我不得不再积蓄些经费再去上学。

我友！我知道你是很寂苦的，我很希望我自己能多有些工夫来安慰你，我更希望你自己能自慰自爱，时常去和自然界接触来安慰自己。

我近来精神还算爽快，时常有些可爱的女郎来和我玩玩，余培之姊虽在附小教书，但是我也时常去和她玩，我们也时常去城外游玩。

我有时候烦闷起来，总不爱和一切的人说话，总爱一个人沉思，或者看看书，弹弹风琴。

上海有卖很好玩的画片吗？若有，请买几张给我。

吾友！你在上海租房住吗？为什么不住在学校里？现在上课了，不能再写。祝

你精神愉快

你友若瑜

3 月 13 日

五

侠生我的爱友：

我十四号给你的信，你收着吗？我今天接了你三月十号的信，知道你为

我本学期不能上学很着急。我所以不能去南京着实因为二女师坚留，第二是为经济。

我从来不好向朋友道穷！昆源知道我的经济问题，大约是培之姊和他说的，不然，他怎么会知道呢？我也不时常和他通信。

我很相信我俩是精神上的知己朋友！精神上的知己终有见面的一日。况且未见过面的朋友更比见过面的朋友有趣而亲切些！我友又何必急于见面呢？

现在同学生旅行去呢，下次再写。祝

你康健和愉快

你友若瑜上

3 月 15 日

六

亲爱的侠生：

你寄我的画片，三月十九的信及兰花，我都收到了！因为种种杂事忙得我好久没给你信！我这几天总是觉着心中不安，好像有很关紧要的事没有办似的，大约就是因为没给你信的原故罢。

我接了你这次的信及兰花，心中异常快活！我自己也不知道为什么要快活！……哈哈！一笑！

我的兰花还没开呢，真急人！……等它开了，我一定要寄你一朵！

你说你编讲义很麻烦，我真相信。你为什么不叫学生自己记笔记呢？

上大有女生否？学生程度如何？一共有几多学生？

我这几天仍然是忙的不得了而了之！明天我们要追悼孙中山。

我有许多话要和你说，可是今日没有工夫！过了明天再谈罢。

祝你快乐

你友若瑜上

31 日

七

敬爱的侠生：

又好久没接你的信了！计算已经十几天没来信，你忙吗？精神不好吗？不知为什么心中总是不安。……

你上次来信说，你的教书生活很乏兴味，我刻下也与你同病，比你还麻烦些！天天这些杂事我真不耐烦管！职员就是公仆，什么看护，医生，夫役，厨子，账先，教书匠……作个全套！哎！真把我麻烦死了！我已经辞了几次，奈校长等决意不允。我在家还是小孩子一样，怎么会管这些事呢？上学期我只教书，精神到多快活！这学期把我忙的也不顾自修功课。真烦死我。

今天同她们一阵儿去乡下旅行，她们都小孩子样的采了人家许多花儿，我叫她们呢，她们也不言语的对着花儿笑，表示她们爱花的活泼姿态，煞是可爱。她们偷的花送了我几枝儿，我现在送你几朵儿，分点儿贼赃给你，哈哈，一笑。

我很爱二女师的学生，不然，我非刻下辞职不可。

我很爱自然，尤爱图画，惟我没有艺术天才，亦一恨事！我总爱画，但是总是画的不好，我气了现在也不画了，我想我终身从事于教育，专研究教育与心理学。我也好文学，然尚未得门径，望我友时常指教我，勉励我。

介石姊打算暑假后去上海入美术专门，惟不知该校办的究竟如何，我友能代打听否？

现在夜已深了，她们都沉沉的睡去，起了风，又下了细雨，身上觉着有点儿冷，睡觉去，容日再写。敬祝

我友精神愉快

你友若瑜上

4 月 1 号夜 12 时

我的兰花还没开，真恨人！

八

亲爱的侠生：

你寄来的两本书我都收到了，信也看了。我现在急于看你的《新梦》，若出版了，望先寄我一本。

二女师不久要开一个游艺会，所以我现在非常的忙。我想叫她们排演《咖啡店之一夜》，此一剧好极，不知她们能演得好否。她们都很活泼天真，或可演得好。附小六年级昨天排演《广寒宫》，演的尚好，惟跳舞不能活泼，表情尚佳。

昨天闷了，早上就与培之姐去野外散步，我俩坐在小河边的沙滩上默想……她睡觉了，我自己望一望远山上的青光，村中的炊烟和水上的波纹，煞是优美：风声，水声，小鸟声；——一种自然的音乐真是好听啊！不由的使我念及我友的机械的枯寂的生活又很难过。我友！我将何以慰你呢？生活太机械了于身体有伤，我很希望我友也时常约一二友人谈谈或玩玩。我天天无论如何的忙，总要抽些工夫去玩玩或是与她们说说笑笑。

我很好野外游玩，可惜我没文学手腕，不能描写她的真美。若我友在，一定要作好诗来描写她的美呢。忙的很，再会。

祝友康健

你友若瑜上

4 月 7 日

九

亲爱的侠生：

我接了你这次的信，（四月二号和三号的信）心中非常难过。你如此的寂苦，我将何以慰你？我爱的友！我用最诚恳的态度劝你要自爱，努力的自慰；不要多思多愁！要知道人生是寻快乐的，不是为着痛苦而生存的。你说我说的话可以安慰你，那么我一定要多抽工夫来安慰你呢！……

我这几天很忙，因为不久二女师要开游艺会，许多事都是我须作的。我给你信你都收到了没有？

小钱袋儿是我亲手作的，现在送给你玩玩，或可少使你得些安慰！

忙的很，再会。敬祝

你精神快活

你爱友若瑜上

4月11日

一〇

亲爱的侠生：

你的快信我今天收到了。啊！我竟为了它闷了这么些天！……

我于寄你袋儿的一封信之后，还有两封信给你，你大约没有收着，我请你快点把信要回来为要。你从上海寄给我的信及相片儿，我都收到了，请勿念。

侠生！亲爱的侠生！我现在对于你已经发生了很热烈的不能抑止的爱力！感情已经战胜了意志！我友！你知道我吗？……

你劝我去北京读书，我是很愿意去的，不过刻下我恐怕不能脱身，因为二女师只有我一个女职员，我是执行教务及斋务等等，若我一离校，恐难维持。我于暑期一定要来北京一次的，北京若没相当学校给我读书，我再跑回东大去。

我因为病了两天，弄的精神不大好起来，但是今天已经好的差不多了，请你勿念。

头疼，余容再写。祝

友愉快

你友若瑜
4 月 28 日

一一

亲爱的侠生：

我今天接到你自张家口寄来的第二次信，知道你仍未回京。我以前寄给你四封信，（北京阮君处）大约不致遗失罢。

我因为脱不了身，所以也没能回开封，也不知道我母亲的病况何如！

近来我的精神很不好，不知为什么天天沉闷的不得了！……惟有接到你的来信的时候，才能得到一些儿安慰和愉快。

侠生！你说我的小照随你到处跑，但是我的心灵又何曾不是随你到处跑呢！……我自己也不知道我的心灵为什么要随你到处跑！侠生！你能知道吗？

心中烦闷，不愿多和你谈，使你得到不安。

请你到京就给我来个信。

余容再写。敬祝

你的生活安全

你友若瑜
5 月 14 夜

夜

夜深了，
一切的声音静了，
宇宙的一切都沉默了。
澄碧的天空；
皎莹的月光。

只有微风吹动树叶儿响。
我静静地坐在树荫的深处默想……

寂静呵，
清幽呵，
月儿走近了，
她笑了，
她蜜蜜的笑了。
她从树叶的空隙中漏进来一朵朵皎洁的倩光——
映在我似愁非愁的面孔上。
使我不得不对她呆望，幻想：
倘若我能生出两翅，
我一定要飞到月宫上，
望一望我那唯一的神交知己，
在塞北是什么样情况！

瑜写于
5月9日夜

一二

亲爱的侠生：

你已经回北京了吗？我心很为你安慰！你为什么一礼拜以后又要去张家口？我以为你还是多休息几天好，你以为？

我因为没脱开身，所以也没回开封，但是我母亲的病已经好了些儿，请勿念。因为我说要去北京读书，大受我父亲的反对，他说我太小孩子气了，为什么在南京读书好好的又要跑到北京去。但无论如何我暑假一定要去北京玩玩，因为我早想去北京旅行，况且又有我亲爱的你在北京，我如何能忍着不去北京呢！去！决定去北京！

侠生！阮君是你很好的朋友吗？他作什么事情？

侠生！亲爱的侠生！你认清楚了我吗？你相信我吗？你真诚恳的爱我吗？侠生！我感激你呵！……我的侠生！我为什么抑止不住我要爱你呢？我自己也答不出来。我总希望我能诚恳的热烈的永远的爱你一个人！……我的侠生，你能永远的爱我吗？……

我相信我的爱情是不容易发生的，既发生更不容易减少的——这或者是我痛苦的根源吧？

我的侠生！我现在才相信意志是战不胜感情的啊！……

我现在在这里的生活是很忙的，天天是没有一点儿工夫看书的，所以我心中很急躁。我每次给你写信总是到夜里，白天是没有一点工夫。

近来不知为什么我总烦闷的不得了！那几天因为烦闷精神弄的不好起来。这几天仍然是沉闷的很！除了接到你的信的时候才可以得到一些儿安慰！……

二女师有位国文教员周仿溪君，他对于诗学很有兴趣，他在报上时常看见你的作品，他很佩服你，所以他很愿意和你研究文学。他托我从中介绍，你愿和他通信吗？他是本学期才来教书，我也不很认识他。

侠生！我去年第一次寄给你的一张合影——我和杨许二女士的合影——请你寄还我，杨女士因为婚姻，去年已经死了！哎！可怜的她呀！

余再谈。敬祝

你康健

你的爱友若瑜

5月18日

一三

亲爱的侠生：

你的第二封快信，我今天收到了。

我的侠生！你如此的爱我——诚恳的爱我，真令我感激不尽！亲爱的侠生！我以后决定好好的爱自己——好好的爱护你的灵魂！

我现在也没有什么大病，还是以前在南京读书的时候，受了一点儿劳，所以弄的肺部有点小毛病。到现在还是不能多用心多思虑，若心中一烦闷就要生病，可是过几天自己也会好了的。我这几天可以说是完全好了，请你放心罢。

侠生！你以为我是个很能干的成人吗？哈哈！你错了，我是一个很天真很不知道什么的小孩子！她们都笑我是一个小孩子式的学监，整天和她们唱呀！跳呀！笑呀！上礼拜她们惹我气了，我立刻要收拾行李回家。她们拼命的挽留，所以我也没走成！我的母亲和介石姊时常说我这样孩子气怎么能教书呢！我亲爱的侠生！你也笑我吗？

我的母亲是最爱我的一个人！侠生！你现在也成了世界上最爱我的一个人了！哈哈！我是何等的幸福，何等的快活！我的侠生！你能终身的爱护我吗？啊！你和母亲都是宇宙间最爱护我的人吗？……

我母亲的病已经好了，请你不要念她。

侠生！我亲爱的侠生！我刻下不能到北京去，使你失望，我很对不起你！但也是不得已，请你原谅我。我想我暑假一定可以去北京一次。侠生！请你想一想：我们第一次会面的时候的快乐是个什么样？……哈哈！恐怕你也说不出来那种快乐的情形呢！……

我以为精神之爱是真正的高尚的很有趣的爱。我的侠生！你以为？

侠生！我是不会作诗的，没有作过诗的。那不过是一时高兴随便的将我的心境写了一段。不能算是什么诗，只能说是乱写，请你不要客气的给我改正改正。

我最后的两封信你都收到了吗？我想你接到我这封信的时候，恐怕你已经快要去张家口去了，你若去的时候，请你给我一个信，并请将在张家口的通信处告我。

无情的计时钟现在已指到下一点多钟了。不再多写了。明天再谈哟。再会，我的侠生！祝

你精神好

你爱的若瑜

5月19日夜

一四

亲爱的侠生！

我今天接到了你的两封信，一封是从北京寄的，一封是从张家口寄来的。你从北京寄的两封快信，我也完全收到了，并且即时都有复信给你，你为什么都没见着呢？我想你离京的那一天信一定可以到的，或者奚女士现在已经把信转给你了。若没转给，请你赶快写信请她把信转给你。

我亲爱的侠生！我的病已经完全好了，精神虽有点沉闷，可是有时也可以得到许多安慰。我的侠生！请你不要老念着我！你心不安，不快乐，同时我也感觉十二分的不安啊！我最亲爱的侠生！我此后决定努力爱自己——使你心安，使你快乐。……

侠生！我因为种种关系刻下不能到北京去，使你……我很对不起你，或者我们神交亦不在乎见面的迟早。我想我暑期一定可以去北京玩玩的。

我的侠生！我的灵魂随着你跑；你的心灵随着我动。这不是我们爱力的表示吗？我相信这种爱之势力是真诚的，不可思议的，神秘的，或者永久不灭的。……

侠生！我的母亲昨天从开封来信阳了，她是最爱我的，她怕我念她，所以她特意来看我一次。

我的侠生！明天是我的二十二周岁的纪念日，介石姊给我寄来一些好玩的东西，我现在分送给你两个小小的书夹儿玩玩。请你不要笑我小孩子气。

二女师国文教员周仿溪君为人很忠诚，他很爱慕你，因为他时常见你的作品在报上。他想和你通信，你愿意吗？

钟到了，要上课去了，再会，我的侠生！

你爱的瑜妹草

5月26日

一五

亲爱的侠生：

五月二十五日的信收到了。

二女师的学生真是欠教训，我想不到因为我要辞职，她们把我的母亲用快信骗来，又写信怨你不当劝我去北京。我不知道她们怎么知道你劝我去北京，这一定是她们私着看了我的信。并且我写给你的信封子忽地里丢了一个，这一定是她们偷去一个给你写信。侠生！请你快点将她们写给你的那封信寄给我，我好调查究竟是谁写的。

上礼拜我母亲忽然来了，她说她怕我挂念她，她来安慰我呢。后来我才晓得是她们学生用快信骗她来的，我母亲怕我生气不肯告诉我。

本来她们是为爱我不肯叫我走，但是她们不当写信骗我的母亲！她们写信，说我为想念我的母亲有病很利害，所以我母亲接着信就急忙的来到信阳——并且病未痊愈很着急的来到信阳。无故的使她老人家着急，我心真是不安！

侠生！你接了她们给你的信，你生气吗？若然，我心也是不安啊！你问我她们有理还是你有理？我也以为你比她们有理些，因为她们留我是教书，于我个人学识进行方面不合适，你劝我去北京是求学，是为我的前途计，幸福计，当然是你有理些。

侠生！我下学期决定不在二女师教书了，因为我不善于管理，二女师须教我任管理，我是绝对不愿意干的。管理的事非常麻烦，我怎么能管得了呢。况且我又急于去上学。在二女师没有一点工夫自修是我最苦的一件事！

我的侠生！我暑假决定要去北京看看你，安慰安慰我们六年来相思的苦衷。请你相信我罢。

亲爱的侠生！我因为了解你，相信你，所以才能诚恳的热烈的爱你，不过有时候自己疑问，“侠生究竟能否永远的爱你？……”这也不过是因为爱你过于热烈不得已的一种疑问，想你一定可以原谅我的。

侠生！你以为我是一个贪生怕死的贵族式的女子吗？哈哈！你猜错了！你是一个革命者，我也是一个反抗者。我反抗宇宙间一切的不平等不自由的待遇！我咒诅所有的资本家及帝国主义者。这种反抗或者是我的生性，我自幼就爱反抗，因为反抗，所以在开封一女师被开除了，——但是我很愿为这种有价值的反抗被开除。

侠生！我虽然知识幼稚，但是我很表同情你作一个革命的文学家。

我给你的快信收到了吗？

我现在还是忙的很，再谈。祝

你平安

你爱的瑜妹

5月29日夜

一六

亲爱的侠生：

你暑期不回你家瞧瞧吗？你不想念你的母亲吗？

你说你现在很忙，为什么现在还是这样的忙碌呢？你现在有没看书或创作的工夫？忙碌的生活固然很好，然生活太忙了于身体有些不好。我总希望你多有些工夫玩玩，或者和他们谈谈天。

我知道张家口的景物不好，但是或比我的生长地开封好些呢。开封的景物真是干燥极了，我自幼没有见过开封城中有一点自己生出来的青草。望一望总是黄沙无际。除非到了乡下才比较好些。我自幼就爱和母亲一阵去乡下玩玩，因为我自幼极爱自然，我同母亲一到了乡下就快活的不得了。我和其他一些孩子们到野地里，草地上，树林间，池塘边，尽量的玩呀，唱呀，笑呀，跳呀，……别的小孩子说我唱的好听，跳的好看，于是大家就一阵唱呀跳呀起来。我好上树，好摘花，她们都说我淘气，我母亲也骂我顽皮——有时我生了气就哭了，她又来安慰我，我一刻儿又好了，还是一样的好玩。——回忆十数年前我的生活是何等的快乐有趣！但是，我刻下还不觉着我已经长大了——已经是教书的先生了。

信阳的风景很好，不亚于江南的景物。我同学生也时常去野外玩，可恨信阳地而不平静，丘八土匪很多，所以我们也不敢去山上玩。信阳城南四五十里有一鸡公山，风景极佳，每年暑期有许多外国人去那里逛。我想过几天同学生一阵上山旅行。

侠生！你生在景物秀美的江南是何等的幸福呵！

昨天夜里我和培之姊贞婉姊又在皎洁的月下谈天呢。我忽然想起我上月寄的一首小诗，不由的笑了起来。我现在的心境为什么还是与上月看见月儿一样思念着？我亲爱的侠哥！你昨夜也曾到月下与我有同样的思念吗？

上课去，再会呀。祝

你愉快

你爱的瑜妹
6月5日早

一七

亲爱的侠生：

你给我的两封由张家口寄来的信，我好久都收到了。我给你的信，你都没收着吗？一封是快信，一封是平信。

不知为什么六七天又没接着你的信了！心中闷烦不已！……侠生！我相信世界上惟你可以安慰我，惟我可以安慰你。我的侠生！你相信吗？

我想今天下午一定可以接到你的信，因为你是我的知己，你一定知道我这几天烦闷，一定肯来安慰我！……

……

不多写了。敬祝

你好

你的瑜妹

6 月 4 日

一八

亲爱的侠生：

我想今天要接着你的信，哈哈！果然今天接着你的信了。可见你是我的知音，侠哥，你是我唯一的知己啊！

亲爱的侠哥！我读了你的信得到了无限的安慰，无限的快乐。侠哥！亲爱的哥哥！你不是我唯一的安慰者吗？侠哥！我想你接了我的信也是一样的快乐。哥哥！你接了我的信你快乐吗？

侠哥！我暑假一定要到北京的，请你相信我罢。我校大约七月一号以前放假，我大约于六月廿四五号就要回开封。我和母亲一阵回开封，过三两天就可以到北京。我是一个乡下的女子，没多到过大城市，到了北京一定不知东南西北，我或者同介石姊一阵去。

亲爱的侠哥！你说你不能不老念着我，我相信你，是不得不老念着我。侠哥！你念着我，我念着你——我们永远的念着罢。……

我母亲教我谢谢你问候她。

我这几天很忙。祝

你精神好

你爱的瑜妹

6月4日下午三时

一九

不知为什么我总想我成一个杀人放火的强盗——鼓一鼓勇气杀绝了世界上的万恶滔天的帝国主义者；壮一壮毅力烧尽了地球上所有的资本主义的人们！啊！倘若世界上没有他们，那么，世界就是一个极自由，极快乐的花园！啊！可恨的上帝为什么要生他们使可爱的世界成了个可惨可怕的战场，毁伤了许多可敬可爱的兄弟姊妹们？

啊！此次上海事变，虽然死了许多可爱的同胞，可是同时惊醒了许多醉生梦死的可怜的人们。啊！此次事变是有代价的事变，不要悲伤他们死的可惨！我们要勇进以促革命的实现！

我母亲的病一天沉重一天，我心中焦急万分！我现在的生活就是天天煮药煮饭，或者坐在母亲的面前安慰她老人家。她只有见了我听了我的谈话才可以得到安慰，可是我真不忍看见她那可怜的面孔儿！侠生！我现在的生活很苦了！……

亲爱的侠生！我唯一的安慰者！请你快点来安慰我呵！倘若没有你，那么，我的生活，……侠生！我亲爱的侠生！我唯一的安慰者呵！

……

你爱的瑜妹

6月22日

二〇

亲爱的侠生哥哥：

我给你的信你都收到了吗？为什么许久不给我信？

母亲的病仍然没大见轻，我心中是如何的焦急呵！父亲没有在家，所有家中招待客人，请医生，煮药，作饭，都是我和小妹羡玉的事情。哥哥！我们忙的是如何的可怜呵！今天早晨母亲好了些儿吃了一点饭，我和小妹欢喜的唱起来跳起来了！但是今天下午母亲的病又重了！小妹妹哭了！哥哥！我是何等的难堪呵！

昨天夜里的风声，雨声，和母亲的呻吟声，真是令我难堪呵！今天的雨落得更紧了，我听了这种雨声真是增加了我无限的苦痛！

现在母亲睡了，小妹妹去取药去了；只有我一个人坐在房中，默想。哥哥！倘若有你在此地或者可以安慰我的许多愁苦，但是这是梦想呵！

我接了你的快信知道你在张家口很忙。哥哥！你又在军官学校任课吗？你怎么能忙得过来呢？我希望你在暑期中好好休息，不可作事太多了。

哥哥！我实在不会作诗，更没有文学天才，但是偏好胡写。我当无聊的时候更爱胡写乱作。哥哥！你愿意当我的老师教教我吗？

你爱的瑜妹

6 月 27 日

二一

亲爱的侠生哥哥：

我今天接了你廿五日的信，叫我好生不安呵！你为了我这样的焦急，这样的烦闷，我是如何的不安呵！……哥哥！你如此的爱我，我是如何的感激你呵！哥哥！我亲爱的哥哥！我听你的话，我决定听你的话，我决定好好的保重我的身体。哥哥！我相信世界上只有你可以安慰我！当我最苦恼的时候，得了你这许多安慰，我真不知道如何来感激你才好，如何来表示我对于你的一种情绪！……

我母亲的病最近两天已经好了许多，我也不如前几天苦恼焦急了。请你不要为我焦急，有伤精神！介石文淑姊还时常来和我玩，昨天我三个冒着雨去龙亭游玩。她们想为我解闷，约我坐小舟去北仓。我说错了一句话。惹她们笑了我一大场，笑得我多不好意思！她们说去北仓，我说去北京！这有什么可笑呢，她们竟然笑了半天！你看好笑吗？容日再谈。祝你精神愉快

你爱的瑜妹

6 月 29 日

二二

我亲爱的侠生哥哥：

六月卅日的快信今天收到了。

我母亲的病已经比前几天好了许多了，请勿为念。她老人家此次的病的确沉重，我前几天急得要哭煞了！可是她这几天已渐渐的好了起来，我心中快乐异常。

侠生！我母亲为人仁慈可敬，她爱我如掌上的明珠一般，我如何能不爱她呢？她自从到我家来没有享过什么幸福，并且受了许多形容不出来的苦痛！她生了我兄弟姊妹九个人，就不多不少的死去八个，只剩下我一个不成器的女孩子！侠生！你看她可怜不可怜？并且我又成年不在家，终年是南跑北奔，没有好好的在家孝顺过她老人家！幸而我叔父把他的小女儿给我母亲，这个小妹可以安慰她老人家许多寂寞！

侠生哥哥！我母亲也时常问及你的近况，她时常夸奖你有志气，并且时常问及你的家庭状况，但是我也不知道清楚。

我的父亲是很固执，并且对我也不很好，他处处不把女孩子当作人看待！他不赞成我的个人自由，他不赞成我像男孩子样的终年南跑北奔。我此次要去北京，他是一百廿分的反对，不惟他反对，还有许多故友也都不以我去北京入学为然，她们以为北京的教育不如南京，并且南京东大若半途退学颇为可惜！我也以为她们的话也有些理由。但是无论如何我是已经决意要去北京

看看你的！我北上大约在母亲病能起床的时候，大约在中历五月中一定可以到北京的，去的时候一定要先写信告知你。

奚女士这样热心招待我，我很感谢她，望你代我鸣谢为盼。我若去北京，一定要去拜访她呢。

哥哥！你劝我休息一期，可见你爱我之深，但是我的学业已经荒疏到了极点，只有拼命努力还怕不能救济，哪还有休息的工夫？况且我这几年也没作什么累人的事，也没有休息的必要。

我此次北上大约过一礼拜之后即南下赴宁。昨接东大教务部来信催我急速南下补考功课，因为去年春因病有许多功课没考。

我此后拟努力从事于教育学，心理学，社会学，及文学，我对于这些功课是极有兴趣的，不管将来成功与否，我现在决意要研究他们以作将来改造社会之张本！哥哥！你愿意帮助我研究文学，我是极表欢迎的，我希望你此后就作我的老师！

哥哥！我昨天把你的照片放在我的书桌上，你为什么老对着我望，对着我笑？你想和我说话吗？那么我对你说话你又为什么不答我？……我的哥哥！亲爱的侠生哥哥！我刻下没有一秒钟的时候能把你丢开！我现在的心目中恐怕只有一个唯一无二的你了！除了你什么都没有了！……这也是我没法子的事情！我向来好看不起一些恋爱狂的人们！哈哈！我现竟蹈了人家的故辙！过于自信的若瑜先生！好一个高傲自信的宋先生！……

我最亲爱的侠生哥哥！我爱你久为许多人们所注意，我似狂的爱你亦为人们所讥笑！请你看一看二女师一个学生的诗同培之姊的来信。

你爱的瑜妹

7月4日

二三

我最亲爱的侠生哥哥：

好奇怪！我七月五日寄你的快信为什么到现在还没收着？这一定是邮局遗失，或者因为我写到八十间房廿七号，他找不着，请你去邮局问一问。我问开封邮局说已经寄到了。但是为什么你没收着呢？我七月九日十四日寄你的平信收了没？念甚。

亲爱的侠哥！我接你十一日的信与十三日的快信，真令我不安之至！因为你久没接我的信，使你如此的焦急不安，我怎忍心呢？……我爱的侠哥！我虽然近来心绪不佳，精神不好，但是我怎肯不写信给你呢？我明知你接不着我信心中是如何的烦闷，我怎能不写信给你？

哥哥！你说我或者对你发生误会，这是绝对没有的事情！请你放心！哥哥！你是我唯一的爱人！你是我唯一的神交知己！世界上只有你可以安慰我，我怎能一刻儿忘却你？我怎能不刻刻把你放在我的心里？……

我此刻因为种种原因，行动不得自由，这是使我最烦闷的一件事情！哥哥！我的烦闷和苦痛真是一言难尽，我不愿告诉你使你不安啊！

我母亲的病已经好了，惟身体很弱，我近来身体也好，请勿念。

我大约七月廿日或廿一两日内动身去北京，临时当有快信告你，勿念。

容再谈。祝

你精神愉快

你爱的瑜妹

7 月 16 日

二四

旅馆握别，怅然若失！……数日来迷糊若梦，不知所以！吾兄已平安抵张否？精神佳否？颇念念不置！……

妹现生活无聊，精神不佳，惟今晨少愈！念兄心切，匆草数行借以慰问，望兄速复。敬祝

康健

爱妹若瑜书于北京

7 月 28 日

二五

亲爱的侠生哥哥：

我母亲今天已经平安的到了北京，她很想见见你，和你谈一谈，不知你于这个礼拜天能否想法子请假来北京一次。

母亲对于我们的事没反对，并且说我父亲也没表示大反对，啊！这真是我们的幸事！不过他们所最疑惑的是你的家庭情形，他们听说你已经订过婚的，我说你已经与之完全脱离关系，但他们不大相信。侠哥！你若见了母亲，你可以为伊解说明白。

亲爱的侠哥！你的快信及卅号平信皆收到了。哥哥！你能如此的亲爱我，我真感激你的很！哥哥！我爱你的程度你或者十分明白。哥哥！我最亲爱的侠生哥哥！我很自信的对你说一句我此生永远的爱你，永远的热烈的诚恳的爱你一个人。我的爱！你相信我吗？

哥哥！我自己也莫明其妙，我为什么一定要这般的爱你；我老实说，我向来好讨厌男子的，因为我知道男子的为人多半是靠不住的，不比女子多半是真诚的对人！但是，我对于你却始终是相信你不是普通一般的男子，我切实的了解你，所以才能这般的爱你！既然爱上了你，又怎么能轻易减少了对于你的爱情？哥哥！你说："海可枯，石可烂，而我对于你的爱情永不消灭！"我说，"海可枯，石可烂，而我对于你的爱情永不减少！……"

我最爱的侠哥！我以为我们精神上的爱确比结婚后的爱高尚而有趣的多。人一结婚同时就发生了许多损失！由我的经验观察许多人们未结婚以前之爱情非常真恳而热烈，并且各人上进之精神，劝勉之能力非常大。经结婚后，最大的损失即各人学业的进行大为阻碍！……

哥哥！我以前的意思，须过两年以后决不和你结婚，必须我于东大毕业后，使我之学业告一结束再和你结婚。但是，你的意思要于最近时期内结婚，我为爱你过甚，又不肯绝对反对你的请求，然亦须于今年秋或明年春始能举行结婚仪式。我的理由是：一，两方面皆少有预备组织新家庭之用具；二，我们刻下的生活皆甚忙碌，你在张军校没有工夫，而我最近生活亦甚忙，所以须于秋天始可；三，现在天气炎热如焚，俟秋或春天结婚，同时可作一平生最愉快最有趣之新婚旅行；四，结婚后即时就可以在北京住了，不必再到张家口去。哥哥！你以为我说的对吗？

母亲也不愿意于暑期内结婚。她极反对我们匆忙的就结了婚。

哥哥！我以为人之婚姻为人生之最重要最尊严的一件事情，怎能模模糊糊的过去？……

母亲在京不能久留，她想三五天即要回汴，我以为我们可以于最近时内作一最简单之订婚形式，以宣布我俩之爱情已告一结束，使关心的人们皆可安心了事。

订婚事完，我和母亲或要去张家口一游。

头疼，不愿再写了。祝

你愉快

请你快快来信！

你爱的瑜妹

7 月 31 日

二六

我所爱的侠生哥哥：

我大约明天上午九时搭车返汴，请你不要再寄信北京了。我到了开封就有信给你，请勿念。

哥哥！我请你好好的珍重你的身体！倘若你爱我，你一定要保重自己的身体，使我于无形中得到一些安慰！……哥哥！我亲爱的哥哥！一切事不用再提了，只要你我的爱情永远的坚决，我们什么都不怕的！哥哥！我心中所有的烦闷，我都不愿意和你说的。你只要能好好的珍重身体，就可以减去我的烦闷，使我得到快乐。

我亲爱的侠生！你为爱我使你得到了许多苦恼，我是如何的不安！哥哥！我对不起你！你原谅我吗？哥哥！我永远不能把你丢开！我永远不能减少我爱你的热诚！请你相信我呵！祝

你愉快

你爱的瑜妹

8 月 4 日

二七

亲爱的侠生哥哥：

你的快信及明信片我今天都收到了，请勿念。

我们本打算今天返汴，不料我今天忽然精神不爽快起来，所以今天也没走成。但是今天下午已经好了，请你不必念我！我们大约还须在京停留两天，我们走的时候，我一定寄信告你。

哥哥！我实在对不起你，你能如此的爱我，体谅我，真教我感激得很！

亲爱的侠哥！你如此的爱我，我这般的爱你，你想我怎能把你丢开？……你屡次向我说教我丢开你，我知道这是你的懊丧话，我知道你说了这话是很难过！但是我听了这话是如何的伤心！……哥哥！我也没想到我们为着爱情又发生了这许多苦痛！但是我希望你我不要以这为痛苦！世界上还有许多为着爱情比我们还要苦痛万分！我们这算不得什么！

侠哥！我现在若不是有你，我一定要苦恼到不可言状！……哥哥！我亲爱的哥哥！你千万也要为着我不要发生苦恼致伤你的身体。……

我的头疼，明天再谈。祝

你愉快

你爱的瑜妹

8月5日

二八

我亲爱的侠生哥哥：

我同母亲于八月六日十一时由北京动身，次日十二时到了郑州，二时由郑州搭车，下午四时许即平安到了开封，望勿为念。

我在北京西车站写了一封信给你，你收着了吗？哥哥！不知为什么我此次离北京的时候心中莫明其妙的难过！……火车开了！一刻一刻的和你的距离远起来了！……心中一阵阵的伤心。……哥哥！我不敢再向你身上想！但是如何能管得住！……哥哥！我也知道我们这样的人不应当这样！但是如何能禁得住我不伤心？……你或者看见我和你分离的时候也是同样的伤心。……但是，哥哥！我们不要以分离而伤心，要以我们精神的恋爱——真诚的高洁的恋爱——永远不消灭的恋爱而快乐。哥哥！我们此生的幸福，此生的完成，完全靠住我们高洁的恋爱！……海可枯，石可烂，我们的爱情不可灭！

哥哥！我坐在火车上，一路上胡思乱想！车走到顺德府以北的时候，好一副皎洁的明月自自然然的高悬在很清洁的天空之中，照得遍野光亮！许多禾苗和树林被月光照得活泼快乐，何等的自由！……树林的深处，又好似有许多很奥妙的快乐！……哥哥！那时候设若有你在我面前，我一定和你去那树林的深处跳一跳最愉快的跳舞，唱一唱最安慰的歌曲！但是……火车到了黄河桥，哥哥！我又想你在我前，我们好一阵跳在黄河里顺着那大浪流去也好。……

才下火车，精神倦极，不愿再多说了。祝
你平安

你爱的瑜妹
8月7日下午5时

二九

我亲爱的侠生哥哥：

我给你的信，你都收到了吗？

哥哥！我很悬念你的精神不愉快，我用什么才能安慰你，使你得到安慰和快乐？我亲爱的哥哥！我怎能一刻儿忘记了你？我自从与你会面之后更增加了我对你爱情的热度，增加了我许多不可思议的快乐和苦痛！……

我今天的精神比昨天好些了，我自己也很能安慰我自己，请你不必念我。

我父母对我俩的事并不加反对，并且他们很赞成，不过他们很坚决的要去调查你家究竟为你退了婚否。我也不敢多问，只可随他们去罢。何时调查清楚，我们再商议。

信阳二女师屡次快信电报催我返校，我为种种不得已情形须于三五日后到信阳一次，大约于九月初由信阳南下赴宁。

不知为什么我现在什么事都没心作！我的身体虽然在开封，我的灵魂不知已经飘落何所！……

心绪缭乱，再谈。祝

你精神愉快

你爱的妹妹若瑜

8月9日

三〇

侠哥如握：

数日来心绪缭乱，悲苦已极！妹此次北上实为爱情所支使，本无足怪，不意竟为开封信阳一般人所注意，并加以许多望风捕影之谣言，实一恨事。此种谣言对我个人无关紧要，然我父母对之甚为愤恨，并对我加以许多责斥！……

妹为种种不得已情形，定于八月十三日由汴南下。若有信寄我，望直寄信阳二女师为盼。

心绪缭乱，容日再谈。祝

兄安康并希

珍重！珍重！

爱妹若瑜

8月10日

吾等为爱情而受迫使，虽精神感觉无味之苦痛，然实足以坚决吾等爱情之强度，增高吾等爱情之热力！……

三一

亲爱的侠生哥哥：

当我最烦闷的时候，我不愿多写信给你，使你不安！但是我总希望接着你的信使我于最烦闷中得到一些快乐！最近几天是我最烦恼的时候！除了你，谁还可以安慰我呢？可是已经又两三天没有接你的信了！……

我决定明天（八月十三日）动身到信阳去，或者于三五天后到南京去，或者不到南京去，到深山无人的地方去修心养性去，永远不到有人的地方来！……或者……

不愿再多写了！……

敬祝

你生活安健

你爱的瑜妹

8 月 12 日早 5 时

三二

亲爱的侠哥：

你为什么好久不写信给我？你也生病了吗？还是因为别的原故？……你知道我接不着你的信是什么样情况吗？你一定不知道，若知道，决不忍不写几句话来安慰我！

你现在的精神好不好？请你费心写几句告我！不愿再写下去了，再谈。

你爱的瑜妹

8 月 16 日

三三

我亲爱的侠哥：

我今天从医院搬回二女师了，我的病也完全好了，请你不要念我！

哥哥！你为什么好久不给我信呢？我实在挂念的了不得！你现在的精神不好？或是心绪不佳？或者因为别的原故？老实说，我这些天不接你的信，好似没了魂了！……哥哥！你真愿意长此的下去？……我想你一定是不肯的！

我亲爱的侠哥！你说自己安慰自己是靠不住的，我现在实在相信！哥哥！我若接不到你的信是绝对得不到安慰！……

哥哥！老实说我这几天的心境实在恶劣已极！……我怎么能不想念你！若不是有你，我就……

我母亲又发了病很重！我或者三五天又到开封去！我的病（晕脑）好了！眼还没好完。再谈

你爱的瑜妹
8 月 24 日

三四

亲爱的侠哥：

我迷迷糊糊的病了这么几天！你的廿号的信，我也不知道是什么时候收到的，我今天早晨才看见它在我的书桌上。

病今天已经好了，勿念。

我现在一个人在养病室中住，很寂静，只听见秋风吹着秋叶，作出一种很凄凉的声调来！……

淡淡的秋天景象，眼看着几枚可怜的秋叶被秋风吹落殆尽！无情的秋雨又不住的打击着落在地上的秋叶，更觉得惨淡凄凉！……

一阵可怕的秋风又忽忽吹来了，可怜的淡黄色的秋叶，面带着愁容一片一片的飘零在小路的中间，又被她们的皮鞋——坚硬似铁的高底皮鞋踏的粉碎！……呵！我真不忍心！她们真忍心呵！……

闻介石生我的气？……竟忍心不给我来信！

我现在很寂寞，哥哥！请你来信安慰我！

请你给我寄廿块钱来。

头又晕了，再谈。祝

哥平安

瑜妹于榻上

24 午夜

我很想念我的母亲！不知为什么她也忍心不给我信！哎！好忍心的母亲和石姐呀！……

三五

亲爱的侠哥：

前天迷里迷糊给你的信，也不知说些什么东西，你一定挂念我的病很重，但是我的病没有什么要紧，因为自治会成立纪念忙了一天又受了些凉，所以就发烧了两三天，我也没介意，谁知到了第四天又变成疟疾，一阵烧的好似下了烧炕，一阵冷的好像入了北冰洋的冰山洞里。呵！闹的我实在起不来了！一连睡了四五天头晕好似失了知觉，又好像入了太虚幻境！今天早起忽然睁开眼睛，天光已经大亮，才知道自己病了几天，现在已经住在养病室中。今天已经完全好了，请你不要念我为要。

她们大家都去上课去了，我因为腿疼走不得路，所以也没有去上课。自己坐在房子里十分寂静无聊，拿起书来看不了五分钟就头晕起来，作作手工罢，又手腕疼，到外边走走罢，医生又不许，无奈何又对着窗外的几株焦黄的垂柳和几盆凋残的菊花呆望，发生种种不可言喻的情绪来，可恨我没有文艺能力把这种情绪描写出来！

今天忽然晴朗了，一切情况焕然一新，可爱的太阳能使一切的黑暗光明起来，能使一切的烦闷消灭下去，能使一切的污秽清新起来，一切的疲倦振作起来！它的势力何等的伟大！它的本体何等的光明而公正！

暾将出兮东方，
　　照吾槛兮扶桑。
抚余马兮安驱？
　　夜皎皎兮既明。……
青云衣兮白霓裳，

举长矢兮射天狼。
操余弧兮反沦降，
援北斗兮酌桂浆。
撰余辔兮高驰翔，
杳冥冥兮以东行。

今天早起看了郭君的《王昭君》，现在又无意识的把这一段《楚词》写了下来，因为我爱屈原疯子的疯话，一笑。

我现在又头晕起来，不能再写下去。哎！我的头脑真坏了吗？为什么不能作事了呢？哥哥！我的身体这么不好，我实在着急，这实在是我一件最大恨事！长此以往，我将何以自处？我如此的不能读书，前途何堪设想？……一时想起来还不如到深山僻处去静心修性，倒还清静快乐，逍遥自在，孤芳自赏，长此领略自然界的乐趣，永远不到社会上来！……

社会上的一切没有不是虚空，不是假的，生在这个社会上终天忙忙碌碌又有什么趣味呢？……

瑜妹
26日

三六

我亲爱的侠哥：

今天衣服成功了，但是不知道你穿着合适不合适！若不合适，你可请介石姊为你收拾一下。

我昨天同她们到农场采了一些的美丽的花儿，插在我书桌上的一个小小花瓶儿中，我在这里看书或作手工的时候，她们总是对着我笑！哈哈！好一瓶美丽的鲜花！你已经了解我心中莫明其妙的思维吗？不然！你为什么笑我呢？……

侠哥！你也采些花儿插在你的古董花瓶吗？我希望你也常和她们在一齐，和她们在一齐可以得到许多快乐和兴趣！

我上礼拜天一个人曾到北极阁上玩，忽然走到我俩一块儿玩的那一块地，不由的使我思及我们三礼拜前同游的兴趣！……

你的十八及廿一日的信我都收到了。你劝我的话我都很愿意听！我现在确实比以前精神好了！医生说：射药针四礼拜可以痊愈。我现在的功课不忙，因为我已退去四学分，现在只有十二学分，每礼拜十三点钟，比她们都少了许多功课。天天除了上课就是到清新处玩或休息。课外没看一点书。……

南京现在甚平静，勿念。

上课去，容再谈。祝

兄康健

你的瑜妹

10 月 26 日早 8 时

我的小像你收着吗？

三七

我亲爱的侠哥：

你的廿四日的信，今天收到，勿念。

我昨天上午给你的信收到了吗？

我近来精神很好，天天也没什么工作，除了每天上两三点钟的功课外，没看一点书，天天跑到学校梅庵玩玩，或到北极阁上散步。我们的宿舍也很清静，每天她们都去上课，宿舍只留我一个人，真是寂静无比了，除了远远一阵阵自鸡鸣寺送来的钟声，可以说再没半点儿声息了。我住的屋子的窗子，一个对着钟山，一个朝着鸡鸣寺，每天早晨很清新鲜红的太阳自钟山的巅上升起，一直将他的光线射在我的床上。他催的我不得不早些起来。所以我每天早晨六点钟起床。午饭后睡觉的时候，自有鸡鸣寺的钟声来唤醒我的甜睡。——因为这个原故，我的生活是很有程序！

南京时局也平静，勿念。你若来南京，请早些来，来的早可以吃南京的大而肥的蟹子，否则，就吃不成了。

衣服收着了，请给我一个信。

我现在要到医生那里去，再谈。祝

你平安

你的瑜妹
10 月 27 日

三八

我亲爱的侠哥：

已有一礼拜没接你的信了！哥哥！你当真生我的气不给我信吗？我想你一定不肯的！因为我并没有不听你的话！或者是邮局的沉误！

昨夜的月光真是清新已极，我同她们两三位女同学到校内花园中赏月，忽然从北极阁的深林中飘过来一阵歌声——一阵男子的歌声。她们大家都笑他们唱的不美，我一人忘记了笑，所以她们又笑我。她们哪里知道我的回忆！……

南京这几天时局又很紧急，请你不必急于来南京，过几天来好。

我这几天精神很好。

我母亲已有信给我。

闻介石在上海有病很重。

我给你寄的衣服及信收着没有？

你的小说已成功否？你近来除了教书作文，看些什么书？

我给你寄的一本《玄武湖之秋》小说集，收到了？

我近来没看什么书，颇为恨事！但是我的身体渐渐健强，或可从此康健起来，也未可知。

容日再写。祝

你平安

你的瑜妹
10 月 31 日上午

三九

亲爱的侠哥：

楼上的秋风起了，
吹得了大地苍凉；
满眼都是悲景呵，
望云山而惆怅！

你还记得你去年此时写给我的一节诗吗？你还可回忆那时候的情景吗？

侠哥！我很愿看看你的《海上秋风歌》的全诗，请你下次写给我。

我极爱文艺，奈我没有天才，不过我也愿意同你研究，请你也时常指导我。我现在除了功课，也时常阅览一些长篇小说或诗集以鼓励我的情感，增加文学的兴趣。

十一月三日信，收到。

近来南京时局不很好，她们都怕的不得了，我是不怕的，听见炮声的时候再讲。

我的精神很好，也常射药针，勿念。

介石病好了吗？她昨天来快信和我吵架。她说她病了我不去上海看她。

我现在没钱用了，开封信息也不通了。请你给我寄廿块钱来。

上课去了。祝

你康健

你的瑜妹

11 月 6 日早 7 时

四〇

侠哥如握：

今天接了你十一日的信，知道你已平安到了上海，使我得了不少的安慰。当你走的那一夜，雨下的很大，你又急着走，又没穿许多衣服，我心中很焦急。

秋天已经深了，望特别珍重身体！

我现在功课忙，因为要考月考。我的精神很好，勿念。

我现在也看些文学书。

苏曼殊著的《英汉三昧集》你看见过吗？我现在看一部法国小说 *Three Musketeers*，法国小说及戏曲家家 *Alexandre Dumas le Pere* 大仲马著，伍光建译作《侠隐记》，《拜轮诗选》一小本很好，也是曼殊译，有原文及中文。

我最爱看小说，请你介绍几种好的小说和诗集给我。

上课去了，再谈。祝

你康健

瑜妹

11 月 13 日

四一

亲爱的侠哥：

十五日信片及十六日的信，今天均收到。

我的功课已考完，还有一门下礼拜二考，其实我也没用什么功，天天也没看什么书。我今早在《英文选》上看了一首英文诗 *Under the Violets* 描写一个可爱的女郎死后的情景，我很爱读它，我随便把它翻一下好玩，可惜内中有两节我真写不好它的意思，请你代我写写看。

When, turning round the dial-track,
Eastwrad the lengthening shadows pass,
Her litter mourners, clad in black,
The crickets, sliding through the grass,
Shall pipe for her an evening mass.

At last the rootlets of the trees
Shall find the prison where she lies,
And bear the buried dust the seize
In leaves and blossoms to the skies,
So may the soul that warmed it rise!

If any, born of kindlier blood,
Should ask, What maiden lies blow?
Say only this: A tender bud,
That tried to blossom in the snow.
Lies withered where the violets blow.

这首诗写的很好，共八节，这是末三节。

《侠隐记》我看的是中文的；原文是法文的，我如何能看得懂？这本书译的还好。

我这几天精神还好，勿念。

我现在一个人住一间房子，很寂静，我和易姐杜姐也时常到校外去玩，此刻秋深的景况颇能令人沉思回想过去的情景。

我今天于无意中翻出你一九二〇年六月四日给我的第一次的信，我读了又读，煞是有趣。现在又寄给你看看如何？

哥哥！我知道你几天不接我的信就会着急的，但是我有时候硬找不出工夫写信。我还记得你在俄国给我一封信说我不给你信是为我新交了朋友，忘了故友。你还记得吗？哥哥！你刻下还说我忘了你吗？哥哥！若真把你忘了，还有现在的我俩的相关吗？

易姐天天和我说玩笑，她叫我作安琪儿，叫你作和尚哥。（因为她见你的名字为侠僧）有时候她说你是一只男孩子。因为她看见你上次给我的一个画片上的几句诗了。

夜深了，再谈。祝

你平安

你的瑜妹

11月17日夜

四二

Under the Violets

Her hands are cold; her face is white;
No more her pulses come and go;
Her eyes are shut to life and light: ——
Fold the white vesture snow on snow,
And lay her where the violets blow.

But not beneath a graven stone,
To plead for tears with alien eyes,
A slender cross of wood alone
Shall say, that here a maiden lies.
In peace beneath a peaceful skies.
And gray old trees of hugest limb
Shall wheel their circling shadows round
To make the scorching sunlight dim
That drinks the greenness from the ground,
And drop their dead leaves on her mound.

When o´er their boughs the squirrels run,

And through their leaves the robins call,
And, ripening in the autumn sun,
The acorns and the chestnuts fall,
Doubt not that she will heed them all.

For her the morning choir shall sing
Its matins from the branches high,
And every minstrel—voice of spring,
That trills beneath the April sky,
Shall greet her its earliest cry.

紫兰花下

她的手凉了：面孔儿白了，
　　她的血脉已不流动了；
她的眼睛闭了——已经失去了生命：——
　　着了十分洁白的衣服，与雪一样的洁净，
　　躺在这紫兰花下，阵阵被风儿飘零。

并没用墓碑表明她的来历，
　　去引起人们的热泪与同情；
只有一些微嫩的树枝，
　　好似在说：此地有一位可爱的女郎，
　　躺在这里十分凄凉，十分寂静。

一些老树的树枝儿。
　　密重重的环绕着，阴沉沉的遮蔽着，
太阳的光线不能射在深处闪灼，
　　吸收了树叶的绿素，
　　凋残的叶儿一片一片的，向着它的坟墓飘落。

松鼠在树林中跳跃，
　　知更鸟儿隐在树叶中间狂叫，
　　深秋的时光一切的果儿熟了，
橡果和栗子一个个的坠落了，
这些秋天情况，她都观察的清楚。

晨乐队为她唱了，
　　从树林高处为她合奏着自然的乐歌，
春天的各种奥妙的歌奏者，
　　都来为她唱歌，
　　个个用它清新的声调为她祝贺。

侠哥！我翻的实在不好，抄给你，请你给改正。

你翻的那三节是后三节，这是前五节。

九日信收到。

我现在尚好，勿念。

我这几天不想上课，天天一个坐在房子里看小说。看小说或可以解除我的烦闷。

瑜妹

12 月 11 日早

四三

亲爱的侠哥：

你为什么写信来恭维我？你不是我的老师吗？你为什么不指教你的弟子，反来恭维我？你太不像老师的样子了。

我这几天精神好得多了，请你不要念我，请你好好作你的工作。

你现在失眠，我很挂念。请你不要多思虑！不要作事太劳苦了，时常出去玩玩。

你现在加入创造社我很赞成。你时常和他们谈谈或者可以得到许多安慰。

阳历年我们大约放一天假，我或者可以到上海去玩一天，只看有工夫没有。

你的《新梦》南京乐天书局有卖的。你的长篇小说出版了务必寄一本来。你要译的理想小说已下手没？你要作的短篇小说什么名字？

我这些天除了看小说，没有作什么事，有时候或者到图书馆看点参考书。不高兴去上课。

她们昨天约我到体育馆去看影戏，是侯曜编的《春闺梦里人》和《摘星之女》两个影片。编的也不见得十分好，不过还可以。祝

你愉快

你的瑜妹

12 月 15 日

四四

我亲爱的侠哥：

我接了你十五日来信，真是叫我难过异常！侠哥！你为着我这样的焦心！……我是如何的不安呵！……你如此的深切的爱我，我是如何的感激呵！……

哥哥！只要我们的爱情高洁而深切，——永远的互相爱护，别的一切不成问题！

我也无所谓烦闷或快乐，不过想起来烦闷的事情，就烦闷起来，一刻儿快乐起来又忘了。我这几天已经不向烦闷的地方想，天天和书为朋友，有时候倒很快乐。我昨天读了杜子美的《江村》：

清江一曲抱村流，
长夏江村事事幽。
自去自来梁上燕，
相亲相近水中鸥。
老妻画纸为棋局，

稚子敲针作钓钩。
但有故人供禄米，
微躯此外更何求？

读完了又不觉得笑起来，你看他真会找快乐。真是知足者常乐。又读拜轮的《去国行》：

"Come hither, hither, my little page;
Why dost thou weep and wail?
Or dost thou dread the billows' rage,
Or tremble at the gale!
But dost the tear-drop frome thine eye;
Our ship is swift and strong:
Our fleetest falcon scarce can fly.
More nerrily along."

当拜轮去国的时候，他是何等的悲壮！

我昨天买了一部《楚辞》，现在还没看完。屈原的悲愤更甚于拜伦。读了他的《离骚》，真是令人不得不和他表示同情的悲愤。他说：

已矣哉国无人
莫我知兮！
又何怀乎故都？
既莫足与为美政兮，
吾将从彭咸之所居。

屈原终为悲愤而死，真是可惜。

昨天给你的信收着吗？

我这些天功课也不很忙，除了作些报告，整理笔记，或到图书馆看看参考书，都是看些文学书籍。我看文学书不过是藉以欣赏而已。爱看文学书，也或者是受了你的影响。易姐姐说我投了和尚作老师，要努力学文学预备将来作个快乐的安琪尔呢。

钟点到了，上课去。

我刻下已经不烦闷了，哥哥！请你千万不要以我而焦急，切切！

严冬到了，望珍重身体。祝

你愉快

你爱的瑜妹
12 月 16 日下午 1 时

四五

亲爱的侠哥：

我这几天眼睛生了毛病，不能看书，我心里焦急的不得了，昨天到第一医院，医生给点药洗一洗，今天少好一点。

你的廿二日的信，我今天收到了。你以为我有你的气不给你信，哈哈！我怎么那么好气？我也不是个三岁的孩子，不为什么事就生气不理谁，不为什么事就气的哭了。

我有时候心里不高兴就不愿提笔写信，并不为什么，请放心。

上礼拜南京落了大雪，我和她们在雪地里去堆雪人，我和米司任争雪球每人跌了一跤，跌在雪堆里一个石路上，把腿跌破了，到现在还不能走路走的快。天天上课，我们两个跛子老是走不快，他们一些男学生总是笑我们。你看好笑不好笑。

上海落雪吗？

阎介石身体已经健康了吗？她来信说还是精神不好。你们常一同去玩一玩也好。

你的精神现在好不好？夜里能睡否？念念。我希望你不要太过于劳心了！注意保重身体。

请你给我定一份《洪水》半月刊。

容再谈。敬祝

平安

你的瑜妹
12 月 23 日晚

四六

亲爱的侠哥：

廿五日的信及诗，今天收到。谢谢你给我作的诗。

我们是阳历一月廿六日放假，一月廿日左右考试。现在有许多笔记报告或论文要缴的。

结婚的事等我母亲来信再说，我是不愿作事使我母亲不安的，因为我母亲只有我这一个女儿，她是极爱我的，我也只有这唯一的亲爱的母亲，我也是很爱她的。她爱我如掌上明珠，我是她一生唯一的成绩，我是她唯一无二的安慰者，我怎忍心使她不安呢？况且她对于我的事是很注意。她知道我爱你，她并不反对我同你结婚，不过她也是受了旧社会的暗示，对于婚事太过于小心。

我以前曾对母亲说我要立志此生独身不嫁人，要努力于学问，献身于社会。她很深沉的对我说："孩子！你立志独身，我是很赞成的，但是你没有兄弟姊妹，孤单零丁一个女孩子在这恶社会之下，如何能不受委屈呢？……我死在九泉怎么能安心呢？……"我听了她这话，我是如何的痛心？如何的……现在想起还不禁泪下！……哎！她是如何的爱怜我！今年暑假她同我从北京回来，她对我说："侠生能如此诚恳的爱你，我心中是很安慰的，只希望他能永远的爱你！"可见她是不反对我们结婚的。结婚的迟早是没有大关系的。

或者我母亲赞成在上海结婚。不过她现在还没有信来。开封现在很乱。

我写到这里心中非常难过！想起来父母将来之死亡，……想起来转瞬间我的廿多年的光阴已经过去，回想我的孩子时代的快乐而今安在？……想起来我的学问之无成，前途的可怕！……回头想起来家庭之困苦，父母之操劳，我种种求学之不易！……前瞻后顾，不禁神伤矣！……

瑜妹

26日夜12时

四七

亲爱的侠哥：

计算今天十二点钟接到你的信，但是没有接着！……

前天夜里十点半钟的一次汽车从我的窗前经过的时候，我的一颗赤心就紧紧的随了它到了下关车站，车站上一阵一阵的冷风吹在你的身上，吹在我的心中，心弦不住一阵阵的惊颤。一颗娇弱的心灵随了火车又飞到上海去，我那里能把它收得转来？……呵！我最亲爱的侠哥！你可觉得你的瑜妹随你到了上海吗？……

我现在的许多功课，我那里有心去作？……我是何等的焦急！呵！爱情究竟是什么东西？我终究莫明其妙！……

阎介石姐明天到南京，她要同我一阵到开封去，我们大约一礼拜后离宁。

你到上海身体如何？米斯王的病好些了吗？请你告我说。我很念。

我们的像照坏了。

上课去了。再谈

祝你平安

你爱的瑜妹

1月6日

请你有工夫给我来一个信，不要忘了！

四八

亲爱的侠哥：

八日的信收到。

哥哥！我现在所处的地位难极了！我何尝是一个自由的人！何尝不是在各

方面压迫之下的女子！所以一时想起来，就想脱离社会一切的关系，作一个不识事物的呆女子！烦恼起来就想死了干净！亲爱的哥哥！为着我和你发生恋爱的关系，心中不知受了多少的委屈和苦痛！我哪里肯告你说使你不安呢？……

我以为我们可以于年假举行结婚，但是我不问好我的家庭，怎么能敢不言与你绪婚呢？我几次想写信回家问问我父母的意思，一则因为难为情，二则恐怕得着失望的结果，所以迟迟到了上礼拜才写信回家去问。现在还没回信。

暑假我母亲对我说过，“倘若你和侠生结了婚，结婚的时候必须在开封……”倘若她这次来信说叫到开封结婚，你是否愿去？

我母亲是最爱我的，也是最不能体谅我的！哎！什么父母之爱！

阎介石是最爱我的，她因我到上海是为你，不是为她，现在有气不理我。哎！什么朋友之爱！

我早知道爱情能使人快乐，更能使人痛苦！但是已入爱情之迷阵，如何能解得脱？爱情害人好苦呵！

希望人人都不要爱我，因为我是一个不可爱的人！……

不愿再写下去。

若瑜妹

9日夜

四九

亲爱的侠哥：

五日七日信及《洪水》均收到，勿念。

我的功课大约于廿号左右才能考完，介石姊不能等我，她今早走了。我约于廿一日由宁动身到开封去。大约二月初可以到上海。

哥哥！我亲爱的哥哥！你为我受了许多委屈，我何尝不知道，我何尝不感激你？哥哥！我现在才相信爱情的势力是可以支配人的一切的。才知道恋爱是一种莫明其妙的东西。

我现在功课很忙，但是我的心灵何曾在我的身上，精神恍惚，莫知所以！今天早把你的像片放在我的桌上，对着我的面孔，不时的向它望一望，于是得了不少的安慰！不然，……哎！多情的我呵！我真没有法子想！……

想一想：我们以后相处的时光无限，现在的身体的分离又有什么要紧呢？精神的接吻，是何等有趣！

我希望你好好的作文章，年假期中努力的将你预备作的文章做成功。

你爱的瑜妹

1月9日于图书馆

五〇

我亲爱的侠哥：

自从和你结下了不可解除的恋爱结，我的一个赤裸裸的心灵无时不是紧紧的系在你的身上！尤其是最近几天……哎！焦不堪言！……

你体谅不体谅我，没有什么要紧，只希望你注意保重你的身体，你能保重你的身体，我就可以得到无限的安慰！

为什么好久没有信给我？……

你的瑜妹

1月30日

五一

我亲爱的侠哥：

我才写了一页信给你，随后就接到了你廿八日的来信，我也说不出来是快乐或是悲伤！哥哥！我亲爱的侠哥！我十二分的对不起你啊！使你为我而苦恼！……

亲爱的哥哥！我读了你的信，恨不能立时飞到你的面前，轻轻的吻着你的面孔儿，紧紧的握着你的两手儿来安慰安慰你的苦闷的心境！……

哥哥！我这几天虽时在烦闷之中，但是那能一刻儿忘记了你？我的身子虽然在开封，我的一颗心灵那有一刻儿离开了你！哥哥！你或者也知道我这种情况；你或者可以由我这种情况得到一些儿安慰！……

好了！侠哥！请你稍等一等，我快来你面前了！此后将永久的在你面前；不再分离！我亲爱的侠哥！此后你永久是我的看护者，你将永久是我相依为命的爱人！……

一切事安置好了，就动身到上海去！我刻下有点小病，头很疼，不能再写下去，最后希望你珍重身体，千万保重你的身体！……

你的亲爱的瑜妹

2月1日

五二

哥哥：

我深为你焦病了！亲爱的侠哥！我在病沉中更不能一刻儿丢开你！……你或者不知道我这种悲哀吧！……

想起来你一个人的寂苦的生活，想起来你说“倘若你不到上海来，我不知将如何度过年假！……”想起来你为我的烦恼，……想起来……多情如我，……能不……

在梦幻中晕迷中看见你那愁苦的面容……哟！哥哥！……我亲爱的哥哥！……

瑜妹写于病榻

除夕

五三

亲爱的侠哥：

她们后天开什么游艺会，又要我作些无味的事情，我的病好了，她们是不容我闲着的！哎！忙的我个不得了！

你到上海给我的信收到了。我的病可以说完全好了，请你不要悬念我。我希望你好好努力的作你的工作，不要失了你作事的兴趣！

哥哥！我不是对你说过吗？我是一个小孩子，总好胡思乱想，好发生种种无意识的幻想，想起来又好说了出来，有时候使得人家不高兴。但是我终是免不了作无味的幻想，这也是使我苦痛的一个原因。

昨天我看见一个乡下的天真烂漫的女孩子，坐在牛背上，口里唱着不可思议的曲子，极是有趣。她那种逍遥快乐的生活，真是令人爱慕。忽然连想到卢梭的返于自然的学说之有意义。自己又恨自己不当来繁华社会读书，不当与繁华社会里的人们接触。自幼生长在乡下，过活在田野间，倒多快活。社会无论坏到什么地步，我也不去过问。

侠哥！我总是好乱想，你笑我吗？

这几天天气很冷，请你珍重。

她们又来叫我了，再会。　祝

兄康健

你的瑜妹

礼拜五上午

五四

我亲爱的侠哥：

三月三日的快信今天收到了。哥哥！我接了你的信，不知为什么当时我的病就减轻了一半，这其中真是有种莫明其妙的道理呵！哥哥！我亲爱的哥哥！我在沉病中不能得到你的只字，我是如何的焦闷呵！……几几乎把我急死了！……每天总要焦急的哭了两三场！她们都讥笑我太小孩子气，但是我自己怎么能禁得住我不哭呢？……哎！你或者也要笑我孩子气！……

西医院里一个姓金的外国医士很热心的为我诊病，他夫妇两个每天总要看我三四次，看护张刘二女士也很和善对我，她们时常来安慰我，但是她们的话也难能安慰我。哥哥！除了你，谁都不能安慰我呵！……除了你，谁都不能诊好我的病呵！……哥哥！我想当我病沉重的时候，倘若有你来吻我的病的面孔，轻轻的抚慰着说几句安慰我的话，立刻就有十付药的效验；但是……

我看了你的信就如见了你一样，我想我的病或者三五日就可全愈。我能起床，就从医院搬回家去，保养两天就同她们一阵到上海去。我的精神若能支持，我想经过南京就不停留了，到上海你也不必去接我们，我自己会去找你。

亲爱的哥哥！我的侠哥！我的病好了，请你不要为我焦急！请你不必费事到开封来，我快到上海了！……头晕了，再谈。

你爱的瑜妹
3月7日夜

五五

亲爱的侠哥：

十七日信及大洋八十元收到，勿念。

我在此还好，这几天也不烧了，也能吃些饭了。只是精神有点苦闷，我想过些时就好些了。我下礼拜等她们下山就搬入三等房，（三等与头等一样，每房二人或三人，惟饭少差，可以另桌吃）住头等太不经济了。

我打算在此住三个月或四个月就回去，因为此地到十一或十二月太冷，我怕冷必须早下山。我的衣暂不必寄来，我已在此作了几件。等很冷了再说。

你说你的身体好，我心中很高兴。我希望你此后将一些麻烦事能推脱就推脱了。事情可以少作些为要。没事时多去空气清新处玩一玩。

找房子要找空气清新的地方，必须有客房厨房的。过了暑期可以不必用娘姨，你可以随便包饭吃，过两三个月我回上海再讲。

有空拍一小照寄给我！ 祝

你康健。

你的瑜妹
8月22日于牯岭医院

我家里有信给我吗？也不知我母亲的病近来如何？我好久没给家里写信。

五六

亲爱的侠哥：

平信快信及像片均收到。

我现在还在发烧，所以久没写信给你。今天昨天已经退烧了，望勿念。

这个医院除了空气好，别的也没什么好处，过了这个月我决定回去。

我现住的三等房，每月约有三四十元可以了。这个月因为买些东西多用些钱。

山上东西很贵，并且也买不来什么东西，我不很能吃东西。饭太不好。

请你每天吃新鲜牛奶为要。

不能再写了。

你的瑜妹

9月10日于牯岭医院

五七

亲爱的侠哥：

电报收到了。我给你的信，为什么没收着？我这几天已经好得多了，不烧了，也能吃些饭了，请你不要着急。我再养些时，等时局平定就回去。

方君也来了。

我烧了一月多，精神非常不好，不能提笔写字，使你焦急，对不起你。

这几天能吃饭，过几天一定好得多。请你作你的事，不要多念我。

你的瑜妹

9月15日牯岭医院

下　　卷

一

若瑜爱友：

屋内的伴友：一盆金黄色的菊花，一架子的西文书。闷起来的时候，就看看花，对它发一阵痴想；痴想发过了之后，觉着更是无聊，于是掀开几页蟹行文字的书来看。钟点到了，就夹起书包上学校里去讲课。课讲完了之后，或者回到屋内闷闷地稍微坐一下，拿起笔来写，或编讲义，或翻译文章。有时候下了课，独自一人跑向花园里逛一逛。

啊！这就是我近来的生活！有趣味呢，还是没有趣味？我想起，或者是幻想罢，你时常同阎女士及其他一些可爱的女郎游玩，散步，欣赏自然界的美丽，是何等的幸福！是何等的生动！但是我呢？

“写了一封信给她，很久了，应该有回信了，但是……恐怕……”这或者是我无聊的默想，但是人越无聊，越盼望朋友的来信，而况是亲爱的朋友的信？因盼望而默想，因默想而乱猜——这恐怕是人之常情罢！

阿弥陀佛！今天接着你的回信了。接着信的时候，不觉得什么喜欢，不觉得什么兴奋，但觉得得到了许多安慰。

为什么盼望来信呢？大约是为着要得到一点安慰罢。

是信呢？还是安慰呢？……

你的病好了，这是第一件我要替你祷告的事情！最重要的莫过于身体之健康。我还不大痴笨，对于自己之健康还知注意。可是有时无聊，我却好吃一点酒，浇浇胸中的块垒。吃酒大约不是好事罢，可是我有时竟吃酒。并且吃的很不少。这是智者的行为？……

大约人当无聊的时候，就会瞎埋怨；我说你写信敷衍我，也就是这个原故罢。你问我由何见得你写信敷衍我，我可是回答不出。“我以为我们的友谊只有一天增加一天，绝对没有什么敷衍的意思……”真的么？亲爱的若瑜！我感谢你的诚意！

介石为我友之至友，我就此也可以想见其为人。我真感激她，她与我未谋一面，未通一信，而竟能知我，明白我，这实令我不得不感激的。我祝福她的将来。

请寄语介石女士说：“蒋侠僧真正地感激你，且为你的将来祝福。”

我在俄的成绩——一部诗集《新梦》，某书局允为代印，但恐在短的期内无出版的可能。倘若能够出版时，我一定要赠你一本。

近来中国文学界无甚大发展。所谓新诗人，新文学家，可以说是汗牛充栋，可是他们的作品真太不成形了。在内容方面，他们固无足取，即在技术方面，他们也幼稚已极，拿起笔来就是诗，一至于诗与白话混淆，分不清什么是白话，什么是诗。不错，新诗是要用白话体的，但是并不是一切白话都是诗罢。我很有点志愿办一文学刊物，振作中国的文学界，可是一个人精力有限，在最近期间，这种志愿是达不到的。

我友对于文学也有趣味么？

我现在忙极了！时间到了，我又要上课去。

不能和你多谈了。

桌上一盆金黄色的菊花似乎讥笑我似的：“为什么这般忙碌呢！”

可是忙碌还是要忙碌啊！

祝你康健！

侠僧

11 月 3 日于上海

二

亲爱的若瑜友：

四五年来我作客飘零，
什么年呀，节呀，纵不被我忘却，
我也没有心思过问
我已成为一天涯的飘零者，
我已习惯于流浪的生活，
流浪罢，我或者将流浪以终生。

这是我的《过年》诗中的一节。我颇感觉得我的前途是流浪的，是飘零的。但我并不怨恨这个，惧怕这个。我是一个诗人，古今来的诗人，特别是有革命性的诗人，没有不飘零流浪的。我对于人类，对于社会，怀抱着无涯际的希望，但同时我知道我的命运是颠连的。我倒愿意这样，否则我就创造不出来好诗了。

昨天因刺激而使精神发生突变的懊丧，晚上无聊跑到大世界听北方女子的大鼓书，到了十点钟买一瓶酒回来，刚到家，友人李君就说，有一封自开封寄来的信，当时我就知道是你寄给我的。于百无聊赖之中，忽然得到了一点安慰。承你怀念我，承你问一问我的精神如何！我的精神如何？这话到难说了。我觉着茫茫人海没有一个爱我的，虽然我对于那些多数的穷人们或有希望的人们怀着无限的同情。你称我为爱友——这个，老实说，我有点怀疑，因为我觉着现在的世界中没有爱我的人……

倘若你从信阳只寄过我两封信，那末，这两封信我都收到了。我本想多写信给你，奈因我的事情很忙，你又不时常给我信，所以就未能如愿。你明春来宁续读，我实在很喜欢，因为或者我们有见面的机会。你的精神，你的意志，我都表示十二分的敬佩。若瑜！努力罢！你将来有无穷的希望！我祝福你的将来！我希望每一个朋友都比我强，都比我更有造就。我又特别希望女友能够上进，能够立在我的前面。

今年我从那冰天雪地之邦，
回到我悲哀祖国的海滨；

谁知海上的北风更为刺骨，
谁知海上的空气更为奇冷。
比冰天雪地更为惨酷些的海上呀！
你逼得无衣的游子魂惊。

这是我《过年》诗的第二节。你问我上海的地面如何，我就把这节诗来答复你。上海为中国资本主义最发达之地，为帝国主义压迫中国民众表现最明显之区，金钱的势力，外国人的气焰，社会的黑暗……唉！无一件不与我的心灵相冲突！因之，我的反抗精神大为增加了。

上海大学已经放假了。我本拟回里一行，看看我那多年未见面的双亲，看看那多年未入眼帘的乡景，但是因种种事，故不能如愿。我已经说过了，我已成为一天涯的飘零者，还说什么家，故里，乡景……

写到这里，友人请我外出，不得已暂将笔放下，容改日再谈罢。

祝你康健！

侠僧

1925 年 1 月 11 日

再者，我很奇怪：你的信是二十八日写的，为什么昨天我才接到呢？我每次写信，你要几天才接着？

你允许寄给我的像片呢？

又及

三

亲爱的若瑜友：

我还脱不了旧习惯，大家过旧年，我也随之过旧年，弄得我的精神不大好起来了。我接到你一月二十二号的信已经好几天了，本来早就该回你的信，可是因为精神不好，所以到今日才提笔。

读来信，第一件使我不安的，就是你说你的身体现在多病，并且你因之抱悲观。若瑜！这又何必？大凡身体的不健，皆由自己的不慎，倘若你自己能节制用功，减少思虑，绝不至于把身体弄坏。身体是可以养得好的，为什么要因之抱悲观呢？

我现在无所谓抱悲观抱乐观，不过仅感觉到诗人的生活一定是要飘零流浪的，我或者将飘零流浪以终生。但我并不以这个为苦，这个正或者将助成我为一伟大的诗人。你对我表示无限的同情——这是很可贵的同情，若瑜！我感激你啊！

你要勉成一个独身主义的实行者，据你的理由，是因为怕结婚后免不了要受痛苦。本来爱情与痛苦有联带的关系，要想不痛苦，除非不要爱，所以我对于你这种主张，表示相当的赞同。但是在别一方面，我又知道，凡人皆有恋爱的本能，若强抑之而不发，实反背自然的法则，亦非养生之道也。吾友以为然否？

你今年到底如何决定：往信阳抑往南京？你说要往西湖一游，我非常赞同；倘若彼时我有暇时，我一定要陪你一游。我久有游西湖的志愿，但卒迟迟未果，甚以为憾。人生有几何？胜地名山，岂可不一瞻景色？倘将来有可能时，我一定要常常顾盼那美丽的西子。

上海为中国资本主义最发达之地，实在没有什么雅趣，徒觉着金钱气焰弥天，市侩的龌龊讨厌而已。但上海也不可不到，到上海之后可以看到资本主义之真相，可以看到帝国主义的无状，可以看到西方文明是怎么一回事，相形之下，更可以看到东方文明之糟糕也。你说要到上海玩两天，我不胜欢迎之至！我希望你莫要食言。

我天天等你寄相片给我，可是到现在还未等到，好不急煞人了。我真要骂你那位把你要寄我的相片拿去的朋友！岂有此理！她也不想想，她时常与你见面，而我一面还未见呢？

余培之现在因婚姻痛苦，我为之代抱无限的同情，我现在没工夫写信给她，倘若你写信给她时，请代我附一笔。

精神不大好，下次再多说几句罢。

祝你康健！

侠僧

2月2日

四

亲爱的若瑜友：

我正在用土栽培兰花的时候，忽然接到你的玉照，并且她是用一张上面印有兰花的信纸包着的，这却未免有点奇怪了。我想，你或者是兰花的倩影，你喷气如兰，你如兰花的清幽，你的一切都如兰花一样……

我将她（不，是你，）看了又看，不觉有说不出的无限的愉快！我盼望她，我恳切地盼望她，她……她……她今日居然来了！这几天我时常问学校的门房：有位朋友寄一张相片给我，可到了没有？我当问他的时候，我恐怕得着了一个“不”字。幸而今天我接到了。

我对于你每一封信都有答复，你都收到了没有？

我很希望你能够到南京继续求学，因为南京离上海不远，我可以抽空来看你。虽然看见了你的相片，我已经很快乐了，但是倘若能亲自见着你的面，必定更多得些安慰！倘若能够与你多谈一些话，则必定更为幸福了！但是你呢？……

我现在一切如常，没有特别可以告诉你的地方。你现在精神好吗？请珍重你的健康！有了健康，才有快乐！

你友侠生

2 月 16 日

五

亲爱的若瑜：

三月四号寄来的信，我今天收到了。从前的两封信，我也都收到了，请勿念。

前天接昆源的信，他说，你所以不能来南京是因为经济的关系；而你屡次向我绝未提到此，徒说二女师坚留，不能脱身；这真弄得我莫明其妙！到底因为什么？照着我俩友谊的关系，我应当勉力帮助你读书。倘若你能到上海来读书，则经济尽可由我完全帮助，不至于发生若何大的困难。就是你到南京读书，我每月总也可寄点款子给你，使你能够维持下去。但是你从未对我说过。昆源如何知道你的事情？大约你向他说了。向他说而未向我说，大约你总相信他得过些。这半年大约又是不谈了！我总想和你见见面，但是总不能够，这大约没有见你面的缘分罢……

你说你寂苦非常，我也找不出话来安慰你，因为我现在还要人安慰，我怎能安慰你呢？我现在除了每天教两个钟头书，什么事也不问，更不愿无谓的交际。无聊时，也间或跑到游戏场里去听听北方的大鼓书，但这总减少不了我的枯寂啊！

看书或执笔疲倦的时候，每转头看了我背后茶几上的一盆兰花，只有她或可减少我的枯寂，给我些安慰。我天天希望她开，但是她总不开，似乎她不愿意我闻着她的幽香。但是我很苦了……你的兰花什么时候开了，就请你将她寄来一朵，使我一领略河南的春意。

现在江南看看草长莺飞了，但是她们都不是为着我的，我也没有什么顾盼她们的兴趣。

我只希望我茶几上的兰花开，但是她总不开呢？

祝你愉快！祝你沉醉于春的怀里！

侠僧

3 月 10 日

六

亲爱的若瑜：

三月十三号的信，收到。

你为什么不早向我说，因为经济的关系，致不能上学？倘若你早说了，我很可以帮你点小忙。

我现在的确是寂苦烦闷！在这样冷酷而混沌的世界中，像我这种人是应该过寂苦烦闷的生活的。倘若你能多抽些工夫来安慰我，则我真是要感激无尽，深铭五内了！至于说自慰罢，这不过是不得已的办法，其实自己安慰自己是靠不住的。

好了！我手栽的兰花现在居然开了，居然大放其幽香了，居然给了我以香的刺激。江南的兰花对于我是如此，而那河南的兰花对于你又如何？

看江南已草长莺飞，春意饱醉了桃花李蕊。但是她们都是为着别个的……

我所以不住在学校里的原因，是住在校内太烦乱了，没有住在校外清静。我虽然对于群众运动表充分的同情，但是我个人的生活总是偏于孤独的方面。我不愿做一个政治家，或做一个出风头的时髦客，所以我的交际是很少的。我想做一个伟大的文学家，但是这恐怕是一个妄想啊！大部分的光阴都费在编讲义上，没有多余的时间为文学的创作，这也是我很感受苦痛的地方。

我性最喜爱自然界，但是在上海这个地方，简直享受不到自然界的乐趣。有几处花园，但是都是外国人的，不准穿中服的人们游逛，视中国人连狗都不如，说起来，真令人恨煞！我虽然着西装，我虽然也常到外国花园游逛，但总觉得不大舒服，没有多大兴趣……

诗人的伟大在于他能够反抗一切的黑暗。帝国主义者对待中国人真是黑暗极了！我反抗，我一定要反抗……

中国惟一的革命领袖孙中山先生不幸死了，我为之哭了一场，但是你对于他如何呢？

倘若你能多抽些工夫来安慰我，则我将以恩人的眼光看待你！我的兰花开了，今特寄一朵给你，使你领略一点江南的春意。

侠僧

3 月 18 日晚 8 时

七

若瑜爱友：

今天接到你三月二十号的信。我接到你三月十五号的信，即时复了你一信，你还未收到吗？我也买了几张画片寄给你，大约不至于失落罢？

我现在功课的确很忙，但我总要多抽工夫写信给你。精神如常，不过觉得枯寂些。现在春天到了，本应时常出去逛了，但一因为上海无处可逛，二因为一个人逛也没有趣味，所以我竟把春光辜负了。

春光在窗外笑我，笑我无聊；骄我，骄她不是为着我的……

中国新文学界近来无甚大发展。诗歌小说出版的也很不少，但是好的实在不多。就以《小说月报》而论，点儿精彩都没有！我本拟用全力从事文学创作，但现在因教书竟无闲工夫提笔，这真是使我叫苦的事情。在俄数年的成绩是一部《新梦》诗集，我去年已将它交上海书店付印，但因中国出版界太幼稚的原故，到现在还未印好，真是气人！大约《新梦》再过两三礼拜就可以出版了。

你对于艺术如何？还用功绘画吗？日前昆源因事来沪，叙及你能音乐，会跳舞……我现在可惜没有听你漫歌，看你妙舞的机会！倘若有绘画作品，请寄我一看。

祝你沉醉于春之怀里！

侠僧

3月28日

八

敬爱的若瑜：

信刚写完，预备付邮，不料又接到你的信。

多谢你这般地悬念我！我真是幸福！我也值得你这般地悬念？我现在的确是很忙。说到精神呢，说不上好，也说不上坏；不过总觉着没有多大趣味似的。

你为什么今年担任了这些职务？这于身体方面未免太吃苦了。我劝你还是把这些没有大意思而又麻烦的职务辞去好。

你有这些可爱的学生，能够同她们玩，同她们笑，是何等地有趣！可是我的学生呢，枯燥，枯燥……

多谢你分送给我的贼赃！我一点儿也不怕犯罪，请你下次还多分送些贼赃—花—给我罢！

你也好文学？好极了！治文学要多看文学书，要多创作，并且要多研究社会的现象和内容。我现在苦于无多时间创作，真是苦极了！我誓必要圆成文学家的梦！现在我教授社会科学，不过是一时的。

美术专门的内容，我完全不知，待我打听打听。你为什么把图画丢了？照我的意思是不应当的。当着无聊的时候，惟有艺术的幻想可以安慰我们。我从事文学一半是为着社会，可是一半也是为着自己要在文学的国度里找点安慰。

我寄给你的《小说月报》和《咖啡店之一夜》两册书，你收到了么？《小说月报》无大意思，《咖啡店之一夜》比较尚好。

我盼望你多写信给我！

侠僧

4 月 8 号

九

亲爱的若瑜：

你大约实在忙的很；我看你每次所写的信，就知道你很忙——不忙，绝不会像这样的潦草。

你接了我这次的信及兰花，心中异常快活；可是我久未接你的信，心中却很烦闷。可见你要比我幸福得多；为什么你快活而我烦闷呢？

快活，为什么要快活？你自己真不知道为什么要快活？岂不是因为看了兰花之后，你领略了江南的春意？岂不是因为江南还有一个人把春的消息送给你来？岂不是因为……哦，或者我猜错了。是不是猜错了呢？那我还要请问你。

你的兰花开了么？为什么她故意迟迟地开？大约因为她不愿意受我的领略？可是我要领略她的幽香，我却望她终能够受我的领略！

我问你近来有没有画的作品，为什么不答复我？昆源说，你对于音乐有研究，是不是？又说，你跳舞也很好，是不是？

倘若你自以为有艺术的天才，那我就请你努力于艺术的生活。

艺术可以给我们人生以无限的安慰，鼓励和生趣。

上大共有学生四五百人，女生大约有三四十人。学生的程度如何，我不能做一定的答案；不过我敢说，大约不至于较别的大学的大学生为差。

上大共分三系：社会学系，中国文学系，英国文学系。我在社会学系教书。我总觉教书的生活是一种讨厌的生活。但是现在因为要维持生活，并且教书是比较清高的职业，所以暂为教书的生活。

春色满大地，春意使人醉；愿化飞蝴蝶，眠向花深处。

祝你听鸟语而神飞，闻花香而色舞！

你的朋友侠僧

1925 年 4 月 8 日于上海

一〇

亲爱的若瑜：

四月十一号的信和袋儿均收到了。

你这样地爱我劝我，我真不知道怎样才能报答你！我的若瑜！我领受你的劝告，我决意照着你所期望我的做去，我决定听你的话，我决定努力自慰，自爱，……

你的袋儿将永把我的心儿装在里面，我的心儿永不会忘记你！我的若瑜！你相信我罢！

我明天决定起身到北京去。到北京去的原因，我在第一封信已经说过了。倘若我在北京过的好，那我一定也要你到北京去读书；倘若不好，我或者还跑回上大来教书。

不过现在我的理想是：北京是比上海好。

我一到京就写信给你，请你不要悬念！

我的若瑜！再会！

侠僧

4 月 16 日

一一

亲爱的若瑜:

我到京已四五天了，因事忙，现在才写信给你，请你原谅我！我自沪临行时寄给你的信及相片，你都收到了么？我虽然有多少天未写信给你，但我总觉着不安，有天大的事情未做的样子。我的若瑜！我也知道你盼望我的信的心很切呵！我将来大约在北京住了。我很希望你也来北京读书；经费我可以完全担任，若无路费，我可寄给你。不过我恐怕你不愿意。

我现住在公寓内，工作是翻译，没有什么困难的事情。说起来寂寞，我真寂寞得要命！寂寞时，把你的玉照从袋中掏出看一看，假设与你谈笑一番，即时就觉得快活些。我的若瑜！我现在的心恐怕完全是你的了！但是你现在的心呢？……

你现在能不能脱身？若能脱身时，倘若你愿意，就请你到北京来。好不好？我现在总觉得你将来对于我的帮助非常之大！不过在别一方面，我又恐怕将来我没有什么成就，要使你失望，要辜负你爱我之心。倘若你现在把我看重了，而将来我不能达到你的愿望，这岂不是我对不起你？况且我终身立志从事于文学，——文学家的生活，你是晓得的，大约都是飘泊潦倒的多，难免我将来要连累你；这是我迟迟未向你说明我对于你的心事之原因。昆源兄屡次提起我俩的关系，我都以含糊答之，这并不是因为有什么不满意于你，实因为我恐怕我自己的前途不能符合你的希望……

请你老老实实地说一说，你对于我的态度究竟如何。我们现在要说清楚，免得将来起误会。祝你好！

你爱友侠僧

4月26日

一二

亲爱的若瑜：

我寄给你的快信收到了么？

现在我同一位外国的朋友来至内蒙古旅行，大约要旬日光景才能回京。旅行一方面是苦事，而一方面又是乐事：有机会能走遍中国各边区，看一看边区是什么景象，风俗如何，人民文化程度如何，岂不是一件有趣味的事么？

塞北风光无论如何敌不过江南景物！第一，灰尘大的很；第二，荒凉而不秀丽。也无怪乎从前北方的民族都要往南侵，而图占据那景物秀美的江南。说到此地，我又联想到你的生长地——开封了。黄河两岸的景物真是荒凉极了！我这一次北来经过河南的境界，不禁令我回味江南了！信阳的风景如何？

你现在精神如何？忙的很么？我劝你来北京读书，你愿意么？

余容续谈。祝你康健！

你爱友侠僧

6 月 5 日于张家

一三

亲爱的若瑜：

前信收到了没有？

旅行倒也很有趣！同伴除了一个俄国朋友之外，请你猜一猜，还有谁？哈哈！还有你呢！你听了这话，一定要笑我傻了；你现在坐在那学监室里，或立在那讲台上，或同着学生们在那信阳城外的郊野逛逛，怎会现在做我旅行的同伴呢？

若瑜！我并不傻啊！你不曾记得你寄给我的两寸长的玉照？那玉照不是你么？她现在我的身边，她跟着我到处跑，她一刻不离我身，她真是我最亲密的旅伴……但是她是你的玉影呀！她是你的代表呀！我说你现在同我一块儿旅行，你能说我傻么？倘若你忘却我身边有你的“她”，那你才算是傻呢。

在旅行中我不能得着你的信，真是有点令我沉闷！虽然我身边有你的“她”，但“她”不能说话奈何！我对着“她”只有默想，只有……

你在那对溪流默坐的时候，你在静听美妙的音乐——那风声，鸟声，水声的时候，你在那夜阑人静的时候，是否也曾忆起了我，一个在塞北旅行的我？

倘若你愿意，你有工夫，请你尽管照着我北京的通信处写信给我；等我回北京时，我将她们一封一封地细读，我将有无限的乐趣，不可言的愉快！

……

这些点子表示我对你有说不尽的话。再会。

侠僧

5 月 7 日于旅次

一四

亲爱的若瑜：

我于昨日回到北京。你前后寄来的三封信，我都收到了。你于我离沪后寄至南成都路的两封信，至今友人还未转给我，我现在写信请友人寄来，请勿念。

这一次的旅行可是把我消瘦了许多！塞外的风土令我同想江南的秀美——我只走到内蒙古与外蒙古交界的地方（多伦），已经弄得我憔悴不堪；外蒙古沙漠的况味更不必谈及了。

但是我此次实得了许多新的见闻，——这是痛苦的代价！

若瑜！我的若瑜！你这般爱我，你这般热烈地爱我，真教我向你表示无限的感激！在这样枯寂的人间里，冷酷的人群中，你居然热烈地爱我，你居然向我表示最亲密的同情，怎能不教我发生无限的感激？若瑜！亲爱的若瑜！我决定承受你的爱，我决定承认你愿意从我所得到的一切，我决定……好！我是你的了，我是你的了！

本来我俩的交情已有了五六年的历史，在这五六年中，你我相互间的了解，可以说已有了相当的程度，非平常一见面就恋爱者可比。我相信倘若我俩结合后，我俩的爱情一定可永远地维持，一定不至于有什么痛苦的发生。

若瑜！亲爱的若瑜！我的心已燃烧着热烈的爱情之火，我诚恳地向着你的玉照 *Kiss*，*Kiss*……

你若能设法现在来到北京，那就好极了！我热烈地盼望你来，我诚恳地等待你来，我急于要同你见面，同你握着手儿谈一谈。

我现在要休息一礼拜，什么事也不做。一礼拜之后，或者我又要到张家口过两三个礼拜，因那边友人硬要求我帮他几天忙。好在北京距张家口不远，只有六个钟头的火车。倘若你现在能来北京时，一定要先几天写信给我，说明何时可到北京。倘若我来不及接你的时候，你可直到钱粮胡同北花园九号阮励甫君家里；阮君不在家，他的夫人奚浈（号沅君）可以照料一切。不过我总设法能够在车站亲自接到你。

你现在或已回家了？你母亲的病况如何？余容再谈，祝你康健！

侠生

5 月 14 日于北京

一五

亲爱的若瑜：

这几天我休息，什么事也不做，所以我现在又有工夫提起笔来写信给你。昨日寄给你的一封快信，谅已收到了。

你差不多每次写信给我，都说有病，这真令我不安之至！你的身体很不好吗？大约是因为过于操劳的原故。身体的健康关系一生的幸福，你应当加以十分的保重。我既承认你是我的伴侣了，我从今更有权要求你保重自己的康健了。我的若瑜呀！我的爱人呀！你应当听我的话，你应当执行我的要求。你能爱自身，就是表示能爱我，就是表示对我负责任。我现在决定把我的灵魂寄托在你的身上，倘若你因不康健而受苦，那我怎么办呢？我的若瑜！亲爱的若瑜！从今后好好地爱你自己，好好地看护我的灵魂，好好地……好好地……

我知道你接到了我昨日的快信，心中一定很快乐，因为那封信我将赤裸裸的心捧给你看了，我决定了对于你的关系，我将我的一切都贡献给你，我规定了我是属于你的。我现在右手提笔写信，左手持着你的玉照，——写一句，*Kiss* 她一下，我心中燃烧着热烈的爱情之火，大约你无形中也感觉得这个热度罢。我现在更感觉到写爱情信是人生极快乐的事情——我现在的快乐不可言状，或者我有生以来，未尝经过这种高度的快乐。我的若瑜！我的爱人呀！……

我现在唯一的希望，就是你现在能到北京来。说老实话，我真想同你快些见面，快些会聚！我想你大约也同我一样地希望罢。倘若你现在能够设法脱身，那就请你现在来；倘若真正地不能够，那末，也只好待到暑期。不过这一两月的相思怎么挨过呢？至于你到北京后进什么学校，这可等待你到北京后再商议，要进什么学校，就进什么学校，不成为问题。现在的问题，就是你现在能来不能来。

你现在或者到开封去了？母亲的病况如何？我祝告她老人家早日病愈！你能就从开封来北京，那就可以免去学校的麻烦了。倘若我能亲自到车站来接你，那就好极了。我休息一礼拜后，还要到张家口去，前信已经说过。不过张家口离北京只需六小时火车，你能前几日写信通知我，我一定可以亲身到车站接你。请你快些给我信。

你的侠生

5 月 15 日

一六

亲爱的瑜妹：

十四号寄来的信，收到了。我到京后共寄两封快信给你，收到了么？照理，我今天应当接到你的复信了，但是竟没有接到，好急煞人也！

我的瑜妹！你的精神为什么这样不好？为什么总是天天沉闷？我恨身无双翼，不能飞到你的面前，用我的全身心，全灵魂——用我所有的一切来安慰你！倘若你的沉闷是因为我，你的精神不好也是因为我，那真是我的罪过，我只有将我所有的爱来报答你。亲爱的瑜妹！你将我所与你的爱做唯一的安慰罢！

你的小照随我到处跑，你的心灵也随我到处跑……瑜妹！我相信你所说的一切，我相信你的心灵为我占有了。你不明白为什么你的心灵要随我到处跑？真的么？我知道这是因为什么——因为你的心灵已经属于我的了；它不得不随着我到处跑，它不得不附着我的身体。

瑜妹！我最亲爱的瑜妹！反转来说，我现在的心灵又何尝离了你片时呢？……我，我同你处在一样的境地。

你的诗很可造就，我祝你寄给我的这首诗是做女诗人的开端。瑜妹！我俩都是诗人罢；都沉醉于诗境里罢；都过诗人的生活罢；我俩的一切都诗化了罢。瑜妹！你是我司文艺的女神，你是我看守灵魂的安琪儿，你是我的最贵重的……

我天天盼望你到北京来，如盼望爱神的降临一般，但是你究竟什么时候来呢？大约一定要到假期？这一个多月的相思如何得过呢？我可惜现在也是脱不了身，不然，我久已跑到信阳来看你了。空间的距离真是可恨啊！它隔住了我们不能见面，不能对面谈话，不能紧紧地握着手，虽然，它隔断不了我们的爱慕，我们的消息。

我明天到张家口去。张家口也还好，不过风沙多些。你此后写信可以寄到张家口去，免得由北京转。何时回北京还未定。不过倘若你来北京时，我一定赶到来接你。倘若我来不及时，前信已经说过，你可直接叫人力车拉到阮君寓处；倘若车在夜里到时，你可先住一夜客栈，然后才搬到阮君寓处。阮君家无别人，除其夫人外，只一姐姐。你到时，阮君的夫人一定可以照料一切，请勿虑念！

现在夜深了，亲爱的瑜妹！我与你在梦中相见罢。倘若你梦见我时，请你温柔地，温柔地对着我笑；紧紧地，紧紧地和我拥抱。

祝你康健！

你的侠生

5 月 18 日夜

一七

亲爱的若瑜：

我回京后共寄三封信给你（其中两封是快信），不知你收到没有？或者你已回开封了？不过我在信封上已写明，倘若你不在信阳，即请门房转寄至开封；大约它们不至于遗失罢。

我现在又住在张家口了。住张家口本非原意，不过因种种关系，不能拒绝。在物质生活方面，比较在北京或上海要贵族些，但我还是不愿意在此地长住。此地虽然也是一个大城市，但因为可玩游的地方太少；实觉有点干燥无味。我总想早日脱离此地。

若瑜！亲爱的若瑜！我现在一切的希望都放在你的身上了。我现在等你如大旱之望云霓，倘若能早日看见你，倘若能早日和你一块儿住，则对于我是第一最快乐的事情。你究竟在最近的时间能否来京？若无路费，则我现在寄几十元给你实不感觉困难。倘若你现在能够脱身，则请你先到北京，到北京后，倘若你愿意，也可到张家口来望望。你入什么学校好些，则可俟你我见面时再讨论——这并不成问题。

我临走时对阮君的夫人奚女士说，倘若你有信给我，即请她迅速地转寄给我。我很盼望在这几天内能够接到你的信。

我现在精神还好，请勿念。不过，向你说实话，相思的苦楚却有点难熬！我相信你也同我一样的心境罢。我的若瑜！什么时候我俩才能握着手谈一谈六年来的相思？什么时候我俩才能把两地相思的苦楚抛去？

你屡次写信给我总说身体不好，这真令我不安之至！你的身体为什么这样不康健？你劝我保重身体，为什么对于自己身体这样地不保重？我的若瑜，请你说一说道理！倘若你爱我，则请你先爱自己的身体，使我安心，使我快乐。我的若瑜！请你听我话罢！

我的若瑜！我现在一切的希望都放在你的身上——这请你要有十分的了解我，要对我负责任……

祝你康健！

你的侠生

5 月 21 日于张家口

寄若瑜妹

今夜月明如镜
妹妹，我想起你：

倘若你在此地，
我将与你作缠绵之蜜语。

今夜月明如镜，
妹妹，我想起你：
倘若你在此地，
我将与你对嫦娥而密誓。

今夜月明如镜，
妹妹，我想起你：
倘若你在此地，
我将与你对花影而相倚。

今夜月明如镜，
妹妹，我想起你：
倘若你在此地，
我将与你赋永恋之歌曲。

你爱的侠哥

中历闰4月15夜诗意，21夜写出

一八

亲爱的瑜妹：

十八，十九寄来的两封信，我都收到了。同时我又接到一封信面是你写的，而信的内容大约是你的学生写的一封信。我实在未想到写信给你，要你到北京来，同时惊动了你的学生。那封信，大约你也是过目了的，骂我不应天天写信给你要你来北京；在这一层，我的确要向她们认不是；但是她们要晓得，教员是什么时候都可找得到的，而我的爱人却只有你一个，比较起来，到底那一方面重些呢？

她们因为我要你到北京来，遂抱怨我不应当使她们的老师与她们分离，也就同我抱怨她们不放你到北京来一样，不过我觉得我还有理些。若瑜！我的若瑜！请你自己下一下判断——是我的不是，还是她们的不是呢？但是话虽如此说，我还要请你替我向她们道歉，请她们原谅我，莫要无辜地再抱怨我。

你现在真不能脱身，我当然不能使你为难，要你一定到北京来。不过暑假你能不能践约，这还是一个问题；不过我总希望你切勿因父亲的反对，遂不能决意来北京和我会聚。你或者爱学生的心思比爱我的心思切，下半年你或者还在信阳也说不定。倘若你真爱我，你暑假一定要到北京来，一定不致于因父母的反对，学生的挽留，就不愿意顺从我的要求了。

也好，现在你不到北京来；我现在也不能住在北京。我现在身体还好，不过事情忙些。张家口地方虽然也不小，但灰土太多，风景毫无，我实在不愿意常住。现同外国人一块住，说的是外国话，吃的是外国饭，日与外国朋友嘻笑，倒也不感觉得十分大寂寞。但是我想念你的心思啊，却没有一刻儿停止过！我的若瑜！你想想，你怎能不是我相思的对象呢？

你愿永远地，诚恳地，热烈地爱我一个人，我的若瑜！我相信你！请你也相信我罢，我爱你，我永远地爱你，我把我的灵魂交给你，我永远是你的！你坚确地相信我罢！我想，倘若有一个女子真能了解我，真能坚决地爱我，那我无论如何，绝不至于有负于她……我的若瑜！我不是一般时髦的青年，我不是薄倖负人的浪儿……

你已决定此生同我共甘苦么？我曾屡次同你说过，我是一个革命诗人，我是一个反抗者，我将来的生活大约总是飘泊流浪；倘若这一层你不认清楚，那将来你或者会因之失望呢。亲爱的若瑜！你不怕将来我要连累你受苦么？你或者也有点惧怕罢……

你说你的感情把意志战胜了。你以这件事情为痛苦么？你以这件事情为失败么？不，我的若瑜！我们都是人，我们要过人的生活，我们要完满人的生活，我们始终是情感的动物。倘若一个人没有情感，或者他是一个很好很有用的人，但是我决不能承认他为完美啊！

周仿溪君这样地看重我，好生教我惭愧！我虽然想勉力成一个东方平民诗人，但离成功还要差得三万八千里，或者永无成功的可能。倘若我的作品能够博得人一点儿赞许，这虽然是我的荣幸，但是也是我的惭愧啊，我惭愧我不能一时尽我所应当的责任。

倘若周君愿意和我通信讨论讨论，则我表示十二分的欢迎！不过我现在所应当愧歉的，就是我现在非常忙，差不多很少写信的工夫，若教我写一篇有系统的信，那真是困难极了。但是周君若能写信给我，我一定要抽工夫回复他的信。

我的诗集已出版了，但是我自己还未看见。我自己以为其中仅有几首比较还好，其余的也是幼稚极了。

你的肺既然有点毛病，则应当赶紧医好才是！肺病不是可以随便忽略的！你应当少操劳一些，你应当少思虑一些！

珍重！……

珍重！……

你的侠生

5 月 25 日

一九

亲爱的瑜妹：

二十六日寄来的快信收到了。你寄到北京的两封信，已由奚女士转寄给我了，请勿念。

你的病真已经完全好了？我虽不信上帝，但我要烧心香，为你祈祷，祈祷你永远康健，永远脱离病魔的羁绊！

你的精神为什么有点沉闷？沉闷的原因是什么？我的瑜妹！我倒要知道知道！你教我不要老念着你，这不过是你的话罢了，其实我怎么能不老念着你呢！我最亲爱的瑜妹！你想想……

我俩的爱，我俩可以自傲地说是最纯洁的，最真诚的——纯洁的，真诚的爱应当是永远不灭的啊！

瑜妹，亲爱的瑜妹！我爱你，我永远地爱你；你爱我，你永远地爱我……

我不知道五月二十七日是你的生日。倘若我知道了，我虽然不能远越重山，来到你的面前，为你祝福，但我也要静立十分钟为你默祷。我的瑜妹！我的灵魂！祝你永远的康健，祝你永远承受我的爱，祝你将来为我放女神的异彩。

你分给我的两个小小的书夹儿好玩极了，感谢你，我并感谢阎女士。你教我不要笑你小孩子气，喂！难道我们都要装着道貌肃然的老气横秋么？我们永远要过小孩子的人生，有趣活泼的人生！我的瑜妹！我希望你永远是一个小天真烂漫的姑娘！啊，瑜妹，我的一个小天真烂漫的姑娘！……

你现在不能到北京来，也没什么大要紧，我很知道你脱不了身。不过暑假时你再不能说不来北京的话了。你校什么时候放暑假？请你告诉我。

你的母亲回开封了么？倘若你愿意，就请你代我祝她老人家康健。

周仿溪君愿与我通信，我表示十二分的欢迎。但我现在一因事忙，二因不知说什么话好，因此，我请他先写信给我。

你爱的侠哥

5 月 30 日

二〇

亲爱的瑜妹：

五月二十九日的信收到了。

你千万不要生气！你的学生所以这般的设法挽留你，亦不过是过于爱你，不愿与你离别，并没有什么恶意。我并不因为她们写信怨我生气，我很原谅她们，我请你也原谅她们罢。你不必认真与她们计较，伤了感情倒是很不好的事情。

你决定下学期不在二女师教书了，我极端赞成。你还是在求学时代，现在应有求学的机会，无论进学校或是自修，但还是要求学。

你决定暑假来北京看看我，安慰安慰我们六年来的相思，这是我唯一希望的事情！我的瑜妹！我相信你，我相信你决不至于不践约！固然，真正的恋爱不必斤斤于见面的迟早，但是我们都是人，都具有通常的人的习惯——早些见面总比迟些见面好些；会聚总比不会聚快乐些；握着手儿谈话总比拿起笔来写信要舒畅些。我的瑜妹！你以为？

你因为了解我，相信我，才能这般诚恳地，热烈地爱我——我的瑜妹！这是实在的，我相信你，我相信你。“侠僧究竟能否永远地爱你？……”这也是很自然的疑问。凡是一个人过于恋爱某一个人的时候，常常要起许多疑问，发生许多猜度。不过，我的亲爱的，你可不必这样地疑问。你倘若相信自己能永远地爱侠僧，那同时也就可以相信侠僧能永远地爱你了。我的瑜妹，请你放十二分的宽心罢！

读了你这一封信，我更觉着有无限的愉快！我并不以为你是一个贪生怕死的贵族式的女子；不过我有时却想到，普通常因物质生活的关系，或因思想的不同易发生爱情的阻碍。这个我当然不能以为你将来不能同我共甘苦，不过我也同你一样，常常起一些疑问罢了。读了你这封信，我觉得我这种疑问是不必的，此后我在你身上将不发生任何疑问。凡是你所说的，我都完全领受，我都完全相信。我的瑜妹，你是我司文艺的女神，你是我的灵魂，我怎能在你身上发生疑问呢？

海可枯，石可烂，我俩的爱情不可灭！

我的瑜妹！

祝你珍重！

你爱的侠哥

6 月 3 日

二一

亲爱的若瑜妹：

来信均收到了。

你说你的母亲这几天好了些，这是第一能够使我欢喜的事情。我知道你在母亲病中是如何地忧虑，沉闷和痛苦。但是，妹妹，你晓得我也同你一样忧虑，沉闷和痛苦么？

你说世界上只有我可以安慰你，但是反过来说，世界上除了你，还有谁可以来安慰我呢？妹妹，亲爱的！请你回答一下罢！倘若你的母亲病好时，即请你到北京来，来与我握手，来与我接吻！妹妹，你当然明白这种相思味……

很好，你有许多朋友为你做伴，和你玩笑。你说错了一句话还是小事，惹得她们笑话一场，倒有许多趣味！你为什么说错了一句话？岂不是因为你时时刻刻想来北京么？她们听你把北仓说成北京了，当然要笑你，但是这种笑实有说不出的趣味！

我当然不愿意恭维你，说你的诗做得如何好；但是你对于文学确大可造，这确是事实。我自然要把你当成一个高足女弟子，将来要好好地用力教你。倘若你那一个字放错了，我或要用手指头刮你的羞脸；倘若你羞哭了，我便跪在你的面前赔不是（先生向学生赔不是），你说好不好呢？喂！我的女弟子，我的妹妹，我的爱人，我的女神！

开封天气热得很么？张家口还好，不十分大热。我近来的身体还好，不过或者有点为你消瘦啊！你能够听我的话，好好地保重自己的身体，这真是我的好妹妹。你的小妹多大了，能够照料家事么？母亲的病快好了罢？

我大约在张家口还要住两个月，两个月之后决定回北京，不愿再到什么地方去。我本打算我和你在张家口过暑假，现在这种计划能成与否，妹妹，这完全靠着你的意思啊！

与你接一个亲密的吻！

你爱的侠哥

6 月 4 日

二二

亲爱的瑜妹：

昨天同时接到你两封信，快乐已极！因为事忙，昨天未能即刻复你信，还请你原谅我啊！

我希望天天能够接到你的信，因为别无可安慰我的东西，只有你的信，只有你的信！妹妹！我是你唯一的安慰者，——掉转来说，你也是我唯一的安慰者呀！

我讲一句老实话，我没有一刻不念着你，我没有一刻不把你放在我的心里。亲爱的瑜妹！我不愿意拿形容词来形容我对于你的心情，因为这心情是不能形容出来的。惟有你，惟有你能无形的领会呀……

妹妹！暑假一定到北京来？我相信你，我相信你！

你是一个乡下的女子？生长在开封，又在南京读过书，还说是没多到过大城市，好不害臊呀。喂！倘若你真个摸不到东南西北，那可是苦虑煞我了！亲爱的妹妹！你同密斯阎一块儿来北京也好，好教我放心些。不过*Miss*阎到北京来有无事情？她能为着专门送你？请你告诉我。

你念着我，我念着你——妹妹！我俩永远地念着，我俩永远地念着，念到那海枯石烂的时候……

昨夜月光圆，
倩心忆河南；
关山虽远隔，
两地梦魂连。

你爱的侠哥
6月9日于张垣

二三

我亲爱的瑜妹：

好快活，今天又接到你的信！

我但愿天天能够接到你的信……

今年暑期我本愿回家瞧瞧，瞧瞧我多年未见面的母亲，但照现在的情形，我恐怕暑期无回家的可能了。好在我时常寄信和相片回去，我母亲对于我也很放心。今年寒假，无论如何，我是要回家的。

我现在的确很忙，因为朋友的关系，恐怕一时不能脱身。看书和创作的工夫是很少的；前几日因上海事变，做了一首诗寄至京报，但至今未发表出来，大约是因为我的诗太激烈了罢。昨天我写了一封信去骂该报记者，但结果如何，还未得知呢。

是的，妹妹，生活太忙了，于身体有些不好。我总想方法消遣，但总觉干燥——这或者因为没有你在我的面前罢。亲爱的妹妹，你几时才能在我的左右呢？照你的说法，张家口或比开封好些；妹妹，你来北京后，我就请你来张家口玩玩，你愿意吗？我想你一定是愿意的！

赶快来北京，我的亲爱的！……

妹妹，你描写你儿时的情况，不禁也令我神往了。是的，我们的黄金时代是儿时，但是儿时已经过去了，我们怎么办呢？妹妹，时间上的儿时虽然过去了，但是心理上的儿时还在保存着啊！我们永远保持着儿时的心境，永远为小孩子，永远地歌，跳，舞，笑……

无论如何，我总忘不了景物秀美的江南！妹妹，你虽生长在黄沙无际的开封，但我想我俩将来应极力设法长住在江南，长领略江南的春意，以补你过去的损失。妹妹，你说好不好？

前天夜里月明星稀，我想起你寄给我的一首诗，我幻想你坐在月下或徘徊月下，对着明月沉思，沉思一个塞北的我……忽儿想起天气甚凉，你受了凉可不是玩的，欲喊几声“亲爱的妹妹！保重！……”但是你怎么能听见呢？

亲爱的妹妹！保重！……

你爱的侠哥

6月10日

二四

亲爱的瑜妹：

今天接到你十六日寄来的信，快乐已极！快乐至不可言状！

昨日我还写了一封信给你，问你为什么许久不写信给我——这一封信大约你收不到了。妹妹！我现在最沉闷的事情是收不到你的信，最快乐的事情是收到你的信。

你一个人来北京，还是同 *Miss* 阎一块儿来？倘若你一个人来，那我就请你莫要多带行李，并可一直到张家口来，我同你一块在张家口过暑假，暑假后再商量在北京进学校的事情。你看好不好？从信阳到北京不用更车，大约无什么困难的事情。不过北京是你的生地方，从北京上京绥车买票等等，大略有点不方便。这边军官学校要开课，恐怕他们不放我到北京来接你。请你到北京下车时，即喊人力车拉到钱粮胡同北花园九号阮寓，我现在写信给阮君夫人，请她招待你一下。若是你夜里到北京时，则可宿一夜客栈，第二天清早七点钟即叫茶房将你送到西直门京绥车站，八点多钟开车，下午三点多钟即到张家口（车票务必买头二等）。行李务宜少带，有什么缺乏时，到此地再置。到了张家口车站时，即喊人力车拉到八十间房二十七号蒋光慈寓处。一切用费不必过于俭省，若款不足时，可暂借，你来张后，我即将款汇还，请放心。

你可先写一封信给阮君夫人（奚沅君女士），说明什么时候到北京，请她招待你。我现在写信给她，请她帮我一点忙，一定可以做得到。

你到了北京写信给我，我设法来北京接你到张家口来。

出门固是麻烦，但是妹妹，你的胆可放大一点，不要紧。倘若你同 *Miss* 阎一块来北京，那也好极了，她的年纪大些，总可以招呼你。你俩来至北京可先住公寓（东四牌楼大兴公寓还好），安置好了之后，即写快信给我，我即设法来北京。

我的妹妹！我的亲爱的妹妹！道路上可要珍重了！……

祝你一路平安！

你爱的侠哥

6 月 19 日下午

二五

亲爱的瑜妹：

很奇怪，你近来不爱写信了。这是因为事忙所致，还是不高兴提笔呢？

你说到开封就有信给我，若然，则我现在久已该接到你的信了，但是现在还未接到，这真教我急煞了。

无论如何，我不相信你暑假不到北京来！大约你也不好意思不来北京罢？前封快信我要求你来到张家口过暑假，你愿意不愿意？横竖暑假你不能进学校；你若来到张家口时，一者你可以休息休息，二者你我也可以团聚了，这岂不是很好的事情？我初到张家口时，觉着甚是不安，现在过惯了，觉着也没有什么，或者比你的贵开封还要好一点也未可知。

我想我俩将来走一条路，我希望你也勉成一个女诗人。成功与否，这当然是不可预料的，但是我们可以抱定一个志气呀！妹妹，亲爱的妹妹！你莫以此为幻想啊！倘若你来张家口时，我想你很可借这个时间来同我研究研究文学，并促长我俩爱情中的诗意。

请你快来！请你快来！

倘若你能同 *Miss* 阎一块儿来，那就更好了，因为我可以多放心些。就是你一个人来，妹妹，你要放胆大些，你不是一个初出门的小姑娘，怕什么呢？路费应预备充足些，不够可以暂借，等你一到时，我就汇还去，请你千万放心！

你到北京后，或到阮君寓处，或住客寓，写信给我来接你，或直接就到张家口来。不过你到北京住下后写信给我，我到北京来接你较为妥当。到北京后可写快信给我，隔一天我就可以到北京，便利极了。妹妹！请你放心！

你的父母大约不至于阻挡你罢？我俩的关系和历史，你告诉过你的父母么？或者你的父母不相信你也未可知呢。

我现在的精神很好，因为我对于你的爱情使得我的精神不得不日变好了。

祝你康健！

你爱的侠哥

6 月 23 日

二六

亲爱的瑜妹：

今天接到你自开封寄来的信，即时恨不能生出双翼飞到你的面前，帮助你分一点劳苦，安慰你，并且安慰你的母亲。倘若你的母亲见着我这个女婿（喂！我真不好意思说是人家的女婿！并且你的母亲承认我是她的女婿与否，还是一个问题。现在我姑且这样说罢），或者也高兴一点。你见着我在你的面前，或者也把愁苦减少一点。但是，妹妹！我亲爱的妹妹！我现在怎么能脱身呢？此地有几个朋友做事情，他们完全仗着我，我几乎不能离开一步，无论如何，他们是不肯放我走的。这真是急煞我了！……我的妹妹！我的亲爱的妹妹！我怎么办呢？我真是急得要哭了！请你原谅我……

你现在的生活很苦，我的确很可以想象出来。我不能来帮助你，我真惭愧，我真对不起你……但是，妹妹，我究竟是你的爱人，我请你好好地保养身体，千万别过于愁苦。母亲的病终久是会好的，你切勿过于着急，着急也是没有用处啊。我的妹妹！请你听我的话，请你体谅我爱你的心思，请你千万珍重自己的身体！

请你千万莫要虑念我！我现在虽然有点忙，但是心境还好，因为有你做我的安慰者。我固然希望你早到北京来，但是你现在因母亲的病不能来，我绝对不愿意强你为难。你现在可安心伏侍母亲，使母亲病好时才到北京来。我现在虽希望你来，但我更希望你的母亲赶快痊愈，使你能早日动身来。

此次沪汉惨案，言之令人心痛！好在中国近来民气发展得多，或不至于有亡国的现象。我知道你对于此次惨案是很愤怒的，但徒愤怒无以救祖国，还望保重身体，留之为将来的贡献。

妹妹！亲爱的妹妹！请你不要念我，请你保重身体，请你安心侍候母亲！

与你接一个最安慰最愉快的吻！

你爱的侠哥

1925 年 6 月 25 日

二七

亲爱的瑜妹：

昨天覆你一信，你收到了么？

今天星期，我同两位外国朋友坐汽车到郊外溜了一趟风，精神为之一快。张家口城内虽然不好，但是与城附近的郊外，倒还不错。我们随身拿了照相机，照了许多片子，倘若晒出来好时，我一定寄一两张给你。最有趣的是我们今天本想照几张乡间女子的片子，可是她们起初对我们发生趣味，待到我们拿出照相机时，她们就骇跑了；大约她们怕我们把她们的玉影捉下了，或者是不明白照相机是什么东西，具有什么神奇的作用。

此地妇女擦粉的程度，可算是十足！我们由此可以看出北方文化的落后，北方风俗的野古。我不知因为什么原故，一遇见擦粉大不像样的女子，就似觉要发呕的样子。

你母亲的病况如何？若你母亲的病还未好，那我请你千万小心伏侍，勿以我为念，若你母亲的病好了，那我就请你到北京来，毫不迟疑地来！

今天到郊外游逛的时候，特别地想起你，恨你我不能手携着手儿，以享受这美丽自然界的赐予。人生几何？我们固然要做事，要受苦，但是，这并不是人生的全体；妹妹！我们要快乐！要享福！快乐与享福莫过于月下的相假，花间的蜜语。妹妹！这是我的意思，你或者以为不是……

昨夜的月色真是再好没有了！我在月下踱来踱去，妹妹！你晓得我忆念你的情绪是如何萦绕而深沉？我少不得几番背诵我上次寄给你的那一首诗：

倘若你在此地，
我将与你赋永恋之歌曲。

你爱的侠哥
7月5日

二八

我最亲爱的瑜妹：

又有五六天未接到你的信了。因为什么？妹妹，这真令我好生不安啊！母亲的病况如何？你的身体康健么？事务太多？精神疲倦？——我总好莫明其妙的猜想；有时几几乎连饭也吃不下去。

我想，开封的天气现在一定是很热了。倘若你母亲的病还未好，你终日煮饭煨药，忙个不亦乐乎，你怎么能当得起呢？妹妹，我愿生双翼飞到开封来，略略分一点你的劳苦和忧虑；但是，这是不可能的事啊！

倘若暑假中你真个不能来北京，我一定想方法到开封来一次。现在我是这样地想，但是遂愿与否，还是一个问题。

你父亲回家来了么？他做什么事情？在外省，抑在本开封？请你告诉我。

我在此地大约还有两个月住。为着朋友的关系，脱不开身，真是教我没有办法！虽然我现在的物质生活比较富裕些，但这并不能扰动我的心志。两月后一定回到北京，好好从事文学的创作。此生誓勉成一东方诗人，不达志愿不已。我现在因事忙，很少创作的机会，这实是我引为最痛苦的事情。我的《新梦集》久已出版了，你已经过目么？该集中有许多幼稚的作品，我自己也不十分大满意。

此地天气不十分大热，这倒是一件好事情。我现在身体还好，请你勿念。我现在酒也少吃了，很注意保重自己的身体——这或者都是为着你罢？……

窗外促织知知地叫，好似故意地扰动客中的情绪……我忆想那江南，我更忆想那为母病而劳苦的，我的爱人！

你爱我，你疯狂的爱我，
只因我是诗人，你是司文艺的神女——“与一个理想的她”。

你爱的侠哥
7月9日

二九

亲爱的瑜妹：

我未接着你的信，已经一个多礼拜了。到底因为什么原故？真教我莫明其妙！

或者因为邮局的遗失？你身体的不健？母亲的病重？抑或别有原故？抑或对我发生了误会，不愿再写信给我？到底因为什么呢？你自己就或不能执笔，托朋友代写几句，也未始不可；为什么就长此地下去？你知道我接不着你的信，心中是怎样的烦闷？老实说，我这几天精神却不大好，饭也少吃了；长此下去，我自己也不知道要到什么地步……

我全副的希望放在你的身上，你的一切怎能不放在我的心里，刻在我的脑里？倘若有什么不满意我的地方，请你说出来，或骂我几句，这都没有什么；不过总要使我知道到底是什么一回事！

或者现在我太过于小孩子气了；但是我怎么能不念你呢？

请你务必写一两句话给我，或托人写几句！我现在盼望你的信，就如大旱之望云霓一般；妹妹，你晓得么？

祝你愉快！祝你不要忘却我！祝你的母亲康健，她的病早愈！

你爱的侠哥
7月13日

三〇

亲爱的瑜妹：

我久未到R君家去，以至于你的快信今天才接到。原来我不在R君处时，送快信的邮差不愿将快信留下，只留下一快信条，而R君又忘记告诉我，因此，我今天才把这一封快信收到。我老寄信责备你为什么不写信给我，谁知你寄了信，而我未能按时收到呢？我的妹妹！请你原谅我！

你的母亲病好些了，这是我最盼望的事情！你这么样地爱母亲，我因为你的原故，当然也要爱她了。说起母亲来，我对于我自己的母亲已五六年未见着了，当然也免不了诚恳地念着她；好在每次接着家信，她老人家康健还好，并且她的身旁有我的两位哥哥，一位妹妹，不感觉得十分寂寞。我今年冬或者一定要回去看看她，以尽尽为儿子的道理。在实际上。我现在已经成为脱离家庭的一个人了，几几乎与家庭没什么大关系。你呢？当然与我不一样。你母亲只有你一个，你当然要照顾你的母亲；倘若她愿意我做她的女婿的时候，我将来或也免不了所谓“半子”之责罢。你母亲夸奖我有志气，好生教我惭愧！到现在还无所成就，志气云乎哉？不过我总愿意照着她老人家的话做。

你仍要赴宁，这是我的一个大失望！本来你为着求学要到南京去，我当然是不好反对的。不过照着你这一次的信，可以概括你仍要赴宁的原因：

1. 你父亲反对；

2. 故友阻拦；

3. 南京教育比北京好；

4. 东大未毕业甚为可惜；

5. 许多人讥笑你太过于爱我，倘你到北京来求学，一定旁人要说你是专为着我的要求，才来北京求学。

6. ……

7. ……

关于这些原因，我现在不愿意多加辩驳，好在你已答应一定要到北京来看我，等我俩见面时，才解释得清楚。你真决意仍到宁求学，一定要到宁求

塞北情心切，
河南想念深；
关山恨远隔，
且向梦中寻。

你爱的侠哥
7 月 18 日夜 12 时

三二

我最亲爱的瑜妹：

前信收到了么？我预料昨晚不得着你的信，今早一定可以得到你的信。但是现在还未得到你的信，未知是何原故。

自从与你见了面之后，我的心境更转到愉快的方向。此生此世不愿再有别的想望——你是我唯一的爱人，你是我司文艺的神女，你是我灵魂的寄托者！我的瑜妹！亲爱的瑜妹！海可枯，石可烂，而我对于你的爱情永不消灭。妹妹！你相信我，你切不要对于我发生点儿疑虑。不错，男子靠不住的居多数，但是，妹妹，我不是那样的人呵！我敢说一句我愿永远地爱你！

我现在精神很好，这大约是你的功劳，我不得不感谢你。从今后我更要保护这区区一身的健康，以安慰你的注意，以愉快你的心境。昨天吃了一瓶啤酒，把头弄昏了，过后我想起你来，我又后悔的了不得。你不是劝过我少吃酒么？我忘了，该打！该打！

你的肺病还未尽去，这是一件极危险的事情。肺病就怕过于劳苦，一定要长时期的休养才能好；因此，我总愿意你今年休息一学期，明年再做进学校的打算。妹妹！身体不养好，什么读书，什么做事，都是不能进行的呵！我的爱！你听我的话罢！

张家口为避暑的好地方。倘若母亲来北京时，我想你可同她一阵来张家口，请她老人家休息一休息。你的意思如何？我想你应当允许我的请求。妹妹！你愿意么？

现在我要上课去了。再谈！

与你接一个亲密的吻。

你爱的侠哥
7 月 30 日于张垣

请你每日写信给我！

三三

亲爱的瑜妹：

来信收到了。

旅馆握别，你怅然若失，我亦黯然魂消。未见面时，天天想见面；谁知既见面时，又不能久聚。本来你可以同我一阵来张垣，然而你不愿意，我当然没有办法。

照我的意思，我俩当然可以即时同居。你要经过正式的仪式，我当然也不好反对。母亲来京时，请即时来信通知我。若她不能来时，我请你还是到张垣来避暑，休息一下。借着休息的时期，你一可以好好地看点书，二可以与我研究点文学，三可以与我学点俄文，预备我们将来同阵到俄国去。同时，我也可以不感觉得个人的寂寞了。

你的肺病还未断根，我以为最好把它休养好。肺病最怕多劳心，多用力。今年你大可以休养一下，明年再做求学的打算。这是我的意思，当然不能硬强迫你服从，不过，妹妹，你要体谅我对于你的诚意！

请你莫要多念我！妹妹！我是不会辜负你对于我的爱情的，你可以千万放心！

倘若你来张垣，或者也可以做点小事情。前天冯玉祥同我谈话，他愿意做点解放妇女的事情，但苦于无人材。我说，若令夫人愿意做解放妇女的事情，我或者可以找到一个人帮她一点忙，于是我就提到你了。当时他很高兴。——这不过向你报告一个消息，可以不必认之为真。

妹妹！你的精神务必要愉快！你想想，倘若你有什么烦闷的事情，我能安心么？我能不因之烦闷么？亲爱的妹妹！你体谅我呵！

我这一星期恐怕不能来北京。

与你接一个亲密的热吻！

你爱的侠哥

30 日

三四

亲爱的瑜妹：

我现已平平安安地到了张垣，请勿念。

此次在北京住两日，尝尽痛苦与爱情之滋味。我生性本来强傲，不愿受任何人的气，但是，妹妹，为着你，为着体谅你，为着爱你，我不得不把我的脾气忍下去，不得不把原有的主张牺牲一点。妹妹，我想你是明白这一点的。

你的母亲不能了解我，这是当然的事情，这并不能怪她。不过我最奇怪的，她不能相信你，始终把你当成小孩子。以我的眼光看来，你算世界上最可相信的一个人了。

我本来是不问家事的人，而人们硬要问我的家事；我本来可以把家事丢开不问，而人们硬要把我与家庭联在一起，这真是使我痛苦的地方。也或者我的思想太新了，我的心理已经与人们不同，但是，妹妹，这如何改得过来呢？

我几次教你丢开我……我的妹妹！你知道这是如何地勉强？说这话时，我心里是如何地痛苦？说这话时，我几次要哭起来！倘若你丢开我，妹妹，我此生将无任何的兴趣了……

妹妹！你爱我的真切真教我说不出来我的感激！但愿你始终保持这种对我的爱，……

我呢？妹妹，我已向你说过了，你是我唯一的爱人，除你而外，我无任何的希望。即使你把我丢开了，我也再不会爱第二个人，我将过一生流浪的生活。但是，妹妹，我相信你对于我是极忠诚的，你决不会把我丢开……是不是呢？

现在我一切都依从你。

你母亲去打听我家内的状况，我虽然以为可笑，但决不反对。若早日打听清楚，我俩即可早日完成，倒是好事。但是，我已经向你说了，倘若中途有什么危险，我可是负不了这种责任。今将我父亲写给我的信寄给你看看，你就知道我所说的话真不真了。我以为她老人家顶好等平静一点再去打听，或现在写信到我家去问问也好。你以为如何？

我疲倦极了，再谈罢。

你爱的侠哥

8月3日夜4时

三五

亲爱的瑜妹：

我每逢烦恼的时候，一想起你来，就得了不可言喻的安慰。妹妹！你是我司文艺的神女，你当然是我唯一的安慰者。

八月四日北京寄来的信，收到了。你永远丢不开我，我此生更不能丢开你。你是我灵魂的寄托，我谅你能永远伴着我。

不怕困难才是真爱情。我俩爱情非一般的可比，当然不因一点小挫折即有所更变。妹妹！我相信你，我永远地相信你！

我回张后寄给你的信，收到了么！

一路平安？近来身体如何？我为你珍重自己的身体，你也应当为我珍重你自己的身体呵！

事忙再谈！

你爱的侠哥

8月6日

三六

亲爱的瑜妹：

从北京及八月七日从开封寄来的信，均收到了，请勿念。前寄至开封信一封及相片一张，你收到了没有？

我前几天因为骑马，把人累病了，现在才好。骑马本是有趣的事情，但因为我的身体不大强健，致不能经受马的颠跑，真是可惜。

妹妹！你爱我的程度，我知道十分透彻。你没有什么对不起我的地方；你为着我跑到北京来，并把年老的母亲也弄得奔波几千里，你还有什么对不起我的地方？亲爱的妹妹！你对我没什么错处，就是有错处，我也能原谅你，请你相信我啊！

爱情愈经痛苦愈坚固，或者我们现在因爱情所受的痛苦，更能使我们将来的爱情不至于有什么波折。海可枯，石可烂，我们的爱情永远不能灭，妹妹呀！我们以此为信条罢！

我很愿意同你拥抱着一块儿跳到长江的波浪里，大海的狂涛里，——我俩永远地，永远地相偎，相抱，相聚，相恋以终古！但是，妹妹，我决不愿与你一块跳到那沙土混浊的黄河里，——那黄河混浊不是我俩鸳鸯的葬身处。妹妹！你说我的意思对不对呢？

我现在很愿意知道你母亲和父亲对于我俩的事情做什么打算；你到南京去么；我俩的事情你是否完全依着父母的主张；倘若你父母不愿意，你将如何对付；——这些事情，请你莫要含混地告诉我。我的家庭简直不成问题，我久已向你说过，我已经是一个实际上脱离家庭的一个人，家庭对于我可以说无点儿权威了。不错，家庭不愿意我在外边结婚，与他们用媳妇抱孙子有妨碍，但是，这对于我有什么影响呢？

我很能相信你能始终坚持爱我的态度，决不至于为环境所转移！我呢？你大约也可以相信我，相信我不至于如一般薄倖的男子！

与你接一个亲密的吻！

你爱的侠哥

8 月 11 日

三七

瑜妹如握：

读八月十日由开封寄来之快信，悲喜交集：吾妹为爱我故，而被受许多之谣言与痛苦，实令我深感不安！吾妹虽被受许多之谣言与痛苦，而仍不减对我之爱情，斯诚令我愉快已极，而感激无尽也。

北京会晤，畅叙数年相思之情怀，更固结精神之爱恋，诚为此生中之快事。孰知风波易起，谣言纷来，致吾妹感受无名之痛苦，扪心自问，我实负其咎。斯时我身在塞北，恨不能即生双翼，飞至吾妹前，请吾妹恕宥我之罪过，而我给吾妹以精神上之安慰。

惟我对吾妹有不能已于言者；社会黑暗，习俗害人，到处均是风波，无地不有荆棘，吾侪若无反抗之大胆及直挠不屈之精神，则将不能行动一步，只随流逐浪为被征服者可矣。数千年男女之习惯及观念，野蛮无理已极，言之令人可笑而可恨。中国人本非无爱情者，惟爱情多半为礼教所侵噬，致礼教为爱情之霸主。噫！牺牲多矣！今者，吾侪既明爱情之真义，觑破礼教之无人性，则宜行所欲为，不必再顾忌一般之习俗。若一方顾忌习俗，一方又讲恋爱，则精神苦矣。父母固为爱子女者，然礼教之权威能使父母牺牲其自身子女而不顾，戕杀其子女而不惜；子女若欲作礼教之驯徒，则只有牺牲爱情之一途。吾妹若真健者，请千万勿为一般无稽谣言及父母指责所痛苦，置之不问可耳。我深不忍吾妹因我而受苦痛！吾妹若爱我，则斩钉截铁爱我可耳，遑问其它。若真因我而受苦痛，而又不能脱去此苦痛，则请吾妹将我……

吾妹之受痛苦皆为我故，斯诚为我最伤心之事！我将何以安慰吾妹耶？近来每一想及我俩身事，辄唏嘘而不知所措。我本一飘泊诗人，久置家庭于不顾；然吾妹奈何？人生有何趣味？恋爱亦有人从中干涉，所谓个人自由，所谓人权云乎哉？噫！今之社会，今之人类！

吾妹！我永远不甘屈服于环境！我将永远为一反抗，为一赞诵革命之诗人！

珍重！珍重！

侠哥

8 月 13 日晚 10 时

三八

亲爱的瑜妹：

接到你自开封十二日来的一封信，我真不知我发生了什么样的感觉。妹妹！你现在的心境居然到了如此的地步，这如何使我不安呵！亲爱的妹妹！我对不起你！你为着我，受父母的指责及人们的毁谤，——这都是我的罪过，请你原谅我。我再也没料到你现在陷到如此的状况。妹妹！我用什么方法来安慰你呢？……

我现在没有什么话说。我只请你注重你自己的身体！倘若你有什么好歹，你教我怎么办呢？我也只有……

亲爱的妹妹！我哀求你莫要胡思乱想！莫要糟蹋身体！莫要忘记我为着你不安！……

无论人家怎么说是非，妹妹呀！我始终爱你！

亲爱的妹妹！我哀求你保重身体！

你爱的侠哥

8 月 17 日

三九

亲爱的瑜妹：

你八月二十四日寄给我的信，由张垣转来，我收到了。我到京后共寄两封信给你，你收到了么？我很奇怪，为什么你老说好久未接着我的信？当我还未离张垣时，我还记得，也曾寄了几封信给你，难道你都没收到么？

妹妹！你又病了？你为什么这样子多病？你说头晕，头晕多半由于忧虑，你为什么要这么忧虑呢？请你听我的话，莫要因为小事就忧虑起来，而把自己的身体弄得不康健！

我怎能忍心不写信给你？无论在何种状况之下，我都不能把你一刻儿忘却，我既然认定你是我的安慰者，难道我能把自己的安慰者抛却吗？我亲爱的妹妹！请你放宽心！

我现决定在北京再住一月，或者这半年就完全在北京住下。等住了一个月再看，倘若上海大学还要请我去的时候，那我一定还到上海去。我现住在公寓里，一个人实觉无聊，有爱人而不能在一块儿住，这种滋味实在不好尝。妹妹！你现在能到北京来么？倘若你能来北京，那我真要欢喜跳跃了！东大现弄得不成样子，二女师又不必再干下去，请你还是来北京好。

你母亲又病了？这又是你的累！我的家中情形，她已进行调查了没有？我真不愿意长此耽搁下去。我想你的身体这么不康健，倘若我俩早日结婚，或者要好起来，因为这于生理精神两方面都有很大的关系。我很希望我俩早一点在一块儿同居，免得两地不安的麻烦！

我总觉着你做事太多顾忌了，多顾忌这也是使你的精神不畅快的原因。妹妹！你说是不是呢？

我现住在北京达教胡同文华公寓二十一号。请你快写信给我！

祝你康健并愉快！

你爱的侠哥

9 月 2 日

四〇

夜坐无聊，明月在窗外窥笑，神思为之惘然。倘卿在身旁，蜜吻偎倚，当不至令嫦娥笑我为孤寂人也。

快信收到否？

侠僧

9 月 4 日夜

蒋光慈全集

第贰卷

方铭　马德俊／主编

合肥工業大學出版社

图书在版编目(CIP)数据

蒋光慈全集/蒋光慈著;方铭,马德俊主编.—合肥:合肥工业大学出版社,2017.5

ISBN 978-7-5650-3352-0

Ⅰ.①蒋… Ⅱ.①蒋…②方…③马… Ⅲ.①中国文学—现代文学—作品综合集 Ⅳ.①I216.2

中国版本图书馆 CIP 数据核字(2017)第 099572 号

蒋光慈全集(第二卷)

方 铭 马德俊	主编	出版策划	朱移山 冷桥勋
		责任编辑	张 慧 权 怡

出 版	合肥工业大学出版社	**版 次**	2017 年 5 月第 1 版
地 址	合肥市屯溪路 193 号	**印 次**	2017 年 9 月第 1 次印刷
邮 编	230009	**开 本**	710 毫米×1000 毫米 1/16
电 话	总 编 室:0551-62903038	**总印张**	103.25
	市场营销部:0551-62903198	**总字数**	1658 千字
网 址	www.hfutpress.com.cn	**印 刷**	安徽联众印刷有限公司
E-mail	hfutpress@163.com	**发 行**	全国新华书店

ISBN 978-7-5650-3352-0　　总定价:298.00 元(全 6 册)

目录

少年飘泊者

拜轮啊！
你是黑暗的反抗者，
你是上帝的不肖子，
你是自由的歌者，
你是强暴的劲敌。
飘零啊，毁谤啊……
这是你的命运罢，
抑是社会对于天才的敬礼？

——录自作者《怀拜轮》

自　　序

在现在唯美派小说盛行的文学界中，我知道我这一本东西，是不会博得人们喝采的。人们方沉醉于什么花呀，月呀，好哥哥，甜妹妹的软香巢中，我忽然跳出来做粗暴的叫喊，似觉有点太不识趣了。

不过读者切勿误会我是一个完全粗暴的人！我爱美的心，或者也许比别人更甚一点；我也爱幻游于美的国度里。但是，现在我所耳闻目见的，都不能令我起美的快感，更哪能令我发美的歌声呢？朋友们！我也实在没有法子啊！

倘若你们一些文明的先生们说我是粗暴，则我请你们莫要理我好了。我想，现在粗暴的人们毕竟占多数，我这一本粗暴的东西，或者不至于不能得着一点儿同情的应声。

蒋光赤　　1925 年 11 月 1 日于上海

一

维嘉先生：

我现在要写一封长信给你——你接着它时，一定要惊异，要奇怪，甚至于莫名其妙。本来，平常我们接到人家的信时，一定先看看是从什么地方寄来的，是谁寄来的。倘若这个给我们写信的人为我们所不知，并且，他的信是老长老长的，我们一定要惊异，要奇怪。因此，我能想定你接着我这一封长信的时候，你一定要发生莫名其妙而有趣的情态。

你当然不知道我是何如人。说起来，我不过是一个飘泊的少年，值不得一般所谓文学家的注意。我向你抱十二分的歉——我不应写这一封长信，来花费你许多贵重的时间。不过我还要请你原谅我，请你知道我对于你的态度。我虽然不长于文学，但我对于文学非常有兴趣；近代中国文学家虽多，然我对于你比较更敬仰一点——我敬仰你有热烈的情感，反抗的精神，新颖的思想，不落于俗套。维嘉先生！你切勿以此为我恭维你的话，这不过是我个人的意思，其实还有多少人小觑你，笑骂你呢！我久已想写信给你，但是我恐怕你与其他时髦文学家同一态度，因之总未敢提笔。现在我住在旅馆里，觉着无聊已极，忽然想将以前的经过——飘泊的历史——提笔回述一下。但是向谁回述呢？我也不是一个大文学家，不愿做一篇自传，好借之以炫异于当世；我就是将自传做了，又有谁个来读它呢？就是倘若发生万幸，这篇自传能够入于一二人之目，但是也必定不至于有好结果——人们一定要骂我好不害臊，这样的人也配做自传么？维嘉先生！我绝对没有做自传的勇气。

现在请你原谅我。我假设你是一个不鄙弃我的人，并且你也不讨厌我要回述自己飘泊的历史给你听听。我假设你是一个与我表同情的人，所以我才敢提起笔来向你絮絮叨叨地说，向你表白表白我的身世。维嘉先生！请你不要误会！我并不希望借你的大笔以润色我的小史——我的确不敢抱着这种希望。

我也并不是与你完全不认识。五六年前我原见过你几次面，并且与你说过几句话，写过一次信。你记不记得你在W埠当学生会长的时代？你记不记得你们把商务会长打了，把日货招牌砍了，一切贩东洋货的奸商要报你们的仇？你记不记得一天夜里有一个人神色匆促向你报信，说奸商们打定主意要报学生仇，已经用钱雇了许多流氓，好暗地把你们学生，特别是你，杀死几个？这些事情我一点儿都未忘却，都紧紧地记在我的脑里。维嘉先生！那一天夜里向你报信的人就是我，就是现在提笔写这一封长信给你的人。当时我只慌里慌张地向你报告消息，并没有说出自己的姓名；你听了我的报告，也就急忙同别人商量去了，并没有问及我的姓名，且没有送我出门。我当时并不怪你，我很知道你太过于热心，而把小礼节忘却了。

这是六年前的事，你大约忘记了罢？维嘉先生！你大约更不知道我生活史中那一次所发生的事变。原来我那一夜回去太晚了，我的东家疑惑我将他们所定的计划泄漏给你们，报告给你们了，到第二天就把我革去职务，不要我替他再当掌柜的了。这一件事情，你当然是不知道。

我因为在报纸上时常看见你的作品，所以很知道你的名字。W 埠虽是一个大商埠，但是，在五六年前，风气是闭塞极了，所谓新文化运动，可以说是没有。自从你同几位朋友提倡了一下，W 埠的新潮也就渐渐涌起来了。我不愿意说假话，维嘉先生，我当时实受你的影响不少！你记不记得有一年暑假时，你接到了一封署名汪中的信？那一封信的内容，一直到如今，我还记得，并且还可以背诵得出。现在，我又提笔写长信给你，我不问你对于我的态度如何，讨厌不讨厌我，但我总假设你是一个可以与我谈话的人，可以明白我的人。

那一年我写信给你的时候，正是我想投江自杀的时候；现在我写信给你时的情绪，却与以前不同了。不过写这前后两封信的动机是一样的——我以为你能明白我，你能与我表同情。维嘉先生！我想你是一个很明白的人，你一定知道：一个人当万感丛集的时候，总想找一个人诉一诉衷曲，诉了之后才觉舒服些。我并不敢有奢望求你安慰我；倘若你能始终听我对于自己历史的回述，那就是我最引以为满意的事了。

现在，我请你把我的这一封长信读到底！

二

在安徽省T县P乡有一乱坟山，山上坟墓累累，也不知埋着的是哪些无告的孤老穷婆，贫儿苦女——无依的野魂。说起来，这座乱坟山倒是一块自由平等的国土，毫无阶级贵贱的痕迹。这些累累的坟墓，无论如何，你总说不清哪一个尊贵些，卧着的是贵族的先人；哪一个贫贱些，卧着的是乞丐的祖宗。这里一无庄严的碑石，二无分别的记号，大家都自由地排列着，也不论什么高下的秩序。或者这些坟墓中的野魂，生前受尽残酷的蹂躏，不平等的待遇，尝足人世间所有的苦痛；但是现在啊，他们是再平等自由没有的了。这里无豪贵的位置，豪贵的鬼魂绝对不到这里来，他们尽有自己的国土；这里的居邻尽是些同等的分子，所谓凌弱欺贱的现象，大约是一定不会有的。

乱坟山的东南角，于民国四年九月十五日，在丛集土堆的夹道中，又添葬了一座新坟。寥寥几个送葬的人将坟堆积好了，大家都回去了，只剩下一个戴孝的约十五六岁的小学生，他的眼哭得如樱桃一般的红肿。等到一切人都走了，他更抚着新坟痛哭，或者他的泪潮已将新坟涌得透湿了。

夕阳渐渐要入土了，它的光线照着新掩埋的坟土，更显现出一种凄凉的红黄色。几处牧童唱着若断若续的归家牧歌，似觉是帮助这个可怜的小学生痛哭。晚天的秋风渐渐地凉起来了，更吹得他的心要炸裂了。暮帐愈伸愈黑，把累累坟墓中的阴气都密布起来。忽而一轮明月从东方升起，将坟墓的颜色改变一下，但是谁个能形容出这时坟墓的颜色是如何悲惨呢？

他这时实在也没有力量再哭下去了。他好好地坐在新坟的旁边，抬头向四面一望，对着初升的明月出了一会儿神。接着又向月光下的新坟默默地望着。他这时的情绪却不十分悲惨了，他的态度似觉变成很从容达观的样子。他很从容地对着新坟中的人说：

“我可怜的爸爸！我可怜的妈妈！你俩今死了，你俩永远抛下这一个弱苦的儿子，无依无告的我。

“你俩总算是幸福的了：能够在一块儿死，并且死后埋在一块，免去了终古的寂寞。黑暗的人间硬逼迫你俩含冤而死，恶劣的社会永未给过你俩以少微的幸福。你俩的冤屈什么时候可以伸雪？你俩所未得到的幸福又什么时候可以偿还呢？

“但是，我的爸爸！我的妈妈！你俩现在可以终古平安地卧着，人世间的恶魔再不能来扰害你俩了。这里有同等的邻居——他们生前或同你俩一样地受苦，他们现在当然可以做你俩和睦的伴侣。这里有野外的雨露——你俩生前虽然被了许多耻辱，但是这些雨露或可以把你俩的耻辱洗去。这里有野外的明月——你俩生前虽然一世过着黑暗的生活，但是现在你俩可以细细领略明月的光辉。

“爸爸！妈妈！平安地卧着罢！你俩从今再不会尝受人世间的虐待了！

“但是，你俩倒好了，你俩所抛下一个年幼的儿子——我将怎么办呢？我将到何处去？我将到何处去？……”

说到此时，他又悲伤起来，泪又不禁涔涔地流下。他想，他的父母既然被人们虐待死了，他是一个年幼的小孩子，当然更不知要受人们如何的虐待呢！他于是不禁从悲伤中又添加了一层不可言状的恐惧。

“倒不如也死去好……”他又这般地想着。

维嘉先生！这一个十六岁的小学生，就是十年前的我。这一座新坟里所卧着的，就是我那可怜的，被黑暗社会所逼死的父母。说起来，我到现在还伤心——我永远忘却不了我父母致死的原因！现在离我那可怜的父母之死已经有十年了，在这十年之中，我总未忘却我父母是为着什么死的。

江河有尽头，此恨绵绵无尽期！我要为我父母报仇，我要为我父母伸冤，我要破坏这逼使我父母惨死的万恶社会。但是，维嘉先生，我父母死去已十年了，而万恶的社会依然，而我仍是一个抱恨的飘泊的少年！

三

民国四年，我乡不幸天旱，一直到五月底，秧禾还没有栽齐。是年秋收甚劣，不过三四成。当佃户的倘若把课租缴齐与主人（我乡称地主为主人），就要一点儿也不剩，一定要饿死。有些佃户没有方法想，只得请主人吃酒，哀告将课租减少。倘若主人是有点良心的，则或将课租略略减少一点，发一发无上的大慈悲；不过多半主人是不愿意将课租减少的——他们不问佃户有能力缴课租与否，总是硬逼迫佃户将课租缴齐，否则便要驱逐，便要诉之于法律，以抗缴课租罪论。有一些胆小的佃户们，因为怕犯法，只得想方设法，或借贷，或变卖耕具，极力把课租缴齐；倘若主人逼得太紧了，他们又无法子可想，最后的一条路不是自杀，就是卖老婆。有一些胆大的佃户们，没有方法想，只得随着硬抵，结果不是被驱逐，就是挨打，坐监狱。因之，那一年我县的监狱倒是很兴旺的。

我家也是一个佃户。那一年上帝对于穷人大加照顾，一般佃户们都没脱了他的恩惠。我家既然也是一个佃户，当然也脱不了上帝的恩惠，尝一尝一般佃户们所受的痛苦。我家人口共三人，我的父母和我。我在本乡小学校读书，他们俩在家操作；因为天旱，我的书也读不成了，就在家里闲住着。当时我的父母看着收成不好，一家人将要饿死，又加着我们的主人势大，毫不讲一点儿理由，于是天天总是相对着叹气，或相抱着哭泣。这时真是我的小生命中一大波浪。

缴课租的日子到了。我家倘若把收得的一点粮食都缴与主人罢，则我们全家三口人一定要饿死；倘若不缴与主人罢，则主人岂能干休？我的父母足足哭了一夜，我也在旁边伴着他俩老人家哭。第二日早饭过后，主人即派人来到我家索课租。那两个奴才仗着主人的势力，恶狠狠地高声对我父亲说：

“汪老二！我们的主人说了，今天下午你应把课租担送过去，一粒也不许缺少，否则打断你的狗腿！”

我的父母很悲惨地相互默默地望着。那两个奴才把话说完就出门去了。我俯在桌子上，也一声儿不响。到后来还是我母亲先开口问我父亲：

“怎么办呢?”

“你说怎么办呢? 只有一条死路!”

我听见我父亲说出一条死路几个字，不禁放声哭了。他俩见我放声哭了，也就大放声哭起来。后来，我想老哭不能完事，一定要想出一个办法。于是我擦一擦眼泪，抬头向父亲说:

“爸爸！我想我们绝对不至于走到死路的。我想你可以到主人家里去哀告哀告，或者主人可以发点慈悲，不至于拼命地逼迫我们。人们大约都有点良心，当真我们的主人是禽兽不成? 爸爸！你去试一试，反正我们也没有别的方法可想……”

我们的主人是最可恶不过的。人家都称他为刘老太爷；因为他的大儿子在省署里做官——做什么官我也不清楚——有声有势；二儿子做营长，几次回家来威武极了。这位刘老太爷有这么两位好儿子，当然是可以称雄于乡里的了，因之做恶为祟，任所欲为，谁也不敢说一句闲话。他平素对待自己的佃户，可以说酷虐已极，无以复加！当时我劝我父亲去向他哀告，不过是不得已的办法；我父亲也知道这种办法，是不会得着效果的。不过到没有办法的时候，也只得要走这一条路。于是我父亲听从了我的话，向我母亲说:

“事到如此地步，我只得去试一试，倘若老天爷不绝我们的生路，他或者也发现点天良，慈悲我们一下，也未可知。我现在就去了，你们且在家等着，莫要着急!”

我父亲踉跄地出门去了。

刘老太爷的家——刘家老楼——离我家不远。父亲去后，我与母亲在家提心吊胆地等着。我只见我母亲的脸一会儿发红，一会儿发白，一会儿又落泪。照着她脸上的变态，我就知道她心里是如何地恐慌，如何地忧惧，如何地悲戚，如何地苦痛。

但是我当时总找不出安慰她老人家的话来。

四

维嘉先生！人世间的残酷和恶狠，倘若我们未亲自经验过，有许多是不会能令我们相信的。我父母之死，就死在这种惨酷和恶狠里。我想，倘若某一个人与我没什么大仇恨，我决不至于硬逼迫他走入死地，我决不忍将他全家陷于绝境。但是，天下事决不能如你我的想望，世间人尽有比野兽还毒的。可怜我的父母，我的不幸的父母，他俩竟死于毫无人心的刘老太爷的手里！……

当我劝父亲到刘老太爷家里哀告时，虽未抱着大希望，但也决料不到我父亲将受刘老太爷的毒打。就是我父亲自己临行时，大约也未想及自己就要死于这一次的哀告。我与我母亲老在家等我父亲回来，等他回来报告好的消息。我当时虽然未祷告，但是，我想，我的母亲一定是在心中暗地祷告，求菩萨保佑我们的性命，父亲的安稳。但是菩萨的双耳听错了：我母亲祈祷的是幸福，而他给予的却是灾祸。从这一次起，我才知道所谓上帝，所谓菩萨，是与穷人们极反对的。

我们等父亲回来，但等至日快正中了，还未见父亲回来。母亲不耐烦跑到门外望——睁着眼不住地向刘家老楼那一方向望。我还在屋里坐在椅子上东猜西想，就觉着有什么大祸要临头也似的。忽而听见门外一句悲惨而惊慌的呼唤声：

“中儿！你出来看看，那，那是不是你的父亲？……”

我听见这一句话，知道是母亲叫唤我，我急忙跑出来。此时母亲的态度更变为惊慌了。我就问她：

“怎么了？父亲在什么地方？”

“你看，那走路一歪一倒的不是你的父亲么？吃醉了酒？喂！现在哪有酒吃呢？说不定被刘老太爷打坏了……”

啊！是的！被我母亲猜着了。父亲一歪一倒地愈走愈近，我和母亲向前去迎接他。他的面色现在几如石灰一样的白，见着我们一句话也不说，只是泪汪汪地。一手搭在我的肩上，一手搭在母亲的肩上，示意教我俩将他架到屋里去。我和母亲将他架到屋里，放在床上之后，我母亲才问他：

"你，你怎么弄到这般样子？……"

我母亲哭起来了。

我父亲眼泪汪汪地很费力气地说了两句话：

"我怕不能活了，我的腰部，我的肚肠，都被刘老太爷的伙计踢坏了……"

我母亲听了父亲的话，更大哭起来。很奇怪，在这个当儿，我并不哭，只呆呆地向着父亲的面孔望。我心里想着："我父亲与你有什么深仇大恨，你忍心下这般的毒手？哀告你不允，也就罢了，你为什么将他打到这个样子？唉！刘老太爷你是人，还是凶狠的野兽？是的！是的！我与你不共戴天，不共戴天！"

"你有什么权力这样地行凶作恶？我们是你的佃户，你是我们的主人？哼！这是什么道理呀？我们耕种土地，你坐享其成，并且硬逼迫我们饿死，将我们打死，陷我们于绝境……世界上难道再有比这种更为惨酷的事么？"

"爸爸！你死在这种惨酷里，你是人间的不幸者——我将永远不能忘却这个，我一定要……爸爸呀！"

当时我想到这里，我的灵魂似觉已离开我原有的坐处。模模糊糊地我跑到厨房拿了一把菜刀，径自出了家门，向着刘家老楼行去。进了刘家老楼大门之后，我看见刘老太爷正在大厅与一班穿得很阔的人们吃酒谈笑，高兴得不亦乐乎。他那一副黑而恶的太岁面孔，表现出无涯际的得意的神情；那一班贵客都向他表示出十二分的敬礼。我见着这种状况，心内的火山破裂了，任你将太平洋的水全般倾泻来，也不能将它扑灭下去。我走向前向刘老太爷劈头一菜刀，将他头劈为两半，他的血即刻把我的两手染红了，并流了满地，满桌子，满酒杯里。他从椅子上倒下地来了，两手继续地乱抓；一班贵客都惊慌失色地跑了，有的竟骇得晕倒在地上。

大厅中所遗留的是死尸，血迹，狼藉的杯盘，一个染了两手鲜血的我。我对着一切狂笑，我得着了最后的胜利……

这是我当时的幻想。我可惜幻想不能成为事实，但是有时候幻想也能令人得到十分的愉快。在当时的幻想中，我似觉征服了一切，斩尽了所有的恶魔，恢复了人世间的光明。倘若事实能够与幻想相符合，幻想能够真成为事实，维嘉先生，你想想这是多么令人满意的事啊！

我很知道幻想对于失意人的趣味，一直到现在，我还未抛却爱幻想的习惯。倘若在事实上我们战不胜人，则我们在幻想中一定可以战胜人；倘若刘老太爷到现在还未被我杀却，但是在幻想中我久已把他杀却了。

我以为幻想是我们失意人之自慰的方法。

五

当晚我同母亲商议，老哭不能医好父亲的创伤，于是决定我第二日清早到J镇上去请K医生。

父亲一夜并未说别的话，只是“哎哟！哎哟……”地哼；母亲坐在床沿上守着他，只是为无声的暗泣。我一夜也没睡觉——这一夜我完全消耗在幻想里。

第二日清早，我即到J镇上请K医生。J镇距我家有四五里之遥，连请医生及走路，大约要一两个钟头。

维嘉先生！我真形容不出来人世间是如何的狠毒，人们的心是如何的不测！在这一两个钟头之内，我父母双双地被迫着惨死——他俩永远地变成黑暗的牺牲者，永远地含冤以终古！说起来，真令人发指心碎啊！当时我还是一个小孩子，一点幼稚的心灵怎能经这般无可比拟的刺激？我真不晓得为什么我没有疯癫，我还能一直活到现在。

原来我去后不久，刘老太爷派一些伙计们到我家来挑课租。他们如狼似虎的拿着扁担稻箩跑到我家来，不问我家愿意与否，就下手向稻仓中量稻。我母亲起初只当他们是抢稻的强盗，后来才知道他们是刘老太爷的伙计。她本是一个弱女子，至此也忍不得不向他们大骂了。病在床上的父亲见着如此的情形，于是连气带痛，就大叫一声死去了——永远地死去了。母亲见着父亲死去，环顾室内的物品狼藉，以为没有再活着的兴趣，遂亦在父亲的面前用剪刀刺喉而自尽了。

当刘老太爷的伙计们挑稻出门，高唱快活山歌的时候，就是我父母双双惨死的时候。人世间的黑暗和狠毒，恐怕尽于此矣！

我好容易把医生请到了，实只望我父亲还有万一痊愈的希望。又谁知医生还未请到家，他已含冤地逝去；又谁知死了一个父亲还不算，我母亲又活活地被逼而自尽。唉！人世间的凄惨，难道还有过于这种现象的么？

我一进家门，就知道发生了事变。及到屋内见着了母亲的惨状，满地的血痕，我的眼一昏，心房一裂，就晕倒在地，失却了一切的知觉。此时同我一阵来我家的 K 医生，大约一见势头不好，即逃之夭夭了。

这是一场完全表现出人间黑暗的悲剧。

晕倒过后，我又慢慢地苏醒过来。一幅极凄惨的悲景又重展开在我的面前，我只有放声的痛哭。唉！人世间的黑暗，人们的狠毒，社会的不公平，公理的泯灭……

维嘉先生！请你想想我当时的情况是什么样子！一个十五六岁的小孩子，没有经验，少经世故，忽然遇着这么大的惨变，这是如何的沉痛啊！我现在想想，有时很奇怪，为什么我当时没有骇死，急死，或哭死。倘若我当时骇死，或急死，或哭死，倒也是一件对于我很幸的事情。说一句老实话，在现在的社会中，到处都是冷酷的，黑暗的，没有点儿仁爱和光明，实在没有活着做人的趣味。但是，维嘉先生，不幸到现在我还没有死，我还要在这种万恶的社会中生存着。万恶的社会所赐予我的痛苦和悲哀，维嘉先生，就是你那一枝有天才的大笔，恐怕也不能描写出来万分之一啊！万恶的社会给予我的痛苦愈多，更把我的反抗性愈养成得坚硬了——我到现在还是一个飘泊的少年，一个至死不屈服于黑暗的少年。我将此生的生活完全贡献在奋斗的波浪中。

当时我眼睁睁地看着父母的死尸，简直无所措手足，不知怎么办才好。一个十五六岁的小孩子，遇着这种大惨变，当然是没有办法的。幸亏离我家不远的有一位邻家，当时邻家王老头子大约知道我家发生惨变，于是就拿着拐杖跑到我家看看到底是什么一回事。他一看见我家内的情形，不禁连哭带哼地说了一句：

“这是我们耕田的结果！……”

当时王老头子，他是一个很忠实的老农夫，指点我应当怎么办，怎么办。我就照着他老人家的指点，把几个穷亲戚，穷家族，请了来商量一商量。当时我的思想注重在报仇，要同刘老太爷到县内去打官司。大家都摇头说不行，不行：刘老太爷的势力浩大，本县县知事都怕他——每任县知事来上任时，一定先要拜访拜访他，不然，县知事就做不安稳；一个小百姓，况且又是他的佃户，如何能与他反抗呢？

“这也是命该的。”

“现在的世界，哪有我们穷人说理的地方！倒不如省一件事情，免去一次是非的好。里外我们穷人要忍耐一点。”

“汪中，你要放明白些，你如何是刘老太爷的对手？你的父母被他弄死，已经是很大的不幸，你千万再不要遭他的毒手了。”

“我的意思，不如碰他一下也好——”

“算了罢，我们现在先把丧事治好了要紧。”

“……”

大家七嘴八舌，谁也找不出一个办法。

维嘉先生！父母被人害了，而反无一点申诉的权利，人世间的黑暗难道还有过于此者？我一想起来现在社会的内情，有时不禁浑身发抖，战栗万状。倘若我们称现世界为兽的世界，吃人的世界，我想这并不能算过火。我们试一研究兽类的生活，恐怕黑暗的程度还不及人类啊！

结果，大家都主张不与刘老太爷打官司，我当时是一个小孩子，当然也不能有什么违拗。

于是，于是我的父母，我的可怜的父母，就白白地被刘老太爷逼死了！……何处是公理？何处是人道？维嘉先生！对于弱者，对于穷人，世界上没有什么公理和人道——这个我知道得很清楚，很详细，你大约不以为言之过火罢。唉！我真不愿意多说了，多说徒使我伤心啊！

六

丧事匆匆地办妥。有钱的人家当然要请和尚道士到家里念经超度，还要大开什么吊礼；但是，我家穷得吃的都没有，哪还有钱做这些面子？借贷罢，有谁个借给我们？——父母生前既是穷命，死后当然也得不着热闹。民国四年九月十五日，几个穷亲族冷清清地，静悄悄地，抬着两口白棺材，合埋在乱坟山的东南角。

于是黑暗的人间再没有他俩的影迹了——他俩从此抛却人间的一切，永远地，永远地脱离了一切痛苦……

维嘉先生，我飘泊的历史要从此开始了。父母在时，他俩虽是弱者，但对于我总是特别怜爱的，绝不轻易加我以虐待。他俩既死了，有谁个顾及一个零丁的孤子？有谁个不更加我以白眼呢？人们总是以势利为转移，惯会奉承强者，欺压弱者。维嘉先生！我又怎能脱离这弱者的遭遇呢？父母生前为人们所蹂躏，父母死后，一个孤苦的十五六岁的小孩子受人们的蹂躏更不足怪了！我成了一个孤苦而无人照顾的孩子。

伏着新坟痛哭，痛哭一至于无声无力而啜泣。热泪涌透了新坟，悲哀添加了夕阳的黯淡，天地入于凄凉的惨色。当时曾有谁个了解这一个十五六岁小孩子的心境，谁个与他表一点人类的同情，谁个与他一点苦痛中的安慰，谁个为他洒一点热泪呢？他愈悲哀则愈痛哭，愈痛哭则愈悲哀，他，他真是人世间不幸的代表了！

维嘉先生！你当然是很知道的，在现代的社会中，穷孩子，特别是无父母的穷孩子，是如何受人们的欺侮。回忆过去十年中的生活，我真是欲哭无泪，心神战栗。我真了解了穷孩子的命运！倘若这个命运是上帝所赐予的，那我就将世界的穷孩子召集在一起，就是不能将上帝——害人的恶物——打死，也要骂得他一个头昏目眩！人们或者说我是上帝的叛徒，是啊！是啊！我承认，我承认我是上帝的叛徒……

当晚从新坟回来之后，一个人——此时我家里只剩下我一个人了——睡在床上，又冷清，又沉寂，又悲哀，又凄惨，翻来覆去，总是不能入梦。想想这里，想想那里，想想过去，想想将来，不知怎么办才好。继续读书罢，当然是没有希望了。耕田罢，我年纪轻了，不行。帮人家放牛罢，喂，又要不知如何受主人的虐待。投靠亲族罢，喂，哪个愿意管我的事？自杀罢，这个，恐怕不十分大好受。那末，到底怎么办呢？走什么路？向何处去？到处都不认识我，到处都没有我的骨肉，我，我一个小孩子怎么办呢？

维嘉先生！我当时胡思乱想的结果，得着了一条路，决定向着这一条路上走。你恐怕无论如何也猜不出这一条路是什么路。

我生性爱反抗，爱抱不平。我还记得我十三岁那一年，读《史记》读到朱家郭解传，不禁心神向往，慨然慕朱家郭解之为人。有一次先生问我："汪中！历史上的人物，据你所知道的，哪一个最令你钦佩些？"

"我所佩服的是朱家郭解一流人物。也许周公，孔子，庄周……及各代所谓忠臣义将有可令人崇拜的地方，但是他们对于我没有什么趣味。"我回答先生说。

"朱家郭解可佩服的在什么地方？"先生很惊异地又问我。

"他们是好汉，他们爱打抱不平，他们帮助弱者。先生！我不喜欢耀武扬威有权势的人们，我不明白为什么要尊敬圣贤，我专佩服为穷人出气的……"

我说到这里，先生睁着两只大眼向我看着，似觉很奇怪，很不高兴的样子。他半晌才向我哼了一句：

"非正道也！"

维嘉先生！也许我这个人的思想自小就入于邪道了，但是既入于邪道了，要想改入正道，也是一件很不容易的事情。我到现在总未做过改入正道的念头，大约将来也是要走邪道到底的。但是，维嘉先生！我现在很希望你不以为我是一个不走正道的人，你能了解我，原谅我。倘若你能与我表一点同情，则真是我的万幸了！

民国四年，我乡土匪蜂起，原因是年年天旱，民不聊生，一般胆大的穷人都入于土匪的队伍，一般胆小一点的穷人当然伏在家中挨饿。闻说离我家约四十余里远有一桃林村，村为一群土匪约百余人所盘踞。该一群土匪的头目名叫王大金刚，人家都说他是土匪头目中的英雄：他专门令手下的人抢掠富者，毫不骚扰贫民，并且有一些贫民赖着他的帮助，得以维持生活。他常常说："现在我们穷人的世界到了，谁个不愿意眼睁睁地饿死，就请同我一块儿来！我们同是人，同具一样的五官，同是一样地要吃，同是一样的肚皮，为什么我们就应当饿死，而有钱的人就应当快活享福呢？……"这一类的话是从别人口中传到我的耳里，无论真确不真确，可是我当时甚为之所引动。

就是到现在，我还时常想起这位土匪头目的话，我虽未见过他一面，但我总向他表示无限的敬意。喂！维嘉先生！我说到此处，你可是莫要害怕，莫要不高兴我崇拜土匪！我老实向你说，我从未把当土匪算为可耻的事情，我并且以为有许多土匪比所谓文质彬彬，或耀武扬威的大人先生们好得多！倘若你以为当土匪是可耻的，那末，请你把土匪的人格低于大人先生的人格之地方指示出来！我现在很可惜不能亲身与你对面讨论讨论这个问题。不过你是一个有反抗性的诗人，我相信你的见解不至于如一般市侩的一样。你的见解或同我的一样。喂！维嘉先生！我又高攀了。哈哈！

上边我说胡思乱想的结果，得着了一条路。维嘉先生！你现在大约猜着了这一条路是什么路罢？这一条路就是到桃林村去入伙当土匪。我想当土匪的原因：第一，我的身量也很长了，虽然才十六岁，但是已经有当土匪的资格了；第二，无路可走，不当土匪就要饿死；第三，王大金刚的为人做事，为我所敬仰，我以为他是英雄；第四，我父母白白地被刘老太爷害死，此仇不共戴天，焉可不报？我向王大金刚说明这种冤屈，或者他能派人来刘家老楼，把刘老太爷捉住杀死。有了这四种原因，我到桃林村入伙的念头就坚定了。

“到桃林村入伙去!”

打算了一夜，第二天清早我即检点一点东西随身带着，其余的我都不问了，任它丢也好，不丢也好。到桃林村的路，我虽未走过一次，但是听人说过，自以为也没甚大要紧。当我离开家门，走了几步向后望时，我的泪不觉涔涔地下了！

“从此时起，你已经不是我的家了！……父母生前劳苦的痕迹，我儿时的玩具，一切一切，我走后，你还能保存么？……此后我是一个天涯的孤子，飘泊的少年，到处是我的家，到处是我的寄宿地，我将为一无巢穴的小鸟……你屋前的杨柳啊！你为我久悬摇动的哀丝罢，你树上的雀鸟啊！你为我鸣唱飘泊的凄清罢！我去了……”

将好到桃林村的路，要经过乱坟山的东南角，我当时又伏在新坟上为一次辞别的痛哭。东方已经发白了。噪晓的鸟雀破了大地沉寂，渐渐地又听着牧歌四起——这是助不幸者的痛苦呢，抑是为飘泊少年的临别赠语？维嘉先生！你想想我这时的心境是如何地悲哀啊！

“我亲爱的爸爸妈妈！我可怜的爸爸妈妈！你知道你俩的一个孤苦的儿子现在来与你俩辞别么？你俩的儿子现在来与你俩辞别，也许是这最后的……永远的……”

“我亲爱的爸爸妈妈！我可怜的爸爸妈妈！也许这一去能够成全我的痴念，能够为你俩雪一雪不世的冤屈，也许你俩的敌人要死在我手里，也许仇人的头颅终久要贡献在你俩的墓前；也许……”

“但是，我亲爱的爸爸妈妈！我可怜的爸爸妈妈！也许你俩的儿子一去不复还，也许你俩的儿子永远要飘流在海角天边，也许你俩的儿子永远再不来瞻拜墓前……”

“……”

七

黑云渐渐密布起来了。天故意与半路的孤子为难也似的：起初秋风从远处吹来几点碎雨，以为还没有什么，总还可以走路的；谁知雨愈下愈大，愈下愈紧，把行路孤子的衣履打得透湿，一小包行李顿加了很大的重量。临行时忘却随身带一把伞，不但头被雨点打得晕了，就是两眼也被风雨吹打得难于展开。

“天哪！你为什么这么样与我为难呢？我是一个不幸的孤子，倘若你是有神智的，你就不应加我以这样的窘迫。

“这四周又没有人家，我将如何是好呢？我到何处去？……难道我今天就死于这风雨的中途么……可怜我的命运呀！

“天哪！你应睁一睁眼啊！……”

我辞别了父母之墓，就开步向桃林村进行。本来我家离桃林村不过四十余里之遥，半日尽可以到了；可是，一则我从未走过长路，出过远门，二则我身上又背着一小包行李，里边带着一点吃食的东西，虽然不大重，但对于我——一个十六岁的读书学生，的确是很重的了；因此，我走了半天，才走到二十多里路。路径又不熟，差不多见一个人问一个人，恐怕走错了路。临行时，慌里慌张地忘却带雨伞，当时绝未料及在路中会遇着大雨。谁知天老爷是穷人的对头，是不幸者的仇敌，在半路中竟鬼哭神号地下了大雨。维嘉先生！请你想一想我当时在半路中遇雨的情况是什么样子！我当时急得无法哭起来了。哭是不幸者陷于困难时的唯一表示悲哀的方法啊。

我正一步一步带走带哭的时候，忽听后面有脚步声，濮池濮池地踏着烂泥响。我正预备回头看的时候，忽听着我后边喊问一声：“那前边走的是谁呀！请停一步……”听此一喊问，我就停着不动了。那人打着雨伞，快步走到我面前来，原来是一个五十余岁的，面貌很和善的老头儿。他即速把伞将我遮盖住，并表示一种很哀悯的情态。

“不幸的少先生！你到什么地方去呀？”

“我到桃林村去；不幸忘却带伞，现在遇着雨了。”

“我家离此已经不远了，你可以先到我家避一避雨，待天晴时，然后再走。你看好不好?”

“多谢你老人家的盛意！我自然是情愿的!”

我得着了救星，心中就如一大块石头落下去了。当时我就慢慢地跟着这一位老头儿走到他的家里来。可是，刚一到了他家之后，因为我浑身都淋湿了，如水公鸡也似的，无论如何，我是支持不住了：浑身冻得打战，牙齿嗑着达达地响。老头儿及他的老妻——也是一个很和善的老太婆——连忙将我衣服脱了，将我送上床躺着，用被盖着紧紧地，一面又烧起火来，替我烘衣服。可是我的头渐渐大起来了，浑身的热度渐渐膨胀起来了，神经渐渐失却知觉了——我就大病而特病起来了。我这一次病的确是非常严重，几乎把两位好意招待我的老人家急得要命。在病重时的过程中，我完全不知道我自己的状况及他俩老人家的焦急和忙碌；后来过了两天我病势减轻的时候，他俩老人家向我诉说我病中的情形，我才知道我几番濒于危境。我对于他俩老人家表示无限的感激。若以普通惯用的话来表示之，则真所谓“恩同再造”了。

我的病一天一天地渐渐好了。他俩老人家也渐渐放心起来。在病中，他俩老人家不愿同我多说话，恐怕多说话妨害我的病势。等到我的病快要好了的时候，他俩才渐渐同我谈话，询问我的名姓和家室，及去桃林村干什么事情。我悲哀地将我的家事及父母惨死的经过，一件一件向他俩诉说，他俩闻之，老人家心肠软，不禁替我流起老泪来了；我见着他俩流起泪来，我又不禁更伤心而痛哭了。

“你预备到桃林村去做什么呢？那里有你的亲戚或家门？……那里现在不大平安，顶好你莫要去，你是一个小孩子。”

问我为什么到桃林村去，这我真难以答应出来。我说我去找亲戚及家门罢，我那里本来没有什么亲戚和家门；我说我去入伙当土匪罢，喂，这怎能说出呢？说出来，恐怕要……不能说！不能说！我只得要向这俩老人家说谎话了。

“我有一位堂兄在桃林村耕田，现在我到他那儿去。老爹爹！你说那里现在不平安，到底因为什么不平安呢？莫不是那地方有强盗——”

“强盗可是没有了。那里现在驻扎着一连兵，这兵比强盗差不多，或者比强盗还要作恶些。一月前，不错，桃林村聚集了一窝强盗，可是这些强盗，他们并不十分扰害如我们这一般的穷人。现在这些官兵将他们打跑了，就在桃林村驻扎起来，抢掠不分贫富，弄得比土匪强盗还厉害！唉！现在的世界——”

我听老头儿说到这里，心里凉了半截。糟糕！入伙是不成的了，但是又到何处去呢？天哪！天哪！我只暗暗地叫苦。

“现在的世界，我老实对少先生说，真是弄到不成个样子！穷人简直不能过日子！我呢？少先生！你看这两间茅棚，数张破椅，几本旧书，其他什么东西都没有；一个二十余岁的儿子，没有法想，帮人家打长工；我在家教一个蒙馆以维持生活，我与老妻才不至于饿死；本来算是穷到地了！但是，就是这样的穷法，也时常要挨受许多的扰乱，不能安安地过日子。

“我教个小书，有许多人说我是隐士，悠然于世外。喂！我是隐士？倘若我有权力，不满少先生说，我一定要做一番澄清社会的事业。但是，这是妄想啊！我与老妻的生活都难维持，还谈到什么其他的事业。

“少先生！我最可惜我的一个可爱的儿子。他念了几年书，又纯洁，又忠实，又聪明，倘若他有机会读书，一定是很有希望的；但是，因为家境的逼迫，他不得已替人家做苦工，并且尝受尽了主人的牛马般的虐待。唉！说起来，真令人……”

老头儿说到此地，只是叹气，表现出无限的悲哀。我向他表示无限的同情，但是这种同情更增加我自身的悲哀。

王老头儿（后来我才晓得他姓王）的家庭，我仔细打量一番，觉着他们的布置上还有十分雅气，确是一个中国旧知识阶级的样子，但是，穷可穷到地了。我初进门时，未顾得看王老头儿的家庭状况，病中又不晓得打量，病好了才仔细看一番，才晓得住在什么人家的屋子里。

老夫妻俩侍候我又周到，又诚恳。王老头儿天天坐在榻前，东西南北，古往今来，说一些故事给我听，并告诉了我许多自己的经验，我因之得了不少的知识。迄今思之，那一对老人家的面貌，待我的情义，宛然尚在目前，宛然回旋于脑际。但是，他俩还在人世么？或者已经墓草蓬蓬，白骨枯朽了……

当时我病好了，势不能再常住在王老头儿夫妻的家里，虽然他俩没有逐客的表示，但是我怎忍多连累他俩老人家呢？于是我决定走了。临行的时候，王老头儿夫妻依依不舍，送一程又一程，我也未免又洒了几点泪。他俩问我到什么地方去，我含糊地答应：

“到……到城里去。”

其实，到什么地方去呢？维嘉先生！何处是不幸者的驻足地呢？我去了！但是到什么地方去呢？……

八

离了王老头儿家之后，我糊里糊涂走了几里路，心中本未决定到什么地方去。回家罢，我没有家了；到桃林村去罢，那里王大金刚已不在了，若被不讲理的官兵捉住，倒不是好玩的；到城里去罢，到城里去干什么呢？想来想去，无论如何想不出一条路。最后我决定到城里去，俟到城里后再作打算。我问清了路，就沿着大路进行。肩上背着一个小包裹带着点粮，还够两天多吃，一时还不至于闹饥饿。我预备两天即可到城里，到城里大约不至于饿死。

天已经渐渐黑了。夕阳慢慢地收起了自己的金影，乌鸦一群一群地飞归，并急噪着暮景。路上已没有了行人。四面一望，一无村庄，二无旅店——就是有旅店，我也不能进去住宿，住宿是要有钱才可以的，我哪有钱呢？不得已还是低着头往前走。走着，走着，忽看见道路右边隐隐约约似觉有座庙宇，俄而又听着撞钟的声音——叮当，叮当的响。我决定这是一座庙宇，于是就向着这座庙宇走去。庙宇的门已经闭了，我连敲几下，小和尚开门，问我干什么事，我将寻宿的意思告诉他。他问了老和尚的意思，老和尚说可以，就指定我在关帝大殿右方神龛下为我的宿处。大殿内没有灯烛，阴森森，黑漆漆地有鬼气，若是往常，你就打死我也不敢在这种地方歇宿，但是现在一则走累了，二则没有别的地方，只得将就睡去。初睡的时候，只听刺郎刺郎的响，似觉有鬼也似的，使我头发都竖了起来。但是因为走了一天的路，精神疲倦太甚，睡神终久得着胜利了。

第二天早晨，我正好梦方浓的时候，忽然有人把我摇醒了。我睁眼一看，原来一个胖大的和尚和一个清瘦的斯文先生立在我旁边，向我带疑带笑地看。

“天不早了，你可以醒醒了，这里非久睡之地。”胖和尚说。

“你倒像一个读书的学生，为什么这样狼狈，为什么一个人孤行呢？你的年纪还不大罢？”清瘦的斯文先生说。

我只得揉揉眼起来，向他们说一说我的身世，并说我现在成了一个飘流的孤子，无亲可投，无家可归。至于想到桃林村入伙而未遂的话，当然没有向他们说。他俩听了我的话之后，似觉也表示很大的同情的样子。

“刘先生！这个小孩子，看来是很诚实的，我看你倒可以成全他一下。你来往斯文之门，出入翰墨之家，一个人未免有点孤单，不如把他收为弟子或做为书童，一方面侍候你，二方面为你的旅伴。你看好不好呢?”胖和尚向着清瘦的斯文先生说。

“可是可以的，他跟着我当然不会饿肚子，我也可以减少点劳苦。但不知他自己可愿意呢?”清瘦的斯文先生沉吟一下回答胖和尚说。

我听了胖和尚的话，又看看这位斯文先生的样子，我知道这位斯文先生是何等样的人了——他是一个川馆的先生。维嘉先生！川馆先生到处都有，我想你当然知道是干什么勾当的。当时我因为无法可想，反正无处去，遂决定照着胖和尚的话，拜他做老师，好跟着他东西南北鬼混。于是就满口应承，顺便向他磕一个头，就拜他为老师了。斯文先生喜欢的了不得，向胖和尚说了些感激成全的话。胖和尚分付小和尚替我们预备早饭，我就大吃而饱吃了一顿。早饭之后，我们向胖和尚辞行，出了庙门；斯文先生所有的一切所谓文房四宝，装在一个长布袋里，我都替他背着。他在前头走，我在后头行。此后他到哪里，我也到哪里，今天到某秀才家里写几张字画，明天到某一个教书馆里谈论点风骚，倒也十分有趣。我跟着他跑了有四个多月的光景，在这四个月之中，我遇着许多有趣味的事情。我的老师——斯文先生——一笔字画的确不错，心中旧学问有没有，我就不敢说了。但我总非常鄙弃他的为人：他若遇着比自己强的人，就恭维夸拍的了不得；若遇着比自己差的人，就摆着大斯文的架子，那一种态度真是讨厌已极！一些教蒙馆的先生们，所怕的就是川馆先生，因为川馆先生可以捣乱，使他们的书教不成。有一些教蒙馆的先生们见着我们到了，真是战战兢兢，惶恐万状。我的这位老师故意难为他们，好借此敲他们的竹杠——他们一定要送我们川资。哈哈！维嘉先生！我现在想起来这些事情，真是要发笑了。中国的社会真是无奇不有啊！

倘若我的老师能够待我始终如一，能够不变做老师的态度，那末，或者我要多跟他一些时。但是他中途想出花头，变起卦来了。我跟他之后，前三个月内，他待我真是如弟子一般，自居于老师的地位；谁知到了最后一个多月，他的老师的态度渐渐变了：他渐渐同我说笑话，渐渐引诱我狎戏；我起初还不以为意，谁知我后来觉着不对了，我明白了他要干什么勾当——他要与我做那卑污无耻的事情……我既感觉着之后，每次夜里睡觉总下特别的戒备，虽然他说些调戏的话，我总不做声，总不回答他。他见我非常庄重，自己心中虽然非常着急，但未敢居然公开地向我要求，大约是不好意思罢。

有一晚，我们宿在一个小镇市上的客店里。吃晚饭时，他总是劝我喝酒，我被劝得无法可想，虽不会喝，但也只得喝两杯。喝了酒之后，我略有醉意，便昏昏地睡去。大约到十一二点钟的光景，忽然一个人把我紧紧地搂着，我从梦中惊骇得一跳，连忙喊问："是谁呀？是谁呀？""是我，是我，莫要喊！"我才知道搂我的人是我的老师。

"老师！老师！你怎么的了？你怎么……"

"不要紧，我的宝宝！我的肉！你允许我，我……"

"老师！这是什么话，这怎么能行呢！"

"不要紧，你莫要害怕！倘若你不允许我，我就要……"

他说着就要实行起来。我这时的羞忿，真是有地缝我都可以钻进去！但是，事已至此，怎么办呢？同他善说，教他把我放开罢，那是绝对没有效果的。幸亏我急中生出智来，想了一个脱逃的方法。

"好！老师！我顺从你，我一定顺从你。不过现在我要大便，等我大便后，我们再痛痛快快地……你看好不好？"

"好！好！快一点！"

他听到我顺从他的话，高兴的了不得，向我亲几个嘴，就把我放开了。我起来慌忙将上下衣服穿上，将店门开开，此时正是三月十六，天还有月亮，我一点什么东西都没带，一股气跑了五六里。我气喘喘地坐在路旁边一块被露水浸湿的石头上休息一下。自己一个孤凄凄地坐着，越想越觉着羞辱，越想越发生愤恨，我不禁又放声痛哭了。

"天哪！这真是孤子的命运啊！"

"我的爸爸！我的妈妈！你俩可知你俩所遗留下来的一个苦儿今天受这般的羞辱么？"

"唉！人们的兽行……"

当时我真悲哀到不可言状！我觉着到处都是欺侮我的人，到处都是人面的禽兽……能照顾我的或者只有这中天无疵瑕的明月，能与我表同情的或者只有这道旁青草内蛐蛐的虫声，能与我为伴侣的或者只有这永不与我隔离的瘦影。

九

自从那一夜从客店跑出之后，孑然一身，无以为生，环顾四周，无所驻足。我虽几番欲行自杀的短见，但是求生之念终战胜了求死之心。既然生着，就要吃饭，我因此又过了几个月乞儿的生活。今日破庙藏身，明夜林中歇宿，受尽了风雨的欺凌，忍足了人们的讥笑。在这几个月中，从没吃过一顿热腾腾的白饭，喝过一碗干净净的清茶。衣服弄得七窟八眼，几几乎把屁股都掩盖不住。面貌弄得瘦黑已极，每一临水自照，喂，自己不禁疑惑自己已入鬼籍了。维嘉先生！我现在很奇怪我居然没有被这种乞儿的生活糟蹋死！每一想起当年过乞儿生活的情形，不禁又要战栗起来。好在因为有了几个月乞儿的经验，我深知道乞儿的生活是如何的痛苦，乞儿的心灵是如何的悲哀，乞儿的命运是如何的不幸……

维嘉先生！人一到穷了，什么东西都要欺侮他。即如狗罢，它是被人家豢养的东西，照理是不应噬人的，但是它对于叫化子可以说种下了不世的深仇，它专门虐待叫化子。有一次我到一个村庄去讨饭，不料刚一到该村庄的大门口，轰隆一声，从门口跑出几只大狗来，把我团团地围住，恶狠狠地就同要吃我也似的，真是把我骇得魂不附体！我喊着喊着，忽然一条黑狗呼哧向我腿肚子就是一下，把我腿肚子咬得两个大洞，鲜血直流不止。幸亏这时从门内出来了一个十六七岁的小姑娘，她把一群恶兽叱开，我才能脱除危险，不然，我一定要被它们咬死了。小姑娘看着我很可怜的，就把我领到屋里，把母亲喊出来，用药把我的伤包好，并给了我一顿饭吃。

维嘉先生！到现在我这腿肚上被狗咬的伤痕还在呢。这是我永远的纪念，这是不幸者永远的纪念……

叫化子不做贼，也是没有的事情。维嘉先生！倘若你是叫化子，终日讨不到饭吃，同时肚子里饿得咕里咕里地响，你一定要发生偷的念头，那时你才晓得做贼是不得已的，是无可奈何的。但是没有饿过肚子的人，不知饿肚子的苦楚，一定要说做贼是违法的，做贼是不道德的——叫化子做贼，叫化子就是最讨厌的东西。

有一天，半天多没有讨到饭吃，肚子实在饿得难过；我恰好走到一块瓜田里，那西瓜和甜瓜一个一个的都成熟了，我的涎水不觉下滴，我的肚子一定要逼迫我的手摘一个来吃。当伸手摘瓜的时候，我心里的确是害怕：倘若被瓜主人看见了，我一定不免要受一顿好打。但是肚子的权威把害怕的心思压下去了，于是我就偷摘了一个甜瓜和一个西瓜。我刚刚将瓜摘到手里，瓜棚子里就跑出来了两个人，大声喊着：

“你还不把瓜放下！你这小子胆敢来偷我们的瓜呀！你大约不要命了，今天我们给你一个教训……”

他俩喊着喊着就来捉我，我丢了瓜就跑，可是因为肚子太空了，没有点儿力气跑，我终被捉住，挨了一次痛打。维嘉先生！偷两个瓜算什么，其罪就值得挨一次痛打么？为什么肚子饿了，没有吃瓜的权利？为什么瓜放在田里，而不让饿肚子的人吃？为什么瓜主人有打偷瓜人的权利？维嘉先生！你可以回答我的这些问题么？

我在乞儿生活上所受的痛苦太多了，现在我不愿一件一件地向你说，空费了你的时间。人世间不幸的真象，我算深深地感觉，深深地了解了。我现在坐在这旅舍的一间房里，回忆过去当乞儿的生活，想象现在一般乞儿的情况，我的心灵深处不禁起伏着无限的悲哀。维嘉先生！哪一个是与我这种悲哀共鸣的人呢？

请君一走到街里巷间，看一看那囚首丧面衣衫褴褛的乞儿——他们代表世界的悲哀，人间的不幸。你且莫以为这是不必注意的事，他们是人类遗弃的分子！

人总还是人啊！他们的悲哀与不幸，什么时候才能捐除呢？他们什么时候才能进入快乐和幸福的领域？倘若人世间一日有它们的存在，我以为总不是光明的人世！或者有一些人们以为现在所存在的一切，是很可以令人满意的了，不必再求其他；我以为这些人们的生活状况，知识和经验，大约是不允许他们明白我所说的事情，或者他们永远不愿意明白……

维嘉先生！我写到这里，我又怕起来了，怕你厌烦我尽说这一类的话。但是，维嘉先生，请你原谅我，请你原谅我不是故意地向你这般说——我的心灵逼迫我要向你这样叨叨絮絮地说。或者你已经厌烦了，但是，我还请你忍耐一下，继续听我的诉说。

一〇

H 城为皖北一个大商埠，这地方虽没有 W 埠的繁盛，但在政治文化方面，或较 W 埠为重要。军阀，官僚，政客，为 H 城的特产，中国无论哪一处，差不多都没有此地产的多——这大约因为历史的关系。维嘉先生！你大约知道借外兵打平太平天国的李大将军，开渔行的王老板，持斋念佛的段执政……这些有名人物罢？这些有名人物的生长地就是 H 城。

这是闲话，现在且向你说我的正事。

我过着讨饭的生活，不知不觉地飘流到 H 城里来。在城里乞讨总是给铜钱——光绪通宝——的多，而给饭的少。在乡间乞讨就不一样了，大概总是给米或剩饭，差不多没有给钱的。在城里乞讨有一种好处，就是没有狗的危险。城里的狗固然是有，但对于叫化子的注意，不如乡间狗对于叫化子注意的狠。这是我的经验。

一日，我讨到一家杂货店叫瑞福祥的，门口立着一个五十几岁的胡子老头儿，他对我仔细地看一看，问我说：

“你今年多大年纪了？年轻轻的什么事不能做，为什么一定要讨饭呢？你姓什么？是哪里人氏？”

我听了他的话，不禁悲从中来，涔涔地流下了泪。“年轻轻的什么事不能做，为什么一定要讨饭呢？”这句话真教我伤心极了！我是因为不愿意做事而讨饭么？我做什么事情？谁个给我事情做？谁个迫我过讨饭的生活？我愿意因讨饭而忍受人们的讥笑么？我年轻轻的愿意讨饭？我年轻轻的居然讨饭，居然受人们的讥笑……哎哟！我无涯际的悲哀向谁告诉呢？天哪！唉！……

老头儿见我哭起来了，就很惊异，便又问道：

“你哭什么呢？有什么伤心事？何妨向我说一说呢？”

我就一五一十地又向他述了我的身世及迫而讨饭的原因。我这样并不希望他能怜悯我，搭救我，不过因为心中悲哀极了，总是想吐露一下，无论他能了解和表同情与否，那都不是我所顾到的。并且我从来就深信，要想有钱的人怜悯穷人，表同情于穷人——这大半是幻想，是没有结果的幻想。也许世界上有几个大慈大悲的慈善家，但是，我对于他们是没有希望的。维嘉先生！这或者是我的偏见，但是，这偏见是有来由的。

老头儿听了我的话，知道我是一个学生，又见我很诚实，遂向我提议，教我在他柜上当学徒。他说，他柜上还可以用一个人，倘若我愿意，他可以把我留下学生意，免得受飘零的痛苦。他并说，除了吃穿而外，他还可以给我一点零用钱。他又说，倘若我能忠心地做事，诚实地学好，他一定要提拔我。他还说其他一些别的好话头……我本知道当学徒也不是容易的事情，或者竟没过乞儿生活的自由，但是因过乞儿生活所受的痛苦太多了，也只得决定听老头儿的话，尝一尝当学徒的滋味。于是我从乞儿一变而为学徒了。

这是八月间的事。

老头儿姓刘，名静斋，这家杂货店就是他开的。杂货店的生意，比较起来，在H城里可以算为中等，还很兴盛。柜上原有伙友两位，加上我一个，就成为三个人了。可是我是学徒，他俩比我高一级，有命令使唤我的权利。有一个姓王的，他为人很和善，待我还不错；可是有一个姓刘的——店主人的本家——坏极了！他的架子，或者可以说比省长总长的架子都要大，他对我的态度非常坏，我有点不好，他就说些讥笑话，或加以责骂——我与他共了两年事，忍受了他的欺侮可真不少！但是怎么办呢？他比我高一层，他是掌柜先生，我是学徒……

维嘉先生！学徒的生活，你大约是晓得的。学徒第一年的光阴差不多不在柜上做事情，尽消磨在拿烟倒茶和扫地下门的里面。学徒应比掌柜的起来要早，因为要下门扫地，整理一切秩序。客人来了，学徒丝毫不敢待慢，连忙同接到天神的样子，恭恭敬敬地拿烟倒茶，两只手儿小心了又小心，谨慎了又谨慎，生怕有什么疏忽的地方。掌柜先生对待学徒，就同学徒比他小几倍的样子。主人好的时候，那时还勉强可以；倘若主人的脾气也不好的时候，那时就叫着活要命，没有点儿舒服的机会。我的主人，说一句实在话，待我总算还不错，没有什么过于苛待的地方。

总共我在瑞福祥当了两年学徒，这两年学徒的生活，比较起来，当然比乞儿的生活好得多。第一，肚子不会忍饿；第二，不受狗的欺侮；第三，少受风雨的逼迫。有闲工夫时，我还可以看看书，写写字，学问上还有点长进。自然我当时所看的书，都只限于旧书，而没有得到新书的机会。

在两年学徒的生活中，我又感觉得商人的道德，无论如何，是不会好的——商业的本身不会使商人有好的道德。商人的目的当然是要赚钱，要在货物上得到利润，若不能得到利润，则商业就没有存在的可能。因为要赚钱，则凡可以赚钱的方法和手段，当然都是要尽量利用的；到要利用狡狯的方法和手段来赚钱，那还说到什么道德呢？

有一次，一个乡下人到我们店里来买布，大约是替姑娘办嫁妆。他向我们说，他要买最好的花洋标；我们的刘掌柜的拿这匹给他看，他说不合式；拿那匹给他看，他说也不好；结果，给他看完了，总没有一匹合他的意。我们的刘掌柜急得没法，于是向他说，叫他等一等；刘掌柜到后边将给他看过的一匹花洋标，好好用贵重的纸包将起来，郑重其事地拿出来给乡下人看，并对乡下人道：

"比这一匹再好的，无论你到什么地方去，你也找不出来。这种花洋标是美国货，我们亲自从上海运来的。不过价钱要贵得多，恐怕你不愿出这种高价钱……"

乡下人将这匹用好纸包着的花洋标看了又看，摸了又摸，似觉很喜欢的样子，连忙说道：

"这匹东西好，东西不错！为什么你早不拿出来呢？我既然来买货，难道我还怕价钱高么？现在就是这一匹罢，请先生替我好好地包起来，使我在路上不致弄皱了才好！"

我在旁边看看，几几乎要笑起来了。但是，我终把笑忍在肚子里，不敢笑将出来；倘若把这套把戏笑穿了，我可负不起责任。

维嘉先生！像这种事情多得很呢！我们把这种事情当做笑话看，未始不可；但是，从此我们可以看出商业是什么东西，商人的道德是如何了。

普通学徒都是三年毕业，或者说出师，为什么我上面说我只过两年学徒的生活呢？维嘉先生！你必定要发生这种疑问，现在请你听我道来。

一一

维嘉先生！我此生只有一次的恋爱史，然就此一次恋爱史，已经将我的心灵深处，深深地刻下了一块伤痕。这一块伤痕到现在还未愈，就是到将来也不能愈，它恐怕将与吾生并没了！我不爱听人家谈论恋爱的事情，更不愿想到恋爱两个字上去。但是每遇明月深宵，我不禁要向嫦娥悲欷，对花影流泪；她——我的可爱的她，我的可怜的她，我的不幸的她，永远地，永远地辗转在我的心头，往来在我的脑里。她的貌，她的才，当然不能使我忘却她；但是，我所以永远地不能忘却她，还不是因为她貌的美丽和才的秀绝，而是因为她是我唯一的知己，唯一的了解我的人。自然，我此生能得着一个真正的女性的知己，固然可以自豪了，固然可以自慰了；但是我也就因此抱着无涯际的悲哀，海一般深的沉痛！维嘉先生！说至此，我的悲哀的热泪不禁涔涔地流，我的刻上伤痕的心灵不禁摇摇地颤动……

刘静斋——我的主人——有一子一女。当我离开 H 城那一年，子九岁，还在国民小学读书；女已十八岁了，在县立女校快要毕业。这个十八岁的女郎就是我的可爱的她，我的可怜的她，我的不幸的她。或者我辜负她了，或者我连累她了，或者她的死是我的罪过；但是，我想，她或者不至于怨我，她或者到最后的一刻还是爱我，还是悬念着这个飘泊的我。哎哟！我的妹妹！我的亲爱的妹妹！你虽然为我而死，但是，我记得，我永远地为你流泪，永远地为你悲哀……一直到我最后的一刻！

她是一个极庄重而又温和的女郎。当我初到她家的时候，她知道我是一个飘泊的孤子，心里就很怜悯我，间接地照顾我的地方很多——这件事情到后来我才知道。她虽在学校读书，但是在家中住宿的，因此她早晚都要经过店门。当时，我只暗地佩服她态度的从容和容貌的秀美，但绝没有过妄想——穷小子怎敢生什么妄想呢？我连恋爱的梦也没做过——穷小子当然不会做恋爱的梦。

渐渐地我与她当然是很熟悉了。我称呼她过几次“小姐”。

有一次我坐在柜台里边，没有事情做，忽然觉着有动于中，提笔写了一首旧诗：

此身飘泊竟何之？人世艰辛我尽知。
闲对菊花流热泪，秋风吹向海天陲。

诗写好了，我自己念了几遍。恰好她这时从内庭出来，向柜上拿写字纸和墨水；我见她来了，连忙将诗掩住，问她要什么，我好替她拿。她看我把诗掩了，就追问我：

“汪中！你写的是什么？为什么这样怕人看？”

“小姐，没有什么；我随便顺口诌几句，小姐，没有什么……”我脸红着向她说。

“你顺口诌的什么？请拿给我看看，不要紧！”

“小姐！你真要看，我就给你看，不过请小姐莫要见笑！”

我于是就把我的诗给她看了。她重复地看了几遍，最后脸红了一下，说道：

“诗做的好，诗做的好！悲哀深矣！我不料你居然能——”

她说到此很注意地看我一下，又低下了头，似觉想什么也似的。最后，她教我此后别要再称呼她为小姐了；她说她的名字叫玉梅，此后我应称呼她的名字；她说她很爱做诗，希望我往后要多做些；她说我的诗格不俗；她又说一些别的话。维嘉先生！从这一次起，我对于她忽然起了很深的感觉——我感觉她是一个能了解我的人，是一个向我表示同情的人，是我将来的……

我与她虽然天天见面，但是谈话的机会少，谈深情话的机会更少。她父亲的家规极严，我到内庭的时候少；又更加之口目繁多，她固然不方便与我多说话，我又怎敢与她多亲近呢？最可恨是刘掌柜的，他似觉步步地监视我，似觉恐怕我与她发生什么关系。其实，这些事情与他什么相关呢？他偏偏要问，偏偏要干涉，这真是怪事了！

但是，倘若如此下去，我俩不说话，怎么能发生恋爱的关系呢？我俩虽然都感觉不能直接说话的痛苦，但是，我俩可以利用间接说话的方法——写信。她的一个九岁的小弟弟就是我俩的传书人，无异做我俩的红娘了。小孩子将信传来传去，并不自知是什么一回事，但是，我俩借此可以交通自己的情怀，互告中心的衷曲——她居然成了我唯一的知己，穷途的安慰者。我俩私下写的信非常之多，做的诗也不少；我现在恨没有将这些东西留下——当时不敢留下，不然，我时常拿出看看，或者可以得到很多的安慰。我现在所有的，仅仅是她临死前的一封信——一封悲哀的信。维嘉先生！现在我将这一封信抄给你看看，但是，拿笔来抄时，我的泪，我的悲哀的泪，不禁如潮一般地流了。

亲爱的中哥！

我现在病了。病的原因你知道么？或者你知道，或者你也不知道。医生说我重伤风，我的父母以为我对于自己的身体太不谨慎，一般与我亲近的人们都替我焦急。但是，谁个知道我的病源呢？只有我自己知道，只有我自己知道我为什么病，但是，我没有勇气说，就是说出也要惹一般人的讥笑耻骂——因此，我绝对不说了，我绝对不愿意说了。

我真不明白，为什么人们爱做勉强的事情。我的父母并不是不知道我不愿意与王姓子订婚，但是，他俩居然与我代订了。现在听说王姓今天一封信，明天也是一封信，屡次催早日成结婚礼，这不是催早日成结婚礼，这是催我的命！我是一个弱者，我不敢逃跑，除了死，恐怕没有解救我的方法了！

中哥！我对于你的态度，你当然是晓得的：我久已认定你是我的伴侣，你是唯一可以爱我的人。你当然没有那王姓子的尊贵，但是，你的人格比他高出万倍，你的风度为他十个王姓子的所不及……中哥！我亲爱的中哥！我爱你！我爱你！……

但是，我是一个弱者，我不能将我对于你的爱成全起来；你又是一个不幸者，你也没有成全我俩爱情的能力。同时，王姓总是催，催，催……我只得病，我只有走入死之一途。我床前的药——可惜你不能来看——一样一样地摆满了。但是它们能治好我的病么？我绝对不吃，吃徒以苦人耳！

中哥！这一封信恐怕是最后的一封信了！你本来是一个不幸者，请你切莫要为我多伤心，切莫要为我多流泪！倘若我真死了，倘若我能埋在你可以到的地方，请你到我的墓前把我俩生前所唱和的诗多咏诵两首，请你将山花多采几朵插在我的坟顶上，请你抚着我的坟多接几个吻；但是，你本来是一个不幸者，请你切莫要为我多伤心，切莫要为我多流泪！

中哥！我亲爱的中哥！我本来想同你多说几句话，但是我的腕力已经不允许我多写了！中哥！我亲爱的中哥！……

妹玉梅临死前的话

维嘉先生！这一封信的每一个字是一滴泪，一点血，含蓄着人生无涯际的悲哀！我不忍重读这一封信，但是，我又怎么能够不重读呢？重读时，我的心灵的伤处只是万次千番地破裂着……

一二

我接了玉梅诀别的信之后，不知道如何处置是好。难道我能看着我的爱人死么？难道只报之以哭么？

玉梅是为着我而病的，我一定要设法救她；我一定要使我的爱人能做如愿以偿的事情；我一定使她脱离王姓魔鬼的羁绊；啊，倘若我不能这样做，则枉为一个人了，则我成为一个负情的人了！我一定……

王氏子是一个什么东西？他配来占领我的爱人？他配享受这种样子的女子——我的玉梅？我哪一件事情不如他？我的人格，我的性情，我的知识，我的思想……比他差了一点么？为什么我没有权利来要求玉梅的父母，使他们允许我同玉梅订婚？倘若我同玉梅订了婚，则玉梅的病岂不即刻就好了么？为父母的难道不愿意子女活着，而硬迫之走入死路么？倘若我去要求，或者，这件事——

喂！不成！我的家在什么地方？我的财产在什么地方？我现在所处的是什么地位？我是一个飘泊的孤子，一个寄人篱下的学徒，我哪有权利向玉梅的父母要求呢？听说王氏子的父亲做的是大官，有的是田地金钱，所以玉梅的父母才将自己的女儿许他；而我是一个受人白眼的穷小子，怎能生这种妄想呢？况且婚约已经订了，解约是不容易的事，就是玉梅的父母愿意将玉梅允许我，可是王姓如何会答应呢？不成！不成！

但是，玉梅是爱我的，玉梅是我的爱人！我能看着她死么？我能让她就活活地被牺牲了么？……

我想来想去，一夜没曾睡眠；只是翻来覆去，伏着枕哭。第二天清早起来，我大着胆子走向玉梅的父母的寝室门外，恰好刘静斋已经起床了。他向我惊异地看了一下，问我为什么这么样儿大清早起来找他；于是我也顾不得一切了，将我与玉梅的经过及她现在生病的原因，详详细细一五一十地告诉了他。他听了我的话后，颜色一变，又将我仔细浑身上下看了一下，只哼了一声，其外什么话也没说。我看着这种情形，知道十分有九分九不大妥当，于是不敢多说，回头出来，仍照常执行下门扫地的事情。

这一天晚上，刘静斋——玉梅的父亲——把我叫到面前，向我说了几句话：

“汪中，你在我这里已经两年了，生意的门道已经学得个大概；我以为你可以再往别处去，好发展发展。我这里现下用人太多，而生意又不大好，不能维持下去，因此我写了一封介绍信，将你介绍到 W 埠去，那里有我的一个朋友开洋货店，他可以收容你。你明天就可以动身；这里有大洋八元，你可以拿去做盘费。”

刘静斋向我说了这几句后，将八元大洋交给我，转身就走了。我此时的心情，维嘉先生，你说是如何的难受啊！我本知道这是什么一回事——刘静斋辞退我，并不是因为什么生意不好，并不是因为要我什么发展，乃是因为我与他的女儿有这么一层的关系。这也难怪他——他的地位，名誉，信用……比他女儿的性命更要紧些；他怎么能允许我的要求，成全女儿的愿望呢？

这区区的八元钱就能打发我离开此地么？玉梅的命，我对于玉梅的爱情，我与玉梅的一切，你这八元钱就能驱散而歼灭了么？喂！你这魔鬼，你这残忍的东西，你这世界上一切黑暗的造成者啊！你的罪恶比海还深，比山岳还高，比热火还烈！玉梅若不是你，她的父母为什么将她许与王姓子？我若不是你，我怎么会无权利要求刘静斋将自己的女儿允许我？玉梅何得至于病？我何得至于飘流？我又何得活活看着自己的爱人走入死路，而不能救呢？喂！你这魔鬼，你这残忍的东西，你这世界上一切黑暗的造成者啊！……

我将八元钱拿在手里，仔细地呆看了一忽，似乎要看出它的魔力到底在什么地方藏着。本欲把它摔去不要了，可是逐客令既下，势不得不走；走而无路费，又要不知将受若何的蹂躏和痛苦；没法，只得含着泪将它放在袋里，为到 W 埠的路费。

我走了倒无甚要紧，但是玉梅的病将如何呢？我要走的消息，她晓得了么？倘若她晓得，又是如何地伤心，怕不又增加了病势？我俩的关系就如此了结了么？

玉梅妹啊！倘若我能到你的床沿，看一看你的病状，握一握你那病而瘦削的手，吻一吻你那病而颤动的唇，并且向你大哭一场，然后才离开你，才离开此地，则我的憾恨也许可以减少万分之一！但是，我现在离开你，连你的面都不能一见，而况接吻，握手，大哭……唉！玉梅妹啊！你为着我病，我的心也为你碎了，我的肠也为你断了！倘若所谓阴间世界是有的，我大约也是不能长久于人世，到九泉下我俩才填一填今生的恨壑罢！

这一夜的时间，维嘉先生，纵我不向你说，你也知道是如何地难过。一夜过了，第二天清早我含着泪将行李打好，向众辞一辞行，于是就走出H城，在郊外寻一棵树底下坐一忽。我决定暂时不离开H城，一定要暗地打听玉梅的消息：倘若她的病好了，则我可以放心离开H城；倘若她真有不幸，则我也可以到她的墓地痛哭一番，以报答她生前爱我的情意。于是我找了一座破庙，做为临时的驻足地。到晚上我略改一改装，走向瑞福祥附近，看看动静，打听玉梅的消息。维嘉先生！谁知玉梅就在此时死了！棺材刚从大门口抬进去，念经的道士也请到了，刘家甚为忙碌。我本欲跑将进去，抱着玉梅的尸痛哭一番，但是，这件事情刘家能允许么？社会能答应么？唉！我只有哭，我只有回到破庙里独自一个人哭！

第三日，我打听得玉梅埋在什么地方。日里我在野外采集了许多花草，将它们做成了一个花圈；晚上将花圈拿在手里，一个人孤悄悄地走向玉梅棺墓安置的地方来。明月已经升得很高了，它的柔光似觉故意照着伤心人抚着新坟哭。维嘉先生！我这一次的痛哭，与我从前在父母坟前的痛哭，对象虽然不一样，而悲哀的程度，则是一样的啊！我哭着哭着，不觉成了一首哀歌——这一首哀歌一直到现在，每当花晨月夕、孤寂无聊的时候，我还不断地歌着：

前年秋风起兮我来时，
今年黄花开兮聊死去。
鸳鸯有意成双飞，
风雨无情故折翼。
吁嗟乎！玉梅妹！
你今死，
为何死？
江河有尽恨无底。

天涯飘泊我是一孤子。
妆阁深沉你是一淑女。
只因柔意怜穷途，
遂把温情将我许。
吁嗟乎！玉梅妹！
你今死，

为何死？
自伤身世痛哭你！

谨将草花几朵供灵前，
谨将热泪三升酬知己。
此别萍踪无定处，
他年何时来哭你？
吁嗟乎！玉梅妹！
你今死，
为何死？
月照新坟倍惨凄！

一三

巢湖为安徽之一大湖，由 H 城乘小火轮可直达 W 埠，需时不过一日。自从出了玉梅的家之后，我又陷于无地可归的状况。刘静斋替我写了一封介绍信，教我到 W 埠去；若我不照他的话做罢，则势必又要过乞儿的生活。无奈何，少不得要拿着信到 W 埠去走一趟。此外实没有路可走。

我坐在三等舱位——所谓烟篷下。坐客们——老的，少的，男的，女的，甚为拥挤；有的坐着打瞌睡，一声儿不响；有的晕船，呕吐起来了；有的含着烟袋，相对着东西南北地谈天。他们各人有各人的心思，各人有各人的境遇，但总没有比我再苦的，再不幸的罢。人群中的我，也就如这湖水上被秋风吹落的一片飘浮的落叶；落叶飘浮到什么地方，就是什么地方，我难道与它有两样的么？

这一天的风特别大，波浪掀涌得很高，船乱摇着，我几乎也要呕吐起来。若是这一次的船被风浪打翻了，维嘉先生，则我现在可无机会来与你写这一封长信，我的飘泊的历史可要减少了一段；我也就要少尝些社会所赐给我的痛苦。但是，维嘉先生，这一次船终没被风浪所打翻，也就如我终未为恶社会所磨死；这是幸福呢，还是灾祸呢？维嘉先生！你将可以教我？

船抵岸了；时已万家灯火。W 埠是我的陌生地，而且又很大，在晚上的确很难将刘静斋所介绍的洋货店找着，不得已权找一家小旅馆住一夜，第二日再打算。一个人孤寂寂地住在一间小房间内，明月从窗外偷窥，似觉侦察飘泊的少年有何种的举动。我想想父母的惨死，乞讨生活的痛苦，玉梅待我的真情，玉梅的忧伤致死，我此后又不知将如何度过命运……我想起了一切，热泪又不禁从眼眶中涌出来了。我本不会饮酒，但此时没有解悲哀的方法，只有酒可以给我一时的慰藉；于是我叫茶房买半斤酒及一点饮酒的小菜——我就沉沉地走入醉乡里去。

第二日清早将房钱付了，手提着小包儿，顺着大街，按着介绍信封面上所写的地址找；好在 W 埠有一条十里大街，一切大生意，大洋货店，都在这一个长街上，比较很容易找着。没有两点钟，我即找到了我所要找到的洋货店——陶永泰祥字号。

这一家洋货店，在W埠算是很大的了；柜上所用的伙友很多。我也不知道哪一个是主人，将信呈交到柜上，也不说别的话。一个三十几岁的矮胖子，从椅子上站起来，将信拆开看了一遍。维嘉先生！你知道这个看信的是谁？他是我将来的东家，他是洋货店的主人，他是你当学生会长那一年，要雇流氓暗杀学生，尤其要暗杀你的陶永清。维嘉先生！你还记不记得你从前当学生会长时代的生活呢？你知不知道现在提笔写长信给你的人，就是当年报告陶永清及其他商人要暗杀你们学生的人呢？说起往事来，维嘉先生，你或者也发生兴趣听啊！

陶永清问明我的身世，就将我留在柜上当二等小伙友。从此，我又在W埠过了两年的生活。这两年小伙友的生活，维嘉先生，没有详细告诉你的必要。总之，反正没有好的幸福到我的命运上来：一切伙友总是欺压我，把我不放在眼里，有事总摊我多做些；我忍着气，不愿与他们计较，但是我心里却甚为骄傲，把他们当成一群无知识的猪羊看待，虽然表面上也恭敬他们。

当时你在《皖江新潮》几几乎天天发表文章，专门提倡新文化，反对旧思想：我恰好爱看《皖江新潮》，尤其爱看你的文章，因之，你的名字就深印在我的脑际了。我总想找你谈话，但因为我们当伙友的一天忙到晚，简直没有点闲工夫；就是礼拜日，我们当伙友的也没有休息的机会；所以找你谈话一层，终成为不可能的妄想了。有几次我想写信请你到我们的店里来，可是也没有写；伙友伏在柜台上应注意买货的客人，招待照顾生意的顾主，哪里有与他人谈话的机会？况且你当时的事情很忙，又加之是一个素不知名的我写信给你，当然是不会到我的店里来的。

一日，我因为有点事情没有做得好，大受东家及伙友们的责备，说我如何如何地不行；到晚上临睡的时候，我越想越生气，我越想越悲哀，不禁伏枕痛哭了一场。自叹一个无家的孤子，不得已寄人篱下，动不动就要受他人的呵责和欺侮，想来是何等的委屈！一天到晚替东家忙，替东家赚钱，自己不过得一个温饱而已；东家连一点同情心都没有，无异将我如牛马一般的看待，这是何等的不平啊！尤可恨的，有几个同事的伙友，不知道为什么，故意帮助东家说我的坏话，而完全置同事间的情谊于不顾。喂！卑贱！狗肺！没有良心！想得着东家的欢心，而图顾全饭碗么？唉！无耻……你们也如我一样啊！空替东家拼命地赚钱，空牛马似的效忠于东家！你们不受东家的虐待么？你们不受东家的剥削么？何苦与我这弱者为难啊？何苦，何苦……

这时我的愤火如火山也似的爆裂着，我的冤屈真是如太平洋的波浪鼓荡着，而找不出一个发泄的地方！翻来覆去，无论如何，总是睡不着。阶前的秋虫只是唧唧地叫，一声一声地真叫得我的肠寸寸断了。人当悲哀的时候，几几乎无论什么声音，都足以增加他悲哀的程度，何况当万木寥落时之秋虫的声音？普通人闻着秋虫的叫鸣，都要不禁发生悲秋的心思，何况我是人世间的被欺侮者呢？此外又加着秋风时送落叶打着窗棂响；月光从窗棂射进来，一道一道地落在我的枕上；真是伤心的情景啊！反正是睡不着，我起来兀自一个人在阶前踱来踱去，心中的愁绪，就使你有锋利的宝剑也不能斩断。仰首看看明月，俯首顾顾自己的影子，觉着自己已经不立足在人间了，而被陷在万丈深的冰窟中。忽然一股秋风吹来，不禁打了一个寒战，又重行回到床上卧下。

这一夜受了寒，第二日即大病起来，一共病了五天。病时，东家只当没有什么事情的样子，除了恨少一个人做事外，其他什么请医生不请医生，不是他所愿注意的事情。可是我自己还知道点药方——我勉强自己熬点生姜水，蒙着头发发汗，病也就慢慢好了。我满腔的愤气无处出，一夜我当夜阑人静的时候，提笔写了一封信给你，诉一诉我的痛苦。这一封信大约是我忘了写自己的通信地址，不然，我为什么没接到你的复信呢？维嘉先生！你到底接着了我的信没有？倘若你接到了我这一封信，你当时看过后就撕毁了，还是将它保存着呢？这件事情我倒很愿意知道。隔了这许多年，我自己也没曾料到我现在又写这一封长信给你；你当然是更不会料到的了。我现在提笔写这一封信时，又想起那一年写信给你的情形来：光阴迅速，人事变化无常，我又不禁发生无限的感慨了！

一四

维嘉先生！我想起那一年W埠学生抵制日货的时候，不禁有许多趣味的情形，重行回绕在我的脑际。你们当时真是热心啊！天天派人到江边去查货，天天派人到商店来劝告不要卖东洋货，可以说是为国奔波，不辞劳苦。有一次，我亲眼看见一个学生跪下来向我的东家陶永清磕头，并且磕得噗通噗通地响。当时我心中发生说不出的感想；可是我的东家只是似理不理的，似乎不表现一点儿同情。还有一次，一个学生——年纪不过十五六岁——来到我们的店里，要求东家不要再卖东洋货，说明东洋人如何如何地欺压中国人，中国人应当自己团结起来……我的东家只是不允：

"倘若你们学生能赔偿我的损失，能顾全我的生意，那我倒可以不卖东洋货，否则，我还是要卖，我没有法子。"

"你不是中国人么？中国若亡了，中国人的性命都保不住，还说什么损失，生意不生意呢？我们的祖国快要亡了，我们大家都快要做亡国奴了，倘若我们再不起来，我们要受朝鲜人和安南人的痛苦了！先生！你也是中国人啊！……"

他说着说着，不觉哭起来了；我的东家不但不为所动，倒有点不耐烦的样子。我在旁边看着，恨不得要把陶永清打死！但是，我的力量弱，我怎么能够……

也难怪陶永清不能答应学生的要求。他开的是洋货店，店中的货物，日本货要占十分之六七；倘若不卖日本货，则岂不是要关门么？国总没有钱好，只要赚钱，那还问什么国不国，做亡国奴不做亡国奴？维嘉先生！有时我想商人为什么连点爱国心都没有，现在我才知道：因为爱钱，所以便没有爱国心了。

可是当时我的心境真是痛苦极了！天天在手中经过的差不多都是日本货，并且一定要卖日本货。既然做了洋货店的伙友，一切行动当然要受东家的支配，说不上什么意志自由。心里虽然恨东家之无爱国心，但是没有法子，只得厚着面皮卖东洋货；否则，饭碗就要发生问题了。或者当时你们学生骂我们当伙友的没有良心，不知爱国……可是我敢向你说一句话，我当时的确是有良心，的确知道爱国，但是因为境遇的限制，我虽有良心，而表现不出来；虽知爱国，而不能做到。可是也就因此，我当时精神痛苦得很啊！

那一天，落着雨，街上泥浆甚深；不知为什么，你们学生决定此时游行示威。W 埠的学生在这次大约都参加了，队伍拖延得甚长。队伍前头，有八个高大的学生，手里拿着斧头，见着东洋货的招牌就劈，我们店口的一块竖立的大招牌，上面写着“东西洋货零趸批发”，也就在这一次亡命了。劈招牌，对于商店是一件极不利的事情，可是我当时见着把招牌劈了，心中却暗暗地称快。我的东家脸只气得发紫，口中只是哼，但是因为学生人多势众，他也没有敢表示反抗，恐怕要吃眼前的亏。可是他恨学生可以说是到了极点了！

当晚他在我们店屋的楼上召集紧急会议，到者有几家洋货店的主人及商务会长。商务会长是广东人，听说从前他当过龟头[①]，做过流氓；现在他却雄霸 W 埠，出入官场了。他穿着绿花缎的袍子，花边的裤子，就同戏台上唱小旦的差不多，我见着他就生气。可是因为他是商务会长，因为他是东家请来的，我是一个伙友，少不得也要拿烟倒茶给他吃。我担任了布置会场及侍候这一班混帐东西的差使，因之，他们说些什么话，讨论些什么问题，我都听得清清楚楚地。首由陶永清起立，报告开会的宗旨：

“今天我把大家请来，也没有别的，就是我们现在要讨论一个对付学生的办法。学生欺压我们商人，真是到了极点！今天他们居然把我们的招牌也劈了；这还成个样子么？若长此下去，我们还做什么买卖？学生得寸进尺，将来恐怕要把我们制到死地呢！我们一定要讨论一个自救的方法——”

“一定！一定！”

“学生闹得太不成个样子了！一定要想方法对付！”

“我们卖东洋货与否，与他们什么相干？天天与我们捣乱，真是可恨已极！”

“依永清你的办法怎样呢？”

大家真都是义愤填胸，不可向迩！一个老头子只气得摸自己的胡子；唱小旦式的商务会长也乱叫“了不得”。陶永清看着大家都与他同意，于是便又接着严重地说：

---

① 开设妓院的人。

“量小非君子，无毒不丈夫！学生对待我们的手段既然很辣，那我们对于他们还有什么怜惜的必要？我们应采严厉的手段，给他们一个大吃亏，使他们敛一敛气——”

我听到这里，不禁打了一个寒战。心中想，怎么啦，这小子要取什么严厉的手段？莫不是要——不至于罢？难道这小子真能下这样惨无人道的毒手……

“俗话说得好，蛇无头不行；我们要先把几个学生领袖制伏住，其余的就不成问题了。学生闹来闹去，都不过是因为有几个学生领袖撑着；倘若没有了领袖，则学生运动自然消灭，我们也就可以安安稳稳地做生意了。依我的意思，可以直接雇几个流氓，将几个学生领袖除去——”

我真是要胆战了！学生运动抵制日货，完全是为着爱国，其罪何至于死？陶永清丧尽了良心，居然要雇流氓暗杀爱国的学生，真是罪不容诛啊！我心里打算，倘若我不救你们学生，谁还能救你们学生呢？这饭碗不要也罢，倒是救你们学生的性命要紧。我是一个人，我绝对要做人的事情。饿死又算什么呢？我一定去报告！

“你们莫要害怕，我敢担包无事！现在官厅方面也是恨学生达了极点，决不至于与我们有什么为难的地方！会长先生！但不知你的意见如何？”

唱小旦式的商务会长点头称是，众人见会长赞成这种意见，也就不发生异议。一忽儿大家就决定照着陶永清的主张办下去，并把这一件事情委托陶永清经理，而大家负责任。我的心里真是焦急得要命，只是为你们学生担心！等他们散会后，我即偷偷地叫了一辆人力车坐上，来到你的学校里找你；恰好你还未睡，我就把事情慌慌忙忙地告诉你；你听了我的话，大约是一惊非同小可，即刻去找人开会去了。话说完后，我也即时仍坐人力车回来，可是时候已晚，店门早开了；我叫了十几分钟才叫开。陶永清见了我，面色大变，严厉地问我到什么地方去了；我知道他已明白我干什么去了，就是瞒也瞒不住；但我还是随嘴说，我的表兄初从家乡来至 W 埠，我到旅馆看他，不料在他那儿多坐了一回，请东家原谅。他哼了几声，别的也没说什么话。第二天清早，陶永清即将我帐算清，将我辞退了。

维嘉先生！我在 W 埠的生活史，又算告了一个终结。

一五

满天的乌云密布着，光明的太阳不知被遮蔽在什么地方，一点儿形迹也见不着。秋风在江边上吹，似觉更要寒些，一阵一阵地吹到飘泊人的身上，如同故意欺侮衣薄也似的。江中的波浪到秋天时，更掀涌得厉害，澎湃声直足使伤心人胆战而心碎。风声，波浪声，加着轮船不时放出的汽笛声，及如蚂蚁一般的搬运夫的哝唷声，凑成悲壮而沉痛的音乐；倘若你是被欺侮者，倘若你是满腔悲愤者，你一定又要将你的哭声渗入这种音乐了。

这时有一个少年，手里提着一个小包袱，倚着趸船的栏杆，向那水天连接的远处怅望。那远处并不是他家乡的所在地，他久已失去了家乡的方向；那远处也不是他所要去的地方，他的行踪比浮萍还要不定，如何能说要到什么地方去呢？那漠漠不清的远处，那云雾迷漫中的远处，只是他前程生活的象征——谁能说那远处是些什么？谁能说他前程的生活是怎样呢？他想起自家的身世，不禁悲从中来，热泪又涔涔地流下，落在汹涌的波浪中，似觉也化了波浪，顺着大江东去。

这个少年是谁？这就是被陶永清辞退的我！

当陶永清将我辞退时，我连一句哀求话也没说，心中倒觉很畅快也似的，私自庆幸自己脱离了牢笼。可是将包袱拿在手里，出了陶永清的店门之后，我不知道向哪一方向走好。漫无目的地走向招商轮船码头来；在趸船上踱来踱去，不知如何是好。兀自一个人倚着趸船的栏杆痴望，但是望什么呢？我自己也说不出来。维嘉先生！此时的我真是如失巢的小鸟一样，心中有说不尽的悲哀啊！

父母在时曾对我说过，有一位表叔——祖姑母的儿子——在汉城X街开旅馆，听说生意还不错，因之就在汉城落户了。我倚着趸船的栏杆，想来想去，只想不出到什么地方去是好；忽然这位在汉城开旅馆的表叔来到我的脑际。可是我只想起他的姓，至于他的名字叫什么，我就模糊地记不清楚了。

或者他现在还在汉城开旅馆，我不妨去找找他，或者能够把他找着。倘若他肯收留我，我或者替他管管帐，唉，真不得已时，做一做茶房，也没什么要紧……茶房不是人做的么？人到穷途，只得要勉强些儿了！

于是我决定去到汉城找我的表叔——

喂！维嘉先生！我这一封信写得未免太长了！你恐怕有点不耐烦读下去了罢？好！我现在放简单些，请你莫要着急！

我到了汉城，费了九牛二虎之力，才把我的表叔找着。当时我寻找他的方法，是每到一个旅馆问主人姓什么，及是什么地方人氏——这样，我也不知找了多少旅馆，结果，把我的表叔找着了。他听了我的诉告之后，似觉也很为我悲伤感叹，就将我收留下。可是帐房先生已经是有的，不便因我而将他辞退，于是表叔就给我一个当茶房的差事。我本不愿意当茶房，但是，事到穷途，无路可走，也由不得我愿意不愿意了。

维嘉先生！倘若你住过旅馆，你就知道当茶房是一件如何下贱的勾当！当茶房就是当仆人！只要客人喊一声“茶房”，茶房就要恭恭敬敬地来到，小声低语地上问大人老爷或先生有什么吩咐。我做了两个月的茶房，想起来，真是羞辱得了不得！此后，我任着饿死，我也不干这下贱的勾当了！唉！简直是奴隶！……

一天，来了一个四十几岁的客人，态度像一个小官僚的样子，架子臭而不可闻。他把我喊到面前，叫我去替他叫条子——找一个姑娘来。这一回可把我难着了：我从没叫过条子，当然不知条子怎么叫法；要我去叫条子，岂不是一件难事么？

“先生！我不知条子怎样叫法，姑娘住在什么地方……”

“怎么！当茶房的不晓得条子怎样叫法，还当什么茶房呢！去！去！赶快去替我叫一个来！”

“先生！我着实不会叫。”

这一位混帐的东西就拍桌骂起来了；我的表叔——东家——听着了，忙来问什么事情，为着顾全客人的面子，遂把我当茶房的指斥一顿。我心中真是气闷极了！倘若东家不是我的表叔，我一定忍不下去，决要与他理论一下。可是他是我的表叔，我又是处于被压迫的地位的，那有理是我可以讲的……

无论如何，我不愿意再当茶房了！还是去讨饭好！还是饿死也不要紧……这种下贱的勾当还是人干的么？我汪中虽穷，但我还有骨头，我还有人格，哪能长此做这种羞辱的事情！不干了！不干了！决意不干了！

我于是向我的表叔辞去茶房的职务；我的表叔见我这种乖僻而孤傲的性情，恐怕于自己的生意有碍，也就不十分强留我。恰好这时期英国在汉城的T纱厂招工，我于是就应招而为纱厂的工人了。维嘉先生！你莫要以为我是一个知识阶级，是一个文弱的书生！不，我久已是一个工人了。维嘉先生！可惜你我现在不是对面谈话，不然，你倒可以看看我的手，看看我的衣服，看看我的态度，像一个工人还是像一个知识阶级中的人。我的一切，我所有的一切，都是工人的样儿……

T 纱厂是英国人办的，以资本家而又兼着民族的压迫者，其虐待我们中国工人之厉害，不言可知。我现在不愿意将洋资本家虐待工人的情形一一地告诉你，因为这非一两言所能尽；并且我的这一封信太长了，若多说，不知什么时候才能结束；所以我就把我当工人时代的生活简略了。将来我有工夫时，可以写一本《洋资本家虐待工人的记实》给你看看，现在我暂且不说罢。

一六

江水呜咽，江风怒号；
可怜工人颈上血，染红军阀手中刀！
我今徘徊死难地，恨迢迢，热泪涌波涛。

——《江岸》

喂！说起来去年江岸的事情，我到如今心犹发痛！

当吴大军阀掌权的时候，维嘉先生，你当然记得：他屠杀了多少无罪无辜的工人啊！险矣哉，我几乎也把命送了！本来我们工人的性命比起大人老爷先生的，当然要卑贱得多；但是，我们工人始终是属于人类罢，难道我们工人就可以随便乱杀得么？唉！还有什么理讲……从那一年残杀的事起后，我感觉得工人的生存权是没有保障的，说不定什么时候，要如鸡鸭牛豕一般地受宰割。

当时京汉全路的工人，因受军阀官僚的压迫，大罢工起来了。我这时刚好在T纱厂被开除出来。洋资本家虐待中国工人，维嘉先生，我已经说过，简直不堪言状！工资低得连生活都几几乎维持不住，工作的时间更长得厉害——超过十二点钟。我初进厂的时候，因为初赌气自旅馆出来，才找得一个饭碗，也还愿意忍耐些；可是过了些时日之后，我无论如何，是再不能忍耐下去了。我于是就想方法，暗地里在工人间鼓吹要求增加工资，减少工作时间……因为厂中监视得很厉害，我未敢急躁，只是慢慢地向每一个人单独鼓吹。有一些工人怕事，听我的说话，不敢加以可否，虽然他们心中是很赞成的；有一些工人的确是被我说动了。不知是为着何故，我的这种行动被厂主察觉了，于是就糊里糊涂地将我开除，并未说出什么原故。一般工友们没有什么知识，见着我被开除了，也不响一声，当时我真气得要命！我想运动他们罢工，但是没有机会；在厂外运动厂内工人罢工，是一件不容易的事情。

我与江岸铁路分工会的一个办事人认识。这时因在罢工期间，铁路工会的事务很忙，我于是因这位朋友的介绍，充当工会里的一个跑腿——送送信，办办杂务。我很高兴，一方面饭碗问题解决了，胜于那在旅馆里当茶房十倍；一方面同一些热心的工友们共事，大家都是赤裸裸的，没有什么权利的争夺，虽然事务忙些，但总觉得精神不受痛苦。不过我现在还有歉于心的，就是当时因为我的职务不重要，军阀没有把我枪毙，而活活地看着许多工友们殉难！想起他们那时殉难的情形，维嘉先生，我又不禁悲忿而战栗了！

我还记得罢工第三日，各工团派代表数百人，手中拿着旗帜，群来江岸慰问，于是在江岸举行慰问大会，我那时是布置会场的一个人。首由京汉铁路总工会会长报告招待慰问代表的盛意，并将此次大罢工的意义和希望述说一番。相继演说的有数十人，有痛哭者，有愤詈者，其激昂悲壮的态度，实可动天地而泣鬼神。维嘉先生！倘若你在场时，就使你不憎恶军阀，但至此时恐怕也要向被压迫的工人洒一掬同情之泪了。最后总工会秘书李振英的一篇演说，更深印在我的脑际，鼓荡着在我的耳膜里：

“亲爱的同志们！我们此次的大罢工，为我国劳动阶级命运之一大关键。我们不是争工资争时间，我们是争自由争人权！倘若我们再不起来奋斗，再不起来反抗，则我们将永远受不着人的待遇。我们是自由和中国人民利益的保护者，但是，我们连点儿集会的自由都没有……麻木不仁的社会早就需要我们的赤血来濡染了！工友们！在打倒军阀的火线上，我们应该去做勇敢的先锋队。只有前进啊！勿退却啊！”

李君演说了之后，大家高呼“京汉铁路总工会万岁！中国劳动阶级解放万岁！全世界劳动者联合起来啊！”一些口号，声如雷动，悲壮已极！维嘉先生！我在此时真是用尽吃奶的力气喊叫，连嗓子都喊叫得哑了。后来我们大队游行的时候，我只听着人家喊叫什么打倒军阀，劳动解放……而我自己喊叫不出来，真是有点发急。这一次的游行虽然经过租界，但总算是平安地过去了。

但又谁知我们群众游行的时候，即督军代表与洋资本家在租界大开会议，准备空前大屠杀的时候！

萧大军阀派他的参谋长（张什么东西，我记不清楚了）虚诈地来与我们工会接洽，意欲探得负责任人的真相，好施行一网打尽的毒手。二月七日，总工会代表正欲赴会与张某开谈判，时近五点多钟，中途忽闻枪声大作，于是江岸流血的惨剧开幕了！张某亲自戎装指挥，将会所包围，开枪环击。可怜数百工友此时正在会所门口等候消息，躲避不及；又都赤手空拳，无从抵御！于是被乱枪和马刀击死者有三四十人，残伤者二百余人。

呜呼，惨矣！

我闻着枪声，本欲躲避，不料未及躲避，就被一个凶狠的兵士把我捉住了。被捉的工友有六十人，江岸分会正执行委员长林祥谦君也在内。我们大家都被缚在电杆上，忍受一些狼心狗肺的兵士们的毒打——我身上有几处的伤痕至今还在！这时天已经很黑了。张某——萧大军阀的参谋长——亲自提灯寻找林祥谦君。张某将林君找着了，即命刽子手割去绳索，迫令林君下“上工”的命令，林君很严厉地不允。张乃命刽子手先砍一刀，然后再问道：

“上不上工？”

“不上！绝对不上！”

这时林君毫不现出一点惧色，反更觉得有一种坚决的反抗的精神。我在远处望着，我的牙只恨得答答地响，肺都气得炸了！唉！好狠心的野兽！……只见张某又命砍一刀，怒声喝道：

“到底下不下命令上工？”

这时张某的颜色——我实在也形容不出来——表现出世间最恶狠的结晶，最凶暴的一切！我这时神经已经失去知觉了，只觉得我们被围在一群恶兽里，任凭这一群恶兽乱吞胡咬，莫可如何。我也没有工夫怜惜林君的受砍，反觉得在恶兽的包围中，这受砍是避不了的命运。林君接着忍痛大呼道：

“上工要总工会下命令的！今天既是这样，我们的头可断，工是不可上的！不上工！不上……工！”

张某复命砍一刀，鲜血溅地，红光飞闪，林君遂晕倒了。移时醒来，张某复对之狞笑道：

“现在怎样？”

这时我想将刽子手的刀夺过来，把这一群无人性的恶兽，杀得一个不留，好为天地间吐一吐正气！但是，我身在缚着，我不能转动……又只见林君切齿，但声音已经很低了，骂道：

“现在还有什么可说！可怜一个好好的中国，就断送在你们这般混帐王八蛋的军阀走狗手里！”

张某等听了大怒，未待林君话完，立命枭首示众。于是，于是一个轰轰烈烈的林祥谦君就此慷慨成仁了！这时我的灵魂似觉茫茫昏昏地也追随着林君而去。

林君死后，他的一个六十多岁的老父及他的妻子到车站来收殓，张某不许，并说了许多威吓话。林老头儿回家拿一把斧头跑来，对张某说道：

“如不许收尸，定以老命拼你!”

张某见如此情况，才不敢再行阻拦。这时天已夜半了，我因为受绳索的捆绑，满身痛得不堪言状，又加着又气又恨，神经已弄到毫无知觉的地步。

第二日醒来，我已被囚在牢狱里。两脚上了镣，两手还是用绳捆着。仔细一看，与我附近有几个被囚着的，是我工会中的同事；他们的状况同我一样，但静悄悄地低着头在那里落泪呢。

一七

牢狱中的光阴，真是容易过去。我初进牢狱的时候，脚镣，手铐，臭虫，虱子，污秽的空气，禁卒的打骂……一切行动的不自由，真是难受极了！可是慢慢地慢慢地也就成为习惯了，不觉着有什么大的苦楚。就如臭虫和虱子两件东西，我起初以为我纵不被禁卒打死，也要被它们咬死；可是结果它们咬只管咬我，而我还是活着，还是不至于被咬死。我何尝不希望它们赶快地给我结果了性命，免得多受非人的痛苦？但是，这种希望可惜终没有实现啊！

工会中的同事李进才恰好与我囚在一起。我与他在工会时，因为事忙，并没有谈多少话，可是现在倒有多谈话的机会了。他是一个勇敢而忠实的铁路工人，据他说，他在铁路上工作已经有六七年了。我俩的脾气很合得来，天天谈东谈西——反正没有事情做——倒觉也没甚寂寞。我俩在牢狱中的确是互相慰藉的伴侣，我倘若没有他，维嘉先生，我或者久已寂寞死在牢狱中了。他时常说出一些很精辟的话来，我听了很起佩服他的心思。有一次他说：

“我们现在囚在牢狱里，有些人或者可怜我们；有些人或者说我们愚蠢自讨罪受；或者有些人更说些别的话……其实我们的可怜，并不自我们入了牢狱始。我们当未入牢狱的时候，天天如蚂蚁般地劳作，汗珠子如雨也似地淋，而所得的报酬，不过是些微的工资，有时更受辱骂，较之现在，可怜的程度又差在哪里呢？我想，一些与我们同一命运的人们，就假使他们现在不像你我一样坐在这污秽阴凄的牢狱里，而他们的生活又何尝不在黑暗的地狱中度过！汪中！反正我们穷人，在现代的社会里，没有快活的时候！在牢狱内也罢，在牢狱外也罢，我们的生活总是牢狱式的生活……”

“至于说我们是愚蠢，是自讨罪受，这简直是不明白我们！汪中！我不晓得你怎样想；但我想，我现在因反抗而被囚在牢狱内，的确是一件很光荣的事情！我现在虽然囚在牢狱内，但我并不懊悔，并不承认自己的行动是愚蠢的。我想，一个人总要有点骨格，决不应如牛猪一般的驯服，随便受人家的鞭打驱使，而不敢说半句硬话。我李进才没有什么别的好处，惟我的浑身骨头是硬的，你越欺压我，我越反抗。我想，与其卑怯地受苦，不如轰烈地拼它一下，也落得一个痛快。你看，林祥谦真是汉子！他至死不屈。他到临死时，还要说几句硬话，还要骂张某几句，这真是够种！可惜我李进才没被砍死，而现在囚在这牢狱里，死不死，活不活，讨厌……”

李进才的话，真是有许多令我不能忘却的地方。他对我说，倘若他能出狱时，一定还要做从前的勾当，一定要革命，一定要把现社会打破出出气。我相信他的话是真的，他真有革命的精神！今年四月间我与他一同出了狱。出狱后，他向C城铁路工会找朋友去了，我就到上海来了。我俩本约定时常通信的，可是他现在还没有信给我。我很不放心，听说C城新近捕拿了许多鼓动罢工的过激派，并枪毙了六七个——这六七个之中，说不定有李进才在内。倘若他真被枪毙了，在他自己固然是没有什么，可是我这一个与他共患难的朋友，将何以为情呢！

李进才并不是一个无柔情的人。有一次，我俩谈到自身的家世，他不禁也哭了。

“别的也没有什么可使我系念的，除开我的一个贫苦的家庭。我家里还有三口人——母亲，弟弟和我的女人。母亲今年已经七十二岁了。不久我接着我弟弟的信说，母亲天天要我回去，有时想我的很，便整天地哭，她说，她自己知道快不久于人世了，倘若我不早回去，恐怕连面也见不着了。汪中！我何尝不想回去见一见我那白发苍苍，老态龙钟的，可怜的母亲！但是，现在我囚在牢狱里，能够回去么？幸亏我家离此有三百多里路之遥，不然，她听见我被捕在牢狱内，说不定要一气哭死了。

“弟弟年纪才二十多岁，我不在家，一家的生计都靠着他。他一个人耕着几亩地，天天水来泥去，我想起来，心真不安！去年因为天旱，收成不大好，缴不起课租，他被地主痛打了一顿，几几乎把腿都打断了！唉！汪中！反正穷人的骨肉是不值钱的……

“说起我的女人，喂，她也实在可怜！她是一个极忠顺的女子。我与她结婚才满六个月，我就出门来了；我中间虽回去一两次，但在家总未住久。汪中！我何尝不想在家多住几天，享受享受点夫妻的乐趣？况且我又很爱我的女人，我女人爱我又更不待言呢！但是，汪中你要晓得，我不能在家长住，我要挣几个钱养家，帮助帮助我的弟弟。我们没有钱多租人家田地耕种，所以我在家没事做，只好出来做工——到现在做工的生活，算起来已经八九年了。这八九年的光阴，我的忠顺的女人只是在家空守着，劳苦着……汪中！人孰无情？想起来，我又不得不为我可怜的女人流泪了！”

李进才说着说着，只是流泪，这泪潮又涌动了无家室之累，一个孤零飘泊的我。我这时已无心再听李进才的诉说了，昏昏地忽然瞥见一座荒颓的野墓——这的确是我的惨死的父母之合葬的墓！荒草很乱杂地丛生着，墓前连点儿纸钱灰也没有，大约从未经人祭扫过。墓旁不远，静立着几株白杨，萧条的枝上，时有几声寒鸦的哀鸣。我不禁哭了！

我的可怜的爸爸，可怜的妈妈！你俩的一个飘泊的儿子，现在犯罪了，两脚钉着脚镣，两手圈着手铐，站立在你俩的墓前。实只望为你俩伸冤，为你俩报仇，又谁知到现在啊，空飘泊了许多年，空受了许多人世间的痛苦，空忍着社会的虐待！你俩看一看我现在的这般模样！你俩被恶社会虐待死了，你俩的儿子又说不定什么时候被虐待死呢！唉！爸爸，妈妈！你俩的墓草连天，你俩的儿子空有这慷慨的心愿……

一转眼，我父母的墓已经变了——这不是我父母的墓了；这是——啊！这是玉梅的墓。当年我亲手编成的花圈，还在墓前放着；当年我所痛流的血泪，似觉斑斑点点地，如露珠一般，还在这已经生出的草丛中闪亮着。

“哎哟！我的玉梅呀！……”

李进才见着我这般就同发疯的样子，连忙就问道：

“汪中！汪中！你，你怎么啦？”

李进才将我问醒了。

一八

时间真是快极了！出了狱来到上海，不觉又忽忽地过了五六个月。现在我又要到广东入黄埔军官学校去，预备在疆场上战死。我几经忧患余生，死之于我，已经不算什么一回事了。倘若我能拿着枪将敌人打死几个，将人类中的蟊贼多铲除几个，倒也了却我平生的愿望。维嘉先生！我并不是故意地怀着一腔暴徒的思想，我并不是生来就这样的倔强；只因这恶社会逼得我没有法子，一定要我的命——我父母的命已经被恶社会要去了，我绝对不愿意再驯服地将自己的命献于恶社会！并且我还有一种痴想，就是：我的爱人刘玉梅为我而死了，实际上是恶社会害死了她；我承了她无限的恩情，而没有什么报答她；倘若我能努力在公道的战场上做一个武士，在与黑暗奋斗的场合中我能不怕死做一位好汉，这或者也是一个报答她的方法。她在阴灵中见着我是一个很强烈的英雄，或者要私自告慰，自以为没曾错爱了我……

今天下午就要开船了。我本想再将我在上海五六个月的经过向你说一说，不过现在因时间的限制，不能详细，只得简单地说几件事情罢：

到上海不久，我就到小沙渡F纱厂工会办事，适遇这时工人因忍受不了洋资本家的虐待，实行罢工；巡捕房派巡捕把工会封闭，将会长C君捉住，而我幸而只挨受红头阿三[①]几下哭丧棒，没有被关到巡捕房里去。我在街上一见着红头阿三手里的哭丧棒，总感觉得上面萃集着印度的悲哀与中国的羞辱。

有一次我在大马路上电车，适遇一对衣服漂亮的年少的外国夫妇站在我的前面；我叫他俩让一让，可是那个外国男子回头竖着眼，不问原由就推我一下，我气得要命，于是我就对着他的胸口一拳，几几乎把他打倒了；他看着我很不像一个卑怯而好屈服的人，于是也就气忿忿地看我几眼算了。我这时也说了一句外国话 You are savage animal[②]；这是一个朋友教给我的，对不

---

① 上海人对当时上海英租界内由英帝国主义雇佣的印度籍巡捕的称谓。

② 英语：你是个野蛮的动物。

对，我也不晓得。一些旁观的中国人，见着我这个模样，有的似觉很惊异，有的也表示出很同情的样子。

有一次，我想到先施公司去买点东西，可是进去走了几个来回，望一望价钱，没有一件东西是我穷小子可以买得起的。看店的巡捕看我穿得不像个样，老在走来走去，一点东西也不买，于是疑心我是扒手，把我赶出来了。我气得没法，只得出来。心里又转而一想，这里只合老爷，少爷，太太和小姐来，穷小子是没有分的，谁叫你来自讨没趣——

阿！维嘉先生！对不起，不能多写了——朋友来催我上船，我现在要整理行装了。我这一封信虽足足写了四五天，但还有许多意思没有说。维嘉先生！他日有机会时再谈罢。

再会！再会！

汪　中　1924年10月于沪上旅次

维嘉的附语

去年十月间接着这封长信，读了之后，喜出望外！窃幸在现在这种委靡不振的群众中，居然有这样一个百折不挠的青年。我尤以为幸的，这样一个勇敢的青年，居然注意到我这个不合时宜的诗人，居然给我写了这一封长信。我文学的才能虽薄弱，但有了这一封信为奖励品，我也不得不更发奋努力了。

自从接了这一封信之后，我的脑海中总盘旋着一个可歌可泣可佩可敬的汪中，因之天天盼望他再写信给我。可是总没有消息——这是一件使我最着急而引以为不安的事情！

今年八月里我从北京回上海来，在津浦车中认识了一位L君。L君为陕西人，年方二十多岁，颇有军人的气概，但待人的态度却和蔼可亲。在说话中，我得知他是黄埔军官学校的学生，于是我就问他黄埔军官学校的情形及打倒陈炯明、刘震寰等的经过。他很乐意地前前后后向我述说，我听着很有趣。最后我问他，黄埔军官学校有没有汪中这个学生？他很惊异地反问我道：

“你怎么知道汪中呢？你与他认识么？”

“我虽然不认识他，但我与他是朋友，并且是交谊极深的朋友！”

我于是将汪中写信给我的事情向他说了一遍。L君听了我的话后，叹了口气，说道：

“提起了汪中来，我心里有点发痛。他与我是极好的朋友，我俩是同阵入军官学校的——但是，他现在已经死了！”

我听了“已经死了”几个了，悲哀忽然飞来，禁不住涔涔地流下了泪。唉！人间虽大，但何处招魂呢？我只盼望他写信给我，又谁知道，他已经死了……

“我想起来他临死的情状，我悲哀与佩敬的两种心不禁同时发作了。攻惠州城的时候，你先生在报纸上大约看见了罢，我们军官学校学生硬拼着命向前冲，而汪中就是不怕死的一个人。我与他离不多远，他打仗的情况我都看得清清楚楚地。他的确是英雄！在枪林弹雨之中，他毫没有一点惧色，并大声急呼‘杀贼呀！杀贼呀！前进呀！……’我向你说老实话，我真被他鼓励了不少！但是枪弹是无灵性的，汪中在呼喊‘打倒军阀，打倒帝国主义’的声中，忽然被敌人的飞弹打倒了——于是汪中，汪中永远地离我们而去……”

L君说着说着，悲不可仰。我在这时也不知说什么话好。这时已至深夜，明月一轮高悬在天空，将它的洁白的光放射在车窗内来。火车的轮轴只是轰隆轰隆地响，好像在呼喊着：

光荣！光荣！无上的光荣！……

鸭绿江上

本书纪念亡妻若瑜

与若瑜决定正式关系不过一年，而这一年中她也就完全在病的状态中。本书是在这一年中写成功的。现在本书出版的时候，她却久已离开人世，而无一读的机会。人世间真有许多难以逆料者！呜呼！

自　序　诗

我曾忆起幼时爱读游侠的事迹，
那时我的小心灵中早种下不平的种子；
到如今，到如今呵，我依然如昔，
我还是生活在不平的空气里！

我也曾爱幻游于美的国度里，
我也曾做过那温柔的温柔的蜜梦；
我也曾愿终身无虑地依傍着花魂，
抚摩着那仙女的玉腻的酥胸。……

但是到如今呵，消散了一切的幻影，
留下的只有这现存的真实的悲景！
我愿闭着眼睛追寻那仙女的歌声，
但是我的耳鼓总为着魔鬼震动得不宁。

是的，我明白了我是为着什么而生存，
我的心灵已经被刺印了无数的伤痕，
我不过是一个粗暴的抱不平的歌者，
而不是在象牙塔中漫吟低唱的诗人。

从今后这美妙的音乐让别人去细听，
这美妙的诗章让别人去写，我可不问；
我只是一个粗暴的抱不平的歌者，
我但愿立在十字街头呼号以终生！

朋友们，请别再称呼我为诗人，
我是助你们为光明而奋斗的鼓号，
当你们得意凯旋的时候，
我的责任也就算尽了！……

蒋光赤 1926 年 10 月 28 日

鸭绿江上

那一年下学期，我们的寄宿舍被学校派到一个尼姑庵里。莫斯科的教堂很多，其数目我虽然没有调查过，但我听人家说，有一千余个。革命前，这些上帝的住所——教堂——是神圣不可侵犯的，也就同中国共和未成立以前的庙宇一样，可是到了革命后，因为无神论者当权，这些教堂也就大减其尊严了。本来异教徒是禁止进教堂的，而我们现在这些无神论者把尼姑庵一部分的房子占住了做寄宿舍，并且时常见着了庵内的尼姑或圣像时，还要你我说笑几句，一点儿也不表示恭敬的态度，这真教所谓“上帝”者难以忍受了。

我们的尼姑庵临着特威尔斯加牙大街，房屋很多，院内也很宽绰，并有许多树木，简直可以当作一个小花园。每天清早起来，或无事的时候，我总要在院内来回绕几个圈子，散散步。尼姑约有四十余人，一律穿一身黑的衣服，头上围披着黑巾，只露一个脸出来，其中大半都是面孔黄瘦，形容憔悴的；见着她们时，我常起一种悲哀的感觉。可是也有几个年纪轻些，好看一点的，因之我们同学中欲吊她们膀子的，大约也不乏其人。有一次晚上，我从外边走进院内，恰遇一个同学与一个二十几岁的尼姑，立在一株大树底下，对立着说笑着，他们一见着我，即时就避开了。我当时很懊悔自己不应扰乱他人的兴趣，又想道，“你们也太小气了，这又何必……”从此我格外谨慎，纵不能成全他人的好事，但也不应妨害他人的好事！况且尼姑她们是何等的不自由，枯寂，悲哀……

恰好这一天晚上八点钟的时候，下了大雪；天气非常之冷。与我同寝室的是三个人——一个波斯人，一个高丽人，还有一位中国人 C 君。我们寝室内没有当差的，如扫地和烧炉子等等的事情，都是我们自己做，真是实行劳动主义呢。这一天晚上既然很冷，我们就大家一齐动手，把炉子烧起；燃料是俄国特有的一种白杨树，白杨树块非常容易燃烧，火力也非常之大。炉子烧着了之后，我们大家就围坐起来，闲谈起来。我们也就如其他少年人一样，只要几个人坐在一块，没有不谈起女人的：“比得，你看安娜好不好?”“我今天在街上遇着了一位姑娘真是美貌！啊！她那一双明珠似的眼睛。”“你娶过亲没有?”“我知道你爱上那一位了。”“唉！娶老婆也好也不好!”“……”我们东一句，西一句，大半谈的都是关于女人的事情。那一位波斯同学说得最起劲，口里说着，手脚动着，就同得着了什么宝物似的。可是这一位高丽同学总是默默地不肯多说话，并且他每逢听到人家谈到恋爱的事情，脸上常现出一种悲戚的表情，有时眼珠竟会湿了起来。我常常问他：“你有什么伤心的事么?”他或强笑着不答，或说一句“没有什么伤心的事情”。他虽然不愿意真确地对我说，但我总感觉他有伤心的事情，他的心灵有很大的伤痕。

这位高丽同学名字叫李孟汉，是一个将过二十岁的美少年。他实在带有几分女性，同人说话时，脸是常常要红起来的；我时常同他说笑，在同学面前，我时常说他是我的老婆。当我说他是我的老婆时，他总是笑一笑，脸发一发红，但不生气，也不咒骂。我或者有点侮慢他，但我总喜欢他，爱与他亲近——就仿佛他的几分女性能给我一些愉快似的。同时，我又十分地敬重他，因为他很用功，很大量，很沉默，有许多为我所不及的地方。他不讨厌我，有时他对我的态度，竟能使我隐隐发生安慰的感觉。

我们围炉谈话，波斯同学——他的名字叫苏丹撒得——首先提议，以为我们大家今晚应将自己的恋爱史叙述出来，每人都应当赤裸裸地，不应有丝毫的瞒藏。这时C君出去找朋友去了！大家要求我先说，这实在把我为难住了。我说我没有恋爱过，无从说起。可是苏丹撒得说：“不行！不行！维嘉，你莫要撒谎！你这样漂亮的少年，难道说你在中国没有爱过女人，或被女人爱过？况且你又是诗人，诗人最爱的是女人，而女人也好爱诗人。李孟汉，你说是不是呢?”他向着李孟汉说，李孟汉但笑而不答，于是又转脸向着我说，“你说！你说！撒谎是不行的!”我弄得没有办法，不说罢，他们是不依我的；说罢，我本没有有趣味的恋爱史，又怎么说起呢？不得已，我只得撒谎了，只得随嘴乱诌了。我说，我当做学生会会长的时候，有许多女学生写信给我，说我如何如何地有作为，文章做的是如何如何地好；其中有一个女学生长得非常之美丽，曾屡次要求我爱她，但我当时是一个白痴，竟辜负了她对于我的爱情。我说，我有一次在轮船上遇着一个安琪儿一般的姑娘，她的美貌简直是难以用言语形容出来；我想尽方法，结果与她亲近了，谈话了；她是一个极美丽而有知识的姑娘；在谈话中，我感觉得她对我表示很温柔的同情。我说至此，苏丹撒得兴奋起来了，便笑着说：

“这位美丽的姑娘是爱上你的了。你真是幸福的人啊！但是后来呢?”

“后来？后来，唉！结果不……不大好……”

“为什么呢?”苏丹撒得很惊异地说，“难道她不爱你……”

“不，不是！我是一个蠢人。”

“维嘉！你说你是一个蠢人，这使我不能相信。”

“苏丹撒得！你听我说了之后，你就晓得我蠢不蠢了。我俩在轮船上倚着栏杆，谈得真是合意。我敢说一句，她对于我实在发生了爱苗，而我呢，自不待言。谁知后来船到岸的时候，她被她的哥哥匆匆忙忙地催着上岸，我竟忘记了问她的住址和通信处——我俩就这样地分别了。你们看，我到底蠢不蠢呢？我害了一些时相思病，但是，没有办法。……”

“啊！可惜！可惜！真正地可惜！”苏丹撒得说着，同时也唏嘘着，似觉向我表示很沉痛的同情的样子。但李孟汉这时似觉别有所思，沉默着，不注意我俩的谈话。

“你现在一言不发的，又想到什么事情了？”我面对着李孟汉说，“我现在将我的恋爱史已经说完了，该临到你头上了罢。我总感觉你的心灵深处有什么大悲哀的样子，但你从未说出过；现在请你说给我们听听罢。我的爱，我的李孟汉（我时常这样地称呼他）！否则，我不饶恕你。”他两眼只是望着我，一声也不响，我又重复一遍说：“我已经说完了，现在该你说了，我的爱，你晓得么？”

李孟汉叹了一口气，把头低了，发出很低的，而且令人觉得是一种极悲哀的声音：

“你们真要我说，我就说。我想，我在恋爱的国度里，算是一个最悲哀的人了！”

“那末，就请你今晚将自己的悲哀说与我们听听。”苏丹撒得插着说。

“今年三月间，我得着确信，是一个自汉城逃跑来俄的高丽人告诉我的：我的爱，我的可怜的她，在悲哀的高丽的都城中，被日本人囚死在监狱里了。”李孟汉说着，几几乎要哭出来的样子。

“哎哟！这是何等的悲哀啊！”苏丹撒得很惊叹地说。但我这时一声不响，找不出话来说。“但是因为什么罪过呢，李孟汉？”

“什么罪过？苏丹撒得，你怕不知我们高丽的情形罢。我们高丽自从被日本侵吞之后，高丽的人民，唉！可怜啊！终日在水深火热之中，终日在日本人几千斤重的压迫之下过生活。什么罪过不罪过，只要你不甘屈服，只要你不恭顺日本人，就是大罪过，就是要被杀头收监的。日本人视一条高丽人的性命好像是一只鸡的性命，要杀便杀，有罪过或无罪过是不问的。可怜我的她，我的云姑，不料也被万恶的日本人虐待死了！……”

李孟汉说着，悲不可抑；此时我心中顿觉有无限的难过。大家沉默了几分钟；李孟汉又开始说：

“我现在是一个亡命客，祖国我是不能回去的——倘若我回去被日本人捉住了，我的命是保不稳的。哎哟！我的好朋友！高丽若不独立，若不从日本帝国主义者的压迫下解放出来，我是永远无回高丽的希望的。我真想回去看一看我爱人的墓草，伏着她的墓哭一哭我心中的悲哀，并探望探望我祖国的可怜的，受苦的同胞；瞻览瞻览我那美丽的家园；但是我呀，我可不能够，我不能够！……”

李孟汉落了泪；苏丹撒得本来是爱说话的人，但现在也变成沉默的白痴了。我看看李孟汉他那种悲哀的神情，又想想那地狱中的高丽的人民，我就同要战栗的样子。李孟汉用手帕拭一拭眼，又望着我说：

“维嘉！你真猜着了。你时常说我有什么悲哀的心事，是的，祖国的沦亡，同胞的受苦，爱人的屈死，这岂不是世界上最悲哀的事情么？维嘉！我若不是还抱着解放祖国的希望，还想无论何时能够见见我云姑的墓草，我怕久已要自杀了。我相信我自己的意志可以算得是很坚强的。我虽然有无涯际的悲哀，但我还抱着热烈的希望。我知道我的云姑是为着高丽死的，我要解放高丽，也就是安慰我云姑的灵魂，也就是为她报仇。维嘉！你明白我的话么？”

“我明白你的话，李孟汉，不过我想，希望是应当的，但悲哀似乎宜于减少些，好，现在就请你述一述你与云姑恋爱的经过罢。明日上半天没有课，拉季也夫教授病了，我们睡迟些不要紧。苏丹撒得，你在想什么了？为什么不做声了？”

“我听他的话，听得呆了。好，李孟汉，现在就请你说恋爱的历史罢。”

李孟汉开始叙述他与云姑的历史：

“唉！朋友！我真不愿意说出我同云姑中间的恋爱的历史——不，我不是不愿意说，而是不忍说，说起来要使我伤心，要使我流泪。我想，世界上再没有比我的云姑那样更美丽的，更可爱的，更忠实的，更令人敬佩的女子！也许实际上是有的，但对于我李孟汉，只有云姑，啊，只有云姑！你们时常说这个女子好，那个女子漂亮……我总没有听的兴趣，因为除了云姑而外，再也没有女子可以占领着我的爱情，引诱我的想象。我的爱情久已变为青草，在我的云姑的墓土上丛生着；变为啼血的杜鹃，在我的云姑的墓旁白杨枝上哀鸣着；变为金石，埋在我的云姑的白骨的旁边，当做永远不消灭的葬礼，任你一千年也不会腐化；变为缥缈的青烟，旋绕着，缠绵着，与我的云姑的香魂化在一起。朋友，我哪有心肠再谈女子的事情，再做恋爱的美梦呢？……

“高丽是滨着海的岛国，你们只要是读过地理，大约都是晓得的。说起来，我们的高丽实在是一个气候温和，天然美丽的地方。高丽三面滨着海，而同时又位于温带，既不枯燥，又不寒冷，无论山川也罢，树木也罢，蒙受着海风的恩润，都是极美丽而清秀的。高丽国民处在这种地理环境之中，性情当然生来就是和平而温顺的，所谓文雅的国民。可惜高丽自从被日本帝国主义者侵吞之后，文雅的高丽的国民沉陷于无涯际的痛苦里，不能再享受这美丽的河山，呼吸温暖的海风所荡漾着的空气。日本人将高丽闹得充满着悲哀，痛苦，残忍，黑暗，虐待，哭泣……日月无光，山川也因之失色。数千年的主人翁，一旦沦于浩劫，山川有灵，能不为之愤恨么？哎哟！我的悲哀的高丽！

“维嘉！你大约知道鸭绿江是高丽与中国的天然的国界罢。鸭绿江口——江水与海水衔接的地方，有一虽小然而极美丽的 C 城。C 城为鸭绿江出口的地方，因交通便利的关系，也很繁华；又一面靠江，一面凭海，树木青葱，山丘起伏，的确是风景的佳处。唉！算起来，我已经六年离开美丽的 C 城的怀抱了！我爱高丽，我尤爱高丽的 C 城，因为它是我的生长地；因为它是我与云姑的家园，是我与云姑一块儿从小时长大的乡土。朋友，我真想回到 C 城，看看我与云姑当年儿时玩耍的地方，现在是什么样子了；但是，现在对于我李孟汉，这真是幻想啊！

“C 城外，有一柳树和松树杂生的树林，离城不过一里多地。这树林恰好位于海岸之上，倘若我们坐船经过 C 城时，我们可以很清楚地看出这一个黑乌乌的树林，并可以看见它反射在海水中的影子。树林中尽是平坦的草地，间或散漫地偃卧着有几块大石头——它们从什么地方搬来的呢？我可说不清楚。这块树林到冬天时，柳树虽然凋残了，然因有松树繁茂着自己的青青的枝叶，并不十分呈零落的现象。可是到了春夏的时候，柳丝漫舞起来的绿波，同时百鸟歌着不同样的天然的妙曲，鸣蝉大放起自己的喉咙，从海面吹来令人感觉着温柔的和风，一阵阵地沁得人神清气爽——这树林真是一个欣赏自然妙趣的所在啊！

“这已经是十几年前的事了。只要是天不下雨，有一对小孩——一个男的和一个女的——差不多整日地在这树林中玩耍。两个孩子年纪相仿佛，都是六七岁的样子；照着他俩的神情，简直是一对人间的小天使！那个男孩子我们暂且不讲，且讲一讲那个天使似的女孩子：她那如玫瑰一般的小脸，秋水一般的有神的眼睛，朱砂一般的嫩唇，玉笋一般的小手，黑云一般的蓬松的发辫，更加上她那令人感觉着温柔美善的两个小笑涡，唉！我简直形容不出来，简直是一个从天上坠落下来的小天使啊！朋友，你们或者说我形容过火了，其实我哪能形容她于万一呢？我只能想象着她，然而我绝对形容不好她。

“这一对小孩子总是天天在树林中玩耍：有时他俩在树林中顺着草地赛跑；有时他俩捡树棍子盖房子，笑说着这间厢房我住，那间厢房你住，还有一间给妈妈住；有时他俩捡小石头跑到海边抛到水里，比赛谁抛得远些，而且落得响些；有时他俩并排仰卧在草地上，脸向着天空，看一朵一朵的白云飞跑；有时他俩拿些果品烧锅办酒席请客；有时他俩并排坐着，靠着大石头，叙诉些妈妈爸爸的事情，听人家说来的故事，或明天怎样玩法；有时他俩手携着手并立在海岸上，看船舶的往来，或海水的波荡……他俩虽然有争吵的时候，但总是很少，并且争吵后几秒钟又好将起来，从未记过仇。他俩是分不开的伴侣，差不多没有不在一块儿的时候。一对小孩子无忧无虑，整日培育在自然界里，是何等的幸福啊！

“朋友，这一对小孩子就是十几年前的我与云姑。唉！这已经是十几年前的事了！过去的已经过去，怎样才能恢复转来呢？怎样想方法可以使我与云姑重行过当日一般的幸福生活呢？想起来，我好生幸福，但又好生心痛！

“我与云姑都是贵族的后裔：我姓李，云姑姓金，金李二族在高丽是有名的贵族，维嘉，你或者是晓得的。自从日本将高丽吞并后，我的父亲和云姑的父亲都把官辞去了，退隐于林下。她的父亲和我的父亲是非常好的朋友，而且照着亲戚讲，又是极亲近的表兄弟。我俩家都住在树林的旁边，相距不过十几步路。他俩老人家深愤亡国的羞辱，同胞的受祸；但一木难支大厦，无能为力，因此退隐林泉，消闲山水。他俩有时围炉煮酒，谈到悲哀的深处，相与高歌痛哭。那时我与云姑年幼无知，虽时常见两位老人家这般模样，但不解其中的原由，不过稚弱的心灵起一番刺激的波动罢了。后来我与云姑年纪渐渐大了。因之他俩老人家所谈的话，也渐渐听得有几分明白，并且他俩老人家有时谈话，倘若我俩在旁时，常常半中腰把话停止了，向我俩簌簌地流泪——这真教我两个稚弱的心灵上刻了不可消灭的印象。

“现在且不说他俩老人家的事情。我与云姑真是生来的天然伴侣，从小时就相亲相爱，影不离形地在一块儿生活。我俩家是不分彼此的，有时她在我家吃饭，有时我在她家吃饭，吃饭总要在一张桌子上，否则，我俩都吃不下饭去。她的母亲和我的母亲，也就如她的父亲和我的父亲一样，也是和睦得非常，对于我俩的态度，也从未分过畛域的。我与云姑处在这种家庭环境之下，真是幸福极了！后来我俩年纪大了些，便开始读书，云姑的父亲当教师。

我俩所念的书是一样的，先生给我俩上书讲得一样多，可是云姑的慧质总比我聪明些，有时她竟帮助我许多呢，每日读书不过三四小时，一放学时，我俩就手牵着手儿走到林中或海边上来玩。

“啊！我还记得有一次，说起来倒是很有趣的：离我俩家不远有一位亲戚家，算起来是我的表兄，他结婚的时候，我与云姑被两位母亲带着去看了一回；第二天我俩到林中玩耍时，就照样地仿效起来——她当做新娘子，我当做新郎。这时正是风和草碧、花鸟宜人的春天。我俩玩得没趣，忽然想起装新娘和新郎的事情来，于是我采了许多花插在她的发辫上，她也就低着头装做新娘的样子，我牵着她的手一步一步地走。我俩本是少小无猜，虽然装做新娘和新郎的模样，实还不知新娘和新郎有什么关系，一对小新人正走着走着；忽然从林右边出现了两个人，原来是她的父亲和我的父亲。他俩走到我俩的面前来，疑惑地问道：‘你俩为什么这种模样儿?’我俩虽然是这般地游戏，但见他俩老人家走来时，也不觉表示出一种羞答答的神情。‘我俩装新娘和新郎，她是新娘，我是新郎——我俩这般玩。’我含羞地答应了一句，两位老人家听着笑起来了。我的父亲向她的父亲问道：‘老哥！你看这一对小新人有不有趣呢?’云姑的父亲用手抚弄着自己细而长的胡须，向着我俩很慎重地看了几眼，似觉起了什么思索也似的，后来自己微笑着点一点头，又向我的父亲说道：‘的确有趣！不料这两个小东西玩出这个花样儿。也好，老弟，我俩祝他俩前途幸福罢。……’当时我不明白云姑的父亲说话的深意——他已把云姑暗暗地许给我了。

“光阴如箭也似地飞跑，真是过得快极了。我与云姑的生活这样慢慢地过去，不觉已经到十一二岁的时期。我俩的年纪虽然一天一天地大了，但我俩的感情并不因之生疏，我俩的父母也不限制我们。每天还是在一块儿读书，一块儿在林中玩；云姑的父亲是一个很和善的人，他并不以冬烘先生的态度对待我俩，有时他还教授一些歌儿与我俩唱。在春天的时候，林中的鸟声是极好的音乐，我与云姑玩到高兴时，也就唱起歌儿，与鸟声相应和。啊！说起鸟来，我又想起来一桩事情了：有一天晚上，我的一位堂兄由家里到我家来，他带来一只绿翠鸟给我玩，这绿翠鸟是关在竹笼子里头的。我当时高兴得了不得，因为这只绿翠鸟是极美丽，极好看的：红嘴，绿羽，黄爪，真是好玩极了！我不知道在你们的国度里，有没有这样美丽的鸟儿，但在我们高丽，这绿翠鸟算是很美丽的了。因为天太晚了，云姑怕已睡着了，我没有来得及喊她来看我新得的宝贝。我这一夜简直没有入梦，一会儿担心鸟笼挂在屋檐下，莫要被猫儿扑着了；一会儿想到明天云姑见到绿翠鸟时，是何等地高兴；一会儿想到可惜堂兄只带了一只绿翠鸟给我，若带来两只时，我分一只给云姑，岂不更好么？……因为一只绿翠鸟，我消耗了一夜的思维。

“第二天刚一黎明的时候，我就从床上起来，母亲问我为什么起得这样早，我含糊答应了几句，连脸也不洗，就慌里慌张地跑到云姑家里来了。这时云姑还正在酣睡，我跑到她的床沿，用手将她摇醒，‘快起来！快起来！云姑！我得到了一只极好看的绿翠鸟，唉！真好看呀！你快快起来看……’云姑弄得莫名其妙，用小手揉一揉两只小眼，看看我，也只得连忙将衣穿起，下了床，随着我，来到我的家里。我把鸟笼从屋檐取将下来，放在一张矮凳上，教云姑仔仔细细地看。云姑果然高兴的不得了，并连说，‘我们要将它保护好，莫要将它弄死了，或让它飞了。’谁知云姑抚摩着鸟笼，不忍释手，不注意地把鸟笼的口子弄开了——精灵的绿翠鸟乘此机会便嘟的一声飞去了，飞到天空去，霎时间无影无踪。我见着我的宝贝飞去了，又气又恼，便哭将起来，向着云姑责骂：‘我叫你来看它，你为什么将它放了？……你一定要赔我的绿翠鸟，否则我绝不依你……我去找你的妈妈说理去……哼……哼……’云姑见鸟飞去了，急得脸发红，又见我哭了，并要求她赔偿，她于是也放声哭了。她说，她不是有意地把绿翠鸟放飞了；她说，她得不到绿翠鸟来赔我……但我当时越哭越伤心，硬要云姑赔偿我的绿翠鸟。我两个哭成一团，惊动了我的母亲和父亲，他俩由屋内跑出来问，为什么大清早起这样地哭吵起来，有什么大不了的事情；我哭着说：‘云姑把我的绿翠鸟放飞了，她一定要赔我的。……’云姑急着说：‘不，不是！我不是有意地把绿翠鸟放飞了。汉哥要我赔他的，我从什么地方弄来赔他呢？……’‘原来是这么一回事情！一只鸟儿飞了，也值得这样地闹得天翻地覆？云姑！好孩子，你莫要哭了，绝不要你赔，你回去罢！’云姑哭着回去了；我的母亲抚着我的头，安慰了我一番，我才止了哭。

“这一天我没有上学，整天闷闷地坐在家里，总觉着有什么失去了的样子，心灵上时起一种似悲哀又非悲哀的波浪，没有平素那般的愉快平静了。这并不是因为失去了绿翠鸟，而是因为云姑不在面前，我初尝受孤寂的苦味。由感觉孤寂而想起云姑，由想起云姑而深悔不应得罪了云姑，使云姑难过。‘唉！总是我的不是！一只绿翠鸟要什么紧呢？况且云姑又不是有意地这样做……她也爱绿翠鸟呀！……我为什么要强迫了她？……总都是我的不是，我应当向她赔罪。但是，云姑见我这样地对她不好，怕一定要不理我了罢？倘若我去赔罪，她不理我，究竟怎么好？……’我想来想去，不知如何办才好，最后，我又哭了，哭得更为悲哀；不过这种哭不是为着绿翠鸟，而是为着云姑，为着我自己不应以一只绿翠鸟得罪了云姑。……

“朋友，这是我有生第一次感受着人间的悲哀！我已决定向云姑赔罪，但怕云姑真正生了气，不愿再理我了。恰好到刚吃晚餐的时候，云姑家用的一个老妈送一封信给我，照着信封面的字迹，我知道这是云姑写给我的，我惭愧地向老妈问一声，‘云姑今天好么？’‘云姑？云姑今天几几乎哭了一天，大约是同你吵嘴了罢。唉！好好地玩才对，为什么你又与她斗气呢？你看，这一封信是云姑教我送给你的。’老妈不高兴地将话说完就走了。我听了云姑几几乎哭了一天，我的一颗小心落到痛苦的深窟里，深深地诅咒自己为什么要做出这样大的罪过来。我将信拿在手里，但我不敢拆开，因为我不知道里面写的是与我讲和的话，还是与我绝交的话。我终于战兢兢地把信扯开了。……”

苏丹撒得不等李孟汉说完，赶紧地插着问：“信里到底写什么呢？是好消息还是坏消息？李孟汉，我替你担心呢。”李孟汉微微地笑了一笑，用手把炉内的白杨树块探一探，便又接着说自己的故事：

“自然是好消息啊！我的云姑对于我，没有不可谅解的。这一封信里说：‘亲爱的汉哥！我承认我自己做错了事，损失了你所心爱的东西，但是，汉哥啊！请你原谅我，我不是有意地在你面前做错事啊！你肯原谅我吗？我想你一定可以原谅我！我今天没有和你在一起，我心里是如何难过啊！汉哥！我的两眼都哭红了，你可怜我一些儿罢！倘若你可怜我，请你明早在我们平素所靠的大石前等我，我来向你谢罪。……’我读了这一封信，朋友，你们想想我是如何高兴呢。但同时我又惭愧的不得了，我本应当向她谢罪，而她反说向我谢罪，反要我可怜她，唉！这是如何使我惭愧的事啊！

“第二天日出的时候，我起来践云姑的约，向着海边一块大石走去，谁知云姑先我而至，她已站在那儿倚着大石等我呢。我喊一声‘云姑！’她喊一声‘汉哥！’——我俩互相看着，说不出别的话来；她两眼一红，扑到我的怀里，我俩又拥抱着痛哭一场。为什么哭呢？喜欢过度么？还是悲哀呢？……当时哭的时候，没有感觉着这些，现在我也答应不出来。这时青草上闪着鲜明的露珠，林中的鸟儿清婉地奏着晨歌，平静的海时起温柔的波纹……一轮新鲜而红润的朝阳慢慢地升起，将自己的柔光射在一对拥抱着痛哭的小孩身上。”

李孟汉说到此处停住了。他这时的脸上很显然地慢慢增加起来悲哀的表情，一点儿愉快的笑痕渐渐从他脸上消失下去了。他将两手合拢着，两眼不转睛地向着炉中的火焰望。我虽然没有研究过心理学，但我感觉到他这时的心弦又起悲哀的颤动了。沉默了几分钟，苏丹撒得是一个急性人，无论什么事都要追根问到底，不愿再继续着忍受这种沉默了，便向李孟汉说道：“你的故事还未说完啦，为什么你不继续说了？我听得正高兴，你忽然不说了，那可是不行啊！李孟汉，请你将你的故事说完罢，不然的话，我今夜一定是不能入梦的。维嘉已经说过，明天上半天没有课，我们睡迟些不要紧，你怕什么呢？快说，快说，李孟汉。”我当然是与苏丹撒得表同情的，便也怂恿着李孟汉将故事说完。我平素是睡得很早的，这天晚上却是一个例外，睡神不来催促我，我也不感觉到一点儿疲倦。

李孟汉还是沉默着。我也急起来了；苏丹撒得如生了气的样子，将李孟汉的左手握在自己的两手里，硬逼迫他将故事说完。李孟汉很可怜的样子，向我俩看了几眼，似觉是要求我俩怜悯他，他不得已又重行开口了：

“唉！我以为说到此地倒是适可而止，没有再说的必要了；再说下去，不但我自己要难过不了，就是你们听者怕也不会高兴的。也罢，苏丹撒得，你把我的手放开，我说就是了。唉！说，说……我哪有心肠说下去呢？……你们真是恶作剧啊！……

“自从我与云姑闹了这一次之后，我俩间的情爱更加浓厚起来了。不过我俩的情爱随着我俩的年纪——我与云姑同年生的，不过我比她大几个月——渐渐地变化起来了。从前的情爱完全是属于天真的，是小孩子的，是不自觉的，可是到了后来，这种情爱渐脱离了小孩子的范围，而转到觉悟的时期：隐隐地我俩相互地觉着，我俩不得不相爱，因为我是她的，她是我的，在将来的生活中是永远不可分离的伴侣。朋友，我真描写不出来这时期的心境，而且我的俄国话说得不十分好，更没有文学的天才，我真是形容不好啊！

“光阴快得很，不已地把人们的年纪催促大了——我与云姑不觉已到了十四岁。唉！在十四岁这一年中，朋友，我的悲哀的不幸的生活算开始了。俗话说，‘天有不测的风云，人有暂时的祸福。’在我们高丽，朋友，暂时的福是没有的，可是暂时的祸，说不定你即刻就可以领受着。你或者坐在家里没有做一点儿事情，但是你的性命并不因此就可以保险的。日本人的警察，帝国主义者的鹰犬，可以随时将某一个高丽人逮捕，或随便加上一个谋叛的罪名，即刻就杀头或枪毙。唉！日本人在高丽的行凶做恶，你们能够梦见么？任你们的想象力是如何富足，怕也不会想像高丽人受日本帝国主义者的虐待到什么程度啊！

“我的父亲是一个热心恢复高丽独立的人，这是为我所知道的。在这一年，有一位高丽人暗杀了某日本警官，日本当局竟说我父亲是主使的嫌疑犯——这个底细我实在不晓得了。结果，我的父亲被捉去枪……毙……了……”

苏丹撒得骇得站将起来，连喊道：“这真是岂有此理！这真是岂有此理！唉！我不料日本人在你们高丽这般地做恶！……”我听了李孟汉的话吃了一大惊，苏丹撒得这种态度又把我骇了一跳。李孟汉又落了泪。接着他又含着哭声断断续续地说道：“我的父亲被日本人枪毙了之后……我的母亲……她……她……唉！可怜她……她也投海死了……”苏丹撒得瞪着两眼不作声，简直变成了木偶一般；我似觉我的两眼也潮湿起来，泪珠儿几乎从眼眶内迸涌出来了。大家重行沉默下来。窗外的风此时更呜呜地狂叫得厉害，俄而如万马奔腾，俄而如波涛怒吼，俄而如千军哭喊，俄而如地覆天翻。……这是悲悼高丽的命运呢，还是为李孟汉的不平而鸣呢？

李孟汉止了哭，用手帕拭一拭眼泪，又悲哀地继续着说道：

“倘若没有云姑，倘若没有云姑的婉劝，朋友，我久已追随我的父母而去了，现在这个地方哪里有我李孟汉，你们又哪里能在这莫斯科见着我的面，今晚又哪里能听我说话呢？……啊！云姑是我的恩人！啊！云姑是我的生命的鼓励者！

“我的父母双双惨死之后，剩下了一个孤苦伶仃的我；云姑的父亲（他也差一点被警察捉去了，但经过许多人证明，幸得保安全）将我收留在他家里，待我如自己的儿子一样。可是我总整日不住地哭泣，总是想方法自杀，因为我觉着父母既然惨死，一个孤零零的我没有再活的兴趣了。云姑为着我，当然也是悲哀极了；她几乎连饭都吃不下去。她是一个很聪明的女子，她感觉我的态度异常，生怕我要做出一些自寻短见的事情，于是她特别留意我的行动。我曾向她表示过要自杀的心思，她听着就哭起来了。她百般地哀劝我，她指示我将来一些应走的道路。唉！我的云姑，她真是一个可敬佩的姑娘！她的见识比我的高超几倍：她说，我应当留此身为将来用，将来总有报仇的一天；她说，死了没有用处，大丈夫不应当自寻短见；她又说，倘若我死了，她一定要哭死，试问我的心能忍么？……我觉着云姑的话合乎情理，她的颖慧的心眼实为我所不及，于是我将自杀的念头就抛却了。并且我当时虽然想自杀，但心头上总还有一件挂念而不能丢的东西——这东西是什么呢？这就是云姑，寄托我的生命的云姑！朋友，你们想想，倘若没有云姑鼓励着我，现在你们有与我李孟汉相处的机会么？

“从这时起，云姑简直变成了我的温柔慈善的母亲了。她安慰我，保护我，体贴我，可以说是无微不至。我虽然有向她生气的时候，但她都能容忍下去，毫不见怪于我。唉！我的云姑，我的可爱的云姑，可惜我不能再受她的柔情的润泽了！……

“这样平静地又过了两年，云姑越长越好看，越长越比从前标致了！她的美丽，唉！我简直形容不出来——是啊，我也不应当拿一些俗字眼来形容她那仙人般的美丽！也许世界上还有比我云姑更为美丽的女子，但在我的眼中，朋友，你们所说的美丽的女子，简直不能引起我一丝一毫的注意啊。你们平素或笑我是老学究，不爱谈论女子的事情，唉！你们哪里知道我的爱情如一块墓穴一样，已经被云姑整个地睡去了，不能再容别人的占领呢？我并不是为云姑守节，乃是以为世界上没有比云姑更可爱的女子了；我领受了云姑的爱，这已经是我此生的大幸，不愿再希望别的了。朋友，你们明白我么？你们或者很不容易明白我！……

“我已经是到了十六岁了。日本人，唉！凶恶的日本人能任我这样平安地生活下去么？杀了我的父亲，逼死了我的母亲，这还不能令他们满意，他们还要，唉！还要我这一条命！我不知高丽人有什么对不起日本人的地方，致使他们一定要灭高丽人的种，一定要把高丽人杀得一个不留。……我年纪渐渐大了，日本的警察对于我的注意和监视，也就渐渐紧张起来了。布满了警察要逮捕我的风声。云姑的父亲见着这种情形，深恐日本人又下毒手，说不定什么时候把我捉去杀了。他老人家日夜战兢兢地，饮食不安；我呢，我自己倒反不以为意的样子。一日，他老人家把我喊到面前，四顾无人，他对我簌簌地流下了泪，我这时真是莫知所以。他含着哭声向我说道：‘汉儿，自从你父母死后，我视你如自己的亲生的儿子一般，你大约也感觉得到，我本想将你放在自己的面前扶养成人，一则使你的父母在九泉下也能瞑目，二则也尽尽我对死友的义务，况且我已把云姑许给你了呢？但是现在，我的汉儿，这高丽你不能再居住下去了……日本的警察对于你，唉！谁知道他们怀着什么恶意呢！倘若你一有不幸，再遭了他们的毒手，那我怎么能对得起你？又怎么能对得起你的亡故的父母呢？唉！我的汉儿！事到如今，你不得不早为脱逃之计，我已经替你预备好了，就是今晚，你……你……你一定要离开这悲哀的高丽……他年……啊！他年或有见面的机会！……’云姑的父亲情不自已地放声哭了。我这时简直如晴天遇着霹雳一般，无所措手足，不知说什么话才好。朋友，你们试想想我这时的心境是什么样子！唉！一个稚弱的我忽然遇着这个大难题，朋友，你们想想怎么样子解决呢？我这时没有话讲，我只是哭，我只好唯他老人家的命是从。……

“但是我的云姑呢？她曾否已经晓得了她父亲这时对我所说出来的意思？啊！贤慧的云姑！明大义的云姑！她已经晓得了；并且我怎么样逃难的方法……都是她与她的父亲商量好的。她岂是愿意如此做吗？她岂是愿意我离开她，忍心让我一个人去向异邦飘泊吗？不愿，绝对地不愿啊！但是为着我的安全，为着我的将来，她不得不忍心将我送出悲哀的高丽！唉！她是如何地难过啊！她的父亲向我说话的时候，即是她一个人在自己的房内哭得死去活来的时候，即是她肝肠寸断的时候。……

“这一天晚上十点钟的时候，有一个老人驾一只渔船，静悄悄地泊于鸭绿江上一处无人烟的地方，伏在芦苇深处的岸边。在黑暗的阴影中，一对小人儿脚步踉跄地，轻轻地走到这泊渔船的岸边来。这是要即刻生离的一对鸳鸯，任你是谁，唉！任你是谁也形容不出他俩心境是如何地悲哀啊！他俩到了岸边之后，忽然将手里拿的小包袱掷在地下，搂在一起，只是细微地呜呜地哭泣，不敢将哭声稍微放高些。‘我的汉哥！你这一去……我希望你好好地珍重……我永远是……你的……只要世界上正义存在……我们终……终有团聚的一日！……’‘我的云姑！唉！我的心……碎……了……我将努力完成你的希望……除了你……世界上没有第二人……唉！你是我心灵的光……光……’他们哭着说着，唉！这是如何悲哀的一幕！渔船上的老人下了船走到岸上来，将他俩用手使劲地一分，庄重地说道：‘还哭什么！是好汉，总有恢复高丽自由的一日，总有夫妻团聚的一日！现在光哭是没用的！云姑！你回去，回去，切莫在这儿多站了，谨防被人看见。’老人将话说完，便一把将这一个少年拉到渔船上，毫不回顾地摇桨而去。大约云姑还立在岸上望，一直望到渔船望不见了的时候为止。

“唉！朋友，我的亲爱的朋友啊！又谁知这鸭绿江畔一别，便成为永别了……高丽或有自由的时期，但我的云姑，我的云姑啊，我永远再见不着她的面了！说什么总有团聚的一日！……鸭绿江畔是我永远的纪念地！年年江水呜咽，是悲鸣着高丽的命运，是替我那可怜的云姑吐恨！……

“我曾在这一天夜里逃到中国地界过了两年，又由中国跑到这解放后的俄国来，当了两年红军中的兵士，不知不觉地到现在，离开高丽已经有六七年了；但是我的这一颗心没有一分钟不恋在高丽和我云姑的身上！我出奔后从未接过云姑的一封信，实际上我俩也没有通信的可能。我实指望有与她团聚的一日，又谁知她在今年正月初又被日本人害死了！唉！江河有尽头，此恨绵绵无尽期！”

“到底你的云姑是因为什么罪名死的呢？”我插着问，李孟汉把眉一皱，发出很低微的声音，“因为什么罪名死的？听说她是高丽社会主义青年同盟妇女部的书记，她有一次参加工人集会，被日本警察捉住了，定她一个煽动罢工的罪名，于是将她收了监，于是她屈死在监狱里。听说在审判的法堂上，她大骂日本人的蛮暴，并说倘若高丽的劳动群众没有死完的时候，则自由的高丽终有实现的一日。啊，这是何等的壮烈啊！这种壮烈的女子，我以为比什么都神圣。朋友们，除了这个神圣的她而外，你们能替我再找一个更可爱的女子么？……”李孟汉将话说到此地，忽然出去找朋友的C君回来了。C君淋了一身的雪，好像一个白鹭鸶一样，我们忽然将注意点挪到他的身上了——我们的谈话也就中止了。

时候已经是十二点过了，我们将炉火扑灭，各自就寝。但我听见李孟汉上床后，还好久没有睡着，尽在那里翻身叹气。

1926年1月14日完稿

碎了的心

“汪先生！你觉着好点儿么？”

“还是痛得很。”

“现在让我再替你敷一敷药吧。过了一夜总是要好些的，请你莫要焦急，越焦急越会痛得很呢。”

“好！那就请你……”

在一间很小的病室里，中间摆放着一张白毯子铺着的铁床，床上躺着一个年轻的病人：他的面色惨白得吓人，但两眼还炯炯地放光；头发散乱地蓬松着，口中只是不断地放出难堪的苦痛的哼声，但没有转动的气力。病室门一开，走进来一个年轻的、穿白衫的看护妇；她左手拿着一卷绷纱，右手拿着一小玻璃杯药膏，轻轻地走到病人的床前。在她的和善的、而在此时表现出悲哀的深沉之面孔看来，可以断定她的心是极仁慈而温柔的。她的貌虽然不十分美，然而她的美能令人起一种庄严神圣而可爱的感觉。她走到病人的床前时，先静默地向病人的面孔看了一下，在这种沉默而带着悲哀的眼光中，我们可以看出她对于床上躺着的青年是怀着无涯际的同情。她先问了一声病人的病状，并安慰了他几句，然后动手为病人的伤处敷药。

这时病人自己将手把毯子揭开，露出白绷纱缠绕着的胸部。仁慈的年轻的看护妇很小心地，生怕触痛伤痕的样子，轻轻地用手将绷纱一道一道地解开，结果在胸部的左边露出一块有眼睛大的刀伤。她一面将药膏用小毛帚敷在伤处，一面向病人很同情地问道：

“这样敷法不十分大痛吧？”

“还好，不过痛总是要痛的。”

“唉！我真不明白！怎么能就拿起刺刀来向人家胸坎上刺？……你们为的是爱国，并不是什么强盗土匪，为什么这些军警能够这样忍心？……”看护妇很悲伤地这样断续地说。

“密斯吴！在我们现在中国，还有什么道理可讲呢？爱国是犯法的事情，唉！还讲什么？没有什么话可讲！”

原来汪海平是被警察用刺刀刺伤的。刺伤的远因和近因，我们不得不说一说。在S埠，有一家日本N纱厂，厂中的工作者完全是我们中国人。N纱厂乘欧战的机会，在中国营业大发其财，其财当然都是靠着中国工人的血汗赚来的。论理，厂方对待工人虽然不能施十分的恩惠，但也不可完全视如奴隶，可是在事实上却大大地不然，有一日工人要求增加工资，厂方不允，日本大班竟开手枪打死工人首领顾阿四，并打伤无数的男女工人。因之，全S埠的学生大动义愤，群至N马路为爱国的示威。不料红头阿三及一些文明的西捕，为着保持租界治安起见，枪杀无数的和平的市民。N马路堆满了尸首，红血虽然还未到如长江也似地流，但N马路却都被溅湿了。这个消息传到我们的首都P城，各大学学生当然是十分愤慨的，爰在天安门开市民大会，为反抗帝国主义的运动。会开了之后，群众要游行示威，可是警察总监早有预备，已传令警察武装禁止。学生年轻气壮，是什么都不怕的，于是不听从警察的禁止，硬与警察冲突。于是，唉！于是警察就抽出锋利的刺刀向学生乱刺了。

汪海平是最热心国事的一个人，当他领着队伍，手执着“打倒帝国主义”的小红旗，挺胸向前冲锋的当儿，忽听得一声：“你妈的个八字，你凶甚么？咱老子做你个丈人！”濮哧一声，一个穿黑衣的警察就向着他的胸坎刺来，血流满衣满地，顿时晕倒，不省人事。

现在躺在病床上的汪海平，就是因爱国而被警察刺伤的。当时看护妇听了汪海平的愤恨而几几乎绝望的话，只是两眼呆呆地向着他的病的面孔望。她几乎忘却了自己的责任是为病人敷药，而不是与病人讨论政治问题。她将绷纱一道一道地将敷了药膏的伤处缠好之后，静默地低着头坐在病人的床沿上，一忽儿又斜瞟着病人的面孔，一句儿也不响。她的脑海中漫溢着许多为她所不能了解的问题：为什么在现在中国没有道理可讲？为什么爱国的事情是犯法的？警察不是保护人民的么？学生又不是强盗，又不是土匪，为什么能够用刺刀乱刺他们？……这位汪先生看来是很善良的，是很真实的人，虽然他的面孔因伤痛而变成白色，但是……但是他偶尔的微笑，向着我的微笑，……我想他必定是一位很可爱的青年，……他有什么被刺刀刺的罪过呢？但是他现在这般可怜地躺在床上……呵！上帝保佑！……

她忽然想起上帝来了。她始终很相信上帝的慈悲的，上帝能救治人们一切的痛苦。自从她听了圣母道院的一位外国老女修道士宣讲之后，便诚心诚意地虔拜基督。她的母亲在她十二岁的时候已经死了，也就在她母亲死的那一年，她的父亲，一个拖东洋车的车夫，不能够养活她，把她送到一个修道院去，恳求女修道士将她留下收养。在进院的那一天，一位老女修道士就替她洗了礼，并详详细细地向她讲了基督的道理。老女修道士说，她的父母穷苦不堪，是因为没有诚信基督的原故，因此她应当好好地为她的父母祷告上帝，使既死者可以上天堂，使未死者可以不多做罪恶。她当时虽然还是一个小女孩子，但听了这些话，也似觉有什么领悟的样子，从此她就成为基督的信徒了。隔了不久，她的父亲因为害肺病死了。后来她被送到教会女学读书，毕业之后，她就立志实行基督的教义，舍身救治痛苦的人们，——她自己情愿到红十字会医院当看护妇。她总是对着病人说，上帝是慈悲的救主，倘若能诚心地祷告上帝，上帝自然会把病救治好的。

当时她坐在床沿，想来想去，总解决不了她脑中所发生的问题。她看着汪海平的可怜的样儿，心中起了一种说不出的情绪。她虽然向他怀着无限的同情，但总寻不出别的话来安慰他。最后她向汪海平问道：

“汪先生！你信仰上帝么?”

“不信。”汪海平将两眼睁开，向她望一望，很奇怪地说。

“汪先生！上帝是不可不信的。上帝是我们的救主，我们应当向他祷告。你的伤是很重的，但这并不要紧，倘若你能诚心诚意地哀求上帝，上帝自然是要爱护你的。请你相信我的话，汪先生！”

“密斯吴！我真感谢你的好意！但是我，密斯吴，我……我知道上帝是没有的，我不能够相信……”

“喂！汪先生！这话说不得，请你莫要这样想吧！……我现在有事去。”

她说了这几句话，站起来就走。她说她有事，其实并没有什么事；她不愿汪海平多说这些话，对于上帝不恭敬的话；二者，也许她替汪海平担心，生怕汪海平得罪了上帝，于他的病势不利；……也许是因为她爱他，她不愿意汪海平受了上帝的惩罚。她走到病室的门外，忽然靠着檐前的柱子站着了。她又想回转到病室里，向汪海平再说一些话，但再说一些什么话呢？她没有决定，不过觉着要向汪海平再说一些话罢了。她想，为什么他不相信上帝呢?这简直是罪过！据说不相信上帝的都不是好人，但是他，他……他不像是坏人，绝对地不像！但是他不相信上帝。……

汪海平见着这位慈心的看护妇急促地走出了，心中陡然起了一种莫名其妙的情绪，这种情绪膨胀的结果，把胸坎上的伤痛暂时消灭下去了。他想，我莫不是莽撞她了？她生了我的气？但我没有办法，我本来不信上帝，如何能向她说我信上帝呢？……她的确是一位很好的姑娘，而且是很可爱的，喂！我要爱她？不，不……但是她这般真诚地待我，她的态度，她的一切，实在令我……不，不，我不能够相信上帝。……

他想阻止她不要走，还再坐一刻，但是她已经走出门外了。走出门外的她，倚着檐前的柱子，只向着病室的门呆望。

当海平初被抬进红十字会医院的时候，因为苦痛的关系，对于这位年轻的、和善的、并且还美丽的看护妇吴月君女士，没有加十分的注意。后来海平的伤处渐渐地好些，与月君的谈话渐渐地多起来了；月君的温情，月君的柔语，月君的慈性，月君的微笑，甚至于月君左眼眉毛中的一颗红痣，不知不觉地令他起了一种爱慕的心理。月君看护他非常周到，这本来是看护妇的责任，但是海平总感觉得她待他异于常人。在病中，海平当然要时常想起党的事情，政治的状况，及白发苍苍的老母，但是月君之引起他的思维，却也占了不少的时间。他本来决定要抱独身主义的，这并不是因为他反对恋爱，或以为独身生活要便利些，而是因为他虽然接触了许多女子，并且接触了许多时髦的女学生，而终找不到一个相当的对手。或者也因为他有种思想：恋爱恐怕要妨碍工作吧？恋爱恐怕是痛苦的事情吧？……但是现在他却时常地这样想着：也好，虽然被刺刀刺了一下，但是能够现在住在医院里，能够见着了她，能够受她温情的看护，能够与她谈话，能够领略她的安慰。……

但是海平又时常从爱慕月君的心情转到怀疑的境地：他想，还是莫要乱想吧！她是一个基督徒，她的思想无论如何是很旧的，她一定不会了解我。我是一个革命党人，而且是一个穷光蛋，而且我的貌——不，还是莫要乱想吧！她未必真能够爱我，她毕竟是不会了解我的。况且我现在的地位、工作、环境，实在没有恋爱的可能，为什么要做恋爱的梦呢？况且她又未必真爱我，……倘若我向她表示爱，而被她拒绝了，那时是如何的难为情，如何的痛苦呢？

这些爱慕和怀疑的心情，实在把海平困惫住了。他很少时想到自己的伤处，很少时感到伤处的苦痛，可是大约也就因此，他的伤处能够平安地日渐其好了。在月君方面，真是看护得无微不至，或者如海平的所想，月君看护他用一种特别的情感，或者用一个女子对待她要爱的情人的情感。月君已经了解了汪海平没有？她因为海平是革命党人，才如此地看护他？她知不知道海平的要求？这些事情我们都无从知道。但是月君总觉着海平可爱，除了可爱之外，或者什么感觉都没有。在信仰上面，月君当然与海平是不同的：海平是什么神都不信的人，而月君是一个基督徒，并且是一个很坚决的基督徒，照理她是要仇视海平的。况且牧师们时常说，基督徒不应与非基督徒结婚，基督徒不应与非基督徒恋爱。……但是月君对于海平，只觉得他可爱，只觉得他向她怀着很深切的同情。在这一种感觉中，什么上帝，什么基督徒，什么无神论者，什么牧师的话，……一切都失却了作用。

往常月君对于病人，虽然很忠诚地尽了看护妇的责任，但是并没有与任何一个病人多说过话。她似觉是一个很沉默的人，虽然她的微笑，她的态度，都能令人起一种快感。有一次，她看护了一位年轻的病人，这位看来是富家子，面貌也是很漂亮的，神情态度实有吸引女子的能力。但不知为着什么，月君对于他总未起过好感，虽然她还是尽自己看护妇的责任。这位年轻的病人向她说了两句调戏话，月君脸一红，觉得十分难过。她当时忍默着没有发怒，但背后她却哭了一场。她想，我这样纯洁的身心居然被了这般的污辱，我这般地好意看护他，而他反而不尊敬我，唉！这是多么可恼呵！……她这一次真是悲哀极了！

但是为什么她现在对待海平异于常人？为什么她现在老想与海平多谈些话，呵，多多地谈些话？她在海平的面前，简直不像一个沉默寡言的女子了。她总觉着与海平谈话，有一种不可言喻的快感；她总觉得她心中所有的积聚，有为海平吐出的必要。她想在谈话中引诱海平爱她么？不，不，她绝对没有想到这一层，虽然她实在有爱海平的意思。

有一次月君为海平述自己的身世：她说，她家从前是极穷困的，父亲拉洋车，母亲洗衣服过生活；她说，她母亲是怎么样死的，死的时候她是如何的痛哭，父亲是怎样的悲哀；她说，她怎么样被父亲送到修道院，父亲怎么样因为拉车劳苦害肺病死了；她说，她在教会学校的生活是怎样过的；她说，她为什么要立志当看护妇。……

这时月君坐在病床旁边的椅子上，而海平躺在床上，两眼瞪着她，沉静地听着她的述说。在她的述说中，海平发现她是纯粹无产阶级的女儿，因之更发生了无限的同情。月君为什么要向海平述说自己的身世？欲借此博得海平的同情么？她从没有将自己的身世这样地向人述说过，她以为这种述说是无意思的，是没有必要的，而现在她为什么变了态度？为什么以为这种述说是有意思的，是必要的了？这又成为什么问题呢？倘若她自己以为是有意思的，是必要的，这就够了。

月君述说完了之后，两眼有点湿润起来，很悲哀地叹道：

“汪先生！人生就是这么一回事！想起来，真是……”

海平只是瞪着眼望着她，似觉没有听到这一句话的样子。月君也低了头，大家沉默了一忽。忽然海平将右手伸出挨到月君的椅子上，似觉要握月君的手的样子，很坚决地说道：

“密斯吴！你知道么？我劝你还是莫要信上帝的好！”

“为什么呢，汪先生？”月君将头抬起，向着海平很惊异地问着说。

“为什么？你的母亲劳苦死了，你的父亲又害肺病死了，你现在孑然一身，又受了许多委屈，——上帝所给予你的是些什么呢？”

“这是我的命运，怎么能怪上帝呢？”

“命运？什么叫做命运？我问你，你为什么要信上帝呢？”

“因为上帝是我们的救主，上帝是极慈悲的。”

“为什么上帝对于你的父母，对于你，一点儿慈悲也不发呢？”

“……”

月君低了头，不做一点儿声息。她为什么不继续着回答海平的问题？因为海平的问题是不合理的？不，她这时没有想到海平的问题是合理的或是不合理的，但感觉得海平所发的问题，的确是一个问题。她想一想：不错呀！我母亲是劳苦死的，我父亲也是硬劳苦死的，我从生下地来也受了许多委屈，——为什么上帝点儿慈悲也不发呢？难道说我们都不是好人，都有很大的罪过？但是我知道我的父母的确是忠实一辈子，点儿没有妄为过；至于我呢，我相信我是一个极善良的人，为什么上帝不加照顾呢？……这的确是一个问题！

月君心中虽然承认这个问题，但不愿与海平再讨论下去了。她每与海平谈话谈到上帝的身上来，总都借故而言它，不愿为详细的讨论。她为什么这样？怕上帝惩罚她？或者她的知识缺乏，不能与海平为有理的辩论？她自己没有说出这个原故来，局外人当然是很难猜度的。

她忽然抬起头来，微笑着向海平问道：

“你莫不是共产党么？”

“密斯吴！为什么问着这个来？”海平莫名其妙地反问着说。

“听说共产党都是不信神的，都是反对基督教的。”

“信神不信神，这倒与共产党没什么大关系。”海平向她笑着说。

月君听了海平的话，很注意地望他几眼。在她的眼光中，绝对找不出敌意来，并且这种眼光令海平觉着月君要拿住了他的灵魂，就是推脱也推脱不了，要拿住得紧紧地，紧紧地。……最后她站起来，向着海平笑道：

“汪先生！我也莫名其妙，为什么我与你讨论到这些问题来？”

月君说完便走出了。月君走出之后，躺在床上的汪海平，如平常一样，在与月君谈了话之后，总是乱想着：这样好性格的女子！倘若我能爱她……

倘若她愿意，唉！我是如何的幸福呵！她真是一个不幸的女子，……她的微笑，她的眼光，她的……唉！这种女子的确值得我爱。……

天色是已经黄昏了，一轮明月，光圆的，冰洁的明月，将自己的柔光渐渐透进玻璃窗，放射到病人的枕上来。海平抚摩着月光，心中忽然跳起来，出气也不匀了。这是因为欢喜过度呢，还是因为别的？在沉静的病室的空气中，波荡着一种从心灵深处发出来的声浪：

“月君，月君，可爱的月君……”

海平的创伤渐渐痊愈起来了。海平自己当然喜欢的了不得，就是月君也非常地喜欢。不过两人在喜欢之中，又起了一种恐惧：海平想，我伤处固然是好了，但是我也就要出医院了，——要与月君分别了，这的确是很难受，……我还多住几天吧，但是医生教我出去，党内又有许多事情要我出去商议，这如何是好呢？我将不能时时刻刻领受月君的安慰了。……月君想，海平很幸福地痊愈了，但是痊愈了是要出医院的，是要与我分别的，这倒怎么办呢？……我将来或有与他多见面的机会？或者他此一出去，就把我忘了，就不再来看我了？不，不，他不是这样薄情的人，绝对地不是！但是总不如在一块儿的好，总不如我能时时刻刻与他谈话。……

海平与月君都有这种难过的心情，但总都没有明白地说将出来。海平不好意思说他还愿在病院多住几天，月君当然更不好意思表示自己的心意。两人的爱苗久已很茂盛地发达了，但是谁都不愿先表示。这恐怕是因为海平和月君的为人太中国性了吧？中国人的爱差不多都放在心里，而不愿公开地说将出来，或者很愿意说出来，但总怕难为情，因之，往往弄出许多不好的结果。

在预备出医院的两天中，海平和月君两人心中的情绪如何，每个略懂一点心理的人，都能够想象出来。两人也谈到分别的事情，但是一说一两句分别的话，便就沉默下去了，不愿多说；惟其大家沉默着不说出来，心中更觉得难过，更觉得有种说不出的悲哀。

在分别的前一小时，海平正躬着腰收拾自己的东西的当儿，月君走进病室来，立在海平的背后，低微轻颤地说道：“汪先生！你真要走了么？”海平直起腰来反转脸向月君望着，呆呆地不知道如何回答。月君脸红一红，拉着了海平的右手，不安地微笑着向海平问道：

“海平！——月君第一次称呼海平的名字——你此一去还再来看我么？”

“我，我怎么能将你忘却了呢？”

“当真！……”

“我是不会骗人的。……”

自从海平出了医院之后，月君两个月未得着他的信息。月君天天盼望海平的信，顶好是海平亲自来看她。她是一天一天地过去，只字也接不着，更谈不到见着海平的影子。起初，她只当海平初从病院出去，事情是一定很忙的，所以没有工夫写信，也没有工夫来到医院看她。但是已经两个多月了，为什么连一封信也没有呢？出了京了？就是出了京也可以写信来，为什么这样不明不白地不响一声呢？她想，大约是把我忘掉了吧？大约是对待我点儿情意都没有！唉！男子真是狠心呵！我待他那么样好，而他却这样待我，……唉！总是我看错人了！想起来，真令人……不，不，他不像薄情的人！他一定有什么特别事故，使他不能写信给我，不能来医院看我，……一定是的！但是他怎么晓得我接不着他的信，看不见他的面，是如何愁苦呵！唉！真难过！

其实，当月君愁苦的时候，海平也是同她一样地愁苦。海平并没有忘却她，海平并不是一个薄情的人。他在医院中，当然是时时想着月君，就是他出了医院之后，一颗心也未尝一刻不悬在月君的身上。但是他为什么两个多月不给月君的信呢？这并不是他的疏懒，而是因为有不得已的事故。

海平刚一出医院，即接着S埠党部的电报，要他参加重要的会议；因为时间的匆促，他没有来得及通知月君，说自己要出京。到了S埠，下车后即接着参加党部的会议，一天忙到晚，简直没有写信的机会。刚巧这时S埠F工厂罢工的风潮非常扩大，需要人指挥一切；他是一个很有才干的人，于是党部就派他负指挥的责任。他日夜在工会里忙得要命，饭几乎都没有工夫吃，当然是没有提笔写信的机会了。谁知操劳过度，得了一个吐血的症候，不得已又进了医院。在医院中，他本想写信与月君，但一因为没有纸笔，二因为不愿月君知道自己又病了，所以没写一封信。他在医院住了差不多一个月。医院里看护妇当然是有的，但是谁个是慈祥温柔的月君？谁个是左眼眉毛中有一颗红痣的，亲爱的月君？谁个的微笑有月君的动人？谁个有月君那般的深情？这些看护妇们不但不能安慰病中的海平，并且更鼓起了他思念月君的心情。他想，倘若我现在卧在月君的医院里，能够领略月君的温情的安慰，就是病重些也不妨；但是现在住在S埠的医院里，住在这与月君隔离数千里的医院里。……

海平未等到病完全好时，即出了医院；出了医院之后，即向党部要求回P城。到P城前，在寓处稍憩一刻，即来红十字会医院看月君。在病室的阶前，海平遇见了月君，还是从前可爱的月君，但是微微觉着瘦了一点了。月君见着海平时，即向前把海平的手拉着，顿时在她的面孔上表现出又是欢喜，又是悲哀，又是感激，又是怀疑的神情。她两眼似乎起了泪潮的样子，发出很微弱惊颤的声音，向海平说道：

“海平！你，你是来看我的么?”

“不是来看你，是来看谁呢?”

“我只当你完全把我忘……忘却了……”

海平见着月君的这种神情，心中起了一种酸辣苦甜的情绪，即刻想把月君抱到自己的怀里，尽量地吻，吻，吻，……但是来往有很多的人们走路，有很多的眼睛都在望着他两个，唉！可恨的人们的眼睛！……月君也想倒在海平的怀里，教海平紧紧地抱着自己从未经过搂抱的身躯，教海平用力地吻自己的腮发，颈，口，……但是来往有很多的人们走路，有很多的眼睛都在望着他两个，唉！可恨的人们的眼睛！……

他俩说了几句话之后，便相互地呆望着，沉默下去了。其实有什么话要多说呢？这时两人的心情，只有两人的眼睛，相互对望的眼睛，可以表现出来，只有一缕爱丝，如无线电一般，将两人的灵魂束在一起。还要说什么呢?没有说的，没有说的！并且没有多说的必要！

最后，海平先冲出了沉默的范围，向月君说道：

“此地非多说话之地。天又要黑了。你明天有工夫么?”

“我可以请假。”

“我现住在北京大学旁边同华公寓九号。倘若你明天可以请假时，那么我明天下午一时在寓处等你，上午我还有点事情要急于办清楚。”

“好!”

“月君！……”

“海平！……”

第二日，海平急于在上午把事情办妥，下午即在寓处静候月君的来临。他在等候月君的时间中，心中又是欢欣，又是恐惧：她今天不至于请不了假吧?她是不会失约的吧？但是倘若医院不允许她请假的时候……他胡乱地猜度，心神不定。其实，他这种猜度是不必要的。月君既然说可以请假，这当然是可以请假的了；月君既然说来，这当然一定要来的了；又有什么猜度的必要呢？但是当情人等待情人的时候，虽然知道是一定不会失约的，但总都要胡思乱想心不定，——大约不如此，不足以表示等待的心切罢。

竹帘一掀，月君进到海平的寓室了；海平正躺在床上，两眼朝着天花板乱想，忽然竹帘动处，进来了自己所等待的伊人，心中是何等地欣慰呵！他一骨碌站起，上前将月君的手握着，笑迷迷地说道：

“你真来了?”

“不是真来还是假来么?”

月君说着这一句话时，两眼几乎迸出由欢欣过度的温泪。照理，他俩这时应当抱着接吻了，但是他俩也没有抱着，也没有接吻。怕么？胆怯么？害臊么？抑是恋爱还没有到接吻的程度？不，不是！他俩大约是因为欢欣过度，而把接吻这回事忘却了。

“你坐下罢。”

“你不要客气。”

“你吃过中饭么?”

“吃过了。”

“今天天气很好，在屋里坐着怪闷的，我想我俩到中央公园去逛一逛，你看好不好?”

“好!”

当时海平换一换衣服，脸上表现出一种很幸福的神情，于是同月君一同走到中央公园里来。园中来往的人们非常之多——时髦的男女学生，服装美丽的太太小姐，身穿马褂手提自由棍的老爷少爷。……月君和海平并肩走着，各人都笑迷迷地低着头，很少说话的时候，似觉他俩来到花园里，不是为着看人物，不是为着逛花园，并不是为着谈情话，而是为着这样很简单的，并肩行着的，低着头笑迷迷的想。两人心中充满了愉快，两人灵魂饱满了爱情，两人在此时比任何人都幸福些。月君和海平虽然都穿着很平常的衣服，虽然引不了人们的注意，但是谁个有他俩此时的愉快，此时的幸福呢？这些太太小姐，这些老爷少爷，这些……唉！都是俗物！都是心灵的丧失者！……

最后，他俩找到一个人迹稀少的地方，面对着荷花池坐下。这时天气方届初秋，池中荷花尚未凋谢，还是张着迎人的笑靥。一阵一阵的和风吹得人心清神爽。池边的柳丝很飘洒地摇摆着，似觉在缠绕着人们的心情。海平开始述自己这两个多月的忙碌，事情多不能写信，并不是忘却了月君，但指挥罢工的事情，却没有说起。月君为海平述这两个多月的生活，如何盼望海平的探望，如何等待海平的音信。……

两人说话的时候没有静默的时候多。两人都想今天尽量谈一谈话，但是总都说不出什么话来。天色渐渐晚了，游客也渐渐稀少起来。忽然月君将海平的两手紧紧地握将起来，两眼向海平望着，张开很颤动的朱唇，向海平问道：

“海平！你到底爱我不爱我呢？”

“我怎么不爱你呢？我的月君！……”

月君一下倒在海平的怀里，海平将月君用力抱着，将自己的口挨到月君的口上，两人的情火从两人的肉体的内部奔放出来，烧得两人混合在一起，烧得两人几几乎失去了知觉，烧得两人变成为世界上最幸福的人，……两人沉默着，沉默着，沉默到不可再为沉默些的程度。忽然海平将头抬起。月君吓了一下，将闭着的眼睛睁开了。海平很低微地断续地说道：

“月君！我是一个……革命党，……我怕我连累你！……”

“我不知道什么是革命，但是我相信你，……倘若你所愿意的，我都愿意去做。……”

海平听了月君的话，更愉快地低下头将自己的口送到月君的口上，吻，吻，吻，用力地吻。……

从此海平常住在北京，没有到什么地方去。他是党中一个很重要的分子，工作非常之忙。但是他在百忙之中，总要抽点工夫来看月君，月君也有时到他的寓处来。两人情爱的浓厚，实在难以用语言文字表现出来。海平自从与月君恋爱之后，不知怎的，身体也好了，精神也强健了，虽然是奔波劳苦，但他的脸上总常表现着一种幸福的喜容。就是他自己也莫名其妙，为什么现在工作更觉着有劲些。爱情的魔力命令他这样子？是的！月君的微笑，月君的蜜吻，月君的安慰，月君为他所做的枕头、手帕……都是使海平愉快、振作、努力的良药。虽然海平因工作的繁重，忙得甚为疲倦，但一见了月君的面，一吻了月君的柔唇，即刻什么疲倦都忘却了。

“亲爱的月君！……”

月君现在觉着自己是很幸福的人了。她总觉着自己爱上了海平，是一件最幸福的事。她以为像海平的这样可爱，世界上是再没有的了；像海平的这样真纯，任你找出地球的范围外也找不着！她从前觉着自己是很孤独的，是很不幸福的，但是现在？现在爱上了这么样一个可爱的人，现在有这么样一个人为自己的安慰者，……还想什么别的？还有什么别的值得想？除开海平，除开海平什么都没有。……

这样幸福地过了几个月。

一日，月君正立在病室的阶前，向海平寓处的方向默望，沉思海平做些什么事情：已经吃过中饭了？今天工作忙不忙？身体可好不好？今天来看我么？或者现在正在想着我？……忽见抬进来几个血拉拉的人，吓得一跳。这几个血人的面目被血迹所污，甚是模糊不清，惟其中有一位的衣服像海平所穿的一样，使月君的心只是枯通枯通地跳，脸也变了色，但因即时没断定这位血人的面孔是谁，月君还是支持着不响。月君即尾着这位被抬着的血人之后，来到病室里。血人躺在床上，还在活着，将眼一睁，见着月君正在审视他，不禁发出一句很悲哀而低微的声音：

"月君……"

月君听了血人叫她的名字，即时跪倒在床沿边，哇的一声哭道：

"你，你怎么弄到这……样子？……"

"我们是因为反对日本炮击大沽口，在执政府请愿，被卫队放枪击伤的。……"

这时立在旁边的还有一位看护妇，她是月君很好的朋友，是知道月君与海平恋爱的事的。她向月君说道：

"莫要再唠叨了！赶快先拿药来把伤痕敷好！我去拿温水来。……"

这一句话把月君提醒了，赶快站将起来去拿敷伤的药。她看见海平的神志还清醒，海平还能说话，以为大约不至于有大的危险。因之，心里虽然是怕，虽然是悲痛，但总怀着坚定的希望。她没想到海平会死，也许她不忍想，或故意地不愿想到死上去。

当时月君的朋友密斯王帮助月君替海平洗，替海平伤处——一处是在左膀被刺刀刺伤的，一处是在右腋下被枪弹所击伤的——敷药。海平一声一声的哼"痛"的声音，就同箭一般，穿得月君的心痛得乱战。她又想起海平第一次的受伤了：当时的哼声，当时的伤痕，当时的神情，……她是如何地为他调治，为他看护，使得他才慢慢地好将起来，唉！也不知费了许多精神，许多心血！但是现在？现在又被无情的刺刀枪弹……唉！这倒怎么说呢？任你怎么样看护，调治，总敌不得他们濮哧一刺刀，啪的一枪。……为什么这般的残忍？难道说都是禽兽不成？就是禽兽也没有这般凶狠呀！……唉！现在的世界！没有道理可讲的世界！为什么要这个样子？真令人难解。……哎哟！我的上帝！月君至此又想起上帝来了。她自从与海平恋爱之后，信仰的确摇动了不少，但是还总未到完全不相信上帝的地步。她这时见着海平这般样子，见着自己心爱的人又陷于危境，不得不又要向上帝哀求了。她于是默默地祷告，祷告上帝保佑海平，保佑自己心爱的人。……

不料海平的伤太重了，一天坏似一天。海平自己也感觉得自己没有什么希望了。他不忍用两眼瞅坐在床沿边的月君，——他以为他对不起月君，他以为月君比自己还可怜！他想到自己的死亡和月君的身世，常常簌簌地流出热泪。他想，我死后国事党事自然是有人问的，但是月君……月君……不幸的月君！……他不怕死，但是一想到月君，不得不哭起来了。月君见着海平这般的神情，又听到医生的危言，她的一颗心，一颗仁慈的情人的心，只是格支格支地碎裂了，唉！碎裂了！……

海平的神志渐渐地昏乱了，于进医院后第六日的早晨溘然长逝。临死的时候，海平紧紧地握着月君的手，但一句话也没有说。月君晕死而复苏醒者数次。海平的友人得着海平病死的消息，即齐到医院内安置一切；月君眼看着他们安置海平的尸身，站在旁边并不多说话。这时月君的头发是蓬松纷乱着，面色是惨白的，但她的神志还清楚。她并不多哭。海平死了，月君本应当尽量地哭，本应当哭尽自己的热泪，洒向死者的尸身，表示情人的恩义，但是月君并不如此。这是因为什么呢？难道说人死恩情断？难道说月君变了心？难道说月君并未曾十分爱过海平？不，不，月君不是薄情的人！……月君自然有自己不哭的原故，而这个原故，不过未被月君说出来。

诸事办妥之后，当晚月君走到自己的房里，一声不发，先将自己看护妇的白衫撕得粉碎，后把自己往常所爱读的圣经烧了，再把一张贴在壁上的耶稣的神像取下，用脚踏了又踏，跺了又跺。然后在自己连梳妆台带书桌子用的桌子旁边坐下，从抽屉取出信纸来，匆忙地写了一封信。信写完之后，走出医院门，回顾也不回顾一下，即跳上黄包车拖到中央公园的门口。她胡乱地付了车钱，未有计及多少；买了票，即进入园内，四外望也不望，即走到她第一次与海平接吻的处所。这时天已完全黑了，园中很少见游人的影子。她立在池的岸上，很长地叹了几口气，又从怀中掏出她与海平合照的小像片，轻轻地吻了几下，又揣入怀里。她用右手揩着自己的眼泪，哭道：

“海平！我的海平！……我的冤死的海平！你的月君现在……现在随你来了，……你等一等我吧！……”

噗通一声，她于是跳入水里，去追寻海平的灵魂去了。

第二日密斯王等了月君好久，但不见月君的影子。她以为月君或因海平之死，也恼病了也未可知，遂来月君的房里探望月君，并想来安慰安慰她。密斯王一进房内即知有异，但还未料到月君有自杀的事情。忽见着桌上有一张信纸，遂取而读之：

亲爱的竹心妹！

我的心碎了！我不能够再活在世上了！……

现在的世界是没有道理的，上帝也是骗人的！我向他祷告，我向他哀求，我是一个很真实的人，但是他给我的是些什么呢？我觉悟了！

我的海平，妹妹，你知道我是如何地爱他，他那么样的好人，居然会冤死，居然被枪击死，唉！还有什么道理，还有什么上帝呢？……

我想，我不如与我的爱人一块儿死去……

我的心碎了！我不能够多活了！……

月君绝笔

此稿成于北京惨案之后九日

弟兄夜话

江霞自R国回国之后，蛰居于繁华嘈杂的上海，每日的光阴大半消磨在一间如鸟笼子一般的小亭子间里。他在S大学虽然担任了几点钟的功课，借以为维持生活的方法，使肚子不至于发生问题，然而总是整日地烦闷，烦闷得难以言状。这并不是因为江霞自负是一个留学生，早怀着回国后大出风头的愿望，而这种愿望现在不能达到；也不是因为江霞有过丰富的物质生活的奢望，而现在这种奢望没有达到的机会；也不是因为他的心境回到数年前的状态，又抱起悲观来了。不是，绝对的不是！他到底为什么烦闷？简单地说，他的烦闷不是因为要做官或是因为要发财，而是因为这上海的环境，这每日在江霞眼帘前所经过的现象，使江霞太感觉着不安了。江霞每日在上海所看见的一切，使江霞不自由地感觉着："唉！这上海，这上海简直使我闷煞了！这不是我要住的地方，这简直是地狱。……"

江霞在冰雪的M城居了数年，深深地习惯了M城的生活。现在忽然归到灰色的中国，并且是归到黑暗萃聚的上海，一切眼所见的，耳所闻的，迥然与在M城不同，这的确不能不使他感觉着不安。论起物质方面来，上海并不弱于M城：这里有的是光滑平坦的马路，高耸巨大的洋房，繁华灿烂无物不备的商店；这里有的是车马如龙，士女如云……总而言之，这里应有尽有，有什么不及M城的地方？难道说M城比上海还美丽些么？江霞为什么感觉着不安？上海简直是乐地！上海简直是天堂！上海有别的地方没有的奇物异事，江霞还要求一些什么呢？既不要升官发财，又不抱悲观的态度，那么江霞就应当大行乐而特行乐了，又何必为无益的烦闷呢？

但是江霞总感觉着烦闷，总感觉这上海不是他要住的地方，总感觉M城所有的一件东西是上海所没有的，而这一件东西为江霞所最爱的，为江霞心灵所最维系的东西——江霞既然在上海见不着这一件东西，所以他烦闷得非常，而时常要做重游M城的甜梦。这一件东西到底是什么呢？不是M城所特有的歌舞剧，不是那连天的白雪，也不是令江霞吃着有味的黑面包，而是M城所有的新鲜的，自由的，光明的空气。

在 M 城，江霞可以看见满街的血旗——人类解放的象征——可以听见群众所唱的伟大的《国际歌》和少年先锋队所敲的铜鼓声。但是在上海呢？红头阿三手中的哭丧棒，洋大人的气昂昂，商人的俗样，工人的痛苦万状，工部局的牢狱高耸着天，黄包车夫可怜的叫喊……一切，一切，唉！一切都使得江霞心惊胆战！或者在上海过惯的人不感觉得，但是在 M 城旅居过几年的江霞，蓦然回到上海来，又怎能免去不安的感觉呢？不错！上海有高大的洋房，繁华的商店，如花的美女，但是上海的空气太污秽了，使得江霞简直难于呼吸。他不得不天天烦闷，而回忆那自由的 M 城。……

江霞回到上海已经有三个多月了，在这三个多月之中，有时因为烦闷极了，常常想回到那已离别五六年的故乡去看一看。故乡在 A 省的中部，介于南北之间。山水清秀，风景幽丽，的确是避嚣的佳地。父母的慈祥的爱，弟兄们的情谊，儿时的游玩地，儿时的伴侣，诸小侄辈们的天真的欢笑，……一切都时常萦回在江霞的脑际，引诱江霞发生回家的念头，似觉在暗中喊呼："江霞！江霞！你来家看看罢！这里有天伦的乐趣，这里有美丽的景物，这里可以展舒疲倦的胸怀……"啊！好美丽的家园！应当回家去看一看，休息一休息，一定的！一定的要回去！

但是江霞终没有勇气作回家的打算。家园虽好，但是江霞不能够回去，江霞怕回去，江霞又羞回去！这是因为什么？因为江霞的家庭不要江霞了？因为江霞在家乡做了什么罪恶逃跑出来的？因为江霞在家乡有什么凶狠的仇人？或是因为……啊！不是！不是因为这些！

江霞幼时在家乡里曾负有神童的声誉，一般父老，绅士，亲戚以及江霞父亲的朋友们，都啧啧称赞过江霞：这孩子面貌生得多么端正，多么清秀。这孩子真聪明，写得这么一笔好字！这孩子文章做得真好！这孩子前程不可限量！这孩子将来一定要荣宗耀祖的！……有几个看相的并且说过，照这孩子品貌看来，将来起码是一个县知事！有几个穷亲戚曾不断地说过，这孩子将来发达了，我们也可以沾一沾光，分一分润。这么一来，江霞简直是一个神童，江霞简直是将来的县知事，省长或大总统了。光阴一年一年地过去，人们对于江霞还是继续地等待着，称赞着，希望着。但是忽然于一九二〇年元月，江霞的父母接到江霞从上海寄来的一封信，信上说，他现在决定到 R 国去留学，不日由沪动身，约四五年才能回国，请父母勿念等语。……喂！怎么啦！到 R 国去留学？R 国是过激派的国家，是主张共产共妻的国家，到 R 国去留学，这岂不是去学过激派，去学主张共产共妻的勾当？这是什么话？唉！江霞浑蛋！江霞变了！唉！好好的一个江霞，现在居然这样糊涂。……

家乡的一般人们，自从江霞到R国后，对于江霞的感情大变，大部分由称赞，希望，等待，转到讥笑，叹息，咒骂了。

江霞深深地知道这一层，知道自己的行为为家乡的人们所不满，所讥笑。江霞想道，家乡的人们从前所希望于我的，是我将来可以做官发财，是我将来可以荣宗耀祖，但是现在我回国后仅教一点穷书，每月的收入仅可以维持生活。并且做这“过激”的勾当，成了一个危险的人物，倘若我回去了，与他们怎么见面？说什么话好？喂！他们的那种态度，那种心理，那种习惯；那一切令人讨厌的样子……我真是不高兴与他们多说话！我真是不愿意回去与他们相周旋！我回去了之后能够躲在家中不见人？我的父母一定要逼迫我见人，一定要我与所谓父老绅士们相周旋，但是我怎么能忍受这个呢？还是不回去的好！不回去，还是不回去！等一等再说罢！

但是，倘若仅仅只有这一个困难的问题，恐怕还是遏抑不住江霞要回里的打算。无奈对于江霞，还有比这更困难的问题，这就是他的婚姻问题。八九年前，江霞的父母听了媒妁之言，替江霞订下了一门亲事。当时江霞虽然感觉着不满意，但是因为年龄和知识的关系，只好马马虎虎地听着父母做去，未曾公然表示反对。后来江霞年龄大了，升入了W埠的中学，受了新潮流的激荡；一般青年学子群醉心于自由恋爱，江霞本来的性格就是很急进的，当然不能立于例外了。本来呢，婚姻是要当事人两方同意方能决定的，怎么能由父母糊里糊涂地拉拢？江霞从未见过自己的未婚妻生得什么样子：是高？是低？是胖？是瘦？是麻子？是缺腿？江霞联想象也想象不着，至于她的性格是怎样，聪明不聪明，了解不了解江霞的性情，那更是谈不到了。江霞真是有点着急！眼看着结婚的期限快到了，但是怎么能与一个不相识的女子结婚？倘若结婚后她是一个白痴，或是恶如夜叉，或是蠢如猪牛，那如何处置呢？想起来真是危险，危险得厉害！江霞除了读书和在学生会办事的时间，差不多大部分的精力都用在解决这个困难的问题上面。

这个问题能够拖延下去不求解决么？江霞在每次的家信中，曾屡次露出对于婚姻不满意，后来居然公开地向家庭说明，无论如何，没有与W姓女结婚的可能。这件事情可是把江霞的父母难住了！解除婚约？这怎么能办得到呢？这是古今中外未有的奇闻，至少是江霞的家乡百余里附近未有的奇闻！办不到，绝对地办不到！况且W族是有势力的大族，族中有很多的阔人，他们如何能够答应？倘若他们故意为难，故意跑到县里去控告，或是纠众到门前吵闹……这将如何是好呢？哼！真是把江霞的父母为难死了！

江霞的父母无论如何不能答应江霞的要求！木已成舟，哪里还能再说别的话？江霞应当勉强一点罢，反正是办不到的事情。江霞的父母说，无论你要求什么都可答应，但是这个问题，请你不要使父母为难罢，办不到，绝对地办不到！江霞替父母想想，也实在觉着太使父母为难了。但是怎么能与一个不相识的女子结婚？谁个又能断定那 W 姓女子不是瞎子，或是比夜叉还要凶些？唉！这也是绝对地办不到，无论如何办不到！江霞想来想去，也罢，等有机会时，我跑它一个无影无踪，使家庭找不到我，这婚姻当然结不成的了。现在不必向家庭说，说也没有用处。我跑了之后，看那 W 姓的父母怎样？他们能再逼迫我的家庭么？倘若他们能逼迫我的家庭，那么我的父母岂不能向他家要儿子？儿子都跑没有了，还讲什么娶媳妇？好！就是这样办！

江霞所以要跑到 R 国留学，大目的虽然不见要躲避结婚，但是躲避结婚却为一附带的原因。江霞以为在 R 国过了几年之后，这婚约是大约可以解除的，孰知江霞回国之后，写一封信向家庭问一问婚约解除了没有，得到了一个回答："没有！"唉！这真是糟糕！怎么办？现在还是没有办法，如出国前没有办法一样。事情是越弄越僵了！江霞的家庭天天等待江霞回去结婚，他们的打算是：倘若江霞一回家，不问你三七二十一，愿也好，不愿也好，按着磕了头，拜了天地再说。江霞知道这种计划，时时防备这种计划。防备这种计划的好方法是什么？就是一个不回家！家乡有青的山，绿的水，家乡有一切引诱江霞要回里的东西，家乡的幽静实比这上海的烦杂不知好多少倍。江霞何尝不想回家？江霞为烦杂的上海弄得疲倦了，很想回家休息一下，但是一想到这一件危险的事情，回家的念头就打断了。唉！不回去，还是不能回去！

江霞的父母屡屡写信催江霞回家，但是江霞总都是含糊地回答，不是说等到暑假回家，便是说刻下因有事不能离开上海，总没说过一个肯定的回家的日期。江霞的家庭真是急坏了，特别是江霞的母亲！江霞是他母亲的一个小儿子，也是一个最为钟爱的儿子，现在有五六年未回家了，怎能令她老人家不着急，不悬念？江霞在家时是很孝顺母亲的；但是现在江霞虽离开母亲五六年了，而仍不想回家看看母亲，这实在要教母亲伤心了。她一定时常叹息着说："霞儿！你这小东西好忍心啊！简直把老娘忘了！唉！我空在你的身上用了力气！……"江霞也常想象到这个，并且想起母亲的情形来，眼珠也时常湿润过。但是他还是不回家。他怎么能够回家呢？母亲啊！请宽恕你的儿子罢！

有一日，江霞自 S 大学授课回来，没有雇黄包车，顺着幽静的福煦路漫步。这时已四点多钟了，西下的夕阳将自己的金辉静悄悄地淡射在路旁将要发青的行道树，及散立着的洋房和灰枯的草地上。路上少有骄人汽车来往吼叫，不过不断地还时闻着哼哒哼哒的马蹄声。江霞看看路旁两边的景物，时而对夕阳唏嘘几下，时而低头做深默的幻想。江霞很久地没曾这样一个人独自散步了——他回到上海后，即在S大学任课，天天忙着编讲义，开会，有闲工夫的时候即自己坐在笼子般的小室内看书，从未好好地散过步。一个人散步罢？没有兴趣。去找几个朋友？他们都忙得什么似的，哪里有闲工夫？找女朋友？江霞初回国时，几乎没有与女子接近的机会。不错，S大学有很多的女学生，但是处在中国社会环境里，这先生去找女学生游逛，似觉还未成为习惯。你闷了么？且在室内坐一坐，也只好在室内坐一坐！

江霞走着走着，忽然动了乡情：屈指一算，离家已是六年了；现在的时光正是那一年离开家乡的时光，虽然那时家乡的风景不似此时的福煦路上，但是时光是一样的啊。唉！忽然间已是六年了！这六年间的流浪的我，六年间的家乡景物，六年间的家庭状况……啊！那道旁的杨柳，母亲送我行时所倚靠的杨柳，还是如往年一样，已经发青了么？那屋后的竹林还是如当年一样的绿？小妹妹的脚大约未裹罢？母亲的目疾难道还没有好么？……杨柳，母亲，竹林，妹妹……一切，一切，不知为什么在此时都一齐涌进了江霞的脑海。江霞动了乡情了，动了回家的念头了。无论如何，还是要回家去看一看！难道说就从此不要家了么？江霞想到这里，忽然一辆汽车经过江霞身旁呜的一声飞跑去了，把江霞吓的两眼一瞪，即时又莫名其妙地鼓动了江霞的与前段思想相反的思想：回家？我将怎么样与那些讨厌的人们相周旋？我将怎么样能忍受那糊里糊涂的结婚？我将怎么样……不！不！还是不能回家去！

江霞在这一日上午，从四马路买书回来，因为乘电车，遇着一个外国人霸占着一个可以容两人坐的位置，而不让江霞坐下去。江霞骂了他几句，几几乎与他大打起架来。后来那位外国人让了步，但是江霞愤外国人蛮横，无理欺压中国人，所生的气到此时还未尽消下去。此时江霞又动了乡情，心中的情绪如乱麻也似地纷扰，要想找一个方法吐泄一下。江霞想起成都路头一家小酒馆来了，于是由回家的路，改走到这小酒馆的方向来。

“侬先生格许多时候没来哉！”

“阿拉有事体呀，哪能够天天来呢？”

“侬话，侬要吃啥酒，啥个小菜？”

“花雕半斤，牛肉一小碟，烧鸭一小碟，侬要快一点哉！”

江霞虽然前前后后在上海住了许多时候，但是他的上海话还是蹩脚得很。不过马马虎虎地他懂得茶房的话，茶房也懂得他的话。茶房将酒菜端上，江霞自斟自酌，想借酒浇浇胸中的块垒。谁知酒越喝得多，胸中的烦恼也就越增加，恨不得即刻搭车到吴淞口去投海去！想起外国人对于自己的无理，恨不得拿起刀来杀他一个老子娘不能出气！江霞不是一个狭义的民族主义者，但是他以为凡是旅居中国的外国人都是坏东西，起码也有百分之九十九是的！江霞此时不愿意想起回家，结婚等等的事情，但是怎么能够呢？脑筋真是浑蛋！你教它不要想，而它偏要想！怎么办？江霞只是喝酒，一直喝到差不多要醉了。

这时已经有六点钟了。天还未十分黑，江霞踉跄地提着书包，顺着成都路，昏头昏脑地走将回来。刚一进客堂门，忽听着一个人问道：

“老三！你为什么回来这样迟呀？等得急死我了！”

江霞昏头昏脑地，双眼朦胧，即时未看出说话的人在什么地方，便是酒意已经被这“老三”字惊醒了。老三？在上海有谁个能够这样称呼江霞？江霞在上海的朋友中从未谈过家事，谁个晓得江霞是老三？就是有人晓得江霞还有两位哥哥，江霞是行三，可是绝对也不会拿“老三”来称呼江霞！老三？这是一个很生的称呼，然而又是很亲近的称呼。江霞自从六年前离开家庭后，自从与两位哥哥分手以来，谁个也没喊过江霞老三，现在江霞忽然听见有人喊他老三，不禁起了一种莫名其妙的感觉。“老三”这个称呼真是熟得很啊！江霞与自己的两位哥分别太久了，平素忆想不出两位哥哥说话的声音，但此刻一听见老三两个字，使江霞即刻就明白了这不是别人的声音，这一定是大哥的声音。江霞好好地定神一看，客堂右边椅子上坐着三十来岁的中年人，身穿着黑布马褂，蓝布长衫，带着一副憔悴的面容，啊，谁个晓得，这憔悴的面容不是由于生活困苦所致的？不是由于奔波积虑？……椅子上坐着的中年人只两眼瞪着向有醉容的江霞看，江霞忽然觉着有无限的难过，又忽然觉着有无限的欢欣。啊，原来是大哥，原来是五六年来见面的大哥。

“大哥你来了，你什么时候到的呀？”

“四点钟到的。我坐在此等了你两个多钟头，真是急得很！”

江霞见着大哥憔悴的面容，上下将大哥打量一番，即时心中有多少话要问他，但是从何处问起？平素易于说话的江霞，到此时反说不出话来。江霞的大哥也似觉有许多话要说的样子，但是他又从何处说起呢？大家沉默对看了一忽儿，最后江霞说道：

“走，上楼去，到我住的一间小房子里去。”

于是江霞将大哥的一束带着灰尘的小行李提起，在前面引导着大哥上楼，噗通噗通地踏得楼梯响，走入自己所住的如鸟笼子一般的亭子间里。

“大哥，你怎么来的呀？”

“俺大叫我来上海看看你。你这些年都没有回去，俺大想得什么也似的！你在外边哪里晓得……”

江霞听到这里，眼圈子不禁红将起来了：啊！原来是母亲叫他来看我的！……我这些年没有回家看她老人家，而她老人家反叫大哥跑了这么远的路来看我，这真是增加我的罪过！这真是于理不合！……但是我的母亲啊！我岂是不愿意来家看看你老人家？我岂是把你老人家忘了？你老人家念儿子的心情，我难道说不知道？但是，但是……我的可怜的母亲啊！我不回家有我不回家的苦楚！你老人家知道么？唉！唉！……

这时天已完全黑了，江霞将电灯扭着，在灯光的底下，又暗地里仔细地瞟看大哥的憔悴的面容：还是几年前的大哥，但是老了，憔悴得多了；从前他是何等的英武，何等的清秀！但是现在啊，唉！在这憔悴的面容上消沉了一切英武和清秀的痕迹。几年中有这么许多的变化！生活这般地会捉弄人！江霞静默着深深地起了无限的感慨。在这时江霞的大哥也瞟看了江霞没有？也许他也同江霞一样地瞟看：还是几年前的老三，这笑的神情，这和平的态度，这……还差不多如从前一样，但是多了一副近视眼镜，口的上下方露出了几根还未长硬的胡须。

江霞忽然想起来了：大哥来得很久了，我还未曾问他吃了饭没有，这真是荒唐之至！我应当赶快做一点饭给他吃，好在面条和面包是现成的，只要汽炉一打着，十几分钟就好了。

“大哥，你饿了罢？”

“饿是饿了，但是怎么吃饭呢？”

“我即刻替你做西餐，做外国饭吃，容易得很。”江霞笑着说。

做西餐！吃外国饭！这对于江霞的大哥可是一件新闻！江霞的大哥虽然在家乡曾经吃过什么鱼翅席，什么海参席……但是外国饭却未曾吃过。现在江霞说做外国饭给他吃，不禁引起他的好奇心了。

“怎么？吃外国饭？那不是很费事么？”

江霞笑将起来了。江霞说，做真正的外国饭可是费事情，但是我现在所要做的外国饭是再容易，再简单没有了。江霞于是将自己洋布长衫的袖子卷起来，将汽炉打着；汽炉打着之后，即将洋铁的锅盛上水，放在汽炉上头，开始煮将起来。等水沸了，江霞将面条下到里头，过一忽儿又将油盐放上，再过一忽儿就宣告成功了。江霞将面条和汤倒了一盘，又将面包切了几块，遂对大哥说：

“大哥，请你坐下吃罢，这就叫做外国饭啊，你看容易不容易?”

“原来这就叫做外国饭！这样的外国饭我也会做。”江霞的大哥见着这种做外国饭的神情，不禁也笑将起来了。

等到江霞的大哥将江霞所做的外国饭吃了之后，天已是八点多钟了。江霞怕大哥旅行得疲倦了，即忙将床铺好，请大哥安睡。江霞本想等大哥睡了之后，再看一点书，但是心绪烦乱，无论如何没有再看书的兴趣了，于是也就把衣服脱了跑上床去。江霞同大哥同一张床睡，江霞睡在里边，大哥睡在外边。上床之后江霞想好好地镇定地睡下去，免使大哥睡不着。但是此时脑海中起了纷乱的波纹：可怜的母亲，路旁的杨柳，大哥的憔悴的面容，日间所受外国人的欺侮……那最可怕的强迫的婚姻……那些愚蠢的家乡绅士，那W姓女也许是五官不正，也许是瞎眼缺腿……把江霞鼓动得翻来覆去无论如何睡不着。

江霞的大哥这一次来上海的使命，第一是代父亲和母亲来上海看一看：江霞是否健康？江霞的状况怎样？江霞做些什么事情？江霞是否不要家了？第二是来询问江霞对于结婚的事情到底抱着什么态度。他因旅行实在太疲倦了，现在当睡觉的时候，照讲是要好好地跑入梦乡的。但是他也同江霞一样，总是不能入梦。这也并不十分奇怪：他怎么能安然就睡着呢？他一定要把自己的使命向江霞说清楚，最重要的是劝江霞回家去结婚；当这个大问题没有向江霞要求得一个答案时，他虽然是疲倦了，总也是睡不着的。他不得不先开口了：

“老三，你睡着了么?”

“我，我没有……”

“我问你，你到底要不要同W家姑娘结婚呢?”

江霞久已预备好了对于这个问题的答案。他料定他的大哥一定要提到这个问题的，所以不慌不忙地答应了一句：“当然是不要！”

“我以为可以将就一些儿罢！你可知道家中因你有多大的为难！俺伯几乎急得天天夜里睡不着觉！俺大也是急得很！……”

“我岂是不晓得这些？但是婚姻是一生的大事，怎么能马马虎虎地过去呢？W姓的姑娘，我连认都不认得，又怎能同她结婚呢？……结婚是要男女双方情投意合才可以的，怎能随随便便地就……”

“老三，你说这话，我倒不以为然！古来都是如此的，我问你，我同你的大嫂子怎么结了婚呢？……我劝你莫要太醉心自由了！”

江霞的大哥说着这话带着生气的口气，这也难怪，他怎么不生气呢？全家都为着江霞一个人不安，而江霞始终总是这样地执拗，真是教人生气！江霞简直不体谅家里的苦衷，江霞简直不讲理！江霞的大哥想，从前的江霞是何等地听话，是何等地知事明理！但是现在在外边过野了，又留了几年学……哼！真是令人料想不到的事情！

江霞听了大哥的口气，知道大哥生气了，但是怎么办呢？有什么法子能使大哥不生气？江霞不能听从大哥的话，不能与W姓姑娘结婚，终究是要使大哥生气的！江霞从前在家时，很少与大哥争论过，很少使大哥对于自己生过气，但是现在，唉！现在也只好听着他生气了。江霞又和平地向大哥说道：

“大哥，我且问你，你与大嫂子结婚了许多年，孩子也生了几个，你到底好好地爱过她没有？……夫妻是不是要以爱做结合的？……”

江霞说了这几句话，静等着大哥回答。但是大哥半晌不做声。大哥听了江霞的话，把自己的劝江霞的使命忘却了，简直不知说什么话好！他忽然觉着有无限的悲哀，不禁把劝江霞的心思转到自己身上来：我爱过我的老婆没有？我打过她，骂过她，跟她吵过架……但是爱……真难说！大约是没曾爱过她罢？……结婚了许多年，生了许多孩子，但是爱……真难说！……

“倘若夫妻间没有爱，那还说得到什么幸福呢？”江霞隔了半晌，又叽咕了这么一句。

江霞的大哥又忽然听到从老三口中冒出“幸福”两个字，于是更加有点难受！幸福？我自从结过婚后，我的老婆给过我什么幸福？在每次的吵架中，在日常的生活上，要说到痛苦倒是有的，但是幸福……我几乎没有快乐过一天！除了不得已夜里在床上同她……此外真没感觉得幸福！江霞的大哥想到这里，不禁深深地叹了一口大气。

“大哥，你叹什么气呢？”

江霞的大哥又忽然想到自己的使命了。他因为自己的经验，被江霞这一问，不知不觉地对江霞改变了态度。他现在也暗暗地想道：不错！婚姻是要以爱做结合的，没有爱的婚姻还不如没有的好！……但是他不愿意一下子就向江霞说出自己的意思，还是勉强向江霞劝道：

“老三，我岂是不知道你的心思？你说的话何尝没有道理？但是，但是家里实在为难的很……家乡的情形你还不晓得么？能够勉强就勉强下去。”

“大哥，别的事情可勉强，这件事情也可勉强么？”

“这样说，你是决定的了？”

“我久已决定了！”

“哼！也罢，我回去替你想方法。……”

江霞听到此地，真是高兴的了不得！大哥改变了口气了！大哥与我表同情了！好一个可爱的大哥！大哥还是几年前爱我的大哥！……

江霞的大哥来上海的目的，是要把江霞劝回家结婚的，但是现在呢？现在不但不再劝江霞回去结婚了，而且答应了江霞回去代为想方法，啊！这是何等大的变更！江霞的大哥似乎一刹那间觉悟了：我自己已经糊里糊涂地受了婚姻的痛苦，难道说还要使老三如我一样？人一辈子婚姻是大事，我已经被葬送了，若再使老三也受无谓的牺牲，这岂不是浑蛋一个？算了！算了！老三的意见是对的，我一定要帮他的忙！我不帮他的忙，谁个帮他的忙？……唉！想起来，我却是糊里糊涂地与老婆过了这许多年！爱？说句良心话，真是没尝到一点儿爱的滋味！唉！不谈了！这一辈子算了！……江霞的大哥想到此地，决意不再提到婚姻的问题了：一方面是因为承认了江霞的意见是对的，而一方面又因为怕多说了反增加了自己的烦恼。他于是将这个问题抛开，而转到别的事情上去。忽然他想起来了：家乡谣言都说老三到R国住了几年，投降了过激派，主张什么共产，有的并且说还主张共妻呢……喂！这的确使不得！与W家姑娘解除婚约的事情，虽然是很不方便，但我现在可不反对了。但是这过激派的事情？这共产？这共妻？这简直使不得！产怎么能共呢？至于共妻一层，这简直是禽兽了！老三大约不至于这样乱来罢。我且问他一问，看他如何回答我：

“老三，我听说你们主张什么过激主义……是不是有这话？”

“你听谁个说的？”江霞笑起来了。

“家乡有很多的人这样说。若是真的，这可使不得！……”

“大哥，这是一般人的谣言，你千万莫要听他们胡说八道的。不过现在的世界也真是太不成样子了！有钱的人不做一点事，终日吃好的，穿好的，而穷人累得同牛一样，反而吃不饱，衣不暖，这是什么道理？张三也是人，李四也是人，为什么张三奢侈得不堪，而李四苦得要命？难道说眼耳口鼻生得有什么不同么？……即如刘老太爷为什么那样做威做福的？他打起自己的佃户来，就同打犯罪的囚犯一样，一点不好，就把佃户送到县里去，这是什么道理呢？什么公理，什么正义，统统都是骗人的，假的！谁个有钱，谁个就是王，谁个就是对的！你想想，这样下去还能行么？……”江霞的大哥听了这些话，虽觉有几分道理，但总是不以为然。从古到今，有富就有穷，穷富是天定的，怎么能够说这是不对的？倘若穷人执起政来了，大家互相争夺，那还能了得？即如我家里有几十亩田地，一座小商店，现在还可以维持生活，倘若……那我家里所有的东西都要被抢光，那倒怎么办呢？……危险得厉害！……

“你说的虽是有点道理，但是……”

“但是什么呢?”

“无论如何，这是行不去的!”

江霞的大哥虽然不以江霞的话为然，但总说不出圆满的理由来。江霞一层一层地把他的疑难解释开来，解释的结果使他没有话说。江霞又劝他不要怕……就使有什么变故，与我家虽然没有利，但也没有害。我家仅仅有几十亩田地，一座小商店，何必操无谓的心呢？你看，刘家楼有多少田地？吴家北庄有多少金银堆在那儿？我们也是穷光蛋，怕它干吗呢！……江霞的大哥听了这一段话，心又摇动起来了。他想：或者老三的意见是对的……真的，刘家楼，吴家北庄，他们该多有钱！想起来，也实在有点不公道！富人这般享福，穷人这般吃苦！即如我的几位母舅，他们成年到雪里雨里，还穷得那般样子！哼……江霞的大哥现在似觉有点兴奋起来了。他不知不觉地又为江霞的意见所同化，刹那间又变成了江霞的同志。

“大哥，天不早了，你可以好好地睡觉罢!”

“哼!”

江霞的大哥无论如何总是睡不着。在这一晚上，他的心灵深处似觉起了很大的波浪，发生了不可言说的变动。这简直是在他的生活史上第一次！从前也曾彻夜失过眠，但是另一滋味，与现在的迥不相同。论理，说了这些话，应当好好地睡去，恢复恢复由旅行所损失的精神。但是他总是两眼睁着向着被黑影蒙蔽着的天花板望。电灯已经熄了，那天花板上难道说还显出什么东西来？他自己也不知为什么要这样，为什么总是两眼睁着，而况旁人么？也许江霞知道这其中原故？不，江霞也不知道！江霞没有长着夜眼，在乌黑的空气中，江霞不能看见大哥的眼睛是睁着还是闭着，更不能看见大哥现在的神情来。江霞说话说得太多了，疲倦了，两只眼睛的上下皮不由得要合拢起来了。江霞可以睡觉了：既然大哥允许了代为设法解决这讨厌的，最麻烦的问题，那么事情是有希望了，还想什么呢？还有什么不安呢？江霞要睡觉了，江霞没有想到大哥，这时是什么心境，是在想什么，是烦恼还是喜欢？……忽然在静寂的乌黑中，江霞的大哥又高声地咕噜了一句：

“老三！我不晓得我的心中现在怎么这样不安！……”

“哼！……”江霞在梦呓中似答非答地这样哼了一下。

“你所说的话大约都是对的。……”

“哼！……”

“……”

第二天江霞向学校请了一天假，整天地领着大哥游逛：什么新世界啦，大世界啦……一些游戏场几乎都逛了。晚上到共舞台去看戏，一直看到夜里十二点钟才回来。江霞的大哥从前未到过上海，这一次到了上海，看了许多在家乡从未看见过的东西，照理应该是很满意的了，很高兴的了。但是游逛的结果，他向江霞说道：

“上海也不过如是，这一天到晚吵吵闹闹轰里轰东的……我觉着有点登不惯……唉！还是我们家乡好。……”

在继续与大哥的谈话中，江霞知道了家乡的情形：年成不好，米贵得不得了，土匪遍地尽是……大刀会曾闹了一阵，杀了许多绅士和财主……幸而一家人还平安，父母也很康健……家中又多生了几个小孩子。……江霞这时很想回家去看一看，看一看这出外后五六年来的变迁。他又甚为叹息家乡的情形也闹到了这种地步：唉！中国真是没有一片干净土！这种社会不把它根本改造还能行么？江霞想到此，又把回家的念头停止住了，而专想到一些革命的事情。

江霞的大哥过了几天，无论如何，是要回家了。江霞就是想留也留不住。在离别的三等沪宁车厢中，已经是夜十一点钟了，在乘客嘈杂的声中，江霞的大哥握着江霞的手，很镇静地说道：

“老三，你放心！家事自有我问。你在外边尽可做你自己所愿意做的事。不过处处要放谨慎些！……”

1926 年 7 月 4 日

一封未寄的信

这是四月前的事了。一日我从闸北回来，在公共汽车中忽然无意中遇见了一年多未见面的C君。说起来，C君是我的一位好友，一年前他曾与我住在一起，性情非常地相投。他的那种青年豪爽的气概，诚实的态度，又加之他的那种勇敢的思想和风韵的言谈，曾引起我对他发生无涯的爱敬。当时我俩除开工作的时间而外，有时乘火车至炮台湾对大海而悲歌；有时乘月光步法国花园，在荷花池畔闲语；有时至小酒馆子吃酒，谈到身世家国的际遇来，感慨高呼，辄为之大醉。他虽是一个很能努力革命工作的人，不务虚谈，但以我的眼光看来，他的确是一个很大的罗曼谛克。我总觉得他可爱，总觉得他有趣。自从他因事离开上海之后，我总觉得如有所失，为之不快；虽然在别离的一年多中，我也接了他的许多信，但总都潦草的很，略而不详，不能满足我对于他的想念。最后的几个月，我连他的潦草的信也接不着了，真教我悬念万分！我时常想道：他莫非因工作太劳苦了，生下了大病？莫非是被军警捉入了牢狱？莫非是遭了什么意外的不幸？……他现在到底在什么地方呢？为什么连一个字也不给我？把我忘了么？……不料现在无意中在汽车上遇见了他，我真说不出我的欢喜和愉快到了什么程度！当我见着他的时候，虽然别离已一年多了，但是他的气概，神情，面色，还是如与我住在一起的时候一样。他一看见我的时候，也似觉很欢喜的样子，连忙从座位站将起来与我握手，——这一握手呵，唉！我简直说不出我的感觉被愉快浸透到什么样子！

在嘈杂的公共汽车上当然不方便谈什么话。我问他一向在什么地方工作，现在从什么地方来，预备在上海停留与否？……最后我责问他为什么不与我通信：是不是把我忘了？简直可以说是浑蛋！他说，他并不是不想写信给我，无奈工作忙得利害，实在没有闲工夫提笔，请我原谅。他说，他不能在上海多留，即晚就要坐船到广东开工人代表大会去。我听了甚为失望：真是糟糕！这些时候没有见面，见了面满望多谈一谈，聚一聚，谁知今晚又要离开上海，唉！真是不幸！真是……他看见我很扫兴，于是很温柔地安慰着我说：

“这又有什么呢？我们见面的机会多着呢！两月之后，我再来到上海工作也未可知。”

“我希望我们还能在一起住呢。”

“我希望你能多做几篇好小说，好诗，给我读读。……”

下了公共汽车，时已下午五点多钟了，我即邀他到我俩一年前时常去的小馆子吃几杯酒，一方面借以饯行，一方面借以叙一叙别后的情怀。他欣然允诺，于是我俩又重游故土了。一年前这家小酒馆子甚是倒霉，生意不十分旺盛，桌椅也不清洁，可是现在倒整齐得多了。C君四面望一望，笑道，吃酒的馆子倒漂亮起来了，而我还是如从前一样的蹩脚，想起来，实免不了有点感慨系之了！……我遂也笑着说，问他什么漂亮不漂亮，我们还是衣冠不改旧家风罢。明年，后年，再过许多年，我相信我们还是如现在一样，你穿你的破西装，我穿我的蹩脚的布大褂……

我俩谈论了一些别后工作的情形，现代政治的状况，南征北伐的事情，并且谈论到张宗昌吃狗肉，孙传芳兴礼教，上海女子分为几种等等问题。最后我笑着问他道：

“你的恋爱问题解决了没有？”

“老哥！恋爱是要大龙洋的，我绝对不做这个梦！”言下很露出一种悲哀的神情。

“这也不一定罢？”

“不一定？有哪一个漂亮女子来爱我这流浪的穷汉？你现在是大学教授了，或者有许多漂亮女学生爱你……算了罢！我现在不愿再谈论这个问题！”他似觉有点生了气的样子。“现在时候已经不早了，我想到你的住处看一看之后，我就到旅馆把行李取出上船去。”

我看着他这般模样，也就不强迫他再饮酒了，于是就同他走到我的住处来。他坐了一坐，看了一看，并没说什么话，似觉有点醉的样子。过了一刻钟的光景，他说他怕误了船，于是就向我辞行。我因头昏得很厉害，两足失了作用，只勉强将他送到大门口。他于是就走了。我第二天早晨醒来，忽然看见我的书桌上放着一个皮制的黄书包，——我想起来一定是C君忘记拿了去。但是怎么办呢？他已经坐船走了，送也来不及，这真是有点糟糕！也罢，且看一看里边有什么重要的东西！我打开书包一看，并没有什么重要的东西，里面只有我著的《新梦集》及一封玫瑰色的未贴邮票的信，——大约是一封未寄的信吧；详细看一看，果然是的！信封上面写着“上海，霞飞路，□里，三十六号，□□□女士收”。我因为知道偷看人家的信是犯法的事情，所以总未拆开看一看里面写些什么。不过我要看的心思的确很切，——若这一封信是别人写的，我或者并不至于发生要拆看的兴趣，但是这一封信是流浪的C君所写的，并且他曾说过他绝对不做恋爱的梦，为什么会有这一封信？难道说他已经有了爱人，难道说他有了爱人还瞒着我不成？“女士收”？这一定是一封情书罢？不然的话，为什么用这样漂亮的玫瑰色的信封？他素来写信与我的字，无论信外或是信里，都是潦草至极的，为什么这一封信面上的字写得这样整齐，这样慎重？……一封平常写与女同志的信？不会！不会！这其中必有来由。……但是人家的信，我怎么好拆看呢？我几次三番想拆开看一看，但我总没有动手。

我曾想道，倘若这一封信是很重要的，C君到广东后一定会写信来要的，于是我总等待他的来信。谁知到现在已经四个多月了，我总未接到C君的信，并且连他的消息一点儿也不知道。奇怪的很！他现在还是在广东？抑是久已离开广东了？或者到前线去参加战争去了？或者有什么不测的事情？……我胡七八糟乱自猜度，但总得不到一个答案。天哪！我可以发誓！我永远地希望C君康健！我在世界上很难找出许多像C君这样可爱的人来！……

今天我又想念起C君来了。黄色的皮书包放在我的破书架上，上面灰尘虽然已经是很厚了，但是里面所埋伏的一封未寄的玫瑰色的信，总是隐隐地放出魔力来引诱我的注意。我本想还忍耐一些时不发生侵犯这封信的行为，但是，我的天哪！我真是忍耐不住了！拆看人家的信是不是犯法的事情？我为什么要拆看人家的信？我有什么权利拆看人家的信？现在这些问题对于我是不存在了。我的亲爱的C君！请你原谅我罢！应当收这一封信，看这一封信的女士！请你也原谅我罢！对不起！我现在要拆看了：

亲爱的姐姐！爱我的姐姐！

我这样地称呼你，你大约不至于见怪罢？不，绝对不！我的心灵上深深地感觉你在爱我，并且很充分地在爱我！当我感觉你在充分地爱我时，我的亲爱的姐姐，你知道我是如何地幸福呵！在我这一生的时间内，我从未感觉到任何个女子有你这样能引起我的爱情。当然，也没有任何个女子能引起我发生感觉，感觉她在爱我。我的姐姐！绝对地没有过！

我向你说实在话，我的姐姐！凡我所遇着的美丽的女子，我总觉得她们没有灵魂，只晓得吃喝穿，很无意识地伴伴男子睡睡觉，生生小孩子，或一脑袋里都是充着铜臭，……她们是绝对看不起穷少年的！她们爱男子的标准，大约都是以钱为条件罢。我的姐姐！我是一个穷少年，是永远不会博得她们的青睐的，——她们不会爱我，这当然是无疑的了，但是，我的姐姐，我向你说实在话，我也是永远不会爱她们的！

但是很奇怪呵！真正地奇怪！你是一个很漂亮的少奶奶，你是一个很富丽的女子，为什么你能令我爱你呢？为什么我感觉你在爱我，并且很充分地在爱我呢？我的姐姐！这不是很奇怪的事么？倘若我同你那在银行里做买办的丈夫站在一块比一比，那么我是如何地穷酸呵！喂！你看我身上的这一套破西装！但是当你遇着我的时候，你那两只秋波似的眼睛居然时常在我的身上流盼，居然暗暗地向我的心灵说："我在爱你。"一礼拜前我俩在街上遇着的时候，你居然不怕丢你那阔少奶奶的身份，而与我这穿着破西装，衣冠不整的穷少年谈了几句话，这真教我感激万分！倘若我不感觉你在爱我，就使你向我谈了许多话，也或者不致有什么鼓动我；不过我的亲爱的姐姐！我感觉你在爱我，我以为你向我的瞟看以及你与我的谈话，这统统都是你爱我的证据！

爱我的姐姐！你的确是一个美丽的女子！我一想起来你的笑容，你的说话的温柔态度，以及你那朱红的嘴唇，一弯新月的俊眉，玫瑰色的面庞，细嫩滑腻的双手，我真不相信你是已经嫁过人的女子，更不相信你是生过孩子的妇人。我以为你的美，你的性情，你的纯洁，的确为世界上所罕见的，你应当配一个可爱的丈夫。但是，我亲爱的姐姐！我向你说实在话，我觉着你那在银行当买办的丈夫有点俗气，有点不与你十分相称！……我不相信他会爱你，……呵！我的姐姐！请你原谅我，我不应当在你面前说这些你不愿意听的话。

爱我的姐姐！我真是深深地感觉你在爱我！我一想起有你这般美丽的女子在爱我的时候，我的全身血液都欢喜得沸腾起来了。哪能够不欢喜呢？我这样一个穷少年，我这样一个穷革命党人，喂！我的姐姐！我在你面前现在居然自承认是革命党人了，这是我的失态罢？你不怕革命么？我以为倘若你真正地爱我，你绝对不会因我是革命党人就变了态度罢？不！绝对地不！我感觉你在深深地爱我。……

我自己拿镜子一照，觉着自己这副模样的确是革命党人所有的。你爱我，莫非是因为发现了我是一个革命党人？莫非是看出来我有伟大的精神，反抗的魄力和纯洁的心灵？我的姐姐！革命党人的精神，魄力和心灵永远是可爱的，倘若你是因为这个爱我，我的姐姐！我是如何地幸福呵！我是如何地高兴呵！姐姐！我绝对不辜负你爱我的心情！我绝对继续我的伟大的工作！你是我唯一的知己，我应当为我知己贡献出我所有的一切。……

爱我的姐姐！当我未遇着你以前，我真没曾料到世界上有与我表同情的女子！更没曾料到世界上有你这样美丽的女子爱我！说起来我好生幸福！一个穷革命党人得到一个了解他的美丽的爱人，可以说是一件不容易的事情，但是我现在居然得着了你，我的亲爱的姐姐！我真说不出我是如何地幸福呵！我幸福到极点，表示不出来，惟有高呼幸福！幸福！幸福！……而已。

我这些天总是想着你，因为想你的时候，我的全心灵充满了安慰。但是，我爱的姐姐！我向你说实在话，我的确不愿意想到你那在银行里当买办的丈夫身上去，……我俩似觉很少有谈话的机会，但是我的姐姐，倘若你能真爱我，你的心目中永远有个我在，那么这对于我已经是万幸了。我不久就要到别的地方去，约过一两月还是回到本里来住。倘若你有工夫，请你赶快复我一信罢。我很怕我写的这封信不能落在你的手里。……

你爱的弟弟C上。

十一月，八日。

我看了这封信真叫我高兴的了不得！流浪的C君居然现在有了这么样一位美丽的爱人！在风尘中居然遇着了这样女性的知己，C君真是不辜负一生了。不过我同时又起了怀疑：C君既然得着了这么样的一个爱人，为什么当他与我谈话时，谈到恋爱问题，他会有那种不满意的神情呢？为什么信写了这么久而不寄出去？C君写这一封信的时候，真正地有了对象，还是不过由于一番幻想？想来真是有点奇怪了！

我未看这封信的时候，老想看信内写的一些什么，谁知看了之后，更发生了这些疑团。我现在只希望我能赶快地看见C君，当面问问他到底是怎么一回事情。

1926年8月22日

徐州旅馆之一夜

当从浦口开的火车到徐州的时候，已经是太阳西下了。陈杰生，一个二十几岁着学生制服的青年，从三等破烂的车厢下来，本希望即刻就乘陇海路的火车到开封去，——他这时非常急躁，想一下子飞到开封才能如意！他接着他夫人病重的消息，他夫人要求他赶快地来到她的病榻前，好安慰安慰她的病的心境，借以补医药的不足。杰生在上海虽然工作很忙，什么学校的事，党的事，自己著作的事，……但是夫人病了，这可也不是一件小事！杰生虽然知道人化为鸟是不可能的事情，但是他实在想生一双翼翅，嘟噜噜一下子飞到开封去，飞到他的爱人的病榻前，与她吻，吻，吻。……当杰生坐在车厢的时候，甚怨火车走的太慢，其实火车走的并不慢，司机也并没有偷懒，无奈杰生的心走得太快了。呵，徐州到了！杰生一方面欢喜已经走了一半的路程，一方面却恐怕不能即刻就转乘到陇海路的车。他是一个不信神的人，但是到此时，到他还未问车站管事人以前，他却在心中默默地祷告："天哪！千万莫要碰不到车呵！上帝保佑，顶好我即刻就能转乘到陇海路的车。……"他下了车之后，手提着一个小皮包，慌忙地跑到车站的办事处，问有没有到开封的车。但是糟糕的很！车站办事的人说，在平安的时候，下了从浦口开来的车就可以接乘到陇海路往开封的车，但是现在……现在在兵事时代，火车并不是乘旅客的，是专为乘兵大爷的，什么时候开车及一天开几趟车，这只有兵大爷知道，或者连兵大爷自己也不知道。……唉！现在就是这么一回事！……大约明天上午从开封总有开来的车罢，但是也不能定。……

杰生听了车站办事人的话，简直急得两眼直瞪，两脚直跺，不断地叫，糟糕！糟糕！糟糕！这怎么办，这怎么办，这怎么办呢？哼！没有办法，简直没有办法！杰生想道，"她现在的病状也不知到什么程度了，也许她久等我不到，更要把病加重了，也许她现在很危险了，……"但是光急是没有用处，急也不能把火车急得到手。倘若杰生与五省联军总司令有密切的关系，或者是吴大将军的要人，或者手中有几营丘八，那么杰生一定可以想方法把火车弄到，而没有这样着急的必要。但是杰生是一个穷书生，并且是一个……哪能够有这样的想头！没有办法，哼！简直没有办法！

杰生急得两眉直皱，心里充满了牢骚，愤恨，怨怒，但是无从发泄。向谁发泄呢？车站的人拥挤异常，兵大爷，商人，逃难的，男的，女的，大的，小的，只看见人头撞来撞去。是等车？是寻人？是看热闹？杰生当然没有工夫研究这些，因为自己的气都受不了了。他真想把自己的气发泄一下，但是向谁发泄呢？也许这拥挤的群众中，也有很多的人在生气，如杰生一样，或者他们也如杰生一样要把自己的气发泄出来，但是没有发泄的目标。杰生手提着皮包在人群中也乱挤了一阵，向这个瞧瞧，向那个看看，但没有任何的目的，不过是混时间罢了。

时候已经是不早了，既没有火车可乘，难道还能在车站过夜么？当杰生初下车时，有几个旅馆接客的茶房问过他要不要住旅馆，杰生彼时都拒绝了，但是现在火车既然没希望了，当然是要打算住旅馆的。但是住哪一家旅馆好？哪一家旅馆干净而且离车站近些？杰生第一次到徐州，关于徐州的情形当然是不清楚。杰生正在出车站门口意欲到街上找旅馆的当儿，忽然一个接客的茶房走到杰生的面前，说道：

“你先生要住客栈么？”

“住是要住的，你是哪一家的客栈？”杰生将接客的手中的招牌纸拿着看一看，“你的客栈在什么地方？离车站远不远？”

“俺们的客栈就在前边，请你老去看看罢，包管你合适。”

“也好，去看看再讲。……”

接客的茶房在前边引路，杰生在后边垂头丧气地跟着。杰生这时只是想着：明天有车没有？她的病怎样了？……徐州的旅馆好不好？贵不贵？……他也没有心思看街上的景象如何。原来这家旅馆离车站非常之近，不几分钟已经到了。杰生看看还干净，于是就在一间八角大洋的房间住下。这时已经上灯了；杰生洗了脸吃了饭之后，孤单地独对着半亮不明的煤油灯坐着，心中万感交集，无聊至不可言状。他无论如何，摆脱不了一个问题：她的病怎样了？也许她久等我不到，病又因之加重了。……

谁个教他在这无聊的旅馆中坐着？谁个破坏了火车的秩序？谁个弄得他不能即刻乘陇海路的车往开封去，往开封去见病着睡在床上的爱人去？……杰生想到这些，不禁对于好战的、野蛮的、残忍的军阀，起了一种最无涯际的仇恨。杰生在此以前，当然也是很仇恨军阀的，并且他决定牺牲一切为着推翻军阀奋斗，为着解放被压迫的人民奋斗，但是从未曾像此时仇恨军阀仇恨得这样厉害！他这时仇恨军阀，几乎仇恨到要哭的程度了。但是仇恨只管仇恨，而火车还是没有。杰生尽管在凄苦的旅馆中对着孤灯坐着，尽管生气，尽管发牢骚，而那些破坏火车秩序的人们——五省联军总司令、胡子将军、狗肉大帅，及其他占有丘八的军官——总是在自己的华贵的房子里快活，有的或者叉麻雀，有的或者吃鸦片烟，有的或者已经抱着娇嫩的、雪白的姨太太的肉体在睡觉，在那里发挥他们兽性的娱乐。怎么办呢？唉！想起来，真是气死人呵！唉！这名字就叫做气死人！

杰生不愿意多坐了，坐着真是无聊！正在欲解衣睡觉的当儿，忽然门一开，进来了一个茶房，不，这恐怕是帐房先生罢，他头戴着便帽，身穿着蓝洋布的长衫，似乎是很文明的样儿。杰生当然不便问他是茶房还是帐房，只等他首先说话；既然进来了，当然是有话要说的。进来的人向杰生笑一笑，说道：

“先生就要睡觉么？天还早呢。”

“一路车上弄得我很疲倦，我现在要睡了。也不知明天有往开封的车没有，你先生晓得么？”

“不瞒你先生说，”他说着向门旁边一张小椅子坐下，“现在的事情，谁也说不定。自从打仗以来，津浦车和陇海车都弄得没准了。津浦车还好一点，陇海车可是糟透了！说不定三天两天才有一趟车。你先生到开封去么？”

“车站上办事人说明天或者有车，请你们好好地替我打听打听。我有要事，我明天是一定要走的。”

“你先生可不必着急，若真正没有车来，你怎么走呢？在徐州多玩一天也不要紧。……”

多玩一天也不要紧？杰生听了这句话，真是刺耳得很！不要紧？老婆病在床上，现在还不知道怎么样了，难道说这还不要紧么？杰生真想打他一个耳光，好借此发泄发泄胸中的闷气。但是这一个耳光怎么好下手呢？你老婆病在床上，这并不是他，这位帐房先生的过错呀！帐房先生也没有教火车不开，而况他说多玩一天也不要紧，这完全是安慰杰生的好意；难道说好意还要得到恶报么？杰生虽然要打他一个耳光出一出气，但究竟知道这是不应当的，所以终没做出这种愚蠢的，不合理的事来，

“先生，”帐房先生没有察出杰生内心所生的情绪，还是继续笑迷迷地说道，“徐州当然不能同上海比呢。自从打仗以来，俺们徐州闹得更糟，你先生在车站上没看见么？你看那些逃荒的，可怜的穷人！……”

“听说山东现在闹得更糟呢！”杰生皱着眉头说。

“可不是呢！山东的人民现在简直不能过日子！十七八九岁的大姑娘论斤

卖，饿死的饿死，被军队杀死的杀死，说起来真是不忍听呢！先生现在的年头，大约是劫数到了。”

杰生听了帐房先生的这一段话，心中顿如刀绞的样子。若在平素的时候，杰生一定要向他解释军阀之为害及人民受痛苦的原因，——这是每一个革命家所应当做的事情！但是杰生现在不知说什么话好，只是叹气。帐房先生忽然掉转话头，问道：

“先生，一个人睡是很寂寞的，找一个姑娘来陪伴罢？……”

杰生听了这话，心中想道，这小子刚才所说的还像人话，现在怎么啦要我做这种事呢？这小子简直是浑蛋！简直不是好人！但杰生心中虽然这样想，表面还是带着笑说道：

“谢谢你，我不用，我觉着一个人睡比两个人睡好。”

“先生，我替你找一位姑娘，私门头，乡下姑娘，包管你中意！叫来看看，好呢，你老就将她留下；不好呢，你老可以不要她。她不久从山东逃难来的，来到此地不过三四天，没有法子想，才做这种事情。我打发人去把她叫来，包管你合适。私门头，清爽干净。……”

“不，不，不要叫她来！我疲倦的很，要睡了。”杰生很着急地这样说，但是帐房先生毫不在意，只是老着脸皮，笑着说道：

“不要紧哪，包管你合适！”

帐房先生说着起身走了。杰生这时真是又气又急！又是一个“不要紧啦，”这种事情，也是不要紧么？我如何能做这种事呢？自己的爱人病在床上等我，倘若我现在干这种事情，宿窑子，这岂不是太没有良心了？这哪能够干呢？而况且以金钱买人家的肉体，……我还能自称为社会主义者么？我岂不是浑蛋？不能干，绝对地不能干！而况且我从没宿过窑子，难道说今夜把我的清白都牺牲了么？不能干，绝对地不能干！这位帐房先生浑蛋！简直是浑蛋！……

杰生决定了无论如何不能干这回事情。他即时起来把床铺好，把衣解开，一下跳到床上躺下，可是他忘却把门关上，等到他想起下床关门的时候，一位姑娘已经走进门来了。杰生坐在床上，两眼一愣，不知怎么样办法是好；把她推将出去？或是向她说不要？或是请她坐下？怎么对付呢？杰生这时却真是难为住了！这位姑娘年约二十左右，身穿着蓝布的没有加滚的很长很长的外衣，完全代表一种朴实的北方的风味。一副很白净的，很诚实的面孔，迥然与普通的妓女两样。看来她的确是一个初次下水的乡下的姑娘。她走进门来，很羞赧地垂着头坐下，一声儿也不响。她的这种可怜的模样，弄得杰生向她起了无限的同情，杰生本想叫她出去，本想向她说，“我对不起你，我现在不需要你，”但是总是说不出口。杰生想道，倘若我叫她出去，这不要使她很难过么？这不要使人家笑话她么？她这样怪可怜的，……但是我又怎么能留她呢？我对不住我的病在床上的老婆，我对不住我的良心，……但是又怎么对付这一位可怜的姑娘呢？杰生找不出办法，忽然从口中溜出一句话来：

“你是哪里的人？”

“俺是山东人。”这位姑娘抬起头来，说了这一句话，又将头低将下去了。

“你什么时候到此地的？”杰生又不自主地问了这一句。

“刚刚才四天头。”

“你一个好好的姑娘家，为什么要做这种事呢？”

“没有……法……子！……”

这位姑娘断续地说了这句话，带着很悲哀的，哭的声音。杰生听了这种声音，不知为着什么，一颗心不禁战动起来了。“没有……法……子！……”唉！这一句话，这四个字，含着有多少的悲哀在里面！含着有多少的痛苦在里面！含着有多少人类的羞辱在里面！或者别人听见了这四个字以为是常语，毫不注意，毫不能引起心灵的感觉，但是杰生，杰生是一个真实的社会主义者，是一个富有人类同情心的人，如何能不感觉到这四个字的意义呢？杰生这时心里难过极了，即刻想把她抱在怀里，好好地抚摩着她的头发，安慰安慰她的痛苦的心灵。杰生这时似乎把病在床上的爱人忘却了，这种忘却并不是因为杰生现在对于这位姑娘起了肉感，而是因为这位姑娘的悲哀把他的心灵拿住了。

大家沉默了一会。杰生还是没有找到对付这位姑娘的方法。杰生后来想道，给她几个钱请她回去罢，反正她是为着钱而来的。至于我留她住夜，这不是妥当的办法，而且我的良心绝对不允许我。……于是杰生向这位姑娘说道：

“姑娘，我不是这样的人，我给你几个钱，你可以回去罢！”

杰生说了这几句话，以为这位姑娘听了一定是答应的，可是这位姑娘抬起头来，两眼闪着悲惨的，令人可怜的光，向杰生哀求地说道：

“请你老爷做一点好事罢！……俺的婆婆是很厉害的，假若俺现在回去，俺的婆婆一定说俺得罪了客人，不会……俺一定要挨打！……”

“你的婆婆？你的婆婆逼你做这种事情？”杰生很惊异地问。

“也是因为没有法子，没有饭吃！……”

“你已经出嫁了么？你的丈夫呢？”

“俺是童养媳，丈夫还没有跟俺成亲，……他于数年前出去当兵去了，……到现在……他……他还没有消息。……”这位姑娘说着哭起来了。“俺也不知他是……死……还……还是活！……”

杰生看着她这种情况，自己的两眼内似觉也起了泪潮的样子；本想说一句劝她：“你不要伤心，不要哭了！”但是不知什么原故，语音总吐不出来。同时她的哭声如针一般刺得杰生的心灵难受。杰生这时也不顾一切了，跳下床来，拿着自己的手帕，为她拭眼泪，她也不拒绝。最后他抚摩着她的两手，很温柔地，慈爱地，说出一句话来：

“请你不要再哭了！……”

这时的杰生简直忘却了“请她出去，”他把她拉到床沿坐下，自己跳上床侧着身子躺着，请她为他叙述她的家事。她也忘却了她是为着什么来的，她此时深深地感觉到杰生对于她的温情柔意，——这并不是一个男子对于女子的温情柔意，这是一个人对于人的温情柔意。这位姑娘虽然到徐州才不过四天，但已经陪过三个所谓“客人”了，在这些客人之中，她似觉今夜这位客人有点异样，呵，其实她此时也忘记了杰生是客人之类了。别的客人曾搂过她，紧紧地搂过她；曾吻过她，很响地蜜蜜地吻过她；曾说过一些情话，很多的很多的情话；但是这位客人也不搂她，也不吻她，照理讲，她应当感觉他不喜欢她了，然而她今夜的感觉为从前所未有过，虽然她说不出这种感觉是如何的深沉，是如何的纯洁，是如何的可贵。她是一个无知识的，可怜的，乡下的女子，或者是一个很愚钝的女子，但她能感觉得这位客人与别的客人不一样，绝对地不一样。当杰生跳上床侧下身子的时候，她睁着两只有点红肿的、射着可怜的光的眼睛，只呆呆地向着杰生的面孔望。杰生这时也莫明其妙她心灵上有什么变动；他躺好了之后，即拉着她的右手，向她说道：

“请你详细地向我述一述身世罢！”

“好！……”

她于是开始叙述她的身世：

“俺娘家姓张，俺原籍是山东济南府东乡的人。俺爹种地，当俺十岁的时候，俺妈死了，俺爹因为无人照顾俺，又因为俺家穷将下来了，于是就把俺送到婆家当童养媳。俺婆家也是种地，离俺家有五十多里地，那时俺婆家还很有钱。起初，俺婆婆待俺还不错，俺公公也是一个好人。过了几年，俺公公忽然被县里的军队捉去了，说他通什么匪，一定要枪毙他。俺婆婆那时哀告亲戚家门想方法救他，可是谁也不愿出力，俺公公终归冤枉死了。

“那时俺已经十四岁了，听见公公死了，只整天整日地陪着婆婆哭。俺丈夫那时是十六岁了，他很老实，很能做活。俺公公死后，种地都全仗着他。俺公公死后第二年，俺乡天旱将起来了，到处都起了土匪，老百姓种地也种不安稳了。俺丈夫听了一位邻家的话，说吃粮比种地强得多，不则声不则气地跑了，哼！一直到现在……已经五年了，……”她说到此地眼泪又掉下来了。

“这五年简直没有得着他的音信么?”杰生插着问，同时递手帕与她拭泪。

“简直一点儿也没得着!”她拭一拭眼泪，又继续呜咽着说道，“谁晓得他现在是死，……是活，……俺的命真苦！……”

“自从他跑了之后，俺同俺婆婆就搬到城里找一间破房子住着。俺替人家浆洗补连，天天挣点儿钱糊嗒嘴。俺婆婆时常不老好，害病俺只得多劳些儿。中间有人向俺婆婆说，劝俺婆婆把俺卖掉做小（即小老婆），幸亏俺婆婆不答应。俺婆婆那时还希望俺丈夫回来呢。

“俺婆俩这样对答对答地也过了四五年。谁晓得俺山东百姓该倒霉，来了一个张督办，他的军队乱搞，奸淫焚掠，无所不为，实在比土匪还要凶些！现在山东简直搞得不成样子，老百姓都没有饭吃。俺在山东登不住了，俺婆俩所以才逃难到此地来。谁知天老爷不睁眼睛，俺的几个钱又被哪一个没良心的贼偷去了。……唉！……幸亏这个旅馆的帐房先生是俺公公的交好，他把咱们收留在他的家里住着。”

“就是叫你来的这位帐房先生么?”杰生插着问。

“是的。”

“是他逼你做这种事情么?”

“俺，俺也不晓得，……俺婆婆说，若俺不做这种事情，俺婆俩就要饿死。……俺起初不愿意做这种事情。俺怎能对得起俺爹和俺妈生俺一场呢?……后来俺婆婆打俺一顿，俺才没法子，……”她说到此地又放声哭起来了。杰生又安慰她两句，替她拭拭眼泪，她才停止哭。沉默了两分钟的光景，她又叹了一句，深深地叹了一句：

“俺的命真……真苦！……”

唉！可怜的，命苦的，不幸的姑娘！杰生听了她的一段简单的，然而充满着悲哀的，痛苦的历史，心灵上说不出起了多少层颤动的波浪。难道说这种惨酷的命运是应当的？这样朴实的，心灵纯洁的，毫无罪恶的姑娘，而居然有这种遭遇，请问向什么地方说理呢？唉！这就叫做没有理！……杰生又想起山东人民受苦的状况，那种军队野蛮的情形，“十八九岁姑娘论斤卖，”喂！好一个可怕的世界！可怕！可怕的很！杰生不由得全身战栗了。这位姑娘又悲哀地重复了一遍：

“俺的命真苦！……”

唉！命苦！命苦岂止你一个人么？……

时候已经快到夜半了。杰生看看手表，知道是应当睡觉的时候了，而且杰生因旅行，因受刺激，精神弄得太疲倦了，应当好好地休息休息。但是这位“陪陪伴”的姑娘呢？请她出去？已经半夜了，请她到什么地方去呢？不请她出去？……到底怎么办呢？杰生想来想去，只得请她在床那头睡下，而且她说了这些话，也应当休息一下了。好，请她在床那头睡！这位姑娘很奇怪：这位客人真是有点两样！他叫我来干什么呢？……但是她想道，这位“客人”真是一位好人！

两个人两头睡，一觉睡到大天光，杰生醒来时已经八点钟了。当杰生醒来时，姑娘还在梦乡里呢。杰生将她推醒；茶房倒水洗了脸之后，杰生从皮包里拿出七块大洋与她，说道：

“你现在可以回去了。”

“怎好拿你老的钱呢？”

“不拿钱？不拿钱，你回去又要挨打了！”

姑娘将钱接在手里，两眼放出很怀疑的、但又是很感激的光，呆呆地向杰生看了一忽儿，于是慢慢地走出门去了。

……杰生是等到往开封的车了。杰生在三等拥挤乱杂而且又臭又破烂的车厢中，左右看看同车的乘客，大半都是面皮黄瘦，衣服破烂，如同乞丐一样的人们；又想想那位姑娘的遭遇及自己老婆的病和自己的身世，不禁很小声地沉重地叹道：

“悲哀的中国！悲哀的中国人！……”

1926年9月3日

橄　榄

在 C 城东南隅一小街上，有一座矮小的房屋，其中住着一对年轻的劳动的夫妻。夫不过二十四五岁，姓周名德发，因为不是文明先生，也不是富宦子弟，所以别号是没有的；职业为一水手，自从“五卅”事起，香港罢工之后，即编入罢工纠察队。妻娘家姓吴，乳名喜姑，也是二十多岁的年纪，虽然穿着粗衣布履，但是丰韵天然，具着一种朴素的美貌。夫妻间和睦异常，爱情甚笃，几乎没有争吵的时候；就是一般邻居看了，都也异常敬慕，为之称道不置。说起来，这一对年轻的，幸福的，劳动的夫妻，倒有一段令人可以记载的历史：

那是十年前的事了。江苏 T 城乡下有一个农民，一日进城卖菜，实指望将卖菜的钱换一点油盐及一些零用的东西回家，又谁知这时发生了战事，他一到城里，还未将菜担卸下，即被几个穿灰衣的人拉走了，说是要为他们担子弹。可怜的，一个很老实的农民，那里有反抗的力量！农民的家里有一个老婆和一个十四五岁的儿子，他们只在家等他将菜换些东西回来，又谁知他早晨进的城，而到吃中饭的时候，而到太阳西下，而到天黑了，总不见回来。……后来战事息了，一天，二天，三天，被拉去的他总没有一点儿消息！后来隐隐约约地传说道，他在战线上被打死了。……他的在家的老婆悲痛的结果，一病在床，不到一月，就追随着她的丈夫去了！剩下来一个孤苦伶仃十四五岁的孩子周德发，无所依靠，被他的母舅吴俊贵接到自己家里照应。俊贵家当然也不是一个富户，一家人全靠着在 T 城纱厂里做工吃饭。一家共四口人——俊贵的妻，一男十八九岁，一女十三四岁，及俊贵自己。可是俊贵的儿子于几月前跑到上海去了，莫明其妙地干些什么，也不寄钱来家，也不寄信来家；因之家中只剩下三口人了，而俊贵的妻又因病的原故，什么事也不能做，当然是赚不到钱的。俊贵不得已，与自己的一个幼女喜姑一块儿在纱厂里做工，借以勉强地维持生活。现在德发虽然名义上住在俊贵的家里，受着俊贵的照应，但是在事实上，俊贵没有令他读书或供养他的可能，他一定也要自己开始混饭吃。于是德发也就变成 T 城纱厂的小工人了。

德发与喜姑是表兄妹，自从德发加入纱厂做工后，他俩每日一块儿上工，一块儿下工，渐渐地亲密起来，成为一对不可分离的伴侣。两小心中的爱苗，自然而然地生长起来，相互默默地都承认将来的共同的命运。有时手携手儿行走，有时偎倚着蜜语，宛然一对天真的小鸳鸯，俊贵夫妻也不之问。问他俩干什么呢？德发与喜姑是表兄妹，他俩既然这般要好，将来难道还不让他俩成为夫妻？成为一对？表兄妹作亲是当然的。况且德发这孩子虽然年纪轻，却很聪明，很老成，实在是一个好孩子，配喜姑是可以配得上的。……俊贵夫妻俩也就这么样地承认他俩为未来的一对适合的夫妻了。

时间是这么样地快！一方面T城纱厂的厂主何庆三因营业发达大发其财，而一方面喜姑因年龄大了的关系，日见生得标致，人皆称之为女工中的皇后。真的！喜姑的确可以当得这个称呼！喜姑虽然不擦粉，然面白嫩得可爱；喜姑虽然不抹胭脂，然唇红如朱似的；弯弯的双眉，清莹的俊眼，温柔的态度，……总之，喜姑的确可以当得一个美人的称呼！德发真是高兴得极了！真是幸福得极了！有这么样美丽的表妹，而且她是我的，她是爱我的，……呵呵！这不值得高兴，还有什么值得高兴？这不算得幸福，还有什么算得幸福？幸福！高兴！同厂的男女工人多半也暗暗地或明明地为着德发高兴，欣羡德发的幸福真是不浅！然而德发暂且莫要太抱乐观了！不错，喜姑真是美丽，喜姑真是可爱，喜姑是应当属于德发的！可是觊觎喜姑而想夺取她的大有人在，而且这个人有势力，有夺取喜姑的威权，使喜姑终为他的所有物。……

T城纱厂的厂主何庆三系前清举人出身，入民国后夤缘时会，做了一任道尹，充过督军署的顾问。在做道尹的期中，他敛聚了几十万的家财。后来他看透了开纱厂是个发财的门径，于是辞官不做，而从事于资本家的企业了。他的为人甚是狡猾能干，不数年间果然把纱厂弄得发达起来。在未开纱厂以前，他已娶了两个小老婆。她们皆是妓女出身的；其中一个后来跟人跑了。及到开了纱厂之后，女工中不乏有点姿色的，我们这位何庆三又前后挑选了两个入自己的小老婆的队伍；其余未被挑选为正式的小老婆，而被何庆三玷污过的，也不知有多少！可怜的女工们不但在体力上要为厂主老爷做马牛，做生利的工具，并且要做厂主老爷的泄精器，屈服于他的兽欲之下！这又有什么办法呢？简直没有办法！纱厂是厂主老爷开的，他有的是钱，他有的是势力，尝试了几个女工算得什么！倘若你不愿意，你不承受厂主老爷的意旨，那末就请你从工厂里滚蛋，就请你没有饭吃！但是有几个不愿意吃饭的人呢？可怜的女工们！只得，只得忍受着厂主老爷的侮弄！在这些不幸的，被侮弄的女工中，我们的美丽的喜姑就是一个。喜姑初进厂的一两年中，因为年龄还不很大，我们的这位多情的何庆三对之未加以注意；可是后来喜姑日见其大了，她的美丽随她的年龄增长起来，无论如何，当然是逃不了厂主老爷的青睐。何庆三觊觎喜姑的心思与日俱增：这一块好肉我不吃，谁吃？家中所有的几个货色已经弄得厌烦了，应当再换一换口味。……喜姑比她们都生得强，我一定要把她得到手里。……何庆三这样地想着，于是就进行这种愿望的实现。

一日，何庆三将一个女工头张三妈唤到面前，向她说明自己的心思。他说他家中虽然有了几房姨太太，但都不能生育；为着延续宗祀起见，不得不再娶一房姨太太。他说，喜姑生得很有福相，倘若能做厂主老爷的姨太太，将来一定是很好的；倘若喜姑的父母愿意，他不但不收他们的房钱，而且从此可以不做工了，他一定要提拔他们；若是不愿意，那他就要驱逐他们。……他又说，倘若张三妈能够将此事办妥，他是一定要重谢她的。这位半老徐娘，曾受过厂主老爷几次恩宠的张三妈，听了这一番话如得了重宝似的，即时笑迷迷地连忙答应，说道：

"我一定替老爷办到，请老爷放心！我想那吴俊贵没有不答应的道理。自己的女儿做了厂主老爷的姨太太，这是多么体面的事情！况且他吴俊贵一家受老爷的庇护，老爷愿意怎样做，他有胆子敢违拗吗？请老爷千万放心！我敢担当这件事情能够成功，"说到此地，张三妈四面望一望没有人，脸一红继续媚着说道，"可是老爷娶了这位标致的新姨太太，那时只顾同她……恐怕要把我完全忘记了。……"

当何庆三与张三妈谈话的时候，即是德发与喜姑从工厂里歇了工出来，一块儿回家，在路上且走且谈的时候。可怜的德发！他还不晓得这位同行的，亲爱的喜姑要为他人所占有了！他还不晓得人家正在那里计划怎样夺取他的爱人！可怜的喜姑！她还不晓得她就要做一位四十多岁，胡须多长，一脸横肉的人的第五个小老婆！她还不晓得将要做自己的丈夫的，不是这位亲爱的表兄，不是这位同行的德发哥哥，而是那位讨厌的，凶残的何庆三！可怜的一对小儿女的命运！当何庆三未与张三妈谈这番话以前，谁个能说这两个不是一对合适的鸳鸯？谁个能说这两个不是一对幸福的伴侣？但是到了何庆三与张三妈说了这番话之后，一切的情形都变了，完了，……这位牵线的月老张三妈得了这一桩报效厂主老爷的差使喜得眉笑眼开，几乎忘了形。第二天早晨，德发与喜姑还未来得及上工，张三妈即跑到吴俊贵的家里来，刚一进门，即大声喊道：

"老吴！老吴！我来替你报喜呀！"

这一喊可是把吴俊贵的全家弄得莫明其妙。报喜？有什么喜事可报？既然没得着一坛银子，二者喜姑还未出嫁，还没有生出外孙来，其它还有什么喜事可报呢？报喜，这简直是穷开心！

“什么？报喜？有什么喜可报，张三妈？”俊贵很惊异地问。

“张三妈，你疯了？我们有什么喜可报呢？”俊贵的病的老婆笑着这样问。

“张三妈真会穷开心！”喜姑笑着这样说。

“你们别要不相信！听我说了，看是不是喜事？”

于是张三妈坐下喘一喘气，喘了气之后，一五一十地将何庆三的意思述说一遍。这一述说，俊贵夫妻听了还不打紧，德发和喜姑听了，简直如同半空中打了一声霹雳，弄得目瞪口呆！两个人你望望我，我望望你，只是对望，不晓得说什么话才好。这真是一声霹雳！德发梦想也没有梦想得到！德发从未允许自己的脑子想过亲爱的喜姑有属于第二个人的可能。但是现在，现在忽然来了这么一回事。……喜姑听了这个消息，一颗可怜的处女的心震动得不堪言状！怎么啦？当姨太太？当那可怕的何庆三的姨太太？姨太太是人当的吗？不能！不能！绝对地不能！……喜姑不禁哭起来了。俊贵夫妻一时也打不定主意：答应的好？还是不答应的好？若是不答应罢，那末即刻就要搬家，即刻就没有饭吃。若是答应罢，好处固然很多，——住房子不出钱，又不需要做工了，并且，……但是做姨太太总是不好，喜姑能够愿意么？……张三妈见着俊贵夫妻迟疑不决，于是很严重地说道：

“你俩别要糊涂！做姨太太有什么不好？有吃，有喝，有穿的，这岂不是前世的造化吗？若是你俩不答应，那时何老爷发了气可不是弄得玩的！那时后悔也来不及！……”

俊贵夫妻听了这话，想道：张三妈的话也不错；有吃，有喝，有穿的，其外还要什么呢！真的！若是何老爷发了气可不是玩的，……好，答应他了罢，横竖是不能不答应的！

“既然如此，那么就请张三妈费心对何老爷说，我们答应就是了。……”

“好哇！你俩真是明白人！”

张三妈见俊贵夫妻答应了，真是乐不可言！这一桩差使办妥了，何老爷一定是要重赏的，而且往后也好要求何老爷多照顾自己一下，……呵呵！真是其乐也融融！这桩事不乐，还有什么可乐的事呢！张三妈转眼一看，喜姑在那伏着桌子哭，于是走过来抚一抚她的头说：“好孩子！你哭什么呢？做了何老爷的姨太太，还不是造化吗？有吃，有喝，有穿的，有福享不尽，你还应当谢谢我呢！”张三妈说完了这几句话，很高兴地就告辞走了。这时德发呆站着在门边不动，一声不响，面色变为灰白。张三妈经过他的身旁时并不曾注意到他……

喜姑起初总是哭，总是执意不肯，后来经父母的苦劝，也就渐渐软化了。有什么办法呢？德发哥哥固然好，姨太太固然不可做，但是父母的意志怎么好违抗呢？倘若何老爷真正地动怒起来，将全家驱逐掉，那时倒怎么办呢？岂不要连累父母吗？连累父母岂不是大大的不孝？喜姑想到此地，也就顾不得德发了。但是德发总归是爱喜姑的，而喜姑也总归是爱德发的，难道说就此就算了吗？难道说就此就两下分开，毫无连系？不能！不能！绝对地不能！……在喜姑要出嫁到何府上当姨太太的前一夜，喜姑与德发在江边的一块草地上，相抱着足足地哭了两三个钟头！怎么能不哭呢？真的！这桩事情不哭，还有什么事情可哭呢？喜姑呜咽地告诉德发，自己不得已的苦衷，要求德发原谅她，并说，她将永远忘不了德发，她将永远把德发放在心里，就使海枯石烂，她也不会将自己对德发的爱情抛弃。她并说了许多安慰德发的话。但是德发一句话也不说。是的，的确没有话可说！说什么话好呢？后来德发忽然冒出一句话：

“妹妹！我俩亲一亲嘴罢！”

这时在静寂的草地上，在寒澈的月光下，一对不幸的人儿紧紧地搂着，吻着。江水萧萧地流着悲声，似乎为他俩奏着生离不如死别的哀曲。……

第二日喜姑就开始了姨太太的生活。在起初，喜姑总是暗地避着人哭：这里虽然有的是山珍海味，这里虽然有的是绫罗绸缎，这里虽然应有尽有，为喜姑所从未享受过的，但是喜姑总觉着不舒服，总觉着这富丽的大厦，不如自己曾居过的破屋。可怜的德发哥哥！他现在怎样了？也许为着我在痛苦得不堪？……姨太太终不是人当的！倘若我能与德发哥哥成亲，那么将来是如何的快乐？讨厌的何庆三！一脸横肉的何庆三！德发哥哥也不知比他好得多少倍！……哎哟！我的德发哥哥呵！请你原谅我罢！我也是没有法子呵！我的心终归是属于你的！……喜姑越想越难过，越想越觉得好哭！

但是环境是转移人心的魔王！任你的意志是如何地坚强，倘若环境这位魔王力量用得到时，你大半是要降服于他的。喜姑在初期的确是思念德发不置的，的确是觉着过姨太太的生活是不应当的。但是时间久了，一颗坚强的心不觉得渐渐地为富丽奢华的物质生活所消化了。又加之何庆三体贴备至，要什么东西，就有什么东西，简直将喜姑奉如神圣一样！何庆三完全将其他几个小老婆置之度外，全在喜姑的身上用力，这时的喜姑真是“三千宠爱在一身，六宫粉黛无颜色”了！好幸福的喜姑！今日喜姑所过的生活，若与当年在工厂做工时的生活比一比，那简直有天壤之别！喜姑渐渐地觉着自己有造化，渐渐地觉着姨太太的生活也还不错。讨厌的，一脸横肉的何庆三，喜姑也渐渐地觉着他也还不错，或者有时竟暗暗地感激他对于自己的宠爱。至于从前的可爱的德发哥哥呢？奇怪的很！喜姑不自主地渐渐地将他忘却了。有时喜姑想道：德发哥哥固然爱我，但是他是一个穷光蛋，他是一个工人，倘若我同他成了亲，还不是永远要吃苦吗？可是我现在有吃，有喝，有穿的，要什么就有什么，家中有佣人伺候，出门有车夫拉着，可以说如神仙一般，其它还要什么呢？呵！想起来我有今日，张三妈倒是应当感谢的呢！……有时喜姑偶一念及德发，或者平常地过去，或者起一种怜悯他的心理，但是不再感觉还爱他了。江边草地的夜哭，海枯石烂的誓语，以及往时的一切影象渐渐从喜姑的记忆中消沉下去。

喜姑的父母俊贵夫妻，自从喜姑嫁出之后，果然生活宽裕些，而俊贵也停止做工了。夫妻俩有时很庆幸自己老年的命运，很庆幸自己生了这么一个好女儿。倘若没有喜姑，老夫妻到晚年也不知要如何受罪呢！现在不但住房子不要钱，而且时受何老爷的恩惠，真是走老运。不料不到半年，他两老人家，也不知是因为没有命享福还是怎样的，双双地死去了。

至于德发呢？可怜的德发！他从未一日忘却过喜姑！喜姑虽然已为何庆三的姨太太，虽然已为他人的所有物，但是德发总是痴情，总是还把喜姑当为自己的爱人。当喜姑在何府享受荣华的时候，还是德发继续在工厂做苦工的时候。不过从前做工时，有可爱的喜姑，有亲密的伴侣，一块儿上工，一块儿下工，只觉着快乐无疆，不觉着一点儿寂寞。但是现在呢，工厂的工作还如昔，与喜姑所同走的一条道路还如昔，甚至于太阳，月光，屋宇……都还如昔，但是，喜姑没有了！顾影自怜，德发的伤心难以言状！有时半夜三更，德发跑到江边的草地，即与喜姑最后的纪念地，放声痛哭，甚至于想投身江水。当德发在江边草地放声痛哭，或欲投江自尽的时候，即是何庆三搂着喜姑的嫩白的身体，沉沉地酣睡的时候。……

可怜的德发！德发总未将喜姑忘却过片时。他想道，就是每天，或两天，三天，能见喜姑一次面也是好的！可怜的喜姑！她本来是爱我的，可是因为何庆三，唉！该死的何庆三的强迫，不得已做了他的姨太太。她现在也许在为着我痛苦呢。……德发想来想去，还是多与喜姑见几次面的好，于是他辞工不做了，改过黄包车夫的生活，天天将黄包车放在何公馆的门口，借此可得多睹喜姑面的机会。喜姑自有包车坐，每次出门的时候，起初见着德发的模样，心里实在觉着有点难过：唉！可怜的德发呵！现在弄成这么样子，多苦呵！……但是后来也就习以为常了，见着了就如没见着了一样。姨太太的事情很多，——打麻雀，逛花园，吃酒，到绸缎店置衣料，到银楼去打首饰，……事情多着呢，喜姑没有工夫再问德发的闲事了。

光阴真是快得很，喜姑姨太太的生活已经过了一年多了。在头半年多之内，何庆三对于喜姑的殷勤可谓无所不至，可是光阴一天一天地过去，而何庆三对于喜姑的态度也就一天一天地变了。我们这位何庆三老爷生来是娶小老婆的专家，一个不够，再娶一个，这个弄厌烦了，再换换别一个。这又有什么要紧呢？反正有的是钱，就是娶一百个女人也不要紧，何况现在离十个还差得远！真的，何庆三渐渐地厌烦喜姑了；喜姑如一块肉一样，已被何庆三吃饱了，再吃下去似觉没有什么大味道。真的，应当再换一换口味，应当再买来一块肉，一块未曾尝试的新鲜的肉！于是何庆三又看中了一个女工了，将她娶为第六房小老婆。新的既然来了，旧的当然要抛在脑后。喜姑初进何府时，前几个姨太太当然下了台；现在新姨太太来了，喜姑当然也脱不了秋扇的命运。到这时，喜姑虽然还是有吃，有喝，有穿的，但是已不如从前的适意，——喜姑沦落到被弃的地位了。

曾几何时，境遇的变迁如是之速！得意的喜姑，内宫专宠的喜姑，自庆有好造化的喜姑，现在不料成为被弃的人，眼睁睁看着这位新姨太太夺取了自己的位置。抚今思昔，喜姑不禁伤心起来，不禁深深地悲叹自身的命运，实只望何庆三能够宠爱到底，能够好好地快乐一生，又谁知现在，唉！现在完了，……喜姑越想越伤心，越想越憎恨。当喜姑得意的时候，几乎把过去的事和德发完全忘了。但是现在呢，过去的一切——与德发的偎倚，德发对于她的恩爱，张三妈的说媒，江边草地的痛哭，海枯石烂的誓语，以及德发的现状，一切一切，——如江水也似的，都涌进喜姑忆海来。喜姑想道：为什么我不能同德发成亲？为什么我要做何庆三的姨太太？为什么我现在被弃了？唉！这都是何庆三这个没有良心的东西所害的！他硬强迫我的父亲把我嫁与他做小老婆，现在又把我丢了，将来谁个晓得他又要害多少人！唉！没有良心的东西！禽兽不如的东西！倘若我能与德发成亲，他能这样半途把我丢了吗？不会的！绝对不会的！虽然他很穷，但是穷人反而有良心。何庆三这个没良心的东西，只仗着有几个臭钱，随便害人，唉！真是可恨极了！好混帐的东西！活活把我们女人不当人，要的时候，就千方百计把我弄到，不要的时候，就把我如破草鞋一样地丢了。……喜姑越想越把何庆三恨得入骨，恨不得即时把何庆三打死，好雪一雪自身的耻辱。喜姑本是何庆三用权势逼迫弄得的，现在喜姑想到这一层，深深地起了一种复仇的心理。喜姑从前对于自己以上的几位姨太太，常常地轻视她们，讨厌她们，但是现在，喜姑却可怜她们了。她们也如喜姑一样，是被侮辱的人，是被弃的弱者，喜姑自伤身世，也不得不为她们洒一洒同情的苦泪。至于这位新娶的姨太太呢，她把喜姑的位置占有了，照理喜姑是要嫉恨她的了，但是喜姑不但不嫉恨她，而且觉着她可怜，或者比自己还可怜些。喜姑虽然可怜，但是喜姑已经觉悟了自己的命运，已经认识了何庆三是什么东西，而这位新姨太太却还在瓮中坐着，不知老之将至；也许如喜姑当年想过，以为自己真是有好造化，而不知自身是被侮辱者，是何庆三的临时的玩物；倘若被何庆三玩弄得厌烦了，还不是也同破草鞋一样，滚你娘的蛋吗？喜姑想想人家，想想自己，想想过去，想想现在，于是决定等候复仇的机会。

德发还是继续着过黄包车夫的生活，还是时常在何公馆前后等着见喜姑的面，还是很诚挚地爱喜姑。喜姑所乘的包车现在改为新姨太太所享受了，所以喜姑现在出门的时候，不得不雇黄包车坐了。一日喜姑刚走出大门，恰巧遇见德发拖着黄包车走来，喜姑一言不发即坐到他的车上，指着他拉到城外去。这时谁能想象到德发的心理是什么样子？喜姑从未坐过德发的车，现在忽然坐了他的车，这到底是什么意思？德发此时弄得心中忐忑不定，不知道起了一种什么情绪。德发拖着喜姑走，只想回头看看喜姑，但是总不敢看，生怕一回头就闯出什么大祸也似的。已经走了很多的路了，忽然听见在车上坐着的喜姑说了一句话：

“拖到江边草地那里去。”

德发真是奇怪极了！拖到江边草地那里去？这是什么意思？难道说她想看一看我们前年夜哭的纪念地？她似觉已经把我忘却了，现在难道说想同我……德发一面拖着车，一面总是猜不透喜姑的意思。德发本来想问一声，“为什么呢？”但是有点胆怯：她是一个尊荣的姨太太，我是一个黄包车夫，虽然我俩从前爱过，虽然她向我海誓山盟过，但是人心是容易变的，我现在如何好唐突她呢？德发因此想问而不敢问。不觉已经到了前年夜哭的地方了。

“歇下罢，我的德发哥哥！”

德发听了这一句话，将车放下，转过脸只是瞪着两眼向喜姑望，一点儿也不响。德发不知说什么话是好。“德发哥哥？”难道说她现在还愿意这样称呼我？我能承受这个称呼不能够？……喂！难道说今天是做梦？我怎么会把她拉到此地来？……德发狐疑不定，简直就同入了梦境似的。喜姑下了车，一把将德发粗而黑的手握着，向着德发说道：

“我的德发哥哥！你现在还记得我吗？”

“记得！”德发点一点头。

“你现在还爱我吗?”

德发忽然鼻子一酸，两眼一热，哭将起来了。他此时觉着有无限的伤心，无限的苦楚。“还爱不爱你?”我不爱你为什么要拉黄包车?我不爱你为什么我现在憔悴得这样?没有一刻不爱你，没有一刻不想你!唉!我想得好苦呵!……德发说不出话来，只好用眼泪来回答喜姑这一句问话。于是喜姑也就呜咽地哭了。两人向草地坐下，喜姑一下倒在德发的怀里，德发用双手将她紧紧地搂着，似觉恐怕再有人把喜姑夺去也似的。……这时幸而没有人看见他俩的模样，不然，一定要惊异为什么一个衣服艳丽的美女子与一个衣服褴褛的黄包车夫相拥抱呢?怪事!怪事!真是绝大的怪事!但是互相拥抱的喜姑与德发并未想到这些。这时已经是仲春的天气了，芳草青青，似觉充满着生意;江水还是如从前一样地流，但似觉改奏了别的调子。……

喜姑吩咐德发此后每天夜晚在何公馆门口等候她，无论她出来与否，德发都不可离开何公馆的前后。喜姑已安排了复仇和逃走的计划，但并未将计划告诉德发。德发只好听着喜姑吩咐。一天晚上，何庆三不知为什么高兴要宿在喜姑的房里。喜姑想道复仇的时机已至，于是向何庆三百般献媚，弄得何庆三为之魂摇魄荡起来。她久已预备了一大瓶好酒，极力劝何庆三吃酒，而且说出许多温柔的，也可以说是肉麻的话，使何庆三不得不为之颠倒。真的，何庆三饮得醉了，躺在床上沉沉地睡去。时已至十点多钟的光景，喜姑看屋内已无人动静，于是从箱子内拿出一把锋利的，半尺多长的小刀来(这是她自己上街买的)，决定从心窝一下子将何庆三刺死。但是杀人真是一件不容易的事情!喜姑试几试，终未敢下手。最后喜姑想道，仇终归是要报的，我为什么要这样胆小?真是没有用处!……无论如何，我今天一定要杀死他!唉!他该害死了多少人呵!……喜姑越想越恨，越恨越胆壮，于是噗嗤一声，何庆三就安归乐土了。也是因为何庆三饮得太醉了，从心窝一刀下去，几乎没有什么动静，并没有大声音出来。喜姑欣幸目的已达，于是将平素所积蓄的几个钱拿着，其它什么东西都不要，静悄悄地出了大门，跳上德发的黄包车，就叫他拉到火车站去。二人乘了夜车，第二日清早即到了上海，但是上海非久居之地，于是他俩又乘船到广东去，听说广东那里是比较好的地方。

时间真是快呵!这件事情的发生已经有几年了。现在有谁知C城东南隅的一小街上，那一座矮小房屋中的一个水手的女人，一个朴素而美丽的少妇，即是当年刺死T城纱厂厂主的姨太太呢!……

1926年10月10日于牯岭

逃　　兵

我现在住在一间窄小的，秘密的工会办公室里，室中的器具可以说是最简单没有了：一张用两条凳子架着的板床，一张破椅子，一张半新不旧的书桌，除开一些做饭的器具及一些另用的不可少的东西而外，还有在灰暗的墙壁上挂着的两张像片，——一张是大头斜眼的里林，一张是头发蓬松满脸胡须的迈克士。说起来也好笑！两年前我不但不晓得里林和迈克士是什么人，并且连他俩的名字也没听见过。那时我只崇拜孔圣人，关夫子，精忠报国的岳飞、岳夫子，还有梁山泊的好汉们，六出祁山的诸葛孔明，卖马的秦叔宝……呵，说不清楚有许多。现在呢，我简直变了！我对于这两位外国人非常地崇拜，而把什么圣人贤人好汉一齐都丢掉了。我的脑筋中现在只有里林和迈克士，迈克士和里林，我以为他俩的确是我们穷人的救星呵！我从前本以为凡是外国人都不是好东西，都是最讨厌的，而现在我所最欢喜的这两位先生都是外国人，这不是很有趣味的事情吗？……

我本来是一个粗人，两年前我认得的斗大的字，恐怕只有两稻箩。字都不认识，书也不会念，报也不会看，我怎么晓得什么里林、迈克士呢？况且又是外国人，那外国的事情我是更不懂的。中国的事情我都弄不清楚，而况且外国的事情呢？那是该我走运！有一次我们工厂罢工的时候，我被举为代表，处置一切罢工期中的事情，忽然有几个学生来慰问我们，他们向我们演说了许多话。老实说一句，他们当时所演说的，我不过听懂了一半，呵，未必，大约不过听懂了十分之四的样子罢。我当时糊里糊涂说了几句话，我说，我们工人被资本家压迫得要命，我们工人不得不罢工。……米这样地贵，而我们的工钱这样地低，长此下去，我们工人岂不都要饿死吗？望诸位先生极力帮助我们才好呀！……我说了之后，就有一个二十来岁的穿着学生装的学生来与我特别亲近，同我谈了许多体贴的话，我真是感激得要命！为着我们工人的事情，他们能这样热心，怎能令我不感激呢？的确不得不感激！从这一次起，他就时常来找我，我俩居然成了一对好朋友了。我已经说过我是一个粗人，忽然与一位大学生交朋友，你想想我心中倒是如何地高兴呀！我时常到他的寓所去，他为我说一些中国的和外国的事情，说一些工人的苦楚，最后就说到这两位外国人里林和迈克士来了。他说一些什么圣人好汉都是于穷人无益处的，只有里林和迈克士是想为穷人谋幸福的。……由此我的知识渐渐开了，我不但知道了一些中国的事情，而且知道一些外国的事情，我不但知道我们穷人是应该奋斗的，而且知道我们穷人应走哪一条路。

现在这位大学生就是我的同事。他于闲空的时候教我读书，现在我可是认得不少字了，不但认得很多字，而且拿起笔来也可以写几句歪信。我真是感激他的很！我每次向他表示我感激的意思，但他总是笑着说，“彼此都是同志，为什么还这样客气呢?”是的，他对我简直不客气，简直没有摆过大学生的架子！而我是一个粗人，却有时莫明其妙地对他偏要客气一下，他怕要笑我罢?

现在不客气地说一句，我是一个有知识的人了。我干的是秘密的，是犯法的事情，说不定什么时候把我捉去枪毙了！但是我晓得这是值得的。现在的世界无论怎样凶，终久是要被我们推翻的，终久是要被我们改造的。……闲话少说，现在且说说我的过去的事情罢。想起过去的事情来，倒也有点趣味呢！不，与其说是趣味，不如说是痛苦罢。好在我每一想起过去的事情，更觉得现在的世界真是不成世界，简直是黑暗的地狱！我的心因之更坚决，我的精神因之更振作，我一定要拼命地将这种非人的世界打破，而另建设一个很快乐的世界，使大家都能享受幸福。……

人人都晓得我是一个纱厂工人，而不晓得我是一个逃兵，并且是刺死一个团长的逃兵。若以普通的法律来审判我，那我简直是一个罪大恶极的人：以一个兵士而把团长刺死了，这还了得！简直是死有余辜！不过我虽然做了这桩罪大恶极的事情，而我在良心上从未承认过我的这种行为是罪恶。我以为我没有做错。诚然刺死一个人，而且刺死了自己的上官，实在是罪恶。但是当我的良心驱使我要杀人，硬逼迫我要杀死自己的上官的时候，因之我就杀了人，我就杀了自己的上官，这似乎不能一定要判定我是罪人罢。真的，无论如何，我都不承认我犯了罪！但是现在的法律是没有理性的，幸而我没有落到它的手里。……现在我想起当时杀死团长的情形，一路逃跑的苦状，及我跑到家乡所感觉的一切，我不但不以为我曾犯了罪，而且承认我做了应当做的事情。我真可惜我的能力不够，不然，我将杀死现在所谓一切的团长，一切的上官。……什么是法律?我的良心不承认它！呵！不承认！绝对地不承认！

事情是这样发生的：

那一年我们的一团兵在河南 K 城驻防，K 城在河南一省算得很好的地方了：出产富庶，女人也比较生得好看一点。我们的一团兵占住了这个地方，就如我们的团长常向我们所说的，真是有福气，真是大家走好运！若问我们的团长是什么出身的，那说起来也真羞煞人！他是李彦青的堂舅子。诸位想想李彦青是什么人！我老早就看不起他。论起他的军纪来，真是妙不可言！什么叫做妙不可言呢？兵士素来不点名，也不操练。倘若哪一个兵士买了东西不给钱，或者强奸了人家的女子，被人家告到他的面前来，他总是笑着说，这又算什么呢？弟兄们高兴是有的。……但是倘若哪一个兵士有点触怒他，那他不问三七二十一，拉去就枪毙了。真是很好的军纪！他一共有四个小老婆，这其间只有一个是在堂子里娶的，其余的，唉！其余的都是从良家强娶来的呵！

K 城附近的女子大约都知道我们当弟兄的厉害。强奸了就强奸了，谁个也不敢响一响！我们的团长是强奸良家妇女的大王，兵士是大王的小喽罗，上下一心，团体坚固，有谁个敢说一句不是呢？反正 K 城是我们一团兵的天下！不过我要说一句天地良心话，我真是从来没有干过这种坏勾当！我何尝不想试一试呢？不过每要想尝试的时候，不知怎的，我的心就会在那里乱跳，即时脸就要发烧。总是想道，不能干，还是不能干！……有一次我在城外散步，遇见了一个年轻的乡下的妇人，面貌生的还可以，我看一看四面无人，不禁陡起了邪心，唉！其实也不怪我起了邪心：我当了几年的兵从未与女人睡过觉，有时，说一句老实话，实在有点忍耐不住。这时我真想试一试！我想道，这又有什么要紧？大家都时常干这种勾当，为什么我一个人要装老实人呢？不要紧，今天我来干它一下，……想着想着，我就迎上去了，向她问一句：

“大嫂！你到哪里去呀！”

她就同没听见我说话一个样子。真是正经的很，她连头都不抬一下，还是走着自己的路，一点儿也不睬我。我也不问她睬我不睬我，一把把她抱着，向她的耳朵说道：

“我的小乖乖！你今天让咱老子干一下罢！……”

“放开！”她挣扎着说，“不放，我就要叫唤了。谁家没有姑娘姐姐！难道说你们当兵的家里就没有女人吗？就没有姑娘姐姐吗？……”

我听了她说了这几句话，一股兴致不禁落到冰冷的海底里。我即刻将手松了，我似觉我的脸顿时发烧得厉害，想必红得如红对子纸一样。我不禁羞得要命，唉！简直羞得难以见人！我这一生从未曾这样地害羞过！我当时觉着自己简直不成人形！简直连禽兽也不如！“谁家没有姑娘姐姐！难道说当兵的家里就没有女人吗？……”真的，这几句话简直比刺刀还厉害，我真没料到她要说这几句话！我把她放了，也没有心思再看她走向什么地方去，就垂头丧气地走回营来。一路中只是想着谁家没有姑娘姐姐？难道说当兵的家里就没有女人吗？……我家里有母亲，有一个十五六岁的妹妹，并且有一个老婆。……我出来当兵，把她们丢在家里，听说家乡兵也很多，也许她们现在也遭……我想来想去，越想越不舒服，越想越不安。晚饭我也没有心思吃，就托病倒在床上躺着。我似觉朦朦胧胧地到了家乡，见着我的妹妹在池边洗衣服，低着头在那里一把一把地搓，忽然从池那边走来了两个穿灰衣的人，一身打扮如我自己的一样，上来就把我的妹妹抱着，接着就亲嘴，可怜我的小妹妹简直如小羊一般地叫唤。我见着心头火冒。即赶上前去救她，那两个兵见着了我，就连忙把她抱着跑了，我追了一程总是追不上，一回儿他们跑不见了。这个当儿，我又看见几个兵从我的家里出来，我忽然一想不好，家里还有母亲和老婆，莫非也遭了难……我应赶紧回去看一看。我刚一进门，即听着哼声；我连忙跑到内房看一看，喂！我的天王爷！我的一个头发半白的母亲赤裸裸地在地下躺着不动——没有气了。我的老婆也是赤裸裸地正在床上躺着，要死不活地在那里哼呢！我不禁哎哟一声，倒在地下，……醒来却是一梦。醒来时我的心只是卜东卜东地跳，虽然知道适才是梦，是假的，但总觉着难过，总觉着要哭的样子。

自从做了这一次梦之后，我的心理起了一个很大的变化。为什么要当兵？当兵有什么好处？娶一个好好的老婆，为什么我要把她丢在家里？我现在过的是什么日子？这日子有什么意思？……当初出来当兵时，实只望将来得着一官半职，或者能做营长，或者能做旅长，……实只望混几个钱养家。……但是现在呢？当了几年兵，打了两次仗，到头来我还是一个兵，唉！还是一个兵！至于混钱养家罢，更不用说！饷两三个月不发，倘若家中还靠着我寄钱回去，怕久已都饿死了呢！唉！我为什么要当兵？当兵有什么好处？……我在外边调戏人家女人，又怎能断定我的老婆在家不被人家调戏？唉！这个日子有什么过头呢！……想起来我们的团长，他是怎么地快乐呵！打起仗来，他躲在后头，死的都是我们当弟兄的，于他有点什么损伤呢？就是打了胜仗，也不过他领赏升官，于我们当弟兄的屁也不相干！反正是我们吃亏他快活！我几年都没有与女人睡过觉，而他天天抱着几个小老婆消受；我们吃的不好，穿的不好，而他天天鸦片烟抽着，吃好的，穿好的，唉！想起来真是有点不平等！……我为什么要打仗？这打仗与我有什么好处？打了两次仗，我幸而能保全性命到现在；倘若我被打死了，那我倒为什么被打死了呢？我真是不明白！为着上官得好处？还是因为与我打仗的对手人与我有什么冤仇？我在战场上虽然打死了许多人，但是我连他们的姓名也不知道，若说他们与我有冤仇，这岂不是活见鬼吗？他们既然与我没有什么冤仇，我为什么要把他们打死呢？我真是不明白！唉！反正是为着上官得好处！你看我们团长的享福是从什么得来的？真是笨伙！拿起一条性命不上算，为着人家升官，发财，娶小老婆，抽鸦片烟去打仗！我为什么要这么样地浑蛋？……我越想越难过，越想越太不值得！我决定了：我应当怎样脱离这种生活，我应当不再做傻瓜了。

自从我的心理起了变化之后，我对于团长的嫉恨，一天甚于一天！他那一脸的横肉，他那鸦片烟鬼的面色，他那说话时如猪一般的声音，他的一切行动，我看着就有气。奇怪的很！我似觉我这时发现了自己的仇人，我一定要报仇。从前我对于团长，虽然讨厌他，可是从未起过什么野心，实在也不敢起过什么野心。他是一个团长呀！一个小兵如何敢对于团长起什么野心呢？但是现在呵，我却时时刻刻想方法对付我的仇人。……

我们的团长有好打猎的习惯，过不几日他总要带几个卫兵到山上去打猎一次。K城附近有很多的小山，这些小山上有些禽兽如野鸡兔子之类。每次我们的团长倘若打猎打到了，那么他就高兴的了不得；倘若打不到的时候，那么他一定要找着哪一个兵士出出气，鞭打几下。说起来，他真是浑蛋到不堪言状！一日早晨，我醒得非常之早，起来看看天气甚佳，料定团长于这一日一定要上山打猎，于是趁着众人未醒的时候，我偷偷地拿着枪走出营来，一直跑到团长时常打猎的地方。我将军装脱下，换上便服，找一个沟儿把身藏着。我这时想：反正是我要逃跑的了，倘若天老爷保佑，他今天出来呢，那可就该他倒霉！若是不出来呢，那我就此跑他娘，这种无聊的生活，我是不愿意再过了！……天老爷保佑！果然为我所料到，大约是早晨十点钟的光景，他带着四个卫兵上山来了。我躲在沟内，他们不能看见我，而我可以看见他们，我看一看四外没有人，就给他们一个冷不防，对着他们五个人就是啪啪地两枪。即时两个人倒在地下，其余的莫明其妙地翻身就跑，我继续再开两枪，又打死两个，结果逃跑了一个卫兵。我仓皇地跑到团长的尸前，将他的衣服一摸，幸摸着了二十元现洋，揣到荷包里，将枪丢下就跑。奇怪的很！为什么我这时连点儿顾忌的心理都没有？我打死了四个人，而我的心坦坦然的，一点儿也没觉着不安。我反而很快活，我以为我复了仇，我以为我做了一件得意的事情。

结果，我是跑脱了。我决定跑回家：家中有年纪老迈白发苍苍的母亲，有一个很诚实的老婆，还有一个年轻的妹妹，唉！谁晓得她们在家是怎样地受苦呵！我一定回去看看她们！我还是回去耕地罢，这当兵的生活我是不愿再过了。……好，这样决定，我就向家里跑。我家住在济南府的乡下，自K城往我家一定要从蚌埠乘津浦路的火车，我好容易走到了蚌埠！但是火车费要几块大洋，我怎么能够买得起票？我腰里虽然还有二十元未动，但是我想完完全全地带回去养家，不愿意把它用去。我随便混进了三等车厢，希望马马虎虎地混到济南府，又谁知，我的天王爷！查票的看见我没有票，板起那一副可怕的面孔！随后一个茶房照脸就给我一个耳光，打得我痛得火星直冒，并且把我不当人骂，一定要把我摔到车下去。说一句实在话，我从未倒过这样大霉！我心中恨极了！你这个狗娘养的茶房！你怎么这样凶呀！你还能比被我打死的团长更凶些么？你这个狗仗人势的东西！……我心里虽然恨得要命，但只能忍气吞声，不敢表示什么反抗。倘若他们茶房真正要把我摔到车下，那我倒怎么好呢？我看着势不对头，于是就连忙答应补票。从这一次起，我以为在火车上当茶房的都不是好东西！他们对于阔客们恭维伺候，无所不至，可是对于穷客，尤其对于买不起票的朋友们，就同恶虎似的，似乎要吃人的样子。唉！这一班东西真是混帐之极！我也坐过轮船，轮船上的茶房与火车上的茶房差不多是一个妈妈养的，倘若我的力量办得到，我一定要整治他们一下。现在我们提倡劳动阶级团结，亲爱，平等，……可是我始终不承认这些茶房们是工人。他们身子虽然是工人，但是他们的心比资本家的还要毒些。同他们说什么团结，亲爱，那岂不是笑话吗？不，绝对地不可以！

闲话少叙。我到了家乡之后，即忙找我家的下落，谁知数间茅房依旧，而里头的主人却换了。我的家在什么地方？我的母亲，我的老婆，我的妹妹呢？搬了家吗？在我还未开始查问以前，我的心已经跳将起来了，莫不是……唉！莫不是出了什么乱子。……我这时真是惊惶已极！茅房内住的新主人是一对老夫妇，看来也是过的日子不大佳。我问他们道：

“你们什么时候搬来的？”

“已经有半年了。”

“这屋内从前住的一家人搬到什么地方去了？”

“从前住的一家人吗？说起来怪可怜的！……”

老夫妇俩很叹息地说了这两句，我听了就知道不好，一定出了什么乱子。这时我几乎要哭起来，两只眼睛里只是发热。遂又向他俩问道：

“怎么样可怜，你两老人家能够说与我听听么？”

“这当然是很可以的。”老头说，“今年上半年我们这乡起土匪，绑票绑得一塌糊涂，但是比官兵还文明些。府里派来许多官兵，说是剿土匪，我的天王爷！他们哪是剿土匪呢？简直比土匪还不如！他们奸掠焚杀比土匪还来得凶！可怜我乡百姓也不知遭了多大劫。……”

“难道说这一家人遭了劫？……”

“是的呵！这一家人共四口人，一个老奶奶，一个媳妇，一个姑娘，一个儿子出去吃粮去了，到如今还未见音信。媳妇被兵轮奸死了，姑娘被掳去了，老奶奶气死了，真是可怜！……”

我哇地一声吐了一口鲜血，晕倒在地下。至醒来时，却卧在一张小竹床上。睁眼一看，侍候我的是适才与我谈话的一对老夫妇，而不是我所要寻到的母亲，妹妹，老婆。……我这时心中的难受为从来所未有过，我不禁汪汪地大哭起来了。老头儿慌忙地至我的床前向我问道：

“你这位客人是怎着了？”

“你老人家哪里晓得那遭劫的一家人，……那老奶奶是……我，我的母亲，……那媳妇是我的老……婆，……那女儿就是我的妹……妹妹呀！……哼，哼！……”

我说了这几句话，两位老人家这才明白我为什么弄得这个模样。我越哭越伤心，不禁又晕了过去一次。唉！实只望回家来母子团圆，与老婆妹妹享享天伦之乐，又谁知到如今家破人亡！稍有点人心的人能不悲痛吗？我这时对于军队的痛恨比什么都厉害！我决定要报仇，但是仇怎么报法呢？……我却未曾计算到这一层。实只望回来耕地，永远过着农民的生活，但是现在到什么地方耕地？给谁耕地？……一切的希望都算完了！我将做什么？我到什么地方去？呵！只剩下死路一条！一家人都死了，我还活着干什么呢？……真的，当时我决定了自杀。老夫妇俩留我休息了两天，我休息了两天之后，即辞别了他两老人家。当我一出门时，我就思索自杀的方法：手枪是最痛快没有的，但是可惜没有手枪！投水罢，恐怕有点不大好受。上吊罢，也不十分大妥当，……到底用什么方法好呢？还是投水好一点罢？好，于是我就决定了去投水。我走到一个大池子旁边，向下一看，似乎水也很深，我这时心只是卜卜地跳，真是有点害怕，也不知跳下去到底好受不好受。……我犹疑了一点多钟的光景，最后决定还是跳下去，反正我只有死路一条，总归是死，问它好受不好受干甚么呢？难道说事到如今我还怕死不成？跳下去罢，……真的，我就眼睛一闭，卜通一声跳下去了。起初的一刻真是有点难受，这种难受真是难以形容出来！可是过了一刻之后，也就慢慢地不省人事了，一切都完结了。……

天下事情真有许多为人所难料得到的！我只望一跳下水之后，就什么都完结了，谁知大谬不然！偏偏一个捡粪的农民把我救了出来。他把我肚子里的水倒出，把我背到他的家里；烧一大堆火把我的衣服烘干。问我年纪并不老，为什么要行短见，我真不知怎样回答他们才好。我这时真是有点恨他们：人家投水与你什么相干，你要多管闲事？……我有满腔说不出来的苦楚，我真是想骂他们，但是人家好意把我救出，怎好反去骂人家呢？……我真是有满腔苦楚无处说，我终于又哭了一场！后来想道，也许我不该死，也罢，且打消这死的念头，再做别的道理。腰里还有十几块钱，且到府里看一看再说。我到了府里之后，东望望，西看看，简直不知怎么办才好：找工做？又替谁去做工呢？糊里糊涂在街上混了一天，到晚上不得已找到一家很小的旅馆安歇。天下事也真有许多很凑巧的！我在这小旅馆里遇见了一位穷客，两人通了姓名，我问他预备做什么事情，他说他在家不能混了，预备到上海去做工去。我随便问了他一句：

"上海难道说可以找到工做？你预备去做什么工呢？"

"我的一个堂兄弟在上海纱厂做工，他写信给我，他说他那里有工做。反正到上海再看罢。……"

我听了他的这一段话，心中想道，反正我在这里也没办法，不如同他到上海去试一试，大约总不至于饿死罢。上海的地方很大，谅必工是可以找得到做的。……我向这位客人说了自己的境况，于是决定同他一块到上海来。到了上海一两天，就进了一个日本人开的纱厂做工，到了现在我已经做了两年多了。光阴真是快的很！回头想想过去的事情，把过去所吃的苦回一回味，我真是又要一场好哭！可是大家也别要以为在工厂里做工是惬意的事情！资本家的虐待，工头的狠毒，一切黑暗的情形，你们恐怕知道的很少罢？要说起来，恐怕你们要惊异得不能吃饭呢！反正穷人是没有快活的机会的！你们以为工人所过的是人的生活吗？不，不，你们错了。……

现在我坐在这一间秘密的工会办公室里，实在有点怕：倘若警察一下子发现了怎么办呢？……我无时不在提心吊胆地防备着！想想过去，想想现在，我心中起了莫明其妙的情绪。但是偶一抬起头来看着墙上所挂着的两张像片，我又不禁胆壮起来。他两老先生的四只眼睛牢牢地向我望着，似乎在说：

"怕什么呢？胜利总归是我们的！"

1926 年 10 月 17 日于牯岭

寻　爱

青年诗人刘逸生，虽然尚未完结大学生的生活，然而他的名声已经传扬海内了。他出了一部诗集名为《春之花》，大半都是歌咏爱情的，情词婉丽，脍炙人口。大家都以为他是天才的诗人，就是他自己也常以天才的诗人自许。真的，刘逸生真是天才的诗人！倘若他能继续地努力创作，又谁能断定他将来不是李白，苏东坡，袁子才，或是德国的海涅，法国的米塞，英国的夏芝呢？……可是近一年多以来，读者们总未看见刘逸生有什么创作出世，似乎他完全绝了笔的样子。有些爱好文学的人们一到一块儿总要谈论到刘逸生的身上来：刘逸生真是一个有天才的诗人，可惜近一年来不知怎的一点儿东西也没有了。……是的，这的确是一件可惜的事情！好的诗人绝了笔，而现在这些蹩脚货倒扭来扭去，真是有点讨厌！若是刘逸生还继续创作下去，哼，那恐怕倒有点希望。……

大家都在想念刘逸生，大家都为着刘逸生可惜。但是我们的天才诗人刘逸生为什么就绝了笔？绝了笔之后还干些什么？难道说死了不成？不，刘逸生还继续在活着，不过他现在虽然也天天执笔写字，但是所写的不是令人神往的美妙的诗章，而是粗糙的、无味的工会的通告。说起来，这件事倒也有点奇怪！为什么我们的天才诗人放着好好的诗不去做，而来干这种非诗人所应干的勾当？难道说刘逸生得了神经病？发了疯？不，刘逸生现在还是一个神经健全的人，并且没有得了什么疯症。倘若把他拉到很亮的地方一看，或是仔仔细细地一看，他的面孔还是如从前一样的白净，他的微笑还是如从前一样的温柔，说出话来的声音还是如从前一样的好听，并没有令人断定他是病人的征象。但是他的脑筋中的思想却变了：从前总是思想着怎么样才能做得好诗，怎么样才能成为一个大诗人，……现在他却思想着怎么样才能将工会的势力扩张，怎么样才能制服资本家的阴谋。……奇怪的很！在思想上，刘逸生前后宛如两人。为什么刘逸生变到这个程度？这大约是为读者所急于要知道的罢。好，我现在就说与读者听听。

那也是诗人的本质，刘逸生生来就是多情的种子。当他成为诗人而且享盛名的时候，刘逸生越发多情起来。读者诸君想想：倘若刘逸生不是多情的诗人，那他怎么能写出温柔艳丽令人神醉的爱情诗来？刘逸生是新式的诗人，在他的作品中，我们虽然不能找出许多怜香惜玉的句子，虽然不能找出如旧式诗人那一种愿做护花主人的情绪，但是这又有什么要紧呢？你看他的独创的句子："爱情的花蕊为何这般香嫩"？"妹妹呀！愿你那两座娇嫩的乳房做我终身甜蜜的坟墓"！"你听一听我的心弦上弹的是怎样温柔的调子"？"……"这种诗句真是麻醉读者的心灵，同时证明刘逸生是一个天才的爱情的诗人。照理讲，这样多情的诗人应当好好地过着爱情的生活，应有多得着女子们爱慕他的机会，换一句话来说，刘逸生不愁没有女人来爱他，——美丽而多情的女子应当要爱这种多情的诗人！多情的诗人不去爱，还要爱什么人呢？倘若我作者是个女子，也许我要写几封甜蜜的信给他，表示我爱他，并且还要要求他爱我，时常在我面前漫吟那温柔的诗句，……更进一步，也许我要求与他结婚，与他永远过着诗的美梦。可惜作者不是一个女子！就是讲起面貌来，刘逸生也还生得可观，虽然没有宋玉、潘安那般漂亮，但也没有像李逵那样黑得怕人，像《歌场魔影》中的主人公依利克那样丑得特别。刘逸生的确生得还不错！他的面貌虽然没有像他的诗那样的美丽，但也并不讨厌人。就使面貌生得不十分好，只要诗做得动人，只要能文名闻海内，哪还怕没有女子来爱他吗？如此，在起初的时候，不但别人以为刘逸生的恋爱问题是容易解决的，就是刘逸生自己也何尝不是如此地自信呢？但是结果适得其反！我们的多情的诗人一直到现在还没有找到一个爱人，还没有接着一封美丽的女子寄给他的情书。也就因为这个原故，刘逸生把做诗的笔扔掉了，现在专门坐在一间枯燥的工会办公室里。……

刘逸生在美术大学读书的时候，一切都好，诗也做得好，名声也好，但是有一点不好：少了几块大龙洋用。刘逸生所以能在大学读了三年半书，全靠着自己东西筹措，穷家庭是没有接济的。经济状况既然困难，所以刘逸生的衣装就使刘逸生在人前不能生色。虽然我们的诗人在各杂志上发表了许多诗篇，并且出版了一部诗集，但是现在的社会是没有钱给诗人用的。于是刘逸生都好，谁个也不能说他一句坏话，惟有缺少几块大龙洋用用。刘逸生是一个理想主义者，常常想道：钱算得什么一回事？爱情是超出于金钱之外的！卓文君看中了司马相如，红拂妓私奔李卫公，这是多么好的逸事呀！也许一朝有一个天仙似的女子，具着侠义的温情和特出的识见，来与我……呵呵，我是一个诗人呀！我是一个天才的诗人呀！难道说就没有女子认识我么？银钱算一回什么事情呢？爱情不应当顾及到这些。……刘逸生总是这样想着，对于自己恋爱问题的前途并不抱悲观。可是光阴一天一天地过去，刘逸生在美术大学虽然已读了两年多书，虽然也负了诗名，但未见有任何个女子来爱他，同时因为年纪大了，刘逸生的确起了强烈的爱情的需要，非急于解决恋爱问题不可。刘逸生天天盼望他的理想中的女子来爱他，但总没见着她的影子。刘逸生于是渐渐着急起来了！糟糕的很！现在还没有弄得一个爱人，等到年纪老了怎么办呢？况且我是一个诗人，诗人没有一个好爱人还能行吗？倘若我能得到一个满意的爱人，倘若有一个美丽的女子来爱我，那我将写出更好的、更动人的诗来，……但是为什么没有人来爱我呢？女同学倒也有十几个，密斯李，密斯叶，密斯周，大致还不错，但不知为什么都不注意我！为什么她们不来爱我？这真是怪事！难道说瞎了眼睛吗？……密斯叶看起来倒有点风韵，态度一切都还好，几笔画也秀逸得可爱，照讲她可以了解我的诗人的心情，可以明白什么叫做艺术家的爱，但是她为什么与一个轻浮粗俗的男子来往？因为他有钱？因为衣服穿得漂亮些？真是怪事！……刘逸生一天一天地奇怪为什么没有一个女子爱他，同时他要恋爱的欲望愈切。他想道，这恋爱的问题真是要急于解决，否则，于精神上，生理上，都觉得不方便，都觉得有缺陷也似的。

光阴如箭一般地飞跑，绝没有一点儿迟疑的停歇。虽然刘逸生总是天天等着理想中的女子来爱他，但是时间却没有一点儿等候的忍耐性，它总是催着人老，总是催着人增加自己的岁数。刘逸生不觉地在美术大学已到三年级的光景了，但终没有等候着哪一个女子来爱他。他于是一天比一天着急，一天比一天烦闷，因之，他所写出来的诗渐渐表现出来一种烦闷的情绪。这也难怪我们的诗人弄到这步田地：恋爱的问题不解决，真是于精神上，于生理上，都觉着有大大的缺陷！恋爱是青年的一个大要求，况且是我们的多情的诗人刘逸生？诗人不能得着一个美人做为伴侣，这简直是缺少所谓司文艺的女神呀！这是不应当的事情！刘逸生渐渐地想道：莫非是我还没有明白女性的心理？莫非是女子是不愿意做主动的？莫非是恋爱一定要自己去寻找？也许是这样的吧，待我试一试。……刘逸生每每想到此地，脸上不自觉地要发起红来，暗暗地起了一种羞意。但是恋爱问题是一定要解决的，不解决简直不能了事！好，一定去进行寻找罢！

于是刘逸生就进行去寻爱。

我们的诗人第一次寻爱寻到密斯叶的身上。密斯叶在美术大学中要算得女学生中的第一朵花了。刘逸生老早就看中了她，老早就想道，密斯叶虽然不是理想中的爱人，但是她那一双秀媚的眼睛，朱红的嘴唇，风韵的态度，又兼之会绘画，的确是一位可爱的女性。不过从前刘逸生所以没向她进行，是因为刘逸生想道，她一定是要求先向他表示爱情的，于是他慢慢地等着她的爱，但是一等也不见来，二等也不见她注意，只等得刘逸生失去了忍耐性。现在刘逸生真是等得不耐烦了，不得不变更战略，改取进攻的形势。真是难为了我们的多情的诗人！他想出种种方法与密斯叶接近，与密斯叶谈话，在谈话之中，他渐渐现露自己诗人的心情。他百般向密斯叶献殷勤，使密斯叶感觉他在爱她。但是密斯叶一者是因为别有所恋，二者是因为自身本是娇艳的玉质，美丽的鲜花，没有感觉这位穷诗人有可爱的地方，所以我们的刘逸生徒耗费了满腔心血，只落得她以一个白眼相赠。刘逸生渐渐觉得没有达到目的的希望，于是就失望，于是由失望而愤闷：

“唉！这一班女学生都是肉的！只是做小姐和姨太太的材料，懂得她娘的什么艺术。懂得她娘的蛋！唉！……”

我们的诗人真是愤闷极了！密斯叶真是没有眼睛！……在刘逸生初向密斯叶进行的时候，同学们还不注意，后来他们渐渐觉得了。他们不但不向刘逸生表同情，不但不希望这一个女画家和一个男诗人成为有情的伴侣，而且在暗地里笑刘逸生不自量，笑刘逸生是傻瓜。有一天晚上，刘逸生顺便走过一间同学寝室的门外，听见里边谈得很高兴，不禁停了一步，恰好听着一句：

“你看！刘逸生癞蛤蟆想吃天鹅肉呢！……”

刘逸生也不再听下去了，闷闷地，如失了神气似的，走到自己房里，就躺下，连晚饭也不去吃了。这一夜刘逸生翻来覆去总是睡不着，总觉着受了莫大的羞辱，一定要哭一场才能快活。刘逸生不是一个天才的诗人吗？刘逸生不是一个名满海内的诗人吗？一个名满海内的天才的诗人受了这种轻蔑的侮辱，想起来是何等的恼人！刘逸生真是要气死了！

我们的诗人转过念头一想：女学生大半都是小姐出身，目中只有金钱势利，原来是靠不住的。她们只预备做太太或姨太太，或博士夫人，绝对不了解艺术是什么东西，当然更不了解我诗人的心情。私奔李卫公的红拂，《桃花扇》中的李香君，这都是风尘中的人物，然而竟能做出千古的韵事。我要找爱人还是在风尘中找吧！是的，女学生没有什么多大意思！讨厌的很！……

忽然“新世界”的小黑姑娘的影子闪到刘逸生的脑里：不高不低的身材，一双浓而俏丽的弯眉，一个垂在耳旁的、有特殊意味的小髻，黑得如乌云一般的头发，未唱而先带笑的神情，但是又很庄正的，风韵的态度，那唱起来如莺歌燕语的声带，……刘逸生不自禁地自己笑了一笑，想道，小黑姑娘的确还不错，的确像一个艺术家的样子，今晚不如去听她一曲大鼓，借此解解心中的闷气。刘逸生到了“新世界”“自由厅”，故意跑到前一排坐着，为着好听得清楚看得明白些。还未到小黑姑娘登台的时候，先看了一场童子技击，三弦拉戏，刘逸生心中有点不耐烦，只希望他们赶快从台上下去，好让小黑姑娘上来。结果，小黑姑娘上台了。刘逸生仔细一看，（刘逸生虽然时常到“新世界”来，但总未有过如今天这样地将小黑姑娘看得仔细！）更觉着小黑姑娘艳而不俗，的确是有艺术家的风韵！这时我们的诗人想道：小黑姑娘的确很不错！若我能将她得到手里，一个是诗人，一个是歌女，岂不也是一番佳话吗？……刘逸生于是也没有心思听小黑姑娘唱的是哪一段，是《钟子期听琴》还是《三堂会审》，只顾两只眼睛望着小黑姑娘口动，满脑子想一些与小黑姑娘恋爱的事情。忽然刘逸生莫明其妙地叹了一声：

“唉！风尘中真有好女子！”

我们的诗人越想越觉得小黑姑娘可爱，决定要在小黑姑娘身上用情。从此以后，他就接连来“新世界”许多次，名为听小黑姑娘的大鼓，其实是他想借此博得小黑姑娘对于自己的注意，换一句上海话来说，我们的多情的刘逸生想与小黑姑娘吊膀子。但是奇怪的很！有艺术家风韵的小黑姑娘总未曾将自己那双俊眼的秋波向着刘逸生送过。难道说她也瞎了眼睛不成？为什么不能感觉到有一位天才的诗人在台下睁着两眼在求她的爱？刘逸生又渐渐懊恼起来了；心中想道，到底是无知识的女子，终久不过是哪一个阔老的姨太太，……可惜！……倘若她能了解我，那是多么好的事情呵！……

有一次，也是最后的一次，我们的诗人正在台下向着台上的小黑姑娘痴望，忽然觉得小黑姑娘经过自己的头上打一道无线电，回头一看，呵，原来他背后隔两三排的光景，坐着一位穿西装的漂亮的少年：满嘴的金牙齿，手拿着雪茄在那里吸，带着几颗明亮发光的钻石戒指。他的面孔虽然并不大美，但是他一身的服装，的确使他在人群中特别出色。倘若刘逸生与他比起来，那简直糟糕的很，不过一寒酸小子而已！不错，刘逸生会写出很美丽的诗章，但是在人群中，人们只晓得看外表，谁要听你的臭诗呢？刘逸生在这种环境中简直显不出自己的长处来！……刘逸生看了这位少年之后，觉着他的希望又完全消灭了。小黑姑娘还未将一曲大鼓唱完，刘逸生已经坐不住了，不得已，垂头丧气地走出了“新世界”。走出了“新世界”门口，刘逸生摸摸腰中还有几角小洋，决定往“太阳公司”去吃两杯咖啡，吃了之后，好回到家里去困觉。完了，一切都完了！还有什么希望呢？唉！简直没有希望了！

“太阳公司”有两个下女，（或者称为女招待？糟糕的很！连我作者也弄不清楚！）都不过十八九岁的光景；生得都颇不俗，妆饰得也很素雅。刘逸生也曾来过此地几次，对于这两位下女，也曾暗暗地赏识过，并曾向朋友说过：“太阳公司的两位下女还不错！……”但他从未有过要爱她们的念头。这次从“新世界”失败来到“太阳公司，”满腹牢骚，无可告诉。他坐下后，即有一个年轻些的女子走到面前，笑吟吟地问他要吃什么，问了之后，就恭恭敬敬地端上一杯咖啡来。这时刘逸生想道：“也好，到底有一个女子向我笑了一下，而且端一杯咖啡给我吃呵！……”于是刘逸生满腹的闷气也就消散了一半。不料“太阳公司”的下女也是同“新世界”的小黑姑娘具着同样的脾气的。这位年轻的下女将咖啡端给刘逸生之后，就到他隔壁坐着四位穿西装少年的桌子那边去了，她同他们又说又笑，几乎把刘逸生忘却了的样子，或者竟没把刘逸生放在眼里。这几位西装的少年个个都眉飞色舞，就同暗暗地故意地讥笑刘逸生的样子：“你这样穷酸也来吃咖啡么？你这样阿木林也想来同女子吊膀子么？只有我们才配呢！……”刘逸生越看他们越生气，越生气越觉着他们在侮辱他。他于是在咖啡店也坐不住了！

到什么地方去呢？回家困觉？还是到黄浦江去投水？……我们的多情的诗人至此时不禁流下了几点眼泪。

自这一次失败之后，刘逸生渐渐对于自己怀疑起来了：什么是天才的诗人？天才的诗人有什么用处？为什么我到处遭人白眼？为什么这些女子们对于我这般的轻视？难道说恋爱都在金钱的问题上？难道说人的服装比人的心灵要贵重些？……我们的诗人思想尽管思想，怀疑尽管怀疑，然而总不能解决这个问题。他是一个理想主义者，是一个罗曼谛克 Romantic，绝对不愿意相信恋爱要以金钱为转移！他想道，倘若事事都依赖着金钱，神圣的恋爱也要依赖着金钱，没有金钱就不能恋爱，那么这是什么世界呢？什么理想，什么纯洁，什么神圣……岂不是都被玷污了吗？这又怎么能行呢？我们的罗曼谛克，无论如何，是不愿意相信的！

刘逸生虽然遭了失败，遭了侮辱，然而并没有完全灰心。他每每自慰道，也许我碰着的都是鬼，都是一些无心灵的蠢物，也许真正的理想中的女子我还没有遇着。倘若我能多注意一点，终久是可以找得到的。……我们的诗人既有这般的自信心，所以还继续着寻爱，还抱着希望。是的，“有志者事竟成”，“天下无难事，只怕有心人”！难道说连一个女子都找不到吗？而况刘逸生是一个名闻海内的天才诗人？……

“神仙世界”开幕了。别的游戏场的茶房都是男子充当，而初开的“神仙世界”独翻出新花样，雇一些年轻的女郎们充当茶房，借此以招徕顾客。大约在上海爱白相的人们，尤其是一般纨绔青年，总都要来此参观一下。我们的诗人当然非纨绔的青年可比，但还总是年轻人，一种好奇心当然也不落他人之后。是的，去看一看又何妨？且看看女茶房到底像什么样子！也许其中有几个好的也未可知。……如是我们的刘逸生就决定花费三角小洋（别的游戏场的入场费是小洋二角，而“神仙世界”所以要三角者，是因为里边用的是女招待，最后一角小洋算为看女招待的费。）到“神仙世界”逛一逛，看看到底是什么一回事。刘逸生又想道：“……况且听说白云鹏现在在‘神仙世界’说书，久已未听他了，何妨就便去听一听？……”

刘逸生进了“神仙世界”周围转了一遭，果然见着有许多风致翩翩的女招待，一切神情行动比男茶房要文雅得多了，使人感着一种别趣。他心中暗暗地想道，呵呵，原来如此，怪不得入场券要三角小洋了。刘逸生是爱听大鼓的，别的什么滩簧，什么文明新戏，他不愿意看，并且看了也不懂。最后他找到了说书场，找一个位置坐下，其时白云鹏还未登场。在这个当儿，忽然一个二十来岁的女茶房走到他的面前，笑迷迷地，轻轻地问一声，先生要吃茶还是开水呢？

“拿一杯开水来吧！”

刘逸生说了这句话，定睛一看，见着这位女茶房虽然没有闭月羞花之貌，然倒也温雅不俗。心中想道：“女茶房有这个样子也算不错了！……她对我的那般温柔的笑容，那种殷勤的神情，……不错，的确不错！……倘若她能了解我，唉！那我也就……风尘中是一定有好女子的。……”这位女茶房将开水端来之后，即招待别人去了，没有工夫来同刘逸生谈诗，更没有工夫来问刘逸生在想什么。我们的诗人的肚量也很宽，并不计较这些，以为她既然是女茶房，那么她当然也要招待别人的。白云鹏上场了，好，不去管她招待不招待，且听一听白云鹏的《费宫人刺虎》罢。……

时间是已经十一点多钟了，刘逸生应当回寓安寝，第二天还是要好好上课的。刘逸生向荷包一摸，摸出有三十多枚铜元的样子，将女茶房喊到交给她。读者诸君，你们要晓得这是刘逸生第一次的特别行动！在“大世界”，在“新世界”，或在“天韵楼”，一杯开水不过给十几枚铜元足矣。现在我们的多情的诗人，因为优待女茶房起见，所以多给十几枚铜元，以为如此做去，这位女茶房一定要说一声谢谢。谁知事情真有出人意料之外的：这位“温雅不俗”的女茶房见着这区区的三十几枚铜元，即时板起鄙弃而带怒的面孔来。说道：

“哼，就是光茶钱也要两毛钱呢，况且还有小账！你先生太不客气了！……”

刘逸生见着她那种令人难看的神情，听着她那种难听的话，真是把肚子都气得要破了！说什么话才好？骂她？打她？怎么样对付她？唉！简直真正岂有此理……这时刘逸生感觉到从未感觉过的侮辱，几几乎气得要哭！又似觉许多眼睛都向着他望，他更觉得难受之至！但是怎么办？简直没有办法！刘逸生不得已气忿忿地又掏了两毛小洋掼在桌上。心中想道：“唉！算了！你算是大王爷！从前向我笑也是为着几个钱，现在这般侮辱我也是为着几个钱，横竖是几个钱在做祟，反正是钱，钱，钱！……”

刘逸生这晚回家之后，翻来覆去睡不着。他的思潮如浪一般使着他抛去一切的诗人的幻想。他肯定了：现在的世界是钱的世界，什么天才的诗人，什么恋爱，什么纯洁，简直都是狗屁！……第二天他将自己所有的诗稿一概赠送火神，誓再不做诗了。从这日起我们的诗人就与文坛绝了缘。后来“五卅”运动发生，他看出工人运动可以寄托他的希望，可以在工人运动上扫除自己所经受的耻辱，可以更改现在的世界。……

1926年10月24日

短裤党

写在本书的前面

法国大革命时，有一群极左的，同时也就是最穷的革命党人，名为“短裤党”（Des Sans-culottes）。本书是描写上海穷革命党人的生活的，我想不到别的适当的名称，只得借用这“短裤党”三个字。

花了半个月的工夫，写成了这一本小书。当写的时候，我为一股热情所鼓动着，几乎忘记了自己是在做小说。写完了之后，自己读了两遍，觉得有许多地方很缺乏所谓“小说味”，当免不了粗糙之讥。不过本书是中国革命史上的一个证据，就是有点粗糙的地方，可是也自有其相当的意义。

我真感谢我的时代！它该给予了我许多可歌可泣的材料！可惜我的文学天才是很薄弱的，我不能将它所给予我的统统都好好地表现出来。我现在努力完成我的时代所给予我的任务。我能不能完成这个任务呢？这要看我努力的如何罢？……

当此社会斗争最剧烈的时候，我且把我的一枝秃笔当做我的武器，在后边跟着短裤党一道儿前进。

1927年4月3日于上海

一

接连阴雨了数天，一个庞大的上海完全被沉郁的、令人不爽的空气所笼罩着。天上的阴云忽而由乌暗变为苍白，现出一点儿笑容，如丝的小雨一时地因之停止；忽而又摆出乌暗的面孔，小雨又顿时丝丝地下将起来。在这种沉郁的空气里，人们的呼吸都不舒畅，都感觉有一种什么压迫在胸坎上也似的。大家都渴望着可爱的阳光出现，换一换空气，消灭精神上无形的压迫；但是可爱的阳光，令人渴望的阳光，总在什么地方藏着身子而不给人们看着它的面孔。这是因为阳光的胆怯呢，还是因为可恶的阴云把它障碍着了？唉！真是活闷人！……已经应该是春回大地，万象更新，和风令人活泼沉醉的时期，而天气还是这般闷人，还是如酷寒的，无生气的冬季一样。唉！真是有点活闷人！……

同时，整个的上海完全陷入反动的潮流里。黑暗势力的铁蹄只踏得居民如在地狱中过生活，简直难于呼吸，比沉郁的空气更要闷得人头昏脑痛！大家都私下地咒骂着：千刀万剐的沈船舫为什么还不死！米价闹得这么样地贵！这样捐，那样捐。唉！简直把小百姓的血液都吸尽了！真是万恶的东西啊！……大家都热烈地盼望着：北伐军为什么还不来呢？快些来才好！快些来把沈船舫捉到，好救救上海小百姓的命！这外国人真可恶！北伐军来，一定要教他们滚蛋！啊，快点来罢，我的天王爷！大家都战兢兢地恐慌着。不得了了！外国人又派来许多兵舰打中国人呢！大英国人最可恶……张仲长的兵队南下了！唉！这真是活要命！他的兵队奸掠焚杀无所不为，比强盗还要凶，要来了，真是活要上海人的命！唉！不得了，简直不得了！……报纸的记载总都是隐隐约约的，令人揣摸不清。战事到底怎样了呢？北伐军来不来呢？浙江是否打下了？大家总是要知道这些，但是在严厉的检查之下，报纸敢放一个不利于军阀和帝国主义者的屁么？不敢，绝对地不敢！

如此，沉郁的天气闷煞人，反动的政治的空气更闷煞人！唉！要闷煞上海人！……

无数万身受几层压迫的，被人鄙弃的工人——在杨树浦的纱厂里，在闸北的丝厂里，铁厂里……在一切污秽的不洁的机器室里，或在风吹雨打的露天地里，他们因工作忙的原故，或者不感觉到天气的闷人，或者有所感觉，但无工夫注意这个——肚子问题都解决不了，还能谈到什么天气不天气呢？被军警随便捉去就当小鸡一般地杀头，被工头大班随便毒打辱骂，性命都保不安全，还能谈到什么天气不天气呢？什么结社，言论，开会，对于学生，对于商人，对于一切有钱的人，或者有点自由；但对于工人……啊！对于工人，这简直是禁律！工人是过激党！工人是无知识的暴徒！可以枪毙！杀头！唉！可怜的工人为着争一点人的权利，几乎都没有工夫，还能谈到什么天气不天气呢？是的！工人的确问不到这个！

但是对于政治反动的空气，工人比任何阶级都感觉得深刻些！沈船舫好杀人，但杀的多半是工人！军警好蹂躏百姓，但蹂躏的多半是工人！拉夫是最野蛮的事情，但被拉的多半是工人！红头阿三手中的哭丧棒好打人，但被打的多半是工人！米价高了，饿死的是谁？终日劳苦，而食不饱衣不暖的是谁？工资是这样地低！所受的待遇是这样地坏！行动是这样地不自由！唉！工人不奋斗，只有死路一条！……在政治反动的潮流中，在黑暗势力的高压下，上海无数万的劳苦群众，更天天诅咒着万恶的军阀早消灭，野蛮的帝国主义早打倒；更热烈地盼望着革命军，真正的革命军快些来。不，他们不但盼望着革命军快些来，而且要自己为自己开路——他们大半有觉悟地，或是无觉悟地，要拿到政权，要自己解放自己，要组织一个能为工人谋利益的政府，要以自己的力量来争夺到自己所应有的东西。

在黑暗的上海，在资产阶级的上海，在军阀和帝国主义统治之下的上海，有一般穷革命党人在秘密地工作——他们不知道劳苦，困难，危险，势力，名誉……是什么东西，而只日夜地工作，努力引导无数万万被压迫的，被人鄙弃的劳苦群众走向那光明的，正义的，公道的地方去。

风声陡然紧急起来了。沪杭车站不断地发现从前线运回来的伤兵，有时大批的溃兵竟发现于中国地界，不断地有抢劫的情事。南市，闸北一带的居民颇呈恐慌的现象，移居到租界住的络绎不绝。本地军事当局颁下了紧急的戒严令，下午九时起即断绝交通。整个的上海完全陷入恐慌的状态中。

北伐军占领杭州了！北伐军又占领绍兴了！啊！北伐军已经到了松江了！……租界内的中小商人都虽现着喜悦的颜色，但是中国界的居民却反为之惊慌起来：北伐军来了固然好，但是这沈船舫的败兵怎么办呢？抢劫！骚扰！这怎么能免掉呢？不得了，简直不得了！……只有劳苦的工人，受冻馁的平民，他们无论住在租界内或租界外，总都盼望北伐军快些到来，就如大旱之望云霓一样。啊！北伐军到了松江了？这岂不是说沈船舫已经打败了么？这岂不是说上海也要快入北伐军的手了？这岂不是说上海的工人也有伸腰的机会了？是的，这真是上海的工人要脱离压迫，换一换气的时候了！啊！好重的压迫！压迫得人连气都透不出来！

阴云漫布着黑的阴影，未到五点钟的时光，全城都黑沉下来，路灯已半明半暗地亮了。就在这个时候，在大众恐慌的空气中，T路W里S号一楼一底的房子里有秘密的集会。房子里布置很简单：客堂中放着一张空桌子，两条凳子；楼上放着一张小床，一张旧书桌，几件零碎东西。等到人到齐的时候，有三十余人之谱，这一间楼几乎要挤破了，没再有容足之地。有的站着，有的坐在地板上，秩序似乎是很纷乱的样子，不十分像开会的形式。普通是没有这样开会的，总是大家一排一排地坐着，上边摆一主席的桌位，右边或左边摆一记录的桌位；但是现在这间集会室里，坐的凳子都没有，与会的人不是站着如树一样，就是坐在地板上，简直没有开会的体统。不过这些与会的人没有想到这些，他们以为能找到一个地方开会已经是万幸了，哪有闲心思顾到什么体统不体统呢？是的，他们只要有一个集会的地方，任受如何的委屈都可以。上海可以开会的地方多着呢：宁波同乡会，中央大会堂，少年宣讲团以及各大学校的礼堂和教室，都是很便于开会的，但是他们都不是为着这些穷革命党人而设的。

会场是这般地狭小，人数是这般地众多，而大家说话的声浪却都甚低微——没有一个人敢高谈阔论的，大家都勉力地把声浪放低些，生怕屋外有人听着的样子。谁个晓得隔壁两旁住的没有侦探？倘若被巡捕觉察了却怎么办呢？一条绳把大家如猪一般地拴去，可以使一切的计划完全失败，这，这万万是不可以的啊！是的，大家应当小心点！

人数是到齐了。靠着墙，坐在地板上的一个胡子小老头站起来了——他身著学生装，披一件旧大氅，中等的身材，看起来是有四十多岁的样子，其实他还不到三十岁，因为蓄了胡子的原故，加了不少的年纪；他两目炯炯有光，一望而知道他是一个很勇敢的人。他从大氅袋中掏出了一张小纸条，首先向大众郑重地说道：

"同志们！今天的紧急会议要讨论一个重大的问题，就是北伐军已到了松江了，说不定明天或后天就要到上海的，究竟我们的党和全上海的工人现在应当做什么？我们还是坐着不动，静等着北伐军来呢，还是预备响应北伐军呢？上海的工人受沈船舫李普璋的压迫，可以算是到了极点了！当此北伐军快要来到的时候，我们应当有所动作，好教帝国主义的走狗沈船舫李普璋快些滚蛋。今天请诸位同志好好地发表意见，因为这件事情是很重大的事情，不可儿戏。

“史兆炎同志还有详细的报告，现在请史兆炎同志报告。”

主席说了这些话，略挪了两步，好教坐在他旁边的史兆炎立起来。这是一位面色黄白的，二十几岁的青年，他头戴着鸭嘴的便帽，身穿着一件蓝布的棉袍，立起身来，右手将帽子取下，正欲发言时，忽然腰弯起来，很厉害地咳嗽了几声。等到咳嗽停住了，他直起身子时，两眼已流了泪水。他镇定了一下，遂低微地向大家说道：

“诸位同志们！刚才林鹤生同志已经把今天紧急会议的意义说清楚了，谅大家都能够了解是什么一回事。上海的市民，尤其是上海的工人群众，没有一刻不希望北伐军来。现在北伐军已到了松江了，我们是应当欢喜的。不过工人的解放是工人自己的事情，倘若工人自己不动手，自己不努力，此外什么人都是靠不住的。北伐军固然比什么直鲁军，什么讨贼联军好得许多倍，但是我们工人绝对不可仅抱着依赖的观念，以为北伐军是万能的东西！这是绝对不可以的！……”

史兆炎于是有条有理地解释上海各社会阶层的关系及工人阶级的使命。他说，上海的中小资产阶级虽然不能说一点儿革命性都没有，但是他们无组织，他们是怯懦的，上海的工人应当起来为国民革命的领导者。他说，国民党的农工政策时有右倾的危险，我们应当督促上海市民组织市政府，实现革命的民主政治。他说，我们应当响应北伐军，我们应当向军阀和帝国主义，并向北伐军表示一表示上海工人的力量。他的结论是：

“诸位同志们！我们应当响应北伐军！我们应当宣布总同盟大罢工，我们应当积极预备武装暴动！这是上海工人所不能避免的一条路！……”

奇怪的很！史兆炎当说话的时候，没曾咳嗽一声，可是说话刚一停止，便连声咳嗽起来。他又弯着腰向地板坐下了。大家听了他的报告之后，脸上都表现出同意的神情。大家的目光都聚集在他一个人的身上，会议室里寂静了两分钟。这时窗外忽然沙沙地雨下大起来，天气更黑沉下去，于是不得不将电灯扭亮。在不明的电灯光底下，会议室内的景象似觉稍变了异样。

“史兆炎同志的报告已经完了；你们有什么意见，请放简单些，快快发表出来！”

主席刚说完了这两句话，忽然坐在右边角上的一个穿着工人装模样的站将起来——大家向他一看，原来是S纱厂的支部书记李金贵。李金贵在自己很黑的面色上，表现出很兴奋的神情。他说道：

“刚才史兆炎同志的意见，我以为完全是对的！我老早就忍不住了！我老早想到：我们工人天天受这样的压迫，简直不是人过的日子，不如拼死了还快活些！我老早就提议说，我们要暴动一下才好，无奈大家都不以为然。我们厂里的工友们是很革命的，只要总工会下一个命令，我包管即时就动起来。我们这一次非干它一下子不可！”

李金贵的话简直如铁一般地爽硬。在他的简单的朴直的语句中，隐含着无限的真理，悲愤，勇敢，热情……大家的情绪都为之鼓动而兴奋起来了。每一个人都明白了：是的，现在是时机到了！我们现在不动作还等待何时？真的，像这样的消沉下去，真是不如拚他一个死活！况且沈船舫李普璋已经到了日暮途穷的时候，就是再挣扎也没大花样出来。干！干！干！我们将他们送到老家去……现在不干，还等待何时呢？全上海的工人都是我们的！……

真的，李金贵的几句话把大家鼓动得兴奋起来了。于是大家相继发言，我一句，你一句；有的问，动作是不成问题的，但应当怎么样进行呢？有的问，各工会都能够一致动作么？有的问，军事的情形是怎样呢？……坐在地板上的史兆炎一条一条的将大家所发的问题用铅笔在小纸本上记下，预备好一条一条地回答。

“还有什么问题么？没有了？现在请史兆炎同志做个总解答。”主席说。

肺病的史兆炎又从地板上站立起来了。他这一次没脱帽子，手拿着记着问题的小纸本，一条一条地回答。他说着说着忽然很厉害地咳嗽起来了。唉！好讨厌的咳嗽！唉！万恶的肺病！他这时想道，倘若不是这讨厌的咳嗽，我将更多说些话，我将更解释得清楚些。唉！肺病真是万恶的啊！……大家看着他咳嗽的样子，都不禁表现出怜惜的神情，意欲不教他再说话罢，喂！这是不可以的！他的见识高，他是一个指导者，倘若他不将这次重大的行动说得清清楚楚地，那么，事情将有不好的结果，不可以，绝对地不可以！……就使大家劝他不要说话，他自己能同意么？不会的！个人的病算什么？全上海无数万工人的命运系于这一次的举动，如何能因为我个人的小病而误及大事呢？……如此，史兆炎等到咳嗽完了，还是继续说将下去。

大家听了史兆炎详细的解释之后，都没有疑义了。

决定了：各人回到自己的支部，工会，机关里去活动！

明天上午六时起实行总同盟大罢工！

明天游行，散传单，演讲！

啊！明天……

在会议的时候，邢翠英完全没有说话。她与华月娟坐在床上，一边听着同志们说话，一边幻想着，幻想着种种事情。往日里开会时，她发言的次数比男同志还要多些，但是这一次为什么不说话？暴动，总同盟罢工，这是很危险的事情，她有点惧怕么？为什么好说话的人不说话了？她是丝厂女工的组织员，她的责任很重大呀，她这时应当发表点意见才是！但是她一点儿意见也不发表，这岂不是奇怪么？

真的，邢翠英在这一次会议上，可以算是第一次例外！她靠着华月娟的身上，睁着两只圆而大的眼睛，只向着发言的同志们望，似乎她也很注意听他们的说话，但是她的脑筋却幻想着种种别的事情。她不是不愿意说话，而是因为在幻想中，她没有说话的机会。她起初听到主席的报告，说北伐军已到了松江了，她满身即刻鼓动着愉快的波浪。难道说北伐军真正到了松江了？哼！千刀万剐的沈船舫李普璋倒霉的时期到了！这真是我们工人伸伸头的时期！唉！想起来丝厂的女工真是苦，真是不是人过的日子！厂主，工头，真是一个一个地都该捉着杀头！北伐军到了上海时，那时我将丝厂女工好好地组织起来，好好地与资本家奋斗。唉！女工贼穆芝瑛真可恶！这个不要脸的恶娼妇，一定要教她吃一吃生活才好！……

邢翠英等到听了李金贵的话之后，心中的愉快更加了十倍！啊！还是我的黑子好！这几句话说得多痛快，多勇敢！哎哟！我的好黑子，我的亲爱的丈夫！……你看，同志们哪一个不佩服他有胆量？哪一个有他这样勇敢？我的亲爱的……邢翠英想到这里，暗暗地骄矜起来：哼！只有我邢翠英才有这样的丈夫啊！

最后，邢翠英又想起自己在丝厂中所经受过的痛苦，那工头的强奸，打骂，那种不公道的扣工资，那种一切非人的生活……唉！现在的世界真是不成世界！穷人简直连牛马都不如！这不革一革命还可以吗？革命！革命！一定要革命！不革命简直不成啊！……

“那么，就是这样决定了：明天早晨六时宣布总同盟大罢工！”

邢翠英被主席这一句话惊醒了：就是这样决定了？明晨六时宣布总同盟大罢工？我现在回去预备还来得及罢？好！大罢工！我们教狗沈船舫看一看我们的力量！……邢翠英忽然觉着有几句话要说，但是主席已经宣布散会了。

邢翠英总是与华月娟在一块儿的。散会时邢翠英与华月娟一阵出来。清瘦的华月娟身穿着自由布的旗袍，头发已经剪去了；照她的态度，她的年纪，她的面色看来，她是一个很可爱的，活泼的，具有热情的姑娘。邢翠英是一个中年的女工的模样。她俩非常地要好：邢翠英在平民夜校里受过华月娟的课，因之，邢翠英很尊敬她。邢翠英时常想道：

“好一个可爱的，有学问的姑娘！她什么事都晓得！”

散会出门时，华月娟向邢翠英问道：

“你是一个好说话的人，为什么今天一句话也不说呢？”

“我忘记说话了。”邢翠英这样笑着说。

“说话也会忘记了吗？”

“……”

“明天我们教军阀和帝国主义看看我们的力量！”

“是的，明天我们教军阀和帝国主义看看我们的力量！”

已经是七点多钟了。讨厌的雨还是沙沙地下。没曾带雨具的她俩，饿着肚子，光着头在T路头鹄立着，等待往闸北去的电车。

二

总同盟大罢工！这简直不是随便的玩意！

仅仅在六小时之内，繁华富丽的上海，顿变为死气沉沉的死城！电车停驶了；轮船不开了；邮局关门了；繁盛的百货公司停止贸易了；一切大的制造厂停止工作了；工场的汽笛也不响了。你想想！这是在六小时之内的变化！六小时的时间居然教繁华富丽的上海改变了面目！喂！好一个总同盟大罢工！这简直不是随便的玩意！

好一个巨大的，严重的景象！这直令立在马路上的巡捕与军警打起寒噤来！谁个晓得这些蠢工人要干些什么？谁个又猜得透这些过激党在做什么怪？这大约就是所谓赤化罢？危险！可怕！这对于统治阶级真是生死关头！没有什么别的再比这种现象令人恐慌的了！这还了得！反了！反了！一定要赶快设法压服下去！

总同盟大罢工的消息，惊醒了上海防守司令李普璋的美梦。

李司令这些天真是劳苦极了！又要派兵到前敌去打仗，又要负起上海防守的责任，又要与外国领事接洽治安的事务，又要向上峰报告军情，又要筹划如何保留自己的地位，又要……总而言之，真是劳苦极了！李司令除了这些公事而外，又有自己的房事：姨太太四五个，啊，也许是七八个罢？这数目没有什么要紧，反正姨太太有的是就得了！我们的司令近来为着战事紧急的原故，几乎没有搂着姨太太消受的工夫！唉！真讨厌！这些革命党人真可恶！在家里安安静静的过日子不好，偏偏要革什么命！北伐？真是会玩花头！反对军阀？反对帝国主义？哼！浑蛋！胡闹！捣乱鬼！……

昨晚上一班穷革命党人秘密开会，进行罢工的时候，正是我们的司令躺在床上拿着烟枪过鸦片烟瘾的时候。四姨太太烧的烟真好，真会烧！就使不会烧，只要看见她那一双烧烟的玉手，她那一双妩媚的笑迷迷的眼睛，也要多抽几口。唉！好消魂的鸦片烟！我们的司令真是劳苦了，现在要好好地休息一下，畅快地抽它几口鸦片烟！在鸦片消魂，美人巧笑的当儿，我们的司令想道：还是这种生活好！上海大约不成问题：我有外国人保驾，有外国人帮助，我难道还怕他什么革命军不成？他们有胆子同英国兵开仗吗？我量他们绝对地不敢！松江是有点危险罢？不，不要紧！反正上海他们是不敢来的！……

我们的司令越想越放心，好，怕它浑蛋！来！我的小宝贝！我的心肝！我已经有两天多没有同你好好地……今夜我俩好好地睡一觉罢！四姨太太，令人消魂的四姨太太，一下趴在司令的身上，又是捏他的耳朵，又是扭他的胡子，又是……唉！真是消魂的勾当！我们的司令到这时，什么革命军，什么松江危险，一齐都抛却了，且慢慢地和四姨太太享受温柔乡的滋味！

早晨八点多钟的时候，正是李司令搂着四姨太太嫩白的身躯，沉沉酣睡的时候。是的，我们的司令应有很好的美梦！

忽然总同盟大罢工！

忽然全上海入于恐慌的状态！

忽然革命党人大大地捣乱起来！

唉！工人真是可恶！革命党人真是浑蛋！居然惊断了我们的司令的美梦！这还了得吗？这岂不是反了吗？你们这些乱党敢与我李普璋做对吗？你们敢宣言杀我吗？哼！我杀一个给你们看看！杀！杀！杀！兵士们！来！你们给我格杀勿论！

于是在白色恐怖的底下，全上海各马路上流满了鲜艳的红血！

章奇先生躺在细软的沙发上，脸朝着天花板，左手拿着吕宋烟慢慢地吸，右手时而扭扭八字胡，时而将手指弹弹沙发的边沿，似觉思想什么也似的。忽然将手一拍，脚一跺，长长地叹了一口气，并连着很悲愤地自语道：“唉！想起来好不闷杀人也！”

真的，章奇先生这一年来，真是有点悲愤。章奇先生曾做过总长，章奇先生曾有民党健将之名，章奇先生曾受过一般人的敬仰，但是现在？现在章奇先生简直活倒霉！民党里没有他的位置，革命政府没有他的官做，左派骂他为右派，为军阀的走狗，一般人说他是莫名其妙……唉！想起来章奇先生真有今昔之感！

章奇先生想来想去，以为自己弄到现在这个样子，完全都是 C. P. [①] 的不好。C. P. 包办革命，C. P. 吞食国民党，C. P. 利用左派分子……C. P. 真是可

① C. P.，英语 Communist Party 的缩写，即共产党。

恨！倘若不是C. P. 与我做对，我现在何至于被人称为反革命？何至于不能在革命政府下得到一官半职？唉！非反共不可！非把C. P. 的人杀完不能称我的意！有时章奇先生恨起C. P. 来，简直把胡子气得乱动，两脚气得乱跳。有一次，他与他的夫人吃饭，吃着吃着，他忽然颜色一变，将饭碗哗喇一声摔到地板上，这把他的夫人的魂儿乎都吓飞了。当时他的夫人只当他陡然得着疯病，或是中了魔，等了半晌，才敢向他问一声，“你怎么着了？”他气狠狠的答道，“我想起来C. P. 真可恶！”

章奇先生这样地恨C. P. ，真是有点太过度了！C. P. 当然是很可以恨的，但是章奇先生这样地恨法，实在对于章奇先生的健康有妨碍！章奇先生本来是已经黄瘦的了不得，就如鸦片烟鬼的样子（听说章奇先生并不吸鸦片烟，这是应当郑重声明的），如何再能有这样损伤神经的恨法？章奇先生纵不为自身的健康想一想，也应当为自己的夫人想一想。她是一个胆子极小的妇人，最怕的是革命，曾屡次劝章奇先生抛弃党的活动，而好好地找一个官做做，享享福，免去一些什么杀头，枪毙，坐牢的危险。章奇先生是很爱他的夫人的，应当处处为她打算才是。倘若这样无故摔饭碗的玩意多要几套，这样急性的神经病多发几次，岂不是要把她活活地吓坏了么？

章奇先生躺在细软的沙发上，口衔着吕宋烟，慢慢地吞云吐雾，忽而觉着自己真是在腾云驾雾的样子。虽然一时地想起可恨的C. P. 来，但这一次还好，恨的延长并未到一点钟的时间，也就慢慢地消逝了。章奇先生除了恨C. P. 而外，还要做别的思维：如何才能勾结上一个大的有实力者，再尝一尝总长的滋味，再过一过官瘾？……又兼之这几年没做官，手里实在不十分大宽裕，一定要赶紧弄几个钱才好，一定地，一定地……章奇先生忽而假设自己是已经在做总长的模样，无形中就真的愉快到如腾云驾雾的样子。啊啊！总长！啊啊！大龙洋，中交钞票……

“叮当当当……叮当当当……当……”

电话！

章奇先生的幻想被电铃所打破了。他懒洋洋地欠起身来，慢慢地走到电话厢子旁边，口里叽咕了一句：“现在是谁个打电话给我呢？时候还这样地早……”

“Hello！Hello！[1]”

① 英语：喂！喂！

"你是谁呀?"电话中的人说。
"我是霞飞路,章宅……"
"啊啊,你是季全吗?我是屈真……"
"啊啊,你有什么事情?"
"今天全上海大罢工,你晓得吗?"
"怎么?全上海大罢工!我今天没出门,不晓得……"
"这次大罢工又是C. P. 的人捣的鬼,我们不可不想一对付的方法,顶好教李普璋大大地屠杀一下,给他们一个厉害……这正是我们报复的机会……"
"啊啊,是的,这正是我们报复的机会!……恢生,海清他们呢?"
"他们正在V路议论这个事情呢。你顶好到龙华防守司令部去一趟!"
"………"
"………"
章奇先生喜形于色了。黄瘦的面庞顿时泛起了红晕,微微地冷笑两声。他郑重地把狐皮袍子拍一拍,整一整衣冠,对着穿衣镜子望了一下。遂即喊道:
"贵生!"
"就来了,老爷!"
"把汽车预备好!"

大屠杀开始了!
散传单的工人和学生散布了满马路。
大刀队荷着明晃晃的大刀,来往梭巡于各马路,遇着散传单,看传单,或有嫌疑者,即时格杀勿论;于是无辜的红血溅满了南市,溅满了闸北,溅满了浦东,溅满了小沙渡……有的被枪毙了之后,一颗无辜的头还高悬在电杆上;有的好好地走着路,莫名其妙地就吃一刀,一颗人头落地;有的持着传单还未看完,就噗嗤一刀,命丧黄泉。即如在民国路开铺子的一个小商人罢,因为到斜桥有事,路经老西门,有一个学生递给他一张传单,他遂拿着一看——他哪里知道看传单也是犯法的事呢?他更哪里知道看传单是要被杀头的呢?他当时想道:啊!学生又散传单了,工人又罢工了,到底又因为什么事呢?且看一看传单上说些什么!他于是将传单拿到手里打开念道:
"全上海的市民们!"
"我们受军阀的压迫,受帝国主义的虐待,已经够了!我们现在应当起来了!我们应当起来组织市政府!我们应当起来响应北伐军!"

“打倒帝国主义！”

“打倒军阀的黑暗政治！”

“打倒一切反动派！”

“……”

这位小商人刚看到此地，不防大刀队来了。看传单？乱党！捉住！杀头！于是他的身首异处了；头滚到水沟里，而尸身横躺在电车的轨道上。

还有更莫名其妙，更残酷的事呢：

小东门有一个十一岁的小孩子阿毛，平素见着散传单，就乐起来了：又散传单了！快抢！多抢一些来家包东西！“先生！你多给我一张罢！先生！我也要一张！先生！……”张着一张小口，跟着散传单的人的后边乱叫。他不认识字，并不明白散传单有什么意义，他只晓得抢传单好玩，啊，多多地抢一些……

阿毛这一次又高兴起来了，他又跟着散传单的人的后边乱跑，张着一张小口乱叫：“先生给我一张传单罢！先生！我要……”果然！果然阿毛又抢了一些传单拿在手里玩弄。忽然大刀队从街那边来了——阿毛看着他们荷着明晃晃的大刀，似乎有点好白相，于是就立着看他们一排一排地来到。阿毛正在立着痴望他们，忽然跑过来一个手持大刀的兵士，一把把他的小头按着，口中骂道：

“你这小革命羔子！你也散传单吗？我把你送到娘怀里吃奶去！”

可怜阿毛吓得还未哭出声的时候，一颗小头早已落在地下了！

不错，革命党人真该杀！演讲的学生该杀！散传单的工人该杀！但是这看传单的小商人？这天真烂漫世事不知的小阿毛？……啊啊！杀了几个人又算什么呢？在防守司令的眼中，在野蛮如野兽般的兵士的眼中，甚至于在自命为孙中山先生的信徒章奇先生的眼中，这种屠杀是应该的，不如此不足以寒革命党人之胆……

当阿毛的母亲抱着阿毛小尸痛哭的时候，正是章奇先生初从防守司令部出来，满怀得意，乘着汽车回府的时候。章奇先生得意，而阿毛的母亲哭瞎了眼睛；章奇先生安然坐在汽车里，而阿毛的母亲哭哭啼啼地将阿毛的小尸首缝好，放在一个新木匣里……

大罢工的第二天，天气晴起来了。午后的南京路聚满了群众，虽然几个大百货公司紧闭了铁栅，颇呈一种萧条的景象，然而行人反比平素众多起来。大家都似乎在看热闹，又似乎在等待什么。巡捕都荷枪实弹，如临大敌也似的；印度兵和英国兵成大队地来往梭巡，那一种骄傲的神情，简直令人感觉到无限的羞辱。

史兆炎在罢工实现后，几乎没有一刻不开会，没有一刻不在工人集会中做报告；他更比平素黄瘦了。今天午后，他因为赴一个紧急会议，路经南京路，见着英国兵成大队的在街上行走，于是也就在先施公司门口人丛中停步看了一看。他这时的情绪，真是难以形容出来。他看着无知识的愚蠢的印度兵在英军官带领之下，气昂昂地在街上行走，不禁很鄙弃他们。他们也是英帝国主义的奴隶呀！自己做了奴隶还不算，还帮助自己的仇人压迫中国人，来向中国人示威，这真是太浑蛋了！……他忽而又发生一种怜悯的心情：可怜的奴隶啊！什么时候才能觉悟呢？……他想道，倘若他们能掉转枪头来攻打自己的敌人，这是多么好的事啊！可惜他们不觉悟。他想到这里，似乎左边有一个人挤他，他掉转脸一看，原来是一个穿西装的少年，脸上有几点麻子——这似乎是一个很熟识的面孔，似乎在什么地方见过也似的。史兆炎沉吟一想，啊，想着了：原来是法国留学生，原来是那一年在巴黎开留法学生大会时，提议禁止 C. P. 入会的国家主义者张知主！是的，是的！听说他现在编辑什么国家主义周报，听说他又担任什么反赤大同盟的委员……史兆炎将手表一看，啊，时间不早了，我要开会去了，为什么老立在这儿瞎想呢？管他娘的什么国家主义不国家主义，反赤不反赤呢！是的，我应当赶快开会去！

史兆炎在人丛中消逝了影子。

这时张知主并没猜到，与他并立着的，就是那年巴黎开留法学生大会时的史兆炎，就是他国家主义者的死对头。也难怪张知主没有猜到：事已隔了许多年，虽然张知主还是从前一样漂亮，脸上的麻子还是如从前一样存在，虽然张知主的面貌并未比从前改变，但是史兆炎却不然了。史兆炎归国后的这几年，工作简直没有停止过，在工人的集会中，在革命的运动中，不觉得把人弄老相了许多，又加之因积劳所致，得了肺病，几乎把从前的面貌一齐改变了。这样一来，张知主如何能认得与他并立着的史兆炎呢？张知主既不认得了史兆炎，所以当史兆炎离开的时候，他也没曾注意。

说起来张知主先生，他倒也是一个忙人！自从他从巴黎大学毕了业归国以来，对于国家主义的运动，真是可以说是“鞠躬尽瘁”了！办周报哪，组织国家主义团体哪，演说哪，还有想方法打倒 C. P. 乱造谣言哪……张知主先生的确是一个热心家！他的朋友如郑启，李明皇，左天宝……都自命为中央的健将，等于曾国藩，李鸿章，左宗棠之流，的确是有声有色，令人“敬佩”！而我们的张知主先生自命为什么呢？张知主先生自己没有公开地说明过，我们也不便代为比拟，不过有一句话可以说，就是照他的言谈判断起来，他至少也可以比做张之洞！

国家主义的口号虽然是“内除国贼，外抗强权”；但是张知主先生也就如他的朋友一样，以为要实行国家主义，顶好把口号具体化起来，就是把这两句口号改为“内除共产，外抗苏俄”。拿这两句口号来做国家主义运动，不但可以顺利地做去，而且可以得到讨赤诸元帅的帮助，可以博得外国人的同情。不错，的确不错！好一个便利的口号！

张知主总算是个有羞耻心的人：当他初次领英国人所主办的反赤大同盟的津贴时，脸上的麻子未免红了一下。但是他转而一想，C. P. 都能拿俄国的卢布[1]，而我就不能拿英国的金镑么？这又怕什么呢？于是张知主先生也就放心了。当他初次领五省总司令部宣传部的津贴时，他的脸上的麻子也照样地红了一红：受军阀的津贴未免有点不对罢？……但是我们的张知主先生是很会自解的；他想道，这比 C. P. 拿俄国的卢布好得多呢！中国人领中国人的钱，反正是自己人，这又算什么呢？于是张知主先生也就放心了。

在大罢工发生之后，张知主先生更加忙起来了。C. P. 的人又在做怪！又在鼓动工潮！又在利用罢工骗取苏俄的卢布！……张知主先生确信（也许是假信？不如此，便寻不出反对 C. P. 的材料！）每一次的工潮都是 C. P. 所鼓动的，并且 C. P. 在每一次工潮的结果，都要骗得许多万许多万的金卢布。你看他每一次的文章，他每一次所做的传单，都是说得活龙活现也似的。张知主先生在这一次更为发怒了，更为下了决心了。哼！这一次非设法杀掉许多工人不可！工人真正地浑蛋！你们为什么甘心被人利用呢？不杀你们几十个，你们永远不知道厉害！于是张知主先生投效直鲁联军反赤宣讲队，担任组长之职，于是他拼命拿笔写反赤的传单，于是他劳苦的不得了……

啊！张知主先生今天也不知以何因缘，挤到与史兆炎并立着一起在先施门口看热闹。当史兆炎看着印度兵和英国兵骄傲地在街上示威，而感觉着无限的羞辱的时候，张知主先生却只感觉得他们的军装整齐，只惊讶他们的刺刀明亮。史兆炎视他们为中国民众解放运动的敌人，而张知主先生有意识地，或无意识地，当他们为反赤的同志。是的，他们真是张知主先生的同志！张知主先生反对 C. P.，北伐军，而他们也反对 C. P.，北伐军；张知主先生想屠杀罢工的工人，帮助讨赤的联帅，而他们也是做如是想，完全与张知主先生取一致的行动。真的，真是很好的同志！

张知主先生是一个忙人，如史兆炎一样，不能老立在这儿看热闹！事情

---

① 当时的反动派诬蔑中国共产党的话。

多的很：还有传单没有分配好，还有组员要训练，还有……真的，张知主先生要快到闸北直鲁联军宣传部办公才是！

张知主先生于是不看热闹了，坐着黄包车驶向闸北来。

黄包车刚拖到宝山路铁路轨道的辰光，忽听一声：

“停住！”

“停住？为什么停住？”

张知主先生坐在车上正在俯着头想如何做反赤的传单才有力量，才能打动人，如何向人们宣讲反赤的真义……忽然被这一声“停住”吓得一大跳。张知主先生未来得及说话的时候，已经被走上来两个穿灰衣的人按着了，浑身上下一搜，搜出了一卷传单来。啊！传单！乱党！杀头！可怜两位穿灰衣的人不容张知主先生分辩，即胡乱地把他拖下车来，拖到路轨的旁边，手枪一举，啪地一声送了命！搜出来的传单本来是张知主先生所亲手做的，无奈兵大爷不识得字，就此糊里糊涂把他枪毙了。张知主先生做梦也没有做得到！张知主先生就是死了也不能瞑目！唉！真是冤哉！冤哉！

持传单看的小商人死得冤枉，抢传单包东西的十一岁小孩子阿毛死得冤枉，但是热心反赤的张知主先生死得更冤枉！在这一次运动中死了许多学生，工人——这是应该死的，谁个教他们要罢工？要散传单？要反对什么军阀和帝国主义？

但是热心反赤的张知主先生无辜地被枪毙了，这却为着何来？……

三

月娟真是疲倦了！这两天她的两条腿，一张口，简直没曾闲过。她担任妇女部的书记，所有女工的组织等等，都须要她操心，一忽儿召集负责任的女同志们开会，一忽儿到区委员会报告，一忽儿又要到总工会料理事情。唉！真是忙得两条腿，一张口，没有休息的工夫！但是怎么办呢？工作是需要这样的，革命的事业不容许安逸的休息。为着革命，为着革命就是赴汤蹈火，就是死，也是不容避免的，何况一点儿疲倦呢？……

但是月娟真是太疲倦了！她的面庞眼看着更瘦得许多了；两只眼睛虽然还是如从前一样地清利，但瘦得大了许多；头发这两天从没整理过。当正在工作或跑路的时候，月娟还不觉得疲倦，或者有点觉得，但不觉得怎样地厉害。现在她乘着要回家改装的当儿，抽得十几分钟躺在自己一张小床上，真是觉得疲倦的了不得。啊啊，顶好多躺一下，啊啊，顶好多躺一个钟头！真舒服！虽然这是一张小板床，而不是有弹性的细软的钢丝床。虽然这两条被都是粗布制的，虽然这一间书房带卧室如鸟笼子一样，但是到这时简直变成了快乐的天堂了。啊啊，顶好是多休息一下，顶好是多躺一忽儿！但是工作是要紧的啊！没有办法，简直没有办法！

月娟躺在板床上，两手抱着头，闭着眼睛，回想起刚才区委员会开会的情形：

“史兆炎真正是一位好同志！他说话那样清楚，那样简洁了当，他的那种有涵养的态度……他对待同志也好。他对于我？……他真是一个可爱的人！可惜他也得了肺病！他说话时那种咳嗽得腰弯起来的样子，真是令人可怜！唉！为什么好同志都有病呢？真是奇怪的很！倘若他没有肺病，那他该更有用处啊！……

“鲁正平同志？鲁正平同志不十分行。那样说话语无伦次，颠三倒四的！照理他不应负军事上的责任。他哪能够做军事运动呢？胡闹！易昌虞同志还不错，他很勇敢，做事又很有计划，很仔细。

“李金贵同志真勇敢，真热心！工人同志中有这样能做事的人，真是好得很！他明天率领纠察队去抢警察署，倒不知道结果怎么样呢。……翠英现在不知做什么。也许是在家里？好一个女工同志！不过脾气有点躁，少耐性。

“今天会议议决明天下午六时暴动，这当然是对的，不过我们的武器少一点。这两天杀了这些工人学生，唉！真是令人伤心的很！但是这又有什么方法避免呢？……明天暴动成功还好，暴动不成功时，又不知要死去多少人！反正暴动是不可免的，一般工人同志都忿恨的很，就是女工们也有忍不住之势。好在海军的接洽已有把握，明天也许一下子把李普璋这个屠户干掉……

“我明天晚上去到西门一带放火，这却是一个难差使，现在虽然活到二十一岁，但却没经验过放火的事情，唉！管它，明天再看罢！……

“啊，我浑蛋！我老想什么？我应当赶快改装去找翠英去！”

月娟想到这里，一骨碌坐起来，即速把身上的旗袍脱下，拿一件又大又长的蓝布袍子穿上。袍子穿妥之后，又将自己的头用青布巾包裹起来，顿时变成了一个老太婆的模样。月娟的头发是剪了的，但是剪了头发的女子即犯了革命党人的嫌疑，照着沈船舫，张仲长的法律，是有杀头的资格的。月娟并不怕死，但是倘若被大刀队捉去了，或是杀了，自己的性命倒不要紧，可不要误了革命的工作？月娟的模样一看就知是女学生，而女学生却不方便到工人的居住的地方去。月娟要到翠英的家里，又要到宝兴路去开女子运动委员会；因此，月娟便不得不改装，便不得不把自己原有的面目隐藏起来。

月娟改装停当之后，拿镜子一照，自己不禁笑将起来了，啊！扮得真像！简直是一个穷苦的婆子！倘若这种模样在街上行走，有谁个认得出我是华月娟来？有谁个认得出我是一个女教员来？哈哈！哈哈！……月娟越看自己越有趣，越看越觉着好笑。她忽然想起自己从前所读过的俄国虚无党人的故事来：女虚无党人的那种热心运动，那种行止的变化莫测，那种冒险而有趣的生涯……难道说我华月娟不是他们一类的人吗？啊！中国的女虚无党人！……

在B路转角的处所，有一块矮小的房屋名为永庆坊。这个坊内的房屋又矮小，又旧，又不洁净，居民大半是贫苦的工人。贫苦的工人当然没有注重清洁的可能，又加之坊内没有一个专门打扫弄堂的人，所以弄堂的泥垢粪滓堆积得很厚，弄得空气恶臭不堪。倘若不是常住在这种弄堂里的人，那么他进弄堂时一定要掩住口和鼻子。坊的前面就是小菜场，小菜场内的鱼肉腥臭的空气，和弄内泥垢粪滓的臭味混合起来，当然更要令人感觉得一种特别的，难于一嗅的异味。但是本坊内的居民，或者是因为习惯成自然了，总未感觉得这些。他们以为只要有房子住，只要房子的租价便宜，那就好了，此外还问什么清洁不清洁呢？清洁的地方只有有钱的人才可以住。但是穷人，穷人是应该住在如永庆坊这类的地方。

李金贵和邢翠英也是永庆坊内的居民。他俩所住的房子是二十八号。这二十八号是一楼一底的房子，共住着四家人家：楼上住两家，楼底下住两家。虽然原来共总是两间房子，但因为要住四家的原故，所以不得不用木板隔成四间房子用。若与本弄内其他房子所住的人家比较起来，那么这二十八号住四家人家还不算多；因为大半都是住着五家或是六家的。至于他们怎样住法，那是有种种不同的情形的，有的两家合住在一小间房子里的，有的把一间房子隔做两层，可以把一楼一底的房子造成四层楼的房子。

李金贵和邢翠英住的是楼底下靠着后门的一间，宽阔都不过五六尺的样子，除开摆放一张床和一张长方桌子，此外真不能再搁一点大的东西。好处在于这间房子是独立的，与其他的房子完全隔断了，一道后门不做共同的出路。睡觉于斯，烧锅于斯，便溺于斯——这一间形如鸟笼子的房子倒抵得许多间大房子用处。房内摆设的简单，我们可以想象出来，一者这一对穷夫妻没有钱来买东西摆设，二者就是有摆设的东西也无从安搁。不过这一对穷夫妻虽然住在这种贫民窟里，而他俩的精神却很愉快，而他俩的思想却很特出，而他俩的工作却很伟大……

天已经要黑了，已经要到开电灯的时候了，但是邢翠英的家里却没有明亮的电灯可以开。邢翠英今天忙了一天，现在才回到自己的家里。此时觉着有点饿了，在把煤油灯点着之后，遂把汽油炉子上上一点煤油，打起气来，预备烧晚饭吃。翠英今天晚上回来的时候，情绪非常愉快：女工们真热心！女工们真勇敢！尤其是年轻的小姑娘们！……今天会议上的情形真好，你看，阿兰那样小小的年纪，小小的姑娘家，居然怪有见识，居然那样明白事情……翠英本来是疲倦了，但是，因为有这种样的高兴的情绪鼓动着，倒不感觉着什么疲倦了。

曾几何时，Y 丝厂的一个女工人，一个知识很简单的女工人，现在居然担任党的重要的工作！现在也居然参加伟大的革命的事业！……翠英有时也觉得自己有这样大的变化，当每一觉得这个时，不禁无形中发生一种傲意：女工人有什么不如人的地方？你看看我邢翠英！我邢翠英现在做这种伟大的事情，也居然明白社会国家的事情！可见人总要努力！倘若一切的女工人都像我邢翠英一样的觉悟，那可不是吹牛，老早就把现在的社会弄得好了。但是当翠英每一想到此处，一个清瘦的，和蔼的姑娘——华月娟的影子便不得不回绕于脑际。华月娟是翠英的好朋友，是翠英的爱师——华月娟从人群中把翠英认识出来了，把她拉到平民夜校读书，灌输了她许多革命的知识。——真的，翠英无论如何忘记不了华月娟，一个平民夜校的女教师，一个清瘦的，和蔼的姑娘！

今天翠英特别高兴，因想起开会的事情，想到自身，由自身又想到华月娟的身上。翠英把汽炉打着了，将锅放在上面，即让它煮将起来，而自己一边坐在床上等着。正在一边等着，一边想着华月娟的当儿，忽听得有人敲门，遂问道：

“谁敲门？”

“是我！”

“啊，原来是你！”

翠英把门开了，见着月娟的模样，不禁笑道：

“好一个可爱的娘姨！”

“你看像不像？”

“怎么不像？真是认不出来呀！”

“那么就好！”

“我正在想你，恰好你就来了。”翠英把门关好，回过脸跟着就问道：“你们今天开会怎么样决定的？明天晚上是不是要……”

“决定了。”月娟向床坐下说，“明天晚上要暴动。”

“啊啊！……”

“我问你，女工的情绪怎么样？杀了这些人，她们怕不怕？”

“女工的情绪很好，她们现在都愤恨的了不得！我已经把工作都分配妥当了。金贵呢？你看见他了吗？他到现在还没有回来。”

“在会场上看见的。明天暴动时，决定他带领几十个纠察队去攻打警察署，夺取警察的枪械……”

“怎么？是他带领着去吗？……”翠英听了月娟的话，顿呈现出一种不安的神情，但是月娟并没注意到，还是继续接着说道：

“是的，是他带领着去。我们自己没有武装，只得从敌人的手里抢来！明天晚上决定海军一开炮时，即动手抢兵工厂……计划都弄好了，大约是总可以成功的。现在势已至此，没有办法，难道说就这样地让李普璋杀吗？”

“啊啊。”

“我担任的真是一个难差使；教我到西门一带放火，你说是不是难差使呢？长到这样大，真是不知火是怎样放的！没有办法，只得去放罢……”月娟忽然将手表一看，惊慌地说："我还有一个会要开，要去了。明天再会罢！"

月娟刚出永庆坊的弄口，即与李金贵遇着了——他这时是从军事委员会开会回来。两人互相点一点头，笑一笑，就分开了，并没有说一句话。

在灰黄不明的煤油灯光中，李金贵与邢翠英坐在床上互相拥抱着，紧紧地拥抱着……一对穷夫妻在同居的五六年中，虽然是相亲相爱，没曾十分反目过，但也从没曾有过此刻这样地亲爱，从没曾相互地这样紧紧地拥抱过。此刻的一分钟，一秒钟，对于这一对相互拥抱着的穷夫妻，比什么东西都可贵些！

明天金贵要带领着人去抢警察署了！大家都是徒手没有枪，抢的好或可以生还，抢的不好，一定是免不了要送掉性命。两人都明白这个，但是不能避免这个！啊，党的决议，革命的要求，就是知道一定地要送命，那又有什么办法呢？金贵能临时脱逃？能贪生而丢弃革命的工作？不，绝对地不能！金贵连这种卑怯的心理起都没有起过！对于金贵，吃苦也可以，受辱也可以，挨打也可以，就是死也可以。但是背叛革命，但是放弃自己的责任，金贵无论如何是不会的！

说也奇怪，金贵的意志如铁一样的坚，金贵的信心比石头还硬。金贵是一个朴直的工人，所知道的也就仅是关于工人阶级的事情。现在社会非改造不可！工人阶级真苦！有钱的都不是好东西啊！啊！赶快革命，革命，革命……真的，金贵无时无刻不想革命的实现。金贵的性情很急躁，老早就向党部提议暴动，但是总都被否决。可是现在？可是明天？啊，明天暴动，这是我李金贵发泄闷气的时候了！把李普璋这个狗东西捉住，把他千刀万剐才如我意！……

金贵想到，明天也许弄得不好要死的，但是这又有什么办法呢？死就死，大丈夫还怕死不成么？但是翠英？与我共甘苦的翠英？……没有办法！也许明天弄的好不至于死，况且我还有一支手枪呢。放小心些，大约不妨事的。

金贵觉着心中有点难过，想说几句安慰翠英的话，但是金贵素来就不长于说话，到此时更不知为什么，连一句话几乎都说不出来。他只有用自己粗糙的手抚摩着翠英的蓬松的黄头发，他只有用自己的大口温情地吻翠英的额，不断地吻……至于这时的翠英呢？翠英本是一个会说话的人，到这时应当向金贵多多地说一些，倘若这时不说，也许永没有再与金贵说话的机会了。是的，翠英这时应当多多地说些话！这时不说，还待什么时候说呢？但是翠英也如金贵一样地沉默着，沉默着，沉默到不可再沉默的地步。平素会说话而且好说话的翠英，到现在却没有话好说了——本来呢，这时有什么话好说？说一些什么话才好？翠英这时候的情绪没有什么言语可以表示出来！劝阻金贵不要去干？不，不，翠英无论如何不好意思把这种意思说出来！党的决定，革命的需要，我哪能以个人的感情来劝阻他？而况我自己是一个什么人呢？不可以，绝对地不可以！这也只好碰运气，也许不至于有什么意外的事情罢？但是，倘若有什么不测的时候……唉！那时我也只有一个死……陪着他死……

翠英想起五年前与金贵初认识的时候，想起与金贵初同居的那一夜，啊，那一夜也曾与金贵如今夜地这样拥抱着，但是那时的拥抱是什么味道？现在的拥抱是什么味道？想起前年金贵因指挥罢工而被捕入狱的时候；想起她害病时，金贵是如何地焦急，而侍候到无所不至的时候；想起金贵对于她的纯洁的真挚的爱；想起金贵有许多不可及的好处，想起……啊啊！好亲爱的黑子！好亲爱的丈夫！好亲爱的朋友！好亲爱的同志！……但是明天？唉！没有办法！只好听他去！也许碰得好，不至于大要紧罢？翠英刚想到这个当儿，忽然金贵高兴地叫一声：

“我的翠英！”

“什么？”

“你怕么？”

“不怕！”

“我以为，只有我们穷革命党人才算得英雄好汉！你想想是不是？我们的责任该多么样大啊！……”

“是的，我的亲爱的黑子！只有你才算得真正的英雄，真正的好汉！……”

金贵很满意地向着翠英笑了一笑。

四

白色的恐怖激起了红色的恐怖。

偌大的一个上海充满着杀气！英国的炮车就如庞大的魔兽一样，成大队的往来于南京路上，轰轰地乱吼，似乎发起疯来要吃人也似的。黄衣的英国兵布满了南京路，高兴时便大吹大擂地动起了鼓号。啊啊，你看，那些有魔力的快枪，那些光耀夺人的刺刀，那些兵士睁着如魔鬼也似的眼睛，那些……啊啊，他们简直要吃人！

森严的大刀队来往梭巡于中国地界各马路上，几乎遇人便劈，不问你三七二十一！是的，这是一群野兽，它们饿了，它们要多多地吃一些人肉！……

坐镇淞沪的防守司令李普璋现在可以安心了：走狗有这样地多，刽子手有这样地好，国民党右派的名人又这样地出力，国家主义者又这样地帮忙，啊啊，我还怕什么呢？难道说这些愚蠢的，手无寸铁的工人还能做大怪不成？罢工？散传单？你们的本事也就止于罢工散传单了！难道说你们另外还有什么花头吗？……何况我有英国兵做后盾。啊啊，英国人真是好！英国人这样地帮我忙，真是难得！你们反对什么帝国主义，反对外国人，唉，这简直是浑蛋！我看看你们如何反对他们！哼！这简直是笑话！

真的，我们的防守司令现在可以安安稳稳地躺在床上大抽其鸦片烟，鸦片烟抽足了之后，可以安安稳稳地搂着白嫩的四姨太太睡觉。

但是这被屠杀的工人？这一般不安分的穷革命党人？

胆小的，卑怯的市侩见着这种屠杀的景象，大半都吓得筛糠带抖霖；一部分心软的知识阶层只是暗暗地在自家的屋里叹气。唉！这简直没有人道了！这，这，这简直不合乎人道主义！……但是粗笨的工人群众越受屠杀越愤激，越受压迫越反抗。——在这两天内，工人群众的情绪更愤激得十倍于前！他们并不知道什么叫做人道主义，他们只知道拼命，只知道奋斗，不奋斗便有死，反正都是一死，与其饿死，不如被枪打死。一般专门的穷革命党人，他们还是秘密地进行自己的工作；从前他们仅是从事于和平的示威，而现在却进行武装的暴动。革命没有武装，总归是不行的，一定要有武装！武装啊！但是自己没有武装怎么办呢？从什么地方才能得到武装？只有去抢敌人的营寨，只有从敌人的手里把武装抢来。

于是红色的恐怖开始了！

在二十二日的下午，在浦东，在闸北，在中国界各区域内，到处发生徒手工人袭击兵警的事实。有的地方徒手工人与警察互斗数小时之久，有的地方警察的枪械真被工人所抢去，并且有一处警察巡长被工人打死。在这些争战中，工人的勇敢的精神简直令雇佣的警察惊心动魄。喂！工人真不要命！工人真不怕死！不要命，不怕死的工人当然要吓得雇佣的警察们屁屎横流……

李金贵与十几个纠察队约在C路头一家茶馆内聚齐，只要一到五点半的光景，大家就向北区警察署进攻，夺取警察署的枪械。十几个纠察队腰里都暗藏着冷的兵器，有的是菜刀，有的是斧头，还有几个人揣着几块石头。但是李金贵，因为是队长，却带了一支手枪和十几粒子弹。

这一家茶馆是专门为所谓下等人开的，所以十几个工人进内吃茶，倒也不会惹人注意。大家在茶馆内都不准谈关于什么政治上或军事上的话，只都默默地坐着，各吃各的茶，似乎相互间没有什么关系的样子。大家一边吃着茶，一边想着：他们也不知已经有防备了没有？……这菜刀倒可以一下子将脑袋砍去半个！……这斧头是劈好些呢，还是用斧头背砸好些？……我一石头就可以要一个狗命！……糟糕！我长这么大还没曾放过枪呢。我就是抢到枪时也不会放，这倒怎么办呢？……大家你想你的，我想我的，各有各的想法，但目的却是一样的：把警察署长打死，把枪抢来，好组织武装的工人自卫军。

李金贵抱着热烈的希望：倘若今天暴动能够成功，倘若我们今天能抢得许多枪械，那么我们可以将李普璋捉到，可以组织工人自卫军，可以把上海拿到我们的手里……啊啊，这是多么好的事情！难道说我们工人就不能成事吗？唉！中国的工人阶级真是苦得要命！真是如在地狱中过生活！依我的意思，倘若我们今天能把上海拿到手里，我们就可以一搭刮子行起社会主义来，照着俄国的办法。怕什么呢？我想是可以办得到的。但是有些同志，甚至于负责任的同志，他们总是说现在还没到实行社会主义的时机，还是先要实行什么民主政治，还是要……我真是大不以为然！怕什么呢？我看有个差不多。北伐军？北伐军固然比较好些，但是这总不是工人自己的军队，谁个能担保他们将来不杀工人？你看，从前以拥护工农政策自豪的江洁史，现在居然变了卦，现在居然要反共？唉！这些东西总都是靠不住的！我们自己不拿住政权，任谁个都靠不住。

李金贵平素似乎不喜欢听一般负责任的知识阶层同志这样的话："金贵同志！请你不要性急，我们要慢慢地来，哪能够就一下子成功呢？"他每每想道，"唉！你们老说慢慢地，你们可晓得工厂里的工人简直在坐监狱！比坐监狱更难受！我李金贵当了许多年工人，难道说还不晓得吗？能够早成功一天，他们就早一天出地狱！你们大约还是不知道他们的苦楚！倘若你们试一下子这种地狱生活的滋味，包管教你们也不说慢慢地了！……"李金贵每一想起来工人的痛苦，资本家的狠毒，恨不得一拳把现在的社会打破。这也难怪他这样！他的父亲是穷得无钱病死的；他的一个十七岁的妹妹是被工头污辱了而投水死的；至于他自己呢，被巡捕打的伤痕还存留着，被工头把痰吐在脸上的污辱，还没洗雪掉。金贵永远忘不了这种永世不没的侮辱！他要复仇，他要雪耻，他要打倒万恶的敌人。

金贵想着想着，忽然想起翠英来：一颗朴直的心不禁为之动了一动。她现在在做什么？也许在那里与女工们谈话？也许在开会？也许今天在家里没有出来？也许她在那里为我担心，正在想着我哭？啊！不会！绝对地不会！她真是一个好汉，居然没曾向我说一句惧怕的话，居然一点儿也没表示劝阻我的意思。啊！真难得！但是，倘若我今天有什么不幸……唉！随他去！我的亲爱的翠英啊！也许我们再没有见面的时候了！……金贵想到此处，眼睛不禁红湿了一下，心里觉着有无限的难过，但即时吃了一口茶，又镇定地忍住了。

金贵又忽然想起腰间的手枪来，遂用手摸一摸，啊，还好，还没有丢掉！若把它丢掉了，那可真是大大地糟糕！今天全靠它做本钱，若没有它，那可真是不行！……林鹤生将这一支手枪交给我，我从没试验过，也不知道到底灵不灵，若是放不响，那可真是误事呀！不，不会，绝对地不会！他既然交给我，当然是可以用的，不至于放不响。我一把把警察署长捉住，我就啪地一枪要他狗命，再放几枪，包管那些警察狗子吓得屁屎横流，跑得如兔子一样。金贵设想将枪械夺到手里的情形，不禁黑黝的面孔上荡漾起了愉快的，微笑的波纹。对于金贵，这恐怕是最愉快的事情罢？

"金贵！你将你的表掏出来看看，到底是什么时候了？我恐怕时候已经到了。"与金贵同桌吃茶的，一个年轻的工人王得才这样轻轻地向金贵说。金贵的想念被他打断了。金贵稍微吃了一惊，即时从胸前的衣袋里掏出来一只铜壳无盖的夜光表，很注意地看一下，真是到时候了。金贵立起身来向同伴们丢一个眼色，同伴们即时都会意了，遂跟在金贵的后边，一个一个地出了茶馆门。走了十几步的光景，走到一个转角上，金贵略为停了一停，点一点人数，向同伴们宣言道：

“请大家都把家伙预备好！无论谁都不可临阵脱逃！”

“谁个要怕死，谁个就不是爷娘养的！”王得才很坚决地说。

“到现在还怕死么？”

“怕死也就不敢来了。”

“……”

大家说着说着，已经来到了警察署。这时李金贵掏出了手枪，王得才拿出了斧头，朱有全握着石头，潘德发持着菜刀……各露出了各人的武器，大家的面孔上丝毫没表现出来一点儿惧色。两个守门的警察见着来势汹汹，吓得翻身就向屋里跑，金贵等这时一拥上前，将警察署的门拦住了。屋内的警察署长及几十个警察闻着讯，也即时持枪出来，在这个当儿，李金贵冷不防一个箭步跳进屋内，左手将警察署长抓住，右手向着他的肚子举起手枪来，高声喊道：

“你们现在还想反抗么？赶快将枪放下，我们好饶你们的狗命！”

李金贵将话刚说完，年轻的王得才不问三七二十一，就举起斧头乱砍起来。朱有全一石头将一个警察的头击破了，倒在地下。这时警察还不敢放枪，因为署长被金贵抓着在，只用刺刀乱刺。金贵看着势头不对，即连忙扣机放枪，想将署长先打死，以寒其余人之胆，不料连扣三次都放不响；众警察看着金贵的手枪是坏的，于是胆大起来了，向金贵等放起枪来。金贵的腹部中了一弹，即时倒在地下，临倒在地下的当儿，他还将手枪向着署长的面上摔去，不幸未打到署长，而落在一个警察的肩上。众人看见金贵已死，自己手中又无枪械，只得四散脱逃。潘德发被打死了，王得才肩上中一弹，躺在地下不能动。其余的人都逃脱了。警察共总死伤了五六个。王得才虽然身受重伤，但心里还明白，还能说话，他睁着他的痛得红胀起来的眼睛，向一般警察愤恨地然而声音很微弱地骂道：

“你们这一般军阀的小走狗，你们还凶什么，你们总有头掉下的时候啊！……”

王得才转过脸一看，李金贵躺在他的右边，死挺地不动，从他的腹部流出一大滩殷血来；这时王得才的心里陡然难过起来，如火烧着也似的。他渐渐地失去了知觉，在模糊的意念中，他似乎很可惜李金贵死了——李金贵是他平生最佩服的人，是最勇敢的人，是最忠实最公道的人，是党里头最好的一个同志。

“啊，今晚上……暴动……强夺兵工厂……海军放炮……他们到底组织得好不好？这种行动非组织好不行！可惜我病了，躺在床上，讨厌！……”

在有红纱罩着的桌灯的软红的光中，杨直夫半躺半坐在床上，手里拿着一本列宁著的《多数派的策略》，但没有心思去读。他的面色本来是病得灰白了，但在软红色的电光下，这时似乎也在泛着红晕。他这一次肺病发了，病了几个月，一直到现在还不能工作，也就因此他焦急的了不得；又加之这一次的暴动关系非常重大，他是一个中央执行委员，不能积极参加工作，越发焦急起来。肺病是要安心静养的，而直夫却没有安心静养的本领；他的一颗心完全系在党的身上，差不多没曾好好地静养过片刻。任你医生怎样说，静养呀，静养呀，不可操心呀……而直夫总是不注意，总是为着党，为着革命消耗自己的心血，而把自身的健康放在次要的地位。这一次病的发作，完全是因为他工作太过度所致。病初发时，状况非常地危险，医生曾警告过他说，倘若他再不安心静养，谢绝任何事情，那只有死路一条。直夫起初也很为之动容，不免有点惧怕起来：难道说我的病就会死？死？我今年还不满三十岁，没有做什么事情就死了，未免太早罢？啊啊，不能死，我应当听医生的话，我应当留着我的身子以待将来！……但是到他的病略为好一点，他又把医生的话丢在脑后了。这两天因为又太劳心了，他的病状不免又坏起来了。当他感觉到病的时候，他不责备自己不注意自己的健康，而只恨病魔的讨厌，恨世界上为什么要有“病”这种东西。

“啊，今天晚上暴动……夺取政权……唉！这病真讨厌，躺在床上不能动，不然的话，我也可以参加……”

直夫忽而睁开眼睛，忽而将眼睛闭着，老为着今天晚上的暴动设想。他深明了今天晚上暴动的意义——这是中国工人第一次的武装暴动，这一次的暴动关系全中国工人运动的发展……他这时希望暴动成功的心，比希望自己的病痊愈的心还要切些。是的，病算什么呢？只要暴动能够成功，只要上海军阀的势力能够驱除，只要把李普璋，沈船舫这些混帐东西能够打倒……至于病，病算什么东西呢？

他这时只希望今晚的暴动能够胜利。

“噠！噠！……”大炮声。

“啪！啪！……”小枪声。

直夫正在想着想着，忽然听见炮声枪声，觉着房子有点震动；他知道暴动已经开始了。他脸上的神情不禁为之紧张一下，心不禁为之动了一动。在热烈的希望中，他又不禁起了一点疑虑：这是第一次的工人武装暴动，无论工人同志或负责任的知识阶级同志，都没有经验，也不知到底能不能成功……他忽然向伏在桌上写字的他的妻秋华问道：

“秋华！你听见了炮声没有?”

秋华，这是一个活泼的，富有同情心的，热心的青年妇人，听见她的病的丈夫问她，即转过她的圆脸来，有点惊异地向直夫说道：

“我听见了。我只当你睡着了，哪知道你还在醒着!”

“我今天晚上无论如何也睡不着！你听，又是炮声!”

“大约他们现在动手了。这一定是海军同志放的炮!”

“也不知他们预备得怎样……”

“你还是睡你的罢！把心要放静些！……”

“哼，我的一颗心去抢兵工厂去了。”

秋华本拟再写将下去，但因闻着炮声，一颗心也不禁为之动起来了；又加之直夫还没有睡着，她应当好好地劝慰他，使他能安心睡去，无论如何没有拿笔继续写下去的心情了。她将笔放下，欠起身来，走到床沿坐下，面对着直夫说道：

“月娟带领几个女工到西门一带放火，也不知道现在怎样了？……啊啊！你好好地睡罢！我的先生……”

直夫沉默着，似乎深深地在想什么。

秋华这一次本要参加工作的，可是因为一个病重的他躺在床上。她想道：倘若我能把直夫的病伺候得好，他能早日健康起来，啊啊，那是多么愉快的事情啊！那是多么好的事情啊！我的亲爱的直夫！我的亲爱的老师！秋华真是爱直夫到了极点！她为着直夫不惜与从前的丈夫，一个贵公子离婚；她为着直夫不顾及一切的毁谤，不顾及家庭的怨骂；她为着直夫情愿吃苦，情愿脱离少奶奶的快活生涯，而参加革命的工作；她为着直夫……啊啊，是的，她为着直夫可以牺牲一切!

秋华爱直夫，又敬直夫如自己的老师一般。这次直夫的病发了，她几乎连饭都吃不下，她的丰腴的，白嫩的，圆圆的面庞，不禁为之清瘦了许多。今天她本欲同华月娟一块去参加暴动的工作，但是他病重在床上，自己也的确不放心……秋华不得已，只得在家里看护病的直夫。

秋华这时坐在床沿上，一双圆的清利的眼睛只向直夫的面孔望着；她明白这时直夫闭着眼睛不是睡着了，而是在沉思什么。她不敢扰乱他的思维，因为他不喜欢任何人扰乱他的思维。秋华一边望一边暗暗地想道：

“这个人倒是一个特别的人！他对于我的温柔体贴简直如多情的诗人一样；说话或与人讨论时，有条有理，如一个大学者一样；做起文章来可以日夜不休息；做起事来又比任何人都勇敢，从没惧怕过；他的意志如铁一般的坚，思想如丝一般的细。这个人真是有点特别！……他无时无地不想关于革命的事情……”

月娟日里已与几个女工看好了易于放火的地点，这是C路背后一处僻静的地方，有几间低矮的草房。月娟看好了，以为这是最易于放火的地点，但是在别一方面想道：这几间草房里住的是穷人，倘若把它烧了，那岂不是害了他们？我们是为着穷苦人奋斗的，现在我来烧穷苦人的房子，这未免有点不忍罢？……唉！这又有什么办法呢？为着革命的成功，为着多数人的利益，也只有任着极少数人吃点苦了。如果这一次暴动成功后，如果能把李普璋打倒，我一定提议多多地救恤他们，不然的话，我的良心的确也过不去。啊啊，是的，为着多数人利益的实现，少不得少数人要受一点痛苦的！

月娟稍微犹疑了一下，也就忍着心决定了。

时已是晚上七点钟的光景了，因为在大罢工的时期中，全市入于惊慌的状态，晚上的行人比平常要稀少一倍。月娟与两个年青的女工（还有其他的几个女工从别的路走向目的地）手持着燃料等物，偷偷地，小心翼翼地顺着僻静的路，走向预备放火的地点。月娟一边走着，一边想着，啊啊，倘若今天晚上能够成功，倘若我能把我的工作完成，这是多么愉快的事啊！真的，这是再愉快没有的！我们将统治上海，我们将要令帝国主义者，军阀，资本家看一看我们穷人的力量。我们组织革命的市政府，我们的党得领导一切的革命运动。至于我呢，我将指挥一切妇女运动的事情。月娟的全身心充满着热烈的希望，只希望明天的上海换一换新的气象。

“噠！噠！啪！啪！……”月娟听见炮声和枪声了，月娟知道他们在动作了。

“你们听见了么？”月娟回头向在她后边走的两位青年女工说。

“听见了。”

“我们走快一点罢，恐怕慢了来不及。”

“是的，我们应当走快一点！”

她们三人加快脚步，正走到S巷一个转拐的当儿，忽然迎头碰着了两个巡街的警察，糟糕的很！这两位荷枪的警察见着她们行色匆匆，各人手中都持着什么东西，不禁起了疑心，大声喝道：

“你们往哪里去？干什么的？”

警察不容分说，即上前来夺看她们手中的东西。这时一个手提煤油壶的青年女工见着势头不对，即把煤油壶向一个警察的脸上掼去，不料警察躲让得快，没有掼中，砰然一声落在地上，所有的煤油都流出来了，弄得煤油气令人难闻。别一个女工手中拿的是一个包子，她却把又一个警察的脸部打伤了。月娟意欲上前夺取警察的枪械，可是警察已经鸣起警笛来了，大家只得以逃跑为是。幸而是晚上，又加之这个转拐儿没有电灯，月娟三人得以安全逃脱，没有受伤。

事情是失败了，这真是糟糕的很！怎么办呢？没有办法！月娟跑到T路似觉没有危险的时候，才停住喘一喘气。回头一看，只有一个女工了，别一个女工却不知道跑到什么地方去了。月娟这时真是又羞又愤，说不出心中的情绪是什么样子。唉！糟糕！实指望能够达到目的，实指望能够……但是现在，现在完了！火放不着倒不要紧，可是莫不要因此误了大事？若误了大事，那我华月娟真是罪该万死！现在怎么办呢？预备好的东西都失掉了，若再去预备，已经是来不及了。唉！真是活气死人！……

现在到什么地方去呢？月娟定神一看，即时知道了这是秋华住的一条马路，秋华的住所就在前边，不远。月娟这时没有地方好去，遂决定到秋华的家里来。

这时秋华坐在床沿上，两眼望着直夫要睡不睡的样儿，心里回忆起她与直夫的往事：那第一次在半淞园的散步，那一日她去问直夫病的情形，那在重庆路文元坊互相表白心情的初夜，那一切，那一切……啊，光阴真是快啊！不觉已经是两年多了！抚今思昔，秋华微微地感叹了两声。秋华与直夫初结合的时候，直夫已经是病得很重了。但是到了现在，现在直夫还是病着，秋华恨不得觅一颗仙丹即时把直夫的病医好起来！秋华不但为着自己而希望直夫的病快些好，并且为着党，为着革命，她希望他能早日健全地工作起来。啊啊，他是一个很重要的人，他是一个很可宝贵的人！……秋华想到此地，忽听见有人敲门，遂欠起身来，轻轻地走下楼来问道：

“是谁呀？”

“是我，秋华！”

“啊啊！”

秋华开门放月娟等进来，见着她俩是很狼狈的样子，遂惊异地问道：

“你们不是去……怎样了？”

“唉！别要提了！真是恨死人！……”

“究竟是怎么一回事？啊，上楼去再说罢！”

秋华等刚上楼还未进直夫房子的时候，直夫已经老远问起来了：

“是谁呀，秋华？”

“直夫，是我，你还没有睡吗？”

“啊啊，原来是你，事情怎样了？”

月娟进到房内坐下，遂一五一十地述说放火的经过。直夫听了之后，长叹一声。

“糟糕！”

“这也是没办法的事情！”秋华插着说。

“你们晓得吗？我在这里睡在床上，听外边放炮放枪的情景，我感觉得今晚一定是不大妥当的。唉！没有组织好，少预备。”

室外远处还时闻着几声稀少的枪声，室内的几个人陷入极沉默的空气中。月娟觉得又羞又愤，本欲向大家再说一些话，但是再说一些什么话好呢？

五

当李金贵在茶馆里想起邢翠英的时候，也正是在杨树浦开工人大会上，邢翠英向工人演说的时候。男工和女工聚集了有五六千人，群众为一股热血所鼓动，如狂风般的飞腾。在群众的眉宇上，可以看出海一般深沉的积恨，浪一般涌激的热情。

杀李普璋！杀沈船舫！

打倒军阀！

打倒帝国主义！

工人有结社，集会，言论的自由！

大家团结起来，

不自由，毋宁死！……

啊啊！请你想想，在黑暗地狱过生活的上海工人，他们是如何地痛苦！他们要求解放的心情是如何地迫切！帝国主义者的铁蹄，军阀的刀枪，资本家的恶毒……啊啊！这一切都逼着被压迫的上海工人拼命为争自由而奋斗。是的，不自由，毋宁死，上海的工人所要求的不是免死，而是一点人的自由！……

会场是K路头一块广大的土场，会场内没有一点儿布置，连演说台都没有。会场内有一座二尺多高的小土堆，演说的人立在小土堆上；谁个愿意跑上说几句，谁个就跑上说几句，没有任何的议事日程。这一次的集会完全是偶然的，因为罢工了无事做，起先少数人集合在会场内讨论事情，后来越聚越多，越多越热烈。这个说，走，我们去开会去；那个说，走，我们去开会去；如此，就开了一个群众大会。只听见一片喧嚷声；这个喊一句，“杀李普璋!”那个就和一句，“枪毙沈船舫!”这个喊一句，“打倒军阀!”那个就和一句，“打倒帝国主义！……”跑上土堆的演说者，有的说了几句不明不白地就下来了；有的高声喊了几句口号；有的跑上去本想说几句话，但不知因为什么一句话也说不出来。

“邢翠英呢？请邢翠英说话，她会说，”有一个工人这样地喊着。

“啊啊，是的，请邢翠英说话。邢翠英！”别一个工人附议。

“啊啊，邢翠英来了！”

“……”

果然，邢翠英从一群女工中走出来了。邢翠英登上土堆了。邢翠英这时的打扮当然与其他女工一样，没有什么特出的地方。头发蓬松着，老蓝布的旗袍，黑黑的面孔，一切一切，真的，没有什么出色的地方。但是，请你看一看她那一双发光眼睛！请你看一看她那说话时的神情！请你听一听她那说话的内容！……当她一登土堆时，群众的喧哗即时寂静下去了。她稍微向四外一看之后，即开始向群众说道：

“在上海惟有我们工人最吃苦头，吃的不好，穿的不好，简直连牛马都不如。处处都是我们的敌人，什么帝国主义者啦，军阀啦，资本家啦，那莫温①啦，包打听啦……你们看看我们的敌人该有多少呢！现在我们大家应当齐起心来，团结得坚坚固固地才行，才能同敌人奋斗；不然的话，一人一条心，十人十条心，我们工人虽多，可是永远要吃苦头的。我们要齐心，我们要坚持到底……”

邢翠英说到此处，群众都兴奋地高声喊起来：

“我们要齐心！我们要坚持到底！”

“谁个要不齐心，谁个就不是爷娘养的！”

“请别吵，听她说好罢？乱叫什么呢？”有一个年老的工人这样地生着气说。

忽然会场的西南角喧嚷起来了：

“啊，工贼，小滑头，捉住！”

“在哪里呀！”

“别让他逃跑了！”

“哼！今天你可要倒霉了！你想逃命是万万不能的！”

“……”

这一种纷乱的喧哗声打断了邢翠英的演说。翠英定神一看，几位工人拖住了一个人，蜂拥地走向演说台子这边来。翠英起初莫名其妙，甚为惊异，及这个人拖到跟前时，仔细地看一看，他原来是工贼绰号叫小滑头的，不禁心中大喜。啊啊！原来是他！原来是巡捕房和资本家的小走狗！原来是专门

---

① 英语 number one 的译音；上海工人对工头的称谓。

破坏工会陷害工人的工贼！原来是有一次要强奸我的混帐东西！……啊啊！你也有今日！今日我教你看一看我们的厉害！……这时大家你说一句，我说一句，有的主张把他一刀一刀地割死，有的主张把他活活地打死，有的主张把他拖到粪池里淹死，有的主张把他用火烧死……结果，首先捉住小滑头的一位工人说道：

"我在他身边搜出一支手枪来，这支手枪大约是他用来对付我们的，以我的主张，现在我们可以用他自己的手枪将他枪毙，给他一颗洋点心吃一吃。你们看好不好？"

翠英见大家争议不休，遂向大家宣言道：

"大家这样地乱叫，到底也不知从谁个的主张好些。我现在来表决一下，请大家别要再叫了，好好地听清楚！赞成将小滑头枪毙的请举手！"

"啊啊！赞成！赞成！"

"枪毙小滑头！"

"啊！多数！枪毙小滑头！但是谁个动手呢？"

"我来，我来，让我来！"

"你不行，让我来！"

"还是让我来罢！"

"喂！别要闹！我看还是让王贵发动手罢，他的胆子大些。"

"赞成！……"

这时年青的，英气勃勃的，两眼射着光芒的王贵发将手枪拿在手里，即大声嚷道：

"请大家让开，我来把他送回老家去，包管他此后不再做怪了！"

穿着包打听的装束——戴着红顶的瓜皮帽，披着大氅——的小滑头，这时的面色已吓得如白纸一般，大约三魂失了九魄，不省人事了。大家让开了之后，两个工人在两边扯着他的两只手，使他动也不能动。说时迟，那时快，王贵发将手枪举好，对着他的背心啪啪地连放两枪，扯手的两位工人将手一放，可怜小滑头就魂归西天去了。工人们大家见着小滑头已被枪毙，即大鼓起掌来，无不喜形于色，称快不止。惟有这时翠英的心中忽然起了一种怜悯的心情：好好的一个人为什么要做工贼呢？当他破坏工会陷害我们的时候，大约没曾想到也有今日。唉！小滑头啊！你这简直是自己害自己！……

真的，小滑头真是做梦也没做到有今日这么一回事！他的差使是专探听工人的消息，专破坏工人的机关。他领两份薪水，资本家当然需要他，即是巡捕房也要给他钱用。啊啊，真是好！差使这么容易，薪水又这么多，真是再好没有的勾当！可以轧姘头，可以逛窑子，可以抽鸦片烟，有的是钱用。啊啊，真是好差使！陷害几个工人又算什么呢？越陷害得多越有钱用，越可以多抽几口鸦片烟！真的，小滑头以为自己的差使再好没有了。这几天之内，他接连破坏了四个工会，致被捕的有十几个工人。今天他的差使又到了：工人在会场内集会，这大约又有什么事情罢，且去看一看！看一看之后好去报告，报告之后好领赏！……但是糟糕的很！小滑头刚挤入群众中，欲听邢翠英说些什么，不料被眼尖的几个工人认得了，于是乎捉住！于是乎大家审判！于是乎枪毙！工人公开地枪毙包打听，这是上海所从来没有的事，小滑头又哪能料到今天死于群众的审判呢？

"天不早了，我们大家散会罢！"邢翠英向大家高声喊着说。大家听了邢翠英的话，遂一哄而散了。当巡捕闻讯赶来拿人的时候，会场内已无一个工人的影子，只有直挺挺地躺着一个面向地下的尸首。

"为什么还不回来呢？莫不是？……这枪声，这炮声，也许他现在带领人去攻打龙华去了？警察署也不知抢到了没有？……"

翠英斜躺在床上，一颗心总是上上下下地跳动。往日里金贵也有回来很晏的时候，也曾整夜地不回来，翠英总没有特别为之焦急过。但是今天晚上，这一颗心儿总是不安，总是如挂在万丈崖壁上也似的。翠英本想镇定一下，不再想关于金贵的事情，但是这怎么能够呢？翠英无论如何不能制止自己的一颗心不为着金贵跳动！翠英忽而又悔恨着：我今天为什么不要求同他一块儿去呢？我又不是胆小的人，我也有力气，我难道说不如男子吗？我为什么不同他一块儿去？如果我同他一块儿去，那么我俩死也死在一起，活也活在一起，这岂不是很好吗？是的，我应当同他一块儿去！但是现在？真急人！也不知他是死还是活！唉！我为什么不同他一块儿去呢？……

且拿一本书看看！翠英无奈何伸手从桌子上拿一本《共产主义的 ABC》，欲借读书把自己的心安一安。"资本主义的生产方法……资本的集中与垄断……剩余价值……"糟糕得很！看不懂！什么叫做生产方法，集中，垄断？这剩余价值……唉！弄不清楚！……这时翠英微微地叹了一口气，想道：可惜我没进过学堂！可惜我没多读几年书！如果我能够看书都懂得，啊啊，这是多么好的事情啊！史兆炎同志送我这一本书教我读，向我说这一本书是怎样怎样地好。唉！他哪里知道我看不大懂呀？我的文理太浅呀？……没有办法！明天华月娟来的时候，一定要求她向我解释，详详细细地解释。她一定是很高兴向我解释的。她真是一位好姑娘！那样的和蔼，那样的可爱，那样的热心，啊，真是一位好的姑娘！如果我能如她一样的有学问……千可惜，万可惜，可惜我没好好地读过书。金贵呢？糟糕，他还不如我！我能够看传单，看通告。而他，他连传单通告都弄不清楚。如果他也进过几年学堂，那么做起事情来，有谁个赶得上他呢？

翠英想着想着，把书扔在一边，不再去翻它了。没有兴趣，反正是看不懂。翠英虽然在平民夜校里读过半年多的书，虽然因为用功的原故也认识了很多的字，虽然也可以马马虎虎地看通告，但是这讲学理的书，这《共产主义的 ABC》，翠英未免程度太浅了！至于金贵呢，他几乎是一个墨汉。他很明白工人团结的必要，阶级斗争之不可免及资本制度应当打倒等等的理论，但是他所以能明白这些的，是由于他在实际生活中感觉到的，而不是因为他读过马克思的《资本论》或列宁的《国家与革命》。如果他李金贵，如果她邢翠英，能够读这些书；啊，那么你想想，他俩将成了什么样子！……

噼啪的炮声和枪声又鼓动了她关于金贵的想念：也许他现在带领着人正向龙华攻打？也许将要把龙华占住了？……啊啊，倘若今夜能够成功，那么明天我们就可以组织革命的市政府；我们一定要把一切走狗工贼严重地处治一下。翠英想到这里，杨树浦会场上枪毙小滑头的情形不禁重新涌现于脑际了。翠英不禁安慰地微笑了一笑，这个混帐东西也有了今日！那一年他当工头的时候想强奸我，幸亏我的力气还大，没有被他污辱。唉！他该污辱了许多女工啊！真是罪该万死的东西！近来他专门破坏我们的工会，几个很好的工人同志都被他弄到巡捕房里去了。今天他也不知发了什么昏，又来到会场内做怪，大概是恶贯满盈了！啊，用他自己的手枪把他枪毙了，真是大快人心的事情啊！

但是金贵今天晚上到底是怎样了呢？也许有什么不幸？唉！我真浑蛋！我为什么不同他一块儿去呢？死应当在一块儿死，活应当在一块儿活！……

翠英这一夜翻来覆去，一颗心总系在金贵的身上，无论如何睡不着。

早晨六点钟的光景，卖菜的乡人还未上市，永庆坊前面的小菜场内寂无一人。雨是沙沙地下着。喧哗的上海似乎在风雨飘零的梦里还没醒将过来。这时没有带雨具的华月娟光着头任着风雨的吹打，立在邢翠英住的房子的门前，神色急促地敲门！

“开门！开门！”

翠英一夜没睡，这时正在合眼入梦的当儿。忽又被急促的敲门声所惊醒了。好在翠英昨晚临睡时没有解衣带，这时听着敲门，即连忙起来将门开开一看：

“我的天王爷！你是怎么啦？大清早起你就浑身淋得如水老鸹一样！你这样也不怕要弄出病来吗？……”

奇怪的很！月娟本是预备来向翠英报告金贵死难的消息——啊！一个很不幸的消息！——却不料这时见了翠英的面，连一句话也说不出来。她进屋来坐下，只呆呆地两眼向着翠英望，把翠英望得莫名其妙。月娟令天早晨是怎么啦？难道说疯了不成？为什么弄成了这个怕人的样子？……

“月娟！你到底是怎么一回事呀？请你说个明白！我的天王爷！”

月娟并没有发疯！她这时见着翠英的神情，心中如火烧也似的难过。她本想即时将金贵死难的消息报告翠英；但是转而一想，难道说这种不幸的消息能报告她吗？她听了之后岂不是要发疯吗？她的心岂不是要碎了吗？啊啊，不可以，不可以使她知道！但是她终久是要知道的，哪能够瞒藏得住呢？……翠英的心没碎，而月娟的心已先为之碎了！月娟真是难过得很，她找不出方法来可以使翠英听到了消息之后不悲痛。

“你还不知道吗？”月娟说出这句话时，几乎要流出眼泪来。

“我还不知道什么呀？月娟！”翠英即时变了色，她已经猜着有什么大不幸的事件发生了。她惊恐起来了。

“金贵昨日下午在警察署被……打……打死了！”月娟这时已经忍不住要呜咽起来了。翠英没有等月娟的话说完，即哎哟一声吐了一口鲜血，晕倒在床上，不省人事。月娟这一吓却非同小可，连忙伏在翠英的身上，将她的头抱着，哭喊道：

“翠英！翠英！我的亲爱的翠英！你醒醒来呀！”

翠英在月娟的哭喊中，慢慢地苏醒过来。她将眼睛一睁，见着月娟的泪面，又忆起适才月娟所说的话，不禁放声痛哭起来。月娟见她已苏醒过来，心中方安静一点，便立起身来，在翠英的身边坐着。月娟本想说一些安慰的话，使翠英的悲痛略为减少一点；但说什么话好呢？什么话可以安慰这时翠英的痛苦的心灵？月娟只得陪着翠英痛哭，只得听着翠英痛哭。大家痛哭了半晌，最后还是月娟忍着泪说道：

“翠英！我知道你是很悲痛的。不过你要晓得，金贵是为着革命死的，这死的也值得。况且我们又都是革命党人，哪能像平常人一样，就一哭算了事呢？我想，我们的工作还多着呢。我们应当好好地奋斗，为死者报仇才是！……”

翠英听了月娟的话，也就忍住不哭了。她向月娟点一点头，肯定地说道：

“是的，月娟！我们要为死者报仇，尤其是我！我不替金贵报仇，我就枉与他做了一场恩爱的夫妻。是的，月娟！我要报仇，一定地，一定地……”

“啊，我的全身都湿透了，我要回去换衣服去，真别要弄出病来才好呢。”月娟忽然觉得全身被湿气浸得难受，便立起身来要回去。翠英也不强留她。在她刚走出门的当儿，翠英忽然问道：

“月娟！你看我邢翠英怕死么？”

“你当然不是怕死的人！”月娟回过头来，向翠英看了一眼，见着她脸上表现着微笑的神情，不禁心中怀疑起来，捉摸不定。翠英接着又问一句：

“你将来还记得我邢翠英么？”

这句话更弄得月娟莫名其妙了！为什么她糊里糊涂地向我说这些话来？难道说她现在心中打了什么主意？自杀？不会！绝对不会！她不是这样没见识的人。但是她究竟为什么要向我说这些话呢？奇怪！……月娟越弄得怀疑起来了。但是同时又不得不回答她：

“翠英！我无论何时何地都是不能忘记你的！”

“那么就好！再会罢！”

翠英说了这两句话就把门关上了。怀疑不定的月娟本想再问翠英一些话，但是一片木板门却把翠英的身影隔住了。

月娟走了之后，翠英在屋里简直如着了魔的样子。忽而将壁上挂着的她与金贵合拍的小照取下来狂吻一番；忽而将牙齿啮得吱吱地响；忽而向床上坐下，忽而将两脚狠狠地跺几下；忽而将拳擂得桌子冬冬地响，忽而……总而言之，翠英直如着了魔一样。

翠英这时两眼闪射着悲愤的光，但并不流泪了。她这时并不想别的，专想的是报仇。啊啊！我应当报仇！我应当为我的亲爱的丈夫报仇！我应当为世界上一个最好的人报仇！我应当为一个最忠实的同志报仇！反正你死了，我不能再活着！我的亲爱的金贵啊！你等一等罢！你的翠英也就快跟着你来了！……

但是谁个把金贵打死了呢？谁个是金贵的仇人呢？我邢翠英应当去找谁呢？唉！一个样！反正是他们一伙——帝国主义者，军阀，资本家，小走狗！我要杀完一切帝国主义者，军阀，资本家及一切的小走狗！我把他们杀完了才称我的意！但是这个题目太大了，我现在办不到。我还是到北区警察署去罢！是的，我到北区警察署去，我去把那些警察狗子统统都杀光！都杀光了，才能消我的愤恨于万一！是的，我去杀，杀他们一个老娘子不能出气！

但是用什么家伙呢？手枪是再好没有的了，但是我没有。我去借一支来罢，但是向谁去借呢？他们看见我这种神情，一定是不会借给我的。啊啊，没有法子，我只有用菜刀！这菜刀也还不错，一下子就可以把脑袋劈成两半！我跑进去左一菜刀，右一菜刀，包管杀得他们叫我老娘！好，就是菜刀好！也许菜刀比手枪还要好些呢。

翠英把主意打定了。

翠英将菜刀拿到手里时，用手试一试口，看看它快不快。幸而菜刀的口是很快的，这使翠英高兴的了不得。我什么时候去呢？我现在就去罢？……翠英想到此处，忽而又想到，我要不要打兆炎月娟他们一声照会？我是应当打他们一声照会的罢？不然的话，他们又要说我单独行动了。不，还是不去通知他们好，他们一定是要阻拦我的，一定是不允许我的。通知了他们反来有许多麻烦，那时多讨厌呢。现在也顾不得他们允许不允许我了，我只是要报仇啊！……

翠英将菜刀放在腰间别好，连早饭都忘掉吃，即时出门，冒着雨走向北区警察署来。这时街上已经有很多的行人了，小菜场也渐渐地喧哗起来，但翠英却没注意到这些。当她一口气跑到警察署的门口时，两个站岗的警察还没觉察到；翠英趁着他们不在意，冷不防就是一菜刀，把一个警察的脸劈去半个，登时倒在地下。别一个警察见着翠英又向自己的脸上劈来了，吓得魂不附体，简直跑也跑不动了。说时迟，那时快，翠英连劈几菜刀，也就把他送了命。这时血水溅得翠英满脸，简直变成一个红脸人了。有一个警察从门内刚一伸出脚来，见着翠英的神情，连忙回转头来跑进去，如鬼叫一般地喊道：

“不好了！不好了！一个疯女人持着菜刀将两个警察砍死了……”

翠英本想趁胜追进去，杀他一个落花流水，无奈屋内的警察听着喊叫的声音，已经急忙预备好了，当翠英跑进屋内院子的时候，里边的警察齐向她放起枪来，弹如雨下，可怜一个勇敢的妇人就此丧命了！

就此，翠英永远地追随着金贵而去了！……

六

昨夜的暴动算是失败了。

林鹤生腿上中了一枪，现在躺在床上。床上铺着的一条白毯子溅满了殷红的血痕，一点一点地就如桃花也似的。他的手上的血痕已经紧紧地干凝住了，没有工夫把它洗去。伤处并不很重，林鹤生这时虽然躺在床上不能动，虽然感觉到伤处痛得难受，但他并不因此而发生一点伤感的心理。他睁着两只失望的眼睛向着天花板望，口里继续地发出悲愤的哼声。他悲愤的不是自己腿上受了伤，不是现在躺在床上不能动，而是悲愤昨夜的事情没有组织好，致不能达到成功的目的；而是悲愤鲁正平同志做事粗莽，因为他一个人误了大事。

计划本来是预定好的：海军 C 舰先向龙华放炮；浦东码头预备好三百工人在一只小轮上等着，闻着炮声之后，即驶往 C 舰取枪械，枪械取了之后，即攻向岸上来；西门徐家汇一带埋伏起来响应。但是当海军发难的时候，接连放了十几炮，而一等浦东的三百人也不来，再等也不见到，如此海军的同志慌起来了。不好了！出了什么乱子！计划是不能实现了！没有办法！逃跑！……于是整个的计划完全失败。这当然都是鲁正平的不是！他担任了领带这三百人的工作，而临时都不能依着计划进行。等他最后集合了六七十人的时候，而海军同志无奈何早已逃跑了。

“唉！这都是鲁正平的不是！这都是他一个人把事情弄糟了！哼！……”林鹤生越想越生气，真是气得要哭起来。他恨不得即时把鲁正平打死才能如意。倘若林鹤生腿上的伤是鲁正平无意中所打的，或是鲁正平骂他几句，或是鲁正平仅仅对于他一个人做了什么不好的事情，那么林鹤生都可以原谅他；但是这贻误大事！但是这破坏革命！……这个过错太大了，林鹤生无论如何不能饶恕他。林鹤生想道，倘若鲁正平能够临时把那三百人预备好，倘若他能够依着计划进行，倘若他不粗心，那昨夜的暴动一定可以成功；倘若成功了，那今天是什么一种景象呢？啊！那该是多么好的一件事情啊！但是他一个人把大事弄糟了！真是浑蛋已极！可恨！……

林鹤生转而一想，这还是我自己的不是！我为什么要信任他？我为什么要提议他去担任这个工作？我为什么没有看出他不是一个能做事的人？唉！这都是我自己的不是！我自己浑蛋！想起来，这倒是我林鹤生把事情弄糟了！这次暴动算我与史兆炎同志主张最激烈了。总罢工的命令是我亲手下的，但是现在，现在这倒怎么办呢？几十万罢工的工人，男女同志牺牲了许多，而结果一点儿也没有。李普璋还是安安稳稳地坐着，帝国主义者将要在旁边訾笑。唉！这倒怎么办呢？复工？这样随便地就复工？一点儿结果都没有就复工？……唉！总都是我浑蛋！我应当自请处分！这总工会的事情我也不能再干了，我没有本事，我是一个浑蛋，我贻误了大事……林鹤生想着想着，不禁受了良心的责备，脸羞得红起来了。

"你现在怎么样了？"

林鹤生想得入迷，没有注意到什么的时候，史兆炎走到他的床跟前来。他听了这一问，不禁惊得一跳，看看是史兆炎立在他的床跟前，便回答道：

"没有什么，伤处并不重。"

"痛得很罢？"

"痛不痛倒不大要紧。我觉着我现在的心痛。你想想我们这一次不是完全失败了吗？我们倒怎么办呢？我是浑蛋！都是我的不是！……"

"鹤生！你这才是胡说呢，"史兆炎向床沿坐下，拉着林鹤生的左手这样说，"为什么都是你一个人的不是呢？我呢？天下的事情有成功就有失败。事情未成功时，我们要它成功；既然失败了，我们就要找一个失败后的办法。灰心是万万使不得的！我们都自称为波尔雪委克，波尔雪委克的做事是不应当灰心的。你这样失败了一下，就灰起心来，还像一个波尔雪委克吗？"

"依你的意思，我们到底怎么办呢？"

"怎么办？还有别的办法吗？只有复工！"

"复工？这样随便地就复工么？有什么面目？"鹤生很惊异地问，似乎要欠身坐起来的样子。史兆炎很安静地回答他道：

"所谓复工并不是就停止进行的意思。我们一方面劝工友们复工，一方面我们再继续第二次的武装暴动。我们要预备好，我们要等时机，这一次所以没成功，也是因为没有组织好的缘故。我即刻就召集紧急会议，讨论复工的办法。你安心养你的病罢！你要不要进医院？进医院去养比较好些罢？"史兆炎立起身来要走了。林鹤生向他摇头说道：

"不要紧，不用进医院，过几天就会好了。你又要代我多做一点事情了。唉！你的病，我真不放心！……"

“革命是需要这样的，这又有什么办法呢？……”

旧的开会的地方被法巡捕房会同中国警察厅封闭了。今天的会议室虽然如旧的会议室一般的狭小，但是已经不是旧的地方了。革命党人开会的地方，不瞒你们说，几乎一日之间要变更许多次！上海虽然这样大，房子虽然这样多，但是什么地方是革命党人经常集会的处所？没有！中国的警察，外国的巡捕，耳尖眼快的包打听，他们简直都不给革命党人能够安安稳稳地住在一个地方，何况是经常会议室？是的，在这些天之内，戒严戒得特别凶，革命党人的行动更要特别地秘密，开会的地方当然更要时常换才对。

会场的景象还是如五日前在 W 里 S 号的前楼上一样。人数是这般地多，而地方是这般地狭小！不过这次与会的人中，有几个是前次没有到会的，而前次到会的人中，如今却缺少了几个。哪一个是前次说话最激烈的李金贵？哪一个是前次与华月娟一块坐在床上的邢翠英？哪一个是前次当主席的，一个貌似老头儿的林鹤生？……

“人数到齐了，我们现在就正式宣布开会。”史兆炎从地板上立起来，手里拿着一张议事日程，向大家宣布开会道，“在未讨论正的问题之先，我请大家立起来静默三分钟，追悼这一次死难的同志！”史兆炎说完这几句话，脸上呈现出极悲哀极严肃的表情。众人即时都立起来，低着头，弄得全室内充满了凄惨寂默的空气。心软的华月娟这时忆起李金贵和邢翠英来，不禁哽咽地哭起来了。

“好，大家坐下罢！”史兆炎看了表向大家宣布三分钟满了，大家又重新默默地坐下。“这次最可痛心的，是死了我们两位最忠实，最有力量的同志——李金贵同志和邢翠英同志。我们失了这两位好的同志，这当然是不可以言语形容的损失；但是这又有什么办法呢？我们只有继续他们的工作，踏着他们所走过的血路，努力将我们敌人打倒！……”

唉！讨厌！史兆炎说到此处又咳嗽起来了。他的黄白色的面庞，又咳嗽得泛起了红晕。这时坐在他旁边的华月娟两只眼睛只看着他那咳嗽得可怜的情形，她的一颗心真是难受极了。她真愿意代替他说话；但是她想道，我怎能代替他说话呢？他的言论可以使一切听的同志都佩服，但是我？……唉！可惜我没有他那演说的才能！如果我能够代他的劳啊，我无论什么都愿意做；但是不能！唉！你看他咳嗽的样子多么可怜啊！我的一颗心都被他咳嗽得痛了。但是等到咳嗽稍微停止了，他还是继续地极力说将下去。

他解释这次暴动所以失败的原因。他说，这次暴动虽然没有成功，但我们从此可以得到经验，如有些同志遇事慌张，手足无措；有些同志拿着手枪不会放；有些同志平素不注意实际的武装运动，而现在却觉悟有组织的武装运动之必要了。他说，失败乃成功之母，千万别要因一时的失败而就灰了心。他说，我们现在只得复工……

“怎么？复工？一点儿结果都没有，就这样随随便便地复工？”忽然一个年青的工人起来反对史兆炎的主张。史兆炎向他看了一看，遂和蔼地向他说道：

“请你坐下，别要着急，听我说。所谓复工并不是说工一复了，什么事情都就算完了。不，我们还是要继续地干下去。不过现在北伐军还不知什么时候才能够到上海来，我们究竟是很孤立的，不如等待时机，一方面复工，一方面仍积极预备下去。我请大家千万别要以为我们现在就这样复工了，似乎于面子过不过去。同志们！我们千万要量时度势，切不可任着感情干下去！我们宁可暂时忍一忍，以预备将来，绝对不可为着面子问题，就不论死活硬干下去！……”

当前次史兆炎向大家提议总同盟大罢工时，没有什么人反对他的意见，可是现在他提出复工的意见来，却有许多同志不赞成了。真的，面子要紧；这样不明不白地复了工，岂不是很难为情吗？我们的脸往什么地方送呢？被捕的同志又怎么办呢？不，绝对地不可以复工！面子要紧哪！……有几个工人代表表示无论如何，不愿意复工。史兆炎这时真是着起急来了：看现在的形势非复工不可，非复工不可以结束，而他们不愿意复工，这倒怎么办呢？……史兆炎费了九牛二虎之力，这样一解释，那样一解释之后，才把主张不复工的同志说妥，表示不再反对了。

“那么就决定明天上午十时一律复工。”史兆炎说到此地，正欲往下说的时候，忽然又有一个工人同志立起来说道：

“我对于复工不复工没有什么大意见，我以为复工也可以，可是我要向区委员会要求一件事，就是我们工人受工贼和包打听的害太多了，区委员会要允许我们杀死几个才是。”

“啊啊，黄阿荣同志说的对，我们一律赞成！”有几个工人表示与提议的黄阿荣同意。史兆炎这时又咳嗽起来了，只点头向大家表示同意，等到稍微安静一下，遂断续地向大家说道：

“关于这件事……要……组织一个……一个特别委员会……”

华月娟立起来很低微地向史兆炎问道：

“我们可以散会了吗？”

史兆炎点一点头，表示可以散会的意思。华月娟这时真是不愿意会议再延长下去了，因为她看着史兆炎的样子，实在没有再多说话的可能了。

史兆炎现在真是应当休息了！这几天他简直一天忙到晚，简直有时整夜不睡觉。就是一个平常身体强健的人，也要劳苦出病来了，何况史兆炎是一个身体衰弱的人？是一个有肺病的人？但是史兆炎几乎不知道休息是什么一回事，还是跑到这个工会去演讲，跑到那个工会去报告；一方面向群众解释这一次运动失败的原因，一方面使群众明了复工的意义。史兆炎的身体真是经不得这种劳苦了，他自己又何尝不感觉到这个？但是革命是需要这样的，这又有什么办法呢？史兆炎这个人似乎是专为着革命生的，你教他休息一下不工作，那简直如劝他不吃饭一样，他无论如何是办不到的。

史兆炎的身体究竟不是铁打的。纵使史兆炎的心是如何地热烈，是如何地想尽量工作，但是病魔是不允许他的。史兆炎的肺病是很重的了，哪能这样地支持下去呢？

果然史兆炎咯血的病又发了！史兆炎又躺在床上不能动了！

昨天晚上他从纱厂工会演说了回来的时候，已经觉得不对了，浑身发烧起来，一点饭也吃不下去，无论如何再也支持不住了，只得勉强解了衣向床上躺下。他几乎咳嗽了一夜，烧了一夜，今天早晨才略微好一点，才昏昏地睡去。月娟这两天一颗心完全系在他的身上，她早想劝他暂且找一个同志代理，好休息一下，免得把病弄得太坏了；但是她知道他的脾气，不好意思劝他，又不敢劝他。月娟只是暗暗地为史兆炎担心。月娟对于史兆炎的爱情，可以说到了极高的一度，但从没向他表示过。这也是因为没有表示的机会，平素两人见面时，谈论的都是关于党的事，哪有闲工夫谈到爱情身上来呢？月娟是一个忙人，史兆炎也是一个忙人，工作都忙不了，真的，哪还谈到什么爱情的事呢？但是月娟实在是爱史兆炎，月娟实在暗暗地把史兆炎当成自己唯一的爱人。至于史兆炎呢，史兆炎也常常想道，啊，好一个可爱的姑娘！这般地勇敢，这般地忠实，这般地温和！啊，好一个可爱的姑娘！……可是史兆炎对于工作虽勇敢，而对于表示爱情一层，却未免有点怯懦了。他何尝不想找一个机会向月娟说道："月娟！我爱你。"可是他每一想到月娟的身上，不觉地脸红起来，又勉强转想道，现在是努力工作的时候，而不是讲什么恋爱的时候……

月娟无论如何不能放心史兆炎的病。前天她在会场中看见史兆炎病的样子，真是为之心痛。昨天一天她没与史兆炎见面，这使她几乎坐卧都不安。

昨夜史兆炎咳嗽紧促的时候，即是月娟在床上翻来覆去睡不着，想念史兆炎病的时候。真的，月娟昨夜可以说一夜没有闭眼。她不曾晓得史兆炎已病在床上不能动了，但是她感觉得似乎有什么不幸的事情要发生的样子。

月娟住的地方与史兆炎住的地方是在一个弄堂里，而隔着几十家人家。今天清早，月娟洗了脸之后，连早饭都没有吃，即忙跑到史兆炎的住处来看他。月娟进入史兆炎的屋子时，史兆炎刚才昏昏地睡去。月娟脚步轻轻地走向史兆炎的床跟前来，想看看史兆炎的面色是什么样子；忽低头一看，痰盂内呈现着红的东西，再躬着腰仔细一看，不禁失声叫道：

“我的天王爷！他又吐了这些血啊！”

这一叫可是把史兆炎惊醒了。史兆炎睁开蒙眬的两眼一看，看见月娟呈现着惊慌的神色立在床边，不禁惊异地问道：

“你，你怎么啦？”

“我的天王爷！你又吐了血了！”

史兆炎听了这话，两眼愣了一愣，遂即将头挪到床沿向下一看，又转过脸来向月娟痴痴地望着，默不一语。这时月娟已向床沿坐下来。两人对望了两分钟，忽然史兆炎凄惨地，低微地说了一句：

“月娟！难道说我真就快死了吗？”

“你说哪里话来？谁个没有病的时候呢？”月娟说完这一句话，两眼不禁潮湿起来了。她这时一颗慈柔的心，一颗为史兆炎而跳动的心，简直是痛得要碎了。

“月娟！我的年纪还轻，我的工作还有许多没有做，但是，我现在已经弄到了这个样子！……”

月娟只是望着史兆炎那一副惨白的面孔，只是在他那可怜的眼光中探听他的心灵，但是找不出话来安慰他。月娟愿意牺牲一切，只要史兆炎的病能够好。可是她这时被悲哀痛苦怜悯的情绪所笼罩着了，说不出安慰史兆炎的话来。史兆炎沉默了一下又继续说道：

“说也奇怪！我现在忽然莫名其妙地怕起死来了。我现在的一颗心，月娟，倘若你能听着它的跳动啊……唉！我简直说不出来我现在的心里是什么味道！我从没怕过死，但是现在？真是奇怪得很！我想起我在巴黎打公使馆的时候，与国家主义者血斗的时候，我总没怕过死。回国这两三年来，我也曾冒了许多次险，有一次在北京简直几乎被奉军捉住枪毙了，但我从没起过害怕的心理。大前天晚上有一粒子弹从我的耳边飞过，我也还不在意。但是现在，唉！现在这一颗心真是难受极了！难道说我真的就要死了吗？……”

月娟坐着如木偶一样，两眼还是痴痴地继续向史兆炎望着。史兆炎现在将脸转向床里边了。沉默了一忽，又发出更令人心灵凄惨的声音：

“我真是不愿意死！我想再多活着一些时。我觉得我年纪还轻，我不应当现在就死了！……”

月娟还是沉默着。史兆炎忽然将脸转过来，伸出右手将月娟的左手握着，两眼笔直地向月娟问道：

“月娟！我可以向你说一句话么?”

这一问可把月娟惊异着了。月娟发出很颤动的声音说道：

“你说，你说，兆炎！什么话呢?”

“唉！现在说已经迟了！……”史兆炎又失望地叹了一句。

“不迟，不迟呀！你快说！究竟是一句什么话呢?”

“我可以说一句我爱你吗?”史兆炎很胆怯地这样说。

“我的天王爷！你为什么现在才向我表示呢?”月娟一下扑在史兆炎的身上哭着说道，“兆炎！我的亲爱的兆炎！我爱你！我爱你！我不允许你死！你的病是一定可以好的！你的生命还长着呢！……”

这时史兆炎惨白的面庞忽然荡漾起了幸福的微笑的波纹。一颗几乎要死去的心，现在被爱水的浸润，忽然生动过来。史兆炎一刹那间把自己的病忘却了。史兆炎满身的血管为希望的源泉所流动了。史兆炎这时被幸福的绿酒所沉醉了。

“是的，我的亲爱的月娟！我的病是一定可以好的！……”

七

秋华今天清早就到浦东开会去了。直夫的病现在略微好一点，所以她能暂时地离开他。直夫的病固然要紧，而对于秋华这党的工作也不便长此放松下去。秋华很愿意时时刻刻在直夫的身边照护他，但她要在同志面前表示自己的独立性来：你看，我秋华不仅是做一个贤妻就了事的女子，我是一个有独立性的，很能努力革命工作的人！但是虽然如此，秋华爱直夫的情意并不因之稍减。

秋华今天可说是开了一天的会。等到开完了会之后，她乘着电车回家的时候，已经是下午四点多钟的光景了。她今天的心境非常愉快：第一，她今天做了许多事情；第二，她感觉到女工群众的情绪非常的好，虽然在暴动失败之后，她们还是维持着革命的精神，丝毫没有什么怨悔或失望的表现。她想道，啊啊，上海的女工真是了不得啊！革命的上海女工！可爱的上海女工！也许上海的女工在革命的过程中比男工还有作用呢。……真的，她常常以此自夸。第一，她自己是一个女子；第二，她做的是女工的工作。女工有这样的革命，她哪能不有点自夸的心理呢？

秋华有爱笑的脾气。当她一乐起来了，或有了什么得意的事情，无论有人无人在面前，她总是如天真烂漫的小姑娘一样，任着性子笑去。当她幻想到一件什么得意或有趣的事情而莞然微笑的时候，两只细眼迷迷的，两个笑窝深深的，她简直是一个天真烂漫的小姑娘。今天她坐在电车上回忆起日间开会的情形，不禁自己又微笑起来。她却忘记了她坐在电车上，她却没料到她的这种有趣的微笑的神情可以引得起许多同车人的注意。一些同车的人看着秋华坐在那车角上，两眼向窗外望着，无原无故地在那里一个人微笑，不禁都很惊奇地把眼光向她射着。她微笑着微笑着，忽然感觉到大家都向她一个人望着，不禁脸一红，有点难为情起来。她微微有点嗔怒了，她讨厌同车人有点多事。

电车到了铭德里口，秋华下了车，走向法国公园里来。她在池边找一个凳子坐下，四周略看一眼之后，深深地呼吸了几口气。这时微风徐徐地吹着，夕阳射在水面上泛出金黄色的波纹；来往只有几个游人，园内甚为寂静。杨柳的芽正在发黄，死去的枯草又呈现出青色来——秋华此刻忽然感觉到春意了。秋华近来一天忙到晚，很有许久的时候没有到公园里来了。今天忽然与含有将要怒发的春意的自然界接近一下，不觉愉快舒畅已极，似乎无限繁重的疲倦都消逝了。她此刻想到，倘若能天天抽点工夫到此地来散一散步，坐一坐，那是多么舒畅的事情啊！可惜我不能够！……秋华平素很想同直夫抽点工夫来到公园内散散步，但这是不可能的事情：公园内的游人多，倘若无意中与反动派遇见了，那倒如何是好呢？直夫是被一般反动派所目为最可恶的一个人。直夫应当防备反动派的谋害，因此，他与这美丽的自然界接近的权利，几乎无形中都被剥夺了。倘若直夫能够时常到这儿来散散步，呼吸呼吸新鲜的空气，那么或者他的病也许会早些好的，但是他不可能……秋华想到此处，忽然自言自语地说道，我今天一天不在家，也不知道他现在是怎样了，我应当快点回去看一看。是的，我不应当在此多坐了！

于是秋华就急忙地出了公园走回家来。

在路中，秋华想道，也许他现在在床上躺着，也许在看小说，大约不至于在做文章罢。他已屡次向我说，他要听医生的话，好好地静养了。是的，他这一次对于他自己的病有点害怕了，有点经心了。他大约不至于再胡闹了。唉！他的病已经很厉害了，倘若再不好好地静养下去，那倒怎么办呢？……不料秋华走到家里，刚一进卧室的时候，即看见直夫伏着桌子上提笔写东西，再进上前看看，啊，原来他老先生又在做文章！秋华这时真是有点生气了。她向桌子旁边的椅子坐下，气鼓鼓地向着直夫说道：

“你也太胡闹了！你又不是一个不知事的小孩子！病还没有好一点，你又这样……唉！这怎能令人不生气呢？你记不记得医生向你怎么样说的？”

直夫将笔一搁，抬头向着秋华笑道：

“你为什么又这样地生气呢？好了，好了，我这一篇文章现在也恰巧写完了。就是写这一篇文章，我明天绝对不再写了。啊，你今天大约很疲倦了罢？来，来，我的秋华，来给我 kiss① 一下！千万别要生气！”

直夫说着说着，就用手来拉秋华。秋华见他这样，真是气又不是，笑又不是，无奈何只得走到他的身边，用手抚摩着他的头发，带笑带气地问道：

“是一篇什么文章，一定要这样不顾死活地来写呢？”

---

① 英语：吻。

"这一篇文章真要紧，"直夫将秋华的腰抱着，很温柔地说道："简直关系中国革命的前途！这是我对于这一次暴动经过的批评。你晓得不晓得？这次暴动所以失败，简直因为我们的党自己没有预备好，而不是因为工人没有武装的训练。上海的工人简直到了可以取得政权的时期，而事前我们负责任的同志，尤其是鲁德甫没有了解这一层。明天联席会议上，我们一定要好好地讨论一下。……"

"你现在有病，你让他们去问罢！等病好了再说。"

"我现在没有病了。我是一个怪人，工作一来，我的病就没有了。"

"胡说！"

"我的秋华！你知道我是一个怪人么？我的病是不会令我死的。我在俄文学院读书的时候，有一次我简直病得要死了，人家都说我不行了，但是没有死。我在莫斯科读书的时候，有一次病得不能起床，血吐了几大碗，一些朋友都说我活不成了，但是又熬过去了。我已经病了五六年，病态总是这个样子。我有时想想，连我自己也觉得奇怪。我能带着病日夜做文章不休息。我的秋华！你看我是不是一个怪人呢？"

秋华听了他这段话，不禁笑迷迷地，妩媚地，用手掌轻轻地将他的腮庞击一下，说道：

"啊！你真是一个怪人！也许每一个真正的革命党人都有一种奇怪的特点。不过像你这样的人，我只看见你一个……"

第二天下午两点钟。

在一间木器略备的形似办公室里，开始了中央与区委的联席会议。腿伤还未痊愈的林鹤生做了一个简要的关于此次暴动的报告。他报告了之后，请党予以处分，因为他承认自己实在做了许多错误。大家都很注意地听着。大家都似乎有很多的意见要发表，但没有一人决定先发言，都只向郑仲德望着，似乎一定要等他先发言的样子。郑仲德这时右手撑着头，左手卷着胡子，双眉皱着，深深地在思维。却并没有预备先发言，因此，会场内寂默了几分钟。最后还是郑仲德感觉到寂默之可怪了，遂抬头向大家望一望，说道：

"你们为什么都不发言呢？今天这个问题很重要，大家应当详细地讨论一下才是。请大家发表意见！"

矮小的，面色黝黑的，戴着近视眼镜的鲁德甫首先发言了。他欠起身来，如在讲堂上讲功课也似的，头摇着，手摆着，浩浩地长篇大论起来。他说话是有方式的，开始总是说，这件事情或者可以如此做去，或者又可以如彼做去，天下事情原因多而结果亦多，我们总不可以呆板……他的几个"然而"

一转，就可以花费一两点钟的时间。他爱先说话，又爱多说话，说起话来起码要延长二十分钟之久。大家都怕听他说话，尤其是不爱多发言的年青的曹雨林。曹雨林每一见鲁德甫立起来要发言时，便觉着头有点发痛。今天他的头又要发痛了。鲁德甫这时已经说得很久了，然而还是在那里不断地“然而”。曹雨林不禁气起来了；想道，讨厌！已经说了这么许多，还是在那里咬文嚼字的，似乎人家都不明白的样子，其实谁个不明白呢？说了这样一大篇，也不知他到底想说些什么！……讨厌！真是可以歇歇了！……

“德甫！请你放简单些！”郑仲德也不耐烦起来了。

“我们要注意每个人发言的时间！”曹雨林忍不住了。

“好！我的话就快完了。……”

真的，鲁德甫这一次，总算是很快地把自己的意见发表完了。当他停止住的时候，年青的曹雨林不禁长嘘了一口气，如卸下一副重担子也似的。

接着鲁德甫而发言的，有瘦而长的易宽，架子十足的何乐佛，蓄着胡子的林鹤生，及说话不大十分响亮的华月娟。至于史兆炎呢？他现在躺在床上不能起来——他是何等地想参加这一次的会！他是何等地想与诸位同志详细讨论这一次暴动的意义！但是他现在躺在床上，被讨厌的病魔缠住了。而杨直夫呢？医生说要他休息，老头子教他暂时离开工作，而秋华又更劝他耐耐性，把身体养好了再做事情。是的，直夫今天也是不能来参加这个会的。不要紧，他俩虽然不能到会，而会议的结果，自然有华月娟回去报告史兆炎，秋华回去报告杨直夫。这是她俩的义务。

大家你说一句，我说一句。有的说，这回事情未免动得太早了，时机没有成熟；有的说，应当等到北伐军到上海时才动作就好了；有的说，这都是鲁正平一个人坏了事。

郑仲德总是皱着眉头，静默地听着大家说话。

大家正在讨论的当儿，忽听见敲门声。曹雨林适坐在门旁边，即随手将门开开一看，大家不禁皆为之愕然。进来的原来是大家都以为不能到会的，应当在家里床上躺着的杨直夫！这时的秋华尤其为之愕然，不禁暗暗懊丧地叹道：

“唉，他老先生又跑来了！真是莫名其妙，没有办法！……”

秋华真想走向前去，轻轻地打他几下，温柔地骂他几句：你真是胡闹！你为什么又跑到这儿来了呢？你不是向我说过，你要听医生的话，听我的话吗？你不是向我说过，坐在家里静养不出来吗？你为什么现在又这样子？但是此地是会场，不是家里！在家里秋华可以拿出“爱人”的资格来对待直夫，但是在此地，在此地似觉有点不好意思罢。

“你真是有点胡闹！我不是向你说过吗？”郑仲德说着，带点责备的口气。

病体踉跄的直夫似乎没有听到郑仲德的话的样子，也不注意大家对于他的惊愕的态度，走到桌边坐下。坐下之后，随手将记录簿抓到手里默默地一看：这时大家似乎都被直夫的这种神情弄得静默住了。会议室内一两分钟寂然无声。直夫略微将记录簿看了一下，遂抬头平静地向郑仲德问道：

“会已经开得很久了罢？”

“……”郑仲德点点头。

“我是特为跑来说几句的。”

“那么就请你说罢！”

秋华这时真是有点着急：劝阻他罢，也不好；不劝阻他罢；也不好。他哪可以多说话呢？说话是劳神的事情，是于他的病有害的，他绝对不可多说话！但是他要说话，我又怎能劝阻他呢？唉！真是一个怪人！活要命！……直夫立起身来正要说话时，忽然感觉到坐在靠墙的秋华正在那里将两只细眼内含着微微埋怨的光向他射着。他不禁回头向她看了一眼，心中忽然起了一种怜悯秋华的情绪，但即时回过头来又忍压住了。他一刹那间想道，这又有什么办法呢？我要说话，我不得不说话！也许我今天的说话对于我的病是不利的，但是对于革命却有重大的意义。是的，我今天应当多说话！革命需要我多说话！……

直夫开始说话了。你听！他说话时是如何地郑重！他的语句中含蓄着倒有多少的热情！有多少的胆量！当他说话时，他自己忘记了他是一个病人。同志们也忘记了他是一个病人。真万料不到在他的微弱的病躯中，蕴藏着无涯际的伟大的精力！秋华这时看着直夫说话的神情，听着他的语言的声音，领会他的语言所有的真理，不禁一方面为他担心，而一方面感觉着愉快。啊，还是我的直夫说得对！还是我的直夫见得到！啊啊，他是我的直夫……秋华自己不觉得无形中起了矜夸的意思。

他说，“总罢工，事前我们负责同志没曾有过详细的讨论与具体的计划。”他说，“在总罢工之后，本应即速转入武装的暴动，乘着军阀的不备，而我们的党却没想到这一层，任着几十万罢工的工人在街上闲着，而不去组织他们作迅速的行动；后来为军阀的屠杀所逼，才明白到非武装暴动不可，才进行武装暴动的事情。可是我们还有一部分负责同志对于武装暴动没有信心，等到已经议决了要暴动之后，还有人临时提议说再讨论一下，以致延误时机。这在客观上简直是卖阶级的行为！……这一次的失败，大部分是因为我们的党没有预备好，也可以说事前并没有十分明白上海的工人群众已经到了武装夺取政权的时期……现在我们应当怎么办呢？我们应当一方面极力设法维持工人群众的热烈的反抗的情绪，一方面再继续做武装暴动的预备。我们应当把态度放坚决些，我们再不可犯迟疑的毛病了！……”

直夫说完话坐下了。他的面色比方进屋时要惨白得多了。当他说话时，他倒不觉得吃力，等到话一说完时，他呼呼地喘起气来了。他累得出了一脸冷汗。可怜的秋华见着了他弄得这种神情，不禁暗暗地叫苦。她想道，他今天累得这个样子，又谁知他明天要变成了什么样子呢？哼！没有办法！……郑仲德听了直夫的一篇话，不禁眉头展舒开来了，不禁脸上呈现着笑容了。他点一点头，向大家说道：

“直夫的意见的确是对的！……”

静默的曹雨林回过脸来，向与他并坐在一张长凳子上的秋华轻轻地说一句：

“还是直夫好！”

秋华很愉快地向他笑了一笑。

这两天报纸上充满了暗杀的消息：

“S纱厂工头王贵荣昨晨行经W路口，正行走时，忽来两个穿短衣的，形似工人模样，走上前来将他用手枪打死。巡捕闻着枪声驰来，凶手已跑得无影无踪了。闻该工头素为工人所不满，此番或系仇杀云。”

“宁波人张桂生为Y纱厂稽察，昨日傍晚回家，途中忽遭人用手枪狙击，共中两枪，受伤颇重，恐性命难保。闻凶手即时逃脱云。”

“……”

林鹤生今天早晨起床，拿起报纸一看，看到本埠新闻栏内载着这些消息，心中说不出有如何的愉快，他那使他老相的八字胡为愉快所鼓动得乱动起来。啊啊！鲁正平在工作了！鲁正平在忏悔了！鲁正平在努力以赎前愆了！这样倒还好！……林鹤生本来是把鲁正平恨得要命的，他恨鲁正平做事粗心，恨鲁正平误了大事。但是现在？现在林鹤生饶恕他一切了。鲁正平自从受了同志们严厉的指责之后，真是羞恼得无以自容；适临时组织了一个特别委员会，他就自告奋勇担任这种工作。他说，倘若同志不允许他担任时，那他就要自杀，不愿意再活在世上了。好！你要担任，你就担任罢！不过再不可以粗心了！……果然鲁正平能够做这一种工作。你看，这两天报纸关于暗杀工贼的消息，就是他善于做这种工作的证据！这真是使林鹤生愉快的事情！林鹤生现在不但不恨他了，反而佩服他很有本事。在实际上说，做这种事情真是不容易啊！……

林鹤生一方面愉快，一方面又想道：倘若能够把这些东西都杀尽了，那是多么痛快的事情啊！他们曾给了工人多少苦吃！他们曾害死了多少工人！他们曾做了多少罪恶！啊啊！杀杀杀！杀尽了才痛快！……林鹤生想到此地，不禁咬起牙齿来了。他的面色由愉快而变为严肃了。照着他这时的心情，如果能够做得到时，他将把一切人类的害马杀死而没有一点儿怜惜。

林鹤生腿上的伤处已经好得大半了，勉勉强强地可以走路。林鹤生现在应当工作了。他本想在前日的联席会议上辞去职务——指导的职务，但是同志们不允许，并受了一番责备！大家责备他不应当灰心，责备他缺少耐性。唉！辞不掉，没有办法，只有干！好，干就干！什么时候把命干掉了就不干了！……现在林鹤生的腿伤好了，他又感觉得自己还有干的能力。他想道，我不干谁干呢？我一定要干！可惜史兆炎现在还是躺在床上！他比我的见解高，他比我有耐性，他真是一个能做事的人，可惜病了！讨厌！……林鹤生今天吃了早饭就要开工人代表会议去，在这个会议上，要讨论维持工人情绪的办法。倘若史兆炎能够参加，那是多么好的事情。但是他躺在床上，真是糟糕得很！

林鹤生的早餐：两根油条，一个大饼，一杯开水。林鹤生匆忙地将早餐胡乱地吃下，将破的大氅披在肩上，正欲出门的当儿，忽然进来了一个人。这个人不是别人，原来是林鹤生刚才所想到的鲁正平！原来是一个面带笑容，矮小如十五六岁的小孩子一般的鲁正平。

“啊啊，你来了。”

“你看见这两天报纸上关于暗杀工贼的事情吗？”鲁正平笑着这样问。

“看见了。这是你的功劳呀！”

“这哪里是我的功劳呢？我不过跑来跑去为他们计划就是了。可喜的是这样地干了几下，工友们的情绪因之兴奋起来了。你现在预备到什么地方去？”

“我去开工人代表会议去。我不能够同你多说了。”

“我也去。”

八

时间行走的真快啊！复工以来，又匆匆地过了半个月。

表面的上海似乎有点变动：沈船舫李普璋的军队去了，而皮书城张仲长的军队来了；龙华防守司令部的招牌，从前写的是“五省联军上海防守司令部”，而现在却将“五省”两个字改为“直鲁”两个字了。兵士的服装也改变了一下：从前兵士戴的是西瓜式的灰色的软布帽，而现在戴的却是方圆的红边的硬布帽。是的，表面的上海的确与从前稍微有点异样；但是内里的上海呢？反动的潮流还是如从前一样地高涨着；工人群众还是感受着最残酷的压迫；一般居民还是热烈地期望着北伐军早日到来。“唉！奇怪！北伐军老是说来来来，为什么到现在还不来呢？……”真的，这真是一件很奇怪的事情！

大家静等着，祷告着，啊啊，北伐军快点来罢！快点来罢！……忽然全上海传遍了令人惊跃的风声：北伐军已经到了新龙华了！南市已无直鲁军的影子！残余的直鲁军全数开到北火车站预备着逃跑了；……啊啊！时候到了！这是上海的民众自己起来解放的时候！这是上海的民众起来夺回自由的时候！

啊啊！你想想含泪茹苦忍气吞声的上海工人群众，他们得着了这个消息，其愉快欢欣到了什么程度！

总同盟大罢工！

响应北伐军！

缴取直鲁军的武装！

工人武装自卫！……

真的，工人开始与军阀的残孽——溃兵，警察——斗争了。全上海的工人纠察队如风起云涌一样，到处徒手缴取警察和溃兵的武装。淞沪警察厅被工人占据了；浦东的几百直鲁兵被工人包围缴械了；各马路站岗的警察见着势头不对，大半都弃枪换装逃跑了；各区警察署都变成了工人纠察队的机关……啊啊！上海到此时真是改变了面目！耀武扬威的大刀队哪里去了？凶如虎狼的，野蛮的直鲁兵哪里去了？威风赫赫，声势凛凛，坐汽车往来于马路的北方军官哪里去了？啊啊！上海现在的面目简直改变了！满街满路地行走着扛着枪的，破衣褴褛的工人！有的工人，大约是没有夺取着枪罢，没有枪扛在肩上，但也有斧头和锹铲之类拿在手里。到处飘扬着青天白日满地红的旗帜[①]！到处充满着热烈的，欢跃的，革命的空气！白色的恐怖现在变为红色的巧笑了。一刹那间，旧的，死灰的上海消逝了影子，而新的，有生意的上海展开了自己的面目。

而一般在地底下的穷革命党人呢？他们从前行走的时候，生怕被包探认着了，生怕被警察捉去了，一点儿自由都没有，可是现在却不同了。他们现在可以在街上高唱着革命歌，可以荷着枪向一般反革命派示威了。啊！你看鲁正平！这矮小如小孩子一般的鲁正平！他现在是纠察队分队的队长，他正领着几十个武装纠察队在巡街。他手持着一支手枪，雄赳赳地，简直是一位小英雄的模样。他的那一副小的常带笑容的面孔，现在简直兴奋得充满了红光。是的，他现在真是高兴。他高兴得如小孩子过新年的一个样子。

鲁正平带领着纠察队巡街，简直代替了从前的警察巡长的职务。他们正走着走着，等走到 B 路口的当儿，忽见呜的一声从路南头来了一辆汽车。鲁正平把手枪一举，喊一声：

“停住！”

汽车停住了。汽车又怎能不停住呢？现在是这一般人的世界了，没有办法，叫停住就得停住！

“同志们！请把坐汽车的两个人拖下来检查一下，看看是什么人。”

坐汽车的人一个是身穿狐皮袍子，蓄着八字胡的先生，一个是高大的、身穿着便服军装的军官。他俩被拖下车时已经吓得变了色，呆呆地任着纠察队搜查。

“这个人衣袋里有一个白布条子的徽章，鲁正平，你看看上面写着什么东西，我认不清楚。”一个工人将白布条的徽章递给鲁正平。鲁正平念道：

“直鲁联军上海防守司令部大刀队队长许！”鲁正平抬起头来向大家高兴地笑着说道，“啊，他原来是大刀队的队长！”

“怎么！他是大刀队的队长？”

“啊啊，那真是好极了！”这时一个手持大刀的工人李阿四走向鲁正平面前说道，“这一把是他们用过的大刀，大约所杀死的工人也不在少数，现在我

---

① 当时，它是代表着进步和革命的旗帜，而在此以前用的则是标志着汉、满、蒙、回、藏“五族共和”的五色（红、黄、蓝、白、黑）旗。

们可以请这两位狗东西也尝一尝大刀的滋味。”

“好得很啊！”大家都这样地喊着。

这时围聚了许多观众，各人的脸上都呈现着一种庆幸的神情。在众人欢呼的声中，李阿四手持着大刀，不慌不忙地，走向前来将这两位被捕的人劈死了。一刀不行，再来一刀！两刀不行，再来三刀！可惜李阿四不是杀人的行家，这次才初做杀人的尝试，不得不教这两位老爷多吃几下大刀的滋味了。这时鲁正平见着这两具被砍得难看的尸首躺在地下，一颗心不禁软动了一下，忽然感觉得有点难过起来，但即时又坚决地回过来想道：对于反革命的姑息，就是对于革命的不忠实；对于一二恶徒的怜悯，就是对于全人类的背叛。……

“啪，啪，啪，啪，啪啪啪……”北火车站的枪声。

“怎么啦！难道说北火车站现在还在打么？……”鲁正平这样惊愕地向大家还没有把话说完，忽然跑来一个工人，他气喘喘地向鲁正平说道：

“北火车站还有几百个溃兵不愿意缴械，现在打得一塌糊涂，你们赶快去帮忙！我们的人已经被打死了几个，你们赶快去！……”

鲁正平听了这位工人的报告，即时向大家说道：

“各人把枪预备好，我们就到北火车站去！”

……鲁正平与一个工人同伏在一个墙角下向着北火车站的溃兵击射。这时从北火车站射来的枪弹简直如下雨一样。机关枪的嗒嗒声连续不歇。

“喂！阿贵！我们的子弹并不多，应当看准了才放，切不要瞎放一枪！”

鲁正平话刚说完，忽然飞来一粒子弹中在他的右肩坎上。他即时哎哟一声躺倒在地下，枪也从手中丢下了。阿贵见鲁正平受了伤，想把他负到后边防线去，但是鲁正平这时在自己痛得惨白的面孔上含着勇敢的微笑，摇手向阿贵拒绝，低微地继续地说道：

“阿贵！你放你的枪，不必问我的事！我，我是不能活……活的了！……请你把枪放准些！好……好替我报仇！……阿贵！别……别要害怕啊！……我们终能得到最后的胜利……”

在阿贵继续向敌人射击的枪声中，鲁正平慢慢地失去了知觉。

全城的空气似乎剧变了。路上的行人三五成群地聚在一块，面上都欣欣然有喜色。似乎在燥热的，令人窒息的，秽浊的暗室里，忽然从天外边吹来一阵沁人心脾的凉风，射进来清纯的曙光，顿时令被囚着的人们起了身心舒畅之感。

在早晨九点多钟的光景，在春日朝晴的新空气里，M 路舞台的前面聚集了人山人海，几无隙地。舞台的两旁站立着许多工人纠察队，舞台的门口有两个人检查入场的表证，无团体的表证者不准入内。在这些络绎不绝进内的代表中，有的是商人，有的是学生，而最多的，神气最兴奋的，是短衣的男女工人。

这是上海第一个最大的舞台。在今日以前，因为受了军事戒严的影响，已经空旷着许多时候未闻着锣声了。不料今日舞台的门前忽然有这许多拥挤的群众！不料今日在这巨大的沉寂的楼厅中忽然坐得没有空位！不过楼上下所悬着的是红布书的革命的标语，而不是戏目和优伶的名单；舞台上所演的不是什么《凌波仙子》，《红玫瑰》，《济公活佛》……而是在讨论组织革命市政府的一幕。至于台下的观众呢？他们仔细地向台上望着，注意地听着台上人的说话。他们今天来的目的不是要看什么黑花脸进红花脸出，不是要听什么“一马离了西凉界……”，“杨延辉坐宫院……”而是要大家互相倾吐久欲发泄的意思，而是要大家欢畅地庆祝这革命的胜利……

在这几千个人们之中，华月娟与几个女工代表坐在正厅靠左边的第二排。她的两腮今天泛着桃色的红晕，她的全副面容完全浸润在愉快的微笑的波纹里。她掉转头前望望后看看，似乎在寻找谁个也似的，其实她并不想寻找谁，而是因为她今天愉快的情绪使得她不能严肃地坐着不动，她今天真是愉快，愉快到不可言状。她看见台上主席团中间坐着的林鹤生，面带笑容的，用手卷着胡子的林鹤生，不禁起了一种莫名的感觉：难道说这工人的领袖，为军阀和帝国主义者所痛恨的人们，今天能公开地在这大庭广众中当主席？难道说我们一些穷革命党人现在也可以伸头了？曾几何时，被李普璋通缉的林鹤生现在居然能在这舞台上卷着胡子，向大家得意地微笑！啊啊！……

学生会代表宣布开会宗旨了：

“今天是第一次全上海市民代表大会。全上海被压迫的民众，尤其是我们的被压迫的工友，经过几许奋斗，才能有愉快的今日。上海的工友经过两昼夜与直鲁军的血战，牺牲了许多性命，卒能把上海的军阀打倒，这是我们所应当十二分敬佩的！……我们应当组织一个革命的市政府，把一切的政权都取到我们民众的手里来！……”

华月娟这时虽然两眼望着演说者的口动，但是愉快得心不在焉，却没听得他说些什么。她这时却想到一些别的事情来了：上海的工人真勇敢！……武装纠察队真是神气活现！这是我们的自卫军！今天我没在家，也不知兆炎的病怎样了？倘若他现在能够来此地参加开会，那他倒有多么愉快啊！倘若他能够在台上演说的时候，那是一定很惊动人的！……台上演说的人更换了几个，这个下去，那个上来，有的演说得很兴奋，很能博得听众的鼓掌；有的说话声音太低，或毫无伦次，不能引起大家的注意。但是华月娟总是在想着一些别的事情，没有听着他们说些什么。她正在默想着，默想着，忽然听见一声：

“请纱厂女工代表陈阿兰演说！”

请纱厂女工代表陈阿兰演说？主席的这一句话可是把月娟的默想打破了。月娟现在将自己的思想集到陈阿兰的身上了。她想到，万料不到这个十七八岁的女工，这个说话还带羞的小姑娘，今天能在这大庭广众中露面！能向这几千人演说！啊啊！想起来真有趣味！……这时听众听了主席的宣告，顿时都向台上注意起来：怎么？女工演说？别要闹！我们听一听女人的演说！……陈阿兰与月娟坐在一块，这是一个十七八岁的，活泼的小姑娘。她听了主席的宣告，即预备登台演说；当她离开月娟身边的当儿，月娟低声嘱咐她道：

“今天放小心点把话说好些，别要教人笑话！”

陈阿兰向月娟点一点头，笑了一笑，即走上演说台去了。当陈阿兰走上演说台时，群众似乎都惊异起来了。这简直是一个小姑娘！她居然敢上台演说！难道说她不怕吗？难道说她有这样的胆量吗？……陈阿兰初向台上一站时，脸不禁红了一红，似乎有点因惧怕而喘气的样子。她不敢即时抬头向台底下看，两只手似觉也无着处。可是稍微停了一停，她也就张开她那丹朱似的红唇的小口开始说话了。她的声音很尖嫩，但是却很响亮；全会场的注意都集于她一个人的身上，她的演说逼得大家都寂静下来了。

“我今天代表几十万的女工向大家说几句话，说得不好，请大家别要见笑。诸位晓得吗？我们女工比什么人都受压迫！我们过的简直不是人过的日子！我们的工钱的少，受资本家和工头的虐待到了什么样子，差不多你们就是想也是想不到的。我们受的痛苦实在太厉害了！当李普璋，沈船舫，皮书城在上海的时候，我们是有苦无处诉的。可是现在却不同了。现在我们既然把军阀赶走了，我们要组织一个革命的政府来保护我们的利益才对……”

你听！她说的话多么明白！她说话的态度该多么从容！这么样的小姑娘居然能够这样地演说！奇怪的很！……在大家惊叹的声中，陈阿兰最后用自己的尖嫩的声音喊道：

“打倒帝国主义！”鼓掌声。

“打倒军阀！”鼓掌声。

“打倒一切工贼和走狗！”鼓掌声。

“保护女工利益！”鼓掌声。

“总工会万岁！”鼓掌声。

陈阿兰向大家轻轻地鞠了一躬，在轰动的鼓掌声中，慢慢地走下演说台了。这时的华月娟呢？华月娟的两只手掌，为着陈阿兰几乎拍得肿起来了。啊！你想想她是多么地高兴啊！真的，华月娟简直高兴得忘了形！陈阿兰是华月娟平民学校的学生！老师见学生这般地令人可爱，令人可敬，这般地出风头，又哪能不高兴呢？何况除了师生的关系，陈阿兰又是她的亲密的朋友和同志呢？

陈阿兰下了演说台，走到华月娟面前的当儿，华月娟一把把她抓到自己的怀里，将她的身子摇几摇，笑嘻嘻地，如母亲对待自己的女儿一样，向她夸奖道：

“啊啊！我的小阿兰！你今天说得真好！”

陈阿兰这时娇媚地把头伸到华月娟的怀里，反觉得有点羞涩起来了。

“哈哈！……阿哥！直夫！……哈哈！真有趣！……”

躺在床上的杨直夫听见楼梯响和这种笑声，知是秋华从外边回来了。秋华跑进屋时，一下伏倒在直夫的怀里，还是哈哈地笑得不止。直夫用手抚摩着她的剪短的头发，慢慢地，很安静地问道：

“你今天又为什么这样高兴呢？我的秋华！你快快地告诉我！”

“哈哈！我想起那两个工人的模样儿真有趣！”

“别要笑了罢！哪两个工人的模样儿呢？”

秋华忍一忍气，这才止住不笑了。她于是离开直夫的怀里坐起来说道：

“你可惜不能出去看看！那工人真有趣呢！我在民国路开会回来，遇见两个电车工人，一个扛着枪，一个没有枪扛，大约是没有抢到枪罢，将一把刺刀拿在手里，雄赳赳地神气十足！他们都似乎高兴的了不得！他俩都穿着老长老长的黑呢大衣，你想想他俩扛着枪拿着刺刀的神气，好笑不好笑呢？唉！只有见着才好笑，你就是想也想不到那种味道。”

直夫微微地笑了一下，抬起头来，两眼向上望着，似乎在想象那两个电车工人的神情。秋华想一想，又继续说道：

“总工会门前的大红旗招展得真是好看！也万料不到我们现在居然能够弄到这样啊！”

直夫不等秋华的话说完，遂一把又把她抱在怀里，很温柔地然而又很肯定地说道：

“秋华！你别要太高兴了！帝国主义者，军阀，资本家，买办阶级，一切的反动派，他们能就此不来图谋消灭我们了吗？我们前路的斗争还多着呢！什么时候我们的敌人全消灭完了，什么时候我们的目的才能达到……”

秋华沉默着。

“秋华！”

“什么，阿哥？”

“我们来唱一唱国际歌罢！”

“好！”

起来，饥寒交迫的奴隶！
起来，全世界的罪人！
满腔的热血已经沸腾，
拼命做一次最后的战争！
旧世界破坏一个彻底，
新世界创造得光明。
莫道我们一钱不值，
我们要作天下的主人！……

野 祭

书　　前

惯于流浪的我，今年又在武汉过了几个月。在这几个月之中，若问起我的成绩来，是一点也没有的。幸而我遇着了一位朋友陈季侠君，在朝夕过从间，我得了他的益处不少。我们同是青年人，并且同是青年的文人，当然爱谈到许多许多恋爱的故事。陈君为我述了他自身所经历的一段恋爱的故事，我听了颇感兴味，遂劝他将这一段恋爱的故事写将出来，他也就慨然允诺，不数日而写成，我读了之后，觉得他的这本小书虽然不是什么伟大的著作，但在现在流行的恋爱小说中，可以说是别开生面。它所表现的，并不在于什么三角恋爱，四角恋爱，什么好哥哥，甜妹妹……而是在于现今的时代，在这个时代之中有两个不同的女性。也许它所表现的不深刻，但是……呵！我暂且不加以批评罢，读者诸君自然是会批评的。我的责任是在于将它印行以公之于世。我本不喜欢专门写恋爱小说的作家，但是现在恋爱小说这样地流行，又何妨将陈君的这本小书凑凑数呢？

一

“淑君呵！我真对不起你！我应当在你的魂灵前忏悔，请你宽恕我对于你的薄情，请你赦免我的罪过……我现在想恳切地在你的墓前痛哭一番，一则凭吊你的侠魂——你的魂真可称为侠魂呵！一则吐泄我的悲愤。但是你的葬地究在何处呢？你死了已经四个月了，但是一直到现在，你的尸身究竟埋在何处，不但我不知道，就是你的父母也不知道。也许你喂了鱼腹，或受了野兽们饱餍，现在连尸骨都没有了。你的死是极壮烈的，然而又是极悲惨的，我每一想象到你被难时的情形，不禁肝肠痛断，心胆皆裂。但是我的令人敬爱的淑君！我真是罪过，罪过，罪过呵！你生前的时候，我极力避免你施与我的爱，我从没曾起过爱你的念头，也许偶尔起过，但是总没爱过你。现在你死了，到你死后，我才追念你，我才哭你，这岂不是大大的罪过么？唉，罪过！大大的罪过！你恐怕要怨我罢？是的，我对于你是太薄情了，你应当怨我，深深地怨我。我现在只有怀着无涯的悲痛，我只有深切的忏悔……”

想起来，我真是有点辜负淑君了。但是现在她死了，我将如何对她呢？让我永远忆念着她罢！让我永远将我的心房当她的坟墓罢！让我永远将她的芳名——淑君，刻在我的脑膜上罢！如果淑君死而有知，她也许会宽恕我的罪过于万一的。但是我真是太薄情了，我还有求宽恕的资格么？唉！我真是罪过，罪过！……

二

去年夏天，上海的炎热，据说为数十年来所没有过。温度高的时候，达到一百零几度，弄得庞大烦杂的上海，变成了热气蒸人焦烁不堪的火炉。富有的人们有的是避热的工具——电扇，冰，兜风的汽车，深厚而阴凉的洋房……可是穷人呢，这些东西是没有的，并且要从事不息的操作，除非热死才有停止的时候。机器房里因受热而死的工人，如蚂蚁一样，没有人计及有若干数。马路上，那热焰蒸腾的马路上，黄包车夫时常拖着，忽地伏倒在地上，很迅速地断了气。这种因受热而致命的惨象，我们不断地听着见着，虽然也有些上等人因受了所谓暑疫而死的，但这是例外，可以说是凤毛麟角罢。

不是资产阶级，然而又不能算为穷苦阶级的我，这时正住在 M 里的一间前楼上。这间前楼，比较起来，虽然不算十分好，然而房子是新建筑的，倒也十分干净。可是这间前楼是坐东朝西的，炎热的日光实在把它熏蒸得不可向迩——这时这间房子简直不可住人。我日里总是不落家，到处寻找纳凉的地方，到了深夜才静悄悄地回来。

我本没有搬家的念头。我的二房东夫妻两个每日在黑籍国里过生活，吞云吐雾，不干外事，倒也十分寂静。不料后来我的隔壁——后楼里搬来了两个唱戏的，大约是夫妻两个罢，破坏了我们寂静的生活：他们嬉笑歌唱，吵嘴打骂，闹得不安之至。我因为我住的房子太热了，现在又加之这两个“宝货”的扰乱，就是到深夜的时候，他们也不知遵守肃静的规则，于是不得不做搬家的打算了。半无产阶级的我在上海一年搬几次家，本是很寻常的事，因为我所有的不过是几本破书，搬动起来是很容易的。

在 C 路与 A 路转角的 T 里内，我租定了一间比较招风而没有西晒的统楼面。房金是比较贵些，然而因为地方好，又加之房主人老夫妻两个，看来不像狡诈的人，所以我也就决定了。等我搬进了之后，我才发现我的房东一家共有七口人——老夫妻两人，少夫妻两人及他俩的两个小孩，另外一个就是我所忆念的淑君了，她是这两个老夫妻的女儿。

淑君的父亲是一个很忠实模样的商人，在某洋行做事；她的哥哥是一个打字生（在某一个电车站里罢?），年约二十几岁，是一个谨慎的而无大企图的少年，在上海这一种少年人是很多的，他们每天除了自己的职务而外，什么都不愿意过问。淑君的嫂嫂，呵，我说一句实话，我对她比较多注意些，因为她虽然是一个普通家庭的妇女，可是她的温柔和顺的态度，及她向人说话时候的自然的微笑，实在表现出她是一个可爱的女性，虽然她的面貌并不十分美丽。

我与淑君初见面的时候，我只感觉得她是一个忠厚朴素的女子。她的一双浓眉，两只大眼，一个圆而大的，虽白净而不秀丽的面庞，以及她的说话的声音和动作，都不能引人起一种特殊的，愉快的感觉。看来，淑君简直是一个很普通而无一点儿特出的女子。呵！现在我不应当说这一种话了：我的这种对于淑君的评判是错误的！“人不可以貌相，海水不可以斗量，”真正的令人敬爱的女子，恐怕都不在于她的外表，而在于她的内心罢！呵，我错了！我对于淑君的评判，最不公道的评判，使我陷入了很深的罪过，而这种罪过成为了我的心灵上永远的创伤。

我搬进了淑君家之后，倒也觉得十分安静：淑君的父亲和哥哥，白天自有他们的职务，清早出门，到晚上才能回来；两个小孩虽不过四五岁，然并不十分哭闹，有时被他俩的祖母，淑君的母亲，引到别处去玩耍，家中见不着他们的影子。淑君的嫂嫂，这一个温柔和顺的妇人，整日地不声不响做她的家务事。淑君也老不在家里，她是一个小学教员，当然在学校的时候多。在这种不烦躁的环境之中，从事脑力工作的我，觉得十分满意。暑热的炎威渐渐地消退下去了，又加之我的一间房子本来是很风凉的，我也就很少到外边流浪了。

在初搬进的几天，我们都是很陌生的，他们对我尤其客气，出入都向我打招呼——这或者是因为他们以为我是大学教授的缘故罢？在市侩的上海，当大学教授的虽然并不见得有什么尊荣的名誉，然总是所谓“教书先生”“文明人”，比普通人总觉得要被尊敬些。淑君对于我并不过于客气，她很少同我说话，有时羞答答地向我说了几句话，就很难为情地避过脸去停止了，在这个当儿完全表现出她的一副朴真的处女的神情。当她向我说话的时候，总是含羞带笑地先喊我一声“陈先生!”这一声“陈先生!”的确是温柔而婉丽。她有一副白净如玉一般的牙齿，我对于她这一副可爱的牙齿，曾有几番的注视，倘若我们在她的身上寻不出别的美点来，那么她的牙齿的确是可以使她生色的了。

我住在楼上，淑君住在楼下，当她星期日或有时不到学校而在家里的时候，她总是弹着她的一架小风琴，有时一边弹一边唱。她的琴声比她的歌声要悠扬动听些。她的音调及她的音调的含蓄的情绪，常令我听到发生悲壮苍凉的感觉；在很少的时候她也发着哀感婉艳刺人心灵的音调。她会的歌曲儿很多，她最爱常弹常唱的，而令我听得都记着了的，是下列几句：

世界上没有人知道我；
世界上没有人怜爱我；
我也不要人知道我；
我也不要人怜爱我；
我愿抛却这个恶浊的世界，
到那人迹不到的地方生活。

这几句歌词是原来就有的呢，抑是她自己做的？关于这件事情，一直到现在我还不知道。当她唱这曲歌的时候，我只感觉得她的音调是激亢而颤动的，就同她的全身，全血管，全心灵都颤动一样，的确是一种最能感人的颤动。她的情绪为悲愤所激荡着了，她的满腔似乎充满了悲愤的浪潮。我也说不清楚我听了她这曲歌的时候，我是对于她表同情的，还是对于她生讨厌心的，因为我听的时候，我一方面为她的悲愤所感动，而一方面我又觉得这种悲愤是不应当的。我虽然是一个穷苦的流浪的文人，对于这个世界，所谓恶浊的世界，十分憎恨，然而我却不想离开它，我对于它有相当的光明的希望。……

我起初是在外面包饭吃的，这种包饭不但价钱大，而且并不清洁，我甚感觉得这一种不方便。后来过了一些时，我在淑君的家里混熟了，先前客气的现象渐渐没有了，我与淑君也多有了接近和谈话的机会。有一天，淑君的母亲向我说道：

"陈先生！我看你在外边包饭吃太不方便了，价钱又高又不好。我久想向你说，就是如果你不嫌弃我们家的饭菜不好，请你就搭在我们一块儿吃，你看好不好呢？"

"呵，这样很好，很好，正合我的意思！从明天起，我就搭在你们一块儿吃罢。多少钱一月随便你们算。"我听了淑君的母亲的提议，就满口带笑地答应了。这时淑君也在旁边，向我微笑着说道：

"恐怕陈先生吃不来我们家里的饭菜呢。"

"说哪里话！你们能够吃，我也就能够吃。我什么饭菜都吃得来。……"

淑君听了我的话，表示一种很满意的神情，在她的这一种满意的神情下，她比普通的时候要妩媚些。我不知道淑君的母亲的这种提议，是不是经过淑君的同谋，不过我敢断定淑君对于这种提议是十分赞成的。也许多情的淑君体谅我在外包饭吃是不方便的事情，也许她要与我更接近些，每天与她共桌子吃饭，而遂怂恿她的母亲向我提议。……到了第二天我就开始与淑君的家人们一块儿共桌吃饭了。每当吃饭的时候，如果她在家，她一定先将我的饭盛好，亲自喊我下楼吃饭。我的衣服破了，或是什么东西需要缝补的时候，她总为我缝补得好好地。她待我如家人一样，这不得不令我深深地感激她，然而我也只限于感激她，并没曾起过一点爱她的心理。唉！这是我的罪过，现在忏悔已经迟了！天呵！如果淑君现在可以复生，我将拼命地爱她，以补偿我过去对于她的薄情。……

我与淑君渐渐成为很亲近的人了。她时常向我借书看，并问我关于国家，政府，社会种种问题。可是她对于我总还有一种隔膜——她不轻易进我的房子，有时她进我的房子，总抱着她的小侄儿一块，略微瞟看一下，就下楼去了。我本想留她多坐一会，可是她不愿意，也许是因为要避嫌疑罢。我说一句实在话，我对于她，也是时常在谨慎地避嫌疑：一因为我是一个单身的少年。二也因为我怕同她的关系太弄得密切了，恐怕要发生纠缠不可开交——最近淑君的母亲对我似乎很留意，屡屡探问我为什么不娶亲……她莫非要我当她的女婿么？如果我爱淑君，那我当她的女婿也未始不可，可是我不爱淑君，这倒怎么办呢？是的，我应当不与淑君太过于亲近了，我应当淡淡地对待淑君。

一天下午，我从外边回来，适值淑君孤自一个人在楼底下坐着做针线。她见着我，也不立起来，只带着笑向我问道：

“陈先生！从什么地方回来呀？”

“我到四马路买书去了，看看书店里有没有新书。你一个人在家里吗？他们都出去了？”

“是的，陈先生，他们都出去了，只留下我一个人看家。”

“那吗，你是很孤寂的了。”

“还好。陈先生！我问你一个人，”她的脸色有点泛红了，似乎有点不好意思的样子。“你可知道吗？”

“你问的是哪一个人，密斯章？也许我会知道的。”

“我问的是一个著名的文学家，他的名字叫做陈季侠。”她说这话的时候，脸更觉得红起来了。她的两只大眼带着审问的神气，只笔直地望着我。我听到陈季侠三个字，不禁吃了一惊，又加之她望我的这种神情，我也就不自觉地两耳发起烧来了。我搬进淑君家里来的时候，我只对他们说我姓陈，我的名字叫做陈雨春，现在她从哪里晓得我是陈季侠呢？奇怪！奇怪！……我正在惊异未及回答的当儿，她又加大她的笑声向我说道：

“哈哈！陈先生！你真厉害，你真瞒得紧呵！同住了一个多月，我还不知道你就是大名鼎鼎的文学家陈季侠！我今天才知道了你是什么人，你，你难道不承认吗？”

“密斯章，你别要弄错了！我是陈雨春，并不知道陈季侠是什么人，是文学家还是武学家。我很奇怪你今天……”

“这又有什么奇怪！”她说着说着从怀里掏出一封信来给我看。“我有凭据在此，你还抵赖吗？哈哈！……陈先生！你为什么要瞒着我呢？……其实，我老早就怀疑你的行动……”

我看着抵赖不过，于是我也就承认了。这是我的朋友 H 君写给我的信，信面上是书着“陈季侠先生收”，在淑君面前，我就是抵赖，也是不发生效力的了。淑君见我承认了，脸上不禁涌现出一种表示胜利而愉快的神情。她这时只痴呆地，得意地向我笑，在她的笑口之中，我即时又注意到她的一副白玉般的牙齿了。

“你怎么知道陈季侠是一个文学家呢？”过了半晌，我又向她微笑地问道：“难道你读过我的书吗？”

“自然啰！我读过了你的大作，我不但知道你是一个文学家，并且知道你是一个革——命——党——人！是不是？”

“不，密斯章！我不配做一个革命党人，像我这么样的一个人也配做革命党人吗？不，不，密斯章！……呵！对不起！到现在我还不知道你的芳名呢。今天你能够告诉我吗？”

“什么芳名不芳名！”她的脸又红起来了。“像我这样人的名字，只可称之为贱名罢了。我的贱名是章淑君。”

“呵，好得很！淑君这个名字雅而正得很，实在与你的人相配呢！……”

我还未将我的话说完，淑君的嫂嫂抱着小孩进来了。她看见我俩这时说话的神情，不禁用很猜疑的眼光，带着微笑，向我俩瞟了几眼，这逼得我与淑君都觉得难为情起来。我只得勉力地同她——淑君的嫂嫂——搭讪几句，又同她怀里的小孩逗了一逗之后，就上楼来了。

在这一天晚上，一点儿看书做文的心事都没有，满脑子涌起了胡思乱想的波浪：糟糕！不料这一封信使她知道了我就是陈季侠。……她知道我是革命党人，这会有不有危险呢？不至于罢，她决不会有不利于我的行为。……

她对于我似乎很表示好感，为我盛饭，为我补衣服，处处体谅我……她真是对我好，我应当好好地感激她，但是，但是……我不爱她，我不觉得她可爱。……浓眉，大眼，粗而不秀……我不爱她……但是她对我的态度真好！……

一轮皎洁晶莹的明月高悬在天空，烦躁庞大的上海渐渐入于夜的沉静，濛濛地浸浴于明月的光海里。时候已是十一点多钟了，我还是伏在窗口，静悄悄地对着明月痴想。秋风一阵一阵地拂面，使我感到凉意，更引起了我无涯涘的遐思。我思想到我的身世，我思想到我要创造的女性，我思想最多的是关于淑君那一首常唱的歌，及她现在待我的深情。我也莫明其妙，为什么我这时是万感交集的样子。不料淑君这时也同我一样，还未就寝，在楼底下弹起琴来了。在寂静的月夜，她的琴音比较清澈悠扬些，不似白日的高亢了。本来对月遐思，万感交集的我，已经有了一种不可言喻的情绪，现在这种情绪又被淑君的琴弦牵荡着，真是更加难以形容了。

我凝神静听她弹的是什么曲子，不料她今夜所弹的，为我往日所从未听见过的。由音调内所表现的情绪与往日颇不相同。最后我听她一边慢弹一边低回地唱道：

一轮明月好似我的心，
我的心儿赛过月明；
我的心，我的心呵！
我将你送与我的知音。

呵，我真惭愧！淑君的心真是皎洁得如同明月似的，而我竟无幸福来接受它。淑君错把我当成她的知音了！我不是她的知音，我不曾接受她那一颗如同明月似的心，这是她的不幸，这是我的愚蠢！我现在觉悟到我的愚蠢，但是过去的事情是已经不可挽回的了！我只有悲痛，我只有忏悔！……

夜深了，淑君的歌声和琴声也就寂然了。她这一夜入了梦没有？在梦中她所见到的是些什么？她知不知道当她弹唱的时候，我在楼上伏着窗口听着？……关于这些我都不知道。至于我呢，我这一夜几乎没有合眼，总是翻来覆去地睡不着。这并不是完全由于淑君给了我以很深的刺激，而半是由于多感的我，在花晨月夕的时候，总是这样地弄得神思不定。

三

从这天以后，淑君对我的态度更加亲热了，她到我楼上借书和谈话的次数也多起来了。有一次她在我的书架上翻书，我在旁边靠近她的身子，指点她哪一本书可看，哪一本书无大意思等等，在我是很自然的，丝毫没有别的念头，但是我觉得她愈与我靠近些，她的气息愈加紧张起来，她的血流在发热，她的一颗心在跳动，她的说话的声音很明显地渐渐由于不平静而紧促了。我从未看见过她有今天的这般的神情，这弄得我也觉得不自安了——我渐渐离开她，而在我的书桌子旁边坐下，故意地拿起笔来写字，想借此使她恢复平静的状态，缓和她所感到的性的刺激。不料我这么一做，她的脸上的红潮更加紧张起来了。她张着那两只此时充满着热情的大眼，很热挚地注视了我几次，这使得我不敢抬头回望她；她的两唇似乎颤动了几次，然终于未张开说出话来。我看见了她这种样子，不知做何种表示才好，只得低着头写字，忽然我听到她叹了一声长气——这一声长气是埋怨我的表示呢，还是由于别的？这我可不晓得了。

她还是继续地在我的书架上翻书，我佯做只顾写字，毫不注意她的样子。但是我的一颗心只是上下跳个不住，弄得我没有力量把它平静起来。这种心的跳动，不是由于我对于淑君起了性的冲动，而是由于惧怕。我生怕我因为一时的不谨慎，同淑君发生了什么关系，以至于将来弄得无好结果。倘若我是爱淑君的，我或者久已向她作爱情的表示了，但是我从没有丝毫要爱她的感觉。我虽然不爱她，但我很尊重她，我不愿意，而且不忍因一时性欲的冲动，遂犯了玷污淑君处女的纯洁的行为。

“陈先生！我拿两本书下去看了……”她忽然急促地说了这一句话，就转过身子跑下楼去了，连头也不回一下。她下楼去了之后，我的一颗跳动的心渐渐地平静下来了，如同卸了一副重担。但是我又想道：我对她的态度这样冷淡，她恐怕要怨我薄情罢？但是这又有什么办法呢？我怎么能够勉强地爱她？……淑君呵！请你原谅我！

时间虽过得迅速，而我对于淑君始终没有变更我原有的态度。淑君时常故意引起我谈到恋爱问题，而我总是敷衍，说一些我要守独身主义，及一个人过生活比较自由些……一些混话。我想借此隐隐地杜绝她对于我的念头。她又时常同我谈到一些政治的问题上来，她问我国民党为什么要分左右派，女子应否参加革命，……我也不过向她略为混说几句，因为我不愿意露出我的真的政治面孔来。唉！我欺骗她了！我日夜梦想着过满意的恋爱的生活，说什么守独身主义，这岂不是活见鬼吗？我虽然是一个流浪的文人，很少实际地参加过革命的工作，但我究竟自命是一个革命党人呵，我为什么不向淑君宣传我的主义呢？……唉！我欺骗淑君了！

我的窗口的对面，是一座医院的洋房，它的周围有很阔的空场，空场内有许多株高大的树木。当我初搬进我现在住的这间房子时，医院周围的树木的绿叶森森，几将医院的房子都掩蔽住了。可是现在我坐在书桌子旁边，眼睁睁地看见这些树木的枝叶由青郁而变为萎黄，由萎黄而凋零了。时间真是快的很，转眼间我已搬进淑君的家里三四个月了。在这几个月之中，我的孤独的生活很平静地过着，同时，我考察淑君的生活，也没有什么大的变更。我们是很亲热的，然而我们又是很疏远的——每日里除了共桌吃饭，随便谈几句而外，她做她的事，我做我的事。她有时向我说一些悲观的话，说人生没有意思，不如死去干净……我知道她是在为着我而痛苦着，但我没有方法来安慰她。

这是一天晚上的事情。淑君的嫂嫂和母亲到亲戚家里去了，到了六点多钟还未回来，弄得晚饭没有人烧煮。我躺在楼上看书，肚子饿得枯里枯鲁地响，不得已走下楼来想到街上买一点东西充充饥。当我走到厨房时，淑君正在那儿弯着腰吹火烧锅呢。平素的每日三餐，都是由淑君的嫂嫂烧的，今天淑君亲自动手烧饭，她的不熟练的样儿，令我一看就看出来了。

“密斯章，你在烧饭吗？”

“是的，陈先生！嫂嫂不知为什么现在还没有回来。你恐怕要饿煞了罢？”她立起身笑着这样问我。我看她累得可怜，便也就笑着向她说道：

“太劳苦你了！我来帮助你一下好不好？”

“喂！烧一点饭就劳苦了，那么一天到晚拖黄包车的怎么办呢？那在工厂里每天不息地做十几个钟头工的怎么办呢？陈先生！说一句良心话，我们都太舒服了。……”

“喂！密斯章！听你的口气，你简直是一个很激烈的革命党人了……我们放舒服些还不好吗？……”

“陈先生！我现在以为这种舒服的生活，真是太没有味道了！陈先生！你晓得吗？我要去……去……，”她的脸红起来了。我听了她的话，不禁异常惊异，她简直变了，我不等她说完，便向她问道：

“你要去，去干什么呢？”

“我，我，”她表现出很羞涩的态度。“我要去革命去，……陈先生你赞成吗？……我想这样地平淡地活着，不如轰轰烈烈地死去倒有味道些。陈先生！你看看怎样呢？你赞成吗？”

“喂！密斯章！当小姐不好，要去革命干什么呢？我不敢说我赞成你，倘若你的父母晓得了，他们说你受了我的宣传，那可是不好办了。密斯章！我劝你还是当小姐好呵！”

“什么小姐不小姐！”她有点微怒了。“陈先生！请你别要向我说这些混话了。人家向你规规矩矩地说正经话，你却向人家说混话，打闹……”

“呵！请你别生气！我再不说混话就是了。”我向她道歉地这样说道：“那么，你真要去革命吗？”

“不是真的，还是假的吗？”她回头望望灶口内的火，用手架一架柴火之后，又转过脸向我说道：“再同你说话，火快要灭了呢。你看晚饭将要吃不成了。”

“去革命也不错。”我低微地这样笑着说了一句。

“陈先生！你能够介绍我入党吗？我要入党……”

“你要入什么党？”

“革命的党……”

“我自己不属于任何党，为什么能介绍你入党呢？”

“你别要骗我了！我知道你是的……你莫不是以为我不能革命吗？”

“密斯章！不是这样说法。我真是一个没有党的人！”

“哎！我晓得！我晓得！你不愿意介绍我算了，自然有人介绍我。我有一个同学的，她是的，她一定可以介绍我！”她说这话时，一面带着生气，一面又表示一种高傲的神气。

“那么，好极了……”

我刚说了这一句，忽听后门“砰！砰！……”有人敲门，我遂走出厨房来开后门，却是淑君的母亲回来了。她看见是我开的门，连忙问我淑君在不在家，我说淑君在厨房里烧饭。

“呵，她在烧饭吗？好，请你告诉她，叫她赶快将饭烧好，我到隔壁打个转就回来。”淑君的母亲说着说着，又掉转头带着笑走出去了。我看见她这种神情，不禁暗地想道：“也不知这个老太婆现在想着什么心事呢。她或者以为我是与她的女儿说情话罢？她为什么回来又出去了？让机会吗？……”我不觉好笑。

我重新走进厨房，将老太婆的话报告淑君，淑君这时坐在小凳子上，两眼望着灶口内的火，没有则声。我这时想起老太婆的神情，反觉得不好意思起来，随便含混说几句话，就走上楼来了。我上了楼之后，一下倒在床上躺着，两眼望着黑影迷濛中的天花板，脑海里鼓荡着一个疑问：“为什么淑君的思想现在变到了这般地步呢？……”

从这一次谈话之后，我对于淑君更加敬佩了，她原来是一个有志气的，有革命思想的女子！我本想照实地告诉她我到底是一个什么人，可是我怕她的父母和兄嫂知道了，将有不便。他们听见革命党人就头痛，时常在我的面前咒骂革命党人是如何如何地不好，我也跟着她们附和，表示我也是一个老成持重的人。淑君有时看着我附和他们，颇露出不满的神情，可是有时她就同很明白我的用意似的，一听着我说些反革命话时，便对我默默地暗笑。

现在淑君是我的同志了，然而我还是不爱她。有时我在淑君看我的眼光中，我觉察出她是深深地在爱我，而同时又在无可如何地怨我。我觉察出来这个，但是我有什么方法来避免呢？我只得佯做不知道，使她无从向我公开地表示。我到底为什么不会起爱淑君的心呢？她有什么不好的地方？我到现在也还说不清楚，也许是因为她不美的缘故罢？也许是的。如果单单是因为这个，唉！那我不爱她简直是罪过呵！

我渐渐留心淑君的行动了。往时逢星期日和每天晚上，她总是在家的，现在却不然了：星期日下午大半不在家；晚上呢，有时到十一二点钟才回来。她向家里说，这是因为在朋友家里玩，被大家攀住了，是不得已的。因为她素来的行为很端正，性情很和顺忠实，她的家里人也就不十分怀疑她。可是我看着淑君的神情——照着她近来所看的关于主义的书报，及她对我所说的一些话，我就知道她近来是在做所谓秘密的革命的工作。我暗暗地对她惭愧，因为我虽然是自命为一个革命党人，但是我浪漫性成，不惯于有秩序的工作，对于革命并不十分努力。唉！说起来，我真是好生惭愧呵！也许淑君看着我这种不努力的行为，要暗暗地鄙视我呢。

一个人的思想和行为之变迁，真是难以预定。当我初见着淑君的时候，她的那种极普通的，朴实而谨慎的性格，令我绝对料不到她会有今日。但是今日，今日她已经成为一个所谓“危险的人物”了。

四

转眼间已是北风瑟瑟，落叶萧萧，寒冬的天气了。近来飘泊海上的我，越发没有事做，因为S大学犯了赤化的嫌疑被封闭了，我的教职也就因之停止了。我是具有孤僻性的一个人，在茫茫的上海，我所交接的，来往的朋友并不多，而在这不多的朋友之中，大半都是所谓危险的分子，他们的工作忙碌，并没有许多闲工夫同我这种闲荡的人周旋。除了极无聊，极烦闷，或是我对于政局有不了解的时候，我去找他们谈谈话，其余的时候，我大半一个人孤独地闲荡，或在屋里过着枯寂的读书做文的生活。淑君是我的一个谈话的朋友，但不是一个很深切的谈话的朋友，这一是因为我不愿意多接近她，免得多引起她对于我的爱念，二也是因为她并不能满足我谈话的欲望。她近来也是一个忙人了，很少有在家的时候，就是在家，也是手里拿着书努力地读，我当然不便多烦扰她。她近来对于琴也少弹了，歌也少唱了；有时，我真感谢她，偶尔听着她那悠扬而不哀婉的琴声和歌声，我竟为之破除了我的枯寂的心境。

淑君近来对我的态度似乎恬静了些。我有时偷眼瞟看她的神情，动作，想探透她的心灵。但是当她的那一双大眼闪灼着向我望时，我即时避开她的眼光，——唉！我真怕看她的闪灼的眼光！她的这种闪灼的眼光一射到我的身上时，我似乎就感觉到："你说！你说！你这薄情的人！你为什么不爱我呢？……"这简直是对我的一种处罚，令我不得不避免它。但是迄今我回想起来，在她的那看我的闪灼的眼光中，她该给了我多少诚挚的爱呵！领受到女子的这种诚挚的爱的人，应当是觉得很幸福的，但是我当时极力避免它……唉！我，我这蠢材！在今日隐忍苟活的时候，在这一间如监狱似的，鸟笼子似的小房子里，有谁个再用诚挚的爱的眼光来看你呢？唉！我，我这蠢材！……

在汽车驰驱，人迹纷乱的上海的各马路中，A马路要算是很清净的了。路两旁有高耸的，整列的白杨树；所有的建筑物，大半都是稀疏的，各自独立的，专门住家的，高大的洋房，它们在春夏的时候，都为丛丛的绿荫所包围，充满了城市中别墅的风味。在这些洋房内居住的人们，当然可以想象得到，不是我们本国的资本家和官僚，即是在中国享福的洋大人。至于飘零流浪的我，虽然也想象到这些洋房内布置的精致，装璜的富丽，以及内里的人们是如何地快乐适意……但是我就是做梦，也没曾想到能够在里边住一日。我只有在外边观览的幸福。

一日午后，觉得在屋内坐着无聊已极，便走出来沿着A路散步。迎面的刺人的西北风吹得我抬不起头来，幸而我身上着了一件很破的，不值钱的羊皮袍，还可以抵当寒气。我正在俯首思量"洋房与茅棚"，"穿狐皮裘的资本家与衣不蔽体的乞丐"……这一类的问题的当儿，忽然我听得我的后边有人喊我：

"季侠!"

我回头一看，原来是半年不见的俞君同他的一位女友，俞君还是与从前落拓的神情一样，没曾稍改，他这时身穿着蓝布面的黑羊皮袍，头上戴一顶俄国式的绒帽，看来好像是一位商人。他的女友，呵！他的女友实令我惊奇！这是一位异常华丽丰艳的女子：高高的身材，丰腴白净的面庞，朱红似的嘴唇，一双秋水盈盈，秀丽逼人的眼睛，——就是这一双眼睛就可以令人一见消魂！她身穿着一件墨绿色的花锻旗袍，颈项上围着一条玫瑰色的绒巾，种种衬托起来，她好像是一株绿叶丰饶，花容焕发的牡丹。我注视了她一下，不禁暗暗地奇怪俞君，落拓的俞君，居然交接了这么样一个女友……

"这就是我向你说过的陈季侠先生，"俞君把我介绍与她的女友后，又转而向我说道，"这是密斯黄，是我的同乡。"

"呵呵！……"我又注视了她一下，她也向我打量一番。

"季侠！这样冷的天气，你一个人在这儿走着干什么呢?"

"没有什么，闲走着，你几时从C地回上海的?"

"回来一个多礼拜了。我一到上海就想看你，可是不知你到底住在什么地方。你住在什么地方?"

"离此地不远。可以到我的屋里坐一坐吗?"

"不，季侠，天气怪冷的，我想我们不如同去吃一点酒，吃了酒再说，好不好?"俞君向我说了之后，又转过脸笑吟吟地向他的女友问道，"密斯黄！你赞成吗?"

"赞成。"密斯黄带笑地点一点头。

于是我们三人一同坐黄包车来到大世界隔壁的一家天津酒馆。这一家酒馆是我同俞君半年前时常照顾的，虽不大，然而却不烦杂，菜的味道也颇合口。矮而胖的老板见着我们老主顾到了，额外地献殷勤，也许是因为密斯黄的力量值得他这样的罢？

我们随便点了几碗菜，就饮起酒来。肺痨症的俞君还是如从前一样地豪饮，很坦然地毫不顾到自身的健康。丰腴华丽的密斯黄饮起酒来，倒令我吃惊，她居然能同我两个酒鬼比赛。她饮了几杯酒之后，她的两颊泛起桃色的红晕，更显得娇艳动人。我暗暗地为俞君高兴，“好了！好了！你现在居然得到这么样的一个美人……幸福得很！……”但我同时又替他担忧：“呵！你这个落拓的文人，你要小心些！你怎么能享受这么样的带有富贵性的女子呢？……”

但是当我一想到我的自身时，不禁深深地长叹了一口气：流浪的我到现在还没有遇到一个爱我的，如意的女子，说起来，真是令我好生惭愧！像俞君这样落拓的人，也居然得到了这么样的一个美人；而我……唉！我连俞君都不如！……如果淑君是一个美丽的女子，那我将多么荣幸呵！但是她，她引不释我的爱情来……唉！让我孤独这一生罢！……我越想越牢骚，我的脸上的血液不禁更为酒力激刺得发热，而剧烈地泛起红潮来了。

在谈话中，我起初问起C地的情形，俞君表示深切的不满意，他说，什么革命不革命，简直是胡闹，革命这样革将下去，简直一千年也没有革好的希望！他说，什么左右派，统统都是投机，都是假的……我听了俞君的这些话，一方面惊佩他的思想激烈，一方面又想象到那所谓革命的根据地之真实的情形。关于C地的情形，我是老早就知道的，今天听到这位无党派的俞君的话，我更加确信了。我对于革命是抱乐观的人，现在听了俞君的这种失意的，悲观的叙述，我也不禁与他同感了。

我们谈到中国文坛的现状，又互相询问各人近来有没有什么创作。我们越饮兴致越浓，兴致越浓，越谈到许多杂乱无章的事情。我是正苦于过着枯寂生活的人，今天忽遇着这个好机会，不禁饮得忘形了。更加在座的密斯黄的秀色为助饮的好资料，令我暗暗地多饮了几杯，视酒如命的俞君，当然兴致更浓了。

“今天可惜密斯郑不在座，”俞君忽然向密斯黄说道，“不然的话，我们今天倒更有趣些呢！”

“君实，你说的哪一个密斯郑？”我插着问。

“是密斯黄的好朋友，人是非常好的一个人。”俞君说到此地，又转过脸向着密斯黄说道，“密斯黄！我看密斯郑与陈先生很相配，我想把他俩介绍做朋友，你看怎么样？我看的确很相配……”

“难道说陈先生还没有……?”密斯黄用她的秀眼瞟一瞟我，带着笑向俞君这样很含蓄地说道：“若是陈先生愿意，这件事情我倒很愿意帮忙的。”

我觉得我的面色更加红起来了。好凑趣的俞君，听了密斯黄的话，便高兴得鼓起掌来，连声说道：“好极了！好极了！……”在这一种情景之下，我不知向他们说什么话是好。我有点难为情，只是红着脸微笑。但是我心里却暗暗地想道：“也许我这一次要遇着一个满意的女子了！也许我的幸运来了，……照着他俩的语气，这位密斯郑大约是不错的。……”我暗暗地为我自己欢喜，为我自己庆祝。在这时我不愿想起淑君来，但是不知为着什么，淑君的影子忽然闪到我的脑海里：她睁着两只大眼，放出闪灼的光，只向我发怒地望着，隐约地似乎在骂我：“你这蠢材！你这不分皂白，不知好歹的人，放着我这样纯洁地爱你的人不爱，而去乱爱别人，你真是在制造罪过呵！……”我觉着我的精神上无形地受了一层严厉的处罚。

“那么，密斯黄！”俞君最后提议道，“我们明天晚上在东亚旅馆开一间房间，把密斯郑请到，好使陈先生先与她认识一下。”

密斯黄点点头表示同意，我当然是不反抗的。到这时，我们大家都饮得差不多了，于是会了账，我们彼此就分手——俞君同他的女友去寻人，我还是孤独地一个人回到自己的屋里，静等着践明天晚上的约会。我进门的时候，已经是六点多钟了，淑君同她的家人正在吃晚饭呢。淑君见着我进门，便立起身来问我是否吃过饭，我含混地答应一句吃过了，但是不知怎的，这时我怕抬起头来看她，我的一颗心只是跳动，似乎做了一件很对不起她的事。

“陈先生！你又吃酒了罢?”淑君很唐突地问我这一句。

“没……没有……”

我听了淑君的话，我的内心更加羞愧起来，即刻慌忙地跑上楼来了。平素我吃多了酒的时候，倒在床上即刻就会睡着的，但是今晚却两样了：我虽然觉得醉意甚深，周身疲倦得很，但总是辗转地睡不着。“密斯黄真是漂亮，然而带有富贵性，不是我这流浪人所能享受的。……密斯郑不知到底怎样?……也许是不错的罢？呵！反正明天晚上就可以会见她了。……淑君？唉！可怜的淑君！……”我总是这样地乱想着，一直到十二点多钟还没有合眼。寒冷的月光放射到我的枕边来，我紧裹着被盖，侧着头向月光凝视着……

五

在上海，近来在旅馆内开房间的风气，算是很盛行的了。未到过上海的人们，总都以为旅馆是专为着招待旅客而设的，也只是旅客才进旅馆住宿。可是上海的旅馆，尤其是几个著名的西式旅馆，却不合乎这个原则了：它们近来大部分的营业是专靠本住在上海的人们的照顾。他们以旅馆为娱乐场，为交际所，为轧姘头的阳台……因为这里有精致的钢丝床，有柔软的沙发，有漂亮的桌椅，有清洁的浴室，及招待周到的仆役。在一个中产家庭所不能设备的，在这里都应有尽有，可以说是无所不备，因之几个朋友开一间房间，而借以为谈心聚会的地方，这种事情是近来很普通的现象了。

不过穷苦的我，却不能而且不愿意多进入这种场所。手中宽裕些而好挥霍的俞君，却时常干这种事情。他为着要介绍密斯郑同我认识，不惜在东亚旅馆开了一间价钱很贵的房间，这使我一方面很乐意，很感谢他的诚心，但我一方面又感觉着在这类奢华的环境中有点不舒服。这也许是因为我还是一个乡下人罢，……我很奇怪，当我每进入到装璜精致，布置华丽的楼房里，我的脑子一定要想到黄包车夫所居住的不蔽风雨的草棚及污秽不堪的贫民窟来。在这时我不但不感觉到畅快，而且因之感觉到一种惩罚。我知道我的这种习惯是要被人讥笑的，但是我没有方法把它免除掉。……

我们的房间是开在三层楼上。当我走进房间时，俞君和两位女友——一个是密斯黄，其他一个是密斯郑无疑。已经先到了。他们正围着一张被白布铺着的圆桌子谈话，见我进来了，便都立起身来。俞君先说话，他责我来迟了，随后他便为我们彼此介绍了一下。介绍了之后，我们就了座，也就在我就座的当儿，我用力地向密斯郑瞟了一眼，不料我俩的目光恰相接触，不禁两下即刻低了头，觉着有点难为情起来。

这是一个很朴素的二十左右的女子。她的服装——黑缎子的旗袍——没有密斯黄的那般鲜艳；她的头发蓬松着，不似密斯黄的那般光润；她的两眼放着很温静的光，不似密斯黄的那般清俐动人；她的面色是带有点微微的紫黑色的，若与密斯黄的那般白净而红润的比较起来，那简直不能引人注目了。

她的鼻梁是高高的，嘴唇是厚的，牙齿是不洁白的，若与淑君的那副洁白而整饬的牙齿比较起来，那就要显得很不美丽了。总而言之：这是一个很朴素的女子，初见时，她显现不出她有什么动人的特色来。但是你越看她久时，你就慢慢地觉得她可爱了：她有一种自然的朴素的美；她的面部虽然分开来没有动人的处所，但是整个的却很端整，配置合宜；她的两颊是很丰满的，这表现她不是一个薄情相；她的态度是很自然而温厚的，没有浮躁的表现；她的微笑，以及她说话的神情，都能显露出她的天真的处女美来。

俞君在谈话中极力称誉我，有时我觉着他称誉太过度了，但是我感激他，因为他的称誉，我可以多博得密斯郑的同情。我觉着她不断地在瞟看我，我觉着她对我已经发动了爱的情苗了。这令我感觉得异常的愉快和幸福，因为我在继续的打量之中，已经决定她是一个很可爱的姑娘，并以为她对于我，比密斯黄还可爱些。在我的眼光中，密斯黄虽然是一个很美丽的女子，然太过于丰艳，带有富贵性，不如密斯郑的朴素的美之中，含有很深厚的平民的风味。所以我初见密斯黄的时候，我只惊异她的美丽，但不曾起爱的念头，但今日一见着密斯郑的时候，我即觉得她有一种吸引我的力量。我爱上她了！……

“密斯郑是很革命的，而陈先生又是一个革命的文学家，我想你们两个人一定是很可以做朋友的。”俞君说。

“陈先生！玉弦很佩服你，你知道吗？我把你的作品介绍给她读了之后，她很赞叹你的志气大，有作为……”密斯黄面对着我这样说，我听了她的话，心中想道：“原来她现在才知道我的……”

“我与玉弦是老同学，”密斯黄又继续说道，“多年的朋友，我知道她的为人非常好。我很希望你们两个人，陈先生，做一对很好的朋友，并且你可以指导她。”

“呵呵……，”我不好意思多说话。我想同密斯郑多谈一些话，可是她总是带笑地，或者也可以说是痴愚地缄默着，不十分多开口。我当然不好意思硬逼着同她多谈话，因为第一次见面，大家还是陌生，还是很隔膜的。我只觉得她偷眼瞟看我，而我呢，除开偷眼瞟看她而外，不能多有所亲近。在明亮的灯光底下，我可以说我把她细看得很清楚了。我越看她，越觉得她的朴素的美正合我的心意。我总以为外貌的神情是内蕴的表现，因之我就断定了密斯郑的外貌是如此，她的内心也应当如此。我不知不觉地把她理想化了，我以为她的确是一个值得为我所爱的姑娘，但是，我现在才知道：若仅以外貌判断人的内心，必有不可挽回的错误，尤其是对于女子……

我们轮流地洗了澡之后——俞君最喜欢在旅馆里洗澡，他常说几个朋友合起股来开一个房间洗澡，实比到浴室里方便得多。又是俞君提议叫茶房送几个菜来大家饮酒，我很高兴地附议，两位女友没有什么表示。我暗暗地想道，是的，今天正是我痛饮的时候，我此时痛饮一番，不表示表示我的愉快，还待何时呢？……我想到此处，又不禁两只眼瞟看我的将来的爱人。

密斯郑简直不能饮酒，这有点令我微微地扫兴，密斯黄的酒量是很大，一杯一杯地毫不相让。在饮酒的时候，我借着酒兴，乱谈到一些东西南北的问题，最后我故意提起文学家的命运来。我说，东西文学家，尤其是负有伟大的天才者，大半都是终身过着潦倒的生活，遭逢世俗的毁谤和嫉妒；我说，我们从事文学的，简直不能生做官发财的幻想，因为做官发财是要妨碍创作的，古人说“诗穷而后工”是一句至理名言；我说，伟大的文学家应具有伟大的反抗精神……我所以要说起这些话的，是因为我要探听密斯郑的意见。但她虽然也表示静听我的话的样子，我却觉得她没曾有深切的注意。我每次笑吟吟地征询她的意见，但她总笑而不答，倒不如密斯黄还有点主张。这真有点令我失望，但我转而一想，也许因为她含羞带怯的缘故罢？……初次见面，这是当然的事情。……于是我原谅她，只怪自己对于她的希望太大了，终把我对于她的失望遮掩下去。

等我们饮完酒的时候，已经是十一点多钟了。俞君留在旅馆住夜，他已是半醉了；我送两位女友回到S路女学——密斯郑是S路女学的教员，密斯黄暂住在她的寓所——之后，还是回到自己的家里来。这时夜已深了，马路上的寒风吹到脸上，就同被小刀刺着似的，令人耐受不得，幸而我刚饮过酒，酒的热力能鼓舞着我徒步回来。

我的房东全家都已睡熟了。我用力地敲了几下门，才听得屋里面有一个人问道：“哪一个？”我答应道：“是我。”接着便听到客堂里有替塔替塔的脚步声。门缝里闪出电灯的光了。

“是哪一个呀？”这是淑君的声音。

“是我。”

“是陈先生吗？”

“是的，是的。真对不起得很……”

我未将话说完，门已经呀的一声开了。

“真正地对不起的很，密斯章；这样冷的天气，劳你起来开门，真是活有罪！……”我进门时这样很道歉地向她说，她睡态惺忪地用左手揉眼，右手关门，懒洋洋地向我说道：

“没有什么，陈先生。”

我走进客堂的中间，借着灯光向她仔细一看：（这时她已立在我的面前），她下身穿着单薄的花裤，上身穿一件红绒的短衫；她的胸前的两个圆圆的乳峰跃跃地突出，这令我在一瞬间起了用手摸摸的念头。说一句老实话，这时我已经动了肉感了。又加之灯光射在她的红绒衫上而反映到她的脸上，弄得她的脸上荡漾着桃色的波纹，加了她平时所没有的美丽。她这时真有妩媚可人的姿态了。我为之神驰了一忽：我想向前拥抱她，我想与她接吻……但是我终于止住我一时的感觉的冲动，没有放荡起来。

“陈先生！你又从什么地方吃酒回来，是不是？”淑君很妩媚动人地微笑着向我问道，“满口都是酒气，怪难闻的，你也不觉得难过吗？”

“是的，我今晚又吃酒了。”我很羞惭地回答她。

“陈先生！你为什么这样爱吃酒呢？你上一次不是对我说过，你不再吃酒了么？现在为什么又……？”她两眼盯着我，带着审问我的神气。我这时真是十分羞愧，不知如何回答她是好。

“我也不知道我为什么这样好吃酒……唉！说起来，真是岂有此理呢！……”

“酒吃多了是很伤人的，陈先生！……”

她说这一句话时，内心也不知包藏着好多层厚的深情！我深深地感激她：除开我的母亲而外，到如今从没曾有这样关注我的人。过惯流浪生活的我，很少能够领受到诚挚的劝告，但是淑君却能够这样关注我，能够给我以深厚的温情，我就是铁石心肠，也是要感激她的。但是我这浑蛋，我这薄情的人，我虽然感激她，但不曾爱她。今日以前我不曾爱她，今日以后我当然更不会爱她的了，因为密斯郑已经把我的一颗心拿去了，我已决定把我的爱交与密斯郑了。

“密斯章，我真感激你！从今后我总要努力听你的劝告了。酒真是害人的东西！”我很坚决地这样说。

“我很希望你能听我的话……”

“呵！时候已经不早了，”我看一看表就惊异地说，“已经十二点多了。天气这样的冷，密斯章，你不要冻凉了才好呢。我们明天会罢！”我说了这几句话，就转过脸来预备走上楼去，走了两步，忽又听得淑君在颤动地叫我：

“陈先生！”

“什么，密斯章？”我反过脸来问她。

淑君低着头沉吟了一下，不作声，后来抬起头来很羞涩地说道：“没有什么，有话我们明天再说罢……”

我不晓得淑君想向我说的是一些什么，但我这时感觉得她是很兴奋的，她的一颗心是在跳动。也或者她喊我这一声，想向我说道：“陈先生！我……我……我爱你……你晓得吗？……”如果她向我这样表示，面对面公开地表示时，那我将怎么样回答她呢？我的天王爷！我真不知我将如何回答她！我如何回答她呢？爱她？或是说不爱她？或是说一些别的理由不充足的拒绝的话？……还好！幸而她终于停住了她要向我说的话。

“我祝你晚安！”说了这一句话，我就很快地走上楼来了。在我初踏楼梯的时候，我还听到淑君长叹了一口气。

六

窗外的冷雨凄凄，尖削的寒风从窗缝中吹进，浸得人毛骨耸然。举目看看窗外，只见一片烟雾迷濛，整个的上海城沉沦于灰白色的死的空气里，这真是令人易感多愁，好生寂寞的天气。我最怕的是这种天气；一遇到这种天气时，我总是要感到无端的烦闷，什么事都做不得，曾记得在中学读书的时候，那时对这种天气，常喜拿起笔来写几首触景感怀的牢骚诗词，但是现在，现在却没有往昔那般的兴致了。

清早起来，两眼向窗外一望，即感觉得异常的不舒服。昨晚在东亚旅馆会聚的情形尚萦回于脑际，心中想道，今天若不是天阴下雨，我倒可以去看看密斯郑……但是这样天阴，下雨，真是讨厌极了！……我越想越恨天公的不做美，致我今天不能会着昨晚所会着的那个可爱的人儿。

吃过早餐后，我即在楼下客堂与淑君的两个小侄儿斗着玩。淑君的母亲到隔壁人家打麻雀去了，与淑君同留在家中的只有她的嫂嫂。淑君躺在籐椅子上，手里拿着一本《将来之妇女》，在那里很沉静地看；她的嫂嫂低着头为着她的小孩子缝衣服。我不预备扰乱她们，倘若她们不先同我说话，那我将不开口。我感觉得淑君近来越发用功起来了，只要她有一点闲空，她总是把这一点闲空用在读书上。几月前她很喜欢绣花缝衣等等的女工，现在却不大做这些了。她近来的态度很显然地变为很沉默的了，——从前在吃饭的时候，她总喜欢与她的家人做无意识的辩论，说一些琐屑而无味的话，但是现在她却很少有发言的时候。有时偶尔说几句话，可是在这几句话之中，也就可以见得现在的她与以前的不同了。

“陈先生！”淑君直坐起来，先开口向我说道，“你喜欢研究妇女问题吗？有什么好的关于妇女问题的书，请介绍几本给我看看。”

“我对于妇女问题实在没有多大研究。”我微笑着这样地回答她。“我以为你关于这个问题比我要多知道一些呢。密斯章！你现在研究妇女问题吗？”

“说不上什么研究不研究，不过想看看几本书罢了。明天有个会……”她看看她的嫂嫂，又掉转话头说道：“呵，不是，明天有几个朋友，她们要求我做一篇‘女子如何才能解放’的报告，我没有办法……”她的脸微微地红起来了。

“女子到底如何才能解放呢？我很想听听你的意见。”

“我的意见是，如果现在的经济制度不推翻，不根本改造一下，女子永远没有解放的希望……陈先生！你说是吗？我以为妇女问题与劳动问题是分不开的。……”

“密斯章！我听你的话，你的学问近来真是很进步呢！你的意见完全是对的，现在的经济制度不推翻，不但你们女子不能解放，就是我们男子又何尝能得解放呢？”

淑君听了我的话，表现一种很满意的神情，她的嫂嫂听到我们说什么“女子……”“男子……”抬起头来，很犹疑地看看我们，但觉得不大明白似的，又低下头继续她的工作了。今天的谈话，真令我惊异淑君的进步——她的思想很显然地是很清楚的了。

“现在的时局很紧急，”她沉吟半晌，又转变了说话的对象。“听说国民军快要到上海了，你的意思是……？”

“听说是这样的，”我很迟慢地回答她。“不过国民军就是到了，情形会变好与否，还很难说呢。……”

“不过我以为，无论如何，总比现在要好些！现在的时局简直要人的命，活活地要闷死人！……这几天听说又在杀人罢？”

“哼！……”我叹了一口长气。

天井内的雨越下越大了。我走到客堂门前，向天空一望，不禁很苦闷地叹着说道：

“唉！雨又下得大了！这样的天气真是令人难受呵！坐在屋里，实在讨厌！没有办法！”

“陈先生！”淑君的嫂嫂忽然叫我一声。

“什么？……”我转过脸来莫明其妙地望着她。她抬起头来，暂时搁置她的工作，笑嘻嘻地向我说道：

“陈先生！我看你一个人怪不方便的，怪寂寞的，你为什么不讨一个大娘子呢？讨一个大娘子，有人侍候你，也有人谈心了，那时多么好呢！一个人多难熬呵！……”

这时淑君听见她嫂嫂说这些话，又向椅子上躺下，把脸侧向墙壁，重新看起书来。我简直不知如何答复这个问题为好，及见到淑君的神情，我不觉更陷到很困难的境地。我正在为难的当儿，恰好听见有人敲门，我于是冒着雨跳到天井内开门。我将门开开一看时，不禁令我惊喜交集，呵，原来是密斯郑！这真是我所料不到的事情呵！我虽然一边同她们谈话，一边心里想着密斯郑的身上，但总未想到她恰于这大雨淋漓的时候会来看我。她的出现真令我又惊，又喜，又感激；在这一瞬间，我简直把淑君忘却了。唉！可怜的淑君！……

“呵呵！原来是你！这样大的雨……”我惊讶地这样说。我只见得她双手撑着雨伞，裙子被雨打湿了一半，一双脚穿着的皮鞋和袜子，可以说是完全湿透了。她见我开了门，连忙走进客堂，将伞收起，跺一跺脚上的水，上气接不到下气，很急喘地向我说道：

“我，我出门的时候，雨是很小的，谁知刚走到你们这个弄堂的转角，雨忽然大起来了。唉！真是糟糕得很！你看，我浑身简直淋漓得不像个样子！”

“呵呵！让我来介绍一下：”——这时淑君站起来了，两眼只注视来人，面上显然露出犹疑而失望的神情。“这是密斯章，这是密斯章的嫂嫂，这位是密斯郑。”

“呵呵！密斯郑……”淑君勉强带着笑容地这样说。我这时也顾不得淑君和她的嫂嫂是如何地想法，便一把将密斯郑的雨伞接在手里，向她说道：

“我住在楼上，请到我的房里去罢！”

这是密斯郑第一次到我的房里。她进我的房门的时候，向房内上下四周瞟看了一下，我也不知道她是否满意于我房内的布置，我没有问她的意见。我请她坐在我的书桌旁边的一张木椅子上，我自己面对着她，坐在我自己读书写字的椅子上。她今天又穿了一身黑色的服装，姿态同昨天差不多，不过两颊为风吹得红如两朵芍药一样。

“今天我上半天没有功课，”她开始说道，“特为来看看陈先生。出学校门的时候，雨是下得很小的，不料现在下得这样大。”她低头看看自己的脚——浑身湿得不成样子。

“呵，这样大的雨，劳你来看我，真是有罪得很！……密斯黄还在学校里吗?”

“她去找俞先生去了。”

我们于是开始谈起话来了。我先问起她的学校的情形，她同密斯黄的关系等等，她为我述说了之后，又问起我的生活的情形，我告诉她，我是一个穷苦的，流浪的文人，生活是不大安定的。她听了似乎很漠然，无所注意。我很希望她对于我的作品，我的思想，我的生活情形，有所评判，但她对于我所说的一些话，只令我感觉得她的思想很蒙混，而且对于时事也很少知道。论她的常识，那她不如淑君远甚了。她的谈话只表明她是一个很不大有学识的，蒙混的，不关心外事的小学教师，一个普通的姑娘。但是这时我为所谓朴素的美所吸引住了，并不十分注意她的这些内在质量，我还以为我俩初次在一块儿谈话，两下都是很局促的，当然有许多言不尽意的地方。因为我爱上她了，所以我原谅她一切……

“下这样大的雨，她今天倒先来看我，可见得她对我是很有意思了。也好，我就在她的身上，解决我的恋爱问题罢，不解决真是有点讨厌呵！……她似乎也很聪明的样子，我可以好好地教导她。……”我这样暗暗地默想着，她今天这次冒雨的来访，实在增加了我对于她的爱恋。我越看她越可爱，我觉得她是一个很忠实的女子，倘若她爱上我，她将来不至于有什么变动。我所需要的就是忠实，倘若她能忠实地爱我，那我也就很满足了，决不再起别的念头。……如此，我似乎觉得我真正地爱上她了。

我俩谈了两个多钟头的话。楼下的挂钟已敲了十一下，她要回校去了；我邀她去到馆子吃饭，可是她说下午一点钟有课，恐怕耽误了，不能去。我当然不好过于勉强她。当她临行的时候，她说我不方便到她的学校里去看她，因为同事们要说闲话，如果她有空时，她就到我住的地方来看我……我听了她的话，不禁暗暗地有点奇怪：“她是当先生的，有什么不方便的地方？同事们说闲话？有什么闲话可说？……呵！也罢，也许是这样的。只要她能常常到我这儿来就好了。……”

我送她下楼，当我们经过淑君的身旁时，淑君还是斜躺在籐椅子上面，面向着墙壁看书，毫不理会我们，似乎完全不觉察到的样子。这时她的嫂嫂在厨房里烧饭，当我将密斯郑送出门外，回转头来走到客堂时，淑君的嫂嫂连忙由厨房跑出来向我问道：

“她是什么人？是你的学生还是你的……？”

“不，不是，她不是我的学生，是我认识的一个朋友。”我很羞怯地这样回答她。我暗暗斜眼瞟看淑君的动静，她似乎没有听到我们说话的样子。她连看我们也不看一下，这时我心中觉着有点难过，似乎有人在暗暗地责罚我。我想向淑君说几句话，但是我说什么话好呢？她这时似乎在沉静地看书，但是她真是在看书吗？……接着淑君的嫂嫂带着审问的口气又问我道：

“你的女朋友很多吗？”

“不，不，我没有几个女朋友……”

“我告诉你，陈先生！女朋友多不是好事情，上海的女拆白党多得很，你要当心些呵！……”说至此，她向淑君看一看，显然露出为淑君抱不平的神情，我不禁也随着她的眼光向淑君溜一下，看着她仍是不作声地看书，连动都不动一动。

"交女朋友，或是娶大娘子"，她又继续地说道："都是要挑有良心的，靠得住的，陈先生，你晓得吗？漂亮的女子大半都是靠不住的呵！……"说完话，她即掉转头走向厨房去了。

她简直是在教训我，不，她简直是在发牢骚，为淑君抱不平。我听了她的话，不禁微微地有点生气，但是没有表示出来。我两眼笔直地看着她走向厨房去了。我这时的情绪简直形容不出，是发怒？是惭愧？是羞赧？是……？我简直一瞬间陷于木偶般的状态，瞪目不知所言。过了半晌，我又掉转头来看看淑君，但是淑君还是继续地在看书，一点儿也不理会我。我偶然间觉着难过极了！我想向她说几句话，但是我找不出话来说，并且我不敢开口，我似乎觉着我是一个犯了罪过的罪犯，现在正领受着淑君的处罚，虽然这种处罚是沉默的，无形的，但是这比打骂还严厉些。我最后无精打采地跑上楼来了。半点钟以前，密斯郑所给予我的愉快，安慰和幻想，到这时完全消沉下去，一缕思想的线只绕在淑君的身上，我也不明白这是因为什么，我自己觉得很奇怪：我对于淑君并没有爱的关系，因之，对于她并不负什么责任，为什么今天淑君的冷淡态度，能令我这样地怅惘呢？……

一上了楼，我即直躺在床上，满脑子乱想，不觉已到了吃中饭的时候。往时到了吃饭的时候，如果淑君在家，大半都由淑君叫我下楼吃饭，但是今天却不然了。"饭好了，下来吃饭呀，陈先生！"这不是淑君的声音了，这是淑君嫂嫂的声音！为什么淑君今天不叫我了？奇怪！……我听见不是淑君叫我吃饭的声音，我的一颗心简直跳动起来了。"我今天还是下去吃饭呢，还是不下去？……"我这样地犹豫着，也可以说是我有点害怕了。结果，我的肚子命令我下去吃饭，因为我已经饿得难受了。

我们还是如往时地共桌吃饭。淑君的母亲坐在上横头，今天也似乎有点不高兴的神气，这是因为输了钱，还是因为……？淑君的嫂嫂坐在下横头，默默地喂她的小孩子。淑君坐在我的对面，她的神气，呵，她的神气简直给我以无限的难过。她这时的脸色是灰白的，一双大眼充满了失望的光，露出可怜的而抱怨的神情。我不敢正眼看她；我想说些话来安慰她，但是我能说些什么话呢？我们三人这样地沉默着，若除了碗筷的声音，那么全室的空气将异常地寂静，如同无人在内似的。这种现象在往时是没有的。

这种寂静的空气将我窒压得极了，我不能再忍受，就先勉强地开口说道：

"老太太！今天打牌运气好吗？赢了多少钱哪？"

"没有赢多少钱，"她很冷淡地回答我。"没有事情，打着玩玩。"大家又重复沉默下来了。

“陈先生！”淑君忽然发出很颤动的声音，似乎经了许多周折，踌躇，忍耐，才用力地这样开口说道，“你今天出去吗？”

“不出去，密斯章。”我很猜疑地望着她，这时她的脸略起了一层红晕，两眼又想看我，又不敢看我似的，接着又很颤动地问道：

“今天来看你的这个女朋友，她姓什么呀？”

“她姓郑。”

“她现在做什么事情呀？”

“现在一个女子小学里当教员。”

“呵呵！……”她又不说话了。

“现在的女学生真是不得了，”淑君的母亲这样感慨地说道，“居然自己到处找男朋友，轧姘头：唉！不成个样子！……”

淑君望了她母亲一眼。我听了她的话，一方面觉得她的话没有道理，一方面却觉得没有话好驳斥她。我以为我今天还是以不做声为妙，同这些老太婆们总是说不出道理来。

“妈，你这话也说得太不对了！哪能个个女学生都乱轧姘头呢？当然有好的，也有坏的，不可一概而论。”淑君表示不赞成她的母亲的意见。淑君的嫂嫂插口说道：

“现在男女学生实行自由恋爱，这不是乱轧姘头是什么？去年我们楼上住的李先生，起初本没有老婆，后来也不知从什么地方弄来了一个剪了头发的女子，糊里糊涂地就在一块住起来了。他们向我们说是夫妻，其实没有经过什么手续，不过是轧姘头罢了。后来不知为什么吵了一场架，女子又跑掉了。”

“自由恋爱本来是可以的，”淑君说着这一句话时，将饭碗放下，似乎不再继续吃的样子，呵，她今天只吃了一碗饭！“不过现在有些人胡闹罢了。女子只要面孔生得漂亮，想恋爱是极容易的事情；而男子呢，也只要女子的面孔生得漂亮，其他什么都可以不问。男子所要求于女子的，是女子生得漂亮，女子所要求于男子的，是男子要有金钱势力……唉！什么自由恋爱?！还不是如旧式婚姻一样地胡闹么？……”

淑君说完这些话，就离开桌子，向籐椅子坐下。她又拿起一本书看。我听了她的话之后，我简直说不出我的感想来：她是在骂我呢？还是在教训我呢？还是就是这样无成见地发发牢骚呢？……

我想在她的面前辩白一下，但我终于止住了口。也好，权把这些话语，当作淑君对于我的教训罢！

七

光阴如白驹似的，不断地前驰；我与密斯郑的感情也日渐地浓厚起来。相识以来，不觉已过了两个多月了，在这两个多月之中，我俩虽然不是每日见面，然至久也不过三四日。我俩有时到公园中散步，有时到影戏院看影戏，有时同俞君和密斯黄一块儿饮酒谈心……总而言之，我的生活由枯燥的变为润泽的，由孤寂的变为愉快的了。虽然密斯郑在我面前总是持着缄默的态度，不肯多说话，——据密斯黄说，这是她生来的性格——从未曾真切地将她的思想，目的，愿望，及对于生活的态度……说给我听过，可是我始终原谅她，以为她是一个很忠实的姑娘，倘若我能好好地引导她，那她一定可以满足我的愿望。我觉着她是很诚挚地爱我的，若我要求与她结婚，那她决不会表示拒绝的。若她不是诚挚地爱我的，那她为什么要同我这样地接近？为什么她在俞君和密斯黄面前，极力地表示对于我有好感？是的，她一定很爱我，而且很了解我……。

同时，我觉得淑君对我的态度日渐疏淡了，不，这说不上是疏淡，其实她还勉强着维持她原来对于我的态度，不过时常露出失望和怨望的神情来罢了。我对于她很表同情，我想尽我所有的力量来安慰她，但是我，我不能爱她，我的一颗心不能交给她，这倒如何是好呢？唉！我对不起她，我辜负她对于我的真情了。我应当受严厉的惩罚呵！

时局日渐紧张起来了。上海的革命民众酝酿着对于当地军阀做武装的暴动。可敬佩的淑君现在为着秘密的反抗的工作而劳瘁，很少有在家的时候。她是在做工会的工作？女工的工作？党的内部的工作？公开的社会的工作？……关于这些我没有问她，我以为我没有问她的必要。有一次我偶然在她的书中，不注意地翻出一张油印的女工运动大纲，我才敢断定她近来做的是什么工作。我想象她努力的情形，不禁暗暗惭愧起来！也许当她在群众中声嘶力竭的时候，就是我陪着密斯郑或散步，或在戏院寻乐的时候……唉！我这空口说革命的人呵，我这连一个女子都不如的人呵，我真应当愧死！

密斯郑，呵，现在让我简称她为玉弦罢，对于革命这回事情，并不表示十分热心，虽然她从没表示反对过，在我的理性上说，我知道俞君所说的“密斯郑是很革命的……”是错了，但是在我的感情上，我总以为玉弦不会不是革命的，因为她了解我，爱我，凡爱我和了解我的女子，绝对不会是不革命的。如此，我以为玉弦的思想同我一样，至少也可以被我引到我所要走的路上来。是的，我真是这样地想着！但是天下的事情真正不可拿感情来做判断！玉弦是不是真爱上了我？是不是因为真正了解了我才爱我？这真是一个问题罢？这个问题一直到现在我还不敢下一坚决的判断。……

光阴真是快得很，转眼间又是仲春的天气了。F公园内充满了浓厚的春意：草木着了青绿的衣裳；各种花有的已经展开了笑靥，有的还在发育着它们的蓓蕾。游人也渐渐多起来了，男男女女穿着花红柳绿的衣裳，来来往往好似飞舞的蝴蝶。他们都好似欣幸地摆脱冬季的严枯，乍领受春色的温柔。是的，这正是恋爱的时候，这正是乾坤调协，万物向荣的时候。

一天下午五点多钟的光景，F公园内的游人已渐渐地稀少了，我与玉弦坐在临近池边的椅子上。我俩面对着温和的，金黄色的夕阳，时而看看夕阳所映射的波影；在谈一些普通的话后，我俩很寂静地沉默着。她慢慢地把她的身子挨近我一点，我也把我的身子挨近她一点，如此，我俩的身子在最后成为互相倚靠着的形势。我的心开始跳动起来。我将她的右手紧紧地握着，她并不表示拒绝；我先不敢看她的面目，后来我举起头来，我俩的四目恰恰相对，这时她的目光显然是很热情而兴奋的，她的嘴唇也微微地颤动起来。我觉着我再不能保持平静的，沉默的态度了，于是我就先开口说道：

“玉弦！你爱我吗?”

“我，我爱你，陈先生！”她很颤动地说。

“不，你莫要再叫我陈先生了。你叫我一声季侠，亲爱的季侠，……这样地叫一声……”

“亲爱的季侠!”

“呵，我的亲爱的玉弦！我的亲爱的妹妹！……”

“……”

“你真正地爱我吗?”

“我真正地爱你。”

“我是一个穷文人，一个穷革命党人，你不怕我连累你吗?”

“不，不怕……”她停顿了一下才这样说。

“呵！我的亲爱的玉弦!”

“我的亲爱的季侠!”

我一把将她抱到我的怀里，和她接了很多的甜蜜的吻。这时我愉快，兴奋，欢喜到了极度，仿佛进入了仙境的乐园似的。……在热烈的接吻和拥抱之后，我的一颗为情爱的火所烧动的心，渐渐地平静下去，因为我已决定了她是我的，她是真正爱我的人了。

夕阳的金影从大地消逝下去，园内树丛中间的几盏稀疏的电灯，渐次地亮将起来——夜幕已完全展开了。我与玉弦走出园来，到一家小饭馆吃了饭之后，我即将她送回学校去。她的学校离我的住处并不甚远，她进了学校门之后，我即徒步归来，这时我的满身心充满了愉快，希望和幻想，我幻想我俩结婚采取何种的形式，将来的小家庭如何过法，我如何教导她做文读书，恋爱的生活如何才能维持得永久不变……总之，我觉着我是一个很幸福的人，我的将来生活有无限的光明。我断定玉弦真是爱我的人，她将给我很多的帮助，将能永远使我生活在幸福的怀抱里。我并且想到我这一夜将做一个很甜蜜的很甜蜜的梦，一个流浪的文人，四处飘泊的我，现在居然确定地得到了一个可以安慰我的女子，我的心境是如何地愉快呢？我从没有这般愉快过！

幸福的幻想不知不觉地把我送到自家的门口来。我刚要举手摇动门上的铜环时，忽然听见里边客堂内有争吵的声音，于是我就停止扣门，静悄悄地立着，侧耳听里面到底发生了什么事情。

“你已经这样大了，替你说婆家，你总是不愿意，你说，你到底想怎么样呢？难道说在家里过一辈子吗？”老太婆的声音。

“难道说一个女子一定要嫁人吗？嫁人不嫁人，这是我自己的事情……”

“哼！哼！……”这似乎是淑君的父亲在叹气。

“现在的时局很不好，你天天不落家，到底干一些什么事？你这一包东西从什么地方拿来的，你说！一个姑娘家怎么能做这些事，你也不想想吗？你难道说真个同他们什么革命党胡闹吗？……哼！……你就是不替自己想想，你也应当替我们想想！如果闹出什么乱子来，你叫我们怎么得了！……唉！想不到你近来变到这个样子！……你嫁人不嫁人，我以为倒没什么要紧，可是你什么革命革命地，那可是不行！……”

我听到此地，不禁暗自想道：“糟了！淑君的事情被她的父亲觉察了，这样怎么办呢？……”

“请你们不要大惊小怪的！谁个要去革什么命来？这一包东西是一个同事交给我的，明天我还是要带给她的，有什么大了不得的事情呢？……哼！真是……”

“你这话是骗谁的呵！……我看你将来怎么得……得了……万想不到你会

变成这……这……这个样……样子……”老太婆哭起来了。

“好，书也不要教了，我们也不缺少这个钱用。你可以在家里做点事情，不要出去……”

“那可不行！坐在家里不会闷死掉了吗？什么都可以，可是闲坐在家里是不行的；我也不是一个囚犯！……我任着在大马路被外国人打死都可以，被兵警捉去枪毙也可以，可是要我在家里坐着像囚犯一样，那可不行……”

“……”

听到此地，我也没有心思再往下去听了。我暗自佩服淑君的不屈的精神，我想进去为她辩白，解一解她的围困，但是我转而一想：“不妥当！我自身是一个唆使的嫌疑犯。我老早就被他们疑惑到什么革命党人身上去，为着方便起见，我还是暂且不进去罢。……”于是我走出弄口，顺着A路闲踱了一回。后来觉着无趣，便跳上电车去S路找朋友。幸而C君在家里，从他的口里我得知戒严司令部昨天枪毙了几个煽动罢工的学生，今天又逮捕了许多谋乱的工人。C君为我述说了许多关于近来政局的消息。我听了他的话之后，一时惭愧和愤激的情绪鼓荡起来；我的一颗心只悬在淑君的身上；一两点钟以前，我与玉弦在F公园的情景，几乎完全被我忘却了。

八

说起来，真也惭愧！我也曾流浪过许多有名的地方，但从未曾去过西湖一次。在上海住了很多年，而上海又是离西湖很近的地方，不过是一夜的火车路程，而我总没有……唉！说起来，真是惭愧！“到西湖去呵！到西湖去呵！”我也不知道我曾起过多少次的念头，但每当决定往西湖游览的时候，总是临时遇着了什么纠葛的事情发生，绊住我不能如愿。我梦想的西湖是多么美丽，风雅和有趣：湖水的清滢，风月的清幽，英雄美人的遗迹，山邱峰岚的别致……所谓明媚善笑的西子，也不知要怎样地迷恋住游客的心魂！“西湖不可不到！我一定要领受一下西子怀里的温柔！我一定要与美丽的湖山做一亲切的接吻！……”我老是这样地梦想着，但是至今，至今我还未与西子有一握手的姻缘。

在车马轰动，煤灰蔽目的上海，真住得我不耐烦了。我老早就想到一个比较空气新鲜，人踪寂静些的地方，舒一舒疲倦的心怀。自从与玉弦决定了恋爱的关系之后，我就常常想与她一块儿到西湖去旅行。我与她商量了几次，她甚表同意。她本是先在杭州读过书的，屡屡为我述及西湖的令人流连不置，我更为之神魂向往。于是我俩决定利用春假的机会，往西湖去旅行几天。

但是，我已经说过，我是一个穷苦的文人，到什么地方去弄到这一笔旅行费呢？第一次去游西湖，总要多预备一点钱，游一个痛快才好，况且又与玉弦一块儿……？我算来算去，至少需要一百元，可是筹得这一百元却非易事。我是以卖文为生的，没有办法筹款，我当然又只得要拿起笔来绞弄心血了。我于是竭力做文章，预备将一篇小说的代价做游西湖的旅费。我预先已经与一个出版家约好了，他说，若我将这一篇小说完成，我可以预支一百元的版税。做文章本来是很苦的事情，为着急忙卖钱而做文章，则更觉得痛苦异常。不过这一次我的希望把我的痛苦压迫下去了。我想象到有了一百元之后，我可以与玉弦在西湖的怀抱里领受无限的温柔：那时我俩或静坐湖边，默视湖水的巧笑；或荡舟湖中，领受风月的清幽；或凭吊古迹，交谈英雄美人的往事；……呵！那时我将如何愉快呵！我将愉快到不可言状罢！是的，那时我将成为世界上一个最幸福的人……

我的一篇长篇小说终于完成了。当我的小说完成的时候，中国的时局却陡然一变：农工的蜂起驱走了军阀的残孽，到处招展着青天白日满地红的旗帜。革命军快到了，整个的上海好像改变了面目，完全被革命的空气所笼罩着了。我一方面欣幸我的小说终于完成了，我快要与玉弦往西湖做幸福的旅行，一方面又为整个的上海庆祝，因为上海从今后或可以稍得着一点自由了。

“陈先生！从今后你可以不必怕了，上海将要成为革命党人的天下了！哈哈哈！”淑君很高兴地这样对我说。

“密斯章，你现在的工作很忙罢？”我问。

“是的，工作忙得很：开会哪，游行哪，散传单哪，演讲哪……真是忙得很！不过虽是忙也是高兴的！”

是的，我高兴，淑君高兴，我们大家都高兴，庞大的上海要高兴得飞起来了。不过我的高兴有两种：一种高兴是与淑君的高兴相同的，一种高兴却为淑君所没料到了，我要与玉弦一块儿往西湖旅行，我要温一温西子的嘴唇……但这一种高兴，我却不愿向淑君表示出来。

“不料我们也有今日呵！”淑君趾高气扬地这样说，仿佛她就是胜利的主人。我也跟着她说道：

“不料我们也有今日呵！”

淑君这几天的确是很忙，很少有在家的时候，她的父母也无可如何，只得听她。我还是如政局未变以前的闲散，没有什么正式的政治的工作。有时想起，我好生惭愧：淑君居然比我努力得多了！呵！我这不努力的人呵！……

我一心一意只希望春假的到来，玉弦好伴我去游西湖，那美丽的，温柔的，令我久生梦想的西湖。

我一天一天地等着，但是时间这件东西非常奇怪，若你不等它时，那它走得非常之快，若你需要它走快些时，那它就摆起一步三停的架子，迟缓得令人难耐，“你快些过罢，我的时间之神！你将春假快些送到罢，我的时间之神！呵！美丽的西湖！甜蜜的旅行！……”我真焦急得要命！我只觉着时间之神好像与我捣乱似的，同时我又担心我没有长久保持这百元钞票的耐性，因为我没有把钱放在箱内，而不去动它的习惯。

最后，春假是盼望到了，但是，唉！但是不幸又发生了不幸的事变，报纸上刊登了以下的消息：

“H 地发生事变……敌军反攻过来……流氓捣毁工会……逮捕暴徒分子

……全城秩序紊乱……铁路工人罢工……”

糟糕，西湖又去不成了！唉！西湖之梦又打断了！

我真是异常地失望！我真未料到我这一次不能圆满我游西湖的美梦。钱也预备好了，同伴的又有一个亲爱的玉弦，而且政治环境也不如从前的危险了……有什么可以阻拦我呢？但是现在，唉！现在又发生了这种不幸的事情——天下的事情真有许多难以逆料的，唉！我的美丽的西湖，我的不幸的中国！……

清早起来，洗了脸之后，连点心都没有吃，先拿起报纸来看，不幸竟看到了这种失望的消息。我将这一则消息翻来覆去地看了三四遍，我的神经刺激得要麻木了。我的西湖的美梦消逝了；这时我并未想到玉弦的身上。我好似感觉得一场大的悲剧快要到来，这一则消息不过是大的悲剧的开始。因此，我的满身心颤动起来。

“扑通，扑通……”有人走上楼来了。

惨白的，颤动的淑君立在我的面前。她发出急促的声音来：

“陈先生！你看见了 H 地的事情吗？这真是从何说起呀！”

我痴呆地两眼瞪着她，向她点一点头。

“这是为着何来？这革命革得好呀！”

“哼！”我半晌这样地叹道，“密斯章！你以这件事情为奇怪吗？S 地也要快了罢。……不信，你看着……”

淑君两眼这时红起来，闪着愤激的光。她愤激得似乎要哭起来了。我低下头来，不愿再看她的神情。我想说几句话来安慰她一下，但是我自己这时也愤激得难以言状，实在寻不出什么可以安慰她的话。

“哼！……哼！”她叹着气走下楼去了。

淑君走后，我即向床上躺下，连点心都忘却吃。我又想起西湖和玉弦了：西湖的旅行又不成事实了，唉！这真是所谓好事多磨！……玉弦今天看了报没有？她看见了这一则消息，是不是要同我一样地失望？……她今天上午是没有课的，她大概要到我这儿来的罢……亲爱的玉弦……美丽的西湖……悲哀的中国……可怜的淑君……

我真是异常地愤激和失望。我希望玉弦快些来安慰我，在与玉弦拥抱和接吻中，或者可以消灭我暂时的烦忧。我希望她来，我渴望着她的安慰，拥抱和接吻，但是奇怪，她终于没有来，也许她今天是很不爽快的罢？也许她今天在忙着罢？不，她今天一定要来！她今天应当来！时间是一秒一分一点地过去了，快到吃午饭的时候了，奇怪，她终于没有来。

第二天上午玉弦来了。她依然是穿着黑素色的衣服，不过她的面色不似往日来时那般地愉快了，显然是很失望的，忧郁的，或者还可以说，也有几分是惊慌的。我当然还是如从前一样地欢迎她，一见她走进我的屋时，我即连忙上前握她的手，抱她吻她，……但她这一次对我的表示却非常冷淡。我虽然感觉得不快，但我却原谅她：也许她身体不舒服罢？也许因为杭州发生事变，我们不能做西湖之游了，她因之失望，弄得精神不能振作罢？也许她因为别的事故，弄得心境不快罢？……总而言之，我为她设想一切，我原谅她一切。

我俩并排地坐在床沿，我将她的双手握着。我还想继续地吻她，但她似乎故意地将面孔掉过去背着我。

"你昨天上午为什么不来呢？"我问她。

"……"

她没有回答我。我接着又问她道：

"你今天似乎很不高兴的样子，难道有什么心事吗？请你告诉我，玉弦！"

"没有什么心事。"她又沉默下去了。

"那么，你为什么不高兴呢？是不是因为H地发生了事情，我们西湖去不成了？"

"西湖去不去，倒没什么要紧。"

"你到底因为什么不高兴呢？"

玉弦沉吟了半晌，后来很颤动地说道：

"你难道还不晓得吗？近来，这两天……"

"近来什么呀？"

"近来风声紧得很，他们说要屠杀，时局危险得很……"

"这又有什么要紧呢？"

"难道说你……你……不怕吗？……"

"我怕什么！我也没有担任什么工作，难道说还能临到我的头上来吗？请你放心！"

她不做声，我用手想将她背着我的脸搬过来，但搬过来她又转将过去了。我这时真猜不透她是什么意思。若说是她怕我有危险，为我担心，那她就应当很焦心地为我筹划才对，决不会这样就同生气的样子。若说是因为愤激所致，但她却没有一点愤激的表示。……这真教我难猜难量了！沉默了一忽，她先开口说道：

"我要回家去……"

"现在回家去做什么呢？"

“我的母亲要我回家去。”

“你的母亲要你回家去？你回家去了，把我丢下怎么办呢？我现在的生活是这样地烦闷，时局又是这样地不好，你回去了，岂不是更弄得我难受吗?”

“……”

“你能忍心吗？我的玉弦！……”

“我没有法子想，我一定要回去。”

“那么你什么时候才能回上海呢?”

“说不定，也许要两个礼拜。”

我到这时再没有什么话可说了。生活是这样地烦闷，时局是这样地不好，而她又要回家去……唉！我没有话可说了。我没有再说挽留她的话，因为我看她的意思是很坚决的，就是挽留也是不发生效力的呵！爱人！……安慰！……甜蜜的幻想！……这时对于我所遗留的，只是无涯的怅惘，说不出的失望。

“天不早了，我要回去了，下午还有课……”

她立起身，我也随着立起身来，但没说一句话，似乎失落了一件什么要用的东西，而又说不出什么名字来。我送她下楼，送她走出门外，如往时一样，但是往时当她临行时，我一定要吻她一下，问她什么时候再来，今天却把这些忘却了。当我回转头来经过客堂时，淑君含笑地问我道：

“陈先生！密斯郑的学堂还在上课吗?”

“大约还在上罢。”我无精打采地回了一句。

“近来风声很紧，有很多的人都跑到乡下去了。”

“是的，密斯郑说，她也要回家去。”

“她也怕吗？哈哈！这又有什么怕的呢?”

“我不知道她怕不怕，也许是因为怕的缘故罢?”

“陈先生！只有我们才不怕……”

淑君说这句话时，显现出一种矜持的神气。她的面孔荡漾着得意的波纹，不禁令我感觉得她比往日可爱些。

九

过了三天，我接到了玉弦一封简单的信，信上说，她不得已因事回家，上车匆匆，未及辞行，殊深抱歉，请我原谅……呵！就是这样简单的几句话！我真没有料得到。这封信所给我的，也只是无涯的惆怅，与说不出的失望。

玉弦走了的第二天，空前的大屠杀即开始了。……

我是一个流浪的文人，平素从未曾做过实际的革命的运动。照理讲，我没有畏避的必要。我不过是说几句闲话，做几篇小说和诗歌，难道这也犯法吗？但是中国没有法律，大人先生们的意志就是法律，当你被捕或被枪毙时，你还不知道你犯的是哪一条法律，但是你已经是犯法了。做中国人真是困难得很，即如我们这样的文人，本来在各国是受特别待遇的，但在中国，也许因为说一句闲话，就会招致死刑的。唉！无法的中国！残酷的中国人！……但既然是这样，那我就不得不小心一点，不得不防备一下。我是一个主张公道的文人，然而我不能存在无公道的中国。偶一念及我的残酷的祖国来，我不禁为之痛哭。中国人真是爱和平的吗？喂！杀人如割草一般，还说什么仁慈，博爱，王道，和平！如果我不是中国人，如果我不同情于被压迫的中国群众，那我将……唉！我将永远不踏中国的土地。

我不得不隐避一下。我的住址知道的人很多，这对于我的确是一件危险的事情，我不得不做搬家的打算。是的，我要搬家，我要搬到一个安全的，人所不知的地方。但是我将如何对淑君的家人，尤其是对淑君，怎样说法呢？我住在她的家里已经很久了，两下的感情弄得很浓厚，就同在自己的家里一样，今一旦无缘无故地要搬家，这却是从何说来？得罪了我吗？我住着不舒服吗？若不是因为这些，那么为什么要搬家？将我要搬家的原因说与他们听，这又怎么能够呢？我想来想去，于是我就编就了一套谎语，不但骗淑君的家人，而且要骗淑君。呵！倘若淑君得知道了这个，那她不但要骂我为怯懦者，而且要骂我为骗子了。

日里我在S路租定了一间前楼，这个新住所，我以为是比较安全的地方；当晚我即向淑君的家人说，——淑君不在家，我要离开上海到西湖去，在西湖或要住半年之久，因此，不得不将我的书籍及一切东西寄存到友人的家里。等到回上海时，倘若他们的这一间楼面到那时没有人住，我还是仍旧搬来住的，因为我觉得我们房东和房客之间的感情很好，我并且以为除了他们这样的房东而外，没有再好的房东了。

“到西湖去住家？为什么要到西湖去住家？在上海住不好吗？我们已经住得很熟了，不料你忽然要搬家……”

淑君的嫂嫂听了我要搬家的话，很惊异地，而且失望地向我这样说，我的回答是：学校关门了，薪水领不到，现在上海又是百物昂贵，我一个人的生活非百元不可，现在不能维持下去了。所以不得不离开上海。西湖的生活程度比较低些，每月只要三四十元足矣，所以我要到西湖住半年，等到上海平静了，学校开门的时候，我还是要回上海的。

我这一篇话说得他们没有留我的余地。淑君的母亲不做声，表示着很不高兴的样子，淑君的父亲听了我的话之后，竭力称赞我的打算是很对的。淑君这时还没有回来，也许在那里工作罢；如果她听了我要离开她的话，那她将做什么表示呢？我想她一定很不愿意罢？……好，这时她不在家里，对于我是很方便的事情——我不愿意看见她脸上有挽留我的表情。她的家人无论那一个，要说挽留的话，我都易于拒绝，但是淑君有什么挽留我的表示，那我就有点为难了。

第二天清早我即把东西检点好了。淑君平素起身是很宴的，不料今天她却起来得很早。我本想于临行时，避免与她见面，因为我想道，倘若我与她见面，两下将有说不出的难过。但是今天她却有意地起来早些，是因为要送我的行呢？还是因为有别的事情？我欲避免她，但她却不欲避免我，唉！我的多情的淑君，我感激你，永远地感激你！

淑君的父亲和哥哥很早地就到公司里去上工去了。老太婆还没有起来。当我临行时，只有淑君和她的嫂嫂送我。她俩的脸上满露着失望的神情。淑君似乎有多少话要向我说的样子，但是终于缄默住了。只有当我临走出大门的一刻儿，淑君依依不舍地向我问道：

“陈先生！你现在就走了吗？”

“……”

我只点一点头，说不出什么话来。

“到西湖后还常来上海吗？”

“我至少一个月要来上海一次，来上海时一定要来看你们的。”

“那可是不敢当了。不过到上海时，请到我们家里来玩玩。”

“一定的……”

“陈先生！你该不至于忘记我们罢？……”

淑君说这话时，她的声音显然有点哽咽了，她的面色更加灰白起来。我见着她这种情形，不禁觉得无限的难过，恨不得把她的头抱起，诚诚恳恳地吻她一下，安慰她几句。她的嫂嫂立在旁边不做声，似乎怀着无涯的怨望，这种怨望或者是为着淑君而怀着的罢？……我很难过地回答她一句，同时望着她的嫂嫂：

“绝对地不会！密斯章！嫂嫂！好，时间不早了，我要走了，再会罢！……”

我走了。我走到弄堂口回头望时，淑君和她的嫂嫂，还在那里痴立着目送我。我想回头再向她们说几句安慰话，但挑东西的人已经走得很远了，我不得不跟着他。

我对于淑君，本没有恋爱的关系，但是当我现在离开她时，我多走一步，我的心即深一层的难过，我的鼻子也酸了起来，似乎要哭的样子。我也不知道这是因为什么。难道说不自觉地，隐隐地，我的一颗心已经为她所束住了不成？我并没曾起过爱她的念头，但是这时，在要离开她的当儿，我却觉得我与她的关系非常之深，我竟生了舍不得她的情绪。我觉着我离开她以后，我将感受到无限的孤寂，更深的烦恼。呵！也许无形中，在我不自觉地，我的一颗心已经被她拿去了。

我搬到新的住处了。

新的房子新的房东，我都没感觉到有什么不好的地方，但我感觉得如失了一件什么东西似的。我感觉得有点不满足，但是什么东西我不满足呢？具体地我实在说不出来。淑君在精神上实给予了我很多的鼓励和安慰，而现在她不能时常在我的面前了，我离开她了。……

我搬进新的寓所以来，很少有出门的时候，光阴一天一天地过去，我的烦恼也就一天一天地增加。本想在这种寂静的环境中，趁着这少出门的机会，多写一点文章，但是无论如何，提不起拿笔的兴趣。日里的工作：看书，睡觉，闲踱，幻想；晚上的工作也不外这几项，并且孤灯映着孤影，情况更觉得寂寥难耐。“呵！倘若有一个爱人能够安慰我，能够陪伴着我，那我或者也略为可以减少点苦闷罢？……唉！这样简直是在坐牢！……倘若玉弦不回家，倘若她能天天来望望我，谈谈，吻吻，那我也好一点，但是她回家去了……不在此地……”我时常这样地想念着。我一心一意地希望玉弦能够快些来上海，至少她能够多寄几封安慰我的信。光阴一天一天地过去，我的烦恼也就一天一天地增加，我的希望也就一天一天地殷切，但是老是接不着玉弦的来信。玉弦不但不快些来上海，而且连信都不写给我，不但不写信给我，而且使我不能写信给她，因为我虽告诉了她我转信的地方，而她并没有留下通信地址给我。

“难道是她变了心吗？……”我偶尔也想到此，但即时我又转过念头，责备自己的多疑：“不会！不会！绝对不会的！我俩的关系这样深，我又没有对不起她的地方，她哪能就会变了心呢？……大约是因为病了罢？也许是因为邮政不通的缘故。……她是个很忠实的女子，绝对不会这样地薄情！……”当我想到“也许是因为病了罢？……”我不禁把自身的苦闷忘却了，反转为玉弦焦急起来。

已经过了两礼拜了，而我还未得到玉弦的消息。我真忍耐不下去了，于是决意到她的学校去探问，不意刚走进学校的门，即同她打个照面。她一见到我时，有点局促不安的样子，面色顿时红将起来。我这时真是陷于五里雾中，不知她究竟是怎么一回事：难道说没有回家去？回家去了之后，为什么不写信给我？既然回到上海了，为什么不通知我一声？为什么今天见着我不现着欢欣的颜色，反而这样局促不安？奇怪！真正地奇怪！……我心里虽然这样怀疑，但是我外貌还是很镇定地不变。我还是带着笑向她说道：

“呵呵！我特为来探听你的消息，却不料恰好遇着你了。你什么时候回到上海的？”

“我是昨……昨天回到上海的。”她脸红着很迟钝地这样说了一句，便请我到会客室去，我跟着她走进会客室，心中不禁更怀疑起来：大约她是没有回去罢？

“一路上很平安吗？”

“还好。”

“你走后，我从未接到你的一封信，真是想念得很；你没有留给我你的通信处，所以我就想写信给你，也无从写起。”

“呵呵！真是对不起你得很！”

“你没到我的原住处去罢？我搬了家了。”

“呵呵！你已经搬了家了！”

“今天你能跟我一块儿到我的新住处坐一下吗？”

她低下头去，半晌抬起头来说道：

“今天我没有工夫，改一天罢……”

“你什么时候有工夫？”

"后天下午我到你那儿去。"

"好，后天我在家里等你。"

我将我的住处告诉了她之后，见着她似乎是很忙的样子，不愿意耽误她的事情，于是就告辞走回家来。

照理讲，爱人见面，两下应当得着无限的愉快和安慰，但是我今天所带回家来的，是满腹的怀疑，一些不是好征兆的感觉。"无论好坏，她变了心没有，等到她后天来时，便见分晓了。唉！现在且不要乱想罢！……"于是我安心地等着，等着，等着玉弦的到来。

过了一天了。

到了约期了。

在约会的一天，我起来非常早，先将房内整理一下，后来出去买一点果品等类，预备招待我的贵重的客人，可是我两眼瞪着表，一分过去了，……一点过去了……直到了要吃中饭的时候，而玉弦的影子还没有出现。"是的，她上午无空，下午才会来的，好，且看她下午来不来……"我无可奈何地这样设想着。我两眼瞪着表，一分过去了，一点又过去了……天快黑了……天已经黑了……玉弦还是没有来。到这时我已决定玉弦是不会来的了，于是也就决定打断盼望她来的念头。我这时的情绪谁能想象到是什么样子么？我说不出它是什么样子，因为我找不出什么适当的形容词来形容它。

我几乎一夜都没曾睡着。这一夜完全是消磨在无涯的失望和怅惘里。虽然我还不能断定玉弦的不来，是因为她已经变了心的缘故，但是我已经感觉到我与她的关系已经不是和从前一样固结的了。

第二天上午我接到了玉弦的一封信："季侠：今日因事，不能践约，实深抱歉。他日有暇，请再函约可也。时局如斯，请勿外出，免招祸患……"这一封信将我对于她的希望，完全打消了，我觉得她已经不是我的了。我只有失望，只有悲哀。但我不再希望了。到现在我才觉悟我对于玉弦没有认识清楚，我看错人了。我从前总以为她是一个很忠实的女子，既经爱上了我，绝对不会有什么变更的，但是现在？唉！现在的她不是我理想中的她了！

我不怨她，我只怨我自己看错人了。我不恨她，我反以为她的为人是可怜的。……她的心灵太微小了！她是一个心灵微小的女子……

我看了她的信，沉思了一忽，即写一封信给她，做最后一次的试探。我问她：我们长此做朋友呢，还是将来要发生夫妇的关系？……我不得不如此问她，并要求她给一个坚决的回答，因为我们有约，我已经允许过她，倘若如此含混地下去，在我以为是没有意义的。在写这一封信的时候，我已料到她给我的回答，是我们只能维持朋友的关系，但我要求她给我这样一个正式的回答，因为我借此可以完全决定我对于她的态度。

结果，她的回答与我的预料相符合。她说，我俩的情性不合，所以说不到结成夫妇的关系……呵！是的！我俩的情性的确是不合呵！这不但她现在向我这样说，我自己也是这般承认的。如果两人的情性不合，那么怎么能维持恋爱的关系呢？情性不合，就是朋友的关系都难保存，何况恋爱？是的，我承认玉弦的话是对的。不过我很奇怪：相交了几个月，为什么到现在她才发现我俩的情性不合？为什么我到现在也才感觉到我俩没有结合的可能？我俩不是有过盟约么？不是什么话都谈过么？不是互相拥抱过，接吻过么？……但是现在却发见了“情性不合”！这是谁个的错误呢？

我读了她的回信后，即提起笔来很坚决地写了几句答复她：“你所说的话我完全表示同意。恋爱本要建筑在互相了解和情性相投的基础上面，不应有丝毫的勉强。我俩既情性不投，那么我们当然没有结合的可能。呵！再会！祝你永远地幸福罢！我俩过去的美梦，让我们坚决地忘却它罢！……”

我每读小说的时候，常常见着一个人被她或他的情人所拒绝时，那他或她总是要悲哀，苦闷，有时或陷于自杀，有时或终于疯狂……但我接着玉弦拒绝我的信的时候，我的心非常地平静，平静得比未接着她的信的时候还要平静些。这是我的薄情的表现吗？这是因为我没曾真心地爱过她吗？呵，不是！这是因为她把我所爱的东西从她自己的身上取消了。我对于过去的玉弦，说一句良心话，曾热烈地爱过，因为我把我理想的玉弦与事实的玉弦混合了；现在呢？她将我理想中的玉弦打死了，我看出了事实的玉弦的真面目，所以我不能再向她求爱了，所以当她拒绝我的时候，我的心异常地平静。

F 公园初次的蜜吻，春风沉醉的拥抱，美丽的西湖的甜梦，一切，一切，一切的幻想，都很羞辱地，无意味地，就这样地消逝了！……

十

与淑君别后，已有两个礼拜了，她的消息我是完全不知道。有时我想到她的家里看看她，但当我向她辞行时，我不是说过么？我说我到西湖去，一个月或能到上海一次，现在还未到一个月，我如何能去看她呢？如果被她看出破绽来，那我将如何对她说话呢？说也奇怪，当我与她同屋住的时候，我并不时常想到她的身上，但是现在与她分离了，我反而不断地想念她，她的影子时常萦回于我的脑际。自从玉弦与我决裂后，——呵，其实也说不上什么决裂不决裂，我与她的关系不过就是这样很莫明其妙地中断罢了。——我更时常地念及淑君，虽然这种念及并没含有什么恋爱的意味，但我觉得我与她的关系，倒比与她同屋住的时候的关系为深了。我觉得我的一颗心被她拿去了，我就是想忘却她，也忘却不掉，我没有力量能够忘却她。

如果淑君知道我的这种心情，要向我骂道：“你这个薄情的人！你这不辨好坏的人！当人家将你抛弃的时候，你才知道念我，唉！谁要你念我？你还配念我吗？……”我也只得恭顺地承受着，因为我以为我应当受她的惩罚。她不惩罚我，我对于她的罪过，将永远消除不掉，我的心灵上的痛苦将永无穷尽。现在我情愿时常立在她的面前，受她的惩罚，但是好生悲痛呵，这已经是不可能的了！我的一颗心将永远地负着巨大的创伤。

报纸上天天登载着逮捕和枪毙暴徒分子的消息，为避免意外的灾祸计，我总以不出门为宜。一天下午我实在闷不过了，无论如何，想到大马路逛一逛，带买一点东西。我刚走到新世界转角的当儿，在我的前面有三个女学生散传单，我连忙上前接一张，这时我并没注意到散者的面目，忽然一个女学生笑着说道：

“原来是陈先生！……”

“呵呵，密斯章，很久不见了。”

“什么时候从西湖来的？”

“昨天，密斯章！”我四外望一望，很惊心地向她们说道，“散传单，事情是很危险的，你们要小心些才是！”

“没有什么，”她也四外地望一望，笑着说道，“捉去顶多不过是枪毙罢……陈先生，我问你，密斯郑现在好吗？”

“她，她……”我的脸有点发烧了。“我很久不见她了。她现在如何，我不知道。”

“难道说……？”她很惊异地，这样吞吐地问我。

“我已与她没有什么关系了！”

“淑君！淑君！我们快走，巡捕来了。……”淑君的两个女同伴这样惊惶地催促她，她不得不离开我。我似乎有很多的话想向她说，但是已无说的机会了。我痴呆地站着看她们走去，我想赶上她们，与她们一块儿……我想与淑君一块儿被捕，一块儿被枪毙，但我终于没有挪步。呵！我这个无勇的人！我这个怯懦者！我将永远在淑君的灵魂前羞愧！……

不料这次匆促的会面，即成为了永远的诀别！天哪！事情是这样地难测，人们是这样地残酷！一个活泼泼的淑君，一个天使似的女战士，不料在与我会面的后几日，竟被捉去秘密枪毙了！唉！这是从何说起呢？难道说世界上公道是没有的么？难道说真是长此不见正义和人道么？唉！我的心痛。我若早知道这一次的会面即为永别的时候，那我将跟着她，与她并死在一块儿，虽死也是荣耀的。现在的世界还有什么生趣呢？真的，对于有良心的和有胆量的人们，只有奋斗和死的两条路，不自由毋宁死呵！

在与淑君会面的这一天晚上，我的神魂觉得异常地不定；我竭力想将淑君忘却，但结果是枉然。我已发生了就同有什么灾祸要临头的感觉……“现在杀人如麻，到处都是恐怖……每一个有良心的人都有被杀头的危险……淑君？淑君也许不免呵！……唉！简直是虎狼的世界……”我总是这样地凝想着，淑君的影子隐现在我的面前，她就同缠住了我似的，我无论如何摆脱她不掉。

这究竟是怎么一回事呢？连我自己也解释不出来。

在第四天的上午，我决定到淑君的家里去看看。我走进门的时候，淑君的母亲坐在客堂左边的椅子上，她的两眼红肿得如桃子一般，面色异常地灰白。淑君的嫂嫂坐在她的旁边，低着头做女工。她们见着我进门的时候，并不站立起来迎我，只是痴呆地缄默地向我望着。我见着她婆媳俩这般的模样，不知她们家中发生了什么不幸的事情，一时摸不着头绪。我向右边的一张椅子坐下后，两眼望着她们，不知如何开口。

大家这样地沉默了几分钟。

“陈先生，你来了吗？”淑君的嫂嫂先开口问我。

“我来了，来看你们。”

“你是来看淑君的吗?”

淑君的嫂嫂刚说完这一句话，淑君的母亲就放声哭了起来。我不知道这是因为什么，但我已感觉到是因为什么了。我一时心里难过得不堪，也似乎想哭的样子。沉吟了半晌，我很颤动地问道：

“老太太为什么这样伤心呢?”

“你，你……你难道还不晓得她？……”淑君的嫂嫂也哭起来了。

“嫂嫂，我不晓得……”

“淑君已经死了，并且死得很……很惨……”

“什么时候死……死的……?”我无论如何也忍不住不哭了。

“听说是前天晚上枪毙的……秘密地枪毙的……可怜尸首我们都看不见……”

淑君的嫂嫂和她的母亲越加痛哭起来了。这时的我，唉！我的心境是怎样的难过！唉！我也同她们一样，我只有哭！说不出的悲痛。

天哪！这是什么世界！我，我简直要发疯了！……

最后，我勉强忍住哭，向她们说了几句话，即告辞走出门来。我走到弄堂口时，见着街上如平素一样地平静，人们还是来来往往，并没有什么异样，我的心茫然了。我向什么地方去呢？回家去？回家去干什么呢？我应当去找淑君，追寻淑君的魂灵！

天哪！这是什么世界！我，我简直要发疯了！……

我买了一瓶红玫瑰酒和一束鲜花，乘车至吴淞口的野外。我寻得一块干净的草地，面对着汪洋的大海，将酒瓶打开，将一束鲜花放好，即开始向空致祭，我放声痛哭，从来没有这样痛哭过，我越哭越伤心，越伤心越痛哭，一直哭到夕阳西坠。

她生前我既辜负了她，她死后我应以哭相报。我哭到不能再哭的时候，心内成了一首哀诗，就把我这首哀诗当我永远的痛哭罢！

到处都是黑暗与横驰的虎狼，
在黑暗里有一只探找光明的小羊；
不幸虎狼的魔力太大了，
小羊竟为着反抗而把命丧。
唉！我的姑娘！
我怀着无涯的怅惘。

回忆起往事我好不羞惭！
我辜负了你的情爱绵绵。
如今我就是悔恨也来不及了，
我就是为你心痛也是枉然。
唉！我的姑娘！
我只有对你永远地纪念。

我想到你的灵前虔诚地奠祭，
但谁知道你的尸身葬在何地？
在荒丘野冢间被禽兽们吞食，
抑饱了鱼腹连骨骼都不留痕迹？
唉！我的姑娘！
且让我将你葬在我的心房里。

归来罢，你的侠魂！
归来罢，你的精灵！
这里是你所爱的人儿在祭你，
请你宽恕我往日对你的薄情。
唉！我的姑娘！
拿去罢，我的这一颗心！

这一瓶酒当作我的血泪；
这一束花当作我的誓语：
你是为探求光明而被牺牲了，
我将永远与黑暗为仇敌。
唉！我的姑娘！
我望你的魂灵儿与我以助力……

菊　　芬

那时H镇还是革命的中心，从四方聚集来的，有很多逃亡的革命青年。我是一个流浪的文人，住在S埠，从未积极地参加过政治活动，本没有逃亡的必要；可是因为S埠恶劣的反动的空气日渐紧张，我的头脑因之窒塞得昏眩不堪，实在不能再忍默着住将下去了，所以也就跑到H镇来。

到H镇后闲住了几个月，在这几个月之中，遇见了许多有趣的人物，而最令我记忆着而不能忘却的，那恐怕要算是菊芬的两姊妹了。我与菊芬的姊姊梅英认识得比较早些，在认识了梅英两礼拜之后，我才与菊芬见了面。

我与梅英是这样认识的：一日我因有些事情来到我的朋友林双木君家里，不幸林君出去了，只有他的夫人曼华留在家里。我们之间是很随便的从没客气过，我看见林君不在他的书房内，便走进他的卧房了。这时房中坐着三个女子，她们正在谈话呢，见我走进房中，便都立起身来。第一个是圆圆的白净的面孔见人即笑迷迷地呈露着两个有趣的笑窝，这是林君的夫人曼华。第二个是一个很矮瘦的女子，面色是灰黄的，表现出很可怜的神情；我与她已认识得很久了，她的名字叫做秦素云，是四川人。等我要注意看第三个，为我所不认识的女子的当儿，曼华即指着这位陌生的女客向我问道：

“你们没有见过面罢?”

“没有。”我笑着摇摇头。

“这是褚梅英同志，刚从四川来到此地的……”

素云未等曼华将话说完，便插着说道：

“是我的同乡，并且是我的同学。”

“呵呵。”

曼华接着又将我介绍与她道：

“这是江霞同志，我们的诗人，革命文学家……”

“呵呵，原来是江霞同志！久仰大名，久仰久仰，久仰得很!”

我听了这位不相识的女客的话，不禁有点拘促起来。起初，我在她那一副微黑，然而各部分配置还很得当的面孔上，及在她那炯炯的眼光中，感觉得她是一个非常冷静而富于理智的女子。说一句实在话，她没有引起我的快感来，并且她的那种冷静的态度，似乎暗暗地给了我心灵上一点儿压迫。后来她听了我的名字之后，神情才改变得和蔼些，温暖些。她笑了一下，然而笑的波纹在她的脸上不久便消逝下去了。我心里想道："这个女子倒很奇怪，这样地冷静！年纪并不大，不过二十左右，然而好像几十岁好沉思的哲学家一样。她也许是一个很厉害的女子……"想到这里，我抬头注视她一下，可是她那两只大眼的炯炯的光正向我射着，我不禁心动了一下。

"梅英同志是从四川来的?"我们大家坐了之后，我表示着很客气的样子，开口向梅英这样地问着说。

"是的，我是从重庆来的。"她微笑了一笑这样很沉重地说道，"江霞同志知道重庆'三三一'的事吗？重庆现在反动得很，我们被逼得逃出来的。差一点儿命都没有了呢!"

"呵，是的，'三三一'的事变，我是知道一点的，不过不十分详细。听说一个报馆主笔姓王的被杀了，是不是呢？

"不错，姓王的是被杀了，不过他死得很冤枉。他并没有什么过激，不过是一位投机的先生，却料不到也糊里糊涂地被杀了。说起来，他倒有点冤枉呢。我是化装跑出来的，不然的话，恐怕也要……"

"恐怕也要呜呼哀哉了呢!"素云笑着插说了这么一句。

梅英沉默下去了，两眼向窗外望着，似乎深深地在回忆着过去。这时她的态度是异常的庄重，这引得我们都寂静起来，没有人开口说话。过了几分钟之后，曼华，最不耐沉默的曼华，大约忍不下去了，便开口向我问道：

"江霞！你近来的生活还好吗？听说你近来找到了爱人，是不是?"

我摇头表示否认，笑着反问她：

"你听谁说的来？这又是谁个对我乱造谣言呢？曼华，你晓得吗？现在流行的是五皮主义，只有背皮带子的先生们吃香，哪有女子来爱我这个流浪的文人呢？请你介绍，你到现在还没有介绍到……"

"请你别要着急，慢慢地来。"曼华说完这两句话，将嘴向梅英的身上扭一扭，似乎问我，"你看这位好不好呢?"我笑着没有回答她，将头低下来了。忽然我听梅英长长地叹了一口气，接着听她说道：

"你们晓得吗？我不应当从重庆跑出来，我应当留在重庆，为我的爱人报仇，为我的同志报仇！我的爱人是被军阀捉去杀掉了！……"

梅英说到最后一句话的时候，声音是非常地凄惨，似乎要哭的样子。然而我抬头望望她，她的两眼内并没有起泪潮；她还是持着冷静的神情，丝毫不令人感觉得她是悲哀地要哭起来的样子。

梅英依旧默默地两眼朝着窗外望着，似乎向那白云端里，追忆她那在重庆为军阀所杀死的爱人……

我与梅英此后就渐渐地熟识起来了。这是一个极冷静的女子，不喜欢多说话，在第一眼观之，似乎很缺乏热情。不过，你若与她相处久了，在言语的流露间，你便感觉得她并不是没有热情的人，不过她的热情不十分容易表现出来罢了。她的鼻梁很高，牙齿很白，身材适中，也可以说是一个还美丽的女子，不过她的美丽被她的冷静的表情所遮压了，不能引起人的注意。

后来她到江岸劳动学校做教师去了。我曾答应她到她的学校参观，并且有闲空时，我可以时常去看她。她曾说了一两句感激的话，然而在她的表情上看来，她并不表示什么欢迎，不过是随便说了一两句感激的话罢了。

自从她到了学校之后，我们很少的时候能够会遇着。我几次想到江岸去看看她，并参观劳动学校办理得好不好，可是我总未成行。这时已经是暑气熏蒸，十分炎热的夏天了，——我总未成行的原故，大约多半是因为怕热。但是我总有点惦惦不忘的心情，我以为我既然答应了她，而不照自己的话去做，这是不应当的事情。也许梅英因此要轻视我呢，也许梅英因此要骂我是一个好说诳话的人呢……

这是一个下午，一轮火炎炎的太阳在人们头上示威；车马喧嚷，人迹拥挤的 A 马路上的空气，更是燥热得异常。我因为要到旅馆内会一个新到 H 镇的友人，所以不得不忍受一点苦痛出来走几步路了。当我走到 A 路与 C 路交错的当儿，远远地我看见前面有两个打着玫瑰色的伞的女子走来。那一个穿着天青色的衣裳的，似乎是梅英的样子，可是那个与梅英并排走着的，穿着黄色的衣裳的女子，因为她的头部被伞所遮蔽住了，我不能判定是谁。我于是立着不动，等着她两个到来。我当时心里想道，“很久没与梅英见面了，今天却不料在路上遇着了她，也好，我可以问问她的近状。呵，我真有点对不起她……”想到这里，她俩已经走到我的跟前了。我连忙走前两步，向梅英打招呼，在这个当儿，我向那位穿黄色衣裳的女子看一看，却不认得她是谁。只见她不过是一个十七八岁的很窈窕的姑娘，具着一副白净的瓜子样儿的面孔，两腮泛着桃色的红晕，鼻梁上因为热的缘故，呈现出几粒细微的汗珠；她的剪短的头发蓬松着，不似梅英的整齐，她那由微笑而从红嫩的口唇内透露出来的牙齿，不似梅英的洁白无疵。可是在她的表情上，在她微笑时候的两个笑窝里，在她那一双水滴滴的秋波也似的眼光中，我即刻感觉得她是一个又天真，又活泼，又美丽，又纯洁的少女。她的态度实在是自然得可爱，我虽然与她初次见面，这时虽然还未与她说话，但是她所给予我的印象，将永远印在我的心里，留在我的脑里，不会消逝下去。

“呵，许久不见了，江霞同志，你近来好吗？”

“谢谢你！我近来无所谓好不好。你近来好吗？我真对不起你！我老想去看你，可是我怕热，一直到现在还没有去看你一次，真是对不起你！……”这时我脸上的汗珠滴将下来了，我一边拿手帕拭汗，一边向梅英继续说道，“天气这样热，简直热得要命，却不料在这种大热的天气，你们居然出来了。”

“我们因为有一点事情，不得不出来。”

我转过脸向着梅英的同伴的女子望一望，笑着问道：

“呵，这一位是谁，我还不认得呢。你们是同事吗？”

“这是我的妹妹菊芬，同我一块儿在劳动学校教书。”梅英接着将我介绍与菊芬，说道，“这是江霞同志，你晓得吗？鼎鼎大名的文学家……”

菊芬未等她的姊姊将话说完，连忙很天真地惊异地说道：

“呵，原来是江霞同志！我真是久仰得很呢，我来了一个多月了，难道你不晓得吗？”这时她向梅英望一望，似乎奇怪梅英在我的面前，从未提起过她的事来。接着她又微笑地向我说道，“我在江岸劳动学校里，已经有个把月了。我也在那里教书呢。江霞同志，你要笑我吗？像我这样的人，也居然为人师了，这岂不是要笑死人吗？啊？……”她停一停又继续着说道，“呵，江霞同志，你来到此地好久了吗？你现在做些什么事呢？又做了许多小说和诗吗？我真爱读你的作品呢！我来到H镇快一两个月了，却不料今天才遇见了你……”

菊芬说话时的这种毫不客气的，天真的，亲热的神情态度，简直将我惊异住了。她似乎并未把我当成一个生人，就同我们之间很久就相熟了的样子。这使我一方面虽发生惊异的心理，但是一方面又感觉得非常的愉快。她的目光，她的微笑，以及她的温柔而尖嫩的语音，简直完全征服了我，不知为着什么，这时我的一颗心竟莫明其妙地跳动起来。我暗暗地想道：“这么样一个可爱的姑娘！我真是少见过！……奇怪！梅英在我的面前为什么从没提起过她呢？……呵！这么样一个可爱的姑娘！……”

“你也是同你的姐姐一块儿从四川跑出来的吗？”我望着她呆默了一忽，忽然地问了这么一句。

“可不是呢！我是同姐姐一块儿从四川跑出来的。不瞒你江霞同志说，我们的性命几乎都没有了。‘三三一’的事情你晓得吗？”

我点一点头。这时梅英在旁边打断我们的话头，向我们说道：

“太阳这样地晒人，此地不是多谈话的处所。改日倘若江霞同志有空的时候，请到我们的学校里玩玩，那时我们再谈罢。现在我们要到汉江日报馆去了。江霞同志，你到什么地方去呢？”

“我到旅馆去会一个朋友去。”

“好，那我们就再会罢！天气真热！”

梅英拉着菊芬走了。我想送她俩一程，但我有点不好意思。我立着原处不动，看着她两姊妹走开；这时心中一种莫明其妙的情绪，我自己也不知道是怅惘还是愉快。只见菊芬走了五六步之遥，掉转头来向我笑着说道：

“江霞同志！你别要将自己的话忘记了！有空的时候，请一定到我们学校里玩玩。”

与菊芬别了之后，我的一颗心对于她是念念不忘。在我过去的生命史中，虽然我也遇见了许多美丽的，和蔼的，令人动情的女子，虽然我的心魂也曾为女子所摇荡过，但是我没曾遇见过象菊芬这样天使似的姑娘！从没曾有哪个女子给过我这样不可磨灭的深的印象。“唉！这么样的一个可爱的姑娘！倘若我能爱她，倘若我能得着她的爱，那我将幸福到不可言状。像这样的女子，真值得我用全灵魂去爱她。但是我这样的人配爱她么，呵，我不配，我不配！……”我时常这样地想着。说一句实在话，菊芬已经把我的一颗心占领住了。

第二天我就想到江岸劳动学校去，可是我有点畏惧菊芬的姐姐梅英。这是一位很冷静的姑娘，她已经验过许多世故了，一定能够猜得到我的心事。我早不看她们，迟也不看她们，却遇见了菊芬的第二天，就来向她们献殷勤，这不是很可疑的事么？“梅英一定猜得到我的心事，或者她要鄙薄我……”我总是这样想着，不敢决定地就到江岸劳动学校去。可是到了第三天，我无论如何是忍不住了，不去看看菊芬，我一定是要发疯了。“到江岸去！到江岸去！我怕什么呢？难道去看看人也怕羞么？我是一个无用的东西呵！……不，我今天一定去！……”我经过长时间的踌躇，最后才决定了。

下午一点钟，我由 S 车站坐上公用的火车，不一刻钟的光景，已经到了江岸车站。下了车站，我即问着路，走向劳动学校来。江岸可以说是一个很大的村镇，建筑差不多都是低矮的茅屋；街道也狭隘污秽得很，除了几间寥落的商店而外，大半都是穷苦工人的住户。

劳动学校位于村镇的南边，与田野接连，建筑是砖瓦的，倒也显得很宽敞的样子。学校屋宇前边有一层围墙，进了围墙之后，才能见到学校的大门。当我走上大门前的用石头砌成的阶沿时，即见着大厅中，菊芬正拉着两个小女学生跳着玩呢。菊芬见着我走进来了，连忙丢开手笑着迎将上来：

“啊哈！江霞同志来了！天气这样地热，你居然下驾来了，稀客稀客！你晓得吗？我今天早晨还向梅英姐姐说，你是不会来的呢。呵，你脸上这样多的汗，快上楼去，我们在楼上住。”

菊芬不待我说话，即在前面将我引上楼来。

“这就是我同姐姐住的一间房子，”我们走进了一间不十分大，然而很清洁，在这个时候又很风凉的房子之后，菊芬指着房间内的布置说道：“房内一点布置都没有，弄得乱七八糟，真是见笑呢。呵，请坐下，坐在床上，坐在椅上，随你的便。梅英出去有事，一刻儿就回来，现在我去打水给你洗脸，请你略坐一坐，我就来。”

菊芬说着拿起脸盆打水去了。我向靠着窗户下边一张木椅子上坐下，将房内的布置仔细地看了一看：两张罩着白纱布帐的小床，一张四方的书桌子，书桌上面摆了一些书籍及许多零碎的东西；书桌上面的墙壁上，悬挂着孙中山，列宁和卢森堡三人的肖像……布置的确是简单的很，似乎住在这间房子里边的，不是两个美丽的女子，曾经在家中做过小姐的姑娘，而是普通的男学生。

这间房子向外有两个玻璃窗户，这时一阵一阵的凉风从窗外吹来，令我感觉得异常的爽快。我向窗外一看，浩荡的大江横列眼前，江中帆轮的来往，历历如画。“此处的风景倒还不坏呢。夏天住在此地，实在还不错……”我正被窗外的风景所引诱住的当儿，忽听菊芬说道：

“江霞同志！我水已经打来了，请你洗洗脸罢。”

“呵，真是得罪的很！你对我这样地客气！……”

我洗了脸之后，她坐在床上，我坐在椅子上，便面对面地谈起话来了。她的态度是异常地从容，就同我们已经是很久的老朋友的样子。我本来还有点拘束，见着她的这种神情，我也就感觉着自由得多了。

“这里住着还好吗？”我开始问她道，“功课忙吗？你教的是什么功课？”

“说不上好不好，”她笑着回答我道，“也说不上忙不忙，不过还很有趣味呢。这里的学生年龄都并不十分大，他们都是农人工人的子女，与他们每天在一块儿很是有趣味。江霞同志，这里你从前来过吗？”

我摇摇头，表示从前没有来过，她又继续说道：

“倘若你要做小说，这里倒有许多有趣味的材料呢。”她立起身来走到窗前，用手指窗外说道“不讲别的，就是那铁路旁边的一根电线杆子，已经是一部小说的好材料了。”这时我也立起身来走到窗前，向她所指的地方望，果然见着那铁路旁边立着一根电线杆子。

“难道说那一根电线杆子有什么有趣味的历史吗？”

“说起来它的历史倒很光荣，很悲壮的呢。有名的‘二七惨杀’你不晓得吗?”我点一点头；菊芬忽然现着悲惨的颜色，两眼似乎要流出泪的样子。停了一忽，她又继续说道：“京汉铁路江岸工会委员长林祥谦就是死在那一根电线杆子之下的。昨天还有一个学生为我述说他当时被难的惨状呢！……”

她说到此地，望我一眼，即时又掉转头去向那一根电线杆子望着。她沉默将下来了，我的心也有所动，一时说不出话来。我感觉得菊芬是一个多情而好悲伤的女子，不愿意再继续这个题目以增加她的伤感，于是我想变换别一个题目来提起她的兴趣。

“菊芬！你这一间房子真不坏，向窗外望去，一切景致真不错呢。江水的浩荡，风帆的往来，江岸那边的林木森森，岂不是一幅很好的图画吗？我想在月夜的时候，景致一定更要好些呢，可不是吗?”

“你是爱上我们这一间房子来了。”菊芬听了我的话，又复了常态，笑起来了。“实在的，我们的这一间房子真不错，请你也搬来住罢。好吗?”

“只要你们允许我……”我笑了一笑。

“这有什么允许不允许呢。你搬来之后，我们可以让你住，我们可以搬到别一间房子内住。实在的，我们不是诗人，不会做诗，实在辜负这一间房子了。倘若你住在这里，天天做出几首美丽的诗来给我们读读，岂不是有趣味的事吗？我们真是蠢材，心中有很好的意思写不出来……”

我只是笑着不语。她此时将话语停止了，用左手理了这时被风所吹散的蓬松的头发，刹那间如有所思的样子。过了一忽，她又重新说道：

“说起风景来，那我又想起我们的四川来了。江霞同志，四川大约你没去过罢？唉，我们四川的风景真好！此地的风景若与我们四川的比较起来，那简直有天渊之别了，简直相差得十万八千里。江霞同志，你相信吗?”

“是的，”我点一点头说道，“我虽然没有到过四川，可是我曾经听得许多四川朋友说过，四川一省就同一个广大的美丽的花园一样，是不是呢?”

“真的，四川一省真就同一个广大的美丽的花园一样呢。重庆的风景还没有什么特别的地方，可是说起成都的山水来，唉，那真是好，那真好得说不出来！那锦江的春色，那玉垒的浮云……”

“四川有这样山水，也不怪在中国历史上出了许多才子呢。”

菊芬听了我的话，连忙很眉飞色舞地说道：

“可不是吗！我们四川真是出了许多才子呢！不过也出了许多像我这样的笨人……”

“不，菊芬！我以为像你这样聪明而……（我几乎说出可爱的三个字来了）而美丽的女子，只有你们四川才能产生得出来呢。也许四川山水的灵秀，现在都钟于你一个人的身上来了。”

我笑起来了。这时菊芬的脸上泛起一层薄薄的红晕。她看了我几眼，沉吟了一忽，轻轻地笑着向我问道：

“真的吗？你倒怪会恭维人呢！”

“我说的是真话。我素来不喜假意地恭维人。”

“我不相信。”她摇摇头，但是她这时的神情是很愉快的，似乎很满意我所说的话。但是在表面上她还是继续谦逊地说道，“我是一个再笨没有的人了，山水的灵秀哪能钟到我的身上来呢？”

“呵，菊芬，想起来了，我要问问你：你究竟为什么从四川跑到H镇来？你是怎样跑出来的？……你能告诉我吗？这对于我是很有趣味的事呢。”

“不，我不告诉你。”菊芬摇摇头，很妩媚地这样说。我有点莫明其妙，猜不透她说了这话是什么意思，便带一点惊异的神气向她问道：

“为什么你不愿意告诉我呢？这于你并没有害处呀！……”

“你大约是想在我的身上找取小说的材料罢？是不是的？”

“也许是的。但这于你也并没有什么害处。”

“害处倒没有什么害处；我也不怕你糟踏我，不过我就能这样随随便便地供给你做小说的材料吗？小说做成了，你可以卖钱，抽版税，但是供给你做小说材料的人，难道说就这样白白地瞎供给了吗？一定要……”

“一定要怎样呢？”

“一定要请我吃东西！哈，哈，哈！”

“这个自然，我一定请你吃东西。哈，哈，哈！……”我也笑起来了。

“那么，我就告诉你罢。”

我们照旧地向原位坐将下来了。

“我从头告诉你罢。不过我们先讲定，你是一定要请我吃东西的！”

“我与梅英姐姐都是F女子师范学校的学生。四川的教育当然是不会好的，我们F女子师范学校当然也办得不十分好，不过因为我们学校里还有几个急进派的教员，所以一般学生的思想倒还不十分旧。刘华平先生你晓得吗？这样又胖又黑说话慢吞吞地，一位很有趣味的先生，你曾见过吗？呵，你是知道他的。他就是我们学校的国文教员呢。在‘三三一’的事情发生之后，他在四川也登不住了，也只得同我们一样跑到H镇来。他真是一个好人呢！我们学生受他的影响很大。

“我在进F女子师范学校第一二年的时候，因为年纪还小，什么事也不知道，就这样鬼混鬼混地过去了。那时刘华平先生还未到我们的学校来教书呢。那时他恐怕还在广东罢。江霞同志，现在我想想真有趣，那时的思想真是莫明其妙呢！什么革命，什么主义，……那简直是说不上，我整天地嘻嘻哈哈地玩，高起兴来，就看一些旧小说，读一些旧诗词。江霞同志，你晓得吗？我对于旧诗词读得很多呢。我曾偷偷地把《红楼梦》读了又读，也不知为林黛玉哭了几多次，流了几多眼泪。我是一个很好哭的人，一觉有点悲伤，就要哭将起来。梅英姐姐时常骂我，骂我为什么要这样地好哭。梅英姐姐是不喜欢哭的，我很少的时候见着她哭过。今年‘三三一’的事情发生了，她有一位很好的男朋友被军阀捉去枪毙了，只有这一次，呵，只有这一次我见着她痛哭了一场。你不要以为她是硬心的人，她的心并不硬，待人是很好的，不过是不喜欢哭罢了。

“我从前是喜欢哭的，现在我哭的次数却很少了。江霞同志，你要笑我吗？你要笑我这样好哭的女孩子也配谈革命吗？哈哈哈！……呵，请你告诉我，你也时常哭过吗？我看你是很富于感情的人，恐怕也是好哭的一个人呵。你晓得吗？好哭并不是一件什么大坏事，有时哭过了以后，觉得很痛快呢。

“呵，这是闲话，我同你讲正经的事罢。我已经向你说过了，就是我初进F女子师范学校的一两年，除了一些旧文学的书籍而外，差不多什么新书都不愿意看。后来，有一天我在家里，我的二哥有一位朋友送一本书给我看。这一位朋友的名字是薛映冰，他现在也在H镇呢，你晓得他吗？见过面吗？呵，这个人真是一个很好的青年呢！他是一个又诚实，又聪明，又勇敢，又温柔的一个人，若你看了他，你也一定要喜欢他的为人呢。他今天也许会来；来的时候我一定将他介绍与你见见面。他时常到我们这儿来。他是知道你的，他也是一个诗人，很想拜你为老师呢。他现在在汉口报馆当编辑，今天恐怕是一定会来的。呵，他真是一个很可爱的人呢！你晓得吗？他这一次也几乎被军队捉住枪毙了呢。他在重庆是有名的过激分子……

“薛映冰送了我一本书，我当时并不曾注意地翻开看。后来走到自己的房里，我把这一本书仔细地翻开看了一看，原来是一部新诗集。江霞同志，你猜得到这部诗集是谁个做的吗？请你猜猜看！你猜不到吗？哈哈哈！这本书的著作人就是你呢！我诚然与你现在才见面，可是我在精神上久已见着你的面了。读了你的作品，知道了你的思想，不也就同见了你的面是一样的吗？不过当时我却不曾想到有今日，会能在H镇这个地方真正地见着了你。

“我将你的诗集仔细地读了一读，越读越有趣，不禁不自觉地发生了一种新的情感，我的思想也就因之慢慢地变化起来了。江霞同志，你晓得吗？说起来，你倒与我的思想有很深切的关系呢。你给了我新的情感，你给了我新的思想，总而言之，我之所以有今日，你实在有很大的功劳呢！江霞同志，我应当感激你，多多地感激你，可不是吗？你别要笑，我说的是实在的话。

“从这时起，我的思想就渐渐地完全改变了。后来又读了许多关于社会革命的书籍，我的知识又更增加了一点，觉得现在的社会的确是不好，没有一桩令人快乐的事情，非根本改造一下不可，于是我就这样慢慢地慢慢地变成为一个很激烈的革命党人了……真的，现在社会真是太不成样子了！我有时想起来一些不人道的，不平等的，一些黑暗的事情来，我真是愤恨得要哭了！这样的社会，无论如何，我是不能忍受下去的！……”

“我的姐姐，她的年纪比我大；她当然比我更懂得事呢。你看她表面似乎是一个很冷静的，很缺乏热情的人，其实她对于革命的事业很热心呢。她在我们学校里组织什么妇女解放协会，还担任党的小组的书记，……她的确很能做事情呢。她大半是受了她的男朋友的影响。这位男朋友也可以说是他的爱人罢，是一个很能做事情的人，他们俩是怎样认识的，我可是说不清楚了。不料‘三三一’的惨案发生了之后，我的这位未来的姐夫也遭了军阀的毒手！……唉！江霞同志！这半年来，也不知死了好多的，真正为民众谋利益的革命党人！你是从S埠来的，那里听说成千成百地屠杀，在广东也是一样……唉！这又有什么办法呢！呵，我的天王爷！我想起来，连饭都吃不下去！

“呵，现在我又发空议论了。我应当向你说一说我家里的情形。江霞同志，说起来我们家中的情形来，倒是非常有趣味呢！梅英姐姐向你说过吗？没有向你说过？好，我今天向你说一说罢。

“我们的家在重庆经商，也可以说是中产阶级的家庭罢，钱是有几个的。我的父亲是前清的举人，民国后，才入商界的。他简直是一个复辟党！他的思想非常的顽固，非常地陈旧。我向你说，他现在还在梦想开科取士呢，你说奇怪不奇怪？母亲呢，她是一个旧式的，性情很慈善的女人，整天地照料家务，倒无所谓。我有两个哥哥，大哥今年大约已经三十岁了罢，他在大学毕了业之后，住在家里一点事情也不做。照他的思想上说，他却是一个国家主义者呢。二哥现在C大学文科读书，他是与我们站在同一战线上的，可以说是我们家庭中之左派了。还有一位叔父，他是一个国民党员，可是他的思想真右，我简直不明白他的头脑是怎么样生长的！

“江霞同志，你看看！我们家里的人数并不多，却分出这么许多派别呢。你说这不是很可笑的事吗？我们不但分出许多派别，我们还要时常实行思想斗争呢。每逢我们聚在一块的时候，一谈到政治上和社会上的问题来，那我们大家就各抒己见，争持得不可开交。你说，中国无论如何是不可以赤化的；他说，不实行社会革命还能行吗？我又说，反对农工利益即是反对革命……就这样地争持着，谁也不肯让谁。梅英姐姐是一个不喜欢多说话的人，她以为这种争论是没有什么意义的。可是我，我却很喜欢同他们争论呢。江霞同志，你看我是一个好说话的人吗？是的，我真是好说话。在争论时，我连一句都不让他们。我的父亲诚然是与我反对的，诚然是一个保皇党，可是他是很爱我的，他并不十分责备我，只说我是小孩子不懂事。我的叔父却恨我极了，我直接骂他是反革命。可是他没有我的办法，他说不过我，每逢争论的时候，我总是把他驳倒了，使他没有话说。

“江霞同志，你晓得吗？当我们争论时候的情形，你没曾看见过，那真是有趣呢。若有照相机把那种情形照将下来，这岂不是很好的影片吗！你没有看见我与他们争论的样子，我有时争论得能够乱跳乱叫起来，他们没有我的办法，因为我的年纪顶小……

“好，这些话不多说了罢，现在让我说一说我们为什么要从四川跑将出来。我们四川黑暗的情形，你当然是晓得的，军阀年年战争，互相攻打，闹得一塌糊涂，民不聊生。北伐军胜利以后，四川一部分的军阀也投起机来，居然变成为总理信徒，宣言努力革命了，……哈哈，这不是滑稽么？好，我们在重庆也就利用这个机会，实行革命的工作：组织妇女协会哪，宣传三大政策哪，要求言论自由哪……这确弄得假革命的军阀怕将起来了。重庆的军阀久想把重庆的真正的革命党人消灭掉，可是没有机会。一直酝酿到了三月十一日，他们才决定下毒手，想把革命党人一网打尽。他说我们是赤化，是暴徒分子……如此，我们曾经露过面的人，还能在重庆住吗？也不知杀了许多人！倘若我同梅英姐姐被捉住了，是没有什么话讲的，一定是死路一条了。想起来，真是有点儿危险呢！差一点儿我们的性命就没有了！……

“当天晚上，我就同梅英姐姐商量逃走的方法，但是逃到什么地方去呢？那时我们以为H镇是惟一的革命的中心，以为H镇是最有希望，最为安全的地方，所以就决定逃到H镇来。又谁知逃到这里以后，才晓得这里的情形，并不是怎样可以乐观……在最近的期间，此地恐怕要发生变化罢，江霞同志，你说可不是吗？我看此地的革命要人是没有一个靠得住的。他们真是革命的吗？不，我看他们不是的……

“好，当时我同梅英姐姐，没有法子想，只好跑到此地来。你愿意知道我们逃走的情形吗？梅英姐姐装扮一个老太婆的模样，穿着我们四川土产的老蓝布的，式样很旧的衣裳；头上扎着老蓝布的头巾，又用一些东西将脸一涂，简直是一个乡下的老太婆呢，差不多连我都不能认得出是她来。而我呢，江霞同志，请你想想我是怎样地装扮呢？你大概想不到的。我的辫子梳得光光地，用很红很红的头绳子扎起来。你晓得吗？我的头发是到此地才剪去的呢，那时我还是在梳辫子。当时我又将脸用粉擦得很厚，两腮和嘴唇上，也点上了很红很红的胭脂，简直变成了一个很俗的乡下的姑娘了。我又将女学生的衣服脱下，另外穿上普通女子所穿的衣服，——就这样，我向镜子一照，连我自己也认不得自己了。江霞同志，你想想我装扮得是怎样地有趣呢？现在我自己有时想起来，也真要笑起来了呢。

“到了第二天我们清早上了船，就这样地从重庆逃走出来了……”

菊芬滔滔不绝地，如流水也似地说到此地，梅英同一个青年走将进来。菊芬见他们进来了，即刻立起身来，走上前去迎接他们。她笑嘻嘻地，心中怀着无限欢欣的样子，将进来的一个青年的左手握着，表示一种非常亲爱的态度。我见着这种情形，即时起了一种不快的情绪，说妒嫉也不是妒嫉，说失望也不是失望。当这一位青年用他那伶俐然而并不怀着恶意的眼光向我望着的时候，我的心似乎有所动，我的脸似乎微微地有点发起烧来了。我想道，“这大约就是菊芬所说的薛映冰罢？菊芬对他这样地亲热……”

我立起身来了。梅英向我微笑着然而又很冷静地向我点一点头。我这时只注意菊芬与这位青年人的动作，并不预备与梅英说一些别后的话。

“你来的为什么这样迟呢？我等你好久了，你晓得吗？”青年笑了一笑，没有回答，菊芬转过脸来，向着我说道：‘映冰，江霞同志你认识吗？来，我将你们介绍一下，”这时菊芬放开了青年的手，走到我与薛映冰的中间。“这是江霞同志，这是薛映冰同志，现在汉江日报馆当编辑，是与我们一块从四川跑出来的。好，我们坐下罢，大家都不必客气……

我们坐将下来了。只有菊芬一个人站在书桌子旁边，翻看薛映冰的书包。我仔细将薛映冰一看：这是一个刚过二十岁的青年，四方形的面庞，面色是很白净的；在他的眼光中，在他的还带着几分孩子气的微笑里，我觉着他很有许多与菊芬类似的地方。他看起来是一个很和善的青年，然而在眉宇之间流露着英气勃勃，又令人感觉得他是一个很真诚而果敢的人。当他与菊芬并立在一块的时候，那么任何人都要惊叹这是一对再好没有的天生成的小伴侣！“是的，他俩真是天生成的一对！……”我这样地想道，然而失望的情绪却将我征服住了。

“江先生来到H镇很久了罢?”薛映冰很和蔼可爱地向我说道，“我久已想见江先生，可是不知道江先生你住在什么地方。”

“我来到此地已快到一两个月了，我现在住在一个朋友的家里。你是同菊芬一块从四川跑出来的吗?”

“不是的，”他向菊芬两姊妹望了一眼，这时菊芬还是翻看他的书包，而梅英坐在床上如有所思的样子。“她们俩先走，我离开重庆要迟几天。我也是化了装才能逃出来的呢。唉！我们四川现在真是黑暗极了！……”

“到处都是一样的呵!”梅英插说了这么一句。我转过脸来看看她。她的一副严肃的神情令我注意。稍微沉默了一忽，她又继续对我们说道：

“此地恐怕也要快了罢？听说正在酝酿着呢。也许在这一个月之内就要发生变化。映冰，你在报馆里，得到有什么消息没有?”

薛映冰摇摇头说道：

“这两天没有得着什么消息。大概情形是不大好罢……”

“我们的脑袋在四川没有被军阀砍掉，现在恐怕要在这个革命的中心送掉了。若果变故发生，我们向什么地方跑去呢？四面八方都是我们的敌人……可不是吗？也好，早迟都是死……”

梅英说到此地，反而笑起来了。她的态度也改变为从容些，不似先前的严肃了。这表示她并不怕死，不以死为可悲伤的事情。薛映冰听了梅英的话，便接着很坦然地，带着笑地说道：

“死倒没有什么要紧，不过我们不应当白白地就死了，我们应当干一下……难道说我们能静等着敌人来砍我们的脑袋么?”

“哼哈！这是谁个写给你的信？这是女子的笔迹……”这时菊芬从薛映冰的书包中检出了一封玫瑰色的信，很惊奇地，略微带着醋意地，这样笑着喊道，“你说你说，这是谁个写给你的信，映冰这是哪一个女子写给你的？啊?”

“你没有看清楚，就这样地乱叫起来!”薛映冰说着这话时，态度很是镇静的，然而他的脸却有点微红起来了。

“你当这一封信是情书吗?”他又继续地说道，“菊芬，你错了！这并不是什么女人写给我的，你把信拆开看看就知道了。这是我的朋友万君益写给我的，他这个人你们没有看见，又高又胖又黑又粗，却惯爱用漂亮的信封写信，所写的字也似乎有点像女子的笔迹……”

薛映冰望望我，有点难为情起来。菊芬真个把信拆开看起来了。

“菊芬，你晓得吗?”薛映冰停了一忽又笑着说道，“我只希望你一个人写信给我，除了你而外，任什么女子的信，我都不愿意接受……现在你看清楚了吗？这是不是一封情书？”

菊芬看完了信之后，又重新将它折叠起来，放到书包里去。这时在她的脸上荡漾着愉快的微笑的波纹，同时似乎又有点羞意。她走到薛映冰面前，痴痴地望他几眼，便故意地笑着说道：

“我不相信你说的是真话。你们男子一个人总是有几个女朋友的……”

薛映冰有点着急起来了。

“我可以向你发誓……”

菊芬向薛映冰的旁边坐下，他俩的身子几乎是挨着了。薛映冰继续向她解释，他是如何地爱她……菊芬报之以安慰的甜蜜的微笑。这时梅英坐在床上，两眼只向窗外望着，似乎毫不觉察到她的妹妹与薛映冰的动作。最后她静默地走到窗前，倚着墙壁，向着那浩荡的大江望去，默然无语。这时也许她想到逃亡时的情形，也许想到H镇不久要发生变故，也许想到她那已死去的爱人，永远不能再见着的爱人……

我这时又重新想道：“这真是天生成的一对！这真是一对可爱的鸳鸯！但是我呢，我……”我简直陷入失望的海里，不知什么地方是涯际了！但我只是对于自己失望，而并没有丝毫嫉妒薛映冰的心情。我知道我不应当嫉妒他，我没有嫉妒他的权利。他与菊芬是天生成的一对，地生成的一双，是再好没有的伴侣！而我有什么权利来做他俩爱情的阻碍呢？我是一个忽然外来的人，绝不应当对于他们有丝毫的阻碍。“是的，我应当牺牲自己！我应当忍受苦痛！我不应当对于菊芬再起什么心思了！”最后，我是这样地决定了。

“但是菊芬真是一个可爱的姑娘呢！……”我虽然决定对于菊芬不起什么心思了，但是菊芬的那一种天真的，活泼的，如天使也似的模样，深深地印在脑膜上，无论如何是忘记不掉的。

当晚回到家里，吃过晚饭后，很早地我就睡下了。我想早些入梦，好忘记日间的一切，但睡神总不光临我。我觉着我已陷入失望的海里，永远没有跳出的希望。我决定牺牲自己，忍受苦痛，消除对于菊芬的心思，但这并不是一件容易的事情。

这一夜在，“但是菊芬真是一个可爱的姑娘呵！……”的幻想中，劳得我心神疲倦，一直到天亮的时候才睡着。

……H省的农民问题闹得很厉害了。农民直接起来打倒劣绅，土豪，没收大地主的土地……土地革命的空气日渐紧张起来：这种紧张的空气逼着“革命的”政府不安而摇动起来，渐渐显露出自己原来的面目。这是因为所谓革命的领袖自己原来都是神圣的土地的保护者，自己原来都是与土豪劣绅有密切的关系的……

H 镇近来革命的空气日渐消沉下去，而反动的空气却一天紧张似一天，似乎再没有预防的可能了。如六月天的下午，天气异常地燥热，从南天角上乌云渐渐地聚集起来，散布起来，渐渐地将太阳遮蔽起来，同时遥遥地，隐隐地闻着雷声，——这是暴风雨将至的征兆；虽然暴风雨这时还没有在我们的眼前吼叫起来，但是我们已经觉得这是不可免的，即刻就要发生的事实了。

我本要拿起笔来从事一部长篇小说的创作，但是一因为天气太热，拿起笔来就是满身汗，实在不能工作；二因为政治的空气将我烦闷住了，这时我就同害了狂热病的样子，弄得心神不定，坐卧也不安；因此，我所预定的长篇小说，虽然起了几个头，但结果只是起了几个头，所买来的稿子纸还是空白着。

我这时真是烦闷极了！有一个问题在我的心里盘旋着而不能解决：继续从事文学的工作呢，还是将笔丢下去拿起枪来？现在只有枪弹可以解决一切的问题，我还写什么小说干吗呢？但是革命是多方面的，我应当在文坛上做一员革命的健将，将我的笔锋做为攻敌的大炮……但是这恐怕是妄想罢？还是去拿枪的好，现在是拿枪的时代！……这个问题将我苦住了，不能得着一个坚定的解决。我曾问过一个与我相识的团长："我能当兵么？我现在想当兵，请你把我收取在你的团里。"他笑起来了，说道："笑话！你当兵？你还是写你的小说罢，你的小说写得实在不坏！"我听了这位团长的话，我感觉到有点羞辱。我为什么不能当兵呢？也许我的身体弱不能吃苦，连枪都背不动，但是我可以练习呀！……同时我又想道：我的小说还不坏！我还是尽我的所长罢，我可以写出几部与革命很有益处的小说来。……

这个问题真是把我苦住了！我因之咒骂我自己是一个无用的人，是一个只会幻想而不会实行的人……我与菊芬两姊妹来往得很相熟了，虽然她们很恭敬我，很愿意与我亲近，但我有时却惭愧起来：菊芬这样天使似的女子，这样勇敢而纯洁的女子，我实在不配爱她。我是一个无用的人，我应当羞见她，我在她的面前应当抱愧，深深地抱愧。

"我还是拿枪去罢？……不，我先去征求菊芬的意见，且看看她是如何地劝我……"我于是这样地决定了。倘若菊芳劝我抛弃文学的工作，而从事拿枪运动，那我将一定听从她的话，而再不至于有什么迟疑了。为着革命的利益，为着菊芬的意见，为着我自己的良心，我应当如此做去。……"

一天礼拜日的傍晚，我与菊芬两个人坐在江边的草地上，眺瞻着那夕阳欲坠的时候的晚景。夕阳射在流动的江波中，幻成万条闪灼的金影。对岸的林木，在日中看之，本来是很郁绿的，此时受着夕阳的返照，却亦形成了黄色，好似秋天的景象。帆船不断地往来，遥遥地听着舟子们唱着悠扬而哀怨的晚歌。这时凉爽的晚风渐渐地将暑气吹散，使人感觉得有一种说不出的清快。

菊芬穿着一件旗袍式的白绸子长衫，一双白帆布鞋，在晚风的轻荡之中，她素雅得如雪中的仙女一样。她近来的脸色比以前更变为丰腴洁白而红嫩了。这时她是这样地美丽，这样地飘逸，这样地令人神往……我很难寻得适当的形容词来把她形容出来。我俩坐着的距离不过二尺，因之我深深地感觉得她的风韵，领受着她的身上一种处女的香气。她的两个柔媚的乳峰是这样动人地高高地突起……

“我们每天做事做到晚，真是有点厌烦呢。若要每天傍晚都能坐在这江边的草地上休息休息，领略一点自然界所给予我们的安慰，这不是一件很好的事吗？呵，江霞同志，你在想什么呀？”

我正在沉默着，一手支持着头，深深地幻想的当儿，忽然听见菊芬问我，我不知因为什么，忽地有点羞赧起来。“她也许看透我的心事罢？也许她猜着了我现在所想的是关于她的事罢？……”我这样地想着，不觉又有点悔恨：我已经决定不在菊芬身上再起什么念头了，为什么我现在又在幻想她，又为她的美丽所引诱呢？她固然是可爱，真正地可爱，但她不是为着我的，我不应当爱她……她与薛映冰是天生成的一对，她自有爱人，她自有爱她的人，我不应当，我不应当呵！……

“江霞同志，你在想什么呀？”菊芬见着我不语，又继续问道，“你在做诗吗？还是在想心事？……这样的好景致真值得做一首诗来纪念呢！你是不是在做诗，请你告诉我！”

“不是的，我是在想心事，我想我与你识面的时候太迟了。我恨我没有……”我有点口吃起来了，不敢再说将下去。说了这几句之后，我又悔恨我自己不应当向菊芬表示这种意思。我为什么要向她表示这种意思呢？这不是多余的吗？我已经决定不再起恋爱她的念头了，为什么我现在要说出这几句话来？菊芬一定要骂我，一定要笑我是愚人……我是这样地想着，静等着菊芬的回答。

“是的呵，我们见面的时期是太迟了。当我初次读了你的书的时候，我就想见见你的面，可是到现在才与你遇着呢。江霞同志，说起来人生的遇合，真是很难预料呢。我怎么能够料着与你在H镇见面呢？可不是吗？”

菊芬说着这话的时候，神情是非常地平静，显见得是没有明白我的意思。我见着她这种样子，似乎很感觉着一种羞辱，但同时我又放起心来了。我想道，“也好，她没有明白我的意思，否则，她也不知是要骂我，还是要笑我呢。”我把心平一平，也就随着她的话音说道：

“是的呵，人生的遇合是不能预先料到的。我也没料到我会在此地与你遇见呢。我更没料到我能在这江边上与你并排坐着，瞻眺这江中的晚景……”

我觉着我的话又有点不对了，照这样地说下去，岂不是又要引出“那一个问题”来了吗？……忽然我想起来今天来见菊芬的目的，是要征求菊芬对于我“继续从事文学工作呢，还是将笔抛下去拿起枪来？”的意见，而不是来与菊芬谈爱情，也不是来与菊芬并排坐在江边草地上，瞻眺这夕阳欲坠的时候的晚景。我连忙改变话头，向菊芬笑着说道：

“呵，我想起来了，我现在有一个问题要请你替我解决一下。”

“你有一个问题？你有一个什么问题呢？”菊芬略微带着一点惊异的神情反问我。

“我现在想当兵去，你以为怎样？”

“怎么？你想去当兵？为什么想去当兵？”菊芬更加惊异起来了。她这时两只活泼的，闪明的，就如同秋水也似的眼睛，更睁得圆大起来，笔直地望着我。我于是向她慢慢地解释：

“你听了我的话，很觉得奇怪，是不是？其实我告诉你，这并没有什么奇怪的。我老早就起了去当兵的念头，不过到了现在，我的这种念头更为坚决了。近来的时局你晓得吗？越弄越坏，眼看着此地是不能维持下去的。谁个又能断定此地不至于发生屠杀的事实呢？……我想来想去，只有大家去拿起枪来一条路，靠着人家的力量总是不会成功的。若要达到我们的目的，除非我们自己去拿枪去；枪在别人的手里，我们无论怎么样宣传，怎么样组织，都是没有用处的，菊芬，你晓得吗？

“我现在想将笔抛掉，跑到军队里去。我不愿做什么政治的工作，我看一些什么标语，什么宣传大纲，都是狗屁！没有用处！自然，我并不反对宣传，并不反对做政治工作，不过我们若没有枪拿在手里，这些不过是空口说白话而已，菊芬，你说有用处吗？

“不错，有很多的人夸奖我，说我的文学天才还不错，菊芬，恐怕你也是这样想罢？不过现在我却怀疑我自己了。我将我自己所写出来的东西，昨天晚上重新翻了一下，越看越不满意，越看越觉得不成东西。我是一个革命文学家？喂！在此需要拿枪的时代，我这个人有什么用处呢？我真能对于革命有点贡献吗？姑且不讲我的作品是好是坏，即使我的作品真正是好，这又有什么用处呢？而况且我觉得我的东西并不好，我并没有伟大的文学天才，因为现在所发生的一些惊神动魄的事情，我觉着我没有力量把它完全表现出来……

“菊芬，你以为我的话对吗？……”

我停住了。菊芬听了我的话，将两条秀长的眉峰皱了起来，不即刻回答我，慢慢地将头低将下去了。她这时似乎是在默想关于我所说的一些话，而要寻出一个答案来。我看她这种样子，便也不去催问她，而将目光挪到江中的波浪上。这时夕阳，未经我们的注意，已经消逝了自己的影子，映射到波浪中而鼓动着幻成奇异的彩纹的，只有夕阳坠后，在天空中红黄混合的晚霞。江对岸的林木已沉没于迷蒙的烟雾里，遥遥地隐现着几处的星火。晚风更吹得凉起来了。菊芬头上的蓬松的黑发，这时更被风吹得纷乱。因为头低下的原故，我看出她的头发下很洁白如玉一般的颈子……

“江霞同志，你要我代你解决吗？”她忽然抬起头来，这样地笑着问我。我点一点头，她又继续说道，“依我的意思，你还是做你的文学工作好。你这种样子哪有当兵的资格呢？你能背得动枪吗？”

“我可以练习。我的身体固然不好，但是我可以……”

“哈哈！练习！你别以为当兵太容易了！我劝你还是打消当兵的念头罢！我并不反对当兵，在此危急的时候，我更不应当反对当兵。不过我想，我想你没有当兵的必要。你以为你当了兵之后，贡献于革命的，比你现在所贡献的为大吗？你否认文学的作用吗？”

“请你说，文学到底有什么作用呢？”

“喂！我真料不到你会说出这种话来！你居然否认文学的作用……我不是向你说过吗？我的思想之所以有今日，你实在有很大的功劳……”

“也许是的，不过这种功劳总是很小的！”

“我真奇怪你的说话！你能说文学与革命思想没有关系吗？你能否认文学不能鼓动革命的情绪吗？老实向你说，一篇好的革命文学的作品，比一篇什么宣传大纲的效用还要大呢。现在一般青年大部分都喜欢看文学的书，若你能用文学的手腕，将他们的情绪鼓动起来，引导他们向革命的路上走，这岂不是很要紧的事吗？这岂不是你对于革命的贡献吗？”

菊芬的态度郑重起来了。她似乎有点责备我的样子，两眼直望着我不动。我这时倒被她质问得没有话说。停了一忽，她又继续说道：

“我劝你别要胡思乱想罢！好好地做小说！现在真有许多可歌可泣的材料，你应当好好地将它们表现出来，我以为只有你才能表现出我们的时代来……”

“请你别要太恭维我了！我觉着我的天才非常的薄弱，我不能……”

菊芬复将头低下，沉默着没有回答我。我这时的思想被菊芬的这一段话，又说得莫明其妙了。我觉着有点茫然，有点失望。我觉着她的话有点道理，但同时我又不相信她所说的关于我的话。

“江霞同志，”菊芬忽然抬起头来向我笑着说道，“我也要问你一句话。像我这样的人，你以为可以当做小说的材料吗？我请你……”菊芬有点羞意了。

“你请我做什么呀？”

“我请你将来写一篇关于我的小说……”

“一定的！一定的！”

“真的吗？我感谢你！”

“你真是一位可爱的姑娘！”我忽然地说出来了这一句话。我的心有点跳将起来，我觉着我的脸也有点红将起来，幸而这时暮色已经很暗了，菊芬大约不能辨出我脸上的表情。我想把她一把抱到怀里，蜜蜜地吻她，吻她的头发，吻她的颈子，吻她的眼睛，吻她的鼻子……我的心越发跳动起来，无论用怎样大的力量，不能把它平静下去。

“喂！天这样黑了，你俩还在这儿坐着！我只当你俩掉下江去淹死了呢。快回去罢，天这样黑了……”

我回头看看，原来是梅英来找我们回到学校去。我感谢梅英！她将我救出了困难的危境。……

自从这一晚在江边与菊芬别了以后，差不多有一个礼拜的样子，我没有到劳动学校来看她们。我不愿意再见她了，见了她徒使我感觉得无限的苦痛。她就同有什么伟大的吸引性也似的，无论我自持得怎样地镇静，可是一见了她，我的一颗心就要跳动起来了。她实在是太可爱了，倘若天使是世界上最可爱的，那么她就是天使了。我一方面感觉得我不得不爱她，但一方面我的意识又告诉我说，“菊芬是一个可爱的姑娘，薛映冰也是一个可爱的孩子，他俩正是天生成的伴侣，你有什么权利来扰乱他们俩的爱情呢？喂！算了罢，你没有恋爱菊芬的资格……”这一种内心的冲突，真是使我痛苦极了！最后，我决定往下去不多见菊芬的面，或永不见菊芬的面，慢慢地用强制的工夫，来冷淡自己对于菊芬的感情。

真的，我有六七天没有见着菊芬了。我何尝不想见她，可是见了她徒增加我的愁苦与怅惘……

同时，在这六七天之内，H 镇的政局大大的变动了：街上所有革命的标语尽被撕去；逮捕左倾分子……惊慌……恐怖……不安定的现象……

我这时对于政治的悲愤，一时地将我对于菊芬的想念压低下去了。我这时是住在C路F里一位友人家里的前楼上，凡C路终角的刑场上枪毙人的枪声，我都可以听得清清楚楚地。环境逼迫我不能多出门，可是自有我这位同居的友人报告我：在刑场上枪毙的是一些什么人。……这些被枪毙的人从前是很忠实的革命党员，而现在却被政府加上一个暴徒的罪名。……这些杀人的枪声简直把我的一颗心震裂得痛不堪言。在心痛得最厉害的时候，我似乎觉着我要走入疯癫，我要同着他们一块儿死去。

一天吃过午饭以后，我迎着风躺在藤椅子上面，这时恰又听见刑场上的枪声。我的一颗心始而为之裂痛，继而被我强制得又平静下来了。我又想起来我向菊芬所提出来的一个问题："继续做文学工作呢，还是将笔抛下去拿起枪来？"在这一次我是坚定地决定了："现在是拿枪的时代了！什么文学，什么革命文学，这都是狗屁！我能这样地静听着这种万恶的枪声吗？我能硬看着他们被枪毙吗？喂！我是一个浑蛋！我是一个最可耻的怯懦者！我应当拿起枪来……"

"信！"邮差送进一封信来。

信面的字，我认得是梅英的笔迹，便拆开看道："江霞同志：我们是前天搬到H镇来的。我们的学校已经被兵占住了。菊妹现在的病很重，一忽儿想起她的故乡来，一忽儿又想起革命的前途……也不知哭了许多次。她很想念你，倘若你有工夫的时候，请你务必来看她一下。……"我将信看完，便连忙将衣拿起，出了门，照着信上所指示的地址走来。当我出了弄口，走了很多的路的时候，觉得炎热的阳光晒得我的脸很痛，才知道我忘记了戴帽子。近来H镇的铜元随着"清党运动"都被清光了，弄得我们连坐黄包车的铜元都没有，只得劳动自己的两腿走路。没有戴帽子的我，这时虽然是忍受不了如火焰也似的阳光，但也只得听着了。

菊芬两姊妹所住的，是一间陈旧的，狭小的，光线不强的前楼。当我将要走进她们的房门时，这时房门并未关着，我停一下向房内一看：一张破败的木桌子立在窗前，上面放着一些洗脸盆之类，东边靠床横着一张没带帐子的木床，床上躺着一个脸朝里的，头发蓬松着的病人；梅英在墙角上弯着腰收拾汽炉子，或者是正在为菊芬煎药呢……全房内充满了寂寥而凄凉的空气，令人即刻发生凄凉之感。

"梅英同志，我来了。"我走进房内，恐怕惊动了病中的菊芬，轻轻地向梅英说道，"菊芬睡着了吗？她现在的病怎样了？……"

梅英还未来得及回答的时候，菊芬已经将脸翻转过来，声音很微弱地微笑着向我说道：

“江霞同志，你来了吗？你接着了梅英的信吗？”

我点一点头。这时我仔细地看一看她的面容，觉得比从前黄瘦得多了。她的两片嫩红如朱也似的嘴唇，现在已经是灰白的了，这表明她这一次的病的确是很厉害的。但是她的微笑还是如从前一样的温柔和善而动人，她的眼光还是如从前一样的活泼而有神。虽然她这时是一个很弱的，很黄瘦的病人了，但她只要一微笑，一开口，那你即觉得她还是如从前一样的可爱，不过增加一点病的风韵罢了。

“呵，我们有很久不见面了，你近来好吗？我真是有点想念你呢！你看，我们房里连一张椅子都没有，坐都没处坐，请你就坐在我的床上罢。呵，我看你也有点消瘦了呢，你的身体也有点不好吗？我们搬到此地已经有两三天了。你晓得吗？我们是被丘八赶走的，差一点我们的性命都没有了……”

“我看你的病很重，现在好了些吗？”我很不安地说。

“没有什么。今天已经是好得多了。因为受了寒，发烧了一两天，又加之受了丘八太爷的气，就这样地就害起病来了。还好，现在我觉得已经没有什么了，再过两天就会完全好起来的……”

菊芬说着说着，想坐立起来，似乎要表示她已经是好了的样子，可是我同梅英却一致地拦阻她道：

“喂！请你躺着罢！别要坐起来，坐着是很吃力的！”

梅英连忙用手托着她的背，又将她放下躺着，她并不反抗，惟对我们笑着说道：

“你们以为我连坐的力气都没有了吗？好，躺着我就躺着，其实躺着真不舒服呢。唉！江霞同志，我一生最讨厌的是病，倘若世界上没有病这种东西，那我们倒多快乐呵！唉！病，真是讨厌的东西！”

“你的身体很弱，我劝你少说些话罢！”

多说话足以伤神，我见着她这样地多说话，很不放心，所以这样地劝她，可是她却笑着反问我道：

“怎么呀？你禁止我说话吗？”

“我不是禁止你说话，不过我以为你的身体很弱……”

“请放心，不要紧的。我现在的病已经好了。就是病死了又怎样呢？人生总不过一死，死去倒干净些，你说可不是吗？我想我不病死，也将要被他们杀死，不过宁愿被他们杀死倒好些。我现在也不知因为什么缘故，总是想杀人，总是想拿起一把尖利的刀来，将世界上一切混账的东西杀个精光……江霞同志，你想想，为什么敌人能够拼命地杀我们，而我们不能够拼命地杀敌人呢？呵，杀，杀，杀尽世界上一切坏东西！……”

菊芬越说越兴奋起来了。黄瘦的面容渐渐地泛起红潮来，两片嘴唇已不如先前的灰白了。我见着她这种的样子，越觉放心不下，恐怕因此又要加重了她的病势，遂又恳切地劝她不要再多说话了，应当平心静气地养养神，可是她不注意我的劝告，又继续地说道：

“等我病好了，我一定跑到街上演讲，散传单，让他们把我捉住枪毙好了，反正不杀死也要气死……我顶好是能够找到一支手枪！……”

菊芬沉默下来了。这时她将两眼闭着，似乎是因为多说话而弄得精神疲倦了，又似乎是在沉思什么也似的。她的脸上出了很多的汗珠，我想用手帕为她拭一拭，但我将手帕拿出衣袋来，想一想又中止了。我转过脸来看看梅英，她这时是在背朝着我们，靠着桌子，低着头翻看一本什么书，似乎将我与菊芬完全忘却了也似的。我想找几句话与她谈谈，但我恐怕惊扰了菊芬，便也就沉默着不说话了。最后我以为菊芬已经睡着了，见着她很是安静地躺着，不料她忽然将眼睛睁开，很郑重地向我说道：

“江霞同志！你别要忘记我对于你的请求呵！”

“你对于我有什么请求呢？”我很惊异地反问她。

“什么请求？难道说你已经忘记了吗？你不是已经答应过我，要写一篇关于我的小说？……”

“这件事情我是记得的，请你放心好了！你这种样子的可贵的，光荣的女性，我不表现出来，那么我还要表现什么呢？你真就同天使也似的！……”

菊芬听了我的话，脸上的笑纹又重复舒展起来，有一种很满意的，很快慰的表情。我见着她这种样子，也感觉着无限的快慰，即时想伏在她的身子上，抱着她的颈亲吻，但是薛映冰的影子又闪到我的脑际来了，似乎在隐隐地说我没有如此做的权利。我的心又有点动起来了。……我沉吟了半晌，似乎很胆怯怯地向菊芬问道：

“薛映冰呢？他来过了吗？”

“他去做军事工作去了。现在还没有信来……”

菊芬说了这两句话，又将眼闭下了。她的神气似乎有点兴奋，然而她强为抑制，不愿我知道她这时内心的颤动。停了一忽，她又睁开眼向我笑着说道：

“江霞同志！你看薛映冰怎样？他真是现代的英雄！……你看他是一个很可爱的人吗？”菊芬说着这话，带着一点矜持的口气，这表示她是如何地爱薛映冰，而她又是如何地相信薛映冰，相信薛映冰是她唯一的爱人。

“是的，菊芬！薛映冰真是现代的英雄！你与他恰巧是一对！……”

“真的吗？”菊芬更满意地笑起来了。

我不愿与菊芬再继续谈将下去了，因为我恐怕多说话于她的病体有碍。停了一忽，菊芬笑迷迷地又将眼闭下来了，我便乘此机会辞行，允许以后时常来看她们。在归家的途中，我将适才与菊芬所谈的话又重新回想一遍，最记得的一句是菊芬所说的，“顶好是能够找到一支手枪！……”

从菊芬两姊妹的寓处回来之后，即觉得头痛，到了晚上我周身便发起烧来，昏昏迷迷地躺在床上，连晚饭都不能吃了，这大约是因为中了暑毒，幸得同居友人C君的照护，他为我买药水，为我纠挑我背脊上的筋……我才得以安然地过夜，不然的话，恐怕也要难免危险了。

到了第二天早晨，我虽然清醒了许多，但觉着身体甚弱，行动时异常地无力。饭虽然可以略吃一点，但这并不能使我即刻康健起来。C君劝我：在这几日内应当在家里好好地休息休息，不可再行外出。可是我挂念菊芬的病，老是放不下心来。我答应时常去看她们，尤其是当菊芬在病中的时候，但不幸我现在也病了，这倒怎么办呢？糟糕得很！……

到了第五天的早晨，我觉着我完全复了原了。虽然C君还是劝我不要出门，但是我无论如何忍不住了，我一定要去看看梅英和菊芬。当我吃过早饭，停了一忽，正要预备走出门的当儿，邮差又送了一封信来。我也不先审看信封上是何人的字迹，便匆忙地将信拆开看道：

“我最亲爱的江霞同志！

“这是我第一次写给你的一封信，同时，也恐怕这是最后写给你的一封信了。你知道我写这一封信时的情绪吗？我的全身的热血在沸腾，我是非常地勇敢，非常地悲愤，非常地希望……但是我绝不惧怕！绝不伤心！

“我告诉你，我已经得到一支手枪了。我现在可以实行我的志愿了。我固然知道暗杀不是唯一的正当的手段，但是我现在所能做得到的，恐怕只有这个了。我实在因为再忍不下去了，所以才走到这一途……江霞同志，你能了解我吗？你能原谅我吗？

“呵，我恐怕是死定了！死定了！……人是终久要死的，死了又有什么可惜呢？不过，我的敬爱的江霞同志，我要死得其所，我要打死一个敌人然后才死，然后死的才值得。……

“江霞同志！你晓得吗？我有点舍不得我的最亲爱的映冰，我的唯一的爱人……但是这又有什么办法呢？他现在是死是活，我还不知道，不过倘若他还活在人间的时候，那么就让他为我报仇罢，为一切被压迫的人们报仇罢，为一切被侮辱与损害的人们报仇罢！……别了，我的最亲爱的映冰！别了，我的最亲爱的哥哥！……

“现在的时局是很坏了，江霞同志，请你别要灰心！请你别要失望！你晓得吗？黑夜终有黎明的时候，我们终久是要胜利的！因为我们占大多数，因为我们的要求是合乎正义的，因为我们的目的是光明的，因为……

“请你努力地创作罢！在我们的时代，真有许多可歌可泣的事情，真有许多文学的好材料，请你尽量地写罢！写罢！为着被压迫的人们，为着全人类，一部分也是为着我……呵！江霞同志！我现在的行动不是为你造小说的材料吗？我对于你的请求，你会忘记吗？倘若你也是爱我的一个人，那就请你别要把我及我对于你的请求忘记了！……

“呵，别了，我的江霞同志！我的敬爱的江霞同志！……明天此时，我的尸身也不知将抛在何处呢？……

“呵，江霞同志！我忘记报告你一个消息：我的姐姐，我的亲爱的姐姐梅英，她已于昨日被捕入狱了。

“呵，别了！别了！一切都别了！……”

我读完了菊芬这一封信之后，我真说不出我的感想来。我的心火烧起来了，我的血液沸腾起来了……我不为菊芬害怕，也不为菊芬可惜，我只感觉到菊芬的伟大，菊芬是人类的光荣。我立在她的面前是这样地卑怯，这样地渺小，这样地羞辱……我应当效法菊芬，崇拜菊芬！我应当永远地歌咏她是人类史上无上的光荣，光荣，光荣……倘若人类历史是污辱的，那么菊芬可以说是最光荣的现象了。

这一天报纸上载着下列一段的新闻：

“政府 W 委员坐汽车至 H 路转角时，遇一年轻女子行刺，连发两枪，幸未中。凶手当场就获，形似一女学生，操四川口音……”

……环境逼迫我不得不离开 H 镇了。在未离开 H 镇之前，我无论如何，打听不出菊芬和她的姊姊梅英的消息来：是死？是活？还是在牢狱中坐着？……现在我到 S 埠又快要四个月了，在这四个月之中，也曾问过由 H 镇来的友人，但是谁个也说不出一定的消息。有的说她俩已经死了，有的说她俩还是在过着牢狱的生活……

1927 年 11 月 26 日，于上海。

第叁卷

方铭 / 马德俊 主编

蒋光慈全集

合肥工业大学出版社

图书在版编目(CIP)数据

蒋光慈全集/蒋光慈著;方铭,马德俊主编．—合肥:合肥工业大学出版社,2017.5

ISBN 978-7-5650-3352-0

Ⅰ.①蒋… Ⅱ.①蒋…②方…③马… Ⅲ.①中国文学—现代文学—作品综合集 Ⅳ.①I216.2

中国版本图书馆 CIP 数据核字(2017)第 099572 号

蒋光慈全集(第三卷)

方　铭
马德俊　主编

出版策划　朱移山　冷桥勋
责任编辑　张　慧　权　怡

出　版	合肥工业大学出版社	**版　次**	2017 年 5 月第 1 版
地　址	合肥市屯溪路 193 号	**印　次**	2017 年 9 月第 1 次印刷
邮　编	230009	**开　本**	710 毫米×1000 毫米　1/16
电　话	总　编　室:0551-62903038	**总印张**	103.25
	市场营销部:0551-62903198	**总字数**	1658 千字
网　址	www.hfutpress.com.cn	**印　刷**	安徽联众印刷有限公司
E-mail	hfutpress@163.com	**发　行**	全国新华书店

ISBN 978-7-5650-3352-0　　　总定价:298.00 元(全 6 册)

蒋光慈全集

目录

最后的微笑

一

小蚂蚁被他的同类所欺侮了，还要拼命地抵抗一下。

这是在六月的一天晚上。

夜幕笼罩得大地异常地乌黑。在天的西北角上，时飞射着金色的闪光，也就从那里远远地闻着雷声。天气异常地闷燥，一缕风丝儿都没有。人们都等待大雨的到来，因为天色已给了大雨的征兆了。

在城南C路的终角，靠近麦田的地方，有两间破败的茅屋。茅屋的周围：前边一百步之遥是S纱厂；后边是麦田；左边不远有几座荒墟的坟墓，据与这些坟墓邻近的居民说，这里时常闻着鬼哭，发现鬼火……看起来是异常凄凉的；右边是一带平房，凡在S纱厂内做工的工人，差不多都住在这里面。工人们寻不出别的纳凉的方法，如果是天不落雨的时候，他们夜里总是露宿的。每一到晚上，除开一部分工人上夜工而外，其余的总是在家里坐在外边乘凉，他们的芭蕉扇与谈笑的声音，遥遥地与纱厂内的吡吡的机器声相应和。今天晚上天气更异常地闷燥，因之他们摇动芭蕉扇的声音更要比往日为响亮了。

“他妈的！今天晚上真热！”

“唉！简直热得活要命！”

“这样热，他们在工厂里做夜工，也不知怎么能受得了呵！”

“不受也要受，你真是说怪话！”

“你看，西北角正在打闪呢，快要下雨了。”

“唔，全才！王阿贵开除了，也不知道是哪个弄的鬼……”

“那还有别人吗？不是张金魁是谁个？”

“他妈的！……”

“唉！天气真热！”

“……”

这时，当他们说南道北大家谈笑的当儿，茅屋内的王阿贵正病卧在床上。

这两间破败的茅屋，在冬天，因为四壁招风，是异常地寒冷，而在夏天呢，因为阳光的熏蒸，又异常地燥热。病在床上的王阿贵，因为极高度的体温与屋内极燥热的空气联合起来，已经烧到头昏脑乱神思不清的地步了。今天早晨他还是如平时一样，做上工的预备，并不曾料到要召什么不幸的变动，但当他一进工厂的大门时，工头矮胖的张金魁即将他喊住，对他说道：

“你已经被厂里开除了。你自己做的事情，你自己知道，我也不必向你多说了。你要反对什么厂主，请你到别的厂里去反对去，在我们的厂里，哼哼，对不起……我幸而看着你老子的面上，不愿意叫你多吃苦头，不然的话，哼哼，我报告巡捕房将你捉住，枪毙……你去罢！我们这里你是不能再进来的了！……”

王阿贵听了张金魁的这一番话，始而痴呆地将两眼望着张金魁，似乎不明白他所说的是些什么，继而脸色变为惨白，将头慢慢地低下来了，——这时阿贵明白了，他明白了张金魁所说的话的意义，他明白了他的一切希望都完结了。这真是如晴天的霹雳一般，喀嚓一声，将阿贵震动得不知所措：怎么办呢？怎么办呢？……完了！完了！一切都完了！……阿贵似乎要哭将起来，但没有眼泪出来。他并不觉得有什么过度的伤心，他只是茫然，茫然……到什么地方去呢？工作是没有了，因之工钱也是没有的了。怎么办呢？怎么办呢？他只是茫然，茫然……他应当向张金魁说一些哀求的或是反抗的话，但是他听了张金魁的话后，却不发一点儿声响。有几个工友上前为他哀求，为他辩护，为他抱不平，为他可怜，但是他却沉默着，没有一点儿表示。

他只是茫然，茫然……他很顺服地走出了工厂的大门，连头也不掉转一下。等他走了离工厂几十步的时候，他回转头来看看工厂的屋宇，似乎忘却了与工厂辞别的样子，于是他又回转来绕道工厂前后走几个圈子。他今年十九岁，从十一岁起，他已在这个工厂内做了八九年了，虽然他儿时的光阴，所谓黄金时代的光阴，都为这工厂内的机器所吞食了，虽然这工厂就同牢狱一样，他在里边被囚了八九年，虽然这工厂除了痛苦和压迫而外，没有给过他丝毫的幸福，但是他到底与这工厂有八九年的因缘，今天忽然离开了它，未免总有点舍不得的情绪。他站在工厂外边，看着烟囱突突地冒烟，听着机器吼吼地响动，他不禁觉得有无限的难过。“别了，工厂！别了，牢狱！别了，我的朝夕同事的工友们！……”他终于要同这工厂别离了。但是别离了到什么地方去呢？回家去？有什么面目回家去呢？不，家里回去不得！……他想道：“父亲五十多岁了，害着痨病，虽然有时推小车子也可以混几个钱，但混的总不多；母亲呢，替人洗洗补补衣服，也混不到几个钱。还有一个五六岁不中用的小妹妹！……一家大半都指望我，可是我现在被厂里开除了，这，这倒怎么办呢？……他俩老人家若知道了我被厂里开除了，那他俩将不要大大地生气么？……唉！算了！算了！我今年虽然才十九岁，可是我的日子也过够了，我不如去行个短见罢。是的，我不如去跳黄浦江去，人生总不过一死，我也问不了这么许多……”

阿贵虽然起了自杀的念头，但他还没有即刻就去自杀的决心。他离开了工厂，茫然地向前走着，并没有一定的方向。他就同失了灵魂的人一样，他忘却了他应当做什么，他也不知道他应当向什么地方去。他只知道一件事情：被厂里开除的事情，不能使父母知道。但是为什么他要被开除？他有什么被开除的罪过？谁个弄得他被厂里开除了？开除了后他应当做些什么？……他这时似乎都忘却了。他只是茫然地走着，但脑筋并没深想到什么。他所走的是什么路，两旁有什么东西，路上所迎着的是些什么人……他都没有注意到这些。

他顺着一条路走，走走又回头，回头又走走，这样地他消磨了一个上午的时间。炎热的太阳如火一般地烤人，但他光着头，虽然一套白布小褂裤差不多都汗湿了，他似乎却不感到这一层。最后他走得疲乏了，看见路旁有一块石头，他也不问它烫不烫，就走上前坐下了。他低着头似乎在思想什么，但他这时并没有明白地思想到什么。他看见地上有几个蚂蚁往来：一只黄色的小蚂蚁也不知从什么地方寻得了一块白模样的食物，在用力地衔着前走的当儿，忽然遇到了一只黑色的蚂蚁，这黑色的蚂蚁见着小蚂蚁衔着一块食物，便上前将它抢夺下来。小蚂蚁大为愤怒，便不相让，与黑色的蚂蚁厮杀起来。小蚂蚁虽然是小些，然而却英勇异常，毫不惧怕，倒也敌得过他的敌人。它俩越厮杀得越有劲，阿贵这时不禁看得出神；而且向小蚂蚁表示着充分的同情。他见着小蚂蚁这种英勇的气概，不禁暗暗地称赞不止。他看着看着，忽然他的脑海中起了一层波浪，他即刻立起身来，自己向自己惊异地问道：

“啊哈！我难道连这一个小蚂蚁都不如吗？喂！我还配做一个人吗？小蚂蚁被它的同类所欺侮了，还要拼命地抵抗一下，我是一个人，难道受人欺侮了，就这样地乖乖地算了吗？报仇呵！……报仇！……”

他于是觉着有无限的羞辱了。他的脸有点发烧起来，他的一颗心开始怦怦地跳动了。他不禁后悔道：“当张金魁向我宣言的时候，为什么我没有点儿反抗的表示？我为什么顺服地忍受着张金魁的欺侮？为什么不把张金魁拉着痛打一顿？为什么不拾起一块石头向着张金魁的脑壳摔去？为什么……？唉！我连这一个小蚂蚁都不如！我还配做一个人吗？张金魁这东西该造了多少孽，我为什么不把他打死？他害死了李全发，他害死了沈玉芳沈先生，他现在又来害我，他又把我的饭碗打掉了，照他的口气，也许又要害我的性命……唉！我为什么不把他打死呢？我为什么一点儿抵抗都没有呢？唉！我连这一个小蚂蚁都不如！……”阿贵越想越羞愧得汗流浃背，几无地以自容。他又重新坐将下来了。他看看地上两个斗争的蚂蚁，这时它俩仍在相持的状态中。他于是拾起一个小小的草杆，将黑色的蚂蚁隔开来，慢慢地然而很气愤地将它捣死，——这时他觉得他做了一件伟大的事业了，于是乎他觉得非常地痛快。小蚂蚁见着它的敌人已死，遂又衔着白模样的食物离开了。阿贵看着它走开，不禁暗暗地笑道：“小蚂蚁！你真是好汉！我应当拜你为老师呢！我与你同是被欺侮的。我们联合起来罢！好！全世界被欺侮者联合起来！哈，哈，哈！……”阿贵一刹那间觉着自己是胜利者了。他似乎觉着张金魁被他用草杆捣死了。在愉快的一两分钟后，他又觉着有点失望起来：他所捣死的是微小的蚂蚁，而不是那万恶的张金魁，张金魁还是在世间活着呢。

是的，阿贵的责任不是在于捣死一个微小的蚂蚁，而是在于捣死他的敌人——张金魁。阿贵觉悟到这一层了；于是开始想到如何报仇的方法：“呵呵；顶好！顶好把他捉住，也像捣死的蚂蚁一般地把他捣死！唉！他该多么可恶呵！他拼命地对于厂主献好，也不知害死了许多工人！他害死了李全发，他害死了沈先生，他现在又来害我，哼，害我？好！我就要他的小狗命。我应当为李全发和沈先生报仇，我要不报仇，我就不算是个人，我真就不如蚂蚁！一个人不如蚂蚁，还算是一个人吗？呵呵！报仇！报仇！……但怎么样才能将他捉到呢？……”阿贵想到此地，忽然觉得头痛起来了。太阳的光是这般炎热。阿贵没有戴帽子晒了半天，当然头要晒得痛了。也许他的头早已都晒痛了，但到现在才觉得。奇怪，阿贵现在一觉着头痛，就痛得要命，似乎再不可以支持了。他这时不但头痛，似乎周身都发起烧来，脸庞烧得烫手。这时他忽然想起家来了。他忘却了被厂里开除的事情，也忘却了他的父母倘若知道了他被厂里开除了，将要如何地生气，如何地懊恼。他感觉得自己是病了，病了的人一定是要回家的。

当阿贵踉跄地走到家的时候，已是下午一点多钟了。这时阿贵的父亲王兴盛吃了中饭，已经出门推小车子去了。留在家中的是阿贵的母亲与他的一个小妹妹。母亲今年五十岁了，这是一个很疲弱的妇人，她的两个眼眶烂得如红枣子肉一样，眼水是不断地流着；她看东西是很吃力的，然而她不得不做缝补的事情。在她的枯槁的，皱纹层层的面孔上，可以看出她在生活中所受的痛苦的痕迹。这个可怜的老妇人在生活中大约不知道什么享福的事情，因为她从没见过幸福的面孔是什么样子。有时她想象到阿贵将来成人了走好运，每天能够挣得几个钱，为她买一件好衣服穿穿，买几斤肉吃吃，或者她的女儿阿蓉将来能寻得一个有钱的婆家，因之可以靠她女婿养活……这时她觉得是很幸福而愉快的样子，但这也只是很模糊的幸福和愉快，因为这只是对于将来的想象，这只是希望而已。什么时候阿贵能走好运？阿蓉将来能不能寻得一个有钱的婆家？这恐怕只有天晓得罢？谁个也不晓得！话虽然是如此说，但是这个老妇人却不得不有这般的希望。她现在所以还能活着，所以还能觉得要劳动的，完全是因为她还有这一点莫须有的希望，不然的话，她恐怕久已被劳苦葬入黄土了。她相信观世音菩萨，因之她很虔诚地供着观世音菩萨的肖像。她以为观世音菩萨是救苦救难的，是慈航普渡的，她绝对是保佑有善心的人的，只要人们能把良心存得正，哪怕观世音菩萨不知道吗？呵！救苦救难的观世音菩萨！呵！慈航普渡的观世音菩萨！……如此，她真是观世音菩萨的真信徒了。她不相信她会穷苦一辈子，因为她的良心好，从没做过坏事，而良心好的人一定是可以得到观世音菩萨的保佑的。"哪怕现在吃些什么苦呢？观世音菩萨自然有眼睛！观世音菩萨自然要给我好处的！我现在吃苦也许是因为前生造了孽了？呵！不要紧！只要我今生能行善，就是今生得不到好处，到来生一定是也要得到好处的！观世音菩萨自然有眼睛，我怕什么呢？呵！观世音菩萨呵！请你保佑我的阿蓉罢！请你保佑我的阿贵罢！他真是一个好孩子，他对我该多么孝顺呵！是的，他应当得到菩萨的保佑呵！……"这个可怜的老妇人每一想到她的阿贵的身上时，总要跑到观世音菩萨面前磕几个响头，暗暗地为着阿贵祷告。阿贵是她的唯一的希望，她不为他祷告，还为谁祷告呢？至于阿蓉呢？她想道："阿蓉不过是一个女子，始终是人家的人，比较是次要的了。也许将来能得到一个好女婿，但是好儿子总比好女婿强呵！好女婿无论如何总是从人家骨肉里生出来的。"她当然也为着阿蓉祷告，但是祷告的次数却比为阿贵祷告的次数少些了。为着祷告，为着要表示诚意，她也不知在观世音菩萨面前烧了多少香。这些买香的钱是她为人家洗补所挣来的。她舍不得吃，舍不得穿，但是却舍得去买香烧。……

她今天坐在门口，一边补衣服，一边又想到阿贵的身上了：阿贵今天也不知在厂里好么？天气这样地热！……她忽然听到走向她来的脚步声，将头抬起一看，却不认得来人是谁个。照着来人的衣服看，这是阿贵回来了，但是照着来人的脸色看，这不是阿贵了，这差不多是戏台上的赵匡胤，关夫子。一刹那间她惊异得非常：怎么？难道说关夫子来显圣吗？若真是他显圣，那我该要好好地跪接了。……她用她的烂红眼睛聚精会神地一看，这时来人已至她的面前了，于是才看清楚了，来人不是关夫子，而是她适才所念到的阿贵。阿贵这时的脸色真是红得如关夫子的一样，这使得他的母亲惊骇地叫道：

“我的天王爷！你，你，你你怎么了？病，病了吗？……”

但是阿贵没有回答她。阿贵进屋后即向靠墙的一张竹床上躺下，直挺挺地躺下，如死人一般。他的母亲见着他这般模样，简直骇得魂飞天外，无所措手足了。她走进他的身旁站着，痴呆地望着他的那一副可怕的面孔，自言自语地说道：

“这，这倒怎么办呢？中，中了魔了吗？……这倒怎么办呢？兴盛又不在家里……”

“阿贵！我的儿！”她停一忽又哭着说道：“你怎么弄到这个样子？……你，你你是怎么样弄的，我的天王爷！……”

“水，水！……”

阿贵睁开眼睛，向他母亲说了这两个字。她这时心中忽然有点希望了。她想道：“还好！他还能说话，还知道要水喝！……知道要水喝，这不是说他的心内还明白么？还好，他还不至于有什么……呵呵！我的天王爷！菩萨保佑！……”她于是有点放心了。她不敢怠慢，即忙从水缸内盛了一碗凉水送给他喝，他没有力气拿碗，于是她端着送到他口边，他就同得着甘露一样，一口气将一碗凉水喝干了，是的，他真是渴了。他晒了半天，身上的水分都化为汗而消散了，这时他身上简直可以说不大有水分了。他的喉咙干燥得很痛，当他将一碗凉水喝将下去之后，他觉得就好像他的身上的火已经被扑灭一大半了。

“我还要喝！……

当阿贵喝了第二碗凉水之后，他的神气清醒得很多了。他的面色已经不如先时的可怕，他的两眼所放射的光，已经不如先时那般的如中了魔一样，她这时更大为放心了：呵！阿贵好了！阿贵绝对不会有什么危险，阿贵一定是会好的！……她于是又想起观世音菩萨来了。她想道：“这一定是有观世音菩萨在暗中保佑，不然的话，也不知要弄得什么样子。”这正是她应当向观世音菩萨面前烧香磕头的时候，于是她将手洗一洗，很虔心地烧起香来，表示她对于观世音菩萨的感谢。

阿贵真是疲倦极了。他看见母亲的这种神情，想开口向她说一些话，但是他没有力气说话了。他应当好好地休息一下，于是他昏沉沉地睡去了。坐在他身旁的母亲，这时见着阿贵这般神情，知道他是睡着了，而不是别的什么现象。她不愿意他多劳神，所以她并不向他多说话。她继续拿起工作来，坐在他的旁边，补几针看他几眼，看他几眼之后又补几针……她这时很放心了，因为她相信观世音菩萨隐隐地在暗中保佑。

到了晚上了。

……阿贵的父亲王兴盛今天推了半天的小车子，只得了四角小洋的代价，若这四角小洋的代价，是平平安安得来的，那么王兴盛今天也够高兴的了，因为四角小洋并不算少呵。往常有时一天不开市，连一个铜元都推不着，而今天半天居然也推到了四角小洋，这或者也是因为观世音菩萨在暗中保佑的原故罢。可是王兴盛因为这四角小洋，肩背上吃了七八下木棍，受了红头阿三的一场毒打。王兴盛已经是五十多岁的人了，虽然还能勉强推小车子，但是他的骨头的确是很老了，他又是一个害痨病的人，如何能多吃红头阿三手中打人不顾死的哭丧棒呢？因之四角小洋对于王兴盛虽然是一个很大的数目，而吃了七八下木棍，这对于王兴盛却是一场很大的灾祸。事情是这样发生的：他推了一小车子木器，当他走到四路中间的当儿，忽然呜地一声飞来了一辆汽车，险一点儿把他的车连人都冲倒了。也许是因为菩萨保佑的原故罢，他没有被汽车压死。红头阿三，一个印度巡捕见着这种情景，怒冲冲地跑将上来，先给他吃了几下哭丧棒，然后才开口骂他为什么不知道让路，为什么这样笨……可怜的王兴盛已经被汽车把魂都骇掉了，哪还有胆量向巡捕讲理！他就这样地白白地吃了一顿毒打！倘若王兴盛愿意请医生看看自己的伤痕，买一二副药吃吃，调养调养，那他今天所得到的四角小洋能够分配吗？……他往时虽然也时常领受过红头阿三手中的哭丧棒，但他今天却觉得往时从没有这样地痛过。唉！他没有反抗的力量，他只有很可怜地痛哭！……

天要黑了，王兴盛约摸着再找不到生意，于是就决定将小车子推回家来。在路上想起适才红头阿三对于他的欺侮，不禁暗自流泪。肩背上的伤痕虽然还没有到出血的地步，然而是很重的，经受汗液的洗濯，越发痛得厉害。他觉得他不应当受这种无道理的欺侮，但他毫不起一点反抗或报仇的念头。他只叹他自己的命运是应该如此的。有什么办法呢？没有办法！反正穷人生来就是要吃苦的。忍受罢！唉！只有忍受，没有办法！……他只是这样地想着，他，脑筋也只会这样地想着，从没发生过别的什么不安分的念头。

“老王！你回来了？”

当他推着小车子走到离家不远的当儿，迎头遇着了一个相识的工人，这个工人先向他打招呼。老王是一个很和气的人，每逢与人说话的时候，总是带着满脸的笑容。今天的肩背上虽然有很重的痛伤，虽然满肚子不快活，但他一见着这个工人向他打招呼，也就即刻笑着答道：

“呵！我回来了，阿四。你已经下工了么？”

“不，不是，我今天没有上工。你知道吗？你的儿子已经被厂里开除了。”

“什么呀？”老王这样惊异地问道，脸上已经变色了。

“你的儿子被厂里开除了。”

好一个消息！好一个消息！……老王听了阿四的话，身体几乎凉了半截。他感觉到天大的灾祸落到他的身上了。他又如中了魔一样，一句话也说不出来，只直挺挺地痴立着如木鸡一般，两眼望着阿四。阿四见着他这种神情，不明白他这时精神上所受的打击是如何地巨大，便不十分注意地离开了他，又走自己的路去了。老王痴立了几分钟之后，重行推起小车子走回家来。当他走到门口的时候，他的小车子向门旁边一竖，不做声不做气地走进屋内，向门后边一个小木凳子上坐下。他就同没有看见屋内的人一样。躺在竹床上的阿贵还没有醒来。阿蓉见着她的爸爸今天回来这种不高兴的样子，也不敢上前去亲近他，只远远地向他望着。这时他的老婆正在烧晚饭吃呢，她见着老王回来了，便离开灶台走到老王的面前，与他打招呼。

“你回来了？今天推了多少钱？”

老王用双手搂着自己的头，两眼向地上望着，如木头一样地坐着不动。她见着他不回答她，摸不着头绪，便又高声地问他一句：

“你，你今天到底是怎么着了？为什么人家问你的话，你连回答都不回答一声呢？”

老王还是依旧地不答。她看见这种神情，知道又有什么不好的事情发生了，便不敢再问他。她重复回到灶台后坐下，几乎也变成痴呆的人了。她这时不知道做什么事好，暗暗地觉得有什么可怕的灾祸快要到临了，或者已经到临了。她真不知道将要怎么办了：你看，一个没了，又是一个！阿贵回来时几乎要骇死了人，红头赤脸的，而他回来又这种样子，令人一点儿头绪都摸不到，这，这这，这倒如何是好呢？……莫不是今天真个是什么黑道的日子，遇着什么鬼了？不然的话，为什么一个个都弄成这个样子呢？唉！穷日子都不能安安稳稳地过下去，偏偏生出许多花头来！唉！这真是要人命，活要人命呵！……她不禁很伤心地哭起来了。

“你还不知道吗？”

老王抬起头来，忽地很苦丧地问了这一句，这可把他的老婆骇了一跳。她停止了哭，两眼看着她的丈夫，半晌才反问一句：

“我还不知道什么呢？”

老王重新又把头低将下来了。这时屋内已经暗黑了，深深地陷入沉寂的空气里。沉寂里只闻着阿贵在竹床上翻身的声音。阿蓉见着她的爸爸和妈妈的这种样子，一颗小心也为之跳动，很模糊地猜到有什么不好的事情发生了，因之也静立在板门的旁边，不敢多说一句话。但是阿蓉终归是一个小孩子，她的肚子饿了，她要吃饭，不能再跟着她的爸爸和妈妈沉默下去了。

“妈！我饿了，我要吃饭。……”

阿蓉的话将沉寂无声的空气打动了。老王随着阿蓉的话音说道：

“你还不知道吗？阿贵被厂里开除了。”

他的老婆听了他的话，沉吟了半晌，似答非答地叽咕了一句：

“呵！阿贵被厂里开除了！”

她又重行沉默下来了。这时她的一颗心似乎被浆糊糊涂住了，想不出说什么话为好。如此，在表面上，她似乎并不曾受了这个消息的打击，但是在内心里，她，唉！她简直表示不出她的悲痛来。她这时实在说不出话来。她有什么话可说的呢？呵！事情是这样地完了，完了，没有希望了！……

“妈！妈！我饿了，我要吃饭呀！”

阿蓉的妈还是不理她，最后她走到她的妈跟前去了。她要求她的妈给她饭吃。这时大约老王也觉着有点饿了罢，便也就说道：

“开饭吃罢！”

老太婆听了他的话，便起身将煤油灯点着，不则声不则气地将饭菜摆到屋中间一张矮木桌子上来。阿蓉拿起饭碗来就吃，两只小眼向着菜碗里望，就同菜碗里盛着满满的有味的好吃的肉一样，她巴不得一下子都吞下去，其实那里并不是肉，并不是什么鸡鱼鸭，而是些油盐不足的白菜。

“阿贵不起来吃饭么？”老王问。

“不，他不久已经吃了一点东西，现在让他睡罢，他病了。”

“他真病了吗？”老王很不安地这样问他的老婆，可是她这时就同要哭的神气，似乎悲哀地在想什么，没有答他。他看着她的这种可怜的样子，便也就不再问下去了。他又不禁暗暗地在可怜她：可怜的老太婆，真是受苦的命呵！……

他们静默地吃了晚饭，就到门外边坐着乘凉。这时大地乌黑得可怕，一点风都没有，闷燥得令人难耐。两夫妻都低着头各想各的，唯有阿蓉坐在她的妈妈的旁边，一点儿也不思想，两只眼睛只有趣地望着西北角上的，那远远的飞射着的金色的闪光。

这时屋内竹床上的阿贵，似乎是已经醒来了，但是浑身烧得如火炉一样，弄得头脑昏乱，神思不清。他似乎是要起来，然而没有起来的力气；似乎要喊人，然而只能口张一张，喊不出声音来。他是在朦胧的混沌的状态中，脑海中并没有什么很清晰的波纹。也或者可以说，他是在半死的状态中。……

老王这时是在深想自己的悲哀的命运：一从生下地来就没有过过一天的、好日子！推了一二十年的小车子，劳苦了一辈子，……现在阿贵稍微能够挣点钱养家糊口，穷日子稍微过得舒服些，不幸又来了这么一下……被开除了！……唉！这简直怎么了！……都是阿贵自己的不是！厂里不开除别人，为什么单开除他呢？这可见得是阿贵自己的不是了。我老早就听到一些风声，说他在厂里干什么工会的事情，反对什么资本家……呵！这样反对资本家才反对的好，把自己的饭碗都反对掉了！唉！胡闹！生来就是当工人的命，生来就是受苦的命，好好地在厂里做工也就罢了，偏偏要干些什么不相干的事情，什么工会，唉！不安分！……

老王的老婆所想的倒偏于乐观的一方面：好歹总有菩萨保佑，没有什么可怕的。也许明天到厂里哀求一下，阿贵还是可以回到厂内做工的？也许这个厂里不要他了，他还可以到别的厂里做工去？真要没有办法的时候，也可以推小车子……反正有菩萨保佑，总不会饿死，只要良心存得正。阿贵这小东西的良心该多么好，难道说他还会饿死不成吗？不会的！不会的！……

她又决定了，今天晚上临睡觉的时候，应当在观世音菩萨面前好好地烧几炷香，多磕几个响头，求她老人家保佑。她相信观世音一定会保佑她，保佑她的丈夫，保佑她的阿蓉，尤其保佑她的亲爱的儿子阿贵。她不十分相信别的菩萨，但她相信观世音菩萨可以说是到了极度了。她每每向人说：观世音菩萨是不可不信的呵！她真灵！我有几次梦见过她，她是一个白发苍苍的，和蔼可亲的老奶奶，有时白天我也见着过她显圣……当她这样说时，就同她真看见过了观世音菩萨一样。但是她真看见过了么，只有天晓得！

轰轰轰……喀嚓……轰，轰……雷声逼近了。这两位可怜的夫妻的沉思，被响亮的雷声所震断了。这时又起了风，很大的风，接着就落下稀疏的很大的雨点。

“呵呵，下大雨了，快进去，外边不能够坐了。”

他们刚一进门，大雨就如倾盆也似地下了起来。他们将门关上，但是因风刮得太大了，两扇板门几乎有抵抗不住的形势。两间茅屋似乎被风雨击动得乱晃的样子，就同快要倒塌了。木桌上的煤油灯被风吹得忽明忽暗。这时屋内的闷热的空气渐渐地消散了，顿时凉爽起来。大家感觉得爽快异常，但同时又惧怕这两间茅屋真莫不要被这般大风雨所根本推翻呢。那时才是真正的糟糕！那时才是真正的灾祸！

“妈！妈！那墙角上漏，漏雨！”阿蓉指着墙角这样说，老王听了这话，向前一看，果然漏雨，并且漏得很多。他想道：唉！真是倒霉！这真是如俗语所说“祸不单行”呀！天老爷故意与我们穷人捣乱！若果这两间茅屋真正地要倒塌了，那时倒怎么办呢？唉！我的天哪！……

“阿蓉的妈，快拿盆来接着，慢一点，这屋内快要成了河呢。唉！天老爷真是故意与穷人为难呀！”

阿蓉的妈听了她丈夫的话，即忙将洗澡的木盆拿上去接漏雨。幸而只有这一处漏雨，若漏雨的处所太多了，纵使不将屋子漏得倒塌，但怕真要把屋内弄成河流了。

这时凉爽的空气将阿贵身内身外的热度减低得多了，他于是有点清醒过来。他的两眼，已将烧得透红的两眼，睁开望一望，他看见屋内的情景甚为诧异，不明白发生了什么事情。他想说话，但觉喉咙很痛，很不容易说出话来。他哼了半晌，才哼出来一句话：

“妈！我渴了！……”

当他喝了一碗凉水之后，他的神志更为清醒了。他虽然没有力气多说话，但他已经很明白地知道他现在是病了，是躺在竹床上。他看见他的父母的愁容，知道他们完全都是因为他，因为他一个被工厂开除了的，而现在病了躺在竹床上的儿子……他于是很清楚地想起日间的事了：他今天早晨是如何地预备进工厂上工，如何地走进工厂的大门，如何地被张金魁喊住，如何地被张金魁欺侮了一顿，如何失望地走出工厂，当时心中是如何地难过……他不禁很深长地叹了一口气。

“阿贵！你到底怎样地就被开除了？”

阿贵不回答他的父亲。老王接着又说道：

“不开除别人，单将你开除了，真是怪事！为什么单将你开除了呢？啊？”

阿贵还是沉默着。

“他现在身体不舒服，请你别要苦苦地追问他罢！等他好了，你再问也不迟呀！”

老王不听老婆的哀求，又继续地说道：

“我晓得，呀，我晓得。大约是因为什么工会的事情……唉！你倒不想想，资本家是怎么能够反对得了的！你不问三七二十一，仗着自己的血气乱闹，真乱闹的好，现在把饭碗都乱闹掉了！……”

老王停了一忽，声音略放低一点，又继续地说道：

“我们穷人生来就是穷命，应当好好地安分守己，有碗饭吃，不会饿死就得了，哪还能做什么非分的想头呢？我们穷人只好吃亏，只好受一点气，没有办法。譬如我今天受了红头阿三的一顿毒打，到现在我的肩背上还在痛，想起来，这都是我自己的不是呀。……”

“怎么？你今天受了红头阿三的一顿毒打？”老王的老婆很惊异地问他，他很平和地，如同不关紧要地，回答道：

“可不是吗！我的肩背上现在还在痛呢！我们生来就是穷人的命，只好忍受点，是的，只好忍受点。”

他沉默下去了。他的老婆痴呆地望着他，也不说一句话。

阿贵起初听见他父亲的话，似乎觉着也有点道理：也许是我自己的不是罢？也许是因为我太不安分了罢？也许我不应当干什么工会的事情，现在连饭碗都干掉了，不但我自己受累，而且连累了一全家……这倒怎么办呢？事情是已经不可挽回的了！……他已经预备在他的父母面前，承认自己的过错，千不是，万不是，总是我王阿贵自己的不是。

忽然日间蚂蚁的事情飞到他的脑海里来了。他想象起那小蚂蚁与黑色的蚂蚁斗争的情形，那小蚂蚁英勇不屈的气概，他不禁打了一个寒战，接着他似乎陷入万丈深的羞辱的海里，羞辱得要死了的样子。他想道：怎么啦？我连一个小蚂蚁都不如吗？不如一个小蚂蚁，还算是一个人吗？啊？我被开除了，难道说这是我的过错吗？张金魁献好于资本家，把我弄得开除了，我就此能同他算了吗？他这般地欺侮我，我真能就好好地忍受下去吗？不，不，绝对地不能！我一定要报仇，我不报仇我就不是人呀！我连小小的蚂蚁都不如！……我没有过错，我一点儿过错都没有！……

他的忿火燃烧起来了。他的心窍似乎迷惑起来了。他隐隐地似乎看见那只小蚂蚁在笑他，在鄙视他，接着他看见了许多许多的小蚂蚁都在笑他，在鄙视他。呀，不好了！无数的小蚂蚁爬到身上了，钻进到他的耳里，鼻里，口里，似乎又钻进他的心里去了。他觉得痛痒得难过极了，他就同着了魔，疯狂地乱叫起来。他承认蚂蚁们是在惩罚他，他于是哀求地叫道：

“哎哟！请你们离开我罢！我一定报仇就是了，我一定去杀死我的仇人，我一定去杀死张金魁！……”

两位老夫妻看着阿贵无缘无故地忽然乱叫，手足乱动起来，就同疯了一样，不禁惊骇得对望着，连话都说不出来。还是阿蓉首先问道：

“妈！妈！阿哥是怎么着了呀？”

阿贵忽然跳下竹床，口中嚷道：

"好！好！我去报仇，我去杀我的仇人！……"

他说了这话，即跑向门前，要开门出去。这时大风雨还未停息，屋外就如万马奔腾的一个样子。两个老夫妻见着阿贵开门要出去，这可是惊骇得要命，连忙上前将阿贵抱住，不让他开门。小阿蓉见着这种情景，骇得哭起来了。

"你，你怎么了？你疯了吗？外边这样大的雨！……"

阿贵的母亲说着说着，同她的丈夫又把阿贵推到竹床上坐下来了。阿贵这时似乎明白了。他定一定神，向他的父母看了一看，又将头低将下去了，不说一句话。过了一忽，他的父母见着他平静下来了，这才将手松开，稍微放了一点心。最后，他的父亲轻轻地向他问道：

"阿贵！你是怎么着了？啊？"

"没有什么，爸爸！我适才做了一个梦！……"

二

唉！这简直是什么世界！

六月里的风雨来的时候固然很突然，可是消散的时候也很迅速。昨夜的暴风雨几乎延长了大半夜方行停止，今天早晨又重新是清朗无云的天气，不过比昨天凉爽得许多了。

照着阿贵的父母所猜想，阿贵幸托菩萨的保佑，在夜里没有发生什么令人可怕的事情，很平安地过去了。今天早晨起来，他俩看见阿贵的神志甚为清白，心中异常地安慰，如卸了千钧重担子也似的。他俩似乎忘却阿贵的罪过了，或者因为怕引起他的心境的不安，关于昨天的事情，连一个字都没有提起。这一对可怜的，穷苦的老夫妻只有这一个儿子，虽然一时地甚为恼恨阿贵不该不守本分，弄得被厂里开除了，可是爱子的心，终归是把这一种恼恨压低下去。他俩只有这么一个儿子，倘若将阿贵责备狠了，逼得阿贵弄到别的差池来，那将如何是好呢？而况且阿贵又在病中，病人是不能受气的。他俩想道，阿贵虽然现在一时被厂里开除了，没有工作了，难道说就此永远没有工作了吗？不会的，绝对不会的！阿贵并不是一个无用的傻孩子，无论如何，是可以找到事情做的。……因此，他俩慢慢地也就将昨天的事情忘却了。他俩是指望阿贵养老的，是的，他俩应当好好地爱惜阿贵，不要使阿贵生出什么不幸的差池来。倘若阿贵有了什么不幸。那他俩这两条老命怕也是活不成了呵！阿贵若死了，那他俩将依靠何人呢？岂不是老来更要受罪吗？而况且阿贵被厂里开除了，这恐怕也不尽是阿贵的过错，也许是张金魁这小鬼故意要害他，你看他那一脸横肉，一双鬼眼睛……是的，恐怕是这小鬼做的怪，阿贵是没有什么过错！……

现在一对老夫妻只希望阿贵的病早些好，早些康健起来。就使阿贵现在没有工作，闲着手坐在家里，但他若能康健地坐在家里，那倒也没有什么，怕的是他有病，怕的是他发生别的不幸的花样来。……不过因为阿贵失了业的原故，这两位老夫妻要更加努力地挣钱了。阿贵在工厂做工的时候，还可以领到工钱养养家，但是现在？现在阿贵在家里坐着，他是要成为被人养活的一个人了。因此，阿贵的父亲不得不将小车子推出去早些寻生意，阿贵的母亲，虽然她那一双烂红的眼睛妨碍她工作，不得不将盛着破补绽的竹筐子早些提将出去，到处去寻问：

“要补衣服么？要补衣服么？”

生活是这样地艰难！钱是这样地难挣！阿贵的一家所消费的数目是非常地微细，但因为要维持这点微细的消费，他，他的母亲，他的父亲，不得不拼命地如牛马一般地工作，不得不尽自己的力量可怜地去探求！……

阿贵与他小妹妹阿蓉留在家里。

阿贵今天早晨起来，虽然他的神志恢复了常态，但他觉着四肢无力，软弱得非常，他从没有这样地软弱过。他深恨自己太不中用了：“为什么小病了一场，就弄得这样地软弱起来？从前虽然也小病过，但不过觉着不舒服而已，一时地就过去了。但是现在？现在弄到这般软弱的地步，两条腿几乎都没有移动的力气，真是万万料不到的事情！也许我瘦了不成人形了罢？……”他于是想起来他还有一块小镜子放在贡桌的抽屉里面，何不拿出来照一照呢，看看到底瘦成了什么样子。当他拿起小镜子一照时，他见着镜子里面是一个不相识的面貌：头发蓬松着如囚犯一样，面色红而黑，一双眼睛深深地凹进，显得是非常大的眼睛，两颊瘦削得可怕……喂！这是谁呀？这简直不是阿贵了。阿贵还能记起从前的面貌：头发梳得很光润，面色虽不十分白，然而也并不黑得讨厌，两颊是很丰圆的，一双清俐而有神的眼睛……但是现在这镜子中的人？这简直是鬼了！但是阿贵素来不十分相信有鬼，而况且纵是有鬼也只能在夜里出现，哪能大清早起就有鬼呢？阿贵一刹那间似乎真看见鬼了，但他即刻就觉悟到了，这不是鬼，也不是别人的面貌，这正是他自己，这正是拿镜子自照的王阿贵。阿贵不禁长叹了一口气，“唉！我现在变成了这个样子！……”

阿贵起了床，踉跄地走出门外换一换空气。这时朝阳初现，草上的露珠在阳光的辉映中闪耀着，空气是异常地新鲜。他振一振肩背，伸一伸手腕，向着朝阳长长地呼吸了几口气。他这时觉得异常清爽，就如同从黑暗的，空气窒闷的，深沉的牢狱里初出来一样。往日他一起身即胡乱地吃了饭，吃了饭之后，即匆促地离家走入工厂的大门，并没曾注意过这可爱的朝阳，这鲜明的露珠，这令人清爽的空气。但是今天他却感觉到这些了。他似乎才开始感觉到自然界的生趣，似乎第一次感觉到早晨的好处。他这时很奇怪，为什么往日天天起早都没有感觉到这些呢？难道说今天的早晨是特别的吗？……

他呼吸了几口气之后，觉得清爽极了，因之他很满意，他很满意他今天能够感觉到他往日所感觉不到的东西。

呜！呜！……他听见了工厂的烟囱吼叫了几声之后，慢慢地，很不愿意地将自己的目光挪到那工厂所在的方向去。他看见工厂的房屋了，他看见烟囱突突地冒着乌烟了，他又遥遥地听见工厂内的机器声……他不禁深深地叹了几口气。他一方面似乎很高兴地脱离了这种特别的牢狱，在这个牢狱中他消磨了他的黄金时代——儿时的光阴，一直到现在他才脱离了它，才能感觉到这清晨的美丽，但他一方面又想到……呵，他不愿再往下想去，因为他很怕再往下想去关于他以后的事情了。他将来怎样生活呢？做什么事好呢？还是到别的厂里去找工作？还是如父亲一样推小车子？还是去……呵，他真不愿意再往下想去了，因为这很苦恼他。

阿贵向着工厂叹了一口气，又无精打采地走进屋内来了。这时阿贵的母亲已经把早饭烧好了，叫他吃饭。在吃饭的时候，他暗暗地瞟看他的父母，——他俩老是沉默着不说话，也不向阿贵身上注意，似乎阿贵并没弄出什么事情的样子。但是在他俩的面容上，都有很深的忧郁的表情，虽然他俩勉力地做着如平常一样的态度，不愿对于阿贵加以丝毫的苦恼，但是阿贵在他俩的面容上，却深深地感觉到他俩的心境是如何地苦痛，是如何地不安。阿贵想向他俩述说自己在厂里的经过，想说几句话来安慰他俩，可是不知为着怎的，只是没有说出来。惟有天真的小阿蓉，她不知道忧愁，不知道烦恼，更不知道计算。她只要有饭吃，至于她吃的这饭是从什么地方来的，是不是她的父母用尽血汗换来的……她实在问不着这些。不过她的命运并不算好，她有时一颗小心灵也深深地感觉到苦恼：别人家小孩子时常穿新衣服，时常买糖果吃，时常买好玩的东西，可是阿蓉只能看着他们，只能羡慕他们。她实在不明白这个道理：为什么别人家的小孩子都有好衣服穿，糖果吃，东西玩呢？我的爹爹妈妈为什么不买给我呢？难道说我的爹爹妈妈不疼我吗？……

饭吃完了之后，阿贵看着一对可怜的老父母匆促地出门去了；母亲拿着盛着破补绽的竹篮子，父亲推着小车子。

“阿贵！你留在家里，与小妹妹看门。”

阿贵听了他母亲临行时的话，心中不禁又难过，又害羞。难过的是：母亲那一双红烂的眼睛，那一副可怜的老太婆的相貌……父亲的憔悴的形容，那表现他因为推小车子而练成的驼背……这么大的年纪，身体又这么不康健，而还是天天劳苦个不休，想起来好不令人难过呵！难道说他俩真个生来就是穷苦的命？唉！他俩从没有过过好日子，从小到老一直在穷苦灾难之中这样地生活着，这样可怜地生活着！……害羞的是：喂！我阿贵留在家里？儿子留在家里，让年老的父母出外劳苦去？我还能算是一个儿子吗？我不但不能挣钱养家，而反使他俩老人家吃苦受累，这是从何说起呢？我是他俩的儿子，唉！我枉为他俩的儿子了！……阿贵想到这里，一颗心如被滚油煎熬着也似的，脸上和身上不禁出了一阵冷汗。往时在工厂里做工时，尤其是在炎热的天气，觉得非常地吃苦，虽然是无法可想，但是总想设法休息休息。今天阿贵是在家休息了，照理是不应感觉着什么痛苦了，但是他这时情愿在厂里做工，情愿吃那炎热的痛苦，而不愿留在家里闲坐着。他这时所感觉的痛苦，是更为令人难以忍受的痛苦，是为他往日所未感觉得到的。

阿贵拿起一张小矮短的木凳子，放在门口，背靠着板门坐下。他走入深沉的幻想里，将两眼闭着，似乎睡熟了。他这时并没想起他的小妹妹，因之这时他的小妹妹在做什么，他也没有注意。

“阿哥！阿哥！你看这墙根底下有很多的蚂蚁在打架呢。黑蚂蚁，黄蚂蚁……”

呵！蚂蚁？蚂蚁在打架？……阿贵在深沉的幻想中，被他的小妹妹唤醒了。他不禁全身震动了一下，如听见了什么惊人的消息也似的。他没有回答他的小妹妹了，可是接着他又听到他的小妹妹叫道：

“阿哥！阿哥！快来看，它们打得真好玩呢！”

阿贵很惊颤地回答了一句：

“好，你在那里好好地玩罢！”

阿贵这时想起昨日蚂蚁的事来了：那一只大黑蚂蚁的无礼，那小蚂蚁的英勇的气概，不屈的精神……他的身心渐渐颤动得很厉害了，同时他觉得被羞辱所包裹着了，难过得非常。他想道：“怎么？我连那一只小蚂蚁都不如吗？蚂蚁被它的同类所欺侮了，还要拼命地抵抗，我是一个人，唉！我是一个人呵！我受了人家的欺侮，难道就这样地算了吗？喂！我这个人，我这个人，我这个人连一只小蚂蚁都抵不上呵！……是的，我要报仇，我要不报仇，我就不能算是一个人，我应当投到粪池里淹死掉！我有什么对不起张金魁的地方？他为什么要效力于资本家，这样苦苦地害我，我难道就这样地放他过去吗？我一定要做死他，是的，我应当毫不迟疑地把他弄死！……唉！这小子也不知道害死了多少人，他害死了我亲爱的朋友李全发，害死了那没有一点罪过的沈玉芳先生……”他想到这里，忽然沈玉芳的往事复现在他的眼前了。

这是今年正月底的事情。S 路 T 里内开设了一所平民义务学校，分日夜两班。这所学校是谁个开办的？经费从什么地方筹来的？关于这些事情，谁个也不晓得。不过因为学校是义务的，所以一般工人子弟进校读书的很多。阿贵是一个很聪明的年轻工人，很早就想读点书，认得一点字，他常常感觉到不认字的痛苦，因之他读书的心非常地切。可是他是一个工人，始终没有读书的机会，不过空想想罢了。

阿贵听到 T 里内开设平民义务学校的消息，不禁高兴得非常。他所想的读书的机会，现在是临到了，于是他报名入了夜班，——日班他是没有工夫读书的，因为日里他为工作所羁绊着了。当他初上第一堂国文课的时候，教师是一个约莫二十二三岁的女子，——这个是女学生的装束，穿着一身很朴素的，然而又很雅致的衣裳；她的面孔是圆圆的，很白净的，两眼笑迷迷地显出很和蔼而可爱的神气。她的身体似乎很瘦弱，然而她的精神却很壮健。在未上课之前，她先说了一些勉励学生的话，她的声音是很温柔，然而同时又是很响亮的。她所说的大意如此：我们因为穷人没有读书的机会，所以才开设了这一所平民义务学校。希望你们进了学校之后，好好地诚心诚意地读书，千万不要儿戏。现在只有有钱的人有读书的机会，而穷人是没有的，因之社会上一切事情只有有钱的人知道，只有有钱的人去问，而我们穷人就如傻子一样，听着他们摆布。可是现在我们既然有一点机会，我们就应当好好地来读，就应当把自己的知识增高起来……

在这一位女教师演说的时候，阿贵的两眼瞪着她在电灯光下一张嘴动，只见着她忽而温和，忽而又严厉起来的神气，——阿贵表面上似乎也注意听她的演说，其实他几乎一点儿都没听见她说些什么。阿贵这时只是沉入于痴想的渊底了："这是一位小姐，也许是那家的少奶奶？也许是在大学堂读书的女学生？这个学校是乎民义务学校，我们来念书的又不给钱，可见得她是白教书的了。她为什么要来白白地教书？难道说有什么好处？坐在家里当小姐少奶奶不好，为什么来与我们这些穷人打混？奇怪得很！我简直一点儿不明白，怪事！……她是这样地和蔼，是这样地可爱，但又是这样地庄严，我真是很少见过这种样子的女子。奇怪的很！居然有这样的女子来教我们穷人的书！……"是的，阿贵这时简直不明白他眼中所看见的女子是什么样的人。但是阿贵觉着这位女教师第一次所给他的印象，他将永远地保留在自己的记忆中，无论什么时候都忘却不掉。

从此阿贵就成为平民义务学校的学生了。他越与这位女教师熟识，越与她亲近些，越感觉到她是一个非凡的女子。她的笑容，她的说话，她的动作，以及她的一切，阿贵都觉得是神圣的。阿贵觉着她是一个非常可爱的女子，同时又是一个非常可尊敬的女子。阿贵在自己短小的生命史中，从没有感觉到自己是幸福的时候，若这个幸福的时候是有的，那恐怕就是他与这位女教师说话，或是他看见她的笑容的时候了。女教师无论待那一个学生，都就如同母亲姊妹或是朋友待自己的儿子兄弟或是朋友一样。阿贵的天真，聪明，忠实，格外地引起女教师的注意，因之她常微笑地向阿贵说道：

"阿贵！你很好，好好地读将下去罢，你是很有希望的！"

阿贵听了女教师对于自己夸奖之后，更异常地努力起来，这时恐怕是他一生中最幸福的时候了。有时女教师用很温柔的，很挂念的口气，问起阿贵家中的情形，工厂中的待遇……当阿贵很细心地向她述说了之后，她常常很深沉地叹道：

"唉！这简直是什么世界！这难道说是人的生活吗？呵！这样是不能长此下去的！……"

这话并不是对阿贵说的，但是阿贵听了这话，却深深地感觉到她的心灵是如何地为着他，为着他的父母，为着一些劳苦的穷人在忍受痛苦呢。从没有人曾这样温存地问过阿贵的话，曾这样注意地挂念阿贵家中的生活，因此，阿贵待她不但如先生一样，而且暗暗地感觉到她是一个，呵，是一个什么呢？阿贵很明显地也并没曾当她是一个恰当的什么人，不过他总觉得她是一个为他所最敬爱的一个人，也许在无意识之中，他当她是自己的姐姐，母亲，或是那个为母亲常说起的观世音菩萨罢。自从进了平民义务学校读书之后，因为一些教师们都是无神论者，所说的都是一些无神的话，阿贵慢慢地也就不相信起神来了。他曾如他的母亲一样，深深地相信过观世音菩萨，但是现在他却以为这是愚蠢的事了。他觉悟了："一切什么菩萨，什么神，都是骗人的，都是不存在的东西。如果菩萨真正是有的，那他们就应当保佑善人，保佑不做坏事的人，但是在现在的世界上，好人，终日劳苦的人反来受苦，而恶人，例如我们的厂主，例如张金魁这小子，例如……他们偏偏有吃有喝有穿的，快活得要命，这到底是怎么一回事情呢？照这样看去，菩萨简直是穷人的死对头了，我们还相信他干吗呢？呵！打倒菩萨！打倒一切什么观世音什么观不音的！……呵呵！也许观世音是真有的？那么她的化身一定就是这位沈玉芳先生，我们的女教师罢？呵！她简直就如母亲所说的观世音菩萨一样！这么样好良心的女子！……"不过沈玉芳终究是个人，并且是一个很反对神的人，时常向阿贵解释观世音是没有的，因之阿贵也就不能断定她是观世音的化身了。如果沈玉芳是观世音化身的话，那她怎么会反对她自己呢？

阿贵很会思索这个道理，虽然他相信沈玉芳就如他的母亲相信观世音一样，但他很明白在沈玉芳与观世音中间，到底是没有什么关系的。

同学之中与阿贵最交好的，要算是李全发了。李全发也是S纱厂的工人。他的年纪略比阿贵的大些，这是一个很精明强干的青年，做事异常地认真。在知识方面，他比阿贵发展得多了，也就因此，阿贵对于他暗暗地怀着敬意了。

阿贵渐渐地觉察到沈玉芳与李全发多亲近些了。她有时将李全发喊到楼上，或离开课室较远的地方，秘密地，轻轻地，与他说一些似乎又亲近又很秘密的话。照着他俩的情形，并不像有什么爱情的关系在内，但是他俩是这样地亲近，说话是这样地秘密，这却使阿贵暗暗地感着不快。他想道："为什么沈先生这样地与李全发亲近呢？李全发差不多同我一样，为什么他俩说话要避开我呢？难道说他俩有什么爱情的关系？不像！不像！绝对地不像！但是他俩为什么要这样的呢？沈先生也许讨厌我罢？也许她看不起我罢？不过我同李全发差不多，为什么单要看不起我呢？也许他俩秘密地有什么事情？这种事情是不能公开的？也许，也许……不过为什么要瞒着我呢？沈先生叫我做什么事情，我难道不去做吗？我一定会去做的！只要李全发可以做的事情，我王阿贵也是可以做的，但是沈先生为什么不叫我做呢？……"阿贵想来想去，不能解决。他有时想公开地问问李全发，到底他与沈先生做些什么事情，可是阿贵不知因为什么，终究胆怯地没有问出来。他这时的心境似乎吃醋又非吃醋，抱怨又非抱怨，羞辱又非羞辱，说不出是一种什么滋味。他有时想道，沈先生所以不相信他，是因为他自己不如李全发，是自己的不好……他不禁又有点悲哀了。

后来还是李全发先向阿贵解释他与沈先生的关系。他说，沈先生并不是一个平常的女教师，而是一个女革命党……他说，厂内有几个工友已经组织了一个秘密团体，倘若阿贵愿意的话，也可以加入……

"你真是浑蛋！为什么不早向我说呢？怪不得你们鬼鬼祟祟的，弄得我莫明其妙呵！你真是浑蛋！到现在才向我说起，你难道说还不相信我吗？"

阿贵听了李全发的话，这样地反责问他。李全发当然表示非常的满意，从此就把阿贵介绍到所谓秘密的团体里边去了。在每次的会议中，阿贵能更亲近地与沈玉芳谈话，能更明了地认识沈玉芳是一个什么人，因之对于沈玉芳更加爱敬起来。在别一方面，说也奇怪得很，阿贵自从进了团体之后，似乎渐渐地觉到自己是一个成人了，而不是一个很平常的，什么世事都不知道的小孩子。关于这一层，不但阿贵自己觉到，就是阿贵的父母也渐渐地觉到了。一对老夫妻时常暗暗地说道：

“奇怪的很！阿贵近来说话，行动，都变了样子。菩萨也不相信了，什么都不相信了。你看，这样地读书读得好！读得连菩萨都不相信了！……”

一对可怜的老夫妻当然不能明了阿贵内心的变迁，只能感觉着奇怪而已。他俩的年纪已经太大了，因之他俩的脑筋被旧的锁链束缚得紧紧地，无论如何，不会想到一个人如何能不相信菩萨而生活着。尤其是对于阿贵的母亲，她若不是相信有菩萨在保佑她，她恐怕久已离开人世了。

……今年四月间，S埠发生了空前的政治的变动，阿贵参加过几次群众示威的运动，亲眼看见许多工人——这其间也有老头子，老太婆，年轻的小姑娘，很小很小的小孩子……大批地被枪杀的枪杀，刺伤的刺伤，逮捕的逮捕，种种无人性的惨象。阿贵幸而逃脱了一条命，然而他的悲愤，呵，他的悲愤非言语所能尽！他曾几次地痛哭过。

“呵呵！这样革命革得好，连我们穷人的命都根本革掉了。喂！造他娘！我们非干不行，终久不过是一死而已！……”

这时沈玉芳还是继续她的秘密的工作。

一天晚上，沈玉芳正在讲堂上课的时候，张金魁带领五六个巡捕将她捉住了。李全发见着神情不对，即刻想设法逃脱，可是张金魁的眼睛非常地敏捷，已经看见李全发坐在什么地方了。他上前一把将李全发的头发抓住，带骂带讥讽地说道：

“哈哈！你还想跑吗？从今后管教你不再做怪了！我看你去再组织什么工会，再反对我们……哈哈！”

阿贵这时自量自己也是跑不脱的了，不如坐着不动，看他们怎么样处治。却不料他们将沈玉芳和李全发捕住了之后，即开步走出去了。阿贵一方面庆幸自己没有被捕，但一方面看着沈玉芳和李全发就如强盗一般被他们拉走了，心中真是难过得要命，他不禁放声哭起来了。这时上课的学生有二十几个，小孩子也有，成人也有，大家见着阿贵哭起来了，便都哭将起来，就如死了父母一样。阿贵料定他俩的性命难保，不禁想道：“我为什么不跟着他们一块儿去呢？他俩死了，我一个好独活着吗？在这种世界活着有什么意思？真的，不如死了还好些呵！唉！这简直是什么世界！简直没有一点道理可讲了！……这，这张金魁这小子，为什么能这样地下毒手呢？真是一点儿良心都没有了！丧尽天良的狗东西！……”

“阿哥！阿哥！快来看，这些黑蚂蚁被黄蚂蚁打败了呢！黄蚂蚁真厉害！”

一桩一桩的往事正在阿贵的脑海中涌现的时候，阿蓉又将蚂蚁打仗的事情扰乱了阿贵的回忆。阿贵又重新想到昨日蚂蚁的情形。

“就是这样地决定罢！我应当学蚂蚁，我真难道连蚂蚁都不如吗？如果沈先生和李全发死了有知，他俩怕要在地下暗暗地笑我呢。他俩要笑我这不中用的怕死的东西。是的，我要为他俩报仇呵。”

阿贵自言自语地说了这几句话，他的小妹妹只当是她的哥哥叫她，所以走到阿贵的面前来了。阿贵见着小妹妹走来，便把她拉到自己的怀里，用手抚摩她的小辫子。阿贵是很爱小妹妹的，当他每次下工的时候，一走进门来，即要同小妹妹亲热一下，或者将她抱一抱，或者与她亲亲嘴。阿蓉的父母是没有给过零钱与她买东西吃的，但是阿贵却有时给她一个铜板或两个铜板买东西吃，因之她也就很欢喜自己的哥哥。阿贵待他的小妹妹是温柔极了，很少时候打骂她，也就可以说，从没曾打骂过她。有时阿蓉被她的父母打骂的时候，她总是跑到哥哥的怀中，以他为自己的保护者。阿贵很关心小妹妹的生活。他没有哥哥姐姐，也没有弟弟，只有这个小妹妹，因之他很不愿意这个小妹妹吃苦。他以为这个小女孩子生来做他的妹妹，不能吃穿好的，已经是很不幸了，如何还能虐待她呢？而且阿蓉一双伶俐的眼睛，一副圆圆的小面庞，看起来是很可爱的一个小女孩子，阿贵那有不爱她之理呢？

阿蓉很天真地向他哥哥述说蚂蚁打仗的事情，她的两只小手形容出蚂蚁打架时的样子。但是阿贵只是用手抚摩她的小辫子，不曾注意她说些什么。他这时似乎在思维什么，但到底是在思维什么，就是他自己也没有一定的观念。阿蓉起初说得很起劲，后来她看见她的哥哥并不热心听她所说的一些什么，也就慢慢地松懈下来了。最后她扭过脸来，从衣袋里掏出许多小石头子来数着玩，——这些小石头子是她自己拾的，也就是她唯一的玩具了。

这时阿贵似乎感觉到有点对不起小妹妹的样子，但这也只是一瞬间的事。他仍然继续地抚摩着她的小辫子，目不转睛地似乎注视他抚摩着的东西。其实他这时的心境很是茫然，说不出他的确是在想什么。后来他开始回忆过去的事情，然而也就在这时，他又如同做梦一个样子。他似乎一天晚上与李全发一道，也不知因为什么事情，从什么地方来，到什么地方去，——他俩路经四马路，这时街道两旁的电灯非常明亮的很，来往的行人轰轰地拥挤着，就如浪潮一样，很是热闹。他俩走到青莲阁门口，见着上下梯的人们非常之多，似乎楼上有什么特别引诱观众的东西。这时阿贵想道：“这是什么地方呢？莫不是一个很好玩的地方吗？顶好上楼去看一看，看一看上面到底是什么玩意儿……”他想到这里，正要向李全发提议的时候，忽听李全发说道：

“阿贵！你来过这里吗？这里是茶馆，让我们上楼去吃一杯茶去，我渴了。”

“那我们就上去罢!”

当他俩上到楼梯口的时候，就有许多穿着鲜艳的衣服的女人上来欢迎，并且还有许多老太婆，似乎是她们的母亲又似乎不是她们的母亲的样子，共同帮助她们来拉他俩。这时阿贵惊吓得非常，一颗心在内里枯里枯通地跳动起来了：“我的天王爷！这是什么地方呢？这些女人怎么就这样地硬拉人！这还成个什么样子！不如下去罢！这里一定不是好地方……”阿贵还是一个童男，很怕接近女人，这时见着这些如妖精一般的女人来拉他，不禁惊吓得要喊叫起来了。他忽然觉得他的右手被人拿住了，他的腰被人搂住了，他的衣裳被人扯住了，总而言之，他在紧急的包围之中了。他正要喊叫救命的当儿，恰好这时李全发一把把他的左手拉住，横冲直撞地，把他从人中救出，脱离了重围。李全发拣一张茶桌与阿贵坐将下来。这时阿贵的头已经惊吓得昏眩起来了，一颗心还是继续枯里枯通地跳动着。

“阿贵！你吓煞了罢？哈哈哈！……你从前没有来过吗？今天要不是我，老兄，你可是糟了！哈哈哈!”

“你这个人真浑蛋！谁个叫你把我带到这儿来呢？这个地方，唉，真是来不得的！……”

李全发只笑着不答。这时茶房已将茶泡好了，阿贵一边厢拿着茶杯喝茶，一边厢将两眼环视着周围的景象：人声是这样的噪杂，头颅是这样的众多——男的，女的，老的，少的，光头的，有胡子的，粉面的……浑淘淘地摇动着，这逼得阿贵的头更加昏眩了。忽然他觉着一些油头粉面的女人都对着他笑，起初是很谄媚地笑，后来变为苦楚地笑，似乎两眼含着眼泪，要向他哭起来的样子；最后她们的面孔渐渐地青肿起来了，就如鬼一般地向着阿贵狰狞地笑着，这逼得阿贵打了一个寒噤，不敢再看她们了，慢慢地将头低下。他的一颗心这时是在不可遏抑地，苦痛异常地跳动着，同时又如同遇着了什么大危险的事情，吓得他毛发都竖起来了，周身出了一阵冷汗。他是异常地怀疑，苦痛，惧怕，但是他表示不出来。停了一回，他似乎听见右边隔座的人在说话，一个是四五十岁老头子的声音，一个是十四五岁小姑娘的声音，这种声音是异常地娇嫩而可怜，就如同小鸟的哀鸣也似的。

“你的面孔倒很标致的，可是不知道你的那件小东西好不好……哈哈……”

“不要纠缠了！请你老爷到我屋里白相去罢！快去！快去！好不好呢?”

“几块钱住一夜?”

“随你老爷的便罢！……”

阿贵抬起头来，向隔座一看，见是一个五十几岁的，蓄着八字胡的老头子搂着一个年纪很轻的小姑娘，至多也不过十五岁的光景，正在那里调戏呢。老头子用左手抱着她的孱弱的腰，用右手在她的身上乱摩，最后他戏弄她那还未十分发育，因之还未十分突起的两个小乳头，——她并不拒绝这些行动，似乎以为这是很平常的事情。她只是勉强地做着假意的微笑，两只圆圆的小眼睛向他射着哀求的光，用手理他那很硬直的胡子，故意地向他献媚。这时老头子的一种猥亵的表情，及小姑娘的那种可怜的模样儿，引起了阿贵的怀疑与厌恨：这是一回什么事情？这难道说是真的吗？世界上如何能有这等事！呵，这简直是真正地岂有此理呵！……五十几岁的老头子与一个十四五的小姑娘……而且老头子是这般地肥大，小姑娘是这般地弱小……这真正是岂有此理的事呵！……

阿贵一刹那间似乎不相信自己所见的是真实事情。他又重新将头低下，默想这一种异常惨苦的，不公道的现象。

“阿贵！你还在想什么哟！你能这样不关心地看着人家侮弄你的小妹妹吗？”

阿贵听了这话，抬头一看，见着与自己坐在对面的不是李全发，而是沈玉芳沈先生，这却使得他惊异莫定了。这时沈玉芳还是如平素一样的装束，可是她脸上的表情是异常悲苦而严肃的，两眼饱含着泪珠，嘴唇是异常地颤动。当阿贵莫明其妙，正要开口问沈玉芳的当儿，忽又听着沈玉芳说道：

“阿贵，你晓得吗？在这个社会里，穷人家的女子总是要被富人侮辱的，你看你的小妹妹现在是什么样子……”

沈玉芳说至此时，将手往右边一指，意思是叫阿贵顺着她所指的方向望去。阿贵顺从她的意思，便向原来的隔座望一望，见着老头子与小姑娘还在那里调戏着玩呢。过了一忽，靠在老头子怀里的小姑娘将脸转过来，笔直地将眼光射到阿贵的身上来。阿贵起初还不十分惊异，后来慢慢地觉着她的面孔与阿蓉的相似，一等阿贵一觉到这个时，说也奇怪，他便越看她越像自己的小妹妹，这两只圆圆的小眼睛，这两个圆圆的小笑窝，这一个如樱桃也似的小口，这一切……这简直是阿蓉，这简直是阿贵的小妹妹了。“这难道真是我的小妹妹吗？……”阿贵无论如何不能相信他眼前的景象，以为在电灯光底下，或者容易眼花，或者认错了人，于是便将两眼用手揉一揉，看看是真的还是假的，但是审视的结果，这的确是阿蓉，这的确是阿贵的小妹妹。

这时阿贵的忿火暴发了，便不疑惧地走上前去，一把将小姑娘从老头子的怀里拉到自己的身边，接着向老头子开口骂道：

“你是什么混帐的东西，敢这样欺侮我的小妹妹！你这个狗娘养的……”

“阿哥！阿哥！你……你……”

阿贵被阿蓉的声音唤醒了，睁眼一看，见着小妹妹在自己的前面站着，而老头子，沈玉芳，季全发……一切都没了痕迹。阿贵呆了半晌，才渐渐地觉悟到自己适才是在梦里，一切的景象都是不真确的。但是这梦中所见的一切，印在他的脑际非常之深，沈玉芳所说的话，他也是一字一句地记得非常清楚。“在这个社会里，穷人的女子总是要被富人侮辱的！……”阿贵回味这两句话的意思，不禁有点战栗起来了。这时阿蓉见着她的哥哥的这种情形，只是将两个小小的眼珠转动着，猜不透他遇着了什么。阿贵一边厢望着立在他面前的小妹妹，一边厢又回忆着梦中的情形，最后他将她的小头抱到自己的口边，重重地吻几下，深深地叹了几口气。

“在这个社会里，穷人的女子总是要被富人侮辱的！……”阿贵越想越觉得这两句话是不易的定理，他想道：“纱厂的女工有几个是能保持着清白身子的？厂主，帐房先生，管工的，大班，……稍微有点姿色的女工都要忍受他们的侮辱，就是我亲眼也看见了许多。就是张金魁这个浑帐王八蛋，他也就奸污了许多年轻的女工呵！唉！穷人的女子卖了力还不算，还要卖身子！……当娼妓的当然都是穷人家的女子，大半都是因为没有饭吃，逼得没有法子……唉！现在的世界！现在的社会！……”

阿贵想到此地，梦中的情形又在他的脑际盘旋了：五十几岁的肥胖的老头子与十四五岁的娇弱的小姑娘，这个小姑娘最后变成了他的小妹妹了……阿贵不禁大大地打了一个寒战，一颗心也就因之大大地跳动起来了。“那么，阿蓉将来呢？”他这样自问自地问了一句。阿蓉这时本来已离开他了，自己蹲在地上玩着小石头子，忽然听见阿贵说她的名字，便抬头向阿贵望了一眼，但阿贵并不理她，还继续地想道：“阿蓉是穷人家的女子，现在虽然还小，虽然还不能做事，但是将来呢？将来她长大了呢？到纱厂做工去？那她不也要将被人侮弄么？……也许我的小妹妹将来也要当娼罢，这谁个能断得定！……喂！我的小妹妹也要当娼，也要到青莲阁去，也要……喂！无论如何，我不愿意这个！……”

这时阿贵全身颤动起来了，一颗心就如同要碎了的样子。他自己觉得就同快要疯狂的样子，接着他真个渐次地陷入疯狂的状态，就是他自己也不知是因为什么。在模糊的判断力不清醒的状态中，他决定了，“也罢，与其将来受人侮弄，不如现在把她弄死罢！反正早迟都是一死，不过要死得干净！

……”这个决定真是发生得突然，为阿贵平素所梦想不到的决定。阿贵是很爱他的小妹妹的，平素差不多从没曾打骂过她，但是现在他却忽然决定要把她弄死，弄死这个无辜的，为他平素所钟爱的小妹妹，小阿蓉……

“但是怎么样把她弄死？”阿贵又继续地想道：“用刀杀死？用绳勒死？还是……？呵，有了！前头离此地不远，有一个很深的水池，不如把她丢到水里淹死。”阿贵于是很坚决地，毫不疑惧地，这样地决定了。这时阿蓉正蹲在地上玩耍着小石头子，却不防到被她的哥哥一把将她抱将起来，接着她的哥哥就很迅速地走出门去，这却不得不把她大大地惊骇了一下。阿蓉又看见阿贵脸上表情大与寻常不同，他的两只眼睛红得如同要滴出血来的样子，表现出一种怕人的杀气。阿蓉见着这种情形，于是一颗小心灵便感觉到有什么可怕的祸事了，便惊骇得哭将起来。她挣扎着要她的哥哥把她放下来，但是阿贵一言不发地将她紧紧地抱着，飞也似的向着池边跑去。

“阿贵！阿贵！你将小妹妹抱到什么地方去呀？她为什么这样拼命地哭啊？”

“妈呀！妈呀！快来！快快快来！……”

小阿蓉一见着她的妈提着一个竹篮子迎头走来，便向她拼命地喊叫起来，这时阿贵见了他的母亲，不知为什么便即时惊怔了一下，这一惊怔却把他的神志变清醒了。他于是连忙将阿蓉放下，觉悟到自己适才的心境是在疯狂的状态中，不禁脸上发起烧来，觉着有无限的羞愧。他承认他几乎做了一件极残忍的事，差一点害死了自己的小妹妹。……

“阿贵！你到底是怎么一回事呢？为什么不好好地在家里看门？”

阿蓉扑到母亲的怀里，就同得到了救星也似的，而阿贵羞愧得没有答复他母亲的话，只转过脸来，低着头，慢慢地向着那有街道的地方走去。虽然他的母亲喊他，但他连头也不回一下。

三

你应当想怎么样消灭你的敌人，
而不应当想怎么样消灭你自己。

已经是正午了。一轮火热的太阳，这时正是最严厉地显耀着它的光芒，减少了街上来往的行人。空气是这般地热燥，逼得令人只有拭汗的工夫；倘若没有必要一定要在街上行走的话，那街上将见不着一个行人的踪影。这一天是很热的一天，温度达到一百零五度。在这一天因受热而死的很多——听说有一个站岗的巡捕死在自己的岗位上，而有许多黄包车夫正在拖着车前走的当儿，忽然噗哧一声俯倒在地上，就这样吐了几口血，断了气……

这时在炎酷的阳光下，在有名的繁华的 N 马路上，有一个穿着白粗布的小褂裤，一双破鞋，而头上没有戴帽子的青年工人行着，没有目的地行着。他茫茫然地来，又茫茫然地去，拥挤的行人没有注意到他身上，而他的心目中却也没有这些行人的印象。这些行人自然有自己的事务，没有工夫询问这位青年工人，“你走来走去干什么呢?”就作算有人向他这样地询问，那他也将回答不出来为的是什么。有时立在 S 公司玻璃窗外，看看玻璃窗内陈列的一些珍贵的，奇异的，华丽的货物，这些货物他叫不出名字来，也并不知道它们有什么用处，怎么用法，他看看它们也只是很漠然地，毫不动一点羡慕的心情，或者他也有点意识到，这些大约都是有钱的人们用以开心的东西，对于穷人，对于像他这样的穿着粗布的工人，是没有什么用处的，而且穷人也并没有许多时间来摆布这些玩意。玻璃窗内站立着一个美丽的西洋女人，樱唇是那样地红，两腮是那样地柔嫩，两眼是那样地妩媚，两个乳峰是那样地突起，简直如活的美人儿一般。他想来想去，“这难道也是卖的么?”但他总不能决定她的用处。最后他为她假设了一种用处：这大约是有钱的人买去做为白相的东西，也许她能陪着男人睡觉……想至此处，在他的被阳光所晒成的红而黑的面孔上，显出一点笑纹来了。

“猪猡！混帐！你没有眼睛吗?”我们的这位青年工人正低着头向前茫然

地行走的当儿，不意与一个穿着纺绸长衫的，蓄着八字胡的先生，撞了一个满怀，把他手中的一个包裹也撞落在地上了。这使得这位八字胡先生大怒，泼口骂将起来，倘若不是撞了之后回身就走的话，那我们的青年工人一定要吃他几个耳光。我们的青年工人大约知道自己闯了祸事了，所以便回头就走，任着他骂。可是也就因为这一骂的刺激，他才自觉地想道，“我现在在这街上走来走去干什么呢？”他不能给自己一个回答，便决定走回家去。

“猪猡！你娘个造皮呀！压杀你这个赤佬！”当他走至C路欲过街的当儿，忽然呜的一声一辆汽车从他身旁飞过，险些儿就要被汽车撞倒了。他不禁吓了一跳，同时听着有人在骂他，他转脸一看，见是一个印度巡捕走向前来，就像要举哭丧棒来打他的样子，不禁又吃了一惊，不明白为着何事，但他明白红头阿三的哭丧棒是没有理讲的，便即刻跑过街那边去了。

“但是我能够回家去么？”汽车与印度巡捕对于他的惊吓，在别一方面又鼓起他的思想来了。“我回去妈妈不要骂我么？险些儿阿蓉被我弄死了，我简直是一个罪人！我不能够回家去……”他于是又徘徊起来了。他现在把自己当成了一个逃犯，以为做了一件天大的罪过，将永远没有面目见爸爸和妈妈的面，更没有面目见亲爱的小妹妹的面。

“回去干什么呢？”他又想道，“去看爸爸和妈妈一双可怜的苦脸？去回家里闲坐着吃饭？再将小妹妹丢到池里？回去干什么呢？……”他还是一面走一面想着，但他走的路是茫然的，并不是回家的方向。“但是不回家去又怎么办呢？我现在向什么地方去呢？”他有点着急起来了。最后他打定了一个糊涂的主意：“就是这样地在街上闲走罢！走到晚上再讲，让汽车压死了也好，免得活着受罪。汽车压死了之后，爸爸和妈妈还可以得到五十块钱的抚恤费，至少也可以过两个月很快活的穷日子。也好，就拿这五十块钱做为报答父母养育之恩罢！一条命虽然只换得五十块钱，但是我现在活着是一个钱都得不到呵！……”

他于是打定了这样的糊涂主意。主意虽然是很可笑的，但是他却以为这是最好的一条路了，除此而外，他是没有别的出路的。他一面走一面想着，最后决定要将他心中所想的实现出来，便胡乱地胡走起来，从街这边走到街那边，从街那边又走向街这边，很迫切地希望忽地飞来一辆汽车将他撞倒，顶好即时就断了气。不知者看着他这种状态——在街上乱走的情形，一定断定他是在发神经病，或者是一个已经疯了的疯人。一个神经健全的人，绝对不会这样东倒西歪地乱走。但是在实际上，他这时并不是在发痴，而的确抱着一种目的，虽然这种目的是很糊涂的。幸而他现在所走的一条路是僻静的，并没有什么很多的汽车来往，因之，他终没有达到他的目的。也许他的命运注定他不应该死在汽车的底下，也许观世音菩萨在暗地保佑，因为她受了他母亲在家中的祷告，也许……这只有天晓得！

“你不是王阿贵吗？”他正在低着头继续乱走的当儿，忽然听见有人叫他的名字，便抬起头来，定一定神，张一张朦胧的双眼一看，见着自己的面前立着一个工人模样的三十几岁的中年人，戴着一顶草帽，穿着一套白粗布的然而很干净的小褂裤，不似自己所穿的那般龌龊；这时他的面容虽然是黝黑，然而是很和善很同情的，两眼射着诚实而有力的光芒，令人发生深刻的感觉。阿贵向他审视了一下，面相似乎是很熟的，然而一时想不起他的名字来。

“你难道不认识我了吗？两个月前我们还在一块儿办过事情……”

“呵哈！原来是应生叔，一时倒把我糊涂住了。”阿贵现出无限快乐的神情，笑将起来了。“应生叔，我问你，你现在好吗？还是在工会里做事情吗？”

“也无所谓好不好，反正是活着一天就干一天罢了。”张应生带着笑，很自然地说道，“现在我还是从前那个样子，你现在好吗？你的脸色却比从前黑得多了，是怎么弄的呢？”

唉！说起来话长！”阿贵将头低将下来了。

“昨天我听见一个人说，你已经被厂里开除了，是不是？”

“是的。被张金魁这个混帐东西把我弄得开除了。”阿贵很凄苦地，同时又是很愤恨地回答他。

“唉！这个婊子造的，专门同我们做对，真是可恨极了！你晓得吗？他差一点也把我害了呢。”

张应生说到此时，将眉头一皱，叹了一口气，沉默下来了。霎时间记起了往事：那是一天晚上，张应生正在和平里内一幢房子的前楼上，与四个同志开秘密会议，讨论目前工作的大纲。当时各人都是很谨慎的，不敢高声说话，张应生与一个名叫王得全的，还将手枪放在身边，防备临时的变故。忽然听见楼下有人很急剧地敲门，大家知道有点不对，便决定两个无枪的同志先翻过天花板逃走，留下张应生与王得全二人观看动静。敲门的声音愈形急剧了，他二人便走下楼来，静悄悄地走至大门向门缝一看，原来是三个武装巡捕，其形势是来捉人的模样。他二人又向后门缝一看，那里也有两个武装巡捕把守。张应生想道：“坏了！怎么办呢？抵御好，还是逃走好？……”张应生还未决定方策的时候，巡捕已经将大门打开了，王得全即时就放起枪来，打死了一个首先进来的巡捕。可是王得全自己也受了伤，倒在地上。其他两个巡捕没有看见张应生匿在门旁的墙角边，便走进客堂内搜索，不提防张应生溜至门外，连向他们放了两枪。张应生放了枪之后，便飞也似的跑了，也不知道那两个巡捕到底受了伤没有。事后，有人说，这事情的发生，是由于张金魁到巡捕房的告密……

“应生叔！我现在是无路可走的人了。”

阿贵的话打断了张应生对于过去的回忆。他并没有听清阿贵向他说了一句什么话，便如从梦中醒来也似的，连忙向阿贵问道：

“你现在向什么地方去呢?”

“什么地方也不去，只是想被汽车撞死。”

“笑话！一个人好好地要想被汽车撞死！呵，我问你，你吃过中饭了没有?”

阿贵从早上流浪到现在，从没想起吃饭的问题，肚子内也不觉得饿。现在忽然听见张应生问他吃过饭没有，便很迅速地用手将肚子一摸，即刻就感觉得异常地饥饿，并且是异常地难受。

“我还没有吃饭。”阿贵很没有力气的样子将头摇一摇。“我忙得也没有吃饭。好，现在到我的家里去吃饭罢。”

……到了张应生的家里。

这是一间狭小的，墙壁污痕斑斑的亭子楼。摆设是很简单的：一张帆布床，一张四方的木桌，两张圆形的小木椅，及一些零碎的东西。这是一个秘密工作者的通常的格式，倘若是门内汉，一望即知道这种屋内住的是哪一种人。尤其是一个由工人出身的秘密的工作者，他的屋内的摆设将格外地简单。

阿贵大约是因为行走太多，或是由于饥饿，弄得身体太疲弱了，走进了亭子楼之后，便一下躺倒在帆布床上，直挺地如死尸也似的。张应生无暇同阿贵说话，便打起汽油炉煮起饭来，不一刻饭便熟了，他即将抽屉内所贮藏着的两碗菜，一碗是咸菜，一碗是豆皮炒肉，拿出来摆在桌上。这样，他便开始向躺在帆布床上的阿贵叫道：

“起来，我们吃饭呵。”

阿贵真是太疲倦了，这时虽然是肚子内觉着饿，但是不想起来吃饭。经张应生再三的催促，才很吃力地立起身来。

“阿贵，我告诉你，”两人坐下之后，张应生忽然很郑重地说道，“我这个地方是没有人知道的，是很秘密的，你千万别要告诉别个呵！现在是这样的时代，我们做的是这样的事情……”

“应生叔，请你放心，我也不是一个小孩子，决不会随便乱说的。”

两人开始吃饭，沉默下来了。差不多经过一两分钟的光景，张应生忽然将筷子放下，就同发觉了什么也似的，自言自语地笑道：

“好哇！原来我忘记了先吃酒，难怪得我总觉着吃饭没有什么味道也似的。”说至此地，便向阿贵道：“阿贵，你能吃酒么？不吃？唉！我有一个坏脾气，就是每顿吃饭之前，总要吃一点酒，若不是这样，那是吃不下去饭的。阿贵，你说怪不怪？这种脾气实在是要不得的呵！我总想改，但是到现在还没有改掉，讨厌！……”

“应生叔，我饿过火了，现在反而吃不下去饭，你一个人吃罢，我很疲倦，想睡觉。”

阿贵未将一碗饭吃完，便把筷子放下，走向帆布床上躺下了。张应生也不去干涉他，自己一个人开始吃起酒来。阿贵不一刻的工夫，就沉沉地睡去，毫没觉察到张应生什么时候吃完饭，什么时候出门去。张应生是一个忙人，他并不能像阿贵这样地在家内睡觉。下午还有两个会要开，还有两个地方要去。他于是吃完饭将门关好，就匆忙地出门去了。

整个的下半天光阴，在阿贵的浓睡中消去。到了七点钟的辰光，张应生已经将事办完，回转家里，而阿贵还是在睡乡中，没有醒来。张应生静悄悄地将一盏不大明亮的电灯扭着之后，便预备做饭吃，并不去惊动他。等到张应生将饭做好之后，阿贵还是没有醒来，于是他不得不喊叫他了。

阿贵睁开惺忪的睡眼，向室内的情景一看，又见张应生笑着立在床前，顿时又似乎入了梦境，不知自身现在何处，等到张应生向他说了“你这一觉也睡得太长了呵！起来吃晚饭罢！”之后，才渐渐地明白一切的经过。

“起来，起来吃晚饭罢，”张应生又继续催促地说道，“这里有一盆水，你可以先洗洗脸。”

“我难道睡了大半天吗？”阿贵很不相信也似地这样问道。

“我不回来，”张应生笑起来了，“也不知你要睡到什么时候呢。好了，别再发痴罢！快洗脸，洗了脸吃饭。”

在吃饭的时候，两人并没有多谈什么话，只是默默地各人想各人的心事。张应生所想的并不关于阿贵的事，而是今天他工作的经过：组织失业工人指导委员会，审察反抗工贼委员会的工作……阿贵这时也没想到张应生身上，而只是打算“我到底做什么事情呢？进别的工厂做工呢，还是依旧地去让汽车撞死？……唉！我到底怎么办呢？……”

饭吃完了，及一切都收拾洗净了之后，已经是九点钟了，这时起了风，亭子楼内的空气，已不如先前的燥热。张应生决定阿贵今夜睡在帆布床上，而自己将一张竹席子铺开在地板上睡。两人没有什么事做，便都躺下，用扇啪啪地扇着。这时张应生决定问一问阿贵的事情了。阿贵便一五一十地告诉张应生自己被厂里开除的经过。

“阿贵，你现在到底打算怎么办呢?”张应生等阿贵说完了之后，这样地问他。

“怎么办?一点办法都没有！我今天白天不是告诉过你了吗?我预备让汽车撞死，我的家中可以得到五十块钱抚恤费……”

“你这才是发痴呢！一个人死的要值得：或是被我们的敌人捉去枪毙，或是同敌人对垒而死，或是……总而言之一句话，我们死的要值得，怎么能让汽车白白地撞死呢?而况且你也不是没有事情做，也不是什么瞎子瘸子，你是还可以找到工作的。你被S纱厂开除了，难道说你就不能进入别的纱厂做工吗?总而言之一句话，你是还可以找到事情做的。”

“应生叔，你晓得吗?我现在简直不想再做什么工了。不知道因为什么，我现在总觉得做工的人，连畜生牛马都不如！我的父亲，我的母亲，做了一辈子的工，只是吃一辈子的苦，得到了什么好处！我想，与其活着做工，不如死了还好些，你说可不是吗?人生终久是要死的……”

“阿贵，你这一种说法，简直是太糊涂了！不错，现在的工人的确连牛马都不如，但是你要知道，这不是永久都是这样的呵！你不是也听见过许多革命的理论吗?……你现在为什么这样糊涂呢?我们不应当灰心，我们应当干将下去！就是因为我们的生活不好，所以我们才要革命，所以我现在才做这种危险的事情，阿贵，寻死只是没有用处的人的出路呵，我们是不应当这样做的!”

阿贵听了张应生的话，沉默着不答，停了一忽，张应生又继续说道：

“我的年纪比你大，所吃的苦大约也比你多罢。我从前也曾经因为吃苦不过，想投过几次黄浦江，以为活着没有意思，不如死了好些。后来渐渐觉悟到这种思想是不应该的，一个人应当走着生路，而不应当向着死路走去。一个人应当为着自己的生活，去反抗一切压迫他的东西。阿贵，你明白这个道理吗?你现在应当明白，你是一个受压迫的人，你应当想怎么样消灭你的敌人，压迫你的人，而不应当想怎么样消灭你自己……”

阿贵听到此处，不禁全身战动了一下，即时想起昨天蚂蚁争斗的情形。他霎时觉得好生羞愧，一颗心动了几动，两耳火熊熊地烧将起来。用手将脸一摸，摸了一手冷汗。两眼朦胧中，又似觉看见无数的蚂蚁向他狞笑，向他咒骂，这逼得他的身体接连战动了几下。全室内霎时间如同变了景色，躺在地板上的张应生这时也似乎变了相了，好似变成了一个伟大的，尊严的巨人，立在茫茫的荒漠上，巨大的手臂指示阿贵所应走的道路……

“阿贵，你明白吗？”张应生又继续重复地说道，“你应当想怎么样消灭你的敌人，压迫你的人，而不应当想怎么样消灭你自己！”

阿贵很费力地将神定了一定。这时他似乎明白了今天白天他在街上胡乱走路的事情，简直是发痴，简直是莫明其妙！想到这里，他不禁又觉得有点好笑了。就如同犯了罪而承认过错也似的，他轻轻地说道：

“应生叔，你所说的我一切都明白，我并不是一定要去做让汽车撞死的傻事情，不过……”

“不过什么呢？”张应生跟着问他。

“应生叔，我已经下了决心去做一桩事情，不知可能达到目的……”

“做一桩什么事情？”

“我已经下了决心把张金魁……”

阿贵没有把话说完，便停住了。张应生听到张金魁的名字，便坐将起来，很惊异地问道：

“你下了决心把张金魁怎样呢？”

“我想把他……”

阿贵又停住不说了。

“你想把他怎样呢？你说呀！此地又没有旁人。”

“我想把他打死……”

阿贵终于这样很胆怯也似地说了。张应生听了这话，不即刻说出什么，便将头低下，如有所思也似的。停了一忽，他抬起头来向阿贵很镇静地说道：

“本来张金魁这东西是死有余辜，我们老早就想把他除掉。不把他除掉，他总是要作怪的，因为他的告密，也不知害了多少人，破了多少机关。不过你……”

“不过我怎样？”阿贵这时也坐起来了。在不明的灯光下，也可以看出他的神情是很兴奋的。“你以为我办不到吗？你以为我不能把他打死吗？”

“不过他是一个力气有牛大，狡猾又如狐狸的人，你怎么能将他打死呢？这件事情还是让别人去做罢，反正你的气也是可以出的。如果你愿意的话，我可以替你找到一件事情做……”

“不，应生叔！我不把他打死，那我的气就出不来！那我就连一个小蚂蚁都不如！那我就要遭那一个小黄蚂蚁的耻笑！”

“你说什么？”张应生有点奇怪起来了。“小黄蚂蚁？哪一个小黄蚂蚁？你怎么又扯到什么蚂蚁的身上来了呢？”

“就是那个小黄蚂蚁，那个我应当拜它做老师的小黄蚂蚁……”

阿贵未将话说完，忽一阵很凄惨的哭声从窗外飞将进来，听之令人心悸。阿贵将两耳尖起来继续审听这种哭声，便一瞬间将话停将下来了。沉默了一忽，阿贵如有所感也似的，便向张应生问道：

“应生叔，你听！你听见了吗？这哭声似乎是很近的，也许就是在隔壁罢？”

“我为什么没有听见？我几乎天天听见。这是我们楼下在前客堂住着的一个老太婆的哭声。”

“这个老太婆为什么天天哭呢？”

“为什么天天哭？儿子被捉去枪毙了，又怎能不哭呢？”

张应生始而很平静的，这时他的话音有点凄然了。不明的电灯光似乎陡然增加了阴凄而灰黄的颜色，全室的空气也降落了一半的热度。阿贵听了张应生的话之后，一时想不出话来说，只是两眼睁着望着他。室内完全寂静下来了。经过了几分钟的光景，阿贵忽然很急促地问道：

“被捉去枪毙了？被谁个捉去枪毙了呢？”

“你真是糊涂！当然是被兵警捉去枪毙的！”

“呵！应生叔，你听！似乎就在楼下又有一个女人带着哭声说话……”

“这个说话的女人是这个老太婆的媳妇。这个女人真是一个再好没有的女人，她真是好！吃苦，耐劳，又诚实，又勇敢，又明白事理……”

张应生说至此地，将芭蕉扇摇了几摇，随即贴在精赤的胸膊上，沉默着不再说下去了。两眼笔直地向天花板望着，如像在深思着什么。

“我问你，应生叔，这个老太婆的儿子到底因为什么被捉去枪毙了呢？他的名字叫什么？”阿贵这样地问他，打断了他的思维。

“那还能因为别的事情吗？他是一个C书馆的印刷工人，平素对于革命是很热心的。一月前，C书馆的工人因为要求加薪，闹成了罢工的风潮。当局说他是主要人物，是一个反动分子……就这样地捉去枪毙了！现在杀一个工人还算一回什么事情？比较一个小鸡都容易呵！唉！想起来，真是……”

停了一忽，张应生又继续说道：

“他的名字叫周全福。为人是极好的，死的时候只有二十九岁。他的老婆，我们叫她做周大嫂，是一个再好没有的女人！自从周全福死后，这个老太婆，周全福的母亲，就是由她赚钱养活。她有一架小洋机，每天替人家织袜子，还勉强可以过日子。老太婆只有一个儿子，而且是一个极孝顺的儿子，这个好儿子死了，哪能不昼夜地哭呢？唉！我天天差不多都听见她的可怜的哭声。有时我去说几句话安慰她，唉！又怎么能安慰她的那一颗痛苦万丈深的心呢？她的媳妇本来是很痛苦的，不过因为老太婆这种样子，她也就不得不硬着心肠，做着很平静的样子。唉！她真是一个好女人！像她这样好的女人，我真是少见过！”

“我想你可以娶她做老婆呵！”阿贵带笑地说了这么一句。张应生听了阿贵的话，似乎有点难为情起来，便有点带气也似地说道：

“别要胡说八道！我现在哪有闲工夫干这种事情。呵，睡觉罢，时候已经不早了，明天我还有许多事情要做。”

张应生立起身来，走到门边，用手很小心地将门关好之后，便又走到木桌子前，将抽屉打开，取出一支很小的手枪来。他凑近灯光，看一看手枪的各部分是否有了毛病。等到详细地研究一番之后，便放在自己的枕边，即刻也就很笔直地躺下。停了一忽，他向阿贵问道：

“我们将电灯闭起来睡好吗？”

阿贵这时见了手枪之后，起了一种心思，并没有用话回答他，只向他点一点头，表示同意。张应生随又立起身来将电灯闭下，等到闭下之后，便又很平静地向地板躺下。临睡觉时，将手枪放在枕边，这是他的习惯，而且是应当的事情。谁个也不能断定夜间不发生什么事情：也许巡捕来捉他，也许有人要来暗算他……总而言之，他应当时时刻刻有正当的防备。而且这一支小小的手枪与他的生命有很深切的历史。一方面，倘若不是因为有了这一支小小的手枪，那他的性命久已没有了。一方面，这一支小手枪并不是用钱买来的，而是用性命换来的：这是今年三月间他从敌人——一个奉军的军官的手中夺取来的。在他的生命史中，无论他能否看得见他所想的伟大的理想之能否实现，但是这一支小手枪却是他所得着的胜利品，却是他的一个可宝贵的纪念物。因此，应生在劳苦的秘密的工作中，没有别的什么东西能够安慰他，能够安慰他的只有这一支与他相依为命的手枪。

奔波了全日，现在应当是张应生睡觉的时候了。但是一个体力和智力都很健全的工人，生活的格式对于他，只是革命，工作，思想，休息。这里所说的休息并不是什么安逸的例外的娱乐，而是一种必要的动作——睡觉。于是张应生不几分钟的光景，便呼呼地入梦了。

阿贵这时在平静地躺着，但是没有睡。他或许想如张应生一样，呼呼地入了梦，可以抛弃一切烦人愁思。但是他无论如何睡不着。他一是因为在白天睡得太足了，二是因为张应生的那一支小手枪引动了他的思维，他知道这一支手枪的来历，也知道张应生是如何地爱护它。

“如果我开口向他借，”阿贵这样自问自地想道，“那他是不是答应我呢？

……”接着阿贵便决定了：“恐怕他一定是不答应的。而况且他又不赞成我做这一件事情，……那他一定不答应我的。”阿贵想来想去，结果只有失望。但是在别一方面，阿贵是决定了要实现自己的愿望，以为不把张金魁打死，那他简直没有做人的资格。这种决定在阿贵的心里，已如泰山的稳定了，任有什么力量也不能将它移动。但是有一个问题：用什么方法将张金魁打死呢？诚如张应生所说，张金魁是一个又有力又狡狯的人，如公开地去同他厮打，那阿贵是一定要失败的。因此，阿贵一定要寻到一个妥善的方法，否则断不能成功的。阿贵起初想来想去，想不出适当的方法，等到他见着了张应生的手枪，便一时间乐将起来了，以为自己已经得到了可以致张金魁死命的东西。但是忽而想到这支手枪毕竟是张应生的，而且张应生视如自己的生命一般地宝贵它，决不会将它借给阿贵，阿贵便又失望了。

张应生已经是深深地睡着了，对于阿贵在床上翻来覆去的声音，并没有一点儿觉到。冷静的夜月光亮从窗口透将进来，皎洁地照到张应生的头部，——一支小小的手枪很分明地在张应生的枕边躺着。阿贵侧着身子只是目不转睛地注视着躺在张应生枕边的小手枪，而一副脑筋全盘地用到幻想上去：如果他有了这一支手枪，他应当怎么样才能将张金魁打死……

忽然间又听着楼下老太婆的哭声，阿贵的心为之冷战了一下。他不禁将他的思维暂时挪到老太婆的身上了：老太婆的命运是这样地悲惨，她的媳妇是这样地贤明，做官的人是这样地残酷……现在的世界简直是不成一个世界，该有多少悲惨的事情呵！这样的世界简直不如把它消灭掉还好些！……

“但是我的爸爸和我的妈妈呢？”阿贵忽然将念头一转，想到自己的家内。“他俩在家也不知怎么样在想我呵！他俩也真是吃苦的命，唉！他俩简直是活受罪！已经是这么大的年纪了，还是辛辛苦苦的！……”阿贵想到此地，心中不禁有点难过起来，不禁深深地叹了一口长气。

“倘若我被捉去枪毙了，”阿贵又继续想道，“也不知他俩将要怎么办呵。周全福死了，还有他的贤良的老婆养活他的母亲；如果我死了的时候，那我的父母将靠着谁养活呢？……”阿贵暗杀张金魁的决心，至此时不禁动摇了一下。他的爸爸和妈妈的一双可怜的形象，萦回于他的脑际，并觉着他俩已经如同在自己的面前站着，表现着可怜的衰老的面容，射着哀求的眼光。阿贵有点茫然了：怎么办呢？照着自己的决定去做好呢，还是为着这两位可怜的老人的原故，打消自己的念头好呢？……阿贵踌躇了几分钟，最后还是将牙齿一紧，下了最后的决心：“我也问不了这许多！世界上的苦人多着呢，反正我也问不了这许多！阿贵！你照着原来的决定做去罢！”

“但是我用什么东西去把张金魁打死呢?”阿贵现在所为难的就是在这一个问题的身上。这时在月光照着下的张应生的面容，似乎在那里轻轻地微笑，阿贵忽然注意到这个，便暗暗怀疑起来：“难道他没有睡着么？难道他已猜透了我的心思，在那里暗暗地笑我么?”阿贵遂将头轻轻地抬起来，仔细地向张应生的面孔审视一番，见着他仍然是睡熟的样儿，这才放了心。枕边的一支小手枪还是在静静地躺着，阿贵又将目光注到它的身上。忽然他的脑海里起了一层波纹，发生了一种新的思想：“我可不可以将它偷到手里呢？……用了之后我还是可以还的。向他公开地借，那他一定是不肯的，不如我来实行偷的办法。能不能将张金魁打死，那就全靠这一支手枪了。应生叔，请你原谅我罢！我是没有别的法子想呵。”想到此地，阿贵便轻轻地离开了床，走到张应生的身边。不知怎的，他这时的一颗心忽然枯里枯通地跳起来了。他即时觉悟到是在做贼，而做贼是一件很不正当的行为。他弯了几下腰，试几试伸手去拿那一支手枪，但是总没有勇气把它拿到手里。忽然张应生翻了一身，口中又咕噜了一句什么也似的，这可是把阿贵几几乎吓倒了。他的一颗心越发跳得厉害，似乎已经做了一桩大的罪过，现在要受刑的样子。始而他以为张应生已经觉察到了，后来见着张应生翻了身之后没有动静，才知道张应生还在梦中，这才略略放了一点心。他又试伸了几下手，已经挨着了手枪的身子，但总是缩将回来，没有把它拿到手里的勇气。

“喂，我连偷一支手枪都不敢偷，还能去把张金魁打死吗？好无用的东西！”他这样地将自己责骂了一番之后，便战兢兢地伸手把手枪拿起来了。他不敢即时就拿起脚步走开张应生的身边，默等了一二分钟之后，决定张应生毫没有一点儿觉察，才轻轻地走至门边，用手很小心地将门开了，生怕弄出了一点儿声音。从前他不知做贼是怎样地做法，现在他却很本能地得到了做贼的方法。他轻轻地移动脚步，慢慢地走下楼梯；走两步之后，他总要停一下听听动静，不敢一下子就走出后门。最后，他是很平安地走出后门了。

一轮明月高悬在天空，全城沐浴在银白色的光海里。居民都在梦里，周遭是异常地寂静。这时伴着阿贵的只有斜长的他自己的影子，一支冰冷的手枪。“怎么办呢？现在至迟不过是半夜罢，我将到什么地方去呢！不过手枪总算是已经到手了。……”在月光底下，阿贵将手枪仔细地审视了一番，又用手举了几举，练习射击的架式。他不禁满意地向着明月微笑了一笑。这时凉爽的晶莹的明月，也似乎了解了阿贵的快乐与得意，便也就回答了阿贵一个圆满的微笑。

四

他们的灵魂永远埋在很臭很臭的粪堆里。

阿贵为明媚的月光所迷恋住了。两眼只是不转睛地向着月轮望着，似乎那里有什么动人而奇异的东西，有什么美妙而不可测的秘密。深夜的凉风，消散了一切烦燥的暑气，一阵一阵地吹到人的身上，就如轻软的拂尘的摆动，觉得异常地清快。阿贵刹那间觉着渺茫地离开了噪杂的人境，而进入了虚幻的仙乡。手枪虽然还是在阿贵的右手持着，然而他这时已忘却了一切，不复想到他所应当做的事情了。

阿贵痴呆地继续向月轮望着。忽然他听见了他的背后的屋内有什么声音，先是咳嗽的声音，接着就似乎有人走着楼梯响……这使得阿贵恢复了原来的意识。差不多已经被他忘却的在他手中的手枪，这时似乎很剧烈地在他手中跳动起来，几几乎落在地上。“张应生起来了！他一定是为着手枪，……我还不跑，还在这儿发痴呢！浑蛋！……”想到这里，便提起腿来就跑，不敢稍回头看一下，似乎即刻张应生就要把他追到的样子。跑出弄堂口的当儿，阿贵如老鼠一般，很胆怯地，畏缩地，向四外一看，街上并没有人行走，才沿着街的左边跑去。跑了几分钟之后，阿贵停一停步，转过头来看后边并无人追赶，一颗跳动的心才略为平静一点，可是他已累得满身都是汗了。

他用左手袖拭脸上的汗液，右手还是紧紧地将手枪握着。这时他觉得，对于他什么都可以，但是这一支手枪不可丢去，因为它已经成为他的生命了。倘若没有它，那阿贵将不能报仇，将不能除去张金魁，将不能免去小蚂蚁的耻笑……如此，他将没有做人的资格了。阿贵现在很想做人，做一个很勇敢，很忠实，很有价值的人，但是怎么样做法呢？阿贵想，要做人起码要将张金魁打死，为工友们除一个大害。不然的话，那阿贵就没有做人的资格，就连一个小蚂蚁都不如。一个人连一个小蚂蚁都不如，那还活着干什么呢！不如死去还好些！……不，阿贵现在没有寻死的念头了。他要活着，要做人，所以他很宝贵这一支手枪，就如张应生宝贵它一样。有了它，阿贵才可以达到自己的目的，才可以实现自己的幻想。……

阿贵低着头，一边走，一边想着。这时明媚的月光，清快的凉风，以及街上的夜景，什么都不在他的脑海中了。充满他脑海中的，这时只有“怎么样进行……”的计划。他也想到他不应该将张应生的手枪偷来了，——他很知道这一支手枪与张应生的关系，并且很知道张应生是一个很重要的人，他应当有自卫的武器；而他，阿贵，不过是一个很普通的工人，实不应当对于张应生做出这种事情来。但是阿贵转而一想，又将自己的罪过宽恕了：“我现在偷他的手枪，并不是去做坏事情呵！我一者要为自己报仇，二者也为工友们除害，这并不是去做坏事情呵！等到事情成功之后，我再把手枪还给张应生就是了。他一定是可以原谅我的。而且如果我将张金魁打死了，这对于他也是很有益处的。……”

阿贵还是低着头走着，对于他所走的街上的景物毫不注意。

“喂！要坐车罢？”

阿贵抬头一看，见是一个赤膊的黄包车夫懒洋洋地拖着一辆黄包车，立在他的面前问他。在夜影的朦胧中，阿贵见着这个黄包车夫是一脸的苦相，黑瘦得可怕，同时他的神情是很哀求的模样。阿贵觉着他是异常地可怜。在此清凉的深夜，正是人们安息的时候，而他却拖着车如幽魂也似的在街上往来。唉！世间该有多少不平的事情！……阿贵正欲向黄包车夫说话的当儿，忽然黄包车夫觉察出阿贵手中的手枪来，便拉着车子回身就跑，这使得阿贵吓了一跳。阿贵莫明其妙，不禁口中咕噜了两句：

“这倒是一回什么事呢？这真是活见鬼！”

这时在墙角边一个印度巡捕正在倚着墙壁在那里打盹的当儿，忽然听见有人说话及黄包车夫拖着黄包车跑路的声音，便惊醒了，走到阿贵的身边来。阿贵只顾看着黄包车夫在前面跑，却没觉察到他身边走来了一个高大的，如夜神一般的印度巡捕。

“你在此地啥事体呀？娘个造皮，夜里向不困觉……”

阿贵回脸一看，几几乎惊吓得喊叫起来，但即时便镇定住了。他只当这个印度巡捕已经知道他是什么人，特地是来捉他的；一时间想逃跑，但即时想起自己还有一支手枪在手里，不必害怕。印度巡捕还未将话说完，阿贵便举起手枪对准他的胸部，做着一种威逼的姿势。印度巡捕见着阿贵举起手枪来，吓得倒退了几步，两只大眼放着白光；接着他便将两手叉开地举起，表示他不预备反抗，并向阿贵哀求地说道：

"好朋友！阿拉同侬没仇气，是罢？好朋友，交关交关好的好朋友！阿拉同侬没啥仇气，是罢?"

阿贵见着印度巡捕这种情形，觉得非常地可笑，而一秒钟以前的恐怖的心情完全消逝了。"看着是这样大的块头，有点怕人，哪知道其实是一个草包呵！……"阿贵想到此地，几乎要笑出声来了。

"好朋友！交关交关好的好朋友……"

阿贵想道，与印度巡捕对立着持久总不是好事，还是以逃跑为妙，便一面仍旧举着手枪，威逼着印度巡捕不敢移动，一面一步一步地退至转角的地方，转身就跑。这时他也不知道印度巡捕是否在后面追赶，但他却拼命地往前跑，一步也不敢怠慢。他似乎遥远地闻着警笛，似乎这警笛的声音就从那个印度巡捕的地方所发出来的，于是他未免有点慌张，觉着情形有点不利。但是因为已经跑得很远了，印度巡捕绝对不会追赶上来的，于是他觉得又可以放心了。他跑得满身是汗，只是喘气，最后他不得不停住了。已经跑到了什么地方，在夜里，阿贵辨别不出来。这一条街道似乎是很僻静的，阿贵没看出有一个行走的人影。他找一块靠着墙的水门汀砌成的阶沿坐下，觉着非常地疲倦。两眼只是想合起来，虽然用力阻止，但结果是无效。阿贵入于半睡不睡的状态中了。忽然他如梦初醒也似的，惊吓得一颗心只是勃勃地跳；他觉得他是太疏忽了。"如何能拿着一支手枪在街上睡觉呢？如果被人家看出来了，那时将怎么办？若手枪被人偷去或是夺去，那岂不是什么事情都完了吗？……"阿贵想到此地，不禁责备自己做事太荒唐了，几几乎误了正事。他用手又将手枪全身摸了一摸，觉着它还是依然无恙，不禁又很满意。但是两只眼皮只是不听阿贵脑筋的命令，拼命地要合拢起来，这真是讨厌的事情。将手枪放在衣内罢，可是阿贵穿的是一套短衫裤，实没有地方可以把手枪藏起来，而不使人看见。用一张纸把手枪包起来罢，但是在夜里到什么地方去找纸呢？……阿贵想来想去，想不出一个妥善的办法。"把小褂子脱下来罢，将手枪放在小褂子内包好，岂不是很妥当么?"这一种思想最后把阿贵的困难解除了。他将手枪用小褂子包好之后，便放在腹部与大腿的中间，并用袴带系好，使它不致于被人偷去。这样，阿贵可以安然地让着自己的眼皮合拢了。小褂子脱下之后，阿贵的上身完全是赤露着，幸而是在暑天的夜里，不感觉什么寒冷。可是也就因此，阿贵的赤露的身体，不免要大受蚊虫的侵害了。阿贵始而还用两只手驱逐蚊虫，可是因为睡神的催促，也就慢慢地，昏昏地，走入梦乡了。

……阿贵走到一处不知名的所在。周围是起伏的山丘，满山丘都繁殖着美丽的，鲜艳的花木。山丘的脚下，平铺着一望如镜的湖水，湖水上飘浮着许多幽雅的小舟，小舟上坐着快乐的男女。树林深处，显现着高耸的楼阁，似乎那里住着的是隔绝了尘世的仙人。阿贵徘徊在绿湖的岸边，恍惚不知何来，更不知何去。一阵一阵的熏风吹得阿贵神清气爽，仿佛如升上了天。

“这到底是什么地方呢？”阿贵一面瞻眺，一面想道，“我从没有来过这个地方。这恐怕是仙境罢？这恐怕就是所说的天国罢？这个地方真好，就是在此地能住一天也是好的！世界上也有这样好的地方，我真是料不到呢！从前也听说过什么仙乡，什么天国，但总是不相信实有其事，不料现在我却身临其境了。”阿贵不禁微笑着而快乐起来了。目前的奇异的景物，清爽而芳香的空气，从树林中飞扬出来的鸟语，小舟上的幽婉而愉快的歌声……这一切使得阿贵忘却了自己，忘却了人世。

“莫非我也成了仙了么？……”阿贵正这样在沉思的当儿，忽听见有一个很熟的声音在喊他：

“阿贵！阿贵！到这边来呵！”

接着又听见一个女人的声音：

“快过来罢，我们在等你呢。”

阿贵不禁有点奇怪起来了。这里是仙乡，这里是天国，怎么会有人认得阿贵呢？……阿贵满腹地狐疑起来，很有点畏怯也似的，慢慢地将脸转过左边来，搜索喊他的人的所在；他不敢遽行答应。离阿贵站立着的地方，有百步之遥，靠着山坡脚下的一条长的靠椅上，坐着一男一女，这时正向阿贵招手呢。阿贵始而不相信自己的眼睛，以为是看得花了，但是详细地审视一下，觉着第一眼并没有看错。

“这却奇怪了！他俩为什么在这儿呢？他俩不是已经死了吗？……我难道说遇着鬼了不成？……”阿贵一边想，一边将两足慢慢地移动，走向这两个人的地方。等到只有几步距离的时候，阿贵还是不敢开口，生怕认错了人。

“啊哈！阿贵，你也来了吗？”那个年轻的男人先立起身来，这样地欢迎阿贵说，“久违了呀！你还记得我吗？啊？”

阿贵这时也连忙快走几步，走向那人的面前，将他的两手握着，很欢欣地说道：

“原来全发哥你在这里呵！你近来好吗？我真挂念你呢！”

“阿贵！你还认得我吗？”那个女子依旧坐着，这样微笑地问阿贵。阿贵连忙将李全发的手放开，走向女子的面前说道：

“沈先生！我怎么不认得你呢？我是永远忘记不了你的，你晓得吗？唉！

沈先生！你知道我是怎样地纪念着你呵！……”

阿贵说到此地，不知怎的，觉着脸上有点发烧了。他将头低下，轻轻地，如同胆怯也似的，继续向沈玉芳问道：

“沈先生是同全发哥一块儿到这里来的吗？来了很久了吗？”

沈玉芳点一点头，笑着说道：

“是的，我是同全发一块儿来的。你晓得吗？我同全发已经结婚了……”

阿贵觉着脸上的火更烧得厉害了。一颗心只是跳动着，似乎又有点发痛；这时阿贵才明白自己是在爱沈玉芳，并且爱情是很深的；“现在她说她已经与全发结婚了，这实在给他一个很大的打击。虽然阿贵承认沈先生与李全发是很相配，是很好的一对伴侣，但是阿贵是在爱她呵！……阿贵无论如何不能不起一点醋意。他抬起头来向李全发瞟了几眼，似乎嫉妒他的幸福，但即时又觉得这是不应当的事情。

“阿贵！你应当替我们道喜呵！”李全发很得意地说。

“是的，我应当向你们道喜。”阿贵说这话时，带着一点哭声，现出异常可怜的样子。但他转而一想，以为自己这种态度是不对的，便强做镇定的样子，向他俩笑着说道：

“你俩真是有福气呵！”

“这也是由心血换来的呵！”李全发将阿贵拉到与自己并排坐下，说道，“你知道这里是什么地方吗？”

阿贵摇一摇头，表示不知道。李全发继续说道：

“这里是革命党人的天国。凡是在人世上，为着穷人，为着大多数人争自由，为着反抗统治阶级的压迫，而被牺牲了的一些革命党人，都到这里来，都住在这里。阿贵你明白了吗？你看这里好不好？山是山，水是水，花是花，鸟是鸟，该多么美丽呵！这里是很平等自由的，什么压迫都没有。你看，那些小舟上的唱歌的男男女女，他们生前都是很英勇的革命党人呢。这里只有很英勇的，很忠实的革命党人才能来，其他的人是不能够的。”

李全发环视了一下，停一两分钟后，又继续面对着阿贵说道：

“阿贵，你晓得吗？只有像我们这一类的人，才配入这美丽的天国。我们的灵魂是纯洁的。我们只知道民众的利益，为着正义奋斗，什么牺牲，艰难，危险都不怕。阿贵，你说可不是吗？”

阿贵点一点头。这时坐在阿贵左边的沈玉芳忽然笑道：

“全发！你真不害羞，在这里表功劳呢。你曾做出多少有益于人类的事来？”

阿贵转过脸来，看见沈玉芳向李全发说话的神情，是异常地温柔，亲密，宛然他俩是一对很和爱的夫妇。这又不禁引动了阿贵的嫉妒和羡慕，但阿贵即时又把这种情绪按下去了。他恐怕他们觉察出来他这时的心境，便连忙接着向沈玉芳说道：

"沈先生！全发哥所说的话是真的呢。只有像你们这一类的人才能进入天国，尤其是沈先生你……"

阿贵笑着不说了。沈玉芳似乎没听见阿贵的话，这时她的目光注视着湖水的波纹，大约在想什么。阿贵又转过脸来望一望李全发。李全发带着满脸的笑容，很有趣地望着那对面山丘间的亭阁。三人都沉默下来了。阿贵趁着这沉默的机会，仔细地将他俩瞟视了一番，见着他俩还是原来的模样：沈玉芳穿着女学生的装束，白的上衣，青的裙子，显现得是异常地素雅；她的面孔依旧是很清瘦，然而在清瘦中，显现出有一种很壮健的神气；笑迷迷的两眼依旧是从前那般和蔼而可爱。李全发的装束还是工人的模样，这时穿着一身很洁白的小褂裤，面容依旧是从前那样白皙中带着微微的紫黑；他的两只大眼炯炯有光，显现出他是一个很精明强干的青年。

"他俩难道说成了仙不成吗？"忽然阿贵脑中起了一层波纹，很狐疑地这样想道，"此地真个是天国吗？我为什么也来到此地呢？我难道说也成了仙不成吗？难道说我已经离开人世了？奇怪得很！……"

"阿贵，你在想什么呢？"李全发忽然将阿贵的右肩拍了一下，这样地问阿贵一句；阿贵受了一惊，不禁忘却了适才的疑思。他想问李全发许多话，但一时想不出，只得两眼带着疑问的神气向李全发注视着。李全发笑着继续说道：

"你看，这天国里真个是与人世不同罢。我们虽然为着劳苦的群众而牺牲了性命，但是我们的纯洁的灵魂，却能够享受这天国的幸福……"

阿贵不等李全发的话说完，便插着问道：

"那些作恶的人呢？他们生前作威作福，压迫穷人无所不至，难道说死后都到地狱里去吗？地狱又在哪里呢？"

"作恶的人自然都到地狱里去呵！他们的灵魂永远是不会解放的，永远埋在很臭很臭的粪堆里。你晓得吗？地狱在我们脚底下的一层，我们永远立在他们的上边。"

"算了罢，全发！"沈玉芳态度很严肃地插着说道，"这些话有什么多说头呢。我们的责任是在将人类完全改变好，将人世也造成天国一样，阿贵，你说可不是吗？我们现在在天国里享福，这并不算什么很光荣的事情，因为人世间还同地狱一样呵！阿贵！你回去努力罢！努力罢！这里不是你所应当留的地方。你忘掉你的责任了吗？张金魁还在那里继续害人呢！你的父母在吃苦，你的工友们在受压迫，你难道都忘掉了吗？去罢！去为我们复仇，去为被压迫的人们复仇，去为你自己复仇，赶快去罢！……”

沈玉芳正在立起身来的当儿，阿贵忽然听见一声巨大的吼声，接着就吹来了一阵狂风，不禁惊吓了一跳。转眼间，沈玉芳，李全发都消逝了影子；那起伏的山丘，平静的湖水，美丽的花木……都不知飞到什么地方去了。阿贵定一定神，将两眼用手揉一揉，详细地审视一下，原来自己坐在阶沿上，一辆汽车经过他的面前，去向还不甚远。天色已黎明了，街上已有了稀疏的来往的行人。对过的店家正在那里卸门，走出来了一个头发蓬松，衣服不整的女人。阿贵慢慢地才明白，原来适才从梦中醒来。梦中的景象还是萦回于脑际，回忆起来觉着非常地愉快，阿贵愿意长此地回忆下去。沈玉芳的微笑，花木的香气，山水的清幽，……呵，顶好是长此地回忆下去！忽然阿贵的一颗心战动起来，恐慌得异常，如同遇着了什么可怕的，危险的事情。他几几乎要叫出声音来：“我的，我的手枪呢？”等到用手摸一摸小褂子，这才放了心，如得了救星也似的。

在他面前经过的行人，有的很惊奇地瞟看他，有的很平常地把他当做乞丐，不注意地瞟他一眼，也就无事地走了。最后走来了一个十三四岁模样的赤着上身的小孩子，在微笑着审视了他几眼之后，很轻视地说道：

“瘪三！你还没困好吗？巡捕来了，谨防吃生活。”

阿贵想站起来给这个小孩子几个耳光，教训教训他不该认错了人，但是不知为着何故，仅仅地带着恨看了小孩子几眼，便低下头来不去理他。小孩子见着这种神情，也就不则声地走开了。

“天已经亮了，我到什么地方去呢？”阿贵很不愿意地这样想道，“老坐在此地，终久不是事情，我应当去找张金魁去……”阿贵想着便立起身来了。他很小心地又复将小褂子卷一卷拿在手里，生怕露出什么痕迹来。他开始挪动脚步，但究竟应向哪一个方向走去，连他自己都不晓得。大约走了几十步的光景，已经到了小菜场的跟前，这时卖菜的乡下人已经上市了。小菜场内渐渐地起了噪杂的声音。在阿贵的前面二个乡下人挑着一担黄瓜走向小菜场去，阿贵见着了竹篮内的黄瓜，不禁觉得肚饿而且口渴，想顺手拿一条吃一吃。但阿贵终于不敢尝试。等到用手向腰间摸一摸之后，他更为失望了，身边连一个铜板都没有！黄瓜有巨大的吸引力，阿贵的两眼只向竹篮内钉视着，口中几几乎淌下了涎液。卖黄瓜的人觉着有人在他后边跟着，回头望一望，见着阿贵的一副饿鬼的形象，便停住脚步，向阿贵开口骂道：

“瘪三！你跟着我做啥事体呀？哼！谨防吃生活！"

阿贵也停住了脚步，将两只眼向卖黄瓜的人翻了几翻，但终于没说出什么。卖黄瓜的人骂了之后，又继续着走自己的路；阿贵很痴呆而又愤恨地目送了他几步，想赶上前去将他的担子踢翻，并且痛快地打他一顿，但想了一想，也就把念头打消了。“如果我能得到一条黄瓜吃一吃呵！……”阿贵越在黄瓜身上着想，越觉得肚饿口渴，从口中要淌出来涎液。这时对于阿贵，一条不值钱的黄瓜，简直比什么人参燕窝还宝贵。“唉！……”最后阿贵叹了一口长气，转过身来，向右边的一条街道走去。

街上的声音逐渐鼎佛起来：汽车声，马车声，行人的说话声……混合成了一片轰轰的烦杂的音乐。在街上来往无数的行人中，阿贵是一分子，但别人是因为有事，——也许是上工，也许是买东西，也许是……但是阿贵就如游魂也似的，清早就在街上行走，到底是因为什么呢？阿贵自己没想到这些，更没有心思顾及到别人的闲事。这时所扰乱他的，就是一个问题：肚子饿了和口渴了的问题。阿贵很想不再想关于黄瓜的事情了，但是黄瓜的魔力在引诱他：黄瓜！黄瓜！黄瓜呵！……阿贵低着头，一边走，一边总是想着黄瓜，那又可以充饥，又可以止渴的黄瓜。已经走到什么地方来了，现在在哪一条街上行走，阿贵都不曾注意。忽然一阵什么香气，冲到阿贵的鼻孔来；阿贵停住脚步，向四外望一望，原来他走到一家烧饼店的门口了。一个老头子和一个小孩子正在炉上烤那又香又酥的油饼，这不禁给了阿贵一个很大的刺激。烧饼店的楼上就是茶馆，阿贵隐隐地听见饮茶人的谈话和茶杯的响声。小孩子等油饼烤好了之后，便拿了一盘，送到楼上去了。阿贵知道，这是送给楼上饮茶人做点心吃的。在这里可以解决肚子饿了和口渴了的问题，阿贵不妨也走上楼去。但是阿贵身边连一个铜板都没有，有的只是一支手枪，但手枪在这里当不得钱用，而且不能被别人看见。于是阿贵只得远远地望着那又香又酥的油饼，而仅闻闻它们的扑鼻的香气而已。

忽然有人将阿贵的右肩用手拍了一下，将阿贵吓了一跳。接着一个很熟的，同时又是一个很可讨厌的面孔，在阿贵的面前呈现着了。这是一个形似工人模样的，三十几岁的中年人，身上穿着一套山东绸的小褂裤；大而不正的口中露出几粒金牙齿，两眼射着狡猾而邪鄙的光，一望而知道是一个心术不良的小人。阿贵刹那间不知所措，只将两眼向人愕着。这人还是将右手放在阿贵的左肩上，故意做着很亲密的样子，笑道：

“阿贵，你在这里吗？我正要找你呢。”

阿贵没有回答他，接着他又说道：

“听说你被厂里开除了，我心里真挂念得很呢。我有很重要的话同你讲，不料在这儿遇着你了。好极了！我们上楼吃一杯茶罢。”

阿贵一言不发，形似木偶一般，随着这人上楼；心中却狐疑不定：这人与阿贵从没发生过关系，同时阿贵知道他是一个很危险的坏人，现在忽然莫明其妙地向阿贵表示好感，这到底是一回什么事呢？葫芦里到底卖的是什么药？他有什么话要与阿贵讲？在阿贵身上起了什么念头？……但是阿贵虽然满脑子里起伏着疑惑的波浪，同时却又很高兴：上楼吃茶，这意思就是说阿贵现在可以解决自己所不能解决的问题了。

上了楼之后，捡了一个临街的位置坐下。这人很阔绰地将茶房喊到面前，吩咐吃什么茶，要多少油饼，倘若另外有什么点心也可以拿来。阿贵见着他那种神情，很觉得讨厌，但是因为要解决自己肚子的问题，也只得等着看他的下文。阿贵很知道他的历史：他曾在S纱厂当过工头，后来工头不做了，变成了一个官厅的包探；现在他是一个官立的纱厂工会的委员……在最短的时间，阿贵不能将他的恶迹一一地回忆起来，因为他的恶迹太多了。他虽然与阿贵没发生过直接的关系，但他是阿贵所最恨的人中之一。如果今天不是阿贵饿了，渴了，那阿贵一定是要拒绝与他同一张桌子坐着。

阿贵还是继续沉默着，与他同桌子的人似乎一时也找不出什么话来说。等到茶房将茶和点心都拿来了的时候，这个为阿贵所讨厌的人，才殷勤地向阿贵笑道：

“吃呵，阿贵！别要客气呵！我们都不是外人……”

当阿贵伸手拿油饼的时候，忽然觉着有点羞辱，脸孔不禁红将起来。这对于阿贵的确是意外的事情：他，一个为阿贵所讨厌的人，一个无人不知无人不晓的坏蛋，现在居然向阿贵施恩惠，请阿贵吃东西，而阿贵也就靦颜地不加拒绝！这简直是羞辱，羞辱，羞辱呵！……阿贵一刹那间觉着实在太羞辱了！但因为肚子太饿了，阿贵终于拿起一块油饼向口里送去。

“阿贵！”这个为阿贵所讨厌的人一边吃茶，一边继续向阿贵说道，“我听说你被厂里开除了，我心里真不安呢！不料他们也把你开除了，这真是不应当的事情。昨天我见着了张金魁，还把他骂了一顿，阿贵，你晓得吗？”

“盛才……盛才先生！”阿贵不知怎样称呼他为好，踌躇了一忽，才说出了先生两个字来。“承你的好意，我谢谢你。”

“阿贵！别要说客气话罢！我们都不是外人，说什么谢不谢呢？真的，我听说你被开除了，心里实在有点气。昨天我向张金魁说，阿贵是一个很忠厚的孩子，就是有什么不对的地方，也应当原谅一点才是，怎么就把他开除了呢？他说，只要我李盛才担保，那他张金魁还是可以把你王阿贵收回厂里去的。我说，我自然是可以担保你的。阿贵，你愿再进厂里去吗？”

阿贵没有做声。李盛才不顾及阿贵脸上的表情，还是继续很得意地说道：

“阿贵，你或者不知道我李盛才是什么样子的人。不瞒你说，我的良心是再好没有的了。只要我能帮助人家的时候，我都尽力帮助。我看你是一个很忠厚的人，所以我硬要张金魁把你重新收回厂里去。”

李盛才说到此地停住了，两眼望着阿贵，似乎等待阿贵表示对于他的感激，但是阿贵低着头吃茶，在形式上很冷淡地对于李盛一所说的一切，在内里却暗暗地想道：“我再进厂和不再进厂与他李盛才有什么关系呢？他这样地帮助我，到底怀着一种什么意思？他说他的良心很好，我的乖乖，他的良心真好！他只当作我不知道他是什么人呢！……”李盛才虽然没有得着阿贵表示感激的回答，但他以为阿贵是一定很感激他的。被厂里开除了，这是怎样大的灾祸！李盛才能将贵重新转到厂里去，这对于阿贵是何等大的恩惠！阿贵不但要感激他，而且要永远地怀念着他而不忘！……本着这种意思，李盛才并没觉察到阿贵对于他起了什么疑虑和轻视。吃了一个油饼，吞了几口茶之后，他转入了教训的态度，继续向阿贵说道：

“不过阿贵你的年纪很轻，年轻人做事总有些错误。你这一次被厂里开除了，固然是张金魁的糊涂所干出来的，可是你也有些不对的地方。譬如你同他们组织什么工会哪，说一些资本家不好的话……老弟，莫怪我说你，这实在是不对的事情。我知道你很喜欢革命，今年春天你同李全发几几乎天天在一道儿，向工人宣传什么增加工资，减少时间，反对资本家……那时我想劝劝你，可是怕你不相信，所以我也就没做声。好，到后来革命革得好，李全发把头都革掉了，你说这倒何苦来！我老实向你说一句，什么革命不革命，这都是瞎闹，千万别要上他们的当！老弟！我们千万别要做猪头三[①]！革命把头革掉了，那才不上算呢。我们活着不好，要去把头送掉干吗呢？什么革命革命，老实向你说，只有猪头三去做这种傻瓜的事情。你看看，李全发因为革命把头送掉了，这倒何苦来呢？啊？唉！因为什么革命革命的，也不知死了多少猪头三！”

“盛才先生！”阿贵忽然抬起头来，向李盛才问道：“你现在不也是天天在

---

① 上海俗语：笨货、傻瓜。

喊革命吗？”

“哈哈！”李盛才笑起来了。他的金牙齿在阿贵的眼中放光，这更增加了阿贵厌恶的心情。“阿贵！你真太老实了！你难道不懂得现在我们口中所喊的革命吗？哈哈！我们的革命是很安全的，越革越有好处，越有钱用，不像李全发的革命把李全发的头都革掉了。革命也有许多种类呢。如果你王阿贵跟着我一道儿革命，那我保管你永远不会被厂里开除，而且弄得好，也可以得到一个小官做做，多弄几个钱用用。老弟！你晓得吗？人一辈子顶要紧的，是快活快活；能够弄钱的时候，就多弄几个钱快活一下，旁的什么都是狗屁！现在是我们弄钱的时候了，只要能弄到钱，管他妈的什么革命不革命。我现在也天天喊着革命，可是我们的革命是官的，不但没有危险，而且可以升官发财，这种革命，阿贵你说，何乐而不为呢？”

阿贵听了这一片话，又见着李盛才那种得意的神情，不觉异常地愤恨，想打李盛才几个耳光，教训他一番，但转而一想，又觉得不值得。李盛才仍然没有觉察出阿贵的意思，还是继续说道：

“阿贵！现在是我们快活的时候了。一个人在世上应当放聪明些，别要太拘板了。李全发何尝不是一个好人呢？可惜他走错了路，结果弄得糟糕之至。阿贵！请你听我的话是不错的。你的年纪很轻，还不知道世道是什么味呢。我劝你把一切什么革命的思想都抛掉，别要走错了路。我李盛才虽然不是什么出色的人物，可是阿贵你看，我现在是很惬意的：现在热天到了，穿的是绸子做的小褂袴；工会的委员做做，身边的大龙洋是不缺少的……你看可不好吗？有的是门路，只要人会找罢了。阿贵！如果你愿意的话，我是一定要帮你忙的，那什么进厂不进厂，还是一件小事。我可以使你有钱用，有好衣服穿，而且可以不受人家的气。阿贵！我说的是老实话，并不同你开玩笑。我看你是一个很忠厚的人，不忍你走错了路。要是外人，我能够对你说这些话吗？……”

“有的是门路，”李盛才越说越表示出一种得意的神情，而不注意到阿贵对于他所说的抱着什么态度。“只要人会找，阿贵，你懂得吗？你现在是很倒霉的，我知道；不过这并不要紧，只要你听我的话，那即时就可以得到很好的事情做，包管你不愁缺钱用。你的家里是很穷的，你不但应当多挣一点钱图自己快活，而且应当多挣一点钱养家。你看你的两位老人家是多么可怜！你应当孝顺父母呵！……不过你应当明白：那什么鼓吹罢工，组织工会，要求增加工资，反对资本家些傻瓜的事情，不但不能使你得到好处，而且有性命的危险，那李全发是一个例子，其他被捉去枪毙的也不知有多少。老实告诉你，这简直不是门路。门路是有的，只要你听我的话。我实在看你是一个很忠厚的孩子，所以很想帮助你。阿贵，你愿意我帮助你么？啊？”

“你说了半天，”阿贵硬忍着火气，勉强这样地说道，“我简直不明白是一回什么事。你说你要帮助我。你到底怎么样帮助我呢？”

“怎么样帮助你？我说出来你就明白了。”李盛才将头伸至阿贵的面前，恐怕别人听见也似的，轻轻地说道：“我们工会里现在要找一个人当暗探，专门探听工人开会等等的事情，薪水是很大的，一个月差不多有三十元的样子。弄的好，多破几回案子，还有另外的赏钱。这个差事真是再好没有了。阿贵，你愿意干吗？只要我说一句话，这个差事是不会让别人得去的。我看你是一个很可靠的人，所以我很希望你干，帮你一点忙。阿贵，你说你愿意干吗？机会是不可失的呵！……”

阿贵觉着自己心中的愤火在熊熊地燃烧着，无论如何是要爆裂的了。他已经将拿着茶杯的右手缩到桌子底下，预备使力地给他一拳。但恰巧在这个当儿，茶房走来泡茶，并询问还要添点心么？……阿贵的决心被茶房所阻止了。李盛才料定阿贵一定是不会拒绝的。三十元一月的薪水，而且另外还有赏钱，而且事情并不困难，较之在工厂内做工，也不知要相差多少倍！阿贵没有工作了，阿贵是一个很穷很穷的小子。忽然来了这么一个好差事！阿贵应当感激而泣才是！阿贵应当向李盛才，这个天大的恩人，三叩首！在说了这一片话之后，李盛才也就等待着这个。但是阿贵却具着别一种心理：不但不觉着感激，而且觉着一种莫可言喻的侮辱。这真是为聪明的李盛才所不能料到的了。

“阿贵”，李盛才沉吟了一忽，说道：“你与张应生认识吗？”

“我与他是认识的，你问他干什么？”

“你知道他住在什么地方吗？”

“不知道。”阿贵即时在李盛才的眼光中，明白了他问张应生的意思，不禁替张应生危急。“这小子又在打张应生的念头了！……”阿贵一边想，一边又轻轻地，就同声音有点颤动也似地，重复了一句：

“我不知道他住在什么地方。”

李盛才很审问地看了阿贵几眼，接着便又伸着头向阿贵轻轻地说道：

“阿贵！你要说实在话呵！如果你真知道他住在什么地方，你就应当告诉我呵！如果你告诉我，我即时就可以拿二十块洋钱给你做报酬。好机会是不可以失去的！我一定要尽力地提拔你。阿贵，一个人不能太拘板了！当有钱的时候就要拿钱，不必问到别的事情。况且张应生又不是你的好朋友，何必为着他隐瞒呢？阿贵，你要晓得，你即刻就可以拿到二十块大洋呵！……”

忽然啪啪的两声，阿贵照着李盛才的面孔重重地击了两掌。李盛才只顾说话，未提防到这个，霎时间被阿贵击得昏麻而糊涂了。阿贵掌击了李盛才之后，即时拿起自己的小褂子很迅速地走下楼去，并没曾顾及到茶客们对于他的这种行动是如何地惊异。……

阿贵走了几十步，忽然在拥挤的人众中立住了脚步。他很失望地自对自地说道：

“我为什么不把他打死呢？唉！我忘记了！张应生的手枪在我的手里，他想害张应生，我顶好用张应生的手枪将他打死！唉！我真是糊涂！……他比张金魁还要坏呵！张金魁不过是害了我的身体，并没曾伤及我的良心；而他却想用金钱来把我的良心买去。他不但自己做恶，而且要诱惑别人同他一道做恶，真是罪该万死的东西！”

五

从前不敢杀鸡，现在居然杀了人！

当阿贵越走近张金魁的住所，他的心越是跳得厉害。一方面，他是很欢欣的：他，一个被人侮辱了的年轻的工人，现在居然能有复仇的机会，居然能向人们面前表示，他王阿贵并不是一个卑怯的弱者，不但不是一个弱者，而且将为一切被侮辱了的人们的表率。倘若他真能将张金魁打死了，那他不但为自己复了仇，而且为沈玉芳和李全发复了仇，而且为一切穷苦的人们除了一个大害，而且这件事情也将要使张应生愉快，张应生将要宽恕他偷手枪的罪过，或者将要对于阿贵的勇敢，发生敬佩的心情。……阿贵简直是一个英雄！阿贵简直是一切人们的表率！一个很普通的阿贵，现在将要做出一桩惊人的，非常的事情！这实在是阿贵足以引以为自豪的了。但是在别一方面，阿贵却又异常地恐惧：倘若不能将张金魁打死，或者自己反被张金魁打死了，或者事情不得成功，而自己反被捉入了巡捕房去，那倒怎么办呢？那岂不是要笑死了吗？那岂不是更给了张金魁一个侮辱的把柄？……阿贵最怕的是这一层！为着要免去这一层的危险，阿贵决定用尽平生的力量，加倍的小心，以期达到自己的目的。

最使阿贵心跳的，那恐怕是阿贵的第三种的心情：阿贵从来没杀过人，这是破题儿第一遭！杀人是何等重大的事情！阿贵从前不但没曾杀过人，而且也从没曾想过他将来要有杀人的行动；也许曾经想过关于杀人的事情，但是这不过是一瞬间的事，阿贵不愿想，而且怕想。阿贵是一个性情很温和的人，他自料不是一个杀人的样子。对于他，杀一只小鸡都是不可能的事情，何况是杀人？但是阿贵现在是走着去杀人了！这不是幻想而是行动，这表明阿贵即刻就要杀人，即刻就要实现那为他从前所没想到而又怕想到的事。阿贵越走近张金魁的住所，那一种神秘的，危险的，可怕的，非常的事情就来临得越快。同时，阿贵的一颗心也就为之越跳得急剧了。杀人？杀人是何种非常的行为！但是阿贵即刻就要杀人了！……阿贵一方面自以为是非常地勇敢，但一方面却又制止不住跳动如擂鼓一般的一颗心，使它略为减少一点跳动的速度。

已经是张金魁的门口了。这是义和里第二弄的第四家，阿贵虽然没有抬头审视门牌的号数，但是阿贵知道很清楚，这是张金魁的住所，不会有什么错误。阿贵走到张金魁门口的当儿，向弄内的景象看了一看，弄口摆着一个卖馄饨的担子，卖馄饨的人正在那里敲着竹板喊着。几个男女小孩在第六家的门口跳着绳索，嘻嘻哈哈地游戏；对过的一家的后门，这时倚着一个年约二十几岁的女人，出神地向他们望着。阿贵的出现，丝毫没有惊动他们，他们如毫未觉察着也似的。

已经到了门口了，怎么办呢？敲开门进去罢？也许张金魁这时坐在客堂里，也许睡着还未起来，也许搂着小老婆说笑……既然来了预备打死敌人，既然到了敌人的门口，不进去还有何说！阿贵知道自己不应当再有什么踌躇，时机到了，还待何时？但是一颗讨厌的跳动的心愈加跳得厉害，似乎要冲出胸膛的样子。阿贵三番五次地想举起手来敲门，但手就同被谁个捆着了也似的，总是举不起来。阿贵觉得有点奇怪了：为什么现在一点儿勇气都没有了呢？已经预备好了的勇气，难道都飞跑了不成吗？怪事！怪事！……

“也许我的手枪放不响呢。”忽然飞来了一种思想，将阿贵吓退了一步。“放不响，岂不是糟了吗？我又没试过，我怎么知道它能不能放响呢？我应当先试试看！……”阿贵如得了救也似的，很欣幸自己现在能够忽然想到这一层，否则，说不定要误事。忽然阿贵听见门内有人说话，他没有来得及辨明这是谁个的声音，便很迅速地走开了。这时卖馄饨的依旧敲着竹板，小孩子们依旧玩着，那个倚着后门的女子依旧望着他们。但是在这几分钟的时间内，阿贵的脑筋起了无数层的变化的波纹。

“我以前为什么没想到这一层呢？险些儿误了事！……”阿贵走出弄堂口的当儿，这样很庆幸地想着。他很记得吴阿兴的事情，吴阿兴就是因为手枪放不响，把自己的命送掉了。吴阿兴是张应生的朋友，一天大家决定他去暗杀奸细刘大胖子，他也就很欣然地领了使命。在路中他遇见了刘大胖子，如猪猡一般在街上慢慢地行走。吴阿兴高兴的了不得，机会到了！机会到了！他尾随刘大胖子至T路转角的当儿，便赶上几步，举起手枪就对刘大胖子背心放去，可是一扣也不响，两扣也不响……巡捕到了，将他很平安地捉去。你看，这岂不是冤枉吗？这真是活活的冤枉！吴阿兴被枪毙的时候，阿贵还为他洒了几点眼泪。阿贵很清楚地记得这件不幸的事情。但是谁个又能断定阿贵不再蹈吴阿兴的覆辙呢？菩萨保佑，阿贵现在想到这一层了，阿贵决不会做可怜的，冤枉的吴阿兴第二！

阿贵决定走向郊外僻静的，无人的地方，去试一试手枪到底能放响不能放响。若能放响，那是再好没有的事了，那简直是沈玉芳和李全发在天之灵！若手枪的机器坏了，那时也只得再想别的方法，难道说就没有方法结果张金魁一条小狗命么？张金魁应当被阿贵打死，因此阿贵也就应当找得出打死张金魁的方法！

阿贵走到了一个旷场。在旷场上聚集了很多的男女，围看北方人的把戏。叮当哐冬的锣鼓声，引诱阿贵也止了步，一种好奇心，也许是一种小孩子式的好奇心，将阿贵引进了人丛，看看玩的到底是什么把戏。阿贵平素最喜欢看把戏，看那种神奇奥妙不可猜测的把戏：明明是一个箱子，把两个小孩子放进去，再翻过来看，便什么东西都没有了。明明坛口子没有小孩子头大，而小孩子能够钻进去。明明是一个空壶，而能忽然倾出水来或酒来……这岂不是怪事么？这岂不是神奇奥妙不可猜测的事么？阿贵曾经为这些怪事困惫了脑筋，总是想不出这里的底蕴来。今天无意中他又遇着玩把戏的了。他知道他有重大的任务，不应当在此把戏场中勾留，但是想总是这般想，而他的两条腿却自然而然地在人丛中停下了，不受他理性的调度。

眼前是很惊人的一幕：场中放一张木桌，木桌上放一个木制的八角圆圈，圆圈上环插着密密地刀尖向内的锋利的小刀，中间形成一个圆圈，约略有一个人身圆径的大小。这时只见一个人赤着胸膊，如燕子一般，飞也似地穿过圆圈，没有受着一点儿微伤。阿贵不觉暗暗地惊奇。他想道，稍微不当心一点，那这个穿刀的人岂不是要死在小刀尖上吗？……真是好本事！

阿贵抬头向周围的现象一看，觉着对面站立着的一个穿着白夏布大衫的，身量很大的人，只将目光射到阿贵的身上，似乎对于阿贵非常地注意。阿贵有点奇怪了："为什么他对我这样目不转睛地望着？难道说他认得我吗？奇怪！……"阿贵重新将那人审视一下，好像面貌又有点认识。经过一两分钟的沉思，阿贵记忆起来了，"原来是他！原来是李盛才的朋友！听说他现在充当秘密稽查……"阿贵觉到有即刻离开把戏场的必要，便从人丛中走将出来。那人见阿贵走开了，便也就尾随而来。阿贵走了十几步之后，回头看看，见着那人尾随着自己来了，便觉悟到事情有点不妙。也许阿贵与李盛才的事情，他已经晓得了，或者他现在正在侦探阿贵的行踪，想对阿贵有什么不利……阿贵始而想跑，但即刻便觉到这是无益的事情。距离非常地近，而且倘若那人将警笛一吹，则阿贵无论如何是难于逃脱。"怎么办呢？事情是完了！呵哈！就是这样办罢！……"忽然情急智生，阿贵找到了出路！阿贵在几秒中大大地聪明起来了！阿贵现在要玩一玩手段了！

阿贵将脚步停住了，以待那人的到来。阿贵将惊慌的神情隐藏起来，很镇定似地表现出从容不迫的和蔼的笑色。那人走到阿贵的跟前了，一双贼眼很逼紧地向阿贵的身子上下闪射着。

“你先生，我似觉有点认得。”阿贵迎将上来，这样带着笑地说。

“是的，我也认得你呢。”这位侦探很冷淡地，同时又是很讽刺地回答阿贵。

“不过我忘记了你先生贵姓。你是李盛才的朋友，可不是吗？”

“你忘记了我姓什么，我却没有忘记了你姓什么，不错，李盛才是我的朋友，一点钟以前我还见着了他呢。阿贵，你真英雄呀！你居然能打李盛才，你的胆量倒不小呀！”

“他已经告诉了你吗？”阿贵很自然地笑道，“我恐怕他向你说的是假话呵！我怎么敢打他呢？他现在是工会的委员，谁个敢不尊敬他！我王阿贵是一个什么人，如何敢打他呢？不过他太自大了。你先生知道他说了一些什么话吗？”

“他说了一些什么话？”

“说了恐怕你先生也要发怒呢。他说，他李盛才提拔了很多的人，提拔了这个，又提拔了那个，似乎也说到你先生的身上。他说，他现在是工会中的大好佬，谁个都要听他的命令，他要同谁个的老婆和妹妹姐姐睡觉，那他就睡觉，谁个也不敢说一个不字……你说这不是太吹牛了吗？太抹煞一切了吗？在工会中办事的人多着呢，你先生恐怕也是一个罢，他李盛才哪能这样瞧不起人呢？我素来看不起他，老实对你先生说！我与其佩服他，不如佩服你先生呢！我看他不如你……”

这位侦探有点笑色了。阿贵见着这种情形，知道他已上了自己的钩，便更佯做诚恳的样子，继续说道：

“他答应我找这事做，找那事做，我看都不过是吹牛，没有一句可靠的话。若是你先生答应替我找事，那我一定相信你，但是他李盛才，哼，只有鬼相信他！如果你先生要我做什么事情，那我一定去做，连一个不字都不说。可是李盛才想教我做一点事，那我任饿死都不干！他太不像人了！”

“这样说来，我却错怪你了，你原来是一个好人。”侦探完全改变从前的态度，很满意地向阿贵微笑着说道，“真的，李盛才也太吹牛了。他没有我刘福奎，还有今日吗？他说他提拔这个，提拔那个，其实他是我刘福奎提拔的呵！他不但不感谢我，而且在旁人面前吹牛，这真是岂有此理呢！”

“是的呵！这真是岂有此理呢！我不晓得，他原来是刘先生你提拔的……”

“可不是吗！没有我刘福奎，哪还有他李盛才呢！等我见他面的时候，我一定要骂他一顿！”

“刘先生！这倒不必呢。朋友的感情要紧，可不是吗？现在我们且说一说正经的事情。刘先生，我问你，李盛才同你说起张应生的事情吗？说过？我并不是张应生的什么好朋友，张应生的死活，对于我也没有什么相干。老实说一句，他干那种什么不法的事情，我很是反对的。我所以不告诉李盛才，张应生住在什么地方，那是因为我讨厌李盛才的原故。现在倘若刘先生你要知道的话，那我可引你去……”

“呵！那真是好极了！阿贵！有赏呢！我们费九牛二虎之力，总是找不到他住在什么地方，现在你带我去，那是好极了！你至少可以得到二十块钱的赏钱！”

“赏钱不赏钱，我倒不在乎，”阿贵冷笑一下，很平静地说道，“不过请你别要告诉人这是我说的。”

“这个自然！这个自然！请你就带我去罢！”

“不过现在他们在开会。我可以先带你到他们开会的地方去。刘先生，他们这些人真聪明呢！他们现在不在屋内开会了，一大批人在屋子内，总是有危险的。现在他们到旷野无人的地方开会。S园的后边，那里就是他们常常开会的地方。现在你愿意去偷偷地看看吗？我们可以装着走路的人……”

“好极了！我们就走罢！”

他们开始向S园进行，并排地走着谈着。这时阿贵的一颗心是很平静的，而且能很机敏地找出许多话与刘福奎说，说得刘福奎毫不相疑，信以为真。阿贵觉得这对于他自己，简直是很意外的事情：阿贵素来不是一个会说话的人，现在为什么能有这些话说？他这时心中的打算是怎么样想出来的？……阿贵不禁觉得有点奇怪了，就好像他现在已经变了别一个人，不是先前的阿贵了。这是因为什么呢？阿贵忽然变成了一个很聪明的人，真是怪事！

已经走到田禾的中间了，四外绝少人影。野外的旷阔，田中禾色的青葱，南风的温和，这一切使疲倦的阿贵快畅得许多，不禁一时地为野景所引诱住了。阿贵这时有一种特殊的感觉，似乎领略到自然界的秘密，倘若他会做诗，那他将吟出来很美丽的诗句。但他是一个普通的，没受过教育的工人，就是有诗意也表现不出来。他只会说出一个字来：好！好！

阿贵几几乎把他的同路者忘掉了。为什么他要这个侦探引到旷野来？他将怎么样对付这个侦探？……一瞬间他几几乎都忘掉了。他这时只感觉得自然界的美丽。过惯工厂生活的阿贵，很少与空旷的自然界接触过，现在偶一接触，他便感觉到那说不出来的，令人神往的神秘。

“阿贵！如果我们能破坏他们的机关，能把张应生捉住，那我们一定要得到很多的赏钱呢。你的工也可以不做了。”

阿贵对于自然界的领会，一瞬间被刘福奎的话所妨碍了。他即时便想起来了自身的任务。他原来今天到旷野来，并不是为着来领略自然界的美丽呵！……他听了刘福奎的话，不禁暗暗觉得好笑。破坏机关……把张应生捉住……赏钱……我的乖乖！今天阿贵请你去领赏罢！

“这些事情都要靠刘先生你了。我阿贵不过来帮帮你的忙罢了。”

刘福奎听了阿贵的话，一双贼眼快活得要合拢起来了。

“阿贵！你真是一个好孩子呵！”

阿贵回他一笑。

“刘先生你前走罢，我要小便。”

阿贵小便后，顺手将地上的一块拳大的石头拿起来，——刘福奎只顾前走，毫没觉察到这个。阿贵赶上几步，对准刘福奎的头部拼命地掷去，不巧只中了刘福奎的右耳。刘福奎回过头来，即刻用手向腰间摸索手枪，口中狠狠地骂道：

“你这小王八羔子，你敢算计你老子吗！”

刘福奎已经将手枪拿出来了。阿贵见势不对，不禁有点慌张起来：怎么办呢？跑吗？来不及了！……阿贵情急起来，也只得连忙将卷在小褂子内的手枪拿将出来。这时阿贵并没来得及想到这支手枪能否放得响，便举起来向着刘福奎就放。只听啪的一声，刘福奎已经应声而倒了。阿贵的手枪恰击中了刘福奎的胸部……

阿贵打死人了，但是阿贵不能即刻就相信真正地把刘福奎打死了。难道说他王阿贵，一个未满二十岁的孩子，从前连一只小鸡都没杀过，现在居然能这样容易地打死了一个人？阿贵实在有点不相信自己！转瞬间不过经过了一场幻影也似的，阿贵并没感觉到真的发生了什么危险的事实。但是刘福奎却真的死了！……过了一两分钟之后，阿贵慢慢地，不十分坚决地，走到刘福奎的尸身前，过细地审视了一番，见着刘福奎真是死了：面色变成了惨白，白夏布长衫的胸部呈现着殷红的血迹，四肢连动都不一动。刘福奎真是死了！……

“为什么他的手枪放不响呢？”等到见着躺在地上的刘福奎右手里的手枪，

阿贵不禁有点奇怪起来了。于是躬起腰来将手枪拿起一看，原来是一只空手枪，内里没有装着子弹。阿贵不禁长长地吐了一口长气，心中暗自庆幸：这大约是沈玉芳和李全发在天之灵罢。他大约今天应该死在阿贵的手里。

阿贵杀死人了！阿贵这时的一颗心应当很剧烈地跳动。杀人是何等非常恐怖的事情！但是阿贵很平静的，丝毫不感觉到有什么恐怖，宛如做了一件很平常的事情。这是何等地奇怪呵，连阿贵自己也不明白这个道理。阿贵大约还记得：那是今年的清明节，阿贵的爸爸和妈妈费了几番的讨论，决定将家中所养的一只鸡杀了过节。这对于阿贵的一家，简直是一个很大的纪念日！杀鸡过节，这是从前所没有的事，但是今年却开了一个创例！尤其阿贵的小妹妹，因为这件事情，直喜欢得跳将起来。阿贵当然也是很喜欢的。

“阿贵！你把鸡杀了罢。”

阿贵的母亲命令阿贵执行杀鸡的任务，阿贵的一颗心不禁跳动起来，但又不好意思拒绝。阿贵已是快到二十岁的人了，难道连一只鸡都不敢杀么？那么，他有什么用处？他应当活活地羞死呵！……结果，阿贵是做杀鸡的预备了：左手拿着待死的，极力挣扎的鸡，右手拿着菜刀，预备就放在鸡颈子上面去。但是奇怪，菜刀只是不听阿贵的命令，几几乎在阿贵的右手中要摇落下来。阿贵试几试，但终于没有下手。他的一颗心是那样跳得厉害！……

“妈！我不敢杀，请你来杀罢！”

阿贵最后这样很难为情地向他母亲说了。这是过去不久的事情。一个连鸡都不敢杀的人，现在为什么居然能杀人？为什么杀死了人之后，一颗心毫不感觉到一点恐惧呢？奇怪！这个道理连阿贵自己也不明白！

阿贵如木偶一般，立在死尸的旁边，注视那惨白的面孔，殷红的血迹；似乎如有所思，但思想的波纹并不清晰。一支空手枪从他的右手重新落到刘福奎的身边。

“我应当跑呵！我杀死了人……”阿贵忽然明白了他做了的事情的意义。于是他跑了。跑了几十步之后，向周围望了一望，见无来往的行人，便一时地又停住了步。“我应当摸一摸他的身边，看有没有什么东西。”这种思想又引得阿贵回头走到原地。在刘福奎的腰间的荷包里，阿贵摸出了五元的两张钞票，三块现洋，及一些零碎的银角和铜元……

阿贵快活起来了。阿贵现在有钱用了。这对于阿贵是意外的赏金，——这不是由于他报告了张应生的地址，而是由于他，王阿贵，打死了张应生的敌人。这几个钱是小事，而由这几个钱身上表现出来阿贵对于张应生的功绩来，这确是很大的事。阿贵想起张应生来了：他，张应生，也许现在在家里吃中饭，也许在那里开会，也许正坐在椅子上低着头想自己失去的手枪……但他曾料到阿贵用他的手枪，为他打死了他的敌人么？大约是料不到。阿贵想到此地，不禁很得意地，很矜持地微笑了。

田野间的空气是异常地新鲜。炎热的日光为雪所掩盖住了，所以天气觉着更为风凉。阿贵觉着，顶好能在这田野间的草地上睡一长觉，但是阿贵还有别的使命，阿贵还没达到最重要的目的，阿贵不可在此过于勾留。而且他应该远远地离开杀死刘福奎的地方，免得发生什么不幸。而且他现在肚子也很饿了，要回到街上去买东西吃。今天早上始而受了卖黄瓜的人的一场辱骂，后来又很羞辱地吃了李盛才所买的油饼。想起来那真是羞辱！但是阿贵现在有钱了，阿贵现在不但可以买黄瓜吃，不但可以买油饼吃，而且可以进菜馆内吃一点较好的东西。阿贵从没进过大菜馆内吃过东西，今天阿贵是可以试一试的了。

当阿贵走到 G 街的时候，已经是下午两点钟了。阿贵听着了自己肚子内的响声，急于要寻一家饭馆。最后阿贵寻着了：一家大的菜馆在街的左边，它的招牌是“京苏大菜，汉筵欧席”；与它斜对面时，是一家很蹩脚的小饭馆，它的一副小招牌上写着什么字，已经腐黑得看不清楚了。问题来了，进大菜馆呢，还是进小饭馆呢？……阿贵踌躇了一忽，觉得自己的样子，不像大菜馆的顾客，免得进去被茶房赶将出来。而且他，王阿贵，从来没进过大菜馆，不知道那里是什么规矩；也许那里的菜名字与普通两样，也许那里是另外的吃法，也许……他妈的，鬼晓得！阿贵有打死刘福奎的勇气，现在却没有走进大菜馆的勇气。

“穷人还是吃穷人的饭罢，”阿贵最后走入小饭馆了。阿贵坐下后，要了几碟小菜，并要了一小壶花雕，——这确是一件小新闻！阿贵素来是不吃酒的，今天居然也吃起酒来！这莫非是他要为自己庆祝胜利么？

阿贵一面吃酒，一面想着今天下半天所应当做的事情。手枪既然是可以放响了，那么就可以大胆地对付张金魁了。阿贵现在有了经验，决不会再胆怯了，决不会再不敢敲扣张金魁的大门。吃晚饭的时候，张金魁一定回到家里，就在那时下手罢。哼！张金魁！恶贯满盈的张金魁！今天你要过你最后一天的生活了！……阿贵想至此地，好生得意起来，不禁痛饮了一杯。阿贵的脸孔不禁有点红了，充满了胜利的笑容。

“但是到吃晚饭的辰光，还有几点钟呵，在这几点钟之内，我将干些什么呢？”阿贵忽然想起来了这个问题，不知怎么样消磨这几点钟的光阴为是。最后，他决定走向大世界去。在那里他可以很快地度过这几点钟很讨厌的光阴。而且他很久没有到过大世界了，现在也不知那里又添了些什么新花样。阿贵最喜欢看的，是那京戏场中的《狸猫换太子》，那杂耍台上的令人发笑的双簧。“好！今天趁这个机会去逛一逛罢！”阿贵吃了饭之后，便走向大世界来了。

他先走入京戏场，可惜今天所演的不是《狸猫换太子》，而是什么《红蝴蝶》，阿贵未免有点失望。但是阿贵终于坐下了。阿贵想暂时抛开一切的想念，而专注力台上的演戏，但是阿贵无论如何不能够。一忽儿他觉得他前面坐着的一个人有点像张金魁；一忽儿他觉得隔座的女人的脸上的粉搽得太厚了；一忽儿他觉得他的妈妈在家里为着想他而哭泣……脑海里无论如何清除不了这些讨厌的印象！因此，阿贵虽然两眼向戏台上望着，但他听不着演唱的声音，更不能辨明那戏中的情节。阿贵有点不耐烦再看下去了，便走出了京戏场，无目的地在院内逛来逛去。

阿贵只等天黑，只希望电灯快亮！阿贵觉得时间故意同他为难也似的，他需要它走快些，但它总慢慢地折磨人！总慢慢地如胖子走路也似的，讨厌！

……天黑了。在大世界的院内，已能看出那冲入云霄的英美烟公司的电灯闪灼的广告：红锡包几个字的底下，那露天的大钟计时针已经走到六点了。已经是时候了，阿贵应快快地去办自己的事情。游逛大世界的人都是闲人，而阿贵却负有很重要的使命，却有一件惊人的事情要待他去完成。

阿贵于是走出大世界，而向W路走去，那里住着张金魁，那里是阿贵报仇的目的地。

又到了张金魁的门口了。阿贵的一颗心不禁又有点跳动起来。阿贵的两耳尖起来，静听一听屋内的动静：客堂内有碗筷的声音！接着便听出张金魁的说话。他们原来正在吃晚饭，这正是动手的时机。阿贵应当即刻敲门，敲门进去……阿贵来干什么呢?

经过几次的尝试，阿贵终于把门敲了。

“是谁个呀?”一个女人的声音。

阿贵应当怎么回答呢?答应“我是王阿贵”?不妥！不妥！那时阿贵将进不了门去，而且恐怕张金魁听了“王阿贵”三个字，即刻便有了相当的防备。

“是我呵！请开一下门，我有话说。”阿贵这样含混地回答着说。一个女人将门开了，阿贵便走入了客堂。在方桌上横头坐着的，正在拿着碗吃饭的张金魁，见着走进来的是王阿贵，不禁两眼瞪了一瞪，显现出是异常地惊异。他将饭碗放下了。

“阿贵，你到我家里来干什么呢？”

“我来同你谈一谈。”阿贵冷笑着说了一句。

“你有什么事情要说？是不是李盛才叫你来的？”

阿贵点一点头。张金魁的神情有点平静些了。他又继续说道：

“我对于你王阿贵，并没有什么恶感，只要你此后不跟着他们胡闹，我是还可以把你收回厂里来的。阿贵，你是不是再想进厂里来呢？”

“我来并不是为着什么进厂不进厂，我来是为着要结果你的狗命……”

“什么呀？”

“什么？我要结果你的狗命！”

阿贵说着说着将卷在小褂内的手枪拿出来了。这时桌的周围坐着的有两个女人，一个不相识的男人，他们见着阿贵举起手枪来，都吓得跪将下来了。张金魁的胆量总算是大的，虽然有点惊慌，但还能向阿贵低声下气地说道：

“阿贵！这又何必呢？我与你并没有什么很深的仇恨……”

“没有什么很深的仇恨？你这个狗娘养的，你该害死了多少人！沈玉芳和李全发与你有什么很深的仇恨，你为什么一定要害死他们呢？你这个狗东西，哪一个工友不恨你！今天我可要代他们同你算账了！”

啪的一声，张金魁倒在地上了。这时两个女人吓得哭将起来。那个不相识的男人爬到桌底下，连动都不敢动一动。满室中充满了烟雾和弹药的气味……

阿贵见目的已达，便开门就走。这时弄内的景象还是依然地平静，大约居民还未来得及觉察到发生了什么事情。阿贵安然地走出弄口了。走出了弄口一二十步之后，忽然听见警笛声，忽然遥遥地听见弄内喧嚷起来了……阿贵明白事情已经发作了，他应迅速地逃跑为是。这时弄口涌出了许多人众，阿贵只听得他们乱杂地叫道：

“巡捕呵！巡捕呵！”

“杀死了人呵！”

“凶手跑到什么地方去了呀？啊？”

“快追！快追！”

……

阿贵听到了“快追！快追！……”的叫声，便即刻觉得他们向自己的身后追来，不禁加紧了脚步，慌忙地转了一个路角。因为跑得太用力了，将一个站街的中国巡捕撞倒了；这个巡捕始而不明白发生了什么事情，继而他看见阿贵手持着手枪在前面跑，便即刻吹起警笛，可是他坐在地上，并不起身来追阿贵。阿贵不敢稍微回头一下，似乎听见后面追来了的样子，越加拼命地跑得快起来。也许并没有人来追他，也许他听见了后面的马车声，电车声，或者是人力车夫的喘气声……就疑惑是有很多的人来追他了。在跑的过程中，他曾与几个行人相撞，被撞的行人当然要愤怒地骂他，但他却不顾到这些，只是想保全自己的性命……

最后他跑到一所荒僻的空场，在这里没有电灯的闪耀，只有几个很稀疏的来往的人影。空场上堆积了几堆砖瓦木板，大约是预备在此地建筑房屋的。阿贵找一个黑影比较浓厚的地方坐下，为着使人看不出他的形象。浑身跑得大汗淋漓，手枪的身上几几乎为汗水所湿透了。找不出别的东西拭汗，阿贵将小褂当做手巾。阿贵跑得太疲乏了，阿贵应当好好地休息一下。菩萨保佑！阿贵总算是逃脱了！阿贵总算是没有被一班巡捕猪猡追上！……凉风一阵一阵地吹到疲乏的身上，更觉得异常地舒适。阿贵在庆幸与舒适的感觉里，想好好地躺在木板上尽量地睡一觉。是的，现在是阿贵休息的时候了！阿贵的目的已经达到，阿贵已经不再对那一只小黄蚂蚁抱愧了！阿贵还有什么可想的呢？阿贵应当休息了！……

在两天以前，他，王阿贵，还是一个柔顺的孩子，还是一个被人欺侮的工人，不但别人没有想得到他会有异常的惊人的行为，就是他自己，也没曾梦到会有今日的事情。在一天之内他杀死了两个人，而且这两个人在社会上的地位，比他高得多少倍，这难道说不是可惊的事情吗？以一个不到二十岁的孩子，而居然做了杀人的凶手！这实是非同小可呵！……阿贵自己想来，也未免有点奇怪！从前不敢杀鸡，现在居然杀了人，这其中的秘密，连阿贵自己也想不透。现在的阿贵不是两日前的阿贵了。阿贵自己觉得两日前的阿贵已经死去了，永远地死去了。

阿贵又是何等地满意，何等地高傲！两日前，张金魁在阿贵的面前是那般地威风凛凛，声势赫赫；是那般地把阿贵不放在眼里，是那般地欺侮阿贵，而且打碎了阿贵赖以维持生活的饭碗。两日前，据阿贵所知道的，张金魁是工人中的霸王，张金魁是得意的骄子……但是今天？今天张金魁却死在阿贵的手里！张金魁曾害死了沈玉芳和李全发，或者还害死了很多其他的人，但是阿贵今天却能为这些人们复了仇！阿贵不但不像其他工人一样，忍受张金魁的欺侮，而且打死了他的仇人。这是何等地足以自豪！……阿贵想到这里，不禁很愉快地微笑了。

阿贵还记得：那是上礼拜的事。张金魁在工厂的院内，辱骂一个年约四十几岁的织布间的工人：

"你是活猪猡！做事不当心！……机器弄坏了！……你做的生活很蹩脚！……请你滚蛋，娘个造皮！……"

这个被辱骂的工人，低着头，很柔顺地不敢露出一点反抗的神情。他是那样地可怜，那样地卑怯！他结果是被开除了。后来阿贵也就毫没听出一点他预备报复张金魁的消息。

想到当时的情况，阿贵现在似乎有点不明白了：一个人怎么就同猪一般受人辱骂呢？这怎么能忍受下来呢？难道说他没有灵魂？难道说他生来就是贱骨头？只有猪才能无辜地受人宰割，平白地受人辱骂！而人？人应当有点反抗的精神呵！没有反抗精神的人，那不是人，那是猪呵！……

"如果每一个被欺侮的人，都能像我王阿贵一样，那世界将变成了一个什么样子呢？"阿贵忽然给了自己这么样一个问题。阿贵仰着面孔，看一看天上的繁星，很深沉地思索了一忽。思索的结果，他决定了：那时的世界将变成了一个很平等的世界，因为谁个也不敢欺侮谁了。现在的世界弄得这样地不平等，这完全是因为被欺侮了的人不敢反抗的原故。如果都像我王阿贵一样，那世界上的什么张金魁，什么刘福奎，什么……一切做恶的人哪能存在呢？

阿贵又给了自己第二个问题："杀人到底是不是应当的事情呢？"阿贵觉得这个问题倒有点困难了。若说杀人是不应当的事情，那么阿贵今天一日之内杀了两人，这是很大的罪过了。但阿贵究竟做错了没有？阿贵究竟犯罪了没有？阿贵问一问良心，似乎并不承认自己是做错了事。若说杀人是应当的事情，那么这样杀将下去，似乎又有点不大妥当。你杀我，我杀你，这样将成了一个什么世界呢？而且人又不是畜生，如何能随便地杀呢？……

阿贵有点迟疑不决了。阿贵既然不能承认自己是犯了罪，但同时又不敢直捷地决定：杀人是应当的事情。阿贵仰看着天上的繁星，那繁星如晶明的小火球一样地闪灼着。阿贵似乎要在它们的微光里寻出答案，但那天空里只是茫茫地无着，连一点儿声响也没有。

"啊哈！沈玉芳先生不是说过吗？"阿贵忽然想起沈玉芳的话了，这样很欢欣地自对自地说道，"凡是被压迫者反抗压迫者的行动，无论是什么行动都是对的。既然如此，那么一个被压迫者将一个压迫他的人杀死，这事当然也是对的了。压迫人的人都是坏人，被压迫的人都是好人，好人应当把所有的坏人消灭掉。就如我王阿贵是好人，自问没有做过什么坏事，而张金魁是坏人，他是无恶不做的，我应当把他杀死，为人除害。至于张金魁害死了沈玉芳和李全发，那就是不应当的事了。沈玉芳和李全发是最好的好人，最有用处的人，他俩为着穷人做事，想一切劳苦的人都得到好处。他俩有杀张金魁的资格，而张金魁却没有杀他俩的资格。我把张金魁杀死是很对的事呵！……”

阿贵解决了两个问题之后，觉着异常地愉快。一颗心更为平静了。这时天上的繁星齐向他微笑，为他庆祝光荣的胜利。不，阿贵不但是一个胜利者，而且成了一个伟大的哲学家。固然，阿贵不知道哲学作何种解释，他依旧是一个不文明的工人，他就是做梦也没梦到要做一个什么哲学家。但是阿贵解决了困难的问题，这个困难的问题为从来最勇敢的哲学家所不敢解决的。

他想道，如果今天晚上，或是明天，他，偷了张应生的手枪的王阿贵，将手枪仍旧送还张应生，那张应生将如何地欢喜呢？如果他告诉张应生他所做的一切事，那张应生又应当如何地表示惊奇！难道张应生能不说一句：唉！阿贵！你真是好孩子呵！是的，张应生一定要这样说！可是这种夸赞，对于阿贵是如何地幸福呵！张应生也居然能够佩服王阿贵！……

阿贵还要继续想一些别的事情。忽然听见有什么哧哧的声音，阿贵定神一看，见有一个人影伏在前面砖堆的底下。“难道是来捉我吗？”阿贵连忙站起身来，将手枪对准那黑影，做预备开枪的姿势。

“哎呀！”

那黑影见着阿贵举起手枪对着他，放出了一声怪绝的鬼叫。

“阿拉在此地大便，请别要放……”

“真是活见鬼！”阿贵不禁暗自笑道，“原来是拉屎的，险些儿又杀了一个人。”

将手枪放在小褂内卷好之后，阿贵便离开了空场。

“真是活见鬼！”阿贵走了几步，又笑着这么重复了一句。

六

他的面孔依旧充满着胜利的微笑。

“我的观世音菩萨呵，请你保佑我的儿子罢！他自从昨天早晨出门，也不知到什么地方去了，到现在还没见回来。也不知道他是不是遇着了危险，真把我焦坏了呵！望菩萨你把他送回来罢！可怜我们两个老夫妻，一辈子辛苦到老，只有这一个儿子，若有什么好歹，那我们两个老夫妻怎么能够活下去呢？求菩萨发一点慈悲罢！我自问我一辈子没有做过坏事，阿贵他又是一个很忠厚的孩子，求菩萨保佑我们罢！如果阿贵能够回来，那我将买好香烧，天天磕响头……”

当阿贵悄悄地走到自家门口的时候，即是他的母亲跪在观世音菩萨的神像面前，苦苦地祷告的时候。阿贵见着屋内还有灯光，本待要敲门进去的当儿，忽然想到他自己现在是一个犯罪的人，说不定今天夜里就有人到他家里来捉他。他不应当回到家里来，现在他不应当敲门进去……

也不知是因为什么原故，阿贵的满腔的，胜利的得意的心情，一走到自家的门口，便什么都消逝了。他看见夜幕中的矮小的茅屋，茅屋内透出的微弱的灯光，一颗心即时就同被苦水洗了一道，说不出有无限的酸楚。一者他明白不应当敲门进去，二者他也实在没有勇气敲门……进去了之后，他将如何与他的爸爸和妈妈说话呢？固然，他的父母见着他们的亲爱的儿子回来了，将要乐极而泣，宽恕他以往的罪过。他们的盼望，他们的惟一的快乐，就是阿贵快快地转回家来！但是，试想一想，当阿贵告诉他们两日的经过，当他们知道阿贵是杀人的凶手……那时的情形将是怎样的呢!？这种可怕的消息，也许即时要把两位可怜的老人吓死。他俩已经是很痛苦了，已经是不幸的了，阿贵不应当再与他俩以可怕的刺激。阿贵为自己着想，为他的两位可怜的父母着想，还是暂时不进去为好：免得在深夜中，或是在明早的黎明，或是在明日的白天，阿贵当着战栗的，哭号的，可怜的两位老人之前，被兵警们活活地捉去。

阿贵虽然是这样地想着，但是他总不能即时就掉转头来，坚决地离开家门。他始而在门前徘徊了一下，继而他听着他的母亲祷告的声音。他伸头向门缝一看：这时他的母亲正跪在神像的面前祷告，而他的父亲愁眉不展地坐在靠墙一张竹床上，不发一点儿声响。他的小妹妹，阿蓉，立在母亲的旁边，睁着两只活泼的，此时充满着疑问的眼睛，呆呆地向母亲望着，似乎不了解母亲那种祷告的样子，到底因为的是什么。

“我的菩萨呵！求你把他送回来罢！只要他回来，只要他回来！……”

阿贵再不忍听将下去了。阿贵想一下将门推开，跑将进去，跪在他的可怜的母亲面前，说些安慰的，亲密的话，但是他终于没有决定。接着他听见母亲磕头的通通的响声，这种响声就如巨大的炮声一样，很剧烈地，深深地，震动了他的心灵。

“妈！妈！你的头不痛吗？”

阿蓉很天真地问她的母亲。也许母亲的头不觉痛，而这时的阿贵的心，却痛苦异常。阿蓉的话几几乎使得阿贵要哭出来了。

“阿蓉！过来！别要在那里胡说八道！你听见了没有？”

父亲有点发怒的样子，这样很严厉地命令阿蓉。阿蓉很屈顺地离开她的母亲，走到父亲的旁边坐下。母亲还是继续地磕着响头！

这种幕景，阿真不忍再看将下去了，便背过身子预备走开。这时，磕头的声音停止了，母亲似乎立起身来，接着阿贵便听出谈话的声音：

“也许阿贵明天要来家的。”阿贵的父亲的声音。“他身边又无钱，又无什么东西，哪能在外长久住呢？唉！这孩子真是浑蛋！就这样无原无故地跑了！又没有谁个得罪他。”

“你明天暂且不做生意，出去找一找他好吗？”母亲问。

“你这才是说瞎话！这样大的地方，请问你向什么地方去找呢？”

“哼！……”

沉默了一忽，阿贵的母亲又继续说道：

“我不相信阿贵就这样地丢掉了。老天既然不保佑我们发财，难道说连我们的一个儿子都要弄得不平安吗？我们辛苦一辈子，又没做过什么缺德的事。阿贵这孩子该多么忠厚，难道说得罪了菩萨不成？哼！……”

“妈！阿哥为什么还不来家呢？”

忽然阿蓉的声音将阿贵的一颗心，鼓动得剧烈地跳将起来。阿贵觉着他深深地愧对他的天真的，可怜的小妹妹，他在他的小妹妹面前是一个不可赦免的罪人。他觉得他的小妹妹是那样地可爱，又是那样地可怜……他想将她抱到怀里密密地吻她千万遍，好好地抚摩她的小辫子。

“阿哥跑掉了呵！阿蓉！你去把阿哥找回来罢。”

母亲似乎苦笑地这样向阿蓉说。阿贵心中真是难过得异常。他想道：“我的妈妈！我的小妹妹！我的亲爱的小妹妹呵！阿贵并没有跑掉，阿贵现在正在门外站着呢。不过他现在不能够进来了，他已经是一个罪人，是一个杀人的凶手……请你们原谅我罢！原谅我罢！”

忽然昨天的梦境飞到阿贵的脑海里：一个五十几岁的，蓄着八字胡的老头子，搂着一个至多不过十四五岁的小姑娘，在那里猥亵地调戏……那小姑娘的面貌渐渐变成阿蓉了……老头子搂着的不是别的小姑娘，而是阿贵的小妹妹阿蓉……接着阿贵似乎又听见沈玉芳的话：“阿贵，你晓得吗？在这个社会里，穷人家的女子总是要被富人侮辱的，你看你的小妹妹是什么样子……”

阿贵的全身不禁战栗起来了。他又仿佛地觉得：小妹妹与其受人家的侮辱，不如先把她弄死。是的，穷人的女子一定要受侮辱的，阿蓉将来不免要变成为被人侮辱的娼妓……但是阿贵的自尊心不容许这种事情发生，他绝对不愿意自己的亲爱的小妹妹，很羞辱地，无体统地，被搂在一个五十几岁的老头子的怀里！

“爸爸和妈妈，他俩该多么可怜呵！”阿贵的思想又转到他的父母的身上来了，“辛苦了一辈子，到现在还是这样地可怜，真是活受罪！这样有什么活头呢？我看不如死去还快活些。活着有什么意思呢？天天累得如牛马一般，反而吃也吃不到一点儿好的，穿也穿不到一点儿好的，这样活着岂不是活受罪吗？倒不如死去好些！……”

阿贵的脑海里霎时间起了一层剧烈的波浪，思路超出了常轨。他决定了：跑进屋内将他们——爸爸，妈妈和妹妹，统统都杀死，免得再受人间的痛苦。那时爸爸可以不推小车子了，也可以不吃红头阿三的哭丧棒了；妈妈可以不提着竹篮为人家补衣服了，那一双红眼睛也可以不再折磨她了；小妹妹将来也不至于被搂在一个五十几岁的老头子的怀里……等到将他们都杀死之后，阿贵便举起手枪结果自己的性命，这样，阿贵的一家人便很快活地进入别一个世界去了，永世脱离这种讨厌的，不公道的，痛苦的人世。阿贵想道：“他没有力量挣很多的钱来养活他的家庭，但是他现在却有力量把他们杀死，使他们永远地脱离苦海。”这也许是不大妥当的办法，但这对于阿贵，却是唯一的出路。

阿贵是这样地决定了。

“开门！”阿贵将手枪预备好拿在手里，而用左手敲门，这样声音有点颤动地说。

“谁呀?”

屋内回答的声音还未十分清晰地传到阿贵的耳膜，阿贵忽然听见后边不远的地方，有人在小声地低语，接着便听见走向他这儿来的脚步的声音。“难道说是来捉我的吗?”阿贵一面很惊慌地想着，一面便转过脸来看一看到底是不是有人来捉他。他看见了几十步以外，有几个黑影子正向他这儿悄悄地移动。他即时便明白了：应当赶快地逃跑呵！……

阿贵已经听见有人开门的声音，但阿贵顾不得走进门去了。他于是顺着墙转到屋的后边，刻不停留地就逃跑了。在夜幕中他也没有辨明方向，只是茫茫然地跑去：经过稻田，经过土丘，踉跄地跌了许多次筋斗……最后他觉着越跑离城市越远了；在夜的憧憬中，似乎遍地都耸动着可怕的黑影，颤动着鬼的声音。他有点害怕起来了。等到他看见从那黑森森的草丛中跳出来几点磷火，忽明忽暗，忽高忽低，真就同鬼在那里游戏也似的，不禁毛发耸然，更为害怕起来。他很疲倦，本待要找一个地方坐下休息休息，但此时他忘却疲倦了，便回转身向那亮的有灯火的城市跑去。

“我刚才回家似乎要做什么事情，这一跑却把事情跑忘掉了。……”快要进街的当儿，他放慢脚步，把心神定一定，想回忆起适才他回家的事情。他忘却了，一时记不起来。“我似乎是预备进门去把他们杀死罢?”最后他是这样恍惚地记忆起来了，但他却不相信自己真起过了这种可怕的念头。

“我为什么要把他们杀死呢?”阿贵又继续想道：“他们有什么罪过?我恐怕是疯了罢?……儿子杀死父母?哥哥杀死妹妹?这岂不是发疯吗?我杀死张金魁，我杀死刘福奎，那因为他们有可杀死之道，因为他们都是做恶的坏人，但是我为什么要把自己的父母和妹妹杀死呢?他们有什么罪过?得罪我了不成?真的，我恐怕是疯了！……险些儿我做了一件大逆不道时事情！我倒要感谢这些来捉我的人，不然的话，我真不知疯到什么程度！……”

“真的这不是奇怪吗?”接着他又想道：“我为什么忽然起了这种可怕的念头呢?……啊哈！原来是因为这个道理！他们活着简直是活受罪，不如死了还快活些！……也许这种念头是对的?真的，他们活着简直是活受罪！吃没有吃的，穿没有穿的，一天累到晚。小妹妹呢?小妹妹将来难免也要同那些青莲阁的姑娘一样……不如早死了还好些！活着有什么意思呢?但是……”阿贵想到此地，不禁又转而想道：“这么一来，那么，什么事情都不算完了吗?穷人死光，好让那些有钱的人活着快活吗?这不是妥当的办法。我们应当大家都设法快活快活才是道理呵!”

阿贵想起沈玉芳的话来了。沈玉芳曾在讲台上向学生说过，现在的世界固然不好，快活的太快活了，痛苦的太痛苦了，但是总有一天我们是能够将它改变的。只要大家明白这个道理，只要大家齐心，只要大家努力……总有一天穷人们可以过着快活的日子！

希望充满了阿贵的全身心了。总有一天穷人们可以过着快活的日子！这岂不是说一切的穷人们都不要失望？这岂不是说可怜如阿贵的爸爸和妈妈那样的人，也有过好日子的希望？至于小妹妹呢？也许她还未长得成人的时候，世界已经改变好了，那时将没有穷人和富人的分别，那时青莲阁也将没有了，那时她将成为一个很幸福的，不受人侮辱的姑娘。那时的世界是平等的世界，那时将没有恶人立足的余地。

阿贵不禁打了一个寒噤：如果在疯狂的状态下，他将他的父母和小妹妹杀死了，那这是一种怎样大的，永世不能饶恕的罪过！父母和小妹妹本有过好日子的希望，而他却残忍地先把他们杀死了，那将是一种怎样大的不可更改的错误！……

"只要大家努力……"这一种思想救出了阿贵，阿贵现在明白了：他的出路不是自杀或是将全家杀死，而是要努力，如张应生他们一样地努力。张应生他们是在那里工作，奋斗，是在那里图谋推翻现在的世界……阿贵应当仿效他们，加入他们的一伙。

"我现在去找张应生去，一者可以把手枪还给他，二者叫他替我找工作做……"在这一种思想之中，他不觉得已经进了街了。这时约略十点多钟的辰光，街上还沸腾着嘈杂的人声。阿贵忽见前面走着一个女人，她的走路的姿势，装束，一切都与沈玉芳的一样，不过面孔是背着的，看不清楚。阿贵一瞬间快乐起来了，连忙走上前去，想将那女人追上，可是那女人走得非常之快，即刻走入弄堂口内便不见踪影了。阿贵不禁有点失望，同时又有点怀疑起来：明明是沈玉芳的样子，一点儿也不差，但是沈玉芳已经死了……她难道没有死不成？也许这是她的鬼魂？她走得这样快……

阿贵忽然又觉得前面走着的一个男人是李全发的样子，便也就悄悄地追将上去，想看一看到底是不是他。那人始而走得很快，阿贵有点赶不上，继而那人也就走得很慢了；阿贵赶上了他，不敢遽行喊他，只慢慢地凑近他的身旁，偷偷地瞟看他的面孔：不，这不是李全发，这是一个面目很可怕的家伙！

"真是活见鬼！我今天真莫非遇着鬼了么？"阿贵让过了那人，很丧气地这样自对自地说道："也许我要快死了罢？唉！管他娘的蛋！横竖我现在死也值得了！”

“不！”阿贵又变为很快活地转而想道：“也许因为我把张金魁打死了，为沈玉芳和李全发报了仇，他俩今天在我面前显灵也说不定呢。他俩死而有知，一定要感激我呵！”

忽然阿贵的赤裸裸的肩背上，觉着从什么地方落下来几点水，接着便落得愈密了。阿贵仰头一看，两颗豆大的雨点正落到他的两只眼睛里。天上的黑云深厚地布着，繁星的微光已经没有了。雨越下得越紧张起来。

阿贵有点着急了：怎么办呢？离张应生的住址还远，而又不能回自己的家去……阿贵正在无路可走的当儿，抬头见着前面隔不儿家就是一家旅馆，便很欢喜地向旅馆跑去。

“喂！你有什么事情？”茶房见着阿贵的那种狼狈的样子走将进来，便这样很不客气地开口问他。

“我要住旅馆，干什么！”

阿贵也就这样很硬地回答茶房，茶房将两眼向阿贵上下打量一下，似乎不相信阿贵有住旅馆的资格。

“我们这里的房间很贵，恐怕你住不起！”

“你这说的什么话!？我既然来住旅馆，还怕房间贵吗？你怕我没有钱吗？”

茶房不得已，将阿贵引到楼上，指着一间房间向阿贵问道：

“你看这一间房子好不好？”

阿贵看了一看，房间并不大，可是布置得很讲究：张着帐子的钢丝床，洗脸台，红木桌，桌上摆些茶碗茶壶之类……阿贵从来没住过这种阔气的房子，这时心里未免有点害怕，不知要多少价钱。阿贵还未来得及回答，那茶房又接着很高傲地说道：

“房钱是一块六角大洋，我们这里的规矩要先交账。”

阿贵听见房钱只要一块六角大洋，不禁胆大起来了，便很爽气地向茶房说道：

“就是这一间罢，先交账就先交账。”

阿贵很小心地从小褂子上的口袋内掏出两元现洋交与茶房，茶房又重新上下将他打量一番，好像决未料到阿贵能够掏出两元现洋，不禁表现出一点惊奇的神情。茶房即时将态度改为谦和了：

“请你等一等，我即刻就来打水洗脸。”

茶房说了出去了。阿贵向床上坐下，复向房内望一望，这时说不出来是一种什么情绪。要说是快乐罢，但他又感觉得无限的愁闷，似乎要痛哭一场才觉舒适；要说是完全愁闷罢，那可也不尽然，他又觉得他得着了什么胜利，还有一种希望在等着他。总而言之，他一瞬间的情绪是很茫然，不知将怎样办。也许他是太疲倦了，他应当即刻躺在床上睡下，但明亮的电灯光，又似乎打扰了他要睡觉的兴致。

一忽儿茶房端着洗脸盆进来了。他于是将脸部和上身用热的手巾揩一揩，觉着异常地清快，不似先前就同粘滞一般地难过了，等他揩完了身子以后，一盆水差不多变成了黑色。

阿贵喝了一杯热茶，把房门关好，便向床上躺下了。他想即时就入梦，可是种种类类的思想如波浪一般，只向他的脑海里涌来。一忽儿他想到沈玉芳和李全发的身上，一忽儿想到打死张金魁那时的情景……最后他想到张应生了。他决定明天早晨把手枪送还张应生，并且请求为他找一个相当的工作，他将跟着张应生一块，死心塌地做那种也许是很危险的事情，然而是极有价值的事情。反正他，王阿贵，是打死人的凶手了，现在只得坚定地走这一条路……

“如果真个在我们的手里将世界改造好了，那是多么令人快活的事情呵！爸爸和妈妈也可以不再吃苦了，小妹妹也可以没有当娼妓的危险了，一切的穷人也都有出头的日子了。那是多么令人高兴呵！……”阿贵想到此地，不禁好生得意起来，把睡觉的事情忘却了。

哒！哒！有人敲阿贵的房门。

“谁个敲门？”

“是我，请你把门开一开！”

阿贵有点奇怪了：这是女人的声音，女人为什么来敲他的门呢？……阿贵很狐疑地立起身来，将门开开一看，走进来一个脂粉满面的女子，年纪约有二十二三岁的光景。只见她笑迷迷地，丝毫不客气一点，就直捷向床沿坐下了。阿贵弄得莫明其妙，只是很奇怪地望着她，说不出什么话来。

“你喊我来做什么呀？”

她很献媚地笑向阿贵这样问道，这弄得阿贵更加莫明其妙，不禁暗自忖道，“这真活见鬼！谁个喊她来呢？”但阿贵不知道这位女人进来究竟是一回什么事，不敢即行莽撞起来，便带着很和气的口气说道：

“你恐怕弄错了罢？我并没有喊你来。”

“哎哟！你喊我来了，你还假装腔呢。一个人睡觉是太寂寞了，让我今夜来陪陪你罢，哎哟！你别要再假装腔了呵！”

阿贵这才明白是一回什么事。阿贵还是一个童男，从未与女子发生过关系，这时忽然听见这个女子要陪他睡觉，一颗心不禁即时卜通地跳动起来。怎么办呢？怎么办呢？……阿贵一时想不出来对这个妓女的方法，只是倚着门痴呆地向她望着。

“哎哟！你别要这样假装腔了哟！我来陪一陪你还不好吗？……你别要这样罢，就同没玩过女人也似的。你怕羞吗？……来哟！来哟！来坐下罢！我同你好好地玩一套刘海戏金蟾……”

阿贵看着这种讨厌的，妖媚的怪相，不禁愤火中来，不能再忍默下去，便气狠狠地走上前来，将她硬拉到门外，回身将门紧紧地关上。等到阿贵躺到床上之后，还听见那女人在门外骂道：

“娘个造皮！……赤佬[1]……”

阿贵不禁又觉得好笑起来：这又真是活见鬼呵！她怎么能有那样厚脸皮！……

阿贵连连打了几下呵欠，真是要睡觉了。他觉着应当早些睡，明早好早一点起身去找张应生。他将两眼闭下了……忽然他又听见什么哧哧的声音，仔细一听，却原来是隔壁抽鸦片烟的声音。阿贵平素最讨厌吃鸦片烟的这种事情，他非常恨吃鸦片烟的烟鬼。他以为吸鸦片烟的人是最下等的人，连娼妓都不如。他曾有过一种幻想：如果他将来得势的话，那他将所有的吸鸦片烟的人，都丢到粪池里活活地熏死！一个好好的人为什么要吸鸦片烟呢？吸鸦片烟的就不是好人。今天无意中他又听见吸鸦片烟的声音了，并隐隐地闻着鸦片烟的气味，他不禁又为之气愤了：“这些人都是猪猡，简直不是人！简直是浑蛋透了！”

接着阿贵便听见隔壁谈话的声音。阿贵始而不注意听他们说些什么，后来有个人说话的声音觉着很熟，这不禁引起阿贵的好奇心了。阿贵于是乎立起身来，走到板壁跟前，照着那裂缝望去。那是极希奇的一幕：

两个裸体的男人面对面地并躺在床上，中间摆着一架鸦片烟盘，正各持着烟枪，在那里努力地吞云吐雾。一个裸体的女人，（她只穿着一条短裤，此外什么东西都看得见。）坐在一个靠左首躺着的男人的背后，为他慢慢地打扇。……

“唉！这些猪猡！”阿贵转过脸来，这样讨厌地骂了一句，便又走到床边

① 上海俗语：小鬼。

躺下了。他从来没看过这种怪现象，今天看见了，不禁感觉得异常地厌恶，且有一点不明白为什么这些猪猡能够这样地不要脸孔，能够这样地无耻！两个裸体的男人，一个裸体的女人，不顾一切的羞耻，简直是禽兽！呸！……阿贵想到此地，不禁爬起身来，向地板上使力地吐了一口唾沫。

“老李！瘾过足些，今晚你好同老六多玩一套。真倒霉！我的小宝贝她今晚不能来！老六！我今晚也揩一点油，怎么样？”

“呸！烂舌根的！你说这话不得好死呵！”

“老李！我揩一点老六的油，你愿意吗？啊？”

“你问她，我不晓得……吓吓吓……”

“活见鬼！这好像李盛才的声音，莫非真个是他吗？”阿贵听到最后的一个人的声音，便又重新立起身来，走向那板壁的裂缝看去：“不是他，是谁个！这个猪猡！”阿贵看见躺在左首的男人真是李盛才，不禁这样更加厌恶地骂了两句。同时，为他，李盛才，打扇的女人表现出来的那种妖媚的，骚动的，无耻的神情，加之她那两个肥大的乳房摇动的样儿，使得阿贵不愿再看下去了。“这些东西真都是猪猡！”这样地骂了一句之后，顺便向靠着板壁的一张木椅上坐下，不知怎的，似乎再没有要躺下的心情了。他决定这样坐着，好听他们的谈话。

“吓吓吓……”

“你们男人总喜欢吸鸦片烟，我不知道这到底有什么好处。”

“老六，你晓得什么！吸鸦片烟与女人困觉，是世界上最快活的两种事情。今晚老李瘾过足了之后，你就知道吸鸦片烟的好处了。哈！哈！”

“你这个烂舌根的，总是要说这些讨厌的话！讨厌！”

“这又有什么讨厌！你不喜欢这种事情吗？”

“呵，我已经吸得太多了。来，我的宝贝！给我亲一个嘴……吓吓……你知道吗，我的心肝？刚才阿金所说的话是很对的：吸鸦片烟与女人困觉，是人生最快活的事情。”

“对呀！”

“你别要乱摸呵！总是动手动脚的……”

“你这两个奶子这样大！哎哟！我的小乖乖！宝贝！……”

“哎哟！痛！……”

“好，我们现在说正经话罢！近来的事情还顺利吗，阿金？关于他们的机关到底设在什么地方，你调查清楚了没有？唉！近来很糟糕，又有什么要罢工的消息……”

“唉！这些猪头三，他们现在也变聪明了。我很费许多力气，可是终没找着他们的机关设在什么地方。依我想，管他妈的，暂且捉几个人才讲别的话。”

“昨天又枪毙了两个是不是？”

“你们男人的心真狠！现在随便杀人，无论谁个捉住了就杀，喂！我的天王爷！真是怕死人！今年该杀了许多人呵！”

“哈哈！你们女人是不中用的东西！”

“我不明白你们为什么能够这样狠心……”

“心不狠就没有钱用呀！你晓得吗？我的小乖乖！现在的世界还说什么良心不良心，只要能够弄到钱，只要有鸦片烟吸，只要有女人搂着，吓吓，还问他妈的别的事情！”

“对呀！最要紧的是鸦片烟与女人！什么良心！要讲良心，那我们现在只好去讨饭去，只好当猪头三在厂里一天做十几个钟头工！你们女人，只是男人挣钱给你们用，你们晓得什么！老李，你说可不是吗？”

“真的，她们女人只晓得用男人的钱，其他什么事情都不晓得。我李盛才之所以有今日，也有鸦片烟吸，也有女人搂，唉！也实在是不容易的事情。我何尝不晓得人家骂我，说我是害人精，……管他妈的！让他们骂好了！我还是快活我的！现在是这一种世道：谁个聪明些，谁个就站上峰。现在什么总长，什么大人物，口头上都是冠冕堂皇，其实打开窗子说亮话，哪一个不是一肚子坏心思呢？我的小乖乖！我若是一个规矩人，那你也就用不着我的大龙洋了。……”

阿贵听至此地，觉着自己的头发都要竖起来的样子，头脑子也似乎在发胀。他完全陷入一个万丈深的愤恨的，厌恶的，鄙弃的，各种情绪混合的海底。他立起身来在房内来往踱了几趟，似乎要做一点什么事情，但不能决定一点要怎样做。他觉得他不能与这些兽性的人们并存于世界上，尤其是现在，当他，王阿贵，正在这一间房内想着一些光明的，正义的，向上的事情，而在隔壁的房间内居然躺着这一些人类的仇敌，社会的魔鬼，并且他们是很高傲地，平静地言谈着，似乎忽视了阿贵的存在，这对于阿贵简直是不可言喻的羞辱。阿贵能忍将下去吗？不，阿贵已经决定了，他不应当与这些人们并存，尤其是不应当并住在两个房间内。这是怎样大的羞辱呵！……

在现在的前一刻，阿贵虽然是愤恨这些卑鄙的人们，然也只看见到他们的行动，对于他们心灵的深处，阿贵并没有深透的觉察。现在他们在阿贵的面前，赤裸裸地把自己的鬼相完全暴露出来，一丝不挂地表现出自己的心灵的深处。唉！这些人们是何等地卑鄙！是何等地微小！同时又是何等地可恶！阿贵明白了：对于这些人们，在世界上只存在着金钱，鸦片烟和女人！只有那可诅咒的兽欲！如果照他们的想象，那世界上将有什么东西是纯洁的呢？喂！这简直令人战栗呵！

不！阿贵觉着无论如何，他有消灭这些魔鬼的义务！他深深地觉着而且明白这个……

“张应生这小子真有本事！他妈的！”

阿贵忽然又听见张应生这三个字，无意中打了一个寒战。“怎么？他们又想到张应生的头上来了！”阿贵为张应生担起心来了，他要听一听他们将要对张应生做些什么。

“我想，阿金，你应当好好地用点力，一定要设法将张应生捉到。这东西太浑蛋了！把他干掉，那我们要少做许多事情。张金魁恨张应生算恨透了！他一见面就托我……呵，想起来了，他现在为什么还不来呢？来了后我们好打几圈麻雀，消消遣……”

阿贵不禁暗暗地笑道：“这小子还在做梦呢！张金魁已经被我送到老家去了，他还等他来打麻雀呢。我的乖乖！恐怕你的麻雀打不成了呵。”

“唉！他妈的，为着张应生的事情，我今天早晨受了一肚子气。他妈的！”

“你受了谁个气呢？”

“唉！真是料不到！今天早晨我遇着王阿贵了，你认识他吗？他妈的！我好意请他吃点心，顺便问一问他张应生住在什么地方，并且我答应了他二十块钱赏钱，他妈的，他却打了我两掌……”

“真的吗？”

“不是真的还是假的吗？我李盛才吃过谁个亏来？今天不料被这个小杂种打了，你说可恨不可恨！反正我碰见了他的时候，我要他的小命，使他知道老子不是好惹的。他妈的！”

“对付这个小东西还不容易吗？加上他一个罪名，就请他吃一颗外国洋枣。”

阿贵不再听将下去了，立起身来，即忙走至床前，伸手将裹在小褂子内的手枪取将出来。取出来了之后，将机关扭开，看一看还有三粒子弹，便将门开开，走至李盛才的门前；门原是未上栓的，阿贵不待扣门，已经进内了。这时床上躺着的男人见阿贵举着手枪进来了，一时间莫明其妙发生什么事情，便都很惊吓地立起身来。女人鬼叫了一声，从床上跌到地上。阿贵不待他们说话，便笑着向两个男人说道：

“我的乖乖！你要请王阿贵吃外国枣吗？来，我先请你吃罢！”

两个男人忽地卜通跪下了，齐向阿贵哀求地说道：

“请你饶我们的命罢！我们与你并没有什么冤仇……”

“好，我来饶你们的狗命！”

阿贵一枪将李盛才打死之后，别一个男人便爬到床底下，想逃得性命。阿贵不问三七二十一，弯起腰来，就向床底下放去，只听“哎呀”一声，床身翻倒在女人的身上。这时阿贵被一种胜利的愉快所笼罩住了，他觉着他做了一桩惊人的事业，因此，他看见目前的景象，只是呆立着微笑。他胜利了！……

旅馆的上下充满了惊扰的声音。但阿贵没有觉察到这个。当几个武装巡捕进到房内的时候，他还似乎没有觉察到，仍然立在那里痴呆地看着他目前的景物而微笑。

最后他觉察到了：他已经在巡捕们的包围中，他要被捕了……这时他记起了他的手枪内还有一粒子弹，于是他将手枪对着自己的胸坎一举，他便随着枪声倒了。

但是在明亮的电光下，在巡捕们的环视中，他的面孔依旧充满着胜利的微笑。……

1927 年 11 月至 1928 年 6 月

丽莎的哀怨

一

医生说我病了，我有了很深的梅毒……

上帝啊，丽莎的结局是这样！丽莎已经到了末路，没有再生活下去的可能了。还有什么再生活下去的趣味呢？就让这样结局了罢！就让这样……我没有再挣扎于人世的必要了。

曾记得十年以前，不，当我在上海还没有沦落到这种下贱的地位的时候，我是如何鄙弃那些不贞洁的女人，那些把自己的宝重的、神圣的、纯洁的肉体，让任何一个男子去玷污的卖淫妇。她们为着一点儿金钱，一点儿不足轻重的面包，就毫无羞耻地将自己的肉体卖了，那是何等下贱，何等卑鄙的事情！

曾记得那时我也就很少听见关于这种罪恶的病的事情，我从没想及这方面来，我更没想及我将来会得着这种最羞辱的病。那时如果我晓得哪一个人有了这种罪恶的病，那我将要如何地鄙弃他，如何地憎恨他，以他为罪恶的结晶。我将不愿正视他一眼，不愿提到他的那会玷污了人的口舌的名字。

但是，现在我病了，医生说我有了很深的梅毒……上帝啊，这就是丽莎的结局吗？丽莎不是一个曾被人尊敬过的贵重的女子吗？丽莎不是一个团长的夫人吗？丽莎不是曾做过俄罗斯的贵族妇女中一朵娇艳的白花吗？那令人欣羡的白花吗？但是现在丽莎是一个卖淫妇了，而且现在有了很深的梅毒……丽莎的结局如那千百个被人鄙弃的卖淫妇的结局一样。世界上的事情，真是如白云苍狗一般，谁个也不能预料。当我还没失去贵族的尊严的时候，当我奢华地、矜持地、过着团长夫人的生活的时候，我决没料到会有今日这种不幸的羞辱的结局。真的，我绝对没有涉想到这一层的机会，我只把我当做天生的骄子，只以为美妙的、富丽的、平静的生活是有永远性的，是不会变更的。但是俄罗斯起了革命，野蛮的波尔雪委克得了政权，打破了我的美梦，把一切养尊处优的贵族们都驱逐到国外来，过着流浪的生活……

现在我明白了。生活是会变动的，世界上没有一成不变的真理。我自身就是一个最确当的例证：昔日的贵重的丽莎，而今是被人鄙弃的舞女，而且害了最罪恶的、最羞辱的病。这是谁个的过错呢？是玷污了我的那些男人的过错吗？是因为我的命运的乖舛吗？是野蛮的波尔雪委克的过错吗？唉，波尔雪委克！可恶的波尔雪委克！若不是你们捣乱，贵重的丽莎是永远不会沦落到这种不幸的地步的啊。

我们，我同我的丈夫白根，离开俄罗斯已经十年了。在这些年头之中，我们，全俄罗斯的外侨，从祖国逃亡出来的人们，总都是希望着神圣的俄罗斯能从野蛮的波尔雪委克的手里解放出来。我们总是期待着那美妙的一天，那我们能回转俄罗斯去的一天。我们总以为波尔雪委克的政权是不会在神圣的俄罗斯保持下去的，因为聪明的然而又是很浑厚的俄罗斯人民不需要它。它不过是历史的偶然，不过是一时的现象，绝对没永久存在的根据。难道说这些野蛮的波尔雪委克，无知识的黑虫，能有统治伟大的俄罗斯的能力吗？俄罗斯应当光荣起来，应当进展起来，然而这是优秀的俄罗斯的爱好者的事业，不应当落在无理性的黑虫的手里。

我也是这样想着，期待着，期待着终于能回到俄罗斯去，重新过着那美妙的生活。我曾相信俄罗斯的波尔雪委克终有失败的一天……

但是我们离开俄罗斯已经十年了。我们时时期待着波尔雪委克的失败，然而波尔雪委克的政权却日见巩固起来。我们时时希望着重新回到俄罗斯去，温着那过去的俄罗斯的美梦，然而那美梦却愈离开我们愈远，或许永无复现的时候。我们眼看着波尔雪委克的俄罗斯日见生长起来，似乎野蛮的波尔雪委克不但能统治伟大的俄罗斯，而且能为俄罗斯创造出历史上的光荣，那不为我们所需要的光荣。

这是什么一回事呢？这难道说是历史的错误吗？难道说俄罗斯除开我们这些优秀分子，能够进展下去吗？这是历史的奇迹罢？……

我们，这些爱护神圣的俄罗斯的人们，自从波尔雪委克取得了俄罗斯的统治权以后，以为俄罗斯是灭亡了，我们应当将祖国从野蛮人的手里拯救出来。波尔雪委克是俄罗斯的敌人，波尔雪委克是破坏俄罗斯文化的刽子手。谁个能在俄罗斯的国土内将波尔雪委克消灭掉，那他就是俄罗斯人民的福星。

于是我们对于任何一个与波尔雪委克为敌的人，都抱着热烈的希望。我们爱护俄罗斯，我们应当为我们的伟大的亲爱的祖国而战。但是我们的希望结果都沉没在失望的海里，幻成一现的波花，接着便消逝了，不可挽回地消逝了。我们希望田尼庚将军，但是他被波尔雪委克歼灭了。我们希望哥洽克将军，但是他的结局如田尼庚的一样。我们并且希望过土匪头儿谢米诺夫，但是他也同我们其他的侨民一样，过着逃亡的生活。我们也希望过协约国的武力干涉，但是十四国的军队，终没将野蛮的波尔雪委克扑灭。这是天命吗？这是上帝的意旨吗？上帝的意旨令那不信神的邪徒波尔雪委克得到胜利吗？……思想起来，真是令人难以索解啊。就是到现在，就是到现在我对于一切都绝望了的时候，我还是不明白这是一回什么事。也许我明白了……但是上帝啊，我不愿意明白！我不愿意明白！明白那波尔雪委克，那将我们驱逐出俄罗斯来的恶徒，是新俄罗斯的创造主，是新生活的建设者，那真是痛苦的事情啊。如果我们明白了波尔雪委克胜利的原因，那我们就不能再诅咒波尔雪委克了……但是我沦落到这样不幸的、下贱的、羞辱的地步，这都是波尔雪委克赐给我的，我怎么能够不诅咒他们呢？

但是徒诅咒是没有益处的。我们，俄罗斯的逃亡在外的侨民，诅咒尽管诅咒，波尔雪委克还是逐日地强盛着。似乎我们对于他们的诅咒，反成了对于他们的祝词。我们愈希望将俄罗斯拯救出来，而俄罗斯愈离开我们愈远，愈不需要我们，我们的死亡痛苦于俄罗斯没有什么关系，俄罗斯简直不理我们了。天哪，我们还能名自己为俄罗斯的爱护者吗？俄罗斯已经不需要我们了，我们还有爱护她的资格吗？

现在我确确实实地明白了。俄罗斯并没有灭亡，灭亡的是我们这些自称为俄罗斯的爱护者。如果说俄罗斯是灭亡了，那只是帝制的俄罗斯灭亡了，那只是地主的，贵族的，特权阶级的俄罗斯灭亡了。新的，苏维埃的，波尔雪委克的俄罗斯在生长着，违反我们的意志在生长着。我们爱护的是旧的俄罗斯，但是她已经死去了，永远地死去了。我们真正地爱护她？不，我们爱护的并不是什么祖国，而是在旧俄罗斯的制度下，那一些我们的福利，那一些白的花，温柔的暖室，丰盛的筵席，贵重的财物……是的，我们爱护的是这些东西。但是旧的俄罗斯已经灭亡了，新的俄罗斯大概是不会被我们推翻的，我们还爱护什么呢？我们同旧的俄罗斯一块儿死去，新的俄罗斯是不需要我们的了，我们没有被她需要的资格……

现在我确确实实地明白了一切。我的明白就是我的绝望。我已经不能再回到俄罗斯去了。十数年来流浪的生活，颠连困苦，还没有把我的生命葬送掉，那只是因为我还存着一线的希望，希望着波尔雪委克失败，我们重新回到俄罗斯去，过着那旧时的美妙的生活。啊，我的祖国，我的伏尔加河，我的美丽的高加索，我的庄严的彼得格勒，我的……我是如何地想念它们！我是如何地渴望着再扑倒在它们的怀抱里！但是现在一切都完结了，永远地完结了。我既不能回到俄罗斯去，而这上海，这给了我无限羞辱和无限痛苦的上海，我实在不能再忍受下去了，我一定要离开它，迅速地离开它……唉，完结了，一切都完结了。

据医生说，我的病并不是不可以医治的，而且他可以把它医治好。他劝我不必害怕……天哪！我现在害怕什么呢？当我对于一切都绝望了的时候，我还害怕什么呢？不，多谢你医生的好意！我的病不必医治了，我不如趁此机会静悄悄地死去。我已经生活够了。我知道生活不能再给我一些什么幸福，所以我也就不再希望，不再要求什么了。那在万人面前赤身露体的跳舞，那英国水兵的野蛮的拥抱……以及我天天看见我的丈夫的那种又可怜、又可耻、又可笑、又可恨的面貌，这一切都把我作贱够了，我还有什么生活下去的兴趣呢？如果一个人还抱着希望，还知道或者还相信自己有光明的将来，那他就是忍受灾难折磨，都是无妨的。但是我现在是绝望了，我的将来只是黑暗，只是空虚，只是羞辱，只是痛苦。我知道这个，我相信这个，我还有力量生活下去吗？我没有生活下去的勇气了。

别了，我的祖国，我的俄罗斯！别了，我的美丽的伏尔加的景物！别了，我的金色的充满着罗曼谛克的高加索！别了，我的亲爱的彼得格勒！别了，一切都永别了……

二

革命如六月里的暴风雨一般，来的时候是那样地迅速，那样地突然，那样地震动。那时我仿佛正在温和的暖室里，为美妙的梦所陶醉，为温柔的幻想所浸润，心神是异常地平静……忽然乌云布满了天空，咯咯哎哎轰轰洞洞响动了令人震聩的霹雳，接着便起了狂风暴雨，掀动了屋宇，屋宇终于倒坍了。我眼看着我的暖室被暴风雨摧毁了，所有暖室中美丽的装置：娇艳的白花，精致的梳妆台，雪白的床铺，以及我爱读的有趣的小金色书，天鹅绒封面的美丽的画册……一切，一切都被卷入到黑黯黯的，不可知的黑海里去了。我的神经失了作用，我陷入于昏聩迷茫的状态。我简直不明白发生了什么事情，我一点儿都不明白。后来等到我明白了之后，我想极力抵抗这残酷的暴风雨，想极力挽回我所失去的一切，但是已经迟了，迟了，永远不可挽回了。

当革命未发生以前，我也曾读过关于革命的书，也曾听过许多关于革命的故事。虽然我不能想象到革命的面目到底像一个什么样子，但我也时常想道：革命也许是很可怕的东西，革命也许就是把皇帝推倒……也许革命是美妙的东西，也许革命的时候是很有趣味，是很热闹……但是我从未想到革命原来是这样残酷，会摧毁了我的暖室，打折了我的心爱的娇艳的白花。革命破灭了我的一切的美梦，革命葬送了我的金色的幸福。天哪！我是如何地惊愕，如何地恐惧，如何地战栗。当那革命在彼得格勒爆发的时候……

那时我与白根结婚刚刚过了一个月。前敌虽然同德国人打仗，虽然时闻着不利的恐怖的消息，但是我那时是过着蜜月的生活，我每天只是陶醉在温柔的幸福的梦里，没有闲心问及这些政治上和军事上的事情。我只感谢上帝的保佑，白根还留在彼得格勒的军官团里服务，没有被派到前线去。那时白根是那样地英俊，是那样地可爱，是那样地充满了我的灵魂。上帝给了我这样大的，令我十分满足的，神圣的幸福。我真是再幸福没有的人了。

真的，我那时是终日地浸润在幸福的海里。白根是那样英俊的，风采奕奕的少年军官，他的形象就证明他有无限的光荣的将来。又加之我的父亲是个有名的，为皇帝所信用的将军，他一定是可以将白根提拔起来的。也许皇帝一见了白根的风采，就会特加宠爱的。我那时想道，俄罗斯有了这样的少年军官，这简直是俄罗斯的光荣啊。我那时是何等地满足，何等地骄傲！我想在全世界的女人们面前，至少在彼得格勒所有的女人们面前，高声地喊道：“你们看看我的白根罢，我的亲爱的白根罢。他是俄罗斯的光荣，他是我的丈夫啊？……”

我总是这样地幻想着：如果白根将来做了外交官，——他真是一个有威仪的，漂亮的外交官啊！——或者简直就做了俄罗斯帝国驻巴黎的公使，那时我将是如何地荣耀！在那繁华的整个的巴黎面前，我将显出我的尊贵，我的不可比拟的富丽。若在夏天的时候，我穿着精致的白衣，我要使得那些巴黎人把我当做白衣的仙女。如果我同亲爱的白根，我的这样令人注目的漂亮的外交官，坐着光彩夺目的汽车，在巴黎城中兜风，我要令那些巴黎的女人们羡瞎了眼睛。

我们于假期可以到清雅的瑞士，优美的意大利，等等有诗趣的国度里去漫游。我不想到伦敦去，也不想到纽约去，听说那里有的只是喧嚷和煤气而已，令人发生俗恶的不愉快的感觉。我最倾心于那金色的意大利，听说那里的景物是异常地优美，娟秀，令人神往。

在俄罗斯的国境内，我们将在高加索和伏尔加的河岸上，建筑两所清雅的别墅。在秋冬的时候，我们可以住在高加索，在那里玩山弄水，听那土人的朴直的音乐，看那土人的原始的然而又美丽的舞蹈。那该多么是富于诗趣的生活啊！在春夏的时候，我们可以住在伏尔加的河岸上，听那舟子的歌声，看那冰清玉澈的夜月。那里的景物是如何地荡人心魂，如何地温柔曼妙。河冰潺潺而不急流，风帆往来如画。啊，好美妙的天然！……

我同白根是世界上最幸福的人。我曾相信白根永远地爱着我，我也永远地爱着白根。如果世界上有圆满的生活，那我同白根所过的生活，恐怕要算是最圆满的了。啊，想起来我在那与白根初结婚的蜜月里，我的生活是如何地甜蜜，我的心神是如何地愉快，我的幻想是如何地令我感觉着幸福的温柔！如果我此生有过过最幸福的日子的时候，那恐怕就是这个简短的时期了。

不料好梦难常，风波易起！忽然……暖室的好梦打破了，娇艳的白花被摧折了……随着便消灭了巴黎的风光，高加索和伏尔加的别墅，以及对于漫游意大利的诗意。忽然一切都消灭了，消灭了帝国的俄罗斯，消灭了我的尊优的生活，消灭了一切对于美妙的幻想。是的，一切都消灭了……

有一天……那是春阳初露的一天。从我们的崇高的楼窗看去，温暖而慈和的阳光抚慰着整个的洁白的雪城。初春的阳光并不严厉，放射在洁白的雪上，那只是一种抚慰而已，并不足以融解它。大地满布着新鲜的春意，若将窗扉展开，那料峭的，然而又并不十分刺骨的风，会从那城外的郊野里，送来一种能令人感觉着愉快的，轻松的，新鲜的春的气味。

午后无事，我拿起一本金色的诗集，躺在柔软的沙发上翻读。这诗集里所选的是普希金，列尔芒托夫、歌德、海涅……等等的情诗，一些令人心神迷醉的情诗。读着这些情诗，我更会感觉到我与白根的相爱，是如何地美妙，是如何地神秘而不可思议。在蜜月的生活中，我是应当读这些情诗的啊。我一边读着，一边幻想着。虽然白根不在我的面前，但是我感觉到他是如何热烈地吻我，如何紧紧地拥抱我……他的爱情的热火把我的全身的血液都烧得沸腾起来了。我的一颗心很愉快地微微地跳动起来了。我的神魂荡漾在无涯际的幸福的海里。

忽然……

白根喘着气跑进来了。他惨白着面孔，惊慌地，上气接不着下气地，断续地说道：

"丽莎……不好了……完了！前线的兵士叛变了。革命党在彼得格勒造了反……圣上逃跑了……工人们已经把彼得格勒拿到手里……完了，完了！……"

好一个巨大的晴天的霹雳！一霎时欢欣变成了恐惧。我的一颗心要炸开起来了。我觉得巨大的灾祸，那可怕的，不可阻止的灾祸，已经临到头上来了。这时我当然还不明白革命到底是一回什么事，但是我在白根的神情上，我明白了最可怕的事情。

"他们只是要把圣上推翻罢？……"我惊颤地说了这么一句。

"不，他们不但要把圣上推翻，而且还要求别的东西，他们要求面包，要求土地……要求把我们这些贵族统统都推翻掉……"

"天哪！他们疯了吗？……现在怎么办呢？待死吗？"

我一下扑到白根的怀里，战栗着哭泣起来了。我紧紧地将白根抱着，似乎我抱着的不是白根，而是那一种什么已经没落了的，永远不可挽回的东西。接着我们便听见街上的轰动，稀疏的枪声……完了，一切都完了！

父亲在前线上，不知道是死还是活，后来当然被乱兵打死了。母亲住在家乡里，住在伏尔加的河畔，从她那里也得不到什么消息。我只得和白根商量逃跑的计策，逃跑到亚洲的西伯利亚去，那里有我们的亲戚。好在这第一次革命，野蛮的波尔雪委克还未得着政权，我们终于能从恐怖的包围里逃跑出来。这时当权的是社会革命党，门雪委克……

两礼拜之后，我们终于跑到此时还平静的伊尔库次克来了。从此后，我们永别了彼得格勒，永别了欧洲的俄罗斯……上帝啊！这事情是如何地突然，是如何地急剧，是如何地残酷！我的幸福的命运从此开始完结了。温和的暖室，娇艳的白花，金色的诗集……一切，一切，一切都变成了云烟，无影无踪地消散了。

我们在伊尔库次克平安地过了几个月。我们住在我们的姑母家里。表兄米海耳在伊尔库次克的省政府里办事。他是一个神经冷静，心境宽和的人。他时常向我们说来：

“等着罢！俄罗斯是伟大的帝国，那她将来也是不会没有皇帝的。俄罗斯的生命在我们这些优秀的贵族的手里。俄罗斯除开我们还能存在吗？这些无知识的，胡闹的，野蛮的社会党人，他们能统治俄罗斯吗？笑话！绝对不会的！等着罢！你看这些克伦斯基，雀而诺夫……不久自然是会坍台的，他们若能维持下去，那真是没有上帝了。”

白根也如米海尔一般地相信着：俄罗斯永远是我们贵族的，她绝对不会屈服于黑虫们的手里。

“丽莎！我的爱！别要丧气呵，我们总有回到彼得格勒的日子，你看这些浑蛋的社会党人能够维持下去吗？等着罢！……”

白根此时还不失去英俊的气概啊。他总是这样地安慰我。我也就真相信米海尔和他的话，以为不是今天，就是明天，一定会回到彼得格勒去的。但是时局越过越糟，我们的希望越过越不能实现；克伦斯基是失败了，社会党人是坍台了，但是波尔雪委克跑上了舞台，黑虫们真正地得起势来……而我们呢？我们永没有回转彼得格勒的日子，永远与贵族的俄罗斯辞了别，不，与其说与她辞了别，不如说与她一道儿灭亡了，永远地灭亡了。

十月革命爆发了……命运注定要灭亡的旧俄罗斯，不得不做一次最后的挣扎。哥恰克将军在西伯利亚组织了军事政府，白根乘此机会便投了军。为着俄罗斯而战，为着祖国而战，为着神圣的文明而战……在这些光荣的名义之下，白根终于充当扑灭波尔雪委克的战士了。

“丽莎！亲爱的丽莎！听说波尔雪委克的军队已经越过乌拉岭了，快要占住托木斯克城了。今天我要到前线上去……杀波尔雪委克，杀那祖国的敌人啊！丽莎！当我在前线杀敌的时候，请你为我祷告罢，为神圣的俄罗斯祷告罢，上帝一定予我们以最后的胜利！”

有一天白根向我辞别的时候，这样向我颤动地说。我忽然在他的面孔上，找不到先前的那般温柔的神情了。我觉得他这时是异常地凶残，面孔充满了令人害怕的杀气。我觉得我爱他的热情有点低落了。我当时答应为他祷告，为祖国的胜利祷告。但是当我祷告的时候，我的心并不诚恳，我有点疑虑：这祷告真正有用处吗？上帝真正能保佑我们吗？当我们自己不能将波尔雪委克剿灭的时候，上帝能有力量令他们失败吗？……

哥恰克将军将白根升为团长，嘉奖他的英勇。我不禁暗自庆幸，庆幸我有这样一个光荣的丈夫，为祖国而战的英雄。但是同时我感觉到他的心性越过越残酷，这实在是令我不愉快的事情。有一次他从乡间捉来许多老实的、衣衫褴褛的乡下人，有的是胡须的老头子，有的是少年人。他们被绳索缚着，就如一队猪牛也似的，一队被牵入屠场的猪牛……

“你把这些可怜的乡下人捉来干什么呢？”我问。

白根很得意地，眼中冒着凶光地笑着：

“可怜的乡下人？他们都是可恶的波尔雪委克啊。他们捣乱我们的后方呢，你晓得吗？现在我要教训教训他们……”

“你将怎样教训他们呢？”

“枪毙！”

“白根！你疯了吗？这些可怜的乡下人，你把他们枪毙了干什么呢？你千万别要这样做罢！我的亲爱的，我请求你！”

“亲爱的，你完全不懂得啊！现在是这样的时候，怜悯是不应当存在的了。我们不应当怜悯他们，他们要推翻我们，他们要夺我们的幸福，要夺我们所有的一切，我们还能怜悯他们吗？不是他们把我们消灭，就是我们把他们消灭，怜悯是用不着的……”

我听了白根的话，沉默着低下头来。我没有再说什么话，回到自己的房里。我的心神一面是很恍惚的，迷茫地摇荡着，一面又是很清晰的，从前从没有这样清晰过。我明白了白根的话，我明白了残酷的历史的必然性……我明白了白根的话是对的。我再没有什么话可说了。因此，我的心神也就迷茫地摇荡起来……如果我坚定地不以白根的话为然，那结果只有加入那些乡下人的队里，投入波尔雪委克的营垒。但是我不能离开白根……

后来白根终于毫无怜悯地将那些老实的乡下人一个一个地枪毙了……

上帝啊，这是如何地残酷！难道说这是不可挽回的历史的运命吗？

三

但是旧俄罗斯要灭亡的命运已经注定了，注定了……任你有什么伟大的力量也不能改变。黑虫们的数量比我们多，多得千万倍，白根就是屠杀他们的一小部分，但是不能将他们全部都消灭啊。已经沉睡了无数年代的他们，现在忽然苏醒了。其势就如万丈的瀑布自天而降，谁也不能阻止它；就如广大的燃烧着了的森林，谁也不能扑灭它。于是白根……于是哥恰克将军……于是整个的旧俄罗斯，终于被这烈火与狂澜所葬送了。

前线的消息日见不利……我终日坐在房里，不走出城中一步。我就如待死的囚徒一般，我所能做得到的，只是无力的啜泣。伊尔库次克的全城就如沉落在惊慌的海里，生活充满了苦愁与恐惧。不断地听着：来了，来了，波尔雪委克来了……天哪！这是如何可怕的生活！可怕的生活！

米海尔表兄已经不如先前的心平气静了。他日见急躁起来，苦丧着面孔。他现在的话已经与先前所说的不同了：

“上帝啊！难道说我们的命运就算完了吗？难道说这神圣的俄罗斯就会落到黑虫们的手里吗？上帝啊！这是怎样地可怕！……

姑母所做得到的，只是面着神像祷告。她已经是五十多岁的老太婆了，她经过许多世事，她也曾亲眼看过许多惊心动魄的现象，但是她却不明白现在发生了什么事情，这种为她梦想也不能梦想得到的事情。她的面孔已经布满了老的皱纹，现在在终日泪水不干的情状中，更显得老相了许多。她终日虔诚地祷告着，为着她的儿子，为着神圣的俄罗斯……但是一个与上帝相反对的巨神，已经将我们的命运抓住了，紧紧地抓住了，就是祷告也不能为力了。

可怜的姑母，她终于为苦愁和恐惧所压死了！她是在我的面前死去的……天哪！我真怕想起这一种悲哀的景象！我当时并没有哭泣，我只如木鸡一般地望着姑母的死尸。在她的最后的呻吟里，我听出神圣俄罗斯的最后的绝望。这绝望将我沉没到迷茫的、黑暗的、无底的海里。天哪！人生是这样地不测，是这样地可怕！这到底是谁个的意志呢？……

白根的一团人被波尔雪委克的军队击溃了。因之他对于将军或总司令的梦也做不成了……我们终于不得不离开伊尔库次克。我们别了米海尔表兄，上了西伯利亚的遥长的铁道。我们并没有一定的方向。只是迷茫地任着火车拖去。我们的命运就此如飘荡在不着边际的海里，一任那不可知的风浪的催送。

从车窗望去，那白茫茫的天野展布在我们的眼前。那是伟大的，寂静的俄罗斯的国土，一瞬间觉得在这种寂静的原野上，永不会激起狂暴的风浪。这里隐藏着伟大的俄罗斯的灵魂。她是永不会受着骚乱的……忽然起了暴风雪，一霎时白茫茫的，寂静的俄罗斯，为狂暴的呼鸣和混沌的骚乱所笼罩住了。我们便也就感觉着自己被不可知的命运所拖住了，迷茫了前路。是的，我们的前路是迷茫了。如长蛇也似的火车将我们迷茫地拖着，拖着，但是拖到什么地方去呢？……

当我们经过贝加尔湖的时候，我看见那贝加尔湖的水是那样地清澈，不禁起了一种思想：我何妨就此跳入湖水死去呢？这湖水是这样地清澈可爱，真是葬身之佳处。死后若我的灵魂有知，我当遨游于这两岸的美丽的峰岚，娱怀于这湖上的清幽的夜月。……但是白根还是安慰我道：

"丽莎！听我说，别要灰心罢。我们现在虽然失败，但是我们的帮手多着呢。我们有英国，有美国，有法国……他们能不拯救我们吗？他们为着自己的利益，也是要把波尔雪委克消灭下去的啊……丽莎，亲爱的！你不要着急，我们总有回到彼得格勒的一日。"

天哪！当时如果我知道我永没有回到彼得格勒的一日，如果我知道会有不幸的、羞辱的今日，那我一定会投到加尔湖里去的啊。我将不受这些年流浪的痛苦，我将不会害这种最羞辱的病，我就是死，也是死在我的俄罗斯的国土以内。但是现在……唉！后悔已经来不及了。

那时西伯利亚大部分为日本军队所占据。我们经过每一个车站，都看见身材矮小的，穿着黄衣的日本军队。他们上车检查坐客，宛如他们就是西伯利亚的主人一般。他们是那样地傲慢，是那样地凶恶，不禁令我感觉得十分不快。我记得我曾向白根问道：

"你以为这些日本人是来帮助我们的吗？为什么他们对待我们俄罗斯人是这种样子？"

白根将头伸至窗外，不即时回答我。后来他说道：

"也许他们不怀着好意，也许他们要把西伯利亚占为领土呢。他们很早就想西伯利亚这块广漠的土地啊……但是……俄罗斯与其落在波尔雪委克的手里，不如让日本人来管理啊……"

"白根？你，你这说的什么话，啊？"我很惊异地，同时感到不愉快地问道，“你说情愿让日本人来管理俄罗斯吗？这是什么意思？你不是常说你是很爱护俄罗斯的吗？现在却说了这种不合理的话……”

我有点生气了。白根向我并排坐下来，深长地叹了一口气。我这时觉察到他完全改变了样子。他的两眼已经不如先前的那般炯炯有光了。一种少年英俊的气概，完全从他的表情中消逝了。天哪！我的从前的白根，我的那种可爱的白根，现在到什么地方去了呢？

他拿起我的手来，抚摩着，轻轻地说道：

“不错，我时常说我是祖国的爱护者，我要永远做她的战士……但是，丽莎，亲爱的，现在我们的祖国是被黑虫们占去了，我们的一切都被黑虫们占去了。我们还爱护什么呢？俄罗斯与其被波尔雪委克拿去了，不如让她灭亡罢，让日本人来管理罢……这样还好些，你明白吗？”

“但是波尔雪委克究竟是俄罗斯人啊。……”

“是的，他们是俄罗斯人，但是现在我们问不到这个了。他们夺去了我们的福利……”

我忽然哭起来了，觉得异常地伤心。这并不是由于我生了气，也不是由于恨日本人，而且也不是由于恨波尔雪委克……这是由于我感觉到了俄罗斯的悲哀的命运，也就是我自身的命运。白根不明白我为什么哭起来了，只是抚慰着我说道：

“丽莎，亲爱的！别伤心！上帝自然会保佑我们的……”

我听着他的这种可怜的，无力的抚慰，宛如一颗心上感觉到巨大的刺痛，不禁更越发放声痛哭了。上帝啊，你是自然会保佑我们的，但是你也无能为力了！

……最后我们到了海参崴。我们在海参崴住下了。此地的政象本来也是异常地混乱，但是我们在日本人的保护下，却也可以过着安静的生活。日本人向我们宣言道，只要把波尔雪委克一打倒了，即刻撤退西伯利亚的军队……天哪！他们是不是这样地存心呢？我们不相信他们，但是我们却希望他们将俄罗斯拯救出来。我们不能拯救祖国，而却希望外国人，而却希望日本人，这不怀好意的日本人……这岂不是巨大的羞辱吗？

白根找到差事了。我也就比较地安心过着。我们静等着日本人胜利，静等着波尔雪委克失败，静等着那回到彼得格勒的美妙的一天……

在海参崴我们平安地过了数月。天哪！这也说不上是什么平安的生活！我们哪一天不听见一些可怕的消息呢？什么阿穆尔省的民团已经蜂起了哪，什么日本军队已经退出伯里哪，什么……天哪，这是怎样的平安的生活！不过我们总是相信着，日本军队是可以保护我们的，我们不至于有什么意外的危险。

海参崴也可以说是一个美丽的大城。这里有高耸的楼房，宽展的街道，有许多处仿佛与彼得格勒相似。城之东南面濒着海，海中有无数的小岛。在夏季的时候，深碧的海水与绿森森的岛上的树木相映，形呈着绝妙的天然的景色。海岸上列着一个长蛇形的花园，人们可以坐在这里，一面听着小鸟的叫鸣，一面受着海风的陶醉。

在无事的时候，——我整日地总是没有事做啊！——我总是在这个花园中，消磨我的苦愁的时日。有时一阵一阵的清凉的，然而又温柔的海风，只抚摩得我心神飘荡，宛如把我送入了缥缈的梦乡，我也就因之把一切什么苦愁哀事都忘怀了。有时我扑入海水的怀抱里，一任着海水温柔地把我全身吻着，吻着……我已经恍惚离开了充满了痛苦的人世。我曾微笑着想道，就这样过下去罢，过下去罢，此外什么都不需要啊！……

这是我很幸福的时刻。但是当我立在山岗的时候，我回头向那广漠的俄罗斯瞻望，我的一颗心就凄苦地跳动起来了。我想着那望不见的彼得格勒，那我的生长地——伏尔加河畔，那金色的，充满了我的幻想的，美面的高加索……我不禁惨惨地流下悲哀的泪来。我常常流着泪，悄立着很久，回瞻着我那已失去的美梦，那种过去还不久的、曼妙的、幸福的美梦！由边区的海参崴到彼得格勒，也不过是万余里之遥，但是我的美梦却消逝到无数万万里以外了。我将向何处去追寻它呢?

我又向着那茫茫的大海望去，那里只是望不见的边际，那前途只是不可知的迷茫。我觉着那前途所期待着于我的，只是令人心悸的，可怕的空泛而已。我曾几番想道，倒不如跳到海里面去，因为这里还是俄罗斯的国土，这里还是俄罗斯所有的海水……此身既然是在俄罗斯的国土上生长的，那也就在俄罗斯的国土上死去罢……我总是这样想着，然而现在我不明白，为什么我当时不曾如此做呢？到了现在，我虽然想死在祖国的境内，想临死时还吻一吻我祖国的土地，但是已经迟了！迟了！我只能羞辱地，冷落地，死在这疏远的异乡！……天哪！我的灵魂是如何地痛苦啊！这是我唯一的遗恨！

当时我们总是想着，日本人可以保护我们，日本人可以使我们不离开俄罗斯的国土……但是命运已经注定了，任你日本人是如何地狡狯，是如何地计算。也终抵挡不住那泛滥的波尔雪委克的洪水。我们终于不得不离开俄罗斯，不得不与这个“贵族的俄罗斯”的最后的一个城市——海参崴辞别！

日本人终于要撤除海参崴的军队……

波尔雪委克的洪水终于流到亚洲的东海了。

四

那是一个如何悲惨的，当我们要离开海参崴的前夜！……

在昏黄而惨淡的电灯光下，全房中都充满了悲凄，我和白根并坐在沙发上，头挨着头，紧紧地拥抱着，哭成了一团。我们就如待死的囚徒，只能做无力的对泣；又如被赶到屠场上去的猪羊，嗷嗷地吐着最后的哀鸣。天哪！那是如何悲惨的一夜！……

记得那结婚的初夜，在欢宴的宾客们散后，我们回到自己的新婚的洞房里，只感到所有的什物都向我们庆祝地微笑着。全房中荡溢着温柔的、馨香的、如天鹅绒一般的空气。那时我幸福得哭起来了，扑倒在白根的怀里。他将我紧紧地拥抱着，我的全身似乎被幸福的魔力所熔解了。那时我只感到幸福，幸福……我幸福得几乎连一颗心都痛起来。那时白根的拥抱就如幸福的海水把我淹殁了也似的，我觉着一切都是光明的，都是不可思议的美妙。

拥抱同是一样的啊，但是在这将要离开俄罗斯的一夜……白根的拥抱只使我回味着过去的甜蜜，因之更为发生痛苦而已。在那结婚的初夜，那时我在白根的拥抱里，所见到的前途是光明的，幸福的，可是在这一夜，在这悲惨的一夜啊，伏在白根的拥抱里，我所见到的只是黑暗与痛苦而已……天哪！人事是这样地变幻！是这样地难料！

“白根，亲爱的！”我呜咽着说，“我无论如何不愿离开俄罗斯的国土，生为俄罗斯人，死为俄罗斯鬼。……”

“丽莎！别要说这种话罢！”白根哀求着说，“我们明天是一定要离开海参崴的，否则，我们的性命将不保……波尔雪委克将我们捉到，我们是没有活命的啊。我们不逃跑是不可以的，丽莎，你不明白吗？”

“不，亲爱的！我是舍不得俄罗斯的。让波尔雪委克来把我杀掉罢，只要我死在俄罗斯的国土以内。也许我们不反抗他们，他们不会将我们处之于死地……”

“你对于俄罗斯还留恋什么呢？这里已经不是我们的俄罗斯了。我们失去了一切，我们还留恋什么呢？我们跑到外国去，过着平安的生活，不都是一样吗？”

“不，亲爱的！让我在祖国内被野蛮的波尔雪委克杀死罢……你可以跑到外国去……也许你还可以把俄罗斯拯救出来……至于我，我任死也要回到彼得格勒去……”

我们哭着争论了半夜，后来我终于被白根说服了。我们商量了一番：东京呢，哈尔滨呢，还是上海呢？我们最后决定了到上海来。听说上海是东方的巴黎……

我们将贵重的物件检点好了，于第二天一清早就登上了英国的轮船。当我们即刻就要动身上船的时候，我还是没有把心坚决下来。我感觉到此一去将永远别了俄罗斯，将永远踏不到了俄罗斯的土地……但是白根硬匆促地，坚决地，将我拉到轮船上了。

我还记得那时我的心情是如何地凄惨，我的泪水是如何地汹涌。我一步一回头，舍不得我的祖国，舍不得我的神圣的俄罗斯……别了，永远地别了！……此一去走上了迷茫的道路，任着浩然无际的海水飘去。前途，啊，什么是前途？前途只是不可知的迷茫，只是令人悚惧的黑暗。虽然当我们登上轮船的时候，曙光渐渐地展开，空气异常地新鲜，整个的海参崴似乎从睡梦中昂起，欢迎着光明的到来；虽然凭着船栏向前望去，那海水在晨光的怀抱中展着恬静的微笑，那海天的交接处射着玫瑰色的霞彩……但是我所望见得到的，只是黑暗，黑暗，黑暗而已。

从此我便听不见了那临海的花园中的鸟鸣，便离开了那海水的晶莹的，温柔的怀抱；从此那别有风趣的山丘上，便永消失了我的足迹，我再也不能立在那上边回顾彼得格勒，回顾我那美丽的乡园——伏尔加河畔……

白根自然也怀着同样的心情，这辞别祖国对于他当然也不是很容易的事情。我在他的眼睛里，我在他那最后的辞别的话音里。

“别了，俄罗斯……”

看出他的心灵是如何地悲哀和颤动来。但是他不愿意在我面前表示出他是具着这般难堪的情绪，而且佯做着毫不为意的样子。当轮船开始离岸的时候，白根强打精神向我笑道：

“丽莎！丽莎奇喀！你看，我们最后总算逃出这可诅咒的俄罗斯了！”

“为什么你说‘这可诅咒的俄罗斯’？”我反问着他说道，“俄罗斯现在，当我要离开她的时候，也许是当我永远要离开她的时候，对于我比什么都亲爱些，你晓得吗？”

我觉着我的声音是异常悲哀地在颤动着，我的两眼中是在激荡着泪潮。

我忽然觉着我是在恨白根，恨他将我逼着离开了亲爱的俄罗斯……但我转而一想，不禁对他又起了怜悯的心情：他也是一个很不幸的人啊！他现在向我说硬话，不过是要表示他那男子的骄傲而已。在内心里，他的悲哀恐怕也不比我的为浅罢。

"俄罗斯曾经是神圣的，亲爱的，对于我们……但是现在俄罗斯不是我们的了！她已经落到我们的敌人波尔雪委克的手里，我们还留恋她干什么呢？……"

我听了他的话，不再说什么，回到舱房里一个人独自地啜泣。我觉得我从来没有如此地悲哀过。这究竟由于什么，由于对于俄罗斯的失望，由于伤感自身的命运，还是由于对于白根起了怜悯或愤恨的心情……我自己也说不清楚。我啜泣着，啜泣着，得不到任何人的抚慰，就是有人抚慰我，也减少不了我的悲哀的程度。同船的大半都是逃亡者，大半都是与我们同一命运的人们，也许他们需要着抚慰，同我需要着一样的啊。各人抚慰各人自己的苦痛的心灵罢，这样比较好些，好些……

我不在白根的面前，也许白根回顾着祖国，要发着很深长的叹息，或者竟至于流泪。我坐在舱房里，想象着他那流泪的神情，不禁更增加了对于他的怜悯，想即刻跑到他的面前，双手紧抱着他的颈项，抚慰着他道：

"亲爱的，不要这样罢！不要这样罢！我们终有回返祖国的一日……"

舱房门开了，走进来了一个三十来岁的贵妇人。她的面相和衣饰表示她是出身于高贵的阶级，最触人眼帘的，是她那一双戴着穗子的大耳环。不待我先说话，她先自向我介绍了自己：

"请原谅我，贵重的太太，我使你感觉着不安。我是住在你的隔壁房间里的。刚才我听见你很悲哀地哭泣着，不禁心中感动起来，因此便走来和你谈谈。你可以允许我吗？"

"自然啰，请坐。"我立起身来说。

"我是密海诺夫伯爵夫人，"她坐下之后，向我这样说道，表示出她有贵重的礼貌。我听见了她是密海诺夫伯爵夫人，不禁对她更注意起来。我看她那态度和神情与她的地位相符合，便也就相信她说的是真实话了。

"敢问你到什么地方去？伯爵夫人！"

我将我的姓名向她说了之后，便这样很恭敬地问她。她听了我的话，叹了一口气，改变了先前的平静的态度，将两手一摆，说道：

"到什么地方去？现在无论到什么地方去，不都是一样吗？"

"一样？"我有点惊愕地说道，"伯爵夫人，我不明白你的意思。"

“你不明白我的意思?”她有点兴奋起来了。她将两只美丽的灰碧色的眼睛逼射着我。“我问你，你到什么地方去呢?无论到什么地方去，对于你不都是一样吗?”

她说着带着一点责问的口气，好像他与我已经是久熟的朋友了。

我静默着不回答她。

“我问你，你刚才为什么哭泣呢?你不也是同我一样的人吗?被驱逐出祖国的人吗?我们失掉了俄罗斯，做了可怜的逃亡者了。无论逃亡到什么地方去，我想，这对于我们统统都是一样的，你说可不是吗?”

我点一点头，表示与她同意。她停住不说了，向窗外望去，如有所思也似的。停一会，她忽然扭转头来向我问道：

“我刚才听见你哭泣的声音，觉得是很悲凄的，你到底在俄罗斯失去了一些什么呢?”

“失去了一些什么?难道说你不知道吗?失去了一切，失去了安乐的生活，失去了美满的，温柔的梦，失去了美丽的伏尔加河，失去了彼得格勒……”

“和你同舱房的，年轻的人，他是你的丈夫吗?”

“是的。”我点一点头说。

“你看，你说你一切都失去了，其实你还是幸福的人，因为你的丈夫还活着……” 097

她忽然摇一摇头（她的那两只大耳环也就因之摆动了)，用蓝花的丝手帕掩住了口鼻，很悲哀地哽咽起来了。我一方面很诧异她的这种不能自持的举动，一方面又很可怜她，但即时寻不出什么话来安慰她。

“我真是失去了一切，”她勉强将心境平静一下，开始断续地说道：“我失去了……我的最贵重的丈夫……他是一个极有教养，极有学识的人，而且也是极其爱我的人……波尔雪委克造了反，他恨得了不得，便在伊尔库次克和一些军官们组织了恢复皇室的军队……不幸军队还没十分组织好，他已经被乡下人所组织的民团捉去杀掉了……”

她又放声哭起来了。我听了她的话，不禁暗自庆幸：白根终于能保全性命，现在伴着我到上海去……我只想到自身的事情，反把伯爵夫人忘掉了。一直到她接着问我的时候，我才将思想又重新转移到她的身上。

“贵重的太太，你看我不是一个最不幸的人吗?”

“唉！人事是这般地难料！”她不待我回答，又继续说道，“想当年我同米海诺夫伯爵同居的时候，那种生活是如何地安逸和有趣！我们拥有很多的财产，几百顷的土地，我们在伊尔库次克有很高大的，庄严而华丽的楼房，在城外有很清幽的别墅……我们家里时常开着跳舞会，宾客是异常地众多……远近谁个不知道米海诺夫伯爵，谁个不知道他的夫人！仿佛我们是世界上最知道，最知道如何过着生活的人……想起来那时的生活是如何地甜蜜！那时我们只以为可以这样长久地下去……在事实上，我们也并没想到这一层，我们被幸福所围绕着，那里有机会想到不幸福的事呢？不料霹雳一声，起了狂风暴雨，将一切美妙的东西都毁坏了！唉！可恶的波尔雪委克！……”

“贵重的太太，”伯爵夫人停了一会，又可怜而低微地说道，“我们现在到底怎么办呢？难道说我们的阶级就这样地消灭了吗？难道说我们就永远地被驱逐出俄罗斯吗？啊，这是如何地突然！这是如何地可怕！”

“不，不会的，伯爵夫人！”我说着这话，并不是因为有什么自信，而是因为见着她那般可怜的样子，想安慰她一下。“我们不过是暂时地失败了……”

“不见得！”她摇了一下头，很不确定地这样说。

“你还没有什么，”她继续说道，“你还有一个同患难的伴侣，而我……我是孤零零的一个人……”

“别要悲哀啊，伯爵夫人！我们现在是到上海去，如果你也打算到那儿去的话，那么将来我们可以住在一块，做很好的朋友……”

话说到此时，白根进来了，我看见他的两眼湿润着，如刚才哭过也似的……我可怜他，但是在伯爵夫人的面前，我好像又觉得自己是幸福的，而有点矜持的心情了。

从此我们同伯爵夫人便做了朋友。我犯了晕船的病症，呕吐不已，幸亏伯爵夫人给我以小心的照料。我偶尔立起病体，将头伸向窗外眺望，只见白茫茫的一片，漫无涯际。传到我们的耳际的，只有汹涌的波浪声……好像波浪为着我们的命运而哭泣着也似的。

五

上海，上海是东方的巴黎……

我曾做过巴黎的梦，维也纳的梦，罗马的梦……我曾立定了志愿，将来要到这些有名的都城旅行，或者瞻望现存的繁华，欣赏美丽的景物，或者凭吊那过去的，令人神思的往迹。但这些都城对于我，都不过是繁华，伟大，庄严而已，我并没幻想到在它们之中有什么特别的，神异的趣味。它们至多是比彼得格勒更繁华，更伟大，更庄严罢了。

但是当我幻想到上海的时候，上海对于我并不仅仅是这样。中国既然是古旧的，庞大的，谜一样的国度，那么上海应当是充满着东方色彩的，神奇而不可思议的，一种令欧洲人发生特别趣味的都会。总之，在上海我们将看见一切种种类类的怪现象，一切古旧的，东方的异迹……因此，当我在中学读书的时候，读到中国的历史和地理，读到这在世界上有名的大城，不禁异常地心神向往，而想要在无论什么时候，一定与上海有一会面的因缘。

啊，现在我同白根是到了上海了，是踏到中国的境地了。中国对于我们并不是那般的不可思议，上海对于我们并不是那般的充满了谜一样的神奇……而我们现在之所以来到这东方的古国，这东方的巴黎，也不是为着要做蜜月的旅行，也不是为着要亲一亲上海的面目，更没有怀着欢乐的心情，或随身带来了特别的兴趣，……不，不！我们是不得已而来到上海，我们是把上海当成旧俄罗斯的人们的逋逃薮了。

不错，上海是东方的巴黎！这里巍立着高耸的楼房，这里充满着富丽的、无物不备的商店，这里响动着无数的电车、马车和汽车。这里有很宽敞的欧洲式的电影院，有异常讲究的跳舞厅和咖啡馆。这里欧洲人的面上是异常地风光，中国人，当然是有钱的中国人，也穿着美丽的，别有风味的服装……

当我们初到上海时，最令我们发生兴趣的，并引以为异的，是这无数的，如一种特别牲畜的黄包车夫。我们坐在他们的车上面，他们弯着腰，两手拖着车柄，跑得是那样地迅速，宛然就同马一样。这真是很奇怪的事情。我们不曾明白他们如何会有这般的本领。

再其次使我们发生兴趣的，是那些立在街心中的，头部扎着红巾的，身量高大的，面目红黑的印度巡捕。他们是那般地庞大，令人可怕，然而在他们面部的表情上，又是那般地驯服和静默。

再其次，就是那些无数的破衣褴褛的乞丐，他们的形象是那般地稀奇，可怕！无论你走几步，你都要遇着他们。有的见着欧洲人，尤其是见着欧洲的女人，讨索得更起劲，他们口中不断地喊着：洋太太，洋太太，给个钱罢……

这就是令我们惊奇而又讨厌的上海……

我们上了岸的时候，先在旅馆内住了几天，后来搬到专门为外国人所设的公寓里住。米海诺夫伯爵夫人同我们一块，我们住在一间大房间里，而她住在我们的隔壁——一间小房间里。从此我们便流落在这异国的上海了，现在算起来已经有了十年。时间是这般地迅速！……我们总是希望着上海不过是我们临时的驻足地，我们终究是要回到俄罗斯的，然而现在我的命运已注定了我要死在上海，我要永远地埋恨于异土……天哪！你怎样才能减少我的心灵上的苦痛啊！

我们从海参崴跑出来的时候，随身带了有相当数目的财产，我们也就依着它在上海平安地过了两年。至于伯爵夫人呢，我没便于问她，但她在上海生活开始两年之中，似乎也很安裕地过着，没感受着什么缺陷。但是到了第三年……我们的生活便开始变化了，便开始了羞辱的生活！

当我开始感觉到我们的经济将要耗尽的时候，我催促白根设法，或寻得一个什么职业，或开辟一个什么别的来源……但是白根总是回答我道：

“丽莎，亲爱的，这用不着啊。你没有听说波尔雪委克已经起了内讧吗？你没有听说谢米诺夫将军得了日本政府的援助，已经开始夺取西伯利亚了吗？而况且法国……美国……英国……现在正在进行武装干涉俄罗斯的军事联盟……丽莎，亲爱的，我相信我们很快地就要回到俄罗斯去的啊。我们没有焦虑的必要……”

但是白根的预言终于错误了。波尔雪委克的俄罗斯日见强固起来，而我们的生活也就因之日见艰难起来，日见消失了确定的希望。

我们静坐在异国的上海，盼望着祖国的好消息……白根每日坐在房里，很少有出门的时候。他的少年英气完全消沉了。他终日蹙着两眉，不时地叹着气。我们的桌子上供着尼古拉皇帝的肖像，白根总是向它对坐着，有时目不转睛地向它望着，他望着，望着，忽然很痛苦地长叹道：

“唉，俄罗斯，俄罗斯，你难道就这样地死亡了吗!?”

我真是不忍看着他这种可怜的神情！他在我的面前，总是说着一些有希望的硬话，但是我相信在他的心里，他已是比我更软弱的人了。我时常劝他同我一块儿去游玩，但他答应我的时候很少，总是将两眉一缩，说道：

“我不高兴……”

他完全变了。往日的活泼而好游玩的他，富于青春的力的他，现在变成孤僻的，静寂的老人了。这对于我是怎样地可怕！天哪！我的青春的美梦为什么是这样容易地消逝！往日的白根是我的幸福，是我的骄傲，现在的白根却是我的苦痛了。

如果我出门的话，那我总是和米海诺夫伯爵夫人同行。我和她成了异常亲密的、不可分离的朋友。这在事实上，也逼得我们不得不如此：我们同是异邦的零落人，在这生疏的上海，寻不到一点儿安慰和同情，因此我们相互之间，就不得不特别增加安慰和同情了。她的大耳环依旧地戴着，她依旧不改贵妇人的态度。无事的时候，她总是为我叙述着关于她的过去的生活：她的父亲是一个有声望的地主，她的母亲也出自于名门贵族。她在十八岁时嫁与米海诺夫伯爵……伯爵不但富于财产，而且是一个极有教养的绅士。她与他同居了十年，虽然没有生过孩子，但是他们夫妻俩是异常地幸福……

有时她忽然问我道：

“丽莎，你相信我们会回到俄罗斯吗?”

不待我的回答，她又继续说道：

“我不相信我们能再回到俄罗斯去……也许我们的阶级，贵族，已经完结了自己的命运，现在应是黑虫们抬头的时候了。”停一会，她摇一摇头，叹着说道：“是这样地突然！是这样地可怕！”

我静听着她说，不参加什么意见。我在她的眼光里，看出很悲哀的绝望，这种绝望有时令我心神战栗。我想安慰她，但同时又觉得我自己也是热烈地需要着安慰……

虹口公园，梵王渡公园，法国公园，黄浦滩公园，遍满了我和米海诺夫伯爵夫人的足迹。我们每日无事可做，只得借着逛公园以消磨我们客中的寂苦的时光，如果我们有充足的银钱时，那我们尽可逍遥于精美的咖啡馆，出入于宽敞的电影院，或徘徊于各大百货公司之门，随意购买自己心爱的物品，但是我们……我们昔日虽然是贵族，现在却变成异乡的零落人了，昔日的彼得格勒的奢华生活，对于我们已成了过去的梦幻，不可复现了。这异邦的上海虽好，虽然华丽不减于那当年的彼得格勒，但是它只对着有钱的人们展着欢迎的微笑，它可以给他们以安慰，给他们以温柔，并给他们满足一切的欲望。但是我们……我们并不是它的贵客啊。

在公园中，我们看到异乡的花木——它们的凋残与繁茂。在春天，它们就发青了；在夏天，它们就繁茂了；在秋天，它们就枯黄了；在冬天，它们就凋残了。仿佛异乡季候的更迭，并没与祖国有什么巨大的差异。但是异乡究竟是异乡，祖国究竟是祖国。在上海我们看不见那连天的白雪，在上海我们再也得不到那在纷纷细雪中散步的兴致。这对于别国人，白雪或者并不是什么可贵的宝物，但这对于俄罗斯人——俄罗斯人是在白雪中生长的啊，他们是习惯于白雪的拥抱了。他们无论如何不能身在异乡，忘怀那祖国的连天的白雪！

有一次，那已经是傍晚了，夕阳返射着它的无力的，黄色的辉光。虹口公园已渐渐落到寂静的怀抱里，稀少了游人的踪影。我与米海诺夫伯爵夫人并坐在池边的长靠椅上，两人只默默地呆望着池中的，被夕阳反射着的金色的波纹。这时我回忆起来彼得格勒的尼娃河，那在夕阳返照中尼娃河上的景物……我忽然莫明其妙地向伯爵夫人说道：

“伯爵夫人！我们还是回到俄罗斯去罢，回到我们的彼得格勒去罢……让波尔雪委克把我们杀掉罢；……这里是这样地孤寂！一切都是这样地生疏！我不能在这里再生活下去了！”

伯爵夫人始而诧异地逼视着我，似乎不明白我的意思，或以为我发了神经病，后来她低下头来，叹着说道：

“当然，顶好是回到俄罗斯去……但是白根呢？”她忽然将头抬起望着我说道，“他愿意回到俄罗斯去吗？”

我没有回答她。

夕阳渐渐地隐藏了自己的金影。夜幕渐渐地无声无息地展开了。公园中更加异常地静寂了。我觉得目前展开的，不是昏黑的夜幕，而是我的不可突破的乡愁的罗网……

六

客地的光阴在我们的苦闷中一天一天地，一月一月地，一年一年地，毫不停留地过去，我们随身所带来到上海的银钱，也就随之如流水也似地消逝。我们开始变卖我们的珠宝，钻石戒指，贵重的衣饰……但是我们的来源是有限的，而我们的用途却没有止境。天哪！我们简直变成为什么都没有的无产阶级了！……房东呈着冷酷的面孔逼着我们要房钱，饭馆的老板毫不容情地要断绝我们的伙食……至此我才感觉得贫穷的痛苦，才明白金钱的魔力是这般地厉害。我们想告饶，我们想讨情，但是天哪，谁个能给我们以稍微的温存呢？一切一切，一切都如冰铁一般的冷酷……

白根老坐在家里，他的两眼已睡得失了光芒了。他的头发蓬松着，许多天都不修面。他所能做得到的，只是无力的叹息，只是无力的对于波尔雪委克的诅咒，后来他连诅咒也不诅咒了。我看着这样下去老不是事，想寻一条出路，但我是一个女人家，又有什么能力呢？他是一个男子，而他已经是这样了……怎么办呢？天哪！我们就这样待死吗？

"白根！"有一次我生着气对他说道，"你为什么老是在家里坐着不动呢？难道说我们就这样饿死不成？房东已经下驱逐令了……我们总是要想一想方法才行罢……"

"你与我怎么样办呢？你看我能够做什么事情？我什么都不会……打仗我是会的，但是这又用不着……"

我听了他的这些可怜的话，不禁又是气他，又是可怜他。当年他是那样地傲慢，英俊，是那样地风采奕奕，而现在却变成这样的可怜虫了。

有一天我在黄浦滩公园中认识了一个俄国女人，她约莫有三十岁的样子，看来也是从前的贵族。在谈话中我知道了她的身世：她的丈夫原充当过旧俄罗斯军队中的军官，后来在田尼庚将军麾下服务，等到田尼庚将军失败了，他们经过君士坦丁堡跑到上海来……现在他们在上海已经住了一年多了。

"你们现在怎么样生活呢？你们很有钱罢？"我有点很难为情地问她这么两句。她听了我的话，溜我一眼，将脸一红，很羞赧地说道：

“不挨饿已经算是上帝的恩惠了，那里还有钱呢？”

“他现在干什么呢？在什么机关内服务吗？”

她摇一摇头，她的脸更加泛红了。过了半晌，她轻轻地叹着说道：

“事到如今，只要能混得一碗饭吃，什么事都可以做。他现在替一个有钱的中国人保镖……”

“怎么？”我不待她说完，就很惊奇地问她道，“保镖？这是怎么一回事呢？”

“你不晓得这是怎么一回事吗？在此地，在上海，有许多中国的有钱人，他们怕强盗抢他们，或者怕被人家绑了票，因此雇了一些保镖的人，来保护他们的身体。可是他们又不信任自己的同国人，因为他们是可以与强盗通气的啊，所以花钱雇我们的俄罗斯人做他们的保镖，他们以为比较靠得住些。”

“工钱很多吗？”我又问。

“还可以。七八十块洋钱一月。”

忽然我的脑筋中飞来了一种思想：这倒也是一条出路。为什么白根不去试试呢？七八十块洋钱一月，这数目虽然不大，但是马马虎虎地也可以维持我们两个人的生活了。于是我带着几分的希望，很小心地问她道：

“请问这种差事很多吗？”

“我不知道，”她摇一摇头说道，“这要问我的丈夫洛白珂，他大约是知道的。”

于是我也不怕难为情了，就将我们的状况详细地告知了她，请她看同国人的面上，托她的丈夫代为白根寻找这种同一的差事。她也就慨然允诺，并问明了我的地址，过几天来给我们回信。这时正是六月的一天的傍晚，公园中的游人非常众多，在他们的面孔上，都充满着闲散的，安逸的神情。虽然暑气在包围着大地，然而江边的傍晚的微风，却给了人们以凉爽的刺激，使人感觉得心旷神怡。尤其是那些如蝴蝶也似的中国的女人们，在她们的面孔上，寻不出一点忧闷的痕迹，我觉得她们都是沉醉在幸福的海里了。我看着他们的容光，不禁怆怀自己身世的：四五年以前我也何尝不是如她们那般地幸福，那般地不知忧患为何事！我也何尝不是如她们那般地艳丽而自得！但是现在……现在我所有的，只是目前的苦痛，以及甜蜜的旧梦而已。

可是这一天晚上，我却从公园中带回来了几分的希望。我希望那位俄国夫人能够给我们以良好的消息，白根终于能得到为中国人保镖的差事……我回到家时，很匆促地就把这种希望报告于白根知道了。但是白根将眉峰一皱，无力地说道：

“丽莎，亲爱的！你须知道我是一个团长啊……我是一个俄罗斯的贵族……怎么好能为中国人保镖呢？这是绝对不能够的，我的地位要紧……”

我不禁将全身凉了半截。同时我的愤火燃烧起来了。我完全改变了我的过去的温和的态度，把一切怜悯白根的心情都失掉了。我发着怒，断续地说道：

“哼！现在还说什么贵族的地位……什么团长……事到如今，请你将就一些儿罢！你能够挨饿，如猪一般地在屋中睡着不动……我却不能够啊！我不能够，我不能够再忍受下去了，你晓得吗？”

他睁着两只失了光芒的，灰色的眼睛望着我，表现着充分的求饶的神情。若在往日，我一定又要懊悔我自己的行动，但是今天我却忘却我对于他的怜悯了。

“你说，你到底打算怎样呢？”我又继续发着怒道，“当年我不愿意离开俄罗斯，你偏偏要逼我跑到上海来，跑到上海来活受罪……像这样地生活着，不如痛痛快快地被波尔雪委克捉去杀了还好些啊！现在既然困难到了这种地步，你是一个男子汉，应该想一想法子，不料老是如猪一般睡在屋中不动……人家向你提了一个门径，而你，而你说什么地位，说什么不能够失去团长的面子……唉，你说，你说，你到底怎么样打算呢？”

鼻子一酸，不禁放声痛哭起来了。我越想越懊恼，我越恼越哭得悲哀……这是我几年来第一次的痛哭。这眼见着使得白根着了慌了。他走上前来将我抱着，发出很颤动的，求饶的哭音，向我说道：

“丽莎，亲爱的！别要这样罢！你不说，我已经心很痛了，现在你这样子……唉！我的丽莎啊！请你听我的话罢，你要我怎样，我就怎样……不过我请求你，千万别要提起过去的事情，因为这太使我难过，你晓得吗？”

女子的心到底是软弱的……我对他生了很大的气，然而他向我略施以温柔的抚慰，略说几句可怜的话，我的愤火便即时被压抑住了。他是我的丈夫啊，我曾热烈地爱过他……现在我虽然失却了那般的爱的热度，但是我不应当太过于使他苦恼啊。他是一个很不幸福的人，我觉着他比我还不幸福些。我终于把泪水抹去，又和他温存起来了。

我静等着洛白珂夫人来向我报告消息……

第二天晚上洛白珂夫人来了。她一进我们的房门，我便知道事情有点不妙，因为我在她的面孔上已经看出消息是不会良好的了。她的两眉蹙着，两眼射着失望的光芒，很不愉快地开始向我们说道：

“……对不住，我的丈夫不能将你们的事情办妥，因为……因为保镖的差事有限，而我们同国的人，想谋这种差事的人，实在是太多了。无论你到什么地方去，我的丈夫说：都会碰到我们的同国人，鬼知道他们有多少！例如，不久以前，有一个有钱的中国人招考俄国人保镖，只限定两个人；喂，你们知道有多少俄国人去报名吗？一百三十六个！一百三十六个！你们看，这是不是可怕的现象！……”

她停住不说了。我听了她的话，也不知是哭还是笑好。我的上帝啊，这是怎么一回事！这是怎么一回事！

半晌她又继续说道：

“我听了我的丈夫的话，不禁感觉得我们这些俄侨的命运之可怕！这样下去倒怎么得了呢！……我劝你们能够回到俄罗斯去，还是回到俄罗斯去，那里虽然不好，然而究竟是自己的祖国……我们应当向波尔雪委克让步……”

“唉！我何尝不想呢？”我叹了一口气说道，“我悔恨我离开了俄罗斯的土地……就是在俄罗斯为波尔雪委克当女仆，也比在这上海过着这种流落的生活好些。但是现在我们回不去了……我们连回到俄罗斯的路费都没有。眼见得我们的命运是如此的。”

白根在傍插着说道：

“丽莎，算了罢，别要再说起俄罗斯的事情！你说为波尔雪委克当女仆？你疯了吗？我……我们宁可在上海饿死，但是向波尔雪委克屈服是不可以的！我们不再需要什么祖国和什么俄罗斯了。那里生活着我们的死敌！……”

白根的话未说完，米海诺夫伯爵夫人进来了。她呈现着很高兴的神情，未待坐下，已先向我高声说道：

“丽莎，我报告你一个好的消息，今天我遇着了一个俄国音乐师，他说，中国人很喜欢看俄罗斯女人的跳舞，尤其爱看裸体的跳舞，新近在各游戏场内都设了俄罗斯女人跳舞的一场……薪资很大呢，丽莎，你晓得吗？他说，他可以为我介绍，如果我愿意的话。我已经决定了。怎么办呢？我已经什么都吃光了，我不能就这样饿死啊。我已经决定了……丽莎，你的意见怎样呢？”

我只顾听伯爵夫人说话，忘记了将洛白珂夫人介绍与她认识。洛白珂夫人不待我张口，已经先说道：

“我知道这种事情……不过那是一种什么跳舞啊！裸体的，几乎连一丝都不挂……我的上帝！那是怎样的羞辱！”

伯爵夫人斜睨了她一眼，表示很气愤她。我这时不知说什么话为好，所以老是沉默着。伯爵夫人过了半晌向我说道：

“有很多不愁吃不愁穿的人专会在旁边说风凉话，可是我们不能顾及到这些了。而且跳舞又有什么要紧呢？这也是一种艺术啊。这比坐在家里守着身子，守着神圣的身子，然而有饿死的危险，总比较好些，你说可不是吗？”

洛白珂夫人见着伯爵夫人不快的神情，便告辞走了。我送她出了门。回转房内时，伯爵夫人很气愤地问我：

“这是那家的太太？我当年也会摆架子，也会说一些尊贵的话啊！……她等着罢，时候到了，她也就自然而然地不会说这些好听的话了。”

白根低着头，一声也不响。我没有回答伯爵夫人的话。停一会，她又追问我道：

“丽莎，你到底怎样打算呢？你不愿意去跳舞吗？”

我低下头来，深长地叹了一口气。这时白根低着头，依旧一声也不响。我想征求他的意见，他愿不愿意我去执行那种所谓“裸体的艺术跳舞”。……但是我想，他始终没有表示反对伯爵夫人的话，这是证明他已经与伯爵夫人同意了。

七

过了几日，我与伯爵夫人进了新世界游戏场，干那种所谓裸体的跳舞……日夜两次……我的天哪，那是怎样的跳舞啊！那简直不是跳舞，那是在观众面前脱得精光光的，任他们审视我们的毫无遮掩的肉体，所谓女人的曲线美……那是如何地无耻，如何地猥亵，如何地下贱！世界上真有许多说不出来，而可以做得到的事情。我现在简直不明白我那时怎样就能做那种无耻的、下贱的勾当。我不是一个贵重的团长的夫人吗？我不是一个俄罗斯的贵族妇女吗？我不是曾被称为一朵纯洁的、神圣不可侵犯的、娇艳的白花吗？但是我堕落到了这种羞辱的地步！我竟能在万人面前赤露着身体，而且毫无体态地摇动着，以图博得观众的喝彩。我的天哪，那是怎样地令人呕吐，怎样地出人意想之外！迄今想来，我还是为之面赤啊！……

我还记得我第一次上台的时候……在我还未上台之先，我看见伯爵夫人毫不羞赧地将全身衣服脱下，只遮掩了两乳和那一小部分……接着她便仿佛很得意似地跑上台去……她开始摆动自己的肥臀，伸展两只玉白的臂膀……她开始跳起舞来……我的天哪，这是怎样的跳舞啊！这难道说是跳舞么？若说这种是艺术的跳舞，那我就希望世界上永无这种跳舞的艺术罢。这简直是人类的羞辱！这简直是变态的荒淫！我不知道这件事情到底是谁个想出来的。我要诅咒他，我要唾弃他……

伯爵夫人退了场，我在台后边听见那些中国人呼哨起来，“再来一个！”“再来一个”……这种野蛮的声音简直把我的心胆都震落了。我再也没有接着伯爵夫人上台的勇气。我本来已经将衣服脱了一半，但是忽然我又把衣服穿起来了。伯爵夫人赤裸裸地立在我的面前，向我射着诧异的眼光。她向我问道：

“你怎么样了，丽莎？”

“我不能够，我不能够！这样我会羞辱死去，伯爵夫人，你晓得吗？我要离开此地……我不能够啊！啊，我的天哪！……”

“丽莎，你疯了吗？”伯爵夫人起了惊慌的颜色，拍着我的肩，很急促地说道，“这样是不可以的啊！我们已经与主人订了约……事到如今，丽莎，只得这样做下去罢。我们不能再顾及什么羞辱不羞辱了。你要知道，我们不如此便得饿死，而且已经订了约……”

她不由分说，便代我解起衣来。我没有抵抗她。我眼睁睁地看着我的肉体，无论那一部分，毫无遮掩地呈露出来了。我仿佛想哭的样子，但我的神经失了作用，终于没哭出声来。所谓团长夫人的尊严，所谓纯洁的娇艳的白花，……一切，一切，从此便没落了，很羞辱地没落了。

我如木偶一般走上了舞台……我的耳鼓里震动着那些中国人的呼哨声、笑语声、鼓掌声。我的眼睛里闪动着那些中国人的无数的俗恶而又奇异的眼睛。那该是如何可怕的，刺人心灵的眼睛啊！……始而我痴立了几分钟，就如木偶一般，我不知如何动作才是，这时我的心中只充满着空虚和恐怖，因为太过于恐怖了，我反而好像有点镇定起来。继而我的脑神经跳动了一下，我明白了长此痴立下去是不可能的，于是我便跳舞起来。我也同伯爵夫人一样，开始摆动我的臀部，伸展我的两膀，来回在舞台上跳舞着……上帝啊，请你赦我的罪过罢！这是怎样的跳舞啊！我不是在跳舞，我是在无耻地在人们面前污辱我的神圣的肉体。那些中国人，那些俗恶而可恨的中国人，他们是看我的跳舞么？他们是在满足他们的变态的兽欲啊。不料从前的一个贵族的俄罗斯妇女，现在被这些俗恶而可恨的中国人奸淫了。

从此我同伯爵夫人便在新世界游戏场里，做着这种特别形式的卖淫的勾当……

我明白了：面包的魔力比什么都要伟大，在它的面前，可以失去一切的尊严与纯洁。只要肚子饿了，什么事情都可以做出来：男子可以去当强盗，或去做比当强盗还更坏些的事情；女子可以去卖淫，作贱自己的肉体……现在我自己就是一个明确的例证。当我过着养尊处优的生活的时候，我是如何将自己的肉体看得宝重，不让它渲染着一点微小的尘埃。但是现在……我的天哪！我成了一个怎样的不知自爱的人了！

我明白了：金钱是万恶的东西，世界上所以有一些黑暗的现象，都是由于它在作祟。它也不知该牺牲了多少人！我现在就是一个可怜的牺牲者了。如果野蛮的波尔雪委克，毫不知道一点儿温柔为何如的波尔雪委克，他们的目的是在于消灭这万恶的金钱，那我，一个被金钱所牺牲掉了的人，是不是有权来诅咒他们呢？唉！矛盾，矛盾，一切都是矛盾的……

我由这种特别卖淫所取得的代价，勉强维持着我同白根两人的生活。白根似乎很满意了。他现在的面貌已经不如先前的苦愁了，有时也到街上逛逛。

在街上所得到的印象，他用之作为和我谈话的资料。他一面向我格外献着殷勤，一面很平静地过着，好像我们的生活已经很好了，他因之消灭了别种的欲望。他现在很少提到祖国和波尔雪委克的事情。有时很满意地向我说道：

“亲爱的丽莎！你老记念着什么祖国，什么俄罗斯，你看，现在我们在异国里不也是可以安安稳稳地过着生活吗？让鬼把什么祖国，什么俄罗斯，什么波尔雪委克拿去罢，我们不再需要他们了……”

“但是你以为我们现在的生活是很好的了吗？你不以这种生活为可耻吗？”

我这样问着他，忽然觉得起了一种厌恶他的心情。我觉着他现在变成了这么一个渺小的、低微的、卑鄙的人了。他现在连什么希望都没有了。什么漂亮的外交官，什么驻巴黎的公使，什么威风赫赫的将军……这一切一切对于他已经成为他的死灭了的愿望了。上帝啊，请你原谅我！我现在还爱他什么呢？他的风采没有了，他的愿望也没有了，他成了这么一个卑微的人了，他还有什么东西值得我的爱情呢？上帝啊！请你原谅我！……

伯爵夫人现在开始醉起酒来了。有时舞罢归来，已是深夜了，她独自一人在房中毫无限制地饮着酒，以至于沉醉。我在隔壁时常听着她哀婉地唱着那过去时代的幸福的歌。有时在更深人静的时分，她低声地哭泣着，如怨如诉，令听者也为之酸鼻。好可怜的伯爵夫人啊！昔日的俄罗斯的骄子，而今却成为异邦的飘流的怨妇了……但是伯爵夫人在我们面前，很少有示弱的时候。她总是高兴着，仿佛现在的生活，并不增加她心灵上的或肉体上的苦楚。

“丽莎！我们就这样地生活下去罢，”有时她强带着笑容向我说道：“世界上比我们还不幸福的人多着呢。我们是艺术的跳舞家啊，哈哈哈！……丽莎，你还不满足吗？”

我向她说什么话好呢？她能够强打着精神，装着无忧无虑的样子，而我却不能够啊。我听了她的话之后，总是要哭起来。天哪！她问我：“你还不满足吗？”我满足什么呢？我满足我自己的这种羞辱的生活吗？丽莎还有一颗心，丽莎的灵魂还未完全失去，因此丽莎也就不能勉强地说一句“我满足了”。丽莎，可怜的丽莎，她永远地悲哀着自己的命运……现在，到了她决定走上死灭的路的时候，她还是悲哀着自己的命运，一步一步地走向坟墓去。

幸运的人总是遇着幸福的事，反之，不幸运的人总是遇着不幸运的事。例如我们……如果我们长此在新世界游戏场里跳舞下去，虽然是很不体面的事情，但还也罢了。然而我们的倒霉的命运，大概是为恶魔所注定了，就是连这种羞辱的职业也不能保存下去。我们平安地过了几个月，白根满意，伯爵夫人满意，我虽然感到无限的痛苦，然也并不再做其它的妄想了。我们实指望命运已经把我们捉弄得太够了，决不会再有残酷的事情到来。但是，我的上帝啊，你是这样地苛待我们！你是这样地不怜悯我们！……

工部局忽然下了命令，说什么裸体跳舞有伤风化，应严行禁止云云……于是我们的饭碗打破了。就是想在人众面前，毫无羞辱地摆动着自己的赤裸的肉体，以冀获得一点儿面包的代价，这已经是不可得了！我也许与工部局同意，以为裸体跳舞是有伤风化的行为，也许我深切地痛恨这种不合乎礼教的行为……但是，我的天哪，我的饭碗要紧啊！我不得不痛恨工部局，痛恨它好生多事。让一切的风化都伤坏了罢，这于你工部局，于你这些文明的欧洲人有什么关系呢？你们这些假君子啊！你们为什么要替野蛮的中国人维持风化呢？

当我听到工部局禁止裸体跳舞的消息，我生了两种相反的心情：一方面我欢欣着，我终于抛弃这种羞辱的职业了，啊，上帝保佑！……一方面我又悲哀着，今后我们又怎么生活下去呢？讨饭吗？……于是我哭起来了。白根也垂着头叹起气来。他不敢向我说话，——我近来待他是异常地严厉，如果在我不快的时候，他是不敢向我说话的啊。可怜的白根！他现在的心境是以我的喜怒哀乐为转移了。

伯爵夫人始而关在自己的小房里，嘤嘤地哭泣了一个多钟头。后来她忽然跑到我们的房里，一面拭着她刚哭红了的眼睛，一面放着坚决的口气向我说道：

"丽莎，你在哭什么呢？别要哭罢！反正现在我们是不会饿死的啊！我们已经把我们的纯洁，尊严，以及我们的羞耻心，统统都失去了，我们还顾忌什么呢？你知道像我们这样的女人，这样还有点姿色可以引诱男人的女人，是不会没有饭吃的。我已经决定什么都不管了……反正我们已经是堕落的人了，不会再引起任何人的同情了。丽莎，让我们堕落下去罢，我们的命运是如此的……别要哭罢！别要哭罢！当我们失去一切的尊严的时候，我们是有出路的，……我们的肉体就是我们的出路……"

她说完了这些话，当我还未来得及表示意见的时候，忽然转过身去，奔到自己的房里，又重新放声痛哭起来。她的哭声是那样地悲哀，是那样地绝望，又是那样地可怕。我觉着我的心胆都破裂了……我停住不哭了……我的神经渐渐失了作用，到后来我陷入到无感觉的、木偶一般的状态。

上帝啊，你是在捉弄我们呢，抑是我们的命运为恶的巨神所注定了，你没有力量将它挽回呢？你说，你说，你说呀！

八

我记得……天哪，我又怎么能够不记得呢？……那一夜，那在我此生中最羞辱的一夜……固然，几年来像这一夜的经过，也不知有多少次，连我自己也记不清楚了。英国人、法国人、美国人，甚至于有一次还是黑人，那面目如鬼一般可怕的黑人……只要有钱，任你什么人，我都可以同你过夜，我都可以将我这个曾经是纯洁的，神圣不可侵犯的肉体，任你享受，任你去蹂躏。在我的两腕上也不知枕过了多少人，在我的口唇上也不知沾染了许多具有异味的，令人作呕的涎沫，在我的……上帝啊，请你赦免我的罪过罢，我将你所给予我的肉体践踏得太厉害了。

是的，这几年来的每一夜，差不多都被我很羞辱地过去。但是，那一夜……那是我的生命史中最羞辱的初夜啊！我记得，我又怎么能够不记得呢？从那一夜起，我便真正地做了娼妇，我便真正地失了贞洁，我便真正地做了人们的兽欲发泄器……这是伯爵夫人教导我这样做的。她说，当我们失去一切的尊严的时候，我们是有出路的，我们的肉体就是我们的出路……啊，这是多么好的出路啊！毫不知耻地出卖自己的肉体！……天哪，当时我为什么没有自杀的勇气呢？我为什么竟找到这么一条好的出路呢？死路，死路，死路要比这种出路好得多少倍啊！……

我记得，那是在黄浦滩的花园里……已是夜晚十点多钟的光景，晚秋的江风已经使人感觉得衣单了。落叶沙沙地作响。园中尚来往着稀疏的游人，在昏黄的电灯光下，他们就好像如寂静的鬼的幻影也似的。我坐在靠近栏杆的椅子上，面对着江中的忽明忽暗的灯火，暗自伤感自己的可怜的身世。我哭了，一丝一丝的泪水从我的眼中流将下来，如果它们是有灵魂的，一定会落到江中，助长那波浪的澎湃——它们该含蕴着多么深的悲哀啊。

伯爵夫人劝我像她一样，徘徊于外白渡桥的两头，好勾引那寻乐的客人……我怕羞，无论如何不愿如她一样地做去。于是我便走到花园里，静悄悄地向着靠近栏杆的椅子坐下。这时我的心是如何地恐惧，又是如何地羞赧，现在我真难以用言语形容出来，这是我的第一次……我完全没有习惯啊。天哪，我做梦也没曾想到我会在这异国的上海，在这夜晚的花园里，开始勾引所谓寻乐的“客人”，做这种所谓“生意”！当我初到上海的时候，有时我在夜晚间从花园里归去，我看见许多徘徊于外白渡桥两头的女人，她们如幽魂也似的，好像寻找什么，又好像等待什么……我不明白她们到底是在做什么。现在我明白了，我完全地明白了。因为伯爵夫人现在成为了她们之中的一个，而我……

有时我坐在花园中的椅子上，在我除开感伤自己的身世而外，并没有什么别的想头，更没想起要勾引所谓寻乐的客人。但是寻乐的客人是很多的，有的向我丢眼色，有的向我身边坐下，慢慢地向我攀谈，说一些不入耳的调戏话……那时我是如何地厌恶他们啊！我厌恶他们故意地侮辱我，故意地使我感觉到不愉快。我本是一朵娇艳的白花，我本是一个尊贵的俄罗斯的妇女，曾受过谁的侮辱来？而现在……他们居然这般地轻视我，这实在是使我愤恨的事情啊。

现在我明白了。他们把每一个俄罗斯的女人都当做娼妓，都当做所谓“做生意”的……在事实上，这又何尝不是呢？你看，现在伯爵夫人也做了外白渡桥上的幽魂了。丽莎，曾被称为贵重的丽莎，现在也坐在黄浦滩花园中等待客人了……

我正向那江中的灯火望得出神，忽然我听见我身后边的脚步声，接着便有一个人在我身旁坐下了。我的一颗心不禁噗噗地跳将起来，我想要跑开，然而我终没有移动。我不敢扭过头来看看到底是一个什么人，我怕，我真是怕得很啊……

“夫人，”他开始用英语向我说道，“我可以同你认识一下吗？”

若在往时，唉，若在往时，那我一定很严厉地回答他道：

“先生，你错了。并不是每一个女人都为着同人认识而才来到花园里的！”

但是，在这一次，我却没有拒绝他的勇气了。我本来是为着勾引客人，才夜晚在花园里坐着，现在客人既然到手了，我还有什么理由来拒绝他呢？于是我沉默了一会，很不坚决地、慢慢地将头扭转过来。天哪，我遇见鬼了吗？这是一个庞大的、面孔乌黑的印度人……他的形象是那样地可怕！他的两眼是那样地射着可怕的魔光！我不禁吓得打了一个寒战，连忙立起身来跑开了。印度人跟在后边叫我：

“站住罢！别要怕啊！我有钱……我们印度人是很温和的……”

我一声也不回答他，跑出花园来了。我刚走到外白渡桥中段的时候，迎面来了仿佛是一个美国人的样子，有四十多岁的光景，态度异常是绅士式的。他向我溜了几眼，便停住不走了，向我不客气地问道：

“我可以同你一道儿去吗？”

我定了一定惊慌的心，毫不思索地答道：

“可以。”

于是我便把他带到家里来了……天哪，我带到家里来的不是亲戚，不是朋友，也不是情夫，而是……唉，而是一个不相识的、陌生的客人！我现在是在开始做生意了。

白根向客人点一点头，便很难堪地，然而又无可奈何地走了出去。美国人见他走出去了，便向我问道：

“他是你的什么人呢？”

我这时才感觉到我的脸是在红涨得发痛。我羞赧得难以自容，恨不得立刻地死去，又恨不得吐美国人一脸的唾沫，向他骂道：“你是什么东西，敢把我的丈夫赶出去了啊！……”我又恨不得把白根赶上，问他为什么是这样地卑微，能够将自己的老婆让与别人……但是我的理性压住了我的感情，终于苦笑着说道：

“他是我的朋友……”

“你有丈夫吗？”这个可恶的美国人又这样故意地追问我。

“没有。”我摇了一摇头说。

于是从这时起，白根便变成为我的朋友了。我没有丈夫了……天哪，这事情是如何地奇特！又是如何地羞辱！为夫的见着妻把客人带到家里来了，自己静悄悄地让开，仿佛生怕会扰乱了客人的兴致也似的。为妻的得着丈夫的同意，毫不知耻地从外边勾引来了陌生的客人，于是便同他……而且说自己没有丈夫了……我的上帝啊，请你惩罚我们罢，我们太卑鄙得不堪了！

记得在初婚的蜜月里……那时白根该多么充满了我的灵魂！他就是我的唯一的理想，他就是我的生命，他就是我的一切。那时我想道，我应当为着白根，为着崇高而美妙的爱情，将我的纯洁的身体保持得牢牢地，不让它粘染到一点的污痕，不让它被任何一个男子所侵犯。我应当珍贵着我的美丽，我应当保持着我的灵魂如白雪一般的纯洁……总而言之，除开白根而外，我不应当再想到其他世界上的男子。

有一次，我听见一个军官的夫人同着她的情夫跑掉了……那时我是如何地鄙弃那一个不贞节的女人！我就是想象也不会想象到我会能叛变了白根，而去同另一个男子相爱起来。那对于我是不可能的，而且是要受上帝惩罚的事情。但是到了现在……曾几何时呢?！……人事变幻得是这般地快！我居然彰明昭著地将客人引到家里，而且这是得到了白根的同意，……这到底是怎么一回事呢？难道说现在的我已经不是从前的丽莎了吗？已经成了别一个人了吗？

在我的臂膀上开始枕着了别一个人的头，在我的口唇上开始吻着别一个人的口唇……我的天哪，这对于我是怎样地不习惯，是怎样地难乎为情！从前我没想象得到，现在我居然做得到了。现在同我睡在一起的，用手浑身上下摩弄着我的肉体的，并不是我的情夫，而是我的客人，第一次初见面的美国人。这较之那个同情夫跑掉了的军官夫人又如何呢？……

我在羞辱和恐惧的包围中，似乎失了知觉，任着美国人搬弄。他有搬弄我的权利，因为我是在做生意，因为我在这一夜是属于他的。他问了我许多话，然而我如木偶一般并不回答他。如果他要……那我也就死挺挺地任所欲为，毫不抵抗。后来他看见我这般模样，大概是很扫兴了，便默默地起身走了。他丢下了十块钱纸票……唉，只这十块钱纸票，我就把我的肉体卖了！我就把我自己放到最羞辱的地位！我就说我的丈夫没有了！虽然当我同他睡觉的时候，白根是在门外边，或是在街上如幽魂也似地流浪着……

美国人走了之后，不多时，白根回来了。这时我有点迷茫，如失了什么宝物也似的，又如错走了道路，感觉得从今后便永远陷入到不可测的深渊的底里了。我躺在床上只睁眼望着他，他也不向我说什么，便解起衣来，向刚才美国人所躺下的位置躺下。我的天哪，这到底是怎么一回事呢？白根是我的丈夫呢，还是我的客人呢？……

忽然我如梦醒了一般，将手中的纸票向地板摔去，嚎啕痛哭起来了。我痛哭我的命运；我痛哭那曾经是美妙，然而现在已经消失去了的神圣的爱情……我痛哭娇艳的白花遭了劫运，一任那无情的雨摧残。我痛哭，因为在事实上，我同白根表现了旧俄罗斯的贵族的末路。上帝啊！我除了痛哭，还有什么动作可以表示我的悲哀呢？

“丽莎，你是怎么了呀？那个可恶的美国人得罪你了吗？亲爱的，别要这样哭了罢！”

我还是继续痛哭着，不理他。我想一骨碌翻起身来，指着他的脸痛骂一顿：

“你这不要脸的东西，你还能算是我的丈夫吗？你连自己的老婆都养活不了，反累得老婆卖淫来养活你，你还算是一个人吗？为着得到几个买面包的钱，你就毫不要脸地将老婆卖给人家睡觉吗？……”

但是我转而一想，我就是不诅骂他，他已经是一个很不幸的人了。世界上的男子有哪一个情愿将自己的老婆让给别人玩弄呢？可怜的白根！可怜的白根！这并不是他的过错啊。这是我们的已经注定了的命运。

这时我听见了隔壁伯爵夫人的房间内有着嘘笑的声浪……我没有精神听将下去，慢慢地在白根的抚慰的怀抱中睡着了。

九

从此我便成了一个以卖淫为业的娼妓了。英国人、法国人、美国人、中国人……算起来，我真是一个实际的国际主义者，差不多世界上的民族都被我尝试过遍了。他们的面貌、语言、态度，虽然不一样，虽然各有各的特点，然而他们对我的看法却是一致的。我是他们的兽欲发泄器，我是他们的快乐的工具。我看待他们也没有什么差别，我只知道他们是我的顾主，他们是我的客人，其它我什么都不问。能够买我的肉体的，法国人也好，中国人也好，就是那黑得如鬼一般的非洲人也未始不可以。但是我在此地要声明一句，我从没有接过印度人，天哪，他们是那样地庞大，是那样地可怕，是那样地不可思议！……

近两年来，上海的跳舞场如雨后春笋一般地发生了，这些俗恶而迂腐的中国人，他们也渐渐讲究起欧化来了。这十年来，我可以说，我逐日地看着上海走入欧化的路：什么跳舞场哪，什么咖啡馆哪，什么女子剪发哪，男子着西装哪……这些新的现象都是经过我的眼帘而发生的啊。

自从有了很多的跳舞场以后，我同伯爵夫人便很少有在外白渡桥上或黄浦滩花园里徘徊的时候了。我们一方面充当了舞女，同时仍继续做着我们的生意，因为在跳舞场中更容易找到客人些……而且这也比较文明得多了，安逸得多了。在那露天里踱来踱去，如幽魂似的，那该是多么讨厌的事情啊！而且有时遇着了好的客人，在轻松的香槟酒的陶醉中，——当然吃啤酒的时候为多啊——缓步曼舞起来，倒也觉得有许多浪漫的意味。在这时候，上帝啊，请你原谅我：我简直忘却了一切；什么白根，什么身世的凄怆，什么可恶的波尔雪委克，什么金色的高加索，什么美丽的伏尔加河畔的景物……一切对于我都不存在了。不过有时候，忽然……我记起了一切……我原是一朵娇艳的白花啊！我原是一位团长的夫人啊！而现在做了这种下贱的舞女，不，比舞女还要下贱些的卖淫妇……于是我便黯然流泪，感伤身世了。我的这种突然的情状，时常使得我的客人惊讶不已。唉，他们那里晓得我是什么出身！他们那里晓得我的深切的悲哀！就使他们晓得，他们也是不会给我一点真挚的同情的。

这是去年冬天的事情。有一次……我的天哪，说起来要吓煞人！……在名为黑猫的跳舞场里，两个水兵，一个是英国水兵，一个是葡萄牙水兵，为着争夺我一个舞女，吃起醋来。始而相骂，继而便各从腰中掏出手枪，做着要放的姿势。全跳舞场都惊慌起来了，胆小一点的舞女，有的跑了，有的在桌下躲藏起来。我这时吓得糊涂了，不知如何动作才是。忽然那个英国水兵将手一举，砰然一声，将别一个葡萄牙水兵打倒了……天哪，那是如何可怕的情景！我如梦醒了一般，知道闹出来了祸事，便拼命地跑出门来。当我跑到家里的时候，白根看见我的神情不对，便很惊慌地问我道：

"你，你，你是怎么了呀？病了吗？今晚回来得这样早……"

我没有理他，便伏倒在床上痛哭起来了。我记得……我从前读过许多关于武士的小说。中世纪的武士他们以向女人服务为光荣：他们可以为女人流血，可以为女人牺牲性命，只要能保障得为他们所爱的女人的安全，只要能博得美人的一笑。当时的女人也就以此为快慰；如果没有服务的武士，即是没有颠倒在石榴裙下的人，那便是对于女人的羞辱。因此我便幻想着：那时该多么罗曼谛克，该多么富于诗意。顶好我也有这么样几个忠心的武士啊……但是现在我有了这么样两个武士了，这么样两个勇敢的水兵！他们因为争着和我跳舞，便互相用手枪射击起来。这对于我是光荣呢，还是羞辱呢？喂，这完全是别的一神事！这里没有罗曼谛克，这里也没有什么诗意，对于我，有的只是羞辱、羞辱、羞辱而已。

这种事情经过的幸而不多，否则，我不羞辱死，也得活活地吓死了。现在，当我决意要消灭自己的生命的时候，反来深深地悔恨着：为什么当时的那个英国水兵的手枪不射中在我的身上呢？如果射中在我的身上，那对于我岂不是很痛快的事情吗？那样死法真是简便得多呢。但是上帝不保佑我，一定要我死在我自己的手里……

自从我进了跳舞场之后，我们的生活比较富裕些了。白根曾一度寻到了店伙的职业，但是不久便被主人开除了，说他不会算账，干不来……因此他又恢复了坐食的状态。眼见得他很安于我们现在的生活状况了。他的两眼虽然消失了光芒，在他的动作上虽然再找不出一点英俊的痕迹来，但是他却比从前肥胖得多了。在地位上说来，我成了主人，他成了奴仆，因为家务琐事：什么烧饭吃哪，整理房间哪，为我折叠衣服哪……这都是他的职务，我差不多一点都不问了。

当我把客人引到家时，他就静悄悄地走出去；候客人走了时，他又回来。

起初，他看见我把客人引到家来，或者在门外听见我同客人的动作，他虽然没有什么表示，但总觉得有点难堪的神情。当然的，谁个情愿把自己的老婆送给别人玩弄呢？但是到了后来，这对于他就成为很平淡的常事了。他不但不因着这事而烦恼，而且，如果那一晚我独自一个回到家来，这反而要使他失望，要使他不愉快。

有时我竟疑惑起来：白根是不是我的丈夫呢？我到底是白根的什么人呢？如果我同白根还有着夫妻的关系，那么为什么白根能平心地看着我同任何一个男人睡觉，而不起一点儿愤怒和醋意呢？为什么我能坦然地在丈夫的面前同着别人做那种毫无羞耻的事情呢？我的天哪，这到底是怎么一回事情呢？这是我的白根吗？这是我的丈夫吗？这是我曾经在许多情敌的手中夺回来的爱人吗？这就是我十年以前当做唯一的理想的那个人吗？这是莲嘉处心积虑要从我的手中夺去的那个风采奕奕的少年军官吗？唉，我的天哪，这到底是怎么一回事情呢？莲嘉，莲嘉，你现在是不是还活着呢？是不是还记念着你失去了的白根呢？你把他拿去罢！唉，我不要他了，我不要他了！……

那是一九一六年的夏天……在离彼得格勒不远的避暑山庄……午后我和我的亲密的女友莲嘉走到林中去采野花，那各式各色的野花。林木是异常地高耸而繁茂；我们走入林中，只感觉得清凉的气息，时而嗅着一种野兰的芳香，就同进入了别一天地也似的，把什么东西都忘怀了。我穿着一身白纱的轻衣，这是因为我时常做着白衣仙女的梦。莲嘉的衣服是淡绿色的，衬着她那副玫瑰色的脸庞，在这寂静的深林中，几乎要使我疑惑她是天上的仙人了。啊，她是那般地美丽！……但是我美丽不美丽呢？这件事情，到了后来我战败了莲嘉的时候，就可以证明了。

我们在林中走着走着，目前的感觉使我生了许多罗曼谛克的幻想：这是多么富于美妙的诗意的所在……我们两个美丽的少女，在这神秘的深林里，携着手儿走着，低唱着温柔而动人心灵的情歌……忽然林中出现来了一个漂亮的少年，向着我们微笑，接着便走向前来吻我们的手，接着便向我们求婚，向我们表示爱慕……啊，这是多么有趣而不可思议的事啊。于是我不由自已地笑起来了。莲嘉莫明其妙地睁着两只大眼向我望着，不知道我遇着了什么事情，我便把我的幻想告诉她了。

“啊哈，原来你想的尽是这些事情，”莲嘉带讥讽地笑着说道，“快快地嫁人罢，不然，你一定要想煞了。”

“莲嘉，亲爱的，你不要胡说罢。你应当知道一个人，尤其是我们这般年轻的少女，时常要发生着一种神秘的，罗曼谛克的情绪，这种情绪是很富有诗意的啊……”

话未说完，我真地在我的面前见着了一个向我们微笑着的少年：他穿着一身军服，目炯炯而发光，显得是异常地英俊；但是在他的笑容上，他又是那般地可爱，那般地温柔，……这实在与我适才幻想的那个少年差不多……我有点迷惑了。我不能断定我目前的现象是真的还是假的，我是在做梦还是在清醒的状态中。我用手将眼揉了一下，想道，莫非是我眼花了不成？……我的思想还没有完结，便听到那位少年军官发出一神令人感觉到愉快的声音：

“贵重的小姐们，请你们宽恕我，我扰乱了你们的游兴了。”

好说话的莲嘉接着便向他问道：

“你是什么人？”

“我是军官学校的学生，白根……”

“你来此地干什么呢？”莲嘉又接着问他，他没有一点儿拘束，同时又是很和善，很有礼貌的样子，笑着回答我们说：

“你们看，这种好的天气，在这林中散步，真是很美妙的事情呢。我住得离此地不远，是住在一所避暑的别墅里，我的姑母家里。今天午后兴致来了，所以我便一个人走出来散步。不料无意中我遇着了你们，这真是使我引以为荣幸的事情呢。敢问你们二位也是住在这个林子附近吗？”

“是的。”我点一点头说。这时我觉得他的目光集中在我的身上。我不禁起了一种为我所不认识的感觉：说是畏怯也不是畏怯，说是羞赧也不是羞赧，说是愉快也不是愉快，总而言之，我起了一种奇异的感觉。

“贵重的小姐们，”这位少年军官又开始说道，“你们连想象都想象不到我是怎样感觉着愉快啊！你们知道吗？在未见到你们的面之前，我刚刚发了一种痴想：在这样有神秘性的、充满着诗意的、寂静的林中，我应当遇着一个神女罢，一个不可思议的神女罢，……不料，果然，现在我遇见了你们……你们说这不是奇迹吗？”

莲嘉听了他的话，望着我笑，虽然她没有告诉我她为什么笑，但是我已经明白她的意思了。她是在向我说道：

“丽莎，你看，你的幻想实现了。快和你的漂亮的少年接吻罢，快把他拥抱罢！……”

我不知道为着什么，莲嘉的笑更使我感觉得愉快起来。但是，同时，我的脸有点沸腾起来了红的浪潮了，于是我便把头低下来了。我感觉到，如果他真走上前来拥抱我，和我接吻，那我是不会拒绝他的。啊，这是如何地突然，这又是如何地充满着奇趣！……

“如果你们允许我知道你们的芳名，”少年军官又继续很和蔼地说道，“那实在是你们所赐予我的巨大的恩惠啊。”

莲嘉向他笑着说道：

“这对于你并没有必要啊。不过，如果你一定要知道的话，那我就告诉你罢。我叫莲嘉，而她叫丽莎……很不好听罢，是不是?”

“啊，不，贵重的小姐们，恰恰正相反呢。我真是太荣幸了。”

从此……爱神就用一条有魔力的线索，将我同白根捆在一起了。我们三人便时常在林中聚会，有时到他姑母家里去宴会，有时他也到我们的家里来。我感觉得白根日见向我钟起情来了。我想，如果我们中间不夹着一个莲嘉，这个从前是我的密友，现在是我的情敌的莲嘉，那我们老早就决定我们的关系了。可怜的莲嘉！她枉费了许多心机向白根献媚，要夺取白根的心，可知白根的心已经是牢牢地属于我的了。但是有时我却担忧起来：莲嘉是很聪明，很会说话，又是很美丽的女子，说不定白根终于会被她夺去了也未可知呢?……每一想到此地，我不禁视莲嘉为我的眼中钉了。但是白根的心是属于我的，莲嘉无论如何，没有把它夺去。可怜的莲嘉！那时，我知道，她实在是很痛苦的啊。

有一次，白根的姑母开了一个跳舞会。我和莲嘉都被邀请了。跳舞会是异常地热闹，聚集了不少的青年男女。他们都是在夏天来到乡间避暑的。在一切的男子们之中，白根要算是很出色的人物了。我看见那些女孩子们都向他射着爱慕的目光……这时我异常地厌恶她们，恨不得把她们都赶出去，只留着我一个人和白根在一块。但是等到音乐响了的时候，白根很亲爱地走到我的面前，拉起我的手来……啊，这时我该多么幸福啊！这个为女孩子们所爱慕的少年军官，现在独独和着我跳舞，独独钟情于我，这是多么可矜持的事情啊！莲嘉同我坐在一块，他见着白根把我拉走了，不禁低下头来，很悲哀地叹了一口长气。但是我顾不得她了。我要在众人面前显耀一显耀我的不可及的幸福，我要令那些女孩子们羡瞎了眼睛，气破了肚皮……当我感觉到一些冒着妒火的眼光射到我的身上，我更感觉得越加幸福起来。

在舞罢休息的时候，我同白根静悄悄地走出门来。我们走到花园中的，明影深处的一张椅子上坐下了。这时一轮如玉盘般的明月高悬在毫无云翳的天空，凉爽的风送来低微的林语，仿佛有人在那儿低低地、异样地、唱着情歌也似的。啊，这是多么好的良宵美景啊！……

于是我俩便情不自禁地互相拥抱起来……于是我俩便开始了亲密的接吻……于是我俩便订了盟誓……啊，上帝，我谢谢你赐给我的恩惠，那时我该多么幸福啊；我简直被不可思议的爱情的绿酒陶醉得失了知觉了！

但是现在……回想起来，这一切都是梦吗？都是未曾有过的梦吗？唉，人事是这般地变幻？日日在我身边的，这样卑微的白根，原来就是我当年的理想，就是我当年从无数情敌的手中所夺来的爱人……我的天哪，这是如何地可怕！又是如何地索然无味！

莲嘉？你现在还活在人世吗？你没有被波尔雪委克杀死吗？你或者革命后还留在俄罗斯，向波尔雪委克投降了吗？如果你还纪念着白根，还纪念着当年的那个漂亮的少年军官，那你就把他拿去罢！唉，我不要他了，我实在地不愿意要他了！……

一〇

现在我时常想道，如果当年我爱上了那个鬈发的木匠伊万，而且嫁了他，那我的现在的境况将要是怎样的呢？做一个劳苦的木匠的妻，是不是要比做一个羞辱的卖淫妇为好些呢？那个木匠伊万，虽然他的地位很低，——但是木匠在现在的俄罗斯的地位是异常地高贵啊！——然而如果他能用他的劳力以维持他家庭的生活，能用诚挚的爱情以爱他的妻子，而且保护她不至于做一些羞辱的事情，如我现在所做的一样，那他在人格上是不是要比一般卑鄙的贵族们为可尊敬些呢？我还是在伏尔加的河畔，跟着那个鬈发的诚实的伊万，过着劳苦的、然而是纯洁的、独立的生活，为好些呢，还是现在跟着这过去的贵族白根，在这异国的上海，日日将肉体被人玩弄着、践踏着为好些呢？……天哪，我现在情愿做一个木匠的妻了！我现在情愿做一个木匠的妻了！

那是有一年的秋季，我同母亲住在伏尔加河畔的家里。因为要修理破败了的屋宇，我家便招雇来了几个木匠。他们之中有一个名叫伊万的，是一个强健而美好的少年。他虽然穿着一身工人的蓝布衣，然而他的那头金黄色的鬈发，他的那两个圆圆的笑窝，他的那种响亮的话音，真显得他是一个可爱的少年。我记得，我那时是十七岁，虽然对于异性恋爱的事情，还未很深切地明了，但是我觉得他实在是一个足以引动我的心的一个人。不过因为地位悬殊的关系，我终于没有决心去亲近他，而他当然是更不敢来亲近我的。在他的微笑里，在他的眼光里，我感觉着他是在深深地爱慕我。

晚上……我凭临着我的寝室的窗口，向那为月光所笼罩着的、如银带一般的伏尔加河望去。这时，在我的脑海中，我重复着伊万所给予我的印象。我的心境有点茫然，似乎起了一层浅浅的愁思。原来我的一颗处女的心，已被伊万所引动了。

在万籁静寂的空气中，忽然我听见了一种悠扬而动人心灵的歌声。于是我便倾耳静听下去……歌声是从木匠们就寝的房里飞扬出来的，于是我便决定这是木匠们之中的一个所唱的歌了。始而我听不清楚所唱的是什么，后来我才分清楚了所唱的字句：

……姑娘啊，你爱我罢，
我付给你纯洁的心灵。
姑娘啊，你应当知道，
爱情比黄金还要神圣……

这歌声愈加使我的心境茫然，我的神思不禁有点恍惚起来了。我想再听将下去，然而我转过身来向床上躺下去了。

第二天我乘着机会向伊万问道：

“昨天夜里是谁个唱歌呢。”

他将脸红了一下，低下头来，很羞怯地低声说道：

“小姐，请你恕我的罪过，那是我唱的。”

“我也猜到一定是你唱的。”

我莫明其妙地说了这么一句，便离开他跑了。我感觉到伊万向我身后所射着的惊讶的、不安定的眼光。他大约会想道，“我这浑蛋，别要弄出祸事来了罢……这位小姐别要恼恨我了罢……”但是我并没有恼恨他，我反而觉得我的一颗心更被他引动得不安定了。啊，他的歌声是那般地美丽，是那般地刺进了我的处女的心灵！我不由自已地爱上他了。

但是第三天工作完了，他们也就便离开我的家了……从此我便再没有见过他的面，他所留给我的，只是他那一段的歌声深深地印在我的心灵里。我现在老是想到，如果我当时真正地爱上了他，而且嫁了他，那我现在的境况将要是怎样的呢！这倒是很有趣的事情啊！……

两年以前，有一天，我看见轰动全上海的，为美国西席地密耳所导演的一张影片——伏尔加的舟子。它的情节是：在晴朗的一天，公主林娜同自己的未婚夫，——一位很有威仪的少年军官——乘着汽车，来到伏尔加的河畔闲游。公主林娜听着舟子们所唱的沉郁的歌声，不禁为之心神向往，在这时候，她看见了一个少壮的舟子，便走上前去问他，刚才那种好听的歌声是不是他唱的。同来的少年军官见此情状不乐，恰好这时的舟子在饮水，污了他的光耀的皮靴。他便强迫舟子将皮靴的水揩去。舟子一面钟情于林娜，一面又恨少年军官对于自己的侮辱，然而无可如何。后来俄罗斯起了革命，少年舟子做了革命军的团长，领兵打进了公主的住宅，于是公主就擒……于是判决她受少年舟子的枪决……然而少年舟子本是曾钟情于她的，便和她同逃了。后来革命军胜利了，开了军事的审判，然而审判的结果，少年舟子、公主林娜以及少年军官都没有定罪。审判官问：林娜到底愿意和谁个结婚呢？林娜终于和少年舟子握了手，少年舟子得到了最后的胜利……

情节是异常地离奇，然而这张影片对于我发生特别兴趣的并不在此，而是在于它引起了我的身世的感慨。如果我的结局也同林娜的一样，如果那个少年木匠伊万在革命期间也做了革命军的首领，也和我演出这般的离奇的情史，那对于我该是多么地侥幸啊！但是现在我的结局是这样，是这样地羞辱……

我不知道伊万现在是否还生活于人世。也许在革命期间，他真地像那个少年舟子一样，做了革命军的领袖……如果是这样，那他是否还纪念着我呢？是否还纪念着，有一个什么时候，他曾唱了一段情歌，为一个小姐所听见了的事呢？……天哪，如果他知道我现在堕落到这种地步，那他将是怎样地鄙弃我、咒骂我啊？不，我的伊万！我的贵重的伊万；请你原谅我罢，因为这不是我的罪过啊！你可以鄙弃我，也可以咒骂我，但是你应当知道我的心灵是怎样地痛苦，是怎样地在悔恨……但是这样事情又有什么说的必要呢？这对于你是无关轻重，而对于我不过又是增加一层悲哀罢了。

在看这张影片的时候，有一种奇怪的现象令我惊愕不止，那就是观众们，当然都是中国人了，一遇着革命军胜利或少年舟子占着上风的时候，便很兴奋地鼓起掌来，表示着巨大的同情。这真是不可解的怪事啊！难道这些不文明的、无知识的中国人，他们都愿意波尔雪委克得着胜利吗？难道他们都愿意变成波尔雪委克吗？我看见他们所穿的衣服都很华丽，在表面上看来，他们都是属于波尔雪委克的敌人的，为什么他们都向着波尔雪委克、那个少年舟子表示很疯狂的同情呢？疯了吗？或者他们完全不了解这张影片所表演的一回什么事情？或者他们完全不知道波尔雪委克是他们的敌人？这真是咄咄怪事啊！……我的天哪，难道他们，这些无知识的中国人，都是波尔雪委克的伙伴吗？如果是这样，那对于我们这些俄罗斯的逃亡者，是如何可怕的事情啊！我们从波尔雪委克的俄罗斯跑了出来，跑到这可以安居的上海来，实指望永远脱离了波尔雪委克的危险，然而却没有料到在中国也有了这么多的波尔雪委克……这将如何是好呢？

现在。谢谢上帝的恩惠，似乎中国的波尔雪委克的运动已经消沉下去了。大约在最近的期间，我们不会被中国的波尔雪委克驱逐到黄浦江里了。但是在那时候，在两年以前，那真是可怕，那真是令我们饮食都不安啊。我们天天听见什么波尔雪委克起了革命了……波尔雪委克快要占领上海了……波尔雪委克要杀死一切的外国人……俄罗斯的波尔雪委克与中国的波尔雪委克订了约，说是一到革命成功，便把在中国所有的白党杀得干干净净……我的天哪，那是如何恐怖的时日！如果波尔雪委克真正地在中国得了胜利，那我们这些俄罗斯的逃亡者，将再要向什么地方逃去呢？

现在。到了我决意要断绝我自己的生命的时候，任你什么波尔雪委克的革命，任你起了什么天大的恐怖，这对于我已经是没有什么意义了。我已经不惜断绝我的生命了，那我还问什么波尔雪委克……干吗呢？让野蛮的波尔雪委克得着胜利罢，让在中国的白党都被杀尽罢，一切都让它去，这对于我是没有什么关系的了。我现在唯一的目的就是死去，就是快快地脱离这痛苦的人世……

但我在那时候。我实在有点恐惧：如果波尔雪委克的烈火要爆发了，那我们将要怎么办呢？还逃跑到别的国里去吗？然而我们没有多余的金钱，连逃跑都是不可能的事了。跳黄浦江吗？然而那时还没有自杀的勇气。我曾想逃跑到那繁华的巴黎，温一温我那往日的什么时候的美梦，或逃跑到那安全的、法西斯蒂当权的意大利去，瞻览一瞻览那有诗意的南方的景物……然而这只是不可实现的梦想而已。

我的丈夫白根，他可以救我罢？他也应当救我罢？……但是，如果波尔雪委克的烈火燃烧起来了，那能救我的，只有那一个什么时候唱歌给我听的伊万，只有那曾经钟情于公主过的少年舟子，那个伏尔加的少年舟子……

但是，中国不是俄罗斯，黄浦江也不是我的亲爱的伏尔加河……我的伊万在什么地方呢？我的少年舟子又在什么地方呢？在我身旁的，只有曾经是过英俊的、骄傲的、俄罗斯的贵族，而现在是这般卑微又卑微的白根……

二

在外白渡桥的桥畔，有一座高耸而壮丽的楼房，其后面濒临着黄浦江，正对着隔岸的黄浦滩花园。在楼房的周围，也环绕着小小的花园，看起来，风景是异常地雅致。这不是商店，也不是什么人的邸宅，而是旧俄罗斯的驻上海的领事馆，现在变成为波尔雪委克的外交机关了。领事馆的名称还存在着，在里面还是坐着所谓俄罗斯的领事，然而他们的背景不同了：前者为沙皇的代理人，而后者却是苏维埃的服务者……人事是这般地变幻，又怎能不令人生今昔之感呢？

现在，我们应当深深地感谢中国政府对于我们的恩赐！中国政府与波尔雪委克断绝国交了，中国政府将波尔雪委克的外交官都驱逐回国了……这对于俄罗斯在中国的侨民是怎样大的恩惠啊！现在当我们经过外白渡桥的时候，我们可以不再见着这座楼房的顶上飞扬着鲜艳的红旗了，因之，我们的眼睛也就不再受那种难堪的刺激了。

但是在一年以前，波尔雪委克还正在中国得势的时候，那完全是别一种情景啊：在波尔雪委克的领事馆的屋顶上飞扬着鲜艳的红旗，而这红旗的影子反映在江中，差不多把半江的水浪都泛成了红色。当我们经过外白渡桥的时候，我们不得不低下头来，不得不感觉着一层深深的压迫。红旗在别人的眼光中，或者是很美丽、很壮观，然而在我们这些俄罗斯的逃亡者的眼光中，这简直是侮辱，这简直是恶毒的嘲笑啊。这是波尔雪委克将我们战胜了的象征，这是对于我们的示威，我们又怎能不仇视这红旗、诅咒这红旗呢？

当我白天无事闲坐在黄浦滩花园里的时候，我总是向着那飞扬着的红旗痴望。有时我忘怀了自己，我便觉得那红旗的颜色很美丽，很壮观，似乎它象征着一种什么不可知的、伟大的东西……然而，忽然……我记起来了我的身世，我记起来了我的温柔的暖室、娇艳的白花、天鹅绒封面的精致的画册……我便要战栗起来了。原来这红旗是在嘲笑我、是在侮辱我，……于是我的泪水便不禁地要涔涔落下了。

当我夜晚间徘徊在外白渡桥的两头，或坐在黄浦滩的花园里，勾引客人的时候，我也时常向着那闪着灯光的窗口瞟看：他们在那里做些什么事情呢，他们在想着怎样消灭我们这些国外的侨民？他们在努力鼓吹那些万恶的思想，以期中国也受他们的支配？……他们或者在嘲笑我们？或者在诅咒我们？或者在得意地高歌着胜利？……我猜不透他们到底在干些什么，但我深深地感觉到，他们无论干些什么，总都是在违背着我们，另走着别一方向……我不得不诅咒他们，他们害得我好苦啊！他们夺去了我的福利，他们把我驱逐到这异国的上海来，他们将我逼迫着沦落到现在的地步……天哪，我怎么能不诅咒他们呢？他们在那高歌着胜利，在那表示自己的得意，而我……唉，我徘徊在这露天地里，出卖自己的肉体！天哪，我怎么能够不诅咒他们呢？

在去年的十一月，有一天的早晨，我刚刚吃了早点，伯爵夫人跑来向我说道：

“丽莎，预备好了吗？我们去罢。”

我莫明其妙，睁着两眼望着她：

“我们去？到什么地方去呢？”

“到什么地方去；我向白根说了，难道说他没有报告你吗？”

白根睡在床上还没有起身。我摇一摇头，表示白根没有报告我。她接着又说道：

“明天是十月革命的十周年纪念日，也就是我们永远忘却不掉的忌日。今天我们侨民都应当到教堂里去祷告，祈求上帝保佑我们，赶快将波尔雪委克的政府消灭掉，我们好回转到我们的祖国去……你明白了吗？而明天，明天我们齐集到领事馆门前示威，要求他们把那可诅咒的红旗取下来，永远不再挂了。我们将把领事馆完全捣碎，将闯进去打得他们一个落花流水……”

我听了伯爵夫人的一番话，不胜惊讶之至。我以为她及和她同一思想的人都疯了。这难道是可能的吗？祷告上帝？啊，我的上帝啊，请你宽恕我的罪过罢，我现在不大相信你的力量了……如果你有力量的话，那波尔雪委克为什么还能存在到现在呢？为什么丽莎，你的可怜的丽莎，现在沦落到这种羞辱的境况呢？

“我不去。”我半晌才摇一摇头说。

“丽莎，去，我们应当去。”她做着要拉我的架式，但是我后退了一步，向她低微地说道：

“如果我相信波尔雪委克是会消灭的，那我未始不可以同你一道去祷告上帝。但是经过了这十年来的希望，我现在是没有精力再希望下去了……你，你可以去祷告，而我……我还是坐在家里好些……”

"而明天去打领事馆呢?"伯爵夫人又追问了我这么一句,我没有即刻回答她。过了半晌,我向她说道:

"依我想,这也是没有意思的事情。这种举动有什么益处呢?我们可以将此地的领事馆捣碎,或者将它占领,但是我们还是不能回到俄罗斯去……而且,我们已经献丑献得够了,不必再在这上海弄出什么笑话来……你说可不是吗?你要知道我并不是胆怯,而是实在以为这个太不必要了……"

"出一出气也是好的。"伯爵夫人打断我的话头,这样说。我没有再做声了。最后伯爵夫人很坚决地说道:

"好,祷告我今天也不去了。让鬼把上帝拿去!他不能再保佑我们了。不过明天……明天我一定同他们一道去打领事馆去。就是出一出气也是好的。"

这时她将眼光挪到躺在床上的白根身上,高声地说道:

"白根,你明天去打领事馆吗?你们男子是一定要去的。"

白根睁开了惺忪的眼睛望着她,懒洋洋地,很心平气静地说道:

"去干什么呢?在家中安安稳稳地坐着不好,要去打什么领事馆干吗呢?让鬼把那些波尔雪委克拿去!"

他翻过去,将头缩到被单里去了。伯爵夫人很轻蔑地溜了他一眼,冷笑着说道:

"懒虫,小胆子鬼……"

接着她便很不自在地走出去了。这时我如木偶一般坐在靠床的一张椅子上,呆望着躺在床上的白根。我不明白他为什么能够变成这种样子……他不是领过一团人,很英勇地和波尔雪委克打过仗吗?他不是曾发过誓,无论在什么时候,他都要做一个保护祖国的战士吗?在到上海的初期,他不是天天诅咒波尔雪委克吗?他不是天天望着尼古拉的圣像哭泣吗?他不是曾切齿地说过,他要生吃波尔雪委克的肉吗?但是现在……他居然什么都忘却了!他居然忘却了祖国,忘却了贵族的尊严,并且忘却了波尔雪委克!我的天哪,他现在成了一个怎样卑微又卑微的人了!只要老婆能够卖淫来维持他的生活,那他便如猪一般,任你什么事情都不管了。

固然,我不赞成这种愚蠢的举动——攻打领事馆,但这不是因为我害怕,或者因为我忘却了波尔雪委克,不,我是不会把波尔雪委克忘却的啊!这是因为我以为这种举动没有意义,适足以在全世界人的面前,表示我们的旧俄罗斯的末路,如果我们有力量,那我们应当跑回俄罗斯去,把波尔雪委克驱逐出来,而不应当在这上海仗着外国人的庇荫,演出这种没有礼貌的武剧。

但是白根他完全忘却这些事情了。他以为他的老婆能够每天以卖淫的代价而养活他，这已经是很满意的事情了。什么神怪的祖国，什么可诅咒的波尔雪委克……这一切一切都在他的最羞辱的思想中消沉了。

他现在变成了一只活的死尸……天哪，我倒怎么办呢？我应当伏在他的身上痛哭罢？我应当为他祈祷着死的安慰罢？……天哪，我倒怎么办呢？

这一天晚上我没有到跳舞场去。我想道，波尔雪委克大约在那里筹备他们的伟大的纪念日，大约他们的全身心都充满了胜利的愉快，都为胜利的红酒所陶醉……同时，我们应当悲哀，我们应当痛哭，除此而外，那我们应当再做一番对于过去的回忆，温一温旧俄罗斯的、那不可挽回的、已经消逝了的美梦……但是，无论如何，今晚我不应当再去勾引客人，再去领受那英国水兵的野蛮的拥抱。

十年前的今晚，那时我还住在伊尔古次克，盼望着哥恰克将军的胜利。那时我还等待着迅速地回到彼得格勒去，回到那我同白根新婚的精致而华丽的暖室里，再温着那甜蜜的、美妙的、天鹅绒的梦……那时我还相信着，就是在平静的、广漠的俄罗斯的莽原上，虽然一时地起了一阵狂暴的波尔雪委克的风浪，但是不久便会消沉的，因为连天的白茫茫的雪地，无论如何，不会渲染上那可怕的红色。

但是到了现在，波尔雪委克明天要庆祝他们的十周年纪念了，他们要在全世界面前夸耀他们的胜利了……而我同白根流落在这异国的上海，过这种最羞辱的生活……两相比较起来，我们应当起一种怎么样的感想呢？如果我们的精神还健壮，如果我们还抱着真切的信仰，如果我们还保持着旧日的尊严，那我们在高歌着胜利的波尔雪委克的面前，还不必这般地自惭形秽。但是我们的精神没有了，尊严没有了，信仰也没有了，我们有的只是羞辱的生活与卑微的心灵而已。

这一夜我翻来覆去，总是不能入梦。我回忆起来了伏尔加河畔的景物，那个曾唱歌给我听的少年伊万……我回忆起来了彼得格勒的时日，那最甜蜜的新婚的生活……以及我们如何跑到伊尔古次克，如何经过西伯利亚的长铁道，如何辞别了最后的海参崴……

到了东方快要发白的时候，我才昏昏地睡去。到了下午一点钟我才醒来。本想跑到外白渡桥旁边看看热闹：看看那波尔雪委克是如何地庆祝自己的伟大的节日，那些侨民们是如何地攻打领事馆……但转而一想，还是不去的好；一颗心已经密缀着很多的创伤了，实不必再受意外的刺激。于是我便静坐在家里……

“白根，你去看看是怎么一回事。”我自己虽然不想到外白渡桥去，但我总希望白根去看一看。白根听了我的话，很淡漠地说道：

“好，去就去，看看他们弄出什么花样景来……”

白根的话没有说完，忽然砰然一声，我们的房门被人闯开了——伯爵夫人满脸呈现着惊慌的神色，未待走进房来，已开始叫道：

“杀死人了，你们晓得吗？”

我和白根不禁同声惊诧地问道：

“怎么？杀死人了？怎么一回事？”

她走进房来，向床上坐下，——这时她的神色还没有镇定——宛然失了常态。沉默了一会，她才开始摇着头说道：

“杀死人了，这些浑帐的东西！”

“到底谁杀死谁了呢？”我不耐烦地问她。

伯爵夫人勉力地定一定神，开始向我们叙述道：

“杀死人了……波尔雪委克将我们的人杀死了一个，一个很漂亮的青年。我亲眼看见他中了枪，叫了一声，便倒在地上了……起初我们聚集在领事馆的门前，喊了种种的口号，什么‘打倒波尔雪委克！’……但是波尔雪委克把门关着，毫不理会我们。后来，我们之中有人提议而且高呼着‘打进去！打进去！……’于是我们，男男女女，老老少少，便一涌向前，想打进去，但是……唉，那些凶恶的波尔雪委克，他们已经预备好了，我们那里能够打进去呢？忽然我听见了枪声，这也不知是谁个先放的，接着我便看见那个少年奋勇地去打领事馆的门，他手持着一支短短的手枪，可是他被波尔雪委克从门内放枪打死了……于是便来了巡捕，于是我便先跑回来……天哪，那是怎样地可怕啊！那个好好的少年被打死了！……”

伯爵夫人停住了，这时她仿佛回想那个少年被枪杀了的情景。她的两眼逼射着她目前的墙壁，毫不移动，忽然她将两手掩着脸，失声地叫道：

“难道说波尔雪委克就永远地、永远地把我们打败了吗！上帝啊，请你怜悯我们，请你帮助我们……”

奇怪！我听了伯爵夫人的报告，为什么我的一颗心还是照旧地平静呢？为什么我没感觉到我对于那个少年的怜悯呢。我一点儿都没发生对于他的怜悯的心情，好像我以为他是应该被波尔雪委克所枪杀也似的。

忽然……伯爵夫人睁着两只绝望的眼睛向我逼视着，使得我打了一个寒噤。在她的绝望的眼光中，我感觉到被波尔雪委克所枪杀了的，不是那个少年，而是我们，而是伯爵夫人，而是整个的旧俄罗斯……

一二

光阴毫不停留地一天一天地过去，你还没有觉察到，可是已经过了很多很多的时日了。我们在上海，算起来，已经过了十年……我们在失望的、暗淡的、羞辱的生活中过了十年，就这样转眼间迅速地过了十年！我很奇怪我为什么能够在这种长期的磨难里，还保留下来一条性命，还生活到现在……我是应当早就被折磨死的，就是不被折磨死，那我也是早就该走入自杀的路的，然而我竟没有自杀，这岂不是很奇怪吗?

我的生活一方面是很艰苦，然而一方面又是很平淡，没有什么可记录的变动。至于伯爵夫人可就不然了。四个月以前，她在跳舞场中遇见了一个美国人，据说是在什么洋行中当经理的。我曾看见过他两次，他是一个很普通的商人模样，肚皮很大，两眼闪射着很狡狯的光芒。他虽然有四十多岁了，然而他守着美国人的习惯，还没有把胡须蓄起来

这个美国人也不知看上了伯爵夫人的那一部分，便向她另垂了青眼。伯爵夫人近一年来肥得不像样子，完全失去了当年的美丽，然而这个美国人竟看上了她，也许这是因为伯爵夫人告诉过他，说自己原是贵族的出身，原是一位尊严的伯爵夫人……因之这件事情便诱迷住了他，令他向伯爵夫人钟起情来了。美国人虽然富于金钱，然而他们却敬慕着欧洲贵族的尊严，他们老做着什么公爵、侯爵、子爵的梦。现在这个大肚皮的美国商人，所以看上了伯爵夫人的原故，或者是因为他要尝一尝俄罗斯贵族妇女的滋味……

起初，他在伯爵夫人处连宿了几夜，后来他向伯爵夫人说道，他还是一个单身汉，如果伯爵夫人愿意的话，那他可以娶她为妻，另外租一间房子同居起来……伯爵夫人喜欢得不可言状，便毫不迟疑地接受了他的提议。这也难怪伯爵夫人，因为她已经是快要到四十岁的人了，乘此时不寻一个靠身，那到将来倒怎么办呢?现在她还可以跳舞，还可以出卖自己的肉体，但是到了老来呢?那时谁个还在她的身上发生兴趣呢?于是伯爵夫人便嫁了他，便离开我们而住到别一所房子了。

我们很难想象到伯爵夫人是怎样地觉得自己幸福，是怎样地感激她的救主，这个好心肠的美国人……

“丽莎，”在他们同居的第一个月的期间，伯爵夫人是常常地这样向我说道：“我现在成为一个美国人了。你简直不晓得，他是怎样地待我好，怎样地爱我啊！我真要感谢上帝啊！他送给我这么样一个亲爱的，善良的美国人……”

“伯爵夫人，”其实我现在应当称呼她为哥德曼太太了，但是因为习惯的原故，我总还是这样称呼她。“这是上帝对于你的恩赐，不过你要当心些，别要让你的鸽子飞去才好呢。”

“不，丽莎，”她总是很自信地这样回答我。“他是不会飞去的。他是那样地善良，绝对不会辜负我的!”

但是到了第二个月的开始，我便在伯爵夫人的面容上觉察出来忧郁的痕迹了。她在我的面前停止了对于哥德曼的夸奖，有时她竟很愁苦地叹起气来。

“怎么样子？日子过得好吗?”有一次我这样问她。

她摇一摇头，将双眉紧蹙着，叹了一口长气，半晌才向我说道：

“丽莎，难道说我的鸽子真要飞去吗？我不愿意相信这是可能的啊！但是……”

“怎么样了？难道说他不爱你了吗?”

“他近来很有许多次不在我的住处过夜了……也许……谁个能摸得透男人的心呢?”

“也许不至于罢。”我这样很不确定地说着安慰她的话，但是我感觉得她的鸽子是离开她而飞去了。

在这次谈话之后，经过一礼拜的光景，伯爵夫人跑到我的家里，向我哭诉着说道：

“……唉，希望是这样地欺骗我，给了我一点儿幸福的感觉，便又把我投到痛苦的深渊里。我只当他是一个善良的绅士，我只当他是我终身的救主，不料他，这个浑蛋的东西，这个没有良心的恶汉，现在把我毫无怜悯地抛弃了。起初，我还只以为他是有事情，可是现在，我知道了一切，我一切都知道了。原来他是一个淫棍，在上海他也不知讨了许多次老婆，这些不幸的女人、蠢东西，结果总都是被他抛弃掉不管。丽莎，你知道吗？他现在又讨了一个中国的女人，……他完全不要我了。”

我呆听着她的哭诉，想勉力说一两句安慰她的话，但是我说什么话好呢！什么话足以安慰她呢？她的幸福的鸽子是离开她而飞去了，因之她又落到黑暗的、不可知的底里了。她的命运是这般地不幸，恐怕幸福的鸽子永没有向她飞转回来的时候了。

她自从被哥德曼抛弃了之后，便完全改变了常态，几乎成了一个疯女人了。从前我很愿意见她的面，很愿意同她分一分我的苦闷，但是现在我却怕见她的面了。她疯疯傻傻地忽而高歌，忽而哭泣，忽而狂笑，同时她的酒气熏人，令我感觉得十分的不愉快。

不久以前，那已经是夜晚了，我正预备踏进伏尔加饭馆的门的当儿，听见里面哄动着哭笑叫骂的声音。我将门略推开了一个缝，静悄悄地向里面望一望，天哪，你说我看见了什么。我看见了一个醉了酒的疯女人……我看见伯爵夫人坐在那靠墙的一张椅子上，就同疯了也似的，忽而哭，忽而笑，忽而说一些不入耳的、最下流的、骂人的话……客人们都向她有趣地望着，在他们的脸孔上，没有怜悯，没有厌恶，只有惊讶而好奇的微笑。后来两个中国茶房走上前去，将她拉起身来，叫她即速离开饭馆，但是她赖皮着不走，口中不断地叫骂着……我没有看到终局，便回转身来走开了。这时我忘却了我肚中的饥饿，只感觉着可怕的万丈深的羞辱。仿佛在那儿出丑的，不是伯爵夫人，而是我，而是整个的旧俄罗斯的女人……天哪，这是怎么一回事呢？这是怎样地可怕啊！一个尊严的伯爵夫人，一个最有礼貌的贵族妇女的代表，现在居然堕落到这种不堪的地步！天哪，这是怎么一回事呢？……

原来这个下流的、醉得要疯狂了的、毫无礼貌的女人，就是十年以前在伊尔古次克的那朵交际的名花，远近无不知晓的伯爵夫人……当时她在丰盛的筵席上，以自己的华丽的仪容，也不知收集了许多人的惊慕的视线。或者在热闹的跳舞会里，她的一颦一笑，也不知颠倒了许多少年人，要拜伏在她的石榴裙下。她的华丽的衣裳，贵重的饰品，也不知引动了许多女人们的欣羡。总之，如她自己所说，当时她是人间的骄子，幸福的宠儿……

然而十年后的今日，她在众人面前做弄着最下流的丑态，而且她遭着中国茶房的轻视和笑骂……天哪，这是怎样地可怕啊！难道说俄罗斯的贵族妇女的命运，是这样残酷地被注定了吗！为什么俄罗斯的贵族妇女首先要忍受这种不幸的惨劫呢？啊，这是怎样地不公道啊！

在这一天晚上，我连晚餐都没有吃，就向床上躺下了。我感受的刺激太深切而剧烈了。我的头发起热来，我觉着我是病了。第二天我没有起床……

住在楼下的洛白珂夫人，——她的丈夫积蓄了一点资本，不再为中国人保镖了，现在在我们的楼下开起鸦片烟馆来——她听见我病了，便走上楼来看我。她先问我害了什么病，我告诉了她关于昨晚的经过。她听后不禁笑起来了。她说：

“我只以为你害了别的什么病，原来是因为这个，因为这个不要脸的泼妇……这又值得你什么大惊小怪呢？我们现在还管得了这么许多吗？我告诉你，我们现在还是能够快活就快活一天……”

她停住了，她的眼睛不像我初见她时那般地有神了。这大概是由于她近来把鸦片吸上瘾了的原故。这时她睁着两只无神的眼睛向地板望着，仿佛她的思想集中到那地板上一块什么东西也似的。后来她如梦醒了一般，转过脸来向我问道：

“你觉着不舒服吗？你觉着心神烦乱吗？让我来治你的病，吃一两口鸦片就好了。唉，你大约不知道鸦片是一种怎样灵验的药，它不但能治肉体上的病，而且能治精神上的病。只要你伏倒在它的怀抱里，那你便什么事情都不想了。唉，你不知道它该是多么好的东西！请你听我的话，现在我到底下来拿鸦片给你吸……”

“多谢你，不，不啊！”我急促地拒绝她说。我没有吸过鸦片，而且我也不愿意吸它。

她已经立起身来了，听了我的话，复又坐下。

“为什么你不愿意吸它呢？”她有点不高兴的样子问我。

“因为我厌恶它。”

“啊哈！”她笑起来了。“你厌恶它？你知道它的好处吗？你知道在烟雾绕缭的当儿，就同升了仙境一般吗？你知道在它的怀抱里，你可以忘却一切痛苦吗？你知道它能给你温柔的陶醉吗？啊，你错了！如果你知道，不，如果你领受过它的好处，那你不但不会厌恶它，而且要亲爱它了。它对于我们这些人，已经失去了一切希望的牺牲者，的的确确是无上的怪药！也许它是一种毒药，然而它能给我们安慰，它能令我们忘却自己，忘却一切……它引我们走入死路，然而这是很不显现的，很没有痛苦感觉的死路。我们还企图别的什么呢！丽莎，请你听我的话罢，请你领受它的洗礼罢！唉，如果你领略过它的好处。……”

“既是这样，那就让我试一试罢，我愿意走入这种慢性的死路。”

洛白珂夫人走下楼去了。但是我等了好久还不见她上来。我被她的一番话把心说动了，急于要试一试消魂的迷药，但是她老不上来……经过半点钟的光景，我听见楼下起了嘈杂的哄动……我不明白发生了什么事情。等一会，白根进来了。他向我报告道：

“适才洛白珂和他的夫人统被几个巡捕捉去了，他们说，他两夫妻私开烟馆，有犯法律。……”

我听了白根的话，不由得身体凉了半截。我并不十分可怜洛白珂两夫妻被捕了。经过昨晚伯爵夫人所演的可怕的怪剧，现在这种事情对于我似乎是很平常的了。

我要试一试消魂的迷药，我要开始走入这种慢性的死路，然而洛白珂两夫妻被捕了……这是不是所谓好事多磨呢？

一三

啊，死路，死路，我现在除开走入死路，还有第二条什么出路呢？医生说我病了，我有了很深的梅毒……啊，我已经成了一个怎样的堕落的人了？我应当死去，我应当即速地死去！还有什么话可说呢？……

不错，医生说，梅毒并不是不可治的绝症，只要医治得法，那是会有痊愈的希望的……但是我要问了：就使把我的病治好了，那是不是能增加我在生活中的希望！那是不是能把我从黑暗的深渊里拯救出来？那是不是能平服我灵魂的创伤，引我走入愉快的、光明的道路？不会的，绝对不会的！医生能够治愈我的身病，但不能治愈我的心病。现在逼我要走入死路的，并不是这种最羞辱的、万恶的病症，而是我根本的对于生活的绝望。如果我再生活下去，而在生活中所能得到的只是羞辱，那我要问一问，这究竟有什么意思呢？这岂不是故意地作贱自己吗？这岂不是最不聪明的事情吗？不，我现在应当死去，而且应当即速地死去！……

十年来，可以说，我把自己的灵魂和肉体已经作贱得够了。现在我害了这种最羞辱的病，这就是我自行作贱的代价。我决心要消灭自己的生命，这就是我唯一的、可寻得到的，而且又是最方便的出路。别了，我的十年来思念着的祖国！别了，我的至今尚未知生死的母亲！别了，从前是我的爱人而现在是我的名义上的丈夫白根。

别了，一切都别了！……

昨夜里梦见了那个久被我忘却的薇娜，我的姐姐……我没有梦见过母亲，没有梦见过在前敌死去的父亲，而昨夜里偏偏梦见了我连形象都记不清楚了的姐姐，这岂不是很奇怪的事情吗！在我十二岁的时候，她就脱离家庭了。那时我不明白薇娜因为什么事情，突然于一天夜里不见了，失了踪……在父亲和母亲说话的中间，我隐隐约约地捉摸了一点根由，然而并不十分清楚。

“你看，”父亲在愤怒中向母亲讥笑着说，“你养了这般好的女儿，一个把家庭都抛弃了的女革命党人！……要再……当心些罢，你的丽莎别玩出这样很有名誉的花样来罢！当心些罢！唉，一个将军的女儿，居然能干出这种不道德的事来，你教我怎么样好见人呢？……”

“算了罢，瓦洛加！”母亲反驳他说道，“难道说这都是我的过错吗？你自己把她送进中学校读书，在那里她学会了一些无法无天的事情，难道说这都能怪我吗？”

母亲结果总是抱着我哭。

“丽莎，唉，我的丽莎其嘉！你姐姐跑掉了，和着革命党人跑掉了……你长大再别要学你的姐姐罢！唉，丽莎，我的丽莎其嘉！……”

“妈，别要哭罢，我将来做你的一个最孝顺的女儿……我不愿意去学姐姐……”

果然，待我长大起来，我与薇娜走着两条相反的路……到了现在呢！我沦落在这异国的上海，过着最羞辱的妓女的生活，而她，也许她在我们的祖国内，坐在指挥者的地位，高喊着一些为光明而奋斗的口号……天哪，我在她的面前应当要怎样地羞惭而战栗啊！

但是，我记得，我那时是异常地鄙弃她。我听到她被捕而流放到西伯利亚的消息，我一点也没有起过怜悯她的心情。我曾对母亲说，薇娜是蠢丫头，丽莎长大的时候，绝对不会去学姐姐而使着妈妈难过。自从薇娜被流放到西伯利亚以后，父亲当她死了，母亲虽然思念她，然而不愿意说起她的名字。我也渐渐地把她忘却了，甚至现在连她的形象都记不起了。仿佛她那时是一个面容很美丽，然而性情是很沉郁的姑娘……

不料昨夜里我梦见了她……仿佛在一块什么广漠的草原上，我跪着呢喃地向上帝祈祷，哀求上帝赦免我所有的罪过，忽然在我的面前显现了一个披着红巾的四十来岁的妇人……我记不清楚她的面容是怎样的了，但我记得她始而露着微笑，抚摩我的披散了的头发，继而严肃地说道：

“丽莎，你在这儿跪着干什么呢？你在祷告上帝吗？这是毫没有用处的啊！上帝被我驱逐走了，你的灵魂也被他随身带去了。你快同他跑开罢！你看，逃跑了的上帝正在那儿站着呢。”

我回头果然见着一个踉跄的老人……我愤怒起来了，问道：

“你是什么人，敢把上帝驱逐掉了呢？”

“你不认识我吗？”她笑起来了，“我是薇娜，我是你的姐姐。”

她的披巾被风吹得飘展了起来，霎时间化成了霞彩，薇娜便在霞彩中失去了影子……

那是怎样一个希奇的梦啊！然而细想起来，这并没有什么希奇。薇娜现在是死还是活，我当然是无从知道，然而她在我的面前是胜利了。现在是我应当死灭的时候，我应当受着薇娜的指示，同着我的被驱逐了的上帝，走进那失败者的国度里……

明天……明天世界上将没有丽莎的声影了。谁个不愿意将自己的生命保持得长久些呢？但是丽莎现在要自杀了……这是谁个过错呢？我将怨恨谁呢？不，我任谁也不怨恨，这只是我的不可挽回的、注定了的命运。例如我素来接客都是很谨慎的，生怕会传染到一点儿毛病，但是结果我还是得了梅毒，而且我现在有了很深的梅毒了……这岂不是注定了的命运吗？我可以说，我之所以沦落到如此的地步，这皆是波尔雪委克过错，如果他们不在俄罗斯起了什么鬼革命，那我不还是住在彼得格勒做着天鹅绒的梦吗？那我不还是一朵娇艳的白花在暖室里被供养着吗？……也许我现在是俄罗斯帝国驻巴黎的公使的夫人了。也许我已经在繁华的巴黎得着了交际明星的称号，令那些法国人，男的，女的，都羡瞎了眼睛了。也许我现在正在高加索的别墅里，坐观着那土人的有趣的跳舞，静听着那土人的原始的音乐。也许我正在遨游瑞士的山川，浏览意大利南方的景物……但是我现在沦落到这种羞辱的地步，这岂不是波尔雪委克所赐给我的恩惠吗？我应当诅咒他们，这些破坏了我的命运的波尔雪委克！

然而我知道，我深深地知道，这诅咒是毫无裨益的事情。我诅咒只管诅咒，而他们由此毫不得到一点儿损失，反而日见强固起来……唉，让他们去罢，这些骂不死打不倒的，凶恶的波尔雪委克！

现在，当我要毁灭我自己生命的时候，一切对于我不都是一样吗？我曾希望野蛮的波尔雪委克在俄罗斯失败，因为我想回转自己的祖国，再扑倒于伏尔加河和彼得格勒的怀抱里。但是现在我什么希望都没有了，一切对于我都是无意义……让波尔雪委克得意罢，让俄罗斯灭亡罢，一切都让它去？而我，我不再做别的想念了，只孤独地走入自己的坟墓……

白根！请你原谅我罢，我现在也不能再顾及你了。你没有证实我对于你的希望，你没有拯救我的命运的能力……这十年来在你的面前，我也不知忍受了许多不堪言状的羞辱……然而我不愿意怨恨你，你又有什么过错可以使我怨恨你呢？这只是我的薄命而已……现在我不能再顾及你了。如果我没曾因为受苦而怨恨过你，那现在我也希望你别要怨恨我，别要怨恨我丢开你而去了。

十年来，我时时有丢开你的可能。我遇着了很多的客人，他们劝我丢开你而转嫁给他们……然而我都拒绝了。我宁可赚得一点羞辱的面包费来维持你的生活，不愿把你丢开，而另去过着安逸的生活。我现在也许偶尔发生一种鄙弃你的心情，然而你究竟曾热烈地爱过我，我也曾热烈地把你当做我的永远的爱人。我不忍心丢开你啊！我绝对地不会丢开你而嫁给别个男人，就作算是很有钱、很漂亮的男人……

是的，我不忍心丢开你而嫁给别个男人。但是现在我不能再继续我的羞辱的生命了。我想，我现在有丢开你的权利，不过这不是另嫁别人，而是消灭掉我自己的生命……白根！请你原谅我罢。我再不能顾及你了。

我很少的时候想起我的母亲，但是现在，当我要离开人间的时候，我却想起她的可怜的面容了。我想，她大概是久已死去了，大概是久已做了伏尔加河畔的幽魂。她那里能够经得起狂暴的革命的风浪呢？这是当然的事情。不过如果她还生在人世，如果她知道她的亲爱的丽莎，什么时候曾发过誓不学姐姐的丽莎，现在沦落到这种可怜的地步，那她将怎样地流着老泪啊！

薇娜！我的姐姐啊！也许你现在是波尔雪委克中的要角了。如果你知道你的妹妹……唉，那你将做什么感想呢？你轻视她？诅咒她？还是可怜她？但是，我的姐姐啊！你应当原谅我，原谅你的不幸的丽莎，这难道说是丽莎的过错吗？这难道说是丽莎的过错吗？……让你们得意罢，我的姐姐！让我！悄悄地死去，悄悄地死去……

明天……明天这时我的尸身要葬在吴淞口的海底了。我很希望我能充了鱼腹，连骨骼都不留痕迹。那时不但在这世界上没有了活的丽莎，而且连丽莎的一点点的灰末都没有了。如果上帝鉴谅我，或者会把我的尸身浮流到俄罗斯的海里，令我在死后尝一尝祖国的水味。那真是我的幸事了。然而在实际想来，这又有什么意义呢？

别了，我的俄罗斯！别了，我的庄严的彼得格勒！别了，我的美丽的故乡——伏尔加河！别了，一切都永别了！……

1929 年 4 月 14 日于上海

冲出云围的月亮

一

上海是不知道夜的。

夜的障幕还未来得及展开的时候，明亮而辉耀的电光已照遍全城了。人们在街道上行走着，游逛着，拥挤着，还是如在白天里一样，他们毫不感觉到夜的权威。而且在明耀的电光下，他们或者更要兴奋些，你只要一到那三大公司的门前，那野鸡会集的场所四马路，那热闹的游戏场……那你便感觉到一种为白天里所没有的紧张的空气了。

不过偶尔在一段什么僻静的小路上，那里的稀少的路灯如孤寂的鬼火也似地，半明不暗地在射着无力的光，在屋宇的角落里满布着仿佛要跃跃欲动也似的黑影，这黑影使行人本能地要警戒起来：也许那里隐伏着打劫的强盗，也许那里躺着如鬼一般的行乞的瘪三，也许那里就是鬼……天晓得！……在这种地方，那夜的权威就有点向人压迫了。

曼英每次出门必定要经过 C 路，而这条短短的 C 路就是为夜的权威所达到的地方。在白天里，这 C 路是很平常的，丝毫不令人发生特异的感觉，可是一到晚上，那它的面目就完全变为乌黑而可怕的了。曼英的胆量本来是很大的，她曾当过女兵，曾临过战阵，而且手上也曾溅过人血……但不知为什么当她每晚一经过这 C 路的时候，她总是有点毛发悚然，感觉着不安。照着许多次的经验，她本已知道那是不会有什么危险的事情发生的，但是她的本能总是警戒着她：那里也许隐伏着打劫的强盗，也许那里躺着如鬼一般的行乞的瘪三，也许那里就是鬼……天晓得！

曼英今晚又经过这条路了。她依旧是照常地，不安地感觉着，同时她的理智又讥笑她的这种感觉是枉然的。但是当她走到路中段的时候，忽然听见一种嗯嗯的如哭泣着也似的声音，接着她便看见了那墙角里有一团黑影在微微地移动。她不禁有点害怕起来，想迅速地跑开；但是她的好奇心使她停住了脚步，想近前去看一看那黑影到底是什么东西，是人还是鬼。她壮一壮胆子，便向那黑影走去。

“是谁呀？”她认出了黑影是一个人形，便这样厉声地问。

那黑影显然是没有觉察到曼英的走近，听见了曼英的发问，忽然大大地战动了一下，这使得曼英吓退了一步。但她这时在黑暗中的确辨明了那黑影是个人，而且是一个小孩子模样，便又毅然走近前去，问道：

“你是谁呀？在此地干吗？”

曼英没有听见回答，但听见那黑影发出的哭声。这是一个小姑娘的哭声……这时恐惧心，好奇心，都离开曼英而去了，她只感觉得这哭声是异常地悲哀，是异常地可怜，又是异常地绝望。她的一颗心不禁跳动起来，这跳动不是由于恐惧，而是由于一种深沉的同情的刺激……

曼英摸着了那个正在哭泣着的小姑娘的手，将她慢慢拉到路灯的光下，仔细地将她一看，只见她有十三四岁的模样，圆圆的面孔，眼睛哭肿得如红桃子一般，为泪水所淹没住了，她的右手正揩着腮庞的泪水……她低着头，不向曼英望着……她的头发很浓黑，梳着一根短短的辫子……穿着一身破旧的蓝布衣……

“这大概是哪一家穷人的女儿……工人的女儿……”曼英这样想道，仍继续端详这个不做声的小姑娘的面貌。

“你为什么哭呢，小姑娘？你叫什么名字，姓什么？”曼英这样开始很温和地问她，她大约由这一种温和的话音里，感觉到曼英不是一个坏人，至少不是她的那个狠毒的姑妈，慢慢地抬起头来，向曼英默默地看了一会，似乎审视曼英到底是什么人物也似的，是好人呢还是坏人，可以不可以向这个女人告诉自己的心事……她看见曼英是一个女学生的装束，满面带着同情的笑容，那两眼虽放射着很尖锐的光，但那是很和善的……她于是很放心了，默默地又重新将头低下。曼英立着不动，静待着这个小姑娘的回答。

忽然，小姑娘在曼英的前面跪下来了，双手紧握着曼英的右手，如神经受着很大的刺激也似地，颤动着向曼英发出低低的，凄惨的声音：

“先生！小姐！……你救我……救我……他们要将我卖掉，卖掉……我不愿意呵！……救一救我！……”

曼英见着她的那种泪流满面的，绝望的神情，觉得心头上好像被一根大针重重地刺了一下。

“哪个要把你卖掉呢？”曼英向小姑娘问了这么一句，仿佛觉得自己的声音也在颤动了。

“就是他们……我的姑妈，还有，我的姑父……救一救我罢！好先生！好小姐！……”

曼英不再问下去了，很模糊地明白了是怎么一回事。她一时地为感情所激动了，便冒昧地将小姑娘牵起来，很茫然地将她引到自己的家里，并没计及到她是否有搭救这个小姑娘的能力，是否要因为此事而生出许多危险来……她将小姑娘引到自己的家里来了。

那是一间如鸟笼子也似的亭子间，然而摆设得却很精致。一张白毯子铺着的小小的铁床，一张写字台，那上面摆着一个很大的镜子及许多书籍……壁上悬着许多很美丽的画片……在银白色的电光下，这一间小房子在这位小姑娘的眼里，是那样地雅洁，是那样地美观，仿佛就如曼英的本人一样。一进入这一间小房子里，这位小姑娘便利用几秒钟的机会，又将曼英，即她的救主，重新端详一遍了。曼英生着一个椭圆的白净的面孔，在那面孔上似乎各部分都匀称，鼻梁是高高的，眼睛是大而美丽，口是那样地小，那口唇又是那样地殷红……在她那含着浅愁的微笑里，又显得她是如何地和善而多情……雅素无花的紫色旗袍正与她的身份相称……小姑娘从前不认识她，即现在也还不知道她的姓名，然而隐隐地觉着，这位小姐是不会害她的……

曼英叫小姑娘与自己并排地向床上坐下之后，便很温存地，如姐姐对待妹妹，或是如母亲对待女儿一样，笑着问道：

“你姓什么，叫什么名字？”

“我姓吴，我的名字叫阿莲。”小姑娘宛然在得救了之后，很安心地这样说着了。不过她还是低着头，不时地向那床头上挂着的曼英的照片瞟看。曼英将她的手拿到自己的手里，抚摸着，又继续地问道：

“你的姑妈为什么要将你卖掉？你的妈妈呢？爸爸也愿意吗？”

“我的爸爸和妈妈……都死了……”小姑娘又伤心地哭起来了，两个小小的肩头抽动着。泪水滴到曼英的手上，但是曼英为小姑娘的话所牵引着了，并没觉察到这个。

“别要哭，好好地告诉我。”曼英安慰着她说道。“你的爸爸和妈妈死了很久吗？他们是怎样死的？你爸爸生前是干什么的？……别要哭，好好地告诉我。”

小姑娘听了曼英的话，眼见得用很大的力量将自己的哭声停住了。她将手从曼英的手里拿开，从腰间掏出一块小小的满布着污痕的方巾来，将眼睛拭了一下，便开始为曼英述说她那爸爸和妈妈的事来。这小姑娘眼见得是很聪明的，述说得颇有秩序。曼英一面注视着她的那只小口的翕张，一面静听着她所述说的一切，有时插进去几句问语。

“爸爸和妈妈死去已有半年多了。爸爸比妈妈先死。爸爸是在闸北通裕工厂做生活的，那个工厂很大，你知道吗？妈妈老是害着病，什么两腿臃肿的病，肿得那么粗，不得动。一天到晚老是要我服侍她。爸爸做生活，赚钱赚得很少，每天的柴米都不够，你看，哪有钱给妈妈请医生治病呢？这样，妈妈的病老是不得好，爸爸也就老是不开心。他整日地怨天怨地，不是说命苦，就是说倒霉。有时他会无原无故地骂起我来，说我为什么不生在有钱的人家……不过，他是很喜欢我的呢。他从来没打过我。他不能见着肿了腿的妈妈，一见着就要叹气。妈妈呢，只是向我哭，什么命苦呀，命苦呀，一天总要说得几十遍。我是一个小孩子，又有什么方法想呢？……

"去年有一天，在闸北，街上满满地都是工人，列着队，喊着什么口号，听说是什么示威运动……我也说不清楚那到底是一回什么事情。爸爸这一天也在场，同着他们喊什么打倒……打倒……他已经是上了年纪的人，为什么也要那样子呢？我不晓得。后来不知为着什么，陡然间来了许多兵，向着爸爸们放起枪来……爸爸便被打死了……"

阿莲说到此地，不禁又放声哭起来了。曼英并没想劝慰她，只闭着眼想象着那当时的情形……

"小姐，请你告诉我，他们为什么要把我的爸爸打死了呢？他是一个很老实的人，又没犯什么法……"阿莲忽然停住了哭，两眼放着热光，很严肃地向曼英这样问着说，曼英一时地为她所惊异住了。两人互相对视了一会，房间中的一切即时陷入到沉重的静默的空气里。后来曼英开始低声地说道：

"你问我为什么你的爸爸被打死了吗？因为你的爸爸想造反……因为你们的日子过得太不好了，你的妈妈没有钱买药，请医生，你没有钱买布缝衣服……他想把你们的日子改变得好些，你明白了吗？可是这就是造反，这就该打死……"

"这样就该打死吗？这样就是犯法吗？"阿莲更将眼光向曼英逼射得紧了，仿佛她在追问着那将她的爸爸杀死了的刽子手也似的。曼英感觉到一种沉重的心灵上的压迫，一时竟回答不出话来。

"这样就该打死吗？这样就是犯法吗？"阿莲又重复地追问了这么两句，这逼得曼英终于颤动地将口张开了。

"是的，我的小姑娘，现在的世界就是这样的……"

阿莲听了曼英的答案，慢慢地低下头来，沉默着不语了。这时如果曼英能看见她的眼光，那她将看见那眼光是怎样地放射着绝望，悲哀与怀疑。

曼英觉得自己的答案增加了阿莲的苦痛，很想再寻出别的话来安慰她，但是无论如何找不出相当的话来。她只能将阿莲的头抱到自己的怀里，抚摸着，温声地说道：

“呵，小妹妹，我的可怜的小妹妹……”

阿莲沉默着受她的抚慰。在阿莲的两眼里这时没有泪潮了，只射着枯燥的，绝望的光。她似乎是在思想着，然而自己也不知道她所思想的是什么……

忽然曼英想起来阿莲的述说并没有完结，便又向阿莲提起道：

“小妹妹，你爸爸是被打死的，但是你妈妈又是怎样死的呢？你并没有说完呀。”

阿莲始而如没听着也似的，继而将头离开曼英的怀里，很突然地面向着曼英问道：

“你问我妈妈是怎样死的吗？”

曼英点一点头。

阿莲低下头来，沉吟了一会，说道：

“妈妈一听见爸爸死了，当晚趁着我不在跟前的时候，便用剪刀将自己的喉管割断了……当我看见她的时候，她死得是那样地可怕，满脸都是血，睁着两个大的眼睛……”

阿莲用双手将脸掩住了，全身开始颤动起来，眼见得她又回复到当时她妈妈自杀的惨象。她并没有哭，然而曼英觉得她的一颗心比在痛哭时还要颤动。这样过了几分钟，曼英又重复将她的头抱到怀里，抚摸着说道：

“小妹妹，别要这样呵，现在我是你的姐姐了，诸事有我呢，别要伤心罢！”

阿莲从曼英的怀里举起两眼来向曼英的面孔望着，不发一言，似乎不相信曼英所说的话是真实的。后来她在曼英的表情上，确信了曼英不是在向她说着谎言，便低声地，如小鸟哀鸣着也似地，说道：

“你说的话是真的吗？你真要做我的姐姐吗？但是我是一个很穷的女孩子呢……”

“我也是同你一样地穷呵。”曼英笑起来了。“从今后你就住在我这里，喊我做姐姐好吗？”

阿莲的脸上有点笑容了，默默地点点头。曼英见着了她的这种神情，也就不禁高兴起来，感觉到很大的愉快。这时窗外响着卖馄饨的梆子声，这引起了曼英的一种思想：这位小姑娘大概没有吃晚饭罢，也许今天一天都没有吃饭……

“小妹妹，你肚子饿吗？”

阿莲含着羞答道：

“是的，我从早就没有吃饭。”

于是曼英立起身来，走出房去，不多一会儿就端进一大碗馄饨来。阿莲也不客气，接过来，伏在桌子上，便一气吃下肚里。曼英始而呆视着阿莲吃馄饨的形状，继而忽然想道：“她原来是从人家里逃出来的，他们难道说不来找她吗？如果他们在我的家里找到她，那他们不要说我是拐骗吗？……这倒如何是好呢？”于是曼英有点茫然了，心中的愉快被苦闷占了位置。她觉着她不得不救这个可怜的，现在看起来又是很可爱的小姑娘……她已经把这个小姑娘当做自己的小妹妹了。但是……如果不幸而受了连累……

曼英不禁大为踌躇起来了。“怎么办呢？”这个问题将她陷入于困苦的状态。而且她一瞬间又想起来了自身的身世，那就是她也是被社会践踏的一个人，因此她恨社会，恨人类，希望这世界走入于毁灭，那时将没有什么幸福与不幸福，平等与不平等的差别了，那时将没有了她和她一样被侮辱的人们，也将没有了那些人面兽心的，自私自利的魔鬼……那时将一切都完善，将一切都美丽……不过在这个世界未毁灭以前，她是不得将她的恨消除的，她将要报复，她将零星地侮辱着自己的仇人。而且，她想，人类既然是无希望的，那她再不必怜悯任何人，也不必企图着拯救任何人，因为这是无益的，无意义的呵……现在她贸然地将这个小姑娘引到自己的家里，这是不是应该的呢？具着这种思想的她，是不是有救这个小姑娘的必要呢？不错，从前，她是曾为过一切被压迫的人类而奋斗的，但是，现在她是在努力着全人类的毁灭，因此，她不应再具着什么怜悯的心情，这就是说，她现在应将这个小姑娘再拉到门外去，再拉到那条恶魔的黑街道让她哭泣。

这些思想在曼英的脑中盘旋着不得归宿……她继续向吃馄饨的阿莲呆望着，忽然看见阿莲抬起头来，两眼射着感激的光，向曼英微笑着说道：

“多谢你，姐姐！我吃得很饱了呢。”

这种天真的小姑娘的微笑，这种诚挚的感激的话音，如巨大的霹雳也似的，将曼英的脑海中所盘旋着的思想击散了。不，她是不能将这个小活物抛弃的，她一定要救她！……

曼英不再思想了，便接着阿莲的话向她问道：

“你吃饱了吗？没有吃饱还可以再买一碗来。”

“不，姐姐，我实在地吃饱了。”

因为吃饱了的原故，阿莲的神情更显得活泼些，可爱些。曼英又默默地将她端详了一会，愉快的感觉不禁又在活动了。

曼英的脸上波动着愉快的微笑……

这时，从隔壁的人家里传来了钟声，哨哨地响了十一下……曼英惊愣了一下，连忙将手表一看，见正是十一点钟了，不禁露出一点不安的神情。她想道，“今晚本是同钱培生约好的，他在S旅馆等我，叫我九点半钟一定到。可是现在是十一点钟了，我去还是不去呢？若要去的话，今夜就要把这个小姑娘丢在房里，实在有点不妥当……得了，还是不去，等死那个杂种！买办的儿子！……”

于是曼英不再想到钱培生的约会，而将思想转到阿莲身上来了。这时阿莲在翻着写字台上的画册，没有向曼英注意，曼英想起“他们要把我卖掉”一句话来，便开口向阿莲问道：

“阿莲，你说你的姑妈要将你卖掉，为什么要将你卖掉呢？你今晚是从她家里跑出来的吗?”

正在出着神，微笑着，审视着画片——那是一张画着飞着的安琪儿的画片——的阿莲，听见了曼英的问话，笑痕即刻从脸上消逝了，现出一种苦愁的神情。沉吟了一会，她目视着地板，慢声地说道：

“是的，我今晚是从我的姑妈家跑出来的。爸爸和妈妈死后，姑妈把我收在她的家里。她家里是开裁缝铺子的。起初一两个月，她和姑父待我还好，后来不知为什么渐渐地变了。一家的衣服都叫我洗，我又要扫地，又要烧饭，又要替他们倒茶拿烟……简直把我累死了。可是我是一个没有父母的人又有什么法子想呢？只好让他们糟踏我……我吃着他们的饭呀……不料近来他们又起了坏心思，要将我卖掉……”

“要将你卖到什么地方去呢?”曼英插着问了这么一句。

“他们要把我卖到堂子里去。”阿莲继续着说道，“他们只当我是一个小孩子，不知事，说话不大避讳我，可是我什么都明白了。就在明天就有人来到姑妈家领我……我不知道那堂子是怎样，不过我听见妈妈说过，那吃堂子的饭是最不好的事情，她就是饿死，也不愿将自己的女儿去当婊子……那卖身体是最下贱的事情！……我记得妈妈的话，无论怎样是不到堂子里去的。我今天趁着他们不防备便跑出来了……”

这一段话阿莲说得很平静，可是在曼英的脑海中却掀动了一个大波。“那吃堂子的饭是最不好的事情……那卖身体是最下贱的事情……”这几句话从无辜的，纯洁的阿莲的口中发出来，好像棒锤一般，打得她的心痛。这个小姑娘是怕当妓女才跑出来的，才求她搭救……而她，曼英，是怎样的人呢？是不是妓女？是不是在卖身体？若是的，那吗，她在这位小姑娘的眼中，就是最下贱最不好的人了，她还有救她的资格吗？如果阿莲知道了此刻立在她的面前的人，答应要救她的人，就是那最下贱的婊子，就是那卖身体的人，就是她所怕要充当的人，那她将要有如何表示呢？那时她的脸恐怕要吓变了色，她恐怕即刻就要呼号着从这间小房子跑出去，就使曼英用尽生平的力气也将她拉不转来……那该是一种多么可怕的景象呵！曼英将一个人孤单地留在自己的房里，受了阿莲的裁判，永远地成为一个最下贱的人！这裁判比受什么酷刑都可怕！……不，无论如何，曼英不能向阿莲告诉自己的本相，不能给她知道了真情。什么事情都可以，但是这……这是绝对不可以的！曼英这时不但不愿受阿莲的裁判，更不愿阿莲离她而去。

但是曼英是不是妓女呢？是不是最下贱的人呢？曼英自问良心，绝对地不承认，不但不承认，而且以为自己是现社会最高贵的人，也就是最纯洁的人。不错，她现在是出卖着自己的身体，然而这是因为她想报复，因为她想借此来发泄自己的愤恨。当她觉悟到其它的革命的方法失去改造社会的希望的时候，她便利用着自己的女人的肉体来作弄这社会……这样，难道能说她是妓女，是最下贱的人吗？如果阿莲给了曼英这种裁判，那只是阿莲的幼稚的无知而已。

但是阿莲的裁判对于曼英究竟是很可怕，无论如何，她是不愿受阿莲的裁判的。那钱培生，买办的儿子，或者其他什么人，可以用枪将曼英打死，可以将曼英痛击，这曼英都可以不加之稍微的注意，但她不愿意阿莲当她是一个不好的人，不愿意阿莲离她而去，将她一个人孤单地，如定了死刑也似地，留在这一间小房里。不，什么都可以，但是这……这是不可以的！

曼英不预备将谈话继续下去了。她看见阿莲只是打呵欠，知道她是要睡觉了，便将床铺好，叫阿莲将衣解开睡下。阿莲在疲倦的状态中，并没注意到那床是怎样地洁净，那被毯是怎样地柔软，是为她从来所没享受过的。小孩子没有多余的思想，她向床上躺下，不多一会儿，便呼呼地睡着了。

阿莲觉着自己得救了，不会去当那最下贱的婊子……她可以安心睡去了。曼英立在床边，看着她安静地睡去，接着在那小姑娘的脸上，看见不断地流动着天真的微笑的波纹，这使得曼英恍惚地忆起来一种什么神圣的，纯洁的，曾为她的心灵所追求着的憧憬……这又使得曼英忆起来自己的童年，那时她也是这么样一个天真的小姑娘，也许在睡觉时也是这样无邪地微笑着……也许这躺着的就是她自己，就是她自己的影子……

曼英于是躬起腰来，将头伸向阿莲的脸上，轻轻地，温存地，微笑着吻了几吻。

二

窗外的雨淅沥地下着，那一种如怨如诉的音调，在深夜里，会使不入梦的人们感觉到说不出的，无名的紧张的凄苦，会使他们无愁思也会发生出愁思来。如果他们是被摈弃者，是生活中的失意者，是战场上的败将，那他们于这时会更感到身世的悲哀，频频地要温起往事来。

今夜的曼英是为这雨声所苦恼着了……从隔壁传来了两下钟声，这证明已是午夜两点钟的辰光了，可是她总是在床上翻来覆去睡不着。她本想摈去一切的思想，但是思想如潮水一般，在她的脑海里激荡，无论如何也摈去不了。由阿莲的话所引起来的思想，虽然一时地被曼英所收束了，可是现在又活动起来了，它就如淅沥的雨一点一点地滴到她的心窝也似的，使得那心窝颤动着不安。她是不是在做着妓女的勾当呢？她是不是最下贱的卖身体者呢？呵，如果此刻和她睡在一张床上的小姑娘，从半夜醒来，察觉到了她的秘密，而即惊慌地爬起身来逃出门去，那该是多么样地可怕，多么样地可怕……

曼英想到此处，不禁打了一个寒噤。一方面她在意识上不承认自己是无知的妓女，不承认自己是最下贱的卖身体者，但是在别一方面，当她想起阿莲的天真的微笑，听着她的安静的鼾声的时候，她又仿佛觉得她在阿莲面前做了一件巨大的，不可赦免的罪过……唉，这是怎么一回事呢？最讨厌的思想呵！……

她知道，如果在一年以前，当她为社会的紧张的潮流，那一种向上的，热烈的，充满着希望的氛围所陶醉，所拥抱着的时候，那她将不会在这个小姑娘面前发生丝毫的惭愧的，不安的，苦恼的感觉，那她将又是一样地把持着自己。但是现在……现在她似乎和从前的她是两个人了，是两个在精神上相差得很远的人了……虽然曼英有时嘲笑自己从前的痴愚，那种枉然的热烈的行为：社会是改造不好的，与其幻想着将它改造，不如努力着将它破毁！……这是曼英现在所确定了的思想。她不但不以为自己比从前坏，而且以为自己要比从前更聪明了。但是现在在这个无知的小姑娘面前，她忽然生了惭愧和不安的感觉，似乎自己真正有了点不洁的样子，似乎现在的聪明的她，总有点及不上那一年前的愚痴的女兵。这到底是怎么一回事呢？唉，苦恼呵！……曼英几乎苦恼得要哭起来了。

她慢慢地回想起来了自己的过去。

那是春假期中的一天下午。家住在省城内和附近的同学们都回家去了，在校中留下的只是从远处来的学生。曼英的家本是住在城内的，可是在放假的第一天，她并不打算回家，因为她，待着她的男友柳遇秋自H镇的来信，她计算那信于这一天一定是可以到的。果然，那信于那一天下午带着希望，情爱和兴奋投到曼英的手里了。

信中的大意是说，“我的亲爱的妹妹！此间真是一切都光明，一切都是活生生的现象……军事政治学校已经开学了，你赶快来罢，再迟一点儿，恐怕就要不能进去了！那时你将会失望……来罢，来罢，赶快地来！……”

这一封信简直是一把热烈的情爱的火，将曼英的一颗心在欢快的激荡中燃烧起来了。她由这封信开始幻想起那光明的将来：她也许会如那法国的女杰一般，带着英勇的战士的队伍，将中国从黑暗的压迫下拯救出来……就不然，她也可做一个普通的忠实的战士，同群众们歌唱着那胜利的凯歌。至于柳遇秋呢？……她爱他，从今后他们可以在一起做着光明的事业了，将时常谈话，将时常互相领略着情爱的温存……然而，曼英那时想道，这是末一层了。

曼英将柳遇秋的信反复地读了几遍，不禁兴奋得脸孔泛起红来，似乎全身的血液都沸腾起来了的样子。她连忙跑到她的好友杨坤秀的房里，不顾杨坤秀在与不在，便老远地喊起来了：

“坤秀！坤秀！来，我的好消息到了！……”

正在午睡的坤秀从梦中醒来，见着欢欣地红着脸的曼英立在她的床前，不禁表现出无限的惊愕来：

“什么事情，这样地乱叫?！得到宝贝了吗?”

“比得到宝贝还紧要些呢!”曼英高兴地笑着说。于是她向坤秀告诉了关于柳遇秋的信，她说，她决定明天就动身到H镇去……

“坤秀，你要知道这是千载一时的机会呵！我非去不可!”她这样地补着说。

杨坤秀，一个年纪与曼英相仿的胖胖的姑娘，听了曼英的话之后，腮庞现出两个圆圆的酒窝来，不禁也兴奋起来了。

“我可以和你同去吗?”坤秀笑着这样坚决地问。

“你真的也要去吗？那就好极了!”曼英喜欢得跳起来了。“你不会说假话吗?”曼英又补着反问这么一句。

“谁个和你说假话来!”

这最后的一句话是表明着坤秀是下了决心的了，于是曼英开始和她商量起明天动身的计划来。初次出门，两个女孩儿家，是有许多困难的，然而她们想，这又有什么要紧呢？出门都不敢，还能去和敌人打战吗？现在应当是女子大着胆去奋斗的时代了。……

当晚她回到自己的家里。快要到六十岁了的白发的母亲见着曼英回来了，依旧欢欣地向她表示着温存的慈爱。哥哥不在家里，不知到什么地方去了，曼英也没有问起。在和母亲谈了许多话之后（她没有告诉她要到 H 镇去当女兵去呵!)，她走到自己的小小的房间里，那小房间内的一切，在绿色灯伞的电光下，依旧照常地欢迎着它们的主人，向它们的主人微笑……你看那桌子上的瓶花，那壁上悬着的画片，那为曼英所心爱的一架白胶镶着边的镜子……但是曼英明天要离它们而去了，也许是永远地要离它们而去了。曼英能不动物主之感吗？她是在这间房子内度着自己青春的呵！……然而曼英这时的一颗心只系在柳遇秋的一封信上，也许飞到那遥远的 H 镇去了，并没曾注意到房间内的一切的存在。因之，她一点儿伤感的情怀都没有，仅为着那迷茫的，在她这时以为是光明的将来所沉醉着了。

她将几件零用的东西收拾了一下。将路费也藏收好了……

如果在雨声淅沥的今夜，曼英苦恼着，思想起来自己的过去，则在那当她要离家而赴 H 镇的前夜，可以说她的思想完全消耗到对于自己的将来的描写了。那时她的心境是愉快的，是充满着希望的，是光明的，光明得如她所想象着的世界一样。不错，曼英还记得，那时她一夜也是未有入梦，像今夜的辗转反侧一样，但是那完全是别一滋味，那滋味是甜蜜的，浓郁的。

第二天，天刚发亮，她就从床上起来了。她和坤秀约好了，要赶那八点半钟的火车……母亲见她起得这样早，不免诧异起来：

“英儿，你为什么这样早就起来了呢？学校不是放了假吗?”

“有一个同学今天动身到 H 镇去，我要去送她的行呢。”曼英见着她的衰老的老母亲的一副可怜的形容，虽然口中很活像地扯着谎，可是心中总有点难过。她觉着自己的眼眶内渐渐要涌起泪潮来。但是她忍着心转而一想，“匈奴未灭，何以家为！……”便即忙地走出家门，不再向她的母亲回顾了。

……她们终于上了火车。在三等的车厢中，人众是很拥挤着，曼英和坤秀勉强地得到了一个座位。她伏着窗口，眺望那早晨的，清明的，绿色的原野，柔软的春天的风一阵一阵地吹到她的面孔上，吹散了她的头发，给她以无限的，新鲜的，愉快的感觉。初升的朝阳放射着温暖而抚慰的辉光，给予人们以生活的希望。曼英觉得那朝阳正是自己的生活的象征，她的将来也将如那朝阳一样，变为更光明，更辉耀。总而言之，曼英这时的全身心充满着向上的生活力，如果她生有翼翅，那她便会迎朝阳而飞去了。

当曼英向着朝阳微笑的时候，富于脂肪质的坤秀，大约昨夜也没有入梦，现在伏在衣箱子上呼呼地睡着了。曼英想将她推醒，与自己共分一分这伟大的自然界的赐予，但见着她那疲倦的睡容，不禁又把这种思想取消了。

当晚她们到了H镇，找到了一家旅馆住下……也许是因为心理的作用罢，曼英看见H镇中电灯要比别处亮，H镇一切的现象要比别处新鲜，H镇的空气似乎蕴含着一种说不出的香味，就是连那卖报的童子的面孔上，也似乎刻着革命两个字……

她庆幸她终于到了H镇了。

在旅馆刚一住下脚，她便打电话给柳遇秋，叫他即刻来看她，可是柳遇秋因为参加一个什么重要的会议，不能分身，说是只能等到明早了。曼英始而有点失望，然转而一想，反正不过是一夜的时间，又何必这样着急呢？……于是她也就安心下来了。

第二天一清早，当曼英和她的同伴刚起床的时候，柳遇秋便来了。这是一个穿着中山装，斜挂着皮带，挟着黑皮包的青年，他生着一副白净的面孔，鼻梁低平，然而一双眼睛却很美丽，放射着妩媚的光。曼英大概是爱上了他的那一双眼睛，本来，那一双眼睛是很能引动女子的心魂的。

曼英见着柳遇秋到了，欢喜得想扑到他的怀里，但是一者坤秀在侧，二者她和柳遇秋的关系还未达到这种亲昵的程度，便终于将自己把持住了，没有那样做。

他们开始谈起话来：曼英将自己来H镇的经过告知柳遇秋，接着柳遇秋便满脸含着自足的笑容，一五一十地将H镇的情形说与她俩听，并说明了军事政治学校的状况。后来他并且说道，不久要打到北京，要完成伟大的事业……曼英听得如痴如醉，不禁很得意地微笑起来了。这微笑一半是由于这所谓“伟大的事业”的激动，一半也是由于她看见了柳遇秋这种有为的，英雄的，同时又是很可爱的模样，使她愉快得忘了形了。呵，这是她所爱的柳遇秋，这是她的，而不是别人的，而不是杨坤秀的！……曼英于是在坤秀面前又有点矜持的感觉了。

过了三日，她们便搬进军事政治学校了。曼英还记得，进校的那一天，她该是多么地高兴，多么地富于新鲜的感觉！同时又是怎样地畏惧，畏惧自己不能符合学校的希望。但是曼英是很勇毅的，她不久便把那种畏惧的心情摈去了。已经走上了火线，还能退后吗？……

于是曼英开始了新的生活：穿上了灰色的军衣，带上了灰色的帽子，俨然如普通的男兵一般，不但有时走到街上不会被行人们分别出来，而且她有时照着镜子，恐怕也要忘却自己的本相了。在日常的生活之中，差不多完全脱去了女孩儿家的习惯，因为这里所要造就的，是纯朴的战士，而不是羞答答的，娇艳的女学生；这里经常所讨论的，是什么国际情形，革命的将来……而不是什么衣应当怎样穿，粉应当怎样擦，怎样好与男子们恋爱……不，这里完全是别的世界，所过的完全是男性的生活！如果从前的曼英的生活，可以拿绣花针来做比喻，那么现在她的生活就是一只强硬的来福枪了。在开始的两个礼拜，曼英未免有点生疏，不习惯，但是慢慢地，慢慢地，一方面她克服了自己，一方面也就被环境所克服了。

女同学们有二百多个。花色是很复杂的，差不多各省的人都有。有的说话的话音很奇怪，有的说话简直使曼英一句也听不懂。有的生得很强壮，有的生得很丑，有的两条腿下行走着一双半裹过的小脚……但是，不要看她们的话音是如何地不同，面貌是如何地相差，以至于走路时那裹过的与没有裹过的脚是如何地令人容易分别，但是在她们的身上似乎有一件类似的东西，如同被新鲜的春阳所照射着一样。在她们的眼睛里闪着同一的希望的光，或者在她们的脑海里也起伏着同一的思想，在她们的心灵里也充满着同一的希望。一种热烈的，浓郁的，似乎又是甜蜜的氛围，将她们紧紧地拥抱着，将她们化成为一体了，因此，曼英有时觉着自己不是自己，而仅是这个集体的一部分。这时，曼英的好友，杨坤秀，虽然有时因为生活的艰苦，曾发出来许多怨言，但她究竟也不得不为这种氛围所陶醉了。

女同学中有一个姓崔的，她是来自那关外，来自那遥远的奉天。她刚是十七岁的小姑娘，尚具着一种天真的稚气。但她热烈得如火一般，宛然她就是这世界的主人，她就是革命的本质。如果曼英有时还怀疑自己，还怀疑着那为大家所希望着的将来，那她，这个北方的小姑娘，恐怕一秒钟也没怀疑过，宛然她即刻就可以将立在她的面前的光明的将来实现出来。曼英清清楚楚地记得，她的那一双圆眼睛是如何地射着热烈的光，她的腮庞是如何地红嫩，在那腮庞上的两个小酒窝又是如何地天真而可爱……曼英和她成为了很亲密的朋友。她称呼曼英为姐姐，有时她却迟疑地向曼英说道：

“我不应当称呼你姐姐罢？我应当称呼你同志，是不是？这姐姐两个字恐怕有点封建罢？……”

曼英笑着回答她说，这姐姐两个字并没有什么封建的意味，她还是称呼她为姐姐好。姐姐，这两个字，是表示年龄的长幼，而并不表示什么革命不革命，如果她称呼曼英为姐姐，那她是不会有什么“反革命”的危险的……

这个北方的小姑娘听了曼英的话，也就很安然地放了心了，继续着称呼她为姐姐。

那时，曼英有时幻想道：人类到了现在恐怕是已经到了解放的时期了，你看，这个小姑娘不是人类解放的象征吗？不是人类解放的标帜吗？……

曼英现在固然不再相信人类有解放的可能了，但是那时……那时她以为那一个圆眼睛的天真的小姑娘，就是人类解放的证据：有了这么样的小姑娘，难道说人类的解放不很快地要实现吗？那是没有的事！……曼英那时是这样确定地相信着。

因为生活习惯完全改变了的原故，曼英几乎完全忘却自己原来的女性了。从前，在C城女师读书的时候，虽然曼英已经是一个很解放的女子了，但她究竟脱不去一般女子的习惯：每天要将头发梳得光光的，面孔擦得白白的，衣服穿得整整齐齐的……有时拿镜子照一照自己，曼英见着那镜中微笑着的，宛然是一个风姿绰约的美，你看，那一双秀目，两道柳眉，雪白的面孔，红嫩欲滴的口唇，这不是一个很能令男子注目的女性吗？……曼英也同普通的女子一样，当发现自己生得很美丽的时候，不禁要意识到自己的高贵和幸福了。那时，与其说曼英是一个自以为解放了的女子，不如说曼英是一个自得的美人。但是进入了军事政治学校以后，曼英完全变成为别一个人了。她现在很少的时候照过镜子，关于那些女孩儿家的日常的习惯，她久已忘却到九霄云外去了。她现在只意识到自己是一个兵，是一个战士而已。偶尔在深夜的时分，如果她没有入梦，也曾想起男女间的关系，也曾感觉到自己的年青的肉体和一颗跳动的心，开始发生着性爱的要求……但是当天光一亮，起身号一鸣的时候，她即刻把这些事情都忘却了。她又开始和大家说笑起来，操练起来，讨论起来什么革命与反革命；……

但是，无论如何曼英是怎样地忘却了自己的女性，在一般男子看来，她究竟还是一个女子，而且是一个很美丽的女子。在同校的一般男学生中，有的固然也同曼英一样，忘却了自己的男性，并不追求着女性的爱慰，但是有的还是很注意到恋爱的问题，时时向女同学们追逐。女同学们中间之好看一点的，那当然更要为他们追逐的目标了。曼英现在虽然是女兵的打扮，虽然失去了许多的美点，虽然面孔也变黑了许多，但是她并不因此而就减少了那美人的丰韵。她依旧是一个美人，虽然她自己也许没意识到这一层。

女同学们中弱一点的，就被男同学们追逐上了。肥胖的杨坤秀似乎也交了几个男朋友……但是曼英想道，她来此地的目的并不是谈恋爱，谈恋爱也就不必来此地……而况且现在是什么时候呢？是革命青年们谈恋爱的时候吗？这简直是反革命！……

但是男同学们追逐着曼英，并不先问一问曼英的心情。他们依旧地向她写信（照着曼英的意思，这是些无耻的肉麻的信。），依旧在闲空的时候就来访看她。有的直接向她表示自己的爱慕，有的不敢直接地表示，而借故于什么讨论问题，组织团体……这真把曼英烦恼着了！最后，她一接到了求爱的信，不看它们说些什么话，便撕掉丢到字纸篓里去；一听见有嫌疑的人来访问，便谢绝一声不在家。这弄得追逐者没有办法了，只得慢慢地减低了向曼英求爱的希望。

但是，哪一个青年女郎不善怀春？曼英虽然不能说是一个怀春的女郎，但她究竟是一个女性，究竟不能将性的本能完全压抑，因此，她虽然拒绝了一般人的求爱，究竟还有一个人要在例外，那就是介绍她到 H 镇的柳遇秋，那就是她的心目中的特殊的男友柳遇秋……

在别一方面，我们也可以说，曼英之所以拒绝其他的一切男性，那是因为在她的心房内已经安置着了柳遇秋，不再需用任何的别一个人了。在意识上，曼英当然不承认这一层，但是在实际上她实在是这样地感觉着。如果她和别的男性在一块儿要忘却自己的女性，那她一遇见柳遇秋时，便会用着不自觉的女性的眼光去看他，便会隐隐地感觉到她正是在爱着他，预备将别人所要求着而得不到的东西完全交给他……柳遇秋实在是她的爱人了。

柳遇秋时常来到学校里访问曼英，曼英于放假的时日，也曾到过柳遇秋的寓处。两人见面时，大半谈论着一些革命，政治……的问题，很少表示出相互间的爱情的感觉。曼英的确是需要着柳遇秋的拥抱，抚摩，接吻……但是她转而一想，恋爱要妨害工作，那怀了孕的女子是怎样地不方便而可怕……便将自己的感觉用力压抑下去了。她不允许柳遇秋对于她有什么范围以外的动作。

有一天，曼英还记得，在柳遇秋的家里，柳遇秋买了一点酒菜，两人相对着饮起酒来。说也奇怪，那酒的魔力可以助长情爱的火焰，可以令人泄露自己的心窝内的秘密，可以使人做平素所不敢做的事。几杯酒之后，曼英觉着柳遇秋向她逐渐热烈地射着情爱的眼光，那眼光就如吸铁石一般，将曼英吸住了。曼英明白那眼光所说明的是些什么，也就感觉到自己的一颗心被那眼光射得跳动起来了……她的心神有点摇荡……眼睛要合闭起来了……于是她不自主地落到柳遇秋的拥抱里，她没有力量再拒绝他了。她第一次和柳遇秋亲密地，热烈地，忘却一切地接着吻……她周身的血液被情爱的火所燃烧着了。柳遇秋开始解她的衣扣……忽然，她如梦醒了一般，从柳遇秋的怀抱里跳起身来，使得柳遇秋惊诧得半晌说不出话来。

“遇秋，这是不可以的呵！”她向自己原来的椅子上坐下，血红着脸，很惊颤地说道，“你要知道……”她没将这句话说完，将头低下来了。

“你不爱我吗?”柳遇秋这样失望地问她。

“不，遇秋，我是爱你的。不过，现在我们万不能这样……”

“为什么呢?”

“你要知道……我们的工作……一个女子如果是……有了小孩子……那便什么事情都完了！我并不是怀着什么封建思想，请你要了解我。我是爱你的，但是，现在我们不能够这样……你要替我设想一下呵！”

柳遇秋立起身来，在房中踱来踱去，不再做声了。曼英觉着自己有点对不起他，使得他太失望了……但是，她想，她有什么办法呢？现在无论如何她是不能这样做的。如果怀了孕，什么事情都完了，那是多么地可怕呵！那时她将不能做一个勇敢的战士，那时她将要落后……不，那是无论如何不可以的！

后来，柳遇秋很平静地说道：

“听我说，曼英！我们不必太过于拘板了。我们是青年，得享乐时且享乐……我老实地告诉你，什么革命，什么工作，我看都不过是那么一回事，不必把它太认真了。太认真了那是傻瓜……你怕有小孩子，这又成为什么问题呢？难道我们不能养活小孩子吗？如果我们大家相爱的话，我看，还是就此我们结了婚，其他的事情可以不必问……”

柳遇秋将话停住了。曼英抬起头来，很迟疑地望着他。似乎适才这个说话的人，不是她所知道的柳遇秋，而是别一个什么人……她想痛痛快快地将柳遇秋的意见反驳一下，然而不知为什么，她只很简单地说道：

“你不应当说出这些话来呵！这种意见是不对的。”

“也许是不对的，”柳遇秋轻轻地，如自对自地说道，“然而对的又是些什么呢？我想，我们要放聪明些才是。”忽然他逼视着曼英，如同下哀的美敦书也似地说道：

“曼英！你是不是愿意我们现在就结婚呢？如果你爱我，你就应当答应我的要求呵！这样延长下去，真是要把我急死了！”

曼英没有即刻回答他。她知道她应当严厉地指责柳遇秋一番，然而她在柳遇秋面前是一个女子，是一个为情爱所迷住了的女子，失去了猛烈的反抗性。最后她低声地，温存地，向柳遇秋说道：

“亲爱的，我为什么不爱你呢？不过要请你等一等，等我将学校毕了业，你看好吗？横竖我终久是你的……”

柳遇秋知道曼英的情性，也就不再强逼她服从自己的提议了。两人又拥抱着接起吻来。曼英还记得，那时她和柳遇秋的接吻是怎样地热烈，怎样地甜蜜！那时她虽然觉得柳遇秋说了一番错误的话，但是她依旧地相信他，以为那不过是他的一时的性急而已。她觉得她无论如何是属于他的，他也将要符合她的光明的希望。只要柳遇秋的眼光一射到她的身上时，那她便觉得自己是很幸福的人了。

除开柳遇秋而外，还有一个时常来校访问曼英的李尚志。这是曼英在C城学生会中所认识的朋友。他生得并不比柳遇秋丑些，然而他的眼睛没有柳遇秋的那般动人，他的口才没有柳遇秋的那般流利（他本是不爱多说话的人呵！），他的表情没有柳遇秋的那般真切。曼英之所以没有爱上他，而爱上了柳遇秋的原故，恐怕就是在于此罢。但是他有坚强的毅力，有一颗很真挚的心，有一个会思考的脑筋，这是为曼英所知道的，因此曼英把他当成自己的亲近的朋友。他是在爱着曼英，曼英很知道，然而柳遇秋已经将曼英的心房占据了，那又有什么办法呢？他所得到的，只是曼英的友谊而已！……

三

后来……后来，曼英感觉着H镇的空气渐渐地变了。无形中酝酿着什么，什么一种可怕的危机……虽然那还是不可捉摸的，然而人们已经感觉到那是不可免的，不是今天，就是明天……

再过了一些时，所谓反动的空气更加紧张了，这使得曼英感觉着自己的希望离开自己越远，因之那种欢欣的，陶醉的心情，现在变为沉郁的，惊慌的了。如果曼英初到H镇时，觉得一切都新鲜，一切都充满着活生生的希望，那她现在就要觉得一切都变为死寂，同时又暗藏着那狰狞的恐怖，说不定即刻就要露出可怕的面目来。

光明渐渐地消逝，黑暗紧紧地逼来……

那狰狞的，残忍的，反动的面目，终于显露出来……

那时柳遇秋不在H镇，李尚志因为什么久已到上海去了。那个北方的小姑娘被她的一位高大的哥哥拉到什么地方去了，而杨坤秀呢，在医院里害着病……

一切都变了相……

曼英还记得，那时她该是多么地悲愤！唉，如果她有孙行者的那般本领，有如来佛的那般法术！……但是曼英什么都没有，有的只是一颗悲愤得要爆裂了的心，一身要沸腾起来了的血液……怎么办呢？一点都没有办法！这时曼英有点感觉得自己是一个无能力的弱者了。

最后，在悲愤之中，然而又怀着坚决的，向前的希望，曼英和着其余的人们，走上了南征的路……

在那南征的路程上，曼英在自己的日记簿上，零碎地，写着自己思想和生活的断片：

"我们的事业就从此完了吗？不会，绝对地不会！我们一时地失败了，这并不能证明我们终没有成功的希望。但是，想起来，我究竟有点伤心，恨不得大大地哭一场才好……"

“我本是一个名门家的女儿，如果我现在在家里当小姐，那一定是很舒服的。但是现在我是一个女兵，沐风栉雨，可以说是苦楚难言。但是我并不悔恨呵！我觉着我的精神很伟大，因为……因为我是一个为人类解放而奋斗的战士呵。这战士要贵重于那些小姐们无数万倍，可不是吗?”

“今天走了九十几里路，只吃了一顿饱饭，真是疲倦极了。女同志中有几个赶不上路，怕大队把她们丢了，曾急得哭起来。她们也同我一样，从前本是娇生惯养的小姐呵……我看见她们那种苦楚的样子，真正地有点不忍呢。但是，这又有什么办法呢？……我们已经走上了这一条又是欢欣，又是苦楚，又是可怕，又是伟大的路！我们是没有退后的机会了。”

“昨夜露宿了一夜。我躺着仰望那天空中的闪烁着的星光，我觉着那些小世界里有一种令人不可思议的神秘。在那里到底是一些什么呢？唉，如果我能飞上去看看！……夜已经深了，同伴们都已呼呼地睡去，可是我总是睡不着。我想起柳遇秋来，我的亲爱的……他现在在什么地方呢？我们何时才能相会呢？也许他现在已经……呵，不会的，这是不会的呵！我不应当想到这一层。”

“我们前有敌人，后有追兵，不得不绕着崎岖的小道前进，可是这真就要苦煞我们了！男子们还没有什么，可是我们二十几个女子，真是要走得呼天天不应，呼地地不言！我不知何时才能到达我们的目的地，如果还要很久地走着这种难走的路，过着这种难过的生活，那我恐怕等不及到了地点，早已要呜呼哀哉了。脚上起了泡，泡破了即淌黄水，疼痛得难言，但是还要继续走着路，谁也不问你一声……”

“我们所经过的地方，居民们始而很怕我们，以为我们是什么凶恶的匪……可是后来他们觉着我们并不可怕，也就和我们略形亲近了。小孩子们，女人们，及一些少所见多所怪的男人们，一见着我们到了，便围上来看把戏，口中叽咕着，‘女兵……女兵……，把我们当做什么怪物也似的。我们二十几个女子之中，有的虽然走了很长的路，但还有精神向他们宣传，演讲……可是我，对不起，真是没有这种精神了。”

“这几天正是我月经来潮的时期……天哪，我为什么要生为一个女子呢？女子为什么一定要有这样讨厌的事情呢？这该是多么地不方便！如果人是为上帝所造的话，那我们为女子的就应该千诅咒上帝，万诅咒上帝。……一方面觉得身体是这样地不舒服，一方面仍要努着力走路……唉，女子要做一个战士，是怎样困难的事情呵！”

“今天和拦截我们的敌人，小小地打了一战，我们胜了，将他们缴了械。在打战时，我们女子的任务是看护伤兵……唉，我是怎样地想冲向前去，尝一尝冲锋陷阵的滋味！但是他们不允许我们，说我们女子的能力只能看护伤兵……这种意见是公平的吗？他们无论口中讲什么男女平等，如C就是很显著的一个例，心中总是有点看不起女子的……”

“M总是老追逐我……干什么呢？现在是谈情说爱的时候吗？就是谈情说爱，也轮不到他的身上来，你看他的那一副讨厌的面相，卑鄙的神情！癞虾蟆想吃天鹅肉吗？笑话！无论他的位置比我怎样高，可是我总是看不起他。我不明白像这样的人，为什么也能同我们一道呢？我是一个莫明其妙，两个莫明其妙，三个莫明其妙……”

“今天安下营来，C向我们说，‘你们女子只可以煮煮饭，什么事都不行，若谈什么革命，那简直是笑话！……’我真是有点忍不住了，便纠合了我们二十几个女子，向他提出严重的抗议。问他是不是不要我们了，若以为我们没有用处，把我们尽行枪毙好了，免得说这些闲话。他看见我们很凶，终于认了错，赔了不是。这样像一个负责任的工作者所说的话吗？岂有此理！”

“一路来没有照过镜子，忘却了自己的面貌。今天，偶尔临着池水照了一下，天哪，我的面相黑瘦到怎样的地步！我简直认不得我自己了。从前被人称为美人的曼英，现在到了什么地方去了呢？但是我要做的，是一个伟大的战士，而不是一个什么娇弱的美人。过去的让它过去了罢！……今日的曼英再也不能回转为那被称为美人的曼英了。”

“我想起我的母亲……但是我为什么要想到她呢？她现在或者正为着我而流着老泪，或者正跪在那救苦救难的观音大士的神像前祷告，祷告她的唯一的女儿不至于罹灾受难……但是我，我现在是不应当念起她的呵。”

“密斯P和K姘上了……她因此有了马骑。大家看见密斯P的行为，都嗤之以鼻，连那个K的马弁都瞧不起她。天哪，我真不知她如何能有那种厚的脸皮！……近来M对我是失望了，便又去追逐别一个，密斯S。我看意志不大十分坚决的密斯S，是一定要被他追逐上的。我想劝一劝密斯S，然而，只好让她去……”

“今天可以说是在我生命史上最大的一个纪念日：我亲手枪毙了一个人……如果这事是在一年以前发生的，我是绝对不会相信我是能够做出这种事情的。我梦想也没梦想得到我将来会杀人，会做这种可怕的事情。但是今天我是杀了人了，而且我的心很安，并不因之发生特异的感觉，虽然在瞄准的时候，我的手未免有点颤动……事情是这样经过的，乡下捕来了一个面目可憎的土豪，他们说他是危害地方的老虎，欺寡凌弱，无所不为……我们以为这是没有多讨论的必要的，便决定将他枪决。一有了决定，大家便争着执行，几乎弄得吵打起来。本来关于这件事情，我们女子是没有份参加的。后来我见他们争执得不可开交，我便上前说道，这件事不如让我来做好。男子们同声赞成，有的竟拍起手来。当拿起枪来的一瞬间，未免有点胆怯，未免动了一动心，想道，这样一个活拉拉的人即刻就要在我的手中丢命，这未免有点太残忍吧？……但是我即刻想起来我们的任务，想起来被这个土豪所残害的人们，便啮着牙恨起来了……我终于在大家鼓掌的声中将我的敌人枪毙了。有了伟大的爱，才有伟大的恨，欲实现伟大的爱，不得不先实现伟大的恨……”

“昨天正在行军的当儿，天公落下了大雨，我的伞破了，浑身湿透得差不多如水公鸡一样。此时还不觉得有什么不舒服，可是一到安下了营时，我便觉得头有点发烧了。不料头越烧得越利害，大有支持不住之势。我是很利害地病起来了。女房主人为我烧了一大堆火，将我的衣服烘干，后来她很殷勤地劝我在她家的床上睡下。睡下后，我在头脑昏乱的状态中，暗自想道，我这一回是定死无疑了……听说后有大批的追兵……他们一定要将我丢掉，我一个人留在这里，我是定死无疑了……死我是不怕的，但是就这样地死了，就这样糊涂地死了，这不是太不值得了吗？唉，我是怎样地想生活着，想生活着再多做一些事情呵！……我觉得我有点伤起心来了，后来我竟流了泪。奇怪！我吃了些酒，发了一身大汗之后，便又觉得身体好起来了。今天还是继续着和大家一道儿走路，还是继续着和大家一道儿谈论我们的将来的事业……关于这一层，我应当向谁感谢呢？”

“密斯W发了急痧……死了……可怜她奔波了这一路，吃了无限的苦楚，到现在当我们快要到目的地的时候，不幸忽然地死了！‘出师未捷身先死，长使英雄泪满襟’，让我们把这两句话做她的挽联罢。一路中我和她最合得来，但她现在永远离我而去了……我们没有佳棺来盛殓她，没有鲜花来祭奠她，我们很简单地将她裹在毯子里，在山坡下掘了一个土坑，放进去埋了。我们的事业不知何时才能成功，然而这个忠勇的，什么时候也曾是过一个美丽的女郎，现在已经为着这个事业而牺牲了。我怎么能够不在她的灵前痛哭一场呢？……”

曼英还记得，那时密斯W之死，在曼英的心灵上是怎样地留下了一个巨大的创伤！密斯W可以说是曼英的一个最要好的，情性相投的伴侣，在遥长的南征的路上，曼英有什么悲哀喜乐，都是与她共分着，但是现在她在半路中死了，曼英再也不能见到她的面，再也不能和她共希望着完成那伟大的事业……曼英思前想后，无论如何，不得不在密斯W的墓前，大大地痛哭一番了。这痛哭与其说是为着密斯W，不如说是为着曼英自己，因为密斯W之死，就是曼英的巨大的，不可言喻的损失呵！……

在那荒凉的，蔓草丛生的山坡下，密斯W永远地饮着恨，终古地躺着了……但是曼英觉得，在那里躺着的不过是密斯W的躯壳，而她的灵魂是永远地留在曼英的心灵里。就是到现在雨声淅沥的今夜，那密斯W的面相，她的一言一笑，不都是还很清白地在曼英的眼帘前现着吗？是的，曼英无论如何是不会将她忘记的……也许曼英现在嘲笑密斯W死得冤枉，不应当为着什么渺茫的伟大的事业而牺牲了自己……但是曼英究竟不得不承认密斯W，那个埋在那不知地名的荒凉的山坡下的女郎，是一个伟大的战士，是为她所不能忘怀的好友。

自从密斯W死后，生活陡然紧张起来了。和敌人战斗的次数逐渐加多了。曼英现在还记得那时她该是怎样地为着火一般的生活所拥抱着，那时她只顾得和着大家共着忧乐，忽而惊慌，忽而雀跃，忽而觉得光明快近了，忽而觉得黑暗又紧急地迫来，忽而为着胜利所沉醉，忽而为着失败所打击……总而言之，在如火如荼的，紧张的，枪林弹雨的生活中，曼英的一颗心没有安静下来的机会。

但是到了最后……曼英不愿意再回想下去了，因为那会使得曼英太不愉快，太觉得难堪了！光明终于被黑暗所压抑了，希望变成了绝望……在枪林弹雨之中，曼英并不畏惧死神的临头，如果因为她死，而所谓伟大的事业要向前进展一步，那她是不会悔恨的。但是在失败之后……曼英便觉得自己落入到绝望的，痛苦的，悲哀的海底了。不过这并不因为她起了对于死的恐惧，而是因为那所谓伟大的事业，在她觉得，是永远地完结了，因之在这地球上将要永远看不见那光明的一日，而黑暗的恶魔将要永远歌着胜利。

但是曼英，一个为光明而奋斗的战士，会不会在失败之后，在黑暗的恶魔面前，恭顺地写出自己的悔过书呢？不会的！高傲的性格限定住了曼英的行为，她可以死，可以受侮辱，然而她是不愿意投降的……曼英对于伟大的事业是失望了，然而她并没有对于她自己失望。她那时开始想道，世界大概是不可以改造的，人类大概是不可以向上的，如果想将光明实现出来，那大概是枉然的努力……然而世界是可以被破毁的，人类是可以被消灭的，与其要改造这世界，不如破毁这世界，与其振兴这人类，不如消灭这人类。曼英虽然觉得自己是失败了，然而她还没有死，还仍可以奋斗下去，为着自己的新的思想而奋斗……虽然她不能即刻整个地将它实现，然而她可以零碎地努力着将它实现。曼英仍然是一个战士，不过这在意味上是别一种方向了。……

后来……人地生疏的S镇……小旅馆……恐慌的，困惫的生活……对于家庭来信的期待……与陈洪运的识面……在陈洪运的家里……唉，这些讨厌的经过，曼英该是怎样地不愿意将它们回忆起来！曼英愿意它们从自己的脑海里永远地消逝，永远地不再涌现出来！

有一天，陈洪运也不知因为什么，来到曼英住着的小旅馆里。他看见曼英了。曼英那时虽然是很潦倒，虽然是穿着一身破旧的女学生的服装，但她旧日的神情究竟还未全改，在她的态度上究竟还呈露着一种特点来。陈洪运即刻便认出她是一个什么人物了。他本来即刻可以将她告发，将她送到囚牢里或断头台上去，然而不知因为什么（曼英后来是知道因为什么了。），他发了慈悲心，要将曼英救出危险。并将她请到自己的家里。

这是一个二十五六岁的青年，无论在服饰或面孔上，都显得是一个很漂亮的人物。不过在那一双戴着玳瑁镜子的眼睛里，闪着一种逼人的险毒的，尖锐的光，这光一射到人的身上，便要令人感觉得他是在计算他，要为之悚然不安起来。曼英和他见面时，也有着同样的感觉……但是陈洪运是一个极精明的，他看见曼英迟疑的神情，便似乎很坦白地说道：

“女士，请你放宽心，我是可以将你保护得安安全全的。在旅馆住着，这是极不妥当的事情，如果一经查出，那可是没有法子想了。我家里很安适，有一个母亲，一个外甫（wife），两个小孩……如果你住在我的家里，那我敢担保谁个都不敢来问你。他们是很知道我的呵。不过，在思想方面，我虽然反对你，但是我绝对不主张……像他们那样的办法……请你放心，诸事自有我……”

曼英踌躇起来了。这向她说话的，在思想上，是她的敌人，是她要消灭的一个……然而他现在呈着胜利者的面孔，立在曼英的面前，要救曼英，要向曼英表示着自己的大量。曼英能承受他的恩惠吗？能在自己的敌人面前示弱吗？但是在别一方面，她知道陈洪运是可以即刻将她送到断头台上去的，那时她将完结了自己的奋斗的历史，将不再能奋斗了，这就是说曼英轻于牺牲了自己的生命，而让自己的敌人，陈洪运，无数无数的陈洪运，好安安顿顿地生活着下去，不会再受曼英的扰乱了……

不，这是不聪明的事情！曼英应当利用着这个机会，好延长自己的奋斗，好慢慢地向自己的敌人报复。如果就此死去，曼英最后想道，那对于她自己是太不值得，对于她的敌人是太便宜了！不，曼英不应当做出这种不聪明的事情！

于是曼英搬到陈洪运的家里住下了。……

这是一个很富有的家庭。大概因为陈洪运是一个新式的人物，屋中的一切布置，都具着欧化的风味。但是曼英初进入这种生疏的环境里，虽然受着很优的待遇，该是多么地不习惯，多么地不安！

果然，陈洪运家中的人数，如陈洪运向曼英所说的一样。一个贵族气味浓厚的母亲，一个艳装的，然而并不十分美丽的少妇，还有两个小孩子，——一个有五岁了，一个还在吃奶。曼英住在他们的家里无事做，只天天逗着那两个小孩子玩……一天过去了，又是一天……陈洪运的母亲待她仍依旧，陈洪运的老婆待她也仍旧，两个不知事的丫环待她也仍旧，可是陈洪运待她却逐渐地不同了。

陈洪运日见向曼英献着殷勤，不时地为她买这买那。在他的表情上，在他的话音里，在他的眼光中，曼英察觉到他所要求的是些什么了。如果在初期的时候，曼英总想不明白陈洪运的用意，那么现在她太过于了然了：原来是这么一回事！……久已忘却了镜子的曼英，现在不时地要拿镜子自照了。她见着那自己的面孔上虽然还遗留着风尘的倦容，虽然比半年前的曼英黑瘦了许多，然而那眼睛还是依旧地美丽，那牙齿还是依旧地洁白，那口唇还是依旧地红嫩，那在微笑时还是依旧地显现着动人的，可爱的，风韵的姿态……原来曼英虽然当过了女兵，虽然忍受了风尘的劳苦，雨露的欺凌，到现在还依旧地是一个美丽的女郎呵。如果曼英将自己和陈洪运的老婆比一比，那便见得陈洪运的老婆是怎样地不出色，怎样地难看了。

曼英忽然找到了报复的武器，不禁暗暗地欢快起来了。如果从前曼英感觉着陈洪运是胜利者，是曼英的强有力的敌人，那么她现在便感觉着自己对于陈洪运的权威了。陈洪运已经不是胜利者，胜利者将是曼英，一个被陈洪运俘虏到家里的女郎……

曼英觉察到了陈洪运的意思以后，也就不即不离地对待他，不时向他妩媚地送着秋波，或向他做着温柔的微笑。这秋波，这微笑，对于曼英是很方便的诱敌的工具，对于陈洪运是迷魂荡魄的圣药。陈洪运巴不得即刻就将这个美丽的女郎搂在怀里，尽量地吻她那红嫩的口唇，尝受那甜蜜的滋味……但是曼英不允许他，她说：

"你的夫人呢？她知道了怎么办呢？那时我还能住在你的家里吗？"

这些话有点将陈洪运的兴致打落下去了，但是他并不退后，很坚决地说道：

"我的夫人吗？那又有什么要紧呢？她是一个很懦弱的女人，她不敢……"

"不，这是不可以的，陈先生！我应当谢你搭救之恩，但是我……我不能和你的夫人住在一块呵……"

"你就永远地住在我家里有什么要紧呢？她，她是一个木块，决不敢欺压你。"

"你想将我做你的小老婆吗？"曼英笑着问他。

陈洪运脸红起来了，半晌不做声。后来他说道：

"什么小老婆，大老婆，横竖都是一个样，我看你还很封建呢。"

"不，在你的家里，无论如何，我是不干的，除非是……"

"除非是怎样呢？"

"除非是离开此地……到别处去……到……随你的便，顶好是到上海去……"

最后，曼英表明她是怎样地感激他，而且他是一个怎样可爱的人，如果她能和他同居一世，那她便什么都不需要了，所需要的只是他的对于她的忠实的爱情……这一番话将陈洪运的骨头都说软了，便一一地答应了曼英的要求。他们的决定是：曼英先到上海，到上海后便写信给陈洪运，那时他可以借故来到上海，和曼英过着同居的生活。

在曼英要动身的前一日，陈洪运向曼英要求……但是曼英婉转地拒绝了。她说：

“你为什么这样性急呢？老实说，我还不敢相信你一定会离开你的夫人，会到上海去……到上海后，你要怎样便怎样……”

陈洪运终于屈服了。

一上了轮船，曼英便脱离了陈洪运的牢笼了。无涯际的大海向她伸开怀抱，做着欢迎的微笑。她这时觉得自己是一个忽然从笼中飞出来的小鸟儿，觉得天空是这般地高阔，地野是这般地宽大，从今后她又仍旧可以到处飞游了。虽然曼英已确定了“诅咒生活”的思想，然而现在，当着这海波向她微笑，这海风向她抚慰，这天空，这地野，都向她表示着欢迎的时候，她又不得不隐隐地觉着生活之可爱了。

四

曼英到了上海……

上海也向她伸着巨大的怀抱，上海也似乎向她展着微笑……然而曼英觉得了，这怀抱并不温存，这微笑并不动人，反之，这使得曼英只觉得可怕，只觉得在这座生疏的大城里，她又要将开始自己的也不知要弄到什么地步的生活……

七年前，那时曼英还是一个不十分知事的小姑娘，随着她的父亲到C省去上任，路经过上海，曾在上海停留了几日。曼英还记得，那时上海所给予她的印象，是怎样地新鲜，怎样地庞大，又是怎样地不可思议和神秘……那时她的一颗小心儿是为上海所震动着了，然而那震动不足以使她害怕，也不足以使她厌倦，反而使得她为新的感觉和新的趣味所陶醉了，所吸引住了，因之，当她知道不能在上海多住，而一定要随着父亲到什么一个遥远的小县城去，她该是多么地失望，多么地悲哀呵。她不愿意离开上海，就是在热闹的南京路上多游逛几分钟也是好的。

七年后，曼英又来到上海了。在这一次，上海不是她所经过的地方，而是她的唯一的目的地；也不是随着父亲上什么任，父亲久已死去了，而是从那战场上失败了归来。人事变迁了，曼英的心情也变迁了，因之上海的面目也变迁了。如果七年前，曼英很乐意地伏在上海的怀抱里，很幸福地领略着上海的微笑，那么七年后，曼英便觉得这怀抱是可怕的罗网，这微笑是狰狞的恶意了。

上海较前要繁华了许多……在那最繁华的南京路上，在那里七年前的曼英曾愿意多游逛几分钟也是好的，曾看着一切都有趣，一切都神秘得不可思议，可是到了现在，在这七年后的今日，曼英不但看不见什么有趣和神秘，而且重重地增加了她心灵上的苦痛。她见着那无愁无虑的西装少年，荷花公子，那艳装冶服的少奶奶，太太和小姐，那翩翩的大腹贾，那坐在汽车中的傲然的帝国主义者，那一切的欢欣着的面目……她不禁感觉得自己是在被嘲笑，是在被侮辱了。他们好像在曼英的面前示威，好像得意地表示着自己的胜利，好像这繁华的南京路，这个上海，以至于这个世界，都是他们的，而曼英，而其余的穷苦的人们没有分……唉，如果有一颗巨弹！如果有一把烈火！毁灭掉，一齐都毁灭掉，落得一个痛痛快快的同归于尽！……

然而，曼英也没有巨弹，也没有烈火，什么都没有，有的只是一颗痛苦的心而已。难道这世界就这样永远地维持着下去吗？难道曼英就这样永远地做一个失败者吗？难道曼英就这样永远地消沉下去吗？不，曼英活着一天，还是要挣扎着一天，还是要继续着自己的坚决的奋斗。如果她没有降服于陈洪运之手，那她现在便不会在任何的敌人面前示弱了。

曼英起始住在一家小旅馆里。临别时，陈洪运曾给了她百元的路费，因此她还可以目前维持自己的生活。她本来答应了陈洪运，就是她一到了上海，便即刻写信告知他。曼英回想到这里，不禁暗暗地笑起来了：这小子发了痴，要曼英做他的小老婆……而且他还相信曼英是在深深地爱着他……我的乖乖，你可是认错人了！你可是做了傻瓜！……曼英会做你的小老婆吗？曼英会爱她所憎恨的敌人吗？笑话！……

不错，曼英到了上海之后，曾写了一封信给陈洪运。不过这一封信恐怕要使得陈洪运太难堪，太失望了。信中的话不是向陈洪运表示好感，更不是表示她爱他，而是嘲笑陈洪运的愚蠢，怒骂陈洪运的卑劣……这封信会使得陈洪运怎样地难堪，怎样地失望，以至于怎样地发疯，那只有天晓得！曼英始而觉得这未免有点太残酷了，然而一想起陈洪运的行为来，又不禁以为这对于他只是一个小小的惩罚而已。

到上海后，曼英本想找一找旧日的熟人，然而她不知道他们的地址，终于失望。在这样茫茫的，纷乱的大城中，就是知道地址了，找到一个人已经是不容易，如果连地址都不知道，那可是要同在大海里摸针一样的困难了。但是在第四天的下午，曼英于无意中却碰见了一个熟人，虽然这个熟人现在是为她所不需要的，也是为她所没有想到的……

午后无事，曼英走出小旅馆来，在附近的一条马路上散步。路人们或以为她是一个什么学校的女生，现在在购买着什么应用的物品，然而曼英只是无目的地闲逛着，什么也不需要。路人们或者有很多的以为她是一个很美丽的女学生，但谁个知道她是从战场上失败了归来的一员女将呢？……

曼英走着，望着，忽然听见后面有人喊她：

“密斯王！曼英！”

曼英不禁很惊怔地回头一看，见是一个很熟很熟的面孔，穿着一件单灰布长衫的少年。那两只眼睛闪射着英锐的光，张着大口向曼英微笑，曼英还未来得及问他，他已经先开口问道：

“密斯王，你为什么也跑到上海来了呀？我只当你老已……”他向四周望了一望，复继续说道，“你到了上海很久吗？”

曼英没有即刻回答，只向他端详着。她见着他虽潦倒，然而并不丧气；已经是冬季了，然而他还穿着单衣，好像并不在乎也似的。他依旧是一个活泼而有趣的青年，依旧是那往日的李士毅……

“你怎么弄到这个倒霉的样子呵？”曼英笑着，带着十分同情地问他。

“倒霉吗？不错，真倒霉！”李士毅很活跃地说道，“我只跑出来一个光身子呵。本想在上海找到几个有钱的朋友，揩揩油，可是鬼都不见一个，碰来碰去，只是一些穷鬼，有的连我还不如。”他扯一扯长衫的大襟，笑着说道，“穿着这玩意儿现在真难煞，但是又有什么法子呢？不过我是一个铁汉，是饿不死，冻不死的。你现在怎么样？”他又将话头挪到曼英的身上，仿佛他完全忘却了自己的境遇。“唉，想起来真糟糕！……”愁郁的神情在李士毅的面孔上闪了一下，即刻便很迅速地消逝了。

曼英默不一语，只是向李士毅的活跃的面孔逼视着。她觉得在李士毅的身上有一种什么神秘的，永不消散的活力。后来她开始轻轻地向他问道：

“你知道你的哥哥李尚志在什么地方吗？他是不是在上海？”

“鬼晓得他在什么地方！我一次也没碰着他。”

“你现在的思想还没有变吗？”

“怎么？”他很惊异地问道，“你问我的思想有没有变？老子活着一天，就要干一天，他妈的，老子是不会叫饶的！……”他有点兴奋起来了。

曼英见着他的神情，一方面有点可怜他，一方面又不知为什么要暗暗地觉得自己在他的面前有点惭愧。她不再多说话，将自己手中的钱包打开，掏出五块钱来，递到李士毅的手里，很低声地说道：

“天气是这样冷了，你还穿着单衣……将这钱拿去买一件棉衣罢……”

曼英说完这话，便回头很快地走开了。走了二十步的样子，她略略回头望一望，李士毅还在那原来的地方呆立着……

曼英回到自己的寓处，默默地躺下，觉着很伤心也似的，想痛痛快快地痛哭一番。李士毅给了她一个巨大的刺激，使得她即刻就要将这个不公道的，黑暗的，残酷的世界毁灭掉。他，李士毅，无论在何方面都是一个很好的青年，而且他是一个极忠勇的为人类自由而奋斗的战士。但是他现在这般地受着社会的虐待，忍受着饥寒，已是冬季了，还穿着一件薄薄的长衫……同时，那些翩翩的大腹贾，那些丰衣足食的少爷公子，那些拥有福利的人们，是那样地得意，是那样地高傲！……有的已穿上轻暖的狐裘了……唉，这世界，我的天哪，这到底是怎样的一个世界呵！……曼英越想越悲愤，终于悲愤得伏着枕哭起来了。

但是，当她一想到李士毅的活泼的神情，那毫无苦闷的微笑，那一种伟大的精力……那她便又觉得好像有点希望的样子：世界上既然有这么样的一种人，这不是还证明着那将来还有光明的一日吗？这不是光明的力量还没有消失吗？……

然而，曼英想来想去，总觉得那光明的实现，是太过于渺茫的事了。与其改造这世界，不如破毁这世界，与其振兴这人类，不如消灭这人类。是的，这样做去，恐怕还有效验些，曼英想道，从今后她要做这种思想的传布者了。

光阴一天一天地过去，曼英手中的钱便也就一天一天地消散。她写了许多信给母亲，然而总如石沉大海一样，不见一点儿回响。怎么办呢？……同时，旅馆中的茶房不时地向她射着奇异的眼睛，曼英觉得，如果他们发现她是一个孤单的，无所依靠的穷女郎，那他们便要即刻把她拖到街上去，或者打什么最可怕的坏主意……怎么办呢？曼英真是苦恼着了。在她未将世界破毁，人类消灭以前，那她还是要受着残酷的黑暗的侵袭，这侵袭是怎样地可恨，同时又是怎样地强有力而难于抵抗呵！

曼英想来想去，想不到什么方法。唯一的希望是母亲的来信，然而母亲的信总不见来。也许她现在已经死了，也许她现在不再要自己的败类的女儿了。一切都是可能的，眼见得这希望母亲寄钱的事，是没有什么大希望了。

但是到底怎么办呢？曼英想到自杀的事情：顶好一下子跳到黄浦江里去，什么事情都完结了，还问什么世界，人类，干吗呢？……但是，曼英又想道，这是对于敌人的示弱，这是卑怯者的行为，她，曼英，是不应当这样做的。她应当继续地生活着，为着自己的思想而生活着，为着向敌人报复而生活着。不错，这生活是很困难的，然而曼英应当尽力地挣扎，挣扎到再不可挣扎的时候……

曼英很确切地记得，那一夜，那在她生命史中最可纪念的，最不可忘却的一夜……

已是夜晚的十一点钟了，她还在马路上徘徊着，她又想到黄浦滩花园去，又想到一个什么僻静的所在，在那里坐着，好仰望这天上的半圆的明月……但她无论如何不想到自己的小旅馆去。她不愿看见那茶房的奇异的眼光，不愿听见那隔壁的胡琴声，那妓女的嬉笑声……那些种种太使着她感觉得不愉快了。

她走着走着，忽然觉得有一个人和她并排地走着了。始而她并不曾注意，但是和她并排走着的人有点奇怪，渐渐地向她身边靠近了，后来简直挨着了她的身子。不向他注意的曼英，现在不得不将脸扭过来，看了这一位奇怪的先生到底是一个什么人了。于是在昏黄的电光中，她看见了一个向她微笑着的面孔，——这是一个时髦的西装少年，像这样的面孔在上海你到处都可以看得见，在那上面没有什么特点，但是你却不能说它不漂亮……

曼英模糊地明白了是一回什么事，一颗心不免有点跳动起来。但她即刻就镇静下来了。她虽然还未经受过那男女间的性的交结，但是她在男子队伍中混熟了，现在还怕一个什么吊膀子的少年吗？

“你这位先生真有点奇怪，”曼英开始说道，“你老跟着我走干吗呢？”

“密斯，请你别要生气，”这位西装少年笑着回答道，“我们是可以同路的呵。请问你到什么地方去？”

“我到什么地方去与你有什么关系？”曼英似怒非怒地说。

“时候还早，”他不注意曼英说了什么话，又继续很亲昵地说道，“密斯，我请你去白相白相好么？我看密斯是很开通的人，谅不会拒绝我的请求罢……”

曼英听到此地，不禁怒火中生，想开口将这个流氓痛骂一顿，但是，即刻一种思想飞到她的脑里来了：

“我就跟他白相去，我看他能怎样我？在那枪林弹雨之中，我都没曾害过一点儿怕，难道还怕这个小子吗？今夜不妨做一个小小的冒险……”

曼英想到此地，便带着一点儿笑色，问道：

“到什么地方去白相呢？”

那位少年一听了曼英的这句问话，便喜形于色，如得了宝贝也似的，一面将曼英的手握起来，一面说道：

“到一品香去，很近……”他说着说着，便拉着曼英的手就走，并不问她同意不同意。曼英一面跟他走着，一面心中有点踌躇起来。一品香，曼英听说这是一个旅馆，而她现在跟着他到旅馆去，这是说……曼英今夜要同一个陌生的人开旅馆吗？……

“到旅馆里我不去。”曼英很迷茫不定地说了这么一句。

“这又有什么要紧呢！我看你是很开通的……”

曼英终于被这个陌生的少年拉进一品香的五号房间了。曼英一颗还是处女的心只是卜卜地跳动，虽然在意识上她不惧怕任何人，但是在她的处女的感觉上，未免起了一种对于性的恐怖，她原来还不知道这么一回事呵……她知道这个少年所要求的是什么，然而她，还是一个元贞的处女……应当怎么对付呢？她想即刻跑出去，然而她转而一想，这未免示弱，这未免要受这位流氓的嘲笑了。她于是壮一壮自己的胆量，仍很平静地坐着，静观她的对手的动静。

这个漂亮的流氓将曼英安置坐下之后，便吩咐茶房预备酒菜来。

“敢问密斯贵姓？芳名是哪两个字？”他紧靠着曼英的身子坐下，预备将曼英的双手拿到他自己的手里握着，但是曼英拒绝了他，严肃地说道：

“请你先生放规矩些，你别要错看了人……”

“呵，对不起，对不起，绝对不再这样了。”他嬉笑着，果然严正地坐起来，不再靠着曼英的身子了。

“你问我的姓名吗？”曼英开始说道，“我不能够告诉你。你称我为‘恨世女郎’好了。你懂得‘恨世’两个字吗？”

“懂得，懂得，”他点着头说道，“这两个字很有意味呢。密斯的确是一个雅人……敢问你住在什么地方？你是一个女学生吗？”

“也许是的，也许不是的，”曼英笑着说道，“你问这个干吗呢？你先生姓什么？叫什么名字？说了半天的话，我还不知道你是一个什么人……”

于是这个少年说，他姓钱名培生，住在法租界，曾在大学内读过书，但是那读书的事情太讨厌了，所以现在只住在家里白相……也许要到美国留学去……

“你的父亲做什么事情呢？”曼英插着问他。

“父亲吗？他是一个洋行的华经理。”

“这不是一般人所说的买办吗？”

“似乎比买办要高一等，”钱培生很平静地这样回答着曼英，却没察觉到在这一瞬间曼英的神色有点改变了。她忽然想起来了那不久还为她所呼喊着的口号“打倒买办阶级”……现在坐在她的身旁的，向她吊膀子的，不是别的什么人，而是一个买办的儿子，而是她所要打倒的敌人……那么，曼英应当怎样对付他呢？

茶房将酒菜端上桌子了。钱培生没有觉察到曼英的情绪的转变，依旧笑着说道：

“今夜和女士痛饮一番何如？菜虽然不好，可是这酒却是很好的，这是意大利的葡萄酒……”

曼英并没听见钱培生的话，拿起酒杯就痛饮起来。她想起来了那往事，那不久还热烈地呼喊着的“打倒买办阶级”的口号……那时她该是多么地相信着买办阶级一定会打倒，解放的中国一定会实现……但是曾几何时?！曼英是失败了，曼英现在在受着买办儿子的侮辱，这买办儿子向她做着胜利者的微笑……他今夜要想破坏她的处女的元贞，要污辱她的纯洁的肉体……这该是令曼英多么悲愤的事呵！曼英到了后来，悲愤得忘却了自己，忘却了钱培生，忘却了一切，只一杯复一杯地痛饮着……唉，如果有再浓厚些的酒！曼英要沉醉得死去，永远地脱离这世界，这不公道的世界！……

曼英最后饮得沉沉大醉，几乎完全失去了知觉……

第二天早晨醒来，她觉悟到了昨夜的经过：沉醉……钱培生任意的摆布……处女元贞的失去……她不禁哭起来了。她想道，她没曾将自己的处女的元贞交给柳遇秋，她的爱人，也没曾交给李尚志，她的朋友，更没曾交给陈洪运，那个曾搭救过她的人，而今却交给了这个一面不识的钱培生，买办的儿子，为她所要打倒的敌人……天哪，这是一件怎样可耻的事呵！……现在和她并头躺着的，不是柳遇秋，不是李尚志，不是什么爱人和朋友，而是她的敌人，买办的儿子……天哪，这是怎样大的错误！曼英而今竟失身于她的敌人了！……

曼英伸一伸腰，想爬起来将钱培生痛打一顿，但是浑身软麻，一点儿力气都没有，似乎在她的生理上起了一种什么变化……她更加哭得利害了。哭声打断了钱培生的蜜梦，他揉一揉眼睛醒来了。他见着曼英伏枕哭泣，即刻将她搂着，懒洋洋地，略带一点惊异的口气，说道：

“亲爱的，你为什么要这样伤心呢？你有什么心事吗？我钱培生是不会辜负人的，请你相信我……”

曼英不理他，仍继续哭泣着。

“请你别要再哭了罢，我的亲爱的！”钱培生一面说着，一面用手摸着她的乳房，这时她觉得他的手好像利刃一般刺在她的身上。“你有什么困难吗？你的家到底在什么地方？你到底是不是一个女学生？我的亲爱的，请你告诉我！”

曼英仍是不理他。忽然她想道，“我老是这样哭着干吗呢？我既然失手了一著，难道要在敌人面前示弱吗？况且这又是什么大不了的事?！不错，我的处女的元贞是被他破坏了，但是这并不能在实质上将我改变，我王曼英依旧地是王曼英……这样伤心干吗呢？……不，现在我应当取攻势，我应当变被动而为主动……”曼英想到此地，忽然翻过脸大笑起来，这弄得钱培生莫明其妙，半晌说不出话来。

“你这是怎么一回事呢？”后来他低声地，略带一点怯意地问着说。

“哈哈!”曼英伸出赤裸的玉臂将钱培生的头抱起来了。“我的乖乖，你不懂得这是一回什么事吗？你是一个买办的儿子，生着外国的脑筋，是不会懂得的呵！我问你，昨夜你吃饱了吗？哎哟，我的小乖乖，我的小买办的儿子……”

曼英开始摩弄着钱培生的身体，这种行为就像一个男子对待女子一样。从前她并不知道男子的身体，现在她是为着性欲的火所燃烧着了……她不问钱培生有没有精力了，只热烈地向他要求着，将钱培生弄得如驯羊一般，任着她如何摆布。如果从前钱培生是享受着曼英所给他的快乐，那么现在曼英可就是一个主动者了。钱培生的面孔并不恶，曼英想道，她又何妨尽量地消受他的肉体呢？……

两人起了床之后，曼英稍微梳洗了一下。在钱培生的眼光中，曼英的姿态比昨夜在灯光之下所见着的更要美丽，更要丰韵了。他觉得这个女子有一种什么魔力，这魔力已经把他暗暗地降服着了，从今后他将永远地离不开她。早点过后，曼英一点儿也不客气地说道：

“阿钱，我老实地告诉你，我现在没有钱用了。你身边有多少钱？我来看看……”

曼英说着便立起身来走至钱培生的面前，开始摸他身上的荷包。

“请你不要这样小气。”他很大方地说道，“从今后你还怕没有钱用吗？现在我身边还有三十块钱，请拿去用……但是明天晚上我们能够不能够会面呢？”钱培生的模样生怕曼英说出一个“不”字来。曼英觉察到这个，便扯着谎道：

“我是一个女学生呵，我还是要念书的，能够同你天天地白相吗？昨夜不过是偶尔的事情……”

“但是究竟什么时候我们可以会面呢？我可以到你的学校里看你吗？”

“那是绝对不可以的，”曼英很庄重地说道，“好罢，在本星期六晚上，也许……”

“在什么地方呢？”钱培生迫不及待地这样问。

“随便你……还在此处好吗？”

“好极了!”钱培生几乎喜欢得跳起来了。

在分别的时候，曼英拍一拍钱培生的头，笑着说道：

“我的乖乖！请你别要忘记了。如果你忘记了的话，那我可要喊一千声‘打倒买办阶级，打倒买办阶级的儿子’……”

五

“一不做，二不休，”既然下了水了，便不如在水里痛痛快快地洗一个澡！……这是一般人的思想。曼英是一个傲性的人，当然更要照着这种思想做去了。于是从这一夜起，她便开始了别一种生活，别一种为她从前所梦想也梦想不到的生活。也许这种生活，如现在这个小阿莲所想，是最下贱的，最可耻的生活，然而曼英那时决没想到这一层，而且那时她还欢欣着她找到向人们报复的工具了。如果从前她没有感觉到自己的肉体美的权威，她只以为女子应当如男子一样，应将自己的意志，学问，事业来胜人，而不应以自己的美貌来炫耀……那么曼英现在便感觉到了，男子所要求于女子的，并不在于什么意志，学问和事业，而所要求的只不过是女子的肉体的美而已。曼英觉悟到这一层，便利用这个做为自己的工具。曼英想道，什么工具都可以利用，只要这工具是有效验的；如果她的肉体具有征服人的权威，那她又为什么不利用呢？是的，那是一定要利用的！……

钱培生是为曼英所征服了。从那一夜起，他和曼英便时常地会遇着，而且每一次曼英都要捉弄他，如果他有点反抗和苦恼的表示，那么曼英便袒出雪嫩的双乳给他看，便给鲜红的口唇给他尝……接着他的反抗和苦恼便即刻消逝了。他称呼曼英为妈妈，为亲姐姐，为活神仙，一切统统都可以，但是这雪嫩的双乳，这鲜红的口唇，这……那是不可以失去的呵！于是钱培生成了曼英的驯羊，成了曼英的奴隶，曼英变成了主动的主人了。

但是，曼英能以钱培生一个人为满足吗？曼英征服了一个人之后，便不想再征服别人吗？不，敌人是这样地多，曼英绝对不会就以此为满足的，她的任务还大着呵！……既然下了水了，便不如在水里痛痛快快地洗一个澡，于是曼英便决定去找第二个钱培生，第三个钱培生，以至于无数万的钱培生……那又有什么要紧呢？只要是钱培生，是曼英的敌人就得了！从前曼英没有用刀枪的力量将敌人剿灭，现在曼英可以利用自己的肉体的美来将敌人捉弄。唉，如果曼英生得还美丽些！如果曼英能压倒全上海的漂亮的女人！……曼英不禁老是这样地幻想着。

在数月的放荡的生活中，曼英到底捉弄了许多人，曼英现在模糊地记不大清楚了。不过她很记得那三次，那特别的三次……

第一次，那是在黄浦滩的公园里。午后的辰光。昨夜曼英又狠狠地捉弄了钱培生一次，弄得把自己的精神也太过于疲倦了，今天她来到公园里想吹一吹江风，呼吸一呼吸花木的空气。她坐在濒着江的椅子上，没有兴趣再注意到园中的游人，只默默地眺望着那江中船舶的来往。这时她什么也没想到，脑海中只是盛着空虚而已。温和而不寒冽的江风吹得她很愉快。她的头发有点散乱，然而这散乱，在游人的眼光里，更显出那种女学生的一种特有的风韵。已经有很多的多情的游人向她打无线电，然而她因为没注意，所以也就没接受。这时她什么都不需要，让鬼把这些游人，这些浑账的东西拿去！……

忽然，一个西装少年向曼英并排地坐下了。曼英没有睬他。那位少年始而像煞有介事的模样向江中望着，似乎并没注意到曼英的存在。忽然曼英听见他哼出两句诗来，

满怀愁绪涌如浪，
愿借江风一阵吹。

曼英不禁要笑出声来。我的天哪，她想道，这倒是什么诗呵！这位诗人该是怎样地多才呵！居然不知羞地将这两句佳句念将出来，念给曼英听……这真是太肉麻了。曼英斜眼将他瞟了一下，见他穿得那般漂亮，面孔也生得不差，但是却吟出这般好诗来，真是要令曼英兴“金玉其外，败絮其中”之叹了！那位少年原想借此以表示自己的风雅，却不料反引起了曼英的讥笑。

“你先生真是风雅的人呢，”曼英先开口向他说道，“你大约是诗人罢？是不是？”

“不敢，不敢，”他很高兴地扭过脸来笑着说道，“我不过是偶尔吟两句诗罢了，见笑，见笑。敢问女士是在什么学校里读书？贵姓？”

“你先生没有知道的必要。”曼英微笑着说，一面暗想道，这一条小鱼儿还可爱，为什么不将他钓上钩呢？……

于是，那结果是很显然的：开旅馆……曼英和我们的风雅诗人最后是进了东亚旅馆的门了。虽然是白天，然而上海的事情……这是司空见惯的，谁个也不来问你一声，谁个也不来干涉你。

曼英还记得，在未上床之前，那位可怜的诗人是怎样地向她哀求，怎样地在她的面前跪下来……她开始嘲弄他，教训他。她说，他自命为诗人，其

实他的诗比屁还要臭；他自做风雅，其实他俗恶得令人难以下饭。她说，目下的诗人太多了，你也是诗人，我也是诗人，其实他们都是在放屁，或者可以说比放屁还不如……只有那反抗社会的拜伦和海涅才是诗人，才是真正的天才，只有那浪漫的李白才可以说是风雅……喂！目下的诗人只可以为他们舐屁股，或者为他们舐屁股都没有资格！……曼英这样乱七八糟地说了一大篇，简直把我们的这位多才的诗人弄得目瞪口呆，不知如何表示才好。他不再向曼英哀求了，也不再兴奋了，只瞪着眼坐在床上不动。后来曼英笑着把他推倒在床上，急忙地将他的衣扣解开，就好像她要强奸他也似的……他没有抵抗，任着曼英的摆布。如果先前他向曼英哀求，那么现在曼英是在强迫他了。……

从此以后，这位少年便和曼英发生了经常的关系。如果钱培生被曼英所捆束住了，是因为他为曼英的雪嫩的双乳，鲜红的口唇所迷惑住了，则这位少年，他的名字叫周诗逸，为曼英所征服了的原故，除以上而外，那还因为他暗自想道，他或者遇着了一位奇女子了，或者这位奇女子就是什么红拂，什么卓文君，什么蔡文姬的化身……他无论如何不可以将她失去的。曼英的学问比他强，曼英对于文学的言论更足使他惊佩，无怪乎他要以为曼英是一个很神圣的女子了。

第二次，那是在大世界里。她通常或是在京剧场里听京剧，或是在鼓书场里听那北方姑娘的大鼓书，其它什么滩簧场，杂耍场……她从未在那里坐过，觉得那里俗恶而讨厌。这一晚不知为什么，她走进昆剧场里听昆剧。她觉得那歌声是很委婉悠扬的，然而那太是中国式的，萎弱不强的了。

她坐着静听下去……后来，她听见右首有什么说话的声音，便扭过头来，看是怎么一回事。就在这个当儿，她看见有一个四十岁左右，蓄着八字须，像一个政客模样的人，睁着两个闪烁的饿眼向她盯着，似乎要将她吃了也似的。曼英已经有了很多的经验，便即刻察觉到那人的意思，向他很妩媚地微笑了一笑。这一微笑便将那人喜欢得即刻把胡子翘起来了。曼英见着这种光景，不禁暗自好笑。今晚又捉住了一个小鸟儿了，她想。她低着头立起身来，向着门外走去。她觉着那人也随身跟来了。她不即刻去睬他，还是走着自己的路，可是她听见一种低低的，颤动的声音了：

"姑娘，你到那里去?"

"回家去。"曼英回过脸来，很随便地笑着说。

"我也可以去吗?"那人颤动地问，如在受着拷刑也似的。

曼英摇摇头，表示不可以。

"到我的寓处去好吗?"他又问。

曼英故意地沉吟了一会，做着很怀疑的样子问道:

"你的寓处在哪里?你是干什么的?"

"我住在远东饭店里，我是干……啊，到我的寓处后再谈罢……"

曼英很正确地明白了，这是一个官僚，这是一个什么小政客……

"好罢，那我就跟你去。"

眼见得曼英的答应，对于那人，是一个天大的赐予。走进了他的房间之后，他将曼英接待得如天神一般，这大概因为他见着曼英是一个女学生的打扮，而不是一个什么普通的野鸡……今夜他要尝一尝女学生的滋味了，可不是吗?可是曼英进了房间之后，变得庄重起来了。她成了一个俨然不可侵犯的女学生。

"你将我引到你的寓处来干吗呢?"曼英开始这样问他。

"没有什么，谈谈，吓吓……我是很喜欢和女学生谈话的，吓吓……"

"你到底是干什么的?"曼英用着审问的口气。

"姑娘，你想知道我是干什么的?"无论曼英的态度对他是如何地不客气，而他总是向着曼英笑。"你看我像干什么的?吓吓……在政界里混混，从前做过厅长，道尹，……现在是……委员……"

"原来是委员大老爷，"曼英忽然笑起来了。"失敬了!我只当你先生是一个什么很小很小的走狗，却不料是委员大老爷，真正地失敬了!"

"没有什么，吓吓……"

曼英在谈话中，忽而庄重，论起国家的大事来，将一切当委员的人们骂得连狗彘都不如，忽而诙谐，她问起来这位委员先生讨了几房小老婆，是不是还要她，曼英，来充充数……这简直把这位委员先生弄得昏三倒四，不明白这一位奇怪的女郎到底是什么人，现在对他到底怀着什么心思。他开始有点烦恼起来了。他急于要尝一尝女学生的滋味，而这位女学生却是这样地奇怪莫测……天晓得!

他正在低着头沉思的当儿，曼英静悄悄地走到他的身边，冷不防将他的胡子纠了一下，痛得他几乎要跳起来。但是他的欢欣即刻将他的苦痛压抑住了。曼英已经坐在他的怀里，曼英已经吻着他的脸，拍着他的头叫乖乖……这或者对于他有点不恭敬了，但是曼英已经坐在他的怀里，他快要尝到女学生的滋味了，还问什么尊严呢?……他沉醉了，他即刻就要……

"请你慢一慢呵!"曼英忽然离开他的怀抱，在他的面前跳起舞来，做出种种妖媚的姿态。

"姑娘，你可是把我急死了!"

"急死你这个杂种，急死你这个贪官污吏，急死你这个老狗。"曼英一面骂着，一面仍献着妩媚。

"姑娘，你骂我什么都行，只要你……唉，你可是把我急死了!"

"如果你要我答应，那除非你……"

"除非我怎样？你快说呀!"

"除非你喊我三声亲娘……"

"呃，这是什么话!"

"你不肯吗？那么我就走……"

曼英说着说着，便向房门走去，这可是把这位老爷吓坏连忙立起身来将曼英抱住，哀求着说道：

"好罢，我的亲娘，什么都可以，只要你答应我。"

"那吗你就叫呀!"曼英转过脸来笑着说。

这个委员真个就叫了三声。

"哎哟，我的儿，"他叫完了之后，曼英拍着他的头说，"你真个太过于撒野了，居然要奸起你的亲娘来……"

曼英现在想来，那该是多么可笑的一幕滑稽剧！她，曼英，是一个二十一岁的姑娘，而那位四十岁的委员老爷居然叫起她亲娘来，那岂不是很奇特的事情吗？

然而曼英还做过更奇特的事情呢……

那是第三次，在夜晚的南京路上。曼英逛着马路，东张张西望望，可以说没有怀着任何的目的。虽然在这条马路上，她曾捉住过许多小鸟儿，可是今晚她却没有捉鸟儿的心思。那捉鸟儿虽然是使曼英觉得有趣的事情，然而次数太多了，那也是使曼英觉得疲倦的事情呵。不，今夜晚她不预备捉鸟儿了，和其余的人们一样，随便在马路上逛一逛……

于无意中她见着那玻璃窗前面立着一个十七八岁模样的少年，带着红顶子的黑缎帽。再近前几步，几乎和那少年并起肩来了，她看见他真是生得眉清目秀，配称得一个美貌的小郎君。他向那玻璃窗内陈列着的物品望着，始而没注意到曼英挨近了他的身边，后来他觉察到了，在他的面孔上不禁呈露出一种不安的神情来。他似乎想走开，然而又似乎有什么踌躇。他想扭过脸来好好地向曼英望一望，然而他有点羞怯，只斜着眼向曼英瞟了一下。曼英见着他那种神情，便更挨紧了他一些，——于是她觉得他的身体有点颤动了；在电光中她并且可以看见他的脸上泛起红潮来。

"这是一个初出巢的小鸟儿呵……"曼英这样想道，便手指着窗内的货物，似问非问地说道：

"那到底是做什么用的？真好看呢……"

"那是……女子用的……花披巾……"这个初出巢的小鸟儿很颤动地说。这时他举起眼来向曼英望了一望，随又将头扭过去了，曼英觉着他是在颤动着。

"同我一块儿去白相，好吗？"曼英低低地问。

没有回答。曼英觉着他更颤动得利害了，眼见得他的一颗心是在急剧地跳着，犹豫着不敢决定：去呢，还是不去呢？……一个童男也就和一个处女一样，在初次受着异性引诱的当儿，那是又害怕，又害羞，又不敢，又愿意……那心情是再冲突不过的了。……

曼英不问他愿意不愿意，便拉起他的手来走开。他默不做声，很柔顺地，一点儿没有抵抗，但是曼英觉着他的身体是那样地颤动，简直就同一个小鸟儿被人捉住了一样。

"你住在什么地方？"在路中曼英问他。

"在法租界……"

"你家里是干什么的？"

"开……开钱庄……"

"嗯吓，原来是一个资本家的小少爷……"曼英这样想道，兴致不禁更高涨了一些。

最后，曼英把这位小少爷拉进一家旅馆里……曼英将房门关好，将他拉到自己的怀里，坐下来，好好地端详了他一番。只见他那羞怯的神情，那一种童男的温柔，令人欲醉。曼英为欲火所燃烧着了，便狂吻起来他的血滴滴的口唇，白嫩的面庞，秀丽的眼睛……她紧紧地抱着他，尽量地消受他的童男的肉体……她为他解衣，将他脱得精光光地……

曼英从没有像今夜这般地纵过欲。她忘却了自己，只为着这位小少爷的肉体所给予的快乐所沉醉了。她想道，如果钱培生将她的处女的元贞破坏了，那她今夜晚也就有消受这个童男的权利。这是罪过吗？不是！当全世界沦入黑暗的渊薮，而正义人道全绝迹了的时候，又有什么可称为罪过呢？……不，这不是罪过，这是曼英的权利呵！

第二天早晨，在要离开旅馆的时候，曼英从自己的钱包里拿出十元钞票来，笑着递给她所蹂躏过的对象，说道：

"将这十块钱拿回去，告诉你的爸爸和妈妈，你说你和了一位女子睡过一夜觉，这十块钱就是她所给的代价……”

“我不要……我有钱用……”

“不，你一定要将这十块钱拿去!”曼英发着命令的口气，这将这个可怜的小孩子逼得收也不是，不收也不是。最后他拗不过曼英的坚决，终于把十块钱收下了。曼英见着他将钱收下了，该觉得是怎样地高兴呵！哈哈！她竟强奸了钱庄老板的小儿子，竟嫖了资本家的小少爷！……

曼英一层一层地回想起来了这些不久的往事。在今日以前，她从没曾想及这些行为是对的呢还是不对的。就是偶尔想及，那她所给与自己的回答，也是以为这是对的。她更没曾想及她的行为是不是下贱的，是不是在卖着身体，做着无耻的勾当。曼英是在向社会报复，曼英是在利用着自己的肉体所给予的权威，向敌人发泄自己的仇恨……这简直谈不到什么下贱不下贱，什么无耻不无耻!

但是……曼英今晚听见了阿莲的话之后，却对于自己的行为有点怀疑起来：她是不是一个最下贱的人呢？她是不是在卖着身体呢？若果是的，那她还有和这个纯洁的小姑娘共睡在一张床上的资格吗？那她，曼英，曾是一个为着伟大的事业而奋斗的战士，曾自命是一个纯洁的，忠实的革命党人，到了现在该堕落到什么不堪的地步呵！现在曼英不但不是原来的曼英，而且成为了一个最下贱的人了，这是从何讲起呢？不，曼英决不是这样，曼英是无须乎怀疑自己到这种地步的！曼英想道，也许阿莲所说的话是对的，但是她，曼英，并不是最下贱的人，并不是在卖着身体，曼英原是别一种人呵……

但是，曼英无论如何为自己辩解，总铲除不了对于阿莲抱愧的感觉。她生怕阿莲知道了她是什么人，她是在干着什么事情。睡在床上打鼾声的小姑娘，现在是在梦中游玩着了，也许在看把戏，也许在鼓着双翼在天上飞……但无论如何是不会想到曼英是一个什么人的。曼英尽可以放心，尽可以将这些讨厌的思想抛去，但是曼英如做了什么亏心事也似的，总是在床上翻来覆去睡不着。

窗外的雨声停止了，然而曼英的思想并没有因之而停止。玻璃窗渐渐地泛着白色，想是已到黎明的辰光了。人们快要都从睡梦中起身了，然而曼英还是睁着两眼，不能入梦。曼英想爬起身来，然而觉得很疲倦，一点儿力气也没有了。连她自己也不知为什么，觉着很伤心也似的，又伏在枕上嘤嘤地哭泣起来了。

最后，她终于合起泪眼来，渐渐地走入梦境了……

她恍惚间立在一所荒山坡下……蔓草丛生着，几株老树表现着无限的凄凉。这不是别处，这正是她在南征时所经过的地方……她想起来了，密斯 W 是在此地埋葬的，于是她便开始寻找密斯 W 的坟墓。在很艰难的攀荆折藤之后，她终于找到一个小小的土堆了。那土堆前面的许多小石头，她记得，这是她当时堆着做为记号的，当时她曾想道，也许有再来扫墓的机会……

土堆上已生着了蔓草。密斯 W 的尸身怕久已腐烂得没有痕迹了，剩下的不过是几块如石头一般的骨骼而已……曼英惆怅了一会，不禁凄然流下了几点眼泪。忽然她眼前现出一个人来，这不是什么别人，这正是密斯 W，这是她所凭吊着的人……曼英恍惚间又变了别一种心境：即时快乐起来了。别了许久不见面的密斯 W，现在又重新立在她的面前，又重新对她微笑，这是多么开心的事！……但是，转瞬间密斯 W 的面色变了，变得异常地忧郁……

"曼英，你忘记了我们的约言了吗？"曼英听着那忧郁的面孔开始说道："你现在到底干一些什么事情？我的坟土未干，你就变了心吗？啊？"

"姐姐，我并没有变心呵！我不过是用的方法不同……"

曼英正待要为着自己辩护下去，忽又听见密斯 W 严厉地说道：

"不，你现在简直是胡闹！我们走着向上的路，向着光明的路，你却半路中停住了，另找什么走不通的死路，这岂不是胡闹吗？你现在的成绩是什么？除开糟蹋了你自己的身子而外，你所得到的效果是什么？回头罢！……"

密斯 W 说着说着，便啪地一声给了曼英一个耳光，曼英惊醒了。醒来时，她看见阿莲笑嘻嘻地立在床面前，向她说道：

"姐姐，可以起来了，天已不早了呢。"

六

如果我们在阿莲的面孔上找不出其他的特异的美丽来，那在她的腮庞上的两个圆滴滴的小笑窝，可是要令我们对她十分抚爱了。当阿莲说话的时候，那两个小笑窝总是要深深地显露出来，曼英也就因此时常对那两个小笑窝出神，她觉得那是非常地有趣而可爱。她有时竟觉得，如果那两个小笑窝时常在她的眼前显露着，那她便什么也不想起，便什么也不会引起她的愁苦来……

昨夜在电灯光下，曼英那时并不觉得阿莲有如现在的可爱。今天在白日的明晰的光线下，曼英不时地向阿莲端详着，见着她虽然穿得不好，虽然在那小小的面孔上也呈现着劳苦的波纹来，但是她的那一种天真的美，那一种伶俐的神情，确显得她是一个很可爱很可爱的小姑娘。曼英现在虽然没有什么亲人，可是在得着了这么样一个可爱的小妹妹之后，她觉得她是不再需要别的什么人了。呵，只要阿莲永远地跟着她，只要她能永远地看着那两个圆滴滴的小笑窝！……

从清早起，阿莲便劳作着不休：先整理房间，后扫地，接着便烧饭，洗衣服……这证明她的年纪虽小，可是她已经劳作惯了。曼英见着她做着这些事情是很自然而不吃力，很心愿而不勉强。有时曼英止住她，说道：

“你不能够，那让我来呵。”

“姐姐，”阿莲笑吟吟地说道，“这是很容易做的呵。妈妈活着的时候，把我这些事情教会了。我还会补衣服，缝衣服呢。姐姐，你有破了的衣服吗？在我的姑妈家里，烧饭洗衣服，缝衣服，补衣服，我是做得太多了的……”阿莲说着说着，又继续做她的事情了。曼英见着她的背影，她的一根小小的辫子，不禁暗自想道：

“这么样一个可怜而又可爱的小姑娘……”

一天容易过，转瞬间不觉得又是夜晚了。吃了晚饭之后，曼英还是要出门去。昨夜的思潮虽然涌得她发生了不安的感觉，但是今天她最后想道，她已经走上了这一条路了，“这也许是死路，是不通的路，然而就这样走去罢，还问它干什么呢？就让它是死路，就让它是不通的路！……”

昨晚她对钱培生失了约，今晚她要到天韵楼去，或者可以碰得见他。就是碰不见他，那也没有什么要紧，反正曼英不希罕一个小买办的儿子……曼英是可以找得到第二个钱培生，第三个钱培生的。

“妹妹，你留在家里，我要出去，也许我今晚不回来睡了……”

曼英在要预备走出的当儿，这样地向阿莲说。

“姐姐，你到什么地方去？”在阿莲的腮庞上又显露出来两个圆滴滴的小笑窝了。曼英向她出了一会神，很不自然地说道：

“我，我到一个夜学校去……”

“到夜学校去？读书吗？”

“不，我是在那里教书。”

曼英捉住了自己是在扯谎，不禁在阿莲面前隐隐地生了羞愧的感觉。她生怕阿莲察觉出来她是在扯谎……但是阿莲什么也没有察觉，只向她恳求着说道：

“把我也带去罢，我是很想读书的呢。妈妈说，一个人认不得字，简直是瞎子……”

“妹妹，”曼英有点着急了。“那学校里你是不能去的。”

“姐姐，我明白了。”

这句话将曼英吓得变了色：她明白了，明白了什么呢？明白了曼英是在扯谎吗？明白了曼英是到一个什么不好的地方去，而不是到夜学校去吗？……

“你明白了什么呢？”曼英心跳着这样匆促地问。

“那学校里不准穷人的孩子读书，是不是？”阿莲没察觉到曼英的神色，依旧很平静地这样问她。

“是的，是的，”曼英如卸了一副重担子也似的，即时地把心安下来了。“无论什么学校，都是不准穷人的孩子读书的。”

阿莲望着曼英，慢慢地，慢慢地，将头低下来了。曼英感觉得她的一颗小心灵是为失望所包围着了。她意识到她是一个穷女儿，她永远地不能读书，也就永远地不会认得字了……一种悲哀的同情心几乎要使得曼英为阿莲流起泪来。

“妹妹，”曼英摸着阿莲的头说道，“你别要伤心呵！……我是会教你认字的呵……从明天起，我在家里就教你认字，好吗？”

“真的吗？”阿莲抬起头来，又高兴得喜笑颜开了。她拉住了曼英的手，很亲昵地说道："好姐姐，你真是我的好姐姐呵！如果你把我教会了，认得字，那我将该多么地快活，真是要开心死了！……"

这样，曼英将阿莲说得安了心，阿莲用着很信任的眼光将曼英送出房来……但是曼英走到街上时，无论如何不能摈去羞愧的感觉，因为她骗了阿莲，因为她现在不是走向什么夜学校，而是走向天韵楼，走向那人肉市场的天韵楼……如果阿莲晓得了她是走向这种不光明的场所去！……曼英想到此地，不禁一颗心有点惊颤起来了。

在天韵楼里曼英真个碰见了钱培生。钱培生见着了曼英，又是惊喜，又是怨望。没有说什么话，两人便走进那天韵楼上的大东旅馆了。两人坐下来了之后，钱培生带着一种责问的口气说道：

"我等了你一夜，你为什么不来呢？你不怕等坏了人吗？"

"谁教你等来？"曼英很不在意地说道，"那只是你自己要做傻瓜。"

"哼，你大概又姘上了什么人，和着别人去开旅馆去了罢……"

"笑话！"曼英立起身来，现着满脸怒容，拍着桌子说道，"你把我买了吗？我是你的私有财产吗？你父亲可以占有你的妈妈，可是你却不能占有我。我高兴和谁个姘，就和谁个姘，你管得我来！你应当知道，今天我可以同你睡觉，明天我便可以把你抛到九霄云外去。不错，你有的是几个臭钱，可是，呸，别要说出来污坏了我的舌头！……"

曼英越说越生气，好像她适才对于阿莲的羞愧，现在都变成对于钱培生的愤怒了。照着她现在的心情，真要把钱培生打死，骂死，侮辱死，才能如意。忽然，曼英出乎钱培生意料之外地倒在床上，哈哈地大笑起来了。这弄得钱培生莫明其妙：曼英是在真正地向他发火，还是向他开玩笑呢？……

"你是怎么着了？"停了一会，钱培生带着怯地问道，"你发了神经病吗？"

曼英停住了笑，从床上立起身来，走向钱培生跟前，将他的头抱起来，轻轻地说道：

"我并不怎么着，也没发什么神经病，不过我以为你太傻瓜了，我的小买办的儿子！从今后你不可以在我的面前说闲话，你知道了吗？……"

钱培生一点儿也不响。驯服得就同小哈叭狗一样。

"上床睡觉吧，我的小乖乖！"曼英将他的头拍了一下，说道："可是今夜你不准挨动我，我太疲倦了……"

在睡梦中，恍惚间，她又走到那荒凉的山坡了，她又见着了密斯 W 的坟墓……密斯 W 又向她说了同样的话……

第二天早晨醒来，曼英将昨夜的梦又重新温述一番，觉得甚是奇怪：为什么昨夜的梦与前夜的梦相同呢？难道说密斯W的魂灵缠住了她吗？……曼英笑着想道，这是不会的，密斯W的魂灵绝对地不会来扰乱她……这不过是因为她的心神的不安之所致罢了。“管它呢！……”曼英终于是这样地决定了。

曼英本来不愿意醒了之后就起身的，可是她想起来了留在家中的孤单的阿莲，觉着有点不安起来：阿莲昨夜也不知睡着了没有？她一个人睡觉怕不怕？……也许曼英走出之后，阿莲随着也就跑了，也未可知……曼英本来很知道这事情是不会发生的，然而她本能地为着不安，急于要回到家中看一看。

在刚要走近宁波会馆的当儿，曼英看见迎面来了两个男人：一个穿着蓝布衣服的工人，那别一个虽然也穿着黑色的短褂裤，形似工人模样，但他的步调总还显得有点知识阶级的气味。他带着鸭嘴帽子，曼英始而没看清楚他的面孔，后来逼近一些，曼英便在那鸭嘴帽子的下面看出一个很熟的面孔来：一个狮子鼻子，两只黑滴滴的眼睛……这是曾做过曼英的友人，曾要爱过曼英而曼英不爱他的李尚志。虽然衣服穿得不同了，但他的眼睛还是依旧地射着果毅而英勇的光，他的神情还是依旧地那样诚朴而有自信。他还是曼英从前所见着的李尚志，他还是被H镇的热烈的氛围所陶醉了的时候的李尚志。曼英觉得他一点儿都没有变。政局变动了，有许多人事也变迁了，甚至于那汉江的水浪也较低落了三尺，然而曼英觉得李尚志依旧是李尚志，李尚志的一颗心依旧地热烈，坚忍而忠勇……曼英有点茫然了：招呼他还是不招呼他呢？曼英现在已经走上了别一条路，曼英已经不是从前的曼英了，既然如此，那曼英有没有再招呼李尚志的必要呢？

曼英立着不动，如木偶一样……李尚志走到她的跟前，向她愣了一眼，略停一停，便又和着自己的同伴向前走去了。他似乎认出来了曼英，又似乎没将她认出来。曼英在原地方呆立了十几分钟之后，忽然间觉得自己的一颗心有点悲痛起来。她以为李尚志是认出来了她，而不知因为什么原故，只愣了她一眼，便毫无情面地离开她而走去……也许他觉察出来了曼英已经不是先前的曼英了，曼英成为了一个最下贱的人，最不足道的女子……不错，他曾是过曼英的好友，曾爱过曼英，然而他爱的是先前的曼英，而不是现在的，这个刚从旅馆出来的娼妓！……

曼英越想越加悲痛起来了。为什么李尚志不理她呢？为什么李尚志是那样地鄙弃她？难道说她真已成了一个最下贱的女子了吗？曾几何时?！友人变成了路人，爱她的现在鄙弃她！这到底是怎么一回事呢？如果是别人，是什么买办的儿子，什么委员，这样地对待曼英，曼英只报之以唾沫而已，管他妈的！但是李尚志，这个曾经爱过曼英的人……这未免太使曼英难堪了！

然而曼英是一个傲性的人，她转而一想，便也就将这件事情丢开了。理也好，不理也好，鄙弃也好，不鄙弃也好，让他去！难道说曼英一定需要李尚志的友谊不成吗？笑话！……于是曼英想企图着将李尚志忘却，就算作没有过他这个人一样。但是，奇怪得很！李尚志的面孔老是在曼英的脑海里旋转着，那一眼，那李尚志楞她的一眼，曼英觉得，老是在向她逼射着……曼英不禁有点苦恼起来了。

走到家里之后，阿莲向她欢迎着的两个小笑窝，顿时把曼英的不愉快的感觉压抑下来。曼英抱着阿莲的头，很温存地吻了几下。她问她昨夜有没有睡着觉，害不害怕……阿莲摇着头，笑着说道：

"怕什么呢？我从小就把胆子养大了。你昨夜在夜学校里睡得好吗？你一个人睡吗？"

这一问又将曼英的心境问得不安起来了。她含糊地说了几句，便将话头移到别的事情上去，可是她很羞愧地暗自想道：

"我骗她说，我是睡在夜学校里，其实我是睡在旅馆里……我说我是一个人睡，其实和着我睡的还有一个小买办的儿子……这是怎样地可耻呵！……"

曼英照常地过着生活……虽然对于阿莲抱愧的感觉不能消除，梦中的密斯 W 的话语不能忘却，李尚志的面目犹不时地出现在她的脑海里，然而曼英是很能自加抑制的人，并不因此而就改变了那为她所已经确定了的思想。不错，李尚志所加于她的鄙弃，使着她的心灵很痛苦，一方面对于李尚志发生仇恨，一方面又隐隐地感觉得李尚志有一种什么伟大的力将她的全身心紧紧地压迫着……但是曼英总以为自己的思想是对的，所以也就把这一层硬置之不问了。

光阴如箭也似地飞着……

又是一个礼拜。

又是在宁波会馆的前面。

这一次，曼英见着李尚志依旧穿着黑色的短褂裤，依旧头上戴着鸭嘴帽子，在他的身上一切都仍旧……不过他的同伴现在是一个二十左右女学生模样的女子了。两人低着头，并排地走着，谈得很亲密。他们俩好像是夫妻，然而又好像是别的……这一次，李尚志走至曼英面前，停也没有停，看也没有看，仿佛他完全为那个女子，或者为和那个女子的谈话所吞食了，一点儿也顾及不到别的。世界上没有别的什么人了，曼英也没有了，有的只是他，李尚志，和那个同他谈话的女子……

李尚志和自己的女同伴慢慢地，慢慢地走远了，而曼英还是在原处呆立着。她自己也几乎要怀疑起来了：在这世界上大概是没有曼英这样一个人的存在罢？……不然的话，为什么李尚志一点儿都没感觉到她？……

“这是他的爱人罢，”曼英最后如梦醒了也似地想道，“是的，这一定是他的爱人！当然啰，他现在已经有了爱人，还理我干什么呢？从前他曾经爱过我，曾经待我好，但是……现在……他已经有了爱人了……他可以不再要我了。他可以把我当成死人了。”

一种又酸又苦的味忽然涌上心来，曼英于是哭起来了。刚一走进房中，便向床上倒下，并没问阿莲，如往日一样，稍微温存一下。阿莲的两个圆滴滴的小笑窝也不能再消除她的苦闷了。

“姐姐，你为什么今天这样苦恼起来？”阿莲伏在曼英的身上，轻轻地这样问着说。曼英没做声，只将阿莲的手握着不动。

曼英一方面似乎恨李尚志，嫉妒那和李尚志并排走着的女子，但一方面她想起了柳遇秋来……曼英本来是有过爱人的，曼英本来很幸福地尝受过爱情的滋味，曼英本来沉醉过于那柳遇秋的拥抱……但是这些都是往事，都是已经消逝了的美梦，再也挽转不回来了。现在柳遇秋在什么地方呢？是死还是活？是照旧地和李尚志一样前进着，还是如曼英一样走上了别一条路？……曼英的身子已经是被污秽了，不必再想起那纯洁的，高尚的爱，更不必嫉妒那个和李尚志并排走着的女子，也不必恨李尚志忘却了自己……但是……李尚志是曾爱过曼英的人呵……而他现在有着别一个女子！不再需要曼英对于他的爱了！……

曼英越想越悲伤起来。

“姐姐，请你告诉我，你为什么要这样伤心呢？”

唉，如果曼英能将自己的伤心事向阿莲全盘地倾吐出来！……阿莲年纪还小，阿莲是不懂得姐姐为什么要伤心的。

“但是柳遇秋现在到底在什么地方呢？”曼英最后停住了哭泣，想道：“李尚志一定知道他的消息……无论如何，我应当和李尚志谈一谈话！就让他鄙弃我……”

第二天曼英立在宁波会馆前面等候了半天，然而没有等到。

第三天……结果又是失望。然而曼英知道李尚志是一定要经过这条路的，她终久是可以等得到他的。

第四天，曼英的目的达到了。李尚志依旧穿着黑色的短褂裤，依旧头上戴着鸭嘴帽子，在他的身上一切都仍旧……不过他现在没有同伴了，只是一个人独自地走着。这一次，他可是没有随便地在曼英面前经过了。他认出来了曼英……他停住了脚步。两眼向曼英直瞪着，仿佛他发了痴一般，一句话也不说。曼英见着他这种神情，不禁有点犹豫起来。如果她走向前去和李尚志打招呼，那李尚志会将怎样的态度对她呢？……

“你不是李尚志吗？”最后曼英冒着险去向李尚志打招呼。

李尚志点一点头。

“你不认得我了吗？”曼英又追问着这么一句。

李尚志慢慢地低下头来，轻轻地说道：

“我认得，我为什么不认得你呢？”

曼英也将头低下来了，不知再说什么话为好。两人大有相对着黯然神伤的模样。

“你现在好吗？”停了一会，曼英听着李尚志开始说道：“我们已经快要有一年没见面了……你和柳遇秋现在……怎样了？……他现在做起官来了呢。”

“尚志，你说什么？”曼英听了李尚志的话，即刻很惊讶地，急促地问道：“他，他已经做了官吗？啊？”

“难道说你不知道吗？”李尚志抬起头来，轻轻地，带着一点惊诧的口气问。曼英没有做声，只逼视着李尚志，似乎不明白李尚志的问话也似的。后来她慢慢地又将头低下来了。

“尚志，”两人沉默了一会，曼英开始惊颤地说道，“人事是这般地难料！他已经做了官，可是我还在做梦，我不知道他是这样的一个人……尚志，你还是照旧吗？你还是先前的思想吗？”

李尚志向曼英审视了一下，似乎要在曼英的面孔上找出一个证明来，他可否向她说实在话。他看见曼英依旧是曼英，不过在她的眼底处闪动着忧郁的光芒。他告诉了她实在话：

“曼英，你以为我会走上别的路吗？我还是从前的李尚志，你所知道的李尚志，一点也没有变，而且我，永远是不会变的……”

“尚志，你不说出来，我已经感觉得到了。你是不会变的。不过我……”

“不过你怎样？”

“此地不是说话的地方呵，到我住的地方去好吗？”

“你一个人住吗？”李尚志有点不放心的神情。曼英觉察出来了这个，便微微地笑着说道：

“虽然不是一个人住，可是同我住着的是一个不十分知事的小姑娘，不要紧……”

于是两人默默地走到曼英的家里。

曼英自己也有点奇怪了。虽然过了几个月的放荡生活，虽然也遇着了不少的男人，但曼英总没曾将一个人带到过家里来；在她的一间小亭子间里，从没曾闻着过男人的气息。如果不是在最后的期间，曼英得着了一个小伴侣，阿莲，那恐怕到现在她还是一个人住着。她是决意不将任何人引到自己的小窝巢来的。虽然钱培生，虽然其余的客人，也曾多番地请求过，但是曼英总是拒绝着说道：

"我的家里是不可以去的呵！……"

但是，现在……李尚志并没请求她，连一点儿意思都没有表示，为什么曼英要自动地向他提议到自己的住处去呢？李尚志不是一个男人吗？……曼英自己实在有点觉得奇怪了。但这种奇怪的感觉不久便消逝了，后来她只想道，"他到我的家里去是不要紧的呵！而且近来我感觉得这样寂寞，让他时常来和我谈谈话罢……"曼英想到此地，不禁觉得自己如失去了一件什么宝贵的物品，现在又重新为她所找到了也似的。

李尚志不敢遽行进入曼英的房里，他向内先望了一望。他见着一个十二三岁的小姑娘伏在桌子上写字……此外没有别的，有的只是那在床头上悬着的曼英的像片，桌子上的一堆书籍……

阿莲见他们二人走进房里，便很恭敬地立起身来，一声也不响。李尚志走近桌子跟前，看见那上面一张纸上写着许多笔画歪斜的字："父亲……母亲……打死……病死……阿莲不要忘记……"

"阿莲，"曼英没有看见那字，摩着阿莲的头，向她温存地问道："你今天又写了一些什么字呀？我昨天教给你的几个字，你忘记了没有？"

"没有忘记，姐姐。"阿莲低着头说道，"我念给你听听，好吗？'父母惨死，女儿复仇……'对吗？"

"呵，好妹妹！让我看看你今天写了些什么，"曼英离开阿莲，转向李尚志说道，"你为什么看得这样出神呀？"

李尚志向椅子上坐下了。他的面容很严肃，手中仍持着阿莲的字，一声不响地凝视着。他如没听见曼英的话也似的。曼英不禁觉得有点奇怪，便从李尚志手中将那纸拿开，预备看一看那上面到底写了些什么，就在这个当儿，李尚志开始向曼英问道：

"这个小姑娘姓什么？她怎么会和你住在一块呢？很久了吗？"

曼英不即回答他，走向自己的一张小铁床上坐下了。她向低着头立着不动的小阿莲望着，不忍遽将阿莲的伤心史告诉给李尚志听，但是在别一方面，她又觉得非将这一段伤心史告诉他不可，似乎他，李尚志有为阿莲复仇的力量也似的，而她，王曼英，却没有这种力量……

于是李尚志便从曼英的口中，听见了阿莲的父母的惨死，那一段悲痛的伤心史……李尚志静听着，而阿莲听到中间却掩而嘤嘤地哭起来了。她的两个小肩头不断地抽动着，这表示她哭得那般伤心，那般地沉痛。

曼英不忍再诉说下去了，她觉得自己的鼻孔也有点酸起来。她忘却了自己，忘却了还有许多话要向李尚志说，一心只为着小阿莲难过。后来她将阿莲拉到自己的怀里，先劝阿莲不要哭，不料阿莲还没有将哭停住，她却抱着阿莲的头哭起来了。这时曼英似乎想起来了自己的身世，好生悲哀起来，这悲哀和着阿莲的悲哀相混合了，为着阿莲哭就是为着自己哭……

李尚志看一看自己的手表，忽然立起身来，很惊慌地说道：

“我还有一个紧要的地方要去一去，非去不可。我不能在此久坐了，曼英，我下次再来罢。”

李尚志说着便走出房门去，曼英连忙撇开阿莲，在楼梯上将他赶上，拉住说道：

“尚志，你一定要来呵！我请求你！我们今天并没有谈什么话呢！……”

“是是是，我一定来！”

于是曼英将他送出后门，又呆呆地目送了他一程。回到房中之后，阿莲牵着她的手，问道：

“姐姐，他是一个什么人呵？”

“妹妹，他是……”曼英半晌说不出一个确当的名词来。“他是……他是一个很好很好的好人呵！他想将世界造成那么样一个世界，也没有穷人，也没有富人，……你懂得了吗？”

“我有点懂得，”阿莲点一点头，如有所思也似的，停了一会，说道，“他是卫护我们穷人的吗？”

“呵，对啦，对啦，不错！他就是这么样的一个人呢！不过，你知道他很危险吗？这卫护穷人是犯法的事情呢，你明白吗？捉到是要枪毙的……”

“姐姐，我明白了。我的爸爸就是为着这个被打死的，可不是吗？”

曼英没有再听见阿莲的话，她的思想集中到李尚志的身上了。他还是那般地匆忙，那般地热心，那般地忠诚，一点儿也没改变……“一个伟大的战士应当是这样的罢？……”她是这样地想着。李尚志的伟大渐渐地在她的眼中扩大起来，而她，曼英，曾自命过为战士的曼英，不知为什么，在她的眼中反渐渐地渺小起来……

七

大世界！大世界！住居在上海的人们谁个不知道大世界呢？这是一个巨大的游戏场，在这里有的是各种游艺：北方的杂耍，南方的滩簧，爱文的去听说书，爱武的去看那刀枪棍棒，爱听女人的京调的去听那群芳会唱……

同时，这又是一个巨大的人肉市场，在这里你可以照着自己的口味，去选择那胖的或瘦的姑娘。她们之中有的后边跟着一个老太婆，这表明那是贱货，那是扬州帮；有的独自往来，衣服也比较穿得漂亮，这表明她是高等的淌白，其价也较昂。有的是如妖怪一般的老太婆，有的是如小鸡一般的小姑娘，有的瘦，有的胖，有的短，有的长……呵，听拣罢，只要你荷包中带着银洋……

呵，大世界！大世界！住居在上海的人们谁个不知道大世界呢？在这里可以看游艺，在这里又可以吊膀子……

每逢电灯一亮的辰光，那各式各种的货色便更涌激着上市了。这时买主们也增加起来，因之将市场变得更形热闹。有一天晚上，在无数的货色之中，曼英也凑了数，也在买主们的眼中闪动，虽然在意识上曼英不承认自己是人肉，不承认那些人们是她的买主……但是在买主们看来，她，曼英，是和其它的货色一样的呵。曼英能够向他们声明，她是独特的吗？如果她这样声明着自己的独特性，那所得到的结果，只不过要令那些买主们说她是发痴而已。

照着平时一样，曼英做着女学生模样的打扮：头上的发是烫了的，身上的一件旗袍是墨绿色，脚下的是高跟皮鞋……一切都表明她是一个很素雅，很文明，同时又是很时髦的女学生。这是一件很特出的货色呵！她的买主不是那些冤大头，而是那些西装少年，那些文明绅士……

曼英坐在一张被电光所不十分照着的小桌子旁边吃茶，两眼默默地静观着在她面前所来往的人肉。她想象着她们的生活，她们的心理……看着她们那般可怜而又可笑的模样，不禁发生深长的叹息。她忘却她自己了。在不久以前，她认识了一个姑娘，那姑娘是不久才开始做起生意的。曼英问起了她的身世，问她为什么要干着这种苦痛的勾当……那姑娘哭起来了：

"姐姐，你哪里晓得？不干又有什么法子呢？我几次都想悬梁吊死，可是连行死的机会都没有。家中把我卖到堂子来了，那我的身体便不是我自己的了，他们不许我死……我连死都死不掉！……若两夜接不到客人，那鸨母便要打我，说我面孔生得不好哪，不会引诱客人哪……一些最难听的话。姐姐呵，世界上没有比我们这样的人再苦的了！……"

那姑娘还不知道曼英是什么人，后来一见面时，便向曼英诉苦。曼英因此深深地知道妓女的生活，妓女的痛苦……唉，这世界，这到底是什么世界呢!？……曼英总是这样想着，然而她却忘却了她自己是在过着一种什么生活。今晚，曼英又在人丛中看见那个可怜的姑娘了，然而曼英故意地避开了她，不愿意老听着她那每次都是同样的话；此外，她那从眼底深处所射出来的悲哀的光，实在是使曼英的一颗心太受刺激了。是的，曼英实在地不愿意再见她了。

唉，这世界，这到底是什么世界呢!？……曼英继续地这样想着，忽然一个穿着武装便服，带着墨色眼镜的少年，向她隔着桌子坐将下来了。曼英惊怔了一下，似乎那面孔有点相熟，曾在什么地方见着过也似的。曼英没有遽行睬他，依旧像先前一样地坐着不动，但是心中却暗想道，"小鸟儿也捉过许多，但是像这样羽毛的还没有捉过呢……"于是曼英便接连着向那武装少年溜了几眼。

"请问女士来了很久吗？"曼英听着那少年开始用着北京的话音向她说话了。"大世界的游人真是很多呢……"

"你先生也常来此地吗？"曼英很自然地笑着问。

"不，偶尔来一两次罢了。敢问女士是一个人来的吗？"

"是的。个人到此地来白相相……"

曼英既然存着捉小鸟儿的心思，而那小鸟儿又怀着要被捉着的愿望，这结果当然是明显的了。两人谈了几句话之后，便由那武装少年提议，到远东旅馆开房间去……

曼英一路中只盘算着怎样捉弄这个小鸟儿的方法。如果她曾逼迫过一个四十几岁的委员老爷向自己叫了三声亲娘，如果她曾强奸过一个钱庄老板的小少爷，如果她很容易地侮弄了许多人，那她今天又应当怎样来对付这个漂亮的武装少年呢？……这个小鸟儿，眼见得，不同别的小鸟儿一样，是不大容易对付的……但是，曼英想道，今夜晚她是无论如何不能把他放松的！曼英既然降服了许多别的小鸟儿，难道没有降服这个小鸟儿的本事吗？

在路中两人并没有说什么话。远东旅馆离大世界是很近的，不一会儿便到了。原来……原来那九号房间已经为那武装少年所开好了的，他并没有问过茶房，便引着曼英走进。女人的鼻子是很尖的，曼英走入房间后，即刻嗅出还未消逝下去的香水的，脂粉的和女人的头发的气味。也许在两小时以前，这位武装少年还在玩弄着女人呢……

曼英坐下了。武装少年立在他的前面，笑嘻嘻地将脸上的墨色眼镜取下。他刚一将墨色眼镜取下，便惊怔地望后退了两步，几乎将他身后边的一张椅子碰倒了。曼英这时才看见了那两只秀丽而妩媚的眼睛，才认出那个为她起初觉得有点相熟的面孔来，这不是别人，这是柳遇秋，曾什么时候做过曼英的爱人，而现在做了官的柳遇秋……曼英半晌说不出话来，然而她只是惊愕而已，既不欢欣，也不惧怕。眼见得柳遇秋更为曼英所惊愕住了。在墨色眼镜的光线下，他没认出，而且料也没料到这个烫了发，穿着高跟皮鞋的女郎，就是那当年的朴素的曼英，就是他的爱人。现在他是认出曼英来了，然而他不能相信这是真事，他想道，这恐怕是梦，这恐怕是幻觉……他所引进房间来的决不是曼英，而是别一个和曼英相像的女子……曼英是不会在大世界里和他吊膀子的！……但是，这的确是曼英，这的确是他的爱人，他并没有认错。在柳遇秋的惊神还未安定下来的时候，曼英已经开口笑起来了，她笑得是那般地特别，是那般地不自然，是那般地含着苦泪……这弄得柳遇秋更加惊怔起来。停了一会，曼英停住了笑，走至柳遇秋的面前，用眼逼视着他，说道：

“我道是谁，原来我们是老相识呵。你不认得我了吗？我不是别人，我是王曼英，你所爱过的王曼英，你还记得吗？贵人多忘事，我知道这是很难怪你的。”

“曼英，你……”柳遇秋颤动着说道，“我不料你，现在……居然……”他想说出什么，然而他没有说出来。曼英已经明白他的意思了。

“你不料我怎样？你问我为什么在大世界里做野鸡吗？那我的回答很简单，就因为你要到大世界里去打野鸡呵。我谢谢你，今天你是先找着我的。你看中了我罢，是不是？哈哈，从前你是我的爱人，现在你可是我的客人了。我的客人，你是我的客人，你明白了吗？哈哈哈！……”

曼英又倒在沙发上狂笑起来了。柳遇秋只是向她瞪着眼睛，不说话。后来他走向曼英并排坐下，惊颤地说道：

“曼英，我不明白你……你难道真是在做这种事情吗？……”

曼英停住了笑，轻轻地向柳遇秋回答道：

“你很奇怪我现在做着这种事情吗？我为什么要如此，这眼见得你死也不会明白。好，就作算照你的所想，我现在是在卖身体，但是这比卖灵魂还要强得几万倍。你明白吗？遇秋，你是将自己的灵魂卖了的人，算起来，你比我更不如呢……”

“你，你说的什么话?!”柳遇秋惊愕得几乎要跳起来了。但是曼英似乎很温存地握住他的手，继续说道：

“你现在是做了官了，我应当为你庆贺。但是在别一方面，我又要哀吊你，因为你的灵魂已经卖掉了。你为着要做官，便牺牲了自己的思想，自己的历史，抛弃了自己的朋友……你已经不是先前的，为我所知道的柳遇秋了。你已经出卖了自己的灵魂……不错，我是在卖身体，但是我相信我的灵魂还是纯洁的，我对于我自己并没有叛变……你知道吗？曼英是永远不会投降的！她的身体可以卖，但是她的灵魂不可以卖！可是你，遇秋，你已经将自己的灵魂卖了……”

“曼英，”停了一会，柳遇秋低声说道，“你也不必这样地过于骂我。做了官的也不止是我一个，如果说做了官就是将灵魂卖了，那卖灵魂的可是太多了。我劝你不必固执己见，一个人处世总要放圆通些，何必太认真呢？……现在是这样的时代，谁个太认真了，谁个就吃老亏，你知道吗？……什么革命不革命，理想不理想，曼英，那都是骗人的……”

“遇秋，你说的很对！我知道，卖灵魂的人有卖灵魂的人的哲学，傻瓜也有傻瓜的哲学，哲学既然不同，当然是谈不拢来。算了罢，我们还是谈我们的正经的事情！”曼英又强做笑颜，向柳遇秋斜着媚眼，说道，“敢问我的亲爱的客人，你既然把我引进旅馆来了，可是看中了我吗？你打算给我多少钱一夜？我看你们做官的人是不在乎的……”

曼英说着说着，将柳遇秋的头抱起来了，但是柳遇秋拉开了她的手，很苦恼地说道：

“曼英，请你别要这样罢！我真没料到你现在堕落到这种地步！”

“怎吗？你没料到我堕落到这种地步？那我也要老实向你说一句，我也没料到你堕落到这种地步呢！你比我还不如呵！……为什么我们老要谈着这种话呢？从前我们俩是朋友，是爱人，是同志，可是现在我们俩的关系不同了。你是我的客人，我的客人呵……”

曼英说至此地，忽然翻过身去，伏着沙发的靠背，痛哭起来了。她痛哭得是那般地伤心，那般地悲哀，仿佛一个女子得到了她的爱人死亡了的消息一样。曼英的爱人并没有死，柳遇秋正在她的旁边坐着……但是曼英却以为自己的爱人，那什么时候为她所热烈地爱过的柳遇秋已经死了，永远地不可再见了，而现在这个坐在她的旁边的人，只是她的客人而已。她想起来了那过去的对于柳遇秋的爱恋和希望，那过去的温存和甜蜜，觉得都如烟影一般，永远地消散了。于是她痛哭，痛哭得难于自已……唉，人事是这般地难料！曼英怎么能料到当年的爱人，现在变成了她的客人呢？

柳遇秋在房中踱来踱去，想不出对付曼英的方法。他到大世界是去寻快乐的，却不料带回来了一团苦恼……这真是天晓得！……他不知再向曼英说什么话为好，只是不断地说着这么一句：

“曼英，我真不明白你……”

是的，他实在是不明白曼英是什么一回事。为什么要做这种事情？为什么又说出什么卖灵魂……一些神秘的话来？为什么忽而狂笑，忽而痛哭？得了神经病吗？天晓得！……但是他转而一想，曼英现在的确漂亮得多了呢，如果他还能将她得到手里！……柳遇秋一方面很失望，但一方面又很希望：美丽的曼英也许还是他的，他也许能将她独自拥抱在自己的怀里。……他想着想着，忽然又听见曼英狂笑起来了。

“我是多么地傻瓜！”曼英狂笑了几声，后来停住了，自对自地说道：“我竟这么样地哭起来了。过去的让它过去，我还哭它干吗呢？但是，回一回味也是好的呢。遇秋，你还记得我们初见面的时候吗？来呵，到这里来，来和我并排坐下，亲热一亲热罢，你不愿意吗？”

柳遇秋走向曼英很驯服地并排坐下了。曼英握起他的手来，微笑着向他继续说道：

“真的，遇秋，你还记得我们初见面的时候吗？那是前年，前年的春天……你立在演讲台上，慷慨激昂地演着说，那时你该是多么地可爱！当你的眼光射到我的身上时，我的一颗处女的心是多么地为你颤动呵！……从那一次起，我们便认识了，我便将你放在我的心里。你要知道，在你以前，我是没注意过别的什么男子的呵……”

曼英沉思了一会，又继续说道：

“遇秋，你还记得那在留园的情景吗？那是春假的一天，我们学生会办事的人去踏青，你领着头……那花红草绿，在在都足以令人陶醉，我是怎样地想倾倒在你的怀抱里呵！后来，当他们都走开了，我们俩坐在一张长凳子上，谈着这，谈着那，谈了许许多多的事情。但是在我的心里，我只说着一句话：“遇秋，我爱你呵”……唉，那时的感觉该多么地甜蜜！遇秋，你还记得你那时的感觉吗？”

柳遇秋点一点头，低低地说道：

“曼英，我还记得。那时我真想将你拥抱起来……”

“呵，遇秋，你还记得你写信催我到H镇入军事政治学校的事情吗？你还记得我在H镇旅馆初次见着了你的面，那一种欢欣的神情吗？我想你一定都是记得的。那时你在我的眼光中该是多么地可爱，多么地可敬，我简直把你当做了上帝一样看待。那时，我老实地告诉你，我真有点在杨坤秀面前骄傲呢；这是因为我有了你……是的，你那时不是一个模范的有作为的青年吗？后来，费你的神，把我送进了学校，我的一颗心该是多么感激你呵！那时，我在人们面前虽然不高兴谈恋爱的事情，但是我的一颗心已经是属于你的了。”

沉吟了一会，曼英又继续说道：

“那时，我们该多么地兴奋，该多么地怀着热烈的希望，遇秋，你还记得吗？我听了你几次的演说，你演说得是那么地热烈，那么地有生气，真令我一方面感觉得你就是我的希望，你就是我的光明，一方面又感觉得我们的胜利快要到来了，我们的前途光明得如中天的太阳一样……后来，我虽然渐渐失望，渐渐觉得黑暗的魔力快要把我压倒了，但是，遇秋，我还是照常地信任你，我还是热烈地爱你，一点儿也没有变……后来，在南征的路上，我一路上总是想着你，一方面希望你不要改变初衷，一方面又恐怕你不谨慎，要被他们杀害……唉，那时我该是多么记念着你呵！……”

柳遇秋低着头，一声也不响，静听着曼英的说话，但是，也许他不在听着她的说话，而在思想着别的事情。曼英逼近地望了他一会，又开始说道：

“后来，我们终于失败了……我对于一切都失了望……我怀疑起来我们的方法……我慢慢地，慢慢地造成了我自己的哲学，那就是与其改造这世界，不如破毁这世界，与其振兴这人类，不如消灭这人类……这样比较痛快些，我想。不过，遇秋，你要知道，我虽然对于革命失了望，但是我并没有投降呵！我并没有变节呵！我还是依旧地反抗着，一直到我的最后的一刻……我可以吃苦，我可以被污辱，但是投降我是绝对做不到的！……不错，我现在是做着这种事情，在你的眼光中，是很不好的事情……我是太堕落了……这都由你想去。但是，我是不是太堕落了呢？遇秋，我恐怕太堕落了不是我，而是你呵！我不过是卖着自己的身体，而你，你居然把自己的灵魂卖了！……遇秋，我无论如何都没有想到！……”

柳遇秋依旧着一声不响，好像曼英的话不足以刺激他也似的。

“但是，遇秋，事情并不是一做错了就不可以挽回的……将你的官辞去罢！将你卖去的灵魂再赎回来罢！你为什么一定要作贱自己的灵魂呢？……遇秋，你愿意听我的话吗？我们讨饭也可以，做强盗也可以，什么都可以，什么我都可以和着你一道儿做去，你知道吗？但是，我们决不可投降，决不可在我们的敌人面前示弱！……如果你答应我的话，那我们还可以恢复过去的关系……我也不再做这种事了……我们再想一想别的什么方法……遇秋，你愿意吗？啊？看着过去的我们的爱情分上，你就答应我了罢！"

但是柳遇秋依旧不做声。曼英将他的手放开了，不再继续说将下去，静等着他的回答。房间中的空气顿时肃静起来。过了十几分钟的光景，柳遇秋慢慢地将头抬起来，很平静地开始说道：

"曼英，我以为你的为人处世太拘板了。在现在的时代，我告诉你，不得不放聪明些。你就是为革命而死了，又有谁个来褒奖你？你就是把灵魂卖了，照你所说，又有谁个来指责你？而且，这卖灵魂的话我根本就反对。什么叫做卖灵魂呢？一个人放聪明一点，不愿意做傻瓜，这就是卖灵魂吗？曼英，我劝你把这种观念打破罢，何苦要发这些痴呢？此一时也，彼一时也，我们得快活时且快活，还问它什么灵魂不灵魂，革命不革命干吗呢？……"

他停住了。曼英将两眼逼射着他，带着一种又鄙夷又愤怒的神情，然而她并没有预备反驳柳遇秋的话。停了一会，柳遇秋又开始说道：

"你刚才说，恢复我们从前的关系……我是极愿意的。你现在住在什么地方？我在法租界租的有房子，你可以就搬进去住。从今后我劝你抛去一切的思想，平平安安地和我过着日子。你看好不好？"

曼英没有回答他。慢慢地低下头来。房间中又寂静下来了。忽然，出乎柳遇秋的意料之外，曼英立起身来，大大地狂笑起来。狂笑了一阵之后，她脸向着柳遇秋说道：

"你自己把灵魂卖掉了还不够，还要来卖我的吗？不，柳先生，你是想错了！王曼英的身体可以卖，你看，她今天就预备卖给你，但是她的灵魂呵，柳先生，永远是为人家所买不去的！算了罢，我们不必再谈这些事情了。让我们还是来谈一谈怎样地玩耍罢……"

"柳先生，不，柳老爷，"曼英故意地淫笑起来，两手摸着自己的乳部，向柳遇秋说道，"你看我这两个奶头大不大，圆紧不圆紧？请你摸摸看好不好？你已经很久没有摸它们了，可不是吗？"

"曼英，你在发疯，还是？"柳遇秋带着一点气忿的口气说。

"我也没有发疯，我也没有发痴，这是我们卖身体的义务呵。真的，你要不要摸一摸，我的亲爱的柳老爷？我们就上床睡觉好吗？"

曼英说着说着，便将旗袍脱下，露出一件玫瑰色的紧身小短袄来。电光映射到那紧身的小短袄上，再反射到曼英的面孔，显得那面孔是异常地美丽，娇艳得真如一朵巧笑着的芙蓉一般。虽然柳遇秋被曼英所说的一些话所苦恼了，但是他的苦恼此时却为着他的色欲所压抑住了，于是他便将曼英拥抱起来……虽然在床上曼英故意地说了些侮弄的，嘲笑的话，然而那都不要紧，要紧的是这柔腻的双乳，红嫩的口唇，轻软的腰肢……

第二天早晨起来，曼英向柳遇秋索过夜费，这弄得柳遇秋进退两难：他真地现在是曼英的客人吗？给她好，还是不给她好呢？……但是曼英紧逼着他说道：

"柳老爷，你到底打算给我多少钱呢？我知道你们喜欢白相的人，多给一点是不在乎的。请你赶快拿给我罢，我要回去呢……"

柳遇秋叹了一口气，糊里糊涂地从口袋中掏出几张钞票来，用着很惊颤的手递给曼英，而曼英却很坦然地从他的手中将钞票接过来。她又仰着狂笑起来了。如撕字纸一般地她将钞票撕碎了。接着她便将撕碎了的钞票纸用脚狠狠地践踏起来。

"这是卖灵魂混来的钱，"她自对自地说道，"我不要，别要污辱了我，让鬼把这些钱拿去罢！……哈哈哈！……"

柳遇秋还未来得及明白是什么一回事的时候，曼英已迅速地走出房门去了。

曼英几乎笑了一路。黄包车夫拖着她跑，不时很惊诧地回头望她：他或者疑惑曼英发了疯，或者疑惑曼英中了魔，不然的话，她为什么要这样笑个不住呢？……

刚进入亭子间的门，小阿莲便迎着说道：

"昨晚李先生来了呢。你老怪他不来，等到他来了，你又不在家。他等了你很久，你知道不知道？"

"啊，他昨晚来了吗？"曼英又是惊喜、又是失望地问道，"他曾说了什么话吗？他说了他什么时候再来吗？"

"他教我认了几个字。后来他写了一张字条留给你，你看，那书桌上不是吗？"

曼英连忙将字条拿到手里，读道：

曼英　我因为被派到别的地方去了，所以很久没来看你。但是我的一颗心实在是很纪念着呢！今晚来看你，不幸你又不在家。我忙的很，什么时候来看你，我不能说定。不过，曼英，我是不会将你忘记的。我信任你，永远地信任你。我对你的心如我对革命的心一样，一点儿也没有改变……

尚志留字

曼英反复地将李尚志的信读了几遍。不知为什么她的一颗心剧烈地跳动起来。她完全将柳遇秋忘却了，口中只是喃喃地念着：“我对你的心如我对革命的心一样，一点儿也没有改变……”

八

光阴如箭也似地飞着。

一天过去了，又是一天……

一天过去了，又是一天……

而李尚志总不见来！他把曼英忘记了吗？但是他留给曼英的信上说，他是永远不会将曼英忘记的；他对于曼英的心如对于革命的心一样，一点儿也没有变……曼英也似乎是如此地相信着他。但是经过了这么许多时候，为什么他老不来看一看曼英呢？

曼英近来于夜晚间很少有出门的时候了。她生怕李尚志于她不在家的时候来了，所以她时时地警戒着自己，别要失去与李尚志见面的机会。她近来的一颗心，老是悬在李尚志的身上，似乎非要见着他不可。她为什么要这样呢？她所需要于李尚志的是些什么？曼英现在已经是走着别一条路了，如果李尚志知道了，也许他将要骂这一条路为不通，为死路；也许他也和着小阿莲一样地想法，曼英成为最下贱的人了……曼英和李尚志还有什么共同点呢？就是在爱情上说，李尚志本来是为曼英所不爱的人呵，现在她还系念着他干什么呢？

但是，自从与柳遇秋会了面之后，曼英便觉得李尚志的身上，有一种什么力量，在隐隐地吸引着她，似乎她有所需要于李尚志，又似乎如果离开李尚志，如果李尚志把她丢弃了，那她便不能生活下去也似的。她觉得她和柳遇秋一点儿共同点都没有了，但是和李尚志……她觉得还有点什么将她和李尚志连结着……

曼英天天盼望李尚志来，而李尚志总不见来，这真真有点苦恼着她了。有时她轻轻地向阿莲问道：

“你以为李先生今天会不会来呢？”

阿莲的回答有时使她失望，当她听见那小口不在意地说道：

“我不知道。”

阿莲的回答有时又使她希望，当她听见那小口很确信地说道：

"李先生今天也许会来呢。他这样久都没来了。姐姐，他真是一个好人呢！我很喜欢他。……"

但是，李尚志总没有见来。这是因为什么呢？曼英想起来了，他是在干着危险的工作，说不定已经被捉去了……也许因为劳苦过度，他得了病了……一想到此地，曼英一方面为李尚志担心，一方面又不知为什么隐隐地生了抱愧的感觉：李尚志已经被捉住了，或者劳苦得病了，而她是这般地闲着无事，快活……于是她接着便觉得自己是太对不起李尚志了。

最后，有一天，午后，她在宁波会馆前面的原处徘徊着，希望李尚志经过此地，她终于能够碰着他……但是出乎曼英的意料之外，她所碰见的不是李尚志，而是诗人周诗逸，那说是她的情人又不是她的情人，说是她的客人又不是她的客人，说是她的奴隶又不是她的奴隶的周诗逸。曼英已经很久没有见到周诗逸了。这时的周诗逸头上戴着一顶花边缘的蓝色呢帽，身上穿着一套黄紫色的呢西装；那胸前的斜口袋中插着一条如彩花一样的小帕，那香气直透入曼英的鼻孔里。他碰见了曼英，他的眼睛几乎喜欢得合拢起来了。他是很思念着曼英的呵！曼英在他的眼中是一个很有诗意的女子！……

"呵呵，我的恨世女郎！上帝保佑，我今天总算碰见了你！我该好久都没有见着你了！你现在有空吗？"

曼英明白了他的意思。但是曼英现在是在想着李尚志，没有闲心思再与我们的这位漂亮诗人相周旋了。她摇一摇头，表示没有闲空。失望的神情即时将诗人的面孔掩盖住了。

"我今晚上在大东酒楼请客，我的朋友，都是一些艺术家，如果你能到场，那可是真为我生色不少了。你今天晚上一定要到场，我请求你！"

周诗逸说着这话时，几乎要在曼英面前跪下来的样子。曼英动了好奇的心了：艺术家？倒要看看这一般艺术家是什么东西……于是曼英答应了周诗逸。

已经是四点多钟了，而李尚志的影子一点儿也没有。曼英想道，大概是等不到了，便走到周诗逸所住着的地方——大东旅馆里……

周诗逸见着曼英到了，不禁喜形于色，宛如得着了一件宝物也似的。这时一个人也没有来，房间内只是曼英和着周诗逸。电灯光亮了。周诗逸把曼英仔细地端详了一下，很同情地说道：

"许久不见，你消瘦了不少呢。我的恨世女郎，你不应太过于恨世了，须知人生如梦，为欢几何，古人秉烛夜游，良有以也……"

曼英坐着不动，只是瞪着两眼看着他那生活安逸的模样，一种有闲阶级的神情……心中不禁暗自将周诗逸和李尚志比较一下：这两者之间该有多么大的差别！虽然李尚志的服饰是那么地不雅观，但是他的精神该要比这个所谓诗人的崇高得多少倍！世界上没有了周诗逸，那将要有什么损失呢？一点儿损失都不会有。但是世界上如果没有了李尚志，那将要有什么损失呢？那就是损失了一个忠实的为人类解放而奋斗的战士！周诗逸不过是一个很漂亮的，中看不中吃的寄生虫而已。

客人们渐渐地来齐了。无论谁个走进房间来，曼英都坐着不动，装着没看见也似的。周诗逸一一地为她介绍了：这是音乐家张先生，这是中国恶魔派的诗人曹先生，这是小说家李先生，这是画家叶先生，这是批评家程先生，这是……这是……最后曼英不去听他的介绍了，让鬼把这些什么诗人，什么艺术家拿去！她的一颗心被李尚志所占据住了，而这些什么诗人，音乐家……在她的眼中，都不过是一些有闲阶级的，生活安逸的，糊涂的寄生虫而已。是的，让鬼把他们拿去！……

"诸位，"曼英听着周诗逸的欢欣的，甜蜜的，又略带着一点矜持的声音了。"我很慎重地向你们介绍，这是我的女友黄女士，她的别名叫着恨世女郎，你们只要一听见这恨世女郎几个字，便知道她是一个很风雅，很有心胸的女子了。……"

"敬佩之至！"

"不胜敬佩之至！"

"密斯特周有这么样的一个女友，真是三生有幸了！"

"……"

曼英听见了一片敬佩之声……她不但不感觉着愉快，而且感觉着这一般人鄙俗得不堪，几乎要为之呕吐起来。但是周诗逸见着大家连声称赞他的女友，不禁欢欣无似，更向曼英表示着殷勤。他不时走至曼英面前，问她要不要这，要不要那……曼英真为他所苦恼住了！唉，让鬼把他和这一些艺术家拿去！

酒菜端上来了。大家就了坐。曼英左手边坐着周诗逸，右手边坐着一位所谓批评家的程先生。这位程先生已经有了胡须，大约是快四十岁的人了。从他的那副黑架子的眼镜里，露出一只大的和一只似乎已经瞎了的眼睛来。他的话音是异常地低小，平静，未开口而即笑，这表明他是一个很知礼貌的绅士。

"密斯黄真是女界中的杰出者，吾辈中的风雅人物。密斯特周屡屡为我述及，实令我仰慕之至！……”

还未来得及向批评家说话的时候，对面的年轻的恶魔派诗人便向曼英斟起酒来，笑着说道：

“我们应当先敬我们的女王一杯，才是道理！”

“对，对，对！……”

大家一致表示赞成。周诗逸很得意地向大家宣言道：

“我们的女王是很会唱歌的，我想她一定愿意为诸君唱一曲清歌，借助酒兴的。”

“我们先饮了些酒之后，再请我们的女王唱罢。”在斜对面坐着的一位近视眼的画家说，他拿起酒杯来，大有不能再等的样子。

于是大家开始饮起酒来……

曼英的酒杯没有动。

“难道密斯黄不饮酒吗？”批评家很恭敬地问。

“不行，不行，我们的女王一定是要饮几杯的！”大家接着说。

“请你们原谅，我是不方便饮酒的，饮了酒便会发酒疯，那是很……”

“饮饮饮，不要紧！反正大家都不是外人……”

“如此，那我便要放肆了。”

曼英说着，便饮干了一杯。接着便痛饮起来。

“现在请我们的女王唱歌罢。”诗人首先提议。

“是，我们且听密斯黄的一曲清歌，消魂真个……”

“那你就唱罢，”周诗逸对着曼英说。他已经有点酒意了，微眯着眼睛。

曼英不再推辞，便立起身来了。

“如果有什么听得不入耳之处，还要请大家原谅。”

“不必客气。”

“那个自然……”

曼英一手扶着桌子，开始唱道：

我本是名门的女儿，
生性儿却有点古怪，
有福儿不享也不爱，
偏偏跑上革命的浪头来。

“你看，我们的女王原来是一个革命家呢。”

“不要多说话，听她唱。”

跑上革命的浪头来，
到今日不幸失败了归来；
我不投降我也不悲哀，
我只想变一个巨弹儿将人类炸坏。

“这未免太激烈了。”周诗逸很高兴地插着说。曼英不理他，仍继续唱道：

我只想变一个巨弹儿将人类炸坏，
那时将没有什么贫富的分开，
那时才见得真正的痛快，
我告诉你们这一般酒囊饭袋。

“这将我们未免骂得太利害了。”诗人说。

“有什么利害？你不是酒囊饭袋吗？”画家很不在意地笑着说。

我告诉你们这一般酒囊饭袋，
你们全不知道天有多高地有多矮；
你们谈什么风月，说什么天才，
其实你们俗恶得令人难耐。

大家听曼英唱至此地，不禁相互地你望望我，我望望你，十分地惊异而不安起来。

“我的恨世女郎！你骂得我们太难堪了，请你不必再唱将下去了……”周诗逸说。

但是曼英不理他，依旧往下唱道：

其实你们俗恶得令人难耐，
你们不过是腐臭的躯壳儿存在；
我斟一杯酒洒下尘埃，洒下尘埃，
为你们唱一曲追悼的歌儿。

曼英唱至此地，忽然大声地狂笑起来了。这弄得在座的艺术家们面面相觑，莫知所以。当他们还未来得及意识到是什么一回事的时候，曼英已经狂笑着跑出门外去了。

呵，当曼英唱完了歌的时候，她觉得她该是多么地愉快，多么地得意！她将这些酒囊饭袋当面痛骂了一顿，这是使她多么得意的事呵！但是，当她想起李尚志来，她又觉得这些人们是多么地渺小，多么地俗恶，同时又是多么地无知得可怜！……

曼英等不及电梯，便匆忙地沿着水门汀所砌成的梯子跑将下来了。在梯上她冲撞了许多人，然而她因为急于要离开为她所憎恨的这座房屋，便连一句告罪的话都不说。她跑着，笑着，不知者或以为她得了什么神经病。

“你!”

忽然有一只手将她的袖口抓住了。曼英不禁惊怔了一下，不知遇着了什么事。她即时扭头一看，见着了一个神情很兴奋的面孔，这不是别人，这是曼英所说的将自己的灵魂卖掉了的那人……

曼英在惊怔之余，向着柳遇秋瞪着眼睛，一时地说不出话来。

“我找了你这许多时候，可是总找不到你的一点影儿……”曼英听见柳遇秋的颤动的话音了。在他的神情兴奋的面孔上，曼英断定不出他见着了自己，到底是怀着怎样的心情：是忿怒还是欢欣，是得意还是失望……曼英放着很镇静的，冷淡的态度，轻声问道：

“你找我干什么呢？有什么事情吗？”

柳遇秋将头低下了，很悲哀地说道：

“曼英，我料不到你现在变成了这样……”

“不是我变了，”曼英冷笑了一下，说道，“而是你变了。遇秋，你自己变了。你变得太利害了，你自己知道吗？”

“我们上楼去谈一谈好不好？”柳遇秋抬起头来向她这样问着说。他的眼睛已经没有了先前的光芒，他的先前的那般焕发的英气已经完全消失了。他现在虽然穿着一套很漂亮的西装，虽然他的领带是那般地鲜艳，然而曼英觉得，立在她的面前的只是一个无灵魂的躯壳而已，而不是她当年所爱过的柳遇秋了。

曼英望着他的领带，没有即刻回答柳遇秋，去呢还是不去。

“曼英，我请求你！我们再谈一谈……”

“谈一谈未始不可，不过我想，我们现在无论如何是谈不明白的。”

“无论如何要谈一谈！”

柳遇秋将曼英引进去的那个房间，恰好就是周诗逸的房间的隔壁。曼英走进房间，向那靠窗的一张沙发坐下之后，向房间用目环视了一下，见着那靠床的一张桌子上已经放着了许多酒瓶和水果之类，不禁暗自想道：

“难怪他要做官，你看他现在多么挥霍呵，多么有钱呵……”

从隔壁的房间内不大清楚地传来了嬉笑，鼓掌，哄闹的声音。曼英尖着耳朵一听，听见几句破碎不全的话语：“天才……诗人……近代的女子……印象派的画……月宫跳舞场……”眼见得这一般艺术家的兴致，还未被曼英嘲骂下去，仍是在热烈地奔放着。这使着曼英觉得自己有点羞辱起来：怎么！他们还是这样地快活吗？他们竟不把她的嘲骂当做一回事吗？唉，这一般猪猡，不知死活的猪猡！……

柳遇秋忙着整理房间的秩序。曼英向他的背影望着，心中暗自想道：“你和他们是一类的人呵，你为什么不去和他们开心，而要和我纠缠呢？……”

“你要吃橘子吗?”柳遇秋转过脸来，手中拿着一个金黄的橘子，向曼英殷勤地说道：“这是美国货，这是花旗橘子。”

曼英不注意他所说的话。放着很严重的声音，向柳遇秋问道：

“你要和我谈些什么呢？你说呀!”曼英这时忽然起了一种思想：“李尚志莫不要在我的家里等我呢……我应当赶快回去才是！……”

“我还有事情，坐不久，就要去的……你说呀!”

柳遇秋的面容一瞬间又沉郁下来了。他低着头，走至曼英的旁边坐下，手动了一动，似乎要拿曼英的手，或者要拥抱她……但他终没有勇气这样做。沉默了一会，他放着很可怜的声音说道：

“曼英，我们就此完了吗?”

“完了，永远地完了。”曼英冷冷地回答他。

“你完全不念一念我们过去的情分吗?”

“遇秋，别要提起我们的过去罢，那是久已没有了的事情。现在我们既然是两样人了，何必再提起那过去的事情？过去的永远是过去了……”

“不，那还是可以挽回的。”

“你说挽回吗?”曼英笑起来了。“那你就未免太发痴了。”

李尚志的面孔又在曼英的脑海中涌现出来。她觉得李尚志现在一定在她的家里等候她，她一定要回去……她看一看手表，已是八点钟了。她有点慌忙起来，忽然立起身来预备就走出房门去。柳遇秋一把把她拉住，向她跪下来哀求着说道：

“曼英，你答应我罢，你为什么要这样鄙弃我呢？……我并不是一个很坏很坏的人呵，曼英！……”

“是的，你不是一个很坏很坏的人，有的人比你更坏，但是这对于我又有什么关系呢？放开我罢，我还有事情……”

柳遇秋死拉着她不放，开始哭起来了。他苦苦地哀求她……他说，如果她答应他，那他便什么事都可以做，就是不做官也可以……但是他的哭求，不但没有打动曼英的心，而且增加了曼英对于他的鄙弃。曼英最后向他冷冷地说道：

“遇秋，已经迟了！迟了！请你放开我罢，别要耽误我的事情！”

李尚志的面孔更加在曼英的脑海中涌现着了。柳遇秋仍拉着她的手不放。曼英，忽然，也不知从什么地方来了这么许多力量，将自己的手挣脱开了，将柳遇秋推倒在地板上，很迅速地跑出房门，不料就在这个当儿，周诗逸也走出房间来，恰好与曼英撞个满怀。曼英抬头一看，见是周诗逸立在她的面前，便不等到周诗逸来得及惊诧的时候，给了他一个耳光，拼命地顺着楼梯跑下来了。

坐上了黄包车……喘着气……一切什么对于她都不存在了，她只希望很快地回到家里。她疑惑她自己是在演电影，不然的话，今天的事情为什么是这般地凑巧，为什么是这般地奇异！……

她刚一走进自己的亭子间里，阿莲迎将上来，便突兀地说道：

“你真是！你到什么地方去了？天天老说李先生不来不来，今晚他来了，你又不在家里！”

听了阿莲的话，曼英如受了死刑的判决一般，睁着两只眼睛，呆呆地立着不动。经过了两三分钟的光景，她如梦醒了也似的，把阿莲的手拉住问道：

“他说了些什么话吗？”

“他问我你每天晚上到什么地方去……”

“你怎样回答他呢？”曼英匆促地问阿莲，生怕她说出一些别的话。

“我说，你每晚到夜学校里去教书。”

曼英放下心了。

“他还说了些什么话吗？”

“他又问起我的爸爸和妈妈的事情。”

“还有呢？”

“他又留下一张字条，”阿莲指着书桌子说道，“你看，那上边放着的不是吗？”

曼英连忙放开阿莲的手，走至书桌子跟前，将那字条拿到手里一看，原来那上边并没有写着别的，只是一个简单的地址而已。曼英的一颗心欢欣得颤动起来，正待要问阿莲的话的当儿，忽听见阿莲说道：

“李先生告诉我，他说，请你将这纸条看后就撕去……他还说，后天上午他有空，如果你愿意去看他，你可以在那个时候去……”

“呵呵……”

曼英听见阿莲的这话，更加欢欣起来了。她想道，李尚志还信任她，告诉了她自己的地址……她后天就可以见着他，就可以和他谈话……但是她为什么一定要见着李尚志呢？为什么她要和他谈话呢？她将和他谈些什么呢？……关于这一层，曼英并没有想到。她只感觉着那见面，那谈话，不是和柳遇秋，不是和钱培生，不是和周诗逸的谈话，而是和李尚志的谈话，是使她很欢欣的事。

“阿莲，李先生还穿着先前的衣服吗？”

“不是，他今天穿着的是一件黑布长衫，很不好看。”

“阿莲，他的面容还像先前一样吗？没有瘦吗？”

“似乎瘦了一些。”

“他还是很有精神的样子吗？”

“是的，他还是像先前一样地有精神。姐姐，你是不是……很，很喜欢李先生？……

“吓，小姑娘家别要胡说！”

阿莲的两个圆圆的小笑窝，又在曼英的眼前显露出来了。她拉住曼英的手，有点忸怩的神气，向曼英笑着说道：

“姐姐，我明白……李先生真是一个好人呵！他今天又教我写了许多字……”

阿莲的天真的，毫无私意的话语，很深刻地印在曼英的心里。“李先生真是一个好人呵！……”阿莲已经给了李尚志一个判决了。李尚志在阿莲的面前，也将不会有什么羞愧的感觉，因为他的确是可以领受阿莲的这个判决的。他是在为着无数无数的阿莲做事情，与其说他为阿莲复仇，不如说他为阿莲开辟着新生活的路……但是，她，曼英，为阿莲到底做着什么事情呢？她时常向着阿莲的两个圆圆的小笑窝出神，但是这并不能证明她是在为着阿莲做事情……如果李尚志是一个真正的好人，如阿莲所想的一样，那么她，曼英，到底是一个什么人呢？……

曼英觉得自己是渐渐地渺小了。……如果她适才骂了周诗逸，骂了柳遇秋，那她现在便要受着李尚志的骂。“呵，如果李尚志知道我现在做着什么事情！……”曼英想到此地，一颗心不禁惊颤起来了。

九

曼英走进一条阴寂的，陈旧的弄堂里。她按着门牌的号数寻找，最后她寻找到为她所需要的号数了。油漆褪落了的门扉上，贴着一张灰白的纸条，上面写着“请走后门”四个字。曼英遂转到后门去。有一个四十几岁的，头发蓬松着的妇人，正在弯着腰哐啷哐啷地洗刷马桶。曼英不知道她是房东太太抑是房东的女仆，所以不好称呼她。

“请问你一声，”曼英立在那妇人的侧面，微笑着，很客气地向她问道，“你们家里的前楼上，是不是住着一位李先生？”

那洗刷马桶的妇人始而懒洋洋地抬起头来，等到她看见了曼英的模样，好像有点惊异起来。她的神情似乎在说着，这样漂亮的小姐怎么会于大清早起就来找李先生呢？这是李先生的什么人呢？难道说衣服蹩脚的李先生会有这样高贵的女朋友吗？……

她只将两个尚未洗过的睡眼向曼英瞪着，不即时回答曼英的问题。后来她用洗刷马桶的那只手揉一揉眼睛，半晌方才说道：

“李先生？你问的是哪个李先生？是李……”

那妇人生怕曼英寻错了号数。她以为这位小姐所要找着的李先生，大概是别一个人，而不会是住在她家里的前楼上的李先生……曼英不等她说下去，即刻很确定地说道：

“我问的就是你们前楼上住着的李先生，他在家里吗？”

“呵呵，在家里，在家里，”那妇人连忙点头说道，“请你自己上楼去看看罢，也许还没有起来。”

曼英走上楼梯了。到了李尚志房间的门口。忽然一种思想飞到她的脑海里来，使她停住了脚步，不即刻就动手敲叩李尚志的房门。“他是一个人住着，还是两个人住着呢？也许……”于是那个女学生，为她在宁波会馆前面所看见的那个与李尚志并排行走着的女学生，在她的眼帘前显现出来了。一种妒意从她的内心里一个什么角落里涌激出来，一至于涌激得她感到一种最难堪的失望。她想道，也许他俩正在并着头睡着，也许他们俩正在并做着一种什么甜蜜的梦……而她，曼英，孤零零地在他们的房门外站着，如被风雨所摧残过的一根木桩一样，谁个也不需要，谁个也不会给她以安慰和甜蜜……

她又想道，为什么她要来看李尚志呢？她所需要于李尚志的到底是些什么呢？她和李尚志已经走着两条路了，现在她和李尚志已经没有了什么共同点，为什么李尚志老是吸引着她呢？今天她是为爱李尚志而来的吗？但是李尚志原是她从前所不爱的人呵，……如果说她不爱他，那她现在又为什么对于那个为她所见过的女学生，也许就是现在和李尚志并头睡着的女子，起了一种妒意呢？……曼英想来想去，终不能得到一个自解。忽然，出乎曼英的意料之外，那房门不用敲叩而自开了。在她面前立着的不是别人，正是她今天所要来看见的李尚志。李尚志的欢欣的表情，即刻将曼英的思想驱逐掉了。曼英觉着那表情除开同志的关系外，似乎还含着一种别的，为曼英所需要的……她也就因之欢欣起来了。

她很迅速地将李尚志的房间用眼巡视了一下，只看见一张木架子床，一张长方形的桌子，那上面又摆着一堆书籍，又放着茶壶和脸盆……她所拟想着的那个女学生，一点儿影子也没有。“他还是一个人住着呵！……”她不禁很欢欣地这样想着，一种失望的心情完全离她而消逝了。

曼英向李尚志的床上坐下了。房间中连一张椅子都没有。李尚志笑吟吟地立着，似乎不知道向曼英说什么话为好。那种表情为曼英所从没看见过。她想叫他坐下，然而没有别的椅子。如果他要坐下，那他便不得不和曼英并排地坐下了。曼英有点不好意思，然而她终于说道：

“请你也坐下罢，那站着是怪不方便的。”

“不要紧，我是站惯了的。”李尚志也有点难为情的样子，将手摆着说道，“请你不要客气。你吃过早饭了吗？我去买几根油条来好不好？”

“不，我已经吃过早饭了。请你也坐下罢，我们又不是生人……”

李尚志勉强地坐下了。将眼向着窗外望着，微笑着老不说话。曼英想说话，她原有很多的话要说呵，但是也不知道从何说起。忽然她看见了那张书桌子上面摆着一个小小的像片架，坐在床上，她看不清楚那像片是什么人的，于是她便立起身来，走向书桌子，伸手将那张像片拿到手里看一看到底是谁。她即刻惊异起来了：那像片虽然已经有了一点模糊，然而她还认得清楚，这不是别人，却正是她自己！她觉得这是很奇怪的事情了。她从来没有赠过像片与任何人，更没赠予过李尚志，这张像片到底是从哪里来的呢？而且，她又想道，李尚志将她的像片这样宝贵着干什么呢？政局是剧烈地变了，人事已与从前大不相同了，而李尚志却还将曼英的像片摆在自己的书桌上……

“曼英，你很奇怪罢，是不是？”李尚志笑着问，他的脸有点泛起红来了。

曼英回过脸来向李尚志望着，静等着他继续说将下去。

“你还记得我们在留园踏青的事吗？”李尚志继续红着脸说道，“那时我们不是在一块儿摄过影吗？那一张合照是很大的，我将你的像片从那上面剪将下来，至今还留着，这就是……”

“真的吗？”曼英很惊喜地问道，“你真这样地将我记在心里吗？呵，尚志，我是多么地感激你呵！”

曼英说着说着，几乎流出感激的泪来。她将坐在床上的李尚志的手握起来了。两眼射着深沉的感激的光芒，她继续说道：

“尚志，我是多么地感激你呵！尤其是在现在，尤其是在现在……”

曼英放开李尚志的手，向床上坐下，簌簌地流起泪来了。

“曼英，你为什么伤起心来了呢？”李尚志轻轻地问她。

“不，尚志，我现在并不伤心，我现在是在快乐呵！……”

说着说着，她的泪更加流得涌激了。李尚志很同情地望着她，然而他找不出安慰她的话来。后来，经过了五六分钟的沉默，李尚志开口说道：

“曼英，我老没有机会问你，你近来在上海到底做着什么事情呢？阿莲对我说，你在一个什么夜学校里教书，真的吗？”

曼英惊怔了一下。这问题即刻将她推到困难的深渊里去了。她近来在上海到底做着什么事情呢？……据她自己想，她是在利用着自己的肉体向敌人报复，是走向将全人类破灭的路……她依旧是向黑暗反抗，然而不相信先前的方法了……她变成一个激烈的虚无主义者了。但是现在如果曼英直爽地将自己的行为告诉了李尚志，那李尚志对于她的判断，是不是如她的所想呢？那李尚志是不是即刻就要将她这样堕落的女子驱逐出房门去？那李尚志是不是即刻要将那张保存到现在的曼英的像片撕得粉碎？……曼英想到此地，不禁大大地战栗了一下。不，她不能告诉他关于自己的真相，自己的思想！一切什么都可以，只要李尚志不将她驱逐出房门去！只要他不将她的像片撕得粉碎！……

“是的。不过我近来的思想……”她本不愿意提到思想的问题上去，但是她却不由自主地说出来思想两个字。

“你近来的思想到底怎样？”李尚志逼视着曼英，这样急促地问。

话头已经提起来了，便很难重新收回去。曼英只得照实地说了。

“我的思想已经和先前不同了。尚志，你听见这话，或者要骂我，指责我，但是这是事实，又有什么方法想呢?”

李尚志睁着两只眼睛，静等着曼英说将下去。曼英将头低下来了。停了一会，她又轻轻地开始说道：

“尚志，你是知道我的性格的。我说我的思想已经和先前的不同了，这并不是说我向敌人投了降，或是什么……对于革命的背叛。不，这一点都不是的。我是不会投降的！不过自从……失败之后……我对于我们的事业怀疑起来了：照这样干将下去，是不是可以达到目的呢？是不是徒然地空劳呢？……我想来想去，下了一个决定：与其改造这世界，不如破毁这世界，与其振兴这人类，不如消灭这人类。尚志，你明白这种思想吗？……现在我什么希望都没有了。如果说我还有什么希望的话，那只是我希望着能够多向几个敌人报复一下。我不能将他们推翻，然而我却能零碎地向他们中间的分子报复……这就是我所能做得到的事情。尚志，这一种思想也许是不对的，但是我现在却不得不怀着这种思想……”

曼英停住了。静等着李尚志的裁判。李尚志依旧逼视着她，一点儿也不声响。过了一会，他忽然握起曼英的手来，很兴奋地说道：

“曼英，曼英！你现在，你现在为什么有了这种思想呢？这是不对的，这是不对的呵！”

“但是你的也未必就是对的呵。”曼英插着说。

“不，我的思想当然是对的。除开继续走着奋斗的路，还有什么出路呢？你所说的话我简直有许多不明白！你说什么破毁世界，消灭人类，我看你怎样去破毁，去消灭……这简直是一点儿根据都没有的空想！曼英，你知道这是没有根据的空想吗?”

曼英有点惊异起来：李尚志先前原是不会说话的，现在却这样地口如悬河了。她又听着李尚志继续说道：

“不错，自从……失败之后，一般意志薄弱一点的，都灰了心，失了望……就我所知道的也有很多。但是曼英你，你是不应当失望的呵！我知道你是一个很热烈的理想主义者，恨不得即刻将旧世界都推翻……失败了，你的精神当然要受着很大的打击，你的心灵当然是很痛苦的，我又何尝不是呢？不过，我们决不能因暂时的失败就失了望……”

“你以为还有希望吗?”曼英问。

“为什么没有希望呢？历史命定我们是有希望的。我们虽然受了暂时的挫折，但是最后的胜利终归是我们的。只有摇荡不定的阶级才会失望，才会悲观，但是我们……肩着历史的使命，是不会失望，不会悲观的。我们之中的零个分子可以死亡，但是我们的伟大的集体是不会死亡的，它一定会强固地生存着……曼英，你明白吗？曼英，你现在脱离群众了……你成了孤零零的一个人，你失去了集体的生活，所以你会失望起来……如果你能时常和群众接近，以他们的生活为生活，那我包管你的感觉又是别一样了。曼英，他们并没有失望呵！他们希望着生活，所以还要继续着奋斗，一直到最后的胜利……革命的阶级，伟大的集体，所走着的路是生路，而不是死路……”

李尚志沉吟了一回，又继续说道：

“曼英，你的思想一点儿根据都没有，这不过表明你，一个浪漫的知识阶级者的幻灭……不错，我知道你的这种幻灭的哲学，比一般落了伍的革命党人要深得多，但是这依旧是幻灭。你在战场上失败了归来，走至南京路上，看见那些大腹贾，荷花公子，艳装冶服的少奶奶……他们的脸上好像充满着得意的胜利的微笑，好像故意地在你的面前示威，你当然会要起一种思想，顶好有一个炸弹将这个世界炸破，横竖大家都不能快活……可不是吗？但是在别一方面，曼英，你要知道，群众的革命的浪潮还是在奔流着，不是今天，就是明天，迟早总会在这些寄生虫的面前高歌着胜利的！”

“尚志，”曼英抬起头来，向李尚志说道，“也许是如你所说的这样，但是我……总觉得这是一种幻想罢了。”

“不，这并不是幻想，这是一种事实。曼英，你是离开群众太远了，你感受不到他们的生活，他们的情绪。他们只要求着生活，只有坚决的奋斗才是他们的出路，天天在艰苦的热烈的奋斗中，哪里会有工夫像你这般地空想呢？你的这种哲学是为他们所不能明白的，你知道吗？我请你好好地想一想！我很希望那过去的充满着希望的曼英再复生起来……”

“尚志，我感谢你的好意！不过我的心灵受伤得太利害了，那过去的曼英……尚志！恐怕永远是不会复生的了！……”

曼英说着，带着一点哭音，眼看那潮湿的眼睛即刻要流出泪来；李尚志见着她这种情形，不禁将头低下了，深长地叹了一口气。

“不，那过去的曼英是一定可以复生的！我不相信……”

李尚志还未将话说完，忽然听见楼梯冬冬地响了起来，好像有什么意外的事故也似的……他的面色有点惊慌起来，然而他还依旧把持着镇静的态度。接着他便又听见了敲门的声音。他立起身来，走至房门背后很平静地问道：

“谁个？”

“是我！”

李尚志听出来那是李士毅的声音。他将房门开开来了。李士毅带着笑走了进来。曼英见着他的神情还是如先前一样，——先前他总是无事笑，从没忧愁过，无论他遇着了怎样的困苦，可是他的态度总表现着“不在乎”的样子，一句软弱的话也不说。曼英想道，现在他大概还是那种样子……

“啊哈！我看见了谁个哟！原来是我们的女英雄！久违了！”

李士毅说着说着，便走向前来和曼英握手，他的这一种高兴的神情即时将曼英的伤感都驱逐掉了。

“你今天上楼时为什么跑得这样地响？你不能轻一点吗？”

李尚志向李士毅这样责问着说。李士毅转过脸来向他笑道：

“我因为有一件好消息报告你，所以我欢喜得忘了形……”

“有什么好的消息？”李尚志问。

“永安纱厂的……又组织起来了……”

李尚志没有说什么话，他立着不动，好像想着什么也似的。李士毅毫不客气地和曼英并排坐下了，向她伸着头，笑着说道：

“我们好久不见了。我以为你已经做了太太，嫁了一个什么委员，资本家，不料今天在这里又碰到了你。你现在干些什么？好吗？我应当谢谢你，你救济了我一下，给了五块钱……你看，这一条黑布裤子就是你的钱买的呵。谢谢你，我的女英雄，我的女……女什么呢？女恩人……”

“你为什么还是先前那样地调皮呢？你总是这样地高兴着，你到底高兴一些什么呢？”曼英笑着问。

“你这人真是！不高兴，难道哭不成吗？高兴的事情固然要高兴，不高兴的事情也要高兴，这样才不会吃不下去饭呢。我看见有些人一遇见了一点失败，便垂头丧气，忧闷或失望起来……老实说一句话，我看不起这些先生们！这样还能干大玩意儿吗？”

曼英听了这话，不禁红了脸，暗自想道：“他是在当面骂我呢。我是不是这样的人呢？我该不该受他的骂？……”她想反驳他几句，然而她找不出话来说。

“我告诉你，”李士毅仍继续说道，“我们应当硬得如铁一样，我们应当高兴得如春天的林中的小鸟一样，不如此，那我们便只有死，什么事情都干不了！”

“你现在到底干着些什么事情呢？”曼英插着问他。

“最大的头衔是粪夫总司令，你闻着我的身上臭吗？”

“什么叫着粪夫总司令？”曼英笑起来了。“这是谁个任命你的呢？”

“你不明白吗？我在粪夫工会里做事情……你别要瞧不起我，我能叫你们小姐们的绣房里臭得不亦乐乎，马桶里的粪会漫到你们的梳装台上。哈哈哈！……”

李士毅很得意地笑起来了。李尚志这时靠着窗沿，向外望着，似乎不注意李士毅和曼英的谈话。曼英望着他的背影，心中暗自想道：“他们都有伟大的特性：李尚志具着的是伟大的忍耐性，而李士毅具着的是伟大的乐观性，这就是使他们不失望，不悲观，一直走向前去的力量。但是我呢？我所具着的是什么性呢？”曼英想至此地，不禁生了一种鄙弃自己的心了。他觉得她在他们两人之中立着，是怎样地渺小而不相称……

“呶，你的爱人呢？”李士毅笑着问。

“你不要瞎说！”曼英觉得自己的脸红了。她想着柳遇秋，然而她的眼睛却射着李尚志。“谁是我的爱人？现在谁个也不爱我，我谁个也不爱。”

李尚志将脸转过来，瞟了曼英一眼，又重新转过去了。曼英深深地感受到了他的眼光，他的眼光射到了她的心灵深处，似乎硬要逼着她向自己暗自说道：

“你别要扯谎呵！你不是在爱着这个人吗？这个靠着窗口立着的人吗？……”

李士毅，讨厌的李士毅（这时曼英觉得他是很讨厌的，不知趣的人了。），又追问了一句：

“柳遇秋呢？”

“什么柳遇秋不柳遇秋？我们之间一点儿关系都没有了。从前的事情，那不过是一种错误……”

李尚志又回过头来瞟了曼英一眼。那眼光又好像硬逼着曼英承认着说：

“我从前不接受你的爱，那也是一种错误呵！……”

“哈哈！你真是傻瓜！”曼英忽然听见李士毅笑起来了。他似真似假地这样说道，“为什么不去做官太太呢？你们女子顶好去做太太，少奶奶，而革命让我们来干……你们是不合式的呵！……曼英，我还是劝你去做官太太，少奶奶，或是资本家的老婆罢！坐汽车，吃大菜……”

曼英不待他将话说完，便带点愤慨的神气，严肃地说道：

“士毅，你为什么这样轻视我们女子呢？老实说，你这种思想还是封建社会的思想，把女子不当人……你说，女子有哪一点不如你们男子呢？你这些话太侮辱我了！”

“我的女英雄，你别要生气，做一个官太太也不是很坏的事……”

李尚志转过脸来，向着李士毅说道：

“你别要再瞎说八道罢！你这是什么思想？一个真正的……决不会有你这种思想的！”

曼英听见李尚志的话，起了无限的感激，想即刻跑到他的面前，将他的颈子抱着，亲亲地吻他几吻。她的自尊心因为得着了李尚志的援助，又更加强烈起来了。难道她曼英不是一个有作为的女子吗？不是一个意志很坚强，思想很彻底的女子吗？女子是不弱于男子的，无论在那一方面……

但是，当她一想起“我现在做些什么事情呢？……”她又有点不自信起来了。她意识到她没有如李士毅的那种伟大的乐观性，李尚志的那种伟大的忍耐性。如果没有这两种特性，那她是不能和他们俩并立在一起的。“我应当怎样生活下去呢？我应当怎样做呢？做些什么呢？……我应当再好好地想一想！”最后她是这样地决定了。

李士毅说，他要到粪夫总司令部办公去，不能久坐了。他告辞走了。房间内仍旧剩下来曼英和李尚志两个人。

一时的寂静。

两人似乎都有许多话要说，尤其是曼英。但是说什么话好呢？曼英又将眼光转射到那桌上的一张像片了。在那像片上也不知李尚志倾注了多少深情，看了多少眼睛，也许他亲了无数的吻……忽然曼英感受到那深情是多么地深，那眼睛是多么地晶明，那吻又是多么地热烈。她的一颗心颤动起来了。她觉得她现在正需要着这些……她渴求着李尚志的拥抱，李尚志的嘴唇……这拥抱，这嘴唇，将和柳遇秋的以及其余的所谓“客人”的都不一样。

“但是我有资格需要着他的爱情吗？”曼英忽然很失望地想道，“我的身体已被许多人所污坏了，我的嘴唇已被许多人所吻臭了……不，我没有资格再需要他的爱情了。已经迟了，迟了！……”想至此地，她不由自主地又流起泪来。

“曼英，你为什么又伤起心来了呢？”坐在她的旁边，沉默着很久的李尚志，又握起她的手来问道，“我觉着你的性情太不像从前了……”

曼英听了他的话，更加哭得利害。她完全为失望所包围住了。她觉得她的生活只是黑暗而已，虽然她看见了李尚志，就仿佛看见了光明一样，然而对于她，曼英，这光明已经是永远得不到的了。

曼英觉得李尚志渐渐将她的手握得紧起来。如果她愿意，那她即刻便可以接受李尚志的爱，倾伏在李尚志的怀里……但是曼英觉得自己太不洁了，与其说她不敢，不如说她不愿意……

“曼英，你应当……”李尚志没有说出自己的意思，曼英忽然立起身来，流着泪向李尚志说道：

“尚志，我要走了。让我回去好好地想一想罢！我觉着我现在的思想和感觉太混乱了，连我自己也说不清楚是什么一回事……”

一〇

在先施公司门口下了电车之后，曼英不知再做些什么：回家去呢，还是……？来往的人们拥挤着，在这种人堆的中间，曼英觉着自己为谁也不需要，只是一个孤零零的，被忘却的废人而已。同时在他们的面孔上，曼英觉察出对于自己的讥笑，对于自己的示威，好像她，曼英，在众人面前，很羞辱地被践踏着，为任何人所不齿也似的。她愤慨了，想即刻把他们消灭下去，但是在别一方面，她未免又苦痛地失望起来，她意识到她没有这般的能力……

适才别了李尚志，曼英向他说，她的思想和感觉太混乱了，她应当回家后好好地想一想……可是现在在这先施公司的门口，她的思想和感觉混乱得更甚。她觉着她的脑壳快要爆裂了，她的心快要破碎了，这就是说，她已经到了末日，快要在人海里消沉下去。她开始羡慕李尚志和李士毅的生活是那样地充实，他们的的确确是在生活着；而她，曼英，难道说是在生活着吗？她的内里不过是一团空虚而已。在未和李尚志谈话以前，曼英还感觉着自己始终是一个战士，但是在和李尚志谈话以后，不知为什么她消失了这种信心了。在别一方面，这种信心对于曼英是必要的，如果这种信心没有了，这是说，曼英失了生活的根据。她为什么还生活在世界上呢？……曼英想回答这个问题，然而她现在却没有一个确定的回答了。

曼英呆立着不动，两眼无目的地望着街道中电车和汽车的来往。然而人众如浪潮一般，不由她自主地，将她涌进先施公司店房里面去了。她在第一层楼踱了一回，又跑上第二层楼去。她看看这个，看看那个，不怀着任何的目的。买货物的人大半都是少奶奶，小姐和太太，蓝的，红的，黄的……各式各种的衣服的颜色，只在她的眼帘前乱绕，最后飞旋成了一片，对于她都形成一样的花色了。忽然一种说话的声音传到她的耳膜里，她不禁因之惊怔了一下。那声音是很熟的呵，然而她一时记不起来那声音到底是谁的。她转过脸来向那说话的方向望去：那是卖绸缎的地方，两个女子正在那里和店员说着些什么；她们是背朝着曼英的，所以曼英看不清楚她们是谁。一个是老太婆的模样，另一个却是少奶奶的打扮，她穿着花缎的旗袍，脚下穿着一双花边的高跟皮鞋。她看来是一个矮胖的女人……曼英忽然想道，“这难道说是……是杨坤秀吗？或者就是她罢……”曼英想着想着，便向那两个女子走去。曼英也装着买货的模样，和那个少奶奶装束的矮胖的女子并起肩来。那女子向曼英望了一眼，曼英即刻就认出来了，这不是别人，这正是杨坤秀！虽然她现在比从前时髦得多了，脸上擦了很浓的脂粉……

“呵，你，曼英吗！”杨坤秀先开口这样惊讶地说。她见着了曼英，似乎很欢欣，大有“旧雨重逢”之概。然而什么时候曾是一个非常热情的曼英，现在却向杨坤秀答以冷静的微笑而已。

“坤秀，你变得这样时髦，我简直认不出来了呢。你已经结了婚吗？”

杨坤秀听了曼英的话，不禁将脸红了一下，然而那与其说是由于羞赧，不如说是由于幸福的满意。

“是的，”杨坤秀微笑着说道，“我已经结了婚了。难道说你……你还没有吗？柳遇秋呢？你还没有和他同居吗？”

“你的爱人姓什么？他现在做什么事情？请你告诉我。”曼英不回答杨坤秀的问题，反故意地笑着这样向她发问。

“他……”杨坤秀的脸更加红起来，很忸怩地说道：“张易平你知道吗？恐怕你是知道的。他现在是第三师的军需处长……”

“原来你已经做起官太太了，”曼英握起来杨坤秀的手摇着说道，“恭喜！恭喜！住在上海吗？”

“曼英，你别要这样打趣我！我们已经很久没有见面了呢！你现在好吗？我住在法租界，不大远，到我的家里玩玩好不好？”

“你现在什么都不管了吗？”曼英一壁看着杨坤秀的丰满的面庞，一壁暗自想道，她真是一个官太太的像呢……杨坤秀很平静地笑着回答道：

“难道你还管吗？那些事情，什么革命，什么……那不是我们的事情呵。我们女子还是守我们的女子本分的好。”

“坤秀，你到底要不要这花缎呢？”一直到现在缄默着不说话的老太婆说。看她的模样也许是坤秀的婆婆，也许是……曼英还未来得及断定那个老太婆是坤秀的什么人的时候，坤秀又向曼英逼着问道：

“请你说，你到底愿意不愿意到我的家里去呢？我住在贝勒路底……”

曼英一时间曾想到杨坤秀的家里去看一看。杨坤秀本来是曼英的从前的好友呵，现在曼英不应忘却那亲密的情谊……但是她转而一想，那是没有再和杨坤秀周旋的必要了：如果因为柳遇秋做了官，曼英便和他断绝了爱人的关系，那么杨坤秀现在做了官太太了，曼英又何能不和她断绝朋友的关系呢？

已经走上两条路了，那便没有会合的时候……

“好，有空我就来看你罢，现在我还有一个地方要去一去。”

曼英与杨坤秀握别了之后，便走出先施公司的门口。人们还是照常地涌流着，街心中的汽车和电车还是照常地飞跑着……曼英现在简直不明白发生了一回什么事。杨坤秀，从前曾为曼英所亲爱过的杨坤秀，现在竟这样地俗化了，她很自足地做了官太太……这究竟是一回什么事呢？柳遇秋做了官，将自己的灵魂卖了。现在这个杨坤秀，什么时候曾和曼英一块儿幻想着伟大的事业的杨坤秀，更要糟糕一些，她连自己的灵魂和肉体统统都卖掉了……她的面容是那样地满足而愉快！难道说他们是对的，而曼英是傻瓜吗？天晓得！……

在别一方面，李尚志说曼英走错了路，说她沉入了小资产阶级的幻灭……天哪！到底谁个对呢？曼英的思想和感觉不禁更形混乱起来了。头部忽然疼痛起来，脸孔变得如火烧着一般。她觉着她自己是病了。

踏进了亭子间。阿莲照常地笑着迎将上来。她的两个圆滴滴的小笑窝又在曼英的眼前显露着了。曼英向她出了一会神……忽然倒在床上，伏着枕痛哭起来了。伤心的痛哭刺激得阿莲也难过起来。她于是也陪着曼英痛哭起来了。

“阿莲，我要死了……”

“姐姐呵，你不能死……你死了我怎么好呢？……”

“我的妹妹，不要紧，我死了之后，李先生一定是可以照顾你的。”

“姐姐，你不能死呵，好好地为什么要死呢？……”

曼英真个病了。第二天没有起床。浑身发热，如被火蒸着一般。有时头昏起来，她竟失了知觉。可怜的小阿莲坐守着她，有时用小手抚摩着曼英的头发。

在清醒的时候，曼英很想李尚志走来看她，她想，他的温情或者能减轻自己的病症……但是她又转而想道，需要李尚志的温情干什么呢？她应当死去，孤独地死去，什么都不再需要了。人一到要死的时候，一切都是空虚，空虚，空虚而已……阿莲提起请医生的事情来，曼英笑着说道：

“还请医生干什么呢？我知道我一定是要死的！”

阿莲不愿意曼英死去。但是阿莲没有方法治好曼英的病。她只能伏在曼英的身上哭。

第三天。曼英觉察到了：她的下部流出来一种什么黄白色的液体……她不知道这到底是什么东西，然而她模糊地决定了，这大概是一般人所说的梅毒，花柳病……她曾一时地惊恐起来。然而，当她想起她快要死去的时候，她的一颗心又很平静了。她曾听见过什么梅毒，白带，什么各式各种的花柳病，然而她并不知道那是一回什么事，更没曾想到她自己也会经受这种病。现在曼英病了。她的病不是别的，而是万人所唾骂的花柳病……这是怎样地羞辱呵！但是，反正是一死，她想道，还问它干什么呢？……

她知道，她很急切地希望着李尚志的到来，然而她一想到“如果李尚志知道我现在得了这种病症的时候，他该要怎样地鄙弃我呵！……”不但不希望李尚志的到来，而且希望李尚志永远地不会来看她，如此，他便不会得知曼英的秘密。

“阿莲！如果你一听见有人敲后门的时候，你便跑下楼去看一看是谁。如果是李先生的话，那你便对他说，我不在家……”

“姐姐，我不明白。为什么你不要李先生进来呢？他是一个好人呵！”

“好妹妹，别要问我！你照着我的话做去好了。”

她曾不断地这样向阿莲说……

第四天。曼英退了烧。出乎她自己的意料之外，她居然能起床了。那黄白色的液体还是断续地流着，然而似乎并不沉重，并没有什么特异的危险的征象。她有点失望，因为如此下去，她是不会死的。但是她本能地又有点欢欣起来，她究竟还可以再活下去呵。

阿莲的两个圆滴滴的小笑窝又在曼英的眼前展开了。

“姐姐，我知道你是不会死的呵！”

听了阿莲的话，曼英很亲切地将阿莲抱在怀里吻了几吻。然而在意识上，曼英还是以为活着不如死去好，“既然生了这种羞辱的病，还活着干什么呢？如果李尚志知道了……唉，愿他永远地不知道！曼英可以死去，然而这害了梅毒的事情，上帝保佑，让他永远地不知道罢！……”

一听见有人敲叩后门，曼英便叫阿莲跑下楼去看看。

“姐姐，不是李先生，是别一个人。”

阿莲的简单的报告使得曼英同时发生两种相反的心情：欢欣与失望。欢欣的是，那是别一个人，而不是李尚志；失望的是，为什么李尚志老不来看她呢？难道说把她忘记了吗？或者他以为曼英堕落得不堪，就从此和曼英断绝关系吗？……

这真是巨大的矛盾呵！曼英现在生活于这种矛盾之中，不能抛弃任何一方面。但是曼英知道，她是不能这样长此生活下去的。或者即刻死去，或者她跑至李尚志的面前痛诉一切，请求李尚志的宽恕，再从新过着李尚志式的生活……在这两条路之中，曼英一定是要选择一条的。她觉得她还可以生活着下去，但是在别一方面，她又想道，她是病了，她再没有和李尚志结合的机会了。虽然李尚志对她还是钟着情，但是她已经不是从前的曼英了，已经是很不洁的人了，还有资格领受李尚志的情爱吗？不，她是绝对没有这种资格了！

过了一天，李尚志没有来。

过了两天，三天，四天，李尚志还没有来。

曼英明白了，李尚志不会再来看她了。那一天李尚志不是很诚恳地劝过曼英吗？不是很热烈地希望过过去的曼英复生吗？而她没有给他一个确定的回答，而她差不多完全拒绝了他……好，李尚志还需要你王曼英干什么呢？李尚志是不会再进入王曼英的亭子间的了。

但是，也许李尚志不再需要曼英了，而曼英觉着自己很奇怪，似乎一定要需要李尚志的样子，不能一刻地忘记他……李尚志于无形中紧紧地将曼英的一颗心把握住了。

“阿莲，你看李先生不会来了吗？”

“为什么不会来？他一定是会来的。你忘记了他曾说过他的事情很忙吗？”

曼英时常地问着，阿莲也就这样时常地答着。对于李尚志一定会来的事情，曼英觉得阿莲比自己还有信心些。

已经是快要夜晚了。曼英忽然觉着非去看一看李尚志不可。无论他在家与否，就是能够看一看他的房间，那他在书桌子上放着的一张小像片，那些……也是好的呵！她匆促地走出门来，忘却了一切，忘却了自己的病，一心一意地向着李尚志的住处走去。阿莲曾阻止她说道：

“姐姐，我的饭快烧好了，吃了饭才出去罢！”

但是在现在的这一刻间，这吃饭的事情是比较次要的了。对于曼英，那去看李尚志的事情，要比什么吃晚饭的事情重要得几千倍！……

黄包车夫是那样地飞跑着，然而曼英觉得他跑得太慢了。如果她现在坐着的是飞机，那她也未必会感觉到飞机的速度。她巴不得一下子就到了李尚志的住处才是！街上的电灯亮起来了。来往的汽车睁着光芒夺人的眼睛。在有一个十字路的转角上，电车出了轨，聚集了一大堆的人众……但是曼英都没注意到这些，似乎整个的世界对于她都是不存在的了，存在的只是她急于要看见的李尚志。唉，快一点，黄包车夫！越快越好呵！谢谢你！……

黄包车终于在李尚志所住着的弄堂口停住了。曼英付了车资，即预备转过身来走入弄堂口里去。她欢欣起来了：她即刻就可以看见李尚志，即刻就可以和李尚志谈一些很亲密的话了，也许她，曼英，即刻就可以倾倒在李尚志的强有力的怀抱里……忽然，一种思想，如巨大的霹雳一般，震动了她的脑际：她到底为着什么而来呢？为着接受李尚志的劝告吗？为着接受李尚志的爱吗？但是她，曼英，已经是一个很堕落的人了，现在竟生了梅毒！她还有能力接受李尚志的劝告吗？还有资格接受李尚志的爱吗？不，她不应当有任何的希望了！她应当死去，即速地死去！她不应当再来扰乱李尚志的生活呵！……想到此地，她便停住了步。李尚志也许正在家里，也许他正对着曼英的像片出神，然而曼英觉得自己的良心太过不去了，便很坚决地切断要和李尚志见面的念头。她觉着她输去了一切，很伤心，然而她又觉得自己变成了一团的空虚，连眼泪都没有了。

离开了李尚志所住着的弄堂口，她迷茫地走到了一条比较热闹的大街。人声嘈杂着，汽车叫鸣着，电车啌㖯着……连合成一片纷乱而无音节的音乐。曼英迷茫地听着这音乐，不怀着任何的目的。她感觉着自己已经是不存在的了。从前她在街上一看见生活丰裕的少爷，少奶奶，大腹贾……便起了憎恨，但是她现在没有这一种心情了，因为她自己已经是一团的空虚了。

曼英走着走着，忽然前面有一个人挡着去路。曼英举起头来，向那人很平静地出了一会神，宛然那人立在她的面前如一块什么木块也似的，不与她以任何的感触。忽然她觉得那面孔，那眼睛，那神情，是曾在什么时候见过的，那是在很远很远的时候……曼英还未来得及想出那人到底是谁，那人已经先开口了：

“今天我总算是碰到了你！”

这句话含着欢欣又含着忿怒。曼英的脑筋即刻为这句话打击得清醒起来了。这不是别人，这是她的救主（?），这是要讨她做小老婆的陈洪运……

“啊哈！今天我总算是也碰到了你呵！”曼英冷笑着这样说。陈洪运听见曼英的话，不觉表现出来很迟疑的神情。他的忿怒似乎消逝下去了。

“你这个骗子！”陈洪运不大确信地说。

“骗子不是我，而是你！”

“你为什么说我是骗子呢?”

“我写给你的信你都没收到吗?”曼英扯起谎来了。

“我接到了你一封骂我的信。”

“你接到了我一封骂你的信?”曼英做出很惊诧的神情，说道，“你在扯谎还是在说真话?”

“笑话！你自己写的，难道忘记了吗？那封信难道说不是你写的吗?”

曼英听了陈洪运的话，故意做出迟疑的神情，半晌方才说道：

“这真奇怪了！我真不明白。难道说坤秀会做出这种事情吗？”曼英低下头来，如自对自地说了最后的一句话。

“难道说那不是你写的吗？”

“当然不是我写的！我敢发誓……”

曼英还未将话说完，忽然不知道从什么地方涌来了一群人，将她挤得和陈洪运碰了一个满怀。陈洪运趁这个机会，即刻将曼英的手握住了。

“我住在S旅馆里，离此地不远……此地不是说话的地方，到我的寓处去，好吗？”

“你不是常住在上海吗？”曼英问。

“不，我前天从南京来……”

“你还要回到南京去吗？”

“是的，我在南京办事情。”

曼英踌躇起来了：她要不要和陈洪运到旅馆去呢？如果一去的话，那是很明白的，陈洪运一定要求他所要得到而终没得到的东西……但是曼英现在是病了呵，她不能够答应他的那种要求……忽然她笑起来了，很坚决地说道：

“走，走，到你的旅馆去罢！”

陈洪运听见了曼英的话，表示很满意，即刻将曼英的臂膀挽起来，开始走向前去。在路上她为他解释着道，那一封骂他的信一定不是她写的，她决不会做出这种没有道理的事情来。从S城到上海来了之后，她住在她的一位女朋友的家里，每逢曼英有什么信要寄，都是要经过她的手的。她有一位哥哥很看中了曼英……难道他们在暗地里弄鬼吗？一定是他们弄鬼呵！……

陈洪运相信了。他说，那一定是曼英的女朋友弄鬼，曼英是不会做出这种事情的……但是在别一方面，这些事情对于他已经是不重要了，重要的是他现在能够挽着曼英的臂膀，即刻就可以吻她的唇，搂抱她的腰……曼英近来虽然病了，虽然黄瘦了许多，但是在陈洪运看来，她比在S城时更漂亮得多了。上海的时髦的装束，将曼英在陈洪运的眼中更加增了美丽。不料意外地这美丽今夜晚又落在他的手里……他真应当要感谢上帝的赐予了。

同时，曼英一边走着，一边想道，今夜晚她要报答他的恩了！她将给他所需要的，同时她还赠给他一件不可忘却的礼物——梅毒！曼英虽然不能决定自己到底害着什么病，然而她假设着这病就是梅毒，今夜晚她要把梅毒作为礼物……她已经没有任何的希望了。她还能看着别人很平安地生活下去吗？她已经是一个病人了，还能为别人保持着健康吗？管他呢！从今后她的病就是向社会报复的工具了。如果从前曼英不过利用着自己的肉体以侮弄人，那末她现在便可以利用着自己的病向着社会进攻了。让所有的男子们都受到她的传染罢，横竖把这世界弄毁坏了才算完了事！曼英既不顾惜自己，便一切什么都不应当顾惜了。

于是她很高兴地走向陈洪运的旅馆去……既然他很愿意她使着他满意，那她又何必使他失望呢？呵，就在今夜里……

一夜过去了。陈洪运向曼英表示着无限的谢意。他要求曼英一同到南京去，但是曼英向他说道：

“你先去，你先把房子租好了我才来呢。这一次大概不会像先前的阴差阳错了。”

于是陈洪运很快乐地回到南京去。曼英依旧留在上海。她又重新兴奋起来了。她从今后有了很巧妙的工具，她希望着全人类为梅毒菌所破毁。管它呢?!……

曼英似乎暂时地将李尚志忘却了。有时偶尔一想起李尚志来，不免还有着一种抱愧的心情，然而她很迅速地就决定道：“他做他的，我做我的，看看谁个的效果大些……我老是悬念着他干什么呢？……”

第二天晚上她在天韵楼上碰到了钱培生……第四天晚上在同一个所在碰到了周诗逸……她都给了他们以满意。

她还想继续找到承受她的礼物的人……

但是在第五天的晚上，曼英还未来得及出门的时候，李尚志来了……

一一

阿莲见着李尚志走进房来，欢喜得雀跃起来了。她即刻走向前去，将李尚志的手拉着，眯着两眼，笑着问道：

“李先生，你为什么老久不来呢?”

“我今天不是来了吗?”

“姐姐天天说你为什么不来看我们呢。她老记念着你，李先生……”

“这阿莲才会扯谎呢。”正预备着走出去的曼英，现在傍着桌子立着，这样笑着说。她不知道为什么她要否认阿莲的话，可是否认了之后，她又觉得她是不应当否认的。她见着了李尚志走进房来，一瞬间也曾如阿莲一般地欢欣，也曾想向前将李尚志的手拉起来，和他在床上并排地坐下，说一些亲密的话。然而她没有这样做。当她一想起来自家的现状，她觉得她没有权利这样做，于是她将头渐渐地低下来了。

“李先生，你为什么老穿着这一套衣服呢?”曼英又听见阿莲说话了。“永远不换吗？没有人替你洗吗？我会洗，有衣服拿来我替你洗罢。”

“小妹妹，”李尚志很温存地摩着她的头，笑道，“你真可爱呢。谢谢你。你看我这一套衣服不好看吗?”

“天气有点热起来了呢。”

阿莲说着，便将李尚志拉到桌子旁边的椅子上坐下。她先从热水瓶倒出一杯开水来，然后开开抽屉，拿出来一包糖果（这是曼英买给她吃的），向李尚志笑着说道：

“李先生，长久不来了，稀客，”阿莲说着这话，扭过脸来向曼英望着，表示自己很会待客的神情。然后她又面向着李尚志说道，“这是姐姐买给我吃的，现在请你吃，不要客气。”

李尚志面孔变成了那般地和蔼，那般地温存，那般地亲爱，简直为曼英从来所没看见过。他似乎要向阿莲表示谢意，但他不知说什么话为好，只是微笑着。曼英简直为他的这般神情所吸引住了，两眼只向他凝视着不动。

阿莲和李尚志开始吃起糖果来，宛然他们俩忘却了曼英的存在也似的。

她觉得在他们俩的面前，她是一个剩余的人了。房中的空气一时地沉重起来，紧压着曼英的心魂，使她感觉到莫知所以的悲哀。一丝一丝的泪水从她的眼中簌簌地流出来了。

“曼英！曼英！”李尚志一觉察到这个时，便即刻跑到曼英的面前，拉起她的手来说道，“你，你又怎么了？我感觉着你近来太变样了。你看，你已经黄瘦了许多。你到底遇着了什么事呢？你这样……这样糟踏自己的身子是不行的呵！你说，你有什么心事！我做出使你伤心的事了吗？我的……”（他预备说出妹妹两个字来。）“你说，你说……”

曼英不回答他的话，伏在他的肩上更加悲哀地哭起来了。阿莲不知发生了什么事情，只呆立着不动，如失了知觉也似的。停了一会，曼英开始哽咽着继续地说道：

“尚志，我不但对不起你，而且我……我已经……成为一个不可救药的人了。从前我不爱你，那，那是我的错误，请你宽恕我。可是现在……尚志！可是现在……我没有资格再爱你了，我，我不配呵！……唉，如果你知道我的……”

说至此地，曼英停止住了。李尚志觉得她的泪水渗透了他的衣服，达到他的皮肤了。他见着曼英的两个肩头抽动着，便用手抚摩起她的肩头来。

“曼英，你有什么伤心事，你告诉我罢，世界上没有什么办不好的事情……”

曼英想痛哭着尽量地告诉李尚志这半年多的自家的经过，可是她觉着她没有勇气，她怕一说出来，李尚志便将她推开，毫不回顾地跑出房去……那时该是多么地可怕呵！不，什么都可以，可是她决不能告诉李尚志这个！那时不但李尚志要抛弃她，就是和她住在一块，称她为姐姐的小阿莲，也要很惊恐地跑开了。不，什么都可以，只要不是这个！……

“尚志，”停了一会，曼英又哽咽着说道，“说也没有益处。已经迟了，迟了！尚志，我对不起你，对不起你……”

“你有什么对不起我的地方呢？”

“现在你可以打我，骂我，唾弃我，但是你不可以爱我……我已经是堕落到深渊的人了。唉，尚志，我现在只有死路一条，永远地不会走到复生的路上了……”

李尚志恐怕曼英站着吃力，便将她扶至床边和着自己并排坐下了。曼英的头依旧伏在他的肩上。他伸一伸手，似乎要将曼英拥抱起来，然而他终究没有如此做。

"曼英，我简直不明白你，你为什么要这样地自暴自弃……我是不会相信你自己的话，什么不会复生的话……"

他看一看那床头上的曼英的像片。停了半晌，忽然他很兴奋地说道：

"曼英，请你相信我，我无论如何忘记不掉你。有时工作着工作着，忽然你的影子飞到脑里来……唉，这些年，自从认识了你以来，我实在没有一天不想念着你呵！……曼英，曼英，我爱你呵！……"

李尚志在曼英的头发上狂吻起来。曼英觉着他的全身都在颤动了。由他的内里奔涌出来的热力，一时地将曼英的心神冲激得恍惚了，曼英也就不自主地倾倒在他的怀抱里。呵，这怀抱是如何和柳遇秋，钱培生，周诗逸……等人的不同！李尚志的亲吻该是多么地使着曼英感觉得幸福和愉快！……她的意识醒转来了。她惊骇得从李尚志的怀抱里突然地跳将起来。她以为她在李尚志的面前犯了不可赦免的罪过：她忘却她自己了！她还有资格这样做吗？她是在犯罪呵！……

于是曼英又失望地哭起来了。

"尚志，"她吞着泪说道，"我没有权利这样做，我不配……请你忘记我罢，永远地忘记我！……这样好些，这样好些呵！你应当知道……"

曼英哭得不能成声了。被曼英的动作所惊愣住了的李尚志，只瞪着两眼向曼英望着，似乎不明白发生了一回什么事。听了曼英的话，半晌方才说道：

"曼英，你一点儿都不爱我吗？"

"亲爱的，尚志，你别要说这种话罢，这简直使我痛苦死了呵！"曼英说着，又和李尚志并排坐下了。她睁着两只泪眼，很痛苦地向李尚志望着，继续说道：

"不错，从前我是不爱你的，那是我的错误，请你原谅我。可是现在，我爱你，尚志，我爱你呵……不过我不能爱你了。我不配爱你了。如果我表示爱你，那我就是对你犯罪。"

"我真不明白你的意思。"

"我的尚志，亲爱的……是的，你不明白我的意思。你不可以明白我的意思呵！唉，天哪，这是多么地痛苦呵！……"

一直呆立到现在不动的阿莲，现在如梦醒了一般，跑到曼英的面前，伏倒在曼英的怀里，放着哭音说道：

"姐姐，你不要这样呵！听一听李先生的话罢，他是一个好……好人……"

曼英的泪滴到阿莲的发辫上。她这时渐渐地停止住哭了。她抚摩着阿莲的头发，忽然将思想都集中到阿莲的身上。她知道她是离不开阿莲的，如果没有阿莲，那她便不能生活。但同时她又明白，那就是她没有权利将阿莲长此放在自己的身边。她也许会今天或明天就死去，但是她将怎样处置阿莲呢？阿莲的年纪还轻，阿莲的生活还有着无限的将来；曼英既然将自己的生活牺牲了，那她是没有再将阿莲的幼稚的生活弄牺牲了的权利呵！……但是，她应当怎样处置阿莲呢？

这时李尚志似乎也忘却别的，只向阿莲出着神。房间内一时地沉默起来。过了一会，李尚志忽然想起来了他久已要告诉曼英的事情：

“我险些儿又忘记了。曼英，我们有一处房子，看守的人是一个老太婆。我们来来往往的人很多，那是很惹人注目的，顶好再找一个小男孩或是小姑娘。我看阿莲是很聪明的，如果……”

李尚志说到此地不说了，两眼向着曼英望着。曼英明白了他的意思。她始而大大地颤战了一下，如同听到了一个可怕的消息一般。继而她又向她的意识妥协了，李尚志是对的，阿莲应跟着他去……她失去了阿莲，当然要感受到深切的苦痛，然而这只是她个人的命运……

“阿莲能够到我们那边去吗？”停了一会，李尚志很无信心地向曼英问了这么一句。曼英一瞬间觉着李尚志太残酷了，他居然要夺去她的这个小伴侣，最后的安慰！她不禁愤恨地望了李尚志一眼。但是她终于低下头来，轻轻地说道：

“尚志，这是可以的。”

阿莲还不明白是什么一回事。李尚志听了曼英的话，不禁很欢喜地将阿莲拉到自己的身边，笑着向她说道：

“阿莲，你没有母亲了，我们那边有一个老太婆可以做你的母亲，你去和她一块过活罢。你愿意不愿意？”

阿莲摇一摇头，说道：

“李先生，我不愿意。我还是和姐姐一块儿过活好。姐姐喜欢我，姐姐待我好，我不愿意到别的地方去。”

阿莲转过脸来，目不转睛地向曼英望着，那神情似乎向曼英求救的样子。曼英一想到阿莲去了之后，那她便孤单单地剩在这房间里，那两个圆滴滴的小笑窝也许从此便不会在她的眼前显露了……不禁又心酸起来，簌簌地流下来几颗很大的泪珠。但她用手帕将泪眼一揩，即刻又镇定起来了。她将阿莲拉到自己的怀里，抚摩着她的头，轻轻地，很温存地，如同母亲对女儿说话的样子，说道：

“妹妹，你一定要到李先生那边去呢。那边有个老太婆，良心好的很，我知道，她一定比我还要待你好些。现在你不能同我在一块儿住了，你晓得吗？我要离开上海，回家去，过两三个月才能来。你明天就到李先生那边去罢，李先生一定很欢喜你的。”

“我舍不得姐姐你呵！”阿莲将头抵住曼英的胸部，带着一点儿哭音说，“我舍不得你呵，姐姐！……”

“两三个月之后，你还会和我一块儿住的，你晓得吗？好妹妹，请你听我的话罢，明天李先生来领你去，那边一定会比我这里好……”

阿莲在曼英的怀里哭起来了。曼英不禁又因之伤起心来。停了一会，曼英开始用着比较严肃些的声音说道：

“妹妹，你为什么要哭呢？你还记得你的爸爸和妈妈的事情吗？如果你还记得，你就要跟着李先生去！李先生可以为你的爸爸和妈妈报仇……你明白了吗？……”

阿莲一听见这话，果真地不哭了。她从曼英的怀里立起身来，向李尚志审视了一会，然后很确定地说道：

“李先生，我愿意跟你去了。”

曼英又将阿莲拉到自己的身边，在她的腮庞很亲密地吻了几下，说道：

“你真是我的好妹妹呵！……”曼英说着这话，微笑了起来，同时，涌激的泪潮又从她的眼睛中奔流出来了。她转过脸来向李尚志断续地说道：

“尚志！好好地看待她罢！……好好地看待她罢！……看在我的分上。……你不应当让任何人难为她……你能答应我这个吗？”

“曼英！”李尚志很确信地说，“关于这一层请你放心好了！我们自己虽然穿得这个怪样，但是我们一定要为阿莲做几套花衣服，好看一点的衣服，穿一穿。我们的那个老太婆，她是张进的，你晓得张进吗？她是张进的母亲，心肠再好也没有了。如果她看见了阿莲，那她一定会欢喜得流出老泪来。”

已经十点多钟了。李尚志告辞走了。在李尚志走了之后，曼英为着要使阿莲安心，又详细地向她解释了一番。阿莲满意了。睡神很温存地将阿莲拥在怀抱里，阿莲不断地在梦乡里微笑……

曼英也安心了。她想道，她也许辜负了许多人：母亲，朋友，李尚志……也许她确确实实地辜负了革命。然而，无论如何，她是可以向自己说一句，总算是对得住阿莲了！阿莲已经有了归宿。阿莲不会再受什么人虐待了。

但是在别一方面，曼英将失去自己的最后的安慰，最后的伴侣……她还有什么兴趣生活下去呢？她所剩下来的还有什么呢？……她觉着她失去了一切。这一夜，如果阿莲带着微笑伏在睡神的怀里，那曼英便辗转反侧，不能入梦。她宛然坠入了迷茫的，绝望的海底，从今后她再不能翻到水面，仰望那光明的天空了。

第二天一清早，李尚志便将阿莲领了去。曼英没有起床，阿莲给了她无数的辞别的吻……于是阿莲便离开曼英了。那两个圆滴滴的小笑窝，曼英也许从今后没有再看见的机会了！她失去了最后的安慰，她失去了一切……于是她伏在枕上毫无希望地啜泣了半日。

从这一天起，曼英只坐在自己的一间小房里，什么地方也不去了。她开始写起日记来。这下面便是她的日记中的断片：

"……阿莲离我而去了。我失去了生活中的最后的安慰。我知道从今后阿莲走上光明的生的路上去。但是我自己呢？……我已经没有路可走了。我的前面只是一团绝望的漆黑而已。然而我很安心，因为我总算是没有辜负了阿莲，这个可爱的小姑娘……"

…………

"今天下午李尚志来了。我先问起阿莲的情形。我生怕他们男子们粗野，不会待遇小孩子。他说，那是不会的。他说，无论怎样，他李尚志有保护阿莲不吃苦的责任……后来，他又开始劝起我来了。他说，我对于革命的观念完全是错误的，革命并不如我所想象的那样……我真有点烦恼起来了。当我失去一切的时候，我还问什么革命不革命呢？他终于失望而去。"

…………

"今天李尚志又来了。他说，他无论怎样不能忘记我！他说，他爱我，一直从认识的时候起……我的天哪，这真把我苦恼住了！我并不是不爱他，而是我现在不能爱他了。我想将我的真相告诉他，然而我没有勇气……我的天哪，我怎样才能打断他对于我的念头呢？……如果我要领受他的爱，那便势不得不将我自己的生活改造一下，然而这是怎样困难的事情呵！不但要改造生活的表面，而且要将内里的角角落落都重新翻一翻……不，这是太麻烦了！而况且我现在已经害了这种病，又怎么能够爱他呢？"

…………

"我完完全全是失败了！我曾幻想着破坏这世界，消灭这人类……但是到头来我做了些什么呢？可以说一点什么都没有做！我以为我可以尽我的力量积极地向社会报复，因之我糟踏了我的身体，一至于得了这种羞辱的病症……但是效果在什么地方呢？万恶的社会依然，敌人仍高歌着胜利……"

…………

"李尚志今天又来了。他随身带了许多书籍给我。我的天哪，他到底是怎么一回事呢？他近来的工作不忙了吗？……他老劝告我回转头来，但是他不知道我是永回不转头来的了。我岂不是想……唉，我还是想生活着呵，很有兴趣地生活着呵！……但是我生活不下去了。我失去了一切。我失去了信心，呵，这最重要的信心呵！……他不能了解我现在的心境，恐怕他永远没有了解的可能了。他拥抱着我，他想和我接吻……我岂不想吗？我岂不想永远沉醉在他的强有力的怀抱里吗？然而当我一想起我自身的状况，我便要拒绝他，不使他挨到我的已经被污秽了的身体……如果我不如此做，我便是在他的面前犯罪呵！……"

…………

"唉，苦痛呵，苦痛！……我希望李尚志永远不要再来看我了，让我一个人孤单地死在这间小房子里……这样子好些呵！……但是他近来简直把持不住了自己，似乎一定要得到我的爱才罢手！今天他又来了。他苦苦地劝告我，一至于到了哭着哀求的地步。这真是出乎我的意料之外了。他说，他一定要救我，救不了我，那他便不能安心地工作下去……我的天哪，这倒怎么样好呢？我变成了他的工作的障碍物了！不，我一定要避开他，永远地避开他……"

…………

"我已下了决心了！我不必再生活下去！李尚志应当生活着，阿莲应当生活着，因为生活对于他们是有意义的。但是我……我还生活下去干什么呢？我既不能有害于敌人，也不能有益于我的朋友，李尚志……我是一个绝对的剩余的人了。算了！不再延长下去了！让我完结我自己的生活罢！……明天……早晨……我将葬身于大海里，永远地，永远地，脱离这个世界，这个万恶的世界……别了，我的阿莲！如果你的姐姐的生活没有走着正路，那她所留给你的礼物，就是她的覆辙呵！……别了，我的李尚志！我所要爱而不能爱的李尚志！我不希望你能原谅我，但我希望你能不忘记我……"

于一天早晨，曼英坐上了淞沪的火车。一夜没有睡觉，然而曼英并不感觉到疲倦，一心一意地等着死神的来到。人声嘈杂着，车轮啌哃着，而曼英的一颗心只是迷茫着。她的眼睛是睁着，然而她看不见同车内的人物。她的耳朵是在展开着，然而她听不见各种的声音。人世对于她已经是不存在的了，存在的只是那海水的怀抱，她即刻就要滚入那巨大的怀抱里，永远地，永远地，从人世间失去了痕迹……

她无意识地向窗外伸头望一望，忽然她感觉到一种很相熟的，被她所忘却了的东西：新鲜的田野的空气，刺激入了她的鼻腔，一直透澈了她的心脾；温和的春风如云拂一般，触在她的面孔上，使她感觉到一种不可言喻的愉快的抚慰；朝阳射着温和的光辉，向曼英展着欢迎的微笑……一切都充满着活泼的生意，仿佛这世界并不是什么黑暗的地狱，而是光明的领地。一切都具着活生生的希望，一切都向着生的道路走去。你看这初升的朝阳，你看这繁茂的草木……

曼英忽然感觉到从自身的内里，涌出来一股青春的源泉，这源泉将自己的心神冲洗得清晰了。她接着便明白了她还年青，她还具有着生活力，她应当继续生活下去，领受这初升的朝阳向她所展开的微笑……

曼英想起来了去年的今时。也许就在今天的这一个日期，也许就在这一刻，她乘着火车走向H镇去。那时她该多么充满着生活的希望呵！她很胜利地，矜持地，领受着和风的温慰，朝阳的微笑，她觉得那前途的光明是属于她的。总而言之，那时她是向着生的方面走去。时间才经过一年，现在曼英却乘着火车走向吴淞口，走向那死路去……这是怎么一回事呢？这是错误罢？这一定是错误！曼英的年纪还青，曼英还具有着生活力，因之，这朝阳依旧向她微笑，这和风依旧给她抚慰，这田野的新鲜的空气依旧给她以生的感觉……不，曼英还应当再生活下去，曼英还应当把握着生活的权利！为着生活，曼英还应当充满着希望，如李尚志那般地奋斗下去！生活就是奋斗呵，而奋斗能给与生活以光明的意义……

曼英向着朝阳笑起来了。这笑一半是由于她感到了生的意味，一半是由于她想到了自己的痴愚：她的年纪还青，她还有生活的力量，而她却一时地发起痴来，要去投什么海水！这岂不是大大的痴愚，同时，又岂不是大大的可笑吗？不错，她是病了，然而这病也许不就是那种病，也许还是可以医得好的……这又有什么失望的必要呢？

"过去的曼英是可以复生的呵！"曼英自对自地说道，"你看，曼英现在已经复生了。也许她还没有完全复生起来，然而她是走上复生的路了……"

曼英还没有将自己的思想完结，火车已经呜呜地鸣了几下，在吴淞车站停下了。人们都忙着下车，但是曼英怎么办呢？她沉吟了一会，也下了车，和着人们一块儿挤出车站去。她走至江边向那宽阔的海口望了一会，便回转到车站来，买了车票，仍乘上原车回向上海来……

……时间过得真快，李尚志不见着曼英的面，不觉得已经有两个多月了。他还是照常地在地下室里工作着，然而曼英的影象总不时地要飞向他的脑海里来。“她到底到什么地方去了呢？自杀了吗？唉，这么样好的一个姑娘！……”他总是这样想着，一颗心，可以说除开工作之外，便总是紧紧地系在曼英的身上。

那是一天的下午。李尚志因为一件事情到了杨树浦。在一块土坪内聚集了许多男人和女人，李尚志走到他们跟前一看，明白了他们是在做什么事。他们都是纱厂的工人……与其说好奇心，不如说责任心将李尚志引到他们的队伍里。无数的面孔都紧张着，兴奋着，有的张着口狂吼着……忽然嘈杂的声音寂静下来了。李尚志看见一个年轻的穿着蓝花布衣服的女工登上土堆，接着便开始演起说来。李尚志一瞬间觉得自己的眼睛花了，用力地揉了几揉，又向那演说着的女工望去。不，他的眼睛没有花，这的的确确是她，是曼英呵！……他不禁惊喜得要发起狂来了。他想跑上前去将曼英拥抱起来，尽量地吻她，一直吻到疲倦的时候为止。但是他的意识向他说道，这是不可以的，在这样人多的群众中……

曼英似乎也觉察到了李尚志了。在兴奋的演说中，她向李尚志所在着的地方撒着微笑，射着温存的眼光……李尚志觉得自己从来没有像现在这样地幸福过。

然而在群众的浪潮中，曼英还有最紧要的事情要做，她竟没有给予李尚志以谈话的机会。仅仅在第三天的晚上，曼英走向李尚志的住处来了。她已经不是两个多月以前的曼英了。那时她在外表上是一个穿着漂亮的衣服的时髦的女学生，在内心里是一个空虚而对于李尚志又感觉到不安的人。可是现在呢，她不过是一个很简单的女工而已，她和其余的女工并没有什么分别。她的美丽也许减少了，然而她的灵魂却因之充实起来，她觉得她现在不但不愧对李尚志，而且变成和李尚志同等的人了。两个多月的时间并不算长，但是在曼英的生活中该起了多么样大的变化呵！……

李尚志的房间内的一切，一点儿也没有改变。曼英的像片依旧放在原来的桌子上。曼英不禁望着那像片很幸福地微笑了。这时她倚在李尚志的怀里，一点儿也不心愧地，领受着李尚志对于她的情爱。

“尚志，我现在可以爱你了。”

“你从前为什么不可以爱我呢？”

“尚志，如果我告诉你不可以爱你的原因，你会要鄙弃我吗？”

“不，那是绝对不会的！”

曼英开始为李尚志诉说她流落在上海的经过。曼英很平静地诉说着，一点儿也不觉着那是什么很羞辱的事情；李尚志也就很有趣味地静听着，仿佛曼英是在说什么故事也似的。

“……我得了病，我以为我的病就是什么梅毒。我觉着我没有再生活下去的必要了。于是我决定自杀，到吴淞口投海去，可是等我见着了那初升的朝阳，感受到了那田野的空气所给我的新鲜的刺激，忽然我觉得一种生的欲望从我的内里奔放出来，于是我便嘲笑我自己的愚傻了。……回到上海来请医生看一看，他说这是一种通常的妇人病，什么白带，不要紧……唉，尚志，你知道我是怎样地高兴呵！”

“你为什么不即刻来见我呢？”李尚志插着问。曼英没有即刻回答他，沉吟了一会，轻轻地说道：

“亲爱的，我不但要洗净了身体来见你，我并且要将自己的内心，角角落落，好好地翻造一下才来见你呢。所以我进了工厂，所以我……呵，你的话真是不错的！群众的奋斗的生活，现在完全把我的身心改造了。哥哥，我现在可以爱你了……”

两人紧紧地拥抱起来。爱情的热力将两人溶解成一体了。忽然听见有人敲门……曼英如梦醒了一般，即刻便立起身来。李尚志走至门前问道：

“谁个？”

“是我，李先生。”

“呵哈！”李尚志欢欣地笑着说道，“我们的小交通委员来了。快进来，快进来，你看看这个人是谁……”

阿莲一见着曼英，便向曼英扑将上来，拉住了曼英的手，跳着说道：

“姐姐，姐姐，你来了呵！”阿莲将头伏在曼英的身上，由于过度的欢欣，反放起哭音来说道：

“你知道我是怎么样地想你呵！我只当你不会来了呢！……”

曼英抚摩着阿莲的头，不知怎样才能将自己的心情表示出来。她应向阿莲说一些什么话为好呢？……曼英还未得及开口的时候，阿莲忽然离开她，走向李尚志的身边，笑着说道：

“李先生，这一封信是他们教我送给你的，”她说着从怀中掏出一封信来递给李尚志。“我差一点忘记掉了呢。我还有一封信要送……”

阿莲又转过身来向曼英问道：

“姐姐，你还住在原处吗？”

“不，那原来的地方我不再住了。”曼英微笑着摇一摇头说。

“你现在和李先生住在一块吗？”

曼英不知为什么有点脸红起来了。她向李尚志溜了一眼，便低下头来，不回答阿莲的话。李尚志很得意地插着说道："是的，是的，她和我住在一块了。你明天有空还来罢。"

阿莲天真烂漫地，如有所明白也似的，微笑着跑出房门去了。李尚志将门关好了之后，回过脸来向曼英笑着说道：

"你知道吗？她现在成了我们的交通委员了。等明天她来时，你可以同她谈一谈国家大事……"

"真的吗?!"曼英表示着无涯的惊喜。她走上前将李尚志的颈子抱着了。接着他们俩便向窗口走去。这时在天空里被灰白色的云块所掩蔽住了的月亮，渐渐地突出云块的包围，露出自己的皎洁的玉面来。云块如战败了也似的，很无力地四下消散了，将偌大的蔚蓝的天空，完全交与月亮，让它向着大地展开着胜利的，光明的微笑。

两人静默着不语，向那晶莹的明月凝视着。这样过了几分钟的光景，曼英忽然微笑起来了，愉快地，低低地说道：

"尚志，你看！这月亮曾一度被阴云所遮掩住了，现在它冲出了重围，仍是这般地皎洁，仍是这般地明亮！……"

蒋光慈全集

第肆卷

方铭 马德俊/主编

合肥工业大学出版社

图书在版编目(CIP)数据

蒋光慈全集/蒋光慈著;方铭,马德俊主编.—合肥:合肥工业大学出版社,2017.5

ISBN 978-7-5650-3352-0

Ⅰ.①蒋… Ⅱ.①蒋…②方…③马… Ⅲ.①中国文学—现代文学—作品综合集 Ⅳ.①I216.2

中国版本图书馆CIP数据核字(2017)第099572号

蒋光慈全集(第四卷)

方 铭
马德俊 主编

出版策划 朱移山 冷桥勋
责任编辑 张 慧 权 怡

出 版	合肥工业大学出版社	**版 次**	2017年5月第1版
地 址	合肥市屯溪路193号	**印 次**	2017年9月第1次印刷
邮 编	230009	**开 本**	710毫米×1000毫米 1/16
电 话	总 编 室:0551-62903038	**总印张**	103.25
	市场营销部:0551-62903198	**总字数**	1658千字
网 址	www.hfutpress.com.cn	**印 刷**	安徽联众印刷有限公司
E-mail	hfutpress@163.com	**发 行**	全国新华书店

ISBN 978-7-5650-3352-0 总定价:298.00元(全6册)

目录

咆哮了的土地

一

这乡间依旧是旧日的乡间。

靠着山丘，傍着河湾，零星散布着的小的茅屋，大的村庄，在金黄色的夕阳的光辉中，依旧是没有改变一年以前的形象。炊烟随着牧歌的声浪而慢慢地飞腾起来，仿佛是从土地中所发泄出来的伟大的怨气一样，那怨气一年复一年地，一日复一日地，总是毫无声息地消散于广漠的太空里。乌鸦成群地翱翔着，叫鸣着，宛然如报告黄昏的到临，或是留恋那夕阳的西落。那树林葳蕤的处所，隐隐地露出一座楼阁的屋顶，那景象仿佛是这乡间的圣地，而在它周围的这些小的茅屋，大的村庄，不过是穷苦的窝巢而已。

一切都仍旧，一切都没有改变……

但是，这乡间又不是旧日的乡间了。

在什么隐隐的深处，开始潜流着不稳的水浪。在偶尔的，最近差不多是寻常的居民的谈话中，飞动着一些生疏的，然而同时又是使大家感觉得异常的兴趣的字句，"革命军"……"减租"……"土地革命"……"打倒土豪劣绅"……这些字句是从离此乡间不远的城市中带来的，在那里听说快要到来革命军，或者革命军已经到来了。

年老的乡人们听到了这些消息，也很对之注意，然而是别种想法：革命？为什么要革命？世道又大变了！……年轻的乡人们却与他们的前辈正相反。这些消息好像有什么魔力也似的，使他们不但暗暗地活跃起来，而且很迫切地希望着，似乎他们将要从"革命军"的身上得到一些什么东西，又似乎他们快要赴欢娱的席筵，在这席筵上，他们将痛痛快快地卸下自己肩上的历年积着的重担，而畅饮那一种为他们所渴望的，然而为他们所尚不知道是什么滋味的美酒。

他们，年轻的人们，相互地询问道：

"快了罢?"

"快了，快要到了。……"

从问话的人的口中冒出"快了罢?"几个字来，这可听得出他是怎样热烈地希望着那一种所谓“快了”的东西。从回答者的口中冒出“快要到了……”的声音，令人又可感觉到他是在怎样地得意。大家说完了话，或是在继续的谈话中，如果谈话的场所是在田野里，那他们便免不了地要向那树林葳蕤的处所，那高耸的楼房的屋顶默默地望着，或是很带仇意地溜几眼。

在那里住着这一乡间的主人，这一乡间的田地大半都是属于他的。在不久以前，乡人们，这其间年轻的当然也在内，经过那一座伟大的楼房的旁边时，总不禁都要起一种羡慕而敬佩的心情：“住着这一种房子才是有福气的，才不愧为人一世呵！……”但是在这一年来，这种心情逐渐地减少了，好像有一种什么力在主宰着也似的。尤其是在最近，青年人的心理变化得异常的快，对于那座巍然的楼房不但不加敬慕，而且仇恨了。他们在田野间所受着的风雨的欺凌，在家庭中所过着的穷苦的生活，仿佛这些，他们很模糊地意识到，都是不公道的，不合理的，而这些罪源都是来自那树林葳蕤的处所……

在最近的半月内：自从矿工张进德回到乡间之后，这一种不稳的空气更加激荡了。他随身带回来一些新的思想，新的言语，在青年们中间偷偷地传布着，大部分的青年们都受了他的鼓动。他所说的一切，就好像兴奋的药剂一样，把青年们都兴奋起来了。他说，现在是革命的时代了，农民们应当起来……他说，地主的，例如李敬斋的钱财，田地，都是农民为他挣出来的，现在农民应当将自己的东西收回转来……这是一种如何骇人听闻的思想！然而青年们却庆幸地将它接受了。

青年们知道张进德是一个诚实而精明强干的人，对于他都怀着敬意。半年以前，当他从矿山回里看他的病了的母亲的时候，他还是一个很没有什么惊奇的思想的矿工，向青年们所叙诉着的，也不过是一些琐碎的关于矿山上的事。但是在这一次的回来，他差不多变成别一个人了。在一般青年的眼光中，他简直是“百事通”，他简直是他们的唯一的指导者。青年们感觉得自己的眼睛，自己的心，在此以前被一种什么东西所蒙蔽住了，而现在他，张进德，忽然将这一种蒙蔽的障幕揭去了，使着他们开始照着别种样子看待世界，思想着他们眼前的事物。他们宛然如梦醒了一样，突然看清了这世界是不合理的世界，而他们的生活应当变成为别一种的生活。

二

张进德是一个没有家室的人。曾有过一个衰老的母亲，他是很爱她而且是很孝顺她的。然而不幸她于他最后一次的回里时死去了。自从母亲死去了之后，这乡间已经没有什么东西可以牵得住张进德的一颗心了，——在这乡间他不但没有房屋，没有田地，以及其它什么财产，而且连一个亲人都没有了。这乡间的景物也很美丽，这乡间的居民也很朴实，然而张进德已经不再留恋它们了，决定在城市中或在矿山上，永远地过着那种群众的工人的生活。那生活并不舒适，所受的压迫和痛苦，并不较农民的生活稍为减低，但不知为什么，他总觉得那生活较为有趣。在母亲死去之后，他依旧回到矿山去，打算不再回到这乡间了。

他整整地过了四年的矿工的生活，在他最后一次（这是半年前的事情）回来看望病了的母亲，母亲终于在他的悲哀中死了，而他又重新回到矿山以前，他的劳动的生活很平静，因之也从来没有过什么特异的思想。做工吃饭，这是穷人的本分，他从没曾想到自己本分以外的事。不料他回到矿山不久，工人们便闹起增加工资的风潮，而他在这一次的风潮中，莫明其妙地被推为罢工的委员。于是他的生活，接连着他的思想也就从此变动起来了，他遇见了不知来自何处的革命党人，他们的宣传使他变换了观看世界的眼睛……

在此以前，他以为这座矿山是给穷人们以生活的工具的，没有了这座矿山，便没有了几千个人的饭碗。现在他明白了，工人们从这座矿山所得到的很微末，而他们的血汗，尽为资本家所汲取去了，并没有得到十分之一的代价。他很会思想，于是他思想到工人生活的困苦，矿山上一切情形的黑暗……最后他思想道，这世界是不公平的，应有改造一改造的必要，而他，张进德，应如为他所认识的革命党人一样，努力做这种改造的工作。

他渐渐变成了矿工的领袖……公司方面对于他的仇恨，和着工人们对于他的拥护，同时增加起来。不久，在半月以前，他在矿山上宣传革命军快要到来了，而他们，矿工们，应当赶快起来改良自己的生活……公司方面听到了这种危险的消息，便勾通了当地的驻防的军队，决意将他捉到，以至于处死。因此，他不得已又逃回到自己的乡间了。

乡间差不多还是半年前的乡间，可是张进德却完全不是半年前的张进德了。半年前的张进德所能告诉乡人的，不过是些矿山上的琐事，半年后的张进德却带回来了一些无形的炸药。无声的巨炮，震动了这乡间的僻静的生活。自从他回到乡间之后，一般青年的农民得到了一个指导者，因之，他们的心已经不似先前的平静，而他们的眼睛变得更为清明……

张进德住在他的表姐夫吴长兴的家里。吴长兴是穷苦的佃农，当然容不了张进德的吃白饭，而张进德也就没想到要连累他的穷苦的表姐夫，——他不过是在他家借一块地方寄宿而已。虽然两间低小而阴湿的茅房，并不是寄宿的佳所，然而这对于张进德已经是很幸运了，他究竟还不至于睡在露天地里。

当他从矿山逃跑的时候，朋友们捐助了一点款子，所以他现在吃饭并不成问题，而且也并不急于要找工作。他明白他这次的回乡，虽然是不得已的事，但是他想，他的任务是在于“改造”，无论走到什么地方，他都应当不要忘记了这个……

这乡间究与他有密切的因缘，而且在这一次的回里，这乡间突然引起了张进德的趣味。在半年以前，当他离开它的时候，他决定不再留恋它了，因为在这里已经没有了使他留恋的东西。那时他只觉得它僻静，没有趣味，抵不得那城市或矿山的生活。但是现在呢？对于张进德，这乡间的面目改变了。矮小的茅屋，农民们的困苦的生活……以前他觉得很平常，因之，也就从没想过这些现象是不合理的，可是现在他却觉得了：这是不合理的现象，所以也就有“改造”的必要！……于是他决心将自己的思想向一般年轻的农民们宣传，而对于年老的农民们，他以为他们的脑筋太腐败了，不大容易新鲜起来。

他的宣传得到了效果。青年们都渐渐地蠕动起来了。每一个人的脑筋里都开始活跃着一种思想：

“现在是时候了，我们应当干起来！……”

三

“快要到了罢?”

“听说是快要到了。”

“……”

然而革命军并没有如一般人的期望那样很快地就到来了。一直到了昨日的下午，革命军到来了的消息，才由进城卖柴的刘二麻子很确实地说出来。

刘二麻子是在乡间做散工的，有工作的时候，他为人做工，没有人找他的时候，他便打柴到城里去卖。一则因为很年轻，二则因为生活很艰难，总想借着什么方法松一松，所以他也就很热心地希望着革命军的到来，虽然那“革命军”的能不能给他以好处还是问题。

也许是因为奔跑，也许是因为太兴奋了，他的脸上的麻子今天特别红得发亮。凡是在路中遇着他的人，一定都要惊异到他的那种不寻常的得意的神情。不知者或者以为他在城中得了宝物回来，或者是将柴卖得多了几倍的钱，或者因为他久想娶老婆娶不到手，而今天忽然得到了一个未婚妻……

其实都不是，原因是在于他今天在城里亲眼看见革命军的到来了。在路中每逢遇见一个相熟的人，不问对方愿意听与否，他便叨叨不惮烦琐地将革命军的形状描写一番：他们带着什么样式的帽子，穿着什么颜色的军服，甚至于说到有一个军官的口上生了一颗黑痣……

“现在好了。革命军到了，我们穷人们不愁得不到好处。”这是他向人报告完了后的结论。

这一种欢欣的，为乡人们所久待着的消息，即刻传遍了全乡间，鼓动了每一个人的心。尤其是青年人一听到了这种消息，发生了无限的庆幸。在太阳还未落土的时候，在东山的脚下，聚了五六个青年，有的手中持着锹锄，有的手中持着扁担，有的空着手，——他们开始谈论起关于革命军到来了的事情。他们的外貌不相同，他们的服饰也不一样，然而他们同具着一颗热烈的，年青的心，同怀着欢欣的希望，同有着自由的要求。在金黄色的夕阳的光辉之下，他们的面孔上同闪动着一种愉快的波纹……

“现在我们应当怎么办呢?”

他们之中有一个生着圆圆的面孔，两眼炯炯有光的这样向其余的同伴们发问。

“真的，我们应当怎么办呢?”

别的一个生着黄头发，扁鼻子，没有大门牙的这样搔起后脑袋说。

一时的默然。

夕阳愈扩大自己的金黄的轮廓，眼见着即刻就要隐蔽起来它的形影。夜幕快要展开了。从山那边传来了抑扬的牧童的晚歌……

“怎么办?”最后，坐在草地上，抱着曲起来了的双腿的一个青年开始说话了。他的名字叫做王贵才，生得身体很短小，人家都称呼他为王矮子，可是他的为人很能干，差不多是这一般青年们的领袖。只要他一张小口，转动一下秀长而放着光的眼睛，青年们便要集中注意力而听他的话了。“我看，还是去找张进德去，看他怎么样说。这消息不知道他已经知道了没有？我们一定要去和他商量一下。”

王贵才说着立起身来了。大家很机械地随从着他的动作……

这时夕阳已经消逝了金影。村庄，树林，河流……渐渐为迷蒙的夜幕的暗影所吞食去了。在广漠的深蓝色的天空里，开始闪耀着星光，而在静寂的土地上，也同时开始现出来几家微小的灯火。

青年们在路中一壁唱着山歌，一壁想着关于革命军的事情……在年青的心灵里，活动着光明的，希望的波浪。当他们走到吴长兴的门口时，张进德已经和着吴长兴夫妇两个向桌子坐下吃起晚饭来了。厨房和食堂是联在一起的，甚至于张进德的寝室也在这同一的一间房里。五六个年轻的客人，当然不能在这间房子里都寻着座位。一半进入了门内，一半不得已只好留在门外，因为那吃饭的桌子差不多是拦门放着的。

张进德看见他们走来，一面态度很沉静，一面立起身来，放下饭碗，很亲热地招呼他们。吴长兴的老婆，一个具着穷苦面相的中年的农妇，坐着没动，而她的丈夫随着张进德默然立起，也没有什么表情。

青年们很兴奋地报告了来意。一切的视线都集中到张进德面孔上，急切地等待着从他的口中所溜出来的话语。听了青年们的报告之后，吴长兴的老婆的穷苦面相上，似乎隐隐地起了一层欢欣的波纹，而在黝黑的，沉郁的吴长兴的面容上，似乎也有点放起光来。一个是因为听说革命军是主张男女平等的，丈夫不能打老婆；一个是因为听说革命军要解放农民，从此以后可以不交租了……丈夫有丈夫的想头，老婆有老婆的希望。

在张进德的面孔上，并没有看出什么特别的欢欣的痕迹来。他并没有即刻答复青年们向他所提出的问题："怎么办呢?"……他低下头来沉吟了一回，复举起放着锐敏的光的两只圆大的眼睛，向青年们很镇静地说道：

"这件事情，我不能即刻就答复你们。我打算明天到城里去看看情形，回来之后，我才能告诉你们怎么办。"

青年们听了张进德的话，似乎都很失望地低下头来，然而大家都怀着同一的信念：既然张进德这样说，那就应当听他的话……

在微细的闪耀着的星光下，青年们摸着漆黑的，然而为他们所熟悉的乡间的小路，各自走回自己的茅屋去了。

在遥相应和的山歌的声中，零乱地起了嗥嗥的犬吠的声音。

四

王贵才快要走到自己的家门口了。一路中他幻想着一些关于革命的事情……但是他的思想如激荡着的波浪一样，并没有清晰的条纹。他最恨的，因之也就是他要借着“革命”来打倒的，是和他家对面相住着的，那一座楼房的主人。那是他的东家，同时也就是他的仇人，因为由他的劳苦所制造出来的稻谷，被迫着送给那个一动也不动的主人用，而所谓主人，李敬斋这老东西，反来很恶毒地几次鞭打过他的和顺的毫无罪过的父亲。他呢，当然也挨过不少次的骂……现在，他想道，是革命的时候了，因之，也就是穷人出头的时候了，妈妈的，老子要出一出气！……

他想了许许多多对付“这老东西”的方法，他想，顶好将他拖到水田里，鞭打着他照牛一般地拖着犁耙耕地……当他想象着李敬斋拖着犁耙耕地的那一种狼狈的情形，他不禁很得意地笑将起来了。不料就在这个当儿他忘了形，一不当心就卜通一声掉到水池子里去了。幸而水池子里边的水还不深，他即刻爬到陆地上来了，可是浑身衣服全湿透，变成一个水淋淋的落水鸡。季候是在春天，他的血很旺，并不觉得十分的寒冷；虽然心中有点懊丧，但是当他重新想象起来那种拖着犁耙耕地的情形，又不禁觉得好生畅快起来了。

当他回到家里的时候，家人们已经老早地吃过晚饭了。父亲和母亲在桌子旁边对坐着，谈论着一些什么关于青菜和鸡蛋的事情，而年轻的妹妹低着头在洋油灯的灯光下，细心地缝着什么衣服。恰好在王贵才跨进门限的当儿，他听到母亲的一声带着焦虑的话语：

“贵才也不知到什么地方去了，还不回来！”

母亲首先看见了贵才。在老太婆的面孔上，同时紧张着欢欣和恐怖的神情。她惊慌地，急促地迎将上来，问道：

“你，你是怎么了？怎么弄成了这个样子？跌到水里去了吗？”

“妈，没有什么，我不当心，跌到水池子里去了。毛姑快将衣服拿出来给我换……”

毛姑听了这话，即刻放下针线，毫不怠慢走向内房里为哥哥拿衣服去了。驼着背的，口中含着一根长旱烟袋的父亲，一言不语地走到贵才的身边来，将贵才的形状打量了一番，很感慨地说道：

“这么样的一个大人，也不是两三岁的小孩子，怎么会跌到水池里去！你看你有什么用!”

父亲的话好像一桶冷水一般，将王贵才的浑身的热度都浇下去了。他只是向父亲望着，没有回答他所说的话。看见父亲的驼背的后影，不禁忽然消逝了由父亲的话而生的气愤，另外动了一种怜悯的心情：

“这背是活活地被苦累所压驼了！在这上面也不知驼着多少重的负担……”

想到此地，他又忽然想到自己的命运，想到革命的事情……

“不，我不能够再这样了！我不愿意再这样了！为什么我们要受苦？为什么吃苦的是我们，而享福的是别人？为什么我们风里雨里所耕种出的稻米要送给别人，而自己反来吃不饱肚子？……老哥，这样是太不公平了!”

“不过，”他又继续想道，不顾到妹妹已经将衣服拿来，而母亲在旁边催促了几次。“父亲是太老了，脑子里装不进新的一些想头。吃了李敬斋无数次的打骂，他总不敢反抗一声，好像是应该的样子。他说我没有用处，其实他才没有用处呢。父亲呵，我不能够再像你一样了！……”

“赶快去将衣服换掉罢，老呆站着干什么？”母亲又重新这样地催促他。他本打算照着母亲的话做去，可是他感觉得，如果在他未将今天的消息报告给家人们知道之前，他是不能安心去换衣服的。身上固然有点寒冷，但是这寒冷总压不下他心上的热度。于是他不管他的父亲愿意听闻与否，向他得意地说道：

“爸，你知道革命军已经到了城里吗?”

这时重新坐下，口中继续吸着旱烟袋的父亲，听了贵才的话，慢慢地将旱烟袋从口中拿开，一点不感动地说道：

“革命军来了又怎样？我们守我们的本分要紧，决不要去瞎闹。什么革命不革命，不是我们种田人的事情。”

“爸！革命军主张减租呢。主张……土地革命……减租……于我们有好处。我们应当……”

不待贵才说完，父亲竖起来了两只不大发光的眼睛，怒着说道：

“我看你发了疯！什么革命土地，土地革命！这是我们种田人的事情吗？你当心点！如果我知道你和他们胡闹，不守本分……”

待别人很温和，待自己的儿子却很严厉的父亲，现在又动起怒来了。母亲见着形势可怕，连忙将贵才拖到内房里去换衣服去了。贵才见着父亲的动怒，并没有发生什么恶感，反之，更向他起了一种怜悯的心情：真的，他是太老了，吃苦吃得惯了！受了敌人的欺压，而反来以为是应该的事，生怕放了一个不恭敬的屁，这不是很可怜吗？

“不，爸！”王贵才一面换衣服，一面想道，“你是太可怜了！你简直不懂得！我们要革命，我们一定要革命！……”

五

在平常的时候，老人家王荣发的就寝，总是要在家人们都就寝了之后。在未就寝之前，他总是要在屋前屋后绕几个圈子，看看有没有什么可疑的形迹，听听有没有什么令人要注意的声息。然后昂头望一望天上的星儿是稠还是稀，如果是月夜的时候，那月亮是否发了晕，有没有风雨的征兆。

今晚他忽然很早地就向床上躺下了。老太婆依着自己的经验，知道这种事情是仅仅当他有什么气愤的时候才会有的。如果她不当心要去追问他，那必定要更增加他的气愤。老太婆并没曾多受过她的丈夫的打骂，然而当她一见着丈夫的气愤的面容，她便一声也不敢响了。她知道今晚贵才的话触犯了他，但是贵才今晚所说的话：什么减租，什么土地……什么革命……到底是什么意思，为什么能够触犯了他，她简直不能明白。当她的丈夫在床上翻来覆去的时候，也就是她老农妇的脑筋百思莫解的时候。

在王荣发的一生的生活中，今晚可算是一个特殊的例外了。他虽然将自己的儿子申斥了一顿，而贵才虽然并没说出一句反抗父亲的话，但是不知为什么，他的枯寂了的脑海却陡然地起了不安的浪潮。他的一颗老了的心也似乎被一种什么东西所刺动了。他不禁异常地苦恼起来，想将适才贵才所说的话忘记掉，然而不知为什么总不能够。他感觉得他毫无疑义地碰到什么了。但是碰到了什么呢？……

在做农民，到现在已经做老了的生活史中，王荣发从没想过要改变自己的命运。也许在什么时候，在穷困得没有出路而即要走入绝境的时候，例如前年天旱，颗租缴不出来，而被东家李敬斋差了伙计捉去打骂的那一次，王荣发曾想过要将自己的命运改变一下，但因为寻不出改变的方法，也就忍着所难忍的痛苦，将自己的希望消逝下去了。他将这些都委托之于未为他所见过的万能的菩萨。他想，也许他生前造了孽，也许他家的坟山不好，也许他的“八字”生来就是受苦的命……世事都有一定的因果，他哪里能变成例外呢？大家都说李家老楼的风水好，他想，可见得李大老爷有福气，可见得他有做我们东家的命……世事都不是没有来由的呵。……于是他很恭顺地做了东家的顺民，从没曾起过什么反叛的，不平的心情。

对于他，这种田的有种田的命，做老爷的有做老爷的命。田地是东家的，佃户应当守着纳租的本分。从前他是这样想，现在他还是这样想。但是现在的时代不同了：张进德不是这样想了，吴长兴不是这样想了，卖柴的刘二麻子也不是这样想了，甚至于王荣发自己的儿子也不是这样想了。全乡间的青年们似乎完全变成了别一辈人，他们口中说着为老年人所不说的话，想着一些为老年人所不敢想的思想。似乎一切都变了。从什么地方来了这种反常的，混乱的现象呢？……王荣发不能明白到底是一回什么事。只是叹息着“世道日非，人心不古”而已。

张进德将一些反叛的思想告诉了乡间的青年们，而王贵才又照样地告诉了他的父亲。可是他的父亲始而不明白是什么一回事，继而当他有点明白了的时候，他简直陷落到恐怖的深渊里去了。他，王荣发，虽然活了五十多岁，虽然比他的儿子多吃了几十年的饭，可是从来没听过这些“违背天理”的思想。田地是东家的，为什么要把它夺来？李大老爷无论怎样地不好，可是究竟他是东家，亘古以来，哪里有佃户打倒地主的道理？不，他想，贵才是发了疯，中了魔，忘记了穷人的本分……

为着这个问题，王荣发也不知警戒了自己的儿子许多次。他命令他不准与张进德接近。有一次张进德因为什么事情到过他的家里，可是他很冷淡地招待他，并指责出他的思想的不合理……张进德具着一种牢不可破的观念：“老人家没有办法，只好随他去！”所以也就没和老人家争辩。

今晚又为着这个问题闹起来了。他很气愤。他老是不明白他的儿子为着什么深深地有了这种危险的思想。他恨自己生了这种不驯良的儿子，放着本分不去守，偏偏想着一些什么土地革命，革命土地……他在床上翻来覆去，不断地叹息，弄得睡在床那头的他的老妻也不能入梦。

但是，别要看老人家对于这种叛逆的思想的恐怖，对于自己的儿子的愤恨，在一种什么深处，也许就在那枯老了的骨髓里，或是心灵里，总还不时地冒出一点不平静的浪沫来，使着他本能地感觉到他的儿子的思想，符合着一种什么到现在还未被人承认的真理。

在气愤渐渐消逝了的时候，于是他又不禁从别一方面想道：

“也许他的思想是对的，谁晓得！现在的世道是变了。也许这个世界的脸孔要改一改……说起来，我们种田的人也真是太苦了！风里雨里，一年四季到头，没有快活的日子过……唉，也许贵才是对的，让他去！……”

春夜是异常地静寂。躺在床上，向着纸糊着的微小的竹窗望去，王荣发想在那里寻找到一点什么东西。当他听着睡在隔壁竹床上的贵才的隆隆的年轻的鼾声，隐隐地觉得自己在儿子面前做错了什么事也似的。在这一种轻微的羞愧的感觉中，他顺着儿子的不断的鼾声，也渐渐地走入梦乡了。

六

当夕阳还未将东山的余晖收匿起来时，在山脚下的一条弯曲的小径上，徘徊着一个身着武装便服，手提一只皮箱的少年。对于这乡间，这装束是异常地生疏，眼见得他是从城里来的过客。因为行旅的所致，他的面貌很黑瘦，可是从他的两眼中所放射出来的英锐的光芒，的确令人一见了便会发生一种特异的，也许是敬畏的感觉。当他微笑起来而满脸似乎都起了活动的波纹时，便又会令人感觉得他的和蔼可爱。这乡间本来是他的故乡，这乡间本来是他的生长地，而且这乡间本来，是属于他的父亲的势力范围，但是看着他的那种徘徊的模样，他现在宛然是一个生疏的过客了。

在一年以前，当他和家庭决裂了而离开这个乡间，那时他决没有想到会有再回到故乡的机会。他决心和家庭永远地脱离关系，这就是说他已不需要家庭了，因此，他也就没有再回到故乡的必要。不错，在这里，住居着他的亲生的父母，然而在最后的一次决裂之后，他承认自己没有父母了，有的只是自己的仇敌。在别一方面，他想，他的父母当然也不再承认他为儿子了。

现在，他又回到故乡来了。这故乡对于他是异常地生疏，因为他和故乡已经有了一年多断绝音信。虽然在表面上，李家老楼，他的原来的家，从这东山角望去，还是昂然地呈现着当年的威严，虽然在那一条河流的沿岸上，还零碎地散布着矮小的茅屋，虽然在李家老楼的右首有一里路之遥的几间茅屋还存在着，但是他不知道那里的主人是否还在生存，那里的生活有没有变更……这些，都使得他感觉得自己是一个生疏的过客。

但是对于一件事情，他具着确定的信念，那就是这李家老楼既然还昂然地呈现着威严，从这些矮小的茅屋里，既然还如当年一样，冒着一股一股的如怨气也似的炊烟，这就可见得这乡间的生活面目没有改变。而他，李杰，对于这种黑暗的生活曾有过如何的厌恶与仇恨呵！因为这，他离开了故乡，因为这，他决心不再见自己的父母的面……

在一年以前，他厌恶并仇恨这乡间的黑暗的生活，并且以为大部分的罪恶，应当落在他父亲的身上。但是他那时不知道如何做去才好，他本来是不能将父亲刺杀掉呵！……在一年以后的今日，他具着回来改造乡间生活的决心，他已经知道了“要怎样做”，而且他更深深地明白了，就是这问题不在于将做恶的父亲杀死，而是在于促起农民自身的觉悟。只要农民自身一觉悟了，那还怕乡间的生活不改变面目吗!?

眼看天色已经快要黑了。在他的面前经过两个骑着牛的牧童，他们一壁唱着为李杰什么时候所熟听的山歌，一壁侧着身子向他很生疏地，诧异地望着。他想将他们喊得停住，问一问乡间的情形：李家老楼怎样了，王荣发的一家是否还平安……但是当他还未决定即行开口时，牧童们已经将牛加了几鞭，很快地走开了。

他不禁有点踌躇起来了。夜幕快将大地的面目遮掩下去，而他还在这山野间徘徊着，没有一定的去向。回家去！那家已经不是他的家了，确切地说，他已经发了誓永不回家，现在无论如何，他是不愿意回家去的。到王荣发的家里去？王荣发的儿子，王贵才，本来是他的幼年的好友，虽然因为地位的悬殊，没曾哥哥弟弟相称过，然而两人的友谊，实无异于异姓的兄弟。在这一年多中，李杰虽然没和他通过音信，但是他的形象总时常留在脑海里。现在，李杰想，顶好是到他的老朋友的家里去……但是王荣发的一家是不是还耕着李家老楼的田地？是不是还住在原处？……想到此地，李杰又更加焦急起来了。

他无决心地向前走着。望着那树林中的李家老楼的黑影。在那里，他度过了二十几年的生活，在那里，住着他的亲生的父母……然而现在他徘徊在山野间，打算着寻找归宿的地方，偏偏不是那里，而是别家，也许他今晚要孤独地宿在露天地里。他想，什么地方住宿都可以，仅仅只要不在那曾是过他的家的，那座楼房里……

七

走着走着，忽然听见后边有人走路的声音。李杰回头一看，原来是担着一担柴的樵夫。他于是停了脚步，等着那人的到来，决定询问他关于王荣发一家的情形。担柴的已经走近他的身前了，但因为天色已经黑了，他不大容易看清那人的面目。那人见着手里提着箱子的李杰停着不走，似乎有点惊异的样子，将柴从肩上放下，不待李杰开口，已先是问道：

“你是干什么的？站着不动干吗？”

“我是过路的，”李杰低声而和蔼地说道，“对不起，请问王荣发家还住在原处吗？”

那人听了这话，不即刻回答，更向李杰走近一步，将黑影中的他的面貌审视一番，开始迟疑地说道：

“你，你贵姓？你是不是……李家老楼的大少爷？”

那人的闪灼着的眼光逼着李杰起了不安，半晌方才说道：

“请问，你怎么能认得我？你贵姓？”

那人放出很高朗的声音笑起来了。

“原来是李大少爷！刚从外边回来吗？你在外边很久都没有回来，我们很时常说起你呢。你现在想是要急于回家里去，不过我要问你一声，你从城里来的时候，你看见革命军了吗？他们怎样？”

“这些事情，一时也说不清楚。请问你，王荣发的一家是不是还住在原处？我要……”

“怎么？”那人惊异起来了。“难道你不回家吗？”

“那已经不是我的家了。”李杰笑着说。

那人半晌没有做声，只向李杰望着。

“天色已经黑得快看不见路了，请你带我到王荣发的家里去好不好？”

那人默默地点一点头，走至放下柴担的地方，又重新将柴担举上肩来。

两人开始摸索着小径，向王荣发的家里走去。开头两人都沉默着不语，显然各自思想着什么，后来还是李杰先开口说道：

“你到底贵姓？我不认得你。你住在这乡间很久了吗？”

“我一向是在矿山上做工的。我回到家乡来不过才半个月。我的名字叫张进德，你没听说过吗？我们见过几次面，不过你当然记不得我了……”

“……”李杰很模糊地嗯了一声。

张进德停了半晌，又继续说道：

“李大少爷！现在是革命的时候了，你对于革命怎么样？……”

李杰明白张进德是在探他的口气，便很坦然地笑着说道：

“革一革命也好，我想。”

“你不反对革命吗？现在听说要土地……革命……”

“如果我是地主，那我可不赞成什么土地革命，但是现在我同你们是一样的穷光蛋，为什么不赞成革命呢？没有田种的人，以及种人家田的人，都应当起来干一下才行！”

“但是你……”张进德吞吐地说了半句。

“我怎么样？”李杰即刻反问他。

“你究竟是李大老爷的儿子。”

李杰笑起来了。于是李杰开始述说他和家庭决裂的经过，以及他怎样地进了革命军，现在回来又是怎样地打算……

“我们原来是同志呵！”张进德最后欢欣着这样说。“这么一来，我也不必进城去了。我今天本来打算进城去看一看革命军怎样情形，回头来再做打算，因为要挑一担柴进城去卖，所以今天没有去成。现在你回来了。好极了！”

“你是不必去了。”李杰听了张进德的欢欣的话，不禁也欢欣起来了，他庆幸自己已经得到了一个很好的合作者。“我们明天就开始商量起来……”

“我说，你现在也不必到什么王荣发的家里去，就在我的地方睡一夜再说，好不好？”

“方便吗？”

“只要你不嫌弃我那一张竹床的不干净……”

于是，昔日的李大少爷，现在成为矿工张进德的新交的好友了。在夜影的深处，李家老楼已沉入了寂静的梦乡，宛然忘却了它的年少的、在外流浪着的主人。而李敬斋，李杰的父亲，虽然在近来也时常念起他的叛逆的儿子，但是他决不会想到：今晚他的儿子回到故乡了，可是不回到自己的家里，而留宿在一个什么矿工张进德的破漏的茅屋里……

八

“救命呀！救命呀！……”

“打死你这个败家精！”

“好，你把我打死了罢！……”

李杰和张进德两人刚走至吴长兴的家门口时，忽然听见从里面传出来这种绝望的打骂的声音。李杰一股的兴致，差不多为这种突然的不快的声音所打消下去了。

“吴长兴又在打他的老婆了。”张进德似乎很平静地说。

“为什么他要打他的老婆？时常打她吗？”李杰很不愉快地问。

“他的老婆是我的表姐，为人忠实极了。他不高兴的时候，就拿他的老婆出气。我也不好多说话……”

“岂有此理……”

李杰还预备说下去时，张进德已经将柴担从肩上卸下，放在墙壁边靠着了。屋里面的打骂和叫苦的声音更加厉害。李杰不先叩门，先从门缝向里面一望，见着在一盏灰黄的，不明的香油灯光之下，一个三十几岁的面皮黑瘦的汉子，咬着牙齿，正按着一个蓬着发的妇人，不断地挥老拳呢。那妇人眼见得已力竭声嘶，渐渐地消失抵抗力了。……

“这是太不对了。”李杰回转身来，自对自地这样说。张进德不顾得他说了什么话，更直爽地叫起门来。

屋内一时的寂静。

又颤动着一种女人的微弱的，绝望的声音：

“你为什么不打了呵……快将我打死吧……”

“你还愁不死吗？”

男子说完这话，便走向前来开门了。他见着了张进德的面，即时一言不发地将头低下，好像承认自己做错了事也似的，默默地走向靠墙的一张小木凳子坐下，他并没注意到张进德还带回别一个人来。他本来是认识李杰的，——李家老楼的李大少爷，有谁个不认得呢。——可是在这样晏了的今晚，他决不会料到自己的矮小的茅屋里，会光临了一个为他所盼望也盼望不到的贵客。李杰似乎也模糊地认得他，在什么时候曾见过面，但记不清楚他的姓名。看见在地上躺着的被蹂躏的，陷于半死状态的妇人，李杰想即刻走到吴长兴的面前，指责他的非礼。但转而一想，他初次来到吴长兴的家里，似乎不应过于直率从事，便也就默然而止了。

“请你坐一坐，我即刻做饭吃。你大约饿了吧?”张进德不注意吴长兴夫妇，这样很亲热地说了，便径自走到灶台旁边去了。李杰一心悬在躺在地下的可怜的妇人身上，忘记了肚饥，很随便地回答了张进德一句：

“还好。”

听见了生疏的客人的话，吴长兴慢慢抬起自己的头来，似乎很胆怯的样子向客人的地方望去。在黑瘦的面皮上，即刻起了惊异的波纹，而右手不禁很机械地将眼睛揉了一下，宛然他以为此刻所现在他的眼前的，是什么不实在的幻影。

但是李杰，这个为他所不相信的奇异的幻影，出乎他的意料之外，猝然地向他说话了：

“吴大哥，你认得我吗?”

吴长兴立起身来了。他有点颤动，不知系由于惶恐，还是由于气愤。看了李杰几眼之后，他重新低下头来，低低地说道：

“你，李大少爷，我认得你。”

“日子近来过得好吗?”

“大少爷，我们穷人的日子反正是这样，说不上好不好。比不上大少爷你们有钱的人家……”

说到此地，吴长兴叹了一口长气，卜通一声又坐下了。李杰觉得自己与吴长兴之间很隔膜，很生疏，欲继续将话谈将下去，但一时找不出什么话来。同时他觉得精神上很感到痛苦，而这痛苦不能即时就消灭下去，那就是他初回到自己的故乡，在这里，乡人们都怀着一种牢不可破的观念：他是李家老楼的大少爷，因此，他与农民们是两种不同的人类……其实，现在回到故乡的他，已经不是李家老楼的大少爷，而是一个为穷人奋斗的革命党人了。他不但要改造农民的生活，而且也正预备着反对自己的父亲，但是这种思想和行动，他将怎样使人们了解呢？张进德很容易地就了解了他，但是张进德是例外，他本来有过相当的历史的。对张进德，李杰很容易说话。但是此刻在吴长兴的面前，他忽然迟钝起来了。他不知道他如何才能和吴长兴接近，才能使吴长兴对于他发生信心。……

在李杰还未将自己的思想完结的时候，张进德已经将两个粗磁碗乡间的素菜端到矮小的四方桌上了。

九

饭菜异常地粗劣，碗筷在表面上看来是异常地不洁，那上面似乎粘着许多洗濯不清的黑色的污垢。张进德拿起碗筷来就咕哧咕哧地吃起来，似乎那饭菜是异常地甜蜜，而李杰在开始时却踌躇了一下，皱了一皱眉毛，接着那饭菜的味道便使着他感觉到他和张进德的分别……

“你怕吃不来我们的饭吧。”张进德不注意李杰的神情，这样向李杰微笑着淡淡地说了一句，便又大吃大嚼起来了。不知为什么，李杰听了他的这一句话，不禁有点面赤起来，好像听了什么指责和讥笑也似的。这么一来，他更觉得那饭菜的味道是怎样地不合于他的口舌，虽然他勉力着吞食下去，但究竟难于下咽。于是他捉住自己了：“嗯哈！你原来是大少爷呵！为什么张进德能吃得下去，你就不能吃下去？你这样能立在他们的队伍里吗？你这次回来是干什么的？你这种大少爷的样子，能够使农民们相信你吗？不，你这小子还是去当你的大少爷吧，你不配做一个革命党人！……”想到这里，李杰便轻视自己，责骂自己起来了。在一瞬间，他曾想立起身来，对着张进德，公开地暴露出自己的丑态，让他知道他是一个不足道的公子哥儿。但他即刻又想道，“不，这并没有什么，凡事都是由于习惯，我应当养成他们的习惯呵！……李杰是革命党人，李杰便什么事都可以做得出来。……”于是这种思想减轻了他将粗劣的饭菜吞下肚去的困难。

这时，吴长兴还是坐着原来的地方。他圆睁两眼凝视着吃着饭的李杰，心中老是不明白这是什么一回事：为什么李大少爷今晚会降临到吴长兴的茅舍里？为什么一个尊贵的大少爷忽然和一个穷光蛋，张进德，交起好来了？他居然能吃这粗劣的饭菜，他居然似乎不摆一点大少爷的架子……这究竟是什么一回事呢？

“他莫不是和张进德玩什么把戏罢？”吴长兴继续想道，“不然的话，为什么……”

“好，李大少爷在这里，我们今天就评一评理罢！”一直到现在躺在地下不做声的吴长兴的老婆，忽然一骨碌儿跃起来，披散着头发，好像一个母夜叉也似的，这样面指着吴长兴说道：

“你这个没有良心的东西，我有哪一点亏负你呵？你今天也打骂我，明天也打骂我……”

张进德和李杰惊诧得将碗筷停下来了。张进德始而望着他的表姐的不寻常的神情，接着低下头来叹了一口气。李杰从来没曾看见过这么一幕令他感动的悲剧。女人的忿怒的，不平的，反抗的话音，引起了他的充分的同情，他觉得他即刻可以帮助她将她的丈夫鞭打一顿。

“今天我说盐没有了，叫你挑一担柴到城里去换一点盐来家，你就骂我是败家精，扭住打我，难道说盐都是我一个人吃掉了吗？你自己没有吃吗？你说我是败家精，我问你，你家里的什么被我败了？自从过了门一直到现在，我败了你姓吴的一点什么来？风里雨里，我曾过过一天好日子吗？吃也没有吃，穿也没有穿，我不抱怨你，这已经是我很对得起你了，偏偏你这黑东西没有天良，今天也打骂我，明天也打骂我，简直不把我当做人……”

吴长兴的老婆滔滔地说到这里，觉着伤心过甚，不禁放声痛哭起来了。她用双手掩着面，走至房门的前面，将头抵住门，越哭越加厉害。这时吴长兴低着头一声也不响，仿佛他的老婆的动作没有给予他以任何的刺激。李杰觉得有满腔的愤怒，但不知如何才能发泄出来：指责吴长兴的不是呢，还是向他的被冤屈的老婆说一些安慰的话？……唉！乡间的农妇的生活！李杰不禁慨叹起来了。

张进德立起身来，很镇静地走至吴长兴的面前，向他低着的头部凝视了一会，轻轻地开始说道：

“长兴哥，你别怪我说你，你这样是太不对了。荷姐又不是你的牛马，你怎么能无原无故地打骂她呢？我知道你穷苦得难受，找不到什么地方出气，只好将自己的老婆当为出气筒子，可是，长兴哥，这是不对的，荷姐究竟是一个人呵！……你说她是败家精，那你就别怪我向你一问，你有什么家私可败？请你问一问良心，荷姐是一个好吃懒做的女人吗？……我劝你下次不要这样了！……夫妻们不怕穷，怕的就是不和气……”

张进德说完了话，向他的痛哭着的表姐很同情地看了两眼，便又回到自己的原处坐下了。吴长兴听了张进德的话，依旧地一声也不响，这使得李杰猜度不着他是承认过错了呢，还是不以张进德的话为然，或是另外想着别的事情……

后来，吴长兴的老婆，眼看是哭得疲倦了，静静地走向房里，向床上躺下去了。一时的寂静。从门缝里陡然吹进一股子怪风，将桌上的香油灯几乎熄灭了。墙壁上摇晃着不定的三个人的影子……

一〇

夜已经深了。在寂静的田野间偶尔传来几声犬吠和一种什么夜鸟的叫鸣。那声音对于李杰是很熟悉的，然而在竹床上辗转反侧不能入梦的他，总想不起这叫鸣着的夜鸟是什么名字。由那种凄清而愁苦的音调，他的内心里紧张起来一种说不出的，说悲哀又不是悲哀，说欢欣又不是欢欣的情绪。

他想起来了他的身世：富有的家庭……童年的娇养……小学……中学……对于王兰姑的恋爱……这一阶段的生活是怎样地甜蜜而平静！没有忧患，没有疾苦，有的只是温暖的天鹅绒的梦。后来……思想忽然变化了。学生运动的参加，对于社会主义的沉醉，接着便和父母起了冲突……王兰姑的惨死促成了他对于家庭的决裂。接着便是上海的流浪，黄埔军官学校的投考……于是李杰卷入伟大的革命的浪潮里。那过去的天鹅绒的梦，在他的身上不留下一点儿痕迹了。他久已不是一个学生，而是一个穿着灰军服的兵士。他更久已不是一个少爷，而是一个坚毅的战士。对于他，久已没有了家庭，没有了个人的幸福，有的只是革命的事业……甚至于他的青春的梦，那个为他所爱恋的，已经死去了的王兰姑，也久已被他所忘怀了。

这次具着不可动摇的决心，他辞去了军中的职务，情愿回到自己的乡间进行农民的运动。这因为他看清楚了那所谓“革命军”的，未必真能革命，自己反不如走到群众中去，努力做一点实际的工作。二者也许因为他还有着爱乡的观念，总想对于自己的故乡多有一点贡献，或者更因为他具着复仇的心情，他要立在农民的队伍中间，显一显威风给他那做恶的父亲看。然而这一切都不重要，重要的是在于他，李杰，到底能不能将一些无知识的农民弄得觉醒起来呢？……

夜鸟还是继续着凄清而愁苦的音调。思想如翻腾着的浪潮一般，涌激得李杰无论如何不能合眼。他想爬起身来，将门开开，到外边走一走，呼吸一呼吸田野间的气息。但是他怕惊动了吴长兴夫妇和张进德，终于没有照着他的想念做去。

想到了吴长兴夫妇，忽然晚间的一幕呈现在他的眼前了：那披散着头发的女人的绝望的神情，那吴长兴的固执的面相和那向他所射着的不信任的，迟疑的眼光，……这些不禁使他感觉得自己的无力，而减少了对于自己的信心。“像这样无知识的，野蛮的乡下人，”他想道，“我怎样对他才好呢？第一，他野蛮得要命，第二，他是不会信任我的……他那样迟疑地看我，为什么他要迟疑地看我？……”

只顾思想，李杰没提防到自己的左脚抵了一下正在鼾睡着的张进德的后脑壳。张进德从梦中嗯了一声，用手摸了一摸自己的后脑壳，又重新睡着了。李杰一面惭愧自己的大意，一面忽然起了一种欢欣的心情。一瞬间，张进德将他从失望的海里救出来了。他想道，张进德是可以帮助他一切的，如果他能和张进德合得来，那他便有了过河的桥梁……于是他又不禁想道，在我们的时代里，该有许多奇特的事情！李杰本来是一个少爷，而现在和张进德在一张床上睡觉。张进德本来是一个没有受过教育的矿工，而现在居然是一个革命党人，并且在将来的工作上，李杰免不了要以他为向导！呵，如果地主李敬斋这时知道他的儿子，叛逆的儿子，和着一个下贱的矿工睡在一张竹床上，那他将要是怎样地不解而苦恼呵！……

“起来，饥寒交迫的奴隶。起来，全世界上的罪人……”

出乎李杰的意料之外，张进德忽然从梦中嗯嗯地唱起歌了。李杰不禁十分惊诧起来。

“张大哥，你，你是怎么了？”

张进德被李杰的这一问惊醒了。他揉一揉眼睛，很迟慢的，不解所以地问道：

“李，李先生，什么？你还没有睡着吗？”

“你刚才唱起歌来，我只当你……”

“呵哈！我唱出声音来了吗？奇怪！我做了一个梦，”张进德笑着说道，“我梦着我带了许多人马，将什么……敌人的军队打败了……后来又开了一个大会，到了很多很多的农人，我在演讲台上唱起革命歌来。刚唱了两句，不料被你叫醒了。你说好笑不好笑？”

“真有趣！”李杰也笑着说道，“你已经做了革命军的总司令了。我愿意做你的参谋长，你高兴吗？哈哈！”

这时张进德回想起来梦中的情形，半晌没有回答李杰的话。

二

张进德在梦中的唱歌，同时也将睡在隔房的吴长兴惊醒了。晚间的余怒还未在吴长兴的心中消逝下去，他总想扭住谁个痛打一顿才是。如果不是张进德和李杰睡在隔房里，说不定他要在深夜里，又重新扭起他的可怜的无辜的老婆，无原无故地痛打起来……

他，吴长兴，自然很清楚地知道自己的老婆没有什么罪过，而且比他自己更为可怜。自从她嫁给了吴长兴，她不但没有败过吴长兴的一点家私（在别一方面，他实在也没有家私可败呵），而且在风里雨里，实在帮了他不少的忙。她很忠实，她很劳苦，这些吴长兴统统都知道。在一个什么不大露现出来的心的角落里，吴长兴也藏匿着一点对于他的老婆的爱情。但是，吴长兴总是一个永远的被欺侮者，总是一个永远的无可如何的气愤者。他种了五亩田，而东家尅苦他；他进城去卖柴，而那些城里买柴的人们作弄他；他经过有钱人的村庄，而那些恶狗要吞噬他；甚至于风雨霜雪……凡他所看见的，莫不都是他的仇敌。今天将钱去买了盐，而明天又没有油吃了；刚刚卖掉几担柴，预备聚几个钱买布做裤子，他妈的，忽然地保来了，说什么要纳军用捐……总而言之，这一切都要使吴长兴气愤，而这气愤却找不到发泄的地方。命运捉弄得太厉害了，改变了他的神经的常度。他觉着一切都是他的仇敌，一切都使他气愤。但是他向谁发泄呢？他微小，他没有力量，他不但不能反抗李大老爷，连对付王地保也没有法子可想。但是他气愤，这气愤总是要发泄的，于是他的老婆便成为了他发泄气愤的对象。第一，她是他的老婆，而丈夫有打骂老婆的权利；第二，因为她是他的老婆，所以打骂的时候很便利，可以随意；这么一来，他便不问他的老婆有没罪过，只要他一气愤时，他便在他的可怜的老婆的身上发泄了。

对于吴长兴，没有出路，似乎打骂自己的老婆，就是他的出路，在最近的一两个月来，吴长兴听到一些关于革命军的消息，这使得陷在无涯际的黑暗的深窟里的他，朦胧地见到了一线的光明，感觉到在这困苦的生活中，并不是完全断绝了希望。但是有时他又怀疑起来："鬼晓得革命军是好是坏？说不定，又是他妈的，像张黑虎的军队一样……”这种怀疑便又鼓起他的气愤来，如果他气愤了，这当然，他的老婆便要倒霉了。

他常常将自己和李家老楼的李大老爷相比。他不明白，为什么两个同是生着鼻子眼睛的人，会有这样天大的差别？李大老爷宛然过着天堂的生活，有财有势，他妈的，吃的是美味，穿的是绸缎，要什么有什么，而他，吴长兴，简直陷在十八层的地狱里，连吃的老米都没有！李大老爷虽然不动一动手脚，从来没赤过脚下田，割过稻，可是他妈的，家里的粮米却堆积得如山，而他，吴长兴，虽然成年到头忙个不了，可是忙的结果只是一个空！……这到底是一回什么事呢？这难道说，他想道，真个是因为坟山风水的不同吗？乡下人的思想旧，都很深地具着迷信，但是吴长兴却不知因为什么，也许是因为气愤过度了，并没有什么迷信，——他不相信李大老爷的享福，和他自己的吃苦，是因为什么坟山风水的好坏。

他仇恨李大老爷。但是怎样对付他的敌人呢？他什么也不知道。他知道李大老爷有一个儿子，这儿子在一年以前，他是时常看见的，不知为什么，跑到外边一年多没有回来，并且没有音信。“死了这个杂种！……让李敬斋断绝了后根！……”有时吴长兴不禁这样庆幸地想着。他对于李杰虽然没有深切的仇恨，然因为他仇恨李杰的父亲的原故，便也就对于李杰不会发生好感了。“老子英雄儿好汉，老子做恶儿坏蛋，”吴长兴很肯定地想道，“既然李敬斋是这样子，那么，他的儿子也就好不到哪里去呵。”

出乎吴长兴的意料之外，一年多没有音信的李敬斋的儿子，忽然被张进德引到自己的家里来了。据吴长兴所知道的，张进德和李杰并没有什么过去的关系，也许连面都没见过，不料现在忽然……这真是天晓得是怎么一回事！为什么李杰，一个顶阔顶阔的大少爷，会于夜晚间降临到吴长兴的茅舍里？为什么他能和张进德忽然地交起好来？为什么于谈话中，于吃饭时，于就寝前，张进德能那样不客气地对待李杰？而李杰也就为什么能处之泰然，好像和张进德是多年的旧友也似的？……

吴长兴无论如何不能明白他目前的事情。他想问一问张进德，得知道一点儿究竟，但没有相当的机会。同时，他发生了一点羡慕张进德的心情：张进德，也不过是一个粗野的汉子，居然能和李大少爷做起朋友来，居然能那样很自然地对待李大少爷，而他，吴长兴，无论如何都不能，绝对地不能……

似乎是快要到黎明的时候了。从什么地方已经传来了几声报晓的鸡鸣。吴长兴想重新入梦，然而结果是枉然无效。睡在床那头的他的老婆，似乎深深地叹息了几声，然而没有继续的动作。他不知道她是在梦里呢，还是在醒着。他想叫她一声，但忽然觉得一种羞愧的心情包围了他，使他如罪人也似的，没有胆量张开自己的口。这时他想起来了他的老婆是如何地忠实而可怜，他对待她是如何地残酷而不公道……“我应当即刻向她跪下，承认自己的过错呵！”他的思想忽然这样地闪了一下，然而即刻为他的高傲所压抑住了。

睡在隔房的张进德与李杰，在谈了一番话之后，久已又寂静地睡熟了。吴长兴很苦恼地想道，他们俩也许在做着什么总司令参谋长的梦，很快乐的梦，而他，吴长兴，却睁着眼睛活受罪！……最后他的思想归结到：

“盐没有了。今天挑一担柴到城里去卖。顺便看一看革命军是什么样子也好……”

一二

在这一乡里，刘二麻子算是出色的人物。每一个人，差不多连会说话的三岁的孩子，都知道刘二麻子这个名字。这当然并不因为刘二麻子有钱，他是一个道地的穷光蛋；这当然也并不因为刘二麻子做过官，就是从他数起，一直数到他的五代祖父，也没有谁个荣享过官的名号；这当然更不因为刘二麻子做过什么惊人的事业，无论什么惊人的事业，就是他在梦里也没有做过。这因为，呵，说起来很平常，因为他的脸上的麻子生得特别大而且深，差不多可以将豌豆一粒一粒地安置上去。此外，他的力气和水牛差不多，挑柴禾的时候，他的担子一定要比别人的大。此外，也许还有一个原因，那就是他逢人便说他一定要娶老婆，但是老婆终于娶不着。

别要看刘二麻子这个称号传遍了乡间，但是刘二麻子自己却无论如何不承认这个称号。如果有谁个当面叫他刘二麻子，那么这就好像挖他的祖坟一般，他是要和你拼命的。因此，虽然人们在背后叫他为刘二麻子，但是当面却都叫他为刘二哥，或是刘老二。命运注定了他受穷，受欺侮，——他觉得这都还没有什么。惟有天老爷给他生了一脸大而深的麻子，这使得他引为终身的莫大的恨事。他想，“我穷不要紧，为什么我要生一脸的难看的麻子呢？自然，有了这一脸的麻子，什么女人也是不会爱我的。……”虽然刘二麻子想娶老婆，而终于娶不到手的原因，重要的是在于他没有钱，而不在于生了一脸的麻子，然而他将自己的穷和娶不到老婆的重要的原因，却都推在他脸上的麻子的身上。生了这一脸的麻子，无怪乎受穷，更无怪乎娶不到老婆。

他喜欢和人谈起娶老婆的事情，因之，这一乡里的青年们都知道他对于娶老婆的事情，是怎样地盼望和焦急。有些不大老实的，多事的青年们，一见面时便向他打趣道：

“呶，刘二哥，亲说好了没有？什么时候请我们吃喜酒？……”

“刘老二，听说你要将赵家圩子的赵二小姐娶到家里来，是不是？”

“张家北庄的五小姐还没有出阁，你看好不好？托媒人去说亲罗！”

此外，还有许许多多打趣刘二麻子的怪话。刘二麻子一听到这些讥讽他的话时，便将脸上的麻子一红，说道：

“怎样？别要太小觑了人！朱洪武当年是放牛的，到后来做了皇帝。”

或者很严肃地说道：

“哼！凡事谁都说不定。时运到了，说不定我也会做驸马呢？你看，薛平贵……”

不过，刘二麻子之所以说出这些话来，并不是因为他有了什么信心，而只是暂时的对于自己的安慰。他很知道像他这样生了一脸麻子的人不配做皇帝，更不配招驸马，——皇帝的女儿，贵重的，娇滴滴的公主，所谓金枝玉叶，会下嫁一个顶丑的麻子吗？

总而言之，刘二麻子一方面对于娶老婆的事情很热心，一方面对于娶老婆的事情又很失望。他陷入很深切的悲哀里，但这种悲哀，在他是急于需要人们的同情，而人们所给予他的，只是淡漠与嘲笑。这使得他更加悲哀了。

但是，别要看刘二麻子到处受着人们的嘲笑，他总禁不住自己将心中的悲哀要向人们诉说……

那是一天的下午。刘二麻子在东山上打柴，无意中和张进德碰到了头。当他俩将柴打得够了的时候，便坐在草地上谈起话来。虽然张进德回乡来还没有几天，可是他们俩是老相识，谈起话来并没有什么客气。两人先谈起一些乡间的情形，后谈到各人自身的状况。刘二麻子当然免不了要将自己的悲哀吐诉出来。

“进德哥，你是君子人，”刘二麻子说道，“什么话都可以向你说。妈的，我总是想娶一个老婆，一个人不娶老婆，不是枉生一世吗？可是我，”说至此，他的两眼逼视着张进德，眼见得是要哭出来的样子。“我大概是要枉生一世了！……”

“这倒说不定。”张进德这么很同情地说了一句。

“是的，我大概是枉生一世了！这样穷，最可恨的是我生了这一脸……”刘二麻子没有将话说完，即将头低下去不响了。张进德明白了他的意思与悲哀，一时找不出什么安慰他的话来。

两人一时沉默起来了。张进德目视着他那额部上胀着的如藤条也似的青筋，那圆圆的大光头，那黝黑的后颈项，不知为什么，忽然间很尖锐地感觉到他内心的深切的，不可磨灭的悲哀，为他大大地难过起来。张进德很明白这种悲哀是为一般穷苦的少壮者所同具的，而他，张进德，也是无形中具着这种悲哀的一个。在此以前，他并没曾多想到关于男女间的事情，就是想到，那也不过是经过几秒间的轻轻的悲哀的烟雾而已，并没曾扰动了他的心意。他总是想道，这算什么！一个人不和女人睡觉就不能过活吗？……

但是，现在，他觉得他的一颗心也为着刘二麻子的悲哀所笼罩着了。想起来了在劳苦中度过去了的青春，想起来了他生了半世而从不知道女性的温柔与安慰……

忽然，在他俩背后的一棵松树上，不知是什么鸟儿，哇地叫了一声，接着便落下许多黄色的松针到张进德的头部上来，这使得张进德即刻好像从梦中清醒起来，将适才一种感伤的情绪驱除了。他昂起头来向那松树上望了一望，但并没有望见什么鸟儿，大概是已经飞去了。将自己振作了一下，张进德握起一直到现在还低着头的刘二麻子的手，说道：

“刘二哥！请你别要这样怨恨自己生了这一副脸孔。没有娶老婆的人多着呢，我不也是一个吗？谁个不想娶老婆？我当然也和你一样。不过你也要知道我们是穷光蛋，就是人家把女人白送给我们，我看我们也养活不了。妈妈的，只要有钱，就是瘸子也可以有两个老婆。你看周家圩的周二老爷不是瘸子吗？可是我们没有钱，穷光蛋，就是不是瘸子，也是尝不到女子的滋味的。你以为你的脸不麻，你就会娶得老婆了吗？老哥，这是笑话！”

“那么，我们就永远娶不到老婆了吗？”刘二麻子睁着两只放着可怜的光的眼睛，很绝望地这样问。

“请你别要老是想着娶老婆的事情！这世界是太不公平了。我们穷光蛋要起来反抗才是。妈妈的，为什么我们一天劳苦到晚，反来这样受穷，连老婆都娶不到？为什么李大老爷，周二老爷，张举人家，他们动也不一动，偏偏吃好的，穿好的，女人成大堆？……这是太不公平了，我们应当起来，想法子，将他们打倒才是！我们要实行土地革命，你懂得什么叫做土地革命吗？”

刘二麻子摇一摇头，表示不懂得。

“土地革命的意思就是将地主打倒，土地归谁个耕种，就是归谁个的，你明白了吗？有点明白了？好！现在，我们就应当想法子，干起来！……”

夕阳射照在刘二麻子的脸孔上，好像在那上面闪动着金色的波纹，加增了不少的光辉。忧郁和绝望的容色没有了，另换了一副充满新的希望的，欢欣的笑容。

“你，进德哥，”最后刘二麻子紧握着张进德的手，笔直地望着他的眼睛，说道，“你真是我的好朋友！妈的，我一个人，我这个脑袋总是想不透。肚子里饱藏着一肚子的怨气，可是不知道怎么样才能发泄出来。今天听了你的一番话，我真是高兴极了！好，我们就干起来！……”

张进德久已不唱山歌了。别要看今天的柴担很沉重，可是在归途中，他很高兴地和着刘二麻子唱起山歌来：

乖姐好像一朵花，
个个男子都爱它；
若是有钱你去采，
若是无钱莫想它。
……

一三

前天刘二麻子亲眼看见革命军来到了城里。而且他首先将这个欢欣的消息，传布给本乡的人们知道。这虽然不是什么伟大的功绩，然而刘二麻子却引以为生平最满意的事，因为首先传布这个消息的不是吴长兴，不是王贵才，甚至于不是张进德，而独独是他，刘二麻子。在别一方面，他就好像自身的痛苦因着革命军的到来，一切都解决了也似的，好像从今后没有老婆的他可以娶老婆了，受穷的他可以不再受穷了，甚至于他的那麻脸也可以变为光脸。关于革命军是不是革命的，能不能给他老婆，或是几亩略较好一点的田地，他从没曾想到。他心目中的革命军是救苦救难的菩萨，既然革命军到来了，他想，那便什么事都解决了，受苦的可以幸福，做恶的可以定罪……

欢欣的心情使得刘二麻子昨夜做了一场温和的美梦。带着梦中的愉快的印象，今天一清早他便跑到张进德的家里来了。他一者约张进德同阵到城里去卖柴，二者想和他分一分关于革命军到来了的欢欣，或者更和他谈谈这，谈谈那。在最近的时候，张进德差不多是刘二麻子的唯一的亲密的朋友了。

张进德和吴长兴两夫妇也早已起身了。在门外的小稻场上，张进德帮助着吴长兴捆柴。这柴是预备到城里换盐吃的。吴长兴的老婆蓬松着头，弯着腰在菜地里检点着什么。这时朝阳初露出自己的温和的金面来，放射着不炎热而令人感觉着抚慰的光辉。吴长兴的黝黑的脸老是忧郁着，而张进德的面色却为着朝气而新鲜焕发起来了。他不时地带着微笑，向着初升的朝阳行着愉快的呼吸。田野间遍铺着露湿的，嫩柔的绿色。清晨的略带一点凉意的微风，似乎将这间茅舍内昨晚所演的一幕悲剧的痕迹吹散了。

当刘二麻子走近小小的稻场时，张进德和吴长兴已经将柴捆好了。吴长兴见着刘二麻子的走近，只向他点了一下头，在脸上没有任何的表情。实际上他是瞧不起刘二麻子的，因为：第一，刘二麻子的脸太麻得厉害；第二，刘二麻子穷得和他差不多；至于第三……也许是刘二麻子到现在还没有娶得老婆……

"呵，老二，你今天过来得早呀！"张进德迎接上去，带着笑说。

“早？并不早呢。今天天气真好，我打算到城里卖柴去，不知进德哥你去不去？去看看革命军是什么样子也好呢。”刘二麻子说话时，差不多他的满脸上的麻子都笑着的样子。张进德听了他的话，便微笑着说道：

“本来打算是要去的，不过因为革命军已经到了我们的乡间了，我不必再去……”

张进德没有将话说完，刘二麻子即惊愕地插着问道：

“怎么?！你说什么?！革命军已经到了我们的乡间了？在什么地方?”

张进德见着刘二麻子那种惊愕的样子，不禁张口大笑起来了。

“你别要骗我呵！”刘二麻子又继续说道，“我一点儿也没听到这么一回事。”

“不，我不骗你，革命军真是来到我们这里了，不过来的是代表，你不信，请进屋内看一看便知。”

张进德笑着将莫名其妙的刘二麻子带进屋内去了。这时李杰已起了床，将身上的衣服穿好了。面容虽然是很清瘦，然因为是穿着武装便服的原故，倒也显得是一个英气勃勃的少年军官模样。他见着两人走进屋内，便迎将上来。

“你看，这就是革命军的代表，”张进德见着了李杰，面对刘二麻子说道，“请认识认识，一个是革命军的代表，一个是我们乡间的光蛋……”

不知为什么，张进德今天感觉得自己特别的高兴，特别地爱说话。对于沉静的他，今天的他的活泼的兴致，是一个例外。

刘二麻子第一眼见着立在他的面前的，是一个有威仪的革命军的少年军官，顿生一种乡下人怕官老爷的心情。他有点惶恐起来，不知如何是好了。等他再仔细看下去，他认识出来了这是李家老楼的李大少爷，也就是为他所时常骂起的李敬斋的儿子。“这是怎么一回事呢?”他想，“革命军的代表……李家老楼的大少爷……张进德的家里……”他不禁堕入五里雾中去了，一点也摸不着头脑。他一方面两眼圆睁睁地望着李杰，一方面局促得不堪，不知将脚和手放到什么地方。至于说什么话为好，那他当然更要忘记掉了。

“老二，你不认识吗?”张进德笑着问。

“是，认得，李大少爷……”刘二麻子很局促地，然而又是很恭敬地这样说。

李杰见着刘二麻子的不安的神情，不禁用手将他的肩头拍了一下，笑着说道：

“朋友！现在是革命的时代了。李大少爷没有了，有的只是李杰，我的名字叫李杰呵，有的只是革命军的代表……你明白了吗?”

刘二麻子什么也没有明白。为什么李大少爷没有了？立在他的前面而且和他说着话的不是李大少爷吗？……张进德见着刘二麻子发呆的神情，明白了刘二麻子从李杰的话中什么也没明白，便将他拉到凳子上坐下，细细地为他诉说关于李杰的一切……刘二麻子很恭顺地静听着一个大少爷变为革命党人的希奇的故事。李杰立在旁边，凝视着张进德诉说的神情，不知怎么样才能表示出自己的心中对于张进德的感激……

一四

青秧叶上的露珠还是莹莹地闪耀着，田野间的空气还是异常地新鲜而寂静，虽然一轮红日已经高高地悬在东山的顶上了。似乎一切的景物都表示着欢欣，似乎太阳也做着愉快的，充满着希望的微笑……

带着周身的不可思议的感觉，满腹中的特异的情绪，刘二麻子走出了吴长兴的家门。望一望露湿的，青滴滴的田野，和已经高悬着的太阳，他不知为什么，感觉得自己变为别一个人了。出乎他的意料之外，他今日居然在吴长兴的家里会见了革命军的代表，而这代表又不是别人，恰恰是李大老爷的儿子，也可以说是他的敌人的儿子。在未听到张进德的解释之前，他曾发生过一瞬间的失望：李大老爷的儿子做了革命军的代表，那可见得革命军保护穷人的话是靠不住的了，因之什么土地革命，什么老婆问题，即张进德向他所说的一切，也是不会实现的了。但是，等到张进德向他解释了一番之后，他又格外高兴起来了：李大老爷的儿子都和我们穷人在一道，那还怕我们不成事吗？

“不，这恐怕有点靠不住，”中间刘二麻子曾这样地想道：“李大少爷放着大少爷不做，有福不享，来和我们革命干吗呢？他家里有那么多的田地，当真愿意分给我们穷人吗？为着什么呢？怕又向我们弄什么鬼罢……”

刘二麻子想到这里，张进德好像明白了他的意思也似的，开始向他解释李杰的为人，说道：

“你不相信李先生靠得住是不是？这也难怪，我们穷人受他们有钱的欺得太厉害了，哪能相信他们这般公子哥儿的话？不过这也不可一概而论，我在矿山上的时候，就遇见了许多很有学问的学生，他们本是有钱的子弟，可是现在牺牲了自己的福不享，专做些危险的革命的勾当……你知道李先生恨他的父亲，恨得很厉害吗？他说，他是不会回家的了，除非他的父亲死掉……”

“但是，李大老爷究竟是李大少爷的父亲呵。儿子反对父亲，难道是可以的吗？”

刘二麻子说着这话，向李杰望了一望。不知为什么，他的脸上的麻子，又红得发起亮来了。

李杰笑起来了。向刘二麻子走近两步，很坦然地说道：

“儿子不能反对父亲？从前是这样的，现在可就不然了。不问父亲的做善做恶，为儿子的一味服从，不敢放一个屁，这是很不对的事情。我的父亲欺负你们穷人，难道我也应当跟着他欺负你们穷人吗？你说这是对的吗？如果我跟着他做恶，孝可是孝了，可是我们这一乡的穷人就有点糟糕！父亲不过是一个人，不能因为一个人使得我们这一乡的人受苦。”

刘二麻子听了李杰的这一番话，心中虽然还是有点怀疑，但是转而一想，“李大少爷也许会说谎话，可是进德哥绝对是不会欺骗我的呵！……”于是他便把一颗信心坚固起来了。

见着吴长兴走进门来，刘二麻子便乘机向李杰和张进德辞了别。他和吴长兴的感情是很坏的，虽然这原因不能确定地说是在于何处。吴长兴讨厌刘二麻子，或者就因为那脸上的麻子，而刘二麻子不高兴吴长兴，或者就因为吴长兴有了老婆，而照刘二麻子的意见，像吴长兴这样闷鳖一般的人，实在没有娶老婆的资格……

好像伟大的幸福就要到临也似的，在归家的路中，刘二麻子不断地唱着他所最爱唱的一节山歌：

天上星来朗朗稀，
莫笑穷人穿破衣，
十个指头有长短，
树木林落有高低，
三十年河东转河西。

每逢一唱这一节山歌的时候，刘二麻子便精神百倍，快活异常，相信倒霉受苦的他，终有出头的日子。今天他唱得更为起劲。唱完了山歌，他抽起秧叶来，卷在手拇指上，吹得嘘嘘的响。因为不在意的原故，路旁田中的秧叶上的露水，将他的蓝布裤子都打湿了，他一点也不觉得。

走到一块不十分大的，乱草蓬生着的瘗地。在东南的拐角上，葬着刘二麻子的三年前死去的老父亲。早死的母亲的坟究竟在什么地方，连刘二麻子自己也不知道，可是也就因此，他更加不能将他的父亲的坟墓忘怀了。每逢路过此地，他总要到墓前磕几个头，祷告几句。遇着有钱的时候，他还买点纸箔烧烧，尽一点孝道。

父亲如刘二麻子一样，也是穷苦一生，没有走着好运。三年前他不明不白地屈死了。他本在胡根富家帮工，因为勤谨忠厚的原故，在主人家过了五六年的日子。有一次胡家失了窃，丢了一小锭银子，成为了天大的事情。胡根富硬说是他偷的，逼他把银子交出来。于是胆小的他既然没有做贼，当然交不出银子，于是被胡家痛打一顿，撵出门外来了。据胡根富说，因为存着善心的原故，才没把他送入官府，但是，可怜的老人家惩罚已经受得够了，不但被痛打了一顿，而且没领到在胡家做了两年的工钱，于是他一气便气死了。

刘二麻子邀几个穷朋友，匆匆地用芦席将自己父亲的尸体裹住，便在这块公众的瘗地埋下了。既没有和尚道士念经做斋，也很少亲朋吊丧，更没有谁个出来为屈死的老人家向胡根富说一句公道话。刘二麻子知道父亲是屈死了，但是人微势小的他，又有什么报仇的方法呢？……

光阴如箭也似地飞快，转眼间可怜的老人死去已三年了。在这三年的时间中，刘二麻子也曾动过几次报仇的念头，但是因为胡根富有钱而他是穷光蛋，胡根富的人多而他孤零零的一个，总没有得到报仇的机会。今天刘二麻子又跪在他的父亲的墓前祷告了。荒凉的土堆还仍旧，离墓不远的几株白杨树还是寂寥地在那里孤立着，好像对着这些混乱交错的，微小的，不庄严的坟墓，做着永远的凭吊也似的。但是刘二麻子今天的情绪却与往日的不同了。他开始相信着父亲的仇终可以报，而胡根富并不是一个什么大有力量的人，而他从今后也不是孤零零的一个了。……

他很高兴地，矜持地想道：“现在是我们穷光蛋的时候了！……”由于愉快的心情，他的面容不禁光彩起来了。从坟地立起身来之后，他向着好像象征着胜利也似的太阳深深地呼吸了几口气。

一五

昨夜晚因为吴长兴的老婆失了常态，致李杰没有将她的面目看得清楚。今早在同桌吃稀饭的时候，李杰将她打量一番，觉得她虽不甚美，却是一个很干净而又勤谨的农妇。她身上的蓝布衣已经有了很多的补钉，李杰觉得，即此一端也可见得她不是如吴长兴所说的败家精了。劳苦的面容证明了她在生活中所受的劳苦，而这劳苦她是没有解脱的方法的。工作的艰苦，丈夫的打骂，无论在哪一方面，都稍微得不到一点儿人生的幸福！唉！中国的农妇呵！……想到最后。李杰于不知不觉间长叹了一口气。

侧过脸来，再看看吴长兴。一个极沉默的乡下人，劳苦的汉子。面容上虽然现出来许多蛮气，但他的眼睛却放射着忠实的光，证明他不是一个恶狠的人。匆忙地吃过两碗稀饭之后，他赤着两脚，一言不发地就拿起扁担走出门去了。张进德将口张了一张，似乎要向走出门的吴长兴说什么话，但终于没说出来。

“李先生，你昨晚上不是说要到王荣发家去吗?”早饭吃了之后，张进德这样开始问李杰。李杰忽然觉得“先生”这个称呼不大妥当，似乎太生疏一点，便即刻稍红一红脸，有点难为情似地向张进德说道：

“张大哥，请此后别要喊我李先生好不好?”

“那么，我怎么称呼你才好呢?”

“或者叫我的名字李杰，或者叫我同志。我们既然是同道的，当然不能见外了，可不是吗?”

“也罢，”——张进德看着李杰笑了一笑，说道，“那我就叫你李同志罢。我在矿山上，那里做工作的同志们也都不客气地大家称呼同志。起初我觉着很不对劲，后来也就叫熟了。你今天到底到不到王荣发的家里去?”

“一定去。你可以同我一阵吗?”

张进德摇一摇头，说道：

“我不高兴到他的家里去。他的儿子王贵才那小子倒很和我合得来，可是那个老头子太固执了，我不高兴见他的面。你自家去罢，我不去。我去到东乡里山那边找两个朋友，顺便商量一商量组织农民协会的事情，等你回来我们再仔细商量一下。”

“这样也好。”李杰因为在这里是他的熟悉的家乡，一切路径差不多都知道，也就不勉强张进德和着自己同去。……

天气异常地明朗，田野间充满着新鲜的气息。一壁看着绿茸茸的田野，一壁感受着温和的微风，李杰的身心加倍地舒爽起来。满眼都是为他所熟视的景象。在阔别的一年中，这故园的景象没有一点儿变更，仿佛伸展着温柔的怀抱，等待着游子的归来。李杰本来是这一乡间的骄子呵！……

走着走着，李杰将别后的家乡重新认识一番，好回忆起来幼时以及一年前不久的往事。呵，这一条弯曲的小河沟依旧流着清滴滴的水，在这里李杰不是曾和着王贵才一块摸过鱼，捉过虾吗？李杰的家人们曾禁止过李杰在河沟里摸鱼，为的是怕他落水淹死了，然而胆大好玩的李杰，总是偷偷地和着小朋友王贵才一道，来做这种冒险的然而是有趣的玩意儿。现在李杰成人了，就是王贵才也未必再来到此地做儿时的勾当罢。……呵，这一块小小的柳树林依旧如旧日的葱绿，在这里李杰不是和着王兰姑时常有过约会吗？在一株大的柳树根下，李杰不是曾拥抱过王兰姑，和她喁喁地情话吗？……李杰实指望娶兰姑为妻，实指望永远地和着温柔美丽的兰姑，做着永远的爱情的梦。不料固执的，重势利的父母竟阻碍了他们的好事！说什么不门当户对，说什么兰姑的出身卑贱，她的父亲王荣发不过是一个不受人尊敬的农夫而已。然后兰姑已珠胎暗结了，既不能嫁李杰，当然只有寻死的一条路，免得受人的耻笑。于是兰姑自尽了，接着，李杰也就和他的父母脱离而抛弃家庭了。抛弃了家庭之后，李杰因为生活的飘泊，及决心从事革命运动之故，也就把屈死的兰姑渐渐忘怀了。那时只有工夫对于将来的希望，现时的奋斗，而没有工夫对于过去的回忆。今日，忽然又身临到旧日的树林，在这里他曾做过在此生中最甜蜜的梦……

李杰走进林中，来回绕了几个圈子。后来他倚着一株大的柳树，闭眼回忆了一回，就在此时他仿佛听见兰姑的脆嫩的话音，温馨的气息。她的那种朴素的仪容也就微笑着隐现在他的眼前了。……忽然，“兰姑是为着我而屈死了的呵！”这一种思想打破了他的甜蜜的回忆，他于是睁开眼睛，叹了一口长气。

走出树林之后，李杰暗暗地自语道：

“兰姑！你是为着我而屈死的，这一层我永世也不会忘记。我这一次回乡，虽然不是专为着你，但在我们的革命成功之后，你的仇也就可以顺带地报了呵!”

想至此处，李杰不禁停住脚步，向李家老楼所在的方向望去：只见那高昂的楼阁仍旧，一种尊严的气象依然，还是一年前兰姑未死时的模样。但是那时那里住着的还是他的父母，而现在那里住着的却是他的敌人了！为着这一乡的农民，为着兰姑，为着他，李杰的自己，打倒你这罪恶的渊薮呵！……

一六

老人家王荣发无论如何思索，不能明白年轻的一代人。世道的确大不相同了：一般青年人欢迎新的而厌恶旧的，他们对于服顺的，静寂的乡村生活，很激烈地表示不满足了。不但在服装上极力模仿城市中的新样，而且在言行上，他们似乎都变成无法无天的了。尤其是在最近，一般青年人都如同中了魔似的，大大地不安分起来。他们居然很流行地言谈着什么土地革命，什么打倒地主李敬斋……在王荣发的年轻时，他听也没听过这些无法无天的话，更不必说在口中乱喊了。现在他看见一般青年人这样地胡为，想想自己的过去，比一比，也难怪他要时常地叹息。

前天晚间王荣发的儿子王贵才，不顾及自己湿淋淋的一身，很高兴地回来报告"革命军来到了……"弄得王荣发听了，生了一场大气。昨天午后王贵才又不知从何处召集来了四五个年龄相仿佛的小伙子，来到自己家中，噪扰了大半天。有的说，去投革命军去；有的说，不如大家即在乡间干起来，把李家老楼和张家圩子的房子烧掉……在这些讨论者们的中间，王贵才尤多发了议论。当时老人家立在院内，听着自己的儿子如发了疯也似的，尽说些不法的话，禁不住要几次跑出来揪住王贵才打骂一番，免得他生非惹祸。他想，王贵才就是一个大大的祸根，如果这些话传到李大老爷的耳里，那还得了吗？说不定连他这样老人家都要杀头定罪。但是不知为什么在别一方面，他听着青年们所说的一些无法的，然而是很新奇的话，无形中感觉到一种兴趣。只在他们散开了之后，王荣发才把自己的儿子狠狠地骂了一顿。

"我下一次再不准你将这些浑账东西带到家里来胡闹了。你要造反，你要发疯，你尽管和着他们到外面去，可是在我的家里是不行的呵！"

当时王贵才听见父亲的责骂，不表示反抗，只轻轻地，低首下气地说道：

"你怕我在家里闹，我就出外去好了。明天我打算和着何四毛到城里去投革命军去。不但不在家里闹……"

"什么?!"王荣发将猫须眼一睁，即时变了苍白的面色，急促地说道，"去投革命军？你，你，你真，真发了疯吗？……"

王贵才不发一言，便走出门外去了。到要上灯吃晚饭的时候，家人们还不见王贵才回来。王荣发还假装着镇静，可是老太婆，王贵才的母亲，却向他的丈夫大大地抱怨起来了。

“都是你不好呵！你为什么要骂他？少年人气盛，如果真个去投革命军去了，你说那倒怎么办呢？你我这样老了，只有他这一个儿子……”

老太婆说着，流起老泪来了。王荣发听了老婆的话，外面虽还继续表示着镇静，心内却也有点不安起来了。无论王贵才是如何地不安分，但是他究竟是他的希望，是他的唯一的儿子呵。如果去当兵，被打死了，那时他老夫妻俩将靠谁人呢？想至此地，老人家又觉得自己有点不是了。

家人们吃了晚饭之后，王贵才才从外边回来。老太婆本待要安慰他几句，询问他到什么地方去了，曾吃过晚饭没有，可是他不声不响地一回来便向床上躺下睡去了。今天早晨很安静地过去，早饭过后，王贵才开始打着草鞋。父亲有事出门去了。母亲在菜园里整理青菜。只剩下毛姑一个人伴着他的哥哥在家里。毛姑坐在她的哥哥的旁边，手持着父亲的草鞋，低着头做着。两人各注意各的工作，默默地一声也不响。后来忽然毛姑停下针线，向着她的哥哥问道：

“哥哥！昨天你向父亲说，你要去投革命军去，这事情是真的吗？”

“为什么不真？”贵才不向他的妹妹望，这样简单地说了一句。

“哥哥！那可是使不得的！”毛姑接着说道，“自古道，‘好铁不打钉，好男不当兵’，难道你不知道吗？我看你近来简直有点不对……”

没等毛姑将话说完，贵才抬起头来，向毛姑严肃地说道：

“现在是革命的时候了，你晓得吗？革命军比不得往时的……”

“什么革命军不革命军，当兵总是一样的。”

毛姑说着，又重新做起针线来了。房里一时地静寂。贵才打好了一只，又开始打第二只，心中甚是得意，因为这一双草鞋是预备明天穿着到城里去的。

过了半晌，毛姑又停下针线，向贵才问道：

“哥哥！你知道李家老楼李大少爷在什么地方吗？”

“你问他干什么？”贵才不禁惊异地回问她这么一句。

“听说他在革命军里是不是？”

“我不知道。也许是的。”

“你忘记他了吗？”毛姑继续说道，“他害死了兰姐，兰姐是他活活害死的！”

毛姑说着，两眼望着她的哥哥，表示十分的气愤。

“这也怪不得李大少爷，那都是他的父亲，那个老东西的罪恶。李大少爷本来是要娶兰姑的，他在我的面前就说过好几次。不料他的父亲总不答应……他之所以跑出去，一年多到现在还不回来的原因，不是因为兰姑死了吗？你别要错怪人，他的确是一个有良心的人。”

“可是兰姐总是因为他死的呵！”

两人又静寂下来了。

经过了十几分钟的光景，贵才忽然抬起头来笑道：

“你知道革命军里也有女兵吗？”

如蓦然听到天大的奇怪新闻也似的，毛姑即时圆睁着两只眼睛，向她的哥哥惊异地问道：

“你说什么？女兵？革命军里也有女兵？”

贵才点头笑道：

“是的，不相信吗？听说女兵比男兵还能打仗呢！她们和男子一样……”

“呸！那倒像个什么样子！女孩儿家不在家里做活，倒去当什么兵，抛头露面的，不成样子……”

毛姑将话刚说到此地，话头忽被稻场上的犬吠打断了。她倾耳细听，自对自地说道：“有客人来了不成？”

“妹妹，你出去看一看，到底谁个来了？”

毛姑立起身来，将手中的女红放到藤盘里，拍一拍胸前的蓝布衣服，便走出去了。

一七

吴长兴家和王贵才家的距离，不过三里多路的光景。李杰一边走一边想着，不觉已经来到王贵才家的门口了。数间茅屋仍旧，屋角那边的一块小竹林还是先前一般地青葱。稻场前面的池塘的水似乎快漫溢出来了的样子，那曾为兰姑所蹲在上面的洗衣跳板，快要被水浮起来了，——霎时李杰又不禁回忆起来了当年兰姑洗衣时的情景：兰姑一边用手洗着衣服，一边侧过脸来，向立在她旁边的李杰腼腆地微笑道：

“大少爷，站开些呵！你那绸子做的夹袍，莫不要被水溅湿了。”

“我这绸子的夹袍倒没有什么稀罕，”李杰笑着更向她走近一步，说道，“可是你要当心点，别要落到水里去了呵！”

“谁稀罕你说这些不利市的话来！”

说着这话时，兰姑的脸上泛起一层薄薄的桃云，很妩媚地眯了李杰一眼，遂又低下头默默地洗衣服了。李杰这时觉得兰姑是异常地可爱，异常地有诗意，一颗心禁不住在摇荡了……

“嗥！嗥！……”犬声把李杰对于过去的梦提醒了。李杰还认得这一只黄犬，即一年前见着李杰来时便摇尾乞怜的黄犬，不料现在见着李杰，如见了生人一般，嗥！嗥！不止地狂吠起来了。它似乎有上前来咬啮的模样，李杰不禁着了慌，欲将它打开，而手中没有棍子。

“狗都对我这样地生疏，”李杰一瞬间很失望地想道，“说不定它家的人也是这样的呵！说不定它家的人都在恨我呢……”

狗愈逼得厉害了，没有给李杰继续思想的机会。正在为难的当儿，忽听见一声娇滴滴的叱狗的声音。李杰举目一看，不禁一时地呆怔着了。只见走向前来的，是一个十七八岁模样的姑娘，身穿着蓝布的衣裳，虽不时髦，然而并掩盖不了她那健康的、细长合宜的身材，脸上没有脂粉，微微地现着一种乡村妇女所特有的红紫色，可是她那一双油滴滴的秋波似的眼睛，那带着微笑的一张小口……这并不是别个呵！这是兰姑，为李杰所爱过，适才又想起的兰姑！

但是李杰知道很清楚，兰姑久已死去了。他想起来了这是同兰姑具着同一的音容笑貌的毛姑，兰姑的妹妹。只仅仅一年多不见，毛姑已经长成和她的姐姐一样，成了一个美人儿了。李杰呆望着向他走近的毛姑，一时说不出话来。毛姑走到李杰面前，向他很惊诧地细审了一番，半晌才羞怯地说道：

“我道是谁，原来是李大少爷到了。你看，我家的狗发了疯，连李大少爷你都不认识了，如果咬伤了，那可了不得!”

毛姑脸红起来，向李杰微笑了一笑。

“不，不，不会咬伤的!”李杰现着局促的样子，胡乱地说了这么一句。毛姑不再说话，便转身引着李杰向屋内走去。见着毛姑将李杰引进屋来，正在打着草鞋的王贵才，将未完成的一只草鞋一丢，立起身来，便走向前来将李杰的手拉起，很欢欣地叫道：

“我道是谁个来了，原来是你呵！大少爷，你一年多都没有回来，简直把我们的乡间忘掉了罢？你几时回来的？才回来吗？”

毛姑仍向原来的位置坐下，两眼望着门外，眉峰蹙着，如有什么思索也似的。李杰和着贵才向上横头一条长凳子坐下，贵才依旧拉着他的手，开始向他问这问那。久别的两位朋友四眼相对着，都表示无限的欢欣来。尤其是李杰感觉到异常的欣幸，原来贵才还是和他同往时一样地亲密呵！……

“你身上穿的什么衣服?”贵才问。

“这是武装便服，在军队中穿的。”

“你在革命军里很久了吗?”

“有不少时候了。”

“你这次还回到军队里去吗?”

“不回去了，我是回来组织农会的。”

“你，你是回来组织农会的?”贵才大为惊异起来了。“农会不是打倒地主的吗?”

“不错，”李杰点一点头说道，“农会是要为着农民说话的。农民被压迫得太利害了，现在应当起来解放自己才是。”

“但是你的父亲……”

李杰不待贵才说将下去，便接着说道：

“我的父亲？我和他久已没有什么关系了。自从一年前跑到外边之后，我连一封信都没给家里写过。现在我这一次回来，你知道我没有到家去过吗?”

“怎么?”贵才更加诧异起来了。“你没到家里去过？你昨晚上在什么地方过的夜?”

"在张进德的家里。我恐怕就在他的家里住下去了。家里我是不回去的。"

贵才低下头来，沉吟着不语，好像思想着什么。一直坐到现在默然不发一语的毛姑，慢慢地将自己的眼光挪到李杰的身上，将他仔细打量了一番，似乎研究他所说的话是否靠得住的样子，后来很羞怯地开始说道：

"大少爷，你真的和家里不好了吗？你是不是真革起命来了？"

"毛姑娘，我这一趟回来，就为着这个。等到一把农会组织起来，我们便要土地革命，便要不向地主纳棵稻了。你家今年所收的粮食，再也不要向李家老楼挑了。"

毛姑听了这话，即时将脸上的不快的表情取消了，很快乐地说道：

"大少爷，你说的是真话吗？"

"谁骗你来？不是真的还是假的不成？毛姑娘，请你此后别要再称呼我大少爷了，怪难听的。就叫我的名字好了，或者叫我李大哥……"

李杰说到此地，不知为什么，脸上有点泛起红来。毛姑现出一种感激的神情，然又含着笑，很妩媚地说道：

"这可是要遭罪了。大少爷究竟是大少爷，我们怎么敢这样乱叫……"

王贵才见着自己的妹妹尽说些客气的话，不禁插着说道：

"什么大少爷小少爷的！李大哥既然革起命来了，那就是和我们一样，没有什么少爷和小人的分别了。"

话刚说到此地，从门外走进来了王贵才的父亲，李杰只得立起身来，走向前去，口称"荣发伯"很恭敬地见了礼。李杰只见他驼着脊背，口衔着旱烟袋，走路踉跄的模样，活现出一个劳苦的老农来。李杰记得，他耕种李家老楼的田，已经有几十年了。在那驼背上或者还可以找得到几十年的劳苦的痕迹来……

一八

如果王贵才对李杰的态度是亲密的，热诚的，如果毛姑对李杰的态度是平常的，然于平常之中又带着一点儿傲意，则老人家对李杰的态度，却与他的两个儿女的不同了。他恭恭敬敬地将迎接他的李杰扶到上横头坐下，向后退了两步，向着李杰说道：

"大少爷是什么时候回来的？有一年多没有听见大少爷的音信了。大少爷在外面过得好吗？"

李杰局促得要命，在和两兄妹谈话之后，他真不知道如何对待这位老人家才是。毛姑走到后面去了。贵才立在旁边不动，脸上带着一点儿笑容，李杰不明白他是在暗笑自己，还是在另想着什么心事。

"呵呵，老伯请坐……我是昨天回来的……老伯在家里好吗？……"

王荣发听见他的小主人称呼他"老伯"，似乎也局促得不堪，不知如何对待李杰为是了。

"不敢，不敢，大少爷别要客气，"老人家说着，走至桌边，伸手从茶壶里倒出一杯茶递与李杰，大概想借此以遮掩他局促的神情。李杰至此，不问老人家高兴听闻与否，便将他自己一年来的经过，如何脱离家庭，如何投入革命军，现在又如何回到故乡来……详细地说了一遍。李杰不打紧地说了，可是将一个安分的老人家惊诧死了。第一，李杰说，他脱离了家庭，和父母断绝关系，这就是大大的不孝，第二，李杰说，他回来组织农会，劝老人家不要再向李家老楼纳棵租了，这简直是疯话！老人家只当自己的儿子王贵才发了疯了，却不料这位李大少爷更发疯发得厉害。这简直是"一遍荒唐言，句句该打嘴"呵！但是老人家始终把李杰当做主人看待，不敢指责李杰的不是，只吞吐地说道：

"不过，李大少爷，恕我年老的人多嘴……这……这样是不行的……家庭哪能够不要了呢？依我想，李大少爷还是回家去望望，免得老爷和太太生气……至于说不交租的话，大少爷你能够说，可是我们耕人家田的绝对不敢做出这种没有天理的事情！……"

王贵才听见父亲向李杰说出一些不耐听的话，只气得鼓着嘴，但又不敢做声。后来他忍不住了，向他的父亲说道：

“爸！别要向李大哥说这些话了！现在讲的是革命，一些老道理不适用了。”

老人家将眼一睁，怒视着他的儿子说道：

“放屁！你知道什么！我活了这么大的年纪，难道连你都不如了吗?!”

接着又转过脸来，笑向着李杰说道：

“我劝大少爷还是回家去住的好。如果大少爷回到乡里来不回家，这传出去的确不好听，说不定老爷和太太要见怪我们当庄稼人的呢。将两位老人家气坏了，那可不是玩的……”

李杰见着老人家罗里罗唆地不歇，不禁有点烦躁起来了，但又不便在他的面前发脾气。他想，“我怎样对付他才好呢？我怎样才能说得他这一副老腐的脑筋明白呢?”李杰还没思想出什么方法来，只听老人家又继续说道：

“你看这上边供的是‘天地君亲师位’，这不是大少爷你在几年前亲手写的吗?”

李杰不由得愣了一愣，怎么！这是他李杰亲手写的吗？……两眼将那墙上贴着的一张已经褪了色的“天地君亲师位”细细地审视了一下，李杰不禁想起来了：不错，这是他李杰亲手写的呵！为什么他于几年前会写出这种东西呢？他想起来，不觉自己也好笑了。

“老伯，此一时也，彼一时也，现在这种东西用不着了。那时我自己也糊里糊涂，所以会写出这种东西来，现在我可明白得多了……”

老人家不等李杰说下去，便摇头道：

“不，大少爷！无论时候变到什么样子，这几个字总是丢不掉的。好，即如说现在是民国了，没有君了，但是大总统不和君是一样的吗？不过称呼不同便了。至于‘亲’那更是丢不掉的，人而不尊重父母，那还算是……（老人家本欲说出“那还算是人吗？那真是连禽兽都不如了!”可是没有说出来，他即转变了话头，恐怕太得罪李杰了。）自古道，‘万恶淫为首，百善孝当先’，大少爷读书的人，当然要比我们墨汉知道得多些。依我之见，大少爷还是以搬回去住为妥……”

王荣发本待要继续说将下去，可是手提着一竹篮青菜，他的老太婆走进来了。老太婆见着李杰，又说出许多寒暄的话来，问这问那地闹个不休，可是一肚子不耐烦的李杰，只勉强顺口和她搭讪几句，乘机立起身来，向王贵才说道：

“贵才！我一年多都没回家乡了，请你带我走出去，在附近逛一逛，好吗？”

面向着稻场外面，立着不动的王贵才，也就老早不耐烦了，一听见李杰的这话，便即刻回过脸来，很高兴地回答道：

“好，我们就走罢！”

贵才说着先自走出门去，生怕他的父亲把他重新喊将回来。李杰并没有向两位老人家说什么话，也就跟着贵才走出门来了。

王荣发现着两位走出门去，自己痴呆地在门中间站立了一回，吸了几口已经熄了的旱烟袋，缓缓地自语道：

“你看，这才叫着怪事！我生了这么样大的年纪，从来没看见过！父母娘老子不要了，连田地家当也不要了。……怪事，真真的怪事！”

刚要转弯走进过道门的老太婆，听见她的丈夫这样说话，不由得停住脚步，很惊讶地问道：

“你说谁个连父母娘老子都不要了啊？”

王荣发没有回答他的老婆，回过脸来，重新走进屋内，向凳子坐下叹道：

“唉！世道变了！”

一九

张进德望着走出门去的李杰的背影，暗暗感觉到一种为从来所未有过的欢欣。他意识到他从今后有了帮手了。在此以前，他有过问题而无处问，有过困难而没有谁可以商量，虽然很坚信自己的力量，然而他总觉得有点孤单的痛苦。在这一乡中，他是一班青年农民的领袖，再也找不出一个比他更为明白，更为有学问的人来。例如王贵才，刘二麻子，李木匠，吴长兴……为人都是很好的，他们也很能听张进德的话，然而在工作上，他们有谁个能够做张进德的帮手呢？

现在有了李杰了。李杰不但因为是李敬斋的儿子，更能号召一般人，而且他进过学堂，读了很多的书，做过许久的革命工作。张进德想道，如果李杰在这一乡中为首干将起来，那是比较容易有成效的。青年们有许多问题，间或张进德也回答不出来，可是从今后有了李杰了，青年们当然对于革命更加要起劲了。

想象到将来和李杰一块儿工作的情形，张进德不禁欣然地独自微笑起来。在此以前，他万料不到李杰竟会回来和他一道儿革命，——李杰本来是李家老楼的大少爷，地主的儿子，这一乡的敌人呵！“世界上也真有许多难料的事情！”张进德后来想道，“儿子会反对老子，地主的儿子会干土地革命！……”

“表弟！”吴长兴的妻从自己的卧房内走出来，向微笑着的张进德说道，“李大少爷是到王荣发家去吗？我问你，他为什么不回家？”

吴长兴妻的话将他的思想打断了。一瞬间就同没听明白她的话也似的，张进德向他的表姐带着疑问也似地审视了一下，只见她的发髻虽然是梳得很妥帖，可是右腮庞上的伤痕还未消去。他不禁又回想起昨晚的情景来了。

“你问他为什么不回家？”张进德半晌方才说道，“因为他不愿意回他那个不好的家了。他是革命军的代表，他这一次回来是要革他老子的命的。你明白吗？”

她将头摇一摇说道：

“我一点都不明白。老子的命也可以革得吗？”

“为什么革不得？只要理对，无论谁个的命都可以革得。儿子可以革老子的命，妻可以革丈夫的命。”

“妻可以革丈夫的命吗?”

“为什么革不得？像长兴哥这样对你不好，你就应当向他革命。”

吴长兴妻低下头来，叹了一口气。过了半晌，方才抬起头来，两眼汪汪地望着张进德说道：

“表弟，你教我怎么革法呢？这种狗也不过的日子，我真不愿意再过下去了。他一有什么不对劲，就拿我出气，不是打就是骂，你看这样我还能活下去吗？听说革命军也有女兵，我想我不如去当女兵去，打仗打死了也算了，免得在家里和他过这狗也不过的日子。表弟，你也要帮帮我的忙才是，你看我可以去当女兵吗?”

张进德不直接回答他表姐的问题，说道：

“长兴哥的为人也并不怎样坏，不过是穷糊涂了。荷姐！请你别要着急，我慢慢地自有法子。等到我和李大少爷将农会组织好了，我们定下一条章程：为丈夫的不准无故打老婆，谁个犯了这条章程，谁个就要受罚，那时包管长兴哥也就不敢打骂你了。”

吴长兴妻听了这话，乐得两眼几乎淌出眼泪来，脸一红，笑着问道：

“真的有这回事吗?”

张进德笑着点一点头。他的表姐继续问道：

“你们什么时候组织农会？也许我们女人加入吗?”

“当然也许你们女人加入的。”张进德说道只要赞成的都可以加入。“不过像李大少爷的父亲那样的人，是不准加入的。”

“表弟！我一定加入你们的农会！不加入便不是人！不但我要加入，我一定也要教李木匠的老婆，前庄子何老四的老婆，还有我的妹妹，一齐加入进来。表弟！我们女人不革命，真是不能混呵!”

张进德见着他的表姐这般高兴的神情，的确为从来所未有过。从他到她的家里时候起，他差不多没见过她舒展过一双蹙着的浓眉，更没曾听见过她的笑声。今天她这么样一乐，张进德不禁觉得她轻了几岁年纪。本想再和表姐谈将下去。可是张进德想起来去找李木匠的事情，便向他的表姐说道：

“哎哟，时候已经不早了，我要去找李木匠去。”

“请你也将这农会的事情告诉李木匠老婆一声好吗？使她听了也快活快活。”

“我一定告诉她!”

张进德说着便走出门去了。她的表姐乐得忘记了她自己要到菜园里去拔青菜，目送着他走了之后，便坐下独自一个儿遐想。

“老婆也可以革丈夫的命，大概现在是我出头的时候了。长兴的脾气太坏，动不动就打骂我，等到农会成立了之后，那时我看你再欺压我罢，那时我看你这黑种谅也不敢了！……”

她却不知道她的丈夫吴长兴这时在路中，肩上担着重担的木柴，也在想着关于农会的事情。不过他的希望却与他老婆的不同：他希望农会一成立了，他便可不再受东家的欺，不再如像现在的穷苦，而他的老婆却希望着农会能帮助革她丈夫的命……

二〇

光阴一年一年地过去，而李木匠所盼望着的漂亮的衣服，总还未穿到他的身上来。光阴一年一年地过去，而李木匠所盼望着的报仇的机会，总还未临到他的手里来。老婆日见不好看起来，他自己也逐渐一天一天地倒霉起来，说不出来是一种什么碰见鬼了的运气！

生性爱漂亮的他，偏偏生为一个穷苦的木匠，不但漂亮的衣服没得穿，而且连吃饭都成为问题。他生得一副比较白净的面孔，一双使女人消魂的眼睛，一头乌黑的头发，如果用漂亮的衣服装饰起来，难道不是一个美男子吗？但是他是一个木匠，虽然生着好看的面貌，却不能达到他那爱漂亮的愿望。每逢一见人穿着漂亮的衣服时，他不禁便悲哀起自己的命运来了。幸而他还有为人注目的一点，那就是他头上的乌黑的头发，被他用了功夫，分开梳得光溜溜的，——即此一端，李木匠也可算为这乡间的出色人物了。

尤为他引以为不幸的，那就是已故的老木匠，他的父亲，不知发了什么昏，为他讨了一个脓包的老婆！据李木匠自己的意见，她不但生得如鬼也似的，并且如猪一般地笨，一点儿都不能给他以稍微的女性的安慰。他是怎样地喜欢女人呵，可是他的老婆却这样地脓包！这真令他悲哀极了！如果他自己也有个比较漂亮一点的老婆，那他何至于去偷人家的女人？那他何至于被胡根富家打了一顿，至今身上的伤痕还是斑斑点点的？

那是前年的春天，胡根富家请李木匠打一张木桌，为的是他的手艺比别人强些。胡根富有两个媳妇，那个大媳妇也是一个乡下的脓包货，惹动不了李木匠的春情，可是那个二媳妇，据说是城里人，却有点风骚可爱了。李木匠在胡根富家只做了两天工，便于第二天夜里和胡根富的二媳妇勾搭上了。也是该李木匠活倒霉，不料他和胡根富的二媳妇正在稻场上的草堆里云行雨意的当儿，胡根富的二儿子鬼使神差地找了来，便将一对爱人儿活捉住了。李木匠见势头不对，本待要逃跑，可是胡根富的二儿子的力气很大，一把将他按在地下，用拳头将他痛打了一顿。这一次他吃的苦可真不小，几乎被胡根富的二儿子送了命。在黑夜里一步一步地连爬带走逃回家去，因为伤太重了，在床上足足躺了五六天。

他不敢声张，白白地吃了一顿老亏。但是说也奇怪，李木匠因为偷女人被打的这种消息，也不知被何人说出，不久便传遍乡间了。凡是家有女人的，都存着戒心，李木匠莫不要来偷他家的女人罢？……这么一来，李木匠的灾祸却真正地临头了！凡是家里有年轻的女人的，谁个也不敢请李木匠到家里做活了。李木匠既失了大半的雇主，他便逐渐穷困下来了，幸亏还有一个脓包的，然而能苦累的老婆，否则，他就此弄得讨饭也说不定。

乡间有一些好事多嘴的家伙，每逢一遇到李木匠时，便要打趣他，弄得他气也不是，笑也不是。

“李木匠，胡二嫂子的味道好不好？”

“胡老二的拳头梨，你吃得有味吗？”

“现在又和哪家的女人勾上了？”

“……”

李木匠一听到这些打趣他的话，便红着脸走开了。这是他最没有名誉，最倒霉的一件事，如果谁个一提起来，他便觉着有无限的羞愧和难过。“向胡根富的二儿子报仇呵！……”他总是这样想着，但是事情已过了两年了，李木匠的仇终没有报。胡根富家逐渐地有钱起来，而李木匠却依然过着穷苦的生活。近来李木匠益发穷苦得不堪了，几番想去投军吃粮，然而又舍不得，虽然是不好看的，然而是很忠实的老婆。

别要看李木匠的行为不检，别要看他是倒霉，可是他却生着一副硬骨头，不肯在人们面前示弱。他本是李家老楼的近族，因为李敬斋讨厌的是穷苦的家族，李木匠便也就硬着头，不去向他家告饶。如果有人问他：

“你和李家老楼李大老爷怎么叙？”

李木匠便不高兴地将脸一翻，说道：

“我也不请求你修谱，你问这样清楚干什么！他姓他的李，我姓我的李，没有关系。”

自从前年以来，李木匠觉得他在这乡中是一个孤零零的人了。一般青年人见了他的面，不是打趣他，便是骂他，简直没有一个同情他，和他做朋友了。他也就很傲着性子，不理睬他们，故意地把他们不放在眼里。

半月以前，张进德回到家乡了。起初，李木匠并不向他表示着亲热，可是见了几次面之后，李木匠觉得张进德并不像其他的人尽管轻薄他，于是他便和张进德亲近起来了。张进德觉得他很忠实天真，慢慢地和他说这说那，说到革命的事情，也说到李木匠的穷苦的生活……李木匠惊讶张进德很有学问，以为是一个了不起的人物，便诸事都信从他。张进德劝他别要过于欺压他的可怜的老婆，他近来当真地听从张进德的话，很少有打骂老婆的时候了。

今天他帮着他的老婆在山脚下锄地，低着头儿默不一语。手腕酸了，他暂时停了工作，举目向前面的大路上望了一望，只见前面的一个人正向他这儿走来，不待细看，他已经认识他的朋友张进德了，他将锄头往肩上一丢，便迎将上去，远远地就打招呼道：

“进德哥你来了吗？”

“你们夫妻俩在锄地吗？豆子今年长得好不好？”张进德说着，便和李木匠对起面来了。李木匠要他进茅舍里吃一杯茶，可是张进德不肯，将李木匠拉到草地上坐下，开始向他说出来意。

“李大少爷难道也和我们一道吗？”李木匠射出不信任的、怀疑的眼光，向张进德望着。“农会是我们农人的，穷光蛋的会，和他有什么相干呢？说起来，我们还要反对他呢。”

“老弟，你不知道，李大少爷和他的父亲是死对头，他看不惯他父亲的胡行霸道，所以这次回来帮我们，将农会组织起来，和他老子做对……”

李木匠将手中的锄头向地上点了几下，两眼逼直地向前望着。张进德知道他在思想着他所说的话。

“你不相信吗？”张进德问。

李木匠忽然如梦醒了也似的，惊怔了一下，赶快回答道：

“不，不，我并不是不相信你的话，不过觉着有点奇怪罢了。那么，我们什么时候动手呢？”

张进德便教李木匠腾出一天工夫来，好和他所认识的人报告一声，请他们后天都到关帝庙里开会……

李木匠很欣然地答应了。

“进德哥！以后无论你有什么事情叫我做，我没有不做的。”后来李木匠很慎重地说道：“在我们这一乡间，我只信任你一个，你知道吗？那些狗娘养的，造他妈，和我是合不来。”

“这也不可一概而论。年青人不知事故，嘴里乱说，其实他们都很不错呢。例如王贵才，刘老二……”

张进德还未将话说完，李木匠将两眼睁得一圆，有点不平的样子说道：

“你说的是刘二麻子吗？这小子想老婆想得浑了，老是和我做对，他妈的！”

张进德略微将头部侧过一点，见着继续在锄着地的李木匠的老婆，遂笑着说道：

“你近来又打过你的老婆吗?”

李木匠即时呈出笑容，摇一摇头说道：

“我的老婆走了运，近来我没有打过她了。”李木匠说至此地，不知为什么沉吟了一会，后来带点伤感的声调说道，“说一句良心话，我怎么配打她呢？她苦呀累呀没有歇过，而我反来要打她骂她……自从听了你的话以后，我就变了。有时想起来从前我待她那样地不好，不免要懊悔起来。唉，你看她是怎样地可怜！……”

李木匠的神情深深地在表示着他对于过去有了忏悔的决心了。张进德不禁为他所感，很同情地望着他那蹙着的浓眉毛，想找出一两句话来安慰他。但终于没说出来。忽然想起荷姐的吩咐，张进德便笑着向李木匠问道：

“你知道农会组织起来了，要有一条章程吗?”李木匠连忙问道：

“有一条什么章程呢?”

“为丈夫不得无故打骂自己的女人。你赞成吗?”李木匠笑着沉吟了一会，说道：

“赞成我倒是赞成的，不过我总觉得这一条章程没有什么大要紧……”

“不，很要紧！大家都是人，为什么女人要受男人欺呢？不加上这一条章程，那我们的农会便不能算为农会。”

“不过，我想，不赞成这一条章程的怕很多呢。比方你的表姐夫便不赞成……”

“他不赞成也不行，我的表姐要革他的命了。我的表姐告诉我，她要将我们这一乡的女人们都联合起来，革命……”

李木匠不禁笑起来了。

“我的乖乖，女人也起来革命吗？哈哈!”

张进德昂头看一看空中的太阳，见着快要到吃中饭的时候了，便立起身来，将屁股上面的灰土拍了一拍，说道：

“好，我要回去了。你当心点你的老婆罢，谨防她要革你的命呵!”

“我不怕她，”李木匠也立起身来摇头笑道，“她是一个脓包货呵。大磨都压不出一个屁来。”

张进德转身去了。李木匠望着他的背影，心中还是继续着发笑：“我的乖乖，女人也要起来革命了！哈哈！……”他不禁向自己的劳动着的老婆很有趣没有恶意地，笑眯眯地瞟了几眼。

二一

久别后的两个青年朋友，就如鱼遇着水也似的，欢欣太巨大了，两人都一时地不能将它表示出来。李杰说，要贵才引着路，瞻览一瞻览别后的乡园……可是走出了大门之后，两人的谈话却使得李杰将瞻览景物的心情抛弃了。贵才宛然忘记了李杰是和他身份不同的人，絮絮叨叨地为李杰述这两年来的家乡的变更，以及李杰的父亲的近状。

"不久从城里带回来一个小老婆，"贵才忘记了李敬斋是李杰的父亲，好像谈论着关于别人的事，很欣幸地说道："可是过了一个多月就死了，大概是她不走运。"

"你没听见我的母亲怎样吗？"

"呵，这可没听见。"贵才摇一摇头，略露出一点抱歉的神情。李杰沉默着不做声了，两眼只向李家老楼所在的方向望去。贵才的家距离李家老楼不过半里路，因之望得很逼真。只见那圩埂边有一个人在徘徊着，活像李敬斋的模样，然而李杰并不向贵才提起他所见的对象，掉转话头，向贵才问道：

"你家近来怎样呢？"

贵才两眼望着地下，无精打采地说道：

"怎么样，还是和从前一个样！去年借了许多债，今年还没有还清，又加之年成不好……"

贵才说至此地停住了，举目向李家老楼所在的方向望着。李杰明白了他的意思，不禁红了一下脸，说道：

"我的父亲还像从前一样地凶吗？"

"你想他会好一点吗？我真不知道你为什么有了这种父亲……"

李杰一瞬间为做错了什么事也似的，深深地对贵才起了愧对的感觉。真的，他为什么会有这种不好的父亲呢？……

"这又有什么办法呢？"李杰带着愧意地笑道，"别要着急，今年你家就可以不将棵稻挑给他了。我这一次回来，也可以说是专为和他做对呢。"

贵才没有做声。两人默默地走了几分钟之后，李杰看见前面有一个生满着的青草土堆，便走向前去，将贵才拉着坐下了。坐下了之后，两人如同陌生也似的，又重新互相审视一番。仿佛各人都要在自己友人的脸上，找出别后的变更的痕迹来。贵才的一双秀长的眼睛还是像从前一样地放着光，可是在表情上已大半脱去先前的孩子气了。他已成了一个年轻的农人了。见着他剃得光圆圆的头，李杰不觉发生一种特别趣味。如果这是在以前的时候，李杰一定又要将贵才的光圆圆的头摸一摸了。

贵才见着他的朋友，也不像先前的模样了。李杰身穿着武装便服，头戴着一顶卷边呢帽，这令贵才觉得，他已成为了一个很庄重的人，而不像先前的有点顽皮的李大少爷了！只见他满脸呈现着风尘的疲劳，不似先前白嫩的面色，腮庞上的两个笑窝也不如先前的活泼了。但是他的两眼英气逼人，这证明他仍旧没有改变他先前的性格。

“幸亏你早回来两天，”贵才将李杰打量了一番之后，说道，“不然的话，我们怕见不到面了。”

“为什么呢?”李杰很惊异地问。

“我打算后天上城里去投革命军去。”

李杰初听着贵才的这一句话，如不明白他的意思也似的，向着他的严肃的面容呆怔了一会。后来李杰问道：

“你家里让你去当兵吗?”

“我要去，他们不愿意，也是没有法子想。我这两条腿是干什么的呢?”贵才说着时，将两腿动了一动。“你不也是从家里跑出去的吗?”

“唉，不瞒你说，”贵才伸出两只粗黑的手给李杰看，向着李杰继续说道，“这双手已经劳苦得够了，你看看这种粗黑的样子！一年忙到头，到底为着何来？你看看我身上所穿的衣服，你看，这不是破了几个洞吗？我们在风里雨里累着，却连一件好衣服都没有穿，你看这种日子还有什么过头呢？像这种乡下人的日子，我是不愿意过了。我老早就想去当兵，总没有当得成，现在我可真要去当兵了。听说当革命军的兵比一切都好……”

“你恐怕还不尽知道我们的苦楚，”贵才停了一会，又继续说道，“因为你究竟是没有拿过锄头呵！……老实告诉你，我从前老是羡慕你，看见你吃好的，穿好的，住好的，并且能够上洋学堂念书……你知道我是怎样地想念书呵！可是我偏偏生成是一个穷人，空有念书的志愿。过着坏日子，这我也并没有什么话说，不过我不能念书，这却是我最大的恨事！你想，目不识丁，该多么苦呵!”

贵才说着，脸上现着痛苦的神情。李杰静听着他的可怜的年青的朋友，不知拿出什么话才能安慰他。一边望着贵才的聪明的面孔，一边想道："如果他能念书，那他一定是很聪明的呵！……"

"我老是想，"李杰又听着他的朋友说道，"现在的世界真是太不公道了！坐着一点不动的，反来什么都有，快活不尽。终日劳苦的，反来连饭都没有吃。我不相信我比那些公子哥儿笨些，可是我没有书念，只得……"

贵才没将话说完，叹了一口长气，将头低下去了。李杰见着他的黝黑的颈项，呆怔了一会，后来开始安慰他的朋友道：

"老弟！你别要灰心，将来总有念书的机会。现在的世界真是太不公道了，也就因为这个原故，我们才要革命。革命并不是如先前一样，只是我把你打倒，或是你把我打倒，就算了。我们现在要把这穷富的制度改变一下。我们要做到'谁个劳动，谁个才能吃饭'的地步。这田地本来是天生成的，谁个也不能占为己有。换句话说，只有种田的才能享受田地的……权利，什么不劳而获的地主，是不应当存在的。你明白这个道理吗？"

"我比谁个都明白些。"

"那就好了，李杰又继续说道，"事情在乎我们干不干。我们在几天之内就把农会组织起来，张进德已经在进行了。事情要大家齐心才成，一个人是不能够的。你也不要去当兵罢，那当兵也没有什么多大意思，不如我们在乡里好好地干起来。我想，你是很有用处的，张进德说你很能干……"

"真的，张进德是这样说的吗？"贵才听了李杰夸赞他的话，不禁即刻眉开眼笑起来了。

"自然是真的罗。"李杰说。

天已快要到吃中饭的时候了。各远近的村庄里冒着炊烟，一股一股地消散在清澈无云的碧空里。在田中工作着的农夫们，有的已开始走回家去就餐了。在距离李杰们不远的一条田埂上，有一个荷着锄头的青年农夫在一边走，一边唱着音调尖脆的山歌。李杰曾在什么时候也和着贵才唱过这只山歌，但是他现在却只能听懂而不能再唱了。

"天不早了，"贵才昂头望一望顶上的太阳，说道，"我们要回去吃午饭了。"

"我也到你家里去吃饭吗？"

贵才听了李杰的话，不禁立起身来笑道：

"怎么？你嫌吃不来我们家的饭吗？要想和我们一道革命，便要先学学吃我们的饭呵！"李杰也笑起来了。

"不是这么说，我是怕你那位尊大人又要叨叨个不歇呵。……"

二二

已是夜阑人静了。毛姑在自己独自睡的竹床上，总是翻来覆去不能入梦。一颗平静的少女的心，今夜晚算是摇荡起来了，如脱了羁绊的小马也似的，她无论如何，不能将它挽住。又如一只跳跃着的小虫也似的，她总是将它捉摸不定。她觉着有一种浅浅的愁闷的云雾将她笼罩着了，同时她的柔软而又缥缈的情绪，又似乎在为着什么而欢欣着也似的……她到底为着什么了呢？幽怨吗？怀春吗？抑是今夜的月光特别地皎洁，照在她的枕上，引动了她对于过去的回忆吗？不，不是因为这个原故……

日间毛姑的哥哥和李杰的谈话，差不多都被她在篱笆后偷听着了。她是一个女孩儿家，而且是一个乡下的女孩儿家，当然没有胆量，如她的哥哥贵才一样，和来到家里的李杰说这问那，虽然她是很要知道外边的情形，例如上海的女人穿什么衣服，广东的女人是不是大脚，以及关于她所听见的一些稀奇的传闻，是不是真有其事……但是她是一个女孩儿家，只得暗地偷听着他们俩谈论些什么。可是贵才向李杰所问的话，大半都不是她所要知道的，而她所要知道的，不懂事的贵才却一点也不提及。贵才为李杰述些乡间的疾苦，而李杰却说些为毛姑所不大明白的话，什么北伐军……国民革命……打倒帝国主义……唤起民众……妇女部……女宣传队……毛姑当然不明白这些是什么一回事。乡间的僻静的生活，尤其是女人们的生活，限制住了毛姑的听闻，因此毛姑虽然偷听了李杰的话，却不能明白那些话的意义。

但是，在别一方面，她又隐隐地感觉到她有所颖悟了的样子。在此以前，她只知道这乡间的贫乏的，简陋的生活，只知道有钱的人们，例如李家老楼的人，穿好的，吃好的，住好的，而他们，做庄稼的穷人，过的是不好的日子，而这日子是将永远地继续下去，无变更的可能，而且差不多也没有变更的必要。她只知道她现在还没有出嫁，等到出嫁了之后，那当然是嫁给一个身份和她相等的人，一个农家的儿子，也和她的妈妈所经过的一样，帮助丈夫做庄稼，烧锅，生儿子……每一个农人家的女儿都是这样地经过，她，毛姑，又何能想出例外的事呢？

现在毛姑却觉到了，那就是除开这种平常的，沉滞的，单调的生活而外，另外还有一种别的，为她所不知道的，也许是有趣的生活。什么妇女部，女宣传队，革命……这是一种别的生活，和她现在所过着的完全不相同的生活。在这乡间，女人们的职务只是服侍丈夫，烧锅，生孩子，而在那外边，在那为毛姑所没到过的地方，什么广东哪，上海哪，汉口哪，却有着什么妇女部，女宣传队，宣传着一些什么革命的事情……这的确是别一种的生活呵！而这生活也许是有趣的，正当的罢，否则，那些女子们为什么要干这些事呢？

听见革命军中有女兵，毛姑无论如何不愿意相信。女子也可以当兵吗？那倒成个什么样子？那将成为些野人，不能称为女孩儿家了。可是今天听见李杰的话，革命军中真正地有女兵，并且她们很勇敢，很会宣传什么革命。“那些女兵到底不晓得打扮得像个什么样子呵？有机会能够看一看，也是怪有趣的……”她不禁这样地幻想着，由于紧张的幻想，她的一颗平静的心便不住地跳动了。

她是很怨恨李杰的。她平素想道，如果没有李杰，那她的亲爱的兰姐便不会怀孕，便不会死去。兰姐完全死在李杰的手里呵！……“可见得女孩儿家要当心呵！一不当心，便会上那些没有良心的男子汉的当。兰姐自己太不当心了！明明知道李大少爷不能娶自己，为什么要和他……呢？李大少爷会娶我们穷人家的女子吗？”毛姑一面责备自己姐姐的不是，一面却深深地将李杰怀恨在自己的心里。

见了李杰之后，毛姑不知为什么，完全将恨李杰的心思抛弃了。她只对于他的经过，以及他所说的一切，发生深切的兴味，而将他的罪过忘怀了。曾有一瞬间她想道，“如果我也是一个男子汉，也能像他这样跑到外面去，见一见世道，倒多么好呵！真的这乡间的死板板的日子有什么过头呢？……”

毛姑今夜晚完全被一种为她所没经过的，别一种的生活所引诱住了。她睁着两只眼睛向着略透一点微光的窗孔望着，而脑筋却幻想着女兵的生活，打仗的情形，上海的热闹……最后她不由自主地转想到李杰的身上，想起他的那一双英锐的眼睛，那珠红染着也似的口唇，那温雅而又沉着的态度，一颗处女心不知怎的，忽然异样地动了一动，接着她便觉得脸上发起烧来。她用手按着胸部，慢慢地将眼睛闭下了。一种从来所没有的特异的感觉，使她的全身心紧张起来，几乎陷入到病的状态。

在处女的生活史中，毛姑今天第一次感到对于男性的渴慕了。她还没有正式地意识到她爱上了李杰，但是她感觉到李杰这个人隐隐地与她的命运发生了关系。李杰现在和他的哥哥睡在她的隔壁的房间里，她能微微地听出他的鼾声，那鼾声不似贵才的那般沉重。唉，如果她现在能够偷偷地走至他的床边，仔细看一看他那睡着后的姿态……

后来她想道："他居然完全不摆大少爷的架子，也吃得来我们家的饭，也睡得来我们家的床被，简直和我们家的人一样了。兰姐没有福气，不能嫁给他。不然的话，活到现在，革命起来了，李大少爷也许娶她的呢。你看，他不是不要家了吗？现在睡在我家里吗？……"毛姑不但原宥了李杰的过去，而且反转来为兰姑可惜，同时她想到她自己现在能够见着李杰的面，能够听见他的谈话，而且能够在隔房里听见他的鼾声，不禁隐隐地起了一种难以言喻的欢欣。也就被这一种欢欣所引诱着，她慢慢地走入梦乡了。

二三

第二天的下午，在吴长兴门外的树荫下，聚集了许多人：吴长兴，李杰，王贵才，张进德，刘二麻子，李木匠，及两个本乡的青年。吴长兴的老婆坐在屋里没有出来，也不知是因为她自己不高兴参加男人们的会议，抑是男人们的会议不准她参加。除开李杰外，其余的都是所谓本乡的不安分的分子，即如到会的那两个本乡的青年，也是因为一个是很顽皮，而另一个是癞痢头，得不到本乡人的欢喜的。

李杰和张进德坐在上边，而其余的人们都向着他们俩围坐着。在座的人们的脸上仿佛都是很静肃的，即如那个生着黄发的顽皮青年，到了现在也不像往日的那般顽皮态度了。他们好像都意识到他们在开着一个意义很大的会议，而这会议不但与每一个人的命运有关，而且和一乡的命运有关。平素在生活中看不见自己本身的意义的，现在忽然感觉到自己在这生活中占着重要的位置了。

先由李杰用极浅近的话，向在座的人们说了一些国际间的情形，中国的现状，北伐军的进展，以及工农的解放运动。最后他说到本乡的情形，他的脸上有点发红，然而他终于在众人的有趣的，疑信兼半的眼光之下，很坦然地将自己的父亲的虐待农人的事情说了一遍。

“我们现在只有将农会组织起来，”他最后的结论说，“好和地主对抗，不然的话，种田的人的痛苦是永远没法脱去的。”

等李杰说完了之后，张进德把自己所懂得的又向大家解释了一番，劝勉大家努力团结起来。

“现在是革命的时候了呵！”他很严然地，沉重地说道，“我们还不起来干一下，还等待什么时候呢？诸位试想想刚才李先生所说的话错不错！要想出头的，那么现在就要将农会赶紧组织得好好的，不想出头的，那也只得让他去，你们有什么话说吗？”

张进德立着身子不动，只将放着炯炯的光的两眼向大家射着，期待着大家的答案。这时在座的人相互地你望望我，我望望你，有的低下头来，一时的默然。忽然李木匠立起身来，咳嗽了几声，红着脸说道：

“我看干，我们总是要干的，没有什么多说头。不过李大少爷是不是能和我们干到底，这倒要问问李大少爷一声。如果半截腰里不干了，那我们不是糟糕吗?”

大家听了李木匠的话，齐向李杰射着怀疑的眼光，这使得李杰深感着不安起来。李木匠的对于他这种不信任的态度，以及众人向他所射着的怀疑的眼光，将他的骄傲心触动了，不自然而然地向着坐在拐角上的李木匠，他的族叔，怒视了几眼，硬行按着性子，镇定地说道：

“木匠叔叔所虑的极是，不过请大家放心，”他微笑了一笑。“我是不会装孬种的。李敬斋他虽然是我的父亲，可是我和他久已没有关系了。因为和家里闹翻了之后，我才跑到外边去过了一年多，木匠叔叔难道不知道吗？……”

李杰待要说将下去，不料坐在他的前面的矮子王贵才陡地立起身来，忿忿地向大家说道：

“李……李大哥，（贵才不知在众人面前怎样称呼李杰才好。）请你别要多说了，我想在座的人，除开李木匠而外，没有不相信你的。你不是来帮助我们革命，是来干吗呢？如果你没有真心，那你也不至于来和我们瞎纠缠了。这于你又有什么好处呢？我看我们讨论正经事要紧，别要七扯八拉地说到旁的地方去了。”

李木匠待要立起身来反驳贵才的话，只听得张进德向贵才微笑着点头说道：“对！不错!”知道自己如果再说话也没有好处，便沉默着不动了。刘二麻子见着贵才将李木匠说了一顿，不禁表示出很得意的神气，连脸上的麻子都放起光来。如果不是张进德和李杰在座，说不定刘二麻子要说出几句俏皮话，而李木匠要因此和他吵打起来。

贵才见着大家向他展着同情的微笑，不知为什么，反而红起脸来，也许是由于得意了的原故，悄然地坐下了。接着张进德又开始说道：

“真的，我们现在要讨论正经事，农会怎么样组织法。比方会里要分为几部，什么会长，秘书，账房……”他转过头来，向坐在他旁边的李杰问道，“李同志，你看怎么样才好?”

李杰沉吟了一会方才说道：

“我看越简单越好，可不是吗?”

“就分为会长，秘书，账房，还有……跑腿，这几项，你看好吗?”

“跑腿也能算一项吗?”贵才急着问。

“跑腿很要紧呢！在我们的乡里，如果没有跑腿的，那有起事情来，大家怎么知道呢?”

“这个差使我来干。”李木匠听见刘二麻子说着这话，很轻视地向他瞅了几眼。

“跑腿我是顶在行的。”黄头发的顽皮青年这样笑着说。可是没有一个人睬他。

“我看这样分得很好，”后来李杰立起身来说道，“会长，秘书，账房，跑腿……到将来事情多了的时候再说。比方还要加上妇女部……”

“什么妇女部?”沉默到现在的吴长兴，忽然发问了这么一句，大家都惊异地向他望着。

“妇女部是管理妇女事情的。”李杰说。

“农会也要管到妇女的事情吗?”有两个声音同时这样惊异地问。

“这真是三叉口的地保管得宽呢。”李木匠轻轻地带着讥讽的口吻说了这么一句。李杰明明听见了李木匠的话，知道他因为不满意李敬斋，李杰的父亲，而遂连李杰也不高兴了。但是李杰不和李木匠计较，又继续说下去道：

“是的，农会也要管到妇人的事情。不过暂且妇女部不要，等到将来再说。我看，现在大家要慎重商量一下，举出谁个来做会长妥当些。”

一时的默然。李杰见着大家不做声，遂又说道：

“我提议我们举张进德来干，你们赞成吗?”

正在立着不动，好像在思想着什么也似的张进德，听见李杰的这个提议，起初不明白是什么一回事，后来忽然将头摇了几下，摆手说道：

“不，这是不可以的。我怎么能当会长呢？我连字都认不得一把，你们看怎么行？我看这会长，除开李同志干，没有第二个人，你们说对吗?”

众人齐声附和着说道：

“对！赞成!”

这时惟有李木匠默不一语，如很失望也似的，低下头来。李杰注意到李木匠的这种神情，不禁暗想道，“他为什么老是这样地不快活我呢？我并不是李敬斋呵！……”李杰一面这样想着，一面向大家坚决地说道：

“不，这个是绝对不可以的。当会长并不要什么识字不识字，最要紧的是明白，会干事。试问你们哪一个不佩服张同志呢？这会长是一定要他干的。至于秘书，那我看，倒要我来干了，因为这要写字，不识字的人是干不了的。顶好张同志当会长，我当秘书，这样做起事来便当得多。”

张进德欲再说什么话，李杰将他止住了。会场听了李杰这一番话之后，虽然没有一个做声，可是在他们的表情上，已都承认李杰的意见是对的了。

“那么还有账房和跑腿谁个干呢？”贵才又急着问。

“当账房的也要认得字，”刘二麻子红着脸说道，“我看也要李……李大少爷来干。还有跑腿……我来干好不好？这反正不要什么学问，只要两条腿跑得快就得了。”他说完话，向李木匠望着，生怕李木匠说出反对的话来。

“这样也好罢，”张进德说道，“就是这样决定罢了。我本来没有当会长的力量，不过大家既然要我干，那我也只好干起来。明天关帝庙的大会，大家要多多地带些人来，我们的农会也就在明天宣布成立……”

“会所放在什么地方呢？”贵才又起来问。

“就放在关帝庙好吗？”张进德问。

“恐怕老和尚不答应。”直到现在不被人理睬的癞痢头忽然说了这么一句。他的朋友，那个黄头发的顽皮青年，人家称为小抖乱的，吐了一口痰沫，表示出轻视的态度，说道：

“呸！管他妈的愿意不愿意！现在是革命的时候了，弄得不好，我们发起火来，叫他那光葫芦滚回老家去。”

大家不禁同声笑起来了。

后来大家胡乱地说了一些话便散了会。刘二麻子得到了跑腿的差使，如同做了大官也似的，一路的山歌唱回家去。李木匠虽然抛弃不了怀疑李杰的心思，可是也很满意地和张进德辞了别。黄发青年和他的朋友癞痢头相互地搀扶着肩背，在归家的途中商议着，如何收拾关帝庙的老和尚……惟有吴长兴始终没有明白一个问题，继续地在暗自思忖着：“为什么农会要管到女人的事情呢？”

二四

本来僻静的，沉滞得几如死水一般的乡间的生活，近两日来，忽然沸腾起来了。在田角间，在茅屋内，或在路途上，到处言谈着关于农会的事情。似乎发现了一种什么奇迹也似的，大家的心都为着这奇迹所刺动了，期待着一种新的命运的到来。老年人闻着这种消息，心里也何曾是漠然不动，但是在表面上，他们总是都很不在意地，轻蔑地以这事为瞎闹。

“这些痞子又不安分起来了！”老年人说道，“什么农会！瞎闹罢了！我看他们能弄出什么花样来！……”

但是好动的，多事的，身心还未为旧的生活和观念所吞食了的青年们，却很高兴地响应起来。他们还不大明了农会是什么东西，农会将来能给他们什么些利益，但是他们毫无怀疑地即刻将组织农会的事情，认为最有趣的，和自己命运有关的事情。如果老年人以为组织农会无异是犯法的行为，那青年们便以为这农会是他们的唯一的出路……

听说要在关帝庙开大会，无论老年人，青年人，或妇女小孩子，都动了不可遏止的好奇心，以为非去看一下热闹不可。关帝庙是时常有香会的，每逢香会的节期，便扶老携幼地来看热闹，——这次有些乡人们也就把农会当成新花样的香会，要来看一看为他们从来所没看见过的热闹了。懂事的老年人虽然以这种开会为不正当，但是他们存着一种心思：“看看你们这些痞子闹些什么玩意儿呵！……”于是他们也就来赴关帝庙的大会了。青年人一方面固然是赶热闹，但是一方面却为着组织农会的口号：“土地革命”“减租”……所鼓动着。以为非参加关帝庙的大会不可了。他们成群结队地来赴会，一种特别的欢欣贯穿了他们的跳动着的心，使得他们今日所唱的山歌也特别地美妙好听起来了。

有的妇女们带领着小孩，也喜笑颜开地来赴会，虽然她们不知道这会究竟是什么一回事。

不到午后两点钟的光景，关帝庙前的空场上，人众已挤得满满的了；无数的头颅乱动着；几百张口噪杂着的声音，令距离很远的地方都闻得见。有的三三两两地谈着话，有的脸上露出不耐烦的神气，骂道："妈的，为什么还不开会呢？"有的妇女见着自己怀内的孩子哭了，咒骂几句，打拍得几巴掌，使得已经哭了的孩子更加号叫起来……

大家期待着舞台的开幕。只见摆在空场中间的一张木桌子上，立起一个汉子来，向他下面的人众举一举手，高声说道：

"请大家不要说话，放静一点，我们现在要开会了……"

"这是张进德呵！"台下有人这样说道，"这小子的喉咙这样响。"

"别要做声，听他说。"

"我将今天开会的意思告诉大家一声，"大家都很寂静地听着张进德说道，"就是我们要组织农会，要和田东家反抗。大家想想，我们种田的人终年劳苦个不休，反来吃不饱肚子，穿不了一件好衣服，这是因为什么呢，你们晓得吗？"

张进德说了这一句话时，睁着两只大眼，炯炯地向台下的听众望着，好像要期待着他们的回答也似的。台下这时寂静到风吹树叶的声音都听得见，没有一个人敢大声出气。不知为什么，连小孩子也不做声了。

"这是因为我们做出来的东西，"停了一忽儿张进德将手一伸，说道，"我们自己得不着，反来送给动也不动的田东家了。我们简直像田东家的牛马一般……"

台下忽然不平静起来了，只听得噪杂声音：

"不错，真不错！妈的！"

"我们真像田东家的牛马一样。"

"就是牛马也比我们好些呵！"

"妈的！"

"……"

"这又怪谁个呢？"张进德的这一句话，又把台下噪杂的声音压平静了。

"这是怪我们自己呵！大家试想想，如果我们种田的人都联合起来，不将我们的棵稻送给田东家，试问田东家有什么法子呢？这田地本来是天生成的，大家都有使用的权利，为什么田东家能说这田地是他们的呢？为什么他们动也不动，为什么我们乖乖地将自己苦把苦累所做出来的东西送给他们呢？冤大头我们已经做得够了，从今后我们要实行谁个劳动，谁个才能吃饭的章程，打倒田东家！……"

台下大声鼓噪起来了：

"对呵！打倒田东家！"

"打倒李大老爷！"

"打倒张举人!"

"打倒……妈的!……"

台上的张进德又摇起手来，高声说道：

"请众位别要叫，听我说！那么，我们怎样才能打倒田东家呢？一个人的力量是不够的，我们要联合起来，我们要组织农会，我们要……"

"不错！我们要组织农会呵!"有人从会场角上高叫了这么一声，引得无数的头颅都转动起来，很惊奇地向那个发出高声的方向望。张进德继续往下说去的话，被众人这一种莫名其妙的惊奇所撇过了。

"你看，这是谁个上台了呀?"有人见着张进德往下去了之后，走上来了一个穿灰衣服的青年，不禁这样惊奇地问。

"这是……"

"呵，这是李家老楼的李大少爷呵！他怎么……"

人众异常地惊诧起来了，只听见不断的声音：

"你看，李大少爷!"

"李大少爷!"

"他不是跑到外边去了吗？……"

李杰镇定地站了一会，开口向台下的人们说道：

"请大家别要再叫我李大少爷了。我现在和你们一样，只是一个革命党，不是什么李大少爷。我老早就和我的家庭脱离了。现在是革命的时候了，你们大家知道吗？刚才张进德所说的话一点都不错，就是从今后我们种田的人要联合起来，打倒田东家，不要再受他们的压迫才是。比方我的父亲，李大老爷，你们哪个不恨他呢？可是你们怕他有财有势，不敢反抗他，现在既然是革命了，那你们便不要怕他，将他打倒才是……"

台下的人众又开始纷纭议论了：

"这是怎么一回事呀？他说他要打倒他的父亲……

"现在是革命的时候了，儿子可以革老子的命。"

"这真奇怪，他居然叫我们打倒他的老子。这未免革命革得太过头了罢?"

立在会场左角的两个驼了背的老头儿，手中扶着拐杖，这时相对着叹道：

"唉，我生了六十多岁，也没听见有儿子叫别人去打他老子的事情。现在真是人心大变了！……"

"无论老子怎么样不好，为儿子的也总不该叫人去打他呵！唉，这是什么世道!"

"别吵，听李大少爷说!"老人家正在慨叹的当儿，立在他俩前边的一个十五六岁模样的孩子回过脸来，将眼睛怒视着，如教训小孩子也似的，向他俩说了这么一句。两位老人家向他将白眼翻了一下，也就不做声了。

李杰接着说了几句便走下去了。出乎众人的意料之外，向台上走上来了一个癞痢头，不禁使得满会场哄然大笑起来了。只听见有人说道：

“我的乖乖，癞痢头今天也露起脸来了。”

“妈的，我看他献什么丑!”

“别要太小觑人！癞痢头就不会说出好话吗?”有人为癞痢头抱不平，这样说。只见癞痢头走上台了之后，左手摸着自己的那个不好看的头部，红着脸，痦痦疤疤地说道：

“我们现在要干，妈的……我们要农农农会……有了李大少爷和我们在一道，我们还不干吗？我们要革命起来，妈的……”

大家也不听着他说些什么，望着那种摸头和口吃的神情，都禁不住发笑。“癞痢头发了痒了呵!”台下忽然有人叫了这么一句，癞痢头听着有点不好意思起来，说了一声“妈的”，便忿然地走下台去了。接着他上来说话的有王贵才，刘二麻子，和几个说了几句话便走下台去的青年。他们都说要组织农会，但除开王贵才而外，没有谁个能说出一点道理来。后来王贵才上台宣布选举农会的职员，他提议选举张进德做会长，李杰做秘书兼账房，刘二麻子担任跑腿，一一地都通过了，没有人说出反对话来。离开众人而远远地立着的王荣发，吸着旱烟管，望着自己的儿子在台上指手划脚地说着话，心中起了欢欣和愁苦交混着的情绪：贵才矮虽矮，可是能在这些人们的面前露脸，但是这农会是不是办得成呢？将来是不是要生非惹祸呢？……老人家想到此地，无可奈何地叹了一口气，自对自地说道：

“让他去!”

最后张进德上台宣布散会。在宣布散会之后，人众很久很久地还没有离散开来。大家继续纷纷地谈论着，有的说，李大少爷真怪，叫人家去打倒他的老子；有的说，现在好了，有了农会便不用缴租了；有的说，张进德不认得字，怎么能做会长呢；有的说，癞痢头今天也露了脸……

天的东南角上起了很浓厚的云雾，渐渐地要布满到半个天空了。众人见着天要落雨，而又没有别的热闹再可看了，只得慢慢地散开，各回家去。

在途中，老年人沉默着不语；青年人高兴地谈着适才张进德和李杰所说的一切，有的高着嗓子唱着山歌，如同自战场上得胜了归来；妇女们很失望地拉着自己的小孩子，口中咕噜着道：

“我道有什么热闹好看呢，原来是平常两个大字……”

二五

人众散去了之后，张进德吩咐昨日在吴长兴稻场上聚集的人物，仍旧留在庙内，为的是讨论以后的进行。在未继续开会以前，各人在关帝庙大殿上参观了一会，好像那在神龛上坐着的关羽读春秋的神像，和立在他两旁的黑脸髭须的周仓，白脸微笑着的关平，能够认真地引起参观者的兴趣。张进德背着两手，脸上虽没有特殊的表情，然而在内心里他却有了特殊的庆幸，那就是在不久以前，他，张进德，还是一个无知的乡下人，深深地迷信着菩萨，而且对于这关帝，尤其具着敬仰的心情，因此，仅仅为着烧香叩拜的原故，也就来过关帝庙里很多次。但是现在来到这关帝庙里的张进德，却和从前不同了。他抛弃了一切的迷信，不但见着了这尊严的神像不会生往日那般的心情，而且想起来往日的自己那般愚蠢，反来觉得好笑。撇开烧香叩拜的行为，他现在是来到这里办理农会了。而这农会并不是什么平常的机关，却是就使关帝爷听见了也会震惊的组织。关帝爷所知道的不过是什么兴汉灭曹，不过是什么空洞的忠义，而现在他，张进德，却做着为关帝爷所没梦想得到的事业：这农会是要推翻地主的统治，这是被压迫阶级的反抗运动呵！……

张进德正在幻想着的当儿，忽听见他左边刘二麻子说话的声音，不禁侧过脸来一看，只见刘二麻子面向着神像跪在地下，两手合着，口中祷告着道：

“威震八方的关老爷！兴汉灭曹的关老爷！你是古今忠义之人，请你暗地显灵帮助我们办这农会，好教我们穷人不再受有钱的欺负才好。我刘二麻子活了三十几岁，从来没有走过好运，现在是革命的时候了，我可要请求你忠心耿耿的关老爷可怜我，保佑我，我一定多多地买香烧给你老人家……”

刘二麻子祷告至此，便恭恭敬敬地伏下叩了一个头，这使得立在他旁边的张进德禁不住发起笑来了。

“你在干什么，老二?”

刘二麻子听见张进德问他，便抬起头来向着张进德惊怔地望了一会，睁着两只大眼；如什么也不明白也似的，半晌方才开口问道：

“什么干什么？我在给关老爷磕头……”

“求关老爷保佑你吗？”张进德笑着这样说，并没带着轻蔑的神情。“我不知道你还这样迷信呢！我对你说，我们的事情只有我们自己来做，什么关老爷，张三爷，都是管不了的。如果关老爷有灵，那像你这样忠厚诚实的人，成年到头地苦把苦累，也不至于像现在这样地倒霉了。就使菩萨是有的，那他们也只有保佑有钱的人，绝对不会保佑你我这样的穷光蛋。”

“起来，”张进德走上前来，伸手将刘二麻子拉起来说道，“老跪在地下干什么呢？也亏得你有这般诚心啊。”

刘二麻子只惊怔地望着张进德，如木偶一般，任着张进德拉到厢房里去了。这时李杰正在和王贵才商量着此后如何地进行……

“办农会也要有点经费，但是我们现在‘一个大’也没有，怎么好呢？”李杰说。见着张进德和刘二麻子进来了，李杰便指定座位叫他俩坐下，一面仍继续向王贵才说道：

“我看这庙既然是迷信的地方，和尚也是寄生虫，不如把庙产充为农会所有，把和尚赶掉。”李杰说至此处，向张进德问道：“张大哥，你以为这可使得吗？”

王贵才强着说道：

“使得，为什么使不得？妈的，这庙里的和尚比老太爷还要快活，现在我们还能留着他吗？”

“可是可以的，”张进德很镇静地说道，“不过现在我们还不能这样做。乡下人非常地迷信，如果我们开头就把老和尚赶掉，这一定要惹着他们的反对，我们的农会也就很难进行了。我们先要想法子使他们信任我们，然后慢慢地打破他们的迷信……”

“我们没有钱怎么办呢？”王贵才很不以张进德的话为然，这样有点不高兴地说。张进德一时回答不出，一面望着不高兴的王贵才的面孔，一面用手指头点着桌子，寻思着别的出路。

“有了！”忽然沉默着不语的李木匠将桌子一拍，立起身来，如发现了什么宝物也似的，很欢欣地说道，“妈的，我想出一个办法了。”

“什么办法呢？”大家齐声地问。

“这庙里不是有很多的人来烧香吗？我们现在可以定下一个章程，就是来烧香的，每一个人都要拿出五十钱或是一百钱来做为香钱，这香钱就归农会里用。”

李杰听了点点头，表示同意。王贵才拍手连声说道：

“这个办法好极了！还是木匠叔想得好！”

张进德见着大家同意李木匠所提出来的办法，虽然不以之为十分妥当，然因为自己想不出别的办法，便也就没有话说。接着李杰便提出来农会所应做的事业来。李杰在理论上提出来原则，而张进德给以事实上的补充……

大家继续地讨论着，惟有癞痢头和他的不可分离的朋友，绰号叫做小抖乱的，心中老是记惦着老和尚，不能放下，无心参加众人的讨论，他们二人静悄悄地走出房来，到庙门外的空场上，开始商量着。

“我不赞成张进德的话。”癞痢头说道，“妈的，要这秃驴在这儿有什么用！依我的意思，不如把他赶掉，滚他娘的蛋！”

“我也是这样想。”小抖乱点头和着他的朋友说道，“我看，顶好我们两个人想一个法子对付他一下。我们怎么对付他才好呢？”

“把他打个半死罢了。”癞痢头很坚决地说道，“我们两个人哪怕打不死一个秃驴吗？”

小抖乱忽然将癞痢头的衣服一扯，指着那坐在树根上的一个十五六岁模样的小和尚，说道：

“你看，那不是小秃驴坐在那里吗？老秃驴也不知到什么地方了，影子都见不到，不如先把小秃驴审问一下。”

小和尚独自一人冷清地坐着，用手扶着头，在思想着什么，见他们二人走到他的跟前，并不表示什么恐慌。小抖乱不问情由地一把抓住小和尚的衫领，威吓地说道：

“你的师傅在什么地方呀？”

小和尚这时见着两人这般情形，不禁有点害怕起来，连忙口吃地说道：

“他……他不在庙里……走了……”

“他干什么了？”

小和尚见着非说实话不行，便一五一十将实话告诉了他们。他说，师傅见着在庙前开会很生气。听见李大少爷叫人去打他自己的老子，老和尚不禁害怕起来，想道，这事还了得，如不早行报告李大老爷知道，说不定李大老爷要说他通情呢。他现在是到李家老楼去了……

癞痢头见着小和尚说出实话来，便叫小抖乱放了小和尚，一面问道：

“怎么办呢？”

“今天大约不成功了，明天我们再来。妈的，这秃驴不打死还能行吗？……”

两个朋友相互扶着肩背，又重新走入庙内了。

二六

“我和张进德两人搬到庙里来住，已经是第三天了。在我的生活史中，这几天对于我算是顶紧张的时候了。每天忙个不歇，又要计划着工作的进行，又要不断地和来看访的乡下人谈话，又要这，又要那……如果没有张进德这么样一个有力的人，那我真不知道我如何能够对付我当前的任务呢。青年们都很信仰他，他无异于是他们的总司令。他们敬畏他，亲近他，没有什么隔膜，而对于我，我总觉得他们的态度有点生疏，好像视我不是自己的人一样，在这种关系上，我倒有点嫉妒张进德了。

“我叫他们称呼我为李同志，他们也就勉强这样称呼着，但是在无形中，他们总对我有一种特殊的感觉，总视我是有点和他们不同样的李大少爷……这真天晓得是因为什么！然而，我总觉得他们都是很可爱的，都是有希望的分子。例如木匠叔叔始终有点不满意我，但是我觉得他却是一个好人，一个忠实的分子。糟糕的是癞痢头和小抖乱这两位大哥，每天总要弄出一点花头来，不是把小和尚打哭了，就是和别人吵架。然而他俩却很热心，也很有用……

“想起来我自己，也觉得好笑。本来是李大少爷，现在却是这些被称为低贱的粗人们的同志了。本来回来有美丽的高楼大厦可以住，现在却住在这个凄凉的庙里，如当了和尚一般。在这僻静的，闭塞的乡间，有谁个能明了我的这种行动呢？张进德或者有点明白我，因为他曾遇着过像我这样的人，但是像我这么的知识分子究竟怎么样会跑到他们的队伍里来，恐怕他还是不明白罢。然而这又有什么要紧呢？要紧的是我能和张进德一块干这种为他所必要做的，而为我所决定做的事业。”

“今天我的父亲派人送一封信给我，送信的人还是一年前我在家时候的伙计。他已是四十多岁的人了，脸上布满了如细黑沟一般的皱纹。这是劳苦的生活所留给他的痕迹。他很局促地望着我，似乎有话要向我说，然而不知为什么，终于把信交给我了之后，叫了一声大少爷，便低着头走出庙门去了。

“我将信接到手里的当儿，我感觉到木匠叔叔和刘二麻子向我的身上所射着的尖锐的眼光了。我的态度很漠然，没有即刻将信拆开，欲借此显示给他们知道，就是我不把我父亲送信给我当做什么重要的事。但是我的一颗心却在内里有点跳动起来，我其实是要急于知道这封信里说些什么啊！……

“在信上，父亲先责备我，为什么我回乡了而不归家，次说及农会是办不得的，以我的这种身份，不应和一般无知的痞子在一块儿瞎闹。后来他说，母亲病了，急于盼望我能回家去安慰她，否则我便是没有良心的，不孝的逆子。但是他相信我读了许多年书，又很聪明，决不会做出这种被人耻笑的事来。

“读到信的最后，我不免有点踌躇不安了。父亲是浑蛋，我可以不理他，但是病在床上急于盼儿归来的母亲呢？我能硬着心肠，置之不理吗？……

“‘你的父亲说些什么呀？’木匠叔叔忽然两眼笔直地逼视着我，向我这样很猜疑地发问。他大约已经觉察出我的不安的心情了。我不由得将脸一红，故做镇定的模样，笑着回答他道：

“‘那还有好的话吗？他要我回家去，这不是笑话吗？他骗我，说我的母亲病了，以为可以把我骗回家去，殊不知我是不容易骗的啊。’

“‘回家去看一看也好，’刘二麻子说。

“‘我无论如何是不回家去的！’

“听了我的这个回答，木匠叔叔才露出一点满意的微笑来。后来张进德叫他们有事，他们才离开了我。在他们两人走了之后，我不禁又将信重读了一遍。‘我真能硬着心肠不回去看望一下病在床上的母亲吗？……’我想。但是当我一想到母亲也不是一个慈善的妇人，当年我同兰姑的爱情之所以不能圆成，以及兰姑的惨死，她实在也要负一半的责任……我不禁将信向怀里一揣，决定不做回家的打算了。”

“张进德极力主张即速办一个学校。他说，乡下的青年们虽然都很热心，虽然都很纯洁，但是都没有知识，能够教他们做什么事呢？他，张进德，自己就恨不大认得字，连一封信都看不懂，现在想趁这个机会读一点书，要我做先生……这当然是很好的提议，但是我一个人又忙着这，又忙着那，现在又要我当先生，这岂不是对于我太艰苦了么？然而事情是要做的，现在是我真正做事的时候，如何能因为太艰苦了便不干呢？唉，如果我现在有一个知识阶级的帮手！……

“日里太累了，晚上我应当休息才是。老和尚不知跑到什么地方去了，我只得将他的卧房占有了！床呀，桌子呀，一切用具都很清洁，这真要令我向老和尚表示感谢了。癞痢头和小抖乱老早就要收拾老和尚，现在老和尚不知去向了，莫不是被他俩……大概不至于罢？如果他真的被这两位先生送回了西方极乐之地，那也没有什么，只怪他此生不该做了寄生虫也似的和尚。

“夜深了，张进德还没回到庙来。和我做伴的小和尚，也呼呼地睡着了。小和尚很聪明，经我这两天和他说东说西之后，他也有点明白了，愿意在农会里做事情。原来他很恨他的师傅，因为老和尚很虐待他……

“日里因为工作的原故，没有工夫好幻想。在这寂静的夜晚间就不同了。月光一丝一丝地从窗孔中射将进来。院中的梧桐树被风吹得瑟瑟做响。从大殿传来一种吱吱的很奇怪的声音，难道是鬼不成吗？然而我是什么都不怕的啊！……我想起来了我的过去，唉，这讨厌的过去啊！它是怎样地纠缠着人！我本来没有家庭了，而我的父亲却送信来要我回去；我本来不要父母了，而我却还有点纪念着我那病在床上的母亲……张进德真是幸福极了！他每晚一躺在床上便睡着了，这因为没有可诅咒的过去来纠缠他。他现在干净得如一根光竹竿一样，直挺挺地，毫不回顾地走向前去……”

二七

农会的势力渐渐地扩张起来了。地方上面的事情向来是归绅士地保们管理的，现在这种权限却无形中移到农会的手里了。农人们有什么争论，甚至于关系很小的事件，如偷鸡打狗之类，不再寻及绅士地保，而却要求农会替他们公断了。这么一来，农会在初期并没有宣布废止绅士地保的制度，而这制度却自然而然地被农会废除了。绅士地保们便因此慌张了起来，企图着有以自卫。如果在初期他们对于农会的成立，都守着缄默不理的态度，那么他们现在再也不能漠视农会的力量了。在他们根深蒂固地统治着的乡间生活里，忽然突出来了一个怪物，叫做什么农会！这是一种什么反常的现象啊！……

最慌张而又最气愤的，那要算是李敬斋了。组织农会的不是别人，而是他的儿子；号召农民反对他的不是别人，而是他的亲生的骨肉。李敬斋在自己的鸦片烟床上，就是做梦也没梦到会发生这么一种怪事！他派人送了一封信给李杰，劝谕他回转家来，而李杰不但没有照他的愿望做去，而且连理也不理一下。他想道，他生来没曾受过人家的磨难，现在大约是要在自己儿子的手里栽一栽斤斗了。如果在从前，在他妈的这什么革命军未到县城以前，那他李敬斋是有能力将自己的儿子和这一班痞子，送到县牢里去吃苦头的。但是现在……现在县里有什么革命军，政治部，那些人是和他的儿子同一鼻孔出气的……

李敬斋近来气愤得生病了。在有一天的下午，地方上面的绅士们，以张举人领头，齐到他的家里来看他。正在躺着吞云吐雾，一面在寻思着如何对付自己的儿子的他，忽然听见仆人报告，有些贵客临门了……他不禁一骨碌儿爬起身来，很慌张地问道：

“他们说出来意了吗?”

恭顺的仆人笔直地立着，听见他主人的问话，将头缓缓地摇了一摇，答道：

“他们是说拜望你老人家的，老爷。”

屁股又向床上坐下了，叹了一口长气，自对自地说道：

“他们哪里是来拜望我的啊，他们是来兴师问罪的。他们一定要说道，李老先生，你的少爷做得好事呀！恭喜恭喜！这，你看，我怎么样回答他们呢？唉，我生了这么样一个现世的儿子，有什么颜面和乡党亲戚相见呢？”

在平素充满着傲岸的神情的他的面孔上，现在被羞愤的网所笼罩着了。由于过于兴奋的原故，他的惨黄而又带着苍白的一种烟鬼的面容，现在又添上一种如吃酒后的红色。在得意的时候，他不断地捋着自己的浓黑的胡须，现在他要见客的当儿，却很畏怯地，直顺地放下两手，脚步不稳定地走出客厅来。这时他感觉得如犯了罪的囚人一般，一步一步地走上可怕的法庭去……

在寒暄了几句之后，头发已经白了的，吸着两三尺长的旱烟袋的张举人首先带着笑，很客气地说道：

“我们今天来非为别事，一来是拜望李敬翁，二来是请教关系地方上面的公事。令郎这番从外边回来，本来是衣锦还乡，令人可佩。不过他……关于这农会的事情，扰乱了地方上的治安，似乎不妥，不知李敬翁有何高见。”

李敬斋听着张举人说话，自己如坐在针毡上面一般，脸上只一回红一回白地表现着。他又不得不回答张举人，但是说什么话是好呢？他不但感觉得无以自容，而且连向众人道歉的话也想不出来如何说法是好。众人的眼光齐向他射着，期待着他的回答，正在为难的当儿，忽然他不能自主地由口中溜出话来：

“诸位明见，这教我李某也没有办法。现在是革命的时候了，老子管不了儿子。小儿这次回来的非礼行为，既然是关系地方公事，尚希诸位筹议对付之策，千万勿把此当为我李敬斋个人之事。乱臣贼子，人人得而诛之。如果诸位有何善策，李某无不从命。”

李敬斋说了这一段话之后，很欣幸自己说话的得体，不禁用手捋一捋浓黑的胡须，向众人用眼巡视了一下。他的态度比先前从容得多了。众人见李敬斋说了这一番不负责任的，然而又是很堂皇的话语，一时地你望望我，我望望你，不知如何是好。

“话虽如此，”坐在张举人下首的一位四十多岁的绅士，将头一摆，忽然打破了沉默的空气。“然而令郎与李敬翁究属父子，李敬翁不得不多负一点责任。难道令郎就这样地无法无天，连你的一句话都不听吗？尚望李敬翁施以教训……”

李敬斋听了这话，陡然生起气来，发出不平静的话音，说道：

“依何松翁你的高见，我应当如何做法呢？如果何松翁不幸也有了这么一个儿子，谅也同我李某一样地想不出办法。现在不像从前了。从前我可以拿一张名片到县里去，办他一个忤逆之罪，可是现在县里的情形，难道何松翁一点也不知道吗？诸位有何善法，就是将小儿治了死罪，我李某也无一句话说，可是诸位决不可以父子的关系责备在下。”

李敬斋一改变先前的局促的态度，现在越说越觉得自己的理直气壮。张举人见他发起火来，生怕弄出岔子，便和蔼地向李敬斋微笑道：

“请李敬翁切勿见怪，我们此来，决不是与李敬翁有意为难，乃是因为事关地方治安，特来和李敬翁商量一个办法。如果长此让农会横行下去，将来你我皆无立足之地，谅敬翁高见，亦必虑及此也。”

何松斋自知自己的话说得太莽撞了，便也就改了笑颜，接着张举人说道：

“张老先生说得正是。我们特为求教而来，非有别意，望敬翁万勿误会。近来张进德一干人们越闹越凶，似此下去……”

“哪一个张进德？”李敬斋问。

“张进德本是一个矿工，”何松斋说道，“是一个光棍，是贵庄人吴长兴的亲戚。他于最近才回乡的，可是自从他回来之后，那我们乡里的青年人就开始坏起来了，此人不除，恐怕吾乡永无安息之日矣！”

何松斋待要继续说将下去，坐在他的下首的一个戴着老花眼镜，蓄着八字胡须的绅士插着说道：

“敬翁知道关帝庙老和尚被害的事吗？”

李敬斋惊异得立起身来，急促地问道：

“有这等事！被何人所害呀？”

“那还有别人吗？”蓄着八字胡须的绅士很平静地冷笑了一声，说道，“他们占据了关帝庙，把老和尚赶走了，老和尚不知去向。昨天有人在东山脚下发现了老和尚的死尸，这才知道老和尚已被张进德一干人所害了。敬翁想想，若如此让他们横行下去，那吾等将无葬身之地矣！”他将手掠一掠八字胡须，摆一摆头，特别将这最后一句哼出一个调子来，如读古文一般。李敬斋听至此处，不禁大怒起来，拍着桌子说道：

“松翁说得甚是！似此无法无天，天理难容，岂可坐视不问?！我李某不幸生了这么一个逆子，尚望诸位不要存歧视之心，努力助我除此贼子才好！”

“敬翁既然有此决心，那我们今天便应想出一个办法……”

“松翁有何办法吗？”李敬斋不等何松斋将话说完，便急于问道，“请快说出来给大家听听，我李某无不从命。”

何松斋撇着胡子，不即刻回答李敬斋的话，扭头将客厅巡视了一下，看见没有别的外人，然后慢吞吞地说道：

“自古道，‘蛇无头不行’‘擒贼先擒王’，只要把张进德和敬斋的令郎他们两人对付住，这农会自然就会解体的。他们那一班党羽，如果没有他们两人，则自然就鸟兽散了。”

“但是怎么才能对付住他们两人呢？”张举人有点不耐烦地问。

“这也容易。”说至此地，何松斋复将大厅内巡视了一下。“只要雇几个有力气的人，于夜晚间偷偷地到关帝庙里将他们两人捉住……”

“这恐怕有点不妥当罢？”张举人说着，将他那发白得如雪也似的头摇了一摇。

“请松翁说下去，”李敬斋说。

“将他们两人捉住了之后，可以将张进德打死，打死一个痞子，为地方除害，谅也没有什么要紧。至于敬翁的令郎，那是敬翁的事情，如何处置，只得任凭敬翁自己了。”

众人沉默了一会，没人表示反对和赞成的意见。最后还是李敬斋开始说道：

“事到如今，别的也没有什么好的办法。何松翁老成干练，足智多谋，我看这事就请托何松翁办理，不知诸位意下如何？”

“至于费用一层，”李敬斋稍停了一会又说道，“我理当多负一点责任。至于如何行动，则只有烦劳何松翁了。不过事情做得要秘密，不可泄漏风声。如果事不成功，风声传将出去，则更要难办了。”

“敬翁虑得极是！”张举人向何松斋说道，“我看这事就请你办一下罢。”

“事关地方公益，”何松斋依旧如先前的冷静，用手撇着胡子说道，“诸位既然相推，我当然义不容辞。不过苟有事故发生，尚望大家共同负责。”

“这个自然！”大家齐声说了这么一句。何松斋见着大家这种负责的态度，又想及李敬斋对于他夸赞的话语，不禁在冷酷的面孔上，呈露出一点微笑的波纹来。

大家还继续谈论起关于地方和时局的情事。有的抱怨民国政体的不良，反不如前清的时代。有的说，革命军的气焰嚣张，实非人民之福。有的说，近来有什么土地革命，打倒土豪劣绅等等的口号，这简直是反常的现象……

“唉，世道日非，人心不古了啊！”最后张举人很悲哀而绝望地叹了这么两句。

天色已经是迟暮了。屋顶的上面还留着一点无力的夕阳的辉光。黑暗的阴影渐将客厅内的拐角侵袭了。李敬斋发出老爷派的声音，将仆人喊到面前吩咐道：

“今天众位老爷在此吃饭，去叫后边好好地预备菜！听见了吗？”

“是，老爷！”

二八

当张进德将癞痢头和小抖乱两人喊到面前，用着锐剑也似的眼光将他们俩很久地审视了一会，如同这眼光已经穿透了他们俩的心灵，他们俩不由自主地有点战栗起来，而觉得自己是犯罪的人了。平素顽皮得无以复加，任谁个也不惧怕的他们俩，现在却被张进德的眼光所威逼住了。小抖乱很恭顺地站立着，完全改变了平素顽皮的神气，而癞痢头低着头，用手摸着颈项的后部，一动也不动。

“请你这两个家伙说给我听听！你俩为什么弄出这个乱子来？”张进德这样说着，并未说明他们俩所弄出的是什么乱子，可是他们俩已经知道这话是指的他们俩前天晚上所干的那件事了。他们俩在张进德炯炯的眼光之下，觉得那眼光已经照透了他们，并不企图抵赖。

“我们并不想将他打死啊。”癞痢头仍旧是原来的姿势，轻轻地吐出很畏怯的声音。

“可是他究竟被你们俩打死了。”张进德点一点头，这样很冷静地说。

“是的，癞痢头依旧低着头不动，声音略较先前平静一点。“老和尚是我们两个打死的。我们两个因为想到，老和尚在庙里住着很讨嫌，说不定要在我们这里当奸细。那天开大会，他不是跑到老楼去报告了吗？并且，他妈的，他安安稳稳地过着日子，好像老太爷一样，实在有点令人生气。我同小抖乱久想收拾他一下，可是总没有遇到机会。这次我们两个商量一下：妈的，关帝庙现在归我们农会了，还要老和尚住在里头干吗？不如将老秃驴赶出去，免得讨人嫌。……前天晚上，我同小抖乱从这里回去，走到东山脚下，不料恰好遇着老和尚了。我们两个见着这是一个好机会，便走上前去将他摔倒，痛打了他一顿，强着他不要再到庙里来了……”

“打了他一顿也就算了，”张进德问，“为什么要将他打死了呢？”

“我们本不想将他打死的，可是老和尚不经打，我向他胸膛这么样踢了一脚，”癞痢头开始活跃起来了，做出当时踢老和尚的架式来。“他妈的，谁知道就把他踢闭住了气，倒在地下不动了。”

这时坐在旁边的李杰，听见了癞痢头的这样说法，不禁笑起来了。

“这也不知道是因为老和尚不经踢，”李杰笑着说道，“还是因为你的脚太有力量了。也罢，”他转向张进德说道，“老和尚既然死了，也不必把他当成了不得的事，打死了一个寄生虫老和尚也没甚要紧……”

“不，”张进德不待李杰说将下去，便打断他的话头，很严重地说道，“你不知道乡下的事情很难办。我们霸占住了关帝庙，已经是使乡下人不高兴了。现在又打死了老和尚，说不定土豪劣绅要借着这个机会来造谣言，说什么我们农会不讲理，打死人……”

“但是老和尚已经被这两位先生打死了啊，又怎样办呢？事情已经做出来了，也只得让他去。”李杰很平静地说。在他的内心里，他实在以为张进德太把此事夸大了。癞痢头和他的朋友小抖乱听见了李杰这么说，如得了救星一般，不禁陡然胆大起来了。他们俩齐向李杰望着，表示一种感激的神情。李杰觉察到这个，向他们俩微笑了一下。

“这当然，”张进德说道，“木已成舟了，还有什么办法呢？不过，他转向癞痢头和小抖乱显着教训的态度，说道：“请你们两个再不要弄出别的岔子了。做什么事，一定先要报告我们知道……”

张进德刚将话说至此地，忽听院中传来刘二麻子的一种傲慢的声音：

“你来找谁呀？”

“我来找张进德。”只听见那第二个声音也是很傲慢的。这时房内的众人静默着不语，很注意地听着院内的谈话。

“什么张进德?！你应当说找农会会长！张进德是农会的会长！”

“好，就如你所说，我来找会长老爷。”

这一种讥刺的语气，使得张进德和李杰等不得不走出厢房，看看是谁来了。只见刘二麻子的对面立着一个四十几岁的戴着瓜皮布帽的汉子，他穿的虽然是乡下的布衣，然而那布衣是很齐整的，令人一看见便知道他是乡下的有钱的户头。在他的那副丰腴的，微微生着黑斑点的面孔上，露现着一种生活安定的，自满的表情。张进德认得他，这是胡根富，被人称为胡扒皮的一位狠先生。他见着张进德走出来了，便撇开刘二麻子，神态自若地走向前来，现着讥刺的神气，微笑着说道：

“好，会长老爷来了。我特来求见会长老爷。”

见着他的这种神情，张进德几乎失了心气的平衡，要给他一个有力的耳光，但是张进德终于把持住了自己，没有发出火来。

“你有什么贵干？”张进德很不客气地这样问胡根富。

“请问你们贵农会可是定下了一个‘借钱不还’的章程吗?”

“也许定了这么样一个章程。”张进德说了这么一句，将两眼逼视着胡根富，静待着他的下文。

“啊哈！怪不得现在借了债的人都不想偿还了。他们说，这是农会的章程……这真是自从盘古开天辟地以来，闻所未闻的奇闻！哼，借人家的钱不还！好交易！请问会长老爷，这‘借钱不还’的章程，是谁个请你们定的?”

胡根富的态度不若先前的平静了，逐渐表现出气愤的神情来。他的白眼珠的红丝这时更加发红了。张进德微笑了一笑，说道：

“这是我们自己定的，你胡根富当然不会请我们定下这个章程来。你预备怎样呢?”

“我预备怎样？反了吗?”

胡根富愤不可遏地这样说着，照他的神情，一下将张进德吞下肚去才能如意。张进德依旧很平静地微笑着，低低地说道：

“对不起，现在真是反了。你胡根富放了那么许多厚利的债，穷人们的血也被你吸得够了……现在他们不愿意让你白白地压死，造起反来了，你怎么办呢?”

胡根富只翻着布满了红丝的白眼，气愤得说不出话来。张进德忽然改了威严的态度，厉声说道：

“胡根富！你今天来得正好，我正要找你呢。我们的农会正苦得没有经费，要向你借一点钱使使。我知道你很有钱，如果不拿出两百块钱来，你别要想走出这庙门!”

张进德说至此地，侧过脸向着立在他左边的癞痢头和小抖乱说道：

“将他看守起来!”

两人一听此言，如奉了圣旨一般，即刻走向前去，将胡根富的两手反背着用腰带捆住了。等到气愤到发痴的胡根富意识到是什么一回事的时候，他已经挣扎不开了。见着这种严重的形势，胡根富知道自己是走到虎穴里了，不禁害怕起来。气愤和傲慢的神情从他的脸上消逝了。他开始哀求地说道：

“我，我没有钱，我哪里有这么许多钱借呢……”

“妈的，你家里的银子几乎都要胀破箱子了，还说没有钱！两百块！少半个都不行!”

李杰见着小抖乱说话的神情，不禁好笑起来。胡根富一听见李杰的笑声，不问三七二十一，转身向他跪下，哀求着说道：

“请大少爷救一救我罢！我实在没有钱……”

“妈的，”癞痢头踢了他一脚，说道，“你别要装孬种了！如果不拿出两百块钱来，妈的，揍死你这个舅子！”

“癞痢头！”张进德如司令官一样，向癞痢头吩咐道，“你和小抖乱两个将他拉到大殿里绑起来，看守好，别要让他跑了。老二！”他转向刘二麻子说道：“你先去多叫几个人来，然后到胡家给他的儿子报信，就说他们的父亲现在庙里，叫他们送两百块钱来，不然的话，胡根富的命便保不牢，听清楚了吗？”

“听清楚了。我就去。”

刘二麻子说着便现着得意的神情，慌张地走出去了。癞痢头和小抖乱得了这么样的一个美差，自然很高兴地去收拾他们的对象。胡根富被他们俩用绳子狠狠地捆在大殿的柱子上，一动也不能动。他面向着关帝的神像，很伤心地哭起来了。小抖乱立在他的面前，打趣着他说道：

“哭罢，哭罢，我的乖乖！关帝爷会下来救你呢，哈哈……”

二九

自然，在我们的生活里，有的人会将银钱看得比性命都还重要，宁愿牺牲了性命以图保得财产的安全。但这是很少见的事。大多数的人们虽然也爱银钱如爱性命一样，但是当他们要保全自己性命的时候，便不得不忍着心痛，把性命以外的东西做为牺牲了。胡根富便是这样的一个。他被捆在关帝庙大殿的柱子上，起初还想以欺骗和哀求的方法来解脱自己，可是后来见着大家真要将他打死的模样，便只得答应了拿出两百块钱来。他的两个儿子，一个名字叫胡有礼，一个名字叫胡有义，虽然也受了他父亲的遗传性，但是解救父亲的性命要紧，也只得含着两眼眶的热泪，将这两百块白花花的大洋送给农会了。如果在往时，那他们两个可以求助于地方上的绅士，可以到县里去控告；但是现在当李大老爷和张举人等自身都保不住，而县里被什么革命军占领的时候，还有谁个可以来制止张进德这一帮人的行为呢？胡有礼和胡有义两个是聪明人，当晚便将胡根富用两百块钱赎回了。

“妈的，便宜了他！”癞痢头后来可惜地说道，“他家里该多么有钱啊！听说白花花的银子埋在地窖里也不知有多少！……”

最高兴的要算刘二麻子和李木匠了。他们两人虽然是不睦，逢事就抬杠，可是要报复胡根富的心意却是一致的。依着李木匠的主张，一定要将胡根富痛打一顿之后才行放去，可是张进德止住了他，他只能仅仅背着张进德的面，狠狠地踢了胡根富一脚。

“喂！老李！”小抖乱笑着向李木匠说道，“别要踢他啊！你应当托他带一个信给他的二媳妇，就说你现在害了相思病，很想再和她这么那么一下，并问她近来可好，是不是忘了旧日的交情……”

李木匠一听见这话，不禁又是羞又是气，啪地一声给了小抖乱一个耳光，骂道：

“放你娘的屁！嚼你娘的烂舌根！”

小抖乱用手摸着被打了的面部，哇的一声哭起来了。口中开始不住地骂道：

“我造你的祖宗，你打我，你这专门偷人家女人的坏种……”

“我偷了你的亲姑娘吗？”李木匠说着又想伸拳来打小抖乱，可是这时刘二麻子却忍不住火了。不问三七二十一，走上前来就给李木匠胸口上一拳，李木匠不自主地倒退了两三尺远。他用手理一理头上的黑发，瞪着两只秀长的，这时气红了的眼睛，半晌说不出话来。捆在柱子上的胡根富见着这种全武行的一幕，不禁忘记了自己的痛苦，在旁边看得出神。未等到李木匠来得及向刘二麻子还手的时候，张进德从厢房里走上大殿来了。

“你们在干什么？”张进德带着一点儿气愤的声调说道，“真也不害羞？在你们敌人的面前，自己就先献起丑来。”他侧脸向胡根富瞟了一眼。“这岂不要叫旁人笑掉牙齿吗？你们要知道，我们在农会里办事情，处处都要留心，事事都要做模范，乡下人才会信任我们。像你们这样如孩子一般，动不动就自相打骂起来，叫鬼也不能相信我们！小抖乱的一张嘴胡说八道，实在要不得。老二，你同木匠就有点什么嫌隙，现在也应该忘记了。我们同心合力做事，都还怕不能成功呢。如果这样自家人都弄不好……”

张进德说至此地，向三人巡视了一下，微微地将头感叹地摇了一摇。三人如犯罪了一般，低下头来，静静地立着不动。这时被捆在柱子上的胡根富见着这种情景，心中暗暗地明白了：就是这个张进德，被他平素所称为光棍的，具着一种伟大的力量。他觉得他在这人的面前是一个微小的弱者了。

后来将胡根富放走之后，张进德带着笑地向刘二麻子们埋怨道：

“你们是怎么一回事呀？就是打架也要等到胡根富走了之后再打啊！”

李木匠红着脸不好意思地说道：

“谁要和他们打架？只因小抖乱这小子当着胡扒皮的面前霉我……”

“好，算了，从今后再也不许有这么一回事！我们的两百元也到手了，现在我们到李先生的房里去商量商量，看看我们怎么来用这一笔款子。哈哈！万想不到这小子今天送上门来。真好运气！我们的农会该要发达了。”

张进德走进李杰房门的时候，一种得意的，和蔼的，为从来所未有过的愉快的神情，简直使李杰惊讶住了。这时李杰正伏在桌子上，手中拿着铅笔，在纸上计算着两百元的用途。见着张进德进来了，也不立起身来，微微地笑道：

“把贵客已经送走了吗？哈哈！大概关帝爷见着我们农会没钱，特将这小子差上门来。现在我们好了，明天就可以派人到城里去买东西……”

“妈的，太便宜了他！”癞痢头又可惜地说了这末一句。“依我的主张，罚他妈的一千块！反正他家里有的是银子。我们代他可惜吗？”

李杰忍不住笑道：

“暂且有两百元用用也就罢了啊！”

夜幕已经展开了。小和尚走进房来，将一盏不大明亮的洋油灯点着了。他不知为什么，今天也特别笑咪咪地高兴着。李杰将小和尚的光圆圆的头摸了一摸，向着大家笑道：

“今天大概是因为小和尚多念了几声‘阿弥陀佛’罢?”

小和尚摇了一摇头笑道：

“李先生！我老早就不念什么鬼‘阿弥陀佛’了。”

这时满室中充满了欢笑的声浪……

三〇

“今天下午叔父和张举人在书房所商议的一切，我都详详细细地偷听着了。我的天哪！他们竟要做出这种狠毒的事！他们定于明天夜里差一些人到关帝庙里，活活地将那些办农会的人们打死……

“这一切我都偷听着了。如果不想方法搭救，那眼看着李杰和他的同志们都要被我的叔父和张举人杀害了。张举人不主张将李杰杀害，他说，李杰究竟是李敬斋的儿子，不如任凭着李敬斋自己去处分。但是我的松斋叔父却说，农会完全是李杰一个人干起来的，我乡的不靖，完全是由于他一个人在做祟，如果不将他这个祸根除掉，那是永远不得安枕的。何况李敬斋自己也恨着生了这么样一个不孝的逆子……就使他看见儿子被打死了，心中有点难过，可是也不能说出什么话来。试问他又有什么办法呢？事到如今，实在顾不了这么许多……

“这样，眼看李杰和他的同志们都免不了性命的危险。这将如何是好呢？我既然听见了他们的阴谋，能够坐视不救吗？但是我又怎么样救法呢？

“讲到这李杰，我倒很想看一看他是如何模样呢。听说他跑到外面流浪了一年多，和家庭不通一点儿消息。现在他从革命军里回到故乡来，迄至今日未曾踏过自己的家门一步。他号召农民反对地主，尤其要反对他的父亲李敬斋……哈哈，这孩子倒很有趣！唉，如果我也是一个男子，那我不也像他李杰一样吗？我也将脱离了这万恶的家庭，过着那流浪的，然而在精神上是自由的生活。我也许会从革命军里回来，连我的家门看也不看，而号召农民来反对我的叔父……啊，我的叔父若与李杰的父亲比较起来，那恐怕我的叔父的坏的程度要高出万倍！在这种家庭生活着，我简直是在受苦刑啊！

“叔父将我从学校里骗回家来了。他打电报给我，说他病已危笃，急于望我归来……我信以为真，便星夜离开长沙的学校，慌忙地奔回来了。可是回到家里一看，叔父比牛还要健康些，哪里有什么鬼病！我知道受骗了。我问他为什么要骗我？他说，现在外面不靖，不如暂行家居为好，而且你的书已念得够了，女孩儿家长此念将下去，也并没有什么用处……我真要把肚子都气破了！但是我有什么办法呢？银钱放在他的手里，我手中空空，当然不能跑出门去。到现在，我困居在家里，如同坐牢一般，已有三个多月了。如果不想方法脱离这恶劣的环境，我难道就此如猪一般地生活下去吗？不，什么都可以，冒险也可以，受苦也可以，只要不是这个！……

“现在省城里的生活大概是沸腾起来了。不久接到女师校同学的来信，她说，活泼的，新鲜的革命的空气将青年们都陶醉着了，她说，妇女协会的工作对于妇女的解放是异常要紧……你看，她们现在该多么幸福！该多么有趣！而我却在家里坐这无形的牢狱！如果我也像李杰一样，生为一个男子！在此社会里，女子究竟有许多地方做不出男子所能做的事啊！

“曾记得在学校里的时候，读了许多女革命党人的传记，见着她们的英勇，热烈，敏慧，种种的行为与思想，一颗心不禁异常地向往。当时也曾勉励着自己，幻想着光荣的将来。难道说伟大的事业都完全是属于男子的吗？不，不啊，这是不应当的！……我曾这样坚决地思想着。

“但是现在我的光荣的，伟大的事业呢？我不过是一个普通坐食坐喝的，等待着嫁丈夫的女子而已。我什么也不能够做！李杰能够在外流浪，能够投入革命军，能够回来组织农会，能够号召农民反对地主，做着这种非常的反抗的行为……而我能够做着什么呢？昔日在学校里为一般同学所敬仰的何月素，抱着伟大的雄心的何月素，立志要做一个革命党人的何月素，现在不过是一个只会叹气的可怜虫而已。

“为着机械的家庭的生活所磨折，我的锐气也就自然而然地消沉了。可是，今天下午听见叔父等的阴谋，听见从叔父口中所说出的关于李杰的行动，我的一颗几乎绝望了而要死去的心，忽然又跃动起来了。我不禁自对自说道：‘月素！曾想做一个有能为的女子的月素！现在你应当出动了。李杰能够回乡干这英勇的行为，你何月素难道能坐视他们之死而不救吗？只要你移动一下脚步，冒一点儿小小的危险，你便可以将李杰和他的同志们的性命救下了。月素！这对于你要显示你自己究竟是何如人，正是千载一时的机会……’好！现在我已决定我应当怎样做了。也许因此我会脱离这家庭的生活……然而这不是为我所想望的吗？怕艰难和危险的人，决不是能够做出事业的人！

“我要和李杰会一会面。他还记得前年我叔父向他的父亲提婚，他的父母答应了，而他表示拒绝的那一回事情吗？哈哈，他倒不愿意我和他结婚呢！听说那是因为他爱上了哪一个农民的女子，一心一意地要娶这女子为妻，表示除开这女子而外，任是天仙他也不要。因此便把我拒绝了。我当时在学校里，不知道我叔父有过这么样的一个提议。如果我知道这事，那我也是极端要反对的。我自己的婚事自有我自己的主张，要我的叔父代庖干什么呢？可是话虽然如此说，等到后来知道了李杰因为一个什么无知识的女子而拒绝了我，心中不免有点气愤。我曾想道，你李杰是什么东西，我真稀罕你吗？……

“这事我久已忘怀了。不知他现在还记得吗？他决料不到现在冒险救他性命的女子，就是他当年所拒绝过的何松斋的侄女儿。啊，你这勇敢的孩子啊！你从今当不会再小觑我了。努力罢，我的孩子！努力罢，我的孩子！

“夜已经深了。我还不想就寝。开窗向院中一望，一株大石榴树静寂地立着，从它的枝叶的隙缝里，筛出点点的碎白的月光。家人们都睡熟了，偶尔听见几声吱吱的虫鸣。在月夜的怀抱里，也不知还有其他如我现在所跳动着的心灵否？然而我现在应当睡了，应当做一个和这寂静的生活辞别的梦。我的生活也许要从明天起就改变了。

“一种不可知的，然而为我所愿望着的命运在等待着我，我要勇敢地走去……”

三一

李杰决定今天向城里的同志们写一个书面的报告。他一方面想使那里的同志们知道他回乡来了以后做了些什么事，他是在很紧张地工作着，而不是回家里来图快活啊！一方面又想从他们那里得到一些书报，关于全国运动发展的形势的消息。他知道，如果他在这乡间蒙着头干去，而不顾及这乡间以外的事件，那他将会干出错误来也未可知呢。这小小的乡间的运动，是与全县，全省，全国，甚至于与全世界都有着关连的啊！

> 我的亲爱的同志们！我离开你们已很有些时日了。在这些时日之中，我在这微小的僻静的乡村中，开始了很有效验的工作。你们可以相信我，我从来没有觉着像我现在这样地幸福过！因为在军队里，我所执行的不过是一般的工作，而我在这里却执行着……啊，我应当怎么说呢？这是根本的工作……

写到这里，李杰一时想不出如何表示自己的意思才好。他微笑着将秀长的两眉蹙了一下，无目的地望一望他对面的墙壁。出乎他的意料之外，他现在才觉察出来那上面挂着一个小小的横披，而在这横披上画着一株花叶很散淡的春兰。他不禁将笔放下，向着这一幅画感着兴趣了。为什么在此以前，他没觉察到它呢？不，也许觉察到了，可是没曾感觉到兴趣……李杰离开书桌，走至这幅画前，开始端详那潇洒的笔调。忽然间，“兰姑”这两个字涌现到他的脑际了。不自主地，他渐渐地透过那一幅画，想到他那过去的情史……

这样，他幻想了一会。院中有谁个说话，发出一种高亢的声音，这使得李杰如梦醒了也似的，微微地惊颤了一下，即时想到他所应做的事了。“我今天应将报告书写成啊，呆立着在这儿干什么呢？”他不禁起了一种向自己埋怨的心情。他又回到自己的书桌，很坚决地坐下了。但是说也奇怪，他对面的一幅画总是在引诱着他，使他不由自主地向那上面注视着，而“兰姑”这两个字也就因此不能离开他的脑际。虽然重新拿起笔来了，可是它无论如何不能往下写出一个字来。过去的情事如无形的绳索一般，紧紧地在缠绕着他，使得他此时不能继续他的工作。在几次企图着将笔移动下去，而终于没写出一个字来之后，他不禁对自己发怒起来了，狠狠地将自己的后脑壳击了一掌。

房门一开，忽然小抖乱笑嘻嘻地，同时具着如小孩子发现了什么奇事而惊异着的神情，慌忙地说道：

“李先生！快出去！有一个洋女学生来找你，哪个舅子扯谎。请你快出去！”

李杰完全不解是什么一回事，惊怔得呆住了。半晌他方才问道：

“什么？女学生？你说她来找我？”

小抖乱的神情变得庄重起来了。不知为什么笑痕在他的脸上消逝了。听着李杰的疑问，他点头说道：

“是的，她来找你。现在院中站着，等你出去呢。我叫她进来好吗？”

“不，不要，我出去！”李杰摇一摇头说。这时猜疑，不解，惊奇，将他的一颗心占领住了，不禁如小鹿一般砰砰地跳动起来了。一面立起身来，一面口中不住地说道：

“怪事！怪事！……”

如走上火线即刻要与敌人厮杀的光景，李杰虽然在外表上把持着镇静的态度，然内心无论如何不能处之泰然。他终于走出厢房的门限了。他不大勇敢地举起两眼向院中一望，只见在那大殿的阶下背立着一个剪发的，身穿着淡青色的旗袍的姑娘。她这时眼睛是在瞻览着关帝的神像。在院中立着的几个乡下青年，尤其是李木匠和癞痢头两人，向这姑娘的背影射着惊奇的眼光。他们全都哑然无声，好像受了这姑娘的催眠一般。李杰轻轻地走近她的背后，她觉察出来了，回过脸来，很自然地带着微笑，向走近她的面前的李杰说道：

“你是密斯特李吗？我有要紧的话要向你说，不知你可能腾出一点时间来。事情是很危急的……”

李杰没有过细听真她的话，只先注意到她的一张翕张着的小嘴，高高的鼻梁，圆圆的眼睛，清秀的面庞……他并不是故意要审视她的姿容，可是一种惊异的，不解的心情，使得他在初时不自觉地有了这种行动。

“是的，”李杰半晌才说出话来。“事情是很危急的……（李杰自己不知道他所说的意思是什么）密斯，请到里面去坐……”

李杰这时忽然觉察到这位姑娘是诚实的，然而表现着恐怖的，焦虑的眼光了。他感觉到即刻这位姑娘要向他说出什么可怕的事来。姑娘并不客气地随着李杰，走进李杰的房里来了。多少道惊奇的眼光追射着他们两人的背影，悄悄地期待着什么奇迹的出现。小抖乱首先轻轻地惊叹着说道：

“你看，这位小姐真体面！洋学生的样子到底和我们乡下的婆娘不同！”

癞痢头用手将小抖乱的肩膀推了一下，很正经地说道：

“别要瞎说！你知道她是李先生的什么人？听见了可不是玩的。”

“这也许就是李先生的那话儿。”有一个青年向小抖乱挤了一眼，这样说。癞痢头回过脸来骂了他一句。这时李木匠静静地坐在石阶上，一句话也不说，低着头在想着什么心事。有两个小伙子悄悄地走了几步，企图着到李杰的窗外去偷听房内的动静，可是被癞痢头看见了，即刻将他们俩拉回转来。

李杰将这位奇异的姑娘引进了自己的房中以后，即指着床请她坐了下来。她很好奇地将房中巡视了一下，不知为什么，一瞬间她的脸上呈出惊叹的，满意的微笑。李杰不知如何开口为是，只局促地收拾桌上的笔墨，欲借此以遮掩自己的不安。但是他又觉得他不得不开口说话，似此沉默下去，实属不便。后来他终于为难地从口中冒出半句话来：

“敢问密斯……”

姑娘拍一拍衣服，好像镇定了一下，开始发出很温和的，坦率的音调，向着李杰说道：

“密斯特李当然不认识我，不过说出来，也许密斯特李你会知道的。我是何松斋的侄女儿……”

李杰听见这一句话，陡然想起前年他拒婚的事来了。他的一颗心不禁因之增加了跳动的速度，而脸上也泛起红潮来。这位姑娘本来是他曾经拒绝过的啊！那时他为着爱恋着兰姑，不愿听到任何其他女子的名字，所以才拒绝了她……这事他本来久已忘记了。现在这位姑娘忽然来找他，这是因为什么呢？她所要求于他的是什么？奇怪啊！……但是何松斋的侄女儿似乎毫不觉察到李杰的心情，继续往下说道：

“我的名字叫做何月素，你或者听见过也未可知。我知道你一定很奇怪，为什么今天我跑来找你，我们从来没见过面……在这乡间是很蔽塞的，我居然冒着不韪来找你，这不是使你很奇怪的事情吗？但是，密斯特李！”何月素的态度严肃起来，声音也比先前沉重了。“你可知道你和你的同志们今天夜里都要有性命的危险吗？”

李杰几乎跳将起来，连忙惊慌地问道：

“你，你说什么？我们今天夜里有性命的危险吗？你怎么知道，密斯……何？”

何月素用手将披散到眉毛的头发往上理了一理，不注意到李杰的惊慌的神情，依旧平静地说将下去。

“你蓦然听见我这话，一定很难相信，不过，密斯特李，如果你细细地想一下，便会觉得这事来得并不突兀。你想想你们现在干的是什么事呢？你们组织了农会，你们号召农民打倒土豪劣绅……你们也曾想过这是什么事情吗？这在土豪劣绅们，连你的父亲也在内，他们的眼中看起来，无异是罪大恶极的行动。他们能毫不做声地任着你们这样干下去吗？他们能不筹谋对付你们的方法吗？你们要打倒他们，那他们也便要来打倒你们……因为这个原故，所以今天夜里的事情，本是可以意料到的。”

“但是今天夜里到底有什么事情呢？”李杰迫不及待地问。

“我们乡里的绅士们在你的家里开了一个会议，”何月素继续说道，“他们决定乘着你们不备，在夜里来将你们打死，而我的叔父何松斋便被推为这件事情执行的人。他们的计划，我从我的叔父口中都偷听着了，就是今天夜里差许多人来，乘着你们冷不防……”

李杰忽然跳起来说道：

“真的吗？”

“不是真的还是假的不成！”何月素睁着两只圆圆的眼睛，厉声地说道，“我怕你们要遭他们的毒手，特地在我叔父面前扯了一个谎，说是要到亲眷家里望望，这才绕道跑到你们这儿来。我劝你们今天夜里防备一下，别要小视此事才对呢！”

“是，是！”李杰这时镇定起来了。听了何月素最后的劝告，连忙感激着说道：“蒙密斯何冒着危险来报告我们这种消息，我们真要向密斯何表示无限的感激。密斯何这样地热心，真是女界中所少有的。”

何月素听见李杰恭维她的话，不禁脸上红潮一泛，很妩媚地向李杰看了一眼，笑起来了。

“密斯特李！现在不是说恭维话的时候，还是预备今晚的事情要紧呢。”

李杰被何月素这几句话说得难为情起来，不禁暗暗想道：“这个女孩子，看不出，倒很厉害呢！她还记得我拒绝她的婚事那一回事吗？不料何松斋会有这么样的一个侄女儿……”李杰想到这里，正待要开口回答何月素的当儿，不料在他们两人的惊异的眼光中，王贵才引着一个乡下的姑娘走进来了。

三二

无论何月素怎样地有着自信，无论她对于李杰的关系（在男女的情爱方面说）是怎样地淡薄，她和李杰本是第一次见面啊！但是当她见着一个乡下的姑娘，然而是一个朴素中带着秀丽的姑娘，走进来了的时候，她的一颗心却无原由地被妒火所烧动了。她几乎带着恶意地将进来的毛姑上下打量了一番，见着她虽然具着乡下的朴素的姿态，但是那姿态在许多的地方令人感到一种为城市女子所没有的美丽来。毛姑脑后拖着一个粗黑的辫子，身上穿着一件青紫色的短袄，没有穿着遮掩下身的裙子。这装束的确是很粗俗，然而何月素很能觉察到，这是一个可爱的姑娘啊！……

“这就是李杰所留恋着的那个女子吗？李杰为着她而拒绝了我？”何月素想到这里，不禁即刻很忿然地看了李杰一眼，但即刻又转而想道：“但是，不是听说那个女子已经死了吗？……”何月素因为被思想所引诱住了，坐着不动，连向进来的人打招呼的礼节都忘记了。李杰在初时也同发了呆一般，惊怔地看着走进来的两兄妹，宛然忘记了说话。后来他颤动了一下，好像从梦中醒来也似的，连忙笑着招呼客人：“请坐！”

贵才依旧立在李杰书桌子的前面，他的妹妹向着靠门的一张木椅子坐下了。她红着脸，默然地不发一语。她偶尔向坐在床上的何月素瞟一瞟，就在这时候她脸上的红潮更泛得厉害，也不知是由于害羞，也不知是由于妒意。她的哥哥不住地将眼光射着何月素，可是何月素的神情并没注意到他的存在。房中的空气如受了重压一般，一时寂默到不可寂默的程度。李杰表面上虽无什么动作，可是满脑海里起了波浪。

“这是怎么一回事啊？”他想。“平素一个女子也不上门，今天忽然莫名其妙地跑来两个女子……”

后来还是王贵才冲破了一种不能忍耐的寂默。病了几日，没有到农会来，听见他说话的声音，李杰这才觉察到他有点清瘦了。他手中持着两朵鲜红的野花，一上一下地颤动着。

“李大哥！两天不来这里，我真有点着急呢。”他说着这话时，将两朵野花向桌上的笔筒插下。“毛姑老早就想来看看这里像什么样，”毛姑此时向着李杰含羞地笑了一笑，这一笑可是把李杰的心境弄得摇荡了。他觉得那是异样地妩媚，异样地可爱……但是他即刻把持住了自己，继续听着贵才的述说。

“但是两位老人家不准她来。”贵才继续说道，“今天她硬要求我，偷偷地跑了来。她说，一天到晚在家里过着讨厌的日子，实在太够了。她想看一看，到底男子们在外面做一些什么事情。……”

毛姑见着她的哥哥说到此地，不禁又含羞地向李杰笑了一笑。李杰向坐在床上的，默然的，仿佛也在静听着贵才述说的何月素，瞟了一眼，笑着说道：

“事情并不是只有男子们可以做的。男子们所能做的事，女子也可以做。现在的世界有点不同了。有的女子比男子还厉害些，还要勇敢些。你们看，这位何小姐就是这么样的一个女子。何小姐冒着险来报告我们的消息，如果不是何小姐……”

这时两兄妹齐向何月素惊讶地望着，何月素感受到他们的眼光，不自主地起了一点轻微的傲意，脸上荡漾着一层薄薄的微笑的波纹。

“那我和张进德两人，说不定明天就不能与你们相见了。”

“是怎么一回事呀？这位何小姐从什么地方来？是不是……”

李杰好像不听到贵才的话也似的，仍旧射着感激的眼光，面向着何月素说道：

“何小姐是何松斋的侄女儿，她今天特地背着叔父跑到这里来报告我们，就是我的父亲李敬斋，她的叔父何松斋，还有张举人，他们决定将我们办农会的人打死，今天夜里他们就要下手……”

毛姑泛着红的面孔忽然苍白起来了。恐怖充满了她的眼睛，瞪瞪地向李杰望着。她的哥哥却为着愤火所燃烧着了，两眼一翻，狠狠地向桌面击了一拳，叫道：

“真的吗？”

“这当然是真的，何小姐当然是不会骗我们的。你来得正好，请你即刻到吴长兴的家里去，张进德在他那里，叫他赶快回到会里来，好商量商量今天夜里的事情。”

贵才一闻此言，便离开房中的人们，头也不转地跑出去了。他宛然如同忘记了他所带来的年轻的妹妹。李杰红一红脸，有点难为情的样子，向着毛姑说道：

“毛姑娘！你今天来得正好！这位何小姐是很有学问的，她一定可以告诉你很多的事情。”

毛姑欲言而又怕张口的样子，半晌才羞怯地说道：

“何小姐也在农会里办事吗？”

何月素听着此言，不知为什么，将脸红了一下。她装着不听见他们两人谈话的神情，只张望着房中的布置，李杰向她瞟了一眼，略一摇头，笑向着毛姑说道：

“何小姐现在还没有在农会里办事，不过我想，她也许愿意到我们这里来办事呢。”李杰转过脸来向何月素笑着说道，“密斯何！是不是？你愿意来帮我们的忙吗？”

“我是一个女子，你们要我来帮什么忙呢？”何月素很腼腆地笑着说。

“革命的事情并不一定都是男子们干的啊！……”

何月素即刻取消了腼腆的态度，转换着一种不屈的，有自信力的声调说道：

“我并不是说革命一定都是男子们干的，而我们就不能干。不瞒密斯特李你说，我老早就想跑到外边去了，无奈我的环境太坏，我没有这般做的力量。现在你们如果有什么需要我的地方，我是一定要做的，决不退避。不过我能做什么事情呢？”

“事情是多得很呢，”李杰说，“不过这么一来，你的家庭问题倒怎么办呢？你的叔父……”

何月素不待李杰说完，便带点愤意地冷笑道：

“密斯特李！只有你才能脱离家庭吗？你能够离开你的父亲，我就不能离开我的叔父吗？如果你们愿意，我从今天起就不回家了。但是，不过……”何月素的声音有点降低了，脸上复露出为难的神情。李杰接着向她问道：

“密斯何既然有此决心，难道还有什么为难的地方吗？”

“不过我究竟是一个女子，女子究有许多不方便的地方，而且乡下的人封建极了，……我一个女子是不能住在你们这庙里的。请密斯特李明白这一层。”

何月素沉默下来了。李杰沉吟了一会，后来说道：

“这倒是一个问题，不过我想，这事也容易解决。”李杰说至此地，向坐着不语的毛姑瞟了一眼。毛姑好像被这一眼所鼓动了也似的，开始羞怯地说道：

“我听不大懂你们的话，可是我觉得我也马马虎虎地懂得一点。何小姐不是说住在庙里不大方便吗？我想这事情倒好办……如果可以的话……”

毛姑害羞，忽然停住不说下去了。李杰急忙问道：

“毛姑娘有什么法子好想呢？请快些说出来给我和何小姐听听。”

“如果可以的话……”毛姑现着十分害羞的神情，又开口低低地说道，“我愿意来陪何小姐，不知何小姐可愿意吗？”

李杰如解了什么难谜也似的，听见毛姑这话，不禁连声说道：

“好极了！好极了！难得毛姑娘愿意这样。我想，密斯何，你也不会反对这种办法罢？我将我的这间房子腾给你们两个人住，而我搬到对过去。”

“但是我究竟能做些什么事情呢？”何月素问。

“事情多着呢！我们本来打算设一妇女部，可是因为没有人担任，终于没有设。现在你来了，这妇女部就请你担任。”李杰回过脸来向毛姑娘瞟了一眼，笑道：“毛姑娘很能干，可以做你的一个帮手。”

毛姑羞急得涨红了脸，抿着嘴，射着埋怨也似的眼睛，十分不安地说道：

“李先生也真是……我能帮何小姐做什么呢？何小姐有学问，还要我来帮她？我是一个乡下人……”

“我难道是一个城里人吗？我们这里谁也不是城里人。”

何月素说了这话，和着李杰同声笑起来了。三人接着谈论些别的话……期待着王贵才和张进德的转来。

三三

阴沉的黑夜。偶尔飞落一丝两丝的微雨。在微微的春夜的薄寒里，一切的村庄，树林，田野，凄然地静寂着，宛然沉入了艰苦的，难以催醒的梦乡。关帝庙呈现为一个巨大的黑堆，悄悄地躺着不动。两扇庙门虚掩着，仿佛在这阴沉的黑夜里，里面住居的人并不忧虑到会有“不速客”的到来。庙门前的空场上的树根下，偶然蠕动着黑影，有的黑影忽而伏着，忽而站着，表现着一种不耐烦的期待的情状。

“妈的，还不来，真等急死人！”只听见有一个黑影发出低低的这样埋怨的声音。

“不要说话，你这浑蛋！”别的一个黑影更低微着这样说。

“你听，大概是来了……”

空气陡然紧张地寂静起来，没有一个黑影再蠕动了。远远地传来正向这儿走着的低低的谈话声，脚步声……越来越近……最后有十几个黑影在庙门前的空场上出现了。他们的手中都持着什么长短的器具，但是因为在黑夜里的原故，虽然在很短的距离以内，也看不清楚所持的是什么。只见有两个先走进庙门看一看，即刻回转来向大家轻轻地说道：

“庙门开着呢。”

“大概是忘记关了。”

“妈的，该他们要死！”

“快进去！……”

黑影们终究有点胆怯的形状向着庙门移动了。两个首先推开庙门走将进去，不料就在他们俩刚跨进门限的时候，庙门背后两边有两条粗大的木棍打将下来：一个哎哟一声便噗通倒在地下，一个扶着负痛的肩臂，拼命地跑回转来。

“不好了！他们有防备了！”

这话刚歇，只听哇喇一声如山崩了也似的喊叫，从各树根下跑出许多黑影，他们手中各持着家伙，齐齐地打来。来偷攻关帝庙的黑影们在巨大的意外的惊骇之中，都不顾性命地四散奔逃了。有的，大概是无经验的年轻的原故，竟骇得哭出声来。有的受了重伤，便倒在地下呻吟着。有的被打倒之后，又挣扎着爬起来跑了。结果被活捉了三个。

“妈的，没有把他们一个一个都活捉到！”

“你们来的时候没有算一算命，我造你们的亲祖宗八代！”

“起来！妈的，你还装佯吗？”

“拖到庙里去！”

“……”

一种欢笑的，咒骂的，混合的声音，打破了黑夜的静寂。微雨停止了。天上的阴云淡薄了些，隐隐地露出昏黄不明的月光来。这时庙内的灯火已燃着了，众黑影涌进了庙内之后，在光亮之下才现出各人所特具的面目。一种胜利的情绪包围住了众人，众人乱哄哄地一时找不出怎样才能表示出欢欣的谈话来。癞痢头口中不断地骂着“妈的，妈的……”，大概这就是他表现欢欣的方法了。素来沉默着的，不知欢欣为何物的吴长兴，现在也禁不住在自己的平素是苦丧着的面孔上，流动着得意的微笑。张进德开始和李杰商量如何审判俘虏的事情……

被俘的三个人被捆绑在大殿的柱子上。两个不断地呻吟着，哀求着，一个低着头儿毫不声响。小抖乱走上前去，用手将这人的头往上一搬，仔细审视了几眼，不禁又是欢欣又是惊异地叫了出来：

“这是胡根富的二儿子啊！”

李木匠一听见小抖乱的叫声，便连忙大踏步地走将过来，定着眼睛看了一下：果然，不错，这是胡根富的二儿子！不禁将脑中的念头转动了一下，“妈的，你今天也落在老子的手里了……”啪的一声，就给了一个很响亮的耳光。众人为这一巴掌的响声听惊怔住了，都开始向着发愤的李木匠望着。

“打罢，打罢，使劲地打罢，木匠！现在是你报仇的时候了！”

“木匠！你问一问他的老婆在家里好吗？”

李木匠不顾及众人的同情与讥笑，仍继续将巨大的巴掌向着胡根富的二儿子的脸上拍去。这小扒皮倒有点能耐，任着李木匠的痛打，一声儿也不响。眼见得他的脸孔逐渐红肿起来了。因为自己手痛了的原故，李木匠才停住不打了，愤愤地吐了他脸上一口唾沫，默默地退到一边，喘着气。

“我的乖乖！今天李木匠可出了气了！”癞痢头笑着这样说。在灯光之下麻子都发了亮的刘二麻子，正欲依照着李木匠的榜样，刚一举起拳头来的当儿，张进德和李杰走上前来了。王贵才立在李杰的后边，好像为他保镖也似的。

“老二！别要打他！”张进德将刘二麻子拉过一边说道，“打死了，我们反而没有戏唱了。我已有了主意……”张进德说着，便转向被捆绑在右边柱子上面的，这时还在呻吟着的两个俘虏面前走来。他先向那一个约莫四十岁的汉子望了一望，觉得好像有点认识他，但一时不能记忆起来。只听得那汉子口中喊道。

“冤枉呀，冤枉！早知如此，我任着不种田了也不来这里……”

“这可就奇怪了！”张进德向着立在他旁边的众人巡视了一眼，微微地笑道：“半夜三更你们想要来把我们打死，又没谁个请你来，你怎么说叫着冤枉呢？如果我们被你们捉住了，那可真是冤枉呢。”

“你不知道，会长老爷呀！”

“我是会长，可不是老爷。”张进德打断他的话头说。

“我在田里做活做得好好的，东家打发人将我喊去，硬逼我今天夜里来到这里……我什么也不知道……可怜……”这汉子眼见得觉得自己太冤枉了，忽然放声哭了起来。张进德依旧如先前一般的平静的话音，向他问道：

“你的东家是谁呢？”

“就是张举人……”他很用力地，哽咽地吐了这么一句。大家不做声，群立着不动，期待着他往下的诉说。半晌他又哭着说道：

“张举人逼我今天夜里来……他说，如果我不愿意，那他就不给我田种了。诸位想想，我一家五口，老的小的，不种田不是要讨饭吗？他又说，成了事之后，每人还有重赏……我没有法子，只得……只是怕没有了田种，并不想要什么赏钱……请诸位开一点恩罢！我任着讨饭，下次再也不敢了。”

张进德沉吟了一会，后来吩咐立在他的右首的癞痢头说道：

“将他放了罢。”

“不揍他一顿，给他一个乖。就这样把他放掉吗？”癞痢头有点怀疑不解的样子这样反问张进德，仍旧立着不动。

“他比不得胡小扒皮。”张进德解释着道，“他是被逼迫来的，情有可原。快把他放了罢！”

癞痢头露出不高兴的神情，但张进德的命令又不得不听，只得走向前去，将被捆绑着的人的身上的绳索解了。这汉子被放了以后，向着众人磕了一个头，预备即刻就走出庙门去。但是张进德将他喊转来，向他问道：

“你知道农会是干什么的吗？”

这汉子惊怔住了，似乎不了解这句问话的意思。张进德接着又重问了一句。他半晌才口吃地说道：

“我……我不知道……农会是……”

“农会是保护穷人的利益的，”张进德为他解释着道，“是要种田的人不受田东家的欺，你明白了吗？你的田东家为什么要杀害我们办农会的人呢？就是因为我们要打倒田东家，对他们不利，你明白了吗？……像你这样的穷人应当加入我们的农会才是道理，如何能帮助田东家来打我们呢？往后万不可再这样了！……”

“是！是！不敢了！”他一边说，一边往后退去。他终于如畏缩的老鼠一般，走出庙门了。惟有癞痢头有点埋怨似的，自对自地说道：

“妈的，便宜了他！这小子是猪猡！帮助田东家。妈的……穷人应当帮助穷人才是，妈的……”

“请你们也把我放了罢！我是更冤枉了！哎哟，好痛呀！”

众人回过身来，又将第三个被绑着的俘虏围绕着了。这是一个二十五六岁模样的强壮的汉子，他的叫喊的声音很响亮。他的耳根下有点血痕，大概是被打伤了。众人听见他这样地喊叫着，都禁不住好笑起来了。好事的小抖乱首先笑嘻嘻地开口问道：

“我的乖乖！你怎么更冤枉呢？快说，你这小小的活宝贝！”

李木匠忽然跑上前来，将小抖乱推开一边，很急迫地，惊慌地说道：

“你，你不是何三宝吗？你，你怎么发了昏……干出这件事情来？我不是早告诉过你……”

众人见着李木匠的这种行动，不禁都目瞪着他，表现出异常的惊愕。何三宝见着李木匠这样问他，即时低下头去，一声儿也不响。如期待着什么也似的，众人都寂然立着不动。鼓噪着的大殿，现在忽然被沉默的空气所压住了。张进德用眼睛向李杰望了一下，张一张嘴，但终于没说出话来。

“木匠哥！”何三宝低着头不动，半晌方才低低地懊悔着说道，“是的，不错，我发了昏。只因为赌博输得太厉害了！无处弄钱，因此才答应了何二老爷，贪图他的一点赏钱。他答应我，在事情办妥了之后赏我十块钱。我一时发了昏，便做出这种事来。唉！……”

何三宝将披散着发的头摇了一摇，接着叹了一口冤枉的长气。从来硬心肠的李木匠，至此时也不免现出怜悯的神情。他低下头来沉吟了一会，后来说道：

“本来你这种行为是不能原谅的，不过我既然是你的朋友，便应当搭救你才是。不然的话，人家要骂我为无情无义之人了。你我虽比不得桃园结义的弟兄，”说至此，李木匠向着坐在上面的关帝神像望了一眼。“但是我李木匠是不会辜负朋友的。不过你要答应我……”

“只要你救了我，我便什么都答应你。现在我懊悔也来不及了！往后我一切都听你的话。”何三宝这样很坚决地说。

“你要答应我，往后再不要受他们有钱的人指使来反对我们的农会！你要知道我们穷光蛋应当卫护穷光蛋……”

“木匠哥！我可以向天发誓！如果我何三宝往后不改邪归正，一心一意卫护农会，就要雷打火烧，死无葬身之地！”

李木匠听见何三宝这样坚决地发了誓，不禁喜得两只秀眼密拢住了。但他不敢即行将何三宝身上的绳索解开，转过脸向立着不做声的张进德问道：

“进德哥！你看这怎么办呢？”

“将他放了罢。”张进德将手一举，很不经意地说。李木匠如同得了皇恩大赦一般，即刻将被捆着的朋友解了开来。何三宝的两只手腕已捆得紫红了。

“我不回去了。”何三宝一面将腕上的伤处抚摸着，一面很不客气地向大家说道，“反正我也没有什么家，独自一个人过日子。我就在这里住下好吗？我可以在这里打打杂，跑跑腿。你们要我不要我？……”

没有等到大家的回答，何三宝忽然指着捆绑在他对面的胡小扒皮说道：

“妈的，这东西最可恶！我们不主张将你们打死，可是他偏偏要将你们打死……我要扯谎就不是人娘养的！”

众人都愤然地将眼光射到胡小扒皮的身上。癞痢头不问三七二十一，就向胡小扒皮的大腿上狠狠地踢了一脚。胡小扒皮低着头不做声的态度，更将癞痢头激起火来。他接连又踢了两脚。

“我造你的妈妈！”癞痢头骂道，“你要将我们打死吗？老子打给你看看！”

胡根富的二儿子依旧如死人一般，毫不声响。癞痢头向众人骨碌了一眼，不知如何继续行动才好。刘二麻子卷一卷袖口，正要预备上前发泄愤火的当儿，张进德打断了他的兴头，止住他说：

“别要打他了！打死了也没用。天已不早了，大家暂且休息一下，等到明天我们再来处治他。庙门关好，怕他跑了不成？派两个人轮流看守着他……”

听了这话，各人的脸上忽然现出睡容来，齐感觉到欲睡的疲倦了。惟有癞痢头和小抖乱两人精神如常，不愿意离开被捆绑着的胡小扒皮的身旁……

三四

朝阳穿过窗孔，侵袭到张进德的枕头了，张进德这才从睡梦中醒来。他睁一睁惺忪的睡眼，见着时候已经不早了，一骨碌爬起身来。出乎他的意料之外，他没听出一点儿人们的动静。全庙中哑然无声，仿佛只有他一个人在这里住着，此外再无其他的声息。“难道他们都还在睡着，没有一个人醒来吗？……”他想。在静寂的早晨的空气中，好像昨夜晚的经过：捕捉敌人，欢欣的哄动……一切都消逝了影子。好像从这一切之中，留下来的只是张进德，只是这空空的庙宇，只是从这窗孔中所射进来的阳光，这是怎么一回事呢？

张进德将衣服急忙地穿好，走出自己小小的房门，来到院中一看，只见大殿中的柱子上绑着的胡小扒皮低低地偏着头不动，而在他旁边坐着的两个人正在那儿打盹。除此而外，连别的一个人影子都没有，一切人们都不知跑到什么地方去了。张进德不禁更加疑惑起来了：“这是怎么一回事呢？活见鬼！……”当他走近两个看守的人的面前，他们俩还是在打着盹，口沫流得老长的，一点儿也没有觉察到。“如果有人将你们俩偷去了，你们俩还不知道呢。”他不禁这样想了一想。举目一看，倒是胡小扒皮觉察着他的到来了。只见脸孔上有着伤痕和灰垢的胡小扒皮，不恭顺地瞅了他一眼，又将头转过去了。他见着胡小扒皮的这种倔强的态度，不禁暗暗有点纳罕起来：这小子真是一个硬汉呢！……不知为什么，一瞬间，张进德为一种怜悯的心情所激动着了，陡然地怜悯起他面前的牺牲物来。“我与他既无仇恨，何苦这样对待他呢？一夜的苦头谅他也受够了，不如把他放了罢……”想到这里，不知从什么地方刮来一阵微寒的晨风，使得思想着的张进德惊颤了一下，即刻改转过来了他的思想。“张进德，你发了疯吗？何三宝不是说他要来杀死你和的同志吗？也许他不是你个人的仇人，但是他是农会的仇人啊！……”

“妈的，打死你这个舅子！”

打着盹的一个看守人忽然说了这一句梦话，张进德觉得有点好笑。他走近他的跟前，轻轻地向他的腿上踢了一下，他这才从梦中惊醒了。用手揉一揉惺忪的眼睛，惊怔而不解地向着立在他的面前的张进德呆望。张进德笑着说道：

“你要打死谁呀？谁个把你偷去了，你还不知道呢！”

听了这话，他即刻惊慌地寻视捆绑着的胡小扒皮，看他还在不在。见着所看守的对象还安然无恙，这才露出一种轻松的，放了心的神气。这时他的别一个伙伴也醒转来了。张进德见着他们两个是平素不大来到农会的人，不知为什么，昨夜晚也被王贵才拉来了。

“他们都跑到什么地方去了呀？”张进德问。

一个年轻一点的开始说道：

“他们天刚一亮就跑出去了，教我们两个看守着这家伙。我问他们到什么地方去，他们糊里糊涂地说得不清不楚，我也没听明白。李木匠，刘二麻子领着头……”

“我听见他们商量，”别一个插着说道，“好像去要烧哪一家的房子。”

“啊，这才是怪事！”张进德很疑惑地想道，“烧房子……烧什么人家的房子呢？为什么？……不打我一声招呼就这样胡干。这才是怪事呢！……”

张进德带着满肚子的疑惑，离开了大殿，向着李杰的房间走来。房门虚掩着，张进德轻轻地一推，便走将进去。他见着床上卧着两个人：靠着墙的床那头卧着的是李杰，而床这头卧着的是他的好友王贵才。李杰脸向着窗户很疲倦地卧着，未脱去衣服的右手臂向床沿下笔直地垂着。偶尔在疲倦的睡容上露现出来微笑的波纹，好像在做着什么甜蜜的梦也似的。脸孔也就因此更显得孩子气了。王贵才面向着床里睡着，看不出他的睡后的姿态来。张进德将李杰的脸孔审视了一下，忽然起了一种难以形容的感觉：他饱满着温情，好像现在是在玩味着他的睡后的小弟弟，想要温存地抚摸抚摸，很亲爱地吻一吻。他感觉得他是这个可爱的孩子的老大哥了。

他想起来了李杰的身世……李杰对于工作的努力……虽然有时不免于孩子气，有点任性，但是他对于事业的热心，征服了乡下人对于他的怀疑……他，张进德，很知道自己为什么要革命，因为这个世界对于像他这样的人们是不利的，是不公道的。而他，李杰，本是一个养尊处优的公子哥儿，为什么要革命呢？……张进德从未曾好好地企图着寻出这个由来。李木匠有时向他提出这个问题，他总是说道：

“世界上尽有许多不专门利己的人啊！我知道，李杰他是能和我们在一道的！”

对于他，张进德，这问题似乎很简单：李杰既然要革命，那我们就得信任他，没有再追寻“为什么”的必要。要做的事情多着呢，谁个有闲工夫来问别人为什么要革命呢？要革命就革命，不革命就拉倒，问题再简单也没有了！……

张进德本来打算要向李杰报告意外的事变，但是当他见着李杰的这般睡容的时候，忽然觉得不忍心来打断他的好梦。“让他醒了之后再说，”张进德这样想着，便不开口叫唤睡兴正浓的李杰了。王贵才很机械地醒转过来，见着张进德立在床前，开口问道：

“时候不早了罢，进德哥？”

张进德向他笑着说道：

“太阳已经晒得你的屁股痛了，你说早不早？”

“他们呢？”

“都跑掉了！”

王贵才一骨碌儿爬起来坐着，睁着小小的圆溜溜的眼睛，很惊异地问道：

“都跑到什么地方去了呀！”

就在这个当儿，李杰醒转来了。用手揉一揉还不欲睁开的眼睛，慢慢地，懒懒地说道：

“是怎么一回事呀？啊呀！”他接着打了一个呵欠。张进德带着半开玩笑的声调说道：

“怎么一回事？人都跑光了，你们还在撅着屁股睡呢。快起来！”

李杰刚欲问明情由的当儿，忽听见院内哄动起来了。只听见叫骂声，欢笑声，哭泣声，哀告声，混合了一团。张进德将眉头蹙了一下，向着李杰说道：

“你听！这才真是一回什么事呢！”

三五

大殿中沸动着拥挤着的人们的头颅。一片鼓噪着的声音，几乎是同一神情的面孔，令人一时很难辨认得清楚。当张进德，李杰和王贵才三人向着人众里挤进去，打算看一看是一回什么事的时候，沸动着的人众好像没有觉察到他们的存在也似的。只见大殿中的几杆柱子上，除开原被捆绑着的胡小扒皮以外，又加上了两个新的。张进德一眼便认出那一个是胡根富，一个是发已雪白了的张举人。癞痢头手持着竹条，正有一下无一下地鞭打着张举人逗着趣，而鞭打着胡根富的那个汉子，张进德却不认得。众人的视线都集中到这两个新囚的身上，有的拼命地骂着，有的相互地讨论着如何处置他们的对象。他们好像忘记了张进德等的存在，这使得张进德有点生气起来，他走至正在和何三宝商量着的李木匠的跟前，默不做声地站着。李木匠眼见得为目前的情事所兴奋着了，忘记了理那披散到额前的头发；他一手撑着腰，一手摆动着不息。何三宝笑嘻嘻地听着他的朋友，有时插进一两句话；他完全改变了昨晚被捆绑着时那种可怜的，不振作的情状了。张进德这时觉察到了何三宝的鼻梁特别地高，一张嘴特别地大，或者可以塞进去一个拳头。

“木匠!”

李木匠正在鼓着兴头的当儿，被张进德这一声喊得惊颤了一下。他回过脸来一看是张进德，即刻好像被捉住了的小偷儿也似的，现出一种惊慌的，求饶的，犯了罪也似的情状来。他张了一张嘴想说什么，但他终于没发出声音来。

“你们连向我和李同志一声招呼都不打，就干出这种事情来，这样实在是……”

“进德哥!”李木匠低低地说道，“这都是刘二麻子和小抖乱们商量出来的，不干我的事。不信你去问问别人!”略微沉吟了一会，他又继续比较气壮一点地说道：“不过我想，张举人这老东西实在可恶极了！平素专门欺压平民，倚财仗势。至于胡根富这小子平素放印子钱，吃过他的苦头的也不知有多少！穷人们恨他算恨透了！这一次他又叫自己的儿子来杀害我们，这当然是死有余辜……”

“我并不怪你们不该把他两个捉来，不过你们连一声招呼都不打，这未免太不对了。有事大家商量一下才行。”

张进德说至此地，听见绑在他后面柱子上的张举人的哀告的声音。他离开了李木匠，转过身向张举人走来。只见李杰立在张举人的面前，现出一种淡漠的，然而又是一种轻蔑的神情。从他的一双俊秀的眼睛中，射出一种十分厌恶的光来。张举人张着干枯了的嘴唇，毫无气力地哀求着道：

“……救一救我罢，李世兄！我们都是世交，望李世兄看着尊大人的分上将我放了罢！我年已花甲，将我杀死了也没用处。此后地方公事，我决不过问就是。像我这风烛之年，还有什么能为呢？李世兄，救一救我罢！……”

李杰正要开口的当儿，忽然有一个年轻的农人跑过来，向着李杰急促地说道：

“李大少爷！千万别要放他！这老东西可恶极了，我的四叔帮他家做伙计，犯了一点小事，就被他打了一顿赶了出来，连工钱都不给。我的三舅种他三亩田，去年因为收成不好，要他把租稻减少一点，无奈这老东西执意不肯，硬逼我三舅将一个小女儿卖给他做丫头。还有他将刘大呆子送到县里押住了的事情……你看这老东西坏不坏呢？李大少爷！千万别要放他！”

这个年轻的农人说话时，两片厚厚的嘴唇颤动着，两眼射着又是愤恨又是哀告的光来。李杰明白了这眼光所表现的是些什么。

“你听见了他说些什么话吗？”李杰很冷静地向张举人说道，“我可以放你，可是他不能放你。你平素所做出的残酷的事情不能放你。如你所说，我们实在是世交，可是我抱歉得很，今天不能救你老人家，尚请你加以原谅才是。”

张举人睁着一双失望的老眼，看着李杰一点也不怜惜地离开他而走去了。他渐渐将眼睛睁大起来，忽然好像他已意识到自己陷入了绝境也似的，哇的一声痛哭起来了。他将两膀挣扎了一下，眼见得他是欲抱头痛哭的，可是他的手被捆绑着了，没有挣扎得开来。癞痢头手持着竹条又走上前来了。他一面用竹条点着张举人的头，一面打趣着笑道：

“我的老乖乖！别要这样伤心罢！伤心干什么事呢？你不是很有钱吗？你的钱到哪里去了？你不是很有势吗？你的势到哪里去了？我的乖乖啊！”

众人都只注意到癞痢头打趣的神情，不料说到最后一句时，他将牙齿一咬，哗喳一声向张举人的肩背上打了一鞭，狠狠地骂道：

“我打死你这做恶的老东西！我造你的八代祖宗！”

很奇怪，张举人被这一竹条打得停住哭了，只睁着两只泪眼惊怔地瞪着他，好像不明白发生了什么也似的。众人见着这种情状，一齐都笑起来了。忽然王贵才走上前来，将癞痢头持着竹条正欲打下的一只手拉着了，说道：

"不要打他了。妈的，我想出来了一个好办法对付他……"

"你想出来了什么好办法呢？"

众人齐声地问王贵才，王贵才又忽然如动了什么重要的心事也似的，即刻丢开了癞痢头的手，预备提起脚来跑开。小抖乱一把把他的衣服拉住了，两眼向他瞪着问道：

"你这家伙发了疯吗？你说你想出来了好办法，那你就说呀，为什么又要跑开？"

王贵才将眼一瞪，解开了小抖乱的手，一声不响地跑开了。在惊怔了一会儿之后，众人开始向王贵才追踪而来。他们好像把被捆绑着的张举人忘记掉了。

张进德和李杰立在院子的中间，询问刘二麻子和李木匠关于如何把张举人和胡根富捉来的经过。起初刘二麻子和木匠还互相抵赖，你说是我引头的，我说是你引头的……后来他们两人爽快地承认了，事情是他们两人的同谋。在天刚亮的时候，李木匠想出了主意，便和好事的小抖乱商量，而小抖乱即刻喊醒了刘二麻子，告诉他去捉拿住在离关帝庙不远的胡根富和张举人……

"怕要打张进德和李先生一声招呼罢？"刘二麻子说。李木匠和小抖乱同声地反驳他：

"为什么要打他们招呼呢？我们这样做是没有错的。他们正在呼呼地睡着，不必惊醒他们，让他们睡一睡也好。等他们醒来了之后，见着我们把张举人和胡扒皮捉来了，哪怕不高兴死了吗？"

"妈的，我领头，我知道怎么样去捉张举人，包管你不费吹灰之力。"何三宝这样鼓动着说。刘二麻子想了一会便答应了。于是他们便留下两个人看守胡小扒皮，而其余的人都出发了……

"我主张把这两个老东西打死掉！"李木匠最后向张进德和李杰提议着说道，"留着他们干什么呢？他们是我们这一乡的祸害。"

"你说把他们打死吗？"张进德轻轻地问了这么一句，并不期待着李木匠的回答，将头仰向天空，好像那上面飞着的几块白云能够引起他的什么思想也似的。李杰也跟着向那天空望去，一时没说出什么话来。出乎他的意料之外，有一个人忽然将他的肩头重重地拍了一下。他回过脸来一看，见是满脸现着欢欣的，庆幸的笑容的王贵才。未来得及问王贵才的时候，王贵才已开始兴奋地说起来了。

“大哥！你知道吗？我想出来了一个好办法……就是，不如把张举人和胡根富绑着游街，使他们出出丑。弄一套锣鼓，妈的，一面拉着游街，一面敲着，怪热闹的，你说可不是吗？……”

“好极了！”

李木匠这么和了一声，便鼓起掌来。李杰目视着张进德，虽然表示着同意的神情，但没说话。张进德向着王贵才呆呆地瞪了一会，后来在他那肃静的面容上荡漾起微笑的波纹来。他回过脸来问着李杰说道：

“也好，就是这样干一下罢！平素他们在乡下人的眼里该是多么地高贵，该是多么地了不得，妈的，现在也教他们出出丑才是。我们要使乡下人知道，有钱有势的人并不是什么天上的菩萨，打不倒的，只要我们穷人联合起来，哪怕他什么皇帝爷也是可以推翻的。好，我们这样干罢！……”

三六

何月素在毛姑的家里过了一夜。她算初次实地尝受农民生活的况味了：低小的茅屋，简单的菜食，粗陋的桌椅，不柔和的床铺……这迥异于她家里的一切。从前，她也在什么时候曾想象过农民的生活，那也许是很苦的，那也许为她这种样的人所不能过的，然而现在当她和这种生活接触了的时候，虽然她也初感着不安，可是后来将自己勉强了一下，倒也觉得没有什么为她所不能忍受的地方。她的好胜心很重，如果在起初她有点不惯于这种俭苦的生活，那当她一想到李杰是怎样地行动着的时候，她便对于自己小姐的习惯加以诅咒了。

毛姑的纯朴的性格，活泼的态度，直爽而有趣的言语，很快地就使得何月素在她的身上发生深切的兴味了。何月素很少知道乡下的姑娘；虽然生在乡间，但她却很少与像毛姑这样的乡下的姑娘们接触过。现在她仔细一研究毛姑，觉得像毛姑这样的乡下的姑娘，的确有一种特殊的为城市女子所没有的优点，如果李杰爱上了这个简单的姑娘，那这个姑娘，也实在有值得他爱的地方。

本来约定今早王贵才回来报告消息，但王贵才直至午后还不回来。王荣发老夫妻俩焦急得不堪，只是相对地埋怨着，叹着气，他们俩生怕自己的儿子遭遇着了什么灾祸。见着毛姑昨晚伴着一个洋女学生到了自己的家里，两老人家的心里老是不高兴，可是因为素来尊重客人的原故，便也很客气地招待了何月素。何月素本来想和两位老人家谈谈话，但是一种生疏的感觉打败了她的这种企图。毛姑也好像觉察到了这个，总是将何月素绊着在自己的小房里，不使她和两位老人家见面。

午后毛姑端了两张小凳子，和着何月素走向屋旁小竹林里。两人坐下了之后，毛姑便开始向何月素问这问那：洋学堂里的生活有趣不有趣，念什么洋书，体什么洋操，唱什么洋歌……何月素一面和毛姑谈着话，一面听着小鸟的叫鸣，微微地感受着凉爽的竹风。她完全觉得她变成别一境界的人了。

“听说那外边的洋女学生也革什么命，是不是？”毛姑有着很大的兴趣也似地问。她一手摇着一竿小竹瑟瑟地做响。

“为什么不是？现在的女子也要革命了。尤其女子要革命呢！我们乡下的女子该多么可怜！受丈夫的欺，受公婆的气，穷人家的女子更要苦……”

毛姑目瞪着她的前面，好像不注意何月素的话，在想着什么心事的样子。这时她的丰腴的腮庞使何月素觉得更为红嫩。忽然她如受了什么刺动也似的，全身颤动了一下，目视着何月素说道：

“是的，我们穷人家的女子更要苦！何小姐，你生在有钱的富贵人家当然不知道我们的日子……”

何月素连忙打断毛姑的话头：

“不，不！我为什么不知道呢？我很知道。因为我觉得这太不对了，所以我要……所以我答应了李先生，在农会担任妇女部的事情。女人也应当觉悟起来……”

话刚说到这里，一阵锣鼓的声音将两人惊怔住了。两人静着耳朵听了一下，听着叮当，哐哧，冬冬的声音越发近了，接着更听见嘈杂的人众的声音。这是向毛姑的家里走来了的样子。两人为好奇心所鼓动，携着手走出竹林，来至门前的稻场上，看是一回什么事。只见一大群的人众从东南方的大路上，向着毛姑的家里这方向涌激而来了。听着他们敲锣鼓的声音，好像是在玩龙灯，又好像是在出什么赛会，但时非正月，有什么龙灯可玩？又不是什么节期，有什么赛会可出？两人无论如何猜度不出这是一回什么事来。

人众越来越近了。两人渐渐看出他们的面目来。张进德和李杰并着肩走着。他俩的前面有几个人持着红的和白的旗子，在后面有些人推着拥着两个戴高帽子的人，又有些人敲打着锣鼓。空手的也很多，小孩子要居半数，他们跳着嚷着，就是在玩龙灯的时候也没有这么的高兴。最后他们来到了稻场，毛姑这时才觉察到了自己的哥哥在做着什么。王贵才手牵着戴着白色高帽子的白须老头儿，好像牵着牛也似的，脸上兴奋得发起红来。见着自己的妹妹和何月素并肩携手站着看他们，他便连忙将手中的绳索交与别人，几步便跑到她俩的面前来了。

“你们在看热闹吗？”王贵才用手略微揩一揩鼻梁上的细汗珠，欢快无比地说道，“嘿嘿！我们今天将张举人和胡根富拉着游街，你们看好玩不好玩？胡根富就是胡扒皮，何小姐你知道吗？张举人有势，胡扒皮有钱，平素他们是我们乡间的霸王，谁个敢惹他们？现在被我们拉着游街，戴着高帽子，这真痛快呀！”

何月素见着王贵才的身量还没有他的妹妹那样高，可是他矮小得甚是结实，伶俐，好像在小小的肉体内有着无限的青春的力也似的。毛姑见着自己的哥哥这般地高兴，笑着说道：

“你当心点！张举人不是好惹的！”

王贵才将小小的眼一愣，说道：

“我怕他什么！做死他！”

“我看你这东西是发疯了！你还不赶快给我到屋里来！”

出乎王贵才的意料之外，有人忽然将他的衣领握着，跟着就要将他拖进屋去。王贵才见是自己含着怒的，手中握着旱烟袋的父亲，便拼命地挣扎开来，向群众中逃跑去了。王荣发气得跺了几脚，又向王贵才追来，可是小抖乱拦住了他，笑嘻嘻地说道：

“你老人家这又何必呢？现在应当开心开心才是。来，你看看我们的张举人！”

小抖乱说着就将王荣发拉到被人众所围绕着，百般奚落着的张举人的面前，老人家想挣扎开来，可是小抖乱的腕力很强，无论如何挣扎不开。他真是肚皮都气破了，口中只不住地叫道：“反了！反了！……”小抖乱不管他生气与否，还是嬉皮笑脸地说道：

“哎哟！你老人家还不知道呢，我们现在真是反了，我看你老人家倒不如加入我们一道造反才是……”

“放屁！”

老人家本预备吐小抖乱一脸吐沫，但是当他瞥见李杰和张进德站在一道的时候，不知为什么他又不吐了。他不由自主地被众人推到低着头不语的张举人的面前。见着那白纸糊成的高帽，感觉得一种滑稽的意味；见着他那般萎丧的，龙钟的老态，又不禁深深地动了怜悯的心情。张举人很畏惧地抬起头来望了他一眼，这一眼忽然使他回想起来了往事。

那是有一年的冬天。将近年节了。张举人打发人到王荣发家来买猪，当时言定猪价十五串钱，年内交一半，过年后再交一半。王荣发相信着张举人家是决不会不给钱的，却不料过了年，正月完了又到二月，王荣发还是不见张举人差人将未给过的猪钱送到。王荣发后来不得已便到张举人家讨索，可是张举人瞪了他一眼，鼻孔里哼了一声，骂道：

“混账！谁该你的猪钱？当时言明七串半钱，一齐都交给你了，你现在又来胡赖吗？走出去！不走我就要叫人打你了。”

王荣发只得抱着头出了张举人的大门……

事情久已被忘却了，现在忽然被这时张举人的一眼刺戟了一下而回想起来了。于是老人家王荣发便也低下头来，默不一语。见着他这种神情，小抖乱自然而然地将握着他的手放开了。很奇怪，噪嚷着的人众一时都寂静下来。王荣发默默地低着头站了一会，便回过身来悄悄地走开了。他一走开，这里又敲打起锣鼓来，叫喊着，说笑着。

过了一回，队伍又开始向别的村庄移动了……

何月素和毛姑一直等到人众消逝了影子以后，才回转头来重新进到竹林里去。毛姑默默不语，如有所思也似的，因为低着头的原故，使得何月素看出她那藏在衣领内的雪白的颈项来。两人坐下来了之后，毛姑很庄重地说道：

“何小姐！世界现在是恐怕要改变了。这张举人和胡扒皮在我们这乡里从前该多么有势力，威风，谁个也不敢惹他们。今天我看着他们戴着高帽子，低着头，一点威风都没有了，比谁个也要矮了三寸……这真个是如我的哥哥所说，我们穷人要翻转身来吗？”

“毛姑娘！你哥哥的话一点都不错！现在是穷人要翻身的时候了。你想想，这世界上为什么要有穷富的分别呢？为什么坐着不动的人反来吃好的，穿好的，而成年劳苦的人反来受苦呢？这不是太不公道了吗？”

何月素说到这里，不自觉地向着毛姑出了一会神。毛姑也睁着放着清利的光的眼睛向她呆望着。后来何月素开始笑起来了。

“毛姑娘！你也要革命才行！”

“我能革什么命呢？”毛姑反问她。

“不革命就要受丈夫的气。”

“喂，何小姐……”

毛姑的脸上即刻泛起浓厚的红潮来。何月素觉得她更为妩媚可爱了。就在这个当儿，李杰的影子忽然在何月素的脑海里涌现出来。也许是由于妒意，何月素从自己的口中不自主地溜出一句话来：

“李先生好不好？”

毛姑羞得昂不起头来。何月素见着她这种娇羞的模样，深觉得自己的话语太过冒昧了。毛姑很久没有做声，何月素以为自己莽撞她了，使她生了气，不禁深为之不安起来。其实这时毛姑的一颗心飞到李杰的身边去了，忘记了坐在她旁边的何月素的存在……

三七

自从这一次的破天荒的游街示威以后，乡间的空气大为改变了。乡人们在此以前屈服于金钱势力之下，也就把这种现象当成不可变更的运命的规律，可是从今后他们却感觉到这金钱势力并不是神圣不可侵犯的，只要乡下人自己愿意将代表势力的张举人和代表金钱的胡根富打倒，那便不会有打不倒的情事。你看，他们俩不是被乡下人拖着游街吗？……

如果李敬斋和何松斋不是闻风先逃跑到城里去了，那怕也要免不了同一的运命。如果运命这东西是有的，那现在便是土豪劣绅们的运命不佳的时代了。乡下人的粗糙的手掌是很有力量的，从前这力量未被他们意识到，可是现在他们却开始伸出这东西来了。在这东西一伸出来了之后，这乡间的空气便根本地改变了。

无知识的简单的毛姑深深地直感到了这一层。本来是一个只知道烧锅，缝绣，洗衣，种菜，等待着嫁汉子的乡下的姑娘，现在却跳进别一种斗争的，兴奋的，为她所觉着是“有道理”的生活。她成为妇女部的干事了。她跟着何月素到处跑到农民的家庭里做宣传的工作了。从前她知道为妻的是要服从丈夫的，可是现在她却鼓动着吴长兴的妻反抗丈夫，却如男子也似的，她当面指责吴长兴不该虐待自己的老婆。从前是一个很羞怯的姑娘，现在却能在一般男子的群众中间，一点都不羞怯地为妇女们的利益辩护着。从前她见着一个男子就要躲避，现在，你瞧，你敢向她说一句调戏的，不庄重的话罢。奇怪，毛姑于最短的期内变成为别一个人了。无论她的父母是怎样地责骂她，是怎样地企图着将她重新拉入先前的安分的生活，可是她总是一点也不为所屈，坚强地走着她自己所认出来的路。

王荣发现着自己的儿女这般的行径，总是时常无力地慨叹着说道：

“儿子发了疯，女儿也发了狂，唉，这倒是什么世道呵！我的天哪！”

“好好的一个女孩儿家，忽然这样地一点也不怕羞，唉！……”王荣发的妻也是这样地慨叹着。

“这是你生出来的好女儿呵！”王荣发无法可想，这样埋怨他的老婆，可是他的老婆觉着这种埋怨太无理由了，便也就不服气地说道：

“这是我一个人的罪过吗？她不是你的女儿吗？哼！来埋怨我！……”

有时老太婆见着自己的丈夫对待她太无理了，不自主地想起女儿向她所说的一些话来。在这时，她是很同情于女儿的行动的。有时她竟向自己的丈夫反抗起来：

“你别要太过分了，老鬼！弄的不好，我告诉你，我也要加入农会去。我看你能怎么着我。”

老人家一面骂着老太婆不要脸，一面可是也暗担着心：老太婆真莫不也要发了疯呵……天晓得现在是什么世道！儿子发了疯，女儿发了狂，连老婆也要加入农会去！唉！……

儿子和女儿都加入农会了，做着农会的事，因此家内的事就少做了。田中的秧苗渐渐地长高了，农事渐渐地紧张起来了，而王贵才却发了疯，天天到关帝庙里去进什么学堂，读什么书！……这事更将老人家气得昏了。

“岂有此理！我看你读了书可能当饭吃！”

父亲的威权在儿女的身上失去了，这使得他深深地悲哀起来。在最近的时日，老婆也要和他反抗了，你说他懊恼不懊恼呢？……有时他把罪过一起推到李杰和何月素的身上，以为他的儿女之所以有如此的行动，都是为他们二人所引诱的。没有李杰的归乡，那王贵才是不会坏的；没有何月素到过他的家里来了一次，那毛姑便不会失了女孩儿家的体面。他们两个简直是魔鬼呵！闹翻了一乡，又闹翻了他的家！这不是魔鬼是什么呢？……

在最近，何月素很少到他的家里来，就是毛姑自己也好像忘了家。她和何月素一道在农会里住着，帮着何月素办理一切关于妇女的事件。近来这些事件逐渐增多，几乎使她和何月素忙得没有闲空。她完全为火一般的工作所燃烧着了，就是有点闲空，她也拿起书本来，咀嚼那不十分容易记忆的字句。有时她央求着李杰为她解释一些有兴趣的问题。在这一种学习求知的关系上，她的哥哥王贵才远不及她。不但何月素和李杰惊叹她的能干，就是全农会的青年们也莫不怀着敬佩的心情。一般农家的妇女们不待说，更为敬爱她了。

“怕什么！去找何小姐和毛姑娘去！从前我们有冤无处伸，现在我们可是有伸冤的地方了，到农会去，找何小姐和毛姑娘评评理！……”

一个羞怯的，不知世事的乡下的姑娘，现在居然变成为保护妇女利益的战士了。然而毛姑并不意识到自己是一个战士，只知道这样才是对的，这样才是“有道理”。从前她完全受着命运的支配，对于任何事皆不发生疑问。现在她却知道发问了："这件事情有道理么?"如果"有道理"的话，那她便决断地做去，有时连何月素也要惊讶她的勇敢呢。

有一次，李杰指着何月素的剪了发的头，笑对着毛姑说道：

"毛姑娘！你的辫子还留着，我看不如也像何同志这样，剪了去倒方便些。"

李杰说着这话，不过是说说罢了，并不一定要毛姑将辫子剪去，可是毛姑一听了这话，沉吟了一会，便脸红了红，坚决地说道：

"你的话有道理，李先生！我就请何小姐替我剪去……

毛姑的辫子终于剪去了。在这蔽塞的，不开通的乡间，女子的剪发是最不名誉的事情，而毛姑竟不顾一切，将自己从前所视为神圣的，美丽的，乌云一般的发辫剪去了。她的母亲见着自己的女儿变成了"尼姑"，曾为之痛哭了一场，而王荣发也为之跺起脚来。

"这，这是什么世道呵！"

他以为他的女儿真是发了狂了。不然的话，为什么连头发都剪去了呢?而毛姑却不在意地向她的父母说道：

"这有什么要紧呢?发剪掉了不是方便些吗?妈！我劝你也剪掉罢！每天起来梳头的确是讨厌呵！何小姐说，现在外边剪发的女子多着呢。妈！我来替你剪掉罢！"

老太婆听了女儿的这话，也忘掉哭了，连忙用手将自己的头发掩蔽起来，惊骇得张着嘴，半晌说不出话来。

"你敢，你这发了疯的野丫头，活了这么大的年纪，我还要献丑吗?我生了你这不要脸的野丫头……好好的女孩儿家，忽然发了疯！唉，你拿镜子照一照，看看你现在到底变成了什么样子呵！……"

毛姑娘依旧地微笑着，听着她的母亲的责骂。她知道她的母亲太老了，被旧生活所压伏住了，没有力量来了解她的最亲爱的，而这时又为她所气恨的女儿。

三八

在老婆带起斗笠，冒着雨就跑出去了之后，吴长兴踌躇着不能决定：跟着她去呢，还是不跟着她去？如果跟着她去，那实在令人生气，落着这么大的雨！如果不跟着她去，那天晓得她会做出什么事来！也许她去投水去了，也许她跑到农会里向他们说出一些不好听的，失去他的体面的话……唉！天晓得！老婆也不受他的管束了！……

在不久以前，吴长兴还是很坚定地相信着，如果他受了运命的气而无处可以发泄的时候，那他的老婆便是他的唯一的发泄的对象，因为她是他的老婆，而老婆是要受丈夫的支配的；如果穷困得一无所有，那他的老婆便是他的唯一的所有物，因为她是他的老婆，而老婆就是丈夫的私产。因此，吴长兴认定他的老婆是要绝对服从他的，他有绝对处治的权利。关于自己老婆的事，只有自己才能过问，别人是无权干预的。当他初次听见农会要设妇女部处理一切妇女事情的时候，他就坚决地反对，以为这没有必要。“农会难道没有别的事情可做吗？设什么妇女部，真是三岔口的地保管得宽!”他想，不料妇女部违反他的意志终于被设立了，而自从设立了之后，便多出许多事情来。他的老婆渐渐地不服从他了。他不能像先前如对于猪狗一般的打骂她了。今天吴长兴又生起气来了，想在他的老婆身上发泄一下，可是出乎他的意料之外，他的老婆初而抵抗，继则拿起斗笠来往头上一戴，不问屋外落着淅沥的雨，便一溜烟地跑出去了。

“这种受罪的日子有什么过头!”她临行时说道，“我去找何小姐讲理去，看看他们怎么说。黑鬼！狗光棍的跟我一道去。现在我有伸冤的地方了，你别要再发昏了，我老实告诉你。你想，我一定要有你这样的一个男人才能过活吗？呸，你错想了！我再做你的老婆就不是人！……”

吴长兴真是悲哀极了！他的唯一的所有物，眼见得也要不是他的了。今天也想农会成立，明天也想农会保护他的利益，可是不料有了农会之后，他的老婆却也仗着农会的力量，很不恭顺地和他反抗起来了。什么何小姐！什么毛姑娘！天哪！她们将他的老婆引诱坏了，完全地引诱坏了！这是他希望成立农会的结果吗？如果农会是专门破坏人家夫妻关系的机关，也就是和他吴长兴捣乱的机关，那就打倒你这农会吧！……但是吴长兴虽然一方面厌恶农会的多事，可是他究竟不能诅咒农会的存在。农会的确做出许多保护像他这样穷人利益的事。如在农会成立了之后，这乡间的穷人好像伸直腰了的样子，不像先前那般地被慑服了。李大老爷失去了威严，张举人游了街，胡根富也被罚了款……这一切实在为吴长兴所觉得是最痛快不过的。他负了二十多块钱的高利贷，无论如何没有还清的希望，可是有了农会以来，他觉得这并不是可怕的事了。农会曾宣布过一切高利贷都算作无效，穷人可以不还债了……这么一来，吴长兴可以不必再为着所负的债而焦虑了。是的，农会是保护他的利益的，同时他应当也保护农会！在活捉着胡小扒皮的那一夜里，吴长兴曾出过死力；他觉着保护农会是他应有的义务。但是……天晓得！……农会只顾和李敬斋、张举人、胡根富……斗争也就罢了，为什么要问及妇女的事情呢？为什么要设立了一个什么鬼妇女部，教一个什么黄毛丫头做部长，把他的老婆引诱坏了呢？

见着老婆气愤地跑出门了之后，吴长兴踌躇一会，也就戴上斗笠，披起蓑衣，赤着脚追上去了。走了几步，他才想起来了屋门没有上锁，可是他想起屋内没有什么东西值得偷的，又加之是落雨的天气，谅也不会有什么偷儿来光照他，便也就放下心了。在泥泞的路上，适才老婆的脚印还可以被认出来，他顺着这种脚印追去。他和他的老婆一样，也是满肚子怀着气愤，但是不知为什么，他走得越离关帝庙越近，他的气愤的火焰越被一种畏怯的冷雨所压低了。走到关帝庙门前的时候，他努力加了十分的勇气，方能跨过适才为他的老婆所跨过的门限。

在雨声中，庙内显得比平时要静寂些。大殿上有几个人围着桌子斗牌，他们好像没注意到吴长兴的到来。吴长兴立着不动，静听一下东西厢房内有什么动静，接着他便听出由李杰的房内传出来一种声音了。

“进德弟！你不能这样说！那黑鬼待我是怎样地不好，你是亲眼看见过的。我无论怎样不愿意再做他的老婆了！我情愿讨饭，我情愿……这农会不是要人烧饭吃吗？我来烧饭……”

这是吴长兴老婆的声音。“乖乖，她真不要我了吗？”他这样想着，一面气愤，一面又担起心来。他虽然不爱他的老婆（其实他自己也不知道他爱老婆呢还是不爱），可是他无论如何不愿意他的老婆真个要和他离开。

“张同志！你是吴长兴的表弟，应当劝劝他才是，这样对待妻子是不行的。”这是何月素的声音。吴长兴听了这话，不由得十分地担起心来，尖起耳朵来听着张进德的回话。张进德没有即刻回答她，半晌方才听着说道：

“何同志你不晓得。这吴长兴虽然是一个好人，可是蛮得要命，就是劝也很难劝得好。我不是没有劝过他，无奈这家伙和蠢牛一样……”

“我看这样，吴大嫂不如爽快和那黑鬼离婚罢！有什么要紧！像这样天天吵骂有什么意思呢？不如离开的好。真的，吴大嫂可以来替我们烧饭吃。”

吴长兴最后听见毛姑的这一番话，禁不住发起火来，心中暗自骂道：“你这不要脸的黄毛丫头！我和你有什么仇恨，硬要怂恿着我的老婆和我离婚呢？妈的！……”他于是也不再听下去了，便气冲冲地跑到李杰的房间里来了。他连斗笠和蓑衣都忘记了脱下，这种水公鸡的模样的突然的出现，使得房间里坐的人们都惊愣起来了。老婆坐在门背后，他初进时没注意到；见着并着肩和何月素坐在床上的毛姑，禁不住用手指着骂道：

“你这黄毛丫头！我和你有什么仇恨，你这样和我做对呢？我挖了你的祖坟不成……”

毛姑见着吴长兴这种凶恶的神气，不禁骇得张开嘴，向何月素的背后躲藏起来，生怕吴长兴要吃了她也似的。张进德立起身来，一把把吴长兴尚未脱去蓑衣的肩头握着，两眼射出令人可畏的炯炯的光来，严厉地说道：

“你，你发了疯吗？你自己待你的老婆不好，还怪别人吗？为什么你受了人家的欺负就要反抗，你的老婆受了你的欺负就不能反抗你呢？这是什么道理，你说！你说！”

在这一瞬间，张进德的神气的确是可怕的，众人都感觉到，如果吴长兴说出一个不恭顺的字来，那张进德的如铁锤一般的拳头，便会落到他的身上。只见吴长兴始而惊异，仿佛不知发生了什么事也似的，继而慢慢低下头来，表现出屈服的样子，默默地不做一点儿声响。张进德见着吴长兴取消了顽强的态度，也就将自己的态度缓和下来了。

“我老实对你说，”张进德停了一会说道，“像荷姐这样的老婆，你是再找也找不到的。你别要再发昏了！从今后应当好好对待她，如果我们再知道你对她撒野，那就请你当心点，不要再怪我们了。”

“荷姐！”他回过脸来向吴长兴的老婆很柔和地说道，“你同他回家去罢，今天这是最后的一次。如果他还不改过的话，荷姐，请你放心，一切都有我们。”

吴长兴的老婆听了张进德这话，不禁向立着不动的她的丈夫瞟了几眼，表示出一种得意的胜利的神情。她立起身来又重新静静地向她的丈夫望了一回，好像期待着吴长兴和她同阵回家也似的，但是吴长兴依旧低着头立着不动。她弯腰将放在门后的斗笠拿起来，向众人很感激地望了一下，没有说出什么话来，便先自走出房门去了。在她离开了之后，约摸有两分钟的光景，吴长兴抬起头来向张进德望了一眼，预备开口说出什么话来，可是不知为什么他又重新将头低下，回过身来，静悄悄地，一步一步地走出房门去了。地下遗留了他的潮湿的脚印。

雨依旧淅沥地下着。在静寂的房间的空气里，过了半晌，忽然荡漾着毛姑的活泼而脆嫩的笑声。

“哎哟！他可吓死我了！好像要把我吃掉了的样子……”

三九

“我好久不写日记了。在紧张的生活中，我没有闲空拿笔，其实我也忘记掉了拿笔。整日里说着，跑着，思想着，焦急着，活活地为工作所吞食了，我哪里还能想到写日记呢？白日里忙着，夜晚间我更深深地进入梦乡了。我的生活从来没有这样地紧张过……可是我并不觉得艰苦。反之，我从来没有觉着过生活像现在这样地有兴趣。从前当小姐以至于当学生的时候，不错，那种生活是安逸的，然而若与现在比较起来，那我宁愿这样艰苦地，然而同时兴奋地，有趣地生活下去。我觉得我现在才发现了我自己，才是真正地在生活着……

“夜已深了。在平素的时候，我这时应当睡去了。可是不知为什么，脑海里翻了一下无名的波浪，神经便兴奋得不能安静下去。怪事！讨厌极了！明天一清早就要去找李木匠的老婆有事，而我却于这样夜深的辰光，还不睡觉，还在提笔写什么不必要的鬼日记！但是我又觉得非写下去不可……反正是不想睡，不如写下去罢。虽然无益，可是也没有什么害处。

“毛姑现在是在睡兴正浓的时候。在灯光的底下，我见着她睡后的姿态倒比在白天里更为娇艳，更为可爱起来。她很疲倦地脸向着外边躺着，蓬松着的短发将她的眼睛遮去了一只。纯洁的，无辜的，孩子式的微笑，时常在她那睡后的面容上波荡着，好像她在做着一种什么只有小孩子才能做出的那样有趣的，愉快的梦，未穿着睡衣的精赤的雪白的手臂露在被的外边，如果我不怕要会失去她那睡后的美丽的姿态，那我便要把她放到被里去，因为今夜是有点寒冷呵……

“好一个纯朴的，可爱的，同时又是勇敢的姑娘！从前我不曾想到在乡间，在我们这样鄙陋的乡间，会有这般可爱的农女，因此，当我知道李杰因为一个什么简单的农女而拒绝了我的时候，我禁不住笑李杰的愚蠢。可是现在我知道了，李杰为什么爱上了毛姑的姐姐，现在又为什么爱上了在这夜深时为我所赏鉴着的睡后的毛姑。如果我是一个男子，那我也是会爱上她的呵！不错，李杰并不愚蠢呵……

“但是在别一方面，我总觉着我如受了什么侮辱也似的……无论我是怎样地有自信，怎样地没把自己个人的幸福看得贵重，怎样地对于李杰不怀着超过同志以上的感情，但是每一当我觉察到李杰向毛姑射着情爱的眼光的时候，我总不能把持着我这一颗心不为嫉妒所刺动起来。例如昨天我正和一个诉苦的农妇谈话，我的心是被这农妇的不幸的命运所占据住了，可是当我一见到立在旁边的毛姑向走进来的李杰展着情爱的微笑，而李杰也以此报答之的时候，我忽然觉得失去了一件什么重要的东西，一瞬间为悲哀所笼罩着了。唉，我竟失去了自主的能力！如果这样地继续下去，那结果是怎样的呢？唉，我的天哪，你救一救我！……

“现在，我想，这样继续下去是绝对不可以的。李杰爱上了毛姑，毛姑是值得他爱的，而且毛姑眼见得也是爱上了他……两个人互相爱恋，这于我第三者有什么关系？而且李杰认识毛姑在我之前，而且这恋爱是李杰的自由……我有什么权利来……哎哟，我在‘吃醋’吗？……何月素呵！你应当知道这是很丑很丑的事情呵！你问一问你自己，你真的不怕难为情吗？哎哟，天晓得！……无论如何，今后何月素要和‘吃醋’这东西离开呵！

“说起来，我无异是毛姑的先生。我教她识字，我灌输她的知识……在这短短的期内，我可以说，我把她养成一个很有能为的女子了。如果我不来这农会里办事，那她恐怕不会有现在样子罢？呵，我的亲爱的学生！我的唯一的工作上的帮手！然而她是我的情敌；我在培养我的情敌，使她更能博得李杰的欢心……呵，活见鬼！我此刻又在‘吃醋’了！不，何月素！你应当永远忘记这件事情！在爱情的关系上，眼见得你是要受失败的命运所支配了。虽然你是在爱着李杰，然而你应当知道，李杰的一颗心久已牢牢地系在别一个人的身上了。而且，你问一问自己，你真好意思和你亲爱的学生‘吃醋’吗？你要知道，毛姑对于你的重要，不是因为她是你的情敌，而是因为她是你的学生，你的唯一的帮手。工作是高于一切的，月素呵！……

“在奋斗的工作中，我觉得我是异常幸福的。如果矜夸不完全是罪恶的话，那我现在实在有可以矜夸的地方了。你看，我们的工作不是最伟大的事业吗？你看，这乡间的农妇的悲苦的命运，不是经我一努力，而使得她们有了一点光明的希望吗？几千年的陈腐的旧社会的根基，现在是在被我们所摇动了。这当然不是一件轻易的小事。这当然不是小姐们绣花的玩意儿。被命运所屈服着的乡下人，现在居然起来做解放自身的斗争了，而在这一种斗争之中，我很幸运地充了一员战士。我矜夸我自己不是什么闺阁的小姐，不是什么跳舞唱歌的女学生，而是一员战士！

“我的叔父他是不会明白我的。我这一次的‘无礼行动’，不名誉的‘私逃’，大概要使他愤恨得跺坏了脚跟，骂破了喉咙。听说他和李杰的父亲，在阴谋破露了以后，都骇得跑到县城里去了。一个生了像李杰这样不孝的儿子，一个有了像我这样不知羞的侄女儿，哈哈！真是无独有偶了。在我们的这一乡中，这故事将会传到许多年以后。李杰和何月素两个人的名字，将在人们的口中联结在一起，缺憾的是李杰的爱人不是何月素，而是另外的一个……

“写到这里，床上的毛姑忽然吱咕出两句不明白的呓语来。她的头部往后仰了一点，令我觉得她的那姿态更为小孩子式的，纯洁的，可爱的……我禁不住弯下身来，在她的腮庞上轻轻地吻了一下。我是在爱着她呵！……

“我也应当上床睡觉了。明天有许多事要做。爱情不是最伟大的，也不是最重要的。最伟大的，而且是最重要的，只有工作，工作，工作呵……”

四〇

苍茫的暮霭笼罩了东山。刚落土未久的夕阳，还未即将屋顶和树梢的余辉完全收去。晚风荡漾着层层的秧苗的碧浪，这时如人在田埂间行走，要宛然觉得如在温和的海水里沐浴一般，有不可言喻的轻松的愉快，在归途中的牧童的晚歌，虽然那声音是单调的，原始的，然而传到你的耳膜里，会使你发生一种恬静的，同时又是很美丽的感觉。傍晚的乡间的景象，有一种特殊的意味，这意味为何月素近来所深深地领略到了。

在往昔，何月素是不敢单身在这寂静的田野间行走的，可是近来因为要和农妇们往来的原故，有时不得已迟至天黑了才能归来。这样一次，两次，她便成为习惯了。又加之她感觉到在傍晚间一个人在田野间行走的趣味，有时即使有人要送她，她也是要拒绝的。

今天在一个农村中，何月素召集了一个农妇的会议。在会议上并没讨论什么问题。那只是农妇们向何月素发了许多可笑的，又是简单又是复杂的，然而不能说那不是些有趣的问题。例如：“我的婆婆待我很不好，怎样办?”“我的丈夫在外边瞎闹，姘女人，怎么样才能使他回转心来?”“革命军里有女兵，是不是?”“女学生念什么洋书？女学生可以自由找男人，是不是?”“女人也要革命吗?”……对于她，有知识的何月素，这些都似乎是可笑的，愚蠢的问题，可是她却并不因此而不为她们做详细的解释。被陈腐的旧生活所深深地压服住的她们，现在也在开始求知，开始感觉到有另寻别一种生活的形式的必要了。而她，何月素，应当将自己的力量贡献于这种光明的开始……

疲倦了的身躯要求着轻松的休息。走至东山脚下的时候，天色虽已晚了，可是何月素并不以此为虑，拣了一块草地坐下，想借此将疲倦了的身躯略微休息一下。轻柔的暮春的晚风，拂到她的面孔上，使她生了一种轻松的愉快的感觉，很快地就把她的疲倦驱散了。一面意味着眼前的晚景，一面回忆着会议上的情景，在她的面容上不禁舒展着很悠然自得的微笑。

忽然她看见在她适才所走过的路上，有一个踉跄的人影向她这儿移动。只见他好像吃醉了酒也似的东倒西歪地不能把定脚步。他一面走着，一面断续地唱着不合乎音节的山歌：

心肝肉来小姣姣，
问声我郎你可好？
郎不来时我心焦，
郎既来时我心恼，
骂声小郎你将小侬忘记了。
心肝肉来小姣姣，
叫声乖姐听根苗：
我不来时你心焦，
我既来时你又恼，
你端的为的是哪一条？……

这歌声引起了何月素的不快的感觉。当她要立起身来的时候，那人已走至面前了。这时何月素才认出他是刘二麻子。平素她是很嘉奖刘二麻子的，说他很忠实，很勇敢，但是此刻不知为什么，她一见到刘二麻子向她射着为醉鬼所特有的眼光，即感觉到有一种什么可怕的灾祸快要临到她的头上也似的。她预备即速地离开刘二麻子，可是当她要开始走动的时候，刘二麻子一把将她的肩头抓住了，她挣扎几下，卒没有挣扎得开来。凶恶的充满着热欲的眼光，令人难耐的酒气，使得何月素觉着自己是陷落到恶魔的手里去了，不禁全身战栗起来。在意外的惊骇之中，她连叫喊呼救的事都忘记了，刘二麻子真如恶魔一般，一言不发，一下将失去反抗力的何月素的身躯拥抱起来，即刻就企图着解开她的衣服。巨大的恐怖和绝望，忽然使得何月素拼命地喊叫起来：

“救命呵！救命呵！……”

但是刘二麻子仍继续进行下去，不把何月素放开。何月素虽然用尽全力挣扎，但是如在鹰爪下的小鸡一般，终于无法逃脱。不料正在危急万状的当儿，忽然有人跑上前来，在刘二麻子的背上痛击了几拳，这使得他即刻将何月素放开了。何月素在惊喜过甚之际，还未曾很明晰地看出来救她的是什么人的时候，又听见一种痛骂的声音：

“你这该死的麻皮！你这连禽兽还不如的东西！何先生是我们什么人，你敢这样地无礼！你这该死的麻皮……”

接着刘二麻子便被来人掀翻倒在地下，如死去了的老虎一般，躺着动也不一动。只见那人骑到刘二麻子的背上，那拳头如铁锤一般地打下，只打得刘二麻子发哼，但决不企图抵抗。这时远远立着的何月素，才认识出这来救她的人是张进德。从这时起，她不仅佩服张进德的勇敢，果断，而并且对他怀着一种极深切的感激的心情了。

“张同志！”何月素觉着刘二麻子所受的惩罚已经够了，便远远地止住张进德道，“算了罢，不必再打他了。他大概是吃醉了酒……”

张进德听了这话，即刻停住了拳头不打了。他立起身来以后，愤愤地向着躺在地下呻吟着的刘二麻子厉声说道：

“如果你再敢这样地胡为，我就把你打死！你这该死的麻皮……”

夜的黑幕已经展开了。两人离开了躺在地下的刘二麻子，静悄悄地向着关帝庙走来。何月素在途中企图着将感激的心情向张进德吐露出来，但不知为什么，她终于没说出只字。张进德跟在她的后边，默默地也毫不做一点儿声响。不过他的一颗心儿，这时有点异样地跳动起来。他觉着他脸上是在泛着红潮了。“我难道对她也动了心吗？……”他想。在前面走着的何月素的步声，他觉得那是合乎他的心的跳动的拍奏的……

他抬头一看，那天上颗颗的星儿向他展着微笑。

四一

关于昨晚在东山脚下刘二麻子向何月素所施行的野蛮的举动，除开当事人而外，谁个也不知道。何月素自己缄默着不语。张进德也不曾向任何人提出一个字来。一切都似乎还仍旧。但是张进德对于何月素的态度却有点和先前不一样了。他先前很喜欢和何月素说话，那态度是很自然的，亲热的，除开同志的关系而外，不会使得何月素发生别的感觉。可是从昨晚的事情发生之后，张进德却很奇怪地把持着自己，不大与何月素说话了。就是在说话的时候，他也企图着避免何月素的眼光，因此，那态度就有点不自然而生疏起来。他自己也很惊异他忽然有了这样的变化。“奇怪！……”他想。但是他无论怎么样地勉力，总不能恢复那先前的态度来。

“你是怎么一回事呵，张进德！”他终于这样责骂着自己说道，“你发了疯了吗？你配爱人家吗？你是一个矿工，而她究竟是小姐；你是一个黑汉，而她是一个女学生……你也配生了这种心事吗？她在爱着李杰呢……你，你这癞蛤蟆想吃天鹅肉……”

但是他虽然这样很严厉地责罚自己，可是苦恼着他的，是他终于没力量和这种“爱”的感觉奋斗起来。本来在爱情上不怀着希望，生了三十二岁也就从来没尝受过爱情的滋味的他，现在忽然为爱情所苦恼着了。虽然他的个性很强，虽然他很能把持着自己，但是爱情这东西是不可思议的，无论你是怎样的英雄好汉，都难以逃出它的支配。他一方面意识到他对于何月素的爱情是无实现的可能的，但在别一方面他却不能把自己一颗跳动着的心儿平静下来。

他所能做得到的，只是避免和何月素接触，避免她的眼光……这当然不是最好的方法，然除此而外，他又有什么别的出路呢？何月素虽然开始感觉到张进德对她的态度有点异样了，但不明白这是因为什么，有时竟有点烦闷起来。“他为什么和我生疏起来了呢？”她想。张进德的为人是为她所信任的，可是她决不曾想到张进德会爱上了她这么一回事。昨晚她在东山脚下受了意外的袭击，而张进德适逢其会援救了她，那只是增加她对于张进德的感激而已。她本来要寻着什么机会向张进德吐露出自己的感激的心情，可是一当她看见他那严肃的面孔为着一层忧郁的薄云所笼罩着，而且企图着避免她的眼光的时候，不禁要怀疑地想道，“这是怎么一回事呀，啊？我得罪他了吗？……”

昨晚的意外的袭击，使得何月素也感觉到精神上的损伤了，一时恢复不转来。对于还是处女的她，这袭击对于她的精神上的影响是太巨大了。如果不是张进德的出现，那她简直想象不到那结果是怎样地可怕。也就因此，何月素异常地感激她的救主，无论如何，也要向张进德表示一下。张进德的生疏的态度苦闷了她，可是她素来是好寻根问底的，见着张进德对于她的态度有了异样，她决意直接问明他是怎么一回事。

她走进张进德的卧房去了。不料这时李杰正和他商议着关于如何减租的事。两道浓眉紧蹙着，正在集中思想的张进德，见着何月素走进房来，忽然很不安地，如犯了什么罪过被人捉住了也似地红起脸来了。李杰没觉察到张进德的神情有了变化，只立起身来请何月素坐下，笑着说道：

“你来了恰好。我们有一个问题不能解决。我们对于减租的问题怎么办呢？照政府的公布，那是减百分之二十五，可是我想，这未免减得太少了。顶好是干脆，农民们一个租也不缴。为什么要农民把自己所苦挖苦累的东西送给地主呢？张进德同志说，这问题要好好地商量商量，我看没有多商量的必要。何同志，依你的意见怎么样？”

“依我的意见吗？”

何月素一面望着不知何故红了脸的张进德，一面思索了一会，很坚决地说道：

“我的意见和你的一样。我们说的是土地革命，为什么还说到租不租呢？张同志你到底是怎样地主张？会长先生？”她说出最后的一句话之后，抿着嘴向低着头不做声的张进德笑起来了。张进德半晌不回答何月素的话，好像没听见也似的，后来他忽然抬起头来，恢复了他平素的果敢的态度，很沉重地说道：

“现在我的意见也和你们两个人的一样。”

“好，那我们明天就贴出布告来。”李杰很满意地这样说。他眯着两眼，笑嘻嘻地望着窗外，一壁用手指头叩着桌面，如在幻想着什么得意的事也似的。忽然他回过脸来向着张进德问道：

“刘二麻子为什么现在还不见影子呢？我们的交通总长忘记了他自己的职务吗？他应当到城里去买写告示的纸，而且我有一封信写给省里总会去的，也要他到城里去寄……”

李杰说到此地停住不说了。他很惊异地望着张进德和何月素改变了的神情。张进德低下眼睛俯视着桌面，表现出十分局促的样子，而何月素偏过头去，那红涨了的脸部还可被李杰看着一半。好像他们二人之间有什么秘密，这时被无意的李杰的话语所揭露了也似的，这逼得李杰觉得自己也好生不安起来。他暗自想道，“这是怎么一回事呢？我并没说出什么不好的话呀！怪事！……”由这一种思想，他也没有勇气再继续往下说去了。这时房间的空气顿时沉默得令人难耐，尤其令李杰感觉得难过，不知如何才能脱去这种快要闷死人的境界。

出乎他的意料之外，忽然房门一开，刘二麻子红着脸，很仓皇地跑进来了。只见刘二麻子噗通一声，在张进德的面前跪下了，这眼见得也弄得张进德莫名其妙地吓了一跳，何月素回过脸来，见是刘二麻子跪在张进德的面前，脸孔更加红涨起来，很厌恶地瞅了一眼，即刻就立起身来走出房门去了。

“你，你是怎么一回事？”张进德很惊异地问。

“请你打死我这不要脸的东西罢！唉，我这不成形的人……进德哥！你把我打死罢，打死我也不冤枉……我做出这种事来……我，我懊悔也来不及了……”

刘二麻子忽然伏着张进德的膝头哭泣起来了。张进德将眉头一蹙，半晌没有做声。在他的脸上逐渐露出一种怜悯的神情了。开始用手抚摸着刘二麻子的光头……

“你昨晚难道发了疯不成？”张进德后来这样责备他，但在低微的声音里只有怜悯而无厌恨了。“究竟是一回什么事呵，你说！”

“我，我吃醉了酒……我……发了昏……”

刘二麻子还是伏着张进德的膝头哭泣，仿佛小孩子受了什么冤枉，在他的母亲面前诉苦的模样。李杰到现在还是不明白是什么一回事。只见张进德更将声音放友爱一点，抚摸着刘二麻子因哭泣而稍微有点摆动的光头，如母亲教训小孩子一般地说道：

“只要你下次不这样了，我想何先生是一定不会怪你的。此后好好地做事要紧。老婆是可以找得到的……起来罢……李先生在这里，他要叫你到城里买东西去呢？……”

四二

这乡间的空气还依旧，可是这乡间以外，在县城里，在省城里，在政府建都的所在，近来似乎在酝酿着什么可怕的，一时尚难以想象的事变……

李杰经常地读着由省城里寄来的书报，通告，书信，虽然不能在这其间寻出一个确定的线索，可是那些隐隐约约的语句，偶尔不十分清晰的暗示，在在都足以逼令李杰感觉着，就是在普遍的紧张的革命的空气的内里，正在酝酿着要爆裂的××的炸弹，这炸弹虽然一时不能被指出在什么地方，然而如果一朝爆裂了，那是有可怕的结果的。李杰深深地感觉到这个不可避免的事变，虽然不能用明显的语句将这种感觉表示出来，可是他近来却为着这种感觉所苦闷着了。

在他初进到革命军里工作的时候，他也和别的人一样，为革命这醇酒所沉醉着了。他曾相信这军队以及这军队的指挥者，也和他一样，是革命的主力，是光明的创造者。可是他后来渐渐熟悉了军队中的情形，渐渐认识了所谓“革命的大人物”的面目，不禁逐渐地失望起来。“这样的人能够革命吗？如果这是革命，那么这革命是为着谁个所需要的呢？它的结果是怎样？……”他总是这样暗自想着，他的不满意和怀疑也就因此深深地增加了。

那时，同志们说他害了“左倾幼稚病”，说他过于担心……他自然不愿意承受这种乐观的意见，但是他不能很确定地证明他所怀疑的对象，于是在那时他便也没有很坚强的反驳。但是他本能地感觉到“这些人讲革命是靠不住的”，终于请求回到自己的故乡来，实地进入乡下人的队伍里……他相信这是根本的工作，如果他要干革命的话，那便要从这里开始才是。

现在，他回到乡里已两个多月了。在这两个多月的时间中，他相信自己有了相当的成绩。无数的年月被旧的陈腐的生活锁链所捆缚着的乡间，现在居然由他和同志们的努力改换了一副新面目了。在这乡间，土豪劣绅们失去了势力，乡人们开始意识到有走上新生活的道路的必要。这当然不是小事，这是自有人类历史以来的一种非常现象啊！但是这乡间究竟是一个很微小的区域，在这里他究竟很难建造出一个理想共和国来，如果在这乡间以外的地方，在县城里，在省城里，在京都里，统治着××的势力。李杰感觉着这种××的势力蒙着一种面幕，逐渐地在暗里膨胀着，说不定今天或是明天，那可怕的面目就会呈露出来。那时倒怎么办呢？……如果李杰感觉到在这一乡间的范围内，他是有力量的，可是当他想到这范围以外的时候，那他便要感觉到自己的微弱了。

他深深地为着这种感觉所苦闷着。有没有将自己的这种感觉告诉其他同志的必要？谁个也不会明白他。乐观的，正在兴奋着的何月素，是不会相信他的话的。她一定要反驳他，“不，这是不会发生的事情！”至于毛姑，王贵才，刘二麻子，癞痢头……那是更不会明了他的话的。有一次他曾向张进德略略提及一下，可是张进德很不在意地说道：

“管他呢！到什么时候说什么话。”

谁个也不会明白他的焦虑！天晓得！……

今天，他接到他的朋友从省城里寄来的一封信。不知为什么，在未将信封拆开以前，他就好像预感到那信里面有着什么不好的消息。他的预感竟证实了。他的朋友向他报告“马日的事变”……××的势力抬起头来了……政局正在变动……大部分的所谓“领袖”右倾……

这对于李杰并不是意外的晴天霹雳，他早已预感到了。不过当他的预感被这封信证实了的一瞬间，他的一颗心不禁陡然剧烈地跳动起来！“嗯哈！这些带假面具的魔鬼到底要露出自己的真面目来呀！”他想。但是今后应当怎么办呢？革命就此算完结了吗？光明究竟没有实现的希望吗？不，这是不会的罢？……

他将信的内容首先告诉了何月素。这时何月素正在为毛姑解释“阶级……专政……资本主义……”的意义，毛姑听得出神，她也说得高兴。她翕张着小嘴，活动着两只圆圆的眼睛，有时还摆动着白嫩的小手。李杰走进房内，她并没有觉察到，倒是头偏伏在桌上静听着的毛姑先看见他了。

“你说得这样高兴，可是你可知道在省城里发生了什么事情吗？”

李杰说着这话，即将手中的信递给她了。她看见李杰这样忧郁的，失望的神情，惊怔了好一会，没有说出什么话来。李杰见她将信越读下去，越将眼睛睁得圆了，脸上也越渐苍白起来。将信读完了的时候，她的眼睛充满着气愤与怀疑，声音颤颤地向着李杰说道：

“这，这是真的吗？岂有此理！……”

李杰没有做声。毛姑莫名其妙，只惊异地望着他们两人，想开口又没有开口。信纸从何月素的手中落到地上了。她一瞬间如中魔也似的，眼睛笔直地向落下的信纸望着，一点也不移动。停了一会，她口中轻轻地唧咕出几句话来：

“这样革命革得好……这才真是革命呢……”

“什么一回事?”

突然的刚走进来的张进德的声音，将发了痴的何月素的状态惊醒了。她重新弯起腰来拾起那落在地上的信纸。

“什么一回事?”

张进德又重复了一遍，何月素立起身来，手中持着拾起来的信纸，如考验也似地向张进德望了一会，说道：

“什么一回事……事情是很糟糕了，我告诉你。”

于是张进德听着何月素的述说了……

在张进德的脸上始而为气愤的火所燃烧着了，即时红涨起来。继而忧郁的云渐渐地展布开了。他低下头来，默然不发一点儿声响。众人的眼光都集中到他的身上，房间内一时寂然。出乎意料之外，他忽然伸出巨大的拳头向着桌面上狠狠地击了一下，放出很坚决的声音，说道：

“妈的，管他呢！我们干我们的！只要我们还有一口气，就应当勇敢地干下去！……”

四三

李敬斋什么也没有明白。自己的亲生儿子号召着农民反对他的父亲；许多年驯服的，任着田东家如何处置就如何的佃户，和奴隶差不多的佃户，现在忽然向他们的主人反抗起来了；他，李敬斋，本是一乡间的统治者，最有名望的绅士，现在忽然被逼得逃亡出来，匿居在这县城里的一家亲戚家里……这究竟是怎么一回事呢？难道就这样地翻了天吗？儿子反对父亲！佃户反对地主！这是历古以来未有的奇闻，而他，李敬斋，现在居然身临其境。眼见得于今的世道真个是变了。唉，这该是怎样的世道啊！……

自从阴谋破露了，张举人被拖着游街以后，李敬斋即和着何松斋先后逃亡到县城里来了。在县城里也被如李杰一般的人们统治着，“打倒土豪劣绅”的标语到处贴得皆是，这所能给予他和何松斋的，只是增加他们的失望的心情。难道世界就从此变了吗？李敬斋有时不免陷到绝望的深渊里，但是何松斋却比他乐观些，不相信这样的现象会延长下去。

“等着罢，敬翁！”何松斋有一次躺在鸦片烟床上，在瘾过足了以后，很有自信地说道，“这样是不会长久下去的。在一部二十四史上，你曾看过有这种事吗？打倒土豪劣绅……哼哼，笑话！社会上的秩序没有我们还能行吗？流氓地痞可以成事，这些黄口孺子可以干出大事来，国家的事情可以由他们弄好，笑话！敬翁，你等着，我们不久就会看着他们倒下去。”

李敬斋虽然充满着满腹的疑惑，但也只好等着，等着……逃亡到县城里已两个多月了，然而还没等到着什么。在别一方面，从乡间传来的消息：农会逐渐地发展起来，而他的儿子，这个叛逆不孝的李杰，越发为一般农民所仰戴了……“等着罢，你这个小东西！你的老子总有一天叫你认得他！”李敬斋时常这样暗自切齿骂他的儿子，但是他的儿子究竟会不会“认得他”呢，他想，这也许是一个问题。

终日和鸦片烟枪为伍，李敬斋很少有出门的时候。街道上的景象令他太讨厌了。挂皮带子的武装同志，红的和白的标语“打倒……”“拥护……”他一见着就生气。为着避免这个，他想道，顶好是藏在屋里不出去。何松斋时常来看望他，顺便向他报告一些外面的消息。他有时见着何松斋进来了，强装着笑容问道：

“啊，何老先生！令侄女现在工作如何？妇女部很有发展吗？”

何松斋也就勉强装出像煞有介事的样子，撇着几根疏朗的胡子，笑着答道：

“承敬翁见问，舍侄女近况甚佳。妇女部的工作甚有发展，凡吾乡妇女不服从丈夫与父母者，皆舍侄女之功也。不过舍侄女虽然对于工作甚为努力，然一与令郎相较，则愧对远矣。”

“不敢，不敢。松翁请勿过誉。”

这样说罢，两人便含着泪齐声苦笑起来了。在一阵苦笑之后，两人复又垂头叹息起来，这样的日子究竟是难过的啊！……

等待着，等待着……

从省城里传来了政变的消息。原有的县城里的军队开拔走了。县知事也更换了。开来一排新的军队……接着街上的标语便都被撕去了。换了别一种的紧张着的，然而又是苦闷着的空气……

聪明的何松斋即刻感觉到是一回什么事了。他的蹙着的眉头舒展开了。几根疏朗的胡子撇得更为翘了。在打听得了确实的消息以后，他全身的血液为着欢欣所沸腾起来了，即刻跑到李敬斋的寓处，报告为他们所等待着的“佳音”。

被鸦片烟麻木了的李敬斋，起初没有明白是一回什么事。后来他明白了这消息的意义，不禁将衔在口中的烟管一丢，一骨碌儿爬起身来，如蒙了巨大的皇恩也似的，说道：

“真的吗？哈哈，我们终于等着了！”

“现在我们可以请令郎休息一下了。”何松斋一面撇着仁丹式的胡子，一面射着奸险的眼光，这样得意地笑着说。李敬斋便也当仁不让，接着打趣他道：

“小儿无能，何必言及？惟令侄女对于妇女部工作甚为努力，一旦将工作抛弃，岂不要令为丈夫与父母者可惜乎？”

两人又笑起来了。可是这一次的笑是真笑，是得意的，胜利的笑了。在许多时逃亡的苦闷的生活中，两人又开始感觉到自己的优越了。“社会上的秩序没有我们还能行吗？黄口孺子可以成事吗？打倒土豪劣绅？请你慢一点，哈哈！……”何松斋想起自己的话来，不禁更确信自己的见识的远大了。

“请好好地吸一口罢，松翁！”李敬斋说着这话时，那一种神情好像表示对于何松斋的感激也似的。何松斋毫不客气地便躺下了。两人相对着吞云吐雾起来。在不大明亮的，如鬼火一般的昏黄的烟灯光中，两人黄色的面孔上都荡漾着满意的微笑的波纹。“世界究竟是我们的……”在这一种确定的意识之中，两人很恬静地为黑甜乡的梦所征服了。

四四

在晴天里忽然打下来一个震人的霹雳！正在欢欣着的，充满着希望的乡间，忽然为这霹雳所惊怔住了。妈的，这是怎么一回事!？解散农会？从县里发下来的命令？因为什么道理？不革命了吗？这是说土豪劣绅们又要伸出头来，而他们受苦的乡下人，又要重新回到原有的被压迫的地位？这是说租还要照旧地交给地主，而他们，吴长兴，王贵才，刘二麻子等等，尽要重新过着牛马的生活？这是说张进德，李杰和何月素等要退下，而让李敬斋，何松斋和胡根富等，又重新回到统治者的地位？妈的，这是怎么一回事呢!？革命完结了吗？……

在关帝庙的大殿中聚集了几十个活动分子，这其间年轻的农民占多数。左边靠墙的地方还坐着几个年轻的农妇，吴长兴的老婆就是其中的一个。近来她的丈夫不敢再干涉她的行动了。听见了这种消息，她即刻约几个和她相熟的农妇来赴会。对于她，这农会是最重要的保护她的机关。由于它的帮助，她改变了自己的奴隶式的生活。解散农会？谁个要来解散她的唯一的农会？不，什么都可以，可是这解散农会的事情，她是不能让它实现的！

有的面孔上充满着愤怒，有的面孔上表现着忧郁。有的低着头不语，有的拍着胸叫喊着："妈的……妈的……"别要看这些赤脚汉的表情是怎样地不一致，但是他们每一个人都意识到，这是生死的关头，这是不应当实现的事实。

李杰首先向会场做了个详细的报告。他说，政局有了大的变动，一些假革命的叛徒们抛弃了革命的政策。他说，阶级起了分化，资产阶级投降了帝国主义……土豪劣绅们连合一起……最后他说，这是必然的结果，没有什么可失望的，今后只有我们自己的努力……

会场如驯服的巨兽一般躺着，静听着报告者的有时竟令他们不能明了的语句。除开报告者的声音外，一切都寂然无声，连咳嗽都听不见。不过这一种静默是很紧张的，如果把这一种静默冲破了，那便会现出隐伏着的火山的烈火来。

在李杰报告完了以后，张进德立起身来，用着很锐利的眼光向会场上巡视了一下。停了一会，众人便听见他的有力的沉重的声音了：

“他们要解散我们的农会。为什么要解散我们的农会呢？这就是因为农会是我们的，不是土豪劣绅的。李同志说过了，现在土豪劣绅们又昂起头来……他们昂起头来，这就是我们要倒霉的意思。我想在场的没有谁个愿意倒霉。好，现在我来向大家问一声，有谁个愿意将农会解散呢？”

会场如被沉默的石头塞住了喉咙也似的，谁个也不做一点儿声响。这样延长了两分钟的光景。忽然坐在前排的癞痢头立起身来了。只见他红得涨粗了脖子，用着黑而不洁的拳头，在胸前乱捶了几下，口吃地说道：

“妈的，要解散我们的农会……我问一声，为什么要解散我们的农会？妈的……我们要干！不干就不是人娘养的。妈的，我们费了许多力气……妈的……不干就是婊子养的……妈的……”

癞痢头最后骂了一声“妈的”用拳头向胸前捶了一下，便愤愤地坐下了。接着便有很多的人陆续表示意见，但没有一个人主张解散农会。愤怒把全会场包围住了，如果这时有哪一个敢于表示相反的意见，那恐怕他要被会场所撕碎了。本来悲愤得要哭出来了的何月素，见着会场上这种热烈的，紧张的情形，不禁也为之精神振作起来了。她从李杰的背后立起身来，就在原有的地位上开始发着不大高朗的声音：

“同志们！会场上没有一个人主张解散农会，这可见得大家都认清了农会是什么东西。不过诸位同志要知道，这解散的命令是县里发下来的，如果我们不遵从他们的命令，那他们一定会想出别的方法来压迫我们，到那时大家能不害怕吗？”

她说到此地，向会场巡视了一眼，只听见一团不可辨别的声音：

“不害怕！”

“害怕就不是人娘养的！”

“妈的，揍死他们！”

“……”

她没注意到，惟有吴长兴低着头坐着不动。他这时是在想着关于他的老婆的事情。他的老婆本来是很服从他的，可是自从有了什么鬼妇女部，有了这个黄毛丫头当部长之后，便把事情弄糟了。最近他虽然不敢压迫他的老婆了（如果他再压迫她，那她便要和他离婚呢），可是他总觉得这是不合理的事，时常地闷闷不乐。一切的罪过，他都委之于何月素，因此也就很恨她。可是这时坐在靠墙角的他的老婆，一见着何月素张口说话，便注意静听起来，不丢过一个字儿。她和着众人说道：

“不害怕啊！”

也许这几个字是最真实的罢，然而何月素没有听到她的声音，依旧往下说道：

“大家能够发誓吗？”

“能够！”

全会场一齐这样简单地回答着。眼见得这回答给了何月素以巨大的满意。再说了几句话之后，她便微笑着坐下了。这时会场开始鼓噪起来，无秩序地讨论着怎样对付敌人，怎样才能保障住农会的安稳……

四五

是傍晚的时候了。关帝庙前忽然出现了十几个全副武装的兵士。这是所谓革命军，因为他们打着革命军的旗号。乡人们老是希望着看一看革命军是什么样子，革命军和赵屠户的军队有什么不同的地方。乡人们很知道赵屠户的军队是怎样地对待老百姓：逼捐，拉夫，强奸，焚杀……这印象他们是永远忘记不掉的啊！在乡人们的想象中，这革命军当然要和万恶的赵屠户的军队很不同了，这就因为革命的军队是革命的，是将赵屠户的军队驱逐走了的军队……

现在这所谓革命军是在关帝庙前出现了。有一些简单的无知的乡下人，还以为这是来到他们的乡间“革命”的，革土豪劣绅的命，革田东家的命……然而这所谓革命军的却违反了他们的愿望。他们的愿望是要革命军保护他们的利益，却不知道这次革命军的到来，是为着解散农会，捕捉农会的办事人。换一句话说，他们来革农会的命，革小百姓的命……

雄赳赳的十几个武装的兵士拥进关帝庙里去了。庙内哑然无声，看不出一点儿人影。大殿上的关帝静静地在阅着《春秋》，周仓和关平在两旁侍立着，桌椅的位置很整齐。东边墙上挂着的一块黑板上，有两个用粉笔写的白字“欢迎”。黑板旁边贴着用墨笔写的农会的布告。

但是这里的人跑到什么地方去了呢？兵士们忙乱地搜索了一会，但结果连鬼也没捉到一个。妈的，这真是怪事呢，他们想。为首的斜背着皮带子的驴脸的军官，急得将后脑壳挠了几挠，想不出如何办法。“再搜索一番！”将驴脸一沉，他向兵士们又下了这一个命令。答应一声“是！”兵士们即刻又分散到厢房里，厨房里，厕所里去搜索犯人了。但结果仍连鬼也没捉到一个。

“妈的，这乡的地保呢？”

为首的军官有点着急起来了。但是这乡的地保跑到县城去了，现在还没有回来。

“妈的，这乡的董事呢？”

这乡的董事张举人在游街以后，不久便气愤死了；李敬斋和何松斋两人，这次请他们下乡来捕人的主动者，也到现在没敢遽行回来。

“妈的，怎么办呢?”

没有办法!

天色已经夜晚了。兵士们都感着饥饿。好在厨房内的器具，米，菜等等都是现成的，不如暂且造饭饱吃一顿；好好地休息一夜，（床铺是有的啊!）等到明天再说。明天去捉几个乡下人来问一问，或者带进城去交案去。妈的，这些不安分的乡下人……

为首的军官是这样地决定了。

在刚要开始吃饭的时候，他们又在厨房里发现一坛很美味的高粱酒来。这该是多么欢欣的事啊！妈的，这真是欢迎我们呢……于是大家高兴得喝了一个沉醉。醉汉们忘记了天有多高，地有多厚，忘记了一切，混乱地向厢房内的床铺躺下了。庙门没有关闭，但谁个也没注意到这个。

是快要到半夜的辰光。一种呐喊声，劈劈啪啪的类似乎枪炮声，惊醒了醉汉们的好梦。他们从沉重的梦中醒来，不明白是一回什么事。有的醒来时已全身被捆住了不得动。有的醒来时惊慌地寻找自己的武器，但是武器已被立在他们面前的陌生的人们拿去了。有的惊慌得乱窜，有的骇得魂不附体，战栗得缩成一团。他们只见得屋内屋外灯笼火把照得通通亮，无数的乡下人喊叫着，跳跃着，跑动着……也不知他们于什么时候进了庙门，来抢劫他们这些革命军的兵士们的枪械。所谓革命军的兵士们，现在是被这些乡下人活捉住了。他们是奉命来捉人的，现在反来做了俘虏。乡下人居然这样地大胆！这真是从何说起啊!

十几个雄赳赳的兵士，现在变成可怜的，一点儿威风都没有了的犯人了。有的被绳索捆着了。有的被两个人架着不能动。推的推，架的架，一齐都被拉到大殿上来。也不知从什么地方忽然出现了这些乡下人，紧紧的如铁桶一般将他们围住。他们被命令着并排地跪在地下。为首的驴脸的军官，现在比兵士们表现得更为驯服些。

只见一个二十几岁的面孔很文雅，然而在服装上和农民差不多的少年，立在俘虏们的面前，如审判官也似的，开始说话了。

“你们是革命军吗?”

“是的，我们是革命军。”有几个很畏怯地这样回答着。

“你们这一次被派来干什么？是来捉我们的吗?”

囚犯们低着头，谁个也不敢做一点儿声响。

“你们知道革命军的职务吗?”

依旧没有回答。“妈的，揍他们一顿再说!”有一个人这样提议，众人接着便附和起来。但是少年向兴奋着的众人摆一摆手，请勿喧闹，接着他又平静地继续问道：

“革命军的职务是在于保护老百姓的利益，你们知道吗?”说至此他的话音开始沉重起来了。“我们的农会是老百姓保护自己的机关，是土豪劣绅们的对头，你们既然是革命军，就应当和我们在一道才是，为什么反来和我们做对呢？你们一者自称革命军，二者也是穷苦出身，老百姓的事情就是你们自身的事情，为什么反来帮助土豪劣绅来压迫我们呢?”

“我们奉了长官的命令，没有法子。”为首的军官很畏葸地这样解释着说。他依旧低着头不敢前望。

“你要知道你们的长官都是土豪劣绅们的走狗，是做不出好事来的。你们应当拿起枪来向他们瞄准，他们才是你们的敌人。也只有这样才配称为革命军呢。我看你们愚蠢无知，可以原谅你们这一次。下次可不能再来打我们了。回去好好地告诉弟兄们，劝他们也不要做出这种事来，知道了吗?”

“知道了。”囚犯们这样齐声地回答着，仿佛如听了军令一般的形势。

“你们可以回去……”

“但是我们的枪呢?”忽然有一个兵士这样插着问了一句。少年笑起来了。

“你们的枪？对不起，我们要借用一用。我们要组织自卫队，正苦于没有枪械，现在只好向你们借用一下。你们要是革命的汉子，就请你们回去再带些枪来加入我们一道。同志们！放他们回去罢!”

“李先生！不能够把他们放掉啊！妈的，把他们放掉了，他们会又来捉我们呢。”

“不错，不能放，李先生!”

“干脆把他们枪毙掉!”

“……”

一部分人反对少年的释放的主张。少年见着众人的反对的情状，正在要招手说话的当儿，立在他的旁边的一位强壮的汉子举起手来，向众人发出高朗的声音，说道：

“同志们！别要闹！我们把他们枪毙了干什么呢？他们也是我们的弟兄，不过受了长官的欺骗罢了。我们应当好好地劝导他……”

高朗的声音即刻将鼓噪着的人众安静下来了。有谁个说了一声，“把枪给我，我看一看这枪里的子弹放在哪里，”即刻引动了人众对于适才抢到手的枪械的思想，一瞬间好像把俘虏们忘记了。他们在灯光下研究那些为他们所不知道怎样使用的武器。因为争看的原故，几乎要闹得打起架来，若不是所谓“李先生”的叫了一声，“请同志们注意！暂且不要乱弄！”那恐怕要弄出祸事来也说不定。

“别要动！等一会李先生教我们怎样放法。”

“妈的，我们现在有快枪了！”

“李先生做我们的队长，教我们放枪。”

“你愿意干自卫队吗？”

“……”

纷扰了大半夜，一直到天亮还未停止对于研究枪械的兴趣。没有谁个感觉到有睡的疲倦，大家为欢欣的胜利的酒所陶醉着了。惟有张进德和李杰两人在释放了兵士们之后，说起农会的命运……两人感觉到真正的剧烈的斗争恐怕要从此开始了。怎么办呢？只有勇敢的前去！只有在残酷的斗争中才能夺得自己阶级的福利！……

四六

“……我被推为自卫队的队长，这是因为我在军队里混过，知道一点儿军事。他们把敌人的枪夺来了，可是不知道怎么使用。如同得到了宝贝也似的，他们欢乐得手舞足蹈不可开交。他们虽然无知识，虽然很简单，然而他们该是多么样地天真，多么样地热烈，多么样地勇敢，这些乡下的青年！他们当然都不知道天有多高和地有多厚，只知道‘干！干！干！’这一种直感的‘干’当然有时会是愚蠢的行动，然而这是我们的胜利之最重要的条件。孩子们，努力地干罢！勇敢地干罢！管他妈的！……

“真正的，残酷的斗争恐怕要从此开始了。张进德也感觉到这一层。我们的敌人能这样地让我们‘横行’吗？缴了军队的械，这当然不是一件小事！现在我们有了枪械，现在我们有了自卫队，这当然是对于敌人的最大的威胁。现在我们的敌人意识到了我们的可怕性，意识到了我们的力量，意识到了我们所说的革命乃是真的革命，乃是推翻现存的制度……于是他们再不能忍受下去了，于是他们便揭开了假面具……所谓革命的领袖不过是旧势力的新装，所谓革命军仍然是军阀的工具。我早就疑虑及此了，现在果然不差，证实了我的疑虑。

“妈的，让他去！敌人的叛变不足以证明我们的失败。今后只有猛烈地，毫不妥协地斗争……

“现在我是自卫队的队长了。我的责任更加巨大了。前途茫茫，不可逆料。也许不是今日，便是明日，我会领着一队乡下的孩子们与敌人相见于炮火之下……李杰！从今后你应当怎样地当心才是啊！”

“唉！不幸今天发生了这么样的一桩惨事！缴来的枪没有把敌人打死，先将自己人这样平白地伤害了一个。唉！这真是令人好生悲痛！

“勇敢的，最近最要学好的小抖乱，忽然被他的好友癞痢头因玩枪而误打死了。他们两个人共用着一杆枪，大概是因为在玩弄的时候忘记了枪中有子弹，一不当心便闹出了这样巨大的祸事。这真是从何说起啊！癞痢头见着自己的好友被他打死了，只哭得死去活来，在我的面前表示愿意抵命。孩子们之中有的和癞痢头不睦的，便主张将他严办。可是有的说，这是误打死的，没有罪。我初次大大地为难起来了，要说严办他罢，他本是无意的；要说不办他罢，这打死人了也实非小事。最后我以队长的资格命令打他两百鞭子。我的意思是要向大家警戒一下，使此后不再发生同样不幸的事。

“听说小抖乱从前和癞痢头专偷乡下人的鸡鸭……可是自从进了农会之后，他们两个便不再干这种勾当了。他变成了一个很好的青年。我很喜欢他。但是现在他离开我们而去了，离开了他的唯一的好友癞痢头，离开了他所最爱护的农会……”

“我们的侦探从城里回来报告道，官厅正在预备派兵来剿灭我们……他们说我们造了反……

“听说何松斋和我的父亲正在筹办东乡的民团，已招募了许多人。官厅帮助他们的枪械，而他们担任款项。这目的当然是在于剿灭我们。有了官厅做他们的后盾，他们，这些土豪劣绅们，现在当然可以‘努力革命’了，努力革乡下人的命……

“我的父亲已知道了我充当自卫队的队长吗？他在那方面努力，我在这一方面也努力。他代表的是统治阶级，我代表的是乡村的贫民。说起来，这是怪有趣的事情。儿子和父亲两相对立着，这样很彰明地斗争起来，怕是自古以来所未有的现象罢。我曾读过俄国文学家杜格涅夫所著的《父与子》一书，描写父代与子代的冲突，据说这是世界的名著。不过我总觉得那种父子间的冲突太平常了。如果拿它来和我现在与我父亲的冲突比较一下，那该是多么没有兴趣啊！我不知道有没有一个文学家会将我与我父亲的冲突描写出来。我很希望有这样的一个文学家。

“我没有父亲了。有的只是我的敌人。和敌人只是在战场上方有见面的机会。听说我的母亲还是在家里害着病……母亲！请你宽恕你的叛逆的儿子罢！如果‘百善孝当先’是旧道德的崇高的理想，那他便做着别种想法：世界上还有比‘孝父母’更为重要更为伟大的事业，为着这种事业，我宁蒙受着叛逆的恶名。母亲！你没有儿子了。”

“这时候，不是讲恋爱的时候……

“毛姑！我的亲爱的毛姑！你比你的死去的姊姊更可爱。你比一切的女人都更可爱。你是我们的安琪儿，你更是我的安琪儿！……然而这时候，的确不是讲恋爱的时候！工作如火一般地紧张，我还有闲工夫顾到爱情的事吗？不，李杰，你应当坚定地把持着你自己！

“不错，毛姑是可爱的。她的天真，她的美丽，她的热烈，她的一切……而且她也在爱着你，只要你一看她那向你所射着的温存的眼光！但是恋爱一定要妨害工作，这时候，的确不是讲恋爱的时候……

“我的敬爱的月素！你的一颗芳心的跳动，我何尝没有感受得到？但是……你应当原谅我，而且，我想，你一定也是会明白这个的。聪明的你哪能不明白呢？工作要紧啊，我的敬爱的月素同志！

“在工作紧张的时候只有工作，工作……

“这两天的风声很不好。有的说，县里的军队快要到了……有的说，如果捉到农会的人，即时就要砍头……妈的，管他呢！我们在此期待着。我们没有别的出路。

“我的自卫队做着对敌的准备。如果敌人的势力大了，那我们便退避一下；如果敌人来得不多的时候，那我们便要给他们一个教训……

“不过我担心着我们的两位女同志。危险的事情随时都有发生的可能。而女子究竟有许多地方不能和男子一样。我硬主张毛姑和月素两个人回到毛姑的家里过一些时再看。她两个硬不愿意，说我们做什么，她们也可以和我们一样做什么。毛姑气得要哭出来了。月素当然要比她明白些。在我和张进德的强硬的主张之下，她们终于今天下午离开关帝庙了。

“啊，我的最亲爱的两位女同志啊！”

四七

别要看李杰的努力，别要看群众都信任他的真诚，他总是在李木匠的怀疑的眼光里，感觉得一种难以言喻的侮辱。他不明白李木匠为什么老是在怀疑着他，在他，他是寻觅不出自己可以被怀疑的根据来的。“他在侮辱我，这个浑蛋的木匠！”他是这样地想着，然而他没有除去这种侮辱的方法。李木匠只是向他射着怀疑的眼光，李木匠并没曾公开地宣传过他的什么不好的行为啊……

李杰深知道被社会所十分欺侮过的李木匠，是在深深地恨着他的父亲李敬斋，甚至于一切的比他幸福的人们。这当然是有根据的。但是李杰并不是李敬斋，而且李杰现在正在努力反对李敬斋，反对李敬斋所属的社会，有什么可以令李木匠不信任他的地方呢？李杰想道，这真是天晓得了。李杰有时想和李木匠详细地谈一谈话，可是李木匠总是企图着避免这事。因此，李杰更觉得好生气愤。然而他也只限于好生气愤而已。

自卫队总数共三十人，分为三小队。第一队长张进德，第二队长李木匠，第三队长吴长兴。吴长兴的位置本是决定属于刘二麻子的，但刘二麻子不知为什么不被群众所信仰，因此改为不大说话的，然而做事很认真的吴长兴充任。若不是张进德镇服住了刘二麻子，那刘二麻子恐怕要同吴长兴或李木匠吵架的：“妈的，为什么你能充队长，我就不能呢？你老子并不差你许多……”

素来避免着和李杰接近的李木匠，今天早晨在天刚亮的辰光，出乎李杰的意料之外，忽然走进李杰的房间来了。这时李杰虽已起床了，可是正在扣着上身小褂子的钮扣。见着李木匠走至面前，冷冷地向他射着考问的，不信任的眼光，一时懵懂住了，不知说什么话是好。这是怎么一回事呢，他想。

“李杰！”李杰觉着这声调是很不恭敬的，不禁也开口很直硬地问道：

“什么一回事?”

“你是队长，我很愿意知道你的意思是怎么样。现在我们的对头快要来对付我们了，我们当然不能再和他们讲客气了。何二老爷办团练，胡扒皮和他们通声气……我主张将他们的老根烧去，造他们的祖宗，来叫他们一个无家可归才好。你赞成吗?”

“这当然是可以的事情。”李杰毫不犹豫地这样说了。他这时并没想到有令他为难的事。可是李木匠的考问的眼光忽然增加力量射到他的身上来了。

“但是李家老楼怎么办呢？不烧吗?”

李杰的脸孔即时苍白起来了。他明白了李木匠的意思。怎么办呢，啊?……如果何家北庄和胡家的房屋可以烧去，那李家老楼为什么不可以烧?如果何二老爷和胡根富是农民的对头，那他的父亲李敬斋，岂不是更为这一乡间的祸害？不烧吗？不，李家老楼也应当烧啊，决不可以算做例外。但是……躺在床上病着的母亲……一个还未满十岁的小姑娘，李杰的妹妹……这怎么办呢？啊！李敬斋是他的敌人，可以让他去。李家老楼也不是他的产业了，也可以烧去。但是这病在床上的母亲，这无辜的世事不知的小妹妹，可以让他们烧死吗？可以让他们无家可归吗？这不是太过分了吗，啊？……

李杰低下头来了。义务与感情的冲突，使得他的一颗心战栗起来了……房中一时的寂然……无情的，如锋利的刀口也似的声音又紧逼着来了：

“不烧吗?”

李杰被逼得不得不开口了，但是他的声音是这样地低微而无力：

“木匠叔叔！要烧，李家老楼当然也不能算做例外。不过……木匠叔叔！我的母亲病着躺在床上，还有一个不知世事的小妹妹……”

“不烧吗?”

李杰仍旧低着头，宛如驯服的待刑的罪犯一般。他没有勇气再往下说下去了。他觉得他此刻可以跪下来请求李木匠不再逼问他，啊，这是怎样残酷的逼问啊！……

“那么，怎么办呢，队长?”

残酷的，尖冷的，侮辱的声调终于逼得李杰气愤起来了。

“你愿意怎么办就怎么办，好吗!?”

“听队长的命令……”

李木匠说了这么一句，便回转身走出房门去了。李杰呆呆地望着他的背影，停了一会，忽然明白了：李木匠决意烧去李家老楼……病在床上的母亲或者会被烧死……痛哭着的惊叫着的小妹妹……这怎么办呢，啊？……李杰在绝望的悲痛的心情之下，两手紧紧地将头抱住，直挺地向床上倒下了。他已一半失去了知觉……

也不知在什么时候，他被惊慌着的张进德的声音所震醒了。

“刚才有人报告我，说李木匠带领了一队人去烧李家老楼去了……说是你的命令……这是真的吗？”

李杰坐在床沿上，低着头不做一点儿声响。张进德见着他这种神情，不禁更加怀疑而惊慌地问道：

“是怎么一回事？”

李杰抬起头来，睁着充满苦痛的眼睛，向立在面前的张进德望了一会，半晌方才低微地说道：

“也可以说是我发的命令……唉，进德同志！如果你知道……”

张进德未等他说完，即打断他的话头说道：

“你不是发了疯吗？你的父亲当然是我们的对头，可是你的病了的母亲，不知世事的小妹妹……这，这怎么行呢？赶快差人叫他们回来才是！”

张进德说了这话，回头就走，可是被李杰一把将他的袖子拉住了。李杰将他拉到床沿和自己并排坐下，依旧很低微地说：

“进德同志！你以为我是发了疯吗？我一点也没发疯。人总是人，我怎么能忍心将我的病了的母亲，无辜的小妹妹……可是，进德同志！我不得不依从木匠叔叔的主张……”

“他主张什么呢？”张进德很性急地问。

“他主张将土豪劣绅们的房屋都烧掉，破坏他们的窝巢，这是对的。何家北庄，胡家圩子……应当烧去……但是李家老楼烧不烧呢，木匠叔叔问我。你知道，木匠叔叔素来不相信我，如果我不准他烧李家老搂，那不是更要令他不相信我了吗？而且那时候恐怕这一乡间的农民都要不相信我了。别人的房子可以烧，可是你自己的房子就不能烧，哼！……他们一定要不满意我。如果他们不满意我，那我还干什么革命呢？这一次对于我是最重大的考验，我不能因为情感的原故，就……唉！进德同志！人究竟是感情的动物，你知道我这时是怎样地难过啊。我爱我的天真活泼的小妹妹……”

“现在去止住他们还来得及啊。”

“不，进德同志！”李杰很坚决地摇头说道，“让他们烧去罢！我是很痛苦的，我究竟是一个人……但是我可以忍受……只要于我们的事业有益，一切的痛苦我都可以忍受……”

张进德的手仍被李杰的手紧紧地握着。李杰低下头来，张进德也为之默然。

这时自卫队的队员们在院中已开始唱起为李杰所教授的革命歌来了：

起来，饥寒交迫的奴隶！
起来，全世界的罪人！
满腔热血已经沸腾，
拼命做一次最后的斗争……

四八

自从李家老楼和何家北庄被焚了以后，县内的风声陡然紧急起来了，农会得到确实的消息：新编的民团会同军队即日下乡剿灭农匪……经过长时间的讨论，自卫队决定退到离关帝庙约有十余里之遥的一带深山里，以静观敌人下乡后的动静。有些勇敢的青年们不满意退避的主张，以为这是示弱的行为，可是一因为人数不足，二因为枪械缺乏，若不退那岂不是要送死吗？……

荷姐依旧是先前的荷姐，执行着艰苦的工作，度着贫寒的生活。荷姐又不是先前的荷姐了，她已经和她的丈夫对等起来，不再受吴长兴的牛马式的虐待了。也许吴长兴很不满意这个，但是她有妇女部后盾呵，而且她决定了，如果吴长兴再施行虐待，那她便不再跟他做老婆了。“世界上的男人多着呢，谁稀罕你这黑鬼？”她时常这样威吓她的丈夫，而且她想，一个女人没有丈夫，不见得便不能生活……

正在弯着腰在菜园内锄地，一面又幻想着这幻想着那的当儿，荷姐忽然为着走近她面前的脚步声所惊动了。她抬起头来，见是自己的面孔沉郁着的丈夫，便开口很不恭敬地说道：

“不在农会里操练，现在回来干什么？”

破草帽下面的吴长兴的面孔，死板板地一点儿表情都没有，只将乌紫的厚嘴唇动了一动：

“回来干什么？快要派兵来打我们了。我回来收拾一点东西，上山去……”

“就快来了吗？”荷姐一下将锄头放在肩上扛着，仿佛预备去对敌的样子。她的两只纯厚的眼睛这时惊异得变成为圆形了。接着吴长兴一句一句地，慢慢地告诉了她详细的情形，他说，敌人的势大，而自卫队又没有充足的家伙；他说，他跟着自卫队上山去，而她，荷姐，留在家里看家……

“我也跟你们去？”荷姐说。

吴长兴将眼睛一楞，预备骂他的老婆，然而他即时明白了，发火是没有用处的，只得平一平气说道：

“你跟我们去干什么呢？你是一个女人，又不能打仗……”

“呸！我不能打仗？”荷姐将锄头往地下一竖，吐着轻蔑的口气，说道：“我比你还打得凶些。只要我手中也有枪。你看一看我就是！”

“可是我们没有多余的枪呵。”吴长兴的气更低下去了。他这时宛如被他的老婆的强硬的态度所压服住了。

“没有枪也不要紧，石头扁担都可以。我一定跟你们去。把我丢在家里干什么？”

“那家里的东西怎么办呢？”吴长兴的声音更为低小了。荷姐听见这话，如神经病发作了也似的，两手握了锄柄，哈哈地狂笑起来。

“你家里有什么金银财物？你家里有什么贵重的东西值得小偷来照顾？”

荷姐将胸部捶了几拳，停住不笑了。她两眼瞪着被她的狂笑所弄得呆了的丈夫，继续正经地说道：

“我们只要把破烂的衣服捆一捆带在身边，再也没有可以舍不得的东西了。走，我们到屋里去收拾东西罢。还有，一小罐子锅巴我们可以带着做干粮……”

荷姐荷着锄头在前面直挺地走着，吴长兴很服顺地跟着她，慢慢地进入为他们所要抛弃的低小的茅屋，在这里他们结婚，在这里他们共同度过长时间的凄苦的贫寒的生活……

害着伤寒病症，躺在床上不能走动的王贵才，眼看着他的小妹妹毛姑和着何月素即刻就要离他而去了，去跟着自卫队一道退避到那深山里，因为打柴他也曾到过那里几次……怎么办呢，啊？他病了，他不能跟着他们一道去，这该是使他多么难过的事！唉，这讨厌的病！这逼得他不能充当自卫队队员的病！为什么他要害了这种万恶的病呢？王贵才最后恨得伏着枕哭泣起来了。

素来很严厉的王荣发近来不知为什么待自己的儿女有点宽大起来了。先前他很气愤儿女的行动，百方企图着打断他们和农会的关系，可是自从张举人游街以后，他却静默起来了。虽然不公开地表示同意，可是对于儿女的行动不再加干涉了。有时老太婆为着儿女的行动生气，老人家反安慰着她说道，让他们去，现在是他们年轻人的世界了……听着紧急的风声，老人家见着王贵才病在床上躺着，很十分地代为焦急起来：他不能跟自卫队上山去怎么办呢？将他捉住了，大概是不会活的……虽然“他病了，或者不至于”这种解释安慰着他老人家，可是老人家总不能放下心去。

听着女儿要跟着自卫队上山去，王荣发始而不以为然，可是后来想到女儿不离开的危险，便也就不加阻拦了。可怜的老太婆见着亲爱的女儿要离开她，要离开安稳的家庭，而要去跟着什么自卫队一些男人们一道，跑到那什么无吃无住的深山里去，也不知一去有没有回来的时候，整整的哭了一个整夜。

“妈！不要紧的。女人也不止我一个，还有何先生，吴长兴的老婆大概也是要去的……我们不久就可以回来，妈！……”

毛姑的劝慰总减低不了老太婆的焦虑。她拼命地不让自己的女儿去冒险，她说，任死也死在一道，可是老人家反对，而毛姑又执意着要去，终于使得她只有无力的哭泣而已。

最后，毛姑走向病榻跟前，向自己病了的哥哥辞别。看见哥哥的热度极高的通红的面孔，以及他那泪丝丝的，饱含着无限的悲哀的眼睛，毛姑忍不住掩着袖子哭泣起来了。王贵才很费力地伸出热得烫人的手来，将毛姑的左手紧紧地握着，几番地欲言又止，后来将手松开，脸转向床里面去了。他仅仅用着万分苦痛的声音说出一句话来：

“妹妹，你去罢！……”

立在毛姑背后的何月素，睹此凄惨的情状，也不禁落下几滴泪来。然而她意识到时候已不早了，该动身走了才是，于是便忍着心向毛姑催促着说：

“毛姑娘！我们要走得了，再迟恐怕赶不上他们了。”

出乎何月素的意料之外，毛姑即时拭一拭哭红了的眼睛，回过脸来毫不留恋地说道：

“好，我们走罢！”

在老太婆哭泣的声中，在老人家呆着的怅怅的眼光中，毛姑和何月素各人手提着一个小小的包袱，向着走向关帝庙的那方向走去了。

当李木匠走进门的时候，他的老婆正在很注意地缝补着他的破了的白布裤子。李木匠本是不大爱穿有了补绽的衣服的，可是近来因为穷困，无钱买布的原故，便也就不得不把爱漂亮的脾气遏止一下，经常穿他的老婆所补的破衣服了。他的老婆和先前一样，很安于自己的穷苦的命运，不过先前她吃惯了他的丈夫的拳头，现在却渐渐把这事忘记了。如果农会的妇女部将很多的妇女都鼓吹得觉悟起来了，则她，李木匠的老婆，还是照着先前一样地生活着，思想着，从没有过超过她现在的范围以外的希求。李木匠一方面恨自己老婆愚蠢，可是见着别人的老婆不服从丈夫，也就很庆幸自己的命运了。

她看见自己的丈夫回来了，停下手中的工作，也不起身，只将呆笨无光彩的两只眼睛望着他，宛如忘记了说话一般模样。

“我的裤子补好了吗?”李木匠问。他的老婆摇一摇头，表示还没补好。

“那怎么办呢?”李木匠的眉头皱起来了。“我即刻就要拿去才行。我们自卫队今天就要进山里去……你快补完好吗?”

听了这话，他的老婆如梦醒了也似的，即刻低下头慌忙地动起针线来。李木匠立在她的面前，往下看着她的手内针线的移动，心内禁不住想起来了她的愚蠢然而很驯服的性格，她的惯于过着穷苦的生活，以及他往日待她如何地不好……这样的老婆好呢还是不好呢，他想。胡根富的二媳妇的风骚的模样在他的脑际里涌现出来了……接着他便想到那一晚被打的情形，不禁有点脸红起来了，同时，他生了对于他的忠实的老婆羞愧的心情。还是这样的老婆好呵，他想。

约摸经过十分钟的光景，他的老婆将裤子补好了。他将裤子拿到手里翻看了一下，然后顺手叠将起来，放在他身旁的桌子上。他的老婆仍愚笨地望着他的动作，不说话。

“你把我所要穿的衣服都收拾好，李木匠转过脸来向她说道，“我要带上山去。这一去不知什么时候才能回来……”

她忽然脸孔苍白起来了，惊慌地张开厚唇的大嘴问道：

“你要到哪里去呵？把我一个人丢掉吗?”

一种失望的要哭的声音，使得李木匠重重地看了她几眼，动了怜悯的心情。他想将她拥抱起来，好好地安慰她几句，可是他从来没有这样做的习惯，终于止住。

“把我一个人丢在家里，我怎么过日子呢？……”

她终于呜咽着哭泣起来了。这时李木匠才拉起她的手来，如大人安慰小孩子也似的口气说道：

“听我说，不要哭。我不久就要回来。家中还有点米……地里的豆子你别忘记锄……一个人好好地过日子，我不久就要回来……等我们自卫队打了胜仗的时候，我们的穷日子就会好起来。别要哭，给我收拾东西罢……”

四九

五十余人的队伍如长蛇一般地走上往三仙山的路途了。张进德领着第一队在前引路，李杰压第一队的队角。在他的后面行走着三个女人，女人们的后面是十几个挑着米粮杂物的，再后面是第二队，第三队。队伍当然是很花色的，有的荷着快枪，有的握着长刀，有的武器只是直挺的木棍……

他们具着同一的命运，跳动着同一的心，开始向着同一的方向走去。在那不可知的前途上，期待着他们的是些什么呢？他们之中谁个也不能说定。但是他们一致地感觉到了，就是从今后他们走上新的斗争的路，这斗争的结果不是胜利便是死灭，不是他们重新回到关帝庙，便是李敬斋重新把定住统治者的势力。

炎热的太阳发着淫威，秧稞中的热风更闭塞住人们的呼吸。汗珠子在每一个人的脸上身上流着，如淋着雨也似的，就是不断地用袖口或手巾揩拭，也不能稍微止住。有的带着草帽，有的撑着伞，可是有的只是光着头，一点什么遮盖都没有。李杰看见走在他的前面的癞痢头的头上，那无毛的疤痕被日光晒得发红而要蹦出油来的模样，不禁忍不住发出一种怜悯的声音：

"喂！黄同志！（别人都称呼他为癞痢头，而李杰独称呼他为黄同志。）太阳晒得很痛罢，来，来和我共一把伞，这伞很大。"

可是荷着一支快枪，正走得有劲的癞痢头，回过满流着汗水的红脸来，很感激地微笑道：

"不用，李先生！我是这样晒惯了的。"

"你为什么老称呼我李先生？"李杰用手巾揩一揩脸上的汗水，一面很亲密的向癞痢头说道，"我不是几次教你称呼我李同志吗？我们都是同志，没有谁个是先生呵。三仙山你到过吗？"

"我很去过几次呢，李先生。"

"你看，你又称呼我李先生了！"李杰略微表现出一点气愤的神气。癞痢头有点难为情起来，笑着说道：

"妈的，我这样称呼惯了，总是记不得……"他停了一会，将眉头皱了一下，向李杰问道："我们这一去，什么时候回来呢?"

"那可说不定。"李杰说。

"妈的，我们的家伙不够，讨厌！不然的话……"

前面有人唱起山歌来，那嘹亮的喉咙打断了李杰对于癞痢头说话的注意。接着有很多的声音同时附和起来。"这一次虽然是回避，也可以说是逃跑，但是孩子们的心气并不颓丧呢……"李杰一面这样想着，一面听着在他觉得是很悦耳的歌声。

在李杰后面行走着的三个女人，她们的头上都戴着阔边的草帽，手里都提着小小的包袱，如果从远处看来，一定认识不出她们是女人来。他们比男人们好说话些，一面走着一面不断地说着话。她们自成为一个小小的世界，仿佛男人们的山歌声，引起不了她们听的兴趣。何月素现在完全变成农家女子的装束了，照着她的外表看来，谁个也认识不出她是何家北庄的何小姐，何二老爷的侄女儿……"我现在和你们一样了，你们看，可不是吗?"她常常向毛姑们这样很自得地说着，她们也就渐渐忘记了她是生自别一个阶级了。可是在女人们的口中不大容易冒出"同志"两个字来。她们虽然和何月素是很亲密的，可是说起话时，还总是脱不了一个老的称呼"何小姐"。

"何小姐！你知道这三仙山为什么要叫做三仙山吗?"

李杰正在幻想着，忽然为毛姑的娇脆的声音所打动了，不由得回过脸来望她们，就在这个当儿，毛姑向他笑着很妩媚地说道：

"李先生！别要听我们的瞎三话四！我们女人有女人的话，你不懂得。"

"也许能懂得一点呢。"李杰也笑着说道，"现在讲的是男女平等，为什么你不准我听你们的话呢?"

毛姑有点难为情起来，回过脸不再答理李杰，继续向何月素问道：

"你知道吗?"

李杰见着何月素摇一摇头，说声不知道，可是她的目光却向他的身上射着，这使得李杰不自主地将脸红了一下便回过头来了。

"你知道吗，毛姑娘?"李杰听着这是吴长兴的老婆的声音。"真的，我活了这么大，还不知道这三仙山的来源呢。"

"这是我妈说给我听的。从前在什么时候，有姊妹三个，大的叫云霄，第二个叫琼霄，第三个叫碧霄，她们在山上修仙学道，后来都成了神仙。成了神仙以后，她们姊妹三个都上天上去了。后世的人知道她们三个在这山上修过仙，便把这山起个名字，叫做三仙山。山上有个三仙庙，那里供着的便是她们姊妹三个的神像。听说她们很显灵，烧香的人很多呢。"

“你妈去烧过香吗?”荷姐又问。

“她是去过的。听说山路很难走。”

“也不知还有多远。我已经走累了呢。”何月素很疲倦地说。

“你看，那前面不是吗?大约不大远了。”

毛姑停了一会，又继续说道：

“我妈说，她们姊妹三个都有宝贝，……”

“她们有什么宝贝呢?”荷姐急促地问。

“云霄的宝贝叫什么名字，我记不得了。琼霄的宝贝叫‘金蛟剪’，碧霄的宝贝叫‘混元金斗’，听说这‘混元金斗’厉害极了，任什么道行高的神仙都怕它。”

“怎么厉害法呢?”何月素也这样感着兴趣地问起来了。

“这‘混元金斗’是我们女子的（毛姑的声音放低了。）马桶炼成的，最厉害不过。只要把它一放出去，哪怕有多少万的人马也可以装得下。有道行的一被装进去，便什么道行都没有了，所以所有的神仙都怕这个东西……”

不等毛姑将话说完，荷姐又急迫地问道：

“那‘金蛟剪’呢?”

“那‘金蛟剪’听说也很厉害。那是由裁衣服的剪子炼成的。只要将这宝贝一放出去，那空中便有两条霞光万道的活龙交叉着，任你有千军万马，一霎时就可以剪得一个不留。听说有一次姜子牙得罪了琼霄，琼霄生了气，便放出‘金蛟剪’来剪他，若不是他的师傅救了他，他几几乎送了命呢。”

“我们要有这两桩宝贝就好了。”荷姐很惋惜地说。

“有什么用?”毛姑笑着问。

“有什么用?!”荷姐很郑重地说道，“如果有了这样好宝贝，那我们今天还上山去干什么呢?随便他们派好多兵来，我们还怕他们吗?我们一下子就可以把他们打尽了。只要有这样好宝贝，那我们……”

何月素噗哧一声笑起来了。

“你们说得怪当真的，世界上哪有这样的好宝贝?这不过是一般人传说罢了。什么修仙得道，什么天花乱坠的宝贝，那都是假的，世界上哪有这么一回事呢?你们千万不可以相信这些事情!”

三人都沉默下来了……

李杰一面虽然觉得荷姐的幻想好笑，可是一面也禁不住想道，如果世界上真有这样的好宝贝，那他将宝贝得到手里，便可以很快地将这种不公道的世界改造好了……

已经快要到三仙山的山麓了。在晴朗的天气之下，三仙山上面的树木，以及一切起伏和凹凸的地方，都很清晰地可以看见。他的一颗本来很平静着的心，忽然很剧烈地跳动起来了。他感觉到一种不可知的命运在等待着他和他的同志们。从这里也不知什么时候才能回到关帝庙呵……他想。但是别一种勇敢的声音向他说道：

“你在疑虑着什么！不是胜利便是死灭！勇敢地向前奋斗罢，李杰！”

这时他听见队伍中的杂乱的声音：

“你的老婆留在家里，你放心吗？”

“稻穗子已低头了。今年也不知道要不要再交租……”

“我们在山上好打他们些。妈的，他们来多少，我们便打多少，一个一个地将他们送回老家去！”

“我有什么舍不得？”

“走呵，你回看什么呢？家里还有什么东西舍不得吗？”

五〇

本来很寂静的三仙庙的大殿，现在变成为一张巨大的床铺了。吃过晚饭以后，众人都很疲倦地在大殿上躺下，有的垫着木板，有的垫着随身带来的竹席，有的垫着布毯……他们直着，横着，无秩序地交叉着，一致地发出如雷鸣也似的鼾声来。三个女人将两个老道士的卧室占住了，两个老道士骇得不敢做声，只乖乖地躲在厨房里。这些人们突然的到来，对于他们恐怕要算是凶神的下降了。他们简直不明白发生了一回什么事……

李杰因为上山的时候不小心，膝头跌破了一块皮，也就和着众人一道儿睡下去了。张进德无论如何没有即睡的兴趣。今夜晚的他的脑海，异乎寻常地起伏着不定的波浪，一回儿想到这，一回儿想到那。“老道士还在厨房里吗？由着这种思想，他便握着枪摸到黑暗不明的厨房里去了。厨房内寂无人声，这使得张进德一瞬间想道，老道士大概是偷跑了。他身边衣袋内有一盒火柴，即刻掏出来一根擦着了照一照，这时他见着两个老道士躲在灶背后，正坐着在打盹呢。

“老道士！”张进德将灶台上的灯燃着了以后，走至他们两个跟前，用手将他们的肩头推了一推。从睡梦中醒来的两个老道士，见着张进德手中握着枪的模样，只当是逼命的来了，便一齐噗通地跪下来，发出很惊惶失措的声音，哀求着饶命。

“大……王……爷！饶……饶命！”

“我又不是强盗，你为什么称呼我大王爷？起来，我好好向你们说话！”

两个老道士依旧全身战栗着，跪在地下不敢起来。张进德见着他们这样模样，觉得又是可怜，又是可笑。

“我们都是农会的人，”张进德很和善地向他们两个解释着说道，“我们是自卫队，你们听说过吗？”

“是……是……大王爷饶命……”

“我告诉你们，我们不是强盗。我们暂且借你们的庙住一些时就走，你们千万别要害怕，我们是不会害你们的。可是不准你们私自下山，如果你们私自下山，捉住了便没有性命。晓得了吗？”

“晓得……了！……”两个老道士叩了一个头，这样连忙答应着说。“不敢……大王爷饶命！……”

走出了厨房之后，张进德复走至大殿上巡视了一下，便走出庙门外来了。三仙庙位于半山腰间，它的前面是一个小小的空场，空场的前面再下去一点，便是黑黝黝的松林了。在昏黄不明的月光下，张进德看不清晰那山脚下的景物。时在炎热的夏季，夜晚的山风，吹到人的身上，虽然也觉得有点凉意，但是疲倦了的心神却被吹得轻松而清快起来了。从什么地方传来几声阴森可怕的山鸟的或是野兽的叫鸣，但是张进德的胆量很大，这时并不觉得一点儿可怕。他也曾过过山居的生活，但是独自一个人在昏黄的月光之下的半山之中，这样凄清地徘徊着，恐怕今夜晚要算第一次呢。

想起农会的前途……想起矿山上的生活……现在他是和同志们退避到这三仙山里来了。难道就没有再回到关帝庙的希望了吗？难道他和同志们所开始的斗争，就这样得不到好结果吗？听说全中国又重新整个地进入到××的时期了……这就是说资本家和地主们要继续压迫下去！难道我们就没有出头的日子吗？不，这是不会的！……矿山上的工友们现在怎么样了？待遇还是那样的不好？工头还是那样的凶恶？那里的组织又该怎样了？还是和从前一样地受压迫吗？……听说隔县里已经聚了一千多农民，他们正式地和官兵对抗起来，也不知现在的情形是怎样了……若这里弄得不好，或者加入他们的一道去……

无数的思想的波浪在他的脑海里沸腾着。地下的他的影子跟着他在空场上走来走去，有时月光被云块所遮蔽了，那他便失去了跟着自己走动的侣伴。不知为什么，一阵略微大一点的风送来了何月素的影子，于是他的心动了一动，接着便想起她的为人，她的声音笑貌……“真是一个难得的姑娘！”他不由自主地从口中说了这么一句。“但是她在爱着李杰呵！你有什么资格可以爱她呢？你在发痴！”转瞬间这种思想又把他的微笑着的心情变成忧郁的了。忽然他吐了一口涎沫，狠狠地向自己骂道：

“呸！现在是什么时候，你还想到这些不相干的事情！浑蛋！”

身背后的脚步声，打断了张进德的一切的思想，即刻使他谨戒起来。

“进德哥！你还不睡干什么？”

听见这是李木匠的声音，张进德这才放下心了。他不直答李木匠的话，即时反问着道：

“你不睡觉走出来干什么？”

“妈的，不知为什么总是睡不着。”

“为什么这样？”

“进德哥！你不知道……在我未当队长以前，我觉着我自己还没有……现在我觉得我肩头上的担子重起来了，到处都留起心来。今夜晚老是睡不着，生怕会有什么岔子出来，所以我走出来看看……”

月亮突然冲破了云围，放出很明亮的光来。张进德很清晰地看出李木匠的脸上的很慎重的表情，不禁暗自想道，这是一个好汉子呵！……慢慢地将李木匠的手拉起来，张进德很友爱地说道：

“老弟！现在是睡的时候了。我们应当休息一下，明天，说不定，也许要和敌人开火呢。”

月亮微笑着将两个人送进了庙门……

五一

毛姑离开了以后，躺在床上的王贵才身上的热度突然增高了。在半云半雾里，如沉沉地吃醉了酒也似的，他失去了大半的知觉。父亲是怎样地呈现着焦虑的面孔，母亲是怎样地掩面哭泣，他完全不知道注意到这些身边的景象了。他觉得他飘浮在一种什么渺茫的，迷蒙的海水里，被一种什么醉了的热的空气所熔解了也似的。他忘记了一切。

第二天早晨他似乎略微清醒一点。见着两位老人的愁苦的情状，他明白了他是在病着，而且这病症似乎是很沉重的……他不禁伏着枕头哽咽地哭泣起来了。他想起来了妹妹，想起来了离他而去的自卫队……深恨自己害了这冤枉的病，无力地躺在病床上，不能和同志们在一起奋斗，这倒是怎样地倒霉呵，所以忍不住自己的眼泪。两位愁苦着的老人家见着自己的儿子这般的情状，便强装做笑容来安慰他，可是他们不明白他的悲哀的原因，所以他们的安慰也就收不到相当的效果。

“毛姑呢，妈?”他明知道毛姑已经跟着自卫队上山去了，可是现在不知被什么一种突然的思想所推动，不自主地问了这么一句。

“毛姑跟人家去了，等一两天就回来。她临去的时候叫你在家好好地安心养病呢。”

老太婆口中由苦痛而勉力说出来的谎言，无异是增加了他的病症的劣药，于是他又昏沉起来了……

不知经过多少时候，一种凶恶的叫骂的声音，将他的昏沉了的神志又惊醒了。他睁开眼睛来一看，见着满房间立满了武装的人们，而立在他的床前的一个更为凶恶。只见他左手握着一支快枪，右手拿着一条皮鞭，像要即刻便要开始鞭打的模样。贵才在他的左眉毛上面的一块疤痕上，在他的一张大嘴上，认识出来这是胡根富的二儿子，这是胡小扒皮……在短促的惊异的时间之后，贵才明白了这是一回什么事。他又将烧红了的眼睛合上了，静等着他的敌人对于他的虐待。一瞬间他本想爬起身来，狠狠地给胡小扒皮一个耳光，可是他病了，他没有力，病了的身躯使他不能做有力的反抗。于是他决意以沉默的态度来对付他的敌人，“看你怎么样对付我呵！”他想。

“妈的，你装死吗？你这小王八羔子也有了今日！我看你现在还敢凶吗?”

王贵才依旧沉默着，动也不一动。这使得胡小扒皮更加发起火来了，便狠狠的用枪柄向王贵才的大腿上捣了一下，隔壁的老太婆的悲惨的哭声传到他的耳鼓里来了，于是他再也忍不住了，将眼睛睁开来骂道：

“胡小扒皮！我病了，没有力气和你说闲话。你要将你老子打死，就请你快些动手，别要这样折磨人！”

红涨着的眼睛恨不将立在面前的胡小扒皮吃掉！但是他病了，他没有力……“横竖不过是一条命罢，”他想。只见两眼射着凶光的胡小扒皮将手一招，发下命令道：

“把他拖出去！”

如野兽爪子一般的许多只手将无力的病了的身躯拖下床来，接着便残酷地拖出门去，拖到日光热蒸着的稻场上……两位老人家上前拼命地强夺自己的儿子，可是被野兽一般的人们推倒在地下，疼痛得抱着破伤了的膝头，一时爬不起身来。就在这个时候，他们两个听见了啪的一声枪响，接着第二声，第三声……

两位老人家同时晕了过去……

众人围绕着血溅丫满地的，伏着王贵才的尸身，继续着残酷的，胜利的叫骂：

“这小子现在可不会再逞能了！”

“请他到阎王面前去革命罢！”

“妈的，这小子活像一个死了的乌龟！”

“你别说！这小子倒很聪明的，可惜不学好，闹什么鬼革命……”

武装的人们，胡小扒皮领着头，又开始到别的村庄上捉人去了，稻场上的空气重新寂静下来。也不知在什么时候，天空中的太阳被一块黑云所遮蔽住了，使得大地呈现出阴沉的暗色。惊走了的稻场旁边的两株大树上的乌鸦，重新回至自己的窝巢来，开始做着哇哇的哀叫……

五二

三仙山位于群小山的拥抱之中，周围冈峦起伏，风景绝佳，被人称为名胜。曾在什么时候，李杰为着三仙山的美名所诱惑，也曾想过来游览一番，饱一饱眼福。现在他是到了三仙山了。这三仙山的优美的景物，他有了尽量欣赏的机会。

但是李杰已不是先前的李杰了。先前的李杰企慕着三仙山，而卒未达到游览的目的，现在的李杰到了三仙山，可是他此番已不是什么名胜的游客，而是避险的战士了。这三仙山对于他只有了军事上的意义，此外什么茂林修竹，什么清泉峭石，已博不了他的注意。

在晴朗的天空之下，立在三仙山的半腰，已尽可以很清晰地看见那前面数里以内的景物。那小河的蜿蜒，那村庄的散布，那田野的碧浪……一一呈在眼前，历历如画。李杰同着张进德和小和尚三人同立在一块躺着的巨大的青石上，向前察看这三仙山左右的形势，在什么地方可以埋伏，在什么地方可以预备着第二条下山的出路……那山脚下的优美的景物虽然也在李杰的目光之下，然而它们却引起不了他的兴趣。他这时所想到的只是怎样防御敌人，怎样向前进攻，怎样向后退守，伟大的责任心将他的一切闲情逸兴都消灭了。

一直到现在还继续穿着和尚衣服的小和尚（其实他现在是自卫队的队员，而不是关帝庙的小和尚了。）立在李杰的右面，好像他的小小的卫士也似的，这时看见那远处一个什么地方，用手指着说道：

"李先生！你看，那不是我们的关帝庙吗？"

李杰摇一摇头，微笑着说道：

"你弄错了。关帝庙不是在那方向呢。"

"小和尚大概是有点舍不得离开关帝庙罢？老是这里也是他的关帝庙，那里也是他的关帝庙……"张进德笑着打趣小和尚，小和尚气鼓鼓地反驳道：

"我有什么舍不得关帝庙？关帝庙是我的金銮殿不成？"

"不过我倒舍不得一个人，"小和尚沉吟了一会，这样很凄楚地说道，"怪可怜的……"

“你舍不得哪一个？”李杰问。

“我舍不得王贵才……他待我很好……”

小和尚将头低下了。李杰呆瞪着他那圆滚滚的和尚头，如发了痴也似的，半晌说不出话来。可是他的一颗心很自责地跳动起来了。小和尚还记念着王贵才，而他，李杰，王贵才的好朋友，反来忘记了，这岂不是浑蛋吗？……但是他转而想道，这也不能怪他，他的事务很忙呵！……但是他的病状怎样了呢？也许……也许他在床上不能行走，被来剿匪的军队捉去……

就好像有了确实的预感也似的，李杰忽然变了面色。张进德觉察到了这个，急忙地问道：

“你，你是怎么一回事呀？”

“没有什么，”李杰将心神镇定了一下，摇一摇头轻轻的说道：“我想起病在床上的王贵才……”

李杰将话刚说到这里，小和尚忽然很惊诧地指着向他们这儿走来的一条上山的路上叫道：

“你们看！那是谁个这样慌慌张张地跑上山来？好像有点认识……”

李杰和张进德顺着小和尚手指的方向望去，果真有一个人慌张地向着他们走来。等那人走近了一点，小和尚带一点欢欣地首先叫道：

“啊哈！这是王荣发老伯，你们看可不是吗？”

踉跄的老人家走至他们三人面前，已经是面色惨白，满身流汗，没有再说话的力气了。只见他一跤扑倒在地下，喘着似乎要断了的气，半晌没有动弹。他手中握着的是一条木棍，素来不离口的旱烟管，这时也不知道丢到什么地方去了。李杰见着老人家的这般情状，知道了一定地发生了什么巨大的祸事，一颗心更加不安起来。他一时地不知如何措置，等到张进德和小和尚将老人家扶起来了坐着以后，他才惊颤地开口问道：

“是怎么一回事，荣发老伯？”

老人家望着李杰，那泪水如潮一般，从他那干枯了的眼睛流下来了……李杰觉得自己也好像流了泪也似的，用袖子揩一揩眼睛。停了一会，老人家开始哽咽着说道：

“我的儿子……他们……把我的儿子打死了……他们将他从床上拖下来，活活地枪毙了……”

李杰觉得自己也立不住脚来，快要倒在地下了。他的幼年的好朋友，现在的勇敢的同志，居然很残酷地死在敌人的枪下了，居然第一个首先牺牲了……

老人家继续哭诉着当时王贵才被难的情形。他最后说，他的老婆也因为伤心太甚而死去了。他现在只剩了一个人。他爱他的唯一的儿子。他的儿子既然惨死了，他再也没有别的希望。他决定跑上山来加入自卫队，也许因为年老了不中用，可是他能烧锅，他能打柴，或者做一点什么小事……

一种巨大的愤恨将李杰的精神振作起来了。他走上前将老人家扶起，面对面地，好像如发誓一般地，坚决地说道：

“老伯！别要再伤心了！你来加入我们的队很好。事情总是有你做的。我们要替贵才弟报仇！可是报仇的事情并不是一哭就可以了事的。”

“他们快要来了呵！”老人家揩一揩脸上的眼泪，这样报告着说。小和尚卷一卷袖子，如就要对敌也似的，气愤愤地说道：

“妈的，叫他们来就是！打死他们这些兔崽子！”

“老伯！”李杰最后说道，“天不早了，你还没吃饭罢，我们到庙里去吃中饭去。毛姑娘很好。如果她看见你来了，一定很奇怪呢。”

五三

整个的三仙山为夜的黑暗所吞食了。天空中满布着深厚的阴云，间或从某处未合拢的云孔里，露出来一粒两粒的微星。从天的西北角上传来轰了的雷声，也就在那里闪耀着迅速的金光。气候燥热得很。大的暴风雨就快要到来了。

在进三仙山的路口旁边，新造了一个小小的草棚，这就是自卫队守山的岗位。黑夜隐藏了它的形象，如果不是里边有一星星的灯火，令得守岗的五个人还能相互地望着面目，那恐怕会要令守岗的人们自己也觉得是不存在的了。

同伴们在铺着荒草的地下对坐着，寂寞侵袭了他们的心，如果不有谈话来活动一下草棚内的空气，那他们真要会感觉到不可忍耐的压迫，说不定要逃出这个岗位也未可知。他们的年纪都不过三十岁，那一个坐在草棚门口的癞痢头，看去也不过二十岁的光景。坐在他的右首的一个黑黑的面孔生得很结实的汉子，用手向他的肩头拍了一下，笑着说道：

“癞痢头！我真没料到你现在变得这样好了。李先生和张进德都很喜欢你呢。”

癞痢头睁着圆而大的眼睛望着称赞他的人，半晌没有说话。后来他的脸孔转向草棚门口以外，很平静地，如自对自地说道：

“事情哪有一定呢。我从前那样也不是因为我生来就是坏胚子。我家里也没有田也没有地，父亲去吃粮去了，到现在还不见音信。剩下来我和我的妈妈。老太婆瞎了眼睛不能动。我有什么法子想呢？所以我只有……”

癞痢头止住不说了。众人都寂静地期待着他的下文。

“你说下去呀！”有一个催促着他说。他停了一会，忽然转过红了的面孔，向着大家很兴奋的说道：

“你们以为我从前做小偷是乐意的吗？我要养活我的母亲，我要养活我自己，我不得不做这种事呵！可是这种事并不是容易做的。有一次我因为偷一只鸡，几几乎没被两条恶狗撕掉。有一次我被捉住了，打了一个半死。这是容易做的事情吗？我曾经打了几次的主意，妈的，决意不做这种事情了，可是，他妈的，帮人家帮不掉，不做小偷只得饿死。可是我想活着，我不愿意饿死……我为什么饿死呢？……”

众人齐向他射着同情的眼睛。首先称赞他的那个结实的汉子，这时点一点头，如有所悟也似的，慨叹着说道：

“癞痢头！你说得不错。就是因为不愿意饿死的原故，什么事都可以做出来。即如我何三宝在先喜欢赌博，人家称我赌棍，其实我也是因为没有法子才这样。我又不是个猪，谁个不愿意学好呢？如果我有田种，如果我不愁吃不愁穿，那我真愿意做一个赌棍吗？”

何三宝皱了一下眉头，沉吟了一会，后来继续说道：

“我本来是有田可以种的，只因为我的父亲亏欠了胡扒皮的许多债，不得已只得将几亩田卖给他了。我一家子就是被胡家弄穷了。我恨不得将胡扒皮打死才能出气……”

“听说胡扒皮的儿子胡小扒皮，”何三宝对面的一个面目很清秀的青年农人插着说道，“现在做了民团的什么排长了呢。王贵才是他带着人打死的。妈的，真冤枉！那一天晚上把他捉住了的时候，为什么不把他送回老家呢？若是那晚把他送回老家了，倒免得他现在和我们做对。”

“我们的探子报告，说他们明天就要来打我们呢。”另外的一个缺着牙齿的青年这样说。何三宝不答理他们的话，依旧继续着自己的思想说道：

“现在我明白了。这个世界是太不平了！穷人也是人，本来可以过得好日子，可是有钱的人设了许多陷网，硬逼得穷人无路可走，妈的……”

“所以现在我们要革命了。”癞痢头接着很坚决地说道，“我们一定要弄得人人都有饭吃，人人都有田种，不准不做工的人享受现成的福气。我们怕的就是不齐心！如果我们穷人能团结起来，妈的，还怕他们什么何二老爷，李大老爷！妈的，天王爷我们都不怕！”

一直到现在沉默着的躺在草地上的那个瘦削的汉子，忽然叹了一口长气，发出很悲愤的声音说道：

“你们都说你们苦，可是你们不知道我比你们更苦呢！张举人把我家的田强买了，将我的父亲打了一顿，我的父亲活活地气死了。我的母亲投了水……”

瘦削的汉子如喉咙被什么东西突然地塞住了一样，很费力地咽了一口大沫，停住不说了。众人寂静着，默然地望着他那副苦痛着的面孔，不料从他那深陷着的眼睛里簌簌地流下珠子一般的泪来。

“你这家伙是怎么一回事?”癞痢头急促地问他。他将老蓝布小褂子的袖口揩了一揩眼睛，然后俯视着地下的荒草，依旧如哭着也似的模样，继续地说道：

“我发了誓……我要亲手将张举人杀死……可是这老东西已经死了……”

“哎哟!”癞痢头笑起来了。“我道是怎么一回事，原来是因为这个！你这家伙真不济事，动不动就哭起来了。他家里的人还很多呢，有得你杀的……”

喀叹一声巨雷，如就在他们的头顶上响着也似的，即时将众人惊怔住了。草棚被风吹得乱晃，使得坐在里面的人们担起心来。癞痢头伸头向外边一望，依旧是不可冲破的黑幕笼罩着，望不见什么影子。在雷声和风声过去了之后，忽然有一种什么唏唧唏唧的声音传到众人的耳朵里，使得他们即时警戒起来。各人握好了武器，走出草棚以外，齐向路口那边望去，见着离他们不远的地方似乎有两个人影子在挪动。

“谁个!”何三宝厉声的问。没有回答。两个黑影子似乎有要逃跑的模样，可是癞痢头的枪声已经响了。只听哎呀一声，有一个黑影子倒在地下，而另外的一个飞也似地逃出了众人的视线。何三宝首先向目的物跑去，接着众人都跟了上来。果然是一个人，是一个尚在呻吟着的人……

将受了枪伤的拖到草棚里以后，开始了一个小小的法庭。癞痢头也不注意这人的面目怎样，伤在何处，急于开口问道：

“你这小子，你快说你是来干什么的，若有一句假话，便送你去见阎王爷!”

“请你们别要打死我？我，我说实话就是了。我是民团派来当侦探的……”

在惊神方定的众人的面孔上，展开了胜利的微笑……

五四

从昨夜晚被捕的侦探的口里，自卫队得知来攻打三仙山的，并不是正式的军队，而是新编的民团。敌人的力量要比自卫队大得两倍，然因为是新编的民团，自卫队便也就不将他们放在心上。在为着气愤的火焰的燃烧着的情况之中，自卫队的队员们都表示着坚决的勇敢的态度。“妈的，杀下山去！怕什么呢?”在这一种兴奋的鼓噪的声中，惟有李杰的态度照常地镇静着，不大轻于说话。经过长时间的思索之后，李杰忽然为欢欣所鼓动着了，发下了命令……

又是夜晚了。阴云布满天空，黑暗笼罩着大地。三仙山的面目被隐蔽起来了，敌人无论如何也得不了在三仙山上的动静。将到半夜的辰光，自卫队全体动员，悄悄地走下山去……这时驻扎在山脚下的敌人，因为日里百般地进攻而不得逞，正在沉醉于疲倦的梦里。忽然“杀呀！杀呀”的叫喊声，哔哔啪啪的枪炮声，就如山崩地裂了也似的，将他们从梦中惊醒了。有的爬起来就跑，然而受了伤，已经跑不动了。有的胆大一些的还拿起枪来抵抗，有的骇破了胆，伏着不动，胡乱地为斧头或是刀所砍死了……

自卫队的队员们个个争先，任谁个也不落后。李杰和着小和尚一道，也和其他的队员们一样，拼命地向着敌人杀去。小和尚的手里只一条和他身段长短差不多的木棍，不过这算不得他的武器，他的武器是满衣袋子里的爆竹，他拼命地将这些爆竹燃放着，在黑夜里，这种声音就好像枪炮的声音一样，在惊慌中的敌人无论如何也辨别不出来。三仙庙里所存着的爆竹，这爆竹是香客们敬神用的，今夜晚恐怕要用去了一大半。小和尚素来就喜欢放爆竹，而今夜晚放爆竹以恐吓敌人，这对于他更是有兴趣的事。

敌人退去了……在照耀的火把的光中，众人看见许多敌人的死尸，有的受了伤，在地下躺着，呻吟着，不能跑动。获得了很多的枪支。李杰见着这种胜利的情形，不禁欢欣无比，发下一声凯旋的命令。不料在乱哄哄的人众之中，在不知从何处发来两响枪声之后，李杰哎哟一声倒在地下了。眼见得藏在黑暗的，为众人所不觉察的地方的敌人，这样地看清了目标……

小和尚哭叫起来了。众人围绕着躺在地下的呻吟着的李杰，一时地如失了知觉也似的，都惊怔地望着，哑然不做一点儿声响。又响了两声枪声，接着又有两个自卫队的队员躺下了，这时众人才恢复了知觉，齐声喊道：

“快些！快些！我们捉拿敌人呵！”

敌人已逃跑了。在黑夜里很难追寻敌人的踪影。在四处搜索了一番之后，众人又重新失望地，悲哀地聚集起来。两个受了枪击的自卫队员已经死去了。李杰还是正呻吟着。小和尚伏在他的身上只是嘤嘤地，如死了他的亲爱的人一般，很伤心地哭泣着。队长受了伤了，他们的领袖……怎么办呢，啊？谁个也不知道怎么办！张进德一时地也为这巨大的打击所震惊得不知所措，然而明白的思想终恢复了他的常态。他亲自将呻吟着的李杰背起来，在前引着众人，一步一步地走上山去……

留在庙中的三个女子和着王荣发，曾战兢兢地将自卫队送下山去，现在正战兢兢地等待着自卫队的回来。一一的枪声，爆竹声，叫喊声，他们都听得很清楚，他们的心境比身临战场的战士们的还要不安。最后，立在庙门前的等待着的他们，终于见着自卫队走上山来了。大概是打了胜仗罢，他们想。可是不见了李杰，不，李杰还在着，可是他不能走动了，而伏在张进德的背上……天哪，这是怎么一回事呵！女人们哭起来了。

张进德将李杰放到床上躺着以后，他自己也就便坐在床沿上，两眼瞪着呻吟着的受了伤的李杰，如中了魔一般，痴呆地说不出话来。小和尚跪着，伏着床沿，仍继续嘤嘤地哭泣着，那悲痛的声音会使心硬的人也会落下眼泪。给了众人一个巨大的惊喜，李杰的眼睛渐渐睁开了。他已回复了知觉。见着围绕在床前的众人，他苦痛着的眼睛渐渐红起来了，然而他勉强着没有流出眼泪。沉吟了好一会，他开始低微地说道：

“诸位同志！我怕不能活了……”

小和尚忽然握着他的手，哭着叫道：

“李先生！你不要死呵！你不能死呵！”

李杰略微摇一摇头，充满着苦痛地说道：

“我的亲爱的小同志！小朋友！我要死了，我不能再和你在一道了……”

他的眼泪眼见得要随着这种悲哀的声音流出来时，可是他将眼睛闭下了。这时呆着的张进德，忽然如惊醒了一般，向前伸着头，接着将头摆了一摆，如哭了也似地说道：

“李同志！我们的事业没有成功，你是我们的先生，你，你不能把我们丢开啊！”

李杰又慢慢地将眼睛睁开了。他向张进德沉吟了一会，声音较先前沉重了一点，说道：

“进德同志！我料不到我今晚上就被敌人打中了。我不应当死，因为……但是这又有什么办法呢？你是很能做事的，同志们都很信仰你，我希望你此后领导同志们好好地，好好地进行下去……”

忽然李杰的面孔苍白得可怕起来，他的眼睛开始射着异样的绝望的光。这时正在和何月素相抱着的毛姑，好像感到李杰快要断气也似的，即刻如疯狂了一般，将众人分开，跑至李杰的床沿前跪下，一把将他的手握起来，颤抖地说道：

“李先生！李先生！你不能死啊！我不要你离开我啊！李先生！……”

从渐渐失去光芒的李杰眼睛里，最后滴出几滴眼泪来。他企图着张一张口还说些什么，然而未说出话之先，他的眼睛往上一翻，即时就断了气……

张进德慢慢地将头低下来了。小和尚和毛姑紧紧地抱着痛哭起来。立在床前的队员们，有的呆如木鸡一般立着不动，有的低着头用袖口揩着自己的眼泪……巨大的不可尽度的悲哀裹住了众人的心灵。不知从什么地方吹来一阵阴惨的风，将摇晃着的桌子上的灯火吹灭了……

五五

第二天的清早，张进德亲自带领着刘二麻子，吴长兴，李木匠和着老人家王荣发，在三仙山的半腰，找到了一所避风而前景开阔的地方，作为李杰和两个队员的葬地。山中也没有现成的棺木，只得在墓穴挖掘好了以后，将三人赤着体掩埋起来了。

落着丝丝的细雨。天气的阴凄符合着人们的悲哀的心境。在每个人的面容上寻不出一点愉快的痕迹来。然而没有一个人哭。张进德说，在战士的墓前只有坚决的誓语；而不应当做无力的哭泣。三位最亲爱的同志死了，他们，还生存着的人们，应当发誓为死者报仇，应当完成死者的心愿。不错，唯一的领袖李杰同志死了，给了他们以重大的打击，但是他们并不可以因此而丧气，只要大家万众一心，奋斗下去，那事情也是可以成功的……

在凄凉的半山坡下，新起了三堆的黄土。从此死者永远无言地躺着了，但是生者的艰苦的路程还正长远着呢。每一个人怀着酸楚的心情，每一个人起了对于前途命运的幻想。但是战士们只有进没有退，只有向前是出路，只有努力奋斗是得到出路的唯一的方法。“同志们！我们在死者的面前发下誓来罢！”在最后的张进德的喊叫之中，众人不觉得忽然心神振作起来了。愤恨代替了悲哀，誓语代替了哭泣。向前呵，同志们！……

女人们也忍住了急于要流出来的眼泪。毛姑和何月素手携着手立在李杰的墓前，很久很久地向那墓土瞪着，仿佛她们企图着看见那已掩蔽住了的面目。然而她们是望不见那个亲爱的面目了。最后何月素侧过脸来望望毛姑，毛姑也侧过脸来望望何月素。她们俩相互地看出各人眼中的深沉的悲哀，那悲哀不单是由于死了一个优秀的或是重要的同志，而且由于死了为她们女人们，所爱着的一个人。她们俩相互地明白了，各自无语地凄然低下头来，然而这时充满着她们的心的，不是爱情的嫉妒，而是一般的悲哀。

最后，众人又重新回到庙内了。需要预备着新的战争，需要预备着新的力！死者已卸了责任，而这责任加上了他们的肩上。向前呵，同志们！……

惟有小和尚一个人还独自立在墓旁，不愿即行离去。等着众人都离开完了以后，他向李杰的墓前跪下了。开始很郑重地叽咕着，如同往日在菩萨面前拜忏的一般。

“李先生！小和尚跪在这里你知道吗？你待我很好，我无论怎样也不能忘记你。你被那天杀的什么老八羔于打死了，我一定替你报仇，不报仇那我就辜负你老人家了。如果你会显灵的话，千万望你在暗地里保佑我，我好找到那个天杀的混账老八羔子报仇呵……”

小和尚说到这里，恭恭敬敬地磕了一个头，不料就在这个当儿，他听见背后有人说道：

“小和尚！你在这里干什么呀？”

小和尚吃了一惊，回过脸来一看，见是手持着一大束野花的癞痢头，便气鼓鼓地立起身来问道：

“你管我什么事情？”

“我只问你一声，你怎的就这样气鼓着嘴？”

癞痢头说着，将手中的一大束野花抖了一抖：

“你看，我找了这许多花来。”

“要这花干什么？”小和尚将气略平了一点这样问。

“你这小和尚真蠢！你不听见将花献在死人的墓前是顶雅致的事情吗？我跟李先生过了许多日子，他待我很好，现在他死了，我想，我也没有别的东西来祭奠他，所以找了这许多花来放在他的面前，想他是很喜欢花的，一定在阴间称赞我还有情义之分。你说可不是吗，小和尚？”

小和尚被癞痢头说得佩服之至，便也就在沉郁着的面容上展起微笑来，说道：

“亏得你有这个心眼儿。我到没想到。好，我也去摘一些来……”

丝丝的细雨还是继续地飘着，但是地下并不见得十分潮湿。癞痢头也不顾及腿上的污得白色变成了灰色的裤子，照着小和尚一样地向着李杰的墓前跪下了……正在低着头采着野花的小和尚，忽然听见了癞痢头的哭声。“这小子倒很有点良心呢！……”他想。

五六

那一夜晚的袭击，虽然给了民团一个重大的创伤，可是不数日后，三仙山的脚下又增加了一连的军队。敌人的力量更加扩大起来了。虽然因为山路的险隘，敌人不容易攻上山来，可是想以现有的自卫队的力量攻下山去，那也是不可能的事。

敌人取着围困的策略，而山上的粮食快将告尽了……怎么办呢，啊？和敌人打罢，力量不够；不打罢，那岂不是坐以待毙吗？除开唯一的一条上下山的弯曲的道路而外，没有别的下山的出路，因之也就没有得到粮食的方法。如果敌人再围困一礼拜的时间，那自卫队一定都要整盘地饿死了。

怎么办呢，啊？队员们都愁苦着，谁个也想不出救急的办法。现在张进德是队长了，同志们相信他，希望他，因此他应当想出一点什么，然而他和众人一样，什么也没想出来。在他的沉毅的面孔上，现在布满了忧郁的阴云。他的眼睛虽然还炯炯地放着光芒，然而如果你逼近一看，那便要看出他那眼底深处的苦痛和焦虑来。但是悲观的语句从来不自他的口中发出，因为他知道他自己的地位和他对于同志们的意义。如果他也表示悲观起来，那更要馁同志们的气，这就是说，同志们更要陷入绝望了。不，无论情形是怎样的严重，境遇是怎样的艰难，他都应当鼓着同志们的气，而这英勇的气就是他们唯一的出路！

怎么办呢，啊？……张进德每逢听到这个问题时，总是很镇静地说道：

“不要紧！我自有办法。待我好好地想一想。”

但是表面的镇静总是压抑不了内心的焦虑。他说他有办法，其实他有什么办法呢？他什么办法也没有！他是在欺骗着同志们，然而他想到，这种欺骗是必要的，否则，那也不知道要使一些孩子般的同志们弄到怎么样的颓丧的地步！他知道，他不应当欺骗同志们，然而有时候这欺骗也是必要的啊。

他很相信同志们的，这些简单的乡下人的勇敢和纯洁，在他们的热烈的愤恨之下，他们可以拼命，可以死。但是同时他也知道，要想从他们的简单暴动着的脑筋中，寻出一个良善的方法来，那大半也是枉然。正因为这个，他感觉到自己在他们之中的重要。但是他现在也无法可想了！怎么办呢，啊？他的责任是引导他们走入生路，而不是引导他们去寻死路。寻死路那是很容易的，只要他发下一个命令杀下山去……

在日里，在夜里，他的思想没有休息。无论如何，就是把脑壳想破了，也要想出一个脱出危险的方法来！今天焦急得不过，带领着小和尚走上三仙山的最高峰，想借此将胸怀开阔一下，顺便察看一下山前山后的情形。可是山后是绝壁千丈，没有出路！……他隐隐地望见那百里以外的邻县境内的一带蜿蜒着的山岭了。一种突然的思想使得他自对自地责骂起来：

“我这浑蛋！我为什么将他们忘记掉了呢？”

“什么事情呀，大哥？”小和尚惊异不解地问他，可是他为着突然而起来的思想所包围住了，没有回答小和尚的问话。他想起了，在那蜿蜒着的一带山岭之中，聚集了千余人的如他们一样的队伍，占领了县境的大半……

“就是这样干罢！”

最后他又这样自对自地说了一句。在他的面容上眼见得展开了希望的微笑的波纹了。小和尚莫名其妙地惊瞪着他的奇异的表情，本待要开口问他，可是他已拉住了小和尚的小手，说声我们回到庙里去罢……

他即刻将自己的思想告诉同志们知道。他说，坐以待毙不是良策，而且他们孤单得很，一定要找一个出路。他说，这个出路是什么呢？就是乘着敌人的不意，拼命冲下山去，去向金刚山入伙去，在那里有很多很多的朋友……

谁个也不反对。这样地决定了。在一种新的希望之中，在这要被离开的三仙山上，过着最后的一夜。

第二天的黎明。队伍在云雾之中悄悄地走下三仙山了。三个女人也改变了男装，她们如普通的自卫队的队员们一样。张进德怕她们有失，特地将她们列在队伍的中间，并招呼她们前后的队员们给以照应。

敌人的营垒挡着去路。要想逃出，那便要冲过敌人的营垒。好在这时敌人都在睡梦之中，就是有几个哨兵来往，也是晕头晕脑的，没精打采的模样快要睡去。等到自卫队将队伍列好之后，张进德将手一挥，号令着一齐哑然无声地冲向前去……

因为不预备和敌人对敌的原故，各人拼命地以逃出敌人的营垒为目的，所以并没有响动枪炮。敌人的哨兵被杀死了。等到睡梦中的兵士们都醒来了而意识到是一回什么的时候，自卫队已冲过营垒了。可是他们并不放手，即刻追击起来。每一个自卫队的队员都用尽所有的力量向前奔逃，毫不还击。

可是枪弹从后边如雨点也似地飞来，有多少不幸的竟中了弹而殒命。

这样一点钟以后的光景，追击的敌人渐渐落后得很远了。枪声也渐渐稀少了。但是众人还不敢停留一步，仍继续着向前奔逃。等到后来觉得已离开危险的境界了，众人才渐渐地松起脚来。有的喘不过气来，有的忽然倒在地下不能走动了……张进德发下了休息的命令。

在队伍都聚集拢来了的时候，张进德点检了一番：失去了十三个男同志，一个女同志何月素……他差一点要哭出来，然而他勉力地忍住了。这个时候不是表示悲痛的时候。

“我们三个人，”毛姑红着眼睛发着哭音诉道，“本是一道跑的，何先生在起初跑得也很有劲。可是后来不知因为什么，我们便把她丢掉了。我想将她找到，可是怕敌人赶来了，来不及……”

“她本来是一个文绉绉的小姐，怎么能经得这样拼命的跑呢？恐怕是……”

荷姐没有把话说完便咽住了。张进德低下头来，想借此免去众人看出他的红了的眼睛，悲哀的表情。他所爱着的何月素死了……勇敢的女子……良好的同志……

忽然立在张进德旁边的，精神奕奕的小和尚将他的手腕拉了一下，很欢欣地叫道：

“大哥！大哥！你看，那不是一个人歪歪地走来了吗？那样子好像……说不定是何先生呢。”

张进德的精锐的眼光判定那人不是别个，那正是他们适才所提起的何月素。欢欣充满了他的身心，他即刻很快地迎向前去。是的，这是何月素，这是他们亲爱的何月素！她的右腿上略受了一点微伤，因此她走路歪歪地有点费力。她的面孔为着汗水所浸淋了而且显现着十分疲倦的苍白。但是她的眼光仍是依旧地活泼，依旧地充满着希望。见着张进德迎上前来，她不知为什么，也许是由于过于欢欣的原故，忽然走不动了，一下子向地下坐将下来。

“张同志！我右腿受了一点伤。”她颤颤地说。张进德并没答言，走上前去，用着两只有力的臂腕将她的微小的身躯抱起来了。何月素也不反抗，两手圈起张进德的颈项。两眼闭着，她在张进德的怀抱里开始了新的生活的梦……

1930年11月5日于吴淞

第伍卷

方铭
马德俊／主编

蒋光慈全集

合肥工业大学出版社

图书在版编目(CIP)数据

蒋光慈全集/蒋光慈著;方铭,马德俊主编．—合肥:合肥工业大学出版社,2017.5
ISBN 978-7-5650-3352-0

Ⅰ.①蒋…　Ⅱ.①蒋…②方…③马…　Ⅲ.①中国文学—现代文学—作品综合集　Ⅳ.①I216.2

中国版本图书馆 CIP 数据核字(2017)第 099572 号

蒋光慈全集(第五卷)

方　铭
马德俊　主编

出版策划　朱移山　冷桥勋
责任编辑　张　慧　权　怡

出　版	合肥工业大学出版社	版　次	2017 年 5 月第 1 版
地　址	合肥市屯溪路 193 号	印　次	2017 年 9 月第 1 次印刷
邮　编	230009	开　本	710 毫米×1000 毫米　1/16
电　话	总　编　室:0551-62903038	总印张	103.25
	市场营销部:0551-62903198	总字数	1658 千字
网　址	www.hfutpress.com.cn	印　刷	安徽联众印刷有限公司
E-mail	hfutpress@163.com	发　行	全国新华书店

ISBN 978-7-5650-3352-0　　总定价:298.00 元(全 6 册)

目录

理论译作

民族与殖民地问题

——列宁在第二次国际大会之演说

同志们，我现在要说的仅限于很简括的导言，然后同志马林详细向大家报告我们在草案中所更改的一切。他报告了之后，做附加草案的同志罗易演说。我们的委员会完全核准了略更改的原有草案及附加草案。因此，我们对于一切重要问题的意见都能够一致。现在我且略指出几点来，使大家注意。

第一，什么是我们草案中根本的、重要的思想？这是被压迫的与压迫的民族间之差别。我们特别提出这个差别来——与第二国际及资产阶级的德谟克拉西相反。在帝国主义时代规定具体的经济的事实，解决一切民族与殖民地问题，不以抽象的理论而以具体的实际现象作出发点——这对于无产阶级与共产国际非常重要。帝国主义时代之特点，在现在的时候，在于全世界分成两部分：一大部分被压迫的民族，一小部分压迫的民族——占有巨大的财富与武力。差不多全世界上四分之三的民族屈服于压迫之下，波斯、土耳其及中国虽然非完全殖民地，但为帝国主义的武力所征服，遂成依赖的国家。这一种被压迫的与压迫的民族间之差别的观念，不但在从前我所署名印出的草案上面，而且在同志罗易的草案上面处处标出。

同志罗易的草案是以印度及受英国压迫的各大民族立论的，所以对于我们特别有意义。

第二个重要的思想：在现在的——帝国主义战争后的，世界状况之下，各民族间的关系，国际间的情势，是以一小部分与苏维埃运动和苏维埃国家的奋斗而规定的。倘若我们把这个忘却了，则我们将不能认清民族与殖民地问题，虽然我们把话说得很远很大。只有把此点认清之后，共产党才能解决一切强国与弱国之间的政治问题。在第三层，我想特别将落后的国家中之资产阶级德谟克拉西运动提出一下。因为这个问题引起了许多争论。我们争论的是：共产国际与共产党应当帮助落后的国家中之资产阶级德谟但（克）拉西运动，在原则上是否是对的；在这种争论的结果，我们一致地把“资产阶级德谟克拉西运动”改说为爱国主义的革命运动。每一爱国主义的运动只能是资产阶级德谟克拉西的，这是毫无可疑的事情，因为在落后的国家中之大部分的人民是农民，而农民是资产阶级资本主义的关系之代表。若以为落后的国家中之无产阶级政党，对于农民运动不抱一定的态度，不实际地帮助他，而能实行共产主义的政策，——这实在是空想了。但是，若此处我们仅说资产阶级德谟克拉西运动，则将扰乱改良的与革命的运动之分别。在近年来，在落后的与殖民地的国家中，这一种分别非常明显，因为帝国主义的资产阶级用尽力量，企图在被压迫的民族中，发展改良主义的运动，在压迫与被压迫国家的资产阶级之间，已经表现了亲近的现象，或者在多数的情形之下，被压迫国家的资产阶级一方面虽然帮助民族运动，而同时却与帝国主义的资产阶级妥协，共同压迫革命运动与革命阶级。在我们的委员会之中，我们详细地指明，并且以为注意这种差别，而将“资产阶级德谟克拉西”的语意改为“民族主义革命的”。这个改变的意思是：我们共产主义者帮助殖民地的资产阶级的解放运动，仅仅当这种运动真正是革命的，且运动的代表者不阻碍我们组织农民和被压迫群众的时候。倘若没有这种条件，则我们共产主义者应当奋斗，反对改良主义的资产阶级及附属于资产阶级的第二国际的首领。在殖民地国家之中，已经存在改良主义的政党，他们自称为社会民主党或社会主义者。在我们的草案中，这种差别表白得很详细，我以为我们的观点现在应当比从前真（正）确些。

此外，我还想将农民苏维埃提出一下。俄国共产党在过去属于俄皇下的殖民地中之工作（如在落后的土耳其斯坦），在我们面前放一问题：如何在资本主义前的条件之下，施行共产主义的策略；因为这些落后的国家之特点，就是在他们中还是资本主义前的关系统治一切，而绝对没有纯粹无产阶级运动的可能。在这些国家之中，差不多没有工业的无产阶级。虽然如此，我们还是在这些国家之中拿了并且应当拿着指导者的地位。我们的工作指明我们，在这些国家之中，要征服许多巨大的困难，然而工作的结果也指明了我们，虽然有许多困难，而还不能在群众中鼓起独立政治运动的趋向，虽然没有无产阶级。这种工作对于我们比较对于欧西的同志更难，因为俄国的无产阶级已经指挥国家的工作。很明显地，在半封建制度下的农民能够领会苏维埃组织的思想，而且实现之于事实。也很明显地，被压迫的群众，不仅受商业资本的剥削，而且受诸侯、国家的剥削，自然在自己的条件之下，也能适用这种工具——苏维埃组织的形式。苏维埃组织的思想非常简单，不但能适用于无产阶级的关系，而且能适用于农民的封建的或半封建的关系上面。我们在这种范会（围）之内的经验还不大，但是当委员会讨论之时，参加了许多殖民地的代表，他们指示了我们：共产国际应当注意农民的苏维埃，因为农民的苏维埃不仅对于资本主义国家是一种工具，而且对于落后的、留存着资本主义前的关系的国家亦然。共产党及共产党员接近的分子，应当宣传农民苏维埃的思想在落后的国家与殖民地群众里。共产党应当在可能的范围内，竭力建设劳动群众的苏维埃。

此地在我们面前，有很有趣味的而且重要的实际工作。现在我们关于这一方面的经验虽还不大，然而我们渐渐积聚了许多资料。先进国的无产阶级应当帮助后进国的劳动群众，——这件事情是无可争论的。落后的国家之发展能跳出现在的状况，仅仅在胜利的苏维埃国家的无产阶级与这些被压迫的群众以实际的帮助之时。

关于这个问题，我们的委员会会作很兴奋的讨论，不但由我签名的草案而起，而且更由于同志罗易的草案。罗易此地将辩护自己的草案，可是对于他的草案已一致地改正了几点。

我们的设问：国民经济的发展之资本主义的阶段，对于战争后现在的落后的民族（正在解放的而且进步的）是否是不可免的？我们对于这个问题的回答是否定的。倘若革命胜利的无产阶级，在落后的民族中实行有统系（系统）的宣传，而苏维埃国家又用所有的力量与（予）以帮助，则以为经济发展之资本主义阶段对于落后的民族是不可免的意见，当然是错误的。在一切殖民地与落后的国家之中，我们不仅要组织先锋队的中心，党的团体，不仅宣传农民苏维埃组织的思想、趋向将它适用于资本主义前的条件，而且共产国际要规定一理论的原则——落后的国家因先进国无产阶级的帮助，能转入苏维埃的制度，经过一定的发展的阶段到共产主义，避免资本主义发展的阶段。

对此有些什么方法是必要的，——提前指明是不可能的。自有实际的经验将此说与我们。但是这是规定的——最远的落后的民族之中劳动群众与苏维埃的思想很接近；而且苏维埃组织应当适应资本主义前的社会关系；在这一种方向，共产党的工作应当赶快开始。

我还想指出共产党的革命工作之意义，不仅仅在于自己的国家中，而且在于被压迫的民族用以管辖殖民地的军队中之工作。

同志克维哥，英国社会党的代表，在委员会中曾说及此。他向我们说，普通工人以为帮助殖民地的被压迫的民众反对英国的主权，是叛逆，是卖国。不错，被狭义的爱国主义所鼓动的英美的工人贵族，对于社会主义为一巨大的危险，他们是第二国际的柱石；我们在此地见出附属于资产阶级国际的首领和工人方面的叛逆。第二国际的政党口头允许要革命行动，但是实际上帮助被压迫民众反对压迫者的行动，我们却看不见。这不但第二国际的政党是如此，就是有些已退出第二国际而愿加入第三国际的政党也是如此。我们关于这一种应高声地声明，并且不能为人所否认。我们看一看，将来有不（没）有否认这种声明的尝试？这一切所说的都伏在我们决议案的原理上，我们的决议案虽然很长，但是我相信，它是有益的，而且在民族与殖民地问题中，它能促进革命工作的组织与发展。

（刊于1924年12月20日出版《新青年》季刊第四期）

第三国际第二次大会关于民族与殖民地问题的议案

……

1. 资产阶级德谟克拉西，照着它的本性，对于一切平等的问题，惯抱着抽象的或形式的态度，对于民族平等的问题也是如此。在人类个性平等一标语之下，资产阶级德谟克拉西声言无产阶级者与私有财产者、被压迫者与压迫者在法律上一律平等，而暗地却以此欺驱被压迫的阶级。平等的思想本身是商品生产的关系之反映，它被资产阶级变为反对消灭阶级的工具，以人类个性绝对平等做藉（借）口。平等的要求之实际的意思，是在于阶级之消灭。

2. 为着符合我们根本的职任——反对资产阶级德谟克拉西，揭破它虚伪的假面具，代表无产阶级反对而且企图推翻资产阶级的压迫的共产党，应当对于民族问题，第一，不以抽象的或形式的原则为观点，而以历史的具体的，尤其是经济的情势为观点；第二，要把被压迫阶级的利益从普通全国民的利益的观念分将出来；第三，把被压迫的民族，不独立的，无法律平等的民族，同压迫的民族分开，而与资产阶级德谟克拉西的虚诈相反，——我们要知道这一种资产阶级的虚诈本是财政资本与帝国主义时代的特性，资产阶级扰乱民族平等的观念，掩饰殖民地的受压迫。

3. 一九一四至一九一八年之帝国主义战争，在各民族与全世界被压迫阶级的面前，非常地明显把资产阶级德谟克拉西的虚诈揭露出来。这一次战争因布列斯立脱瓦和约与凡尔塞和约，指示了我们，胜利的资产阶级如何主张民族解放与民族自治，如何照着自己经济的方便规定民族的界限。对于资产阶级，民族的界限也成为贸易的对象了。所谓国际联盟——不过是一个保险证，胜利的资产阶级用之以为相互巩固在战争中的所得；恢复民族的统一及联合已经被让弃的地域之趋向，照着资产阶级的意思，仅是战败的民族对于新战争之企图而已。被破坏的民族之用人为的联合，一部分当然于无产阶级也有利益，但是无产阶级仅仅用革命奋斗的方法，将资产阶级推翻，才能达到真正的民族的自由与统一。国际联盟及一切战争后帝国主义协约国的政策，更揭露了这一种真理，促进各国的、无论是先进国家的或是殖民地的劳动群众之革命的斗争，加速破坏了市侩式的民族幻想——以为在资本主义下，民族的平等与协作是可能的。

4. 从以上所解释的根本的原理，可以确定共产国际对于民族与殖民地问题的政策——要使各国家与各民族的无产阶级、劳动群众联合起来，共同做革命的斗争，推翻地主与资产阶级。因为只有这个联合，才能保障对于资本主义的胜利；若不推翻资本主义，则一切民族的平等与阶级的消灭是不可能的。

5. 世界政治的环境现在将无产阶级专政放在议事日程上面，一切世界政治的状况都集中于中央的一点：全世界资产阶级反对苏维埃俄罗斯共和国，而苏维埃俄罗斯共和国应当将全世界先进的工人的苏维埃运动及被压迫的殖民地的民族（深）信非与革命的无产阶级联合反对帝国主义不可之解放的运动统都拉在身边而指挥之。

6. 因此，在现在的时候，不可仅限于承认或宣言各民族劳动者间的接近，而必须使一切民族与殖民地解放运动同苏维埃俄罗斯结一很坚固的同盟，且照着每一个国家之无产阶级运动发展的程度或每一个落后的国家之资产阶级解放运动发展的程度，而规定这一种同盟的形式。

7. 联邦制度是到各国家劳动者完全统一之过渡的形式。联邦制度在事实上已经表示出自己的适宜，如在俄罗斯社会主义联邦苏维埃共和国对于其它苏维埃共和国的关系及对于内部各民族的关系。

8. 共产国际的职任在这一方面，是要在发展的过程中，用经验来研究、审察建筑在苏维埃制度上面之初生的苏维埃联邦运动。承认联邦制度为达到完全统一之一个过渡的形式，必须趋向最密切的同盟，同时又要注意：第一，无苏维埃共和国之坚固的同盟，则被全世界帝国主义列强所围绕的苏维埃共和国家是不能保持存在的；第二，苏维埃共和国家间应有坚固的经济同盟，否则为帝国主义所破坏的生产力与劳动阶级生活的改进是不能实现的；第三，建设全世界经济统一的趋向，在资本主义下已经表露出来，而惟有到了社会主义时代，此趋向才能完成。

9. 在国家内部的关系之范围内，共产国际之民族政策，不能仅限于形式的，毫无实际上的价值的承认——一切民族皆是平权的；惟有资产阶级的民主派为这样形式上的承认，仅限于形式上承认；无论他们承认自己是否如此，或称自己为社会主义者，第二国际的社会主义者，总不能做到民族间的平权。

不但在共产党的宣传中——在议会内或在议会外——要极力揭破资本国

家破坏民族平权压迫示弱小民族的黑幕，指示资产阶级德谟克拉西的宪法之无用，而且要：第一，向群众解释只有苏维埃制度能真正地给民族的平权，开始组织无产阶级，然后团结一般劳动群众与资产阶级奋斗；第二，一切共产党直接帮助殖民地民族及一切被压迫民族的革命运动。若不如此，则反殖民地民族之受压迫，或承认一切民族皆有自治权，不过是虚话而已，这也就是第二国际政党的政策。

10. 口头承认国际主义，而在宣传鼓动的时候，则暗代之以市侩的民族主义与和平主义——这不但是第二国际政党中之普遍的现象，就是从第二国际退出的或自称为共产主义的政党，也有很多是这样的行为。与小资产阶级的民族成见（这种成见在种种形式上表现出来，如人种的仇恨，民族的诽谤，反犹太主义）奋斗，且使之为重要的行动，则将一国家的无产阶级专政（不能支配世界的政治）改为国际的无产阶级专政（至少也为许多先进国家的无产阶级专政能够支配世界的政治）之职任更迫切而重大了。小资产阶级的民族主义宣布承认民族平权为国际主义，而保留着（现在且不必说这种承认是口头的）神圣不可侵犯的民族自利主义；可是无产阶级的国际主义则要求：A. 一国家的无产阶级的奋斗要以国际无产阶级的利益为标准；B. 无产阶级已得胜利，资产阶级已被推翻的民族，为着消灭国际的资本主义，要能有巨大的牺牲。

因此，在完全资本主义而有工人政党（的确是无产阶级先锋队）的国家中，与投机主义的、市侩平和主义的虚伪（他们将国际主义的观念混乱了）实行奋斗，实为现在第一重要的职任。

11. 对于封建的宗法的关系还巩固之落后的国家及民族，便特别谨记以下之数点：

A. 一切共产党应在事实上帮助这些国家之革命的解放运动，帮助的形式应以该国家的共产党之力量为转移。压迫的国家之工人应当为积极的帮助，因为殖民地依赖压迫的国家之工人处甚多，关系也较密切。

B. 应极力与反动的、中世纪的神权阶级的影响（如传教会……）奋斗。

C. 特别要帮助落后的国家中之农民运动，反对一切封建制度的统治及遗迹；务使农民运动带有更革命的性质，将农民与一切被压迫群众联合起来，组织苏维埃，同时实现欧洲共产主义的无产阶级同东方的、一切落后的、殖民地的农民革命运动之大团结。

D. 反对一方面反对欧美的帝国主义，而同时增加土耳其与日本帝国主义的势力之大回教主义与大亚细亚主义。

E. 在落后的国家中，应极力免除非真正共产主义革命的解放运动纠染着共产主义的色彩；共产国际要帮助殖民地与落后的国家之革命运动，是欲使落后的国家之将来无产阶级政党的分子，在自己特别职任的意识上，有所团结，有所训练；这一种特别职任是在本民族中与资本阶级德谟克拉西运动奋斗。共产国际在落后的国之中，应有时要暂时地与资产阶级民主派妥协或协作，但是绝不能与他们混合，而要保存无产阶级运动之独立性，虽然这种无产阶级运动或尚在萌芽的形式。

F. 在一切落后的国家之劳动群众中间，应极力说明，揭破帝国主义国家的虚诈——帝国主义国家利用被压迫国家中之特权阶级，表面上建设政治独立的国家，而在实际上，在经济、财政与军事方面，则全为依赖帝国主义国家的国家。协约国的帝国主义与犹太的资产阶级勾结，主张光复犹太的故土，在巴列斯廷建设犹太国家，——照表面上是很正大的，其实在巴列斯廷犹太人犹占很小的少数，若犹太国家建立了，不过是把亚拉伯人给英国剥削罢了，牺牲罢了；这实在欺瞒被压迫民族的劳动阶级之最好的一个例证。在现在国际环境之下，除了苏联而外，是没有什么救星的。

12. 帝国主义列强对于弱小殖民地之时间很久的压迫，使被压迫民族中的劳动群众，不但对于压迫他们的帝国主义资产阶级怀着仇视，就是对于压迫他们的国家中之无产阶级也没有信任。自一九一四年至一九一九年，各国社会主义首领之叛变，在“保卫祖国”一个口号中，极力为自己国家中的资产阶级出力，压迫弱小民族，强掠殖民地，自然要增加被压迫的民族中之劳动群众对于压迫他们的民族中之无产阶级的不信任。消灭此种不信任与民族的成见，仅仅在先进国家里帝国主义资本主义消灭后，而且在落后国家里经济起了大变动之后，才可以达到；否则，这种不信任及成见，是不会很快地就消灭了。因此，一切有觉悟的共产主义的无产阶级，对于落后的民族间之民族的感情，特别要十分注意、谨慎，有时为着要消灭这种不信任，应当在可能的范围让让步。若全世界无产阶级及一切落后国家中之劳动群众没有自由统一的趋向，则对于资本主义之胜利，绝不能很迅速地完成。

附加议案

1. 规定共产国际与被压迫而有资本主义制度统治的国家（例如中国与印度）中的革命运动之相互间的关系，这是在共产国际第二次大会前之一个最重要的问题。世界革命史现在正在经过这个时期，就是正确明了这个相互间的关系，成为一定的必要了。欧洲大战及其结果很明确地指示了我们：被压迫国家的群众与欧洲的无产阶级运动有很密切的关系，世界的资本主义集中化了，例如大批的殖民地的军队与工人发送战场，参加战事，这实与欧洲无产阶级运动有重要的关系。

2. 欧洲的资本主义吸聚自己的力量，最大部分是自殖民地的领土，而非自欧洲工业的国家。为着保存资本主义的存在，则必须要有宽大的剥削的来源；且对于殖民地的市场加以监督或管理。美国——帝国主义的首领，感觉生产过剩的痛苦已经有一世纪了。倘若没有宽大的领土做销售商品的市场与供给原料的来源，则美国的资本主义将久已消灭了。一方面把持非洲、亚洲无数万万的居民处于奴隶地位，而同时英国帝国主义也就把持住自己国家中的无产阶级，使之服从资产阶级的统治。

3. 从殖民地所取得的额外利润，是现代资本主义之最重要的源来。欧洲的无产阶级仅仅在这种源泉完全消灭之后，才能推翻资本主义的制度。

欧洲资本主义的国家企图恢复自己原有的状况，极力剥削殖民地的天然财富与人的劳动。因为剥削殖民地的居民，欧洲的帝国主义才能给与（予）欧洲的工人中的贵族许多礼物，贿买他们。同时欧洲的帝国主义用输入自殖民地来的贱价货品的方法，减低无产阶级的生活费，资产阶级预备情愿牺牲在本国内所得的额外利润。

4. 一方面使殖民地分立，一方面在本国内起无产阶级革命，如此才能推翻欧洲资本主义的制度。因此，共产国际应当扩张自己活动的范围。共产国际应当与在被压迫的国家中之参加反帝国主义的革命势力有密切的联络。为着世界革命之早日成功，则必须此两种势力为共同的行动。

5. 共产国际是世界革命的无产阶级之集合的意志。他的使命是组织全世界工人阶级推翻资本主义制度而实现共产主义。共产国际是一军事的主体，应当团结全世界革命的势力。

为资产阶级文化所浸润的第二国际，却未度量到殖民地问题之重要。对于第二国际，则欧洲而外无世界。欧洲的革命运动与其他非欧洲的革命运动有相互提携的需要，对于第二国际是不明了的。第二国际的人物不但不与殖民地革命运动以精神上和物质上的帮助，而且自己成了帝国主义者。

6. 压迫东方民族的帝国主义自然阻止了他们的社会与经济的发展，取消他们达到如欧美一样水平线的可能；帝国主义的政策，总是趋向于把持住殖民地的工业之发展；所谓土著的无产阶级（工业的无产阶级）之存在并不久。

土著的、地方的小手工业生产将位置让与帝国主义国家之集中的大工业，结果使大部分的人民迫不得已从事农业，而输出原料到国外去。在别一方面，我们看出土地很快地集中于少数资本家地主之手，使失去土地的农民的数目日见增加。这些殖民地中之大部分人民，都处于被压迫的状态之下。这种政策的结果，群众反抗的精神仅经过很少数中等阶级的知识阶级表现出来。国外的压迫是妨碍社会生活之自由的发展之一个大势力，所以革命之第一步，应推翻国外的压力。因此，我们帮助殖民地推翻帝国主义的统治，并不是赞成土著的资产阶级之民族主义的趋向，而是开辟殖民地的无产阶级之一条解放的道路。

7. 我们可以看出日离日远的两种运动：一、资产阶级德谟克拉西的爱国主义运动，徒欲在资本主义制度下，实现政治的独立；二、贫苦的农工群众为着自己解放的运动，否认一切的剥削与压迫。第一种运动企图管理第二种运动，并且已很有成效；但是共产国际极力反对这一类的管理，而促进殖民地的工人群众之阶级的觉悟。因此，殖民地革命之第一步为推翻外来的势力，但是最重要而且必要的职任，是建设农工之共产主义的组织，使他们能够随手建设苏维埃共和国。因此，在落后的国家中，民众之到共产主义，并不经过资本主义之发展，而只要受先进国有觉悟的无产阶级之指导，发展阶级的觉悟就可以了。

8. 实际的力量，殖民地解放运动之基础，并不囿于很狭的资产阶级德谟克拉西之民族主义派。在殖民地中已经存在许多有组织的革命的政党，并且与工人群众有密切的关连。共产党欲与殖民地革命运动有关连，应经过这些政党或团体，因为他们是工人阶级的先锋。在现在的时候，他们的数量还不多，但是他们是群众意志的表现，引导群众向革命的道上走。一切帝国主义国家的共产党对于殖民地中无产阶级的政党，应当有密切的关连，可以经过他们与（予）一切革命运动以物质的、精神的帮助。

9. 殖民地的革命在初时不能成为共产主义的，但是当革命的开始，共产主义的先锋就占在领导的地位，则革命的群众可以因渐渐所得着的革命的经验，而走上达到目的之正确的道路。倘若完全用共产主义的原则解决农民问题，则将成为很大的错误。在发展的第一阶段，殖民地中之革命应适用小资产阶级改良主义的党纲，如瓜分土地等。但是这并不是说，革命的指导应当放在资产阶级民主派的手里。无产阶级的政党应当在最初的可能时，极力宣传共产主义的思想，建设农工的苏维埃。这些苏维埃之工作，应当如先进的资本主义的国家中之苏维埃共和国的工作一样，好为着绝对地推翻全世界资本主义的制度。

（刊于 1924 年 12 月 20 日出版《新青年》季刊第四期）

苏联政治经济概况

——在第十四次全俄共产党大会（一九二五年末）之报告

斯大林

（一）国内经济之总观

我们在资本主义包围的环境中工作，自然我们的经济和建设，免不得要在我们社会主义的经济制度与资本主义的经济制度之矛盾中和冲突中发展起来。这一种矛盾和冲突，我们无论如何是免去不了的。我们不但要建设整个的社会主义的经济与资本主义的经济对比，而且我们所用以建设社会主义经济的原素，也是要与资本主义经济的原素不同。

从此我们可以得一结论，我们建设我们自己的经济，不应当使我们的国家变成为世界资本主义制度之装饰品，不应当使它也归并入世界资本主义发展的体系，而应当使我们的国家形成一独立的经济的单位，此单位之发展最重要的是要靠国内商场的扩张，是要靠着我们国内的工业与农民的结合。

关于我们国内经济的建设，有两种意见：第一种意见以为我们的国家免不了要很久落为一农业的国家，它应当输出农业品，而输入工业制造的工具，我们应当照着此路行去。这一种意见，在实际上，实在要把我们的工业陷于裹足的状态，使它永远不会能有真正的发展，并将要使我们的国家变成为世界资本主义制度的附属物。这一种主张离我们的职任太远了，这是与我们不合的。

第二种主张以为我们应用全力使我们的国家变成为经济的独立的单位，变成为模范的国家，以引导其它资本主义要颓倒的国家走入社会主义革命的经济建设之一途。这一种主张要求我们尽量地发展工业，然而与我们现在所有的力量相符合，并不是要一步登天。这就是我们现在党的主张，我们应当照此主张进行。当资本主义包围的环境未消灭时，这种主张是必要的。倘若在法国或在德国，或在两国同时革命得了胜利，他们开始了社会主义经济的建设之时，自然我们要改变方略，我们要使我们的国家归并于世界社会主义经济的建设内。但是现在当资本主义包围正盛之时，我们不得不保存我们的独立的单位。

除此而外，我们还应当知道我们对于经济的指挥，与资本主义国家对于经济的指挥，有什么不同的特点。在资本主义国家中，私有资本统治一切，每一托辣（拉）斯，新提嘉（辛迪加），或一群资本家对于企业的错误，自然有商场来为他们矫正，就是有什么恐慌，也不过累着某一范围，或某一群资本家，其余这种恐慌大部分的害处，都是民众受的，资产阶级政府，可以不管。但是在我们的国家里就不然了，每一次在生产上或在商业上的恐慌，并不仅关系着某一个小的范围，而一定要牵连到全体的经济。每一次的，无论是在财政的、商业的或是工业的恐慌，在我们的国家内，可以转变为国家的全部的恐慌，因为我们的国家是工人和农民。因此，在我们建设的事业下，我们必需有特别的视察，特别的谨慎。我们应当对于经济的建设实行有计划的指挥和管理，使错误或疏忽的地方减至到最低的限度。

在我们近两年来的工作上，我们没有免去许多偶然的错误。在农村经济的范围内，我们应当注意开辟自然的物力；在工业的范围内，我们应当极力从事占据国内的市场；在国外贸易的范围内，我们应当极力减少我们对于资本主义国家的依赖。输入和输出的数量愈多，则我们受资本主义的西欧的束缚亦愈大，因之他们对于我们打击的机会亦愈多。为着要免去意外和错误起见，我们应当知道积蓄的必要。我们不能保证农村经济范围内不发生收成不好的现象，所以我们要积蓄；我们不能保证国内的商场不发生意外的恐慌，所以我们要谨慎从事。我们生活在自己所积蓄的生活必需物上面，应当要特别俭省，决不可有丝毫的浪费，我们应当积蓄着为工业发展的后备。至于国外贸易呢，我们更保证不了不发生什么意外的事情，我们应当谨防着变形的封锁和抵制。

我们本可以加紧步骤，把我们所有的完全都用在发展工业上面，但是若是如此，则我们对于农村经济的借贷将缺少能力了。我们可以极力加倍地输入机器，使我们的工业放起迅速发展的步骤，但是因此将要使输入超过输出，将要破坏我们经济基础的均衡，——这是有危险性的。

我们或者可以尽量地增加输出额，而不注意到国内市场的现状。但是若如此，一定要引起城市中农产品价格的增高，要发生了许多的纠纷。至于工资问题，我们本可以将工资提高超过欧战前的状况，但是为着要发展我们的工业，我们不得不稍有所积聚，——由工业所获得的利润，还是要有一部分充为发展工业的资本。我们一方面固然要极力增加工资，但工资的增加顶好是要不影响到工业的发展。

在我们现在的经济中，花色是很复杂的，有五种形态。第一种几乎是原始的农村经济，商品的生产性非常之小。第二种是商品生产的农村经济，在此经济中，商品的生产性有最大的作用。第三种是私有资本主义，当新经济政策尚存在之时，此种私有的资本主义是不会消灭的。第四种是国家资本主义，此种资本主义为无产阶级国家暂时所实行，可以任意加以管理和限制。第五种是社会主义的工业，在这种工业的生产中，没有两个对敌的阶级——无产阶级与资产阶级——而仅有一无产阶级为之主干。

关于国家资本主义及国家工业，即社会主义式的工业，我应当向你们说几句话，藉以解释本党中对于本问题所发生的疑难。

我们可以不可以称国有工业为国家资本主义的？不可以。为什么呢？因为无产阶级独裁制之下，在所谓国家资本主义的生产中，固然还是具有两个对敌的阶级——剥削的占有生产工具的阶级和被剥削的不占有生产工具的阶级——无论国家资本主义具有什么特别的形式，但是在实质上，还是资本主义式的。列宁当分析国家资本主义的时候，首先注意在租借（私人租借企业或外人租借企业）。我们且看一看租借企业是什么东西？在租借的生产中，有对立的两个阶级——资本阶级，即租借者，立于剥削的地位，租有生产工具，而无产阶级仍是受他们剥削。此地无所谓社会主义的原素，因为租借的企业对于社会主义的企业是反背的。

我们且看一看国有的企业。国有的企业是不是资本主义的？不是，绝对地不是！在国有的企业中，无两阶级的对立，而仅一劳动阶级统治一切。劳动阶级一方面领有生产的工具，一方面自己剥削自己，即不受他人剥削，因为从企业中所得的利润，除发给工资而外，其余皆为发展工业之用，而发展工业之目的，在于改善全劳动阶级的生活。

或者又可以说，在国有的企业中，还保存有官僚主义的习气，到底不能称为社会主义的。但是所谓官僚主义的习气之未尽除，这并不能断定国有工业不是社会主义的。有两种生产的形式：第一种是资本主义的或国家资本主义的，在生产中有两阶级的对立，从生产所得来的利润，完全入于资本家的手里；第二种的生产形式，没有剥削的存在，一切生产工具为劳动阶级所占有，工作者的结果是为着自己，并不是为着他人。列宁如此说过，我们的国有工业照形式上，就是社会主义的工业。

这也就同我们的国家相像。我们不称为资产阶级的国家，因为它具一新的形式，无产阶级国家的形式。因为什么称为无产阶级的国家？因为我们国家的机关，不像其他资产阶级国家的一样，却是为着解放劳动阶级而工作的，而不是为着资产阶级的利益而工作的。不错，在我们的国家里尚有许多的官僚主义的余迹，但决不能因此就说我们的国家不是无产阶级的。也许资产阶级国家的机关比我们的会办事些，但是他们的目的是什么？任务是什么？是为着资产阶级的利益，是为着压迫劳动阶级！而我们的机关，虽然一时不能尽免去官僚主义的习气，但是为着劳动阶级工作，为着建设社会主义的社会！

因此，我们也就不能说：因为国有企业之管理机关中，还未免去官僚主义的习气，就不能成（称）其为社会主义的。也许在美国的某一个工厂中，管理方面比我们的要好些，但是他们的目的完全与我们两样。这一种原则上的差别，我们绝对不可忘却了！

我们现在且转到我们国民经济的统计。

农村经济生产物的数量，倘若以一九二四年至一九二五年算起，则已抵至大战前一九一三年的数量之百分之七十一。据我们的统计的机关的预算，则一九二五至一九二六年的农村经济生产物的数量，将增至战前的百分之八十一。从此我们可以得一结论：我们的农村经济是继续地发展着。

至于工业呢，倘若我们将国有的、租借的及私人承租的（私有的）工业都算在一起，则一九二四至一九二五的一年所给与我们生产的额数，也抵得一九一三年的百分之七十一。在将来的一年中，我们预算到要将工业的生产额增至战前之百分之九十一。大概地说，我们的工业也在发展着，今年的工业并且比农村经济发展得要快些。

关于电气化一问题，我们更要加以特别注意。国家电气计划工程处预定在十年至十五年以内，设立三十处大电站，发电量一五〇〇千启罗瓦达，其价为八〇〇亿卢布。十年之内或十五年之内，我们想一定可以达到苏联电气化的目的。

倘若我们将国有的及协作社所有的工业的生产额与私有的相比较，则在一九二三年至一九二四年的一年中，国有的及协作社所有的生产额占百分之七十六，而私有的占百分之三十六。在今年这一年中，国有的及协作社所有的工业之生产额将增加至全部百分之七十九。在比较上，私有的工业的重量在这一个时期内是减低了。不错，私有的工业也是在发展着，但是国有的工业发展更快些，因此相形之下，私有的工业，重要就减低了。

这一桩事实使我们不得不承认社会主义的工业的权威超过了私有的工业。

倘若我们将国有的财产的数量，与个人私有的财产的数量相比较，则在此处我们也可以看出无产阶级的国家要占胜利些。

我们的社会制度不能纯粹地称为资本主义的或是社会主义的。在全局上看来，我们的制度是从资本主义到社会主义的过渡制度。在此种制度之下，所谓私有的农民的生产还占一部分的势力，但社会主义的工业却时时刻刻地生长。因为利用集中性和组织性，因为我们实行的是无产阶级独裁制，因为一切运输工具都在我们手里，因为银行受我们的支配，所以社会主义的工业有不断发展的可能，而渐渐将私有的工业屈服于自己势力之下。这一种社会主义的工业将渐渐消灭其他各种经济的形态，将要使乡村尾随着城市之后。

这是现在我们国民经济的特点及其概况。

至于我们国家的决算呢，它也是不停地在增加着，若同战前一九一三年比较起来，则当得百分之七十余。关于利润一问题，则在去年一年，我们国家企业及协作社所收入的，的确有很重要的意义，因为我们的国家是很穷的，没有借得外债之可能。我们应当好好地注意我们自己的工业，商业，银行及协作社的进行状况，好藉之以规定我们有些什么东西为发展经济的根基。在一九二三年至一九二四年之一年，国有工业所给与我们的利润为一四二，〇〇〇，〇〇〇卢布，而在一九二四年至一九二五年之一年内，利润又几乎增加两倍。至于国有的商业呢，所得的利润也颇为可观，倘若继续地发展下去，我们国家的收入是不成问题的。

现在且说一说国外贸易。在一九二五年的一年中，国外贸易给与（予）了我们四四兆卢布的利润。一九二三年至一九二四年之一年中，协作社所给与（予）的利润为五一兆卢布。自然，比起战前来，我们国外贸易的流动额数是很少的。一九二三年至一九二四年，输出额为五二二兆，输入额为四三九兆。一九二四年至一九二五年，输出额为五六四兆，而输入额七〇八兆，——输入额比输出额多得一四四兆，这种现象是不大好的。第十三次大会决定，无论如何，我们的党一定要做到输出额超过输入额，但是我们却没有做到。在将来的一年中，我们决定在国外贸易上，至少要使输出额超过输入额达到一百兆。这是很重要的事情，因为我们国家很穷外资又不到我们国里来，就是来也是很少的，我们应当使我们的金融不至于有所摇动。

我们照着我们能力所能做到的努力做去。

（二）工业与农村经济

倘若我们看一看直接与工业和农村经济及其相互间有关系的问题，我们可以指出以下的要点：

第一，我们还是农业的国家，所谓农村经济的生产品额数还在工业的之上。工业已达到了战争前的状态，然往后的发展，却是在于新的技术之应用，新的工厂之建造，——这是一件很困难的事情，因为这需要很多的资本。因着我们的资本不充足，所以在将来工业的发展中，我们的步骤不得不走慢些。

但是在农村经济的范围内却不然了。我们不能说在农村经济的范围内，一切发展的可能性都枯竭了。在现在所有的技术的根基上，农村经济的确还有很快的发展的可能性。只要将农民的文化程度提高一下，或者就教会农民如何清理保护种子，这就可以使农村经济的生产额提高到百分之十二至十五。在最近的将来，农村经济是发展还不至于遇到什么技术上的大阻碍。

因此，在最近的将来的几年中，我们的工业与农业相互的不均衡的现象是免不去的。

在这一种状况下，我们的职任又当在什么地方？

一来，我们要竭力提高国有的工业；二来，我们要提高具有地方形式的苏维埃工业（省有及市有的）。我们不能仅将全力尽集中于国有的大工业，因为我们的托辣（拉）斯和新提嘉（辛迪加）不能满足一万万四千万人口的需要。为着满足全国人口的需要，则必须在每一区，每一省，每一地方，提高工业的生活（产）。倘若不利用地方的工业力量，倘若不发展每区或每省所有的，可用为经济建设的东西，则我们将达不到提高全国工业生活（产）的目的，不能使全国工业化。

第二，从前关于燃料问题，都以为燃料的生产是过剩了，现在我们却走到燃料生产的恐慌之一问题上来，因为我们的工业的生长，比我们的燃料的生长要快得多，倘若我们再不极力发展燃料的经济，则我们将使燃料的供给不能符合工业发展的要求。

第三，关于五金的生产，我们现在也感觉得不足。工业的发展依赖五金的生产为最多，倘若我们的钢铁不能符合工业的要求，则工业将无发展的可能。

第四，我们熟练工人的数目不能符合工业的要求。在一九二五至一九二六之一年中，全部需要添补四十三万余熟练工人，而现在所有的不过是四分之一。

（三）商业问题

现在且看一看我们商业的状况。

在商业的范围内，也就同在工业的范围内一样，国有的商业之发展程度，比较私有的商业之发展快得多。在一九二四年至一九二五年之一年，国内商业流通的数目占战前百分之七十一。在这流通的总数中，国有商业占百分之五十，协作社占百分之十九，而私有的商业仅占百分之二点五不足。在全年的商业流通的统计中，我们只看出国有的及协作社的商业之渐渐的发展。

在原料的及面粉的制造方面，国有的及协作社的企业更占不可比拟的势力。在一九二四年至一九二五年，屠宰业，国家占百分之六十五；麻，国家占百分之九十四；棉，国家几占百分之百；面粉，百分之七十。在一九二三年至一九二四年之一年，关于面粉，国家会占百分之七十五，而在一九二四年至一九二五年之一年，国家所占的所以有些微减低者，乃因国家机关没有把市场观察清楚，没有计算得当。在将来的一年中，我们要免去以前的错误。

（四）阶级及其相互间之关系

国民经济之发展，首先改善了劳动阶级之物质的生活。劳动阶级之恢复元气及其生长的步骤，也非常之快。

一九二四年四月一日以前，各种工人之全部为五，五〇〇，〇〇〇人，其中一百万为贫农，七十六万为失业者的加入。然至一九二五年之十月一日，工人数目增至七，〇〇〇，〇〇〇有余，其中一百二十万为贫农，七十一万五千为失业者。当然，我们的失业问题，有多余的工资可以长期发给津贴。如今连这种津贴都省下一大部分了。每月工资平均起来，在一九二五年四月，等于三十五卢布；而在一九二五年之十月，却增至等于五十卢布。工资日见增加的现象，我们当然是看得很明显的。倘若我们看一看工资与生产率之相互的关系，则生产率的提高与工资的增加是并行的。在去年五六月间，工资的增加超过了生产率的提高，这是因为在假期中，而同时进厂的有一些机关报工人——半农民。

农村经济之提高，自然要改良了农民的物质生活。农村居民的消费率，照着我们统计的机关算起来，比城市居民的消费率要增长得高些。农民将自己所生产出来的东西大半留为自己用，衣食日渐地好起来了。

至于无产阶级国家所帮助于贫农及因灾荒而受患的农民的，在什么地方呢？在一九二四年至一九二五年之一年中，照着财政人民委员会的统计，国家帮助贫农所消费的数目，近于一百兆卢布。除开减轻税率而外，国家又专门组织了消灭灾旱基金委员会，其款额为七十兆。自然，无产阶级国家用以救济贫农的数目还是不大充足。但是无产阶级在此也就表现出自己的特性了。

工人阶级与农民的物质生活之改良，这是发展我们建设事业之根本的前提，无此，我们绝对不能推进我们建设的事业。这种根本的前提很明显地我们现在已经有了。

工人阶级与农民的物质生活之改良，同时提高了他们对于政治的积极的兴趣，他们很积极地批评我们现在所有的缺点及算计不周的地方。不但工人和农民复活起来，就是新的资产阶级也兴奋起来了。我们的政策至此不得不有点转变，就是我们要振兴协作社的事业，整顿职工会，对于农民略为让步，极力救济贫农，实行与中农联合的政策。我们党的政策应对于农村特别注意，我们要整理农村间的关系，我们要使无产阶级的权威在农村中提高，要保障无产阶级与贫农和中农之坚固的同盟。

或者有人要问，我们对于中农所施行的政策是对的吗？与列宁所指示我们的有没有冲突？在共产国际第二次大会中，关于农民问题，曾有一议决案，就是在无产阶级为夺取政权而奋斗的时候，它的同盟者仅仅只能是贫农，而只可使中农占着中立的地位。倘若我们现在与中农联合，这岂不是与该议决案有点不合么？

其实这并没有不合的地方。当列宁写这一条议决案的时候，他的注重点在于正从事于夺取政权的无产阶级，而我们现在已经得到政权了。列宁主义关于农民问题有三个阶段：第一，当我们走到资产阶级革命的时候，列宁曾提出口号与一切农民联合，在资产阶级中立的状态之下，反对皇帝，反对地主。当我们走到第二个阶段——十月革命的时候，列宁又提出适合环境的新口号，就是无产阶级与乡村的贫农联合起来，反对一切城市乡村的资产阶级，而让中农立于中立的地位。所谓中农是很能看风转舵，它看着那边胜就向那边跑，当无产阶级初得到政权而尚未十分巩固的时候，还是不能把中农当为同盟者。但是现在我们已经很巩固了，我们为着要从事于广阔的建设事业，不得不提出与中农联合的口号。所谓社会主义的建设不是一个很简单的事情，一定要将许多万乡村的民众包括到经济建设的范围内，不能仅注意城市算了事的。

所谓无产阶级与中农的同盟，这并不是把贫农的地位和利益忘却了。我们的真实同盟者除了贫农而外，还有谁个呢？当然是没有的。有些同志们或者以为我们施行与中农同盟的政策，恐怕要有忘却贫农利益的危险，其实这种想象是错误的。我们真实的同盟者当然只有贫农，而我们对于农民最关心的，当然也是要极力增加贫农的利益，岂有把他忘却的道理？不过在经济的建设中，为着要极力提高经济的发展，我们不得不对于中农让一让步。这种让步，在我们的目的上看来，并没有妨害。

我们帮助贫农不应仅仅在物质方面，我们应当好好地使贫农自己组织起来，使他们觉悟到自己的力量，使他们在选举上、协作社内、苏维埃内，能够独立地成为一种大力量与富农奋斗。惟其如此，我们才能使那乡村的贫农成为无产阶级国家有力的柱石。

至于富农的问题呢？本党中有两种倾向：第一种以为富农并没有什么可怕的地方，或者有人以为乡村中的阶级斗争已经是没有了，所谓富农退出了舞台；第二种以为富农重新发现于乡村中，是极危险的现象，“不得了了！救命呵！富农在横行呀！……”很多的人这样的呼喊着，似觉真是有天大的祸害样子。这两种倾向是那一种对呢？都不对！新经济政策实行后，乡村中资本主义的分子——富农当然复活了许多，我们当然不能把他们看轻了。但是过于把他们看得重了也是不必的。我们应当竭力组织贫农，联合中农以对抗富农。在无产阶级、贫农与中农联合的战线下，富农是没有什么大可怕的。

我现在且转到我们党对于国内现状所行的政策。

在国民经济发展的范围内，我们应有以下之工作：

一、继续扩张国家的生产品的额数；

二、将我们的国家由农业的变为工业的；

三、保障我们国家社会主义的经济，使能超过资本主义的经济；

四、在资本主义世界的包围中，应保障我们国民经济的独立性；

五、扩张国家由赋税所得的收入；

六、提高工业生产的技术，增高生产率，减低物价，扩大资本的流通；

七、使燃料钢铁运输状况符合工业发展的需要；

八、发展地方的工业；

九、提高农地的收成，改良农村经济的技术，渐渐使农村经济成为工业化；

十、使散漫的农民经济包括于社会主义的建设，用提高农民文化程度，发达协作的方法。

在商业的范围内，我们应有以下之工作：

一、扩充和改良商品的流通处如协作社国家商店等；

二、竭力增加商品流通处的速度；

三、减低零售的价格，务使苏维埃协作社的商业超过私有的商业；

四、对外贸易一方面要使商品的流通加紧速度，而一方面又要使在流通中，我们的输出额超过输入额。

在阶级间之相互的关系上，我们就应有以下之工作：

一、保障无产阶级、乡村贫农与中农的同盟；

二、保障无产阶级在此同盟中之指导者的地位；

三、努力使乡村的富农与城市的资本家受政治的和经济的限制。

在苏维埃建设的事业方面，我们应竭力设法免去官僚主义的恶习，而引导广泛的群众来参加这一种反官僚主义的斗争。

我现在且说一说新资产阶级及其想想的代表。新资产阶级已经拥出自己的代表来，他们以为苏维埃政体一定要渐渐地走到资产阶级共和政体的道路，一定要渐渐地改变自己的面目。这当然就是妄想呵！我们的党永远不会改变自己的面目！资产阶级也永远没有得势的希望！

现在我们党内的党员，无论老少，在思想范围内，一天巩固似一天，他们都渐渐明了列宁主义，无论你说出来什么新奇花样，你总把他们弄不糊涂了。他们自己会分析，他们自己会研究！他们有列宁在头上，在手中！我们的党永远不会离开列宁主义！

现在且说一说我们的党。

我已经说过，在资本主义包围的环境中，我们的无产阶级独裁制居然能支持下去，并且对内和对外所行的政策，都有很多的进步。但是，倘若没有我们的党做指导，则无产阶级独裁制是绝对不可能。

我们的党是无产阶级的党。我们的党在质量上和数量上都有不断的一天比一天强固起来。我们所遇着的困难是非常之多的，倘若我们的党不日渐强固，我们能胜建设社会主义的大任么？当然，我们要完成自己的职任，一定要得西方社会革命的帮助。不过绝不能因为现在得不到西方社会革命的帮助，我们就灰起心来：西方的社会民主党天天做反工人利益的工作，他们暗示工人没有建设的力量，使工人不自信自己有建设的力量，所以现在我们要在自己的努力中，表示我们的工作给西方劳动阶级看看，证明劳动阶级不但有破坏的力量，而且有建设的力量。

近来西欧工人的代表渐渐来观察我们的工作了，渐渐相信自己的力量。有我们作为榜样，我相信西欧的无产阶级一定更要努力实现出自己的目的来！

（刊于1926年7月《新青年》季刊第五号，南京大学中国现代文学研究中心刘贝嘉提供）

爱的分野

译者小序

本书为新俄作家潘特里芒·罗曼诺夫所著。罗曼诺夫在革命初期，还不见得十分著名，可是近几年来，他的声誉却异常地增高了。他是一个写实主义者，大部分还是继承着俄罗斯“大文学”的传习。他善于表现革命后的社会生活，尤其善于描写革命后的男女关系。

他的著作很多，其最大的长篇为《露西》。本书是他最近的长篇，主旨在于描写新旧恋爱观的冲突。这不是普通的恋爱小说可比，它实在含有伟大的意义。我们由此不但了解革命后的男女关系，而且了解革命的趋向。读了这一部书之后，那我们就可以看见我们中国现今的恋爱小说，是如何地无聊，是如何地浅薄了。

关于罗曼诺夫的作品，俟有机会时再做详细的介绍，现在且将他的这一本书译献给中国的读者。我很希望读者们读了这本书时，能够得到一点什么新的启示。

一九二八，十二，二十，于德国伯林。

（注：本书原版时署名蒋光慈　陈情合译。——编者）

一

当谢尔格的妻用手将脸掩着，从房间跑出去的时候，谢尔格仍旧坐在软的靠椅上；在这张软的靠椅的旁边，她刚才向谢尔格跪立着，当她将一切的事情都公开了之后……

这件事情的发生，是在他们未看完两幕，而即从戏院回来的时候。柳德米娜在戏院中受了意外的刺激，陷于震动而可怕的情状，谢尔格不禁担心她的判断力要失了作用。他很用力地将她扶上了马车。就在这种疯狂的失望之中，她向他承认了一切。现在在他的面前，还是立着她那种由于恐怖而改变了的面孔，那种由走廊跑进戏厅时的面孔。

谢尔格的面孔没有失去自己的平静的常态。似乎现在所发生的事情，对于他没有任何种的印象。在自己写字台的前面，他不动地坐着很久，然后不晓得为着什么，他注视到日历的纸页，在这一页上是印着昨天六月三十日的号数。他想把它转到七月一号，但他终于没转动它，而仍旧地坐着。

——事情，自然不在于如她所想的那样，——他说着即拿起笔来，预备写一封最后的信给她，但是他又停着了，似乎要先向自己解释得明明白白地，到底所经过的是一回什么事。

谢尔格用手将头发向头后理一理，起来在房间内走了一圈，绕过食桌旁边的椅子，将汗衫的围领整一整，又坐下来了；后来又立起身来在房间内踱来踱去，注视着脚下的东西，用皮鞋践踏着地毯的毛须，似乎很为着这种东西所引诱着了也似的。

带着一点冷笑的神情，他将全房间及其地毯，沙发，书桌……用眼环视了一下。向着这些东西，他不久的时候曾很为欢喜过的。

还不久的时候，他为这件事情所迷惑住了，——他不过是一个乡下老，他的父亲就是到现在还是耕着土地，而他现在居然住在都城里，得着了这么样一个有知识的女人和这么样好的住室。

那也是不大很久的事情，他曾攻击过那一般忘了本的同志们，——他们跑到城市来了，失去了自己的毅力及对于外界物质幸福的轻视心，而开始明白了沙发比硬椅子为好，汽车较电车为舒服。他们之中有很多人居然以自己的未受过教育的，衣服穿得不好的女人羞耻，而这些女人却是不久以前与他们共同患难的，忍受过饥饿的伴侣。他们将她们抛弃了，而醉心于都城中的那些具着细腻的手腕，穿着艳装冶服的，美丽的女伶们。

谢尔格在这种现象中，看见了对于革命的背叛。但是现在他自己过着这一种生活。除此而外，这个女人，他的妻柳德米娜，是这种环境的女人们之中最好的一个。她对于他的爱情是例外的，牺牲的，无微不至的。这是热情的女子的爱情，这是好嫉妒的母亲的爱情。她在自己的身上，似乎具着女子所有的优点……

也就因此他此刻要向她写这一封残忍的，可怕的信。

这是谁个的过错呢？可以说他是不对的吗？难道可以说一棵植物是不对的吗，当它长着长着，从豆壳里挤将出来，而将壳离开了？

是的，在这些时候他生长了。这是命运的苦谑，或者他生长了由于柳德米娜，由于经常的同她的争斗……

她是那一种文化的代表，在起始的时候，谢尔格在它——那一种文化的前面，觉着自己是胆怯的，而且是不相配的。然而现在他却接到了审判自己老师的勇气。

在五年以前，他是一个乡下老，就如他的弟兄和父亲是乡下老一样。后来紧张的生活在一个前线上的小城市中，在这个小城市中，他被选为执行委员会的委员而担任教育科主任之职，同时他还是一个兵士，因为时常不得已要抛却学校的课程，而走向前线或向隐藏面包的农民们打仗。周遭都是破败，病疫，死亡，及由于生活恐慌而疯狂的人们。

这些经过之后，他到莫斯科来了。

他在莫斯科前一些月的生活，呵，那是如何地不像他现在的生活呵！他那时感觉得为与群众的合流所沉醉了。他感觉得从来未有过的兴奋，好像这些各个人们生活的合流，成为一种伟大的生活，而在一种共同的思想和共同的热情之光海中波荡着。

因此，当他每一与群众有了活泼的接触之后，他就有特别的精力与明晰的思想之来潮，而前进的倾向更为之加增。

但是也有别一种类的群众。这是在剧院里，马戏场里，夜晚的电光下的街道上的群众。这已经可以说不是群众，而是流动的人堆，为笑声，目光，衣色所闪耀的人堆。

只要他有一晚上在这种人堆中混一下，那他的房间就开始向他觉着是陈腐的，空洞的，而自己的工作是枯寂的，任为谁也不需要的。他似乎一下就觉察出来了，他的房间的确是不成样子。

实在的，在他的房间内只立着一张光桌子，在这一张光桌子之上，他做过工，饮过茶，吃过面包与香肠。此外，只是几张木椅，一张蜡布包皮的长靠椅。

无论他怎样想将这间房子改换别一种面目，但结果总是枉然。

但是与他并存着的，却是这种已被破毁的阶级的别种生活。在舞台上，或是在日常的生活里，他看见与他不同阶级的女人们，她们的手是美而细腻，衣服是光彩而艳丽，大约她们的感觉也是温柔而委婉。她们简直不像他的那穿着长布衣的，两只手总是因为洗衣而冻成红肿的女人格鲁莎。

这些女人们的细妙的心灵，本是为一切诗人们所歌咏的。她们所能给予的那种爱情，谢尔格只是仅仅在那无数的书上得以知道；当他在小城中的一所小学校读书的时候，他是对于这些为诗人所歌咏的东西，百嚼而不厌的。

他常常想道，有一种什么伟大的生活的一部分，也许是最美妙的，最细腻的，最动人的一部分，对于他将永远是不可捉摸的。他以为他与格鲁莎的生活，及他们两人间的爱情，绝对不能算作如他所想象的那种东西。

这在他的孤独的生活中，可以说是最有力量的诱惑了。这是一种隐而不露的思想，这是一种对于自己的背叛，他总是将它藏匿着。藏匿着，藏匿着，可是它还是要爬将出来！时常与一个共事的同志比得鲁亭（从前的工人）相遇，谢尔格看见他与一个穿着很好的服装的女郎经过走廊走过去了，不禁要立着向他们的身后望去，一直要等他们走出门为止。

有时他一个人在房间里，走向镜子前面，很久地向自己望着。他的高耸的身材，向后梳的，显现着波纹卷发，银灰色的尖须……这一切都表现着他是一个真正的有知识的，城市中的美男子。乡下老的痕迹仅仅留在手上，——指头的关节和指甲非常之粗而大，尤其是在两个大手指头上更是显然。具着这一种手，怎么能走进她们呢?

呵，最后，他是与她遇会着了。他是如何清晰地记得这第一次的遇会，就是一点儿痕迹他都是记得的。现在这些一切当然都完结了。

这是去年冬天的事情……他到劳动艺术局去，为着要解决关于为他所组织的工人俱乐部的几个问题。

当他将要走进他所需要的那一间房子的时候，经过他的面前，有一个身材很高的年轻的女人，手里持着纸匣，很轻快的脚步走入他将要进去的那一间房门。谢尔格仅仅只来得及注意到她的浓厚而美丽的头发。她穿着很紧的上衣，紧贴着胸部与腰部。当她穿着粗布的短裙在谢尔格面前闪过的时候，她留给谢尔格的印象是轻快而有精力。

她回转来了，随手带来一些什么文件，向着桌子坐下，头也不抬，就开始将它们审视起来。一会儿她的手停住了，目光转移到旁边去了，她深深地叹了一口气，但即刻她又振作起来。用着细腻的手指持着纸，她开始用很快的大笔划写将起来。

谢尔格走进她的面前。她听着他说话，不抬起头来，一面将铅笔在纸上划着，后来她瞟看了他一下。她很平静地将眼睛挪开，但即刻又瞟看了他一下，这已经与他所说的话没有关系了。

将话说完了，谢尔格也是用的这种目光看着她。在她的腮庞上隐约地现出来一点红晕。她将眼光低落到纸上，向谢尔格说道，她即刻为他办清楚。她还是那样轻快地走入隔壁的房间，只有一分钟的辰光，她转来带着一些必要的消息。她一面倚着桌子向他说话，一面用着她那美丽的手整理桌上所有的文件。而谢尔格望着她，暗自想道，在这个女人的身上有许多潜伏着的精力，紧张的耐性。

谢尔格为这种思想所包围着了，不禁这样逼近地望着她，使得这个年轻的女人一瞬间静默住了，似乎他那异常的目光把她弄得惊异起来。

于是在她的腮庞上，又隐约地起了一层红晕。

当谢尔格走出的时候，他随身将门带上，不禁再向这个女人瞟看一番。

她倚着桌子立着，很有趣地随着他的身后望着，但是当一看见他回身向她望着的时候，便即刻将头低下，又审视桌上的文件了。

二

后来，在劳动艺术局的走廊和在街上，有了几次很偶然的，完全意外的遇会。

有一次他们在楼梯的间地碰着了。那时柳德米娜手中持着一个蓝色的纸匣，预备穿了衣服回家去。

——我们总是常常地遇会着呢。——谢尔格问候她，这样地向她说。

——很显然地，这是命运呵。——柳德米娜有点难为情的样子，红起脸来，微笑着回答谢尔格。

似乎要用这些初次交换的不重要的话语，他们想掩蔽他们中间所已经发生的东西，使他们相互间不能漠然的东西。他们一块儿走出门来。

那时是平静的，暗淡的阴天，下着雪，雪的小花片落到人们的衣袖，帽子及眉毛上。

他记得他那一种羞怯和笨拙的情形，他不曾将他所开始说的关于图书馆和俱乐部的话语，转到一点别的什么事情。

有一次她忽然很快地将他的袖子抓住，将他停住了：原来汽车飞过他们的面前，而谢尔格没有觉察到这个。

没有从他的袖子将手拿开，柳德米娜瞟看着他，微笑起来。这一种微笑可以表示出她把他从危险中救出来了，或者表示一种别的什么，但无论怎样，这与图书馆并没有什么关系……

——我原是一个简单的乡下老，——当时谢尔格出乎自己意料地说道，——我不晓得同你说些什么话好，谢谢这一架汽车，我似觉被它教会了。

他忽然觉得自由起来，话自然而然地流出来了。

听了他的第一句话，柳德米娜很惊异地，并更加有趣的样子，举起眼睛向他望着。

——我是永不会这样说的呵，——她很费思索地说道，——你的说话是很规矩而有知识的呢。

——我读了很多的书。

忽然发生了什么事情……年轻的女人向街的对面望了一下，很奇特地惊慌起来，便低下头来，放快了脚步。这时她的面孔陷于一种不可表现的神情。

谢尔格很机械地也就向那里望了一下。那边走着一个带着细羊皮冬帽（普通为优伶所带的）的，高身的男子，他穿着很时髦的，羊毛围领的短大衣。

谈话中断了，于是谢尔格又觉得不知说什么话好，并且觉得他在这个女人的面前有点羞怯。在他与她之中，放下了一种不可浸透的帐幕，似乎柳德米娜忘却了他的存在，而只惊恐地预防着，好像等待什么人喊叫她，或什么人跑来同她说话。

——我对于你们阶级中的女人没有习惯呵。——谢尔格说道，——我觉着同你在一道儿总是拘束得很呢。仅仅刚才我轻松了一点，忽然又同什么东西改变了也似的。你似乎离开我而将自己隐盖起来了。

柳德米娜在狭路上略略朝前走了几步，听了谢尔格这几句话之后，便停住了，好像要等一等谢尔格走上前与她并列起来。很注意地，温存地，望着他说道：

——这与你并没有关系呵……你这样地神经过敏，——沉默了一忽，便添说了这么一句。于是那一种注意的神情，和一种什么很温存的好奇心，又在她的话语中响将出来。

——我并不是完全如你所想，是那一个阶级的人呵。我是莫斯科的有钱人的财产之经理者的女儿……自然他们是过去的，——她这样地添着说。——我与主人们的孩子们一块儿长大起来，所受的教育也与他们所受的一样，就是现在我还同我们主人的大女儿要好。她在莫斯科住着。但是对于她们，我究竟是低等阶级的一个人呵。在他们的眼睛里，劳动的知识阶级总是要低一层的，因为所有的东西，仅仅只由于薪金得来的。

诉说着这些，她是用着很低的声音，就同一般人同他们的朋友和亲近的人们说话一样。谢尔格那时捉摸住了这种说话的语气，于是在滑的一段路上，便用手拉着柳德米娜，即刻感觉到细皮袍袖里的她的腕臂的温热。他走着，似乎完全不注意到这一层，而只安心地听着柳德米娜所叙述的一切。

她似乎也没注意到与一个不大相熟的男人手挽着手儿走着，而只略微有点兴奋的样子，继续说道：

——那时我对我自己说道，我要离开这种环境，——我仇视它，因为它看不起人，仅仅是因为他没有钱，不是贵族。我要强逼人们向我两样看法。于是，虽然那时对于我的老人家这是可怕的现象，然而我当女伶去了。我在省城里整整地流浪了一年。但是我没有才干……于是后来，在革命的期间，我便在管理部中工作。大约此处有一点遗传的影响，因为我觉着此处是我的位置呵。我相信我自己的脚跟已立得稳了……

——这一层我一眼就看见了呢，——谢尔格说，——当我遇着你的时候，你走路的样子，我觉着只有稳固的脚跟的人们才能这样走法呵。

她的脸泛红起来了，一者由于她走的很快，二者由于她说了上边一些话。似乎因为要向谢尔格表示着感激，她用自己的肘将谢尔格的手轻轻地紧了一下，又继续说道：

——革命把我教会了把持着生活的权利。从前有许多人们在心灵的深处，曾轻视过我，但是现在我却不比他们为坏呵。我感觉得为生活而奋斗的美妙了。我现在有了自己的骄傲，这是用着自己的两手而获得面包的人的骄傲。无论给我什么事情做，可是我都不会无所措手足的。而且我能令许多从前轻视我的人们知道现在我是在轻视他们了。这真是我非常高兴的事呢。你设想一下，这种轻视对于人们的影响是相反的呢，他们受了这种轻视，一定是要鼓起前进的倾向的。

就同在一种什么兴奋的状态中，她很快地说着这些话。在她的身上。经过她的女性，令人感觉得一种巨大的，紧张的意志。

从这时起，谢尔格感觉得有一种要时常看见她的需要了。在每一分钟的想象里，她的轻快而有精力的身材，她的有一种力量在里面潜伏着的目光，总是在吸引着他。当她同他说话，那一种亲近的态度，引得他与她有亲近的可能。她的很快的转变，善于交结的才能，以及在诚实的谈话之后，她那种向他望着而带着特殊的微笑，实在惶惑他，而使他捉摸不清。在她的身上，有为他所不了解的，对于他是新颖的，别一环境中的女人的心灵。

经过这块相互间不能透视的帐幕，每一次无形的亲近，都先给他一种不可言说的快感，及一块力量的增高。

但是一种很尖锐的猜疑，却将他烦恼住了。当他们在街上走着，遇着那个像伶人一般的高身的男子的时候，他即刻觉察出来她内心里有了变动。在他们中间曾有过什么关系，或者现在有什么关系？

经过一礼拜他与她遇着了，在这一次她先请他到她的家里去。

首先，他那时所看见，就是当柳德米娜穿着半身皮袍走进自己房内的当儿，那间房子所给予他的，为他从未看见过的，一种清洁的印象。一张柔软的长靠椅，它的前面摆着一张圆桌；异常洁白的床铺，它的一半为低的屏风所遮蔽住了；一架美丽的梳妆台……

呵，现在在他的忆海里，就是一丝一毫的痕迹，都是活生生地涌现着。他可将这些东西很详细地回想起来。这或者因为回到家来，他整个的礼拜都生活着在这次遇会的意味里。

他记得，柳德米娜用着怎样的状态，脱去身上的皮袍与头上的帽子，上身只穿着绣花的短衣，——这样的状态表示着女人走到自己的家里来了，不再要到任何的地方去了。她的头发很浓厚地在头上蓬松着。她在镜子面前略将头发拢一拢，便转过脸来向着谢尔格，两手轻摆了一下，好像表示她已经预备好了。

而谢尔格却在想着那种事情：这个高身的男人到底是谁呢？如果能够得知他们俩之间没有什么关系，那可是再巧妙没有了。他还想道，这个是为他所不能接近的，不相识的，漂亮的女人，而他现在居然能在她的房间内走来走去，同她谈着话。

——我每次看着你，就想道，你是一个如何健壮的人呵，就同锻炼过了的样子。

柳德米娜向他举起了目光，亮晶着就同火星子一样，然而即刻便消逝了，于是她叹起气来，然而又谨慎地将它忍着，这使她胸部前的短衣慢慢地升起，又慢慢地低落下去。

她坐在长靠椅上，腿压着腿，用着那美丽的双手撑着自己的头部。

——有些东西，——她闭着眼睛慢慢地说道，——是比较什么健壮，耐性，要更有价值些，因为无论你用什么健壮和耐性，都是把它们得不到的呵。

她将手从头部拿开，换换坐的姿势，说道：

——我立起脚来，人们看重我，敬佩我，以我是一个能够工作的女人，而且因为这个，他们付给我的金钱。但是一切在我内里的东西，似乎于事情无关紧要的，都被抛弃着，成为没有任何人需要，对于什么也没用的东西。这简直可以说不是抛弃，而是很简单地我的生命没有什么人需要就是了……需要的仅仅是我的劳力。

谢尔格为她的话所诧异住了，停立在房间的当中，向她望着。

——不对呵，现在所需要的，恰恰不单是劳力呵。——谢尔格轻轻地然而很严重地说，这使得这位年轻的女人向他盯着眼睛。——我们需要建设，因此我们需要新的汁液，新的还未被人说出的语言，而这些东西正是要从那些到现在被人视为无用而抛弃的东西才能得来呢。这些东西当然不躺在表面上，而是蕴藏在伟大的深处。

——你从什么地方知道这个呢？——柳德米娜很惊异地插着这样问。

——从那个地方，从那地方你……

——但是我有很充足的文化的预备呵……可是你们从什么地方得来呢？

——这对于文化没有什么关系，或者与它相冲突呢。——谢尔格说。

他望着年轻的女人，然而不能确知她是什么意思。她的冷静的，潜伏着的好奇的目光，这时完全变了。她的眼睛为一种什么新的活力所燃烧着。当谢尔格走到长靠椅的时候，她将他的手拿着，很久地逼视着他，似乎很急于要想探试什么东西，而下一个确定也似的。于是在她的身上，他又看见了这一种热情的紧张。

最后，她好像说她自身道：

——最大的，大的幸福，那是当你的生命成为需要，成为很需要的时候。将它贡献出来，一点儿也不存留，就同伟大的实物一样，而不像什么没有用处的东西，——这才是幸福呢。

谢尔格当时完全没有懂得她所说的意义。他说道：

——我们似乎所走的路是一条方向呵。无论如何，我现在是知道了，我可以同谁个谈谈想想，一个人思维有时是很艰难的呵。

——一个人难于打仗，需要一个扛枪的人可不是吗？

——恰恰需要的不是扛枪的人呢，让每一个人扛着自己的枪罢。我有一种思想，它很早地就在我的心中生长着，现在更为显然了，有一部分我已经把它应用到事业上了。我不仅在自己的生活里，而且在别人的生活里，验试着这种思想是对的。我因此什么东西都不抛弃，而将它放到事业上来。我参加一个工人俱乐部的事情，也就因为这个俱乐部的事情，那时我初次与你碰头呢。我将普通为人们所抛弃的东西，都应用到我的这个工作上去。这个俱乐部快要开幕了，我很想届时你也在座呢。如此，我觉着，除你而外，没有谁个能懂得这件事情对于我的意义呵。好吗？

——好，——柳德米娜说。

谢尔格立起身来告别。她将他的手握在自己的手中，想说什么，然而终于没有说。

——什么？——谢尔格问。

——不，没有什么……不过我想说，我……对于这种会遇还没有习惯呢。

——我也是的呵……——说着他就走出去了。顺手带门的时候，他瞟看了一下，见着年轻的女人还是立在与他握别的那块地方，而且忘了形地跟着后边望他。是的，她是这样地望他。那一种望的神情完全与以前的两样。他对于此决不会有错误的。呵，这件事情那时对于他是如何的幸福呵！

三

在转住到莫斯科后，谢尔格有一时期曾做了工人俱乐部的主任。在这个俱乐部里头，组织了一个少年工人文化运动的小组，在这个小组里有从党里派来的青年著作家，大家都很热烈的向前工作。

俱乐部对于谢尔格不但是一种差事，并且是谢尔格应用自己根本思想的试验场。在他的有意识生活的初期，这种思想在他的内里已经生出来了。对于他个人，这种思想是内心的规律，行路的指南针。

他有一本灰色印花布的封面的纸簿。凡是他偶然所想到的，及在自己和环境的生活里所意识到的，他都把它们写到这本纸簿子上来。

当把他迁移到职工会工作的时候，谢尔格为着要不失去应用自己的思想到实际生活的机会，于是便在一个工厂内组织了一个工人俱乐部，进入这个俱乐部的多半是青年工人。

在那个时候，国内战争时代的英雄精神，还是在生存着，因此，在这个时代所生出来的青年，还是倾向于那些英雄的，热烈的事情。每一种通常的事情，他们觉着没有趣味，因为与他们所具的情绪不相符合。他们学会了仅仅只是军事的任务，英勇的行动。

这一种青年可以在任何一分钟内，被鼓动着去完成任何一种的英勇的行动。但是在日常的生活里，需要一种耐性的，为建设新国家那一种遥远的目的之不断的，循序的努力，那他们就呈现出懒怠的样子，没有自治的纪律。

在这一种日常的生活里，青年们不表现出一点什么从自己身上再向生活加上去的欲望。他们不想，或者可以说不需要将自己的住室弄得好一点，有秩序些。当他们领到寄宿舍的时候，那他们就以那里所已有的为满足了。如果窗门没有关上，或者门杻毁坏了，那他们还是进出他们的，毫不介意，一直到门杻完全落掉为止。每一个看着这种事情，就好像别的哪一个人应当把它做一做也似的。大家都觉着自己住在已经什么都预备好了的境况里。

除此而外，有些青年们已经显现出情绪的低落，在一种高潮过去之后，他们觉得没有什么事情可做。在开始自己的生活在平和境况的时候，他们的那种内部的英勇的情绪，完全呈出无力来了。

谢尔格在自己个人的路上，首先要寻到对于这个重要问题的答案：怎样才能达到一个人在自己的身上，永远有着精力与活动的源泉，而不要每一次都期待着这个源泉从别的地方或别人的手中传来呢？他自身的前进，时常遇着自己的意识与他周遭的实际的生活相抵触。如果实际的生活是与他的意识相矛盾的，那他就常常企图将这种矛盾的本质向自己弄个明白。这种矛盾给予了他思想的发动机，于是他的思想从矛盾里为他制造出来活动的根据与材料。

此地在于青年们工作的实际生活里，他觉察到青年们缺乏建设的本能。但是谢尔格由此并没看出这是对于自己的阻碍，而仅仅看出这是应当要好好地制造的材料。

他决定不拿已经装修好了的房子做俱乐部，而鼓励青年们自己做出一个俱乐部来。这为着要使俱乐部成为他们自己的手，幻想和意志的事业来。

事情是照这样地做了。他们领得一幢破败的房子，也没有窗户，也没有门。在大的前厅里，地板木块儿是毁败了，楼梯的木栏杆是残缺了，大约在饥荒的年头被拆去烧掉了。

许多人向谢尔格说，他空耗费许多时间，他本可以领一所装修好了的房子，即刻就可以在里边工作起来。但是谢尔格却以为重要的工作，是在于他们自己开始做事情，而不是利用已经完成的东西。

应当在自己的心里造出一种对于利用已成之物的恐惧。谢尔格看见了，恰恰真正的工作是开始于那为他们自己所做成的凹面刨上。俱乐部的每一个部员，对于俱乐部不视为一个简单的所在，而视为自己的集体的建设物，在这里就是一层楼梯，一把门栓，都是为他们自己所做成功的，因此也就含着特别的意义。

当谢尔格于职工会的公务之余，晚上走来俱乐部工作的时候，每一望及那些正在工作的孩子们，便感到很足自豪的快慰，意识到他做一桩重要的事情，而这是由于他自己的心愿，不由于任何人的强迫。

当他意识到这一般青年将不像那一般只为着获取面包，逼不得已而求学的，消极的青年一样，觉着有不能言喻的愉快。这一般青年渐渐生出了一种别的要求——事业的要求，而不是赚钱的要求。

他很满意他所做的事情：虽然这是很少数的青年，可是他究竟能催促他们向着建设的活动走去，诸事由于自己的启发，而不是由于上边的命令。从前他们将自己的闲余的精力，用到打架谩骂或破坏物件上去，现在他们是找到用处了。

虽然这最多不过是将精力从那破坏的恶习方面引过来的方法，虽然这在范畴上并不重大，然而这已经是一种获得的胜利了。

当谢尔格在这次遇会里，想起来了这一切，他不禁感觉得有一种新的，特别愉快的精力之来潮。原来这个女人了解他……她已经将许多新的精力倾注到他的身上了。

四

在要到俱乐部去之前，谢尔格先到同一住宅住着的彼得鲁亨那儿去了一去。

这是一个短小精壮的，卷头发，短手臂，很有趣而圆通的人。在他的房间内总是时常充满着人而热闹着。吃了几瓶啤酒之后，总是要发生许多不相干的争论，在争论时他总是比较别人多长篇大论一些，而且总要卷起袖子来拍着桌子。

他差不多到处都抢着先：曾做过劳动杂志的编辑，什么一个委员会的主席，还充当着一个什么委员会的委员……

一礼拜以前，他与谢尔格所曾见过了几次的那个姑娘结了婚。谢尔格从前说他背叛了自己的阶级，但是现在当他自己也走入背叛的路了，却想着来看一看彼得鲁亨，好同他谈一谈俱乐部的事情。

当谢尔格走进的时候，彼得鲁亨正与自己的年轻的女人坐在桌子旁边，而看她做着女红。彼得鲁亨立起身来，似乎有点慌忙的样子，看一看自己的女人，便请谢尔格坐下。

但是谢尔格说，他来找他，想把他带到俱乐部去看一看。

彼得鲁亨又重新迟疑不决而为难似地向他的女人瞟看着，等一忽儿说道，他现在不能到俱乐部去，因为有人要来找他有事情商量。此刻他没坐下，而在桌子旁边立着。

他的肥满的，金黄色头发的女人，停了自己的工作，坐着在那里用手指画着白桌布，——这样的情势好像人们等待着一个没被邀请的客人赶快走开也似的。

谢尔格告别而去。彼得鲁亨依旧很局促的样子将他送至门口。

谢尔格不期然而然地注意到彼得鲁亨的房间的样子，内中的摆设完全变了，雪白的桌布，吃饭时用的手巾，精致的食物柜……

若在从前的时候，这种房间的摆设，及一个年轻而又文明的女人的在座，将要使他发生烦闷。他对于自己的生活将感觉得是很孤寂而无兴趣的。现在他可是非常地愉快了，他想到他已经不是一个孤寂的人了。

他从前觉得这个女人（指柳德米娜，译者）是出自与他相仇敌的世界，而现在却鼓动了他的身心。他回味着她的每一种出色的姿态，她掠发时的样子，想象着她那永远蕴藏着潜伏热情的目光。

现在这一种亲近对于他，已经不是对于自己的背叛了。这一次与她的遇会，却给了他为他以前所不知道的许多的东西。经过与纤细的女子的灵魂的接触，她给予了他以锐敏的感觉，使他能懂得他以前所不能捉摸的东西。与她会遇了几次之后，谢尔格自己也变成精细些，知趣些的人了。

他曾在一个什么时候，在自己的纸簿上写道：

“凡是能加增我的生长的都是好的，凡是减少我的生长的都是坏的。”

由这种亲近而他的内部却富足起来了。这是说，这种亲近是好的。

俱乐部——一所石狮子把门的老房子——设在一个僻静的巷子里。在这个巷子里，永远是很寂静的，到晚上时，从那些为冰雪所冻凝的树木的白枝干的叶中，很妩媚地闪射着窗内的火光。

在屋内角落的阴处，还堆着木屑与刨花，充满着新鲜的松树和白杨木的气味。向楼上蜿蜒着宽大的扶梯。总是时常沉默着而尽心做自己一部分的工作的密沙，现在正在那里收拾着扶梯的栏杆。

他用着粗纸揩扶梯的栏杆。看见了谢尔格，他用手袖拭一拭脸上的汗水，又继续工作起来。

他与别人不同的地方，就是在于他从不多说话，而总是很注意地听着别人说，因此他有一种天真而可笑的样子。无论执行何种工作，他总是沉默地，尽心地去干。但在他的身上有一种滑稽味，使得人们都要向他斗趣。

——密沙，你又在劳动什么呀？当心点，裤子别要弄脱掉了呵！

在人们这样向他嘲笑的时候，他总是很淡漠地抬起头来，说道："走过去罢，走过去罢！"说了之后，又仍旧工作起来。

厅堂上边的电灯总是忽明忽暗，这时正在修理着。舞台上悬挂起来了帘幕。

厅堂的中间这时卷着袖口的"密斯特江"立在那儿，向别人发着号令：

——先把这一头拿起来呵，——他向悬帘幕的人喊道，——然后再挂那一边，不然的话，那是不成功的呵！

坐在扶梯上的一个瘦削的，戴着眼镜的青年团员，他的外号叫作"哲学家"，所异于常人的，是他好辩驳而善于"论理"。看一看下面，他照平常一样，从"倘若"两个字说起话来：

——倘若你这个浑蛋的脑袋，要一下子把两头都举将起来，那我问你该需要多少人呵？倘若你照这样举起来，你看，那帘幕放下来一定是很平正的。

——一眼就看见你是活叫驴呵！——密斯特江从下面喊道，——问一问你，它因为什么放下来要平正些呢？你在那里坐着很平正地，这倒不差……唉，真是活见鬼！

密斯特江转过身来，电灯闪了一下，就熄灭了。

——你在那里乱叫些什么？请你来干罢！——坐在扶梯上面的人们向下面叫道，——你只会命令别人。

——你们那里已经有了二十匹叫驴在那里坐着，我难道还能爬上来吗？

——不能爬上来，那你就要闭口呵！

——倘若一个人比别人喊叫得多些，——哲学家加着说，——那么这就是表明他的脑袋是空无所有呵。

谢尔格将外衣脱去，只穿着一件衬衫，把袖子卷起来，走向舞台上去。那里有些穿着污秽的长外衣的姑娘们，正用着蓝颜料在那刷染着舞台的后壁。

谢尔格拿起墨来，开始在舞台的侧面板上签起名来。这里每一个做一定的那一部分的工作，而在这一部分工作上面，将自己的名姓签上。

有时大家向密斯特江说道：

——你的名姓签到什么地方去呢？

——签到你们那些毫不思想的浑蛋的脑袋上。——他咕着嘴巴说道，——如果不是每一步都用鞭子抽着你们，那你们什么东西也做不成呵。

有一个小孩子经过一个女孩子的前面，向她的背上拍了一掌，说道：

——努力呵，鲁巴莎，努力呵！

这个好像密沙的姑娘，庄重的态度，近视的眼睛，差不多与密沙一样。

她转过脸来，向捣乱的孩子瞅了一眼，说道：

——浑蛋！

——你怎样，哼，我的小红果？

谢尔格不自主地将青年们对于女人的态度，与他对于柳德米娜的态度比较一下，即刻活生生地觉得，青年们该失去了许多东西；他们把这一种关系弄得太粗鲁了，低落到鄙俗的程度，这真是贬损了自己。他们似乎把很有礼貌的对于姑娘们的态度，引以为羞耻的事情。他们不知道这一种恭敬的态度，能够给予一些什么东西；它能够使人温和，能够完全将人改变，就同谢尔格被它所改变了一样。

他在对于柳德米娜的关系上所感觉得的，的确似乎将他造成了别一种人。他得到了为他以前所不了解的，新的，那种细腻而温存的感觉。

但是这桩事情如何告诉他们呢？如果告诉他们，那不过是成为一种文钱不值的宣传而已，一点儿结果也不会得到。

完结了自己的工作，谢尔格绕着各房间走着。一切都预备好了等着开幕了。这一所房屋居然改变了外表。他现在可以自豪了。

还有一点地方没完全做好。但是谢尔格想赶快把俱乐部开起幕来；而一切零碎的事情，如油漆扶梯的栏杆之类，只得等到后来。

——孩子们，我们于十五号能够开幕吗？

哲学家扶一扶自己的眼镜，用眼向墙壁兜了一转，说道：

——倘若我们只论外表，而不问实质，那我们是可以来得及的。

五

谢尔格记得俱乐部开幕的那一晚上，在那一晚上，很意外地解决了一切……

谢尔格故意地先到柳德米娜的家里，为着要在同她到俱乐部之前，在她家里坐一忽儿。

当他走至柳德米娜的家里时，她正在卷烫头发，一手用铗子铗着太阳穴边的卷发，一手将门开开，让谢尔格进来。

红一红脸，她跑到屏风后边，那里立着梳妆台，向着镜子坐下，说道：

——你可是将我难为住了。我没想到这是你呵。请你将背朝着我坐下罢，我有点拘束呢。

谢尔格即刻将背朝着她坐下，而且他因此感觉到这时他自己是很愉快的：一个年轻的女人居然在他的面前，连这种梳头的普通事情，都有点拘束起来。而并且很愉快地感觉得他是一个有礼貌的人。同时，他又很愉快地感觉得，虽然他的座位离她不过三步，而她竟能在这种情状之下，做着这种梳头的事情。这一种羞怯的表情把他颠倒住了，似乎这个女人是一个崇高的，不可向迩的。由这种每一步与她的接近，由这种渐次地征服她对于他的拘束，谢尔格感觉得一种异常的，不像他从前所知道的东西。

——我因你，今天知道了一点事情。——谢尔格说。

柳德米娜很惊异地从镜子转过脸来。

——因为我？

——是的。

——到底是什么一回事呢？

——今天我在俱乐部看见了以前我每天看见过的事情，但是我的态度即与从前不同了。我的一位同志拍了一下一个姑娘的项背，说道，“努力罢，鲁巴沙，努力罢！”这桩事情把我弄得不舒服了。这是因为与你认识了之后，我看见了别种对于女人的态度，为我所没有习惯的态度。

柳德米娜默坐了许多时候，轻蹙着两眼，将钳发的铗子仍放在发上钳着，后来说道：

——你们本来决定向着这一条路上走去，要把人类多少世纪所生活着的，最美妙的东西，都摧残毁灭掉呵……你们想毁灭爱情，美丽，像你们已经毁灭了宗教一样。

谢尔格不自主地瞅了一下那在角落里床上挂着的一架神像。

——请问你，难道你是信神的人么？

——我当什么东西对于我都不剩留的时候……那时我是信神的人呵……——她这样很轻飘地说了这两句话，又继续着说道，——你们把生活都弄空泛了，你们毁灭了它的彩色，破坏了家庭。你们还有些什么东西留下来呢？当你们拍着姑娘的背上叫道："努力罢，努力罢，鲁巴莎！"现在在女人的身上对于你们还剩留一些什么呢？

她很匆促地将头发梳好，从椅子立起身来。

——然而尤其重要的，是你们把爱情毁灭了。你们毁灭了那一种爱情，比较它再高尚的东西，在地球上是没有的。当一个人与别一个人合在一起，当他们相互地舍弃生命而不惜，这是如何的神圣！爱情将人类从禽兽提到崇高的人性，爱情在人类的内部产生最美妙的诗境。然而你们把它，这个爱情，毁灭了。你们就同野人一样，来将人类所保藏的生活中的贵重东西，一切都刷洗掉了。

她愤激地说着这些话。她的眼睛闪灼着一种什么新的光。

——这是一些别人的衣衫，不合于我们的身体。——谢尔格说。

——如此，你们现在将做一些什么呢？

——开始穿起衣服来。

——穿什么呢？

——也许从旧的东西中，有些是中用的，——谢尔格微笑着说，——而其余的我们只得穿上新的了。——他低下头来，用手抚摸着桌毯，停一会儿说道：——而你所说的，所称为最贵重的东西，我却没尝试过呢。

柳德米娜很快地向谢尔格瞟看了一下。她穿着青紫色的，腰间悬着一个大结子的外衣。但是瞟了他一下，即刻将眼睛挪开，向着镜子走去。

——你是结过婚的人吗？——柳德米娜将背转向镜子，从那里回看后边的衣服，似乎完全为这件事情占领着也似的。

——是的，我是结过婚的人了。我的妻是一个很简单的农妇。

柳德米娜对于这话没有置答，只转过身子向镜盒子里边寻找什么东西。

——女人们，就使她们在外表上是一切都顺适的，——她停止了寻找，而不动地向着已经暗黑了窗门，说道，——现在正过着很空虚的生活。她们的最重要的东西被掠夺了。……因为爱情与家庭对于女人永远是最重要的东西……

谢尔格那时望着这个美丽的，被锁着在自己心灵内里的女人，想道，难道说如她这样的一个漂亮的，不可侵犯的女人，也能渴慕着爱情，而正为着爱情缺乏而痛苦吗？对于她，似乎谢尔格一句不谨慎的话都不敢说的样子，难道说也可抱着对于一切的女人的同一态度么？

——你们的一代人还不能长于这种爱情，而我的（我，是一个女人，比你年长些）一代人对于这种爱情的能力却失去了，而且普通地说，他们似乎一切都失去了。——柳德米娜仍旧立着不动地这样说道，——但是你是一个聪明而知事的人，——她忽然直视着谢尔格。——为什么当你说到旧衣服，那些还似乎对于你们并不甚坏的旧衣服的时候，抱着一种轻蔑的态度呢？

——我害怕一切现成的东西。——谢尔格低微地说。——当我自己感觉得这个有需要时，那我，或者，将它拿到手里呢。

——你这样说，是因为你什么都还不知道……是因为你什么还没尝试过；——这时她的眼睛在黄昏中闪亮着很兴奋的光芒，似乎她所说出来的思想将她鼓动起来了。——你们有最大的幸福，那就是你们的一切都还在前头……

她叹了一口气，忽然打断了话头，向谢尔格严重地说道：

——我们走罢！……

谢尔格很久地就看出在她的衣服上有一条拖着的细线，他随着柳德米娜立起身来，当她走到门边预备闭熄电灯的当儿，谢尔格从她的衣服上将这条线取将下来。

柳德米娜始而不明白是什么一回事，惊诧了一下，但是等到她在他的手中看见了这条线时，便微笑起来了，拿开这条线，同时将他的手指捏了一下。然后很快地走出了房间。

六

当他们走向电车的时候，在亮着路灯那儿的街角上，他们又遇着了那个穿着短外套的男人。

谢尔格这次来得及审视了他的面孔。这种自信而平静的，文明的面孔，时常要引起谢尔格的一种恶感。

这位先生在路灯光下很优容地脱下帽子，完全不注意到谢尔格的存在，直走到柳德米娜面前，说道：

——真是奇怪的命运呢，我已经第二次遇着你们了。

——我仅仅第一次看见你呢。——柳德米娜说。

当谢尔格看见柳德米娜红起脸来，他的一颗心不禁很茫然地，然而很剧烈地跳动起来。

在一分钟间的慌张之后，柳德米娜的面孔又很冷淡地深锁起来了。

——可以给我一分钟的时间吗？——当她回答他第一句话时，这位穿短外套的先生向着她瞟了一下，便这样问道。他不等到她的同意，即拿着她的手，引到旁边去。她似乎也就很机械地顺从他了。

剩下了谢尔格一个人。为着要不立在一块地方，他慢慢地走向前去。他的口唇紧闭起来了。走了十步的光景，停住了脚步，等待着。

穿短外套的先生的声音，忽然完全变样了。他抛弃了那种卓越的声调。在他的那种降低的声音里，表现他那种卑屈而恳求的神情。

——我觉着，我们现在所说的是一些无止境的不同的东西罢？……——谢尔格听到柳德米娜的声音。

——不呵，我们不是再说一些不同的东西，——不相识的人即刻惊恐地说道，——现在我所说的，正是你所说过的呵……

——这也是已经太晚了罢？……不，我们将这种谈话停止罢！——柳德米娜忽然记忆起了什么，这样惊恐地说。

往下谢尔格什么也没有听见，因为那个不相识的人把话音放得很低很低了。谢尔格仅仅看得见他那卑屈的可怜的面孔，似乎像一个临刑的人向刽子手哀求饶命一样。

——你选择了一个不利的地方呵……——谢尔格听到柳德米娜的声音。

——……我仅求一桩事情……

——我不能够禁止这个……在老地方……——柳德米娜说了，便如跑也似地离开了他，向谢尔格赶来。

谢尔格很平静地同她谈一些不相干的事情，似乎适才的遇会没给他点儿印象。他看见了她是在苦闷着，而他却故意地对于这次意外的遇会，连一句话都不提起。他私自想道，他这种很有策略的行为，柳德米娜对之一定要注意呢。

——也许我们要迟到呢，叫一辆马车好不好？——他们立在电车站而老等不到电车的到来，谢尔格问。

——请你原谅，我将你耽搁了呢。是的，顶好是叫一辆马车呵。——她回答着说，避免与谢尔格的眼光相遇。

他们叫了马车。柳德米娜坐着许多时候不说话，就同在一种很不愉快的印象之下，不知道如何向她的同伴人解释适才所发生的事情。虽然同伴人什么也没有问起，但是大概他自己是正在寻求解释呢。

——有时是很困难的，——最后，柳德米娜颤动着说道，——当一个人做了错误，然后十来次要预备把它回转过来，但是……既然一次被欺骗了，就再难相信第二次了……

——有过什么事情呢？——谢尔格这样轻轻地问她，他的声调就同他已经明白适才的遇会的意思，而仅因为客气的原故，自己便什么都没问起。

柳德米娜在未回答之先，将头转向谢尔格，几瞬间向他笔直地望着，似乎她先想决定，这一个与她坐在一块儿的，是一个对她很冷淡的，无关痛痒的人，这是一个可以作为她的亲近的人，向他可以说出来一切……

——唉，亲爱的朋友呵，在生活里有一些这样的缺陷，是不可以就很快地恢复原状的，也许永远都不能将它恢复原状呢……如此就失去了对于那种值得生活的东西，可以寻得到的信心……这是我的一个很亲近的友人，……他是一个很忠实的人……不，我向你公开地说罢，——忽然她这样说道，拿起谢尔格的手来，差不多将它捏得到痛的地步，似乎她急于求他的保护一样。

于是她很快地，狂热地说起来了。

——这个人，他是一个名优，为女人们所捉弄坏了，当我在同我父亲的主人的女儿们一块儿生活的时候，他曾经向我献好过。他向我说了各种各样的好听的话语。但是当我明白了这不是我所要寻求的……我没有允准他什么……我同他断绝了任何种的关系，当起女优来了。他说过，他是已经结过婚的人，不能为我而离婚。后来，七年以前他遇着了我，那时我已经是成人的女人了，极力地向我哀求，说他永远地想念着我，也只是为着我而生活着……但是……我普通是很难相信人的呵。如果我的心已经摇动一次了，那是已经不能将他挽回的。——她说着这话，口唇紧抿起来了。——这七年来，他每一次遇着我，总是向我说着同一的话。

她将手掩着面孔，说道：

——唉，有时是如何的艰难……觉得他的愁苦是我的错过，但是同时又觉悟到，我可以一失足就把他的和我的生活毁坏了……因为……因为我是不爱他的呵。

七

在俱乐部大门上面，闪耀着一盏亮晶晶的电灯。在宽大的前厅里，觉着一种整齐的空气。在扶梯的旁边，立着几个青年，吸着烟。放衣架的那儿，有许多人解衣服。

谢尔格引着柳德米娜，经过耸立着白石柱子的大厅，走向后房去解衣服。在大厅里，他忽然看见有几个不属于俱乐部这一组的青年团员。他们用着非善意的目光迎送着谢尔格的女同伴。

谢尔格觉着自己的血从心中奔流出来了，如同平时他在危险的时候，或在难以解决的情状之下一样。他明白了，他们现在在这个与他们不同阶级的女人身上所感受的，也就是与他自己从前所感受过的一样。他们现在的这样态度，尤其因为她利用着特权：她走向后房而不走向公众的地方去解衣。

他们之中有一个穿着外套，带着便帽，这便帽是带着在脑壳后边。他抽着纸烟，抽完了，便把烟屁股摔到地板上。

这事情却使谢尔格烦恼起来：这些外人，他们走来享受现成的东西，而还要批评谢尔格，并且无体统地穿着外套，戴着帽子，随便把烟屁股丢抛在地板上。

——同志，去脱衣服罢！——谢尔格停住脚步说。

那个青年团员假装着没有听见，转过身去仍继续与别人谈着话。

——同志，去脱衣服罢！——谢尔格将声音抬高一点，已经走到他的跟前。

从解衣服的地方走来几个自己的人。他们停着步观望，并不帮着谢尔格说话，大约也是不满意于他的女同伴。

情形严重起来了。必须找一条出路，不要失去自己的身价与权威。

——同志，我最后一次向你说，我们在这里工作，用自己的手将一切弄得好好地，完全不是为着你们要到此地乱闹的呵！

那个青年团员依旧立着不动，继续与别人谈着话。谢尔格没有办法，忽然转向自己的人们，向他们挤着眼道：

——他聋得如木桩一样，同他说是不成功的，孩子们，把他拖到大门外去罢。

在一切的面孔上，忽然涌现出来了高兴的微笑。走出几个人来，将不听话的人抬将起来，笑着送到解衣房里。

事情是从困难里救出来了。

但是谢尔格忽然觉着自己被柳德米娜所束缚住了。为着这种情形不再有发生的可能，他将柳德米娜找一个位置坐下，而自己跑到演剧的练习室里。

当他一离开她的时候，便又感到一种温存的意味，这由于意识到，她现在坐在这里，即刻就可以听得到他的开幕词了。

他隐约地还记得他那时演说的意思。他说，英勇斗争的时期已经终了，我们已经表示出我们有抵抗军事压迫政策的能力。军事的壮烈的行动已经走入过去了。在我们的面前，展开着新生活的园地，在这园地里急于要培植无产阶级的文化。

他解释了这种将来文化的本质：它所不同于旧文化的地方，是在于它是整个的集体的有计划的，而不是以个人为单位的文化。

为着达到这个目的，我们应当走什么道路呢？

首先我们应当在自己的身上，革去最危险的，破坏的特性。这一种特性，似乎不论在那一个野蛮的民族里，都没有像我们这样的程度，这时大厅里骚动起来，但是谢尔格很泰然地，似乎没有听见也似的，继续说下去。他说，我们有政治的团结性，我们有团结的行动的才能，无论在军事的范围内，或在政治的意义上，都为其他民族所不及的。但是我们却不能很安静地经过一所空屋，一定要打碎几块玻璃才觉舒服些。（听众的脸上露出笑痕，互相地瞟望着。）

我们还保留着旧的私有财产的习惯：我们将一切东西分为“我的”和“不是我的”。谢尔格于是引用里林的话说道，“我们懂得私事是小事，而应当懂得私事，就如大事一样。”现在我们就向着这个大事走着呢。我们必须改变我们的经济的心理。它在革命以前是一种小有产者与雇佣者的心理，而现在，我们的心理应当是主人翁的心理。

在前一排坐着两个青年团员，私地在轻轻地言论着，引动了谢尔格的注意。后来向台上面抛了许多字条，大家也就为着这些字条所分心了。为着要继续演说下去，一定要加倍地自持。

后来谢尔格说，俱乐部的工作决不仅在于要有自己的俱乐部，而是在于将俱乐部视为集体的财产，大家为着这个集体的财产而工作，不由于上边的命令，而由于自己的心愿。

这是我们的第一个阶段：学着照着集体的命令工作，目的不在于获取面包，而在于恢复被破坏的，建造新的物件。

谢尔格说着这些话时，总是极力避免一般演说家所通用的口头禅，这些口头禅已经不能鼓起人们的意识，不过如和尚念经一样而已。就在这里他也害怕现成的语句与现成的思想。也许他的思想要单弱一点，但是这是他走着自己的路的结果。

他总感觉得一种厌恶，当他在书中或在演说时听见的同一的言语：“我们的成绩”，“不良的倾向”，“有目的的停顿”……

在演了说及回答完了听众所发生的问题以后，谢尔格走到柳德米娜身边坐下，她向他转过头来，向他看了许多时候，就同看着一件对于她是新的东西的样子，轻轻地说道：

——你说了一些出色的东西呢！

她抚摩着他的手，而她的手，如同被忘却了也似的，也就留在他的手上了。于是她，为从前所未曾有过的样子，密切地，驯服地，就像是他的自己的女人一样，在他的旁边坐着。

两人向台上看着，那里正演着独幕剧，似乎没有觉察到他们俩的肩膀有时竟靠拢起来了。她并不把自己的肩膀从他的肩膀离开，后来，忽然惊颤了一下，她一下子很远地离开了他。

谢尔格的眼睛，由于她的这种动作，不禁黑暗起来了。但是他并没有望她。于是他们俩依旧地向台上望着，似乎很被那台上所表演的吸引着也似的。

后来他送她回家，但是他觉得不方便地走着送她回去，便叫了马车。当她与他并排地坐下的时候，他溜了她一眼，见着她的深沉的一双大眼，正庄严地向他望着。

这时落着雪，大的雪花落到他俩的皮袍及盖着腿的毯子上。谢尔格时常抖动毯子上的积雪，为着是要与她的身子多接触一下。

在她的住所门前下了马车。柳德米娜很久地向这时已经布满着了星的冷空中仰视着。她的腮庞离谢尔格很近。后来，她看见了路那边树丛中的教堂窗口中的火光，轻轻地说道：

——看一看，这是怎样地好呵！

——是的，我也是这样地觉着，这是我从前所没有过的。——谢尔格说，——就做算这是我的背叛罢。

——什么背叛呢？——柳德米娜轻轻地问。

——对于我的阶级的背叛。——谢尔格回答着说，向那火光望着。

她忽然地向他转过脸来，并且躬了身子，为着要好好地看看他的眼睛。她紧紧地握着他的手，握得到痛的地步。她于是又回转身子，用着一种异常悲苦的声调，说道：

——我的上帝呵，难道说又这样么？……难道说又不是那么一回事么？

——什么？——谢尔格躬一下身子向她问。

她颤动了一下，似乎他把她唤醒了也似的，便振作起来，已经改变了神情说道：

——不，没有什么……我此刻望一望你的眼睛，并且向它们问道，可以不可以信任它们在一桩最……大的事情。

——它们又说了些什么呢？——谢尔格轻轻地问。

——它们说……它们说……——柳德米娜忽然停住话头，很匆促地，也不望着他，说道：

——请回去罢！你现在必须走开……我请求你……

她走向门前的廊沿，然而她的眼睛还是向谢尔格望着。他在扶梯上于黑暗中赶上了她。她停住了脚，很继续地向他说道：

——回去罢！……别要跟着我走呵！

谢尔格还是跟着她走，握着她的肘部。经过她的皮袖，他感到她的臂膀是如何地颤动，就同发了热病一样。她很久地用钥匙开门，但是由于手的颤动，老是开不开。后来他们走进一间电灯不大明亮的前房。

她脱下皮袍，立在他的面前。她的眼睛，这时完全变为暗淡的，炽热的眼睛，笔直地望着他，她的胸脯一上一下地起伏着。她的两唇不断地翕张着：

——回去罢！……回去罢！……我的上帝呵！……

忽然皮袍落到地板上，而她的双手很猝不及料地将谢尔格的脖子搂抱起来。她的冰冷的口唇张开与谢尔格的合起来，但她即刻将谢尔格推开，用手掩着面孔，跑向自己的房间去，遗下了这地板上的皮袍。

谢尔格晕花了眼睛，跟着她走向黑暗的房间去。

——你在什么地方呢？——谢尔格轻轻地问。

柳德米娜没有回答。

最后，他的手将她的肩头摸到了。年轻的女人俯躺在长靠椅上，将手掩着自己的面孔。

谢尔格想将她的手拿开，但她就同在一种恐惧的状态中，摇起头来，更将面孔隐藏得紧些。但是，她究竟没有把他推开，当她的蒙着散乱的头发的腮庞与谢尔格的接触时，她究竟也没躲避。

他记起她的那种不可侵犯的神情，及她所时常说起的对于男人们的厌恶，便不敢有点轻率的举动。

但是她忽然，就同被他的缓慢所惊动着了也似的，将面孔转向了他，将他的头搂抱着，很饥饿地，差不多是很粗暴地，毫不知羞地，将自己张开的口唇紧紧地贴上谢尔格的口唇。

八

谢尔格明白了，在他的生活里起了巨大的变动。一种女人的爱情进入了他的生活。她视这种爱情为最高尚的东西，为稀有的奇迹，这奇迹是为她永生所期待着的圣物。

她的疯狂的热情把他沉醉了。这一晚上的意外的遭遇，的确把他惊异住了。这些女人们的爱情原来是这样的呵！……她们总是守身很谨严的，她们总是令人猜测不定的，但是当真的机会一来到时，她们疯狂地供献出来所有的一切。难道说他是叛徒吗？难道说尝试了这种事情，他就在自己面前和自己阶级的面前，做成了什么罪过吗？他因此更变为有力些。当她与他在一块儿时，她，这样了解他的人，这样爱着他的人，只是鼓起了他内里的铁的意志，勇敢的倾向，照着自己的路儿走去。

此时他记起他的老婆格鲁莎来了。他在她的面前是不是有罪呢？同她生活在一起，他从没感到他现在所感到的东西。在他的内里从没有过像现在这样地鼓动着不可思议的力量。

如果他的灵魂对于他的新生活是欢欣的，那么他到底对不对呢？

但是她，他的老婆格鲁莎……她也是用尽自己的忠实来爱他的呵。她的爱有没有价值呢？他应当牺牲哪一方面呢：牺牲他原来的老婆，还是牺牲他现在的遭遇？

谢尔格不知道如何回答这些问题。他差不多一夜都没睡。

很艰难地等到了十点钟的辰光，在要去上工之先，他打了电话与柳德米娜。他记得，他那时的一颗心是如何地跳动着，当他的颤动的手拿着听筒放在耳边，等待着她的回答。有一个什么女人的声音问他干什么，他向她说了。听筒放下了。他的一颗心更加剧烈地跳动起来。起了一种恐惧的感觉，同时又是一种不可言喻的欢欣，他想道，她即刻就走来听电话，即刻他就可听见她那种令他愉快的声音。

在听筒里听着很轻的脚步声。谢尔格忍着呼吸。依旧是第一次的声音，问道：

——谁个听电话呀？

谢尔格说了。沉默了一会，这种沉默就像说话的人用手将听筒掩着，为着要不使对方听见，而向别人询问，应当说什么话为好。

——她不在家……听筒里女人的声音说。

谢尔格觉得他的心宛如坠落了一样。在第一分钟，他简直找不出说什么话为好。后来他的两腮被热的血液所激刺得燃烧起来了。

很显然地，她在家里，也许就立在电话机旁边，但一听见是谢尔格向她打电话，便连忙说她不在家。那时他想，也许她此刻想起我来，要发生一种厌恶的心情罢？……她曾被支配于一分间的冲动，但是她现在却自以为是高尚的灵魂一般，不愿意再回想起这种事情。

谢尔格的乡下老的自傲心，现在升到九霄了。他于是发生了对于她的仇恨：

——一个旧资产阶级的女人想巩固一下转入新生活的脚步，但是害怕自己的“堕落”，现在便连我的面也不愿意见了。唉，滚你娘的蛋！——谢尔格愤恨地说了这几句。

忽然间一切都讨厌起来。事情是这样地明白而简单！当他走回家时，他不过是独自在经受这些异常的感觉。而她在这个时候，也许已经蹙起眉毛，由厌恶而悲痛起来。她大约此刻很恐慌地请求那个听电话的女人，说她不在家里。

而他就同呆子一般，向她坦布出来自己的灵魂。难道说可以信任她的说话吗？她们的话都是虚伪到脑髓的呵！难道说他很少读过关于她们的书吗？虚伪——这是她们的天性呵！如果他们需要的时候，她们可以做出任何样子的声调来。但是她们轻视我们的心是永远潜动着的。如果问一问那些为着这些虚伪的，着美服的，有着细腻的肉体的东西，而将自己和自己阶级背叛了的同志们，——难道说他们和她们在一块儿幸福吗？难道说她们爱他们吗？难道说在每一次接了吻之后，她们在他们的背后，不做出厌恶的样子吗？她们需要保全她们的生命。本来她们的阶级是死亡掉了的。所以她们不得不欺骗呢。而这个女人呢？这个女人自己很有力量，她不需要扶助。但是她需要爱情，这是她生活的意义，她需要她的灵魂对于谁个贵重于生活中的一切。这个女人把持得很宽呢。但是她却忘记了他的皮靴熏着脚臭，而后，很显然地，记忆起来了……

谢尔格走到办公处，请了假，第二天晚上回到自家的乡村去了。

九

谢尔格这许多年来似乎第一次真正地想起家庭的一切，自己的老婆格鲁莎。

他很早地就离开家庭了。在县立学校之后，他到一家书局里充当店员的助手。这是他一生工作中之最平和的，愉快的时期。起初他只读了一些有趣味而动人的书籍，后来他看见了，就是他在一类书里读了一些与他没有关系的东西，而在别一种比较稀少的书里，他意外地找到对于他有关重要的东西，这是为他所未猜到和觉察着的，对于他是有很大的意义。既然这个著书的人，住在地球的那边，或者已经死去几世纪的人，写了这些东西，当然是很有意义的。

这是说着在他的自己的内里，有着潜藏着的，不可目见的，生活的“开始”，这个“开始”由于很和这些书中所指示出来的思想相吻合而发露出来了。

如果他被某种书引起了一种思想，那他就很简短地记录起来，并且很快地觉察到，他的语言并不异于他所特别爱读的书上所说的，因为他不知道别种语言可以用来表现他的意识现在所看见的东西。他似乎有两种语言：一种为着表现这种思想，一种为着经常的生活。

后来他落到德国的前线。每一次当他回家的时候，他总看见那里一切依旧，一点也没有什么变动，便觉得他自己离开家庭日见其远，而家庭的那种狭小的，完全建筑在获取面包与金钱上边的物事，对于他成为是不可忍耐的了。

终生总是说着一样的话：市场，煤油昂贵，出卖麻籽……这是他家庭生活的实质。

钱财——这是为他父亲所知道的唯一的重要的东西。无论对什么东西，他都要用钱财来尺度一下。对于他，仅仅那会赚得很多的钱的人，是值得敬慕的。

谢尔格很早地就觉得他的生活的志趣，完全是属于别一方面，而不与他父亲的同调。因此谢尔格对于家庭的生活感受到一种厌恶。

他在革命前结了婚。她的未婚妻不出自有钱的人家，因此他看出他的父亲对之是异常地不满意，并且时常听他说道：“有钱人的女儿当然不会嫁给他的呵。天南地北一点儿都不知道，宛如在云雾中飞行一样。”他的老婆是短小的，无大知识的女人，在家庭的生活中，她也只听得见关于钱财，面包，收获……的谈话。

可是谢尔格生来就不长于那生活中的实际的一方面。如果就使他有了愿望，那他也是不会赚钱的，譬如，他不能如父亲一样，羞于因几个铜板而同人争多论寡。他羞于跑到市场上去问货物的价格，什么可买，什么可卖。他不知道为什么要害羞。仅仅是害羞罢了。但是同时他又觉得烦恼，大家都说他是无用的孩子。当他的父亲在他的面前，夸奖哪一个邻居的儿子，说他做事圆通，善寻门路，那谢尔格觉得这止是对于他自己的笑骂。没有一个人赞助他心中所有的思想与信仰：在生活中钱财并不是最重要的，值得崇拜的东西，钱财不是最大的力量。

在他周围一切的人们都是相信着，只有钱财高出一切，只有会赚钱的人是可以令人敬慕的。

谢尔格记得那一种异常的，欢欣的，胜利的感觉，当革命拿下了富人们的冠冕的时候。向之会榨取资本的人们，现在都被革命所压倒了。

他还记得那个时候，他一个人首先从战线上回来，他是已经预备好了的工作者，他知道他“现在”需要做什么事情。他记得，当他被选为执行委员会的委员的时候，那一些从前不屑看他一眼的乡下的富人们，是如何地向他致敬，是如何地在他面前抖战。

能够知道，看见，感觉得世界上除开钱财而外，还有别一种伟大的力量，这是如何的快事！已经当了执行委员会的主席，那时他差不多在一县的范围内，对于人民的生命与财富，有无限制的权力，然而他还住在一个老太婆的一间小房子里。一张床占领了整个的墙壁，薄木板的门扉仅仅只能开开一半。

他可以占领一所地主的房屋，他可以在他们的地毯上来往，可以睡在他们的那种柔软的，宽敞的床铺上。是的，他是可以这样做的。别的人就这样做过。但是对于他，为着要自尊大，为着要向如他父亲的那一般人复仇，偏偏住在一间狭小的房间里。他虽住在狭小的房间里，然而他一露面就可以教他们抖战呢。呵，马麻也夫的儿子！远近皆知了！

他似乎用这间不成样子的房间，向自己的父亲及其类似的人们说道：

——你们总是视钱财为无上之物。如果你们如我一样得到这样的权力，那你们一定将好房屋据为己有，而要爬到别人的箱柜里去了。但是我却唾弃这种行为，情愿在老太婆家里住着。并且同她在一块儿吃着很可怜的饭食呢。请你们感受一下罢，世界上还有别一种力量！世界上还有别一种力量！

有几个从前的商人，因为是专门家的原故，钻到食粮部里混了差事，他们异常地苛待这些老太婆们，发给她们很少的食粮，而自己却将面粉卖给别人。

捉住了这么样一个罪人，这罪人同时诅咒苏维埃政权不会管理国家，没有食粮能够养活人民，谢尔格当夜召集执行委员会议，第二日即把他枪决了。因为这事，省执行委员会的命令将谢尔格逮捕入了狱，在狱中坐了一个礼拜，他最后是被释放了。他被委任为教育局主任，地位是较前低一级。但是回转原地，如果还有那种混蛋的商人落到他的手里，那他还是要把他枪决的。

谢尔格的这种行为传遍了全县，大家看着他都怀着一种恐惧的心。在街上遇着的人们，在他的面前不敢说话，在他的背后总是要瞟看他。

马麻也夫的儿子！

实在的，他那时具着一种令人可怕的样子：胡须长得老长老长的，无论何时总穿着臭味熏人的外套，头上顶着破皮帽子，黑着面孔，穿着长统靴，——他实在给人以可怕的印象。

当他回家的时候，仇视他的家人们（老婆与母亲除外）不知道把他放在什么地方坐着为好。

于是他对于他们，也发生着这样的仇视。是的，这样仇视是与轻视连接着的，他仇视他们如被征服者一样。他们现在是知道了，呵，他们最后是知道了，除开钱财而外，世界上还有别一种力量！

他很清楚地感觉得，家人们是他的敌人。现在他们是他的被打败的敌人。因此，当他们在他的面前很怯懦地说谎，或是献好，那他对于他们只抱着一种轻视心而已，此外没有别的感觉。

若革命不发生的话，那他们一定要想方设法，强迫使他除面包以外，忘去一切的事物。他们将要从他的身上刮去别一种的信仰。因为他生性就不长于将精力灌注到日常生活的琐事上去，那他将永远地成为一个所谓不中用的人，生存着被人轻视而已。

但是最重要的，他们将把他的信仰杀掉。

他记得那时他的根本的感觉就是仇恨。并不如一个公正的法官一样，按着尺寸给予人们以惩罚。他惩罚人并不按照着尺寸。那时尺寸是没有的。那时有的是仇恨的火焰。凡是不久以前立在统治地位的东西，一切都在被仇恨之列。那时不能有尺寸的呵——经过这些世纪的奴隶的生活！

于是他，这个在过去是一个可怕的人，是为一些文明先生所恐惧的人，现在居然也接触到贵妇人的玉手了。这是梦的憧憬罢？……这是从前曾同过老爷们坐在一张桌子上的贵妇人的玉手，也许老爷们在这个手上吻过……现在它居然把他抛到门外来了。呵，若是那时她落在他的手里，当他在一个县城里，穿着破大衣，带着破皮帽子，在街上行走的时候……那时任你用什么温柔的感觉，也不能打动他分毫！

后来他在省城里过了两年，然后到了莫斯科，他对于家庭的憎恨和不快的感觉，也就慢慢地消逝了。无论如何，在家中总还有两个人爱他，这两个人就是使他挂怀的母亲与老婆格鲁莎。

就是对于自己的父亲，谢尔格现在也再没有什么很深的仇恨了。在三年前，他是知道的，若他们到乡下去征取富农们的面包，那他的父亲首先就要将他活埋掉。但是当自己的亲儿子带着兵到乡下，就同强盗也似的，先走向自己的家门，他的父亲不过惨白了面孔……

那时谢尔格的声势已经将他对于自己的家人及有钱人的仇恨，减轻了许多。他感觉得自己有伟大的力量。

在那一天晚上，当他与贵妇人柳德米娜弄岔了，回转家来的时候，他反来很愉快地想到他的老婆，一个爱他的女人，虽然是穷而简单，然而同她决不会感受到那种羞辱，那种柳德米娜所给予他的羞辱。他深深地仇恨那给予他以羞辱的女人！

一〇

在车站上，那时他路过镜子，简直不认识自己了：披着牛皮褂子，歪带着羊皮帽子，燃烧着火焰眼睛，高耸的颧骨，——这弄得他像革命初期的他那一种神情了。

一个带着圆帽，持着圆盒子的人，跌倒于谢尔格的脚下，而谢尔格就这样地将他踢开，使得那人翻了两滚，想要喊叫起来，然而一看到谢尔格的面孔，他便很温和地走去了。

谢尔格在三等车厢中没有找到位置，只得走到贵一等的车厢里去了。始而他很烦闷，然而后来他也就觉得舒服起来。他觉着舒服，是因为他在这种车厢里，可以在车上的走廊内走来走去，没有什么扰乱他的思想。

在原野中起了雪浪。雪成大块地向玻璃窗上袭击。车厢时而跑得很平静，时而跑动的声音忽然停止了，似乎车轮经过柔软的雪上也似的，然而跑动的声音又重新响起来。

经过雪浪的狂荡的声中，从什么地方传来火车头的吼叫。原来火车已走近车站了。

谢尔格穿上皮褂子，从车厢走出来了。暴风雪依旧地在激荡着，令人难以呼吸。车站的门忽开忽闭，放进一些裹着布巾带着风帽的人们。

谢尔格沿着车道迎风走去，风吹开他的皮褂子，用雪迷瞎住了他的眼睛。

在他身上又苏醒了一种强烈的感觉：走上前去与风对抗呵！

一一

谢尔格很活现地记得这一次归家的心境。离家愈近，他愈被一种急不能待的心境所鼓动着。

虽然回到家里，那里对于他不会有什么特别愉快的事情，然而在脑海中总闪动着一种焦急的思想，一种与家庭联系的观念。

当他童年从学塾回家过圣诞节的时候，也是具着这一种心境。他坐在宽大的乡下马车的上面，慢慢地走向家来，遥望着从那树林深处闪耀着欢迎的火光，一颗心不禁有点怦怦然。他想象着那点着火油灯的故屋，那天花板下已经黑了的梁木……那童年时的一切……

呵，那时的生活是如何地美好！那时的世界是如何地奇异！或编织小球，或在河中捕鱼，或在林中采取蘑菇……都只由于自己的爱好，而不由于要获取金钱和面包！呵，美丽的童年！……

在这些回想里，谢尔格宛然要寻出一种东西，来与他那所不愿意想起的东西对垒。他不愿意记起那个女人，那个为他得到即时又失去的女人。

因为要回到家里住下两个礼拜，所以谢尔格随身带了一整箱子书籍，预备翻阅。盛书的箱子是用花纹布做成的，箱盖子是异常的光彩。

当火车第二天晚上在他认识的车站停住了，谢尔格急不能待的样子，很快地走出了车厢。

在小车站上，所有的一切，还是三年前的景象，还是与他最后一次在此地所看见的一样。不过认识的马车夫却没有，谢尔格只得随便雇了一辆马拖的滑车拖向家里去。

这个马车夫是一个很和气很跳动的人，他穿着翻毛的未扣的大氅，里面又穿着短皮袍，腰系着绿色的围带。

谢尔格坐在滑车上，从短皮袍的领边，嗅着新鲜的寒冽的空气。滑车照着平滑的路线跑去，觉得很轻快而寂静。在小丘的那边渐现出柳林的梢头，然后现出了风车，闪烁着村庄上的灯火。

犬的吠声。在这种深冬的，无人声的，傍晚的平原上，犬的吠声觉得有点特别的欢迎的意味。一个背上背着藤篮子的乡人，从贮藏库向茅屋走去，见着滑车到了，便停住脚步，好让滑车经过。谢尔格认得他是铁匠安东，但安东却没认出谢尔格，向谢尔格望一望，就同一个陌生人一样。

最后是到了谢尔格的自己的茅屋了。这茅屋的前面永远是堆积着许多柴木，在劈柴的凳子的旁边总是横躺着已经用旧了的斧头，这斧头是谢尔格的母亲用以劈柴的，她总是哼着照一个地方劈将下去，如普通女人的劈法。

乡村，这相熟的乡村！它的炊烟，它的黑面包，它的其它一切不可言喻的东西，令谢尔格感得一种异常的亲近。

谢尔格将皮袍和箱子放在车上，而自己跳下车来，踏着为柴木所杂乱的雪地，跨上高的阶沿，将茅屋的破败的木门开开了。他感着那一种迫不能耐的心境，当一个人很久离开家庭，忽然回到家里，他的家人们即刻要惊诧地，快乐地欢迎他。

在茅屋里，在预备晚餐刚燃着的煤油灯的不明的光线中，谢尔格首先看见他父亲的光亮的脑盖及他穿着的坎肩。他的父亲在这时候听着犬吠，转身向窗外望着，用手遮着灯光。他的母亲穿着无袖的长布衫，在炉灶的旁边忙碌着，预备晚餐的馒头。格鲁莎及小弟弟皮嘉这时正在铁盆里洗手。

——康健呵！——谢尔格这样响亮地喊了一声，使得一切人们的面孔都很惊恐地转向着他，经过灯光向他瞪视着。

——呵，我的爷爷！——母亲首先喊叫起来，将她的充满了皱纹的面孔倾倒在谢尔格的怀里，手中的馒头几乎落下地来。

——康健呵，康健呵！——父亲说着，不即时从矮桌子立起身来，用大手指头搔一搔自己的脊骨。他说着这话，用着很显然的冷淡的神情，似乎要与自己的老太婆的无涯的快乐相对比一下。

——为什么不先写信来，好将马赶来接你，免得又要花钱给别人呢？大概是半块钱去货了罢？

谢尔格的老婆格鲁莎，一个白皮肤的年轻女人，眉毛是白的，头上与手上生着黄色的斑点，这时惊慌起来，立在旁边，将手插在围裙里头，只向他瞪着。

谢尔格走至她的面前。她很局促地将两手抱着他的腮庞，伸出嘴唇与他接吻，同与神像接吻的样子，接了吻便又退至一边，将手藏到围裙里。

——为什么毫不言语呢？——谢尔格问。

——长久离开你，觉着有点生疏呢。——格鲁莎答。

谢尔格又重新瞟了她一眼，用很奇怪的感觉想道，这是他的老婆，这是他的最亲近的人。三天以前他背叛了她，而醉心于别一个女人。如果她知道了这回事，那她将对之做何态度呢？他想向她说几句温存的话，但他卒没想到说什么话为好。

父亲仍是搔着脊梁，向门外望着，追问谁个把他带回家来，也许他放在滑车上的东西将被人偷去些什么。后来他教皮嘉去搬东西。

儿子的城市的装束，以及他坐着滑车回家，而并没有向家中写信道及这回事情，这很显然地感动了他的父亲。父亲当先不能很淡漠地听到关于做了强盗的儿子的事情，现在却表示对于他的担心，注意他的东西，这的确是很有意味的现象了。在面子上装着很坦然的样子，其实在他的心里，他对于儿子的来家，并不真正地漠不关心呵。

接着便追问起来一路上平安与否……家人们也就自己述说起他们怎样进了省城，在路上看见了什么，听到了什么……

——我们坐在火车上，真是烦恼极了。——母亲摇着头掩着口说，——唉，总是轰通轰通地震响得不已。我们已经上了车很久了，而震动的声音却不停止。皇天爷爷，这火车是怎样地难坐呵！下次无论如何再也不去了！

谢尔格一方面起了很欢欣的能与家人们亲近的感觉，但同时一方面又感觉得失望与侮辱，——他的家人们不会，或者不愿意表示对于他的生活的趣味。谁个也没有曾问起：他在莫斯科此刻担任什么职务？为什么给了他这样重要的职务？对于他们，似乎谢尔格从前在乡间是一个无名小子，而现在在莫斯科执行很大的工作，这是一件很平常的事情，不足以引起什么惊异。但是这件事情却不是从天上掉下来的呵！但是家人们却对之漠然。

很奇怪的事情：他从没想到自己的功绩，从没想到自己真正地走入正道，现在却感觉得异常的不快，——他们竟没谁个提起这回事情，竟没问起一个字来。似乎谢尔格的行为是异常的普通，谁个都可以做到的，毫不足奇。

仅仅母亲开始的一句话，使得谢尔格震动了一下，但他即刻又冰冷下来了：

——呵，你在那里是怎样地过日子呢？……大概那个地方的桥梁是很伤皮鞋的罢？生活费大概是很高的罢？唉！天爷爷，简直是灾祸！……我们家里无论怎样，面包总是自己的，但是有时也要买呢。一切的希望都在马铃薯的身上。

大家沉默住了。

在这时候，从门中现出了皮嘉，他提着箱子，很费力地跨过门限，很自豪地喊道：

——这样重的箱子呵！……

一切的眼睛都盯住了箱子。

后来门开开了，进来了一些新的面孔。首先进来的是黑着胡须，穿着毛衫的老人，这是谢尔格的义父。接着跑进来的是邻家男子和邻家婆们。

义父一跨过门限就看见了箱子，低声叫道：

——我来看一看。现在大概是一切义父都被取消了罢？……

于是他走近谢尔格，将他拥抱着，接了吻。在他们的话音里，暗示着谢尔格是不信神的人，但他的声调是很温存而袒护的，似乎以为谢尔格既然能带回来这样重的箱子，就是在不信神的观念下也做了好事。

——呵，怎样，说一说，说一说，你在那里好不好？——义父掠着自己的卷须，这样说。

当谢尔格开始叙述自己及关于都城的生活时，一切人们，似乎利用他叙述的机会，审视着他的形象及他手上带着的手表。母亲立在他的对面，用手撑着下颚，很亲爱地望着他。但是她的眼睛渐渐地向上仰视着，翻着白眼，很费力地听着那一些为她所不明白的事情。

而当谢尔格叙述到国家情状——因为列强封锁弄得财政困难，现在虽需要工业品，而工业品无从得到……——的时候，义父向他说道：

——唉，管他那些事情！……把腰包放满了算事！——他拍着自己身上的荷包说，——大概他们都会钻营到好位置上去呵。在我们这里，虽然是说不上，但是也有两个乡下老，会长老爷，建造了两座新的房子。现在我们也想轮流地把会长当一当。只要一年干下去，你看，那将建造一所整个的村庄呢。大家都是这样说：有钱送到手里不拿，那除非是浑蛋呵。自然，这都是要聪明的人才可以。若是头脑昏聩，那就对不起要坐牢了。我要将万克送给你，你可以在那里代他找一个位置呵。

——呵，箱子怪重的！——皮嘉重新说道，反复地审视箱子上的锁及光彩的箱盖，意思是要使大家注意到他手中所提着的箱子。

于是谢尔格便看见了，一切人的目光，尤其因为听了义父所说的言语，又注射到箱子身上。此刻他刚刚记起，他什么礼物都没有带给亲族，那箱子里放着的不过是些书籍及换洗的衣服。但是亲族们对于他的估价，决不照着他所说的一切，或他担任了什么重要的职务，而是照着在那箱子，他带来了一些东西。

义父并且提一提箱子，似乎要试一试它的重量。后来他走到谢尔格面前，拍着他的肩膀说道：

——干罢，干罢，这样才好呢！……

谢尔格就是现在坐在桌子旁边，想起这时的事情，已经是很辽远的过去的事情，犹有一种很难耐的，很羞辱的感觉：那时他的确羞赧得难以自容，深悔箱子里尽盛些书籍，而没带一点儿礼物，——他们是渴待着他的礼物的呵！谢尔格就是现在也不愿再想起当时的情景！

——但是究竟，亲爱的，——义父又重新坐下，似乎没有等到谢尔格赠予他的礼物的样子。——但是究竟你们把我们害够了……在欧战期内，我们到底也很积蓄了一些钱币，而你们却翻了一下，弄得它们点儿用处都没有了。这一切都似乎我们干来干去，只替你们干了呵，可不是吗？

——这不是替我们干，而是替我们的国家干呵。——谢尔格笑着说。

——任你将它称做什么东西都是可以的……但是反正是这么一回事呵！如他们说，他们怎么说的？呵，是的："土地是你们的，而收获是我们的。"让有本事的人赚钱不好吗？……赚了钱也许为别人做些好事，而你们却什么都不允许他们做，唉……我所说的对不对呢？——他说着说着，将头伸到谢尔格的前面，掠着那卷着的黑发。没有等得及谢尔格的回答，即刻又继续说道：

——你们只给工人们好处……这些贵族老爷，狗崽子，我要将他们……我们不需要你的什么"国家"，顶好是你们将我们完全忘掉罢。那时我们或将要发展我们的能力……——他将拳头在空气中摇动着说。

谢尔格那时见到了，在茅屋中还有几个与其他的人们不相像的青年。他们似乎用着别一种眼光望着谢尔格。倘若在别的人们的眼光中，闪动着对于谢尔格的敬慕，那在这几个人的面孔上却表示着一种很严肃的，考察的神情。

谢尔格后来得知道，这是几个乡村的青年团员。他们也瞟看着谢尔格的箱子，但是他们之中有几个人的神情完全是别一样。他们显然地大约照着自己的心意来估量箱子的价值。

义父最后立起身来。

——呵，怎样，也许想休息一下罢？——义父摸着自己的大肚子，说着这话，似乎要期待着什么。——很显然地，明天你才办理一切罢？

——是的，不妨休息一下才好呢。——谢尔格说。

但是谢尔格自己却看出了，一切人们被失望和猜疑所包围住了。尤其在他们寂默地走出茅屋的当儿，更感觉到这种不愉快的空气。

两样总有一样：或者他们视他为最悭吝的人，在京城里过着很好的生活，而对于义父却连分文都舍不得；或者他们视他为一个光蛋，虽然坐着滑车回到家里，虽然也带着新的箱子，可是在腰包里什么东西都没有。也许为着面子起见，他把箱子内放一些砖块，故意地显示箱子是很重的样子……

一二

谢尔格很快地就感觉到了，他白白地跑回家来。在他与他的家人之间，有一道巨大的鸿沟，无论如何是不能跨过的。

谢尔格没有感觉到家人们对于他的情爱。仅仅母亲有时经过他的面前，当他坐在桌子旁边读书时，轻轻地叹息着，大概是叹息着他的灵魂呵。

当大家都明白了，他除开书籍，此外什么都没带回家来，这就是说，他在莫斯科并不优裕地过着日子，如他们所设想的一样，于是大家对于他，抱着很奇怪的态度。在先，一些亲人们小心翼翼地款待他，现在他们对谢尔格却显露着一种不齿的神情了。

有时谢尔格坐在旁边读书，他的父亲走进屋内，开始大声地与母亲说话，或叫骂她，似乎在茅屋内，除开他们自己，是什么人都不存在的。

谢尔格不禁觉得自己难为情起来，似乎他在他们的眼中是一个吃白饭的人，没有什么值得注意的。他现在并不可怕了，那在县城里当执行委员会主席时的声势是没有了，因此他只得无可奈何而已，什么人也不会怕他的。

有时谢尔格想道，他应当很耐性地对待老人家，因为无论怎样是不能将他们改变过来的，只得向他们放温和些。受了这种思想的影响，他想向母亲说几句温存的话。

有一次母亲掖着裙子，手提着牛乳桶走进屋来，谢尔格说道：

——你为什么要这样劳碌呵，母亲？坐下来，向我说一点什么罢。不然的话，我又要出门了，你们在这儿死去，我连你们的面都不能再见到呢。

母亲深深地叹了一口气，说道：

——我怎么能坐下来呢？……事情谁个去做呢？助手是没有的呵……

于是谢尔格不禁觉得自己罪过，他不是他母亲的助手。很显然地，母亲的这种思想是无意中说出的，她从来就是这样地思想着：儿子不是她的助手。

同老婆格鲁莎也是一样。在第一天晚上，当一些老人们睡下了，他同她并列地坐着，搂抱着她的宽大的背，说道：

——你在这儿过得怎样呢？

——还是那么一回事，原先怎样地过了，现在还是怎样地过着。

——没有我，你不寂寞吗？

格鲁莎向他举起眼睛，满脸泛起红来，于是很羞怯地将头倾放在他的怀里。

谢尔格不知向她说些什么话为好，只沉默着抚摸她的背，看着她那年青的颈脖子的雀斑。于是他记忆起来，他爱上了她，正是因为这些雀斑与白毛眉，不知为什么这些雀斑与眉毛能够引动了他，能够吸住了他的眼睛。

他觉得，若与那一个，别一个女人比一比，那格鲁莎对于他的爱情是如何地奇异而可怜呵。

他想用全副力量不要看出，但是究竟看出了，格鲁莎的指甲是那样的不洁，她时常，大概是由于习惯，爱搔自己的腋下，或头巾下的脑后。这大概仅仅是她的习惯，因为她一遇见什么困难或回答不出的时候，总是这样地搔着。

——向我说一点什么罢，——谢尔格说，——日子过得好吗？做些什么事情？

——有什么说头的呢，——格鲁莎回答道，——什么样是我们的日子！……那是人人都晓得的，天未亮就起来，喂一喂牛，喂一喂猪，然后跑到河边去，回来又烧饭吃……

这些他是已经知道的。

有一次她指着纸簿向他问道：

——你这一本是什么书呢？你又在上面写些什么呢？

——这个吗？我写着我生活的经过，为着将来看得明白些，应当怎样生活才是。

格鲁莎看一看纸簿，什么话也没说。

——不懂得吗？

她很不坚决地，羞怯地微笑了一下，眼见得怕说得不对，只否定地摇摇头。

——呵，我们假设一下，主人经管自己的营业，他记录下来，什么地方他做得对，什么地方他做错了，由此他可以推论，应当怎样经管自己的营业才不会走错路。明白吗？

格鲁莎低下头来，坐着，用指甲搔指头上的什么东西。谢尔格问了这话之后，她又重新羞怯起来，紧紧地挨着他，轻轻地说道：

——这是很明白的……他们强迫你做很多的工作吗？

——他们不强迫我，我是自己做事情呵。

——怎样自己做事情呢?

在她的面孔上显现出不能了解的神情，她也并不掩饰这个。

——是的，是我自己做事情。主人在自己的营业里做事情，谁个也不强迫他。我也是这样的呵。

——这样吗，那主人，——格鲁莎说，——他因此可以多得到些钱呵。他的营业是他私有的呢。

——我的营业也是我个人私有的呢。——谢尔格微笑着说。

但是格鲁莎仅仅怀疑地摇一摇头。

——如果我将你带到莫斯科去?——他说。

——我在那里将做些什么事呢?

——你是不愿意同我在一块吗?

格鲁莎没有回答什么，继而又很害羞地挨紧着谢尔格。

——为什么你向我说话有点拘束呢?——谢尔格问。

——我居然生疏了呢……——格鲁莎说。然后她害羞也也似的，不怀着任何的恶感，向谢尔格说道：——大概在莫斯科，那里有很多的漂亮的姑娘们。同她们在一块，当然比同我这个乡下女人在一块，要好得多呢。我什么都不知道……我这样糊里糊涂地过着，一点儿也莫明其妙……大概是你同她们在一块儿过过了罢……

她说着这些话，毫没有嫉妒与讥刺的意思，仅仅是怀着一种好奇心而已，欲知道她所不知道的关于莫斯科的事情，及她的丈夫在莫斯科的生活。

眼见得她并不企图谢尔格对于她抱着特别的忠实，就使他向她说，他在莫斯科与别的姑娘们住过，那她也将把这桩事情当做很自然的，因为她们是比她好些。

他看见，她的睡去的灵魂，是如何地被压迫着在家庭，礼法及信仰的下面。他看见，一切超出常轨为社会家庭所不容许的事情，是如何地使她惊慌而无所措手足。她不但为自己，而且也为着他害怕。

他的每一次的为礼教风俗所不承认的行动，都使她发生恐惧，感着不安。当谢尔格来家的第二天，为着自己工作的原故，从外边带回来一张桌子，将它放在第二个窗口的旁边，铺一张白纸于其上，并用桌钉将四角钉将起来，——这事却使格鲁莎的眼睛里，露现着一种很显然的恐惧，似乎因为他做事不合乎常规，且不知道人们因此将要讥笑与仇视他的这种老爷的派头。

真的，他们都不以谢尔格放这一张桌子为然，而且同样地他们对于谢尔格每早必用牙刷刷牙，每晚必读书读到夜半，空耗费灯油，也是不以为然的。但是在别一方面，如果用自己的钱去买煤油来点灯，这又要难免使家人们不高兴，以为他是故意地侮辱他们呢。

在别人的面前，谢尔格的父母似乎以有这种儿子为羞，总是不言及谢尔格的存在。尤其是父亲。有时在谈话中提起来谢尔格的义父，他因为谢尔格把他忘了，没有从莫斯科带给他一点儿礼物，大大地生了气。

于是谢尔格坚决地肯定了，他的亲人们对于他是最生疏的，最远的人们。他们只知道能够挣钱的人是值得尊敬的，此外都是狗屁。从童年起，所谓“挣钱”这两个字就追究着他，他记得，这一种追究的确是他的思想的发动机，他的思想是因此开展出来的。

一三

谢尔格很清楚地记得，关于生活，道路，及“事业”的这些思想，是怎样地在他的内里胚胎出来。

在童年的时代，当他还在县城学塾一二年级读书的时候，他的父亲在夏天一逢星期日，便把他带到市场上去，一见着他有点什么不对的地方，便噜苏地说道：

——你只可以赶赶狗，而对于“事业”你是没有用处的。谁个在幼年不习于做事业，那他长大就是草包一个。

有时谢尔格坐在货车上看守马匹，在那时他的父亲走去做生意的时候，他望着那噪闹的市场，无数的车辕，以及那些扫街的清道夫，为着要消磨等待的时间，他想一些杂乱无章的事情。

他望着那些将小猪赶到市场上去的乡人们，心中想道：他们这样是不是在做“事业”呢？他们将小猪卖给别人，而别人将这些吃掉；他们将所得的钱又去买香肠和面包，结果也是吃掉。由此什么都不遗留下来。在这上面有什么“事业”可言呢？

或者他望着清道夫想道：当他们清扫街道的时候，他们是不是在做“事业”呢？于是他觉得很奇怪，他们刚一清扫了，而别人就即刻糟踏起来。他们的“事业”是永远地在消灭中。如果乡下人不把街道糟踏坏，那时也用不着清扫这么一回事了。因此，这种“事业”之存在，完全由于乡下人之糟踏所致。

一个人一生被判定做囚徒一样，做一个永远的被雇佣者，只做别人家的事业，为着的只是温饱而已，并不是为着“事业”而做“事业”。

谢尔格那时曾仇视这通常所谓“事业”两个字。

这些思想将谢尔格引得头昏神倦。当他的父亲回转来的时候，他只向他张着两眼，什么也不明白。不料在他东思西想的当儿，车上的麻袋却被人偷去了。父亲击了他一个耳光，说道：

——唉，你这个空洞的脑袋！你连一个麻袋都看守不了，你将来怎么能做事呵！你这个浑蛋的东西！

有时教他去看守牛。他坐在堤埂上，又因为寂寞而开始想将起来：他是不是在做事业呢？一直到谁个的，母亲的或父亲的手抓住他的头发，他才停住了不想，——原来牛老早地就跑到雀麦田里去了。

后来他起了一种思想：当他思想的时候，他是不是做“事业”呢？思想这件事情，的确是唯一的事情，谁个也吃不掉它，也没有谁个来付给他的金钱，如果不算那他的父母赠予他的耳光和咒骂。但是他所思想的，有没有什么东西遗留下来呢？

很显然地，这是要遗留下来的。因为他记得他所想到的一切。那是很奇怪的，思想这种东西在实际上是最不能看见的东西，然而它在你的内里却是一种很牢固的东西。一方面它对于你自身有密切的关系，而同时别人也可利用它，如果你的思想是有价值的。

他写到自己的纸簿上面的第一句话是：“怎样知道而且分辨得出什么东西于我有关系，什么东西于我没有关系呢？大约在这层意义上包括着一切。”

但是整个的旧的世界，包括他的父母，学校的教员，及一切有教养的人们，从他生下地来就向他肯定地说道，事业不过是获得面包与财产，及保障生活的工具。

谢尔格这一次来家，又遇着那一种对于私有财产的情热了，他不禁异常明显地明白了现时革命运动之伟大的历史的意义。这是一种倾向消灭金钱威权的运动。

这种运动是要将被剥去自己意志的雇佣者，变为能够发展自己意志的主人翁。

这个主人翁，最后在历史的平面上，能够捉到了自己，达到了自己的本性，如一生产的源泉，而不仅仅为着面包，做着别人的事业。

由于这种外界物质生活的征服，人类的思想将不要首先为着自己及家庭的物质生活而劳碌了。

从今后，人类的确走入新的道路，也许这种新的道路，目下还未被大多数所触摸着，然而这大数已经间接地被预备着向这条道路走了。（现在有钱的人们已经匿藏，而不向人前自豪了。）

人类的意识在自己的根本的趋向上，竟违反了意志，而不得不忍受着深而巨的变动。

一四

在这个乡村中，第一眼观之，谢尔格并没看出有什么变动。仅仅在村前添了两座会长的房子，如他的父亲已经向他说过，还有在先前的地主的院落里，现在设立了人民俱乐部，门前加增了两条木杆，上面拖延着电线。

除此而外，在平场的中间的柱子上，悬着一小截铁轨，一遇集会时，就将它敲扣起来当做钟用，以号召人们。……

但是有一种什么新的东西，一下子就可以看出来。这是乡村中的老人们与新的年轻的人们，贫穷的与富有的两部分的分别。

从前老人们和富有的乡人领袖一切，而青年们居于服从的地位。现在却相反了：乡村中的重要的势力是青年，而一部分贫穷的居民与他们联合起来。而一些老人们，他们大部分都恶狠狠地忍着气，沉默着不言。他们之所以忍着不言的，是因为他们希望着，总有什么时候这种现象是要得到消灭的结局的。因此，他们不参加什么运动，而且也不积极地反抗什么运动。

这两部分中间的差异，无论如何是磨灭不掉的。

对于老人们，有钱的人是最聪明的，是值得敬慕而引以为模范的人。虽然有时他们也吃过有钱的人们的亏，也曾骂过他们是吸血虫，但是大家总都想爬上有钱的地位。

旧的乡村在国家以外生活着。新的乡村——重要的是青年团员——完全与旧的乡村不同。他们的动力的重要倾向，是要离开那老人们赖以为生活的东西。他们轻视老人们所赖之以为生活的一切。他们羞于和老人们有什么相同的地方。青年们的行动首先是不守着旧的秩序：老人们守着饮食的常礼，什么日应该吃什么东西，而青年们却异常地随便。老人们的装束是乡间式的，而青年的装束却是城市式的。

老人们敬慕财富，而青年们却轻视之，并驱逐有钱的人们。

老人们都是信神的，而青年们却都是不信神的。

老人们做事总是照着旧的式样，而青年们却想方设法照着新的式样做去。无论怎样，一定是要照着新的式样。

老人们一遇到关于公众的事情，总是持着旁观态度，不愿闻问，而青年们却到处爬，虽然没有谁个来请求他。

老人们说到政权的时候，总是说："他们"，而青年们却说："我们"。

是这样地完全不相投！若欲规定青年们对于哪一个问题抱着什么态度，则必须看一看老人们的态度怎样，——青年们的态度是与他们的态度相反的。

对于新的倾向之力的应用的可能性，开展得非常之广，青年们现在简直游泳在这种无涯的，自由的，宽广的海里了。

对于谢尔格，那青年们对于外交政策的问题之认识，简直是出乎意料之外。他们统统都知道。他们知道什么地方发生一些什么事情。他们知道一切世界政治舞台上的要角的名姓。但是同时在他们的人民俱乐部里，弄得异常地不清洁，而在合作社的门前，连一个好好的阶沿都没有，买东西的人们临时地放上木凳，顺着上面爬进门内去。

他们无论怎样不能将实际的生活与政权所给予他们的口号联到一起。他们不知如何做起，才能使他们的行动连贯起来，不至于有什么差池。

但是，虽然有这些缺点，谢尔格却感觉得青年们是与他同一精神的。他们所懂得的，是为老年人所永远不能懂得的，如果乡村要渡过新的河流，那也只能经过青年们，而不能经过老年们。为着要完成伟大的事业，应当向乱叫的，调皮的，不会做事的青年们走去，引导着他们，而不应当求之于那些会打算盘的，和平的，不妄生是非的老年人。

一五

谢尔格记得，他具着内部生活的奇异的感觉从家里回到莫斯科来。他感觉得他的内部生活更为坚固而明了了。

那一种因为与这个女人柳德米娜相遇而所经受的羞辱，是被抛到脑后去了，虽然他还时常想念着她。

他早晨从车站出来，坐上马车，脑筋很清晰地设想着，她此刻还在睡着……睡在那一间房子里。这时他对于她的态度，只是感觉得一种不可言喻的侮辱。鬼晓得！也许……也许她此刻不是一个人睡在那儿呵。

他的心很混乱地，不祥地跳动着，牙齿啮着吱吱地响。他勉力不要想及这回事情。他觉得他的兽性发作了。但他即刻又想到，如果他偶然地与她在街上什么地方碰着，那他将如何把持自己？很无事地经过，不向他打招呼？不，他向她招呼，而且向她这样地微笑着，使她永远地记忆着他的微笑……

在回寓的初期，彼得鲁亨的生活特别触他的眼帘，他娶得这样一个文明的资产阶级的女人……

彼得鲁亨由一个很有毅力的，很有生气的，勤于做事的，趋向公众生活的人，现在莫明其妙地变成了一个沉静的并且是怯弱的人了。

他什么地方也不常到。如果他所参加的一个什么会议要延长了一点时间，那彼得鲁亨就要开始急躁起来，将表望一望，便藉着什么口实先走了。

谢尔格明白这是什么一门事情：他急于回家，急于与他的老婆亲热……

当回寓的第二天，谢尔格走入劳动月刊的编辑部，那里向他说道，彼得鲁亨拒绝了工作，因为他现在工作很多，不能兼顾，便向谢尔格提议，请他补彼得鲁亨的缺，作为编辑部的一员。

谢尔格明白了，彼得鲁亨是为着什么工作所劳碌了：他不想将夜晚的时间，与老婆亲热的时间，送给编辑部的工作。

彼得鲁亨变成了一个怎样的人了?！于这样短少的时期以内，居然是这样地改变，这样地堕落。

谢尔格走入自己的办公室，在办公室的门上贴着一张小纸条，书着“无事不准入内”。谢尔格从前不知为什么没觉察到这个，现在他即刻走上前去将纸条撕掉了。在走廊内的长靠椅上坐着两个人，一个是戴着帽子与手套的漂亮的太太，一个是穿着工衣与破皮靴的工人。他们在等着他。

他们见谢尔格走入，便都立起身来。那位太太追随着谢尔格的背后，而工人却不坚决地停住了。谢尔格转过脸来，向他问道：

——你是来找我的吗？

——是的。

——请进罢。

——我应当在先呵。——那位太太很迟疑地耸一耸肩，这样向谢尔格说。

——这是我的叔父呵。——谢尔格这样很严厉地说了，便让工人走进办公室去。那位工人只是不明白地看着谢尔格，——在他的一生中是没有像谢尔格这样的一个侄儿呵。

当看见那位太太一种抱怨的，迟疑的神情，谢尔格不禁感着一种愉快。

走入办公室里，看见正在那里打电话的彼得鲁亨。他听见了彼得鲁亨说出的几句话：

——不，不呵，我决不能耽搁，我什么地方也不去呢。

“他成了一个怎样的卑小的东西呵！”谢尔格想道，“这真是万分的幸事，我的命运将我从这种堕落的坑中救出来了！不，我此后将把持着自己，将离开他们老远老远地……”

但是，收拾桌子的文件，他忽然看见了一封信，照着图章看来，是前一礼拜寄来的。字样眼看是女人的笔迹。

谢尔格将信封拆开，不禁心跳起来，读道：

> 我打电话给你，你却不回答我。难道说那次所遇着的事情，就简直要在我们之中放置一道不可跨过的鸿沟吗？难道说我们就从此不见面了吗？柳。

谢尔格觉到，信纸是如何地在他的手中颤动，便胡乱地将来人打发走开，而走向那彼得鲁亨刚刚离开的电话机，拿起听筒来。他的心是异常地跳动，他的两腮是异常地红热……

一六

当谢尔格向柳德米娜的家里打电话，那里对他说道，柳德米娜于晚上七点钟才能来家。

他很清楚地记得那时的心境，他是如何地期待着那七点钟的辰光的到来。

同志中有一个请他于今晚上召集一个会议，他不禁很惊慌地说道，他绝对地不能做到，因为他忙碌得非常。

工作完了回家以后，谢尔格很急躁地在房中踱来踱去，总是想道：那他以为很羞辱地永远失去的东西，难道说实际上又回转来了不成吗？

他走向镜子，没有认出自己来：眼睛是巨大而暗灰的，两腮是惨白的，他就像一个人听着了一种非常的音乐，由此而炽热起来了眼睛，并由于内心的震动而惨白了两腮。

最后，七点钟是到来了。他拿起来了电话筒，一瞬间他的两眼不禁发起黑来。忽然他听见了她的声音，始而是很坦然的声音，等到她一知道是他的时候，那声音即刻便为变为她所特有的，不可言喻的，一种时常令他深为感动的声音。

——难道说这是你吗？——谢尔格说。

——我……自然是我呵……——在她的话音里波动着微笑与欢欣。——我打过电话给你，想知道你做些什么事情……

——我出门去了……我不在莫斯科呢……

——你为什么出门去了呢？……——她这样地问了，即刻又同恐慌也似的，说道：——不，这些事情，当你来的时候，你一定要解释的呵。

——难道说可以到你那里来吗？

——呵，是的，当然的！

——什么时候？

——今天……就是现在罢！

——我就来。——谢尔格说。

不是她，而是一个高的老女人开了门。虽然除开她的房门，他什么都没看见，但他还来得及记着这个老女人的神情。他叩她的房门。

——请进来……——她的声音与世界上任何种的声音都不相像。

谢尔格具着一颗跳动的心，将门推开，看见了她……

柳德米娜背凭着窗沿，立在那儿向房门望着，等待着他进来。在她的背上搭着一条绣花的，长丝穗子的白巾。

柳德米娜将两手拢着紧贴在白巾下面的胸部，当谢尔格走进房内的当儿，她很惊惧地向他望着。她似乎怕在他的面孔上找不到她的灵魂所需要的东西。后来谢尔格微笑着走近她，这她似乎完全肯定地相信了，征服了自己的羞赧，很热烈地将他抱着，而将头伏到他的胸部上。

——原来我错了吗？我曾经想，你是离开我了。——谢尔格说，——我那第二天早晨曾打电话给你，而对我说道，你不在家，但我那时却觉得你是在家里的。

——我自己惊吓起自己来了……——柳德米娜举起眼睛，脸上泛起红来，很害羞地说道，——我不晓得那是怎样发生的呵……我从来没有这样遇着过……我曾想到你一定要轻视我的……当我第二天自己打电话给你，他们却对我说，你已经走了……

——你怎样能够想到这个呵……我完全整个地是与你在一块儿的……现在比从前更要好些呢。——谢尔格说着此话，不知何故即刻就想起他还有一个老婆格鲁莎，她此刻什么东西都不知道，大约正坐在炉子旁边，缝衣服或是预备晚餐，或是她正在想着他怎样地到了莫斯科，做些什么事情，念不念及在乡间的她。

柳德米娜握着他的略微颤动的手，沉默着向他射着审视的目光。在这种目光里具着热情的渴求，要想肯定一桩什么事情。

后来她还是很严肃地望着谢尔格，向他说道：

——我的心在你的面前是很纯洁的，因此我也就不害羞说它……它是属于你的。但是，难道说将来什么时候，我要忏悔现在的这一分钟吗？……唉，我不管它！

她张着燃烧着也似的眼睛，摇了一下头。

谢尔格感觉到她这样的爱情的力量，她的这样的动人的坦白，不禁毫不迟疑，很坚决地说道：

——永不会……你永不会忏悔的呵。

是的，他是这样地说了。他很清楚地记得这个。难道说她不能永远地成为那初次相遇到的时候的她吗？难道说能因为后来所经过的一番恶梦，就归罪于她吗？

谢尔格想在说话之间，她对他的称呼放亲近些。但是柳德米娜却红着脸向他说，她怕旁人听着了不大方便。

她的感觉是如此地羞赧，并请求他在大众面前别要过于表示亲近，除开在她自己的屋内。在街上，当谢尔格挽起她的肩膀走路时，如果她看见了熟人，便即刻与谢尔格隔开或改变话头。

——你为什么要这样地想呢？——谢尔格有一次这样地问她。

她望了他一眼，说道：

——人们微小，而大半都是卑鄙的，他们所明白的事情，总比事实要坏得多呢。我不愿意谁个随便谈起来我们的相识和我们的，我觉得，过于显然的亲近……还是一种友谊的亲近。我现在对于你所起的一种感情，对于我自己是一个很大的新闻。我从来没有对于任何人起过这种感情。我想保全它如一奇迹，不受任何的污点。为着要使别人的眼光都不能沾染着它……

有一天，谢尔格在柳德米娜的家里，恰走进来了她的两位女友——叶林娜，一个很高的，好热闹的女人，李第亚，一个很沉静的女人，她的手中总是捏着纸烟。柳德米娜不禁为难起来，便介绍谢尔格于她们，如一个因有事而来找她的同事。

她是这样地在别人面前遮掩他们两人的关系，怕将他俩的亲近露出一点痕迹来，而谢尔格却想她的和他的熟人明白这个为别人所不能侵犯的，漂亮的女人，独独对于他是很亲近的。当他与柳德米娜在别人面前，她便冷淡起来，对他的态度如对于别人的一样，这的确是使谢尔格引为烦恼的事情。

他不明白为什么她能这样地变化，她居然能在人眼中把持着自己，任你有什么尖锐的眼睛，也不能觉察出来。因此谢尔格常在一种迟疑的状态中。他忽而相信她，忽而又迟疑起来。他愿望着他们间的关系迅速地决定一下。为着这个目的，他主张搬过来与她同居。

一七

最后，谢尔格的愿望是实现了。他搬到她的家里。现在完结了一切的疑虑，现在不再需要躲避着别人，不再需要打算幽会的日期，好使别人不会觉察到。当他们在一块儿，那计算时间的心情是不必要的了，因为从今后他们永远是不分开的。

当这一切都完结了，谢尔格搬过来第三天的晚上，他们坐在一张长靠椅上，柳德米娜偎傍着他，向他说道，现在他们没有什么可以焦虑的了，因为他们是在一块儿住着的了。谢尔格忽然觉着他爱她的程度比较低一些了。

在柳德米娜一方面却恰恰相反。她由于情形的确定及对于谢尔格的信任，为幸福所紧紧地包围着。现在他们不需要躲避着别人，不再需要隐藏他们俩的关系，这件事情使她自豪起来。

她曾轻轻地提起一桩事情，那就是谢尔格还没有离婚，究竟他们住在一块还不能像真正的夫妻一样。但是因为她全身心充满着幸福，这种思想不过临时地闪动了一下，即刻又说起别的事情来。

现在，当跨过了这一根线，她不但在人们面前不隐藏她对于他的亲近，而且企图将这种亲近表现出来，好像那她现在对此得到了正式的权利之一种意识，足以使她有无限的愉快。

似乎每一次她与他在人们面前的出现，使她更尖锐地感觉到，这个首先与她无关系的人，现在却成为她的一个最亲爱的人了。

有时，同谢尔格坐在一块，紧紧地偎傍着他，就如同在他保护之下也似的，柳德米娜忽然用手掩住了面孔，就如同她的眼睛忽然昏黑了的神情，说道，她异常地恐惧。她之所以这样地恐惧，由于她是异常地幸福。她从没有这样地幸福过。她惧怕这种异常的奇迹，这种此刻充满着她的灵魂的奇迹，或者要渐渐地消逝下去，如别人所经过的一样。

——不会的！——她即刻向自己热烈地表示否认。——不会的！这件事情不会发生，而且也是不应当发生的！我们将尽力保存着这种奇迹，永远维护着它的魔力。这是天赋于人的最高尚的东西。当一个别人的，以前所不认识的人的灵魂，完完全全地属于你，同你的灵魂混合为一，预备每一分钟间为着这种灵魂的结合，很欢欣地供献出自己的生命，（我将连一分钟都不踌躇呵！）这难道说不是奇迹吗？当一个人成为贵重于世界上的一切，并贵重于自己的生命，这难道说不是奇迹吗？感觉着你对于我和我对于你，在生活中比任何都需要些，那是如何地幸福呵！……

这样，如何能不宝贵这种奇迹，如何能让它消磨呢？

她有时惊异，恐惧，并欢欣自己爱情的魔力。

又过了一个月了，而她很惊异和欢欣地说道，她感觉谢尔格还是如初期一样，或有过之无不及。为着要使他感觉到她的那一种对于他的忠实，及她如何地将自己的灵魂付给与他，柳德米娜说道：

——如我这样地爱你，任何个女人都不能够呵！

她的爱情要求在每一种琐碎的事情上面都表现出来。她向谢尔格说，没有一瞬间她不曾念及他。

从前，别要看她所达到的地位，别要看她的活的工作及独立的精神，她觉得她的生活是异常地空泛，失去了一种根本的意味。她觉得她虽然外表没有什么缺陷，但是她的生活是空泛而无意味；她工作，劳碌，匆忙，疲倦：但是为着什么呢？为着获取衣食，而此外呢？……现在她的生活忽然充满起来了，为目的与意味所闪耀着。现在一切所需要做到的，这就是不让她俩间神秘的爱情变成为习惯，不让这种爱情的热度低落下来。

她有时在或一个公众食堂里，为谢尔格指示着或一对的夫妻：夫读着报纸，而妻静默地在菜盘中移动着刀叉，等待第二盘的到来，或者寂寞地巡视着四方。

——呵，你看，这是怎样可怕的现象！这种可怕的现象，普通人谁个也觉察不到，因为这是很自然很通常的事情。一种什么东西将这些人们联结在一起呢？习惯与住宅而已。他们的灵魂已经死去了，他们的生命已经停滞了。与其达到这种地步，不如先决裂共同的生活为好些。

一切工作后的余暇，她总企图着时时刻刻与谢尔格在一起。向剧院去，或散步，或做客，她总是想与谢尔格同道，也只有她与谢尔格同道的时候，这对于她是异常的快慰。她说过，她对于自己发现一桩意外的事情：她完全不能离开他而生存。她是很惊异而欢欣地说着这个。在以前，她不能发生与一个别人（尤其是男人）同住在一间房子内的思想，因为对于她男人们都是很讨厌的，但是现在若没有了他，她便感觉得寂寞，便不能有一分钟的安息。

谢尔格也就很愉快地听着这些话，他是男人中的最好者，他是男人中的例外。

有一次他出了办公处走向编辑部，没有先通知她，回家的辰光却迟延了三点钟。

当他走进屋内敲叩房门的时候，柳德米娜立在房子中间，具着极恐惧极慌张的神气向房门望着，似乎等待什么异常的灾祸也似的。后来，她看见了他，便向他扑去，始而仅沉默地吻他，好像不相信他的到来，然后她急迫地又是笑又是哭着，向他诉说适才的心境。她幻觉到他被电车或汽车压死了，即刻门开了就要抬进来被残害的尸身。……

她诉说着这些，不禁嘲笑着自己，但是她的眼泪还是丝丝地流着，她无论怎样不能停止住。

于是谢尔格又很愉快地第一次在自己的生活中看见这热烈的对于他的爱。他在实质上不过是一个简单的乡下老，而这个美妙的女人能如此异常地爱他。

如果谢尔格进了城，很久不回来的时候，她便开始向一切相识的人们打电话，问他们那里有没有谢尔格。

谢尔格也是如此，当她久不转来的时候，他觉得不方便不有如柳德米娜对于他的那种挂念，便也打电话到处去询问。他虽然没感觉到任何的恐惧，但他向她说，如果她久不转来的时候，他是为她恐惧的。

当朋友们向他们说笑，说他们在我们的时代是一双古董的时候，柳德米娜仅很幸福地微笑着，瞟看着谢尔格。

当人们称她为谢尔格夫人，或关于房屋事件不来找她而来找谢尔格的时候，那她便感觉到异常的愉快。她宛然要想完全将自己消灭于谢尔格的身上，不要有单独的名姓，也不要有单独的存在。这对于她是再没有比较远些的幸福了……

他们的生活似乎浸润于爱情，混合，相互记念的海中。例如他们有这样的规矩，若一个人出去而别一个不在座的时候，一定要留下一张字条。他们互相写着信，除开一些甜蜜的话而外，还写着到什么地方去了，什么时候回来。

谢尔格没有感觉到一定要如她所做的那种需要，但是为着不使她生气，为着使她快乐，也就不得不如此做去。他之所以如此做，并不是为着自己，而是为着她。如此，这种情状日渐增加起来，他对她的行动不由于自己的感觉，而多由于使她不生气的欲望。

她的社会的工作对于她，失了任何的兴趣，这并没惊吓了她，而仅使她欢欣起来：这是说，如果她从她的生活中驱开了一切，那她对于谢尔格的爱情的确是伟大的。这是说，如果除开他一个人而外，世界上什么东西她都不需要，那她现在的生活的确是充实的呵。

她似乎要将自己和他从全世界隔开，为着不要时常听到别人的声音，看见别人的存在。她似乎很饥渴地幻想着，只要能与别人离开，就是移居到一座小房子里也好。

房门总是经常地紧闭着，为着外边的喧哗不能达到房内来，为着不要忆起别人的存在。因此，她总爱与谢尔格到城的外郊去散步，为着那里他俩好单独地在一起，不看见自己周遭的别人的生活，这些别人的生活足以伤害柳德米娜高尚的情绪。

只有当她能与谢尔格共同分担的时候，她对于每一种印象才能完全地领受。因此对于她，例如她一个人在剧院里，虽然就是演着最有趣味的剧本，那也是没有什么意义的。如果没有他在一起，那她是不能快活起来的。有时她被招请到什么地方去，而谢尔格为工作所忙不能同去，那她一定也要拒绝，并说道，她只有与谢尔格一起才能感觉到愉快。

谢尔格记得，有一次他向她说，今天晚上编辑委员们要在一个画家的家里聚会，并请他列席。

——而我呢？——柳德米娜迟疑地，惊恐地问道，——我不能同你一块去吗？

——我想，这不大方便，因为只请我一个人呢。

她说，她于这个时间到叶林娜家里去，因为没有他，那她一个人是不能在这间房子内坐着的。

他到三点钟才转回家来，因为在无底止的讨论和谈话以后，又聚起友谊的晚餐来，他是不方便先走开的。

柳德米娜没有就寝。他从院内看见窗内的灯光。她很耐心地等待他，为他预备了晚餐，因为久不见他回来，所以时常将晚餐温热着，为着使它不要冷去。她同他说，“我总是向窗外望着，把钟的罗盘面向墙壁，为着要欺瞒自己，免得想到你这么久不回，而不安起来。”

这一种无涯际的挂念，这一种非常的忠诚，不禁感动了谢尔格，于是向她说道，此后他什么地方也不去了，他决不能设想到那他在别的什么地方开心，而让她独坐在家里的一种情况。

——而那里是很开心的吗？——她这样问道。在她的眼光里感觉到一种惊惧的心情。她开始问起来，那里聚集的是一些什么人，为什么他回转来这样迟。她，眼见得，最怕的是谢尔格没有她在身边，而能感觉着很好。对于她那是很奇怪的事情，忽然一种别的什么东西，能够领得小小的权力放在谢尔格的身上。

她是异常地幸福，当他为着要不负她的期待，向她说道，他在那里没有她在旁边，实在觉得有点寂寞。那里有一个很有趣的姑娘，但是在他看来是一种什么程度呢，现在一切的女人对于他是不存在的。

在柳德米娜的面孔上又一瞬间现着不放心的神情，但是当谢尔格说了最后一句话的时候，她将谢尔格的脖子用双手搂得紧紧地，就同怕失去了一种什么实物一样。

有一次谢尔格向她说过，如果她与他在一起的时候，他完全不能工作，他的工作对于他似乎形成了寂寞而无兴趣的东西。

——可是我的工作先前对于我是最重要的东西呢。

柳德米娜又将他热烈地拥抱起来了。对于她，知道他对于她的爱情能够占据生活中的一切，这是无上的幸福。

——我觉悟到，你的工作是需要的，对于你也是必要的，那一些你与我共分的思想是很有价值的。——柳德米娜说，——我自己也是生活在这一种思想里，就是我将帮助你在生活中的一切，这一种帮助对于你是很需要而有价值的，但究竟那是使我更为甜蜜的事情，就是能够听到你对于我的爱情超过你对于工作的爱情。我的幻想本是在于你对于我的爱情要强于世界上的一切呵。那时才是最高的幸福呢。

对于一切稍微有点减少他的对于她的爱情的事情，已经不说那摇动两个字了，她都用着仇视与惊恐的眼光去看。她用着很得意的与欢欣的态度向他说过，除开他而外，她不需要任何什么东西，也不需要人们，也不需要什么印象，也不需要什么工作，如果这工作是不为他所参加的。

谢尔格自己却没有感觉到这个。他是需要人类和世界的。他欢喜群众，活动。但他却不方便向柳德米娜说。他感觉得一种内里的服从性，一定要向她说道，他没有她在旁边，那是很寂寞的。

他每天都预备要开始自己经常的工作。他每天都想起自己的纸簿，在这个纸簿的上面，近来他连一行字都没写上去。他的一些剩余的时间都消耗到柳德米娜的身上去了，总是不断地谈着他们俩相互间的感觉，谈着现代的青年完全不知道如此深刻的，纯洁的关系。

有一次她出去了，留下一张字条，说她被叶林娜邀请去了，将于八点钟回来。她请他什么地方都不要去，为着不要使她回来之后，见着一个空无所有的房间。

一八

谢尔格忽然感觉到一种秘密的快慰，这由于他想到他一个人留在家里，他此刻可以照着从前一样地工作了。

在两个月每天的形不离影的共同生活之后，这一种隔离的感觉，双倍地觉得是一种什么样的被忘却了的欢欣，现在是被寻找出来了。

从这两个月所经过的生活里，他的意识没有拿出来一点什么。对于它也没结算一下。

有时他仅仅起了一些思想，想将它们即刻记录下来，但是后来总是拖延着，决定将来一齐记录到纸簿子上。他愈拖延，他的思想愈来的少了。

他看见了，临时发生的思想，只有临时记录下来才是正确的，若后来回记起来，那是不能得到那发生时的正确的。……

后来他的思考力特别集中到柳德米娜的身上：她对于他的爱情是如何地异常，为什么她一分钟都不能够离开他。这是什么，——肯定的还是否定的现象？

他照着自己的习惯，总是要在局部的事实上，寻找出共同的原因来。除开这个局部的事实之特有意义而外，他并且要从自己生活的重要意义的观点上，来观察它的意义到底如何。

于是此刻一种普通的意义，那柳德米娜所立着的，以及人类意识发展的阶段，对于他是很显然的了。

由于这个女人的特点，他起了一种思想，就是在人类个性的发展上有三个范畴。

第一个范畴：一个人完全为着自己及狭小的家庭而生存。

第二个范畴：一个人仅仅形成集体的一小部分，这一小部分执行集体的意志与任务。

第三个范畴：一个人除开执行集体的意志而外，还执行自己本性的意志；这个本性产生价值，不但为一个人自己，不但为与他亲近的集体所需要的，而且也是为全人类所需要的。在这么样的一个人的身上，具着特有的生命力。

柳德米娜没具着这种特有的生命力，因为她经常地要需要别一个人给她这种生命力及生命的意义。

谢尔格想道，人类中具有特有的生命力的，只有极少极少的部分。

在这时柳德米娜走进屋内，她用着很快的脚步，宛如因为回来迟了的样子，怕有人在家里焦急地等候她。

看见谢尔格傍着桌子坐着，她立在他的后边，连衣帽也不脱下，手里持着买了一种什么的包裹。她望着谢尔格的项背，暗暗地微笑着，因为谢尔格没有觉察到。

她跑得满脸通红，她的两眼炽燃有幸福的光芒，这一由于新鲜空气的刺激，二也由于她意识到她终于回到家里来了。

谢尔格不经意地见了她，便说道：

——啊哈，你已经回来了。

于是他向她诉说，他思想得很好，这是第一天他感觉得自己的思想是这样异常的清晰。他等待她向他表示欢欣与同情，但是她沉默着不发一言。他越是说将下去，那在她面孔上的笑痕与兴致便越消逝了。

最后她说道：

——你望见了我，说道："啊哈，你已经回来了。"……而我回来却迟了一点钟，差不多在路上是半跑着回来的，因为我想道，你没有我在家一定是很寂寞的，所以我很焦急的了不得。却不料对于你没有什么差别……或者觉着不同我在一块还好些罢？

——我只是好好地工作了，没有觉察到已经过了很多时候。而且我很久的时候没曾一个人单独地留在家里过。必须在很少的时候，一个人留在家里几点钟。

——如此，那么的确你没有我在旁边觉着好些吗？

她这样问他，没有向他举起眼睛。

——我不是说完全不要你在旁边，而是说有时候……

柳德米娜长叹了一声，将眼睛移向窗门，不动地向那儿望着。停一会，沉默着，她脱下手套，连向谢尔格望也不望一下。

——这是怎么一回事，——谢尔格说，——难道说我不需要工作吗？真正地工作起来，我只能一个人留着才可以，虽然就是一点钟的时间，但是一个人留着。

他坐在椅子上，半转身来向他的妻望着。她不走近他，经过他的身旁，走向窗口倚着，她的目光依旧是停滞着。停一会，她并不扭转头来，轻轻地说道：

——在实际上，现在所发现的是应当发现的事情。这样的事情对于一切人们统是如此的：始而你对于我的爱情是高涨着，你是什么事情都不能做，因为我对于你就是一切。现在你可以做事了……不但能够，而且没有我反觉着好些，虽然你说在很少的时候。就是这么一回事。

她向他转过身来，很平静地说着，并且如要安慰他的样子。

——你没有什么不对呵。你这样做，也就是每一个男人都这样做的呢。

——但是如果我完全忘掉我对于我的生活所应当做的事情，那又有什么好处呢?

——那是没有什么好处。那是不大对的。——柳德米娜说，——但是当你为着我的原故不去做你所需要做的事情，没有理性地行动着，这对于我却是大大的证明，我将你的全身心都充满着了。我对于你是一切，而现在……完结了。我曾想道，我的存在充满了你的生活，也就如你充满了我的生活到了极点一样。却不料我仅能在很短的时间内，充满了你的生活，在这种状况之下，你除开我而外，不需要任何什么东西……我最后也曾想道，我将来帮助你，你将感激命运送给了你如我这样的一个帮手。我将全生命贡献给你，成为对于你是一个有用的人，这也就是我的伟大的幸福。却不料你仅仅当我不在身旁的时候才能工作。

——但是，你原来是说过的，对于你最重要的，在于我藉以为生活的东西。然而现在当我开始藉此生活的时候，你却痛苦起来……什么地方是逻辑呢?

她苦楚地笑起来了。

——我的上帝，难道说我不看见，难道说我不明白你是对的吗?你是很对的呢。但是在这一种“对的”当中，却开始了那个结局……我所信的那个……

她咬着嘴唇，沉默下来了。在她的眼眶里起了泪潮，忽然经过她的长睫毛流到她的手上，衣上，印着黑而闪光的斑痕。

谢尔格忽然觉着身上的束缚，但是他强制着自己，向她说道，什么东西也没改变，他虽然工作，但是还是记念着她。（但是说着这个，不禁记起来：他想到她不过如一个发展上的低级人而已。）他说，当他想到他现在有一个人帮助他活动，她对于他在工作上的确是需要的，那他便觉得更有力量工作些。

柳德米娜沉默着听着他的话。但她的泪水从眼眶中已经流得很慢了。最后，她将头向他扭转过来，将手帕掩着口唇，向他很用力地望着，似乎要在谢尔格的眼光中，寻出他口中所说出来的话的肯定。到底他的男性的灵魂，在这个灵魂上她放置着一切希望与生命的意义，是不是现在要变成为漠不相关的东西，要离她而独立，走向自己的路呢？是不是她的灵魂是为他所不需要的，虽然他说了这些安心话？……

或者将全生命贡献于自己所爱的人的女人的命运，这个命运是永远的孤寂和空泛吗？……

谢尔格觉得应极力说些温存的话，才能将事情弄得平静下去。他于是也就做了。柳德米娜向长靠椅坐下，谢尔格也就在她旁边坐下，继续地安慰她，后来将她的手拿到自己的头上。她的手始而不动地，就如死的一样搁在他头上。他依旧向窗的那边望着。停一会，她的手略微有点移动，柳德米娜很苦楚地，沉思地，抚摩他的头发，似乎要藉此表示并不向他生气，但是她无论如何不能不想到，奇怪的事情在世间是不会有的。

结果，谢尔格勉强她不自然地微笑了。她的泪尚未干的眼睛向他望了一些时，后来强制着自己的情绪，将他的手紧握起来，宛然要企图将他永远地把持着在身边，挽回那已经开始从她身边溜跑的东西。

后来她请求他可以任意一个人留着工作。对于她，那能够看见他安心工作，是一桩很欢欣的事情。虽然在工作时，他一句话都不向她说，但这并不要紧。

谢尔格向她这种牺牲表示感激，但是他记得，恰好从这时起，每次当她回来的时候，他一听见她的脚步，便将工作搁置下来，从旁面看见自己是一个撒谎的人了。他问她，为什么这样久不到他的身边来，并说他已经很寂寞了。他看见她的眼睛由于这些温存的话语，是如何地放射着幸福的光芒。

一九

在有一个星期六的一天，柳德米娜的朋友叶林娜，李第亚及其丈夫，应到柳德米娜家里来做客。柳德米娜红着脸向谢尔格说，他很愿意将白赫，就是那个他们在路上遇着的男人，也请到家里来。

说着这话，她红着脸很胆怯地看着谢尔格，似乎怕这件事情对于他是不愉快的。

——但是你从前原是躲避他的，——谢尔格说。

——我躲避他，那是当他对于我是很危险的人的时候，可是现在我却觉得在你的牢固的保护之下了。——柳德米娜说，——当他知道我是属于你的了，他也就不得不与事实妥协了。如果我们不邀请他，那他将要愁苦起来，因为反正他从叶林娜的口中，一定要得知今天的事情的。

——既然这样，我是没有什么差别的，你愿意请谁就请谁。

如果在与谢尔格交好的初时，柳德米娜对于和谢尔格的关系，生怕被别人看见了，但现在恰恰与前相反，在别人面前她乐于显出自己与谢尔格的亲近，似乎如此才提起来她的信念：这个从前对于她漠无关系的人，现在却是她的最亲近的，与她同体的人——丈夫。

于是宾客对于她不仅仅是宾客，并且不仅仅是朋友，而是她的幸福的证人。她想向他们表露出自己的新生活，并在他们的眼光中，深刻地感受到自己的新的幸运。她已经不是一个孤寂的人了。她的生活现在充满了幸福与意味。

在三天以前，她已经忙于购买什物。她觉得她现在为着装饰自己的安乐窝而做的一切，是有宝贵的意思的行动。她有了自己的安乐窝，因此她可以自豪，而给予自己的朋友们赏鉴赏鉴。

在宾客聚临的前夜，柳德米娜注意到谢尔格的手，于是亲自为他修甲。可是那两个大拇指甲使她失望起来：它们是那样大而宽，任你怎样修剪，也是不能弄得好看起来呵。

——为什么它们是这样大的，我从前从没注意到呢。——柳德米娜很迟疑地说。

床上她铺下很精致的白毯，而自己走向理发处烫了发。

谢尔格在宾客光临的那一晚上，本应在七点钟回来，可是他迟至九点钟才回来，在这时候，前房已经响着来宾的声音。

宾客共有四位：叶林娜，一个烫着卷发的，漂亮的，高身材的女人。她立在镜子前面，往后边挪动肩上的围巾，用梳子拢额上的头发，很高兴地笑着。

别一个柳德米娜的女友李第亚，她是一个高瘦的，灰白面庞的女人，穿着带袖的黑衣。她习惯于不断地吸着香烟，她进房内一解了衣，便首先拿出香烟来，用眼睛寻找什么地方放着火柴。

——她完全被烟熏坏了呵。——叶林娜说，——给她火柴罢，不然的话，她会死呢。

李第亚的丈夫是一个很肥胖的人，眉下有一颗痣，动时与眼皮一起。

第四位客人便是白赫。

——呵，最后他来了。——谢尔格走进的当儿，柳德米娜这样叫着说。在她的叫声里，响动着欢欣与矜持的心情，但同时又惧怕她的朋友们要打趣她。

叶林娜在谢尔格走进来与大家握了手之后，向他说道：

——你知道你的迟回该多令人担心呵。你晓得大家在此是如何的景象吗？大家已经是设想你被汽车或被电车压死了呢。已经想要喊起救急车来了呢。难道说你们常常是如此吗？——她说着这话，用活跃的黑眼睛向谢尔格望着，同时她的双唇由于滑稽的微笑而翘动起来了。

——常常是如此的，——谢尔格回答她，微笑着向柳德米娜瞟望着。

大家都嘲笑着这种异常的爱情。惟李第亚依旧是愁闷而平静的样子，在那里吸着烟。烟灰总是落到她的衣上，她拿起裙子，持着烟灰盒，从裙子上将烟灰抖将下来。

白赫在这时坐着不动，低下眼睛，就同一个人被强制着要列席，而他的感觉是没有人可以告诉的。

柳德米娜继续着说些什么话，看见谢尔格的书桌上放着些没整理的文件，便走向前去，将它们整理起来。她那样地将它们收拾得好好地，眼看是在自己的朋友们面前，这些文件对于她又有别一种价值，这价值是与她有密切的关系的。

谢尔格记得，当时他自己不知因为什么，对此加了注意。

宾客们观看了房间及柳德米娜所买回来的壁上所悬的画片。他们等待着入座。当谢尔格要想帮助柳德米娜做一点什么事，她总是摸摸他的手说，她自己会做，不必他帮忙。

而谢尔格觉着在这种社会中间，他是一个很生疏的人，恰恰要想寻着什么题目，做一点事情，好免得他们见出自己不安的状态，及不知如何向他们谈话的情形。

并且他觉着他们是来观看他的，因此，觉得自己是异常地拘束，甚为不便。他不是把叉子弄落到地下，便是将刀弄落到椅子上，这时他的确想将玻璃杯摔到地板上，站起来走出门去。那时真是糟糕大吉呢！

叶林娜很有精神地笑着，时常眯着眼睛向白赫瞟着。在瞟看时，她的面孔上的笑痕转瞬间消逝了，顿时严肃烦躁起来。但是她即刻又说笑起来了。

谢尔格间或捉住了白赫瞟看柳德米娜的眼光。她越是高兴，越是活跃，她的两眼越是炽热着，因此她的脸越泛红地微笑着，那白赫的面孔便越灰暗起来，阴惨起来。虽然他在表面上是一个很会交际的人物，能够谈笑风生，而且知道自己的每一句话都要受人们的欢迎，但是他究竟掩盖不了他的愁苦的神情。柳德米娜看见了这个，企图特别地向他表示温存。

同时，眼见得白赫的愁苦对于她是愉快的：他的愁苦激动了她的愉快的心境。她的腮庞是炽热地泛着红云，她的眼睛是闪耀地放着光芒，她的动作是异常地热情，这一切都足指明她的心境是异乎常态的。

但是这个人的列座为什么现在是这样地激动她，而以前她是躲避着与他见面呢？谢尔格在当时也罢，在现在也罢，——在发生分裂了以后，——不能明白这是因为什么。

他不禁捉摸着白赫向柳德米娜所溜的眼光。在他的眼光里，激荡着艳羡与嫉妒，及想要知道为什么这个女人摔掉了他，而爱上这个连谈话都不会的乡下老。

有时眼见得他想捉到她的眼光，使她与自己的眼光相遇。但是柳德米娜的眼睛似乎不明白他的眼光的意义，并不特别注意到白赫的身上，她的那一双充满着幸福的温存的眼睛对于在座的人们是没有差别的。她的眼睛从这个人的面孔上轮流地又溜到那个人的面孔上。

大家谈起房屋问题的艰难，于是柳德米娜说，她幻想着一所小小的单独的房子，就是很小也不要紧，只要是单独的。

谢尔格在她的这几句话之后，又看到白赫向柳德米娜射着的眼光。但是她又没注意到这个。

叶林娜时常瞟看谢尔格，眼见得她是暗暗地奇怪，为什么像柳德米娜这样漂亮的女人，会爱到这个大概完全没有受过教育的乡下老。但是每一个女人都喜欢对于她的女友的床笫生活发生兴趣，并且希望她们幸福的完满，就使她的女友所选择的对象不合乎她意，她也不能不故为夸赞。所以叶林娜坐在柳德米娜的身边，挨近她的耳朵轻轻地说道：

——你真是能干的孩子，我为你欢喜呢……

柳德米娜红了脸，将眼向叶林娜溜了一下，静默地将她放在自己肩上的手紧握起来。

有一次她见到了，白赫在晚餐之后，完全一个人坐在旁边，孤单地吸着烟，于是她用着轻轻的脚步走近他。她向他的对面坐下，开始很活跃地向他谈起话来，尽量地放着温存的声调，似乎她为着什么想要酬答他。

白赫沉默着不语，很凄楚地吻了她的手。

——我此刻是这样地感觉着，——白赫轻轻地，凄楚地说道，——好像把我定了死刑，同时又要来使我开心……我自己应当做一个开心的，有趣的谈话者。这是如何地矛盾，莫明其妙！

——真是难以明白，——他继续说道，——为什么一定要牵引到那不可解与不可达到的事呢。……

柳德米娜把持着自己，像是很幸福的样子，她想将这个显示给别人看，同时又不愿意因此弄得谁个过于痛苦了。

但是在白赫的这几句话之后，柳德米娜活跃的神情静寂下来了。她低下眼睛，也是如他那样轻轻地说道：

——你仅仅需要那不可达到的东西，而我所需要的，却是那我能信任而且能够感觉到，就是对于这个人，我的灵魂是有用的，是必要的，如一个巨大的宝物一样。

说了这话，她不再如那走近他时的一种张目的公开的样子，便轻轻地离开他向着桌子这边走来，这时叶林娜正在向大家递送着茶。

当大家坐下饮茶的时候，柳德米娜转递着茶杯，向与谢尔格并列坐着的叶林娜说道：

——请你转递给主人罢。

叶林娜转递了茶杯，将身伸向柳德米娜轻轻地，然而大家都可以听着她的话音，问道：

——你们怎么样，真正地在教堂里结过婚，还是简单地就这样签了字？

大家不知为着何故，一时地寂静下来了。柳德米娜一瞬间变为惊恐而严肃的样子，后来红着脸说道：

——不，还没曾怎样……我们还有许多手续要做，但是我想，很快……

柳德米娜向谢尔格瞟了一眼。

——是的，很快……——谢尔格这样说着，觉着他的脸也红起来了。

他之所以红了脸，是因为忽然想起来了自己的老婆，觉得与这些不相干的人们坐在一起，谈着与格鲁莎离婚的事情，实在是不合理。他刚从家里回到莫斯科，并想将她带到莫斯科，她虽然没有同来，但他与她辞别的时候是很亲近而温存的。她从没梦想到他要与她离婚。但是现在他却要与她离婚，别外再娶别一个女人……

白赫总是用调羹调着茶杯中的茶，在叶林娜的问题下，向柳德米娜溜了一眼。谢尔格觉得柳德米娜感受了白赫的眼光之后，她的脸更泛起红潮来了。

李第亚的丈夫饮过了茶之后，顺着墙壁走着，观看壁上所悬着的画片，向柳德米娜发了一个问题。她很心愿地立起身来，即刻走近她的身边，开始为他解释。因为叶林娜的问题将大家都弄得有一种难为情的感觉。

二〇

在夜一点钟的辰光，宾客们走了。谢尔格送至巷口，回转屋来，见着柳德米娜倚着窗口站着，背朝着他。当他走进房内，她没有向他转过脸来。

——你是怎么了？——谢尔格问，走近她的身前，用手将她的头扭转过来。

柳德米娜看了他一眼，深深地叹了一口气，又重新将头扭转过去。

——你到底是怎么啦？

柳德米娜扭过头来，向他看了一些时，后来将眼低下，说道：

——亲爱的，我没有向你说过，因为我以为你自己是可以猜得到的呵。我觉得今天我是在一种大大不好的情状之下。

——到底是什么一回事呢？

——而你猜不到吗？……你觉得我们的关系都是很正式的吗？——她说着蹙起眉来，异常苦闷。停一会她又低下眼睛说道：——我说的是关于离婚的事情……

——好罢，——谢尔格说，——而为什么这对于你有很大的意义呢？

——亲爱的，别要说罢！这个有很大的意义呢。我愿完完全全成为你的，使我们中间没有第三者立着。这不仅为着我自己，也为着别人。当谈到我与你的婚姻时，我红脸，我觉得自己是很惭愧的。我不知如何回答法。我不知道……我是你的什么人？……

——你不知道你是我的什么人？——谢尔格惊异地问。

——是的，我不知道，——柳德米娜坚决地答道，——因为我对于你，没有被别人承认的权利呵。我不能够坚决地说，我是你的妻。

——那吗，好罢，这又有什么。我明天就将这事做妥罢。

柳德米娜惊惧地向他望着，好像期待着命运的判决，听了他的话之后，很快地，热烈地将他的颈脖抱着，用力地吻他。

——现在我完全，完全幸福的很呵！——她的眼睛放射热情的光芒了。——你什么也没觉察到吗？……我说的是关于白赫……让我们向这里坐下来罢！——她说着向长靠椅角上坐下。

他们常有特别的，直爽的谈话。今天柳德米娜略微为酒所陶醉了一点，眼见得又是这样谈话的时期了。

——当我同他坐在那个角落里，他向我说，他是痛苦的了不得。他看着我同别人幸福，而并且还要做着开心的样子，这简直对于他是严酷的刑罚呵。

——这对于你是愉快的吗？——谢尔格问。

柳德米娜笔直地望了他一些时，似乎要度量一下，能否完全毫不隐瞒地向他诉说一切，后来红着脸说道：

——你设想罢，是的……

——但是你不是说，他对于你是完全不需要的吗？

——完完全全了！……我不知道为什么要如此，但是这对于我是很愉快的事情。一个男人曾经轻看了我……现在却为我而痛苦着。

——我将不会觉得愉快呢。

——其实我也不完全相信他真是在烦恼着呢。但是对于女人，这知道谁个因为她而烦恼，这是证明她的生命还值得一点什么，她的生命是为谁个所需要的。虽然那个是为她完全完全不需要的人了，然而她对于他却是需要的呢。因此，我特别地，愉快地，将我与你在一块儿幸福的样子，显示给他看看。不过……不过我究竟不会想到这对于他是这样大的刺激……

她一瞬间蹙着眉，将头侧过去，想了一想。但她即刻又振作起来，继续很活跃地说道：

——你知道他向我请求什么吗？

——向你请求什么？

——他请求我，要我允许他做我的朋友，从今后决不再向我提出一个字来，什么疯狂地爱我……但是我如果需要他的生命的时候，那他情愿将他的生命交给我，只要这个对于我有什么好处。他请求我，就同要我施恩一样，要我不再像先前一样驱逐他，冷视他。

说了这话，她将脸转向谢尔格，掠一掠松散了的头发。

——他本是戏子，他们戏子说话总是有点天花乱坠呵。

——不，亲爱的，不！——她差不多很惊恐地这样说着，宛然谁个要夺取她的财产一样。——我知道他，他恰恰相反，时常矜持他是“没有弱点的人”。我期待着今天向他表示胜利，但我今天却真是可怜得他的很呢……同时我又为他喜欢，虽然他是无希望的，但终能知道那为他往时所轻看过的东西。但是，自然啰，他也许由于不习惯于今天的这种情景，会更因之感到那为他实际上所没有那样深的痛苦呢。

后来她的思想眼见得又走到别一个方向，于是她很用力地拥抱着谢尔格，说道：

——在你此刻所说的——你明天就去办这件事情——之后，我更愉快地想到那装饰你和我的小房子，小住室。在这其间，在未遇着你以前，我都是在可怕的空泛中过着日子。

但是你的工作呢？……

——呵，亲爱的，至于工作吗？工作不过给了我生活的工具，而我的生命没曾为谁个所需要呢。我走向家里来，不过是为着度夜或是吃饭而已。自然，工作有时也引诱着我，我是很喜欢显示自己是一个有精力有才能的人，为着自己在生活中的位置而奋斗，但是这统统不是那么一回事……

——到底什么东西是最重要的呢？——谢尔格问。

——最重要的这就是你呵。——她很冲动地说，——你是我的生活的对象，你是我的生活的全意义。我想……我想——她红了脸这样补着说，——我对于你也是如此呵……我想要你感觉到我是你生活中的帮助者，同我生活一块儿要好些，容易些，温暖些。我想你没有我便不能生存下去。现在我似乎有一点（她拖着细长的声音）感觉到这个，现在我将好好地修饰我们的住室。而且我将用一种很温柔的爱情做着这种事情，因为这是我与你的在世间上的小住室呵。

谢尔格想在宾客走了之后，写一点到他脑海里来的思想，而且略为读一点书，但是这种谈话延长了很多的时间，已经太晚了，不得不就寝了。

谢尔格于第二天即写了关于离婚的声明书，于是柳德米娜很热情地开始尽力装置自己的安乐窝。

二一

这时期已经是在艰难困苦的军事共产主义的时期之后，生活开始走向和平的道路了。

知识阶级与资产阶级的余孽，从严烈的暴风雨之中保留下来的分子，又感觉到被破碎的生活，现在似乎开始渐渐地生起以前的羽毛了。

革命将一切人们如锹上的米谷一样，统统都扰乱起来了。从那先前单独的，不可侵犯的，家庭的小窝巢之内，革命将一切人们抛到一圈，并不分析什么两性，什么年龄，别外送到一所大厦里，宛如大家都变成了新的大家庭的一员。

在初期每人都乐于将就一点，任受什么压挤都可以，只要因此能保留生活的权利，只要不受人们的抛弃，只要不被视为恶劣分子受那流放的待遇。

革命摇动了单个的家庭的狭笼，将它们卷入一流，纷扰了各阶级，使大家在饥寒之中平等起来。人们不再互相分别什么社会地位了。一切都平等了。以前地位崇高的人，现在企图降得越卑下越好，免得引人们注意。他企图与穷人们混在一起，带上他们的面目。

无论怎样要将生命保全好！受穷也好，同工人一起也好，同清道夫住在一间房子内也好，统统都可以，只要能够保全生命。只要能够有维持生活的必需的东西。

一切以前为幻想的对象的，现在都失去了价格。物件失去了价格。物件并成了危险的东西：谁个敢于穿上獭皮袍子在街上行走呢？代替那羡慕的心情，他仅能遇着那仇视的，轻蔑的目光。谁个敢于就做算买些不要高价的东西，来装饰自己的房间呢？那他将被课着很大的税，而且也不知道将要被算入那一个社会的范畴里。谁个敢于住一所整幢的房子？

财富失去了价格。它失去了对于人们的威权，失去了自己的冠冕。有钱的人们藏匿自己的财富，就如贩私货的人藏匿自己的私货一样。

从前立着很高的人们，现在为饥寒惊恐所驱逐，是不惯于想着那温暖的安乐窝了，因为只有那温饱的人，只有那生活安全的人，只有那财产不被掠夺的人，才能想及安乐窝的生活，而被饥寒惊恐的人是不能设想及此的。

笼罩着劳动群众的伟大的冲动，使人们都混合起来，这对于别的阶级似乎是一种什么强制，不可抵御的力量。对于公众的工作，革命的纪念节，大家一定都是要参加的，——在初期简直是驱逐着大家参加，如果没曾驱逐，那一样也是不得不参加的，因为没有谁个敢于显示自己是敌对劳动阶级的分子。

但是政策改变了。商店开了门。可以购买东西了。可以装修住室了。一个人可以多住一些房间。有好的东西也不再成为危险的事情。而国家因此得到修理一切被破坏的建筑的可能，到处都实行修理起来，建筑物还到旧的秩序。

以前为着自己安逸的生活而恐惧的人，现在欣喜地看着生活幸福的转来：那醉人的美酒，可爱的物件，精致的饮食……

那为着新社会组织而奋斗的人，多少年过着困苦的兵士的生活，现在也乐得休息一下。

若在前几个年头，人们被引着离开个人的生活走向公众的生活，离开个人的利益走向公众的国家的利益，那么现在却相反了：人们宛如离开了监督的小学生一样，回转来幻想着那“旧的，文明的生活”。

许多人们的确感受到真正的欣幸，以为在我们国度里也文明起来了，也就如在西欧一样，以为波尔雪委克白白地跳了一步，白白地向着资本与私有财产宣了战，可是现在又来走这一条路了！现在我们也有了茶馆，商店，香槟酒，汽车。人们对此已经不用着那从前的无关紧要的眼光来看，以为是很自然的现象，而却视之如伟大的欢欣一样，这种欢欣只是在饥寒的教训之后才学会感觉到。

只有那没有看见过旧生活的青年们依然仍旧，不能幻想着旧生活的转来。他们只看见过那种被人当做恐慌的时代而回忆着的生活。他们知道这种恐慌的时代是自己觉醒的时代，是胜利的，工作紧张的时代。他们回忆着这个时代，如回忆着自己生活的曙光。

谢尔格见着他们向前活动着，如生活在一个友爱的大家庭里一样，离开那旧的路愈行愈远。

谢尔格感觉得，他越与妻的生活过得好些，他们之间的爱情与和睦越增加些，那他的生活便越往后转，他所愿走的路便离他越远。同时他看见了，对于柳德米娜，这种生活下去的方法是为她所欲的。

柳德米娜确实为“文明生活”的回转所包围着了。如果在与谢尔格同居的初期，她倾向于将自己的小家庭和别人的生活隔离起来，那么她现在却倾向将自己的小家庭怎样修饰得更好些。他们领了两个房间，与彼得鲁亨住在对门，这更使她要将自己的小家庭弄得体面些。

柳德米娜时常说道：

——你简直设想不到，我是用着怎样的爱情来做这些事情呵。当我想到这是我们的家庭，这是我们的安乐窝，那我就感觉得我是找到坚固的生活的保障了。我感觉得我现在有自己的生活了。

谢尔格想说出自己对于个人生活的观念，完全是别一件东西。但他什么也没曾说。

她的那种对于他的内心生活的注意，那种要做他的思想和内心生活的领受者的愿望，现在是消逝了。当他开始同她谈话的时候，她起初勉强注意地听着，但是忽然到了对于谢尔格是重要的关头时，将两手一拍，记起来了她忘记了买一件东西。

眼见得她为着修饰安乐窝所购买的一些东西，不简单地对于她算是东西就了事，而另具有一种特别的意义。对于谢尔格，这是些简单的东西，对于她，这却是她的生活目的的肯定，这确证明她在地球上有了自己的特殊的安乐窝。

她喜欢人们向她说，她的衣裳是如何地漂亮，如何地时髦，这是在哪一家裁缝店做的。照着她的话语，她很喜欢从谢尔格口中听到这些称赞，可是谢尔格对于这些东西完全是外行，而且毫不注意。他时常没觉察到她穿着新衣或是穿着旧衣。她在他的面前想极力做一个漂亮的，艳服的美人，想符合她那种对于他的感情，而他却不注意到这一层……

有一次谢尔格回来，见着柳德米娜有一种奇异的表情：她望着他，很狡猾地微笑着。

——是什么一回事？——谢尔格问。

——你什么也没注意到吗？

——没注意到，而到底是什么一回事？

——我身上穿着什么衣服？

——反正是衣服……

——这是我自己做的，而你还没看见过的一件衣服呢。难道说我穿着这件衣服没有变样吗？

经过了几分钟，白赫来了，他一看见了柳德米娜，便表现出来一种惊异的神情，宛如她看见了一件美妙的东西也似的。他即刻就赞叹到柳德米娜的新衣了。

柳德米娜后来向谢尔格说道：

——当我听见白赫夸奖我的新衣，我简直要想哭起来，因为说这话的是他，而不是你呵……你居然连注意都没注意到，这难道说对于你，我无论穿着什么衣服都是一样吗？……别人注意到，而你！你没注意到！这是说你的注意力并不集中在我的身上呵！你别要以为这是市侩的要好看的欲望，不，这完全是别一回事呵。

白赫现在常来他们家里做客。他时常同柳德米娜向城里去，当他拿着柳德米娜所购买的货物时，很凄苦地，讥讽地说道，他像一条狗一样，负着鞭子，这鞭子是要用来打它的。这是因为这些货物是用以修饰着别人的住室的，所以很使他苦恼，如打着他一样。

——亲爱的，我很看重你对于我的友谊，可是，你应当不发生这些思想呵。——柳德米娜这样回答他。

她近来很有改变了。这改变是从“她找到了生活的目的与意义”那时起的。她现在很少注意到内心的生活，而将全副精神集中到外观的修饰了。表面上她更忙碌起来了，她总具着一副思虑的面孔：如何才能将房间收拾得好看一点，如何才能使他们俩的生活过得漂亮些……

在这时，她的劳动的精力完全降落了。她从机关里走回家来，常说道，她很疲倦了。她说她已厌恶了经常的奋斗，想好好地休息一下，过着自己的生活。

——我简直被无涯际的人海的波流弄得疲倦了，我想完完全全地只同你一个人在一块呵。

有一次谢尔格将两个朋友引到家里来。柳德米娜没有在家。他买了啤酒，大家便喝着谈起话来。他们没有用菜碟，随将下酒的小菜放在纸上，由此便生出事来。

在这时柳德米娜回来了。她因为要列席一个什么会议，延迟了三点钟。

——我们在这儿吃东西呢。——当她听见生人的声音，在门外迟疑着不进来的当儿，谢尔格这样向她喊着说。

她具着一副疲倦的面容走了进来，两眼首先注意到他们是怎样地在吃东西：也没有碟子，也没有叉，也没有揩手巾，也没有桌毯，啤酒洒到满桌子……她很不高兴地向大家问了一声好，便走进别一个房间去了。

大家弄得兴味索然。话音也低降下来了。后来大家轻轻地叽咕着，就同房中有一个病人躺着也似的。

实在说来，妻从机关里疲倦了归来，而家里却弄得乌烟瘴气，丈夫也完全不注意到她的心境，真是要使她烦恼了。

谢尔格的两位朋友坐着，坐着，而总不见着女主人出来，便立起身来，向局促不安的主人辞了别，兴味索然地走了。

他们走了之后，她说她焦急地走回家来，一心只想与谢尔格两个人在一块儿休息一下，因为她被人们太弄得头昏目眩了，却不料回到家里，乱七八糟地弄得一塌糊涂，啤酒，烟雾，唉，只有天晓得！

从这时起，如果朋友们之中谁个走向谢尔格家里来，当柳德米娜在家里而且走进自己房间不出来的时候，谢尔格觉得不知为什么他的话音降落了，微笑得也不自然，只焦急地等待着一件事情：这位亲爱的朋友赶快走开罢！如果有谁个走来，没有穿着套鞋，将适才洗净的地板弄污秽了，那可是更糟糕了。

最好在别的那一个友人家里聚会，在那里不需要揩手巾，不需要什么一切的礼节，可以放着喉咙尽量地高叫。如果谁个有了手琴，那就更热闹了。

二二

谢尔格记得，他那时是在两个完全不同的世界中生活着：家庭的生活是这一样，而在工作中的生活是完全另外别一样。

这两个世界是互相仇视的。这一个要求消灭那一个。到底应当偏向于哪一个呢？

在实质上，家庭的生活走向那他在乡间的家庭所过的生活之路。柳德米娜总是企图着，如何才能将他俩的生活同别人分开，如何他俩的生活才能过得好些。近来她只对于与他俩有密切的关系的事物发生兴趣。

在革命期间，那时是需要为着生活的权利而努力奋斗的，柳德米娜的思想曾为之向前提动了一下，可是现在这种需要已经经过了，她有了丈夫，有了家庭，于是她的思想便又停顿住了。她的精力降落下来了。一切遥远的，社会的事物，对于她停止了兴趣，而且将她疲惫了。她生怕与人众发生接触。她的女子的本性似乎做了为她担当不起的事情，可是一到了可能的范围内，便显示出来了自己的弱点，走回到旧有的习惯的路。

当谢尔格去工作——往俱乐部或编辑部的时候，那他便落到别一个世界里，在这里的一切和他的家庭的生活相敌对着。

如果在家庭的生活里，一切都倾向于闭关，与其余的世界隔离，那么在这里却恰恰相反，大家到这里来，是为着要与大众混合，执行大众的工作。

如果在家庭里仅仅是存着个人的利益，那么在这里的利益却是公众的。如果在家庭里，金钱与财产开始着渐渐地占领了巨大的意义，那么在这里，个人的财产却没有任何的意义，尤其是在俱乐部里：大家利用着公众的设备，谁个也不能据为私有。

在家庭里最贵重的东西，是他的爱情能够倾注在一个人身上，他的灵魂无限制地属于一个人的私有。柳德米娜视此为无上的神秘，——两个灵魂混而为一。但是在这里，最贵重的是在于他不为着那一个人，而是为着大众生活着。

俱乐部已经变成为坚固的组织了。建造的时期终结了。当他们建造它的时候，每一个有一定的一部分的工作。当一切都做好了的时候，俱乐部成为一个普通的俱乐部，里边设了许多研究会——体育会，棋会，以及文学会等等。当孩子们在自己的手中完成了一切工作之后，谢尔格见到他们的生活有点改变。现在显现出一种什么别的情绪来：大家已经不再做事情，而宛如被各种小研究会引诱了也似的。事情没有了，便觉得寂寞起来，研究会日渐人数稀少起来，会议时也很少有人到。积极活动的只剩下密莎，柳芭莎，一个白皮肤的剪着发的姑娘，及大家称为“哲学家”的三个人而已。

其余的走到俱乐部来，坐下来连帽子也不脱去，无论谢尔格如何教导他们，但他们总是吸着烟，不守规矩。

谢尔格不知如何做法，才能鼓起青年们的本能，从事于事业的创作。俱乐部变成了一个消闲的机关，不能使人们发展起来，而不过是大家在里边消闲而已。

在这时期，青年们从国内战争遗留下来很强旺的精力，为着使运用他们这种精力，要求一种什么巨大的，不间断的奋斗。一部分青年们的确执行了艰苦的工作，他们忽而由工厂走向党的支部，忽而接着又走入职工会的地方委员会，什么大会，什么临时会议……真是劳碌个不休。但是其余的一部分青年，对于工作却冷淡起来了。

发现了情绪颓废的现象。有些人走到俱乐部来，静默地坐着，看着别人下棋，或在走廊里踱来踱去，不与别人说话。有几个走进俱乐部来，居然是醉鬼的样子。这些人们之中，有许多性情是很平静的。

当向他们问道，为什么他们醉得这种样子，那他们便回答道：

——哎，反正是一样呵……

在俱乐部里特别地发现了一小群，他们时常故意地捣乱：在音乐会的时候，他们将电灯灭过了；进俱乐部大厅的时候，他们总是穿着外套与套鞋，故意地要掀起风浪来；当演剧的时候，他们总是高声地说着话；或者将椅子的脚弄得动摇，使人们坐下时跌将下来……

这一小群的健将是金黄色的头发的拉波达，他是一个健壮的孩子，帽子总是带在脑壳后边，就是冬天在街上走路，领子也是不扣的。

拉波达是一个很自尊大的孩子，但是他什么也不会做，因此大家对于他的意见，便是他是一个不中用的人。他似乎要为着这个报复也似的：“如果你们以为我是这样，那我就使你们知道知道罢！”

有一次在拉波达及其党羽捣乱之后，俱乐部干事会召集一次会议，讨论反对这般捣乱派的方法。是这么一回事情：在前一天晚上，在俱乐部的花园里，做了一个小小的跑冰场，谁个将石像的鼻子与手弄坏了，而在池边立着的两个石造的飞兽，被扭转来头对着头，口里衔着纸烟，相互地望着。

谢尔格在会议上声明，他以为应使用最严厉的手段，制止这种捣乱的行为，永远取消这种捣乱分子，使之不再做怪。

大家都向拉波达瞟着看。他坐在那儿，将腿长长地伸着，歪戴着帽子，老吸着纸烟，在那里暗笑。

柳芭莎坐在主席团的中间，（她是劳动月刊编辑部的书记）咬着嘴唇，很愤慨地向拉波达望着。

——我提议选举出一个特别委员会来，这个委员会的主脑应是一个极有毅力的人，如此才能执行这个艰难而又重要的任务。

——选举密斯特江罢！——谁个叫了这么一句。

——我以为拉波达是可以胜任的。——谢尔格不注意适才的提议，说。

大家都惊异地抬起头来。

——什么？选举谁个呀？——响动着惊异的声音。

谢尔格笑着将自己的提议重述了一遍。

“哲学家”正一正自己的眼镜，摸摸鼻孔，说道：

——倘若按着心理学这样做下呢，那我们也并不反对，不过这是没有效果的。

大家依旧很有兴趣地向拉波达瞟看着。

拉波达不知所措地微笑了一下，把此提议当做讥讽，不知如何回答才好。后来他看见大家是慎重其事的样子，便笑着说道：

——好罢，我们且看着罢。

大家一齐立起身来，拍着拉波达的肩背，说着笑着：从前他弄得人们鸡犬不宁，现在他做了会长了，大概大家见着他就要逃跑罢。

密斯特江提议到他家里去饮点啤酒，顺便讨论点事情。但是在此时有人打电话与谢尔格。柳德米娜问他什么时候回家，并说她一个人坐在家里，什么地方也不能去；白赫没有工夫陪她，她一个人是从来不到什么地方去的。

谢尔格从电话机转身回来，向大家说道，他不能一同到密斯特江的家里去，因为他一定要回家……家里有一件很重要的事情。

——你的家里一年到头总是有着什么很重要的事情，——孩子们说道，——跑出来一点钟，便又急于转回家去。

二三

谢尔格记得，在这一次同志们指出“他无论什么时候都急于回家”之后，他对于自己初次起了抱愧的感觉。

越是他的家庭生活好些，越是柳德米娜满意于他对于她的爱情，那他便越觉得自己的罪过。

普通总是自然地想道，你的亲近的人越爱你，那他在你的路上便越帮助你。

但是事实却与这相反。

谢尔格起了抱愧的感觉之后，便决意将自己生活的缰绳把持得紧紧地。他曾有一个规则，就是当他一个人住着的时期，每天在上工之前，必读一点大思想家的著作，为着要使他天赋的本性能够时常得着向前活动的机会。他曾将要读的几百种的书名写在纸簿上。在他内心里所生长起来的思想，似乎从中央放出许多枝的光芒，日渐照射着新的领域，而同时这个自己的中央仍然毫不失去。现在呢，他完全抛弃了这个，仅仅只限于读报了。他决定饭前或饭后读报，而其余的时间都放到工作上去。

有一次来家，他向桌子坐下，将报纸展开，一面吃汤，一面读起来。

柳德米娜停着不食，将调羹放下，静默地向谢尔格望着，等他什么时候举起眼来望她。谢尔格只顾读报，没有觉察到这个。那时柳德米娜向他说道：

——难道说你没有别的时间读报吗？你整日地工作，我也是一样：我们只在吃中饭的时候才看见，而你，你却读着报。第一这是很没礼貌，已经不用说到……

他咬着嘴唇，如咽着泪也似的。

——我最怕的是那件事情，——她继续说道，——就是我们的关系最后变成为普通的关系。我们的关系会成为淡而无味的，市侩的同居：丈夫在吃饭时读报纸，夜里到家里就寝，只因为这是他的家里。在初同居的辰光，他抱着满怀的爱情急于走回家来，可是后来便改了样子。这真是为我所最怕的事情呵！

——但是我没有多余的时间，——谢尔格说着，觉得在这种读报的小事情，他都不能随自己的意向，不禁忽然对她生了很大的恶感。——我近来对于自己，差不多什么都没做呵。——他说着这话，眼中冒着火星。

——因为什么呢？——柳德米娜问。

——因为当你在家里的时候，我是不能工作的……

柳德米娜很久地望着他，后来面孔惨白起来，轻轻地说道：

——我第二次听到这话了。这是说我当真地妨害你……

从此以后，当他坐下工作的时候，她便走出门去了。但是谢尔格知道，她是如无家可归的样子在街上流浪着，为着不要打断他的工作，她流浪着，流浪着，等待相当的时间才转回家来。这弄得更糟糕了。当妻忍受着风寒在街巷间徘徊着，他能平静地去尽心思考吗？

谢尔格与柳德米娜同居的期间，他一个人留在家中时，是从没曾经过一点钟的。这件事情特别地感动柳德米娜。她时常荣幸地向叶林娜说道，如果不算在机关上办公的时间，那她与谢尔格共同生活的期间，是没有一分钟离开过的。她并且说，她完全没设想到，如果谢尔格走出去时，她将怎样地一个人坐守在家里。

如果这种话在谢尔格在座的时候说，谢尔格觉得自己为着他们两个人感情的原故，应表示赞同柳德米娜的意见。但是在别一方面，如果他有说出他的实在的感觉的勇气，那他就应说出与柳德米娜相反的话：因为他俩无时无地不在一块，他便开始感受到一种不愉快的刺激。因此，他所过的生活不是他应当过的生活，这种与柳德米娜共同的生活，将他个人的生活弄得完全停顿住了。

最坏的是不能向她说出那对于她是最可怕的实情：那实情就是他俩经常在一块的生活，对于她是无上的幸福，对于他却是很久的不幸福。

这怎样能说出呢？

他大部分总想独自留在家里，或独自闲散，而不要与柳德米娜在一起。但是他不能做到这个。除此而外，他还应当说，没有她那他是很寂寞的，他不能独自一个人坐在家里。他说这些话，是由于他要避免一些长时间的心理上的谈话，关于什么爱情低落等等。这种谈话一开始起来，便至少要耗费两点钟的时间，若遇着她流起泪来的时候，那便要三个钟头。因此，顶好说一些与事实不相符合的话，免得闹出意外的风波来。

后来她时常苦恼着说，谢尔格在自己工作中过着一种什么很遥远的生活，而她却不能侵入进去……

谢尔格记得，那已经是春天到了的光景，青年们做着划船的游戏。柳德米娜要求谢尔格带她一同去。但是当大家都聚集于岸上，开始推着，笑着，叫着，跳下了划船的时候，柳德米娜忽然感觉到自己被这些叫喊震动得昏眩了，对于这些乱叫乱跳的孩子们起了恐惧。她离开人们很远地坐着，眼见得喧闹的声音将她吓住了，而且总是怕划船莫不要落到水底去。谢尔格忽然觉得她老相起来，不禁起了一种厌恶的心情。而且他觉得她总是到处不能合群，连很简单的有趣的样子都不能做到，而且又要人帮助她。他不知为什么在同志们的面前羞赧起来了：他很不好意思帮助她，向她递手过去。他做着这个，是具着惊颤与苦闷的心情。

但是同时谢尔格很快地觉察到了，就是他由于要避免风波才诸事服从她的意思，不觉在很多的地方，领会到了她的观点与口味。例如：谢尔格喜欢置身于那人数众多，或工作紧张，或热闹拥挤的地方，而柳德米娜却厌恶这些，她说她忍受不了这些人堆。谢尔格一遇着节期，便喜欢走入城中人数众多的地方，而柳德米娜却喜欢走出郊外，那里没有别人，好两个人单独地在一起。

谢尔格有时捉住了自己，当他说道：

——我们到麻雀山那儿去玩玩罢，在这些天，那儿是没有人的。

他说着这话的神气，就同他自己也厌烦人众的样子。

同志们之中有一个总是要在光洁的地板上留下污秽的靴迹的，谢尔格曾为他害起羞来。为着要避免这种现象的重复，他有一天拿了一块小地毯，预备铺在门前，可是在这时候，从隔壁的房内走出来了彼得鲁亨，也是拿着小地毯预备铺在门前的。两个人你看看我，我看看你，并看看各人手中的小地毯，自己不知因为什么，大家红了脸，各自转到自己的房内，而那小地毯也就这样地没有铺上。

有时候朋友们来看谢尔格，却遇着正不是时候：柳德米娜决定在这一晚上到戏院去，而他们就同故意的样子，偏偏坐着老不走。或者她决定好好地两个人坐在一起谈谈，而他们却老坐着，扰乱了柳德米娜的心情。

——我的天哪，这些人们为什么这样东走西撞的呵！他们把一整个的晚间都夺去了。而我是这样地想到戏院去！近来这些时我们简直没曾在一块过呢。（如果遇见一件什么为柳德米娜不高兴的事实，那她总是时常概括地说道：在近来这些时……）

从这时起，谢尔格完全停止邀请朋友们到自己家里来了。他自己也渐渐稀少地走向别人家里去。将她带到那一种环境里，在那里在光桌子上饮着啤酒，热闹地拉着手琴，这是不可能的事情。如果不带她去，这是要使她生气，引起她的猜疑的：她会以为他乐于一个人去开心，而不把她放在心里。

于是结果是：他愈向与她溶合的方向走去，那他和她一起便离开其余的世界愈远，这其余的世界似乎成为一种什么障碍的，不需要的东西了。

除此而外，谢尔格又觉察到，就是当他敬佩哪一个人——不是女人而是男人的时候，那柳德米娜总是要变为苦愁的样子，极力想减低谢尔格这种敬佩的情绪。她从来没夸赞过哪一个漂亮的女人。如果谢尔格说起哪一个他们共同认识的女人，那她总是沉默着不语，或即刻寻出她的缺点来。

一般不漂亮的女人，什么兴趣也引不起的女人，却能利用着柳德米娜的特别的同情，她总是要寻找到她们身上的优点来。

如果在起初相遇着的时期，与这种精细的，有教化的，神秘的，不可侵犯的女人的接触，会使得他的感觉锐敏而丰富起来，那么现在这种情状却停止住了，因为在她的身上所存在的，依旧是从前的那些，而没有什么新的增长。

于是谢尔格不禁向自己提出一个问题：

“哪一种倾向好些呢：现代的两性间的关系之简单化，从这其间消除一些什么诗意和罗曼谛克，还是栽培着理想的恋爱，使得家庭牢固起来？”

他又向自己提出关于其他同志们的问题：他们已有了妻室了，但是他们是不是还照从前没有妻室的时候一样，依旧地是那样坚苦耐劳呢？

大家都称赞他们，说他们成了模范的丈夫与父亲。但是对于我们的时代，这一种现象是肯定的吗？它在人的活动上增加了一点什么，抑是恰恰相反，它将人的活动减少了呢？

被革命所提出来的儿童公育，这是不是个性——那想将小家庭的负担取消而成为大家庭的一员的个性——的自然要求呢？欲达此目的，一个人应照着新的样子重生起来，要做一个大音乐队中的某一个乐器，而不应做一个哑然无声的木块。

然而柳德米娜要实现自己的牺牲自我的，伟大的爱情，那种为许多世纪的诗人所歌诵的爱情，正趋向走着相反的路：她企图消减自己的真正的天赋的个性。她想将自己的个性溶合到她亲爱的人的身上。但是由于这个溶合，他却不能向前活动，也就如普通两个捆在一块的人不能活动一样。她想着，她为着自己的爱情，抛弃了自己的特殊的生活，实赠予了他以无上的礼物，但是同时她却不知道，她的确是在向他窃取宝贵的东西呵。

谢尔格试想留下自己一定的时间，但是到底需要多少时间呢？怎样能度量这个？

他看见了，他的生命，除开社会的定单而外，还有自己的天赋的定单，它不能与谁个的生命溶合起来，它应当溶合于全世界的生命，而不能囿于一个人。

同时，若他的生命同谁个的溶合起来，这就是说明他的生命已经停顿了，消灭了。如果继续维持着那旧的男女两性间的关系的实质，那将要弄成什么样的结果呢？……

那结果是：最亲近的，最爱你的人形成你的一个最有力量的障碍物，障碍着你不能走向新生活的建设。但是走向新生活的建设，这是人的历史的任务呵。

他形成最危险障碍物，是因为你不能同他奋斗，他用自己的爱情将你解除武装了。在事实上，在亲密的初期，你与一个爱你比爱他自己还要甚些的人生活在一起，你有力量能够向他说，“离开我罢，你妨碍我走我自己所应走的路……”这一类残酷的话吗？

但是谢尔格应当说出这个！他将来也是一定会说出来的。

在这一种心境之下，有一天走回家来，在自己的写字台上，他找到了柳德米娜留下的一封信。她写道：

我的宝贝呵！我出去了，为着不妨碍你工作。我过两点钟回来。两个钟头对于你够吗？让我一个人寂寞地，孤单地，寒冷地，在街巷间流浪着。但是那一种思想温暖着我，就是我因此或者可以得到你的一点余剩的爱情。如此我更可以感觉到我对于你的爱情是高尚的，非常的，无计较的，不具着任何私念的。本来在实际上，我的亲爱的，我有什么可以计较的呢？我能有什么私念呢？我有的只是对于你的一种无涯际的，不可比拟的爱情。我只是幻想着那大概是永不会实现的幸福，那就是我能将我自己充满着你的生命，使我的灵魂对于你比世界上什么都需要些。

为着这个原故，我情愿忍受一切，不但我这街巷间的孤寂的彷徨，等待你什么时候完了工作，我可以回来。我可以忍受一切，我的亲爱的！

为着这个原故，我对于任何人都是不可侵犯的，以至于对于那爱我如我爱你一样的人们……但是我想仅仅望着你一个人，我的肉体以至于思想，除你而外，不属于任何人。我的亲爱的，我对于你的爱情是这样地深厚，这不是我的罪过呵。它是这样地深厚，是因为它是我的生命，它是我生活的目的，它是我的生活之最高的意义。

你好好地工作罢，别要念及我一个人在街上受寒呵。我已经被“我爱你”那一种在我内心里燃烧着的光所温暖了。

谢尔格将这封信拿在手里，很久地立在桌子面前，两眼盯着不动。

二四

第二天一定要到叶林娜家里去，因为这一天是她的生日。

柳德米娜从七点钟起就开始穿衣。谢尔格老早就装束好了，坐着一边读书，一边等待她，而她却请他帮助洗脸，打水，又请他代扣自己衣后边的扣子。这些扣子对于谢尔格简直是一种惩罚，他用他那不漂亮的大指甲，无论如何不能将它们扣上。而柳德米娜却开始生起气来，越弄越不对劲。后来装束好了，她很久地立在镜子面前，或振一振肩，或理理衣角，使不至于有什么褶皱。

谢尔格知道她等他开口夸奖她，说她年纪轻了许多，穿着这件衣服很合式。他自己也看见了，她那金黄色的如波纹一般的柔发，那白白的玉手，那闪着光的眼睛，形成她的确是一个很漂亮的女人。他知道若是白赫见了，一定是要夸奖的。但是当他感觉到她是在等他夸奖时，他的语句却总说不出来，于是他觉得他的夸奖，为这种等待所逼出来的夸奖，是很做作而不自然的。

谢尔格觉察到这一种仔细，这一种赴宴（在那里，照她的规定，聚集的是人们，而不是人堆。）的事情，开展了她的情绪，而她对于他的那种细腻的，精神上的，爱情的感觉，也因之降落了；而她当没看见别人时的那种对于他的无限的柔情，至此也改变了。她的爱情蒙上了散文的幛幕，而那种“精神的”阴影消散了。

现在也是如此。谢尔格穿上了大衣。柳德米娜看一看谢尔格，说道：

——你一直到现在还没弄成习惯呵：你应当先将我穿好，然后你自己穿衣服才对呢。

她先前固然时常教导谢尔格遵守礼貌，但是每逢他们到相识的人们那里去时，柳德米娜更加注意到这一层。

谢尔格先前听见她这些话时，觉得很新鲜，但是现在却觉得一种讨厌，在内心里不禁起了一种反贵族派的抗议。上帝保佑，现在贵族的派头已经没有存留的余地了，我们现在生活在无产阶级的，而不是在老爷们的国度里。

——你看，你又先跑到门前了！——柳德米娜说，——你今天是怎么一回事，我的亲爱的？停一下，应当向董娘说，我们要出门去呵。

她走向董娘那里去，同她说了很多的话，给了她许多命令，而谢尔格却开始不耐烦起来。他想即刻就走，本来已经提动脚步了，而现在却又立在街上等候着。大概要等候得很久，因为柳德米娜总是时常很久地向董娘说些什么。

试问，她为什么不能先向董娘说好，而要到现在呢？他在等候的时间，是可以读一两页书的呵。有时她从半路里还跑回转来，说她忘记了什么没有向董娘说。唉！真是……

谢尔格第一次参与这种人客很多的宴会。因此，或者因为别的原故，柳德米娜老是看相他，为他理理领子，或是为他正正帽子，这的确羞辱了谢尔格，虽然他也不知道为什么柳德米娜的行动是使他感觉着羞辱。

在叶林娜的家里聚会着的完全是办差事的知识阶级，优伶，画家。她的生活完全靠着那将她抛开了的丈夫所给予的金钱，及她在一个博物馆内所领得的薪水。

当谢尔格与柳德米娜走进的时候，穿着深蓝色长衣，两膀露在外边的叶林娜，在前房里迎接着他们。

她以极迅速的动作将柳德米娜的颈脖搂起来，很响地吻着她，说道：——呵，你看看我们今天呵！

然后她与谢尔格握了手，便将他们引到第一间房子来，那里放着一张长桌子，上边铺着很新鲜的宽大的白毯，向一些贵客们叫道：

——请你们注意这一对稀有的夫妻：他们简直一分钟都不能离开！如果这一个人迟回来半小时，那么别一个人便要跑遍全城……

——而且电话铃的声响将一切相识的朋友们都弄得厌烦了呢。——柳德米娜插着说，微笑着望着叶林娜。

虽然此地聚集着的是文明的社会，究竟在晚餐以前，大家感觉得有点拘束，便围绕着听着谁个说一些政治的故事，以期度过时间。虽然这些故事是为他们所知道的，可是他们佯做第一次才听见的样子。对于新到的人们，大家特别很热闹地欢迎着，好像要藉此一点热闹提起那期待晚餐的急苦的情绪。

在铺着地毯，摆设得精致的一个大房间里，到处都坐满了，空着的只有那餐桌子周围的椅子。

在一张小圆桌子上，有两个姑娘坐在那里下棋。

她们之中的一个是生着黑黑的，很和蔼的小圆面孔，她的口是很小的，牙齿是异常地细而洁白。当她笑的时候，她的鼻头很可爱地皱着。

她总是输着，忽而笑自己不中用，忽而敲打她对手方面的手。对手是一个剪发的女郎，她的头发总是松散着，时时将头向后边摆动。她是异常地活泼，天真，时常说着俗语使大家发笑。

当有一个男人向她并排坐下时，她只愿下棋，很不高兴地将肩离开，也不回过脸来看他，说道：

——同志，当心一点罢，你挤着我了。

在这一间房内的一切人们之中，仅仅在这两个姑娘的身上，没有使谢尔格感觉得不愉快的东西。

她俩没有审视他，没有观察他，不抱着别人对于他的那种态度。

谢尔格走近她们，黑女郎强他帮助她。当她们胜了的时候，黑女郎很快乐地笑起来，这时她的鼻头又很可爱地皱着了。

当柳德米娜与这时走近他们身边，谢尔格忽然感觉到她与他们三个人比较起来，确是一个年长者的样子，宛然走来的不是他的妻，而是他的女监督。她温存而爱护地微笑着，这并不因为这一种消磨时间的方法对于她是有兴趣的，而是因为谢尔格在这种生疏的社会里，找到了自己的位置。这时她的微笑，益令谢尔格感觉得她是长者的样子了。

——我们今天结一个同盟，黑女郎望着谢尔格，微笑着说道——晚餐时我们坐在一块。

——一定的，——谢尔格说着，觉着与这些女郎在一块，是很畅快而轻松的。

经过十分钟的光景，大家开始向桌子坐下来了。

——爱玛，我们坐在此地罢，——黑女郎说着，跑到靠着书橱的那个桌拐角上去。

谢尔格便与她们一块坐下了。柳德米娜从别一间房子走将进来，用两眼寻找谢尔格，为着要与他坐在一块。可是看见他与姑娘们坐在一块时，而且她们向他是很高兴地说笑着，柳德米娜忽然红起脸来，走向窗口去。

——柳德米娜，你在什么地方呀！——叶林娜说着，走进房内。——你自然同丈夫坐在一块罢？——她补着说，扶着一张空椅子的靠背，这张椅子是她留下给谁个与她坐在一块的。

——不，不呵！——柳德米娜急促地转过身来，回答道：——这样我们很快地就要相互讨厌起来了呢。

谢尔格在柳德米娜喊叫的当儿，一秒钟间不知所措起来，不晓得如何办才好，但听见了柳德米娜的很平静的声音，即刻放下心来，依然留着与苏娘与爱玛坐在一块。

在这时白赫走进来了，他的头略向后边仰着，具着一种不可思议的老爷派的神情，这种神情只有很得意的人们才能表现出来。他问了叶林娜安，同时说了一句什么笑话，慢慢吻了她的手，将一包糖果放到钢琴的盖子上。后来转过脸来，即刻看见了柳德米娜。他的面容失去了一切的平静。他似乎除开她，什么人也没看见，整个的注意力都集中到她的身上，眼见得他并不怕将这种神情使得别人觉察到，或者他这时什么都没想念到，想念到的只有他看见的这个为他所爱的女人。

谢尔格时常觉得，这妒忌的感觉不是为他所应有的，尤其是对于柳德米娜的关系，她不但不给予令他可以妒忌的口实，而且恰恰相反，她太过于将自己的爱情充满着他了。他觉得，如果她能少念到他，给他以自由，那他将很快乐起来，但是他记得，这位先生似乎毫不注意到他的存在的意义，这实在是令他感觉不快的事情。

柳德米娜已经不再向谢尔格望了。她觉识到自己的力量，很平静地微笑着，立在白赫的面前，听他用卑屈的声调所说的一些话，他的态度就同低级人对待高级人也似的。

——我想同老相识的人坐在一块，——说着这话，柳德米娜仿佛不注意到叶林娜期待的神情，叶林娜这时依旧扶着那张空椅子的靠背，表现着期待的神情。

在柳德米娜的脸上，口边忽然呈现一种为谢尔格所不认识的坚执的，残酷的皱纹。她看见了立在那儿期待着的叶林娜，但是说着自己的这一句话时，没有瞟看她。

白赫惊异地溜了柳德米娜一眼，他的面容即刻光彩起来了。他急忙地将柳德米娜安下座来，与她坐在一块。

叶林娜眯着眼向柳德米娜望了几秒钟，后来忙着招待客人，也就不向她说什么话了。

白赫很活跃地，朗声地，同柳德米娜谈了一些什么话。但是同时有时他的面容呈现着恳求的，胆怯的神情。

柳德米娜一边使动着叉子，一边听着他的说话，在她的口唇上流动着笑痕，但是她时常轻轻地，难以令人看出地，否定地摇着头。当白赫将自己的酒杯送到她的酒杯边，为着要与她的酒杯碰一下的时候，她举起了眼睛，在眼睛中闪动着兴奋的光芒，在她的两腮上泛起了兴奋的红潮。她似乎完全为她的同座人所占有了。但是时常她的眼睛一秒间失去活跃的神气，很惊怔地射到谢尔格的身上。停一忽，她即刻将眼睛挪开，很光彩地与白赫的眼睛相遇，她的口唇上又流动着笑痕，那是很轻柔的笑痕，然而又似拒绝什么也似的。

——我想为着那不可能的事情痛饮一杯呢。——白赫说。

于是谢尔格看见了，柳德米娜是怎样地向白赫举起眼睛，两唇微微笑动了一下，向他看了看，说道：——而我痛饮一杯，是为着那对于你是可能的事情呢……你的椅子是已经预备好的了。

她不向那叶林娜坐的地方望着，只向那方向略动一动眉毛，继续很狡猾地望着白赫微笑。

白赫红了脸，生了气也似地耸一耸肩。

柳德米娜放下自己的酒杯，将手放到白赫的手上，仿佛要消释自己的恶毒的笑话。白赫吻了她的手，他的神情就同奴隶吻着那打了他的主人的手一个样子。

然后柳德米娜深深地叹了一口气，她的眼光一秒间移到远处去了。她再行奇怪地，深思地，向白赫瞟了一眼。忽然抖战了一下，用着活泼的，高朗的声调向叶林娜说道：

——我们在这里祝你康健呢。

此刻大家没弄清楚，一齐立起身来，庆祝叶林娜新生，开始与她碰起杯来。有几个匆忙地将自己的酒杯饮干，为着要与大家联合起来。

大家的声音越加响亮，越加热闹起来，而白赫与柳德米娜谈话的声音却越加低小。他们似乎一刻间把其余的人们都忘记了。如果先前她含着很狡猾的微笑听着他，那她这时的面容却严肃而惨白起来了，仅仅她的两只眼睛完全变成为黑莹莹的了，闪耀着异常的光彩。她听着，低下头来，用手抚摸着绒的桌毯，腮庞上时隐时现着两朵红云。有时她做出一种惊慌的，同时又是胆怯的动作，宛如她哀求他不要说他所说的话。当他的眼睛勇敢地望着她，似乎说他可以死，然而他一定还是要说下去，她便低下眼睛，更兴奋地将毯的绒穗子摩弄着。

谢尔格从来没看见过她会有过如现在这般的美丽。

仅仅偶而，似乎毫不经意的样子，柳德米娜向谢尔格坐着的那方向溜了几眼。

——我没有权利，而且也不愿意听见你向我所说的一些话。——柳德米娜轻轻地这样说，看着摩弄绒穗子的自己的手。

——不，今天你有这种权利。——白赫很肯定地回答她，略向谢尔格方向望了一下。

柳德米娜更将自己的头俯下了。

在晚餐的中间，当普遍的谈话开始时，这一个人向隔着桌子的那个人叫着，而那个人听不见，说些牛头不对马嘴的话，于是大家便都哄然大笑起来。

谢尔格因为受了饮了一点酒的影响，便也感觉得高兴与自由起来。他与爱玛与苏娘碰了杯，也向隔着桌子坐着的男人们和女人们叫起来。他伸起手来与他们碰杯，可是袖口带翻了酒瓶，将酒流到了桌毯上，发生了惊扰。柳德米娜向他丢着惊怔的眼光，脸为之红了起来。

晚餐以后，谢尔格又与女郎们同向长靠椅上坐下。苏娘说话用着很可笑的声调，令他们每一分钟都发笑。在这一种情绪之下，他们无不可笑，因为感觉得异常的自由及同志们间的纯洁的关系。

柳德米娜走近他们，略将白赫放下一分钟的辰光，带着平静的微笑，仅仅有一点眯着眼睛，第一次在人们之前很客气地向谢尔格说：

——你们似乎很高兴罢？……

——是的，我们很高兴呢。——谢尔格很爽直地说，瞟着自己的女伴，可是这两位姑娘不知为什么于这时将微笑停止了。

——那么，我很为你喜欢呢。——柳德米娜说了这话，便走向白赫那里去了。

但是她忽然神经烦躁起来，最后向大家辞别。

——我们的同盟似乎是很顺利的呢。——谢尔格。

——呵。真是很顺利的！爱玛赶着说，——不过要使我们的同盟不要破坏了才好呢。

——我相信这是不会的呵。——谢尔格说，没有看见走近他身边的柳德米娜。

她在他的身旁立了一些时，似乎要等他什么时候将话说完，好向她望一望，但是没等得及，便说道：

——大概我们可以回家去罢……如果这件事情不至于使你们不愉快，——她向爱玛与苏娘加说着这句话，露着很不自然的微笑。

二五

宾客中谁个也没有走。谢尔格与柳德米娜顶早地就告辞了。谢尔格不禁又发生反对柳德米娜如一女监督的心情。她什么时候带着他及带着他到什么地方去，这都任凭她的心愿，而他迫不得已要服从她。在事实上，他实想再与这些可爱的女郎们多多地坐一会。

叶林娜与白赫走出房间送他们。叶林娜看见柳德米娜穿衣，特别同情地为她扶正那短皮袍的围领。白赫立在门边，盯视着柳德米娜，似乎期待着她的眼光。她没有向他望，只当走出门来，回头向叶林娜辞别的辰光，很快地瞟了他一眼，而他也就即刻很快乐地将这一眼捉住了。

柳德米娜与谢尔格走到街心，雇了马车。

柳德米娜坐着不语，向与谢尔格相反的方向望着。他觉得他有一种不满意柳德米娜的根据，就是她先把他拉将出来，这实在是为他所不情愿的，然而他终于没向柳德米娜说出。但是很快地他就觉察到了，柳德米娜沉默着久不言语，这是表明她有什么事情是不满意于他的。

——你为什么老不说话呢？——他问。

没有回答。

——你到底是怎样一回事？——他再问一次，想将他的女人的面孔转过来。

但是她用力量挺着颈子，更将头扭转过去了一点，停一会，她苦笑着说道：

——而你不晓得我为什么不说话吗？

——不晓得……

柳德米娜沉默了几分钟，后来勉强地说道：

——从没有过一个男人是这样地侮辱了我！……

——什么一回事呢？——谢尔格不解地问她。

——我一切时间都觉得自己是一个被唾弃的人。我今天是落到这样的愚蠢的，难堪的情状里！——她忽然苦笑着说道：——我总是向大家说我们的爱情是如何地深厚，我们是如何地连一分钟都不能分离，不料他（指谢尔格——译者）忽然第一次看见了女孩子……便……便拜倒于她们的裙下！她气恨地说着这话，想努力使用一种最侮辱的话头。

——你什么时候曾向我说过，你不能忍受一切鄙俗的东西，——谢尔格说着，忽然觉得起了一种恶狠的愿望，要向她说出最残酷的，最狠毒的话。

——我此刻是具着这样的心境，不能寻出很礼貌的语句来。

在她的话语里感觉到一种真正的气恨。“她还向我时常诉说自己的爱情，你看，这是怎样的爱情呵！她此刻已经仇恨我了。这是表明她的爱情都是虚伪的罢？……”谢尔格想。

于是在他的心里也对她起了同样的仇恨。

——你不能说低一点，免得马车夫可以听见吗？……——谢尔格说着这话，表面上用着很平静的口气，同时在他的内心里却沸腾着不可忍耐的愤懑。

——呵哈，你害羞马车夫，可是当大庭广众间，在我的朋友的眼中，你公然地唾弃我，那时你倒不害羞呢。而在他们之中有着这一类的人，在他们的面前，我是更不愿落到这一种情状之中的呵。如果我对于你是这样地没有趣味。那你为着面子也应当向我走近一下呵。我是怎样地高兴听见这些人们——我在他们面前自豪的人们——对于我的同情……因为我想到有一个人，对于这一个人我贵重于一切，比什么都需要……

——你从谁个听见这些“同情”呢？——谢尔格很讥讽地问。

——这不关你的事。

沉默了一分钟。后来，柳德米娜宛如忍不住在内心里沸腾着的愤懑与羞辱，又继续用新的力量说道：

——试想一想，这一种态度——在第一年，在同居生活的前几个月！——她说着，昂起手套中的指头。——这样地践踏着，这样地讥笑着我心灵上所具着的东西！而他，——她又苦笑地这样说着，宛然面向着第三个什么人。——而他，不料这对于他是一点用处都没有的。对于他有兴趣，只是那随地所遇着的女人，他同她将你在大庭广众的面前放到最羞辱的状态，并且还如同天真烂漫的样子问道：“到底是什么一回事，为什么你不说话呢?”

谢尔格决意沉默地坐着，不回答她一句话，并且略微挪动了，为着自己的肩膀不与她的挨靠着。但是他的意识很剧烈地工作起来，想找出这个女子身上的缺点来。于是他记起来，她曾向他写道，她为着他忍受风寒，——便暗暗向自己问道：“为什么她不能走向叶林娜那里去坐一坐呢？为什么她一定要忍受风寒？这是表明她要藉此感动他的感情，使他计算到这个。这真是真正的利己爱情呢。”

柳德米娜没有觉察到谢尔格将身子挪开了，仍同前一样气燥地说道：——仅仅不久才发生一回事情，我曾想道，这是偶然的现象（她指着那一次谢尔格向她说的“她在跟前，他不能工作”的事情。）……

——那是一回什么事情呢？——谢尔格不耐烦地问她。

他忽然感觉到他异常地仇恨这个女人。她用自己高尚的感情，对于他是毫无用处的感情，将他的手足却束缚起来了。在实际上，他是一个成人，不论到什么地方去，总免不了要向她说：到什么地方去或什么时候回来。他每一次都要向她报告：同谁遇着了，说一些什么话。他要为她时常留下字条，表示爱情。这时他忽然觉到，他对于她从没有过爱情，不过是为她所迷惑着了：这样一个漂亮的，温柔的，文明的女人，对于别人是不可侵犯的，而独能垂青于他，这实是令他迷惑着的事情。他，一个乡下老，从没给过这方面生活的这般注意，现在对于她，却真正地说着而且想着这些关系，好像生活中的什么真正宝贵的，高尚的关系一样。由于她，他感受着的一切，也就如每一个知识者都所感受着的一样！……

——究竟是一回什么事情呢？——他不耐烦地又重问一遍。

但是柳德米娜没有听他。继续说道：

——我不知道，柳德米娜和其余的人是怎样地看着我们……哼，实在的，在一个整个的晚上连一次都没走近自己的妻，——她即刻又苦笑着加说道：——说起来我又是什么妻呢？……我始而等着，继而指示，后来请求离婚，虽然也答应了我，但是到现在还没有离婚……

——我已经送了声明书去，请不要撒谎罢！——谢尔格很粗暴地说。

——因此我又有什么权利呢？——她继续说着，宛如毫不听见谢尔格所说的话。——我完全不过是类似这个爱玛，一个随便遇着的女郎而已。而且那酒瓶里的酒！——眼见得她不能忘却这一晚上详细的情景。——乱喝起来，就同第一次在家里一样，忘记了一切，这简直是不要脸的行为……

——够了！——谢尔格说着，也是不听她的话。——如果这样还继续下去，那这对于我却是不合适的，我将一切都送到鬼那里去！

——这是你对着我说的吗？……

——不是对着你，而是……

她忽然连一句话也不说，在马车行行中跳下去，倒转方向走去。

——鬼和你一块滚开！——谢尔格暗自说道，仍往前进行着，不向后边瞟看。他并且似乎高兴起来，这一种使他对自己抱愧的生活，现在由于这一次争吵，会自然地完结了。于是在自己的内心里，他并不再炊燃着反对柳德米娜的愤恨了。但是后来他起了一种思想，也许她走到为人找不到的地方去，或者因一时的气懑便投起河来。

他付了车费，便跟着走来，依旧感觉着一种大的对于玩把戏的愤恨，以为她无缘无故地使他深夜里跟着她后边跑。

柳德米娜望一望，望见了他在后边跟来，便加快了脚步，使他无论如何追赶不上。最后赶上了，他粗暴地抓住她的袖子，说道：

——你还要很久地玩这种把戏吗？我们回家去！

她夺开自己的手，叫道：

——放下我罢！

——在街上还行走着迟回的行人，他们在要转角的当儿，听着柳德米娜的叫声，停住了脚步。

——怎么，你要在街上撒泼吗？

——是的，我要，现在我统统都是一样了！——她泪流满面，这样叫着说。谢尔格见着她在这一种情状之下，真是什么事情都可以做出来：投河，自杀，真是在意料中的事。

——那么，我也就相当地对付你罢。

他紧握着她的臂膀，使她脱身不得，叫道：

——回家去了！

他这样粗暴地叫着，完全如乡下人一样，而且他还想打她一顿。

柳德米娜忽然完全寂静下来了，很服从地跟他走着。

一路中两人毫不言语地走着，相互间充满着愤怒与仇恨。当回到家来，谢尔格居然不帮助她脱衣，不说什么话，便自己脱起衣来，将帽子摔到桌子上。后来在屏风后的床上躺下了。在房间中是异常的静寂。谢尔格直躺着一些时，两手放在头底下。停一会儿，将屏风挪动一下，向房间里望了一望。柳德米娜依旧没有解衣，立在那他将她放下的一块地方。她的眼睛不动地盯视着，燃烧着枯燥的光芒。

他又重新躺下。但是他即刻听见了，她轻轻地将房门开开，蹑着足向走廊走去。谢尔格，这时只穿着贴身的内衣，一骨碌爬起来，恰在那她将要跑到街上的一瞬间赶上了她。他把她拉进屋来，毫不声响地将她的皮袍脱下，摔在床边的椅子上，使她不能再将它拿到手里，又重新躺下了。

始而寂静，停一会，他听见她急促地，带着气地，将身上的衣服脱下。经过五分钟，十分钟，房中没有一点儿声响。

谢尔格想道，如果她愿意一整夜不睡，继续这场滑稽剧，那么这是她的私事。但是后来他觉到从什么地方透进来一股冷气。他立起身来，看见柳德米娜仅穿着一件贴身的内衣，将身伸向着开了的窗口，深深地呼吸着气，为着要故意地冻成病来。

他走近她的身边，很粗暴地将她拉开窗口，说道：

——你老要这样吗？

她赤着脚立在他的面前，什么也不回答，只用不动的如石一般的眼光向自己身前望着。后来从她的眼睛里接连着流下来大的泪珠，落到她的手和内衣上。

谢尔格知道，如果他不要将这幕戏延长下去，只要走近她，向她告罪，那么一切事便都平静下来了。但是他不能压抑自己的愤怒与自尊心。并且他想道，如果如此做去，那他便不能将她抛开，如在路中所决定的一样。但是同时他知道，如果这样继续沉默下去，那实在更要令人难受。无论他怎样想将脸向墙壁转去，怎样想不再想及她，可是他终不能够。而且他不自觉地对她生起了怜悯来，她完全露着身体立在这冰冷的地板上。

——没有办法，只得安慰她一下，否则，也不知要弄到什么时候为止。——谢尔格这样想着。——唉，算了罢，去睡觉罢，——他向她说，——如果你不高兴，那我就在长靠椅上睡下罢。

他将枕头摔到长靠椅上，将柳德米娜拉到床上去。她如死人一般很听从地向床的边沿坐下，依旧用着死的，不动的眼光望着自己的面前，宛如不动的石人一般。

谢尔格向长靠椅躺下，故意地什么都没拿，也没拿盖被，也没拿卧毯，为着也要使她感觉得到，他躺在无任何遮盖的长靠椅上，也并不十分甜蜜呢。

谢尔格不记得，他昏沉地微睡了多少时，忽然醒转来了。但是他即刻又装做睡熟的样子。柳德米娜立在他的身边，手中拿着盖被，以为他是睡着了，向他望了很久的时候，后来轻轻地如同婴孩的母亲一样，用盖被将他的身体遮盖起来……

二六

第二天，谢尔格得知一个人民委员要到一个工厂去，在那里预备苏维埃选举，便利用这个机会，同着这个人民委员一道。

当他向柳德米娜说了这件事情，她静听着，毫不言语。她向窗口扭过身去，也就始终在这种情状之下。谢尔格竟未走向前与她辞别，而只从门限那儿说了一声“再会”便走了。

他们于晚间到了工厂，略迟晏了一点，因为汽车夫放过了路线，不得已回转来走了倒路。

他们走至工厂的一所大房子，那里院内统统堆积着陈旧的锈铁。谢尔格看见来往的人们，及那为着欢迎人民委员而扎着灯彩的阶沿。无数的年青的和年老的工作，他们互相拥挤着，满立着在那阶沿上。

谁个喊了一声："来了！"于是谢尔格便听见了一种很兴奋的，好奇心的喧闹。他由此起了两种感觉，这两种感觉很清晰地刻印着在他的记忆里：第一种感觉是，这一种高涨的，兴奋的情绪，这一种群众的迫不及待的期望，如同对于他而发着也似的。第二种是，他的那一种个人的生活，将精力消耗在一个人身上的生活，由这生活他感受了许多悲剧，这时对于他是异常地微小，异常地无意义。当他看见面前这些无数的眼光，这些迫不及待的，欢迎他们的贵客的情状，他便觉得柳德米娜所给予他的那种高尚的，异常的爱情，若一于他此时的感觉比一比，那真是异常地微小而贫乏了。

大厅中满悬着红布制成的旗帜，讲台上摆设着一张红桌子，这一切的布置建造了一种异常壮烈的，高涨的情绪。谢尔格看见了周围无数的面孔与眼睛，它们都是异常兴奋而好奇的，要看一看人民委员的真面目，是不是如像片上的一样。

后来无数的许多双脚就座的声音，主持都对于发问题者之急忙的答话的声音，这一切的景象引起了谢尔格脊背上的神经的颤动，宛如他觉着寒冷也似的。

呵，这是那一种伟大的生活，离开这种生活，谢尔格走入自己的小巢，而在那里停止住了。

当他向人民委员望着时，他还有一种奇怪的感觉。这是已经上了年纪的人，穿着很花色的上衣，领带也是很花色的。他走路的样子，没具着总长所应当具着的派头，而只现着很匆忙的神情，带着一副近视眼镜，其态度与常人一般无二。

谁个在他的面前也没有让路，仅仅他的身旁跟着招待他的主持者，就这样地他们挤入人群中去了。

谢尔格竟有点不愉快起来，他看见大家不让人民委员的路，而且也不再叽咕着，再向他射着好奇的眼光。他仿佛觉得这些工人们有一点轻视他的样子："呵，你看，这是我们的委员，总长，自家的兄弟，唉，这样一个平常的人。"宛如满足了好奇心，在阶沿上看见了他以后，他们便失去对于他的兴趣了。

当将人民委员引上讲台之后，又引上来了一个青年工人，完全是一个小孩子的模样，到他的面前，将他所画的画片给他看。

谢尔格看一看这些画片，——在这些画片上最令人注目的是色彩的细致，——不能明白这个没有受过教育的小孩子从什么地方得到了这个。他的手指是异常地不洁，而他有这种对于色彩的热情，他的笔锋是这样地细致与美丽……

工人们很矜持地将他指示与人们看，视他为自己的婴孩一样。这些工人们，他觉得，应视绘画为老爷们的胡闹，而现在竟这样地将它看重起来……

后来谢尔格记得，当大家听了人民委员的演说以后，一切冷静的面孔是如何地改变了。他最记得清楚那坐在第一排的一个老头子的面孔，他总是含着和蔼的微笑，不时向他的邻人瞟看着，用肘拐动他。按照着大厅中的那一种紧张的寂静，和在半明中的眼光，谢尔格感觉得一切的冷静都从大家身上飞去了，一切这样花样繁杂的群众，现在转变为整个的，生活在同一的情绪之中的集体。在人民委员的演说之后，整个的高涨的情绪燥发起来，顿时响动着震人的鼓掌与叫吼声。

然后他们被引到招待室里，人民委员与他与汽车夫们坐下一块儿晚餐，同在一个碟子之中拿着鱼吃。吃了晚餐，谢尔格走入为他预备着的安寝的一间小房子里。他开始从暖炉走到冻结的小窗口，从那儿走回来，来回地踱着。他完全将精神集中于思想上，在一个新地方，这些思想更要发生得清晰而有力些。他记起那个小画家的形象，他的思想特别地粘到他的身上，似乎为他所惊愕住了。他取出他到处都带在身边的纸簿子，写道：

“我们所知道的，仅仅是那人的本性能表现出来的，生育出来的一微小的部分。这是因为只有极少数的单位能够给予这个本性以全生命，能够在自己的身上听见它的声音。仅仅只有极少数的单位敢于相信它，生活着，服从它的规律。因此，人一直到现在所产生出来的东西，是异常地贫乏。因此，我们也只能够分出为我们所知道的种类：画家，建筑家等等。但是，当人在自己的身上展开了对于生活的本性，那时他将惊异它的意料不到的能力，那时他将产生很多量的，还没有命着名的东西。这是人类的新牌示，人类已经向这个新牌示进行着。”

二七

谢尔格记得，他那时在愤火未熄的状态中，决定与柳德米娜脱离关系，后来他从工厂转回家来，仍然很坚定地把持着自己的决意。但是当他越走近莫斯科的时候，他便越想象着，大概她正在经受很痛苦的心境，自然是一整夜都没睡觉罢……于是他又可怜她起来了。

本来在实际上，他是不对的，如果说句公道话，那他自然是把她放在一种难堪的，羞辱的境地。于是他便想无论怎样要解除自己的罪过。他已经想道，他转回家来，她本预备见着他那恶狠狠的面孔，忽然他向她说一些温存而安慰的话。她一定要乐得哭起来，扑到他的怀里。

但是当谢尔格到家的时候，房中空无一人。他问一问董娘，柳德米娜在什么地方。董娘说，自从她上工的时候起没有转来。可是已经晚上十点钟了。

谢尔格记得，这时他的第一个感觉，不是为她担心，而是一种失望与懊丧，他是这样坚决地，好好地预备着和她见面，而她却不在家里。

当她转回家来，已经是十二点钟的辰光。她知道了他回来了，然而她很久地在前房内脱衣，不即刻走进来看他，于是谢尔格觉到，说安慰话的机会已经失掉了。因为她不急于见他，这使他又不高兴地想道，“啊哈，你还是继续着这样子！……好，就随你去！……”

从前房走进来，柳德米娜问他，是不是回来很久了。她没提起关于过去的事情的一个字来。谢尔格期待着要忍受长时间的谈话，或者由于他的冷淡，柳德米娜又要流出许多眼泪来。但是他看见了，在柳德米娜的脸上，丝毫没有痛苦的痕迹，只是表现着冷淡的，不承认他的固执而已。她完全没有用眼睛与谢尔格相遇，只当他们说起普通的家务问题——这些问题与他俩争吵的事情完全没有关系——的时候，她向他瞟看了几下。

后来柳德米娜走入自己的卧室内，说道，她想睡觉。

谢尔格又发起火来，无论如何不愿将这种情绪平安下来。

——好，再好没有了，——他向自己说道，——至少，我此刻可以做一点事情了。

他向着桌子坐下了，可是他无论如何不能强制自己的思想走入自己所需要的方向。他不守着自己的意志，只管静听着柳德米娜在自己的卧室内做些什么事情。为什么那里没有一点儿声响，又为什么她毫不想妥协一下呢？在她的脸上没有看出什么，只是对于他的一种冰冷的，无所谓的神情，这使得他感觉着气愤。

他觉着在这种紧张的心境之下，由于他俩的关系没有确定，或由于他与这个亲近的人的关系已经完全破裂了也说不定，他无论如何也没有工作的心情。谢尔格走入柳德米娜的卧室，佯做一种样子，似乎在寻找什么东西也似的。

柳德米娜倚着衣橱，在那里不动地静立着，用着停顿住了的眼睛向自己的前面望着。他一走进来，她即刻改变了神情：她抽出来了抽屉，将腰弯下来，检点里边的衣裳。

谢尔格立在她的身旁，向她那弯着的窈窕的身子及柔卷着的头发望着，无论如何不惯于想及：两天以前，这个女人是那样地倾向他，预备做他的奴隶，而此刻她的神情却是这样地冰冷，如果他握着她一下，说不定她会喊叫起来。

他注意到她今天装束得特别漂亮：她穿着很精致的丝袜，一双美丽的，小小的皮鞋。这是说，在争吵之后，她还能到什么地方去，而且更为漂亮起来，那对于她岂不是统统一样么？

沉默延长了很久。最后，柳德米娜很快地抬起头来，用着生疏的，冷淡的眼光望着他，问道：

——你要用什么东西吗？

——我寻找纽扣，——谢尔格回答着说，而自己向他盯视着，表明事情并不在于纽扣。

——纽扣在红盒子里，——柳德米娜说了，毫不回答谢尔格的眼光，又向抽屉将腰弯下了。

谢尔格走出来了。

大家在两个不同的房间内睡觉。

第二天清早起，房间内布着令人难耐的寂静的空气，也不争吵，也不妥协，有的只是迫人难以呼吸的沉默而已。每一个人都做着为什么事情所忙碌着的样子，使这种沉默不致过于显现出来。

晚上，白赫来了。在他一进房来的辰光，柳德米娜即刻从脸上脱下冰冷的，不可捉摸的假面具。柳德米娜的面容这时放出了温存的，欣喜的，注意的光彩。

她即刻问道，他要不要吃茶。

她的这一种对于一个不相干的人的温存态度，同时她如同毫不觉察到丈夫的神情，这使得他不禁要愤火中生起来了。他宛如一个讨厌的吃白饭的人一样。对于别人，她有的是温存与殷勤，而对于他，却只是沉默而已。

白赫向写字楼前面的椅子上坐下了。他面向着坐在长靠椅子上的柳德米娜，开始用着自由的，高兴的，一个文明人拜客的声调，为她连说目前的事件，及他自己近来出门演剧的情形。

他们的对于谢尔格没有关系的谈话的声调，宛然将谢尔格除外，使他没有参加的可能。他只得坐在那里听着，听着他们两人中间是怎样地谈话。

他立起身来，走入柳德米娜的房间里，在这个当儿，他捉住了柳德米娜向他身后所溜的眼光。她一瞬间似乎完全失去对于白赫话语的兴趣，把他忘却了，注意力完全集中到谢尔格的身上，当谢尔格立起身来，走向她的房间的那个时候。

她的眼光显示着什么，不得而知，但是她的这一种尖锐的紧张的神情，在她对于谢尔格的一切冷淡态度之后，这是很可诧异的。

谢尔格，为着免于难堪起见，在客人面前告了罪，说，他想去做一点事情。

他随身将门带关起来，但是它缓缓地，不做声响地，又张开了。

在那一间房内的谈话寂静下来了，宛如当他在的时候，只可以做公开的谈话，而他一走开的时候，即刻谈起秘密的话来。

谢尔格自己也不知道为什么要如此做，他很响亮地推动房间内的椅子，但没有坐下，停一会他又很有响声地翻转几页纸，似乎他已经着手工作了的样子。但是他立在房子的中间，很经心地捉住每一个从别一间房里飞来的声音。

忽然他的一颗心次数稀疏地蒙混地跳动起来。他尖着耳朵听他们说话，听见他们的语气完全变样了。这一种谈话的神情，就如生怕别一房间内坐着的人能够听见的样子。

传到谢尔格的耳膜的，不完全是一切的话语，尤其是当白赫放低声音的时候不大听得清楚。只他一个人在说着。

——已经七年了呵……难道说你不相信吗？……我什么也不要求……我仅想在你困难的时候，能够在你的身边……总是这样的，谁个不看重，或者竟不会看重，那他就得着一切……而谁个视此为无上的幸福，为无价之宝，那他就什么都得不着。昨天的一个晚间对于我，是我此生中最贵重的一个晚间，而你，或者，竟没有觉察到这一层呢……

——不，我觉察到了……柳德米娜低低地说道，——但是不要这个样子，不要呵，我哀求你！……你答应了……

——当给予一个在无水的沙漠中快要死去的人一点水珠，他很饥渴地吞下，这难道说是他的罪过吗？……白赫也低低地这样说。

他还说一些什么，但是说得很低，谢尔格分不出到底说些什么。他的一颗心混乱地，剧烈地跳动起来了。

——不，不呵！……忽然听见柳德米娜恐慌的，轻轻的，然而是很坚决的声音。——无论如何都不行。

听见她在房间里走动着的声音，很显然地，她从长靠椅立起身来，停一会她用着常态的响亮的声音说道：

——似乎谁个答应了带我去看戏。

——礼拜六的戏票已经有了，——白赫也很高声地说。

在这时，叶林娜来了。同她一块儿来了一个带着细毡帽子的少妇。她的面容是异常地雪白，两手也是异常地细嫩，在她的腮上有一颗小黑痣。

她很娇媚地说道，叶林娜强拖她到一个不相识的人家里，她过一分钟就要走的。但是大家强迫她将外衣脱下。她的身量是很肥满的，她穿着轻柔的黑丝衣，好像没生着骨骼也似的。

她不愿意将帽子脱下，但是叶林娜硬从她的头上将帽子取下来，使得她只好难为情地理着自己散乱了黄金色的头发。

房间内热闹起来了。听见茶杯与茶匙的响声。眼见得饮起茶来了。

谢尔格觉得自己宛然是一个吃白食的客人，——眼看着主人家的宾客满座，热热闹闹的，而他却隔着壁冷静地坐在那儿。

砰然一声门开了，柳德米娜带着很高兴的面容，很高声地说道：

——出来吃茶罢。

——她的声音大过于响亮了，与其说是这要使谢尔格听着，不如说这是要使来客们听着。她说了这句话，即匆促地走开，似乎生怕谢尔格要向她发什么问题的样子。

谢尔格走出来，向新来的客人握了手之后，便向自己的位置坐下。

他的周围是很高兴地说笑着，而他坐在那里，宛如一个吃白食的人，大家要给他吃，给他喝，可是不一定要和他谈话，不一定向他温存着，殷勤着，如对于宾客们一样。

有一次谢尔格看见，白赫冷静而注意地审视着那个腮庞上生有黑痣的女人，当她与柳德米娜谈着话的时候。在她的腮庞上泛起了一层轻轻的红晕，这一由于她未被邀请而走入不相识的人家来，二由于她感受到这位著名的伶人向自己身上所射着的冷静的目光。柳德米娜很快地溜了白赫一眼（他即刻从这位少妇的身上将眼光挪开），仍旧很殷勤的样子与宾客们谈着话。

最后，宾客们都立起身来告辞了。

柳德米娜望着白赫，似乎她期待着他走得慢一点，与其他的客人们分开。

当他明白了她的意思，照着她的意思做了，她稍微眯着眼睛，轻轻地向他说道：

——在你所说的一切之后，难道说还可以对于别的那一个人发生兴趣吗？

——难道说这是兴趣吗？……这绝对不是的，无论在那一种什么情形之下——白赫轻轻地，然而很热烈地这样说。他还说了一些什么，但是说得很低微，谢尔格没有听见。

柳德米娜握着自己的手，急促地向他低声说道：

——我苦痛……苦痛，我使你烦恼，但是我没有别的法子啊。

——你完全不苦痛啊。——白赫说了这话，便忙着穿起衣来，避免与柳德米娜的眼睛相遇，而这时柳德米娜是望着他，期待着他什么时候看她，她好用眼光指责他所说的话。

客人们走了，柳德米娜的面容即刻从活跃的，殷勤的，变成冰冷的，不可捉摸的了。

——我疲倦了，想睡觉。——她向谢尔格说着这话，并没有用眼睛望他。

二八

他俩似乎逐渐相对着越发固执起来了。就餐时聚在一块，大家坐着或毫不声响，或说及一些普通的事情，在这个当儿，当董娘端菜盘上桌时，柳德米娜竟仿佛不听见的样子。

有一次，走入她的房间，谢尔格看见她面向窗口立着。他问了她一句什么话，她回答他，不转过身来。此刻他觉察到了，她的眼睛饱含着泪水。

现在他每一次出门的时候，她已经不问他向什么地方去，什么时候回来。但是每一次当要出门的当儿，他捉住她向他身后所射着的恐惧的眼光。当他回家的时候，有时很晏，桌上放着为他预备着的晚餐，而柳德米娜已经在自己的房间内向床上躺下，并且一听见他要走进自己房间的当儿，便迅速地将灯光熄灭。

她什么地方都没去，无论白赫如何请求她。她仅仅向他说，礼拜六同他去听戏。

白赫成了一个经常的客人。他的确向她表现出很动人的，热烈的爱情。他服侍她，如服侍病人或小孩子一样。他执行她的每一种略略露出来的愿望。

起初，眼见得她对于他的同情与待遇，是很不心安的，后来她却习惯于他，相信她的确是为他所需要的，他这些年来对于她的爱情，的确不是一种泛泛的欲望：她本没有给过他以可能的希望，而他却继续绕着她的身边，以她的一言一笑，为自己无上的幸福。同时，别的一个人，她给予他一切，却是异常地冷淡，或者在别的什么地方，他的面孔完全是别一样的……她由何知道？难道说普通夫妻间的吵闹，不是隔了一日，就一切都会忘记掉了的吗？而他却这样冰冷地，怨恨地对她，或者竟至于仇视她，如一个障碍物也似的……

她想将自己的被别人所抛弃的宝物的一部分赠送给他，但是每一次白赫对于她的接触，这接触是过于亲密的，比她所给他的为多，这在她的内心里引起了战悚，一个属于别人的，贞洁的女人的战悚。

谢尔格会一度出于自己意料之外地感受到一种愚笨的，不合逻辑的，兽性的妒忌，当他听见隔壁白赫低声与柳德米娜谈话的时候；现在又绝对地相信着，就是她毫不为别人的接触所摇动，对于他仍旧是很忠实的。

有一次，晚上回来，恰在白赫与柳德米娜之间发生了什么冲突的当儿，他听见很严厉的搬动椅子的声音。柳德米娜离开白赫很远，倚着窗口站着，用手蒙住了脸，否定地摇着头，厌恶地说道：

——不，不，不，走开罢，走开罢！……我不能够。

谢尔格一走进来，她即刻改变了神情。白赫也即刻辞了别，走了。

白赫有三天没有露面了。柳德米娜在一种什么烦恼的深思的情状之中。有时她走近电话机，但她即刻便战悚起来，如同想到不可能的及不能容许的事情，于是她宛然为内心的冲突所刺激着，用两手抱着头摇动。她有意地以工作来烦恼自己，比平常上工要早半点钟，回来要迟缓一点钟，并随身带回来许多工作，在自己的房间内坐到半夜的时候方就寝。

而谢尔格，如果在家里，虽然在近来这是很少遇着的事情，也是在自己的房间内坐着。在此种情状之下，只有两条路：或者即刻分离，或者即刻讲和起来。这种情状再往下去是不可能的。

但是谢尔格没有找出走近她讲和的可能性：这个女人的坚决的，非人性的固执，实在引起了谢尔格的固执，不愿有所让步。

忽然发生了什么，宛如在她的内里完成了一种什么烦恼的转变。她打电话与白赫了。谢尔格看见，她又很细心地装束起来，很久很久地梳理，自己的富丽的，蓬松的头发。脚上又穿起精致丝袜和黑颜色的，漂亮的皮鞋。

——你，到什么地方去吗？——谢尔格问她。

——不，我此刻什么地方也不去。——她回答着说，仍旧梳理着自己的头发，没有转过身来。——今天晚上到戏院去。

晚上白赫来了。她带着一种羞怯的神情迎接着他。

——你把我忘记了……

——不，我没有忘记你，但是……

——如果我不打电话给你，你将记不到我呢。——她这样说，在她的声调里已经完全是新的音符，不像当她烦恼地坐着，在她身边白赫不过是要着她的亲近的朋友的脚色那时候一样。她此刻露现着献媚的神情，她的眼睛似乎说道，他太过于急躁了；女人们时常有着情绪的转变，谁个会等待些，那谁个就可以得着呢。

谢尔格在他们交谈的情形之下，如一哑子，也许他们俩的态度对于他只有一种愿望，愿望他赶快滚到什么地方去，不要妨碍他们。他于是又开始发生了烦恼的，妒忌的火焰。在他的面前，他的女人居然对待别一个男子，抱着这种对谢尔格的态度，居然把丈夫不放在眼里，这实在未免太使他难过了。

他懂得她每一种小小的表情的意义，——她在白赫面前献媚。他看出她振作的神情，然而这使得他气愤，厌恶，在为这种振作不是为着他，谢尔格，而是为着白赫。他能很平静地做她的振作的证人吗？

她穿着一件美丽的衣服，盘着一条狭带，十分显出她的纤细的腰部和隆起的臀部。裙子是很短而紧的。因为她坐在长靠椅上，腿压着腿，使得裙子高高地张开，露出她的膝头，一直到那丝制的下衣，——谢尔格从来没看见过她这样。

她信乎不注意到谢尔格的存在，继续与白赫谈着话，用着完全新的语气。谢尔格觉得，她是很兴奋地笑着白赫所说的一切。她的裙子在腿上是张开得那样地高，而她宛如然就同没觉察到也似的。谢尔格看见白赫不时总向她这个地方射着眼光，不禁觉得异常的厌恶，简直不可以忍耐了。

但是，她一看见谢尔格预备走开，她的笑声便登时停止了。她紧紧地咬起嘴唇来。她急促地从长靠椅立起身来，竟没有听完白赫所说的一句话，便随着谢尔格走到前面来。

——你又要走开吗？——她张着燃烧着的眼睛向他问。她的高兴神情一秒间完全消逝了。在她的口气里，响动着挑动与威吓。谢尔格觉着他的一颗心是死寂了，而他的口也不知为什么干燥起来。在吵闹以后，现在他们俩第一次这样脸对脸地遇着。

——是的，我要走开。——他外表很平静地说。

——如果我请求你留下呢？——她这样问，似乎特别地说出“留下”这两个字来。

——干什么呢？

——不，别要问什么“干什么”，如果我就这样请求你呢？……

谢尔格明白了，如果他说一声留下，那他俩或者要调和起来，或者后来也不至于再发生什么事情。但是他的任性使他偏要追问“干什么”，有什么原因令他一定要留下来。

——这是说我的请求，我的唯一的请求，在我们中间发生事故以后，是得不到什么结果的吗？——柳德米娜问着说。她的眼睛忽然低将下来，很坚决地咬着嘴唇。

——你说，干什么，那时我或者留下，——谢尔格说。

她忽然转过身来，简短说道，“好，你走！”便向白赫走去了。

二九

柳德米娜回来很迟，比剧院闭幕的时间要迟得很多，她也不向谢尔格现在睡的一张长靠椅子看一看，便走入自己的房间了。

他从那没有掩蔽着的门缝里看见，她将衣服脱下拿在自己的手里，很久地向着面前望着，后来将衣服摔到床上，赤裸着肩臂坐下，向镜子很久地审视着自己的面孔，后来俯下头来，坐着不动。

谢尔格愤火中生，很坚决地立起身来，走至她的面前，想无论如何把这个问题完结一下，免得再延长下去。

在他走进门的当儿，坐在床上的柳德米娜惊战了一下，带着一种什么很野蛮的神情望着谢尔格。她的手自自然然地掩住赤裸裸的肩臂。她笔直地望着他，宛如生怕他走上前来于她并排坐下，或者用手摸她。

这一种用手将肩臂掩住的动作，使得谢尔格生气。

——你已经对我就同对一个外人一样吗？——他说。

柳德米娜不语，睁着眼睛望着他。

——你到什么地方去了？我等你一整晚上。

——是的，我一整晚上都在家里，我是从八点钟就回家来的。

柳德米娜用手摸着头，向他望着。

谢尔格摸摸她的面额，面额如火一般地烧着。

——你病了吗？

——是的，我病了……我病得很厉害。——她用着很奇怪的声调这样说，如同在热昏的状态中一样。她缩一缩脚，将身子轻轻地身前后摇晃着，睁着不动的眼睛，几次重复地说道：

——我病了……我病得很厉害……这是我的不幸，我的苦恼。但是今天……我试用了一点药。是的，我用了药！

她忽然很快地，如同热昏了的神情，说道：

——怎么办呢？只得医治，或是死去。没有别的出路。亲爱的，出路只有两个。我想活着……我喜欢生活，我喜欢它。但是在我的药品里是迟缓的死亡。

——什么药物？你说的什么？——谢尔格说着，挨她坐下，如同同害狂热病的人坐下一样，听着他说话，然而不相信他，但是他忽然想起来了，莫非她在叶林娜处吞服了吗啡，大概叶林娜是经过这种事情的。是的，大概是这样，因为她的眼睛失了常态，闪射着生野的光芒。

——完结得这样快——她苦笑着自对自地说道，——我的上帝啊，唉，完结得这样快，我老幻想着，我成为他的在世界上的最有用最贵重的人，不料经过了五个月头，一切都完结了！

——什么完结了？——他差不多叫喊着问她，她像要藉此以解除她的昏乱的状态。

——亲爱的，一切都完结了……一切！

——你向自己做了什么事情！？——谢尔格又叫着说。

——难道说现在反正不都是一样吗？……你总是整晚上不在家……而我，我是用着什么样的爱情来收拾我们的小居处……不过，现在这又有什么讲头呢？——她苦笑着说，搓着自己的双手。——现在我们是两无相见的人了……

她忽然竖起眼睛，宛然看见那在想象中所看见的东西，停一会儿，她不忍耐用手搂着自己的头，好像那无可能性的思想在她的头里如火热的铁燃炽着一样。忽然她又逼望着谢尔格。她的眼光一秒间改变了。这已经不是病人的昏乱的眼光，而是一个人为疑虑所苦，现在想面对面地将这事解释清楚，那一种坚决的，费思索的，尖锐的眼光了。

毯子从她的肩头落下，但她没觉察到这个。眼见得她毫不迟疑，而且自己已经决定她所猜想是不错的。但是她要紧的是，听见谢尔格的答复，看见他对于这个为命运所注定的问题之答复的神情。

——回答我……一个问题，——她说着，将眼睛尖锐地逼视着谢尔格。

——回答什么问题？

——你从前什么时候都不走出门去……你总是急于见着我……你总是问我说，你时常到什么地方去。从前我从没发生过疑问，因为我相信我们俩中间的感情，我觉得……那是什么都不必猜疑的……（她战栗了一下，宛如受了寒，或者起了可怕的思想）绝对不会有什么不好的，卑鄙的……我不知这如何说法才好。总而言之一句话，当时我相信你，我相信我对于你是最贵重的，唯一的，那时就使我问你时常到什么地方去，也只是想要就是在精神方面也和你在一道儿。但是一礼拜以前，当我看见你能与一个初相识的女人……让我说，你别动！——柳德米娜举起手来，很严厉地说，——那时我就完全明白了，那一整夜不落家之后，你总是常常外出的……

那一夜我是到工厂去的！——谢尔格粗暴地说。

——且慢！就打算是这样，但这并没改变事情的性质。我已经惯于这种思想，你无论如何什么新的东西向我也说不出来。——她迅速地添着说，——我想听见你亲口所说出来的实在话。男人本来不能经常地一个人过着……

——我也并不是一个人呀。

柳德米娜瞅了他一眼，如同等待着不可避免的打击也似的，咬着嘴唇，好像即刻就要淌出血来。

——你怎样并不是一个人呢？——柳德米娜轻轻地问，几乎难于听见。

——就是这样，和我在一块的人多着呢。俱乐部里，编辑部里，我都有工作，又时常到工厂去，到处都是人，而且与这些人们的会遇，能够给我活动的力量。

——是的，但是你如果没有亲近的人在你的身边，你究竟没有一个最重要的人呢。从前你的这样一个人是我，而现在……

——那么，既然如此，眼见得我们相互间不能了解。——谢尔格说。

——不，我们是很可以了解的……向我说实在话罢……仅仅一句实在话！——柳德米娜说，——我也不责骂你，也不吵闹……你有……（她停住了）你有别一个女人吗？……

谢尔格莫明其妙地提一提皮靴带（柳德米娜是不喜欢这种动作的），很诧异地举起了眉毛。

——哪一个女人？——很天真地问着，宛如提到什么扫屋的女人的样子。

柳德米娜沉默了一会，向他望着。

谢尔格最后明白了她的意思，很爽直地说道：

——啊哈，是这一种意思吗？……不，一个女人都没有。

很显然地，照着他的神气，她看见了他的确是在说实在话，不禁面容忽然惨白起来了。

——任谁个都没有吗？……——她用着奇怪的，懊悔的神情问他，似乎谢尔格在她的面前是纯洁的，而她却做了不可挽回的错过。后来她很苦痛地懊悔着说道：——我的上帝呵，既然如此，为什么又要那桩事情！……

谢尔格现在明白了她的惊叹的意义，但是当时他所明白的却不如此。

——我是怎样地苦痛着，当想着你离开了我，而走向别一个女人那里去！我是怎样地苦恼，怎样地仇恨你，而且想着要向你报仇，因为你破坏了我的崇高的希望。我的唯一的生活的幸福，是在于能够确定地想道，有一个人一生完完全全地仅仅属于你……唉，当我想象着你同别一个女人在一块，我是怎样地苦痛啊！不料忽然……——柳德米娜将双手紧抱着谢尔格的颈子，牢牢地贴着他的身体，如同重新找到了宝物也似的。——我的上帝啊，难道说一切都是这样地平安吗?！——她这样说了，宛如她还不能相信以为真的样子；坐在床上，总是向挂着神像的地方望着。

她留存着这一幅神像，不知为着何故，她从没向它祷告过，因为她是一个不信神的人。她曾说过，这是对于母亲的纪念物。仅仅在很少的，最为痛苦的时刻，她将它取下贴在胸前，或向它审视着。

——啊，这是怎样地好，怎样地轻快！……——她忽然沉默下来，将眼睛闭着，将嘴唇抿着，又战栗了一下。停一会，她用着一种什么后悔迟了的神情说道：——既然如此，为什么要发生了这一切事情！……我不愿意呵！不要这样……——她说着，勉力地摇了一下头。

她忽然拼命地吻起他来，吻了便哼着向枕头躺下。他们的拥抱从没有像这一次这样地热烈，这样地紧张过。她仅仅偶而摇动着她那头发蓬松着的头，叫道：

——……这是怎样的可怕……怎样的可怕！……

谢尔格现在才明白了这些话语的意义，但是他现在依旧不能明白，为什么这些话语是那样地感动她呢？

第二天早起，柳德米娜先于谢尔格起了身。她宛如新婚的样子，脸上充满了笑容，眼中闪耀着光彩。

在上工之前，她向长靠椅坐下，这是他们亲密的谈话的地方，将谢尔格喊到身边来。

——我想要向你说些什么。——她红着脸说，——我们的生活曾扰乱一下，但是现在我不怪你，而怪我自己。我做了愚笨的事情：我曾设想道，我们的生活是完全的我们的灵魂的溶合，由此，那我或你便不再需要任何人，若别人对于我们有了什么接触（她的面孔起了惊慌之色，但即刻很快地消逝了。），那简直是讨厌，不能忍受，而且是罪过的。但是现在我看见了，你不是这样的一个人，你除我而外，还需要一些别人们，完全不为着那个……我明白了这一层。但是……——她停住了，宛如她预备坚决地说出她的思想，然而一时转不过气来。——但是如果就使你需要她们，存着别种意思，——我是指女人而言，——那这是我可以忍受的，如果我能知道一切实情，如果你毫不隐瞒我一点！你将听不见我对于你说出一句指责的话，我想做你的，就作算不是唯一的，也要是最贵重的。我是那样地无知，——她苦笑着说，——居然相信这种幸福的可能性！但是现在的人们是别一种人们，眼见得这种幸福是没有的，而且是不会有的。……我仅仅恳求你一件事：让我们从此下去，我们中间只存在着一个真实。到什么地方去，同什么人说话，这都随你的心愿，仅仅不要瞒着我就好了。向我述说一切。在我对于你的无涯际的爱情的名义之下，我领受一切。

她说着这些话，在她的眼眶内满含着泪潮。

——你与白赫没有什么吗？——谢尔格说，——我们相互地开始了完全的真实的生活，那我向你说句真实话，关于这件事情，我是绝对不指责你的。

柳德米娜很惊恐地望着谢尔格，宛如她等待着这个问题的样子，便不让谢尔格将话说完，连忙向他说道：

——我向你发誓！……你怎么能想到这个呢？我不爱他……我怎样能够……在那件事情之后……（她的脊背又战抖了一下）。但是，实在的，我时常想道，当你离开了我，我是不是要保持着自己，为着一个不需要我的人呢？我是不是可以把一点小的部分给予那个需要我的人呢？这对于他是伟大的幸福，无偿的赠品……我可以不可以这样做呢？这对于我是最可怕的创痛，因为我知道如果是这样，那我将不能是再属于你的了。这将破坏我们所有的关系……就使我们又和好起来，那你也不能视我如你的唯一的人了。我对于你将低下了一层……再决不要说起这事情罢！……——她用着力气这样添说道，——决不要说起，你听见了吗？也决不要想到这一层罢！我自身如我对于你的爱情一样，是永远的，真正的，纯洁的……

——你有了什么药呢？——谢尔格这样问着，觉得他的一颗心宛如被刺动了一下，对于什么害怕起来。——难道说是吗啡不成吗？……

柳德米娜向他望了一些时，后来说道：

——是的……吗啡。

——你是怎样地愚蠢呵！难道说可以这样吗？……

谢尔格向她说，从这一天起，他将向她完完全全说着实在话。他说着这个，却没预见到结果如何。

三〇

在他们的生活里，开始了新的阶段。那在意识里是一种什么不习惯的，非常的事情，——两个人中间能够存在着完全的真实，能够相互告述一切，而不视对手方为自己的私有者。已经经过了一个月的光景，他们的生活没起过一点点的云雾。

谢尔格仿佛看见一个新的人，朋友和同志。这个新的同志领受他一个整个的人，包括灵魂上坏的与好的方面，虽然这些方面有许多是未被说出来的。

对于谢尔格，这是很宝贵的事情，就是能有这么样一个人，可以向他说出自己未曾说出的话。谢尔格很宝贵地意识到，他能在一个人的面前勇敢地说出一切，说出连他自己所不十分了然的，那内部生活的角角落落。

他们说起一切，但是柳德米娜多半要把谈话引到爱情方面去。她问他对于女人的态度，除开她而外，有没有过女人，是不是在别个女人的身上，谢尔格也曾偶而地发生过欲念。

谢尔格高兴自己能够向她说出一切的事情，便说在这一种关系上，他有一种莫明其妙的感觉：他总喜欢与女人们发生接触，自然这不是在坏的意义上，而是在纯人性的意义上，同时他的男性的部分的感觉依然是存在的。

——当你爱我的时候也是这样吗？

——是的。

——这真是奇怪，——她用着这样的声调说，宛如她简单地听见了一件有趣的事情，不引起她的任何痛苦来。

——我总是觉得，我们的心理，因为公众生活的改造了，不能依旧地还像先前一样，先前的生活的条件完全是别一样的呵。这是不可避免的。在这一种范围里，也许成熟着完全别一样的关系。本来如果我们允许我们自己行动着，如我们在什么地方私地所感觉到的，心里所愿意的一样，那我们现在的生活将要成为别一种面目的呢。但是我们太过于惧怕离开旧的，那我们的父母和祖先们所藉以生活的东西；就使在这一个范围里，我们破坏了一切，而在别一个范围里，我们却仍保留着整个的内心的惧怕，别要看外部分已经起了暴动。

——但是你的这种欲念，这种情绪是偶而即逝的吗？你不想将它们延长下去吗？——柳德米娜问，——例如你同那一个姑娘，爱玛？

——丝毫也不想。当我走到什么地方，那儿有许多年轻的女人，姑娘，我不过简单地感觉到一种与她们内部的接触，如普通与群众的接触一样。不过这种接触外加上了一套薄薄的，不可形容的愉快的彩色。如果我走近哪一个女人，那我对于一切人们的亲近的感觉依然保留着不变。我对于女人的态度是很纯洁的。我以为基督教给予了人类以不可救药的毒害，它毁谤了，而且弄污秽了人类的高尚的感觉，从这感觉里可以生出诗意，快乐，及一切创造的活动。就是现在我们的国度里，一般不信神的人对于爱神的态度，还是以它为不值得什么也似的。很少很少的男人，能够在谈到女人时，不发生很卑污的，两种意思的微笑。我向你说，我们的荒淫的青年，虽然他们太原始地看着爱情，究竟比那些浑蛋，那些要保留道德仇视现代风俗的浑蛋，要纯洁得一千倍呢。青年们对于这些关系，决不存着以此为罪恶的观念，而这却是很重要的事情。其它的一切是会慢慢来到的。

——这是怎样地奇怪啊！……——她沉思着这样说，在她的额上皱着一种什么很困难的思想，好像她自己不能解释明白也似的。——既是这样，照着我的意思，那是没有什么可怕的……罪过的……如果在一种什么冲动的或怜悯的影响之下，有时回答自己的，偶而的感觉……你就这样的做去……——她很十分费力地这样说。

——这其间，普通是没有什么可怕的，尤其说不到罪过。在这些事情上，我们应当消除一切神秘的恐惧。说来说去，你自己为着自己，是可以回答这个问题的呵。

柳德米娜等待着他回答的那种神情，宛如生怕他的答案不如为她所愿望的一样。这时她默着不语，牢牢地，感激地，搂抱着谢尔格的颈子，用全副力气紧贴到他的胸部。

这些谈话对于他们是最愉快的。

但是柳德米娜关于自身，差不多什么话都没有说，如果谢尔格问起她以前的关系，那她不过轻轻地回答一下。她总是说，在谢尔格以前，她没爱过任何人。

她与白赫的关系很急剧地改变了，当他第二天打电话柳德米娜，她很惊惶地向谢尔格摇着手，叫他说她不在家里。

——我此刻不能够见他，他使我感觉得不快。——她说。

但是过了几天，白赫终于来了。柳德米娜对他，与以前完全两样。在他面前，她成为急躁的，烦恼的，无耐性的人了。无论白赫说了一些什么，都引起了她的反对。当他开始苦诉衷肠的时候，她总是默不一语，背过脸来。如果这时谢尔格在别一间房子里，他便走近她的身边，很惊惶地，哀求地问她，她到底怀着什么心事。为什么有这样大的改变呢?

当她听见他在前房的脚步声，她的面容上即刻呈着惊惶之色，她的那一种自然的，简单的态度也就即刻消逝了。

白赫现在现着苦恼的，恭顺的模样，他来到柳德米娜家里，依旧是先前那样小心翼翼的。有一次，谢尔格出人意料之外地走进了房内，——在这个当儿，柳德米娜和白赫两人没有做声。——他看见了白赫的眼眶是湿润的。

现今白赫来到他们的家里，总是这样苦愁而凄惨的样子，宛如他有了不可医治的悲哀或不可挽回的遗失，——柳德米娜在他走了之后，很久不动地坐在长靠椅上，有时立起身来，现出一种悔恨的神情，用两手紧抱着头，在房间内很急躁地踱来踱去。

有一天谢尔格问她，到底是一回什么事情。她不禁战栗了一下，因为她没听见他什么时候走入房内；她很惊惶地向他望着，好像一个人为一种思想所包围着，没有看见他身旁立着别一个人的样子。她竟在几秒钟间用着惊惶的眼光望着谢尔格，后来眼见得她放了心，改变了别一种神情，很疲倦地说道；

——我会不愿意……将一切事情都告诉你。但是，既然你问起来了，那我也就应当告诉你，在我们这之间不应有不说出的什么事情。

她很苦痛的样子咬着嘴唇，停一会，她照着自己的习惯，将头用力地摇动了一下，逼视着谢尔格，说道：

——我会告诉过你，白赫几年以前……曾在我身上发生了兴趣，但是我……我却不愿意做他的玩具。现在他遇着了我，总是哀求着我，要我允许他做我的最忠实的朋友，他将在内心里隐藏着对我的爱情，如同隐藏着宝物一样，永远不向我提起一个字来。他说，我应当知道，他的生命每一分钟都是属于我的，在世界上，除开了我，一切女人对于他都是不存在的，只有一看见了我，他才能生起新的力量，当他看不见我的时候，那他便失去生活的欲望，他觉得他可以走到罪恶的途上，可能堕落得不堪，可以毁灭自己。

——总而言之，这是为你时常所说的，那种爱情的魔力罢。——谢尔格说。

——是的，——柳德米娜很急促地这样回答着说，仿佛她生怕在这种思想里停住了。——当我同你结合了之后，我觉得我有了保障，便允许了他做我的朋友。但是……不料又开始了新的悲剧：他苦痛着我属于别一个人……属于你……当他服从自己的命运，向我表示毫无私欲的爱情，一切都和平地过去，那我……也就很好地待他，但是当他跪着哀求我的时候，那他便成为我所厌恶的人了。

她两肩又抖战了一下，沉默了一些时，咬着嘴唇。

——当你……你走开了，到工厂里去，没有向我辞别，他又开始哀求我，于是……我讨厌他在我的跟前。我曾有过思想……我已经向你说过，就是我曾想到，我的身旁有着这么样的一个人，他对我怀着非常的，忠实的爱情，我已经能够试验了它许多年份。如果我向他让步，这对于我的最崇高的心灵，是不是一种背叛呢？虽然我不爱他，但是为着他的伟大的爱情……本来时常可以向他发生一种怜悯的冲动……对于你，发生一种反抗的心情。尤其是你不能估量我所给你的价值，我将全灵魂献给了你，预备溶化到你的身上，把自己完全消灭掉……

她又停止住了。用舌舐一舐干燥了嘴唇，又继续说道：

——于是我……几几乎……但是你回来了，我们又开诚布公起来……真实地互相解释，打破了疑团。我觉着我又纯洁起来了，消灭了一切的迷惑。

——当谢尔格此刻记起这一次的谈话，他瞭然了一切，可是那时他除开柳德米娜所说的，什么也没看见。

这样和好后的，开诚布公的，新的关系的结果，是：一方面柳德米娜怕难为了谢尔格，不再问他到什么地方去，什么时候回来，同谁个在一起。但是在别一方面，谢尔格得有向她告述一切的义务，并且较以前为详尽些。除此而外，他似乎为了这一种新的关系所束，一定要分给柳德米娜较前还多一点的时间。

如此，柳德米娜现在知道他的一举一动，而他却失掉许多工作的时间，较以前更为不如。在这一种艰难的改变之后，谢尔格当然不能一下工回来，便拿起书本读着，不先向她说一些话。

三一

有一次他俩坐着等待着中餐。这是一个什么节日。柳德米娜说，她现在是异常地安静，她的生活是很光明的。

——你简直不能设想到：在这以前，我差不多没有一分钟不为着我们的生活而恐惧着呵。但是现在，在我们这一种完完全全推诚相见的关系上，我的这一种永远的恐惧却消逝了。

她停住了，仿佛不决意即刻就说出来。

——……但是你知道，我最怕的就是你能遇着一个很好的女人。对于我，那是不可救药的打击，若我知道你随便遇着了一个什么女人，而即向我变了心了。就是你在精神上与那一个女人接近，这也是使我惧怕的事情。至于在一种情形之下，好的女人，不待言，更是危险的……

——你怎么能够这样说呢？——谢尔格说，——如果我与哪一个女人没有什么精神上的接近而走向她的面前去，那是证明我的灵魂是龌龊的，——他说着这话，心境不安起来，寻找香烟吸，然而烟盒子里是空的。

——龌龊的也罢，只要是我的，总比那纯洁的，然而是别人的为好些。——她说着这话，现着坚决的神情。但她即刻接着说道，——自然，我有点胡说，但是这由于我怕把你失掉了啊。

——且停一停，我且买一买烟就来。——谢尔格说。他立起身来，将帽子带上，将牛皮的上衣穿上，便走了出去。

这是他们同居生活的第七个月。在他们的生活里，两个月过着充满幸福的生活。

这是初春的时分，在街上，谢尔格一下子就被阳光所沉醉住了。从屋顶上流滴着晶明的水点。清道夫净扫着街道。小孩子们蹲着，用着棍子在小小的沟渠里放驶小船。晴蓝的天空掩盖着屋顶，教堂的放着金光的十字架。

这是一年的季候，从清早起，在尚未十分清明的空气里，已经荡漾着春意，日光浸射到每一个空隙里，炫耀着人们的眼睛。

一到晚上，在日落悄静的辰光，天空呈现得异常清明而平静，料峭的春寒又紧张起来。在教堂的金色的顶尖，那上面还隐约着黄昏时候的金黄色，渐渐地浓布着日暮的寂静。

谢尔格停住了脚步，呼吸几下新鲜的空气，向那无涯际的，蔚蓝而清洁的天空望着，那儿正飞跑着几朵一尘不染的白云，于是他感觉得一时间与这个无涯际的，新鲜而清洁的天空溶化起来了。

忽然他惊异地睁了一睁眼睛。迎面来了还带着皮帽穿着皮袍的爱玛。她也知道了他，于是在她的鼻头上，即刻显露着欢欣的，略为诧异而微笑着的皱纹。

——哦，这样地巧呵！——她叫了一声，迫不及待地跑向前来，拿起了谢尔格的手。他握着她的手，两个人笑将起来，自己也不知道为着何事。

她戴着手套小小的手扶一扶掉下额来的帽子，这一种神情就好像冬天的时候，小孩子滑着冰，用手扶那遮掩到眼睛来的帽子一样。

——这样，我们的同盟还没有解散吗？——爱玛说着，由于微笑露出了那白如玉米的牙齿，腮庞泛起了一层红晕。

——是的，一点也没有解散呵。——谢尔格说。

似觉没有一种特别的原因，使得他们这样地高兴。但是春阳的光辉，天空的晴朗，春天的感觉，这一切都产生着莫明其妙的，欢欣的情绪。

——你住在此地不远吗？——爱玛问。当谢尔格指明了她，她很高兴地叫道：——哦，我们差不多是邻居呢！走，送一送我，我们差不多就在并排呢。——爱玛说着，把谢尔格上下打量了一下，见着他比她高了许多。她给了臂膀，要他挽着她，因为在这时经过结着水块的路。

谢尔格想说他出来是仅仅为着买香烟，他的妻在家等着他吃饭……但是他觉得说出这些话来是很难为情的，而且就是耽搁也不过几分钟，既然她是住着很近的。

——苏娘在什么地方呢？——谢尔格问，宛如他问起了自己的姊妹，或一个什么亲近的朋友。于是他即刻也就将这种感觉说与爱玛听了。

——是的呵！——她很高兴地回答着说，瞧了他一眼。——我也是这样感觉着。完全和兄弟姊妹一样，略有一点儿不同，——她很天真地加着说。——是的！我忘记了向你说，你很与我的丈夫相像，苏娘也是这样说。

——怎么，难道说你已嫁人了吗？而我还把你当作姑娘，小小的姑娘呢。

——呵，大家都把我当这样，——爱玛说着，微笑着将鼻子皱一皱。——殊不知我是一个刮刮叫的在机关里办事的人，而且在建筑学校里读着书。你看好不好，让我们今天在一块，共同到戏园去听戏去。

——妙极了！——谢尔格说。

——爱玛想说什么话，但是为谢尔格的牛皮衣所引诱住了。

——这是什么？牛皮吗？——她问。

——小牛犊子的皮。——谢尔格回答了她，两人不知为着何故，又笑将起来。

——谢尔格走回家来，完全是具着别一种与走出门时不同的情绪。在这一种高涨的，活跃的情绪之中走回家来，使得柳德米娜很诧异地望了他一些时：买了一下香烟，得着了什么天大意外的好消息吗？为什么他出去了这般久？香烟在巷口总是有卖的。

——你到什么地方去了？——她问。

——我遇着了爱玛。——谢尔格说。先前他或者不向柳德米娜说这一次会遇的事情，因为她对于这一层总是很担心的。但是现在他们既然在推诚相见的关系之下，当然没有什么隐瞒的必要了。

——那一个爱玛？——柳德米娜问。在她的脸上显现出不愉快的惊异。

——就是那个，就是那一次在叶林娜家里的那个爱玛。

——怎样呢？

——我送了她一程。

——奇怪……——柳德米娜说，耸一耸肩。——你们难道说那一次以后又见过面吗？——她这样问着说。谢尔格看见了她担心的，等待的眼光。他忽然觉得在他与柳德米娜之间，又放下了一层障幕，于是他的内心里又跃动起来了对于她的不愉快的感觉。

——没有，没有再遇着过。

——既然这样，那就更为奇怪了。——她说，将肩耸一耸，没有觉察到谢尔格的情绪的转变。——遇着了差不多一个不认识的姑娘，她便将你拉去，同时妻在家坐着，什么也没想到，正等着你吃饭。这是表明任何一个女人都能将你拉去，你也就可以跟着她走，随她所欲。

——什么叫做“拉去”呢？——谢尔格说，——我自己送了她，就是这么一回事。

这一种不愉快的谈话，现在更使得谢尔格不便于说他不但送了她，而且他们已经预备今天晚上到戏院去呢。这是不能够向柳德米娜说出来的。这将使她更怀疑起来，而且又要像先前一样，不知要弄到什么地步。

为什么她要说出这些话来呢？她自己强逼他说谎。现在他不得已只得说，他今天晚上有一场会议，回家来恐怕要很迟。

——你本是自己请求要说真话的啊。我现在向你只说真话，而你因点小事，就要说起一大篇的话来。

——但是，我的亲爱的，你究竟要承认，这是很奇怪的：第一次看见……好，第二次，——她连忙这样说，当她看见谢尔格要否认的时候。——便和她忘了形，不愿及家中正等着吃饭。当我们正谈到好处，想后来不至于忘却，而你却……

——反正对于你不是奇怪，就是不能容受。为什么你要说一些侮辱的话，什么“拉去”，“忘了形”呢？……

——不，不，我相信你，——她急着说道，——不过是……我哀求你，只要说实话！

别要看她说了这些话，谢尔格觉着还是不能向她说同爱玛到戏院去的事情。

——啊，这是本地方谁个寄给你的一封信。——柳德米娜说着，便将一封封面为女子所写的信交给他。她开始吃起汤来，仿佛生怕他会想到她要知道信里写些什么。而谢尔格将信放下不读，因为他记起来了，她不喜欢在就餐的时候读什么东西。

但是柳德米娜不知何故，总是向这一封信瞟望着。

餐后，谢尔格将信拆开了。这是编辑部通知在本星期末要开会的通告。谢尔格将信封摔在桌上，而将信纸丢到纸篓里去。

三二

谢尔格第一次很尖锐地感觉到，就是对于自己最亲近的人，那完全建筑在真实上面的生活，也是不可能的。此刻因为她听见了谢尔格与爱玛遇见了发生不快，谢尔格便不能再告诉她，说他今天晚上要同爱玛到戏院去。我们假设一下，他向柳德米娜说出这件事情，那结果是怎样的呢？

那结果是：第一，她要说“眼见得事情不是这样地简单，既然你们到戏院里去”……第二，那她要想到，为什么他不在起初而到现在才说出戏院的事情来呢？这是表明他想要把这事隐瞒下去，但不知他为什么又想开了。但是在谢尔格一方面，他所以未把这事告诉她，不过是怕要因这点小事发生什么事端罢了。

这种欺诈一定又要拖长下去：他或者应当向柳德米娜撒谎，说什么他今晚上要去开会，或者他应当向爱玛撒谎，说他因为开会，不能和她到戏院去。在事实上，他不能向爱玛说起他与妻争论的事情。他不能说因为怕使得柳德米娜生气，所以他不能践约。

小小的欺诈会随身引起了一大串的欺诈。

同妻过着完全真实的生活，眼见得是特别困难的事情，这是因为在他与柳德米娜的关系上面，放置下了根本的虚伪。这虚伪就是在于他俩人生观的不同：对于她，他是她的生命的唯一的，最高的意义。而对于谢尔格呢，那她不是他的生命的唯一的，最高的意义。

如果他能完全向她说出实在话来，那他便应当说：

——我不能将我的生命完完全全地给予一个什么人，因为那样我将失去我自己。我将失去全世界，失去在它中间的活动。你在崇高的爱情的名义之下，为着我一个人，拒绝了全世界，想时时刻刻完完全全地占有着我，可是因此你也就妨碍我的活动了。

但是这一种实在话，决不能向她说出来。如果向她说出，那便要即刻离开她。但是在他们的关系这样转变了以后，离开她岂不是很狠毒的事情么?

谢尔格还觉得柳德米娜的处境，比他要好一点。她是很公正的，因为她不必隐瞒什么，她所有的只是对他的爱情。对于她，除开这个而外，什么都是不存在的。然而他却燃烧着青春的欲望，倾向于每一种的印象和感触，在事实上，究竟不能将这些印象和感触都完完全全地告述于妻知道。

对于她，大概是，那一种背叛他的思想是不可能的，因为她在内心里是太贞节的了。也许她的贞节本能地是受着基督教的影响。因此对于她，别一个男人与她接触了一下的思想，都是不可能的。

他却没有这样的情绪。对于他，在对于别个女人的关系上，没有什么不可能的事情，虽然他与柳德米娜同居以来，没曾有过一件这样的事实。

但是，究竟他的根本的情绪是与她的情绪相冲突的。他喜欢人群，而她却只倾向于他一个人。

因此，只要谢尔格稍微放坦白一点，那就要将他们引到碰壁的路上：嫉妒，气恼，悲剧就要接踵而起了。

——我一桩事情不明白，——饭吃了以后，谈话眼见得又转到爱玛的身上去，她向谢尔格说道，——如果有人向我说，说我为着你应拒绝世界的一切，那我绝对毫不思索地就做到。无论在什么情形之下，我是决不能想到要使我的亲爱的人忍受一点苦痛的。我明白你一定要与别的人们接触，我不是指着女人而言（谢尔格明白她指的就是女人），但是这并不是一定必要的事情，可以因为爱我的原故，把什么东西抛弃一点。自然，这是说如果你爱我的话。如果这个爱情对于你是贵重的。来，让我们度量一下，对于你是哪件事情贵重些：我们共同的生活，还是在我们关系之外，你所得到的快乐呢?

——这并不是快乐呵！——谢尔格说，——这是生活所赐予的，这是生活以之为滋养的物料。

——而我不滋养你吗？我不给与你什么吗?

问题碰了壁。

或者说：“是的，你不给与我什么，你不能企图将你自己来代替整个的世界。”或者说，“是的，自然啰，你是我在生活中所领得的最大的赐予，我为着你可以拒绝一切!”

无论他们从什么原则上的，最和平的谈话开始起来，结果总是要互相指责的，因为一说了真话，那便显露出来谢尔格并不用全副心力趋向于为她所趋向的东西。

不得已只得在“完全真实”的旗帜之下，将真实分为两种：无危险性的真实和有危险性的真实。

不得已只得用起策术来，将一切有危险性的真实免去，而佯做着样子，表明他所说的就是真实。

此外，谢尔格为要说实在话的感觉所疲惫住了。他一方面虽然要隐瞒些什么，但又怕没有把话说尽会使她后来要说他隐瞒了什么，没有说出来。

例如她交给了他的这一封信的事情。

在他们的话锋抵触了以后，沉默了一些时，她又向他问道：

——你接到的是一封什么信?

很显然地，根据着以上的谈话，她的思想自然要走到这一封信上来。

——编辑部开会的通知书。——谢尔格说着，将头转过来向她望着，谨防着她再说什么什么话。

——为什么你吃饭的时候没有将它拆开看，难道说你已经晓得了这是通知书吗?

——我没有拆开看，是因为你自己时常教我不要在吃饭的时候读什么东西。

她望着他的那副不高兴的面容，停一会将头低下，咬着嘴唇，用手指卷那香烟的废纸壳。

——你又生什么气呢?——她说着这话，未将头昂起来。——我不过是觉得你没有读这对信是很奇怪的……

——这并不是信，而是一个简单的字条!

——都是一样的……

——不，这并不一样，因为……

——我不明白，为什么你要这样生气，如果这是一个简单的字条?好，这是简单的字条，我并不要争论这个，我仅仅说我觉着奇怪：你统统都向我说，而关于这封信一点儿也没有提起，所以我问起了你。

——我生了气，是因为你说话的神气，又猜疑到了什么也似的。并且我向你说，时时刻刻向你报告一切，那是不可能的事情。——谢尔格说着，觉得不必说这些话。但是柳德米娜延长了谈话，使得他不能去通知爱玛，说他因为意外的会议，不能同她到戏院去，这的确使他发起火来。

——啊哈，是这么一回事！……——柳德米娜脸白起来了，说：——原来是不能将一切的话都说出来吗？

——我并不是如你那样的意思说“不能”！

——是什么意思呢？——柳德米娜问。

——谢尔格因为生了气，又想到爱玛在等着他，弄得糊涂起来了，忘记了他所说的意思。他想立起身来走出门去，但无口实可藉，——香烟既然有了，而别的口实当然一时想不出来。

——既然如此，那么当我享乐于我们推诚相待的时候，你却没把一切的话说出来罢？……

——唉，你又麻烦起来了！——谢尔格说完这话，不知再向她说什么话为好。

柳德米娜暗自想道，既然他回答不出来所说的话是什么意思，可见得他有不可以告人的事情。他可以直爽地将这封信给她看看，而他不知为着何故，偏偏没有给她看……

谈话很勉强地中止了。眼见得她保留着印象，以为这对信有什么花头在里面。

如果猜疑没有十分真凭实据的时候，如对于这一封信一样，那么总有一点微微的“根据”，对此应当谨慎从事，不必再争论下去。

于是他们的真实便转入到很精细的政策了。他们只得先计算一下，在一种什么情状之下，可以算是真实的。这种关系的结果是，他们宛如两个敌对的兵士一样，虽然谈着话，但是在他们的靴统内藏着刀，他们很仔细地互相监视着。

谢尔格心动了一下，忽然想道：他们的真实不是单方面的吗？谈话时，总是她向他问些什么，而他不问她……他关于她知道一些什么呢？等于一点都不知道。他知道的仅仅是她关于自己所说的话，他怎样能知道她与白赫关系是怎样的呢？能够如他相信她的样子，相信她的话吗？他自己有时不得已也只得撒谎呢。……

这一种思想刺动了他，他走入了别间房子，佯做着寻找铅笔的样子。

既然这种真实是单方面的，那她并不是这样的地纯洁，也许，她……——谢尔格不禁这样地想着：——也许他的真实只是利于她侦探他而已。她当然好利用着他的完全的真实，为着能知道他的一举一动。“这是怎样混账的思想呵！我不应当有这样的思想!”——他自对自地说完这话，便走入柳德米娜坐着的房间来。

她，没有看见谢尔格走来，坐着谢尔格书桌了旁边的椅角上，眼见得她从长靠椅跳到这儿来，为着要一听见他的脚步，便又向长靠椅坐转来。她一手拿着这一个女人笔迹的信封，一手急忙地，如小偷一般地，在桌子上乱翻着。一看见了她身后边的谢尔格，不禁白了脸叫了一声，这样，信封仍留在她的手里。

——没有来得及吗？……——谢尔格残酷地笑了起来，说完话，便拿起帽子走出门去了。

三三

柳德米娜惶恐地见到他们的关系又破裂了，一种什么命运注定的力量将他俩越分开越远。

从那一天晚上起，对于她的那种可怕的分歧，更很快地走入完成的地步。

这是谢尔格要为俱乐部写报告的那一天晚上。谢尔格看见青年们把俱乐部装修好了，便都如无事可做也似的，想再将他们振作起来，但又不知做法。

他们原已做了一个向前的伟大的步骤了：他们工作了不是为着自己，而是为着大家。在这一种工作里，完全没有面包的背景，并没具着赚钱的目的。他们学会了不服从单独个人的命令，而服从集体的意志。

但是集体的意志究竟不能产生满足各个人的生活的物事。因为这种物事只有每一个人的本性才能产生出来，而集体却不能知道每一个人的本性所要求的是什么，因此也就不能在每一个人的身上创造出一种连续的活动。

谢尔格感觉到完全的无力，没有再做一些什么的可能性。如果要开始向大家说起这种事情，那便形成了枯燥无味的哲学，讨厌的宣传了。

但是他究竟要想写一篇题目为《认识》的报告，向大家读一读。他知道，就使他在报告中所包括的思想能够感动一二个人，那也就算是很好的成绩了。明白他所说的一切，也许很多的人们都能够。每一个受过教育的知识者可以明白一切。但是谢尔格却没有决心向任何一个受过教育的人，述说自己的思想。在他的纸簿里，他写了关于这个问题的一种思想：

当一个人不用智力去了解真理，而用自己的本性所已具有着的真理的源泉去了解真理时，那他将领受真理如同自身的物事，如同新的阶段。

这些受过教育的知识者，能够谈天说地，能够将未受过有统系的教育的谢尔格盘诘得不能张口。但是他们所有的知识完全不是那么一回事。"哲人永远不是学者，而学者永远不是哲人"——谢尔格记起来了他什么时候读了这两句话。受过教育的人能够知道一切，但能够不知道最重要的一件：他用着什么生活呢？

谢尔格决意从自己的笔记上，择出一些关于认识的思想，这思想是活动的第一个步骤。

但是谢尔格觉察到很奇怪的事情：在别人面前，他可以好好地，自由地工作，而当在房间内坐着一个亲密的人时，那他的思想所走的完全是别一条路线，就同被什么东西所束缚着了也似的。除此而外，他的思想的源流也停滞着了。先前思想来时，写都写不及，而现在就是想写也没有。

他记得，当他一个人过生活时，若他很久不与人们谈起自己的重要的思想来，那他便发生一种将这些思想表明出来的欲望，似乎不说出便不愉快也似的。现在当他和一个最亲近的人过着生活，这一种表明的要求却消逝了。

谢尔格在那一封信的历史之后，向柳德米娜说明以上的情状，并说道，他想试一试在俱乐部住三天，那里有一间单房，他可以工作而且可以歇宿。

柳德米娜停着不食，一言不发地坐着，将面包捏成小球。后来说道：

——我一点儿都不怪你，而且与你同意。你所说的一切，统统都是对的。

但是在我们的关系上，一切一步地逐渐走向分离的途上，你觉察到了吗？

……仅仅当我不在你跟前时，你才能向前去。你明白你向我说着这件是怎样可怕的事情吗？我曾想到，我将做你的必要的帮助者……

她苦笑了一下。

——但是你本来与我同意，说我是对的呵。不可老是在一起过着，应有暂时分居一下的必要。

——我同意了……——她低微地回答道。

——可是同时你又说这些话。这是什么逻辑呢？

——逻辑总在那没有爱情的地方，我已经向你说过了这个，——柳德米娜还用着先前的语气说，不向谢尔格望。——我不明白，什么使你这样不安顿。我本来不妨阻你，你愿怎样做就怎样做，不过我向你提起，从前爱情存在的时候，你从不要离开我。你总是倾向于我。而现在……——柳德米娜笑了一下，摆了一摆手。——现在你需要离开我，“休息”一下。

她的眼睛内已起了泪潮。她沉默下来，坐着不动，定睛望着面前，如木偶一般。当董娘走进来收拾碗碟时，她迅速地用手帕将眼揩了一揩，又坐着不动。

——一切，一切，亲爱的，走向一条路……末了他立起身来说道，——男人需要女人的灵魂，不过是很短的期限，而也许：这对于他完全是不需要的。他，得着了他所需要的东西，便又趋向着离开它。他不分皂白，不论什么女人……世界上女人们是很多的。眼见得先要习惯于那种的思想，就是你的命运——永远的孤单而已。你们消灭了世间宝贵的，最微妙的东西，爱情……

——谁个——我们吗?

——你们，新的一代人。现在是彰明昭著地做着这桩事情。女人所保留着的权利，只是卑屈地寻找爱情的可怜的碎末而已。总是欺瞒自己，可是也总是立在那巨大的，可怕的孤单的面前……现在所让步的地方，从前是无论如何不会让步的。因为从前她知道在她身上有巨大的价值，巨大的宝库。可是现在……——柳德米娜很轻蔑地耸一耸肩。——宝库谁个也不需要的。于是她便如失业的女伶一样，应当高兴，如果请她登台，就是扮演一季也可以。

——你总是经常地说着爱情，如同说什么崇高的东西一样，可是不久以前，爱情对于我却成了别的东西。

——从什么时候?——柳德米娜问，忽然她的面容恐怖起来，很担心地等着他的回答。

——从那一封信的历史起，——谢尔格说。

——啊哈，这个……——柳德米娜说着，神情轻松了一点，眼见得谢尔格的答复不如她所想的那样。她逼视着谢尔格，说道：——是的，我做了这事，并不引以为羞的。我保障我自己的幸福。当还可以奋斗的时候，我还要为着它们而奋斗。但是，如果我看见奋斗没有什么效果时，那我自己……离开……

——用种种方法来奋斗吗?——谢尔格问。

——是的，用种种方法。——她严肃地回答着说。

——这么一来，我可以用种种方法奋斗吗?

——……你同什么奋斗呢?——柳德米娜问，很尖锐地看着谢尔格。

——同你……谢尔格说。

于是他拿起帽子，便往俱乐部去了。

晚上当他刚坐下工作的当儿，柳德米娜打来了电话。

她大概是在一种神经昏乱的，烦恼的状态之中。

——你向我说了那么可怕的东西，你以为可以留在俱乐部里吗？

“呵，我的天哪！——谢尔格想道，——一分钟安静的时间都没有！”——他于是简短而坚决地说道：

——我已经开始了工作，只能当我将工作完毕时才能回来。

——啊哈，这样吗？好罢……

听筒很响亮地打在电话机上。

三四

在俱乐部里，大家向谢尔格说，拉波达又弄得鬼神都不安起来。

——又捣乱起来了吗？——谢尔格问。

——更要坏呢。他努力消灭捣乱的现象，可是……——哲学家说。

原来拉波达为着什么一点小事情，如同地板上摔香烟屑之类，便举起拳头来打人，或牵起领子来将人赶出门去。这么一来，闹得更没有秩序了。

——是的，他不是那样办法，——谢尔格说，——但是要紧的是在于已经有了一点结果了。

于是他笑了一笑，便走到楼上去。

谢尔格中间一个人留在俱乐部里，当写起报告来，已经是很晚了。他忽然感觉到在他的身上开了一个向着世界的窗户，他能够自由地呼吸它的空气。那一种经常紧张的不安静的心境消逝了，他感受到异常的轻松。

报告的大意是取自他的笔记。他归纳自己根本的思想如下：

我们这个世纪的人，历史必然地走向这一条路上来，就是从奴隶的状态解放出来，而自己变成为主人。

当他能明了他应当从初源，即他的本性（我们权且如此称呼），取得活动的力量，而不是从那别个人的意志，那时他才可以成为主人。

人人都有自己的本性。人，若将自身上的本性开展出来，如开展活动的源泉一样，便能开始过着超于狭小的个性而外的生活，他便能与社会的整体接连起来。

因此，他首先应寻找那一种能引他认识自身上本性的知识。他应当学会分辨，什么与他有关系，什么与他是没有关系的。

只要人开始分辨世界上什么东西是为着他的，即什么东西对于他的活动是有关系的，这就是说他找到了自己的根本。从这时起，他的“生命”——照着这两个字的崇高的意义——才可以说是开始了。

只要人一找到了自己的根本，那在他身上即组成了一个重心，这重心将吸引一切为他活动所必要的东西。

从这时起，他取得自己的活动，而不如以前那样只形成一种劳力而已。

谢尔格知道，每人都能明白这些意思，但是明白它们是为着自己的，能在他的思想里听出自己的声音来，那只有很少数的单位了。那些与这些思想没有任何关系的人们，只会谈理论的人们，将要向他大辩论起来，反对他的意见。

在俱乐部，这些思想引起了热烈的辩论。哲学家暗笑着，静听着他们，常常在自己的小纸本上记写些什么。

后来哲学家说道：

——同志们，这是很危险的玩意儿，这是向个人主义的转变。这是什么自我改善的学说。为什么一个人不应当取得那与他没有关系的什么呢？这不是说，每一个人都缩起头来，不去做一点公众的物事吗？

谢尔格静听着哲学家大发议论，当哲学家兴奋地望着听众，抖抖蓬松的头发，坐下之后，谢尔格说道：

——我在此听着一种很合理的，并且很健全的惊惶。实在的，没有什么对于我们还危险些，如果每一个人开始都沉迷于自己的个性，干一些什么精神上自我改善的玩意儿。这对于我们是不相宜的。但是个人主义的实质，是在于将自己的个性从社会的整体隔开，是在于离开社会而走入自己的个性，而我向你们说，是怎样征服自己的个性，是怎样撕破个性的狭笼，使个性与社会的整体连接起来。

——我说，人们当获取使得更为明了的知识，使他能够看见他所需要的是什么，生活所给予他的是什么，而不要仅仅地只向别人的手望着，受着别人意志的指挥。

——旧世界的人的特点，是在于他的活动的源泉总是在他自身之外：知识和事业在他面前现成地摆着。仅仅只有很少的单位会撇开“别人的手”，而直接向伟大的源泉—人的本性—去追求，于是他们总是创造新的事业，开始新的环境。

——当我还是小孩子的时候，我就带着一本纸簿，在这纸簿上面写着我自己的思想。这些牵引着我，使我看见现代的人立在生活的新道路之前。现在我看见，历史自身写着新的牌示。人将不得已地照着新的方式思想，照着新的方式认识，照着新的方式了解物事。他将了解思想如了解物事一样，并不如学院式的思考而已。

——当我们为着保障新生活的组织，充当兵士的时候，那时我们为自己夺得了生活和工作的原野。现在我们既得了这个原野，我们之中每一个都应问问自己："你不仅仅为着自身的滋养，而并且为着大家庭的发展，即为着全人类的发展，你能在这个原野上栽种些什么呢?"在这种思想上，说是有个人主义的存在，这不是活见鬼吗?

三五

谢尔格仅在十一点钟的辰光走出俱乐部。

在那一封信的事情发生之后，谢尔格发现了，所谓"真实"并不服务于崇高的目的，而所服务的完全是别一回事。因此，他感觉到他对于柳德米娜抱着真实态度的义务，他感觉柳德米娜如一个永远的侦探一样。为着要避免长时间的心理的谈话，他已经不向她开诚布公，而时常说些假话。但是他自己也没觉察到他是怎样地走到这种状况，——虚伪变成了他与柳德米娜共同生活的基础。一次欺骗自然要引起别一次来。他应当时时刻刻记着，在先他向她说了什么，后来别要露出马脚来。

在每一次出门和分手之前，要先预备一下。为着要在相当的时间来家，只得要放匆忙一点，不能延迟。例如，如果他说到戏院去，而却到别的地方去了，那他便要在闭幕半小时以后的辰光回来，不得再迟一点，这样才能使虚伪像煞真实。既然开始了这种关系，似乎即刻大家要撒手才好，但是奇怪的很，并没有想到这一层。这是因为没有遇着一次公开的冲突，没有发泄积蓄的机会。于是他的这种充满着虚伪和厌恶的生活继续下去，如同在这种情形之下，在成千的家庭中经过的一样。

他仅仅在这一种情绪之下，找到自己的虚伪之肯定，宛然他领得了如此做去的权利。在实际上，自然就此分离好些，但是当破裂还未临到的时候，那他便有欺骗的权利。柳德米娜想在道德上精神上将他束缚住，想利用他的真实而侦察他，因此，他也就可以用虚伪来报答她。于是他，从崇高的对于这个女人的义务解放出来，便向她不说出一句真情话。对她的虚伪可以给他自己以真实，可以给他做人的可能性。

谢尔格现在觉得，她的非常的爱情，她的到处要和他一起的愿望，这只是她自身缺乏生活力的结果，她总是经常需要着一个什么人，这个人好充满着她的生活，因为她自己不能充满自己。在这种情状之下，什么教育也不能帮助她。

实际说来，她本是一个很有教养的人，她对于音乐，绘画，文学，较他要知道多些。但是一切这些都不能给她以内部的独立的活动。就是她的工作也没给了她这个。工作对于她不过是混饭吃的方法而已。当她一个人留下，她便对自己无事可做了。

因此，自然她仅仅在别人之下才能生活着，她的生活仅在为谁个所需要时才有可能。她愈为别人所需要，那她便愈感觉到在自己生命中的价值与意味。由此所以她趋向着非常的爱情，趋向着要和别人的灵魂溶合起来。她以此购买自己生存的意义。当她一知道她不为人所需要，一知道她所托付着全副希望的人不爱她了，那她便觉得失了生活的意义，因此这件事情对于她，也就成了无可比拟的，巨大的，生命的恐怖了。

谢尔格走出俱乐部，想直向家里走来，因为他记起来了柳德米娜打电话与他时的声调："啊哈，这样吗？好罢……"

在这种口气里隐着一种威吓。如果他将她这样很久地放在家里不问，说不定她向自己要做出什么可怕的事情。

但是在自己街道的转角上，他遇着了爱玛。

他们现在时常会遇着。谢尔格时常到过她的家里。他从没有一个发生过关系的女人，柳德米娜也大概如是想。他可以与爱玛发生关系，因为他们相互的感情甚好。但是他们俩的感情却不合时地停在这一点上，因此他们俩不过是很好的朋友而已。他们俩知道随时有结合的可能。但是两人喜欢这一种同志的关系，也就以此为满足了。

因为他们俩相互地谁也不需要谁，所以在他们之间存在着完全的真实。他们俩相互地告诉关于自己的事情，谁也不怕什么吃醋，生气，及一切不愉快的争辩。

——到我家里去好吗？——爱玛说。

谢尔格听见了她的提议，不禁想到如何向柳德米娜撒谎，如果他走向爱玛家里去。柳德米娜大概在家里已经等着他呢。

谢尔格习惯于到爱玛家里去，因为在那里他觉得是很自由的。

——要吃茶吗？——爱玛问。

——也好，——谢尔格说。

爱玛将帽子摔到床上，走向厨房去拿茶。谢尔格听见她在走廊里双膝碰着了邻居放在那儿的箱子，当她走进房内来的时候，她一手拿着茶壶，一手还摸着膝头呢。

——唉，真是活见鬼，我每天都要把自己身上那一块地方碰青了才算数。——她笑着说。

——当我第一次看见了你，在你身上我即刻欢喜了什么，你知道吗？

——什么呢？——爱玛问。

——当你笑的时候，你总是皱着鼻头，这是为我所欢喜的。

——咦，胡说八道。

她将茶预备好了。她将茶壶盖掀开时，烫了手，用口吹了一下，便向谢尔格并排坐下，扯一扯膝头上的短裙子。

他们开始饮起茶来，后来谢尔格说道：

——和你在一起，我觉着自己很畅快。现在这对于我尤其是必要的。我现在的生活有点不大平安呢。

于是他述说了他近来所感受的一切。

——而你没有想到离婚的事情吗？

——也会想到。但是我很可怜她呢。我觉得，如果这样做去，那她将失去一切生活的意味，因为她对我的爱情是无边境的。同时我又觉得我自己不对，我没有这样的爱情。我什么时候都不会有过。

——你也不应当有它呵。——爱玛说——我从来也是没有过它的。——她微笑起来了。——如果我“爱”一个人，这是说我同他在一块觉着很好。当他离开了我，这一种好的东西还保留在我的心里，可是我决不眷恋于他。女人现在或者应当改造自己的心理，或者应当死去。

——什么东西使一个女人一定要倾向于一个男人呢？难道说这真是什么崇高的东西吗？这真是巨大的价值吗？我很记得她向我所说的话：纵让我的心灵是不洁的，但只要是她的，而不是别人的，这也无妨。她宝贵我的是什么东西呢？

——什么……这将怎样说出呢？难道说你不知道女人可以爱上强盗，小偷，杀人犯吗？她是什么人都可以爱的。这是什么？价值吗？

——顶糟糕的是，只要为着别人反对自己撒谎了一次，那便接二连三地要撒起谎来，没有办法。当你要我进来坐一下时，我先想到向她说些什么，免得发生岔子。因为在此以前，我同她曾有过一番的故事。你听了这话，或以为是很可笑的，可是我却很郑重地告诉你这件事。

爱玛没有发笑，只点一点头。

——这么一来，在你面前每一分钟都摆着一个问题：看重自己的道路，还是看重那异常爱你的人呢？我记得，在有一次很严厉的吵闹之后，她以为我睡着了，轻轻地拿着毯子将我盖上，你看，一方面使得你决不会忘情，一方面又使你觉得他的压迫，她想用自己的爱来占领你，使你与全世界隔离。你看这是怎样可怕的事情！怎样解决呢？

——等着，如果时候到了，你自然就解决了。——爱玛深思着说，——我也遇着过同样的事情。如果你还有点动摇，那最好还是不解决。等着什么时候你的动摇倾向于那一方面。如果时候到了，那你便忘记一切，把怜悯也忘记了。我是忘记掉了的。也许我是犹太人，我们犹太人比你们要坚强一点。

谢尔格看一看，已经是十二点钟了。

——好，我们就等一等，而现在我可是要回去了，已经十二点钟了。

——我们到苏娘那儿去玩一玩好吗？——爱玛说，——她和母校在避暑别墅住着，我们可以在礼拜六去。

——好，就是这样罢。——谢尔格说。

三六

谢尔格自爱玛家出来，在城市的挂钟上看见已经是一点半钟了，他的表慢了一点。因此，他便很快地走回家来，计算十分钟他就可以到家。他到家时是十二点四十分了。这不算得怎样晏，他可能说在路上走到同志家里坐了一会。

他即刻从侧面看见了自己：一个成年的人，经过无数战争的战士，现在却计算一分钟的时间，生怕回家来迟慢了一点，并放起快的脚步跑着，心中踌躇着回家时向老婆说一些什么话。

一方面，这是很可夸奖的：急于回家，好不令老婆在家里等着。但是在别一方面，他从旁边看着自己的形象，究竟觉得有点惭愧。

如他这样情状的，大概不止他一个人，有许多家庭的父亲，在国内战争时会做过英雄的人们，这时间回来，也要看着表，加快着脚步，想着如何向老婆报告迟晏的原因。

但是当谢尔格走回家时，柳德米娜却不在家里。

他首先轻松地舒了一口气，庆幸自己先到了家，不要再想如何向柳德米娜报告了。他可以说，从十点钟起他就在家里。

但是她能够到什么地方去呢？莫非做了可怕的事情？当她放下电话筒时原是说了威吓的话……但他在她的床铺上看见散乱着的衣裳。眼见得她更换了衣裳了。在烟灰盒里放着点别人的烟头。这是白赫的。眼见得她将他叫来，同他一块走出去了。

什么字条也没留下。

桌上摆着晚餐。但谢尔格不预备动它，为着要表示他等着她来一道儿吃，不想一个人向桌子坐下，如她平常所做的一样。他将向她说，他整整等了她三点钟，一点也没有动口。这对于他是很容易做到的，因为他在爱玛处吃过茶。

谢尔格还拿起棋子来，将它们散乱了一桌子，并放几个在棋板上，好表明他在家里坐了一晚上，并解决了几个着棋的难问题。

于是他即刻又向自己望了一望：他弄到了什么地步!？……他做了什么广告，好表明他先回了家来。

如果他不撒谎罢，那将更要糟糕起来，因为那时又要忍受长时间的心理的谈话，又要纠缠不清，弄到哭泣起来才算数。如果这是冬天，那她又要将窗门开开，故意玩着使得自己冻成病的把戏，虽然她从没有一次冻病过，或真是实行自杀过，可是谢尔格每一次总是有点怕她莫不真要弄出可怕的事情来。他时常因之不睡觉，总是在两种心境的争斗中：走向前去安慰安慰她，还是固执着毫不屈服，一点都不理她呢？

他每当到朋友家里去，一定先要想一想柳德米娜会对此抱着什么态度，否则他便不能去。当他在人众中和她在一道儿，那他便总觉着自己总是受着约束也似的，他不能直爽地开起心来，因为她坐在一边，静听着他所说的一切。并且他还要不时走向她的跟前去，好借此表明他虽然开心乐意，可是他从不忘记她。她总是望着他饮了多少酒，一到了第二杯之后，她便开始停住他，于是他只得难为情地微笑着，同时他却气恼着，恨她如恨女监督一样。

如果他开始觉得高兴开起玩笑来，那她便要担心吊胆起来，生怕他说出什么愚蠢的话，或做出什么不好看的事来，要使她因之而红脸。

无论到什么地方，总是要受她的监督，这真是使他气恼的事情。宛如他，一个成年的大人，没有管理自身的权利。

这是怎么一回事，她是一个特别善良的，失了常态的女人吗？不是的。她是一个通常的女人，可是她将全心灵献给他，同时，她向他要求同样的报答。

因为这个爱情，他囿于一个狭小的笼里，仅仅在和她大冲突的长时间内，他可以脱走出来。若他俩相互的协和日见增加，那他的社会的作用便日见减少。他大部分的力量都消耗在她的身上了。但是于她的本质，于她的发展，一点儿没有促进，只不过是和她闲坐着而已。在事实上，如果算一算，唉，在和她谈话，争吵，辩论和讲和上面，该消耗了多少时间呵！在和好了之后，一定还要相当的时间去安慰她。本来在一声“宽恕”之后，如何便能向着桌子坐下，把背朝着她，拿起书来读呢？

本来可以说他想领取生活的快乐，可是不想为着这个给出一点什么酬报。

为什么一定要酬报呢？难道说那个时候——女人不但在物质上不做被供给者，并且在精神上也不做被供给者——那个时候就永不能来到吗？

这个时候终于是要来到的。也许这个对于女人是需要很大的代价的，但是旧路的回转是没有的。

他和这个文明的，真诚爱他的女人一块儿的生活，给了他一些什么呢？

他经过她领略了文化。但是她的文化在于什么地方呢？在于白桌布？在于同她一道儿走路的时候向女人们让路？在于知道绘画，音乐，或是在于讲究漂亮的时髦的衣装？……

是的，这是他从她身上所领取的一切。

但是，如果一注意到他对此所付予的代价，这是不是太过于昂贵了呢？

他将一个整个的自己付予了这个作为代价。这不因为他爱她，而是因为她爱他，因为在这种爱情上，对于她，是生命意义的所在。只要他向她完全一让步，那她使用圆满的爱情将他全身吞将下去。

“要能够完全发展，只得将别的排挤”，这是残酷的真理。或者他应当将她排挤，或者她应当将他排挤。两个人在一道儿完满地生活着，那是不能够的事情。他们生活倾向的原则完全是相反的。

一是旧的原则，一是新的原则。

他第一次很尖锐地起了一种思想：这个女人的实质到底是怎样，她的生活倾向的原则又是怎样呢？

他开始一层一层地分析她的特性。

自然，第一个她的特性，那就是不凭借自己的力量，而凭借别人的力量生活着。因此，她仿佛是不利己的：她想不为着自己而为着别人，她所爱的人，生活着。她仅仅愿意做一个帮手，做一个别人事业的参加者，因为她没有自己的事业。但是她觉着幸福，只要在她所爱的人的全心灵是属于她的时候。她的圆满的幸福是与她的爱人的“圆满的停止”相并行着的。她献身于爱情，为着爱情，她可以消灭自己的个性，同时，她也就以此来支持她的生命。

她单独地绝对不能生活着。她总是需要着别一个人，她好在他的身上寄生着。她喜欢将自己的灵魂完全献给别人，这也许是因为……因为她自己对它无事可做罢？但是她由此所要取得太过于贵重了。她将自己的灵魂给别人，可是她也要别人的灵魂给她。并且她所选择的是比较要巨大些的灵魂呢。

这一种崇高的爱情上的利他主义，为一切诗人们所歌诵着的，若归根结底地说起来，不就是最巨大的，个人无能而吮取别人脂膏的利己主义吗？

她需要他的价值如一真正的价值吗？她自己本来说过：“只要是我的而不是别人的，那就是不洁的也无防。”对此问题将怎样解释呢？

谁个猜度到这个？猜度到这个，那岂不是太可怕的事吗？因为那时将不能再生活下去了呵！所谓利他主义的，牺牲自我的爱情，原来是那样可怕的空虚！他以为她们许多人之中将他选择出来，这是她视他为唯一的，不可多得的价值。而对于她却原来是一样，“只要是我的而不是别人的，那就是不洁的也无妨。”这是从何说起呢？她在他身上所贵重的是什么东西呢？

或者那个唯一的，引诱她爱他的东西，没有任何的价值罢？或者她爱他仅仅是因为他的头发有着特殊的气味，与别人有些不同？那时将怎样呢？

这不是说他因为自己头发的气味，牺牲了在自己身上所有着的最大的东西吗？……

谢尔格想不集中于这些可诅咒的思想上，但是他不能够。

在一切上面，统统都布满着不可调和的冲突。

如果对于她，在生活中重要的是在于可以过着别人的生活，则对于他却相反了，他要过着自己的生活，努力自己的活动。

她总是倾向于家庭，倾向于狭小的窝巢，而他与她相反，总是倾向于超出家庭的范围，倾向于世界的空阔，倾向于人众。

对于她，那宗教，道德及一切规定了现象，是已成的舟木，是在她之前已经存在着的，因此她对于这些东西没有什么个人的判断。

对于他呢，那所谓道德，分别善恶的标准，存在于他的活动里：凡是促他前进执行本性的规律的，那便是道德的。凡是阻碍他的活动，减少他的事业的，那便是不道德的。

对于她，他与她生理上的接触，是道德的，无可非议的事情，而于任何个别的女子接触，那便是有罪的，可怕的，卑鄙的行为。

可是对于他呢，婚姻，即将整个的心灵付给一个人，而不付给全世界，那是毫无疑义的不道德的事情，因为这个要减少他的活动，这个要强制他叛背自己，这个要使他为着一个人失去全世界。

于是谢尔格又想道，破坏了并继续从事破坏旧制度的人，现在不可避免地立在新的牌示之前，在这个新的牌示上面，应写着完全不同的别的格言：道德的格言，认识的格言，活动的格言。

历史的趋势强制人不在既成的规定的现象中去求指导，而要在那走向全人类大家庭的路上，顺着那本性的规律去求指导。

三七

柳德米娜走回家来，已经是两点半的辰光了。

——你在什么地方耽搁得这样久呢？——谢尔格问。

她看见了他，立在他的面前，闪耀着两只大的，狂热病的眼睛。停一会她很快地将大衣与帽子脱下，走至他的身前。她穿着精致的碧绿的衣裳，腰间的围带上结着一个紫罗兰的花球。

——我在叶林娜那里：——她差不多令人听不出声音，这样轻轻地回答着说。她斜着眼睛望着他。

——你是怎样地奇怪，——谢尔格说。

——是的，我是奇怪的，——柳德米娜重述着说。

在她身上轻轻地闻着一种什么美酒的气味。

忽然她用手掩起面孔来，停一会，将手往上移动一点，用手指紧紧抓着头，宛如要将头盖抓破也似的。

——我想习惯于服药……——她如害热病的样子说道，——你知道一切的药品都是讨厌的。这对于我尤其讨厌。但是我要做一做。我可以养成习惯。我应当医治一下我的死症，由于爱你的死症。由于爱你而得的死症。你懂得这个吗？懂得吗？不，你不懂得这是什么一回事。你不懂得。或者因此你是一个很幸福的人。我好不好呢？啊？但是这对于你是不值得什么的。这是为你所不需要的。别人为着要拜倒我的膝下，可以顺着破玻璃上爬来。但是这是为你所不需要的。为着要使你需要，那应当怎么做呢？什么？你说！——她的睁大的，闪着光芒的眼睛更为逼近他。——我可以挖去我的眼睛，交出我所有的美丽，只要这个为你所需要，只要你能把我当成世界上最贵重的人。我都可以做到。哦，我的亲爱的……我可以将我的一颗心扯给你。但是你不需要它，——她苦笑着添说道，——你不需要它……你什么时候曾尝受过这样的爱情吗？

她又重新用手使劲地将头抱起来。

谢尔格立在她的面前不做声响，略眯着眼睛望着她。

——是的，如果你不需要这个，那我就试医治一下。我试践踏，诅咒我身上所有的神圣的东西。（她的面容略一现怆惶之色。）我已经做到这一层，而且继续做将下去。到什么时候失去了感觉，那时我便停止了。我应当什么也感觉不着！那时我在你的身旁可以抱着一颗僵硬了的心生活着。那时它将不跳动了，将不如现在一样，别要看我已经用了药……你试一试罢！……

她粗暴地握起他的大手，放到自己的心上。她异常蛮野地握着他的手，宛如她要把它藏到自己的身内一样。

——当我完全僵硬了，那时我可以心平气静地看着你，看着你离开我而走向别人，走向全世界，那时你将无忧无虑了！我本来知道你所愿望的是什么。我是聪明人。我那时将不妨阻你了。你将成为很自由的……你将成为幸福的人，那时你将没有绊脚石，那无时无地没不都是要与你在一块的，以你的生活为生活的绊脚石。呵，可诅咒的绊脚石！它是如何地妨碍你的活动，你是如何地仇视它！我是怎样地仇视，仇视你的这个……

她说了半句忽然停住了，好像她自己为她所要说的话所惊吓了的样子。

——但是没有什么，我是一个有力量的人！我会为你而生活着，而现在我将为你而死亡，免得妨阻你。死亡的过程当然是讨厌的，但是可以将它忍耐住。……呵，我有很大的热度，它可以帮助我。

她忽然停住了。由于太过于兴奋了，她如发了狂热病也似地抖战着，她的眼睛如星一般闪射着异常的光芒。

——如果是！……

她说了这两个字，忽然翻一翻眼睛，停住不说下去了，略将头往后仰一下，逼视着谢尔格的眼睛，向他微笑，在这个微笑里是显露着什么奇怪的，诱惑的，疯狂的神气。

——……如果是……她扶着他的肩膀，将闪着怪异的光芒的眼睛挪近他，神秘地，低微地，又重说道：——如果你说……我将贵重于你的一切，那我便挽回一切来！一切！我交给你一切，这对于我是伟大的，不可言喻的幸福，我的亲爱的！我匍匐在你的脚下，使它们不染尘埃。我将成为你的奴隶，你的一个最后的奴隶。仅仅要在众人之前，我是你的第一个。愿意吗？……——她将头贴近他这样轻轻地问道。

谢尔格立着不动，逼视着她的眼睛，略微笑了一笑，说道：

——……你的要求太贵重了……

柳德米娜推开他的肩膀，说道：

——好，就让这样罢……就让这样……你不愿意……你不愿意爬过破的玻璃……好，我是可以对付我自己的。

她一瞬间张着燃烧着的眼睛向他望着，停一会她抓住了他的肩膀，拼命地向他紧贴着，宛如她要留一个与他亲近的永远的纪念下来。后来她将他推开了，用手掩住了面孔，向自己的房间里奔去。

三八

谢尔格记得，当他第二天早晨起来的时候，家里却没有了柳德米娜的影子。董娘说，她已经上工去了。

谢尔格便也就去上工去，在院内他看见在前面走着的彼得鲁亨。那人走到巷门口一定的地方，这地方为谢尔格所已经知道的，便回头瞅一瞅自己房间的窗口，就同知道有人在那里看着他似的。

谢尔格也就莫明其妙地瞅了一下，看见了一个黄头发的女子，她倚着窗口立着，在玻璃上写了一个什么为彼得鲁亨所明白的温柔的字。

谢尔格赶上了彼得鲁亨，同他握了手，（在这时他已给了那女人一个记号，表示他读了她所写的东西，）向他说道：

——这是怎么一回事，我们并排地挨着住了半年，而总是会不着面。

——是的，——彼得鲁亨涨红了脸，回答道，——我总是为工作所忙碌着了，弄得没有闲空。

——我也是这样。——谢尔格说。

谢尔格在路上想起昨晚的事情。她所说的药品是指着什么呢？她指说着什么破的玻璃？她暗指着谁个而言呢？奇怪的很！晚晚上他对她丝毫没起怜悯的心情。这或者就是爱玛所说的那么一回事罢？

也许这是自我保护的本能在他的身上苏醒了，因之它消灭了这种怜悯的心情？也许“女人的爱情贵重些呢，还是自己的道路贵重些？”这个问题自己自自然然地走到了解决的时候？

为什么她有意先走出去，不与他见面呢？这是表明在昨晚的一幕剧景之后，她已经决定不再企图什么了吗？

想着这个，他已经来到办事处的走廊，就在这个当儿，有一个同事停住了他，说道：

——马麻也夫同志，在办公室里你的夫人坐着等你呢。

谢尔格诧异起来了。他觉得柳德米娜先他而出，又先他走到他的办公室里，这的确是很奇怪的事情。这又在耍什么脾气呢？他想到即刻要发生什么不快的事情，便觉得异常的懊丧。

但是将办公室的门一推开，他不自主地往后退了一步。

在办公室里，在当中的一张椅子上，背朝着门，面朝着他的写字台，坐着他的第一个老婆格鲁莎。他虽然同她离婚了，可是他没有见到她的面。

她头上蒙着绣花的白巾，打扮得如同当她过节或进教堂的时候一样。她的面孔显得更为白些，那白的睫毛及那在颈项的白斑点也显得为特出些。

在放在膝头上她的手中握着一块手帕，眼见得这里面裹着钱币。

她始而用着那无希望的等待的神情望着他，就同望着一个进来与她没有关系的人一样，但是突然她的面孔及她的全身抖战了一下。不立起身来，而仅在椅子上扭一扭身子，她定睛地向谢尔格望着。

他不知道如何待她，向她说什么话为好。他不知道理应怎样问候她，很难为情地走近她的跟前。格鲁莎忽然立起身来，迅速地，简单而坚决地，将他的颈子用手搂抱起来，用着乡间那种不会接吻的方式，紧闭着嘴唇吻了他一会。忽然她的头俯倒在他的胸部，很可怜地抽动着肩膀，嘤嘤地哭起来了。

后来，她似乎对自己的眼泪有点羞赧起来，放下谢尔格，又向靠背椅子坐下，她坐着的姿势还如先前一样，是很拘束的。她的背离开椅子的靠背很远。

她用着泪滢滢的眼睛望着谢尔格，用手帕掩着颤动的嘴唇。在她的粗糙的，被日光晒黑了的手上，还带着他们俩结婚的铜戒指。停一会，压抑住难过的心情，忍一忍眼泪，格鲁莎勉强微笑着说道：

——唉，你……你做了什么勾当呵？……

好像这个微笑使得她太吃力了，她终于忍受不住，将头伏倒在桌上，抽动着肩膀，又放声痛哭起来了。

——得了，你，干什么……难道说……——他自己也不知道要用这些话表示什么意思。

格鲁莎哭得很久，后来稍微平一平气，从桌上抬起头来。但是，很显然地，她又起了一种什么很苦恼的思想，重行用手帕将面孔掩着，一面使劲握着谢尔格的手不放。

——得了，格鲁莎，我的鸽子，平一平气罢……——谢尔格说。

——这是上帝引我们这样遇着了。我现在将干什么呢？……公公和婆婆也许可以忍受下去，只要我能工作；……唉，我到底怎么办呢！……

她忽然用手帕使劲压一压眼睛，仿佛要将无用的，苦恼的泪水停住也似的。停一会，她将手帕从眼睛拿开，向谢尔格说道：

——唉，这个不必再啰唆了。不是我第一个是这样，也不是我最后一个是这样。得了，坐下罢，告诉我，——她指着椅子叫谢尔格坐下。她宛然将自己的悲哀吐露出来了，也要知道一点关于他的事情。——好吗，她？——她问了，很担忧地，注意地，等着他的回答。

——没有什么……——谢尔格意义不定地说了这么一句，因为他想道，如果说好罢，那将使格鲁莎感受到剩余的痛苦，如果说出实情罢，那实非简单的几句话所能尽。

但是格鲁莎呈露着那一种注意的表情，似乎完全忘却自身的利益，而专为着他开心也似的。如果他说他的新的老婆是一个不好的女人，大概她要引以为很大的苦痛了。

——没有什么吗？——她很关心地说道，——上帝保佑！她们，这些城市中的女人，都是这样的泼妇……既然是好的，那便没有什么。若是碰到一个……那可就糟了！……她大概是一个什么贵妇罢？——她半好奇半非难地这样说着问他。她又摇起头来，即时说道：

——唉，泼妇，泼妇……

眼见得她的悲哀与妒忌，及对于已破坏了生活之惋惜，又在她的内心里刺动起来。

她看到谢尔格的衣领上有一个污痕，仍继续追问他，一面拭自己的眼泪，一面擦去这个污痕。这时显然她的注意力又从自己的悲哀转到谢尔格的生活上来了。她对他有一种奇怪的，不可了解的关心。

好像母亲从乡间来到城中看自己的儿子一般，抱怨他同家庭断绝了关系，极力地追问他，又极力地想了解他的新生活。

谢尔格记得，那时他完全用新的眼睛看格鲁莎，他想向她的，如亲人的肩膀上俯下，诉一诉生活的痛苦，及他自己的错误。但他没有做到这个，只继续为她述说自己的差事与家庭生活的状况。

在他为她述说的中间，格鲁莎叹了一口气，用眼向房内巡视了一下，于是她的视线停到谢尔格的写字台上。她看见碧绿的墨水瓶，大的安乐椅，摇一摇头，用手掩着嘴，如同自对自地说道：

——天哪，这是在什么地方……

她这是欲表示什么呢，不大十分明白，停一会，她撇开了对于写字台的注意，向谢尔格问道：

——你住在她那里吗?

——住在她那里。——谢尔格说，不断地用手摸动那写字台上的纸簿。

——她自己做饭吃还是怎样?

谢尔格不知为什么觉得不便于告诉她，说他们有一个女仆（这样乡间来的女人如格鲁莎一般），便说她自己做饭吃。

谢尔格望着格鲁莎，好像认不出她了。从前他知道她是一个年青的羞怯的女人，她从来不会寻找什么话向他说，总是缄默着，如果没有谈到家务事的前提。她缄默着不语，对于他的温存和话语，只以抚摸他的手作为报答。

现在他却忽然在她的身上看见一个新的人，她没有任何的羞怯的态度，只爽直而简单地如一个朋友一样，很关心地询问他的一切……询问他什么呢?询问那破坏了她的生活的一切。

她的那种先前的羞怯的，难为情的，不知世事的障幕，宛然从她的身上拆除了。好像她在一生中第一次找到了话和他说，除开那家务的话而外。

——呵，我的天哪！——格鲁莎说着叹了一口气，在她的面容上现着一种沉思的神情。但她即刻瞟了谢尔格一眼，勉强地微笑了一笑，说道：

——今日这样地相逢着……

她搓动了一下手，似乎是说叹气也是不能减轻悲哀的。

——怎样，你们完全结婚了吗？是在什么地方结婚的?

——在莫斯科。

——大概结婚的仪式是很随便的罢？这是规规矩矩地在教堂里行结婚礼吗?

——不，仅仅登记了一下子。

——我们已经把麦子种上了。——格鲁莎定睛望着地板，又继续说道，——现在我们正在栽种马铃薯呢。大概她不让你到乡间去走一趟罢？

——为什么不让？我自己要去的。——谢尔格说。

格鲁莎很疑惑地望了他一眼。

——既然是这样的，那上帝就保佑她康健罢。泼妇是很多的……唉，泼妇……

谢尔格想怎样安慰格鲁莎一下，想将她引到家里，做一餐饭给她吃。但是他转而一想，柳德米娜或不欢迎她，或与她以难堪，况且昨晚上又发生了那种事情。柳德米娜将要怎样仇视她，怀疑她，他的第一个老婆……对于柳德米娜，那将是如何可怕的事情，当她看见谢尔格还没与这个乡间的野女人完全断绝关系。她比较起来是那样地粗野，是那样地毫无知识，是那样地不漂亮，手皮是红而粗糙的，衣裳是俗而讨厌的，那乡间裁缝所做的令人呕吐的红上衣……而他，谢尔格，却还没同她断绝关系！

于是谢尔格便觉得格鲁莎这时赤裸裸地立在他的面前，具着真诚的面目。他看见而且感觉到她的一切。而柳德米娜他却看不见，并且感觉着她如一个敌人一样，虽然她具着伟大的愿望要和他的灵魂溶合起来。

这是很奇怪的事情：虽然格鲁莎不能懂得许多，可是谢尔格觉着可以向她，如像在母亲面前一样，诉说一切自己心灵上的痛苦。柳德米娜虽然一切都能明白，虽然她向他怀着无涯际的爱情，可是谢尔格从没向她诉说过。

因为什么呢？

格鲁莎的爱和柳德米娜的爱的差别在于什么地方呢？

——大概你想吃一点东西罢？——谢尔格问。

——不，我随身带了熟鸡蛋。——她举起膝头上的小包裹。——你自己吃过饭了吗？

——吃过了。——谢尔格说。

——到了收获的时期，我们大约是忙不过来呢。——她说了这话，摇一摇头，仿佛为这种思想所包围住了也似的。

——我回去，——谢尔格说。

——呵，眼见得已经是我要走的时候了。——她从椅子上立起身来，长嘘了一口气。她将他的颈脖子抱着，用着紧闭着的嘴唇吻了他的嘴唇之后，便退了一步，向他躬一躬身子。

——我为什么要来了一趟，我自己也不知道。——她说着，摇了一下头，止着谢尔格别要送她。——别要送，别要送，我自己知道路。

她出去了，在办公室内留下黑油皮鞋及印花布手巾的气味。

三九

从这命定的一天，当柳德米娜深夜里从什么地方回来如害着什么狂热病也似的，从这时起，柳德米娜很厉害地改变了。

她完全变成了别一个人。她的内心的闭关，以及紧张的心情，完全消逝了。以前她那一种紧张的对于谢尔格的爱情，及在他们生活调和的时期内，她的那种心境坦然的时刻，至此也完全不存在了。

她变成时时刻刻都是兴高采烈的样子，装饰得非常讲究，时常赴什么叶林娜的晚会，当她深夜回来的时候，在她的身上总闻着酒气。

她如今很奇怪地对待白赫，仿佛捉弄地榨取他对她的爱情，随便驱使他，随便在他的面前发脾气，很严厉地对他，如果他试一试稍微辩白一下，那她便转过身来以背朝着他，默不一语。

她每一分钟都要令他明白，就是她不需要他的爱情。她是时常向叶林娜说，劝她拿回去她的一个忠实的朋友，因为他已经使得她疲倦了。有时她严肃地规劝白赫，说叶林娜是一个很好的女子，她将给他以真正的幸福。而同她，柳德米娜，他所得到的只是苦恼而已，因为她是一个很残忍的人……

但是她虽然很严厉地，有时竟轻蔑地对他，可是她究竟不让他离开她，好像她时常需要一个什么人，在这个人的身上她好试验自己的力量。当在一种什么她对他的态度太过于严厉了之后，白赫有时简直几个礼拜都不露面，于是她又自己先打电话给他，当他来了的时候，她对他的态度是很温存而妩媚的。

在她的生活里，有着一种什么经常的内部的狂热和神经兴奋病。有时她起了阴影的绝望。她避开一切，只使劲地工作，穿着一件很朴素的丝衣。在这时候她完全不能见白赫的面。

同时她也完全不惹动谢尔格，似乎她给他以完全的自由，并不问他到什么地方去或什么时候回来。差不多她对他的关系仅限于注意他换洗的衣服，及和他同桌子吃饭。

但是有时候，尤其在白赫走出了时候，她改变了颜色向谢尔格说道，她仇恨白赫和白赫对她的爱情，因为这爱情她应当有一种招待了的义务，这对于她简直是成为不可忍受的了。她已经没有再多的力量了。叶林娜是那样地梦想着他，为什么他不离开她而走向叶林娜那儿去呢？

——为什么我不是一个动物，觉得一切都是一样呢？——有时她抱着头说道，——呵，我是如何地嫉妒你们，现今的人们！——她用着严厉而轻视的神气这样说。——就作算你将自己翻了一翻，就作算你践踏你昔时所以为神圣不可侵犯的东西，你也不能将自己改做一下吗？……

得了，不必再说，就让这样下去罢！

普通在这一种阴影的绝望爆发了以后，接着又开始了狂热的兴致。那时她把白赫叫来，同他照顾最昂贵的菜馆，或坐在汽车上兜风，眼见得她能与著名的伶人坐在一块，到处出风头，到处引人注目，这件事情给予了她以无限的快乐。

当她，一个高高的而窈窕的身材，头上闪耀着浓厚的金黄色的卷发，在戏厅的地毯上轻飘地走着，而他在后边恭顺地拿着她的狐皮外衣，这眼见得是使她引以为荣幸的事情。

有时谢尔格对着桌子坐着，而她坐在长靠椅上，他捉着她向他瞟望着的尖锐而注意的视线。

有一次她仅仅问了他：

——难道说你不感觉到……他们总是看见我同白赫在一块，而不是同着你……你一点也不感觉到不方便吗？

——这又有什么不方便呢？——谢尔格问。

——他们都以为我同白赫过着呢。

——但是你本来同我过着，而不是同他呀？

——而对于你这没有一点不愉快的吗？——她眯了一下眼睛说道，——对于你统统都是一样，无论到什么地方，同什么人在一起。也许我此刻向你献好，而经过一点钟又同别人……

——得了，你是不能做到这个的。——谢尔格说。

柳德米娜将双手紧拢一下，使得关节咯咯地响了几下。她沉默下来了。

后来她对于白赫的态度改变了。她对他比较忍耐而平和些，有时坐在长靠椅上，和他谈着时间很久的话。于是谢尔格时常碰到他们这种平静的情状。他们一见到谢尔格到来的时候，便断了话头不再说下去了。略停一停，他们又开始谈起来别的一些不关痛痒的事情。

她已经对于他在戏院中的工作发生兴趣，他也就和她商量如何扮演新的角色等等。他说她的劝告对于他是很有帮助的。

白赫在显露出比较更自由些的样子了，在房中踱着，说着笑着，没有什么拘束。而柳德米娜却变为很沉静的了，她不像先前一样的好打断他的话头，总是很正经地听着他。

白赫的态度逐渐平静，已经没有那种畏怯而故意献好的神情了。谢尔格时常看见，在前房里，当白赫走出的时候，柳德米娜或理正他的衣服，或拍去他衣服上的灰尘。

仅仅有一天她向他耍了一套突然的严厉的把戏。这事是在谢尔格面前发生的。他们在叶林娜家里做客。那里有一个穿着白衣的少妇。这时正是五月的季候。房中的窗门都展开着，大家坐着，饮着，谈着，时已朝霞初现了。白赫走到这个少妇的面前，他们坐在窗沿上谈了很久的话。白赫始而很滑稽地调戏她，继而他们沉默下来了。

柳德米娜兴高采烈地说着话，突然地一下子不做声了。经过一分钟的辰光，白赫瞟望了她一下。她立起身来，向走廊走出了。他觉得发生了什么岔子，便也就跟着她走出来了。

过了五分钟的光景，谢尔格在走廊中经过，几乎和他们两人撞了满怀。

她带着怒容说道：

——如果大家把我们当做……那我就要求你，在我的面前你要放庄重一点才是！

白赫慌张地，不知所措地，想向她说一些什么，可是他看见了谢尔格，便不做声响，静悄悄地离开了。

——怎么一回事？——谢尔格问。

柳德米娜一秒间向他望着，似乎要在他的面容上知道他是否听见了一些什么。在她的眼睛里怒火还没有平息。眼见得她以为他听见了很多的话，说道：

——这位先生想在我的眼前调戏……

——你又怎样呢？

她又瞟了谢尔格一眼，度量了他一番，说道：

——他们把我们当做……情人。这对于我并没有什么要紧，因为你知道这是不对的。但是既然他们以为是这样，那我就要求他在我面前要放庄重一点。

谢尔格记得，从这一次起，他们的关系很快地，不可挽回地，向着破裂的方面走了。

四〇

整个的第二天，柳德米娜显现出异常沮丧的神气。仿佛她碰着了什么事情，不能够明白它的究竟，而且也怕明白它。

她向董娘，说如果谁个打电话来，就说她不在家好了。而后来她下了工回来的时候，又向董娘问有没有人打电话给她。

董娘说，没有谁个打电话，于是柳德米娜在一种神经烦乱的状态中，在房中很久地踱来踱去。当电铃响了，董娘告诉她有人打电话给她，柳德米娜不禁抖战了一下。分明她期待着这次电铃的响动，又苦恼着电铃为什么不响。她终于期待着了。但是她毕竟装着样子在忙着什么，不即刻向电话机走去。

最后她走到电话机来。别要看她具着急燥的心境，可是她说着话却表现得不大关心也似的。这是白赫。他请求她允许他到她家里来。她沉吟了一回才答应他。后来她坐在镜子面前很久，穿上精致的丝袜和漂亮的皮鞋。

谢尔格走向图书馆去了。当他回来走进柳德米娜房间的时候，听见白赫很低声地说着话，他说他昨天的错过是仅在于他招引了人们对他起一种不好的意见。但是他的良心是纯洁的，他看见这个少妇不过是首次，她绝对引起不了他的兴趣，而且柳德米娜对他的友谊是那样的贵重，是那样的需要，他决不会有一分钟的时间能够忘记她。

——好，算了。——柳德米娜说，——你曾经说过，我对于你就是一切，我给予你以新的力量，只要我一垂青睐，便可以将你从绝望的深底提拔到欢乐与幸福的高峰。你曾经说过，我给予你以生命的意义。请你明白罢，这一次并不是我一个自尊的女人要脾气呵。不是的！我很痛苦于破坏我心中的想象，这想象，就是在于我真正能以自己的友谊，给与你一种什么伟大的东西。但是当我昨天看见你与那个白衣少妇坐在一块，我忽然很厌恶地觉得……你……你不过是由于献好，或再由于什么东西，向我说我是你的一切罢了。你既然当我在场能够和那个女人坐下，差不多把我完全忘记了，这不是表明你向我所说的都是假话吗？……

白赫几次想打断她的话头，要把自己的意思说出来，可是她总是停住了他，一定要在她说完了自己的意思之后他才能说。

——你明白吗？

——呵，自然啰！——白赫说着，吻了她的手。

——我最不愿意你想到这是嫉妒心的表现。我最不愿意想到这一层。

——呵，自然啰！——白赫又这样说道，他已经装着腔，如被宽恕了的胡闹者一样。

——这样，是说，我们讲和吗？——柳德米娜说，——我很高兴于今天到什么地方去玩一玩。

一时间的沉默。白赫很心虚地向她申明，今天他无论如何做不到，因为今天他没有闲空。他本来应当老早就走开了，可是他搓了一搓手，不得已飞跑到这儿来，好将误会解释明白。

谢尔格那时不知道那里是什么一回事。但是在白赫的声调里，他觉着有一种什么东西，想即时跑进房间里，将他的衣领抓将起来，抛到走廊里去，如同摔一个胡闹的猫一样。

四一

和爱玛一起到苏娘别墅去旅行，谢尔格本来是定在下一星期的，可是这个日期却改为今日了。

在那一晚之后，谢尔格感觉得他不能再欺瞒下去了。从今后他将实在地说出他所做及所感觉的一切。如果她不能忍受这个，那这是她的事情，与他无关。

当白赫走出之后，柳德米娜请求他同她一块到爱米塔司戏院去，可是谢尔格向她说道，他想今天和爱玛一阵到苏娘家里去。但是如果她一定要他和她到戏院去的话，他可以将这一次旅行延期，而和她一块到戏院去。

柳德米娜听见他的报告，突然苍白了面孔。她压抑一下自己，勉强地向他说道，他可以照他所已经决定的做去。

——我不愿拴着在你的颈子上，——柳德米娜说，——我今天之所以请求你和我到戏院去，那仅仅是因为我们很久没有一块儿到过什么地方去了。

到叶林娜家里那是不算数的。

但是谢尔格在经验上已经知道她所说的“我不愿拴着在你的颈子上”，不能认为是信任的表示。如果他今天去和爱玛旅行去，即照着柳德米娜自己所肯定的做去，则当他回家的时候，她将坐着不动，定睛向一点望着。若他问一问她是一回什么事情，那她一定地说道：

“我向你提议，你可以随着自己的决定到什么地方去，那是因为我期待着，而且希望着你总可以牺牲一次，以满足我的要求。不料你一听见我的话，即利用着机会。（谢尔格奇怪她宛如有一种什么机敏的预觉也似的：当他每一次预备同谁个到什么地方去的时候，她总是请求他和她一块到什么地方去。）”

谢尔格自然可以向她说道，她没有一句话是可以信任的，她简直如奸细一样，企图每一次都要把他捉着……

这么一来，那将弄到很不好的结果，总要弄到两天大家不说话。

——向我坐下一分钟罢！——柳德米娜向谢尔格说。

他坐下了。

她望了谢尔格很久，后来战抖地拿起谢尔格的手来，放到自己的胸上，差不多如忍受不住了痛苦也似地叫道：

——看着上帝的情分，救救我罢……我要死了……

——你是怎么着了呀？——谢尔格很惊异地这样说道，将手放到她的肩上。

——我感觉得你离开我了。你不快活我勉强你同我一块去。你完全没有和我一块儿的需要。我孤单的一个人……永远的孤单……哦，我的天哪！

——当我和你在一块的时候，你怎么是孤单的呢？

——你的灵魂离开我了……你撇开了我而生活着！撇开了我！……

——我的亲爱的，我仅仅现在才感觉着我是在生活着呢。我没有离开你，不过从你的身上将“灵魂”拿回来了罢了。你会不给它走它自己所应走的方向，可是现在它回到我的身上来了。

——走着离开我的那个方向吗？——她很激动地说道，——我用什么来生活着呢？用什么呢？你说呵！

——用你身上所有的生活着。用别人的东西生活着是不行的。

——我算你的灵魂是我自己的。而不是别人的……

——是的，你是这样地打算过，但是在实际上它是我的呵。

——它是你的吗？……——她机械地重复了这么一句，又苦笑着说道，——夺去了最后的东西……它是你的！……而我如一个失业者，没有用的废物……——她忽然将脸转向着他，在她的眼睛里闪着泪珠，燃烧着最兴奋的火光。

——你知道不知道，为着保存着你，保存着你的灵魂在我的身边，我做了什么吗？你刚才无人性地所说的那个灵魂，它是你的吗？我摧残了我自己，将我自己的灵魂翻得赤裸裸地。我践踏了在我的身内向之所引为自豪的东西。我压抑了我心中的一切，为着要给你以自由，为着要不到处跟着你，虽然我是想要如母亲对小孩子一般地到处跟着你。我仅仅只要你的灵魂是和我一起的。我仅仅要它是我的，当你安眠的时候我总是整夜地哭泣着，因为你的灵魂已离我而去，任有什么东西也挽回不过来。且慢，你让我说完罢！——谢尔格要说什么，她停止他，不让他说。

——你刚才向我说，它，灵魂，是你的。而你知道有时我整夜不入梦地，生怕挨动了你，惊醒了你，那时候我想着一些什么吗？我曾想道，如果创造主是存在的话，那当我完结自己的生活走到他的面前时，我将是没有灵魂的走到他的面前了。

——他将问我："为什么你不带着灵魂来呢？"

我将快乐而且傲慢地回答道："主呵，我将一切都给予那个人了！我为我自己什么也没留下……"

——我也将是没有灵魂的走到他的面前了。——谢尔格说。——若他们问我将灵魂弄到什么地方去了，那我便将指着地球向他们说道："它完全留下在那里了。每一个就作算有着它一小小的部分，可是主呵，它在那里保存着也比较在你这里保存得要好些呢。我很牢固地安置下我的资本了。"

柳德米娜呆望着谢尔格，不明白他是在说笑话抑是在说正经话。后来她冷笑了一下，将手摆动一下，说道：

——我本来想信一信奇迹，就是两个人可以永远经过一条路，可以白首偕老，可以心心相印，因此我也就将自己的灵魂完全交给了你，将它完全放到我对于你的爱上面去……不料它……它却不为你所需要！——她如发了神经病也似地笑了起来。——我是怎样地愚蠢！我是怎样地无知！我的天哪！我卑屈到那一种地步！……我本来想道，我的爱情是异常地宝贵，人们不但因之要很快乐地把灵魂交给我，而且在这其间他们将寻到无上的幸福，在地球上所仅有的幸福。不料它形成为需要的，只在你还未将它交出的以前。若一把它交出来，那你便成为没有用的废物了……如果你不把它交出罢，那只有孤单的寂苦而已。若你把它交出来罢，那么也还是落得孤单，孤单而已！

她又滚滚地流下泪来。拿起小手袋子，她从里边取出手帕来。

——眼泪是这样地流着，这真是再可憎恶也没有了！我自己憎恶我自己，宛如我是一个乞丐一样。我准备将这些可恨的泪水用红铁烧干，免得你看见我的卑屈呵。

她将小小的手帕扯成两半，摔到地毯上。

——请我原谅我罢，——谢尔格说。——但是我想到你并不这样孤单呵。

柳德米娜迅速地向他睁开了眼睛，她的眼泪顿时停住了，眼睛燃烧着枯燥的，惊慌的光芒。

——究竟是？……

——我觉得你与白赫是很亲密的呢。

——呵，是的……——柳德米娜莫明其妙地这样说道。停一会，她的面容突然涨红了起来。——你怎样能够……你怎样能够想到这一层？你知道吗，不将他赶开，这是怎样令我苦痛的事情呵！如果发生了这件事情……那我将一分钟都不能和你同居的……我可以将我自己杀死，若有这么一回事情……但是我绝对不能让你亲近我，就是接触一下也是不可以的。你怎样能够！……怎样能够想到这一层呀？——她惊慌地说着这话。

——但是你在那个时候离开我而走出去了，我也不知道你是走到什么地方去了；我整夜地赤着脚靠着窗户立着，不停睛地向巷口望着，当我看见戏院闭了幕，人们成阵地在路上走回家去的时候，我总是希望着你的面孔即刻要就在巷口出现，即刻就会走回家来，但是人也稀夜也静了，还见不到你的影子。

——这是什么时候的事情呢？——谢尔格说：——我总共不过三四次去赴过我们的晚会的。

——我不知道，到什么地方去了……——柳德米娜急忙说道，——也许你是去赴晚会去了。——谢尔格想要辩白一下，她即忙摇一摇手，又补说了这么一句。——也许……但是我是一个人孤单地留在家里呵。呵，事情并不在于我一个人留在家里，而是在于你的灵魂也是出去了。

——这个人曾在我的身旁。他俯伏在我的脚下，他仅仅想着怎样才可以安慰我。他知道了……他知道了呵！这对于我是再可怕没有的了！我一点也没有什么保障。他每一分钟都能够向我说："你牢牢地保持着自己，你为着他而守身如玉。然而他是不需要你的呵。"这是对于我的自傲心的践踏呵！

柳德米娜立起身来，她的面孔依旧热烘烘地烧着。在她的胸前挂着一条黑珠子结成的串子，这时由于她的如害狂热病的动作而摇摆着。她将它一把扯断，珠子撒在满地板上。她不注意它们，依旧继续说道：

——我曾问过我自己，我有没有权利拒绝那个需要我的生命的人呢？……我有没有权利给他一点我的同情，一点简单的友谊的抚慰呢？我的灵魂对于他是需要的，如同宝物一般，而对于你它是完全没有用处的。于是我制服了我自己——别要看我憎恶给别人以少许的灵魂，然而我究竟给了它，因为它是为你所不需要的。但是他很昂贵地才买到自己的一点点的幸福，若与我所给你的比较一下。

——他把一个整个的灵魂献给我了，因此我才给了他我的灵魂小小的部分，哦，这是说的灵魂，而不是肉体呵！……我在你的面前还是干净的。你明白吗，昨天他仅仅和那个白衣少妇坐了一下，我就向他发了脾气？那个女人本来不会使他动情的，他并且也不会再看见她，但是我……如果我有一次曾经为着救他，如他自己所说，给了他一点儿灵魂的毫末，那我便要求很贵重的报酬呢。让他拒绝了一切，那时我可以相信我的牺牲是为他所需要的。只要他稍微有一点不好的表示，那便将我的牺牲弄成零了。我为着什么要残害了我自己呢?！——那时我将要问我自己呢。

——他今天是感觉到这个了。

她突然停住了。她的眼睛逼射着谢尔格的眼睛，闪耀着火光。她将自己一双雪白而美丽纤细的手放到谢格尔的肩上，双唇颤动着很低微地，几乎听不出声音地说道：——这是我的烦恼……你看……

谢尔格逼视着她，想向她说道：

——我不能如你所愿望的爱你，这是因为我自己的生命不给与任何人，它是为我的事业所需要的。但是我很可怜你，既然你是这样非常地爱我，虽然你的爱情为我所不大了解的，那我也就不能丢掉你，只好给你我所能够给的东西罢。

——得了，我们走罢！——柳德米娜很高兴而有精神地这样说道，宛如解除自己所有的一切的思想和疑虑也似的。——今天是我的节日，我同我的老板同行。如果他不爱我，那我还可以有一种安慰，就是他谁个也不爱。这比较要轻松一点呢。

四二

柳德米娜仿佛高兴而活跃起来了。她很快乐地打扮起来，对着镜子将自己的小心保留着的浓厚而美丽的头发梳拢得很久。当她低下头来将头发掀到头前边而从后边梳拢的时候，她的头发披着差不多要挨上地板了。

在这一种预备出门的情形之下，时常总是这样的经过：谢尔格老早就预备好了，而她还没有预备停当。谢尔格自己穿上了衣服，可是忘记了拿外套给她。她因此指责了他，当他将外套送给她的时候，她将头摇摇，似乎说道：“他也不知尽管想着一些什么。”谢尔格很懊恼她因这一点琐碎的事情就指责他，尤其在她几分钟以前刚说了那些话之后。第二次要打电话给爱玛，报告旅行不得已又只得改期，这更是使他懊恼的事情。

但是谢尔格决定了，既然他不能照着他所决定的行去，那也只好忍一忍气，别要太把自己的情绪弄得太坏了。除此而外，他想告诉柳德米娜关于格鲁莎到莫斯科来看他的情景：她很和平地询问他和柳德米娜的生活。他想引起柳德米娜对于格鲁莎的好感来。

当他们俩出来了，向电车走着的时候，谢尔格说道：

——我不久以前经过了几分钟很快活的时间。

柳德米娜以为这是对她而发的，便静悄悄地将他的手更握得紧些。

——你曾经急于要我离婚，你以为我的女人会要和你争夺对我的权利。但是她却是这样地和平了结，这真是出我意料之外。

柳德米娜一分钟以前紧握着他的手，现在突然将自己的手放在他的手里不动了。

——她会来看过我，——谢尔格继续说道。

——……看过你？……在什么地方？

——在我的办公室里。你知道吗，她是那样很坦白地关心着我的生活，宛如她只念到我的利益，对于自己毫不涉想到也似的。

谢尔格越说下去，说格鲁莎不想争取柳德米娜的幸福，那柳德米娜的手便越是不动了。末了她完全将自己的手从谢尔格的手里拿开。

谢尔格没有觉察到这个，还是说道：

——你知道吗，我曾想要把她带到我们的家里来，谢谢她这么样好的态度。但是我想到这是于你不快活的事情……

——你对她具着优越的爱情的感觉，如对着牺牲品一样，而对我只是怀着气愤，以为因为我你才不能招待这个牺牲品吗？

——你这又从何说起呢？——谢尔格说了这话，不禁觉得因忍耐住了而未爆发的愤火，现在忽然熊熊地燃烧起来了。

——依着你自己的话呀！

——我越过越相信，就是和你说话总是要时时刻刻留着心，如同对一个什么敌人一样，因为你从每一句话上，都能够牵引到一些不相干的结论来。对你总是要先想一想，先望一望，别要一不留心就会弄出花样来。

——你转告我你对于你第一个女人的优点的敬佩，想以此来引起我的快感吗？但是我没有基督教的为和平而和平的精神。你这一种敬佩的心情，自然顶好不要告知我。

——我想，如果什么都不告知你，必定更要安静些。

——我的天哪，——她如自对自地这样说道。——当我的一颗心要冒出血来的时候，他从来没怜悯我一次，一句怜悯的话都没说过，而现在他却这样地怜悯她……

谢尔格什么也没回答。两人默默地走着。没有赶上电车，它刚刚走过去了，还可以看见它的红灯。停车处杳无人影，只是一种愁闷的空虚而已。

他俩相互没再多说一句话，静悄悄地等待着，两人向着不同的方向望去。

后来走到公共汽车的停车处。那里有五个人排着队立着。公共汽车一到，他们便推耸地爬进去，而柳德米娜落在后面，向谢尔格说道，她不能再坐下了，因为有了这样大的人堆。

——统共只有五个人，人堆在什么地方呢？

——反正是人堆。——柳德米娜不带着气说，但是她的那种固执的神情，也就同她生了气差不多了。

最后坐上了马车。两人依旧向不同的方向望着，默不一语。

柳德米娜终于苦笑了一下，说道：

——你看，我们又一块儿来看戏呢……

谢尔格想回答她道："因为总是这样的结果，所以我也就不高兴同你一块儿到那里去。"但是他什么也不说出，依旧默默地向那相反的方向望着，故意不听柳德米娜所说的话。当她请求他整一整她身上的什么，他默默地替她整理了，可是整理了之后，他依旧照从前的姿势坐下来。

——我预备着过节，——她说道，——你看这个节过得好……眼见得已经什么都不能为力了……一切都向末路走去。我现在不得不向被我所嘲弄的那个人承认……

两人静默地看着戏，每一个人都想道，别的人们，夫妻们，来到戏院是求快乐，而他们俩的快乐却转变为在戏院中苦坐着的义务。因为在事实上，那是不能看了半幕戏就立起身来转回家的。

他俩各坐着自己的椅子，如一对没有关系的人们。谢尔格想道，从前他曾有过怎样大的力量，怎样强固的意志，可是现在他却变成了如每一个知识者一样，不能向自己所需要的地方走去，想做一点什么，又没有力量，只得苦闷着，思索着。你看，现在他成了这样的人了。

柳德米娜固执地向舞台上望着。有时她的眼皮要合拢起来，但是她勉力不使它掉下来，仍旧向舞台上望着，不改变那种固执的神情。就是当下幕的时候，她还是望着她从前所望着的那块地方。

在第二场完结的时候，她立起身来走向休憩室去。因为她没向谢尔格说一点什么，所以他每一分钟间还留在那儿坐着不动。停一会他觉察到了，便跟着她走去。

但是她刚一走到走廊的时候，即刻又跑进大厅来。在她的脸上现露着恐怖与愤怒，轻蔑与绝望的神气。她用手抱着头，目不转睛地望着面前。

——你是怎么一回事？怎么，你说呀！——谢尔格问。

柳德米娜什么也不回答。人众开始惊愕起来。

——回去……快回去罢！……柳德米娜低声说道，依旧向面前呆视着。

谢尔格急促地将她拉到楼下，将她穿上衣服。她仍如木偶一般，低微地重复着说道：

——回家去……回家去……

四三

一路上她默不一语，只睁着两只眼睛如木偶一般向面前的一点望着。

他将她带到家里将她衣服脱下之后，她依旧死挺挺地立着不动。

——你在那里望见了什么，你说罢，这样是不行的。——谢尔格说。

柳德米娜不回答他，拿开他的手，脚步略微有点不稳的样子，静默着走入自己的房里去。

——放下我罢……她低微地只动一动嘴唇说了这么一句。

谢尔格留在自己的房间里。有时他至门边望一望柳德米娜。

柳德米娜坐在梳妆台子旁边不动，后来，她用手将头抱起来，掩住了眼睛，伏倒在梳妆台上。

谢尔格猜想不透，不明白到底在戏院中发生了什么事情。当她刚一走出走廊，而即转身跑回大厅的时候，她是那样地恐怖，好像一个人忽然明白了他即刻就要死亡的样子。

谢尔格从瓶中取出一点缬草酸盐，想送给她服下。但是忽然从她的房里听见兴高采烈的笑声。当她平素觉着特别好笑的时候，她总是这样响亮地欢笑着。

谢尔格轻松地吐了一口气。他想道，这或者是由于她耍着玩，或者是由于她现在觉得了那发生了事情是不值得大惊小怪的。

他走进房内，向她说道："托福，事情就这样地过去了。我已经将缬草酸盐拿来了呢。"

柳德米娜不注意他的话，望着墙角的一块什么地方哈哈地大笑，但是忽然起了一种不愉快的感觉，望见了她的面孔是完全不动的，仅仅从她喉管里突出来这一种不自然的狂笑。

他走近前去，使劲摇了她的肩膀。

——停住罢，听见吗？——他向她叫着说。

好像忽然梦醒了一般，她惊愕地向他转过头来，如同望着不相识的人也似地望着他。过一会，她的意识清醒了。她看见了他。她用手搂起头来，深深地叹了一口气。后来她的视线注到药瓶的身上。

——饮下罢，这是缬草酸盐……

柳德米娜突然有意识地瞟了谢尔格一眼，很开心地大笑着说道：

——不是这么一回事，亲爱的，不是这么一回事……

——什么不是这么一回事？

——不是需要这个呵！——柳德米娜说。

——你说着怎样的怪话。——谢尔格明白了她的意思，说道，——你说罢，你到底遇着了什么呢？

柳德米娜笑了一笑。

——现在我是要带着灵魂走向创造主的面前了。

——带着什么灵魂？谢尔格问她，一点也不明白是什么一回事。

——我总是想道，——她不回答谢尔格的话，接着说道。——我给予这样的宝物……我以此可以拯救一个人，我应当向着这个牺牲的路上走去。哦，天哪，这是怎样地荒唐！这是怎样地令人寒心！——她搓着手，使劲地摇一摇头，宛如她要抖开一切烧着她的脑筋的思想。

停一会她忽然转脸向着谢尔格，用自己如火一般热的手将谢尔格的手握起来，逼视着他，很急快地说道：

——你知道吗，当他匍匐于我的脚下，当他多少年总是哀求着我，说我的爱情如一最崇高的赐予，说我为他所需要……说我的友谊即是他的生命的意义，即是他唯一的幸福……我想道，我应当给予他这个！当你离开了我，我向我自己说道，如果我已经破碎了，如果我的灵魂已经不为你所需要了，那我就将它给予这个人，因为如此才算公正，我的灵魂是不会受损伤的。它依旧是纯洁的！

我刚才看见他……在戏院里。我叫他同我一块看戏，他没有答应，他说他今天没空。可是我在戏院中见着他了。他不是一个人。他是和那个……白衣少妇在一道儿的。我感觉到这宛如唾弃了我的灵魂，这是践踏了我的灵魂如一块无用的破麻布呵。我的天哪，这是谁个呢？我为着谁个，为着要拯救谁个，我残害了我自己？他和着别一个人逛着，他逼视着她的眼睛……如曾经向我望着的一样。

——你自己本来是以他对你的友谊为痛苦的，为什么你现在这样地悔恨呢？

柳德米娜很快地瞟了谢尔格一眼。他的面孔完全苍白了。她低微地，差不多没有张开嘴唇，不大有声息地说道：

——因为……因为我……我同他发生了关系。

谢尔格觉得他的一颗心冒出血来了。这是一个突如其来为谢尔格万万所没料到的答案！

——这是从什么时候起的呢？——他问，并没向柳德米娜望着。

——这是很早的事情……而后来我们的关系又恢复了……当你到工厂去的那一天……

——这是说在我们约定推诚相见以前所发生的吗？

柳德米娜抖战了一下，宛如被火热的铁烫着了也似的，几乎听不出声地说道：

——……是的。

谢尔格离开了她，走入自己的房间。他走近写字台边，倚着它站立了很久，脑中没有任何的思想。他仅仅不知何故望着那案头的日历，注意到那昨天的号数六月三十日还未翻转过去。

他的背后寂然无声。柳德米娜两手放在膝头，坐在那里如死人一般地不动。她的眼睛是干燥的，燃烧着不自然的，炯炯的，干燥的光芒。

后来她突然立起身来，走至门边，露着一种很奇怪的微笑，使得谢尔格觉得有点可怕起来。她说道：

——完结了吗，亲爱的？……

她忽然跑到他的前面跪下，紧抱着他的双膝，宛如她要永远地把持着什么。过一会，她忽然爬起身来，从茶几上抓了帽子，便奔出房间去了。

谢尔格在椅子上整整不动地坐了两点钟。后来他取出信纸开始写道：

是的，现在已经完结了……我离你而去，完全不是因为你对我“变了心”。我本来老早地就可以离开了你，但是我想到你的爱情生活于我的实质上，以我为唯一的，不可多得的实质。但是现在我看见了，你所需要的并不是它。你只是简单地需要着一个人，好依着他的力量生活着，因为你自己没有生活的力量。你必需要倚傍着一个什么人，以他的汁液为滋养料。

你总是朝秦暮楚地奔劳着，这是因为你惧怕孤单如惧怕死亡一样。因为孤单对于你就是死亡。你对于自己没有什么可做的事。

对于你，若没有一个亲近的人而生活着，那是等于在死寂的沙漠里生活着一样。你的幸福在于和一个人生活着而离开全世界。

但是那一个人，若他跟着你走的时候，应当为着你的伟大的爱情的原故背叛自己。

你毫无私念地倾向于为你所爱的人而牺牲自己，但是你向他也具着同样的要求。爱你的人越与世界越与一切的社会离开，那你便越觉得幸福。他越为着你而违背自己的意志，那你便越觉得愉快。

我便向我自己提出一个问题：我应当尊重你一个人的幸福呢，还是应当尊重我自己的意志，为着那伟大的开始，去活动着，去与全世界溶合起来呢？

我和你经过一切的阶段：爱情，欺骗，完全的真实，相互的让步。我曾想道，对你让一让步，我究竟可以（虽然不完全地）过着我所应当过着的生活，但是很快地我就肯定了，就是你的灵魂要取得大的收获。它想取得一切，决不满足于那一部分，因为它将整个的自己给予别人，也就要求别人将自己整个地给予它。

我们是两个世界的人们。你究竟是旧世界的最好的女人中之一个。但是我们之间生活的原则不是相差的，而是相反的。因此我们也就不能够在一块儿生活着。

我曾经什么时候在我的日记簿上写道：谁个看见了自己的路，那他便应当很严厉地走着自己的路，连一步都不退让。他应当取获的仅仅是那些对于自己的路有用的东西。

写完了信，谢尔格立起身来。时光已经完全是早晨了。

他望一望日历，很机械地从六月三十日的一页翻到七月二日的一页。

四四

三天以后，谢尔格已经在乡间了。

他从车站出来，直顺着草地向家里走来。时已下午五点钟了。这时热气渐渐低降下去，夕阳已经快入土了。沿路上被日光所晒萎的花草，现在又渐渐显露出生气了。

河中的水停止了晶明的闪耀，在靠岸的深处荡漾着平静的波纹。

远处已经看得出相识的空间：乡村，山间的树木，教堂的白屋。

谢尔格跳下河去洗了一个澡，觉得异常的凉爽。他坐在绿草的河岸上很久，感受到一种新的内心的平静。

他很奇怪地想道，他一个人在这杳无人迹的草野间无论坐得好久都能够。在这种自由与孤单之中平静下来了的他的思想，开始领会一切周围的景物，感受到生他的母亲——自然界。

当他走近家的时候，在菜园里首先看见他的是格鲁莎。她穿着无袖的长衣，赤着双脚，在菜园里收拾土埂。一看见了他，她快乐地拍了手，跑上前来欢迎他。当她跑到他的面前，喘着气，带着满脸汗，不知向他说什么话为好，只握住了他的双手，紧紧地放到自己的柔软的胸上。

谢尔格忽然感受到一种很相识的，很亲近的气味：菜园中的芝麻，已经开了花的马铃薯，隔邻的炊烟，以及格鲁莎身上麻织物的长衣。他又听见从溪边送来的妇女们的藁砧声。

这一幅平静的画图，以及西下的夕阳，晚钟的音响，道路上还未冷去的灰尘，对于谢尔格如一意外的景象，不禁将他引得欢快起来了。

他觉得格鲁莎现在不是一个单个的质体，而似乎是他眼前的整个的自然界的一部分。

在第二天谢尔格已经感觉到了，就是被破毁的，被阻止的生活的源流又重新开始活动起来了，又开始平静地流去。

老人们没有谈及谢尔格的家庭生活，似乎什么事情都没有发生过也似的。他也没告诉任何人关于他三天以前的事情。

晚餐过后，谢尔格走入藏物室里去睡觉。他脱下衣服，爬到铺上将脸向上躺下之后，便从那未关闭着的门口，向那星光闪璨着的天空望着。

在藏物室里，充满着为谢尔格孩童时代起就熟悉的那种愉快的气味。马料，麦草，麦壳……混成了一种特别的气味。

谢尔格躺着，向那天空望着，嗅着这种新鲜的气味，不禁感觉到一种为他以前所未熟悉的平静。他的内心异常地清晰起来。那远远的星光似乎是很密近的，它们的位置依旧是在于他那童年时所看见的地方。好像它们以自己的永远性向他说道，无论他走向什么地方去了，他只要望一望它们，便可以重新找到那消失的清明的灵魂，和那清明的路线。

听见赤脚的脚步声。这是格鲁莎走来了。

她挨近谢尔格坐下，拿起他的手来默默地抚摸着。

——铺位有点硬罢，弄软和一点好吗？——她问。

——不必，这样就可以。——谢尔格回答着说。他决定暂且不告诉格鲁莎发生了什么事情。

——你大概弄得很疲倦了罢？

——没有什么。

——你，想着什么事情吗？——她停一停这样地问他。

——不想什么，只这样躺着，望着那天上的星光。

——我有时也曾这样躺过，当睡不着的时候，总是向天空望着。他们说，那里也有人居住着呢。——她望着天上的星球这样沉吟着说。

——说不清楚。——谢尔格答。

——有些人们又说，这是人们的灵魂。每一个人有一颗星。当星坠落的时候，那人便要死去了。你看，那一颗星坠落了。我们什么都不晓得……

——她嘘了一口气说。

她的面孔向着天空那一边，谢尔格在昏黄中只看见她蒙着头巾的半面。

后来她问一问他还要不要什么之后，便走进茅屋去了。他听见那栅门的响声……

何处闪耀着闪光。但是夜依旧地沉寂，天空中仍闪烁着星光。谢尔格望着它们，觉着望着这些散布着的世界，他宛如一点一点地又收集起来这一年来失去了的生活。

面孔被清凉的微风吹着，他的眼帘渐渐由于甜蜜的假寐而合拢起来了。

冬天的春笑

寨　主

索波里　著

明天，当你看见他的时候，你就明白为什么很久很久地人家称他叫做寨主了。这个名称的起源还在一九〇八年，他引导一团人跟着自己的时候。其实，在那时，他不过是一个很平常的兵士，一个摩陀维民地方的木匠而已。……

这是很显然的，就是在乌拉岭那地方，空气和面包似乎都和别处不一样，在那里可以产生这样的肩头和这样的心！你也就可以想到这样一个人怎么能够忍受九年的苦刑！在苦刑中，他也曾两次地在森林里想逃脱，但都没有成功，反而在囚徒面前受了很大的惩罚。然后，他们就把他弄到阿摩尔去，要他在水里做工，水总是齐着膝头。在这时，他看见旁边死的人并不止一次。当鞭打人的时候，他总是第一个被打的。他因为被打得厉害，吞下了瞌睡药，靠在墙角旁边，也不说话，经过了两个星期，他还是安全而不曾死。当他站起身时，他又和从前一样地执傲了！他的意志还是不屈服的！一切的人们都弯了腰，只是他一个人不肯告饶。这样，他和管理苦工的长官，便成为两种力量了。这长官压迫他，打他，他总是不屈服。他是一个人很孤独的，很执傲的，向着死的路上走。在囚徒之中，他也是免不了死的一个；直到二月革命起来，才把他从牢狱里的绞刑架上救了出来。这一种红的旗帜在赤塔和他相遇着，于是他就把自己完完全全地送给红色的旗帜了，他常常地总是沉默，然而他总是常常地在前面。对于语言一方面，他把自己的地位让给了别人；但是在工作的一方面，他自己却要求很危险的位置。我时常觉着这么一个人不会哭也不会笑。我时常地留心观察他，但是我的很旧的心的里面的旧的感觉还没有脱掉，我总是惊异：怎么？他也没有眼泪也没有笑声？一个赤裸裸的思想能够贯注在他那种有力量的心房里面？……我们在一起有许多月，然后就离散了。我不晓得他有亲近的人没有，他的父母活着没有，我也不知道；

然在别一方面，若是他在我面前说一声我的母亲，那么我就要跳将起来了。我对于这种人的观念不同，“妈妈”这个字似乎不和他们联在一起，这些人应该这样地回答：我没有母亲，我是别一个老女人生的。谁个把他在这黑暗的森林之中生出来的呢？他不知是什么时候从那里走出来的。

八个月之久，我简直没有听他笑过一次，至于眼泪，那是不用说了。地球也哭过，乡村城市也流过眼泪，然而他没有哭。最奇怪的一件事，就是他不是一个残忍的人。那时所有的人的心也都硬起来了，像被兵士所忘了的面包壳一样。一切人们都学会了杀人，闭着嘴唇很快地像射箭一样地杀着。……

他是一个卷发的人，比别人高两个头，胸部很宽阔，当他不说话时，很像绘画中的野外的英雄。尤其特别的，他依照自己的办法，在他的眼里好像没有残酷，好像残酷的东西不会到他的眼里来。有一天，我们在一个很小的乡村之间搜捕白党，他在一个有金黄发的女孩的尸骸旁边竟停住了，这女孩是被逃了的民团强奸死的。这女孩躺在井边，她身上穿的衣服已经烂了，在她的赤裸的肚皮上伏着一些金黄色的苍蝇。他站了一下，然后慢慢地从自己身上把外套脱了下来，把那姑娘盖了，把她送到附近的村庄里去。他的面孔这时变为灰白了，他成了这样的一个人，这是我第一次觉到人的面孔会变成那样。

几点钟以后，在他的面前枪毙了两个叛兵，而他连身子都不转一回，头也不扭一回，虽然他们中有一个还乱滚乱叫了一些时。

当我们占据了 B 城以后，我们的寨主便被派为革命非常委员会的主席。他很缄默地接受了命令。他从来是缄默的；他也不说什么闲话，从那种很湿的田野的露宿地方搬到没收的装璜富丽的很贵族的房子的办公室里去了。

这一种死亡消灭了很多的人，在这一种血的场所很多的人倒下去了，如同那麦穗子在大风雨里倒下去一样。他似乎在生与死的两个线之间走着路，他挺直了走，不弯腰，也不回看。

他接事不久，从中央来了一个新的同志，是派来在革命非常委员会做工的，名字叫娜达莎，她是一个不曾出嫁的二十五岁的姑娘。

这位姑娘很瘦，很脆弱，好像是不久于人世的一样。然而她同时表现得比别人更精神些，更能吃苦些，身体更强健些。当搜捕卜拉贺绵克尔团长及其党羽的时候，娜达莎差不多两星期没有睡觉，没有躺了下来，种种的阴谋都被她破败了。

这一位姑娘，在革命非常委员会主席面前很是渺小。只要她微笑一笑，我们中每一个人就不自主起来；但这不是赞成她，恭敬她，也不是和男子热爱女子时的迷恋一样。

她的微笑是很突然的，突然地笑，又突然地收敛起来；这在事实上是没有解释，想象和猜想的可能的……

有一次我就明白了……就是我们的寨主被爱情所疲倦了，他把一切的自己所未消耗的爱情，一切自己所隐藏的人类对于幸福的渴望，他都放到这位姑娘的嘴唇上去了。

我把眼一闭，就看见他们俩共同地在努力工作。当他们俩单独在一起的时候，他们就会拥抱起来的。

我把眼一闭，我就听见寨主怎样地唱歌。

我和他很亲近地在一起将近一年，我们一同跑过，一同向敌人进攻过，一同看见很多的死亡，然而从不知他能唱歌，唱俄罗斯奴隶们所爱唱的自由歌。

于是，她在第五天时她就强逼他唱。

于是，我就听见这姑娘怎样的请求，她的情状很懒散，语尾拖得很长：

——我躺一躺，我要休息一忽儿，你唱一唱我所爱听的歌罢。

她所心爱的歌是什么呢？关于斯金克拉金的，关于波斯公主的，关于寨主的一些歌。

我不想再回忆了，然而我听见她怎样地向寨主说。她抱着寨主，把自己的头靠近他，她向寨主很献媚的：

——你是我的寨主——你是我的，我的！你是有力量的，有力量的。我是你的公主，你的很小的波斯公主，我整个地在你的有力量的手里。但是我知道，我知道，你不抛弃我，你也不甩掉我。你爱我么？你爱我么？

这些事全发生在晚上，一到白天，他们就和同志对同志一样，说话是很干燥无味的。

——没有什么！没有什么！你们把他做模范罢，你们看这真是一个工作者；有了这种人，革命才可以胜利！

于是她微笑，微笑着说：

——我是很幸福的，就是能和他在一起工作。

我本来很想忘掉，然而在我的耳朵里，那一切他们在夜里，在晚上，在小船上的一种举动的声音我总是忘记不了。这位姑娘她很欢喜在黑色的河流里划船，有时她跳到水里，寨主总把她搂在手里头。只要夜晚没有紧要事的时候，她就把他拉到船上去了。这姑娘常在船上向寨主说：

——你是比一切都有力量些，我爱你的卷发，我爱你这种灰色的眼睛，你眼发光罢，我的心爱的，我似乎很害怕的，我的亲爱的，我的亲爱的，你真是旧诗歌里的英雄！在你的胸前躺着，该多么甜蜜？和你一块儿游河，该多么的有趣！我爱你的手，一切在你的面前就同麻雀一样。

在五月底，在右岸一方面白党活动起来，他们如火一样地哄动起来。五月二十六，他们把B城占领了。二十九号，我们的人又把城池夺回来。他们没有来得及跑，于是我们在得着其他东西外，把他们侦探的文件全都得着了。

五月三十日，我们的寨主被召到电报室去，这时已经晚了，娜达莎正在底下一层楼审问被捕的人。寨主一个人就到接电室里去了。他很简单地很快地用铅笔敲着，他的头渐渐地低到很白的很可怕的纸条上面去：

“照着所得到的证据看来，这是没有可疑的，娜达莎是奸细。她的本名是摩木芙林公主，与李别司将军有关系。娜达莎向李别司所报告的东西，组织的计划，我们全都得到了。……”

寨主把那纸条撕断了。

他很平常地回到自己办公室，仅仅地一刹那间把头躺在桌上。他还没有喊人的时候，娜达莎已经进来了。

于是他首先向娜达莎提议，在同志们没有来齐的时候，到河里去划船，或半点钟，或二十分钟。他仅仅说自己头很痛。从革命非常委员会到河岸差不多一百多步的光景，娜达莎也就微笑了百余次。

像平时一样，船划到河中，娜达莎就把头放在寨主的膝上。这是不是因为他们出来不按时呢？是不是娜达莎在审问时疲倦了呢？她伏在寨主的膝上没有说话。

然而，娜达莎把眼睛睁开了。

就在这时寨主轻轻地向娜达莎喊着说：

——公主呵！

她微笑起来了！

——公主摩木芙林呵！

于是她就“啊”了一声，于是，就用手推开他向船底爬。寨主把她的嘴用铁一般的手掩将起来，把她举得很高，把她的嘴愈掩愈紧，用力量把她从自己身上甩到水里去了。

他接着两天不知到什么地方去了，我也没有问他。但我猜想河会说话，而不说话的人是会听的。

当寨主出现的一天，就来了中央特派员，把他带到莫斯科去了。

后来，经过六个月，我们在南方战线上又遇着了。我带领了一团人，他就是这一千几百个红兵当中的一个。他总是避我，但有一次我却恰好遇着他，他无法避开了。于是，我就见到他那双灰色的眼睛已不像从前了……

冬天的春笑

——《冉娜的爱》之第二章

爱莲堡　著

冉娜走出加兰廷的郊外很远了。周围仅仅是倾斜的，赭色的山丘，下面是海。冉娜快乐起来了：在此应当是日历上的冬季的一天，发生了非常的，重要的变化，这种变化未为新闻纸所揭示出来，更不能对于她的那位十分注意世界大事的父亲，有什么鼓动。昨天晚上还是冬天，冉娜几几乎为这个冬天把精神困惫住了，时常因之流泪。昨天的一个整天，冉娜总都是忧郁着，而幻想着一桩事情：生在火炉盖子里边，那时就不愁什么冷了。而今天的早晨，却从海边吹来了暖风。冉娜家里的男仆，可笑的短鼻子的万涅，将一切窗户都开开，他就同猎犬一样，嗅一嗅窗外的空气，又如雪鸟一样，呼哨了几下。别要看这被围困的克里姆地方，在冬天有许多的缺乏与灾祸，但是加兰廷这一村镇的居民们，将一切锅桶碗筷拿到院子外边，大煮其豆食之类。他们一边哼着像很快活的调子，一边又转动着，为着要使太阳的光一丝儿都不落空。就是海罢，它也似乎很快地改换了衣襟了：由一个悲剧者的苍老惨淡的服色，而改换为一个可爱的小姑娘的绿衣了。冉娜沿着泥滑的道路行走着，歪跛于小的泥泽之中，一方面愉快着，一方面又猜不透这不合时季的春意。

冉娜还有快乐的事情，那就是她的爸爸今天早上展开黄报纸向她说道，“呵，现在总算是完结了，我们从此地也快要溜之大吉了”。这个意思就是说，快要到巴黎去了。那里也是很暖和的。那里永远是很暖和的。在那里将完结这一场恶梦，这所谓可怕的“俄罗斯”。这一场延长的恶梦，它困惫了冉娜，算起来已是六年了。就是现在她还是怕它，就为那辽远的二月一天的早晨：那时她是十三岁的小姑娘，手中拿着她的女友在离别时所赠予她的花束，走向布列斯特车站前的平场，见着了雪，农妇的羊皮袍，裹着头巾的岗警，这岗警正向已经冻僵的车夫乱叫……见着了这些东西，她不禁哭起来了，虽然她的爸爸也曾劝止她，轻轻地向她说道，“这没有什么紧要呵……这个是富足的，很富足的国度呵！”但冉娜终是哭起来了。

冉娜惧怕俄罗斯。在她的想象中，俄罗斯混合了一切坏的东西：野蛮的气候与地理教科书上所说的并无二致；讨厌的，不可征服的字母的发音，如Sch……猪猡的毛皮；在跳舞时沉迷于烧酒之中的吊膀子的先生们；用带着狗皮手套的手指拭自己酒糟鼻子的将军；小面包；饮茶的数量怕人……还有难听的如马吼狗叫的歌声。在一九一七年以前，还可避免这些闻见的东西。那时曾有过玫瑰色的小房，在那里嚣俄的书曾同冉娜一块儿生活过，窗边的花瓶里不断地插着鲜艳的玫瑰……实实在在地说起来，那时在这一间小房子里，曾经论到可爱的法兰西，并不亚于嚣俄本身所说的一切；也曾有过很精致的饭厅，在那里爸爸每天晚上一方面用波尔杜红酒滋润他的口味，一方面很平静地读《评论报》（Journal des debats）各种大致相同的论文……后来呢？后来发生了什么很奇怪的，各人所称谓不同的变故。冉娜对于这种变故，有自己的特殊的领会；她似乎觉得俄罗斯一下子陡然长大起来了，它将玫瑰色的小房间，爸爸爱读的《评论报》，以及送过她的玫瑰花的一些漂亮的青年人，都统统地吞食了。冉娜什么东西也不曾明白。人们曾说道，“革命”，但是冉娜在学校里曾读过法国的历史，革命对于冉娜，似乎是很有趣味而动人的东西：兴奋的演说，马赛人的歌曲，庆祝会，或者哪一个勇敢的执旗者，因为反对与统治阶级合作的行动，而至于英烈地壮死。但是，难道说一些带着野蛮的皮帽子的人们，跑进到冉娜的家里，为着要搜求，要吹烟，要熏黑了冉娜的玫瑰色的小房间，要打破衣橱，或者要瞟看一下小孩子的日记簿，这是革命么？难道说一些在巷中的战栗的站岗女人，难道说拿着一张食粮票站着队，忍着冷，为着要领取几块白糖，难道说这一切有点相像嚣俄的诗，或是有点相像路弗中所陈列着的表现革命的画片吗？

很友爱地向着太阳微笑了一笑，冉娜抛却关于最后的，尤其是艰难的一年的回忆：逃跑，在农车上伏在麦草中的一夜，隐藏在一个小村庄的六日，不幸遇着了一些什么高加索的土人，为着一个小玩意儿，就想将爸爸杀死……诺斯托夫地方的磨坊，车站内的染病，从头又是奔跑，货船，淹没的人们，风浪，……到了最后，这些无聊的，严厉的在费沃朵西地方的几个星期，天天只听着哥恰克人与北风的叫吼。这都是一些经过的事情。但是顶好还是想道，这一些事情没有经过。顶好还是想道，冉娜已经在法兰西了，这今天的温和的天气并不是什么奇怪，而是最合乎规律的春天。就快要去巴黎了！

冉娜如小孩子似地笑出声音来了。

——在这种很倒霉的时候，而能与你这样的美丽女子相遇着了，真是很快畅的事情呵！

在冉娜身边忽然现出来一个带着羊皮帽子的，金黄色头发的胖军官。冉娜惊恐地喊叫了一声，就很快地走开了。但是一只很重的，毛茸茸的大爪已经把她的肩头按住了。冉娜觉得酒气熏人，令人欲呕。

——放开我吧！你怎敢这样妄为呢！我是一个外国女子！法兰西女子！

——呵，这就更妙了！你连想象都想象不到，我是怎么样讨厌俄国的女人！而一个法国女人，呵，这简直是时髦货，这简直是媚人的尤物……

冉娜推开了这位浑蛋先生，但是因为用力太过了，全身跌在污泥的地上。就在这一瞬间，冉娜又听见了另外的一个人的声音。

——请问你这一位军官老爷，到底因为什么事情？请你告诉我！

有一个人很小心地把她扶起身来。在她的身前，站立着一个军官，微笑着。但是这个军官不是侮辱她的狂徒。这一切动作的发生似乎如影戏一样地快，冉娜在惊骇之余，忘却了向这位恩人道谢，而却先拍打被泥所沾污的衣裳。这一位不相识的人帮助了她，似乎是很简单，很平常的样子，就同他俩已经很久的时候就是朋友，在一块时常地逛过。最后，他不能再忍而微笑起来了。

——你不认识我吗，冉娜？

——安得来？

倘若安得来在这一分钟之前，已经很欢喜了这一次偶然的遇会，那么现在他的欢喜更要增加了：在冉娜的脸上，他很容易看出，除了惊骇和承认的神情，还似觉有点别的东西——也许是温柔而亲密的神情？这个是说，真的她还没有完全忘却了他？

五年以前，在革命——这个讨厌的革命，它似乎故意地发生出来，将冉娜最好的年头夺去了。——前的一个最后的夏季，在莫斯科城外一所避暑的村内，冉娜认识了一个年青的大学生。他也爱晒日光，也爱嚣俄诗中的响亮的“RRR”，以及红艳的玫瑰花。不过也许他说说罢了，在实际上是因为他很含混地，还不十分大确定地，已经爱上了这个南方的，含羞带怕的外国女郎。这一切都是很久的事了。倘若想一想——在别一种生活里，在第二年夏天大变动之前，那时似乎有一次他俩并排行走，在黄昏的时候，沿过避暑庄的花园，被银色的月光所笼罩着，又充满了绣球花的香气，他吻了她的腮庞。也许这一件事情并没曾经过。也许他想吻她，然而当他低下头的时候，却说了一些莫明其妙的关于棒球的话。他俩都不知道有没有过这件事情。他俩普通总很少想到爱情的身上。爱情进入他们的生活里同着心爱的小书，棒球与绣球花一道。那时他俩还是小孩子。

后来冉娜有时想起一个宽大而微笑的面庞，在这个面庞上闪烁着两个愁郁的灰色的眼睛。过去的回忆使冉娜陷于悲哀的境地，尤其使冉娜悲哀的，是回忆那些乡庄的受窘，车站内的夜宿……由这些回忆更使得冉娜悲哀无已：安得来也同其他送过玫瑰给她的青年人一样，消逝了！消逝了！这就是说，这个恶魔的革命连安得来也吞食了。

他俩相互地握着手。他俩相互地微笑着。他俩说不出什么话来。这一种沉默是很大的，很完全的沉默，冉娜不禁怕起来了。微笑还未从她的唇边逝去，而她的眼睛困惫了，一颗心跳动了，不禁觉得局促难过起来。这时她似乎要救一救危境也似的，便先开口说道：

——您在此地？很久了？您是军官？

——不，冉娜，我不是军官。

也许不应当这样说。安得来本来是会做一个很谨慎的人。但在人类的行为上，有许多事情是不能完全了解的。一看见了冉娜，他似乎即时就变成了一个小孩子，是的，他变成了有一个什么时候想吻一吻黑发的女郎而竟不能够的一个小孩子。他决定将一切事情都完完全全地告诉她。他仅只记住一件事情我遇着她了。

——我简直不明白您，安得来。我现在简直一点儿也不明白俄罗斯的事情。您不是军官吗？为什么您穿着军装？

——我在此地，为着要预备暴动呢。若别列可浦一被占领的时候，我们就动起手来。您难道统统都不懂得吗？我是……

于是安得来很平静地，很了然地，说出来那么一个名词，这个名词是冉娜所惯引以为讨厌的和污辱的东西。似乎在诺斯托夫地方，冉娜的爸爸有一天知道了，在水沟中寻出来了一个头被击伤的，十四岁的女孩子的尸身，曾说道：“这毫无疑惑地是波尔雪委克干的事。”冉娜当时就信以为真了。一切爸爸的朋友也是这样重复地说道：“强盗！刺客！”现在安得来居然把这个可怕的名词放到自己的身上。逃跑吧？还是喊救命？还是没有法子只得哭将起来？

可怜的冉娜！从为着幸福的孩子们而设立的“金色的图书馆”内出来的，小小的法国女郎，不幸落到这个野蛮的国度里！她无所措手足地，很哀求地瞟看着安得来。

——自然我是波尔雪委克呀！难道说我能够不同他们一块吗？

安得来于是很诚实地，很美好地微笑了一笑。在这个微笑里，充满了欢快，由于他正在预备暴动，由于他遇着了一个可爱的姑娘，或者也许再由于日光是这般地温和，冬天也会有了春笑。

这一种微笑可是把冉娜救出困境了，——微笑唤醒了冉娜：呵，这是安得来呵！难道说凶恶的人们能够这样微笑吗？原来暴动也是很好的事情！他原来是对的！于是冉娜，虽然是稍慢一点，以平静的，充满了温情的微笑以报答安得来的微笑。而且听了他的话之后，这时他对于她似乎更亲近些：现在冉娜隐隐地将自己献于安得来之秘密的信仰了。对于冉娜，这一种情状是在回避成人的孩子式的游戏与正在她的面前放开的可怕的命运之间。

他向她叙述得很久，怎样在举扳与白党打仗，怎样帮助青党得到武器……这一切秘密的工作是如何地有趣，如何地美妙！这在胜利与死亡之间，明天也许在牢狱的巷口内被吊死，但是也许红军的骑兵会将别列可浦的土壕占领。总而言之，这是多么地美妙而有趣呵！

什么“红党”，“白党”，“青党”——冉娜曾听见过这许多名词。说一句实在话，她实在不大了解这些是什么玩意。但是，冉娜虽然不了解这些，可是随着每一句话，她增加了对于安得来的信心。“预备暴动”——这大约是好事情，这大约就同温暖的和风一样，在一夜之中改变了这个可怕的城市。呵，这费沃朵西亚原是很奇特的地方；这白的房屋和阶沿，这美丽的海面！很奇怪，冉娜从前从未觉察到这个……革命这并不仅仅是搜查与食粮票子。这个很显然地，还是一些很多的别的什么东西。这个大约就是安得来，否则，安得来不会为着它而预备死，平常为着一块白糖，总没有人死过呵。原来这个就同她在学校里所读过的差不多，原来这就是为嚣俄所歌诵的东西。但是不要，他不要死了呵！他应当活着！冉娜还可以再看见着他么？

已经是夜晚了。在下面已闪动着火光了。谁个拉着手琴将天空中充满了妇人的哀怨。陡然听着几下枪声……

——也许是在放哨吧……已经在射击呢……

他也是可以被枪毙的呵！就同异方僧的种子一样，冉娜随着每分钟而长大起来。第一次妇人的恐怖在她的童心上经过了。

——呵，我很高兴我们能够遇着了，但是我们能不能再有见面的机会呢，我还不晓得……

也就同在严冬忽出现了春天一样，在这一天又发生了第二个偶然的神秘的变故。她自己不明白她说些什么，从什么地方她寻得了这些话来：

——我似觉我不能将你丢开，安得来……

说完了话，她又不禁惊怕起来了，而安得来依旧是微笑着，不过仅仅在他的眼睛内，似乎更显现些悲哀罢了。霎时间又听见了许多枪声，安得来不高兴地只得谛听着。在夜里他应当到阿屠那去。他没有回答冉娜什么话，两人沉默下来了。

火光越闪越近了，人群看得很清楚了。这已经是城角了。

——我不能再同你走了。——安得来说。

安得来说完了话，将她的冠握着，这时他的神情是那样地亲密，这也许是一种痛苦的，不可挽回的别离之一种预感。他吻了一吻冉娜的手背。

沿着人声噪杂的意大利街，冉娜很快地走回家来。她感觉到了：应好好地想想，应好好地辨明，到底她今天遇着了什么变故，但是这一分钟总是拖延着下去。忽然间，在乱杂的咖啡馆的旁边，在人众拥挤，小孩子叫卖香烟糖果的声中，她停住了脚步。谁个也没叫唤她，她是还可以向前走她的路的。她所以忽然停住脚的，是由于并未经过长时间的考虑，忽然而来的很简单的思想：喂，这是爱情呵！卖香烟的人还是继续叫喊着。有一个希腊人很注意地瞟看了冉娜一下，并向她说了些什么，但是冉娜没有听见。她只微笑地站立着。

然而这种平静延长得并不久。别的烦杂的思想，就同在重要的事故发生之后，又涌现出来了。爱情？这个意思是说他应当进入她的生活里？他要进入新的玫瑰色的房间内，与冉娜长久地，永远地生活在一块儿？这个可爱的，然而又是陌生的，可怕的人，他有什么“青党”“红党”……应当成为她的如爸爸一样的亲密的，不，更比爸爸要亲密的人？冉娜觉着有点不安起来。在脑际里忽然涌出了一个字，这个字对于她是这样地新颖，然而又是这样地生硬，可是对于一切在海边上游玩的人们，又是这样地平常：“丈夫”！这岂不是说安得来可以做她的丈夫么？

冉娜是这样地想着。她不能不做如是想。她的死去的妈妈是这样教她的。那是很久了，在一座庐艾河岸上的小房子内，妈妈抚着冉娜的还未能梳成辫结的头发，向冉娜说道：“呵，你慢慢长大，长大后就嫁人呵！”……在学校里上讨厌的手工课的时候，先生们也是这样地说道：“倘若你学不会呵，那你将不能成为一个贤妻呵！……”她的黄封面的小书也是这样地告诉她：爱情——接吻——未婚夫——幸福。

冉娜的世界是很狭小的。在她的世界里将找不出山的位置来。可是也就因此，她的梳妆台上的小玩具或是用以卜“爱不爱”的蒲公英花片，就似乎是很大的东西了。自然是可以问卜的，但是也只有在爱情未到之前，等到爱情真正地到了，那还问它什么蒲公英呢？

安得来闯进了这个寂静的世界，他似乎破坏了什么，他是很巨大的，可怕的，他穿着长统皮靴就同可怕的俄罗斯一样，然而他又是可爱的，完全还是一个小孩子，安得来！……

是的，冉娜想他做她的丈夫！但是爸爸呢？呵，爸爸完全是别一种人，他俩无论如何是不能住在一块的。爸爸，手不离开《评论报》的老的和善的爸爸——把他放到什么地方去呢？于是一分钟以前充满了幸福的冉娜，现在不禁头旋起来了，一切东西——屋宇，浴室，玩具……也都旋转起来了，形成了一阵旋转的绿烟。冉娜现在为苦痛所摇摆得欲倒了。但是爸爸怎么办呢？鲁艾列特——冉娜的故乡，在那里人们饮红椒酒，在那里人们做 Trick-Track 的游戏，在那里，倘若黄色封面的书不骗人的话，人们是很活泼，很平静，很简单地相爱：一接吻了，这就表示丈夫与平安的意思。安得来？……虽然冉娜没有笑出声来，然已经是微笑了，当她想象安得来拍着拍子玩 Trick-Track 的样子。喂，好无聊的成见！什么“红党”“青党”“白党”！但是安得来将没有安静的时候！冉娜明白了这个，但是冉娜也不想要什么安静！喂，爸爸怎么好呢？……而不要爸爸是不可以的。

冉娜是这样地想着。冉娜已经站在自家屋宇沿阶下的石像的前面。冉娜已经将手放在用为做响铃的蛇美人的头上。在这时又听见了一声枯寂的枪声。“放哨!”冉娜想起安得来是如何热烈地与她辞别的光景了。不，仅仅只要一件东西——他不至于死！我已经将老实话告诉他了。现在他大约是知道了：我无论如何不能没有他呵！但是爸爸呢？爸爸在她的身上没有了。她试几试想将爸爸复现起来，但是终于不能够。仅仅只要不想安得来杀死！而其余的东西不十分重要，而且是没有的。

这是怎样的爱情！于是冉娜在这种高大的思想之中，伸手按响了门铃。蛇美人的头动摇了。倘若他能将一切冉娜的惊颤都转达了，那么，这一次铃声将不是一个很平常的，而是一声很令人震动的大钟的声音。

信

谢芙林娜　著

母亲在梦中已经过了半夜了。在炕上她梦呓中已经祷告了八次，她深长地叹着气，便又重新睡着了。在第九次的时候，她醒来了，睁眼一看，谢门嘉还在灯下伏着桌子坐着。他的床铺照着白天一样没有变动。至于弗萝西嘉的床铺呢，眼见得上面也是空空如也。她不禁喃喃地自语起来了。

——你看，上帝以这些无法无天的孩子们来惩罚我！他们是这样地不孝顺！一个女孩儿家在别人的磨坊里被雇着做工，好像她在那里不是推磨，而在义父家里吃着宴席也似的。向自家的茅屋溜了一眼，便又绕了一下裙边，走到外边去了。简直没有脑筋，不晓得诸事从新做起，是不好的事情。弗萝西嘉跑去唱歌，游戏，到了这样的辰光还不回来。女孩儿家的青春是不久的，只要一嫁人，便会很快地衰老下来。她绝对不想到这一层。为母亲的对于孩子们的担心，弄得昼夜不安，而她们对于自己都不知道一点儿忧愁。女儿，一歇了工，便休息都不休息一下，如野马无缰地到处乱跑起来，而谢门嘉更是糟糕已极。一天到晚粘到了书本子上，写什么鬼字；就同他由此可以得到薪水也似的。唉，我的上帝呵！

老太婆生起气来了。她将腿曲一曲，在炕上坐了起来。

——谢门嘉，你是怎么一回事，难道说完全疯了吗？你已经聪明过度了，想将为母亲的完全葬送吗？

谢门嘉抬起了头发蓬乱的头，他的无须的面孔，由于很艰苦的思想，形呈得老相了。宛如毫不听见母亲发起火来了的样子。很平静地问道：

——妈妈，你是怎么一回事，啊？睡觉罢，我在此地少少地写一写字呢。

——真是一个很好的书家！你乱七八糟地到底写一些什么呢？煤油不要钱买吗？整夜地点着灯，耗费了多少煤油，你连想都不想一下。你写来写去，眼见得你越写越愚蠢，而不是越写越聪明。我们的家畜统共只是一只牝牛，而并且从它的身上一点儿利钱都得不到！一切牛奶只是送到尤拉克维奇的消费合作社去，都用到买煤油的身上，而并且你的什么纸张哪，墨水……唉，真是！人们为着我的儿子，为着什么书家，嘲笑我这种大的年纪。司徒金柴夫虽然有很多的财产，可是他还不买煤油呢。而我们惹笑了全村：牧牛儿的母亲买煤油呢。如果我站在他们的位置上，我当然也要在旁边笑得牙痛呵，既然我自己是这样，是牧牛儿的母亲，还有什么笑头呢？我从店铺里拿着煤油走出来，我的一颗心简直跳得要死起来，我也不知道我是为何地气恼。而你总是点着灯……

她忽然哽咽起来了。眼睛滚滚地流着泪水，两唇只是颤动着。谢门嘉看见母亲的情状，不禁怜悯的心情将气愤压抑下去了。他不做一点儿声响：他沉默地坐着，自己在心内打算一切，而不与他的母亲争论。仅仅双眉蹙将起来，于是他的无须的面孔要显着老相了十年。他总是这样。也不怨骂，也不告饶，总是在自己的心里打算着一切，不作声不作气地。似乎他不是十七岁的孩子，而是四十岁的老人。他自己对于自己是劝告者，又是回答者。老太婆连弗萝西嘉也忘记了。仅仅为着儿子轻轻地在哭泣着。

——一个很有知识的，可是没有福气。一个可怜的牧牛儿！你看了别人，那些什么党人，他们过着很好的日子。离我们六里之遥，那里他们有七个人，他们的日子该过得多么好呵。而这个可怜的牧牛儿孤单地在全村中走着，比谁个都穷苦些。他徒步几乎天天到他们那儿去，说着他们的话，说些什么共产主义的事情。好像赴宴会的样子。可是一点儿利钱都得不到。自家连一匹马都买不起。麦草不得已用牛驼着。

老太婆想起来了牛驼麦草的情景，蹙着眉的儿子在牛旁边并排地走着，引起了全村的嘲笑，——更哭得悲哀起来了。在泪水中她慢慢地睡去。当弗萝西嘉走进茅屋的时候，没有受着老太婆的骂。谢门嘉伏着桌子坐到天亮。昨天的事情太使他懊丧了。是在昨天日中的时候：村中来了一辆汽车。礼拜天，人们都自由着。从各院中都很活跃地跑到消费合作社的门前。汽车是在那里停住的。孩子们都挤到汽车的旁边。就是司徒金柴夫的家里，他们本来在节日也是要工作着的，今天的磨坊也不做声响了。在秋天的，团结的，还未被泥泞弄脏了的地上，响着杂踏地跑着的脚步声。人们都聚集在汽车的旁边。等待着，希望着什么。汽车里坐着三个衣服穿得很好的人。从城中来的。谢门嘉挤到前面来了。乡村在大路的旁边。邮政局三十里路以外才有。有知识的人们很少到这里来。因此谢门嘉也就想很详细地向这些来人们问一些事情。而带着灰色便帽子的，那个像来者之中的一个头脑的人，打断了他的话头：

——我们没有闲空。请你们告诉我，到巴都林工厂的路在什么地方呢?

这就是整个的谈话。巴都林工厂离此乡村有二百路。当然不能跟着他们跑去呵。谢门嘉可以到六里远的地方去拿报纸，可以整夜地读着书。但是不能跟着汽车跑。他们不愿意和他谈话。他还想试一试来问他们。

——我想征求你们的意见。在自己村中的支部里，我们不能将事情大分析得清楚。我在此地仅仅只是一个人呵。

那位头脑又打断了他的话头：

——同志，我们没有时间，我们要赶路。你可以写信给县执行委员会，或者写给省执行委员会也可以。他们自然会向你解释的。再会罢，同志们!谢了你们。

汽车响动起来了。跟着汽车的后边，腿快的孩子们成群的赶着跑。汽车影子终于不见了。现在还可以再等一年，再等什么时候一个有知识的人来到乡里。乡中的社会拒绝了学校。什么教师，什么人都没有。他只得怀着满腔悲苦的心情，走到六里路远的支部里去谈话。但是同志舍列布楚夫的面孔上，布满了新的被指甲抓伤了的痕迹。原来他的老婆打了他一顿。他当然没有什么心情和谢门嘉谈话了。他仅仅苦诉着说道：

——你又有什么办法呢?!从区镇那里派来了一个女人，想把乡村中的女人们组织起来。他们喊了我去。而我的老婆却不允许我到女人们的会场上去。又加之她看见了派来的那个女人并不十分老，而且卷着发……这样你看，更糟糕了。女人简直要破坏一切的宣传，唉，让虎列拉把她拖去罢!你看她把我抓得这个样子。打她呢我又有点害怕。在党纲上这是不可以的。是的，我自己很承认，我对于女人的叫唤是不大能下得手的。什么都可以，只要她不乱叫。现在我羞于出门去，脑子也想不出来什么好的事情。明天，或者后天，我同老婆讲和了之后你才来罢。

谢门嘉疲倦地，沮丧地，转回家来，今天一整天落到沉思的海里。脑筋忽然想起写信的事来。在信中可以述说一切。谢门嘉实在起了写信的兴致。他读了很多的书。积蓄了很多的字句，想将它们说将出来。他为着自己写了很多。并且写了些小诗呢。当他做学生的时候，他看见教师是如何巧妙地歌诵这些诗句给学生们听。今天他开始写作了，在窗下坐得很久。他向窗外看看，大地被溶化在死寂的月光里。他走出院子，呼吸着很冷的空气，听见夜深的还未停息的磨坊的响动，及犬的苦愁的嗥吠。他向那入了梦的路上用神地望着，并且望着很久，宛如他等待谁个也似的。后来他呵了一口气，回到茅屋里，正经地向桌子坐下了。母亲骂了一番之后又睡着了，姊姊也就寝了，而他还没有把信写好。他仅写了一首诗。这一首诗使得他喉咙发痒，两腮起了红云，呼吸不平匀起来。他的诗使他很中意。如果在城市的时候，那是可以在报纸上发表的。不过他不敢决定将这首诗送去就是了。他用着新的兴奋的声调将这首诗念了许多次：

唉，那里，同志们握着政权，
乡下人喊着“救命罢！帮助罢！”
本来我们曾一道儿幻想着幸福，
可是现在我们看不到一点啥！

他想将这首诗继续下去。在头脑里涌激着热烈的，艰苦的，烦难的，就如被阳光蒸熟了的石头一般的思想。但是对于这些思想，他却没有适当的，令人震动的，如在书中所有的一般的语句。谢门嘉放下这首诗，嘘了一口气，重新向窗外望去，大地依旧躺在死寂的月光里。这种死寂的月光，月光中昏黑的茅屋的阴影，以及苦愁的犬吠，使得他苦恼起来。他拿起别一张纸头，也是最后的一张纸头，开始写道：

“无产阶级谢门嘉尔普西金寄。贵重的同志们你们好呀！在我的这封信的头几行上，贵重的同志们呵，我报告你们关于我自己的恐慌的生活。照着纯洁的良心说话，我告诉你们，我的贵重的同志们呵，如果我离开我的居住的地方，我将去为着保护无产阶级而战，和一切有害的强盗们奋斗。我将不怜恤这些混账东西，以及我自己。我将无论到东西南北四面八方去与敌人打战。但是在我的现在的情状之下，我没有打战的伙伴，虽然看见有害虫之马，也是无能为力的。因此，我要保障起来，我只得同我自己为伴，此外找不到什么人。在我们的乡村里所有的党员不值得下一番计算，每一个应该都可以计算到，因为一个整个的支部就是我孤单的一个人。而当我跑到六里路的一个村庄里，去找我们的无产阶级的时候，那里的支部共有七个人，可是除开了而外，又可以说是没有一个人。蜜海尔雷加切夫的岳父是有钱的，他妨害了他不能自觉起来。还有三个人专干着烧酒的勾当，没有烧酒那他们便不能呼吸，若一饮了的时候，那更是糟糕，更是呼吸不出来。他们也把别人带坏了。至于舍列布楚夫罢，他的老婆是一个少觉悟的女人，完全没有礼貌地，不问三七二十一，在他的脸上乱抓，她无论怎样不准他在我们的乡村里组织妇女运动，不管死活地打他。她尤其不允许卷发的女人们来做组织的事情，以为每一个卷发的女人来到乡下，都是来找她的丈夫的，做一些鬼鬼祟祟的事情。你看，我的贵重的同志们呵，你们自己在我的信里可以看见我的恐慌的生活。

简直没办法，无论什么经济的或政治的文化工作都没有，只有狗整夜地狂吠。在我们的乡村里及其附近的地方，青年们对于新生活完全不发生兴趣。仅仅有一桩新的现象，就是姑娘们现在更学得会跳舞了。国际歌有时也开始唱一唱，可是起头还勉强，唱到后来便乱七八糟了。在我们的乡村里简直没有任何的革命的欢庆。舍列布楚夫的声腔本来很好，时常想将革命歌教给大家唱，可是因为自己老婆的无知，却不能如意做到。唉，这位先生简直要在老婆的无知识的包围中葬送了！穷农，中农，以及一切无产阶级，除开我而外，他们不能从任何人那里得到帮助与劝告。而我又怎么办呢？我自己是一个牧牛儿，我担任不了这些事情，我不能将我的农民的家事抛弃。我怎么能同你们联络起来呢？我请求你们，贵重的同志们，注意到我不愿意就这样白白地利用着党的权利，而不替党做一点事情。请你们赶快答复我罢。在结尾上我还请求你们一件事，如果谁个从你们那里坐汽车来，请你们教他在我们的乡村克雷索夫加停一停，别莫以为人少，以为只有我一个党人，就不来理我了。下边我告诉你们我的详细的地址……”

当谢门嘉将信写完了的时候，东方已微微地发亮，新鲜的，平和的秋天已经露出面目了。后来他将信放在自己的荷包里整整地过了一个礼拜。他没有决定将它寄出去。邻人叶列麦到有邮局的村镇里去卖马去，谢门嘉顺便将信交给他。

——叔父叶列麦，我是没有钱的。我是听说不贴邮票的信件，更要靠得住些能够寄到呢。费你的神，把这封信丢到邮筒里去罢。

叶列麦毫不言语地拿了信。但是在市场里混闹了很久。牲口不大值钱。因为懊丧的原故，他把信的事情忘记了。当他回转乡村的时候，路上遇见舍列布楚夫。大家抽起烟来，说了一些话。叶列麦想起来了信的事情。

——牧牛儿谢门嘉托我寄信，可是我把信忘记掉丢呢。但是我从那里来，你到那里去，就请你顺便带去罢。放到邮筒里就得了。他不贴邮票教我把它寄去……

在路中舍列布楚夫看一看信封，念一念地址，奇怪起来，便将信打开看了。在回家的路上他唾骂了一路。他气愤起来了：

——你这小东西倒会告密呢。而且连邮票都不贴上。哼，你这混账东西！应当好好地教训一下！

大家把谢门嘉好好地教训了一番。七个人把他打了一个饱。他尽力地挣扎，幸而没有被打死。他也并没感觉得疼痛。不过一颗心为气愤所笼罩着了。他为着他们着想。而他们却这样对他……

都　　霞

谢廖也夫　著

——为什么一切男人们都是这样地混蛋呢？——都霞一面用小锉慢慢地修自己的玫瑰色的指甲。一面想道，——自己先爬来接吻，然后……然后他们什么都不管了！

若治昨天答应到戏院里去，可是当他接饱了吻之后——忽然想起来了一件什么重要的事件，接着就匆促地走了，就同谁个要向他借钱的样子。

——下一次无论如何，我是不允许他的！——都霞很坚决地这样决定了。——瓦夫嘉此刻快来了，可是我也不准他……

当瓦夫嘉应当要来的当儿，房中却进来了一个不相识的，带着破帽子的人；等他向房中环视了以后，他递给都霞一张纸条，这是要占领她的房间的公文，都霞始而没有明白，继而当她明白了是一回什么事的时候，不禁拍起掌来。

——那我将怎样呢？

不相识的人重新瞭看一下房间，然后望着都霞说道：

——你只得搬到别的什么地方去呵……你一个人住在此地吗？

——自然是我一个人呵！

——我需要房间。你在什么地方都不服务吗？

——不。

不相识的人耸一耸肩又重新说道：

——我需要房间。我简直没有时间再寻找了，并且这也是没有益处的事情，全城中连一点儿空隙都没有。

在都霞眼睛里闪着泪珠。她的短衫前面的碧绿色的带子这时凸起来了，并且由于将要发作的悲伤，很滑稽地在跳动着。她很可怜地用眼巡视一下房间，就同要向房内所有的东西辞别也似的，忽然忍不住了，不禁悲伤起来。

不相识的人将破帽子向脑后动一动，很郁闷地摸摸自己的鼻梁的上部：

——这是怎样地令人不快呵……请你听一听罢……——他看一看墙角边的屏风，然后又望着都霞，——或者你暂且在那墙角边，用屏风，怎样地将就一点罢。现在我们想想什么方法看。

都霞也望一望屏风，然后望一望不相识的人，他的额这时是很愁丧地促着。

——我完全不想把你摔到街上去呵！

都霞揩一揩眼泪，觉察到了凸起的碧绿色的带子，连忙将它收藏起来。

——我们来认识一下罢，——不相识的人叹了一口长气，——你叫我怎样称呼你呢？

——都霞。

略为想一想，不相识的人问道：

——这个……规规矩矩地怎样称呼你呢？

都霞无论在什么地方，什么时候，都被人们称做都霞。倘若遇着在某个聚会里，谁个称呼她娜达利亚，那她将看一看四边，寻一寻所谓娜达利亚的女子，等到她想起来了原来娜达利亚就是她自己的芳名，不禁要红起脸来。

现在，都霞始而也没有明白这个带着破帽子的，不相识的，生着灰眼珠子的人，到底想向她需要什么，因之她很长的一瞬间只向他望着，很怀疑地动着自己的点着胭脂的嘴唇。后来她很快地说道：

——娜达利亚。

这几个字对于她是这样地奇异，是这样地生疏。

——呵，娜达利亚！而我的名字是华西礼！

躺在屏风的后边，都霞向屏风的裂缝偷望着。华西礼在桌子旁边坐着读一本厚书。注视着他的下额凸出着的半面，都霞问道：

——华西礼，几点钟了？

——两点钟了。

华西礼没曾加上一句话来；他一面翻着书页，一面用手卷着头发，而都霞却以为当她问了他话之后，他一定要同她说起话来……

从隔壁房间传来了一种很重的，然而很有秩序的，谁个脚步的声音。想着别的事情，都霞不自然而然地数着它们：二，二……二！……她又静听着悬在床上边的，那钟的计时针所走的很快的，微小的声音。

——为什么他不是这样的人呢？……——都霞想着关于华西礼的行动，

然而没有完结自己的意思。她想说一说："他是不像瓦夫嘉及若治的。"但是她却感觉到他是不能与瓦夫嘉及若治相提并论的。她又数一数脑筋所记得的别的一些相识的人们，遂将目光转到梳妆台上所陈列着的一些像片，然而她即刻又注视到了华西礼的侧面。到第二天早晨，她为汽油炉的声音所惊醒了。华西礼饮着黑得如煤炭水一般的茶，一面将一些纸条子看了之后，放到旧的书包里。

——华西礼，什么时候了？

——八点半了。

华西礼的话音浓重得像蜜汁一样。将茶喝完了之后，他把手枪放到腰袋里，拿起书包就很匆忙地出去了。当门前的门栏随着华西礼出去而关闭了之后，向都霞房门伸进来了一个老太婆（她是团长的太太）的如黄鼠狼一般的面孔。

——出去了？——老太婆轻轻地问。

——出去了。

团长太太走进房来，很猜疑地望一望华西礼用以为床铺的长木椅。

——他有什么样的行李呢？

——书包同那个小箱子！

——在什么地方吃饭呢？

——而我简直没想到这么一回事情，波里梭夫娜，真的，他到底在什么地方吃饭呢？——都霞很实在地奇怪起来了。

——他们，这一些波尔雪委克，在家里总是不吃饭的。害怕呵！——团长太太很担心地叽咕道，——他们害怕有人放上毒药呵……当他睡觉的时候，连衣服也不脱吗？

——不，衣服是脱的。

——我不相信！一定是不脱衣服。这些反基督的人们，是永远不脱衣服的。

黄鼠狼般面孔灰暗起来了；紧一紧枯瘦的两拳，团长太太看看墙角的神像，叽咕着说道：

——我一定等得到，等得到将他们肋骨敲断的时候呵！

都霞望一望老太婆，不禁觉着有点可怕起来。她设想华西礼躺在地板上，有谁个来敲断他的肋骨。她不禁请求地延长着声音说道：

——不要—这样—呵！波里梭夫娜，不要—这样—呵！……

——要这样！要这样！一定要这样！——团长太太举起自己的拳

头。——你应当小心呵！他不是很简单地就搬进来了，不是很简单地！

在梳妆台上面的壁上，是挂着三层的像片。顶上面悬挂着用樱桃色木框装着的骑着黑马的军官玉照，其下列着些下级军官的像片；他们的底下是一些戏装的优伶；其第三层则为一些很不值钱的，穿皮衣的人们的像片。这些梳妆台上面的三层像片，是都霞生活的三个时代。在奢华的晚会和优美的幽会一些岁月之后，到来了可怕的年头：什么糖果店，跳舞场，繁华的街衢……一切都消逝了，仅仅在优伶的身上还留下一点美丽的衣服，亦只有在这一点美丽的衣服上，觉得还温存着忽然消逝的，美妙的，生活的火光。后来来了一些陌生的人们，他们身上穿着皮衣，腰间挂着手枪。在遇会的时候，他们并不说向女人献媚的话："呵，请宽恕罢！"他们的身上闻着野风与火车头的气味。都霞始而惧怕他们，但是……在他们的皮肉中也跳动着粗鲁的，或者也许是智慧的人类的心……

——为什么你从来不和我谈话呢？——都霞从梳妆台转过身来问华西礼。

华西礼刚刚走进来，在桌上收拾东西，从书包里掏出一些纸片。

听了都霞向他的问话，他望望都霞，就同他从没曾看见过她一样。用手理一理披松在面部的头发，便微笑着说道：

——我不和你谈话吗？……好，让我们来谈一谈话罢！

都霞这时的面孔是庄肃的。

——你知道吗？请你将茶预备好，而我有许多糖果，——华西礼很高兴地说道，——然后……我们坐下好好地谈话罢！

从大衣袋里他掏出一包糖果来散放到桌子上。

——你看看，可不是吗！……

都霞从未曾像今天这样很小心翼翼地预备茶过。他将清洁的桌布摊上，并摆上一长腿的玻璃瓶为放糖果之用。

——完全像真正的排场呢！——华西礼微笑起来，忽然向都霞问道：

——你多大年纪了？

——我的年纪吗？二十四岁。

华西礼的眉峰很诧异地上竖起来，然而什么也没说。走向都霞的梳妆台，他看看那里挂着的照片：军官、优伶……

——这都是你的熟人吗？

都霞很不愉快地想道："为什么他要看呢？为什么我没有把这些照片收藏起来呢？"第一次，就同巨大的两点一样，从什么地方落下来一种关于生活的思想，似乎过去的生活不是这样过的。都霞用祈祷似的眼光向华西礼望着，似乎向他说：不要呵！不要提起这个呵！

在十一点钟，华西礼将空的茶杯拿开，又摸起书包来了。在他的放开茶杯的双手运动上有两句未曾说出来的话：

——呵，谈了了吗？现在别要扰乱我呵！

都霞起了一种感觉，就同他的手将她推到什么地方去了也似的。这样好像人们当要工作的时候，将一切废纸从办公桌上拣开一样。从书包将一些纸条取出来之后，华西礼向着什么微笑了一下，接着尖起嘴来吹了一声哨子。在屏风的背后，都霞很久地，带着忧闷地望着他那聚精会神的面孔。

这样过了许多日子。

就同黑暗中的小偷一样，白党进攻的风声偷传了全城。团长太太现在常常到都霞的房间来，不断地问道：

——还没有跑吗？

在那前一夜——当尚未黎明时震动着枪声，而到拂晓时，红军退出和白党进城的前一夜，华西礼不见了。

在房间内留下两本书和他的床铺。在一本书里都霞寻出一封未写出的信。信的起头：“我的亲爱的加特林娜”……

华西礼在这一封信上写着关于他在这个城中的生活，同志们工作的情形，及其他一切的事情。都霞很饥饿的样子将每个字都吞下去，而从每一行总是回到信的起头：“我的亲爱的加特林娜”……从信中立起来了一个不相识的女人的面貌。华西礼同这个女人说话是抱着对等的态度。他的每一句话都是很简明而有勇气的。他并不称加特林娜什么“克笛”，“加道克”，“克久莎”……

都霞从躺在枕头旁边的信抬起头来，用尖锐的眼光向什么地方注视也似的，轻轻地，分开地说道：

——加—特—林—娜……

而自己听着每一个字的声音。

“……我同都霞住在一间房子里，——华西礼在信的末尾写道，——这是一个穿着短衣的畸形的女人，在三十岁还看着同女孩子一样，用的是缩小的名字；依我想，这些女人们是一定地有很多的短小的情人；总而言之一句话，这是一个短小的女人……”

都霞将每一个字母都读得真切。她牢记着几个弯曲的字“短小的情人”；

她并牢记着每一个标点。把信放在一边，她将鞋向着长靠椅摔去，只是将头摇着，就同忽然被鞭打了的马一样。

——……畸形的女人……她想再重读一遍，但是巨大的字行伸长到杳无涯际，而在信上只一点一点地闪动着不可捉摸的墨点。

就同小狗一样，都霞很轻地号叫起来，将头抵到那一封信上。

空空的，长的，奇异的一天充满了苦痛。时间是不存在了。忍着呜咽，都霞抬起头来，苦楚的两眼看见了立在面前的加特林娜。加特林娜已经读过这封信了。从读过了的信，加特林娜在那里向都霞望着。她望着都霞，就同强健的人望着残废的人一样。唉！白天是太小了，夜里也是不够，若要放置这一封未写完的信的短小的五行！

都霞不知道——是早晨，是日中，还是已经天黑了。有人用手粗暴地敲扣房门。

——开门！

这一种扣门声是很奇怪的，不明了的，而且是很可怕的，当全世界隐藏起来，如同在无底洞的静寂的时候。

武装的，猜疑的人们进来了。没有一件东西不被他们看到了。黑须的军官，手中持着手枪，很惊奇地向失常的都霞望着。

——你是什么人？

都霞并不即刻回答他。她记忆起来了什么，理一理额上的头发，说道：

——娜达利亚。

——你一个人住在此地吗？

——一个人。

——此地曾住过一个波尔雪委克？现在他在什么地方呢？

——是的，他在此地住过！——鼠脸的团长太太向前恶狠狠地说道，——你看，这是他的床铺，长靠椅，那个小箱子……

军官理一理如弓形也似的胡子，向都霞问道：

——你不知道他偷跑到什么地方去了吗？

都霞望着那华西礼用为床铺的长木靠椅。华西礼当读书的时候，总是将圆桌子挪到长木靠椅跟前，——都霞在屏风后总是看着他的侧面。

伸一伸身子，都霞直向军官望着，觉得有一种不相识的，巨大的，新的感觉包围了她：她似乎忽然长大起来了，变成如那用大的字母所写着的加特林娜一样。

——就使我晓得，我也不告诉你呵！——都霞这样很高声地回答军官。

军官略略将身子弯一下，逼视着都霞说道：

——为什么你不告诉？你也是红党吗？

都霞点一点头。

——是的。

团长太太拍起掌来了：

——上帝呵！她疯了吗？别信，别信她呵！她眼看是没有脑筋了！……

——呵，原来为此！——军官向谁个很有趣地挤一挤眼，——红党呀!?那我就要逮捕你了！

而都霞愈为新的感觉所沉醉了：她看见了自己变为别一种人，变为加特林娜，而华西礼已经向她对等地写了信。

——逮捕罢！我不怕呵！

——哦，你是怎样地勇敢呵！——军官微笑着说道，——我一定将你逮捕，逮捕一全晚上……我们在一块儿吃晚饭，好吗？

他走向前去欲摸都霞的下额。都霞很苦丧地躲开他。她睁着两只眼睛，望望军官，望望团长太太，又望望其他的人们……他们都在微笑着。

军官笑起来了：

——好，我不动手，你别要哭呵！呵哈，你……女波尔雪委克！——他摇一摇头，——你不知道这个坏东西跑到什么地方去了吗？

房间空起来了。

都霞，立在房的中间，也就在此地顺着向地板躺下，将手掩住面孔，轻轻地继续着无从安慰的哭泣。

最后的老爷

曹斯前珂　著

一

他，朱宝夫，我是在司莫连斯克遇着的。

我记得……市场，白面包，猪肉块，女人们，牛奶……在面粉箱子旁边聚集着观众。他们说着笑着，鼓着掌。在这些观众的面前有一个人。

我走近前去看看是什么一回事。

这个人具着不寻常的，稀奇的模样：他赤着两脚，如象一样，灰白色的头发披到肩上。他在观众前如跳舞一般，走来走去，忽而用脚挖土，忽而拍打自己的肚子，忽而做着猪叫，忽而向污秽的泥土上躺下。他是在跳着舞呵。

始而我不明白是什么一回事。当他从地上拿起来那贵族的帽子，伸向观众们讨求，我才明白了。除开钱而外，向他的帽子内投了一切东西：石头，粪土，间有一点面包。他把面包即时就吞食了。大家都笑起来，但这不是令人发笑的事情。这是令人可怕的事情，他的面孔上没有微笑的痕迹。

我冒险向他走近些，忽然我知道了，这是朱宝夫。这是曾做过地主的朱宝夫。我忽然记忆起来了那过去的情景：当他出门的时候，驷马高车，其势是异常的辉赫。床帐是异常的精致。无事的时候，他令仆人在隔壁房内朗读普希金的著作给他听（为着要不看见那仆人的面目呵……）。

我将面包放到他的帽子里，轻轻说道，

——朱宝夫……

他皱着鼻子很狡猾地笑了一笑，向我溜了一眼便走开了。

是的，这实在是朱宝夫。一个不寻常的，古怪的人。这个最后的老爷应当生在加德璘女皇的时代……

我想走开，但是忽然向我走来一个不相识的老人。他的衣服是很整洁的。他手内持着地毯，大概是图卖的。

老人用玫瑰色的手帕擤一擤鼻涕，扶一扶领带，咳嗽一下，向我很恭敬地说道：

——请原谅我，敬佩的同志，你叫了朱宝夫的名字……难道说你知道这个人吗？

——是的，——我说，——我同他见过一次面……

——一次！——他向我叫道，——一次！仅仅只有一次！这样，关于他的事情，你什么都不知道罢？

——不，——我说，——关于他的事情，我也略微知道一点。

老人很不满意地看我一眼。

——而关于“朱家楼”焚毁了的事情，你知道吗？

——“朱家楼”焚毁了？不，我不知道。

——不！——老人搓一搓手又重新叫道，——如此，眼见得你什么都不知道……而关于莲嘉姑娘的事情，你知道吗？而关于朱宝夫鞭打穆亨公爵的事情，你知道吗？

老人轻微地笑了一笑，咳呛一声，又将玫瑰色的手帕取出来擤一擤鼻涕，然后拿起我的手来，指着朱宝夫说道：

——他将自己的“朱家楼”焚毁了。他所以要将它焚毁了的原故，是由于伟大的骄傲，好教农民们一点儿东西都得不到。他赤裸着身子跑出来了。仅仅穿着随身的小褂裤。并且连手上的戒指都取下来，抛到火里去了。乡下人一直到现在还在那灰炉中寻找呢。

老人重新笑将起来。在这一次他比较笑得长久些，曾两次取出手帕来拭鼻子，并揩了那眼上的泪水……

我看一看朱宝夫。他坐在地上，缩着双脚。最巨大的淡漠的神情，凝结在他的面孔上。他轻轻地摇着自己的身子，他的下颚在慢慢地移动着：他正在嚼面包呢。

二

——唉，敬佩的同志，——老人感慨着说道，——一个人值得很多吗？

一个人和着自己的质量，不过只值得三个戈比克而已。你看看：这个人坐在那儿，照着土耳其人的办法曲着两腿，他连一点儿苦愁都没有呵……他忘记了一切，什么都不记得，在他的血管里流动着别的血液了。

这是谁个在那儿坐着呢，我的令人敬佩的同志？这是朱宝夫，一个在全俄罗斯是最骄傲的人。三十年以前，每一个淌鼻涕的孩子都知道这个名字。他住在莫斯科，其所以令人注目的，并不在于他在法国女人身上，消耗了百万以上的黄金，而是在于他是一个异常骄傲的人。

他矜恃自己的一切：姓氏，身材，资本，以及死去的皇帝曾同他下过棋，曾很亲热地拍过他的腮庞……

关于他极端好名的事情，流行着许许多多的令人发笑的故事。

人们时常谈着，似乎他的情人都是一些最漂亮的女人。比一切的女人都漂亮些。一个很有名气的男爵，从什么地方得到了一个天仙化人的姑娘，这事情一下子就把朱宝夫弄得神魂颠倒了。他花费了很大的数目，将这个姑娘买到手里，到处将她带在身边摆着样子……这个姑娘是出身于市侩的家庭里。在她的那种神异的美丽之下，却生着一双不美丽的乡下人的红手……因此他把她在金屋里锁闭了两年，在这两年之中，没有从她的手上将皮手套脱下来。等到后来将手套脱下来了的时候，她的一双手变成异常细腻而白嫩的了。

呵，我的天哪，他曾经是一个怎样骄傲的人呵！

人们说道，似乎在他的名片上，除开印着一些爵号而外，还印上他自己的重量——三百六十磅。但是这件事情也许是不真确的呵。

大家都晓得的，那就是他到了四十岁还不能同人们结下什么友谊，因此种骄傲及对于人们的轻视，他回到自己的“朱家楼”来了。在那里他离开一切人们而隐避起来了。任什么地方也不去，同时也没有谁个到他的家里来，不过间有小地主们到他的家里来过，可是朱宝夫是很严厉地招待他们：他称呼他们是异常地不客气，并不命令他们坐在自己的前面，他视一切人们不是混蛋，就是没有什么身份的人，或是商人。有一些小小的贵族们曾很气愤他的这种态度，但是没有对付他的办法。

他在家里坐守着五年不动，可是到了第六年，便起了变动。在这五年之中，他的生活是那样的寂苦，如果这是别人，一定要上吊死了。

在他的情人之中，曾有过一个莲嘉，这是一个如吐绶鸡一般的愚蠢的姑娘。她住在楼上一层，整天地只吃着糖果，希腊栗子之类，躺在床上不爬起来。朱宝夫上楼的次数很少。就是见面的时候也不和她谈话。她当然在他的面前是很畏怯的呵。

他的光阴只在饮食中消磨下去，白天里无所谓地在客厅里走来走去，谁个也不敢出现在他的眼前。到了晚间，时常躺在床上，命令仆人格里斯加读着书给他听。

格里斯加坐在隔壁的房间内，高声地朗读着各种小说故事。

但是有时候，在他的精神焕发的时候，他走到花园里，命令放起大炮来。在他的花园里立着一个古旧的大炮，它射击的时候是用着石弹。可是射了一下两下，朱宝夫摇一摇手，这是说已经够了，便又走入自己的客厅里。他踱来踱去，真要令旁观者代为之苦闷了。

有时朱宝夫筹备跳舞会。不过这种跳舞会是很奇怪的。十五个乐匠同声吹打着合于“瓦立斯”和“麻竹格”的乐器，而朱宝夫一个人独自在舞厅中踱来踱去……

朱宝夫这样在自己的“朱家楼”里过了五年有余。他曾有过一个人，如管家之类。这个人照着三步的距离，跟着主人走着，不言不语地屈服于老爷的手下。

朱宝夫因此很爱了他，而且很亲近了。有一天朱宝夫将他喊到自己的客厅里，说道：

——我的宗族是很古的，很有名的，如果我在最近的期间不结婚，那我的后代便没有了。应当怎么办呢——我也没有怎么样想起。不过我需要一个血统尊贵的未婚妻。

派了许多人到全省各处去寻找……访问着什么地方有血统尊贵的姑娘，但是终没有找到。都不过是门户低小的人家而已。

于是有一些媒婆们便接踵而来了。有时朱宝夫接待媒婆，听她说话，而后来却拍起桌子来：

——你在撒什么谎？

——呵我怎么撒谎呢？我向你提议一个贵族的姑娘呀。

——你向谁个提议呢？你说你向谁个提议？我是一个什么人？

——朱宝夫。地主朱宝夫。

——朱宝夫！而朱宝夫是一个什么人呢？你知道不知道朱宝夫写到天鹅绒的书上了？皇帝爷同我一块下过棋呵！……我顶好娶一个简单的姑娘，比较到一个什么小贵族女子面前低头要便当得多！

朱宝夫向管家声明道：

——如果在一年之内寻不到血统尊贵的未婚妻，那我便与莲嘉结婚了。让整个的世界消灭掉了罢！

然而很快地寻到了这么样一个未婚妻。来了一个人，向朱宝夫报告道：

——在二十里路之遥，住着一个老公爵夫人。她并没有什么财产，可是血统是很尊贵的，她有一个女儿，至于她的女儿像什么样，例如她的鼻子生得如何，谁个也不知道。也许她是很好的，而也许是一个跛脚的姑娘，关于此谁个也不晓得，谁个也没看见过。

朱宝夫一听此话，便高兴得要命。

——好罢，——他说，——无论她生得如何。既然是血统尊贵的姑娘，那便事情已经妥当了。

他命令开炮庆祝，也就在那一天来到穆亨公爵家里。

来到了，等候着。老太婆出来迎接他。老太婆原是一个很骄傲的女人……穿着拖衣……系着飘巾……一切时候都是说着法国话……

朱宝夫看一看她，觉得异常满意。他想道，血统是尊贵的，没有什么疑问。

她向他说道：

——为什么驾临敝舍呢？有什么事情？我们在此地老是坐守着，从高等社会里，我们连一个人也看不见。

朱宝夫回答道：

——关于高等社会的一层，我不愿意与你多说，我之所以来此地，并不是为着捕苍蝇，而是要做一桩很重要的事情。接受我的提议罢，我要求你的女儿的手呵。

老太婆听了此话，不胜惊愕之至，只在客厅里走来走去。

——怎么？是怎么一回事？难道说你知道公主丽普嘉吗？

——不，——朱宝夫很傲慢地回答道，——我不知道公主，也不愿意知道她，可是现在我要面对面地请求她的手。让她进来同我见面罢。

老太婆很恐惧地惊慌起来了。

——啊哈，——她说，——既然如此，那便她即刻就和你见面罢。请你稍微等一下。吃一点儿茶点罢。

于是她出门去了。

朱宝夫将房间巡视一下。他看见穆亨公爵的家庭并不富足。房中的器具都是破旧的。

“这对于我完全是一样，——他想道，——我并不是为着器具而来的，器具是可以重新设置的，而我贵重的是血统呵。”

老太婆领着女儿重新走出来了，公主跛着脚，生得是异常的丑陋，简直难以形容出来。口鼻微小，身材不正，可以说是没有一处好看。

朱宝夫看一看她，说道：

——又有什么办法呢！我决不食言，说得到便做得到。我对于嫁妆一切没有什么兴趣，你有什么，便给什么好了。我的族姓是很老的，很有声望的，我所需要的不是商贩子的女儿，而是尊贵的血统。我宣布她是我的未婚妻罢。

穆亨公爵夫人虽然并不有钱，但是她的架子却很高贵。

——这样也就只得这样，——她说道，——但是你与她是毫不相识，仅仅见了一次面。并没经过什么恋爱的阶段，这说起来是很奇怪的。但是，如果你既然如此性急，那我便写信到街队团去，通知瓦洛加，让他决定他的妹妹的事情罢。

丽普嘉在客所中跛来跛去，诸事表示同意。

——妈妈，让他娶我罢，我愿意呵。

朱宝夫说道：

——好罢。请你写信罢。我还可以等一等。——他还用法国语说了几句场面话，便走了。

经过了一星期，两星期……朱宝夫每日高兴，开着炮，组织着跳舞会……

最后，值日的报告道：穆亨公爵回来了，方才下了轮船。

朱宝夫迫不及待地过了一昼夜，第二天命令收拾车马到穆亨公爵家里去。十二匹马上了道，前面吹打着鼓号，后面跟着一队狗。

但是还没有到格里河的时候，朱宝夫下了停进的命令，于是大家停住了，莫明其妙地站着。

朱宝夫想道：

“我为什么就这样同小孩子一样呢？我去见谁呢？去见一个什么小小的军官！我被画在天鹅绒的画上了，皇帝同我很亲密地下过棋……向后转！”

朱宝夫回到“朱家楼”来，仅仅一个骑马的人来到公爵的宅院里。穆亨中尉本待要启程来拜谒朱宝夫，可是一见了来人，便提出来许多问题：怎么？为什么？……不晓得！

到了晚上大家晓得了：朱宝夫没有走到格里河，便又半路转回家去了。

过了一天，两天，三天，两方面由于骄傲各静坐在家里。后来，过了一星期，穆亨公爵差人到“朱家楼”来。

那时朱宝夫坐在莲嘉房间的凉台上，吃着栗子。

来人没有下马，并请求将巷门莫要关闭。他带着很不恭敬的神情望着朱宝夫，帽子也不脱下，很高声地叫道：

——穆亨公爵阁下命令我报告于你，就是他想唾弃你这种妄自尊大的态度。

朱宝夫几乎要从凉台上跌倒下来。但是来人还继续叫道：

——穆亨公爵阁下命令我报告于你，就是在他的一生曾有许多次在马槽里鞭过你这种妄自尊大的人。

人们听见这些话语，一齐都躲避起来了，虽然朱宝夫用力地喊叫着，但是因为畏怯的原故，谁个也没有走出来。

来人向马鞭了一下扬长而去，就在这个当儿，大家一瞬间都隐藏起来。

朱宝夫暴怒起来，向下边唾着叫道：

——拿住！放狗咬死他！

他亲身跑到院内，但是来人已经跑得很远了。他即刻命令把大炮搬来，向那路上放去。一共放了三次，可是来人已经不见踪影了，仅仅那路上起了灰尘。

朱宝夫回到房里，暴怒了几天，突然寂静下来了。他将管家的喊到身边，向他说道：

——我并不改变我的初心。我还是要娶公主为妻，但是我先要将穆亨公爵侮辱一下。这事情怎么办呢，我想不到好的办法。

于是派了一些人到彼得堡和莫斯科去。一星期之后知道了一些什么。他们报告道：穆亨中尉住在彼得堡，每日逍遥于酒馆里，可是异常地缺乏钱用。

此后就不知道是怎样地——使用钱财，还是使用欺诈；朱宝夫收集了一些反对穆亨公爵的证据，以及一切银钱上的收条。

朱宝夫写了一封信给他："即刻来见我，否则你将有罚充苦役的危险。"

三天以后，穆亨公爵来到"朱家楼"了。他苍白着面孔走进朱宝夫的客厅，很恭敬地向他行了礼，但是带着笑地说道：

——你看，什么时候我们见面了。快说罢，你所说的一些契约到底是一回什么事呢？

朱宝夫并没有回礼，只冷笑一下，说道：

——决定罢：你还是去充苦役将一生葬送掉，还是让我鞭打你一顿，将这些契约交还给你，并且娶丽普嘉为妻呢？

穆亨始而发了火，并且拿起枪来，想开放。但是他想了一想，打算走开不问，可是当他走到门口的时候，又回转来了。

"也好罢，——他想道，——我已经是一个堕落的人了，我反正要从卫队团出来的……而此地或者向他屈服，可以将契约取回来，以恢复我的声名，或者过牢狱的生活……”

他走近朱宝夫，轻轻地说道：

——你愿意怎样就怎样罢。

穆亨公爵自己于是便脱下礼服，取下徽章，抛在地下，用脚将它们践踏了一会……

朱宝夫向仆人格里斯加叫了一声，命令他开始鞭打穆亨公爵，但是穆亨公爵没有让他动手。

——不，——他说，——你并没有说过要用仆人来鞭打我呵。

穆亨公爵的这种表示，眼见得很中了朱宝夫的意，他并且笑将起来了。

——眼见得你是出自于尊贵的血统的，——他说，——我称赞你。但是我是不会将我的意思改变的。

他拿起来打猎用的鞭子，亲自向穆亨公爵鞭打起来。

穆亨公爵爬起来的时候，已痛得浑身站立着不定。他披上了自己的礼服。

——把契约给我罢。——他说。

——不，——朱宝夫说，——我还是不将契约给你。

穆亨公爵的面孔可怕地惨白了起来，他很悲痛地哭了，向院中的马奔去……朱宝夫又将他喊回来。

——是的，——他说，——契约我不给你。让你的妹妹丽普嘉来将它们拿去罢。

穆亨公爵又重新气愤得哭了，再没有说什么话，便走出来了。

过了几日，丽普嘉公主来了。她很沮丧地步行而来，头发蓬松着。

朱宝夫从窗中望见了，他笑了一笑，便喊仆人格里斯加将契约转交给她。而他自己却没有走出来。他仅仅向窗外望了一望，望她是如何地在院中行走，约略立了一会，后来向巷门跑去。他立着那儿，看着丽普嘉的后影，把双眉紧蹙起来。而丽普嘉手里拿着纸头，在那路上的灰痕中颠跛地走着……

三

老人掏出自己的玫瑰色的手帕，擤一擤鼻涕，揩一揩自己的眼睛，沉默着不语了。我瞥了朱宝夫一眼，他仍旧在那地上坐着。他把面包屑收集到手心里送进口去。

——往下去呢？——我问。

——统统都说完了。

——但是他如何将“朱家楼”烧掉了，你却没有说呢。而莲嘉又是怎样呢？……

老人斜着眼睛向我望了一眼。

——烧掉就是烧掉了，——他说，——听见革命爆发了，他便把“朱家楼”烧掉了。他烧掉了，并没有向你问一声。他赤裸着跑出来了……而你在此地是什么人呢？这样问我干什么？

我奇怪起来了。

——本来你自己向我述说的呵……

——我自己述说的！——老人向我叫将起来。——而你是什么人呢？你需要什么呢？大概是你也曾举着旗帜乱跑，宣传着什么思想，得了，你去干你自己的事罢……别再用许多问题来耽搁别人！

此时朱宝夫很艰重地从地下爬起身来，很奇怪地颠颠跛跛地走出市场去。

我的老人向他看了一下，搓一搓手，便离开我而走去了。

——请停一下，我的鸽子，——我在他后边叫道，——朱宝夫到底怎样了呢？他娶了丽普嘉公主吗？

老人停住了，取出来自己的手帕，摇一摇头说道：

——没有娶她。丽普嘉投水死了。她在那一天从“朱家楼”走出来，并没有回家去。她跳到格黑河内淹死了。

老人挤一挤眼，将手搓一搓，忽然迅速地跑了。

我对他的后影望着很久。

他跑着跑着，摇摆着小地毯，很迅速地提动着双脚。后来他同朱宝夫并起肩来，一块儿向前走去了。

狱　　囚

弗尔曼诺夫　著

夜。

空虚的，铁一般的狱房的走廊，是异常地静寂。没有一点儿足步的，言语的，或是别的什么声息，来打破这哑了的昏黑。整个的狱房睡着了。

孤独的狱囚的足音，决不会飞扬到铁门的外边。在不能入梦的夜里，司达克总是走来走去，从墙这头走到墙那头，一直走到天发亮的辰光。他总是用着两块宽大的手掌，将脑壳抱着，宛然他要从那里压出来什么东西也似的。他总是不断地，急躁地，搔着蓬乱的头发，或摸着毛茸茸的胸坎，或曲折自己的颤动的手指，宛然他不知道将无用的，劳作的一双手，放到什么地方才是……如此他整夜地踱到天亮，当那狱房沉落在昏黑中而见不到墙壁的时候……

司达克对于自己的一间单身房，知道得非常仔细，以至于地板上有几道裂纹，墙壁上有几个小凸包，全房只有四步长，一步半宽……

呵！他在这些日里和夜里，是怎样地研究了自己六年来的相识的朋友！

他知道陈旧的，生了霉的墙壁的呼吸：知道那阴湿的墙角的哭泣，在那里总是滴着污腐的水点……他时常走近墙壁，在那积厚的霉痕上，用巨大的指甲画了一些很奇怪的图样，——画一点钟或两点钟……

他不知道，到底为着图样花了许多时间……

或者照着石块上，在那上边有着许多的人们的遗迹，在那上边每一个痕迹都说明着哪一个人的被摧残了的生命，——他总是用着指甲去挖，一直到发现了什么字母或什么新字为止。这是狱中的秘密的记号，或者经过许多年，当司达克已经不在此处的时候，另有别一个狱囚来读它，如司达克现在读它一样。那人也将同他一样，企图着猜度到这种记号的意思：

“这是谁个留的，而且他想以此说出一些什么呢？”

单身房的四面墙壁，统统都被掛上了不可揣摸的记号，——这是许多年代的，无数时日的，积留下来的痛苦的遗迹。

司达克前后来回地踱着……快一点经过罢，你这恼人的黑夜！……

一点点的黎明的微光，渐渐解散了这迫人难以呼吸的愁苦。

但是半夜的昏黑还是很久很久地不消散下去。

司达克还要很久地来回踱着，走着那只有四步，然而永远走不尽的行程……

他疲倦了，便向坚硬的，灰色的床毯躺下，眼前也就涌现出来了许多熟识的，已经有一千次梦见了的景象。

在那秋天的晚上，当他同无数千的别的人们躺在污湿的战壕里，每一次传来了这些奇怪的，惊人的消息……

那是十七年的秋季……

夏季的战争已经消沉了，军队正预备着冬季的休息，好等到来年春天开始新的争斗……

忽然如闪电一般，在战壕内传动了欢欣的消息：

在广瀚的俄罗斯的平原上，起了革命的浪潮，推翻了旧有的制度……他们向全世界喊着革命的口号，打倒帝国主义的战争！……在那里建立了革命的政府……

于是从敌人的战壕里也飞来了亲善的消息：

——朋友们，同志们，战士们！停止自相残杀的兄弟战争罢！起来反对压迫你们的，将你们驱逐到战场上的人！起来罢！这是我们的任务！……

这种同一的声音便逐渐响动了全世界，便逐渐使大家明白起来。在战壕内，或在战壕的上边，飞扬着这种声音，说着在大家胸坎内久已要说出来的话语。

民众们为解放运动的热望所沸腾起来了。他们听见了震动的号召，预备着实践那个人，那个伟大的人的志愿。他的名字震动了全人类，在无数万万的被压迫者的口中，响动着就如神明一般：

——李林!!

司达克在战壕里第一次听到了这个名字，第一次读到了那如火如荼的，辽远而不可见的，波尔雪委克的报纸。

他们的首领——李林!!

他随身牵引着波尔雪委克的群众，冲破了敌人的坚固的营垒，而且战胜了，向被折磨了的人类叫喊着说：

——弟兄们，完结你们自相残杀的战争罢！起来罢，起来反对你们的压迫者，打破这旧的世界！

司达克很惊颤地领受了这个号召，而在他的心里，在他的脑里，下了最后的决定。

他从战壕里逃跑到自己的家乡，劳动区的布德恩城……在这里，他日里隐藏，夜里出门，走到忠实的朋友们的茅屋里，总是说着一件事情：

——我们应当将老爷们的战争翻转为反对老爷们的战争！这是我们的任务，也仅只有此才足以自救。别的出路是没有的。在辽远的俄罗斯的平原上，那里……他们已经实现了这种铁的口号了……让每一个人都知道没有别的出路罢！……

于是从茅屋到茅屋，从机器台到机器台，飞动着司达克的话。于是沸腾起来了劳动的浪潮，预备冲破苏顿……

在十八年五月一日那一天，当俄罗斯号召全世界起来解放的时候，在希德恩城飞扬起来了赤帜，群众的队伍向 Morganovval 进行。他们为兴奋的烈火所燃烧着了……他们相信着，就是在此时内，全人类起来做最后的争斗，因此他们毫不畏怯地前行着，去实行血战……他们兴奋地唱着革命的歌，扬举着鲜艳的旗帜。而司达克立在他们的前面。他带领着暴动起来了的布德恩向苏顿进行……已经冲破了苏顿的前哨，队伍已经走至 Morganovval。但是苏顿是不会打瞌睡的。它埋伏了兵丁，将群众的队伍包围了，用炮火扫射起来……

是的，司达克记得这个可怕的时间，记得当时被炮火扫射的群众是怎样地奔号……

十八年的五月一日……死尸与血水……孤儿与寡妇……在一天之内生了那样大的事变！……全工厂中工台都空虚了……

工作又重新开始了。失业者将死人们代替了。

苏顿的法官没有将受了伤的司达克拉到刑场上去，没有把他送到绞刑架上，只把他抛到这如冷石袋一般的狱房里。这是苏顿法官所施给的巨大的恩惠……

从那时起，已经有多少年了！在这冷石袋里，他该过了多少残酷的，难熬的日夜！

在什么地方。在阴黑的地窖里，还剩下一个年老的母亲。

仅仅只允许她一个人来和儿子会面：隔着加倍厚的铁栅，司达克见不到母亲的面孔。他记得她的面孔，而且现在感觉到母亲的面孔上的小小的变动。

他对于母亲的生着黑发的小脑壳记得很清楚。现在经过厚的铁栅，他看见那边闪着银色的光，他猜着老太婆的头发已经是苍白了。照着她的衰弱的声音，司达克感觉到她离坟墓已经很近了。这些年来儿子的监禁，是怎样地催迫她走入坟墓里去呵！他，这么样一个宽胸的，巨掌的成人，对于她，眼见得还是一个亲爱的孩童，如从前一样。她为着他是这样地苦愁着，她的不连贯的语句是这样的温存，是这样的抚慰……

会面的机会虽然是很少，然而老太婆从没放过一次。

她被引到铁栅的外边，向那一边什么一种灰色的东西指着说道：

——说罢，这是你的儿子……

司达克被引到铁栅的前面，介于两条枪杆之间，听着命令：

——这是你的母亲，说罢！

每次会面都是这样。

两个人总都期待着这样的会面，每一个人数着自己的日数。

纵让眼睛为泪水所洗瞎了，纵让耳朵是聋了，然而老太婆能听见一切，明白一切，凡是儿子所说的话语。

纵让守警是怎样地逼近司达克，然而司达克还是能转交给老太婆关于自己所要知道的事情：

在那辽远的，广瀚的平原上，现在是怎样了？

波尔雪委克的营垒还存着吗？

他们的号召还在响动着吗？

被折磨了的人类对于他们的号召有响应吗？

那个震动全世界的大喇叭手，李林，还活着吗？

老太婆很难于明白，很少记得她的亲爱的儿子所说的话。

她勉强地想将儿子所说的奇怪的话记在心里，然而这些话总是要遗失掉，经过耳边就飞掉了。

她总是这样回答他。

——我在工厂里作工，我的儿子……我老了……眼睛不管事了……很快地就要被开除，我将怎么样生活下去呢？

而他总是低声地向她重复着说道：

——母亲，你替我好好地打听：在那广瀚的平原上的生活，现在到底怎样了呢？他们是不是还能继续反对黑暗的力量？为我好好地打听罢，母亲！……

于是老太婆走向司达克的朋友处或别的工人处去询问。她用着无牙的嘴和干枯了的唇，慢慢地吐着艰难的，不明白的语句，想努力将司达克的话都告诉他们。

她说话的时候，她的泪水顺着她的面孔上的皱纹流将下来。

工人们很严肃地昂着头，听她诉说，努力捉摸她所说的意思：被囚禁的朋友到底询问一些什么事情呢？

于是他们明白了。他们统统都明白了。他们知道了他所苦愁的是些什么，所要知道的是些什么。他们教老太婆在将来会面的时候，应当向儿子说些什么。

老太婆努力温习工人们所告诉她的话，就同温习圣经也似的；她很久很久地自对自地叽咕着这些语句，好像祷告一般。有些被她忘却了，她便又踉跄地走至各茅屋里去询问。等到她同儿子会面的时候，隔着厚的铁栅，她匆匆忙忙地急于将一切话都告诉司达克，有的话被她说得不清不楚，弄得颠倒了。

司达克不需要听到很多的语句。他能很机敏地捉摸到老太婆从干枯了的口唇所叽咕出来的一切。

他已经知道了，就是在辽远的波尔雪委克的国度里，饥荒葬送了许多万的兄弟；工人们在血战中困苦得不堪……

他们困苦着，然而他们还没有投降。他们守住了自己的营垒。他们现在的英勇还如先前一样，在争斗中他们保持着铁的意志。……

于是司达克的一颗心被兴奋得颤动起来了。

“那个大喇叭手，他还在活着呢！”

可是老太婆又颤动了干枯了的口唇！

似乎他病了。

似乎他从军舰的瞭望台跌将下来，已经有很多月了，不能指挥斗争的军舰在暴风浪中的道路……

司达克的一颗心不禁落到痛苦的海里。这个意外的不幸的消息，使他为疑虑的烟雾所包围起来……

于是现在，在这不能入梦的夜里，司达克总是苦愁着：

“在那只勇敢的军舰上，现在到底怎样了呢；”

他搓着手。跳动着。他在石笼中烦恼得难以言状：

“唉，如果我现在能够出去！”

老太婆说，在布德恩城现在有了很多的革命党人了，他们时常记念着被囚禁的他，而且他们预备着做些什么事情……唉，如果现在能够出去！

微弱的晨光从窗孔射进来了。

司达克用着两只宽大的手掌把着墙壁，将赤裸的脚翘起来，从小小的窗口向外边望去。他由此可以看见布德恩的辽远的边境，及通达 Morganovval 的那块平原。但是烟雾的远处将一切景物都吞食了，现在司达克的眼前的，只是灰白色的濛迷而已。

很少的时候，仅仅在晴朗的天气，可以看清那远处的景物。

那时司达克很饥渴地眺望着远处的一切，认清最后的一点痕迹：呵，这一条黑的长线，这是城墙，而在那城墙后边闪耀着圆顶的大礼拜堂……那是国会的会议场，那是几座巨大的楼房……是的，这是它，这是被诅咒的苏顿，吸取布德恩的血液的野兽！

而在那里，那里是块平场，绞刑架，从微小的窗孔不能将它们看得清楚。看不见那布德恩的工厂的烟囱，工厂的屋宇，及在那后边的一些矮小的茅屋，工人的住所……

司达克望着远处，猜想道：

——在监狱的外边，他们怎样生活着呢？做些什么事情呢？

他望着望着，一直到手把酸了才歇，一直到脚下的小凳子翻倒在冷酷的地板上才挪开了眼睛。

今朝他刚一从小小的窗口望去，即时在脑海中，在心房里，激荡起来了血潮。

在那布德恩的边角上发生了什么事情呢？群众的队伍在蠕动着……布德恩是异常地在震动的状态中……似乎匆忙地做着什么事情……

怎样了？是怎么一回事情呢？

唉，现在如果能出去！……不能出去，也要知道一下：

它，司克达的亲爱的城郊，现在到底为什么事情所震动了呢？

但是……他不能够知道。消息不会飞到如铁笼一般的狱房里来。

或者是什么周年纪念日吗？但是什么周年纪念日呢？

他在记忆中细细地数一数所经过的悲痛的日子。

在这一天没有什么周年纪念日呵！

也许是罢工罢？

但是那里到底是一回什么事情呢？为什么群众的队伍逐渐加厚起来，逐渐汹涌起来呢？

忽然他听见在墙壁上有一种敲叩的声音。

这也不知道是哪一个新的囚犯。“你这个神秘的囚犯，我的不可见的邻人，到底是谁呢”？于是司达克将耳贴在生了白霉的墙壁上，很饥渴的样子听着那敲叩的哑语。

他统统都听到了，并且也敲叩着去回答那个看不见的邻人。但是，忽然，他惊怔住了，离开了墙壁。

——不，这事情是不会有的！——他抱着头叫将起来，——你欺骗我，欺骗我，这是不会有的事情！

两只宽大的眼睛疯狂地望着生了白霉的墙壁，唇部颤动着不已……他又重新将墙壁急促地敲叩起来了。

他又重新听到了四个残酷的字：

——李林死了……

他曲折自己的手指做响……大的泪珠从他的灰白的面孔流下，——他没有觉察到这个。

他望着生了白霉的墙壁，如疯人一般，重复着那残酷的四个字：

——李林死了……李林死了……

他很快地跳将起来，攀住了窗口，高声喊道：

——李林死了！

疯狂的字句落在冷泛的空间，毫无回响地消失了。

司达克向下望一望，他的一颗心为热流所倾注了：

在那黑乌乌的群众的上面，飘扬着旗帜，——司达克从微小的窗孔中看见了这些。是的，那些旗帜在迎风飘扬着！这是说……这是说他们又在进行新的争斗吗？

争斗罢！争斗罢！争斗到得着最后的胜利！……

但是忽然听见了人们的哭声，号角的哀鸣……这是在埋葬谁个呢？

他，一个疯狂的狱囚，不曾知道这一点钟正是将伟大的领袖送入坟墓的时候。他不曾知道全世界都在这悲痛的一点钟哭泣着……

——他们在进攻呢！他们在进攻呢！……——当他看见群众的队伍移动了，不禁这样喊叫起来。

是的，他们又重新向着 Morganovval 进行了！

向着苏顿进行了！

——同志们，前进罢！进攻可诅咒的苏顿罢！……

他无力地从窗口躺倒在地下了。

他躺着，疯狂地重复着那辽远的，生疏的语句：

——死了……李林……进攻……苏顿……

他忽然听见了枪炮的声音。他用尽最后的力气爬将起来，又重新攀着窗口向下望去：

群众的队伍冲来冲去，而在他们的后面呼吼着那苏顿的残酷的炮火。

——你这万恶的苏顿！——司达克叫道。——请你记着罢！这并不是最后一次的进攻！还有新的进攻在后面！它们终归要把你荡平的……它们终归要把你荡平的，苏顿！

于是他顺着光滑的墙壁向地下跌倒了！失去了知觉……

技术的语言

罗曼诺夫　著

在工厂委员会的会议上，文化部主任说了下列的话：

——青年团的支部书局写来一封意见书，他说我们现在有极力与恶习惯——用不好听的语言骂人——奋斗的必要。我是完全同意的，这对于年长的工匠尤其是必要：当他们开始解释什么的时候，口还未来得及张开，便乱七八糟说出一些不好听的话。这么一来，简直不是解释，而是谩骂罢了。

大家都不做声。仅仅只有一个年长的大师傅很不满意地说道：

——请问你怎样解释呢？有的则从乡间出来，他妈的，什么东西也不懂得，真正的语言他反而听不清楚。只要你骂他几句，那他便如活水一般流动起来了。

——同志们，算了罢！革命已经有了七年。在早先的几个年头，当一切还艰难的时候，并没有人向你们提议，可是到了现在，生活已经好得多了。如果你们觉得一时不能抛去这种恶习惯的时候，那你们可以想出别的什么不侮辱人的话，到了必要的时候去应用。例如："哎，你这木桩！"……

年长的大师傅冷笑了一下，望一望自己的邻居，说道：

——小孩子的玩意……

——是的，我真不知道他们怎样想得出来。

——真是困难，没有办法。——穿着白短衫挂着银链子的工人说道，——骂出口来，简直不觉得呵。

——可以请求同志监督着。

——难道说这个同志可以走坐都跟着你吗？他并不能先爬到你的口里去，而当你已经骂出来了的时候，那他又有什么办法呢？这并不是麻雀子，尾巴你是抓不到的。

——对啦，无意之间就从口里溜出来了。我有一次和一个同志在戏园中看戏，——另一个工人这样说道，——在食堂中看见大家都在谈着话。周围都是姑娘们。糟糕，我统共只说了两句话。我感觉着是那样地不痛快，连气几乎都出不来。可是等到一散去了的时候，我即刻感觉着是异常地自由了。不过我的同志向我说道：“你也要当心一点才好呢。”

——怎么一回事？——我问。

——你每一句话都提起我的母亲来呵！——可是我，同志们，我当时简直不觉得呢。

——如果实行起罚金来，那时你一定要当心一点了。——文化部主任接着那个工人说。

——对了。这样就会把记忆弄清晰了。

——实际说来现在也是要把这种恶习惯取消的时候了。不然的话，我们的上了九岁的孩子们，可以说已经是很有教养的人们了，而我们无论如何不能脱去骂人的习惯，这岂不是很不好吗？

——无论如何都脱去不了！……有时自己生起气来，是怎么一回事，造你的妈妈，难道说你没有别的语言了吗？

——为着使大家能记忆着这种事情，你们可以到处贴出许多告白来。

——如此，那全莫斯科都要贴遍告白呢。——年长的大师傅这样叽咕着说。

——仅仅在厂内禁止骂人，这是到处都禁止呢？——后边的人问。

文化部主任一时回不出话来……

——在城外边，马马虎虎地可以，只要附近没有别人。

——啊哈，原来如此！假说。谁个给了我一个耳光，而我即刻跳上电车跑到城外去，在那里平一平心气，然后才跑回来。

——还要寻一块很僻静的地方，不要被人听见呢。——有人这样讽刺着说，——唉，也不知怎样才想出来这一套把戏，要把人活活闷死呢。

——如此，同志们，我们就这样决定了吗？

——可以试试看……

——在职员身上，每骂一句，可以罚金一元，而在工人身上——半元。

——你疯了吗？——大家一齐叫起来了，文化部主任也在其内。——这样干下去，连你的肋骨都不够呢。

——只要你每次被罚一戈贝，包管你在一星期之内连裤子都没有了。——年长的大师傅说道，——唉，简直听都听不惯这些怪话！好像小孩子们忙着要事也似的。关于产业因此要受什么损失，那他们完全都不管。

——那吗，我们就从明天实行了……

——怎吗？从明天起？让我们把节期过了才实行罢，不然的话，那我们一个月的工钱将不能经过三天呢。

——对了？过了节期才说。

一星期之后，工厂经理走进了工作房。两个靠角的工人坐在机器台的旁边，一点什么都不动手做。

——你们在干什么呢？——经理问。

——我们进来不久……不知道怎样做……

——而年长的大师傅为什么不解释呢？……

——他曾开始向我们解释过，可是后来吐了一口吐沫，便又走开了。

——喊他来……

年长的大师傅来了，他很不高兴地用手摸着皮围裙。

——你在干什么？好好地教导他们罢！产业在受着损失，国家在用着全力，而你这儿却坐着闲着无事。这样是不行的。

——我自己知道这样是不行的。——年长的大师傅很黯然地回答了这么一句，便走近那两个工人的身前。——你们怎么样了？……嗯……哼……这个地方不明白吗？……唉，木桩！……我同你们说的是俄国话呵！……

他没有说完，便吐了一口吐沫。

——呶，怎样？——经理说。

年长的大师傅望一望他，后来说道：

——请你离开一点……

——为什么呢？……经理很诧异地问他，然而向旁边走开了。

年长的大师傅望一望周围之后，将头伸向那两个工人的面前，轻轻地说道：

——你们怎吗了，造你们的妈妈！……你将它扭到了什么地方去？难道说不看见吗？

——早先你这样说了也罢，而我们如何能晓得呢？——那两个工人说。

经理望一望工人，走近前来预备说话，而他向着那个说过话的工人，在谈话中间忽然哑了起来。只向着四周瞟望。

——你们现在到底是怎吗着了？——经理问。——你们有什么不满意吗？

——没有，没有什么……

——那末，到底是怎么一回事呢？……青年团的团员们在好好地工做吗？

年长的大师傅低下头来仰视着，说道：

——在好好地工做……他们工做得真好，大约不久就将没有一个人做事情了。

——为什么在这一礼拜之中，有这末许多玩忽业务呢？

——做了许多外事，——工厂委员会主席说。

——这是因为什么呢？

——把力量消耗了一点到别种事业的身上……

——消耗到什么身上呢？

工厂委员会主席不知如何说才好，便向走近前来的文化部主任溜了一眼。

——消耗到文化工作上去了。

——我的亲爱的，这样是不行的。你们抱着什么文化的目的，而产业却因此受了大的损失。妈妈的，我将你们的什么鬼文化的目的，都送到鬼身上去……你们简直一点儿尺寸都没有。例如这些告示：你们将它们贴得这末许多，无论走到什么地方，它们都爬进眼睛来。不几天以前，财政次长来到我们的工厂里参观，在大厅中从远处他看见了许多告白，说道："你们这儿有这末许多告白，真是很好看。这是什么，标语吗？"而我，没有注意到，便随口答应道："是的，标语。"可是后来我们走近墙壁看一看，原来都是关于"妈妈的"的告白。我瞟着我的财政次长，他一句话也不说了。我将图表指示给他看，而他从远处摇着手说道："不必要了，我已经都读过了。"自然，在这一方面也应当注意一下，因为这种很羞辱的习惯常令我们痛苦着。例如我们有一个同志，很贵重的工作者，他关于俄国革命史的报告做得很好，然而他的语言却难为了他。有时他说着，说着，很平静说下去，没有什么，但是当他一说到莫斯科暴动的时候，便从口中流出来一些不好听的字眼，就如瀑布一般。……这样，我向你们说，我对于取缔谩骂的习惯是很愿意帮助的，一点儿都不反对。在事实上，现在应是取缔这种丑事的时候了。这尤其是对于年长的大师傅们，他们，造他们的妈妈……他们不骂人连一句话都说不出来……

——同志，请你拿出两戈贝来。——走近前来的青年团的支部书记向经理这样说。

——拿出什么两个戈贝来？

——你刚才骂了人了。

——什么时候我骂人了？你干什么，妈妈的！……

——你又重述了一遍，现在要出八戈贝了。

——滚你娘……

——滚他们娘的蛋！把他们赶开罢！——大家齐叫起来了。

——这些乳臭的孩子们也许还要想着在我们头上走路呢。

——简直活要命！无论你走近谁个的跟前，总哑着不响，你问他的事情，而他像小鬼一般，总向四面望着，生怕一张口就弄出祸事来也似的。

——对啦！从大师傅们的身上，简直什么你都不到，他们简直完全停止解释了。

——我很诚服地谢谢……——年长的大师傅道，——昨天我因为解释，交出来了八个小银币……

——我有五个孩子，我日夜地工作着，——那个带银链子的工人说道，——而我应当这样不方便地骂着：“唉，你这木桩”……这简直令人想起来都害臊！……

——不，你们还是请你们做自己的事情，而不要妨碍我们的工作罢！——经理说，——不然的话，你们做什么试验，而工厂在一礼拜内却受了很大的损失。

——乳臭未干的孩子，——有人在后边叫道，——不想做一些正经的事情，而只破坏我们国家的产业……浑蛋！……

——将决议记录下来！——经理说。

“因为在工作中，在必要时，不能遽行抛开一些技术的语言，所以我们以为文化部所应用的方法太超过了时代，太不健全，而且对于工人的自感和产业的生产率有不良的影响。”文化部所应用的是什么方法，我们在记录簿子上不提起来。这样好。

——这样好极了！明天我们将生产率增加到一百分之一百五十！——大家都这样叫着说。

年长的大师傅向文化部主任转过脸来，望一望他，将袖子卷一卷，说道，

——呵，上帝保佑，不再被罚什么金了！……

一 周 间

第 一 章

在阴湿的不飞动的云块之间，露出微光，蔚蓝着欢欣的天空。晴朗的春阳的天气只过了三天，冰雪都溶解了，流到城外的河去，街道变为嘈杂而不洁的了。到了第四天，春光低下头来，坐在哪一个辽远的林野间睡着了。仅仅在日中的时候，太阳偶而向地球上微笑了一下，接着便又走入那不动的云层里去了。但是春天的欢欣依然留在着，不过它立在一切的背后，宛如那太阳立在各式各色的云层的背后一样。那云块有灰色的，暗蓝色的，紫白色的，不动地在地球上面悬着，如阴湿的石块似的。

如果经过城角的围墙与屋宇，踏着烂泥，走上那雪已化尽了的山丘，在那里躺着一块孤单的饱受过风雪的石头，再回头望一下，那你便望见了：山丘的脚下，延至那河的岸边，陈列着无数的木造的房子，躺着一个小小的城市。很少看得见人迹，仿佛一切都在睡着；只听见犬的吠声，春鸡的响亮的叫鸣。在宽展的街道上，在一条一条的里巷内，还晶亮着最后的雪光。很少两层高大的房子，但是教堂却很多。一个孤单的工厂的烟囱向天空突立着，吐着不断的黑烟。城外很远的地方响落着成块的冰雪。

不甚高大的灰暗的烽火台上当当地，很平匀地，响动了五下，打破了阴郁的沉寂，过了两分钟之后，便接连着飞扬起来响亮的钟声，这钟声很久地缭绕于空气中不散，慢慢地落入城外乡村的烟雾里。

在这个为人所不觉察的简单的一点钟，当太阳灰白了面孔，远远地走去了的辰光，人们向马戏园前的大坪聚集起来，——他们沿着低小的栅栏，踏着雪泥的小路，经过泥泞不洁难以行走的街衢，慢慢地向着马戏园的门前走来。一阵一阵的男女们，这其间年青的比年老的多些，穿着灰色的制服及一些破烂的黑色的或蓝色的大衣。他们匆忙着，会遇着，有时打着招呼，相互地笑一笑。他们的笑痕，眼睛，动作，步调是不同的，但是在大家的身上究竟有着一件类似的东西，宛如那同一的辽远的朝阳辉耀着他们似的。

在马戏园里整天地寂静着，巨大的灰鼠无声息地穿跑着昏黄的舞台。宽大的门扉上贴满了破旧的广告，残缺的语句，说明着过去的一些什么。现在这些门扉阔阔地展开起来了。马戏园内顿时显得光亮些。人们如水浪一般地漫溢着全马戏园。从舞台看起，一层高一层，宛如一座人山似的。偌大的一个马戏园充满着脚步与说话的闹声。

立在舞台中间的圆桌子的旁边，出现了两个人。从马戏园的一切角落里，向他们呼喊着他们的名字，于是克里明同志，一个穿着兵士制服，昏黄中脸上现着微微的皱纹，然而具着一双又美妙又平静又有精力的眼睛的人，依着群众的意志，从舞台中高叫道：

——同志们，我宣布城区的党的大会开会了，会议的日程是国民经济委员会的主席关于边区的经济情形的报告。没有反对的罢？季曼同志现在就开始报告了。

马戏园内异常地寂静起来，所有聚集着的人们，就同一灰色的驯服的野兽似的，匍匐于主席的脚下，将视线集中到别一个人，这个人也立在舞台的中间，正用着颤动的手理那一页一页的纸头。

季曼做报告时，念及关于面包，树木，火车头……的数目，声音虽然提得很高，然而究竟不能十分听得清楚。但是大家都很饥渴地听着他，并且都明白现在所说的是关于面包，经济，食粮和燃料的问题，这些问题写在一张一张的白纸上，满布着主席团的桌子。

季曼为大家诉说着道，本城离巨大的路线很远，只千余里的铁路的支路将它与其余的俄罗斯联络起来。边区差不多连一点儿森林都没有，自己的石炭又开辟得非常之少，加之铁路又快要停止工作的样子，真是糟糕已极。今年又不是丰收的年头，食粮征取法夺去了最后的东西，如果我们不将种子应时运到，那我们就要将忍受饥荒，无论城中也罢，乡间也罢，都是一样的。

每一个人都知道这些话语是表明着什么：饥荒推动农民走入无意识的残酷的骚动，工厂将要停止工作，工人们将要跑散，而流浪着在那辽远的原野中的土匪队，将要乘机而来，破坏铁路的路线。若要运来种子，那就需要燃料，它本来是在叶兰斯克县境的山上预备好了的，离此有四百里之遥，但是于一礼拜之内绝对不会运来的。播种的期限眼见得非延迟不可了。季曼请大家牢固地把持着，但是他的语句是枯燥的，没有溶解到群众的耳里，只无所归宿地环绕于空气中，如大风下的纸片一样。

季曼说完了话，一个红面孔而未生着眉毛的红兵走上台来表示意见。他说，为苏维埃政权在前线上奋斗了两年，而乡村的情状却越弄越坏。食粮征取法恼怒了乡村，在公社经济里，在食粮委员会里，在国民经济委员会里，有很多鬼鬼祟祟的现象。穷人简直完全难以生活下去。将百姓的面包都夺得干干净净，现在我们只有哭泣的一路。哎！……——他将手搓了一搓，复归了原位。

——怎样，又要忍受饥荒吗？——从舞台中间第二个要哭的样子又开始了。他是一个很瘦削的人，颈脖上有一块伤痕，说得很久，他说一布袋的食粮是很困难赡养家属的……——一般人都是干着偷鸡的勾当……——他最后苦笑着补说了这么一句。

还有些工人们和红兵们走上台来，说了一些别的言语，他们不惯于群众的注意，说话时很不从容，但是他们究竟说了自己所要说的话；他们责骂了季曼，但是他们却都同意，就是同志们要立定脚跟把持得稳稳地。坐着，放下手来，这并不足以表明是把持得住，于是他们寻找出路，宛如盲人摸物一样。但是会议没有明了一些不连贯的语句，他们虽然说着同一样的话，可是他们却互相辩驳着。

季曼停止住，不再记写下来关于结论的驳语了。他是一个小小的可怜的人，听着大家对于他的责骂，只气得摇头叹气。演说者之中使他生气的，是那些看见什么地方有着出路的人们。他没有看见出路，只气愤地喃喃说道："武断！说废话！"可是在别的方面，一些演说者虽然在玻璃墙上碰来碰去，总不能向大家说出自己很清清楚楚的计划来，只说及一些什么琐事，如从什么地方可以得到锯斧之类。全会场烦躁起来，别要看主席把铃摇个不歇，可是吼叫的还是吼叫。后来走出来了一个人，他高于中等的身材，驼着背，具着一个四方的大头。他取下旧的蓝色皮帽，现出高大的前额和横阔的皱纹来。

——罗白珂同志发表意见，——主席说了这话，会场慢慢寂静下来，为着要听见他那不十分响亮的话语。

但是罗白珂不可以说话，因为他害着喉结核。他本不想出来。他听着大家说话，老早地就想道，季曼没有帮助，看不见出路，有许多人虽然看得见，然而不能明明白白地说出来。他懊恼起来党的委员会，为什么在这个大的会场上提出来这个报告呢？他老是等着谁个将这个出路呼出名字来，并用言语解释得明明白白地，免得他多受剩余的痛苦。罗白珂本来是不可以说话的呵……他看见大家弄来弄去弄不明白，不禁话音要从喉咙里冒将出来。只要说几句话，就会把问题弄得明白了，那时大家的面孔也自然要高兴起来，因为他们将都知道如何称呼他们虽然看得见然而说不出来的那条出路。

用着低低的声音，很怕鼓起此刻喉间要发动的疼痛来，他开始说了……但是什么也听不见，大家枉然伸长了颈子；罗白珂于是下了决心，他的声音宛然突跃了一下，使得大家听清楚了他的每一个字音。在一切的面孔上都充满着感激。但是每一个字就同一块破玻璃也似的，刮得他的喉咙生痛，使得眼睛不住地淌下泪水，汗也流了满面。

他说，季曼向会场说出了真情实状，不应因此而责骂他。这种真情实状并不是季曼创造出来的，他说出来了危险的难免，我们因此应当感谢他才是。大家不必慌张，应当看一看周围，在什么地方总是会找到出路的。应当平心静气地看一看。难道说我们的党不是时常从暗室中找出来门路的吗？我们的力量与智慧是在于冷静的研究与坚决的行动上。

出路是有的，很多的人看见了它，但是却不会将它说将出来。一切关键在于燃料上，这是很明白的事情。取得一点儿燃料，那么即刻就可以从叶兰斯克城运来柴木。只要柴木一有了，那我们于一礼拜之内就可以得到播种的种子。一切都系于燃料上，系于几百株的树木上……从什么地方取得它们呢？

很明显地，在本城中有很多的花园，而在城外二十四里路远的地方，有一座修道院，那里有很大的森林。你看，这不是柴木吗，它们完全是可以够用的了。一礼拜之后，从叶兰斯克就可以运到燃料来，只要燃料一到手了，我们就开始做运输种子的事情。但是必需很快而且坚决地行动起来，必需自己拿起斧锯走向前去，强迫老爷们和资产阶级，并将红军和一切劳动者一齐引来参加这个工作。仅仅不可再延迟下去了；如果经过两礼拜之后，我们能够得到种子的话，那么一月以后一切种子都是会播种好的。

但是断续的干咳将他的话头打断了。他咳了一分钟又一分钟，而群众很紧张地等着他。在他的眼睛里闪动着无数的同情的温存的面孔。他咳着咳着，将腰咳得弯起来了。大家看见了这种情形，静默着不做声响，仅仅地叹息着……

小小的城市在阴郁的云天之下，宛如入了午饭后的沉梦一般。在每家的窗门中都开着格兰花，花朵躺在懒洋洋的枝叶上，好像蓝色的与玫瑰色的苍蝇一样。呵，该多少这种木盒子也似的房子！它们一条街接着一条街地联结着，内里是如何狭仄！在每家前房的墙角上，供设着许多可怕的神像，而在线毯铺着的小桌上，放着细致的画册。在厨房内是很龌龊的，墙壁上跑着油虫，苍蝇苦愁地在玻璃窗上呻吟着。

住在这些狭小的屋宇内的人们的生活，就如九月的灰色天气一样：小雨点单调地打着窗上的玻璃，而从盖满了雨点的玻璃望过去，可以望见灰色的栅门，及在泥泞中践踏着的小红牛犊子。无数年来的生活就是这样过着。每天老婆婆清早就起来喂牛，然后提着篮子到市场上去，然后在厨房里烧煮起来。饭后便洗刷油腻的碗碟。眼睛无光的，穿着破褂子与破皮鞋的，毫不修饰的男人们，或走去上工，或做什么交易，或在狭小的鸟笼子里做着手艺。到了礼拜天的时候，女人们光光地梳起头发，穿起紫色的，黄色的，或蓝色的衣裳来，拉着孩子们走向教堂去。到了晚间，大家聚集起来饮茶，男人们却拼命地吃着烧酒，有时发起酒疯来。

在这个辰光，当钟声放起翼来，飞扬于全城中，召集礼拜六晚会的时候，这些人们都隐藏憎恨的心情，他们憎恨那些聚集在马戏园内的人们，但是这种厌恶是不敢发泄出来的。它隐隐地，为人所看不到，将全城联结成了一条黑串……

在这个辰光，住在两层石房子里的孙拿托尔先生正散着步。石房子的底层设有一个药房，这本是属于孙拿托尔先生的。

药房充了公……金字招牌“耶稣圣诞药房”拿掉了。而现在却换了一个红底黑字的招牌，上面写着“卫生部设立公社药房第一号”。

孙拿托尔先生立在沙石的小丘上，收集那些在小木房子里潜伏着的所有的憎恨，默默地将这些憎恨都送到马戏园所在的那个方向去，在那里进行着为他所不明白而又为他所仇视的生活。他是一个矮胖的人，穿着灰色的大衣，戴着讲究的礼帽（这帽子普通名为“敬祝康健”）。他在小丘上立着很久。在前帽檐底下闪射着他的充满着仇恨的灰黄色的眼睛。当他转身慢慢地向着院内走去的时候，那便看得见他的红肥的颈脖子，上面生着很多的短的花白色的毛。

他帮助老婆料理家务，或喘着气劈柴，或为牛洗毛。当他的老婆挤牛乳的时候，他立着旁边观望着，看那牛汁是怎样地经过她的手指流到牛乳桶里。……挤牛乳的很平静的声音，猪在槽内哼哼的叫声，那一种由猪槽内荡溢出来的气味，一切都足以安慰他，于是他向老婆报告道：

——我曾到韩任家里去了一趟，他有一个兄弟从土尔来。他说，很快地就要完结了，老百姓都反对波尔雪委克，波兰人又要打战，并且在莫斯科的工人也……

——慈悲的上帝保佑罢！——老婆喃喃地这样说。孙拿托尔先生背着手在院内踱来踱去，数着那造屋余留下来的树木，很怕人们莫不要再把它们偷去了。

但是，将春天的欢欣深埋了的阴云的天空，忽然放射出殷红的晚霞；太阳推开了云块，赠予地球以最后的金色的晚照，便又走到那房屋，那原野，那山丘的背后去了。阴云又厚积起来，消散了晚霞的光彩。就是这时候孙拿托尔先生沿着不明亮的扶梯，经过不洁净的便所和洗物盆，很迅速地跑到自己的房里，喘着气。

原来在晚霞吐彩的辰光，从马戏园内飞扬出来豪迈的国际歌声，数百人的宏亮的喉咙震动了全城，直冲至天上的夕阳。即刻，唉，罗白珂就要回来了，那占住了孙拿托尔先生的房子，为孙拿托尔先生所不愿意见着的讨厌的罗白珂!

罗白珂听着大家唱着国际歌，有时也唱和一两句，但是咳嗽妨碍了他，他只得默默地看着同志们是如何兴高采烈地唱着。很鲜明的两朵红云在他的腮庞上燃烧着。他的一双灰色眼珠，灰色头发，及那为工厂工人所特具的面孔的神情，是全般地和着大家唱着，虽然他唱不出声音来。他用脚合着拍子，同志们的温存的语句浮荡于他的脑里。

会场散后，他差不多最后一个人走出马戏园来，他看见了天空，及那将要消散去的晚霞，突出的屋顶与烟囱，不禁想很舒畅地呼吸一下，因为从春的原野上吹来有力的和风，送来那冰雪消化后的什么一种的气味，使得每人都想尽量地呼吸一呼吸新鲜的空气。但是咳嗽又把他捕捉住了，他的喉间如被爪子抓破也似地疼痛起来。他的眼睛发了黑，早春的欢欣不知坠落到什么地方去了，于是他只感觉到和风很讥笑地，而又温存地，吻着他的炽热的流着汗液的面孔。

后来咳嗽的袭击算是过去了，围一围颈上的围巾，便向党的委员会走去。在路上他看见在死去的晚霞上面，胜利地闪亮着太白星，于是平静的关于死亡的思想，轻轻的步骤在他的脑海里经过。很想活着多做一点工作，有时在工作的余暇，异常地欢欣于太阳与生活。但是为着这个必需抛开半年的工作，每日饮着鲜热的牛乳。尤其重要的，是不再参加会议。医生们是这样地说着。

“在会场上不说话……”他笑了一笑暗自说道，“这都是狗屁……”于是平静的关于死亡，自然界和春天的美妙的思想，又为如何才能取得柴木的计划所代替了。“即刻在党的委员会的会议上，我提出这个计划来，明天我们就开始实行起来。”他走着，踏破了路上晶莹的冰块。

第二章

在稳静的电灯光下，在一间布置着紫檀木器的办公室里，开始了党委员会的会议。罗白珂做了一个简短的报告。他将预备柴木的计划告诉了大家。但是他们不大注意听他，在报告的时候，大家很高声地私语着，很温存地相对着微笑。在整日的疲劳的，紧张的工作之后，看见同志们相熟的面貌。是很愉快的事情。因此，罗白珂的热烈的号召，就如火星一样，落到水中消逝了。谁个也不向他附议，而在报告之后，季曼很久地指责他的主张没有根据，因为泥泞的道路妨碍着将柴木运到铁路来，而且斧哪，锯哪，拖车哪，都是不够用的。

小小的，就像簿记上面的枯寂的数目字一般的季曼，是这样地捉摸着罗白珂的意思。

然后加拉乌洛夫，一旅军队的军事委员，具着暗黄色面孔的，翘着胡须的老哥萨克兵，表示反对罗白珂的意见。他从烟斗里呼出很浓厚的烟雾来，用着很沉重的声音叽咕着说："城的周围现在蠢动着很多的土匪……而你却要将红军引到离城有二十多里路远的地方去。没有他们，那你是不能将修道院的树木砍伐的。靠着征集的资产阶级及一些什么弱败不堪的苏维埃的办事员，你是不能干出什么好事来的呵。"

于是罗白珂激剧地咳嗽了一回，将灰绿色的痰块吐到很精致的天鹅绒的地毯上，用杂记簿子上面的数目回答季曼，而向加拉乌洛夫说道，革命要求着如此做去，没有别的出路……因此只得要冒险了。

——好，请你试一试，我恐怕土匪们要将城拿到手里，把我们的人一个一个地都砍掉，不到几个月，一定要从边区砍到中央那里去。

——加拉乌洛夫慢慢地，很讽刺地，不高声地，然而大家都可以听得见，这样说道。后来忽然抬高了声音，很愤怒地叫道：——你，罗白珂，发了昏吗？引起暴动，——这并不是好玩的勾当呵。你问一问克里明罢，他是非常委员会的主席，可以向你说一说，在乡村间是怎样地在骚动着。

这时克里明静默着不动，正在幻想着什么快乐的事情，他的眼睛是很高兴而温存的。一听见了自己的名字，即时惊颤了一下，把幻想都抛却了。他具着不自觉的烦恼的心情，追索着罗白珂的话语，于是他同意于季曼的平静的反驳，及加拉乌洛夫的愤怒的喊叫。凡是罗白珂所说的一切，他觉得都不过是他的不健全的热望的结果罢了。

——为着要从碰壁的境况中找出出路来，一定要把意志坚决一下，否则……种子是下种不了的呵！

罗白珂一面咳嗽，一面用手指着那暗黑的窗户。随着他克里明也就移动了自己的视线，望一望夜的面目：这时夜很严肃地向着室内望着，使得克里明想象到旷野的边区被寂静的夜幕所掩蔽着了。冰雪溶解中的田野苏醒过来，期待着农民们的耕种。在晴朗的天气，农民们成堆地聚集在土埂上面，说东说西，说说天气，说说一些收成的事情，然后记起来了仓库是在空虚着，没有耕种的种子，便都惊慌地静默着分散了，期待着从城中到来的补救。一天一天地期待着，逐渐地在他们的心灵中生长出来了对于苏维埃，对于食粮委员会……的恼恨。

于是克里明忽然明白了，为什么罗白珂是这样地急躁着。他明白了，没有别的什么出路，便即刻苏醒过来了实际的，锐敏的判断力，很清白地抓住了罗白珂的主张，并意想着怎样执行这个主张的道路。于是他便用着很有力的，响亮的声音，表示赞成罗白珂。

罗白珂完全不能说话了，半躺在柔软的长靠椅上，休息着。他听见克里明的话音，不禁微笑着点起头来。克里明一下子便向季曼提出来实际行动的意见，后来当表决时候，仅仅只有一个加拉乌洛夫举起被冻僵了的粗糙的大手来表示反对。其余的一切委员们，都被克里明话语中的平静的火所燃烧着了。

在会议之后，即刻召集了预备柴木的委员会，实现取得柴木的计划。进入这个委员会的，是克里明，罗白珂，加拉乌洛夫，季曼。

明天在委员会的指导的和党的意志之下，开始工作起来！

明天在报纸的论文上，将向每一个人喊着饥荒的危险，行动的必要！

明天在群众会议上，军事长官和宣传员要向红军的兵士告诉道，如果他们愿意将种子都下地呢，那他们就要去砍伐树木！

明天季曼从一切储藏室里，收集刀锯与斧头，而公社经济局要征集所有的车辆！

明天罗白珂要忍受着喉咙的痛苦，将在职工会里执行征集一切会员的提议，而在各企业中，工人大会将提出严重的决议……明天！

今天在这个巨大的办公室里，在这里如精致的电灯架，长靠椅，画像，门帘，沙发，以及写字台上的墨水瓶，一切都叽咕着过去的，那神圣不可侵犯的，银行经理的办公室的寂静，那银行经理是曾在这一间房子内居住过的……

今天在这一间房子里，在明亮的电灯光下，整夜地坐着四个人，而在墙壁上悬挂着红布，在那上面现着黑的与金的颜色，说着“全世界劳动阶级联合起来……”

罗白珂坐在墙角，伏着小写字台，在那里写明天报纸上的论文，可是季曼忽而向这个说话，向那个说话，以及加乌拉洛夫的粗大的，克里明的响亮的声音，都妨碍他集中心思工作。他圈涂掉不大顺利的字句，捉摸着别的字句，等到一捉摸到了，便连三接四地写下来；而在前边呢，他宛然在烟雾中看见了许多字句，没有秩序的字句，需要即刻就将它们收拢起来，连系起来，为着要使思想按着它们走去，就同走玻璃梯一般，高些又高些……

苍茫的月夜，毫无声息地，在全城上，在无边际的白雪堆上，在隐约的山丘上渐渐地经过了。这一晚刮着很惊颤的风，星与地球之间，很快地飞动着雪块，黄昏的霞带很鲜艳地殷红着。风摇动了市店的招牌，招牌因之唱起歌来。它的黑影在街房的两边的檐下飘荡着。过一会，风把云驱逐开了，便静默下来了。下着略微的霜来。街道这时是空虚的，遥远地从这一头可以看见那一头。偶然的行人的步声是很响亮的。天空是很深沉着，闪耀着很多的星光，就如冬夜一样。

克里明走出房来，深深地呼吸了几口空气，不禁异常舒畅起来，因为在那遥远的原野上，森林内，朦胧着春意，而它的陶醉的香氛，已能令人感觉得到了。

到什么地方去呢？黎明已很近了，它从高大的屋宇上渐渐伸出头来，而夜渐渐苍白起来，宛然好像有谁个从远处用着巨灯照耀着街衢也似的。早晨快到来了。于是克里明提起壮健的，年青的脚步，顺着空虚的街道，走向非常委员的机关来。在那里，他预备在自己办公室内的长靠椅上睡一睡，明天好有精神再工作起来。

本想吃一点东西，更想多睡一些时，可是在脑海中响动着同志们的声音和形象：罗白珂射着逼视的眼光，季曼在纸上划着什么，加拉乌洛夫带着笑，用他那穿着兵士的黄皮靴的大脚，轻轻地敲着地板……

城落在深沉的，寂静的梦里，在此深夜的辰光，连灯火都看不见。仅仅只有非常委员会的两层楼房的灯光还映射着碧蓝的雪堆，只有岗位上的路灯还触到人的眼帘里。而在这座建筑物的内里，在空虚的，为死寂的电光所照耀的房间里，一切桌椅书橱，都冷静着不动，似乎它们轻轻地伏在浅梦里，是很容易惊醒的。

非常委员会这一夜的值日是哥尔内哈，伏着桌子，在书写着什么。他的宽阔的，粗糙的面孔，现着忧郁的颜色，两只眼睛很凹进，而面额被长头发遮盖住了。从第一眼观之，他似乎是上了年纪的人了，但是如果你从侧面看去，看一看他的口纹，以及他的柔软的面孔的轮廓，那便可以见得他还是年轻的了。

他想睡觉，想将双腿伸到桌下，将头放在沙发的靠背上，无愁无虑地，很甜蜜地睡去。但是睡觉是不可以的，因为在整个的矇眩的城中，在旷野的边区内，——在这里有无数的森林，池塘，及许多僻静的，然而尚未知道的路径，——只有哥尔内哈一个人没有睡，等于一个站岗的兵士一样。在每一分钟间电话机和电话报机都可以响动来……睡觉是不可以的呵。

哥尔内哈有两昼夜连一分钟都没睡了。昨夜搜查了一个整夜，骑马转回来的时候，哥尔内哈呼吸着早晨的冰冷的空气，一方面幻想着怎样脱下衣服向床上躺去，然而在非常委员会里，忽然把他留住了，不得已代替得了病的同志执行值日的职务。他将眼睛用力地睁了一睁，很温存地将一切看了之后，便接受了值日的使命，在一个整夜里一分钟都没有闭眼。电话铃响动过几次，电报局也曾几次送来秘码的电报。但是夜越深，越觉得疲倦，字句的行列在眼中混乱起来了，——哥尔内哈便放下笔来，静听着窗门上面的通风机的响动，两眼向着那窗门的碧光望去。眼睛自己要合拢起来，而从上面，从两旁，他被形象的，声音的，响动的……混合的烟雾所拥抱起来。通风机在响动着，它的响动就如那被风吹动了的青草的响动一样，就如那在脚下哧哧地响动着的青草差不多……白衣的女郎在草上行走，而草在她的脚下哧哧地响动着……她的面貌——似乎在什么地方看见过也似的，是很熟识的……在童年的时候，他在平原上的一处乡村中见过了她，呵，她的动作是如何地轻松，她的口唇是如何地红艳而甜蜜……

敲门的声音传到他的耳膜，他即刻便醒过来了。他骂了一下自己：为什么要打瞌睡呢？于是那一种年青的梦毫无痕迹地消逝到什么地方去了，而且即刻被他忘却了。

敲门？电报吗？号召吗？

不，这是克里明，哥尔内哈是知道他的步态的。两人互相问了好。克里明燃起在街上灭了火的香烟。

接着跟着克里明走进办公室去，哥尔内哈听见了关于三个会议的事情，关于季曼的报告，罗白珂的主张，以及党的委员会是如何地决议。

——而加拉乌洛夫说些什么话呢？——他很惊慌地问。

过身摇荡在甜蜜的早晨的梦里，如苍蝇落在香蜜里一样，克里明又将经过的事情重述一遍，结果他走入梦呓的状态。哥尔内哈默默地点着头。走到自己的房里，从书架上取下一叠文件，哥尔内哈开始很注意地查看几件急于要办的事情。

革命将十七岁的哥尔内哈从工厂中夺取出来，而党将他，一个年轻的工人，送到非常委员会里工作，——到如今算起来已经有两年了。

他能够在打铁的时候，闭着眼睛抛着铁锤，不望着自己的手，也不怕会弄伤了它，这件事情，也就如他相信自己和自己工作的结果一样。他完全不在群众会场中显露自己的面目，就是在支部的会议上，也很少说过话。

但是他总是时常充满着很尖锐的恐惧，他会把每一件罪案与那些为大多数所不觉察的激动联结一起，——这些激动就如水底的很深的潮流一般，永远在民众中沸腾着，永远在乡村间摇荡着，经过小小的市场，可以将无数千的市民都惊扰起来。他有时感觉到，就是他和许多的同志们，宛然在细薄的，破碎的冰块上行走，在这冰块下响动着水浪，说不定一下子就会把他们沉没下去……因此，当克里明告诉他关于加拉乌洛夫的意见的时候，不禁点头称是，而当他将最近的消息及一切事件看完之后，不禁向自己说道：“加拉乌洛夫真是好汉呵！”

不觉得，苍白的晨光很温存地，然而又具着很坚决的力量，将房间占领了。它使得电灯光变成很薄弱而没有用的了。

太阳起来了，它并不热，然而很殷红，很鲜艳，向房内的地板上射来黄色的光辉。很饥渴地抽起香烟来，觉得香烟不十分有力，哥尔内哈带着恨骂了起来，因为一夜没有睡觉，他的头壳痛起来了，疲倦的身体要求着休息。非常委员会的各办公室内又开始工作起来了；打字机相互地追逐着，响动个不止。在这间房内，或在那间房内，从外边不时地飞来了电话的铃声……

在克里明耳朵上边，响动了银色的电话铃，于是他很高兴地向哥尔内哈摆一摆手，将电话筒取下来了。很遥远地响动着不清楚的，宛如写在粗纸上的字句。而声音，虽然很久地听不见，为电话机所改变了，但是即刻就知道了，这是很熟识的声音……

哥尔内哈觉察到了，克里明的面容是怎样地光彩起来；而且可以见得，他还是一个很年青的人呢，虽然他的脸上的灰皮与眼睛下的皱纹已经表现着他很老相了。白齿的微笑光彩了他的面容，因之他的面容也就显得是很年青的，温存而感动的了。“这是怎么一回事呀？”——哥尔内哈不禁这样暗自猜想，不明白克里明到底遇着了什么。

——你好，你好呀……从莫斯科来很久了吗？刚下了火车？我送来马车好吗？好极了……我自己来。——他立起身来，将电话筒挂上了。——哥尔内哈同志，谢木珂娃从莫斯科来了，随着带来了许多书籍。我现在没有闲空了。然后我们再谈罢。

说着这话，他已经顺着楼梯跑到院外去了。

马脚践踏着马路上的春天的泥泞，人们的声音很嘈杂地，活泼地响动着……在许多岁月之中疲惫了的克里明，现在也就无忧无虑地舒畅起来，宛如从他的心灵上取下来一层沉重的灰套子也似的。仿佛在最近的几个月来，除开工作而外，什么也没想到，只日日生活在不间断的工作的韵律里面，可是现在他明白了，她永远是存在着在他的脑海中最远的一个角落里。

她生着一头金黄色的头发，很随便地挽着一个圆髻，它们围绕在她的头部上，宛如一金冠也似的。蓬松的头发披散到她的眼睛，生着皱纹的，很严肃的额部上。第一次他看见她是这样的，是在党委员会的会议上，那时他知道她是政治文化部的主任，在革命前她是乡村的女教师，而她加入党是在一九一八年。她留下了做教师的态度，每逢说话时，总是很高声地，一字一句地，带着肯定而温存的语调，完然同小学生说话一样。在她做报告的时候，克里明时常停止住明白她的语言，而只听着她那种轻曼的声浪之荡漾，只欣赏她那沉在眼底的欢欣的微笑，那微笑是与她的严肃的口的表情是不相调和的。克里明有时捉住了自己，就是老是他注视着她的小而有力的手在握手时候的动作；她的长手指的动作使他发生兴趣，他觉得在和它们轻轻的一接触中，该蕴藏着多少对于男子的温柔。他一在这些感觉上捉住了自己的时候，便即刻略微苦恼地将它们抛开了。

他知道她是这样光彩的，康健的，身段窈窕的，生着金色头发的女子，并不是很久的事情。窒扶斯的传染病包围了全城，因之将她放到医院里躺了六个礼拜。克里明为着天天只奔波于狂热的奋斗中，反对叛乱，反对土匪，反对窒扶斯的蔓延，差不多把她忘却了，等到病后相遇着了的时候，他始而简直不认得她了。她变成了苍白的，宛然如一没有血液的人了。腮唇失去了红色，而剃了发的光头，似乎是腐烂而不结实的。眼睛大了些，灰暗了些，在重病之后，在它们之中疲困要留下来很久的时候。

克里明常常观察着，在无论哪一次报告的时候，她是怎样地于几分钟之内滔滔地说个不休，用手扶着自己剃了发的光头，后来忽然颤抖了一下，于是在她的眼睛中便闪着疲倦的笑痕。有时在会议之后，他们谈到政治，谈到党的生活，谈到目前的工作。越谈越显现得同志间的亲密。但是，不但没有谈到爱情，就是友谊的话也没有谈到，——这是因为没有闲功夫谈到私人的心境，工作太狂热了，因之它留下的闲时间也就太少了。仅仅在她离开之前，在辞别的一瞬间，很深沉的，年青的欲望，指使着克里明吻一吻她的微笑着的口唇。

她微笑的时候很少，而仅仅在此刻，在此车站中人声纷乱的时候，他帮助她取拿书籍的包裹，听见她的低微的笑声了。他看见她完全变了样了：她晒黑了，瘦削了，头发长起来了，动作似乎沉重了一点……她欢欣地，低微地笑着。克里明匆促地回答她的问题，向她述说目前党委员会的工作，边区的情状，以及采取柴木的计划……当他们顺着银白色的雪路回向城内的时候，克里明觉得他有一件什么重要的事情没有向她说出来。

在狭小的车站的平场上，拥挤着人群，在退了伍的，面庞被风吹红了的红军兵士中，傍着那些惊慌不定的乡下人的那一边，这时也有两个会遇着了，打了招呼之后，他们之中有一个人说：

——你看，非常委员会的主席……同着一个女人……！

——而她呢？

——女党人……——回答这话的胖汉子，生着很长的红黄的胡须，穿着车夫的披风，手中拿着鞭子，在他的破毡帽之下，额上流着汗珠。

别的一个人，是很精壮的，穿着黄色的半身皮袍，——这皮袍是裹得他的身体很紧合的，——带着镶着一个大红星的，黑色的红军帽子。他的眼睛是碧绿的，口是很美丽而肉感的……在他的袖子上缝着一颗红星和两个立方块。在他一切的动作上，行走的步态上，头的每回的转动上，都感觉得他是一个很有力量的军官。他刚刚到，手中持着物袋，而他的眼睛却很注意地带着仇意望着克里明和谢木珂娃，研究并且记忆着他们的每一个动作。

——走快些……我在此地已找到了寓处，在一个犹太人的手里……但是他帮助我们，给我们钱，并两次脱我出险，把我隐藏了。而你的凭据怎么样了呢？

——从军区那里被差遣到军事委员会里，如一军事专门家……姓名是列宾，而在服务书上写着——在红军里我服务了两年。有过命令嘉奖……

他们已经来到街市了，那个红发的汉子时而回过脸弯起腰来，向列宾说道：

——而我们简直没有期待你呢……我听说你们被暴露了，便想道：完了，我再也见不着你的面了……现在此地的军事力量很少。分散到乡间和工厂里去了。现在农民们是跟着我们走的。在乡间没有种子下地。上帝帮助我们，我们好好地给他们一个教训……

春季的天空，如大病后的，痊愈起来了的孩子的欢欣的眼睛一样。每一株树都很贪婪地伸展着赤裸的枝干，以期捉捕着碧绿的空气。而在人们的脸上呢，仿佛都印着同一的思想，就是要陶醉在春的怀抱里，尽量地吻它……它虽然是为眼睛所捉摸不着，可是对于每一个人总是要感觉得到的。

而列宾这时却只记忆着那些向他指明的地址，一方面在过路的人中，寻找自己的同党，企图着在人们的脸孔上读到他们的思想。“友人多些，还是敌人多些呢？在最后的一点钟，他们是不是跟着我们走呢？”他瞟一瞟看执行委员会各机关的招牌，感觉得这种生活的制度对于他是异常地憎恶，然后它已经走上轨道了，——于是列宾又感觉得自己的成功之可怀疑了。

但是当他在食粮铺的附近，看见了成队的苦恼着的女人；当他看见从教堂中出来的许多市侩；当他经过广场看见荒败了的市场，他便又将对于胜利的信心恢复转来了。

这种信心随身带来了偶然间的幻想，这幻想即刻沉落到琐碎的计算和想象里，——他记忆起来了那应当成为将来的过去；他记忆起来了那漂亮女人和带着金徽章的漂亮军官的社会，以及那阅兵时的行伍，那为着拯救国旗的奋斗，列宾曾领受了格俄哥里的十字架。这些很尖锐的回忆交叉了他的生活的幻想——恢复统一的，伟大的，不可分开的俄罗斯。

第三章

早春的早晨，在街上还是这样地寒冷着；不炎热的，红的太阳很低地悬在地平线上。在西边的房间内，在黑暗的角落上，还憧憬着夜的痕迹，而政治部的秘书已经来上工了，在睡眼朦胧的值日员前，在簿子上签了名“马杜贤珂”……他签的每一个字母都是圆圆的，很清楚的，一点不缺少的，仅仅在最后的一个字母上，马杜贤珂牵了一个细而小的尾巴。

将大衣脱下挂了起来，马杜贤珂理一理自己的头发，走进政治部长的办公室里；在那里立着他的很有秩序的写字台，上面铺着玫瑰色的吸墨纸。马杜贤珂瞟看一下政治部长的墨水瓶里有没有墨水了。试一试他的笔头——很坏的笔头……马杜贤珂将笔头换了，又将政治部长的写字台上的字纸收拾了一下，后来审视一审视代理政治部长马尔腾诺夫的快笔字。

马杜贤珂的身材很小，裤子平素穿得总是很妥帖的，手指上带着戒指，面孔是红红的，宽阔的，在那上边永远停滞着笑痕，这笑痕好像马杜贤珂在签名上所拉的那个细而小的尾巴一样，总是有点羞怯怯的。在很整洁的上衣前面——珐琅质的红徽章。今天是礼拜日，那些女打字员和书记们，仅仅到十一点钟才能来，他们是很热闹的人们。但是马杜贤珂却避免他们，更确定地一点说，他简直不注意到他们，不设想到他们的存在，如不设想到对于他无关系的物畜的存在一样。凡是他以为在职位上低于他的人们，如兵士们和教师们，他都不设想到……

但是因此马杜贤珂很多地想着关于地位高于他的人们，从政治部长戈洛夫列夫起，一直到李林与脱罗斯基为止。他对于长官的估价也是很不同的：有的他很中意，有的不，有的他惧怕，而且不明白，有的他不惧怕，而且明白。但是普通的他关于长官总是想得很多，而且总是用着小小的眼睛去跟踪他们。

戈洛夫列夫，一个热闹的，粗野的，容貌不修，衣冠不整的人，是为马杜贤珂所不喜欢的。有一次马杜贤珂想帮助戈洛夫列夫穿大衣，而这位戈洛夫列夫却从他的温情的手腕跳开了，带着惊异的，讥笑的神情，溜了他一眼，并说些很羞辱的，不愉快的，最重要的是为他所不明白的话：

——马杜贤珂同志！你为什么要这样做呢？你本来是一个革命党人，谁个请求你充当仆人呢？

“很显然的事情，——马杜贤珂暗自想道，——戈洛夫列夫是一个浑蛋，粗野的工人，写起字来有文法的错误，而当他生气的时候，当然要很无礼貌地骂起人来了。”

虽然马杜贤珂不喜欢而且惧怕戈洛夫列夫，然而戈洛夫列夫是长官，这是说应当要服从他，并且要微笑着听受他的指责……马杜贤珂时常想到这一种奇怪的秩序：他是一个有教养的，有知识的，有着军官名号的人，却不得不服从戈洛夫列夫，一个没受过教育的流氓……

不错，国家被称为工农的共和国，而戈洛夫列夫是一个工人，但是在心灵的深处，马杜贤珂却将这些名称——“社会主义联邦共和国”，及一切什么口号和标语——都算作打官话而已，并没有什么特别的意义，也就如同为马杜贤珂所深知道的皇帝的名号一样。

马尔腾诺夫之来，将马杜贤珂的思维打断了；对于马尔腾诺夫的和蔼的问好，他报之以鞠躬和甜蜜的微笑。

马尔腾诺夫完全不如戈洛夫列夫一样，从没有什么时候吼叫过，当他有所命令的时候，他总是红起脸起。

——他是受过和善的教育的，在中学里读过书，——马杜贤珂常带着敬意地想着。当殷勤的马杜贤珂忽然地代马尔腾诺夫领取了食粮，而且亲自送到他的家里来，他总是觉得有点难为情的样子。

马尔腾诺夫关于革命，关于人类，关于自己的生活，思想得很多，完全没注意到，就是殷勤的，服顺的马杜贤珂老早地就研究了他的一切的本质，并照着自己的观念把他明白了。

马杜贤珂用着温存在的，低微的声音，向马尔腾诺夫问着：“为什么人们相信上帝呢？什么是帝国主义？什么时候才能完成世界革命？”马尔腾诺夫一听到了这些问题，便精神振作起来，开始回答他。同时马尔腾诺夫想道：“他原是一位好知的先生呢……不过自尊心和自信心在他的身上太少了。”马尔腾诺夫不知道马杜贤珂的为人：马杜贤珂是很有自信心的人，知道自己的在生活中的道路，并如精敏的兽一般观察着一切，完全不听那马尔腾诺夫的长时间的解释。

秋季，进入了冬季的门限，似乎不能把它经受过去，可是冬季已经过去了，马尔腾诺夫又重新立在活跃的生活中了。春天到了，马尔腾诺夫具着异常的欢欣，忽然地感觉到了，春天很温存地，宛如长姊一样，用着细腻的手抚摸着他，用着暖和的唇亲吻着他。

今天到政治部里要来一些军事长官（最后的一次通知书为许多人误解了），非常委员会的营长，一个穿着漂亮军服的少年人，他普通总是很猜疑地注意及每一件琐碎的小事，总是随地看见政治部的官僚主义，在辞别的时候，总是和善地笑着说道："好罢，同志马尔腾诺夫，你发号施令，而我们的事情是执行呵……不过这是官僚主义呢。"马杜贤珂在人们眼前走动着，送上许多要签名的文件。有一个教师立着，递上诉苦书，说他不再干将下去了——"没有皮鞋穿呵！"于是他把透了水的冬靴伸给大家看……但是这一切，就是在琐碎的事情上，从前被革命所光照着的，今天觉得干燥无味了。因此马尔腾诺夫时常跑到雪化了的石阶上面，很愉快地领受那阳光的抚慰。

在嘈杂的苏维埃食堂里吃了中餐以后，对于马尔腾诺夫到来了异乎寻常的空闲的时间：也没有讲演，也没有会议。顺着泥泞的，嘈杂的街道，他慢慢地向着自己寓处走来，没有觉察到两脚已被污湿了。在有些干了的巷道上，小孩子们玩着小木柱的游戏，马尔腾诺夫用着慢的脚步行走，将他们扰乱了。

照着普通的习惯，他一面走着，一面思想着。从儿时起就相熟了的房屋，讨厌的招牌，以及城中的灰色的栅栏，鼓起了对于过去的生活，流亡在西伯利亚的家庭，中学时代的同学，而现在大部分立在白党营垒的那些少年朋友……种种的回忆。他，本是一个生在资产阶级家庭的子弟，被奇怪的命运牵引到社会革命队伍里来，以它的宇宙观为宇宙观，很热情地忠心于它的伟大的事业，然而宛如还有一层玻璃墙把他从党的队伍提开，将他弄成为一个孤单的人，使他很烦恼地痛苦着。

马尔腾诺夫机械地走入自己的寓处，将外套摔开，宛然就同梦醒了一样，向房间内环视了一下。

床铺，光桌子，在那上边放着面包的碎片。书籍躺在椅子上。全房间内空洞着，杂乱无章地如无人住一样。马尔腾诺夫本来被工作所围绕着，在这个房间内住了一整年。但是现在它却形呈为讨厌的了。

"到什么地方去一去，"——他这样想着而自语道，"——但是到什么地方去，又向谁个那里去呢？"别要看他对于革命的忠实，可是在党员中他没有交好的朋友。

在一整个的冬季，马尔腾诺夫仅有一次在马杜贤珂家里做过客，就是在这一次，那也是马杜贤珂硬把他拖去的。……马尔腾诺夫在马杜贤珂家里吃着搭着牛奶油的白面包，很饥渴地饮着香而甜的茶，——他很久的时候，没有这样有味地吃着东西了。他率直地惊异起来："马杜贤珂从什么地方得着这些东西呢?"

而圆脸的，殷勤的马杜贤珂，眯着自己的细小的眼睛，很恭敬地，然而又略带一点主人自满的神气，向马尔腾诺夫劝请着说道：

——同志马尔腾诺夫，请饮葡萄酒罢。我的女人在食粮委员会里办事，所以她领得很好的食粮呢。别要客气，请吃牛奶，这是由于我们自己的一条牛……一个有了家庭的人可以什么都顾全到！我，是一个会处理家务的人，为什么我要使我自己受饿呢？关于这一层，在我们的党纲上，哈哈，什么东西也没说，这可不是吗。同志马尔腾诺夫？格鲁莎，向长官劝请一劝请罢！——他很滑稽地，然而又很严厉地向老婆这样说道……

马尔腾诺夫瞟了一瞟马杜贤珂的妻，这是一个丰腴的，金色发的女人，他在她的碧眼的深处，见着金色的光芒，它们是在说着爱情的甜蜜，肉感的享乐，一切还未曾为马尔腾诺夫所经验过的东西。微笑露现出来了她的玉白的牙齿，于是她挪动乳酪制的小白面包，那上面是洒着砂糖的，向马尔腾诺夫说道："吃罢，请不要客气!"

马杜贤珂用着自己的柔细的声音，继续向马尔腾诺夫的耳里，放进一些平静的，过于甜蜜的话语，好像同洒了砂糖的小白面包一样。

马尔腾诺夫瞟了一瞟马杜贤珂的房间：窗帷，圆桌子，中国屏风，沙发，地毯……于是他回忆起来了过去不久的生活：那自己的屋宇，——现在变为幼稚园，——那温柔的暖室，那一些相熟的木器……于是觉得仿佛有点怜惜这些也似的……

现在马尔腾诺夫想到什么地方去一去，可是他明白了，他没有什么可以去的地方；就是在政治部里，他也将找不到任何人，那里现在只是空桌子，和着赤着脚的刷洗地板的女人们而已。马尔腾诺夫向着自己的坚硬的床铺躺下，将面孔伸缩到枕内去，为着不要看见自己的不像样的房间。

他于是又重新回忆起来了自己的过去的生活。他回忆起来的，不是那革命后，他因为政治信仰的不同，与家庭分离了，这些最近两年来的时间，而是那很久很久的童年，那在暖室里的游戏，那已故的母亲的温存，那蓬勃的枞树，那平静的，愉快的生活，和着那饱满的饮食……

难道说这种生活曾经有过吗?

从枕头底下，他取出来了一顶编结的蓝帽子，这蓝帽子是从家庭留下来的唯一的东西；带着这顶帽子他滑着冰，也就在那滑冰的时候，他与她相认识了……哦，愁苦呵，愁苦呵！

他向整个的房间巡视了一眼，看见了李林的像片，那李林正在用着聪明的，很诙谐的眼睛向他望着。

他向自己设想一下这个人的生活，不禁害起羞来了。他穿上外套，走出街上来，这时春的黄昏张开了自己很花色的面幕。

现在他一壁走着，一壁幻想着。

他幻想到将来的是在空中的太阳城，如绒毛在水中一样；幻想到碧石的宫殿，玻璃的街道，以及那过着美妙生活的人们。

于是马尔腾诺夫感觉着自己是他们的生活的建造者，在他们的那种生活里，将感动地，欢欣地劳动着，创设奇异的，无烟的工厂，如宫殿一样，不过更要美妙些，愉快些……

离开了自己的幻想，马尔腾诺夫很惊愕地瞟望着这些小小的不美丽的房屋，粗糙的，弯曲的商店的招牌……

这围绕着沉郁的教堂的一切，只令人感觉得一种贫困与荒废而已。在这些具着小小窗口的建筑物里，人们并不劳作，并不生活着，并不欢快着，而只做些莫明其妙的，对于将来的骄傲的人类是很卑鄙的事情。他们被淹没在自己的很奇怪的梦想的灰尘里，这灰尘是数千年来污秽的，艰苦的生活所积留下来的。

然而在几所大的建筑物里，在工厂房里，在大的商店和学校里，却闪着初升的将来的光芒，在那里开始着别种的光明的生活。在轩昂的楼宇的前面，在广阔的，收着光的玻璃镜上，在一切美丽的建筑物上，都映射着这将来的光芒，令人感觉着伟大的将来！

太阳落山了，大地朦胧起来，马尔腾诺夫也就从自己的幻想醒转过来。天气很冷，他将衣领竖起来，便很急促地向着红军俱乐部那一方向走去，在这个俱乐部里，他有时晚上曾喝过无糖的茶。他一边走，一边想着，明天要开始派遣政治工作者到各县去。

完全昏黑起来了，天空中现出少数的星球。空气还是很新鲜的，在这一晚上春的气息还是留在城中的，没有消逝。冻凝了小沟渠闪耀着微光，而在黑黝黝的大沟里响动着细流……

马尔腾诺夫现在走得很快，什么也不想了，只同时听着许多声音：细流的响动声，从房顶下来的滴水声，小犬的嗷嗷声，车站上的火车头的叫鸣声……但是统统这些声音现在被一种低微而又惊慌的声音所掩盖住了，这是从电气站上响来的钟声。马尔腾诺夫不明白是什么一回事，只陶醉在这种活的各种声音混合的音乐里。街道上空无人影，小小的屋宇都寂静着，仅仅在俱乐部的旁边他碰着了一个人，这人穿着大衣，眼看是很匆忙地穿上的，走向马尔腾诺夫身边来，逼视了一下他的面孔，于是便相互认得了，原来是在党的会议上大家遇着过的。

——似乎是，警钟罢？——那人问。

——警钟？因为什么事？——马尔腾诺夫惊愕起来，一面问，一面明白了从电气站上传来了的响亮的钟声的意义。仿佛谁个在叫喊着，威吓着，呼号着援救……

——你听见了吗？——那人说，——快些，我们到党员队那里去罢！

对于马尔腾诺夫，这一切春宵的温柔不知道消逝到什么地方去了，一切都变成隐秘的，敌对的东西。无数的静默着的小屋宇好像敌人一般，在黑暗的衣服下面隐藏着兵刃……

“原来今天是军事状态呵，”马尔腾诺夫想着，说了这末一句，便明白了，就是他现在与这个生疏的，沉默的人并排地走着，是向着那痛苦和死亡走去，这死亡和痛苦已悬在空中，说不定要把这个小小的寂静的城践踏掉。

警钟还是依旧地叫号着；车站上的火车头的震动的呼鸣，贮藏库上面的警笛，都和警钟相应和起来。这些非人性的声音的号召，激荡到那遥远的城郊，那无声息地雪野，那寂静的乡村……

这种号召强于对于死亡和痛苦的惧怕，因之从城的各角落里，向党员队这里聚集了无数的人们，他们慌张地穿过寒冷的街衢，生怕迟到了一点。马尔腾诺夫走在宽大的，为街灯所照亮着的党员队的院子里。匆忙地，一团一团地，党员们都向那里涌去，很快地站起队来，照着连排分开起来。

马尔腾诺夫也站起队来，向右边比齐一下，他的惊慌的心灵也就与队伍比齐了，预备着去冲破那死亡和痛苦的黑幕。

他立在左侧，挨着院门口，走进院内的都经过他的面前。街灯的光照射着人们的面孔。有的人的面孔是惊慌而紧张的，有的很平静地忧虑着，有的是异常地兴奋，有的燃烧着强有力的美妙的冲动火光，如在夏季的无风的夜里，燃烧着的火堆一样。走进来的也有妇人与女郎，她们之中有的还未来得及从脸孔上消下去妩媚的微笑，有的忘却了自己，用着眼睛很开心地寻找着什么人，有的很急躁地狂笑着。

呵，你看，这一个完全还是小孩子，面孔是红红的，没有胡须，从皮上衣伸出来一个很肥胖的赤光的颈脖子；他毫无惊慌地微笑着，用着很欢欣的声音向自己的一个同伴喊道：

——密季克，我们去打强盗吗？——他说了这话，即刻在黑黝黝的队伍里消失了影子。

——你吸烟吗，同志？——谁个问了马尔腾诺夫一声，于是在自己的并排，他看见一个平静的，朴直的，稍微麻了的面孔。他知道了，这个是司达尔马合夫，是食粮委员会里的人。

司达尔马合夫握着他的手，说道：

——你好，同志马尔腾诺夫，我没有认到你呢。

于是马尔腾诺夫顿时将心灵上所摇荡着的不安定的思想和恐慌，用一块大灰色的盖子掩盖住了。他很平静地和他的同伴谈起话来。

——我不吸烟，同志……因为什么事情惊慌起来，你不晓得吗？

队伍中的人们在喧嚷着。他们也就如马尔腾诺夫一样，都很快迅地将疑虑，恐惧，及一切不安定的思想，用着一块大灰色的盖子掩盖住了。

——立正！

队伍都寂静下来了，紧张着，如乐器上的弦一样。击了它们一下，于是每一颗心都强有力地冲动起来，将自己倾注到那共同的，斗争的，音乐的合奏里。……

每一个人听着，看着，——顺着队伍旁边行走着三个人：加拉乌洛夫，克里明，罗白珂。

于是很清楚地，响亮地，传布着克里明的声音：

——同志们！没有多说的必要，一切你们今天在报纸上都读过了，在昨天的会议上也听过了，就是立在我们当前的任务——获取得播种的种子。为着把种子运来，那就需要燃料。为着取得燃料，那就需要人手！老爷们和寄生虫们的手，现在是没有动作的，你们应当将它们从全城中征集起来。它们应当变为工作的手呵。我们要搜捕一切的人们，只要是他们对于城中生活没有损害而可以被利用到砍伐树木的事上去。我们将他们利用几天，同时，我们也可以将城里的反革命的分子清除一下。同志加拉乌洛夫被委为搜捕的指挥，他将你们分成区域，并向你们说明怎样做法。好好地工作罢，你们要放谨慎些，机敏些！……

用着断续的语句，宛如发命令一般，加拉乌洛夫开始说起来了。但是马尔腾诺夫没有听他。他觉得巨大的院子和聚集着的这些人们的面孔，都形成为很平常的了。这是说，在前面并不是什么英勇的斗争，而不过是一夜不睡觉而已。然而从期待着痛苦和死亡之中解放出来的身体，却无形中舒畅得多了。

马尔腾诺夫一队是三个人：他，司达尔马合夫，此外是一个胖汉子。他们的任务是巡察住户。当他们三人顺着空虚的街道走着时，马尔腾诺夫向司达尔马合夫问道：

——而我们的一区在什么地方呢，很远吗？

——不，不很远，再过四幢房子去，就是……从教堂起到邮政局止。

于是马尔腾诺夫明白了，他今天要去搜查那教堂旁边的一所房子，在那里从前曾住过，现在还是在住着娜嘉·洛斯托夫柴瓦；在那里他经过了过去生活中的最好的时日。

她曾有过他的爱情，这爱情是可以叛变的，然而却永远不能将它忘却。为什么在一些和他一块儿生长的青年女友之中，他独独选择了她呢？那时她本来看着是不美丽的姑娘：颧骨高高的，颜色黑黑的面孔，生着一只狮子鼻子，仅仅樱红的口唇，乌黑的长眼睛，将她做成一个很迷人的女子。

而后来她转成为一个曼妙的姑娘，她的面庞的美丽与温和，她的微笑的动人，她的动作的合调……这一切都是为着他的，于是他明白了，他不再需要别人的爱情，别人的口唇了。

马尔腾诺夫不曾爱过她的家庭，她的那以贵族自傲的，充当着团长的父亲，以及那些仿效着父亲的儿子——漂亮的少年军官。但是他仍然在她那里过着晚上，听着她的慢慢的，聪明的话语；他向她说出为她而作的一些诗。

这是怎样不久的事情，然而这样觉得又是怎样不可挽回的遥远的过去呵！如果“不死”这件东西是有的，那么昨天死去了的人的心灵，大概是这样回想着自己的过去的生活罢！

在他们俩之间立起来了革命。娜嘉不曾明白它。她听着马尔腾诺夫的热情的话语，微笑起来，用纤细的手指摸弄着一块纸头或是什么布，——她是有着这种习惯的呵。——回答道：“这一切都有过的，瓦洛嘉（马尔腾诺夫的名字——译者注），大概每一次革命的开始总是很欢快的，人们都期待着地上天堂的实现，可是到了结果，那只是落得一场痛苦，什么好处都是不会有的呵。”

于是革命的发展逐渐将马尔腾诺夫越吸引得越紧了，而她变成为一个很宗教的女子，相信起来了默示录，期待着世界的末日，——因之她们俩相互间越形生疏，越不相了解了。

在十月革命的时候，他曾为波尔雪委克的敌人，并且坐了两礼拜牢狱。但是这一次的被捕，并没将他俩接近，而且将他俩更为隔开了。

当他出狱的时候，她迎接他，如迎接一个被难者一样。可是他和波尔雪委克总共不过是有点意见上的相差而已。

很快地他就不到她的家里来了，——她的家庭对于革命和苏维埃政权是那样地仇恨，这是为他所忍受不下去的。

国内战争将他们隔离了很久，后来，当他已经立在波尔雪委克的队伍，同着胜利的红军回到故乡的时候，他得知她的哥哥，反革命党人，被枪毙了，因之他不敢决于去访看她，只在街上时常和她遇着，向她致敬而已。她这时变为更好看些，然而永远是忧郁着，很镇静地向他点头答礼。在每一次的遇会后，在他的心灵上都遗留下不可消失的痕迹……

最后一次，在冬天，他在街上见着了她。从正在降落的，微闪着的，白色的雪幕里，忽然出现了她的窈窕的形象，那时是那样地靠近，他看清楚了她的面庞，她的头发上的小雪末，她的那一双妩媚的黑眼睛……她看见了他，一时间在眼睛中燃烧起来了欢欣的火焰，然而这火焰即刻为愁闷所淹没了，于是她静默地经过他而去。他回想起来了她，曾经是亲爱的，唯一的她，不禁喃喃地说出一些温柔的，然而为任何人所没听到的字句。这些字句宛如珍珠一样，永不可复回地落到深渊里去了。

这样他们在一个城中整整地过了一年。他们隔着是没有许多幢房屋的，是很靠近的，然而同时他们相隔着又是那么地遥远……

同伴们静默地走着很快，每一个都为自己的思想所包围了……你看，那是她家花园的栅栏，在那里低低地伸展着紫丁香花树的细枝……

——怎样，从这角上的开始罢，——司达尔马合夫破坏了大家的静默。

——从这角上的开始？——不错，你看，这一幢红砖砌成的房子立在这里，从关闭了的门扉的空隙里，透射出来了细微的，温存的火光，如在那很久以前的时候一样……

不，同志司达尔马合夫，这一所房子我是不进去的。请你自己去一去罢，——马尔腾诺夫于是抓着迟疑的司达尔马合夫的袖子，向他呢喃地说道：——你们两个人进去罢……这里住着我的熟人……我不大方便……请你原谅我罢……

——好，也罢……我忘记了你是本地人，——司达尔马合夫沉重地这样说道，很注意地，笑吟吟地向马尔腾诺夫望了一望。

—— 我们去罢，同志，——司达尔马合夫向着第三个人这样说了，便和他很响亮地敲起门来。

思潮在马尔腾诺夫的脑海中沸腾起来，当边门已经轧然一声响动起来，有一种恐惧的声音问道“干吗呢?”的时候，马尔腾诺夫由于心跳而喘了一喘气，用着一个人走向自杀的决心，便走进大院子里，司达尔马合夫不禁瞟了他一眼。

经过乌黑的走廊，他们走进为马尔腾诺夫所熟识的食堂里。在那里，在明亮的圆灯伞之下，正饮着茶呢。在这一间食堂里，对于马尔腾诺夫，一切是这样地熟识……

你看，这是洛司托夫柴夫大佐，一个小小的，冷而无趣的老头儿，穿着漂亮的上衣，在那上面的肩部上，什么时候曾缝着金色的徽章，而现在是缝着新的蓝布条。现在他在军事委员会里办事，用着惊颤的手、急于取得安全的保证。

你看，这是他的夫人，一个美丽的，高高的妇人，面孔是苍白着，她的眼睛也就如娜嘉的一样，她什么时候曾爱过马尔腾诺夫。她不将眼睛举起来，仍继续着拭玻璃杯。

而在那里，在那拐角上，立着娜嘉……他很久没有见着穿着家常便衣时的她了！她从椅子立起身来，她惊颤着不安而恼怒了，——本来马尔腾诺夫是很知道她的这个到现在对于他还是贵重的面孔之每一种细小的表情的呵。

她从电灯后面企图着看清楚进来的人们，笔直地向他审视着。她认得了他，不禁面孔即时苍白起来……

他向她点头行礼……“要这样干吗呢？这是不需要的……”在他心灵的深处是这样地说着，然而他向她已经行过礼了。她弯一弯身子向母亲叽咕了一些什么话，于是母亲也就向着他望来了。

而这个与她并排立着的，高高的，漂亮的，射着傲慢的而又聪明的眼光的人，是什么人呢？司达尔马合夫很注意地检查他的文件。也许这是她的未婚夫罢？

——怎么，马尔腾诺夫，难道说你谁个都不认识吗？——她的母亲轻轻地说道，——你看，安得留沙，这位是马尔腾诺夫呵。——她朝着她的丈夫说。

马尔腾诺夫在这些语句中感觉到对于他的讥笑。在洛司托夫柴夫大佐的面孔上，混合着仇恨与恐惧的神情。同伴们对于马尔腾诺夫的态度又是惊诧，又是讥笑。

但是他终于握了枯瘠的，滚热的洛司托夫柴夫大佐的手；他终于握了死僵着的洛司托夫柴夫夫人的手指。他们问他关于他家人们的消息，他回答道，从家人们那里，从西比利亚没有任何的消息……他终于伸手给娜嘉，向她举起眼睛，遇着了她的滚热的眼光……微笑在她的面孔上飞过一下，即刻显露着要哭的神情，接着她便很快地走出房间去了。

这时马尔腾诺夫听见司达尔马合夫的很坚执的声音：“快快地完结罢，我们已经要走了”……走出了这一所房子，马尔腾诺夫很模糊地解释道，这是他的从前的熟人……一个很反动的家庭……

——是的，我知道，——司达尔马合夫插着说，——去年冬天他们的一个儿子，中尉，被枪毙了。这些都是可疑的人们。你看，现在又有一个什么军事专家在他们家里坐着。他的名姓是列宾。但是他的一切证书都没有什么毛病，城中卫戍司令也曾签了字。而你的家人们同着哥恰克将军跑了吗？

于是马尔腾诺夫很烦乱地开始解释起来。他本来是出身于资产阶级的家庭，他的父亲是资本家，是本地皮革工厂的领有者。他的家庭现在居住于哈尔滨，但是他，自然啰，与他们断绝任何的关系。

司达尔马合夫沉默着不语，吸着烟。他们又走入第二座房子，迎接着他们的又是“干吗呢？”这个问题。马尔腾诺夫一方面很机械地检查那些被污秽的证书，一方面想道，他和娜嘉两人之间什么都完结了，然而他能忍受着自己的苦痛，这实在不愧为一个党员呢。但是因为什么司达尔马合夫轻视他呢？

这时洛司托夫柴夫的家里又重新安静下来了，他们又坐着饮起茶来。仅仅娜嘉不在座。列宾传递给主妇玻璃杯，问道：

——这个……刚才在此地的，他是你们的熟人吗？

——是的，——她回答道，——他是出身于很好的家庭的，中学也毕了业，从前时常在我们的家里，但是现在，自然啰……

——他曾经是一个很自信的，很骄傲的孩子，——洛可托夫柴夫很严重地说道，——不料和这些混账东西混到一起了。现在他居然不要脸走入我们的家来。本来他从前对于娜嘉是很有意思的，因此她刚才也就从房间内跑掉了。娜嘉！——他高声地喊道，——到这里来！

——安得留沙！——洛司托夫柴夫夫人指责她的丈夫道，——别要动她罢，别要这样！

在未入梦以前，娜嘉比什么时候都更为热烈些为着瓦洛嘉祷告，——不是为着那个瓦洛嘉，那个许多年以前在滑冰时吻着她的嘴唇的瓦洛嘉。那个瓦洛嘉的信到现在还躺在她的箱子里。那是一个碧眼的，面庞红红的，活泼而好笑的美少年。她为着现在的瓦洛嘉祷告；现在的瓦洛嘉是一个什么新的，瘦削了的，眼睛也大了的……她最后一次，有一天，正是白雪纷飞的冬季的一天，在一个苏维埃机关的前面遇着了他，那时他的皮鞋是破了的，裂开了的皮鞋后跟是用着新的绳子系着的。……她现在就是为着这样的瓦洛嘉祷告……

她祷告着，回忆着，哭泣着。她渴求着他的爱情，渴求着真正的，青春的，欢欣的生活，但是她的眼睛被掩蔽住了，于是她不能走上他所走着的那条光明的路，而只为着拯救他的灵魂而祷告，哀求着上帝保留着他的生命。

她悲泣着，在昏黄的神灯和乌黑不明的神像面前，总是将头碰到地板上做响，而母亲在隔壁的一个房间里，已经赤着脚立在门旁半点钟了，听着女儿是怎样地在哭泣着，然后自己无力地也就随之哭泣起来了。

在睡着了的城里，进行着几百个党员们的工作。哨兵们立在空虚的街道的中间，到处听见马蹄的响声，——这是指挥者在巡阅各区的工作呢。到处都是三个人一队一队地走入人家的住室里，在十分钟或十五分钟之后，有的从巷门中牵出来战抖着的，睡眼惺忪的男人们，把他们转交给哨兵们的手里。这些人们被送到搜捕的总指挥处的时候，沉默的哥尔内哈写下来他们的姓名，问明他们的来历……哥尔内哈已经三昼夜没有睡觉了。

当疲倦的马尔腾诺夫走入自己的寓处的时候，活泼的朝日已经升起了。头痛起来了。由于进入了许多别人家的住室，他仿佛觉得他变成了一个什么很不洁的人了。在他的眼睛中闪耀着那些房间内各式各样的景象。

在自己的住宅附近，在墙上他看见了一张画报：一个穿着红衣的红军兵士保护着一个穿着草鞋的乡下人。乡下人很不像样地犁着绿色的土地。于是马尔腾诺夫捉住了自己，就是他对于这种原始的状况，粗野的颜色，俗恶的外表，起了不快的感觉。……

第四章

黑沙·格拉切瓦，一个红军的女教师，不问泥水的有无，从街上跑过去，生怕赶不上“苏波得呢克”（这是大家应当义务做工的一天——译者注）；等到她从拐角上看见了黑黝黝的，热闹的同志们的队伍时，她又欢喜起来了。她的身材很小，瘦瘦的，永远总是忧郁而沉默的，如果她的生着雀斑的面孔上有时会闪耀着微笑，宛如在草上闪着的日光一样，那也只是在很快的一分间，然后她便静默下来，很害怕也似地东张张西望望了。她向红军的兵士们教授算术。她的响亮的声音，什么时候在那遥远的城中的中学里，曾为同学们的合唱生过色，现在在大商店的玻璃窗的内边响动着，——她的学校在那里。

在世界上她害怕一切。父母很早地死了，她是在别人家里长大的，在那里她曾为着一块小面包都要受责骂。惧怕成了她的习惯；她在与人谈话时扣着她的喉咙，强迫着她于每晚上跑着向那看不见的，又是可怕的，然而是一切都能看见的，一切都能宽恕的，和善的神祷告。

起初她也害怕红军的兵士们。在上课的时候，在那些沉默的，注意的，似乎在内里隐藏着什么也似的红军的兵士们的面前，她总是红着脸，每一次她都期待着他们会有什么不好的动作。她的声音常是颤动着，断续着。她怕问起自己的学生，只苦愁地期待着功课的完结。

但是，有一次，当她用着被二月的风吹僵了的两手，想吃力地将领得了的食粮拿回家来的时候，向她走来两个身材高大的兵士——这是她的学生。她照常是害起怕来，红起脸来，而他们之中的一个，生着蓝眼的高汉子，很和蔼地表示要帮助她，没有等到她的允许，便轻轻地将麻袋扛上肩头了。

从那时起，她习惯于自己的学生了，将他们之中的每一个都审视了个清楚。她爱上了自己的工作，企图着将自己的教授法弄得更简单，更容易使他们领会些。

她开始赴红军的兵士们的会议，很注意地听着演词与报告，虽然有许多她还不明白。

从前她曾害怕过革命，这是因为凡是震动的，强大的，染上爱与仇的鲜明的色彩的东西，都是为她所害怕的。但是现在爱上了而且明白了自己的学生，红军的兵士们，她经过这种爱情，走入对于革命的了解。她当然是照着自己的意思去了解革命。她创造了自己的革命，于是耶稣，一个木匠的儿子，从前对于她如一个天上的皇帝，而现在对于她却有了新的意义，——他降下人间，为一切争求人类幸福的革命党人的保护者。

她现在对于波尔雪委克饱具着敬意，时常参加他们的聚会，但是有时他们的行动也弄得她莫明其妙。

尤其是非常委员会——她的学校是在这儿的——里面的营长把她苦恼着了。“像这样的家伙怎么会留在党里呢?”——当她看见他的漂亮的皮靴，红裤子，时常听见他“妈妈的”骂人的时候，总是这样地私自想着。

里莎住着孙纳托尔先生的房子，她的一间房间是狭而长的，如火柴的形式一样。在房间里没有家具，只有一张盖着毯子的木板床而已。此外在房间里还立着一棵巨大的，半枯了的针叶树，这是一种很奇怪的花卉，如蓬生着的枞树一样。孙纳托尔的夫人曾也想将它取出来，可是它过不了门，只得很慈惠地将它留给里莎了。由于冬季房间内不生火炉子的原故，它也就因之冻得枯萎了。里莎早间醒来的时候，从来不会知道是几点钟的；从那冻凝住了的唯一的窗口，射进来的光线是异常地朦胧的。

里莎每天早晨照常是不饮茶的。但是今天，当要去上“礼拜六义务工”之前，想要饮一点滚热的东西。在主人的厨房里，升起了茶炉，响动着茶炉的烟筒，沸炸着锅内的油，孙纳托尔的夫人正在烙小饼呢。厨房的香味漫溢到里莎的房间里来了。

要请求一点儿开水，只要一小茶杯就可以了，然而请求是很可怕的事情……

原来对于那些不可了解的力量，红的旗帜，野蛮的告白，奇怪的机关的名称……种种的仇恨，要在波尔雪委克面前隐藏着的仇恨，孙纳托尔夫妇只能公开地向着无保障的，可怜的，因贫苦而受人轻视的里莎发泄。

——祷告上帝，而也是……她教这些混账东西红军的兵士……她教他们一些什么呢？强劫吗？……

——而她还祷告上帝呢，——孙纳托尔的夫人和着她的丈夫说，——呶，很显然地，她和委员们轧姘头呵。

他们夫妻俩是这样地在厨房中谈着话。当里莎很羞怯地开了门，请求着说道，“给我一点儿开水可以吗?”她的茶杯不禁在她的手中颤动了。

——我们是资产阶级，而你却向资产阶级请求！为什么要请求呢？强劫罢，强劫罢！——孙纳托尔的夫人这样地叫着说，而她的丈夫很友爱地和着她：——自然啰，强劫罢，既然你和这些强盗们姘在一起了……但是总有一日，人民……人民抬起头来将你们的这一帮都要砍得精光的。

里莎对此，只能说道："不对呵，他们是好人呵……他们是为着穷人们做事的……"

里莎气得哭起来了，连忙顺着梯子跑下来，要很快地跑到街上去。

里莎刚一走进队伍，政治部里的一般人即队伍不齐地走动起来了，他们一边笑着，一边谈着，走上大街了。接着他们将书着党的口号的红旗，便与其它的旗帜联结起来了。你看，火车站的工人们举着自己的，从一九一七年保留下来的旗帜："与农民以和平，与贵族以战争。"你看，那些印刷工人，灰白着面孔，弯曲着脊背，口中只是唱着歌；而那一小堆热闹的青年人，他们举着青年团的大旗，上面画着一个不大相像的工人正在举着大锤打铁呢。

一边走着，一边不合调地唱着歌，在这一地方响着不整齐的"音特尔纳信纳尔"，而和他们并排走着的公社食堂的女工们，却喊叫着"瓦赛曲"。

党政治部里的一般人，和城中的其它的支部里的人们一块，走到果树园的时候，太阳被阴云所掩遮住了。人们手中的斧锯不大明亮地闪耀着，果树园形呈为透明体，白嘴的乌鸦在赤裸的，高耸的树上叫鸣着。

这一园的杂乱的，然而在自己形样的差异上又是美妙的，赤裸的树林，即刻要转变为柴堆。

什么时候在这个城中的果树园里，你看，就在那后边的有阴影的小路上，马尔腾诺夫曾在香气馥郁的七月的晚上，和着娜嘉一块儿散过步。马尔腾诺夫寻找了一下，于是他用眼睛找到了一棵树，在那棵树的树皮上，当他还是第六年级的中学生的时候，曾用过小刀刻过娜嘉的名姓的第一个字母。现在他要砍伐掉这一棵树，而将它转变为柴木。在他的心灵上不禁发生了一种酸苦的欢欣。

斧锯响动着，树木颤动起来。当将他们锯好了，那它们便沉重地倒将下来，打断自己的和着邻居的枝干。人们将它们的身体锯开得很容易，劈成为圆的木块。它们身体上的纤维都为喷香的泪珠所遮盖住了；树虽然死了，可是它还要吐着最后的气味，——杨柳的苦臭和着白桦的新鲜的芳香混合在一起了。

第五章

——吸烟罢，——听见了司达尔马合夫的响亮的声音。——我们已经可以值得休息一下了！劳动了半天弄得差不多了。

一小队一小队地完结了工作，果树园内于是充满了笑声了。

马尔腾诺夫望了望周围……现在没有了紧密的果树园的幛幕了。遗留下的树木在那儿无所依靠地，孤单地立着。先前只能从交叉着的小树枝子的空隙内见着天空，而现在却做了许多巨大的向着天空的窗户，在这些窗户里闪耀着欢欣的太阳。

马尔腾诺夫望一望太阳，眯一眯眼睛，听见在什么地方的院落里，雄鸡在不断地叫鸣着。它们的嘈杂的声音不清楚地飞散着，在城中别的一个什么角上起了回应。

将整个的果树园望了一望，在自己的脑海中印上了一排一排的砍伐了的，放着白光的树木，及一群一群的同志们的印象，马尔腾诺夫感觉着自己是伟大的斗争和伟大的工作的参加者，并且在伟大的音乐队的节奏里将自己找到了。于是闪动了一种思想，就是他同化于劳动的过程，而渐渐会脱去了知识阶级的根性。

司达尔马合夫手中拿着一条尺，这是他自己用白桦树做出来的，从这一堆柴木走到那一堆柴木，在纸上记下来今天所做了的工作。

——司达尔马合夫，到我们这儿来罢，照我的意思，我们已经砍得有一“古布”了，而马尔腾诺夫说，没有这么许多。

谢穆珂娃抓住了司达尔马合夫的袖子，将他拉到那一群女工的方向去，在那里她们堆积了长而狭的一堆柴木。

谢穆珂娃由于作工把脸弄得红了，因为头巾松歪在一边，她的卷发一丝一丝地披散到了脸上。这时照着模样看来，很难够知道她是党委员会的委员，文化部的主任。

——一“古布”这没有，——司达尔马合夫算了一算，说道，——只有两个半“撒任”……有了这样成绩，总算还不错！今天统共算起来，有九

“古希”。——他说着，向着树块坐下，掏出烟盒和烟纸来。

——吸烟罢，谢穆珂娃，——他提议道，——告诉我们，在莫斯科你看见了一些什么好的事情？

——又来了……谢穆珂娃笑起来了。——我今天已经说了五次。在礼拜六党的会议上，我将做一个报告。

——唊，究竟你现在说一点也好……你的印象……

——印象吗……——她的手指将烟纸捏好，很小心地将烟放进去，又好好地用舌尖将纸舐一舐，裹成了烟卷。她的前额起了横的皱纹。——印象是不好的，在我们此地我更过得来些呢。我的印象是这样，就是莫斯科的同志们，尤其是一般中级的同志们，非领袖亦非群众，他们不意识到而且不感觉到整个的巨大的农民的俄罗斯，现在正在我们的周遭沸腾着，促进破坏的进程呢。自然啰，李林明白这层，也许比我们更明白些，此外还有一小群也明白这回事，可是负责任的大多数的同志们，都很可怕地市侩化了。他们对于工作的态度，只是被钟点所规定的官样文章而已。他们现在不愁吃不愁穿的，便无意中有点堕落下来……无意中觉得，仿佛在我们俄罗斯并不是一切统统是这样不好呵。

“试着一看莫斯科的报纸和杂志，——她兴奋起来了。——在那上边说得好听极了，什么‘普洛列塔利亚特’，什么‘康姆尼兹姆的革命’……然而现在我们有了很多的‘普洛列塔利亚特’和什么‘康姆尼兹姆’吗？俱乐部摆布得很好，木器是老爷式的，通红的旗帜。不过在这些好看的俱乐部里不生着火炉，人们差不多不到里面去，仅仅只有几个人工作而已。不，我们此地好些；我们在此边区的省城里过着日子。就同在前线上一样。我们这里还是天天在前线上斗争着……”

沉思着，她望着那园墙外的辽远的，淡紫色的原野。

——这样你说，一定是，莫斯科成为不需要了的吗？——司达尔马合夫严重地问她。

——不，我知道，莫斯科是需要的。它被需要着，如一参谋部，如一指挥的中央。在那里做着伟大的工作。莫斯科，这好像一颗心一样，这是国家机器的总枢纽，无论它好不好……但是究竟……我觉得此地好些。

大家都很注意地听着她。里莎虽然有许多没有听懂，然而也一个字没有放过。为什么在这个寂静的城里，如像在前线上一样？反对农民吗？但是波尔雪委克不是本来为人民做事的呵？……

马杜贤珂仿佛将自己完全集中到注意力上，当里莎无意中将木片弄落到地上时，他很生气地睥视了她一眼。

他将手放在耳上；大衣上的红星，钮扣，一切都向着光。马杜贤珂不知道“义务工作日”有什么意义，为什么要将这些有教养的人们，如谢穆珂娃和马尔腾诺夫，强迫着做这种苦工，为什么也强迫着他，马杜贤珂，干这种玩意儿。但是他总是很忠实地工作着，在九点钟的时候定准到来，如他先前到礼拜堂做礼拜一样，一点儿也不迟慢；不过在做祷告的时候，他是不愿意跪着的，因为怕跪坏了裤子……

——你看，克里明来了，后边走着的是季曼，——司达尔马合夫说。

克里明走向前来，用眼睛寻找谁个，看见了司达尔马合夫和别人：“呶，组织队长，你们的事情怎样了?”——他老远地叫道，越走越近……司达尔马合夫恭敬如也地拿着尺，说道：“我们做了九‘古布’，阁下请查。而在别的区域内听见了些什么呢?”克里明微笑了一笑，通常在微笑的时候，他的面孔要年青了许多年纪。

——红军的兵士们，在修道院的果树园里，今天一天砍伐了三十四个“古布”，真是好汉！对不住，我忘记了夸奖：今天同兵士们一块，我们的被俘的资产阶级也在工作呢。——他笑起来了。——“义务工作日”是这样地有成绩，如果这样下去，再经过三天我们就把全队伍放出去……

在这句话的结尾，他的声音颤动了。觉着欢欣的了不得，然而又不相信胜利是这样地临近。

——连冷血的季曼今天也在高涨的情绪中呢，谢穆珂娃笑着呢。

季曼立在木块上，拭着眼镜，用着自己的沙沙的声音向着几个同志说道，边区的经济状况将会振兴起来的……

——不是现在，再经过二十年，自然啰。——他补着说道，——我们这里原来有还躺在地下的煤矿。当我今天忙着获得几“古布”的柴木，并且我不知道会不会燃烧着，因为它们是潮湿的……是的，克里明，你知道它们是潮湿的……我这时起了一种思想，就是在地底下放着这样多的有力量的燃料，而我们却忙着砍伐柴木……统共离城不过十里路远，已经侦察好了。只要今年的收获好，那我们便开始挖起煤来。挖煤的机器我们已经有了，我是从下叶兰斯克城将它们弄来的。我们将它们修理一修理，——用着神秘而狡猾的神情，他向着里莎这一方向说，可是他不戴眼镜的眼睛，等于瞎了的样子，看不见她，只仅仅看见她的面孔上的白点和她的蓝衣。

工作完结了。又站起队伍来，又重新在街上走着，唱着。里莎的皮鞋湿透了，但是她还是立在队伍里，唱着：“勇敢些，同志们，整齐脚步……”谢穆珂娃与她并排地走着。里莎知道谢穆珂娃，是一文化部主任，是一个长官；曾两次因为有事走进她的办公室，在托洛斯基的大像片之下，在宽大的写字台的后边，谢穆珂娃似乎是一个很严厉的，不可亲近的人。

而现在里莎看见并排走着的。只是头巾不整，卷发蓬松着的，红着腮庞的姑娘。

里莎关于学校，学生和自己的悬念，向她说了很久……

后来里莎经过平场向着孙纳托尔先生的房子走去；远远地现出一所巨大的两层楼的，悬着苏维埃招牌的房子，远远地她看见了，从门内走出来一个带着红军帽子的人，即刻便认得他是列宾。

在他来到孙纳托尔先生家里的第一天，里莎和他认识了。孙纳托尔在里莎面前诅骂苏维埃政权，而里莎立着，红着脸，气忿已极，预备哭起来的样子，不知道怎样反驳他才好，不料在这个当儿，门忽然开了，列宾和着一个红发的人走将进来。

孙纳托尔先生有点慌张起来：

——为你预备的房间，同志列宾，已经妥当了，——他很殷勤地说道，——愿意即刻就去看看吗？

但是列宾决意参加他们的谈话，这谈话最后的字句是为他听到了的。

——苏维埃愿意给一切人民以幸福，——孙纳托尔先生又重新叫道，——但是难道说我不是人民，而他也不是人民吗？——孙纳托尔用手指着红发的人，而红发的人也就同他吼叫起来了。

——他为我们做了些什么好事情呢？把我剥削得精光……

列宾回答着，说得很久，他说，在波尔雪委克们的中间，自然有许多的坏蛋，而且他们常常犯着错误，不过他们……究竟是为理想而奋斗呢！……于是望一望里莎，似乎用着自己的眼光说道：“我们本来是同一思想的人呵！”

列宾大概看来是很漂亮而且是很温存的人，你看，他现在将里莎的手握得紧紧地，而他的浓重而有力的声音饱含着温存的语调：

——同志格拉切瓦，你好呀……我想问一问你，怎样才能走到城中的果树园呢？

——到果树园去？我刚从那里来呢。那里今天是“苏波得尼克”……砍伐了柴木。我们差不多将整个的果树园都砍伐掉了呢。

——难道说你是党员吗？

——不，不过无党的人也可以去做“苏波得尼克”呢。我以为应当帮助波尔雪委克，你说可不是吗？

——自然啰，自然啰……如果我先知道的话，我也是会去干的。呶，你们做得很多吗?

——是的，很多，我忘记了有几个“古布”，不过一个整个的果树园差不多都被我们砍伐了呢。连负有大责任的同志们也和着我们一块儿工作。我是和着马尔腾诺夫在一块儿工作的。如非常委员会的主席，克里明也曾到场了呢。

她于是向列宾详细地告诉了走到果树园的路。

第 六 章

从早晨起就刮着凛冽的风，但是天空仍旧是碧蓝着，而一切景物的颜色仍旧是光亮着。有时候，在天顶上，奔驰着蓝白色的云彩，风用着看不见的手将它们很快地顺着天空吹送着，它们将太阳遮蔽住了，于是那时所有的景物变为黯淡而阴沉的了。司达尔马合夫下了工，很匆忙地走着，经过开着市场的广场。

忽然他的注意力倾注到一个年轻的汉子，这个年轻的汉子穿着一件破衫，冻缩着打着寒战。司达尔马合夫看见了他的一双冻红了的，污秽的，然而又很有力量的手，肩后背着麻袋，——这大概是贮藏库里的工人，因为饿得无法，只得偷出点器具来，换一换面包吃！

但是这个上额，这帽子下面蓬松着的头发，司达尔马合夫仿佛觉得有点熟识也似的。要寻得一个究竟的感觉，逼得他很快地赶上那汉子，并将手放到他的肩上，问道："同志！你卖什么呢?"那汉子回过脸来，眯着眼睛，向周围望了一望，于是发出沉郁的声音：

——你好呀，同志司达尔马合夫！

——哥尔内哈，你吗？你在此地干什么呢？——但是哥尔内哈已经牵着司达尔马合夫的袖子，从人众中拉出去了。

——我，我……你别要叫得这样响亮罢，我们走，快一点！

他们走到旧市场的遗迹——钉扣着的木凳子，哥尔内哈向四外张望一下，严厉地低声说道：

——你问我做什么吗？我们在此地总是可以找到工作的，很糟糕，你向我注了意，我今天没有将衣服和面相化装好。而在冬季，谁个也没认出来我。好，我们今天遇着了……今天把克里明找到，请告知他……

哥尔内哈又向四外溜了一眼。他瞟看的时候只用着眼睛，而头部毫不转动。

——你向他说，我今天在委员会等候了他两个钟头。请你在委员会里也别要去找他。他晚间那里简直不到。大概是在党委员会里。他只管弄什么柴木的事情，把非常委员会的工作完全抛掉了。虽然说他们没有他，什么事情也做不来。他是一个很好的组织的人才，而且比别人都有精力些。不过他近来少到非常委员会去，这是很不对的。请你将他找到，他或者是在苏维埃执行委员会里，或者是在党委员会里，或者是在加拉乌洛夫那儿，军事委员会里。你将他找遍全城罢！

——你，你被什么火燃烧得这般急躁了？——司达尔马合夫打断他的话说，——明天早晨他是一定要到非常委员会去的，那时你可以看得见他，可以亲自告诉他一切……

哥尔内哈紧紧地握着司达尔马合夫的手，在他的被污秽了的脸上，表现着异常的兴奋。

——你听我的话罢，司达尔马合夫，照着我所说的做罢……我害怕明天已经迟了……今天晚上有暴动……这差不多一定是要发生的。

——暴动？——司达尔马合夫惊诧地问道，——但是有什么证据呢？……

——证据吗？它们又是有，又是没有。你看，在市场中有许多从H省来的拖车。我本来是可以分得清楚谁个是我们这儿的农民，谁个是H省的农民。我想，在这些拖车上藏着兵器。本来需要搜查一下，但是怎样将全市场都包围呢，现在更加是来不及了。而且照着这里的情绪也可以断定。这里总是期待着我们的完结。今天一些女贩子很确信的样子说道，一定是今天，而不是明天，是一些反基督的贱种的末日。

司达尔马合夫微笑起来了。

——你以为很可笑，以为我哥尔内哈专听婆娘们的胡说乱道。而我却知道，一个非常委员会的工作者，是不妨对于婆娘们的胡说乱道也要听一听的。在这里可以捉摸到，就是在这种谗言里，有没有阴谋叛乱的种子，或者只不过是简单地反对我们的情绪而已……通常总是要明白乡下人才行。他们看不到远处，可是他们利用近跟前的机会，却比你我们要来得好呢……那么，请你把克里明找到，告诉他，催促他，让他应用一点什么方法。其余的我们非常委员会的工作者，简直都是草包，我今天同他们都对骂过了。我向他们说，应当好好地警戒着，而他们只是觉得好笑而已。不错，我一点儿线索都没有。如果有一点线索，那我已经动起手来了。线索是没有的，可是我照着一切，照着最近的调查，照着被捕者的口供，照着一些琐碎的事情，虽然不能说是证据，然而已经够使得感觉到，具着警戒的心情了。二百里以外，一个非常委员会的工作者被杀了，我觉得这统统都有因缘的，说着一件事情，说着最近的暴动……

——杀死了吗？他姓什么？——司达尔马合夫惊恐地问道，——苏里珂夫是不是？

——苏里珂夫……他，大概是，发了神经病，把工作弄糟了，又把自己弄完结了。他是一个好人，可是是一个不高明的非常委员会的工作者。难道说你知道他吗？

——我们一块儿住过……请你详细些告诉我关于他死的情形……也许仅仅是传闻罢？

——不，不是传闻！我们自己的消息……他被活埋在土里……这个并不是什么了不得的事情；请你务必将克里明找到，听见了吗？现在下戒严令已经晚了，但是让党员队拿起枪来预备着也好……不然的话，他们要把我们如小鸡子一样，一个个都杀得精光呢……呶，快些去罢！

他紧握了司达尔马合夫的手。

——而苏里珂夫的事情是确实的吗？

——自然是确实的！有什么办法呢，我们的工作是这样的，大家都要时时刻刻地预备着……——于是衣服褴褛的哥尔内哈，弯着腰，肩上背着麻袋，走向人丛中去了。

司达尔马合夫顺着冻凝的路走回家来，在他的心灵上只是迷茫而已，思想跑着经过它的上面，如同老鼠经过冰冷的，光亮的房间一样。

被杀死了……他即刻走回家来，一跨过门限，那孤寡的母亲便要问起她的儿子……虽然是很苦痛的事情，然而也不得不撒谎了。他之所以不得不撒谎的，因为在他的荷包里还躺着苏里珂夫从车站写给他的字条：

> 我的贵重的司达尔马合夫！如果我要被杀死了的话，请你那时告诉母亲，说我受了长期的派遣，要经过几年才能回来。说我到德国去了，或者说我到德威纳尔去了。这是我最后的请求。为着纪念我们的友谊，请你将我的像片拿去罢。它是贴在我的老护照上面的。在贮物架上的顶高的一层，你可以将它找到。
>
> 好好地生活着，工作着罢……
>
> 苏里珂夫。
>
> 再者，另外还有一封信，如果我死了的时候，请你转交给非常委员会的主席——克里明。

当司达尔马合夫用力敲了几下门，而门开了的时候，他看见了她如他所期待着的一样：一个满脸皱纹的，矮瘦的老太婆，经过那黑了的眼镜框子，用着和善的，碧绿的眼睛审视着他。

他听见了她的问题了：

——谢尔格没有遇着什么吗？有没有信来，你知道吗？

司达尔马合夫想道，谢尔格是她的一个亲爱的儿子，是将她的老年和欢喜的生活联结在一起的银线，而却在那东南方的荒原上，很可怕地，孤单地死了……于是在他的一颗心中，不禁跳动了一种对于他没有习惯的怜悯的哀情。

——什么新的消息我都不知道，安娜·彼得诺夫娜，——他答着说，不向她的眼睛望着。她向旁边闪一闪，让他从自己面前走过去，于是他走到自己的房里，那里立着两张床铺，一个是他的，一个就是在那辽远的荒原上被人杀死了的谢尔格的。

——你要不要将茶炉生起火来呢，安得烈？——她跟着他走入房里，问他。她叹了一口气，向门旁的椅子坐下了。

谢尔格·苏里珂夫……他是一个身材高大而结实的小伙子，略微有点驼背，头发是金紫色的，而他的面孔呢……他的面孔似乎是很平常的，一个少年兵士的面孔，又像一个漂亮的乡下的小伙子的面孔。但是在这个面孔的内里，宛如燃烧着一种什么火一样，这火使这个朴直的面孔的每一小点都变成美妙的东西，也就如什么蜡烛一样，它的粗野的中国灯转变为美丽的红星。胖鼻子，碧绿的眼睛，笑吟吟的一张嘴，腮庞上，口唇的上边，下颚上，生着茸茸的金色毛发……

他是很安静的，不大好说话，宛如隐藏着一些什么也似的，每天在非常委员会里工作完了，默默地走回家来。他的动作，他的聪明的，然而又很少说出的语言，总是慢慢的，不显出什么急躁。母亲用着很关心的眼光观察他的每一个动作，听着他的每一句话。她将自己的多余的爱情赠予司达尔马合夫，而司达尔马合夫已经是粗暴的成人了，他忘却了母亲的爱，每一忆起它时，就好像忆起那什么很久很久的东西了。

现在她坐在椅子上，一个可怜的孤寡的母亲，眼光为泪潮所淹没住了，一句一句地，呢喃地说着关于儿子的事情，很直率地表现出自己的母性爱。

“为什么他要跑到非常委员会里去工作呢？他原先本是个小小的和善的孩子，一看见了血便会哭起来的，苍白起脸来。他常常收回许多猫和无家的小狗到家里来，在他的小盒子里过着小毛虫，他爱它如同爱一个人一样，当无意中它，这个小毛虫，被压死了的时候，唉，他居然为之哭起来了。这并不久，这是四年前的事情。后来他投了红军，到前线去打仗去，再后来他便进了非常委员会，杀人，枪毙人……他定人以死刑。似乎他很平静地做着这种事情，但是我的母亲的眼光是都可以看见的呵。近来他值日完了回到家来，他的面孔是这样的……好像他自己经过枪毙一样。他向着床铺躺下，将头插到枕头里，静默着不动地躺着很久，而后来，当他将头抬起来的时候，那就可以见得他的脸是通红的，就同他哭过了一样，但是他的眼睛是干的……

"他吸起烟来，将烟很用力地吞下去，如果你和他说些什么……关于革命，关于党，关于李林……我不明白，似乎你在说些什么好事情……

"当他听着你说话，忽然微笑将起来，轻轻地唱起来'音特尔纳信纳尔'，或者是'我们燃烧起将来的火焰'"……

她不能将自己的话说完，泪水便流得满腮庞，便将喉管塞住了，接着她便高声地呜咽着，走出房间去了。

司达尔马合夫很可怜她，觉得很难于向她撒谎，同时他又有点苦闷起来，就是他还未骗着她说，谢尔格到德国去了……

那还是不久的事情，有一个女人很热烈地爱上了他，赠给了他，司达尔马合夫，一个小花瓶做为纪念。在花瓶上画着谁个的爱情的幻想……雄鸽子展开着淡青的翅膀，飞扬在雌鸽子的上面……赤裸而肥胖的爱神在戏耍着，而在中间，在那云彩的上面，坐着一个牧童和一个牧女，牧童在弹着琵琶；大概他弹的很好，因为在牧女的脸上呈露着温柔的，沉吟的微笑。她在膝头持着一束花，而一个白小羊羔子正在吃着这花呢。花瓶的颈部做得如一花杯一样，在那上边散布着金星与银星，其中有几个是彩色玻璃所做成的，闪着小小的火光。他用着很不好看的手将它拿下了。

——我将这个花瓶放在什么地方呢，——他说了，用眼将房间巡视一下，便将它放在床铺上面的贮物架上面了。每天早晨醒来，他总是举起眼睛向架上望一望，一面望着花瓶，一面便笑吟吟地回想起来那个，无论在外表或在思想上，都为他所不了解的，生疏的女人，然而她是那般地漂亮，是那般地香气扑人，又是那般地爱上了他，一个连爱情话都不会说的麻脸的工人。

她是一个女伶，很快地就从本城走了。他也到乡间执行食粮部的工作去了。当他，在很久地没有在家之后，走进自己的房间的时候，开始用眼睛寻找小小的花瓶，看见了，它现在立在桌子上，颈部被打坏了，全身污染着墨水的斑痕。原来苏里珂夫向它灌上墨水了。司达尔马合夫大不高兴起来，但是他向苏里珂夫一句话也没说。他将墨水倒去，现在将它放在架上别一端，为着要使人不会看见被损坏了的，被污秽了的，这个小小的花瓶。

到了现在，当人们赠送他什么纪念品——是照片或是玩具——的时候，他一想起来了花瓶，便不大愿意地将它们收下。就是他从朋友们所接到的信，也不知道为何总是要失掉的。

司达尔马合夫骂起来了。哦，浑账东西！浑账东西！这么样一个卷发的小孩子，这么样聪明的，忠实的好人，真正的党员，居然被强盗们活埋了！

报仇呵！报仇呵！但是向谁报仇呢？愤恨在他的内里鼓噪起来，于是他便将拳头紧握起来了。忽然他想起来了哥尔内哈所请求的事情，于是他的愤恨的精力便找到了出路。是的，他将克里明寻找着，教他好好地当心一点！明天请求党委员会给他一队人马，那时他好去剿灭那些该杀的强盗。而现在，无论怎样，一定是要将克里明找到的！他怀着这种思想走出了自己的寓处。

克里明在党委员会的门内，面对面地同走进来的司达尔马合夫碰着了，他不禁即刻为司达尔马合夫的面孔——这面孔通常总是很安静的——上所表现着的兴奋与愤恨所惊讶着了。

——你是怎么着了呀？——克里明一面握起他的手，一面问。

司达尔马合夫告诉自己和哥尔内哈的会遇，并说了哥尔内哈对于城中情状的危惧。他们俩寂静地顺着空虚的街道走着，这时在街道上只跃动着小孩子，狗和鸡而已。

我直爽地向你说，司达尔马合夫，我不知道哥尔内哈向我所要的是什么，——克里明很气忿地说道，——一切为我所能做到的方法都用上了，党员队也加紧了警戒……加拉乌洛夫也警告了卫队营，教他们别要疏忽……在别一方面，哥尔内哈并没有什么证据。因为一个人的预觉，而即将紧要的经济的工作停止了，那无论如何我是不干的。除此而外，还有许多工作要做，对于每一件零碎事情，都要想一想，察一察。我们的同志们是这样地不会工作……慢慢地，不知道紧张是回什么事，而情况又是这样，必需每一分钟都要被好好地估价而利用着。和着季曼工作——那简直是糟糕已极，无论你怎样是不会将他弄得跳动些。而这里哥尔内哈又弄什么危惧，……总而言之，我今天是这样地难过，司达尔马合夫……我派了一个非常委员会的工作者到那荒原去，带着很重要的任务，而强盗把他杀了，我真不能宽恕我自己，为什么我派了他去呢？他对于这种工作是不合适的，太是神经质的了……知识阶级……

——我知道他。他是我的朋友。我们住在一间房子里。他还留下一个母亲。——司达尔马合夫的声音逐渐沉重起来。——他从车站上寄给我一张字条，说，如果他死了的话，请我将这封信交给你。拿去罢。

克里明很快地将信读了一遍，又好好地将它折好，这样经过了寂静的几分钟。

——听我说，克里明……明天我在党委员会里请求带人去剿匪，剿灭那些将他杀死了的浑账东西……我活活地要将他们的皮剥掉！而现在我请求你……请求你将这封信读给我听一听，谢尔格的每一个字对于我都是贵重的。我将好好地听着，并且想象着他。

——可以，——克里明说。他们俩向低低的长椅子坐下了。

第七章

“我的贵重的同志克里明！此刻我在H车站上。格列波夫去找马车去了，可是已经有四点钟了，还不见他转来。车站是很小的，我完全是一个人。看一看旧的，还是战争以前的，与现在的生活不相调和的招贴与布告，我对于那一张题为改良运输的广告发生了兴趣。然后我走进‘俄尔托切克’分局里，见着了笔与墨水，我不禁起了一种愿望，——我想将此刻在我脑筋中所荡漾着的思想，以及此刻颤动着我的心灵的情绪，很直爽地告诉你。为什么要告诉你，而不告诉别人，同志克里明，你大概是明白的。请你想一想，怎样在师政治部里，你，一个老党员，又是师政治部的主任，很忍耐地同我谈了许多钟头的话，那时我还是一个无党派的，自信力很强的孩子，我的脑筋里充满着知识阶级的妄诞。你很忍耐地听着我的愚蠢的见解，然后轻轻地把我弄得碰了壁，将我引到Marxism的路上，详细地告诉我社会主义的意义。我加入了党只是在团部里，迟了一些时候，但是在实际上，那时你的教训已经将我做成一个真实的革命党人了。当你转到非常委员会里工作的时候，我因为前线取消了，便也就走到你那里工作。在你的指导之下，我成了一个真正的，忠实的党员了。对于我你是革命党人的模范。因此，我这封信不写给母亲，不写给知我爱我的朋友，而只写给你，我的长官，在你的办公室内，于无事时，我是不能进内的。

“仅仅在我被杀了的情形之下，你才可以接到这封信。而关于我要被杀死的一层，我差不多一点儿都没有怀疑。这是很好的事情，因为在生活中我再没有什么可做了，我不是一个人，而仅是一个人的躯壳，现在在我的心灵里完全是空无所有。这样让我对于革命有点利益而死去罢。

“但是，为着你要明白我，我好好地告诉你一切。

“记得吗，怎样在去年破获了一件阴谋叛乱的案子之后，我们枪毙了五个反革命党人。

“那是寒冷的冬夜。天上悬着一轮晕着的妖魔的月亮。我们的运货车很快地顺着石砌成的光滑的大道跑着。同着我们一块的有列沙文。列沙文因为第一次参加枪毙反革命党人的事情，心境很不安静，不自然地把持着自己，勉强地装着高兴，一会儿同我谈话，一会儿又同你谈话。你总是很庄重地回答他，但是在你的回答里，有着略略可以捉摸到的语气：‘孩子，你别要假做镇静罢，我知道你是不大高兴的呵。’我总是很简单地回答他。我不大愿意谈话；我这一天太疲倦了，想在寂寥的苍茫的冬夜里休息一休息……有时我向车厢里边望一望，望见了‘他们’，望见了孩子们紧张的面孔，于是我记起来了，我们向什么地方去。觉着不愉快起来。可是对于枪毙人的事情，我并不是第一次参加呢。

“我们走进修道院的森林——鬼气森森的树叶里，这些被冰雪所掩盖着了的树木，好像是一个冻僵了的人的临死前的幻想。有时树木让开了路，可以看见迷茫的蓝色的小原野。我们顺着一条狭路，经过这样小原野中的一个。那里曾有一个石坑，被冬季为雪所填塞住了，可是究竟还令人觉得是一个深邃的大黑坑。

“大路上大家寂然无声。

“他们将自己把持得很好，静等着死的到来。我没怎样向自己提起了问题，就是在最后一次，这些人们，似乎对于一切都漠然了的人们，到底想着什么事情。当然向你请求到非常委员会工作的时候，我老早将这一切都领受了。我老早就知道将来要是什么一回事……最讨厌的是那几分钟，当向一堆无保障的人们瞄准的时候……但是这一切都将很快地完结，在拍拍的枪声之后，附近的树上要震下雪来，五个人的身体深深地落在石坑的底里，而我们转回家来，重新听着妖魔也似的冬夜的寂静。

“但是事情的结果，不如我所期待的一样……你半声地向他们说道：

‘——将衣服脱下罢，公民们。’

“他们互相想了一望。一个将短皮袍脱下了。别的人也就照着他的榜样。

‘——不，请你们完全都脱下罢，——你说了，又似乎为着关照我们的样子，加说了这么一句：——脱得精光光地让我们好枪毙……”

“同志们严肃地静默着不语，在他们的静默中，感觉得他们是与你同意的，他们明白你，真地预备着枪毙露体的人们。这时异常静寂，仅仅从远处，从路那儿，响动着我们的运货车的发动机。

“他们开始抗议了。你记得他们的抗议吗？有一个说，应当将临死的人放轻松一点；别一个说，这简直是侮弄，而那个老教师，黑党的党员，身材很高，生着长白的胡须，斜着肩背，忽然很可怜地，如小孩子一般地哭起来了，他流着泪说道，他害了流行性感冒症，如此做去，实在是‘不好’。我知道他是在警察局当过差的，也不知将自己的学生们卖了多少，因此他领得了皇家的奖章。我知道他对于我们的仇恨是怎样地巨大。但是究竟我的身体要微微地颤抖起来，仿佛这是强迫着我将衣服脱下一样。列沙文忍受不住了，向你说道：

‘——同志克里明，别要这样做罢。别要这样侮弄他们，干什么呢？’——在他的声音里响动着眼泪。

“孩子们之中谁个痛骂了他一顿。你说：

‘——但是为什么要使衣服糟踏掉呢？这些衣服可以给别一个于共和国有利益的人穿一穿呵。再过一分钟的辰光，他们就不再需要衣服了，’——于是你向着列沙文轻轻地说道：‘——别要在此地扰乱人心罢。到汽车那里去，在那里等候我们好了。’

“于是那时他们明白了，没有别的出路……他们向树桩坐下，开始脱下衣服和皮靴来。他们之中有的立在透明色的树木的阴影下，身体显得是黄绿的，好像他们是立在清澈的湖水里一样。有的身体被月光变成为浅蓝色的了……唉，这一切是怎样地沉默，是怎样地不可以了解，宛然如在恐怖的，不可复现的梦里，又如在一种什么寒冷的魔窑里一样！

“在夏季的时候，我向这些地方不止走了一次。那一棵龙钟的老松，我们曾在它的下面站过，对于我是很熟悉的。我知道它的每一个枝干。我认得我们用斧头在它的干部下面所砍的痕迹。

“我曾爱过这一棵老松，然而我觉得它对于我是很生疏，很仇恨的。有时在一些可怕的时刻，当你在恶魔的梦境里看见了母亲，她对于你是那样地生疏，是那样地冷淡，对于你的请求的手毫不顾惜，对于你的哀鸣毫不留意，——这使你感觉得无涯的难受。现在这一棵老松对于我，也就如母亲在这种境况中对于我一样。这些在风雪中将衣服脱得精光的人们的形象，忽然引起来了我对于在热天里河边沐浴时的景象。这种联想是很野蛮的，然而我觉得我的思想混乱起来了，幸亏拍拍的一阵枪声，将这些魔影即刻都驱逐了。

“在这一次事情之前，你记得我是怎样的吗？我对于非常委员会的工作是很热心的，并引之以自豪呢！我很容易地在审判的口供上画了押，并且一点儿也不颤抖地亲自执行着这些死刑。这都是因为我很确定地知道了，我现在还是这样地知道，就是这是唯一的消灭资本主义的血路。我也曾怜悯过人们，以他们的痛苦为痛苦过，然而我知道仅仅经过革命的敌人的死亡，才能达到革命的目的。因此，我做了一个无情的人了。我将我自己的伟大的怜悯化为伟大的仇恨。我想道，每一个革命党人都是如此做的呵。

“总有一日，我希望它快来到，这个伟大的怜悯会将地球上人们的生活做成为美妙的东西。那时邻人的痛苦将很刺击你的心灵。对于别人的生理，对于这个美妙的人类的肉体，好像我的同你的肉体，一定会要非常地珍重起来。是的，一定会是这样的。但是此刻这种怜悯却需要化为仇恨。在这一次事情之先，我是会照着这样做的。

“不料，现在，这些露体的反革命党人的血，宛然流到我的心灵里去了一样！我总是要回想起来他们，他们在月下脱衣的景象，他们颤抖的身体，他们的呻吟……这些从石坑里飞扬出来的可怕的呻吟！这些失去了自己，走入死亡的呻吟！你，也许，要以此为心肠软的毛病，但是你要知道呵，当他们脱衣的时候，我忽然很清楚地向我自己设想着，以为我自己在脱衣服，我的身体在受冻，我的骨肉将被弹子穿通，我将苦痛地呻吟着……

“我已经忘却应当怎样在死刑的判决书上画押了……一方面审问他们，一方面要望着这些活动的眼睛，这些手，这些面孔上的皱纹的闪动，虽然一分钟都不忘记他们是我的敌人，可是总是要想道，难道说我的手要将这些活生生的有机体送到死亡的路上去吗？

“仇恨的范围对于我已经是超过限度了。但是离开非常委员会，我无论如何不能够，因为我以为非常委员会的工作，在现今的时候，是最革命的，最必要的。

“如此，顶好让我死去罢……当我要在死的面前苦痛着的时候，大概一定要记起我自己也曾枪毙过别人……

“但是也许这真是心肠软的原故！也许在我目前要做的工作上面，我会锻炼一下，成为更坚固，更有力的人。让我这一次的差事做为我的试验罢。

“对于一个革命党人，每一天都是试验，因为在我们一切的身上，旧的东西总是有力地在吸引着。

“关于我们，年青的革命党人，更不必说了……虽然我们的头颅总是昂昂然，可是这个旧的世界，它总企图着经过我们的头颅，将我们的脑筋弄得混乱，将我们的视听弄得昏聩。因此，我们时常总是要检查自己。是不是离开了正路呢？是不是弄乱了什么？是不是变成了俗人？我不愿变成为一个眼泪汪汪的托尔斯泰主义者——知识者……这样，让我去尝受肉体的，神经的，也许是死的试验罢！我从这一次的工作或者回来成为一个复生的，坚强的人，或者完全不回来。

“但是我要知道，如果我落了伍了，那像你这一样的人们，本党的基础，还是会留着的，斗争还是要继续着的，而革命的目的也终有达到的一日。好好地活着，工作着罢！苏里珂夫。”

第八章

克里明读完了信，将头低下来，用手撑着。

——我很难过，因为我觉着他的死是我的过错。我总是很看重他的，在师部里他是一般好的政治工作者之一。像他这样的党员，在一般青年党员之中，是很不多见的。但是对于非常委员会的工作，他未免太是神经质的了。我将他带到非常委员会里来工作，这未免没有看清楚他。在他的这封信中，有许多是为我所不明白的，而有许多简直是不对的。且说一说他对于枪毙这件事情的态度；虽然资产阶级把我克里明视为食人的野兽，但是每一次的枪决人犯，都直接在我的内里留下一种不愉快的感觉，好像在童年时代，一种什么凶恶的意志一定要强逼我把玻璃窗上的苍蝇打死一样。你感觉得自己就同是一个很不洁的人也似的……我总是觉察到那些血，苦痛，呻吟，大概我将来也还是要觉察到的。而他工作的时候，就如中了魔一样。仅仅一次忽然看见了枪决的恐怖，便抖战起来，因之便萎败下来了。而我，如果我不害病的话，我知道我还是要枪决人犯的，一直到革命不需要这个为止……我可惜这个小伙子……

——究竟他是一个知识阶级者，——司达尔马合夫轻轻地说道，——我并不是要骂他，因为有种种不同的知识阶级者，如他这样的人，对于党当然是必要的，有益的。但是我不喜欢这些谈话，什么“康母尼兹母”……好像什么哲学一样。“康母尼兹母”？这又有什么多说的必要呢？——你知道吗，它对于我是一个温存的字呵。

“而在我此生中只有两个温存的字，‘康母尼兹母’和‘娘娘’，我是这样称呼我的姐姐的。父母老早就死了，我不记得他们，仅仅知父亲是一个皮匠而已。和我一块儿留下的，只是大于我十二岁的姐姐。她爱过我，抚慰过我，给过我好一点的食物——她的面孔是很丑的，就如老太婆的黄而多皱纹的面孔一样，但是它对于我是好过一切的。我一满十四岁的时候，她就害着虎列拉死了，从那时候起，就对于我不再有温存的字了，如不再有温暖的安身处一样。

“在革命以前，整整的十年，我是生长于街上的。擦过皮靴。卖过报纸……为成衣匠和装订匠当过助手，在印刷所里做过工。流浪了全俄罗斯。我怎样没有被饥饿压死而还能活在人世呢？为什么我没有变成流浪汉呢？我自己也不知道……

“革命一开始了的时候，就同谁个向我说道：‘呶，司达尔马合夫，你的生活现在开始了。将它拿到手里罢。’我那时在南方的一个小城南中当邮差，顺着那些安乐的房子走着，听见那些混蛋的市侩是怎样地欢欣着‘不流血’的革命，我就想向他们叫道：‘革命不是你们的呵。如果你们具着肥肥的肚皮等待到了它，那我，司达尔马合夫，却在寒冷饥饿之中和它遇着了呢。它是来解放我的呵！不但是解放而已，并且给我以可能性，我能将在过去的生活中心灵上所积聚下来的仇恨，好好地谁个发泄一下。’在这时候我是怎样地怀着大的仇恨呵！我仇恨一切饱暖的资产阶级，商人，教师，医生，军官，尤其仇恨那可诅咒的俗恶的市侩！在革命中我的恨是先于我的爱的呵。

“后来我因为鼓动革命被人们殴打了。在莫斯科，在十月的暴风雨里，我冲撞了克里姆宫枪杀了许多军官学生，那时我还未入党，关于政治我什么也没有明白，也就仅仅在这些动作之后，曾有过一瞬的疲倦了的时间，在我的眼前隐约着那遥远的休息。好像基督徒的天堂一样，那天堂是遥远的，然而一定会是实现的，如果我不能够看见，那我的子孙，将来的人们，是一定能够看见的……这就是‘康母尼兹母’。

“它到底像什么样呢，我不知道……不久以前，我拿了一本小书读读，这是白拉米著的，关于‘康母尼兹母’，好像神话一般，我连读都没读完，唉，我是这样地不喜欢这本小书呵！所说的一切很和现在的情形相像，而我觉得，那应当是别一种样子，我们用力可以设想得到。但是当脑袋被疲倦所痛苦了的时候，或者当工作进行得不好的时候，或者需要枪决谁个，而你有时不明白为什么要枪决他，那时在我的脑筋里，我便仅仅想到我的一个温存的字‘康母尼兹母’，宛然如谁个用着红的手巾招引我也似的……

“在政治部里有一个……他的名字是马尔腾诺夫。我听见过他的讲演，是一个聪明人，他讲演得是那般地明白而动人。而关于‘康母尼兹母’社会，他就好像在那里住过一样。但是我看见了他做事，在那一夜搜捕的事情中，……唉，我简直都不高兴说出来。我看见他和他的讲演连一文钱都不值呵。苏里珂夫自然不如他一样。苏里珂夫为着革命将自己的生命都贡献了。然而究竟他在这封信上所说的话是不对的。”

——不错，你说的对，——克里明答道，——我们似乎照着别种样子感觉着这一切。我不久曾和一个同志谈过话，他也是一个知识阶级者。我们谈到负责同志们的食堂问题。他指明着说，应当把食堂关闭起来。他的思想的行程是这样的：革命要求我们领取食粮不得超过普通的，例如熟练工人的限度。而我却这样地判断着：我们，这就是革命，也就是我们在会场上所称谓的先锋队。如果负着大责任的我们之中每一个都要挨饥受饿，把身体弄得弱败不堪，那我们的先锋队自自然然是不会存在下去的；事情本来是这样地明白了然！对于他们知识阶级者，革命宛然如一身外的，什么神明一样，要求着牺牲，而对于我，例如……我可以说，如一个什么国王说过一样："朕即国家。"……

他笑起来了。

——呵，天已经黑了，我曾答应到一个地方去一去……再会罢，司达尔马合夫，我请求你把加拉乌洛夫找到，或者打电话找他也可以……我知道你是会一定用尽力量去找他的。也许今天晚上真要将党员队集合起来呢。这样，你一定办吗？

——我一定要办到。

他们紧紧地握了手，分开了。

司达尔马合夫的面孔刚一从克里明的眼帘消逝下去，他即刻用着极尖锐的，极温柔的欢欣，想起来谢穆珂娃，他即刻就可以看见她。

但是这种欢欣穿过愁虑与苦闷，也就如春草穿过最后的冰块，冻凝的黑土，而长生出来一样。苏里珂夫被杀死了，实在是很苦闷的事情，同时在疲倦了的脑筋里，又不时闪着哥尔内哈的警告。

谢穆珂娃在露台上遇见了他。他经过一个小小的果树园。太阳染红了西方，烟雾从黑土中渐渐地升起来，而树木的景象，宛然如在病后一样。她远远地就看出这个愁郁着的面孔上的神经的颤动。他走进露台，温存地用手抚摩着她的柔茸的头发，她从椅子上立起身来，握住了他的手，也就在这紧紧的握手的时候，她的柔软的，亲密的声音问道："你是怎么了呀，因为什么这样懊丧呢？"她跟着他走进房间，在他对面的椅子上坐下，而他大衣也不脱下，半躺倒在长靠椅上，用手抚着头。

——没有什么，——他继续地回答着说。

第一次她看见了他是这样地懊丧着。在工作中，她知道他有时是很担心的，严肃的，有时是很气忿的，但从没有过这种愁苦的样子。

"说话都不愿意呵"，——她这样想道，于是她有点悲哀起来。一直到现在，她从没曾想过关于自己的对于克里明的爱情，也从没曾寻找过它，如没曾寻找过丰裕的生活，精致的食物及美丽的衣服一样，而只领受着一切所已有的东西。但是现在，看见了亲爱的人的面孔上表现着苦痛，感觉着自己无力来帮助解除这种苦痛，她不禁深深地意识到自己的对于克里明的爱情，即刻为他的生疏所气忿了。两个人沉默着不语，在这一种紧张的沉默之中，他即时感觉到她的气忿。

“听我说，安妞达，”——他第一次叫她的小名，她不禁由于欢欣和不安而红起脸来了。——“你别要问我，别要注意及这个……这是很愚蠢的，但是我感觉到在我们一切的上面总是悬着什么东西也似的。工作着，工作着，就同鬼一样，可是……无论怎样是不能顾到一切的呵。我这并不是什么预觉，而是有一个非常委员会的工作者，是一个聪明而机敏的人，在这一礼拜总是说道，就是在城中有一种什么叛乱的阴谋，而我们还没有将它破露出来。你知道吗，我真地有点危惧什么呢。”

她已经和他并排坐下了。

——你工作得太多了，克里明，你不过是工作得太多，因之疲倦了罢了。你必需要放一放风才行。等待燃料的事情完结了的时候，你到莫斯科去一去罢。回来的时候，一定会用着新的力量工作起来的。

“本来我们的工作，一下子你是做不完的，因之，这些休息的时刻是必需的……我知道，许多人想道：你看，谢穆珂娃就同火石一样，是那样地坚决，那样地富于精力，而总是不知道怀疑为何物的。这是不久一个政治部的同志向我如此说的，你大概知道他，马尔腾诺夫。

“我默不作声，自然啰，因为弱者总是要时常知道而且想及谁个强于他，可是我在肚子里却暗笑起来了。呵，如果例如那个马尔腾诺夫要知道了我有时是怎样地会怀疑……

“例如这一次在路上，从这一站到那一站，在车站上，在车厢里，到处都是同一的景象，到处都是同一的怨言，很显然地可以看见，现在老百姓是怎样地疲惫着。

“在有一个车站里，有这么样一个大的梯子，它从头到底完全被人们所铺着了。男人们，女人们，孩子们，和着自己可怜的，龌龊的行李，顺序地躺在梯阶上；在他们的面孔上，呈露着微细的皱纹的网，这网表现着不堪的憔悴与悲哀；而在他们的头上边，蓬松着如雾一般的，纷乱的，不洁的头发。同时，在食堂里，投机商人吃着肉包子，一个饥饿的，无家的孩子只是向他的口望着，等到领得了施舍的时候，向地板坐下，数起那些肮脏的纸片：‘够不够买纸烟呢？’……沿着这个可怕的梯子，走下来一个衣冠整齐的委员，在胸部上闪亮着一颗红星的徽章，他走的时候是那样地谨慎，生怕在那些躺着的不洁的肉体之间，把他的漂亮的皮靴会弄污秽了也似的。他的步调表现着是怎样地憎恶他们。他走到食堂里，也就便和着投机商人坐在一块，吃起肉馒头来。而在这一群人众里，有着虱子满身的，饥饿的儿童……在街上落着雪，刮着刺人的寒风……有一个差不多一丝不挂的小孩子，向着那冷冰冰的，大理石的升降阶跑去，就同一个小野兽一样，又从升降阶奔向那车站外边的阶沿去。你试想一想，在车站上他们被冻坏的，因之就死去的，该有多少！

"当我向这个梯子望着，在这上面，在活动的，污秽的肉体堆中，走着肥胖的投机商人，漂亮的苏维埃的办事员，他们是那样地小心着，生怕弄脏了自己的皮靴，忽然间一种思想照亮了我的意识了，那就是这种现象在古罗马，在基督时代，在中世纪，在不久的资本主义下，是同样地有过的。我不禁异常地难过起来！唉，如果我也和着这些人们一块，向梯子上躺下，被掩盖在他们的永世的肮脏里，以自己的肉体领受他们的虱子，一直躺到死时为止，有时动挪一下，好让给晶亮的皮靴的路……

"但是，有时忽然在这群人众里，觉察出来一种面孔，在那上面表现着高傲的，人性的，对于漂亮衣冠占有者的一种仇恨。于是即刻又了然了，就是这种仇恨乃是我们胜利的保证。纵恨这种胜利不在现在，纵让它不管在什么时候实现出来，然而当在穷苦的人群里还露现着这种面孔，这就是说总有一个时候我们是可以得到胜利的！"

她略为沉默了一下。

——是的……我在车站上和着农民们谈了许多话。我会同他们谈话，使他们不察出我是一个有党派的人，而都有什么就说什么。我真惊异的了不得，在我们的劳农共和国里，农民是这样困苦地，无所依归地，毫不明白地生活着……他们本来是并排地同我们生活着的，用眼可以看见，用耳可以听见革命，可是他们完全不明白革命是什么一回事，什么东西都不明白。顶好是开一个全俄罗斯的大会，用着简明的语言，如罗白珂所说的一样，向他们解释一切。

克里明笑了一笑。

——解释吗……他们是不会明白的。难道说这些。"劳动的农民"将我们的政治部员和宣传员，仅仅因为他们太爽直地宣传"康母尼兹母"了，杀死的还少吗？我们的书籍他们不读，我们的报纸他们拿去卷烟吸。不，安娜，这事情是很复杂呢。我们应当改造他们的生活。他们本来都是野蛮人，虽然并排地同我们生活着，可是他们的生活是中世纪的，他们信仰着妖魔，对于他们，我们就如妖魔一样，有的以为我们是和善的妖魔，有的则以为我们是恶狠的妖魔。我们需要消灭这些灰湿的村庄，这些不干净的窝巢，在那里面他们栖息着；我们需要将锄和耙送到博物馆去。

两人都沉默着了。我拿起她的手来，一语不发地抚弄着，而她宛然全身集中到为他的手所接触着的那一小块肉体上，答之以温存，将腮倾向到他的热烘烘的手上。艰重的，不可抵御的热情的冲动，从他的内身里激涨出来，于是他牢牢地将这个亲爱的身体拥抱起来，吻她的手，腮庞和口唇……

忽然有人敲起门来，接着他俩便听见了女主人的甜蜜的声音：

——同志们，此地来了一个什么乡下人要看你们！他问，同志克里明在家吗？他说，有要紧的事情……

——叫他到这儿来罢，——谢穆珂娃说。

门开了，于是从暗黑的房间里走进来一个人的形象。克里明扭一扭石油灯，于是它的不稳正的光照现出来一个全不认识的，胡须满脸的乡下人。

克里明还未来得及询问，还未来得及对于这位不相识的发生惊异，忽然听见一种熟透了的声音轻轻地，匆促地说道：

——同志克里明，我费了许多事才将你找到，在城中起了暴动……

——暴动？——两人同声问着说。谢穆珂娃从墙上取下驳壳枪，即忙将子弹装好，挂在腰间……

克里明抓住了乡下人的手：

——这是你，哥尔内哈吗？告诉我是怎么一回事！

——说来话长，我化装了农人模样，逡巡于人众中，偶然地发现了一切……我知道，今天一定会要发生暴动，强盗们是一定要来的……果然不出我的所料，他们已经来了！我想打电话，可是军用电话线已经被割断了……至于城市公用电话，那简直不必说了……

谢穆珂娃穿上了披风与上衣。大家都走出门来了。吹着轻暖的风。大地沉醉于春天的氛围里。在黑暗中流响着小沟渠。而驼背长须的，说着哥尔内哈声音的乡下人，仍继续着说道：

——我们三个人，尽我们的力量做去。克里明，你到非常委员会去，将那里所有的人们尽行招集起来。同志谢穆珂娃向党员队去。而我到火车站上去。城的周围大概完全已经被占据了，但是凭着我的这般模样，我可以混过他们的队伍，去将铁路工人们鼓动起来。最重要的是，不要将车站让敌人占去。快些罢！

哥尔内哈于分别的当儿，紧握了一握大家的手。你看，他已经走开了，不是哥尔内哈，而是一个生着浓须的，高耸的农人。谢穆珂娃也辞了别，握了手，走开了，但是然后跑回转来，用着温热的口唇，将克里明吻了几下。

克里明迅速地，轻快地，向着非常委员会走去，手里握着手枪，还是如平常遇着危险时一样，态度镇静着，锐敏地瞟看着一切，视察着一切。然而究竟他不能完全镇定地把持着自己，就好像他的身上的一块肉被谁个连血带神经割下来也似的。

第九章

马尔腾诺夫在党员队里值班，已经经过四小时了。他扛着枪在空泛的大院子内走来走去，看守着武装库。略略下了一点霜，然而并不冷，在什么地方屋顶的上面刮着风，在空气里荡漾着春意的新鲜的甜蜜。马尔腾诺夫于首先两小时内思想着，回忆着自己的全生活，又指责又饶恕了自己的许多千的小行动。他思想着关于革命，关于党，关于自己的工作……

而到了最后的一小时，马尔腾诺夫什么也不去想，只等待着而已……他等待着换班，脚趾头冻僵了，寒冷钻入他的大衣的领内，袖口内，令人难耐。为着要略觉着温暖些，马尔腾诺夫用着枪运动起来。

钟已经响动了十二下，现在每一等待着的一分钟，好像一整个钟头一样。他已经想呼哨起来，想将管班的唤来，要求换班，可是换班的人已经到了，你看从那警备室的那方面不是已经现出两个人影来了吗。

将武装库门上的封条审察了一番之后，马尔腾诺夫便交了班，不走进，而直接跑进那温暖的警备室里去。他宛然为春天的空气所陶醉了，面孔泛起红来。在交班了之后，总是高兴，快活，从外边的世界什么东西也不会扰乱他。

在党员队的大而黑的院子里，什么东西都筹划好了。他饮着滚茶，吃着糖，用手裂着面包，听着同志们的谈话。

——无论如何我都不相信，——管班的说。他是一个老下士官，生着稀朗的卷胡子。——说人是从鱼或蛙发源出来的，这是有意思的事情吗？怪话。如果说是从猿猴而来——这个我不反对……我并且同意。但是若说是从鱼而来？这简直是怪诞之谈了。

——同志，为什么一定要说从鱼而来？完全并不从鱼而来，而是从一种什么生物……构造很简单的生物……它们生活于水里，那时它们身体的组织是一样的。但是当很盛地繁殖起来了的时候，有的便走入浅水里……从那里走到陆地上去。接着它们的有机体便适应起来新的生活。肺便出现了，以代替鳃的作用。这并不是一下子的事情，而是渐渐地，经过了许多千年，许多千年。谁个力强些，便生活下来，留下后裔；由此发生了自然淘汰，如畜殖场内的现象差不多，这也就是所谓生存竞争。这是达尔文所发现的……

马尔腾诺夫听着这种艰重的言辞，趣视着这个说话人的面孔上的动态，想起来了：他在什么地方曾见过这个面孔，又曾在什么地方听过这种说话的声音呢？

而这个人也就一面说着，一面向马尔腾诺夫瞟着，宛如他也会认出来一样……他不能将马尔腾诺夫记忆起来。忽然他打断了话头，叫道：

——同志！你不是谢尔格马尔腾诺夫的儿子吗？

——是的，——马尔腾诺夫回答了，脸不禁泛起红来。

——既如此，难道说你竟不会将我认出来吗？我曾在你父亲皮革工厂内做过工呢……难道说你连安得列也夫都不记得了吗？当时在我们的村庄里，大家都称呼我为化学家呢……

于是马尔腾诺夫便认出来了这个面孔，这个宽大的额部，这简单而粗率的面纹，这小小的，锋利的瞳子……不错，他已经老相得很多了，头发苍白了，额部生皱纹了，从眼到口满脸缀满了许多瘢痕。他显得更高一点了。九年没有见到他的面，仅仅现在记忆起来了那间狭小的化学工作房，那不大明亮的煤油灯光……年轻的安得列也夫穿着工衣，开着领子，将头伸向桌面，燃烧着一种什么分析的物件，绿色而有气味的液体，将此液体不断地倾注到皮革上；而马尔腾诺夫的父亲，一个红光满面，恶眼峥峥的老头儿，穿着灰色的衣服，挂着一个横过全肚子的链子，很和顺地坐在椅子上，很温存地微笑着，将颈子向安得列也夫的手伸去，有时他在自己的日记簿上很快地记录下来一些什么。

老马尔腾诺夫有时将自己的儿子带到工厂里来，但是不准他同工人们谈话。他彰明较著地呼他们为醉鬼，为穷贼，为坏种，仅仅对于一个安得列也夫，即大家讥笑着所称为“化学家”的，有点两样。老马尔腾诺夫时常走近他，并将儿子随身带在一起。

——安得列也夫是一个蛮野的汉子，——老马尔腾诺夫向他的儿子说。——骄傲的了不得，但是很聪明，很聪明……

于是小马尔腾诺夫看见了，就是他的父亲，虽然平素对待家人也是一个很严厉的人，可是有时却忍受着安得列也夫的粗野的，或竟是有点傲慢的态度。他注意地听着安利列也夫的解释，这解释杂着许多化学上的专门的术语。小马尔腾诺夫又看见了，就是这个年轻的工人被允许称呼主人以名字，——这种权利，就是连年纪很长的工人们也是没有的。小马尔腾诺夫不明白他们俩相互间的奇怪的关系。

后来安得列也夫不见了，不晓得因为什么父亲和他弄差了花，但马尔腾诺夫看见父亲有几天生着气，用一些最不好听的语言骂一切所有的办事员，就是马车夫的语言也无以过之。在化学工作房内重新移住了别一个什么人……马尔腾诺夫长大了，醉心于未来主义，通神学，文化史……后来发生了恋爱……最后——来了革命与党的工作。完全把安得列也夫忘却了。现在安得列也夫在此地坐着，一个活跃的，正派的汉子，将烟草向烟斗里填着，慢吞吞地说着话：

——而我，同志马尔腾诺夫，听说是你已经在党了。当我初来到此地的时候，预先就决定了，就是我要将资本家的儿子从党里摔将出去。我曾想道，你是冒混到党里来的。我一来到就打听你在什么地方工作，但是大家都说，你是一个很好的，很忠实的工作者。如此，我想，让他去，让他好好地工作罢……

马尔腾诺夫由于称赞不禁红起脸来。

——我于革命的开始即和家人们分开了。断绝了任何的关系。和父亲无论如何合不起拢来。他是一个专制家……一个字反对都不能说。

——还有什么可说！……他顽固得如石头一般，对于人们一点儿怜惜都没有。而我们的工人兄弟被他压制得连气都出不来！

——但是他私自对你似乎很好罢？——马尔腾诺夫问。

安得列也夫微笑了一下。

——自然，很好，曾给我的香烟吸过。既然这是于他有利益的！请你原谅，同志马尔腾诺夫，但是我应当告诉你关于你的父亲的行为，他是一个骗子，很巧妙的骗子……你记得吗，在我们的工人村里，大家都称呼我为化学家，这因为我很喜欢化学，而且找到了更较科学的，便利的裂割皮革的方法。但是我那时很愚蠢，没有拿着发明的专利权，而你的父亲不费一文地应用了我所发明的方法……而我什么东西都没得到。那时我自己用钱买了许多书读。

“你记得那时工人村的工人们，他们都横暴的了不得。工作艰苦得可怕，工资少得可怜，只有酗酒是他们唯一的安慰。

“我从没醉过酒，一直到现在我都不喜欢烧酒。那时我把持着自己，不与孩子们一道儿胡闹，只读着书，研究着化学。没有谁个可以谈话，那时同你的父亲却谈了许多话呢。我们谈着，谈着，就看见他在工厂内又应用了什么新的东西。工人的额数差不多减缩到两倍。这样一来，我宛然成为了他的一个技师，而每天却不过只领着十五个戈贝及一点儿零赏而已。有时半块，有时一元，无怪乎那时大家称呼我为不值价的化学家……真的，真是不值价的化学家。

“我那时是一个浑蛋，可是我究竟开始明白了一点什么。我说，马尔腾诺夫先生，关于我自己的发明，我想要拿到专利权。你将它买去，我可以开始进学校读书……我曾梦想着成为一个技师。那时我对于政治完全不明白，一点儿阶级的意识都没有。仅仅只晓得学习，读书而已。

“如果他同我说好了，我将送给他以很大的利益，此刻我也是技师呢。但是你的父亲吝啬的了不得，吝啬将他咬伤了，于是他对于我的请求，回答之以谩骂。而我是不喜欢谁个骂我的。我也就同他对骂起来，一句不让。他便把我赶掉了。那时我穷困得要命。母亲饿死了。后来我到了瓦兹涅新斯克城，结交了许多好的朋友，他们开始给我《真理报》读，开了眼界，我因之便聪明起来了。

“回想起来该是多么可怕，我们该受了多么重的压迫！……呵，可是，现在这些都完结了。旧的永远不再有了。谢尔格萨哈里奇（即马尔腾诺夫的父亲——译者）现在也许在日本，也许在美国。而在他的工厂里，我差不多是一个主人。”

——难道说你在那里工作吗？——马尔腾诺夫问。

——可不是吗，我是工厂委员会的主席。已经有两个月了。

——呶，工厂进行得怎样呢？

——很明显的事情——不妙。工人们怠着工，食粮很不好而且不照着发，发工资的方法坏极了，又加之机器是破旧的。我曾骂过你的父亲，且异常地不喜欢他，可是这并不妨害我们要向他学习……学习这种……——他停默了一会，寻找相当的字眼，——经营的能干……他是一个严厉而狡猾的人，笃爱自己的金囊，但是他对于工厂的笃爱更甚。他日夜的光阴都消耗在工厂里。你记得他吗？他知道每一架机器，知道每一个人是怎样地工作着。最重要的是他的那种思考力……那是一种经营的，商业的思考力。我们现在就缺乏这个。

“就例如我们的经理罢。他是一个技师，而且是由全俄国民经济委员会派来的，也是一个党员……但是他简直不走出办公室来。在无党的专门家面前撒着烂污。你知道他吗？”

他说了这位经理同志的名姓，说他是党委员会的委员，时常在党的会议上出头演说。

——而我是一个不好的政治家。一句话，我曾经是一个化学家，也就到现在没有改变。自然，我明白一切，明白他所有的错误，但是……我无论如何捉不住他。个对个我还能同他争辩，但是，如果在会议场上，那他就一下子把我抵得说不出话来。我不知道什么时候可以请求发言，什么时候不可以，而他一下子：——“从事表决罢”，便什么事都完结了。我感觉着他是在撒谎，在做假，但是我不能捉住他。如果我一说起话来，那我说得不圆通，就好像舌头被绳缚着了也似的。

——呶，而你的化学又怎样了呢？

安得列也夫的面容沉郁起来了。

——一怎样，也不怎样……弄起政治来了。此地当然再顾不到什么化学了。我的心痛——不能够从事于劳动的事业。如果我们再弄些闲事情，那资产阶级当然要把我们活吞掉了。这样，是说，化学是完结了。

他沉思起来。房中很寂静；管班的很高声地打起鼾声；他靠着窗像睡着了。

——睡觉罢，同志马尔腾诺夫，否则，我看见要把你困死了。我很快地就要上班去。坐一坐，读一点书……《过渡期间的经济》，一本很好的书……

而马尔腾诺夫在半睡的状态中想道，从党的工人同志中，很多的可以担当重要的党的工作，而且要比许多知识同志，更做得要合乎“康母尼兹母”的节奏些，但是党的机关是这样地建造着，只容易提出会做主席，会说话和会执行会议的人来。他将安得列也夫及他的不大圆熟的，然而是很聪明的言辞，和着这个负责任的工厂经理及他的震动的演说，两相比较一下，他觉得安得列也夫对于党是更有价值些。这位经理先生是这样地自信，同时又是这样地蛮横，完全不懂得阶级的立场及党的根本的原则，只将响亮的语句来掩盖自己的无知。然而由于他的有权威的声调，由于他会管理骚动的议场，可以不按照秩序发言，他便到处被选举着，而算为很聪明，很能干的人了。

——忽然马尔腾诺夫的朦胧中的思想被一种什么响亮的击动声所打破了。

——那里有什么人，——马尔腾诺夫听见安得列也夫的惊慌的声音。——同志马尔腾诺夫，你听见了吗？

——大概是传令兵罢，——马尔腾诺夫叽咕了一句，遂又预备朦胧下去。

——不，一定有什么乱子，——安利列也夫叫着，顺手将枪机搬起来。马尔腾诺夫跳将起来，看见了门内涌进一大群人来。恶狠的面孔，蓬乱的胡须，手中拿着刀枪与斧头。

——强盗，——在他的脑中闪了一下这种思想，——把站岗的杀死了……我们也将被杀死。

但是他没有来得及想到底，房中便发了一声震聩的枪声。烟气散满了房间，一个肥胖的，棕色发的乡下人，首先跳进警备室的，很苦痛地向地上坐下，丢下了一根很漂亮的马枪。

——放枪，同志马尔腾诺夫……还看什么呢？——发了一声绝望的喊叫，在这个当儿，安得列也夫趁着人众的纷乱，便又放了第二枪。

——造你的妈妈……浑蛋……打他们，打呀……

“要放枪才是，”——在马尔腾诺夫的脑海中这样地闪动着。“——反正是完结了，放他娘。”——于是他用颤动的手指搬动了机钮。但是枪没有放成。脑后壳的艰重的打击，将他倾倒在地板上了。他跌倒了，已经没有了什么知觉，还听见安得列也夫第三次的枪声，这枪声为人众的叫吼与诅骂所掩盖了。

尖锐的，艰耐的苦痛爆裂在他的胸部，在他的喉管里，他失去了知觉，已经不再感觉到强盗们用枪向他第三次的打击了。他的脑盖被枪头所捣碎了。为消逝了的生命之最后的感觉所织成着的空虚，扫除了他所有的知觉……

第十章

罗白珂不走出房来，已经有三天了。在搜捕的那一天冻病了，大概是被风过于吹了。在夜晚以前，他还勉强地支持着，可是到了夜晚，他就觉得异常地不舒服了。早晨他曾试一试要起来，可是头昏得厉害，他便又躺下，不再起来了。他躺着的这一间房子，是挂着绿色天鹅绒的窗帷的，从前是孙纳托尔先生的内室。

想吃饭，然而没有人去到食堂里去拿中餐。每日里为他烧了两茶壶的茶。因此他可以饮着热茶了。

面包他有的是很多，桌上一个整整的圆面包在放着。罗白珂用手将它所有的外壳都搬着吃掉了，弄得满桌子布满了小面包末。他很苦闷。他并不责备同志们将他忘记了，他知道现在实在是没有闲工夫来顾到他，然而究竟他还是很苦闷。天黑了，但他没有将灯扭开，因为他没有兴趣读书。脑海里闪荡着关于青春时代，关于过去工作的回忆……不知道为什么老是回忆着那遥远的南方，那加特林娜省的制铁工厂，在那里他过了自己的青春时代……一九〇五年的春天，白杨树林的聚会，在星夜的寒冷的天幕下，他的第一次的热烈而不圆熟的演说。记起来了一个什么姑娘，她的破旧的褐色的中学校的服装，她的态度和微笑。但是名字记不起来了。似乎是叶林娜，又似乎是阿丽嘉……

咳嗽的浪潮不时地要涌来，那时他的眼睛会发黑，而思想形象都会消散的。因为咳嗽而疲倦了，他便闭着眼躺着不动，然而不觉得又开始思想起来了。

今天在宿舍里特别地寂静。在厨房里没有响动着孙纳托尔太太的烧饼锅，在走廊里也没听见孙纳托尔先生的谨慎的，轧轧作响的步调……但是一切时候从关闭着的门里送来低声窃语的声浪，一种什么听不清楚的谈话，罗白珂毫不在意地听着它。忽然有人敲门，接着便听见畏怯的女人的声音：

——同志罗白珂，可以进来吗？

——请进来，——他回答道，在房门限的中间，他看见一个女人的形象。这是里莎·格拉切瓦。

——你咳嗽是这样地厉害，在我的房间里都听得见。我，原来同你是并排住着的，隔着一个墙。我送来了牛乳给你……一茶杯。也许我还有什么可以帮助你的地方吗？

罗白珂望着从走廊里射进门内的光线来。这位姑娘即刻就要出去，将门关上，房间内又要暗黑，于是他便又成为孤单的一个人。照着这一种思想，罗白珂明白了，他是怎样地在孤单着……他，大概是，很快地就要死了；他，自然，什么都不需要，牛乳已经是帮助不了了，但是他究竟不愿再落成为孤单单的一个人在房间里。

——谢谢你的关心，——他很温存地说，——把电灯扭亮，我们饮茶罢。

她将电灯扭亮，便惊叫起来了。他的枕头盖被血染得通红，这血是在咳嗽时从喉管内流出来的。他自己不曾觉察到这个，现在才看见……

——我的上帝，——她说，——你，大概，很不好罢……我将你的枕头盖换一换。这两天谁个也没有来看你，——她翻着他的箱子这样说道，——我几次想走进来，可是我害怕呢。

——难道说我是这样地可怕吗？

——不，现在你并不可怕，但是当你穿着你的大衣的时候……那时你的模样是那样地傲慢而不可侵犯。

她的关照使他觉着很愉快，他很温存地，难以为情地微笑着。而她看见他的难以为情的微笑，他的枯瘦的颈子及其显露着的青筋，不禁很可怜他，一点也不害怕，因为她看见他是一个无力的，病着的，失去自己权力的人了。

——你在什么地方工作呀？——他问。

——我是红军兵士的女教师。但是已经三天没有工作了，我们的一营人开到修道院去砍伐柴木去了。

——已经去了吗？——罗白珂很高兴地问道，——加拉乌洛夫曾反对这桩事情……这是说，我们是可以应时将柴木预备好的。——罗白珂居然将头从枕头昂起，坐起来了。她开始将所听见的关于砍伐柴木的事情，一一地告诉给罗白珂听。她感觉到这些消息对于罗白珂是怎样地紧要而贵重。它们能使罗白珂兴奋起来。

在很夜晚的时候，里莎才走到自己的房间去。说别的话的当儿，罗白珂请她带到他的房间里来。走廊里的皮靴的响声和高声的说话，将她惊醒了。在房内和房外散布着暗黑。

里莎即刻惊愕起来了。隔着一道厚门，分不清楚人们的语句，但是听见了粗暴的话声，高声叫喊，脚步的践踏。她用一双颤动的手将鞋穿起来。走到门前，轻轻地将它开开……她看见在走廊里，在厨房里，一些穿着兵士外套和短皮袍的汉子；在有许多人的手里，她看见兵器，斧头与长矛。在这些蓬着发的，被风吹粗了的面孔之中，在她的眼帘内即刻映上了三个熟识的形象。

罗白珂穿着内衣，血痕满面，手被绑着，赤着脚立在冰冷的地板上。

列宾——直立在罗白珂的面前。里莎于侧面看见了他的鹰鼻子。他，照常一样，面孔修得很光，可是头上戴的已经不是军帽，而是镶着蓝边缘的黑毛皮帽子了。他吸着烟，眯着眼睛，用鞭子不断地向自己的油光的皮靴上敲着。里莎瞧见了鞭子，便即刻明白了罗白珂脸上血痕之所由来了。

小小的，胖胖的孙纳托尔先生，穿着没有带领带的黑上衣，忽而由列宾走向罗白珂，忽而由罗白珂走向列宾，在罗白珂的面前摆动着拳头，装腔做势，不断地吼叫着……

——呵，同志罗白珂？我现在可以同你谈一谈了……我们又平等起来了。你听见了吗，囚徒，我们又平等起来了！你的一帮匪众将我的药铺充了公，——我没有说话。你强行住到我的房里来，不付给我的房租，——我也不说话。怎么办呢，你是执行委员会或是苏维埃的副会长……让恶魔将你们和你们的名号都拿去罢……你居然像省长一样……

孙纳托尔先生一时喘不过气来，好容易呼吸了一口气，便吼叫得更高声些：

——现在你们是完结了。你们都要被枪毙，就如疯狗一样，而我明天将什么卫生部的招牌从我的药铺取下来。你听见了吗，从我的药铺子取下来！……是的，我是有钱的人！……你听见了吗，我是资产阶级者！……我曾经是一个资产阶级者，我也永远要做一个资产阶级者！……你是一个癞货，你也就终归是癞货！……不做声吗？说话呵，同志罗白珂，你本来是一个很好的演说家呵。在最后的一次，请你说一说话罢。我们是很愿意听你的。

孙纳托尔先生装着样子，很恭敬地向罗白珂鞠了一躬。列宾微笑了一下。匪徒们高声地哈哈大笑起来。里莎听见了在厨房门以内叽叽的笑声，看见了孙纳托尔太太的笑脸，她的露出来的牙齿，眼角的皱纹，及她所穿的带着淡紫色的家用的黄便衣。

——不做声吗，不做声吗，——孙纳托尔吼着说，——得，我给你一点……——于是他向罗白珂的脸上，吐了一大口涎沫。

罗白珂想挣脱开，但是一个黑须的汉子将他的肩头抓住了，罗白珂只是在他的铁手里挣扎着，无能为力。孙纳托尔先生的涎沫顺着他的眼睛和面额淌着。连拭一拭这种恶臭的涎沫都不能够，因为他的手被捆缚着了。他用着很仇恨而鄙弃的眼光将做弄他的人众巡视了一下，偶然地向着里莎的方向望了一望，望见了她的苍白的面孔，微笑了一笑……照着这个微笑，里莎明白了，虽然罗白珂由于鞭打和侮辱在受着苦痛，可是他的精神没有毁败，他一点也不怕，而且鄙视着自己的敌人。里莎觉得，罗白珂微笑了一下，是由于他记起了昨晚的谈话。

这一微笑将里莎引出了呆愚的境地，她大声地哭着，向列宾投去，抓住了他的手。

——同志列宾，为什么你要苦恼他呢？他本来是要人民享着幸福的呵……你们统统，——她向匪众们叫着说，——他是为着你们，为着农民和工人的呵！……

讥笑与谩骂将她的话语遮掩住了。

而列宾，这位漂亮的，温存的列宾，用力将她从自己身边推开，推得她碰了墙壁，并将她骂得不成样子。

——把这些把戏快送到鬼那里去！孩子们，将他拖到外面去罢，即刻将他送回老家，快一点……

匪众们齐向门外涌出去了。里莎用手捧着头，从地板上立起身来。

——也来瞎搀吗？军官先生，她原来也是波尔雪委克呵，——孙纳托尔太太叫着说，而孙纳托尔先生已经将她的肩头抓住了。在这时候，从院内传来一声枪声。里莎明白了罗白珂已被杀了，不禁怪异地高叫了一声，使得列宾发抖了而后退了一下，也就在这个当儿，她挣脱孙纳托尔先生的手，顺着梯子跑向黑院子内去了……在升降阶前，它碰着了一堆衣裳，在这里面呻吟着一个人的内体。她弯下腰来，在石门限子上看见罗白珂的血脸。她吼喊得更响亮些，从院子向街上跑去。跟着她后边就响了两次枪声。

里莎跑到街头的拐角上，又转到一条寂静的歧路，喘一喘气，停住了。她静听一下，没有谁个来追赶她。小小的屋宇是暗黑而静寂，仅仅只从远处很清楚地听见炮声。有时很平匀地响着机关枪。风老是刮着，里莎仅仅穿着一件运动衣，觉得冷将起来，周身不禁寒战起来了。

她很机械地向前走去，低声地哭泣着，泪水流了满腮，落在雪地上。那一种因为接触了罗白珂的颤动着的肉体而起的恐怖，现在是过去了。

这样，她忘记了自己，走得很久，完全冻僵了，很机械地搓起手来。天已经发亮了，她顺着灰色的栅栏走去，在那上面伸张着树木的精光的枝干。

忽然打了一个寒战，停住了，如同脚被钉住了一样。在碧色的雪地上，挨着栅栏附近，她看见了一堆没有形式的东西。她觉得她又看见了人的身体了。想要叫着而又跑着，跑着而又叫着。但是她极力压住本能的恐怖的感觉，向栅栏走去，希图猜出那一块黑东西到底是什么。越走越近，两脚陷在很深的雪块里，——于是忽然看清了，认出了，轻轻地叫了一声，便坐下了。

撕破了的衣服，露出人的身体来；女人的衣服，女人的身体；露着的左乳房上面有一块乌黑的伤痕，两只手腕是精赤的，难看的面孔……紧闭着的眼睛，咬破的口唇，卷发蓬散在满雪地……这是谢穆珂娃的面孔呵。

里莎现在也不喊叫也不哭了，顺着湿的雪地向尸身爬去，拿起死的头颅，用手触一触冰冷的腮庞。

这时天空放起蓝色来，所有的景物——城角的小小的屋宇，褐色的道路，灰色的树木，都被彩色所渲染着了。天的一角逐渐殷红而明亮起来，宛如在那里烧起来了烽火也似的。大概从那里太阳要升出来，所有的雪堆和屋顶，本来是蓝白色的，又加上了洁净的，差不多是不可捉摸的，玫瑰色的反照。

里莎越渐看清楚了谢穆珂娃的面孔，那种苦恼的形象……她不久看见谢穆珂娃的面孔充满着生命的欢欣，而现在这个面孔却是这样地惨白，眼睛却是这样地死闭着……她不禁感觉得人类的生命是走到了末日了。剩下的只是空虚的，死寂的屋宇，及烦劳不休的，平匀的，也就如死寂了的一样的机关枪的响动……

里莎用着迟疑的，莫解所以的神情，望着那纯净的，愉快的，春阳乍出的美丽……谁个需要这鲜明的空气，这美丽的春阳呢？为什么机关枪的声音响动着如欢欣的警钟也似的？

全城的钟声都欢欣地响动起来了……复活节的警钟飞扬着于全城，与机关枪的声音，及现在城的两角的射击声相应和，相混合。

这复活节的钟声引着里莎想起来了上帝……上帝，他在什么地方呢？在自己的身上，她没有感觉得到他……她向四外瞧一瞧……小小的，门扉都掩闭着了的屋宇，泛蓝的雪堆，泛蓝的天空。机关枪的响动与钟的叫鸣。不久的一个快乐的，美丽的，聪明的姑娘的死尸。上帝在什么地方呢？也许在复活节钟声里，一些神甫们，在上帝的名义之下，用这些钟声以庆祝这死亡和残酷的一天罢？

“康母尼斯特”是对的，生活这是一种争斗，既然在这些小屋宇和灰色的栅栏的那边，还很清楚地听见炮声和枪声，这是说争斗还没有完结……既然“康母尼斯特”还继续着争斗，这不是说生活还在进行吗？

里莎从雪地立起身来了。她跪着。将谢穆珂娃的身体掩盖了一下，吻一吻她的冰冷的额部，然后才很费力地立起脚来，可是双脚麻痹得很厉害，几乎走不动路。虽然如此，她还是尽力很快地跑向那响动着枪声的很近的方向去。

第十一章

房间开了几秒钟……摇摆不定的电灯的光线射进阴湿的，暗黑的地下室。几声咒骂，几声打击，克里明便被推进地下室里去了。又是暗黑，在暗黑之中仅仅只可以看见不清楚的，地下室窗户的蓝影。此外还听见梯子上走开了的脚步声。

克里明被打得跌倒了……他昂一昂头，听一听。他觉得他听见了一种什么哧哧的声音。

——此地还有谁个吗?

——克里明?

——司达尔马合夫?

照着说话的声音，大家互相认出来了，在暗黑中大家握了一握手。忽然克里明哎哟起来了。

——你当心些，司达尔马合夫，我的肩头被枪伤了，——于是在一分钟的欢欣之后，两人想起来了自己的境况，不禁又愁苦起来了。

——克里明，我们同陷到一种糟糕的境地……但是我究竟很快乐，就是我能同你，而不是同着别的什么人，度我的生命的最后的一夜……自然我更快活，如果你现在不在此地，而在响着枪声的那里……你怎样落到他们的手里呢?

——哥尔内哈找到我，把我送到委员会来，我中了埋伏。我的右肩被枪伤了……我的手，就同鞭子样，即刻就垂下了，否则，我是不会让他们活捉着的。自然他们即刻就认出来了，从这些浑蛋之中，有谁个不知道克里明呢?把我痛打得不堪言状……但是现在，司达尔马合夫，他们来不及管我们了。在车站那一方面，枪声响得厉害，眼见得他们不大凉快，居然很安静地把我丢在这里不问!

——我也是中了埋伏。但是我究竟干掉了一个。第三粒子弹我想给我自己，可是火门坏了。把我杀死，这并没有什么要紧。可是他们要很厉害地做弄呢。我本来在各乡区收集了食粮。但是现在他们还没认出来。克里明，我真想抽一抽烟呢，简直没有力量再忍受下去了！自然，我想生活着比较想抽烟更要厉害些！——他试试想笑一笑，但是不能够，而仅仅断续地叹着气。——克里明！你记得吗，在我收集食粮的时候，你曾救了我的性命？

——记得。那不算一回什么事。

——不，老哥，那并不是小事；当你带着人来的时候，我的颈子上本来已经套上绳索了。我那时大概是静等着死亡，但是你却送来了救星。也许现在这种事情也会再有的呢。

——不，同志司达尔马合夫，现在我们已经是完结了。我很记得那时你的面孔是怎样地惨白，当用力将你颈脖子上的绳索割断的时候。我们的认识也是从那时起的……

——是的，不错，我知道你有一年半。我同你见面总是很愉快的，时常想和你谈谈，可是一遇见了的时候，总不过是："你好，再会，给我一枝香烟吸一吸"，——谈话便完结了。

两人沉默下来了。枪声走到铁路那边去，逐渐不明了。由于鞭打，由于血流过多，由于奋激过度，克里明现在被疲倦所占领了。他向地板躺下，面额伏贴在冰冷的石砖上。

但是忽然一种尖锐的对于谢穆珂娃的思想，如皮鞭的抽击一样，落到他的心灵来了。谢穆珂娃，安娜！他不能再见着她了……但是这是不应当的，他应当再见着她！在他的脑海里回旋起来了许多颜色的，各种脱逃计划的转输。他想到坚固的柏树的门栓，想到地下室的小窗孔……但是，他是非常委员会的主席，很清楚地知道这是不可能的事情，在他的工作的时期中，没有发生过从地下室逃脱的事情。越想越明白，没有任何的救星……

枪声越来越清楚，越临近。

——我们的人逼近了，——克里明说，而司达尔马合夫骂将起来了，但是他的老长的，不讲颜面的，污七八糟的骂语，却含着火焰一般的希望。

门外有脚步声响动，接着便听见开锁的声音。

——这是找我们来的，——司达尔马合夫说。克里明还未来得回答他，他们俩已经被抓住了，推着，打着……

克里明试一试要挣扎开，可是他的头被木棍乱击了一阵。他失去了知觉，如一重麻袋一样，他被沿着污坏的木梯子拖上楼去。司达尔马合夫自己走着，红着麻脸，态度镇静如平常一样。

夜幕完全消散了，露现出来了蔚蓝的朝晨与殷红的东方。司达尔马合夫望一望被拖着的克里明的惨白的面孔，又向非常委员会的宽大的内院子环视了一眼。在那么小房子（从前的非常委员会办事员的食堂）的墙壁上，悬挂着一块蓝色旗。在那附近躺着一堆来福枪，一个带着蓝帽章的孩子，正在收拾它们的机钮。

——呵哈！我看见了谁个！……原来是同志司达尔马合夫，你看，我们捉住了一个什么小鸟儿？——司达尔马合夫听见了恶狠而讥笑的话语。在毛皮帽子下面，一个剃得光光的，玫瑰色的面孔，在这面孔上的两只凶狠的灰色眼睛向着司达尔马合夫逼视着。一架合调的身材，腰间勒着宽大的军官的皮带……——你不认得我吗？我们原来是老相识，难道说你就记不起来吗？况且我们不久会过面，难道说你不记得在搜捕的时候，你遇见了军事专门家列宾，并且察看过他的公文吗？而关于你尽力征取食粮的事情，那时我们没有来得及感谢你，但是现在我们可以算一算账了。

克里明被一桶冷水浇在身上苏醒过来了，他即刻摇晃着便立起脚来。寒冷刺得他周身发抖，他觉得他的头爆裂成碎片了。

他一立起身来，便见着了司达尔马合夫被两个年轻的汉子用手抓得紧紧的。第三个汉子，穿着一件紧身的蓝汗衫，用力在司达尔马合夫背上鞭打，在他的无眉毛而小眼睛的面孔上，漫溢着快乐的神情。司达尔马合夫有时发着苦痛的呻吟，同时从他的口中飞出气愤的咒骂。列宾立在阶沿上。

不远，不过在一里路的光景，震动着炮声，有时在屋子上面飞着枪弹，带动呜呜的响声。忽然，打断了单调的射击声，喷出轰动的，夺人魂魄的，喊叫的浪潮，间杂以哀号与哭泣……此后的枪声即刻就逼近了，院中的子弹也越加飞得多了，每分钟都要穿破楼上的玻璃窗户。

列宾跑出院外，跟着他的还有一个军官，在这军官的肩头上，克里明看见了金色的徽章。

——快把马匹收拾好！——列宾叫了一声，于是两人很匆促地便走出院门去了。对于司达尔马合夫的鞭打自行停止了；匪徒们齐跑出去安配马车，而被松开了的司达尔马合夫，颠跛了几下，便向雪上躺下了，从背上流着很细的血丝。

克里明跑近他，将他扶起身来，渲染了满手血；司达尔马合夫呻吟着，战抖着，骂着，终于颠跛着立起身来。他很愁苦地逼视着克里明，颤着灰色的嘴唇叽咕道："冷……死，眼见得是临头了。"克里明抱着他的肩膀，用尽最后的力气，将他拖到院角的一间小藏物室里。

——我们走，躲起来，也许会把我们忘记呢。

在半明的小藏物室里，脑壳抵住马粪，躺着季曼的已经不像样子的身体。肠肺等等，一块一块的红的，白的，紫色的肉和着破烂了的衣襟，肮脏的马粪，在地上狼藉着，而打破了的胃部被撒上了一堆黑麦。破了的麦麻袋并排地躺着。在季曼的小而瘦削的，尖鼻子的面孔上，写着该多么可怕的苦痛！一双眼睛很大地睁着，而别一只眼睛被眼镜的玻璃片所压破了。

——他也是很尽力地征收食粮呢，——司达尔马合夫嘎着声轻轻地说了这么一句，便伏倒在木台上，用手将脸掩住了。

枪声越来越近，一个匪徒在院中受了伤，苦叫着向雪堆坐下了。匪徒们将受伤的抬出去放到马车上，有一辆马车上面堆着一大堆的来福枪。从非常委员会的门内，跑出来的两个军官：一个是便服的打扮，他穿着很新的短皮袍，戴着眼镜。他拿着几包文件。在他们的两个人手里都持着手枪。大家跟他们俩上了马车，坐着这一辆马车，不久克里明曾去迎接谢穆珂娃呢。对于司达尔马合夫和克里明二人，匪徒们似乎完全忘记了。忽然列宾骑着马进入了院内，他的面孔是那样地苍白，惊慌而狠毒！

——把囚徒们拖到这里来，——他叫道，——他们在什么地方呢？

匪徒们叫着骂着，将司达尔马合夫和克里明拖出来了。司达尔马合夫含着冷的仇恨，向列宾的狠毒的，灰色的眼睛的深处，望了一望，想说出一点什么。但是枪声一响，他没有意识地摆动着手脚，便向雪地倒下去了。枪声响了第二下，于是第二个身体便与第一个身体并排地抽动着了。院内空虚了。跟着马车的后边，列宾骑着马走了。在院子的当中，两个尸身不动地躺了十五分钟，而射击的枪声越逼越近，已经开始了别一个方向，这时飞到院中来的子弹很少了。

太阳已经升在红云的上面，一切都泛着浅蓝色了……哥尔内哈拿着手枪跑进院内来了。跟在他的后面，有三个穿着黑短皮袍，带着红边的毛皮帽子的人，在他们的有力的褐色的手中握着来福枪。这是些铁路工人。他们奔着去看藏物室，哥尔内哈即刻跑向雪堆上一堆黑的东西，看见了相熟的面孔，死的眼睛，平静的半开着的口唇，仿佛从这中间即刻就要露出来白牙齿的微笑，——这面孔也将变成为年青的，虽然是掩盖着灰色的皮肤和很多的皱纹……

将克里明的头拿到自己的膝头上，哥尔内哈低下头来，不停地向这个不动的面孔凝视着。忽然他觉到——从他的内身的深处，这深处是怎样地深，他自己也不晓得，忽然涌起来了悲痛，越涌得越高……哥尔内哈无声地哭泣起来，他是那样地难过，仿佛在他的胸部里，跳动着的不是一个，而是几个受了伤的，过于被刺激了的心。

第十二章

渐渐要消逝了下去的黑色的原野与最后的蓝茸茸的雪堆交合形成一易于变化的景象，越去越远，虽然它每一次的变化都有着新的特点，然而终不免是很单调的。

加拉乌洛夫尖锐地看着周围，小心地听着黑暗中的动静，特别地握着马缰，强逼着自己的马走得谨慎而没有声息。

在前面，一个宽大的两里路的半圆形，包着许多空虚的河沟与小丘，向着城的方向，行走着三队红军的兵士。曾下过命令不要高声哄动。但是数千只脚践踏土地的响声，加拉乌洛夫觉得好像是一种震动的吼叫一样，灵巧的野兽，狐狸，兔子，田鼠，将在很多里路的远处听得见；从那远处听着，这种声音好像洪流之单调的响动一样，她们将无声息地离它而逃去。而几点钟以前，加拉乌洛夫照着这些地点，驱着自己的一小匹勇敢的马，从城中向修道院的方向行去，那里工作着非常委员会的一营人。

那时他骑着马向修道院来，似乎仅仅为着检察砍伐柴木的工作进行得如何，对于他的警戒的电话有没有执行。但是一种什么很模糊的本能，将他从城中引将出来，命令他要和军队离得近些，而且这一种模糊的本能，并强迫他有时将马停着，静听一听那落在后的城中的动静。

但是在晚间的暗黑了的天空之下，一切寂静着，在大地上面仍照旧地统治着甜蜜的，凉爽的，早春的晚间的寂静。当完全暗黑了的时候，太阳的余霞消散在暗蓝的天空里，初露现着的星星儿闪耀起来，加拉乌洛夫的一双尖耳忽然捉摸着了从城市那方面所响着的三声枪声。

加拉乌洛夫停住了马。寂静。一只乌鸦飞过去，叫了一声。接着他又重新听着那远处的枪声，那无秩序的噼噼啪啪的枪声……

他紧一紧缰绳，用全力将马抽了一鞭，那马便用着很快的又很平匀的步调飞跑起来，在黑暗中也顾不及看清楚沟穴了。

他到了地点，检察一下他的命令是否执行了，于是他相信一切都做好了。他向营长谢列兹基解释这次军事行动的性质，经过十五分钟后，他在红军的队伍面前，很简单地告诉他们是一回什么事。后来，当他们上了路的时候，他向漂亮的日尼洛夫，一营的军事委员，解释这次暴动的政治意义，而旦尼洛夫向他点着很好看的头。革命前，旦尼洛夫是一个矿工，不认识字，就是到现在还是读得不好，连“康母尼兹母初步”都没有读完，但是红军兵士们在他穿着的漂亮衣服之内，爱上了他的直爽，而加拉乌洛夫之所以重看他的，是由于他的勇敢和忠实，此外还由于他时常和他一块喝过酒。

而谢列兹基在这时候忙着从营这一头跑到营那一头，察看一切都做好了没有……似乎是队伍已经连结好了，机关枪放在中央，在右翼派遣了哨兵，骑兵侦探也派遣了……

一切都做好了，谢列兹基很快地便要和敌人碰头了；在人类的生命上，谢列兹基又将解决这种相熟的，然而每一次都是很有趣味的，战斗的题目。又再一次和敌人碰头了……和匪徒们……

无论和谁不都是一样吗？

难道说宗教，民族，阶级，这些不都是有彩色的，性质的，事物的标记，经过这些标记以表现伟大的军事的游戏吗？这是一种亲爱的，死的游戏，它使着谢列兹基是怎样地麻醉呵……他时常地回忆着，七年前他和德国人打战，引导着自己的一连人向敌人进攻，那时他是异常地热心，幻想着俄罗斯而壮烈地死去！可是后来，在暗无天日的愁苦的战壕生活之中，由于疾病，挫折和创伤，这一种热烈的冲动便消散了。然而也就因此，成熟了他对于这种死的游戏的兴趣，这是最古的游戏，这是最可爱的孩童的游戏，人类玩耍着这种游戏已经有了这么许多年了……现在对于营长谢列兹基统统是一样——德国人也罢，波兰人也罢，捷克人也罢，哥隆克也罢，白党也罢，土匪也罢，统统是一样……在前面是敌人，他也将这样分开队伍，也将派遣探兵，也将开火，也将撒着刺刀冲锋的火焰，而苦痛，创伤，死亡，这不过是代数的记号，表示争斗的两方面之一种数量上的变化而已。

早上接着了加拉乌洛夫的警戒的电话，这对于谢列兹基，宛然如对于一匹好的不驯服的马略略地勒一勒缰绳而已。他即刻办停当了一切，执行了所有的命令，整日地等待着，等待着恐慌的到来，加拉乌洛夫之出现，并没有一点儿使他惊异。

现在，经过每一个半点钟，他走到加拉乌洛夫面前，简明地报告行动的状况，说明自己的假设，很恭敬地问道：

——不再有什么命令了吗，同志旅长？

加拉乌洛夫渐渐减少对于谢列兹基的猜疑，暗自想道：“呶，这个是不会叛变的”……

不，谢列兹基是不会叛变的；叛变，这是破坏游戏的规则。既然在游戏中将自己的位置找好了，那吗就要守着才是。否则，那就游戏得没有趣了。

第一连从左翼前进。

移动着黑黝黝的一堆人，但是在这一堆里，在这一阵连续的黑影里，有着自己的统系，内部的关连……每一个知道自己的邻人，自己的长官，每一个人听着低声的号令。政治指导员司皮城在队伍中走着，在肩上紧紧地扛着枪。

有时他将自己的思想和他的邻人费登低声地商量着，这费登是一个短鼻子的，矮小的汉子，生着一双光亮而聪明的眼睛。

费登一切都记得而且明白……他渴求着知识，如干沙渴求着水一样。司波城常以自己的学生自豪，他已经是候补党员了。但是当从邻近的乡村里来了家人，或者是生着褐色胡须和狡猾眼睛的胖父亲，或者是不大言语的，愁苦着的，蓝眼睛的姊妹，开始了老长的低声的谈话，在营房里的哪一个角上，——那时费登便沉郁下来，关闭了自己，不再与政治指导员多谈话……而司皮城等待着，并且老早就知道了：终归有一分钟要来，那时这位年轻的汉子忍不住了，便红着脸，闪着眼睛，很厉害地摇着自己的右手，开始说起不正当的食粮征收法，区执行委员会的受贿，民警与食粮委员的浪费，乡村生活的困苦与纷乱……

司皮城听着他，并不打断他的话头，然后开始向他解释，很久地告诉他关于革命在俄国是如何地艰难，农民们自己不会同浪费的现象奋斗，还有许多分子冒充进革命的队伍来，故意地捣乱……

在他们谈话的时候，聚拢来了一群很注意的红军兵士，听着，吸着烟，发着问题……政治指导员很得当地回答他们的一切，原来他很知道他们，他自己是出身于乡间的。

在登记表上，关于社会出身之一问题，他写着“乡村的居民”。他是一个乡村的裁缝，不知如何称呼自己，说是农民好呢还是工人好。他是高高的身材，仄肩，驼背，秃头，面孔是苍白而生着雀斑的。步调平稳而轻快，一双小眼睛总是圆睁着地，坦直地望着人。

红军兵士们欢喜他的谈话，不过他的声音很嘶哑，大家总是向他叫道：“声音放高些”，但是司皮城不能说得很响亮，有时不知为什么即刻失去谈话的线索，开始用些为红军兵士们所不懂的外国字来，而他照着自己的意思，很模糊地，近似地，去谈论它们。

此刻在队伍里，在这些寂静的然而又是恐怖的期待着争斗的时刻，不断地不是这一个就是那一个，向司皮城走近前来，吸着烟，说着话，请求他告诉得更详细些。

——我们去攻打谁呢？因为什么呢？

他感觉到在这个农民的心灵里之一种惶惑，这惶惑是由于要去攻打自己的人，攻打农民……攻打俄国人……攻打自己的兄弟……于是他用着很小心的，然而又是很严厉的，尖锐的话语，说起匪徒们，提起田尼庚，尤登尼奇，哥恰克的事情……于是队伍照着暗黑的田野又走动了，天空是在暗蓝着，星很少，从城的方向那边，越见听着那遥远的，很清晰的射击声。走着走着，一直到飞来了命令为止：

——停住……向右站齐队伍罢。

在前面隐现着稀少的城市的灯火，在侧面不明显地白着一条河。驼着睡眼朦胧的加拉乌洛夫的马，在队伍后边一里半之遥，也停住不前进了。和他并排骑着马行走着的营部军事委员旦尼洛夫很小地抓住了那匹马的缰绳，说道：站住不要动，让老头儿微睡一下罢。

但是加拉乌洛夫即刻很机敏地惊颤了一下，醒了，接着便从马镫子上立起来，用着很尖锐的眼光向前望去，很仔细地听一听……即刻认出了地点，城市的灯光，河，山谷……

营长走来，很恭敬地举手行礼，低声报告道：

——侦探转回来了。他们曾到了城角那里，看见了——一大队的匪兵正向我们这方向进行呢……我们顶好是在此地等待他们。此地的地势是很便利的。

好，好好，——加拉乌洛夫说。

——在车站那方面响着枪声，——营长继续说道，——这是说那里还有我们的人。我已派遣了人去联络了。但是此刻还没有谁个回来。

——对，同志营长，——加拉乌洛夫说，——你，旦尼洛夫，留在此地，而我们去看一看地势。

但是他们没有走开了几步，在前面已经看见了很快地跑来的骑兵的影子，并听见了马的脚步声。

又是探兵回来了，——营长说。

会集了三个骑兵。兵士们向后望一望，看见了黑黝黝的，人头众多的，活动的一团……忽然三个头不见了，剩下的只有马的形象，骑兵们很快地加起鞭来了。

——躺下，——队伍里飞跑着这种声音，——预备开火！

命令还未达到左翼的时候，在右翼方面已经哒哒地放起机关枪来了，接着便一个追赶着一个，飞动起来了枪声。

加拉乌洛夫差不多没有干预这次军事的动作。他对于营长的一切摆布点头赞成；在微明的晨光里，看见谢列兹基的生着棕色毛的，没有修剃的面孔，紧闭着的口唇，不禁逐渐对他注意起来，向他说话的声调也逐渐温存了。加拉乌洛夫仅停止住了谢列兹基的一个命令，——加拉乌洛夫禁止照着城角的屋宇那儿射击。

——但是从哪里向我们放枪呀？——谢列兹基很惊诧地问。

——反正是不可以……这会使居民们受损伤的，——加拉乌洛夫这样回答他。

第一连慢慢地跑着，向着城市移动。地点是无遮掩而低下的，那里还剩下很多的雪，经过艰重的兵士们的践踏，那些雪便都沉落下去了。在蓝色的雪堆上，灰色的人的身体是很利于做着射击的目的的。

移动着很缓慢，伤亡了的很多。当司皮城在蓝色的早雾里，看见了那些小房子旁边的小丘上，移动着敌人的队伍，那时天角已经泛了红色了，似乎太阳即刻就应当从那遥远的天际里冒将出来。司皮城现在什么也不思想了。他系好了子弹带，为着要便于掏出子弹来。他很快地瞄准，很快地搬着机钮，枪在他的有力的手里震动着，就好像活的一般。后来他弯起腰来，叹息着，又跑向前头一个小土堆，跪下来，很快地瞄了准，接着他的枪便又响动了。费登的左肩受了轻伤，骨骼没有动着，他还是留在队里。司皮城默默地将他的伤处理好，他们便又并排地向前跑去，向那城角的围墙的方向射击着。

在太平无事的时候，旦尼洛夫简直没有想到关于战争的事情；很快乐地过着日子，在会场上演演讲，有时到政治部里去和马尔腾诺夫骂一骂；饮饮酒，或者与一个好姑娘扯扯皮。但是战争一来了的时候，旦尼洛夫全盘地为它所吸引住了，可是他的心情并不如谢列兹基的一样，谢列兹基是一个军事动作的指导者，而他不过是一个普通的战士而已。在争战中他总是在前一排，红军兵士们从远处看见他的发亮的皮上衣和红裤子。

就是现在他也曾几次向加拉乌洛夫和谢列兹基提议，请求给他一连兵，他好去冲锋……营长迟疑地耸一耸肩，转过脸来不理他，而加拉乌洛夫很简短地，然而很厉害地骂了他一顿。

旦尼洛夫于是生了气，走向第一连去寻找自己的好朋友司皮城。他对于司皮城虽然有时说过讥笑话，可是很敬佩他的为人忠实而公正。现在他想和他分一分自己的气愤。他在队伍的后边走着，时而在那围墙的附近，选择着敌人的影子，用手枪射去。很温存地，勇敢地，向兵士们问着好，当他走近第一连，已经看见了司皮城的驼背，想喊他的时候，忽然向那城角的方向瞥了一眼，看见了一个很快地走向前来的黑影。他停住了不动，仔细地望了一望。在他的头上飞过了几颗枪弹。而他还是向那黑影望着，忽然高声地叫道：

——同志们，跑着一个什么女人呢。当心一点放枪罢。

大家都看见她了。头发被风吹得飘扬着，她不时地跌倒了，尖锐地叫喊着，爬起来又跑。在她的后边，敌人们连续地放着枪追射她。忽然费登的年青而响亮的声音高声地叫道：

——孩子们，这是我们的女教师呵。这原来是同志格拉切瓦！

别的人也同声叫道：

——她，就是她。

旦尼洛夫持着手枪跑向前边去。

——同志们，我们救一救自己的女教师罢。向她前迎上去！前进！

——躺下罢，同志格拉切瓦！向雪上躺下罢——费登这样地向她叫道。里莎始而不明白这些人们向她叫喊些什么。但是后来她看见了队伍越跑越近，结果她的恐怖停止住了，不再妨碍她认出相识的面孔。

呵，他们这些贵重的，亲密的，比亲密的还要甚些的人们！她在学校里向他们授着加减乘除的课，但是现在他们武装着可怕的刀枪，对于里莎形成了一种伟大的力量——“凯旋的正义”的力量。她向雪上倒下了。

——你是怎么样跑到这儿来的呢？——她听见了一种严厉的声音，便举起头来，看见了上面沉郁着的，略为泛着蓝色的天空，一个红而不闪耀的日轮；在山丘上躺着一堆灰色的小屋宇，她听见了各种不同的，为单调的机关枪的响动所连接着的枪声。而在她的面前，立在黑地与白雪的上面，呈现着一个灰色的，宛然一点血液都没有的面孔，浓厚的双眉，满缀着皱纹的腮庞，稀朗的胡须，——她认出来了这是旅长加拉乌洛夫，然而她并不像从前一样地惧怕他了；她一面哭着，一面开始告诉他今夜的经过。

加拉乌洛夫反复地询问她，听着她关于罗白珂之死和谢穆珂娃的尸首的叙述。谢穆珂娃的尸首现在大概还躺在那里，那灰色的栅栏的旁边……——加拉乌洛夫听了这些话，面孔并没有震动，仅仅在腮庞上有一块筋肉在抽动着。当营长走向前来，打断他们的话头，向他简单地报告道，与火车站的连络已经安置好了，那里同志哥尔内哈和着五十个党员队里的铁路工人把守着，——加拉乌洛夫听了不说二话，便断续地发着命令道：

——旦尼洛夫！去冲锋罢！现在我允许了。做死这些狗崽子们！从左翼开始！……谢列兹基！机关枪照着街上扫射罢……俘虏不要！……前进！……

第十三章

在薄紫色的原野的远处，紧接着城市的灰色的屋顶，慢慢地，低低地，飞动着沉郁的，阴湿的，稳静的，巨大的云块。它们散布着小小的，羞怯的，然而又是欢欣的雨点，宛如第一次的爱情的抚摩，一个少年人对于裸着的女人身体之惊颤的接触一般。山丘都见不到，朦胧的雨网将它们掩蔽了，在低低的云幕之下，宇宙显得小而狭窄了。空气是温暖而湿润的，宛如在暖床的玻璃窗格之下，迷濛着一层不大明亮的，闪动着的，水星子的薄片。

缓和的，懒洋洋的风，要着脾气也似的，不时地变着方向。它从原野中送到城市的，是旧生活的消毁和着新生活的萌芽之一种令人陶醉的气息，而从城市送到原野的，那是嘈杂，响动与钟声。凡是风所送来的，彼得洛维奇都用着全身心去领受；他立在一个小沙丘上，——那里在地上躺着一块孤单的，被风吹雨洒的大石头，——向着那成堆的屋宇和教堂望去；这种厌倦了的，十分相熟的，小城市的景象，他觉得是用着枯朽的线缝在旧的，褪了色的障幕上也似的。

强有力的，不顾情面的谁个，很粗暴地将这个障幕永远地撕掉了，在它的下面露现出来新生活的多种彩色，为彼得洛维奇所不明白的，所仇视着的美丽。生活，好像老蛇一般，在苦痛与烦恼中，再换掉一次皮，将旧的，枯朽的，皱折的皮抛去，于是在它的底下，露现出来了从未见过的新生活的雏形。在雨雾中隐现着的那马戏团上面的红旗，那平场上药房上面的红招牌，——这是不是说新生活的雏形就由此发展下去呢?

彼得洛维奇回想起来了俄国人的过去的生活。在这些迷雾的原野上，灰色的城市中，无数的不令人注目的乡村间，——就在这些基调上经过着为普希金，杜洛涅夫，柴合甫，及其他俄国文学家所描写的生活。他们曾哭泣这永远消逝了的生活。将它描写得非常逼真，永远使着彼得洛维奇醉心于这种悲哀的美妙。在本城中的两个中学校里，他教授了二十年文学；在他的小小的书房里，一年复一年，反复地将那两书架上的装帧美丽的书籍读了二十年。革命发生后，书架上的书籍稀少得很多了，——马加立特，一个又是他的老婆又是他的女仆的老太婆，将它们换成了肉，荞麦，面粉和鸡蛋了。

怎么办呢，要生活着！……他原则地不愿进入苏维埃学校去工作，而其它的技艺又不知道，而所积蓄的又很快地吃光了。一星期复一星期，一月复一月，一年复一年，他总是希望着：呵，可恨的，令人不了解的，波尔雪委克的政权，快要倒落了，而在祖国内很快地会回转来旧日的，真正的生活。从十月革命的大雷初轰动的时候，他便仇恨着波尔雪委克，完全与他格格不相入的人们；在过去的生活里，似乎没有过他们，他们的动作言行充满着矛盾，完全为他所不了解，因之他觉得波尔雪委克是粗暴的，而又如魔鬼也似的奸猾的；是诈伪的，而又是狭窄的，直线的独断者。他不能够毫不在意地看着苏维埃的招牌，差不多完全不走出大门来，连在日里也不将一切的窗门都开开，——他完全衰败下来了，开始饮起烧酒来，很琐碎地与马加立特相骂着，整天地或思索着难题，或躺在长靠椅上反复地读着自己的渐渐稀少了的书籍。

捷克斯拉夫的政变消灭了他对于旧制度的恢复的希望。他看够了那时的荒淫无度，窃盗。统治的资产阶级之贿赂公行，横暴，及白党军官们之无意识的残忍！他怜惜着白党，而又鄙视着他们，对于他们抱着一种父亲对于坏儿子的心情，这坏儿子不能符合他的希望。他开始觉得地球上人们的生活太荒诞而无意思了，带起着一种全人类破灭的幻想。

但是不讲情面的，捣乱的波尔雪委克，搜捕了全城，连他也在内，好像将他如鼹鼠一般，从小小的平安的土穴里，抛到地的上面，抛到新鲜的空气里，抛到蔚蓝的天空之下。于深夜中他们进入了房内，叫醒了睡的人，检查了文件，命令着穿起衣来，宣布他被募去砍伐什么柴木。

他向这些冷静的，可恨的，莫明其妙的人们叫道，他完全与什么砍伐柴木的事情没有关系；他是一个脑力劳动者，青年的教师……而马加立特，这时穿着睡衣显着是一个很令人可笑的老妇人，极力向他们哀求着将他放下，不要挨动他，流着细小的泪珠，向他的大衣袋里放进一些肉白菜馅子的包子。

但是他已经被牵引着，顺着空虚的街上走着了，走向党的联队的司令部，在那里一间闷塞的，充满着烟气的房子里，在也如他一样的抗议着的，谩骂着的居民们的集会里，他度过不眠的一夜。和着别人们一起，在快活的，有说有笑的红兵们的保卫之下，被领到修道院的森林里，在那里他被命令着锯，砍，或堆积柴木。于是彼得洛维奇为对于这种严酷的力量的仇恨所燃烧着了，尽量地和不幸的同伴们谈着对于波尔雪委克的仇恨。

后来，很缓慢地，不觉得地，春的迷惑走进了他的灵魂，于是这些天，——在新鲜空气中，在静默的青松之下，在没有习惯然而是不艰苦的，令人振作的工作里所度过的这些天，——对于他似乎放射着一种什么新的美妙了。这些天是怎样地不和最后几年来的灰黄的房间内的生活相像！这些天在他的灵魂中引起了似乎是永远被埋葬了的，被忘记了的情绪……

那是很久了，在幼年的时日，他很惊颤地等待着每一回的春天……在不清明然而是轻软的二月的时日，他已经常走出屋外来，立着，望着那寂静的，迷人的天宇，那比天空似乎还要白些的雪，那隐隐地，欢欣地，似乎等待着什么也似的树木。他自己也等待着什么，忽然感觉到了自己的强健的，年青的，有力的身体，及自己的深沉的，还未表现出来的思想。在这些瞬间，只是惊颤的，甜蜜的期待而已。

而现在他分别春季之与其它的季候之不同的地方，仅仅在于房中漫着石脑油的气味，各种物架子的洗晒，及灯燃得很迟而已……四角空间内的，摆置着木器的房间生活，在他的面前将所有的一切都遮蔽了，仅仅在这松林中所度过的几天，春之神姗姗地走来，一些小路道还满着水与碧蓝的雪，只有小小的山丘上露现出来在去年凋残了的干枯的草叶，一小堆一小堆的针叶树，及刚刚觉醒的，过着懒懒的，如梦一般的生活的蚁穴。在这些晚间，当他很疲倦地从工作回转来的时候，用眼光去捉摸那正在云层中消逝着的太阳的残霞，他又感觉到春意了，不禁起了一种欢欣而又苦痛的心情，因为他的生活是经过了，经过得愚蠢而又无意思，而春天是这样地欢欣，这样地光亮。

歇了工作，在迷人的黄昏的时刻，在未就寝以前，彼得洛维奇踟蹰于暗黑的修道院里，走上红军兵士们所住着的第二层，听着他们的言笑，有一次曾碰到了一群人围着政治指导员司皮城，于是他也就和这些红军兵士们一块，很注意地听着关于第三国际的谈话。在兵士们之中，他有时看见了“康母尼斯特”，曾和他们之中有几个很不大胆地谈过话……

在暴动的一天，在一些被募集来砍伐柴木的居民们之中，从早晨起就传布着一些不大清楚的风声。当晚间将它们一切，先数一数，关到一间大的暗黑的房间里，从院内传进来惊慌的铜鼓的响声的时候，愤恨与恐惧，欢欣与惊慌，不禁充满了房间以叫笑和轰动。但是加拉乌洛夫自己，和着两个恭而敬之的不言语的人一块，走进房间来了，接着便将手电灯射向寂静下来了的人家，在它的流动的光线下，发现了在这些老的和年青的，漂亮的和丑的，聪明的和愚笨的面孔上，呈露着希望，恐怖，及幸灾乐祸的心情。加拉乌洛夫明白了是什么一回事，便向年青的，有点眯眼的第三连的连长朱尔宾，他是和一排人被留下看守修道院的，不高声然而大家都可以听得见地说道：

——如果发生了什么……便要毫不怠慢……明白了吗？

——是，同志委员，——朱尔宾这样回答着说，大胆地微笑了一笑，向加拉乌洛夫斜视了一下，又斜视着不做声响的人众，这使得他们觉着他是从地狱中来的恶魔，这恶魔生着火的身体，冒着烟的面孔，残酷的，好看的眼睛，红军帽子的鬼角！

在这暗黑的，惊恐的一夜，在这一间巨大的，闷塞的房间里，谁个也没有睡觉。大家都低低地私语着，幸灾乐祸地数着“康母尼斯特”的名字，回想着他们的错误，希望着，希望着，希望着……

彼得洛维奇也没有睡着，躺在硬而狭窄的长椅上，盖着自己的外套，将身体翻来复去，思索了一切。他不相信暴动的成功，也并不向它表同情，他记起来捷克斯拉夫的骚乱与哥萨克的纷扰。“康母尼斯特”对于他仍旧是生疏而不能相合，并不相信他们在自己的红旗上所写的话，及他们为这些话而牺牲自己。但是，如果老百姓，工人们，红军兵士们——这些穿着军衣的农民汉子——这些年服从着他们，国际的说教者，半俄国的革命的支派，这是说他们自身有一种什么生活的真理吗？也许，如果他试一试和波尔雪委克工作一工作，那时他将找到这个真理，而他却只躺在长靠椅上，老读着那些装帧得好看的书……将它们吃掉了，怀念那些过去生活中的往事……

一连兵士刚一回转到修道院时，大家便明白了暴动已经被镇压下去了。彼得洛维奇向朱尔宾请求一天假到城里去，为着要换一换穿破了的皮鞋，而他自己却是这样地决定了：到人民教育局去，问一问，也许找到工作给他做。此外他还想用新的眼睛去看一看死寂的，将他的全生活都吞食了的小城，而且也要看一看马加立特，她虽然是不可爱的，然而已经成为习惯的了，在地球上对于他没有比她再为亲近些的人了。从早晨起，在如灰尘一般的小雨之下，和着迟缓的拖柴木进城的货车，并排地行走着彼得洛维奇，默听着农民们与护车的红军兵士们的谈话，那谈话是关于栽种的事情的。农民们说，已经是耕作的时候了，而反基督的波尔雪委克却强迫着在烂路上拉柴木；栽种的种子一点都没有！“康母尼斯特”是诈徒，他们答应了以货物来交换面粉，可是他们连钉，铁，碗碟，棉纱，一点都没有送到乡村来，送来的只是些纸糊的领子。面粉和唇脂……

——呸，反基督的人们，——农民说……

——这是谁个故意地向我们捣乱，——一个由于不安而红着脸的红军兵士回答道，——关于此事一定要报告非常委员会才是……

那个农民毫无希望地摇着手，说道：

——非常委员会也没有用处。这里，那里，都是“康母尼斯特”。他们官官相卫呢。

而别的一个红军兵士向一群农民们解释道：

——你们现在所运送着的这些柴木，它们是为着铁路用的，而在铁路上我们将种子运送来……自然是为着栽种用的。司皮城告诉了我们这些事情，政治指导员，很好的同志……从报纸上也读到了……

——谁个现在再暴动，那他就是妨害我们整理经济，那就是我们的敌人，——他很愤恨地说道，——就是我的亲兄弟我也不饶他，如果他要变成匪徒了。

——我什么也不知道，——那个年纪最老的，生着苍白胡须的，干枯了眼睛的农民，很苦愁地这样说道，——不过我的灵魂感觉得我们都要饿死，既然天后，我们的母亲，保护者，不帮助我们了，——于是，他望着那城市教堂的金色十字架，听见那飞动的钟声，便将毛帽子取下来，显出来一个光头，在胸部上画了十字，跟着别的农民们也就照样做起来了。彼得洛维奇，穿着旧教育部的制服，具着一副光光的，现在是老而有皱纹的，然而曾经是过漂亮的面孔，也就画着小小的十字，望着这些灰色的，无知识的乡下人，又望着那一座灰色的小城，那紫褐色的田野的远处，迷濛的天气，他的一颗心不禁哭起来了这永远静寂着的生活。它哭着合于钟声的拍奏……钟声无力地展开了自己的翅翼，飞扬于这座小城之上，也就在这个当儿，灰白的太阳远远地离开了中天，苍白的半圆的虹桥伸向到那远处的褐紫色的原野……

红军兵士们见着这些乡下人画十字，不禁蹙起眉来，而后来有一个最年轻的笑着说道：“好罢，祷告够了，那我们就走路罢……而你，老爷，也……也不要落后才好呢。”这后一句是他向彼得洛维奇说的。车走得很慢，彼得洛维奇看见顺着宽展的平场，从城中的各角落里聚会着一些人们，向马戏园移动。他们行走着，有的成群，有的单独着，年老的和年青的，男的和女的，他们的面貌，笑痕，态度，步调，是各式各样，然而在大家的身上究竟有一种类似的东西，仿佛他们同被一个遥远的，冷静的朝阳所照着也似的。彼得洛维奇猜着这是“康母尼斯特”去赴党的会议。

这是在暴动之后的第一次会议，因之，对于“康母尼斯特”，这教堂的钟声像是敌人号角的响动，像是严厉的警告，就是说争斗还没有完结，敌人虽然退阵了，然而还没有消灭。每一个人听着钟声，不禁都蹙起眉来，然而后来记起来了，就是胜利究竟保持着了，暴动究竟被镇压下去了，便又和同志们分起欢欣的感觉来。里莎·格拉切瓦也怯生生地走近马戏园的入口，不敢遽行进去。她在人丛中寻找不到熟人。好像在暴动的时候，他们统统都被杀死了。但是她看见一个熟人了：政治部秘书马杜贤珂穿着整齐的，金色钮扣的大衣，胸前挂着徽章，走近来了，掏出自己的党员证，给管着登记簿子的，年青的蹙着眉的区委员会的书记看一看……

——同志马杜贤珂，同志马杜贤珂……你还活着，同志马杜贤珂……你竟没有被杀死……

而同志马杜贤珂很得意地微笑起来了。

——为什么要杀死我呢？我是一个小小的，不令人注目的人，在我的邻居中又没有仇人。我同我的女人没有听见枪声，什么都没有听见……我们很安静地睡在床上，嚇嚇。夜里头她醒了，说道："伊留沙，真的，放着枪呢……""得了，格鲁莎，我说，睡觉罢，别要瞎想了。"可是到了早晨，我听一听，真是在放枪呢。我坐在家里等着，枪声一停，我便走向办公处去了。在政治部里，除开我，谁个也没有，但是我对于职务是不可以拆烂污的……

——现在怎么办呢，同志谢穆珂娃和同志马尔腾诺夫都死了……——马杜贤珂的脸上表现着悲哀与苦愁。——我成了孤儿了，完全成了孤儿了……你看它，人们的横暴与野蛮！……而你因为何事，难道愿意来入党吗？——他很爱护地这样问着里莎，——来赴我们的会议吗？——于是里莎听见了鸣钟的响动，这是号召赴礼拜六的晚会的，不禁想道，她今天不是进教堂，也不是赴祈祷会，而是来参加党的会议……大概……她是不进教堂的，……就是在复活节也是一样……因为……上帝是没有的……

为着这些思想所占领住了的她，很随便地向马杜贤珂回答道：

——我有事情要找同志加拉乌洛夫……我曾和他约着在此地见面。

加拉乌洛夫骑着马走近马戏院来了，轻轻地跳下马来，将马在柱子上拴好，目不转睛地向路上望着，看见了远处一排黑黝黝的载着柴木的马车。谁个的手放到了他的肩上，于是他瞧一瞧，便见着了宽面庞的，态度镇静的，这时眼中有点疲倦的哥尔内哈。

运送着吗？——哥尔内哈指着路，很简短地这样说。

——运送着。——加拉乌洛夫也就照样地回答他。两人沉默下来了。大家想起来了躺在棺柩中的二十八个同志，他们躺在红旗下，在非常委员会的院子里，等待着盛大的葬仪。

——我很可怜一些孩子们，——加拉乌洛夫断续地说道，——糊里糊涂地被葬送了。而我们两人的主张是不错的。不应当将一营兵拉出城来。

哥尔内哈没有做声……沉吟了一会，然后，宛然如同坚固的墙壁堆积起来沉重的平匀的石块的一般，开始说道：

——不，加拉乌洛夫，我们两人都错了。你看见吗，正在运输柴木呢。你仅仅想一想，——他带着一种很不常有的活跃的神气补着说道，——这些柴木可以给我们种子！而种子对于农民的暴动，那简直如水对于火一样！同志们并不是空牺牲了……现在我在检察这一次事变的经过，我看见——暴动是必然的事情……——于是哥尔内哈很简单地告诉了检察的结果。昨天早晨匪众们占据了城市，昨天在街上才响动着噼啪的枪声，而现在这些从山丘上可看得见的小屋宇，是呈现着这样安静的，和平的景象。哥尔内哈知道：昨天的火焰虽被他们消灭下去了，可是应当警戒着新的火焰的到来。这一种恐惧将他对于克里明的悲痛压抑下去，而即刻指导着对于过去事变的检察，虽然在职务上，他并不是遗留下的非常委员会的工作者之中的长官，但是非常委员会工作的指导，却自然而然地落到他的手中了。

很少的匪徒从城中走了出去。棕色发的汉子，他是在党员队将城占据了的时候受了伤的，变做了俘虏，哥尔内哈将他和其余的匪徒们，和被捕了的邻村的农民们（他们现在是这样地驯服，胆怯，宛然如醉后了一般！）一块儿对审，很容易地发现了他是暴动的首领之一。哥尔内哈起初指定了枪毙他的时刻，现在答应了要赦免他，威逼着他吐出实情，一方面又请求着他，不倦地应用着许多狡猾的审问的方法。这位棕发的汉子有时觉得他落到一个冷静的魔鬼的手里，或者更确当些说，落到一架狡猾，残酷而又正确的美国机器的齿轮里，那是会将一个活猪在十分钟之内变成为香肠的怪物。

如果哥尔内哈自己不审问，那他便在审问者的办公室里走来走去，不去干预他们，观察着审问的结果，读着口供的记录，而有时走入自己的办公室里，一个人坐着很久，用手撑着自己的毛茸茸的头，似乎并没有什么别的思想，只望着面前的一张纸；有时他小心地在纸上写一两个字，于是暴动的过程对于他逐渐明白起来。现在他用了五句话，即将花费了许多时间的，琐碎的审察的结果，告知了加拉乌洛夫。忽然加拉乌洛夫打断了他的话头：

——你看见吗，那里站着一个姑娘？……这是一个女教师，在暴动中很受了许多苦，或者她可以告诉你一点什么关于罗白珂被杀的情形。我向她说了，要她在开会时来和你见面。呵，你看她站在进口那里吗？……同志格拉切瓦，走到这里来罢！

于是哥尔内哈看见了一个姑娘的苍白的面孔，蓬松到额部与腮庞的灰白色的长头发，碧蓝的，惊恐的眼睛，接着便听见了她的颤动的声音。

——我想告诉你一点证据……关于同志罗白珂被杀的情形……我是亲眼

见着的。我同他住在一座房子里，紧隔壁……——她开始述说起来列宾的出现，那是一个又漂亮，又温存，又狡猾的人；孙纳托尔夫妇的为人，及她对于他们的关系；在暴动的一夜，她是怎样地奔劳着……有时她偏于不必要的琐碎的情形，那时哥尔内哈便轻轻地，恰当地，向她提起问题，将她的述说引到必要的方向去。始而一种不平静的心情妨害她说话，她的话语是不大连结的，但是后来她越说越兴奋起来，她的声音也渐渐确定而自然起来，她竟开始有点羞怯地用手描画着当时的情形。当她说着罗白珂被杀的时候，她的两眼是为着泪水所淹没住了。

——你听着，哥尔内哈，——当哥尔内哈离开里莎的时候，加拉乌洛夫向他说道，——我此刻望着你，不禁惊诧起来：你是一个怎样能干的汉子！譬如，你是怎样平静地，好好地，审问了这位姑娘。还有……你知道吗，如果不是你的五十个铁路工人，那敌人将要把火车站占领了，那时……可是要糟糕得不得了。那时我同我的一营人将没有什么办法。暴动恐怕要延长得一月之久呢。这是事实。而且又将要牺牲去许多同志……

停一会，加拉乌洛夫用着颤动的声音说道：

——你此刻，就同一匹马一样，在工作着，到处跑，又要到非常委员会去，又要管着柴木的事情，又在报纸上做了论文……而我……我什么都不能够。我从这个姑娘一知道罗白珂被杀了，便光亮都看不见了，简直发了狂，如野兽一般，亲手砍了许多匪徒的头颅。后来我又得知季曼，司达尔马合夫，克里明……同克里明一道，我经过了整个的国内战争……现在我什么都不能够做。城对于我等于空的了。你可以骂我老人家，可是你要记着，我大你三十岁……我昨天由于苦闷喝了许多酒。重要的是，我在清醒的时候，我总是不会有眼泪的。可是一喝起酒来，那便灵魂都展开了，便号叫起来了。过后觉得有点难为情，可是当时是很好的。你等一等，你也会尝受这种滋味的，那时你会记起来老人家加拉乌洛夫……

铃声响了，座位寂静了，从舞台的中间，城区委员会的书记红着脸，口吃着，提议推选出一个主席来……在座位的行列里起了莫明其妙的嘈杂。推选谁个呢，党一些最好的，是勇毅的，最能干的，都在棺木中躺着？谁个喊了一声克里明的名字，又有谁个很不确信地叫了一声谢穆珂娃……但是书记没有记录下来这些名字。

——同志加拉乌洛夫！——大家听见了柔细的，甜蜜的马贤贤珂的声音。但是加拉乌洛夫拒绝了……他不会当主席。他不会当主席。无论哪一个同志都知道。并且他今天病了……

忽然从什么高处，从楼座上面，一声强有力的声音抛下来一个名字：

——哥尔内哈……同志哥尔内哈！

即刻从各方面都同声地叫着：

——对……哥尔内哈……同志哥尔内哈！

——这个哥尔内哈是什么人呢？有几个人很高声地这样问。

于是先前的那个强有力的声音，又从上面向着全马戏院宣言着道：

——哥尔内哈……非常委员会的办事人……他跑到我们的车站里，将我们统统都鼓动起来了，指挥着我们作战。勇敢的家伙！……

哥尔内哈在自己的生命史中，第一次充当这样大的会议的主席……哥尔内哈稍觉有点慌张，不知道他怎样做才是，而会场，如一驯熟的野兽一样，很驯服地躺在他的脚边，寂静下来了，向着自己的主人射着多目的视线。代替普通的套语“我宣布开会了”，及会议日程的宣布，从他的口里却鸣响着别的话语，那是沉重的，尖锐的话语，进入听者的意识里，好像大锤将钉钉入木里一样。那是在这罪恶的一星期里，由哥尔内哈的判断力与意志所锻炼出来的话语。

他说，刚经过的暴动对于我们的危险是如何地巨大；他说，“康母尼斯特”履着薄冰，在这薄冰的底下，骚动着凶恶的，农民的原始性，它预备着将“康母尼斯特”的工作践踏下去；他说，欲征服此原始性不仅仅用枪弹即可了事，而必需建立城市与乡村的社会主义的“物品交换”。

——现在我们，同志们，更将困难了……在苏维埃执行委员会里，剩下了九个，而在党执行委员会里剩下了四个工作者。在政治部里两个长官没有了，而在非常委员会里没有了主席，代理主席和三个工作者。中央是不会给我们帮助的，对于它的希望是不大好的。而工作现在更形复杂了。只得到种子还是不够。应当开始预备栽种的事情，要普及于我们的穷僻的边区。而土匪还没有完全消灭。这么一来，我们不得不多背一点担子了。就拿我做比例，我现在是在当主席。这是因为我们没有了克里明，谢穆珂娃，罗白珂……他们当然对于这件事情更能做得好些……到处都是这样，死者的工作不得不落到我们的肩上来。自然是很困难，但是如果记得他们的榜样，那我们是可以将工作对付过去的！……

当国际歌已经唱完了，会议转到了事务的问题上，他很平静地主持下去，很确定，很锐敏，如一载着重货的小帆船上的舵手一般，驶着船渡那弯曲的小河……

译者后记

这是新俄文学的第一朵花，也就是说从这一部书出世之后，所谓普洛文学得了一个确实的肯定。译者在《俄国文学概论》一书中，曾有过下面一段的话语：

《一周间》在描写革命的著作中，真是要占一个特殊的位置，因为它实在表现出革命中++主义者的形象及他的心灵来。李别金斯基的两眼特别会看，他看出++主义者的心灵深处。倘若我们读别的作家的作品时，只能见到部分的，冷静的，严厉的++主义者，那我们在《一周间》内所感觉的就不同了。

书中的情节很简单：在一个县城里，需要筹措燃料，因为没有燃料，就不能运输谷种来种地。保护城市的一营兵，照情势看，要被派遣到离城二十多里路的一座庙宇去，因为那里有很大的森林。在城的周围猖獗着土匪，而城里又潜伏着许多叛党。若将兵派走了，而遗下城市没有保障，这是很冒险的事情，但是若没有燃料，这也是很大的困难。党部倾向于冒险的一方面。叛党利用城中无兵的机会，暂时占据了城市，而将党的首领很残忍地杀死了许多。后来被派出的一营兵回来将叛乱取消了。

这一部书美妙的地方在什么地方呢？在于它表现从事英雄的，悲壮的，勇敢的行动之主人翁，并未觉得自己的行动是英雄的，悲壮的，勇敢的。所谓伟大的，证明有道德力量的冒险事业，成为日常的必要的工作，因此从事冒险的英雄，也就不觉得自己是英雄了。

李别金斯基将我们引到革命的试验室里，在这里我们看见一些所谓先锋队规定革命的行动，研究革命的过程。革命并不是自然的波浪，而是一种很复杂的，很艰难的艺术，或者可以说是一种科学。俄国革命，它的胜利的条件，在很大的范围内，是因为这次革命有很好的先锋队

——知道革命科学的人们。李别金斯基首先把我们引到革命的试验室里，我们在这里可以看见规定革命，把持革命，引导革命的一些革命的科学者。

在暴动的前一天，负责任的人们如季曼，罗白珂，克里明，都是忙碌的，然而又都是不知疲倦为何物的人们。如罗白珂是很病很病的人了，然而他不以自己的病为事，而从事于工作的计划。他们真都是所谓热心的，英雄的，冒险的人们！但关系于这种图画的描写和表现，并不是此书最有力量的，最惊人的部分。李别金斯基所指示我们的，是死，不是一种最高的对于革命的道德；最高的道德是要将自己的生命中所有的都献与革命，是死的结果能够促成事业的成功，能够对于革命有利益。不但是死，就是忍饥挨饿，或饮痛吃苦，在道德上的价值，也要以它们对于事业的成效而定。当一个勇敢的不怕死的英雄很容易，而当一个勇敢的不怕死的英雄，同时是成就事业的智士，这就很困难了。然而对于革命，这种人是顶有价值的。李别金斯基在《一周间》内给予了我们这种有价值的人们……

倘若艺术的作品是能够使人用新的眼光观看环境的事物，那么，《一周间》就是一部很有价值的艺术的作品了。在《一周间》内，我们看出革命的Dialectic，我们看出真正的革命的个性，这种个性是以完成整个的，全部的社会组织为前提，而走入自身的消灭。……

现在，我没有在这些话语之上，再加上一些什么的必要了。这不但是新俄文坛的名著，也是李别金斯基个人所有的作品中之最好的杰作。在这一部以后，他也会写了很多的长篇，如《明日》，《委员》，《在转变中》，但是在艺术的价值上，都及不上这一部。也许李别金斯基此后不会再写出更好的作品了，然而有了这一部《一周间》，他的名字已足够在普洛文学史上永垂不朽了。

这一部书是我在病中译就的，疏忽之处，或有所不免。如果被别人或我自己发现错误时，当陆续有以更正之。

一九二九，十二。

蒋光慈全集

第陆卷

方铭　马德俊／主编

合肥工业大学出版社

图书在版编目(CIP)数据

蒋光慈全集/蒋光慈著;方铭,马德俊主编.—合肥:合肥工业大学出版社,2017.5

ISBN 978-7-5650-3352-0

Ⅰ.①蒋… Ⅱ.①蒋…②方…③马… Ⅲ.①中国文学—现代文学—作品综合集 Ⅳ.①I216.2

中国版本图书馆CIP数据核字(2017)第099572号

蒋光慈全集(第六卷)

方　铭、马德俊　主编

出版策划　朱移山　冷桥勋

责任编辑　张　慧　权　怡

出　版	合肥工业大学出版社	版　次	2017年5月第1版
地　址	合肥市屯溪路193号	印　次	2017年9月第1次印刷
邮　编	230009	开　本	710毫米×1000毫米　1/16
电　话	总　编　室:0551-62903038	总印张	103.25
	市场营销部:0551-62903198	总字数	1658千字
网　址	www.hfutpress.com.cn	印　刷	安徽联众印刷有限公司
E-mail	hfutpress@163.com	发　行	全国新华书店

ISBN 978-7-5650-3352-0　　总定价:298.00元(全6册)

目录

集外诗文 129

理论著作

十月革命与俄罗斯文学[①]

一、死去了的情绪

文学与革命有什么关系呢?

“文学是超乎一切的，诗人和文学家决不受环境的支配，决不应参加环境的变动，决不应问及什么革命不革命……”也许有很多的人，尤其是自命以艺术为至上的诗人文学家是这样想罢。但是在事实上，诗人总脱不了环境的影响，而革命这件东西能给文学，或宽泛地说艺术，以发展的生命；倘若你是诗人，你欢迎它，你的力量就要富足些，你的诗的源泉就要活动而波流些，你的创作就要有生气些。否则，无论你是如何夸张自己呵，你终要被革命的浪潮淹没，要失去一切创作的活力。

当群众忍受不了压迫，而起来呼喊，暴动，要求自由，高举解放的红旗，而你，诗人，站在旁边形同无事，或竟旁观也不观一下，或向群众说道：“这又何必呢？我们要严守美妙的和平，我们应当文明些……”在这时候，哪怕你的诗做得怎样好，你的话怎样有音乐的价值，你相信你自身是如何的高尚，但是又有谁注意你，需要你，尊崇你，静听你呢？你将为群众所忘记，或为

① 本篇原是《俄罗斯文学》一书的上卷，下卷为瞿秋白所著。该书有《书前一篇》，现收录于此：

作者老早就想把俄罗斯文学详细地向国人介绍一下，时至今日，作者方能献给读者这一本小书，这实在是应当向读者告罪的。本书分上下两卷，上卷为十月革命与俄罗斯文学，下卷为十月革命前的俄罗斯文学。作者以为十月革命后的俄罗斯文学比较重要而且对于读者有兴趣些，故将它列在前面。关于本书的下卷，我要深深地感谢我的朋友屈维它君，因为这是他的原稿，得着他的同意，经我删改而成的。本书当然是简单概括得很，不过读者也可由此得知俄国文学与俄国社会运动的关系。

1927 年 10 月 30 日于上海

群众所咒骂，所唾弃；或者有一部分失去权威的少数人要欢迎你，说你是他们的，但是他们是失去权威的，是要做死亡的呻吟的，是没有再生动的希望的，能够给你一点什么呢？依附旧势力的诗人永远开辟不出创作的源泉，——事实上是如此呵，我们看一看俄罗斯的文学就可以晓得了。

俄罗斯文学革命运动的因果史，朵斯托也夫斯基，托尔斯泰，涅格拉梭夫，杜格涅夫……与俄国革命运动有什么关系，这是另一问题，我们暂且不说，且说一说十月革命时代的俄国文学界。

十月革命不但消灭了资产阶级的政权，把土地，工厂，银行……一切从资本家地主夺到工人农民的手里，赶跑了克林斯基，打败了田尼庚，推翻了独裁的皇室，破坏了资产阶级的制度，并且将资产阶级的文化送到坟墓中去了。文学当然是所谓文化的一部分，资产阶级文化既然被革命扫荡，于是资产阶级的文学也就随着资本家，地主，将军，跑到外国去，或在国内销声匿迹，不做一点儿声息——何尝不想呢？何奈没有力量了！也许跟着资产阶级下台的文学家自己以为是超乎一切的，是艺术的忠臣，是和平梦的爱好者，是人类的美妙的心灵的化身，而并不是资产阶级的代表；并不为所谓讨厌的物质利益而奋斗。但是事实的结果并不如他们的想象呵！他们的确是资产阶级的歌咏者，的确是资产阶级的战将，不过在争斗的战场上，他们有意识地或无意识地，所用的武器不同罢了。

“喂！这粗野的工人的手，喂！这纷乱的暴动，这黑面包，这凶恶的波尔雪委克，这巨大的惊慌……呵！怎么办呢？……革命，唉！革命简直是横暴，简直是罪恶……我们的温柔的梦做不成了，我们的暖室的花被吹落了，我们的神秘的，细微的心灵被震动了，我们的幻想，我们的一切……没有了！唉！没有了！……”

是的呵！十月革命给予了“神秘的心灵”的诗人以无涯涘的悲哀！暖室的花被吹落了，温柔的梦做不成了，诗神因之不安，司文艺的美女因之啼哭……唉！横暴的革命！可诅咒的十月！但是怎么样办呢？革命是很骄傲的，尊大的，是很不顾一切的，是走起路来声音很高大的，对不起！对不起！把你们诗人的温柔的梦境搅扰了。

十月革命将旧的、资产阶级的俄罗斯送到历史的博物馆去，因之它的心灵也就没有再重新波动的希望。一切眷恋旧俄罗斯的情绪，回忆过去的哀思，恢复已失去的幻想，一切，一切……都是无希望的，不合时代的，因之它们的代表者，旧俄罗斯的诗人，无论如何，没有再生的可能，没有再为群众所注意的机会。也许他们现在还在提笔从事著作，但是在实际上，他们的感觉，情绪和心灵，都已经死去了。

十月革命是爆发了，讨厌的十月！它将一切纯洁的（？），以艺术为神圣的，天才的诗人都送到俄国的境外去，送到柏林，巴黎，伦敦……去过侨居的生活，这未免太严刻了罢？其实呢，十月革命后，劳农政府并未颁布驱逐文学家的命令，并未摆出对待他们的严刻态度。不过十月革命的本身，劳农的呼喊，红旗的招展，波尔雪委克的行动，与他们的艺术的心灵不合，将他们所歌咏的宝物破坏，令他们起江山依旧主人已非的哀感，不得不离去故乡了。我们与其说革命将他们驱逐，不如说他们将革命的祖国抛弃——革命后的俄国不是他们的祖国了；从前所歌咏的花园乐土，现在简直不可一日居，于是他们不得不侨居到那美丽的，繁华的，公道的，纯洁的，合于诗人的心灵的伦敦，柏林，巴黎……

布林，米里慈可夫斯基，巴尔芒德，黑普斯（米里慈可夫斯基的夫人）……及其他一些著名的旧俄罗斯文学的明星，都跑到国外去了，并且似乎降低了艺术家的身价，也参加，并且积极参加反苏维埃俄罗斯的运动。艺术家不是最纯洁的么？不是不齿问及讨厌的俗事的么？不是高出一切的么？但是现在为什么都把艺术家脑筋弄得昏乱了？为什么与反革命党，保皇党，资本家，将军……一切非艺术家一鼻孔出气，共同为反苏维埃俄罗斯的呼声？这是艺术家的降格呢，还是艺术家的本色呢？

不，这并不是艺术家的降格，这乃是艺术家显现出了自己的本色！我们要知道艺术并不是个人的产物，艺术家一定有自己的社会的背景，他并不是高立云霄，与其他人们没有关系的。每一社会的阶级有自己的心灵，每一艺术家必生活于某一阶级的环境里，受此阶级的利益的熏染陶溶，为此阶级的心灵所同化。因之，艺术家的作品免不了带阶级的色彩，我们虽不能说某一艺术家是某一阶级的代表，但至少可以说某一艺术家是某一阶级的同情者。若这种意见是不对的，那么，为什么布林，米里慈可夫斯基等……参加反劳农的运动？为什么以为新俄罗斯，劳农俄罗斯不好？难道说艺术的花卉只在贵族的宫院里，只在资本的深窖中，只在太太小姐的暖室里能够吐香？而在工人的俱乐部里，在群众的歌声里，就要失其光彩了么？严格地说，这也许是的，因为无产阶级的环境实在找不出资产阶级的艺术家的口味来。当这一般纯洁的（？）艺术家正在温柔的资产阶级的花园中欢唱低吟之际，忽然俄国的劳农举起十月的火旗，喊什么面包土地，当然要吓得一跳，即时变低吟为大喊：“不得了！不得了！我们赶快跑，赶快跑呵……”

好！你跑你就跑，谁也不来拦阻你。因为体贴你艺术家的心灵起见，决不来拦阻你，拦阻你更使你悲哀了。可是你既然跑了，那么，你的歌声也就没有谁能听得着了，在事实上，也没有谁想听得你的歌声。十月革命后，这一般著名的文学家，如布林，米里慈可夫斯基，巴尔芒德……在文坛上一点儿力量没有，几几乎全被人忘却了。不错，还有一部分文学家，如梭罗古布，谷慈敏，茶妙经……十月革命后，还没有跑，还在莫斯科或在列宁格勒住着，但是他们的身体虽然没跑，而他们的心灵久已跑了，或跑到柏林，或跑到巴黎，但是无论跑到什么地方，总是跑了，跑了是一样的。因之，新俄的批评家给他们一个名号"内侨"，意思是国内的侨民。或者有人说，这未免滑稽罢，明明俄国人在俄国境内居住着，怎么能说是侨居呢？其实这又有什么滑稽呢？在精神上，新俄罗斯已经不是他们的祖国了；他们的祖国内有皇帝，有贵族的花园，有美女的白手套，有地主的威严，有温柔的筵席……但是现在的新俄罗斯呢？没有了！什么都没有了！这不是所谓艺术家的祖国。

旧俄罗斯的诗人随着旧俄罗斯的政府下了舞台。十月革命后，我们在俄罗斯的文坛上再也找不到他们的威严了。无论内侨的文学家也罢，外侨的文学家也罢，或销声匿迹地不说话，或为无力的呻吟，一点儿好的东西也没写出来。简直可以说算完了。他们都死去了罢？不错，布林，米里慈可夫斯基，安得来·白内宜，谷慈敏，还生存在人世上，但是他们的灵魂已经没有了。我已经说过革命这件东西，倘若你欢迎它，你就有创作的活力，否则，你是一定要被它送到坟墓中去的。在现在的时代，有什么东西能比革命还活泼些，光彩些？有什么东西能比革命还有趣些，还罗曼谛克些？倘若文学家的心灵不与革命混合起来，而且与革命于相反的地位，这结果，他取不出来艺术的创造力，干枯了自己的诗的源流，当然是要灭亡的。

这一些反革命的文学家，既然在新的取不出资料来，于是在旧的垃圾中，在上帝的龛前，在罗马的往昔，在一切被现代人所忘却的生活里，取出一点腐水润润自己的笔锋，但是可怜极了！革命后，他们也出了许多诗集，并且这些作品在技术方面并不是十分不高，但是他们的感觉，情绪，幻想，却不能令现代感觉到需要。梭罗古布，谷慈敏，罗善诺夫，白列松……共同出了一本《射夫》，印刷得虽然讲究，喂！可是只印了三百份！这简直是羞辱罢！与革命表同情的作家们所出的诗集，至少也要印两千份，但是这一些旧俄罗斯文学家，并且是有过很大的名望的，只将自己的文集印了三百份！这未免是滑稽而且羞辱罢！但是怎么办呢？我们又不能把旧情绪来鼓动新的人们的心灵……

没有办法，去找上帝罢……贵族的别墅没有了，丰盛的筵席没有了，暖室的花也不香了，所剩的还有一个上帝，呵！这个上帝，你们波尔雪委克总夺不去！当我们读反革命作家的，特别是女作家的诗集时，差不多到处都可以找到上帝这个东西，似乎没有上帝，诗便写不出来。阿黑马托瓦，慈维大也瓦，司喀普斯加牙，黑普斯……这一些女诗人口口声声总是上帝，上帝，上帝！但是天上的上帝总解决不了地下的问题，恢复不了已失去的实产！

这又怎么办呢？

历史的命运，革命的浪潮，任谁也不能将它压下去。“上帝！上帝呵！”这是无力的祷告，这是将要死亡的哀鸣。

“倘若我将来有时间，金钱，纸，笔，墨，我一定可以创造出稀有的作品来……倘若给我许多层的楼房，十足的笔墨，我可以写出好的神话的叙事诗来，但是现在我什么都没有……给我生活的安全罢，我交还你们的损失。我向俄罗斯声明：我是你所需要的，我并且知道你所需要于我的是什么。”

这一段话是何等的悲哀呵！安得来·白内宜公开地向新俄罗斯诉苦，说自己没有创作的机会，不能写出好的作品来，完全是因为物质的生活不安定。我们不能说，他的这种要求是不应当的。但是倘若以自己现在不能创造出好的作品来，完全归咎新俄罗斯没有给他好的楼房住，这未免是笑话罢。新俄罗斯还在革命的过程中，新俄罗斯的创造主——劳农群众——还在血汗里奋斗，或者有点疏忽的地方，没有把所谓文学家，特别是白内宜，安置得周到，但是这是它的错误么，当许多人没有房屋住的时候，哪里能给你白内宜以多层的楼房和无数的金钱？并且你有了楼房和金钱之后，所做出来的东西是不是新俄罗斯所需要的，还是一个问题。白内宜根本没有明白新俄罗斯是什么东西，没有接受十月革命的情绪，照理没有向新俄罗斯要求保障生活的权利。

白内宜是伟大的天才，崇拜他的人是这样地称呼，至少他自己是这样地相信。他似乎还想恢复自己从前的权威，重新创造好的作品，但是他的创造力没有了，在我们想，他没有再生的希望了。他承认自己是俗人，并说苏维埃时代对于文学家是恐怕的时代……这样能够创造出好的作品么？新俄罗斯在改造的时代，还要向文学家要求努力的帮助，而白内宜既不能习惯于它的生活，明白它的意义，复向它提出特权之要求，这么一来，白内宜永远与新俄罗斯合不到一块，而无相遇的机会了。

但是，新俄罗斯是在生长着，是在前进着，没有闲工夫与白内宜相周旋，于是白内宜永远的颓倒在它的后面，而无再起的希望。

从旧俄罗斯的范围内完全跳到革命的道上来，有布洛克，布留梭夫，关于布洛克，我们后来才说。布留梭夫本来与巴尔芒德为俄罗斯文坛上象征派的双星，齐负盛名，但是十月革命把巴尔芒德惊跑了，跑到国外过侨居的生活，而布留梭夫却完全把十月革命接受了，并加入共产党，为无产阶级国家努力文化的工作（他已于前年死了），因之，俄国的劳农群众对于他还表示相当的敬礼。

亚列克谢宜·托尔斯泰（注意这不是做《战争与和平》的托尔斯泰）在革命初，也同布林，巴尔芒德，米里慈可夫斯基等跑出国外，过一过侨居的生活，但是后来，他看见新俄罗斯并不十分可怕，波尔雪委克并不是洪水猛兽，于是把胆子壮一壮，返到俄罗斯来。在这几年中他还做了几部长篇小说，并且还十分坏。他所拟做的长篇小说在愁苦中的行路，第一卷我已经读了，描写十月革命前俄国的情状，还有两卷未出版，或者已经出版，我尚未看到。他创作的源流还未枯涸，我们虽然不能断定他将来一定可以写出很好的作品来，但是，他总还能写，总还没有死去。这大约因为他没有把自己送到反革命反现代的路上罢。

布林，米里慈可夫斯基，黑普斯……在俄罗斯文学史上当然占有相当的地位，但是他们是死了的人们了。他们现在能够写些什么呢？什么是他们创造的对象呢？写保皇党请求英法政府封锁俄国罢，这又有什么兴趣呢？况且这些卑污的历史，写出来只表现出自己的羞辱，此外什么都得不到。喂！说起来，革命的作家幸福呵！革命给予他们多少材料！革命给予他们多少罗曼谛克！他们有对象描写，有兴趣创造，有机会想象，所以他们在继续地生长着。

二、革命与罗曼谛克——布洛克（BLOK）

“当我想起那个时候——这些不怕神的共产主义者将政权得在手里，他们用粗暴的手腕，毫不怜惜地将一切我心中所宝贵的，美丽的大理石的偶像完全打碎；他们破坏一切为诗人所爱的，艺术的，幻想的玩物；他们砍去神妙的，香艳的桂林，而栽上马铃薯；没有实际用处的百合花，然而外表是很美丽的，也将离却社会一块土了；美丽温柔的玫瑰花，夜莺的未婚妻，也将逃不出这种命运；夜莺，这些没有实用的歌者，将受驱逐……我真要恐怖而战栗呵！喂！当我想起来那个时候——凯旋的无产阶级将我的诗篇抛入坟墓与一切旧的，浪漫的，幻想的世界同归于尽——我真抱着无限说不出来的羞辱呵！”

德国伟大的诗人在一八五五年临死不久的时候，写出自己对于将来的悲痛。海涅感觉到共产主义者和无产阶级的胜利是不可免的，而同时却又恐惧自己的《歌的书》将要被焚毁，一切诗人的幻想将要消灭……他的预言一方面是对的了，而一方面又须加以更正。历史更正了海涅的预言——不怕神的共产主义不但没有将《歌的书》焚毁，而且在新俄罗斯出版了一本很好看的译本。胜利的无产阶级保留了许多旧罗曼主义世界的遗产，有时或者所保留的超过应当保留的程度。无产阶级也爱百合花的娇艳，但要大家都有赏玩的机会；夜莺的歌唱固然美妙，但无产阶级不愿美妙的歌唱，仅仅为一二少数人所享受。许多很好的诗人以为革命的胜利，将消灭一切幻想和一切罗曼主义；其实人类的一切本能绝不因革命而消灭，不过它们将被利用着，以完成新的责任，新的为历史所提出的使命。

但是当俄国革命未发现，无产阶级未执政权以前，诗人——罗曼谛克不会将幻想与实际生活连合一起，不会将罗曼主义与革命视同一体，因之闹出许多大的悲剧。近一百年来诗的历史，实际上也就是悲剧的，烦闷的历史。拜轮一方面仇视人世间的地上，但一方面又是人世间的忠实的儿子——他竭力诅咒人世间的地上，不愿在人世间的地上寻找一点有意义的东西，但他又诅咒永无声息的天上，结果完完全全献身于地上的事业，为所谓“小利益”奋斗，为被压迫的民众牺牲，在希腊历史上留一千古不灭的故事。圣西门是幻想家又是实行家；海涅是罗曼谛克，但又是革命党人；伯林斯基是唯美主义者，但最后变为社会主义者。在这两种思想冲突的时候，伟大的诗人也不知落入了许多悲剧的深窟呵！

说起布洛克来呢，他是这一世纪历史的转变中之最后的，伟大的，悲剧的表现者。布洛克是罗曼谛克，他的罗曼主义完全是历史震变的预觉，是一切幻想的不坚固之承认。他的《玫瑰与十字架》是这一世纪来罗曼主义的美妙的著作，在这一本戏剧中，我们可看出他的悲剧来。剧中女主人伊左娜，一位年幼的美丽的妇人，一方面为着年老的好发怒的丈夫，终日愁闷不可言状，一方面夜夜梦见着不知名的武士——《欢喜与痛苦》一歌的作者。当她清早睡醒的时候，两耳中总是隐约地闻着歌声；后来命老看卫武士伯特兰寻找她所梦想的武士，结果虽然寻找到了，但所寻找到的完全与梦见的不合，不禁大失所望。伊左娜在失望之余，爱在一个美丽的侍童的怀中领略安慰，而命伯特兰在自己窗下看守，若老丈夫到时，即叩剑为号，使两情人不致陷于困难。一日老丈夫至，伯特兰效忠于伊左娜，遂以身殉。此剧完全表现布洛克心中所有的悲剧：既爱远的，不可见的幻想，而同时又知道这种幻想是不坚固的。于是不得不注意于现实的生活，而现实的生活又不能令人满意，寻出好的出路，于是悲剧就发生了。

“美丽的孩子

总比渺茫的和可怕的梦好些。”

这是剧中紧要的一句话。这一句话是什么意思呢？这是承认一切幻想的枉劳，这是说明对于不现实的爱情的无益。但是布洛克本是爱幻想的罗曼谛克，本是爱神秘的诗人——既承认幻想之不坚固，遂不得不参加所谓人间世的运动，在这一种冲突的过程中，布洛克的心灵上的确萃聚了近百年来的悲剧。

十月革命的火焰爆发了。布洛克于徘徊歧路的当儿忽然听到巨大的轰动的雷声，于是他的诗的心灵大为波动起来了。也就同海涅一样，法国的六月革命激动了海涅的幻梦；一九一七年的革命，论起范围来，比当时的六月革命大得多了，将布洛克从失望的途中唤醒过来。布洛克以为仅在革命的浪潮中，能寻找出诗人所要求的，伟大的，有趣的，神圣的一切……

什么东西把布洛克与革命连合在一起的呢？

革命就是艺术，真正的诗人不能不感觉得自己与革命具有共同点。诗人——罗曼谛克更要比其他诗人能领略革命些！

罗曼谛克的心灵常常要求超出地上生活的范围以外，要求与全宇宙合而为一。革命越激烈些，它的怀抱越无边际些，则它越能捉住诗人的心灵，因为诗人的心灵所要求的，是伟大的，有趣的，具有罗曼性的东西。俄国的革命与布洛克似觉相遇在无涯涘的勇敢上面。革命是行动，布洛克是幻想，革命所趋向的正合于布洛克所要求的。革命在一瞬间把布洛克弄得再生了：在革命前不久，布洛克还悲哀地呻吟：“生活轰扰过一下，就消灭了”；他又肯定地说道，“一切将来还是如此，出路是没有的”；但是现在呵，布洛克呼喊着说：“生活是美妙的！”他在革命中看见了电光雪浪，他爱革命永远地送来意外的，新的事物；他爱革命的钟声永远为着伟大的东西震响。

布洛克很矜持自己能继承古来好的艺术家——为被压迫的人类而悲哀者——的传习，能参加伟大的奋斗。好的艺术家都曾知道，仅仅只有美妙的东西才值得想象。试问什么东西有比革命再美妙些的？对于好的诗人与对民众一样：“宁为玉碎，不为瓦全。”布洛克说：“所以值得生活的，仅在于向生活提出无限制的要求：要有就全有，要没有就什么也没有。勿相信世界上所无的东西，而应当相信世界上所应当有的东西；纵使这种东西现在还没有，或很长远的时候还不能有。”观此，我们可以知道布洛克的急进主义到什么程度；观此，我们可以知道他为什么要迎合革命的浪潮。

布洛克比革命还要急进些。革命时常还要走走曲线路，但是布洛克不愿有任何的调和。在最恐怖的时日，革命有时在自己的血路上还震动颠簸一下，然而布洛克硬挺着胸膛，丝毫不惧血肉的奔流和宝物的破坏。他不但自己把革命完全领受了，并且号召别人领受革命的一切，勿要为革命所带来的牺牲，恐慌，危险所震惊。他说，我们仅仅爱好还是不够的，应当不为所爱好的东西而生怯懦。真正的爱能驱除恐惧。你们千万勿怕把克里姆宫，一切宫院，画片，书籍……破坏了！为着民众而保留它们是应当的，但是，失去了它们，民众并没有失去一切的东西。能被毁坏的宫院——不是真宫院，能从地球上毁灭的克里姆宫——不是真克里姆宫，从宝座倒下来的皇帝——不是真皇帝。克里姆宫在我们的心里，皇帝在我们的头内……

布洛克深知道革命非同故事可比，它的创造一定要经过破坏的路。有人或者要讥讽罗曼诗人对于目下的生活痛苦太冷静了，殊不知照着这一种关系上说，则革命是最伟大的罗曼谛克。革命为着要达到远的，伟大的，全部的目的，对着小的部分，的确不免要抱着冷静的严酷的态度。我们可以把布洛克咏自己的诗拿来咏革命：

心灵沉默着，在冷静的天上，
一切星星儿向它燃烧。
只听得周围的民众扰攘地，
在呼喊着黄金和面包。
它总是沉默着，——静听着呼喊，
瞧望着那遥远的天边。

为着要走到那遥远的天边，目下的附近的小呼喊都可以置之不理。关于此，布洛克的态度与革命的态度完全是一个样的。

……无神圣的名字的，
一切十二个走向那远处去，
他们是什么都预备好了的，
什么东西也不愿有所顾惜……

在《十二个》一诗中，布洛克完全表示出自己对于革命的态度，也就因此，布洛克插进了新俄罗斯文学界，并且《十二个》的意义和价值，将随着革命以永存。《十二个》是革命的证书，是最近一百年来罗曼谛克的心灵世界之转变，是布洛克所以能成为伟大的诗人——劳农群众所崇拜的诗人之枢纽。布洛克是真正的罗曼谛克，惟真正的罗曼谛克才能捉得住革命的心灵，才能在革命中寻出美妙的诗意，才能在革命中看出有希望的将来。布洛克把十二个红军的兵士比成救世主的基督，而在别人则以为他们是强盗，捣乱者，神圣的破坏者，刽子手。人类永远地幻想正义，希求正义的实现——布洛克以为十二个兵士是引导被压迫的人类到正义之路的天使。为着实现正义，十二个兵士提起有力的、不摇动的脚步，勇敢地前进，而他们背后剩下了旧的一切……

伟大的不满意也是把布洛克与革命连合在一起的一物。在俄国的土地上无数万的农人和工人，因为受了统治者的严酷压迫，遂掀起了暴雨狂风，大放其不平鸣；而在诗人的心灵中，蕴藏着对于资产阶级的仇恨，满蓄着人类个性不解放的感觉；因此，反对市侩主义，反对压迫的制度，布洛克与革命是一样的。布洛克很讨厌所谓“秩序”，“国民义务”，资产阶级的日常生活……他说：“有产者足下的一块地，如猪足下的屎尿一样，是一定的：家庭，资本，职守，徽章，官位，木架上的上帝，宝座上的皇帝，你把这些都把它抛掉，那么，他的一切都要嘟噜噜飞去了。”

革命把这些东西从资产阶级的足下打扫去了。在这一种打扫的行动中，有一种无限制的前进的趋势，鼓荡着人类要求解放的热情，诗人可于浪潮中听出能令人欢畅的音乐，看出革命的心灵。布洛克爱上了这个革命的心灵，而非革命的理性和计划。“我们爱这些不谐和的歌声，这些呼吼，这些音乐谱中之意外的转变……我们现在应当听，而且应当爱这从全世界音乐队所飞出来的声音……”但是革命是人类历史的道上的胜利日，是无风浪的散文。革命后要渐渐地走到进化的路上，要发展到自身的第二阶段。在此第二阶段，破坏的风浪要让位置于和平的建设，所谓理性和计划登了表面的舞台，而所谓革命的心灵不得不隐藏到自身的深处。到此时，我们的诗人，我们的罗曼谛克，失去了兴趣，心灵上起了很难过的波纹。他这一种痛苦，绝不能与白内宜、茶妙经、袭可夫斯基（文学批评家）等等的诉苦相比，他们简直与革命没有关系，他们之所以不满意于革命的，是因为革命，不能给他们好房子住，好面包吃，而布洛克现在所以发生痛苦的，是因为革命，照着他的感觉，似乎走到半路停下来了，不能满足自己的无限制的态度。布洛克未明了革命的理性，所谓和平建设，是必要的，是不可免的。但是他对于革命的心灵，始终是忠实的同情者。

不过要做一个革命的诗人真是不容易！不但要表同情于革命，不但要在革命的怒潮中，革命的胜利中寻出有趣的东西，听出欢畅的音乐；并且也要领受它临时的策略，它的临时的失败，所谓以退为进的形式；并且也要忍耐地拿住他的理性，持住它的计划，随着它为和平的进化。但是布洛克却没有能做到这一层，害了所谓“共产主义左派的幼稚病”。他以为革命右倾了，与当时革命后共产党中一部分左倾分子具有同一样的观念。革命倘若不是一烘就算了事，而是要改造一切的，那么，它不得已一定要走入散文的路，要进到和平的建设。革命一方面将进化的方法（未革命以前的）消灭下去，而一方面自己又要应用它。破坏是革命的手段，建设是革命的目的，欲达到目的，那就不得不要理性来支配了。新世界的建设一定要从很小的事物做起，而不会在空中发现。但是我们的诗人，我们的罗曼谛克，却没有这种耐性，所以他痛苦，痛苦得很……

在心灵上，理想上，布洛克完全与革命是一致的，但是他没有明白，并且不会估量革命后所谓从小事做起的价值。革命后一些建设的琐事，我们的罗曼谛克没有习惯来注意它们，而自己还是继续地梦想着美妙的革命的心灵，还是继续地听那已隐藏下去的音乐，还是继续地要看那最高涨的浪潮……但是为着要建设文化达到目的起见，革命不能与布洛克再走一条路了。

十月革命第二期入于和平建设的时代，所谓新经济政策，所谓军事共产主义的停止，在表面上看来，的确是向革命退了步，一般激进的分子对此大生不满，发生了所谓“左派幼稚病”，因为害这种病而自杀的很有一些人。如著名的无产阶级诗人格拉昔莫夫也因之灰心丧气，他看着花园中的一些白女人和娼妓们，看着金钱，又动了自己的响声，不禁叫道：

好苦痛呵！
好苦痛呵！
……

这种苦痛的确是很难受，它居然把布洛克杀了。这种苦痛之发生并不是由于敌视革命，而是由于太相信革命万能了。不过真正的劳工诗人，虽然一时地苦痛一下，但能不为这种苦痛所杀，而我们的罗曼谛克，布洛克，缺乏所谓忍耐的能力，于是就陷于不可免的悲剧了。

但是我们的罗曼谛克所遗留的《十二个》将永远地为劳农群众所珍贵……

三、节木央·白德内宜（Demian Bedny）

十月革命涌现出一个特出的诗人，这个特出的诗人很少为批评家所注意，大半的批评家都把他置之不理不问，然而他在俄国革命文学史上将要占头一把交椅，他对于群众的影响非常之大。倘若我们数一数，或者问一问俄国的劳农群众，哪一个诗人是为他们所爱的，哪一个诗人的作品对于他们是最有兴趣的，他们必定都同声答道：

“节木央·白德内宜!”

这么样的一个声名最普遍的诗人，这么样的一个为群众所爱戴的诗人，居然为批评家所忽视，这岂不是一件奇事么？其实并不是一件奇事！大半的批评家，持有旧有的眼光，还是以旧的态度来批评文学。他们不把白德内宜算在文学的范围内，他们几几乎不承认白德内宜的诗是文学的作品。有很多的人说，白德内宜是具有大的天才的，然而这种天才不是文学的。这大约因为白德内宜的作品所用的语言都是合乎民众的俗语的，他的作品的对象不外乎牧师、农民、兵士、地主、革命，日常生活等等在他的诗内，我们找不出香艳的百合花，玲珑的夜莺声，男女间美丽的蜜梦，细腻的玉手，柔软的沙发，微细的情绪，海边林下的幻想，一切真正的诗料……倘若没有这些诗的内容的诗怎么能算是诗呢？写这些俗事俚物的诗人又怎能攀登诗人的天国呢？不是诗！不是诗人！诗是要有艳丽的，诗人是要有细腻的情调的。

喂！倘若白德内宜的诗不是诗，白德内宜不是文学的天才，那么所谓文学是什么东西呢？倘若为劳农群众所爱戴的诗人不是诗人，那么所谓诗的岂不是要与群众脱离关系？岂不是超乎群众的？倘若说有细腻的情调才算是诗，才算是文学，这的确是减轻了文学的地位——文学既不是为群众所要爱戴的东西，那么它的意义在什么地方呢？

任你们一些批评家怎么样忽视，怎么样说白德内宜不是文学的天才，然而俄国的工人，农人，兵士还是继续地崇敬他，把白德内宜算为自己的诗人！白德内宜虽然在批评家的眼光中不是诗人，然而在劳动群众的眼光中却是唯一的诗人，唯一的为他们所需要的诗人！呵，这又怎么判断呢？批评家的眼光对，还是群众的眼光对？这又何必判断呢？公公与婆婆吵架，公说公有理，婆说婆有理——各有各的理。倘若我们是承认文学不是贵族的，是应当群众化的，那么我们就不能不说白德内宜是文学的天才，是值得注意的诗人。

当然，并非是每一个俄国批评家都把白德内宜置之不理不问。社会主义派批评家柯干在自己批评白德内宜的文章中说：

“当我被中央出版部派到乡村演讲时，我第一次感觉到白德内宜的文学的重要意义。中央出版部的经理人随身带了讲演者的名单，曾向群众问过，他们愿意再听谁个的讲演。在演讲者的名单上都是有名的人物，在这些人物之中，有许多自己还不知道也列在这个名单上，白德内宜大约也是不知道的一个。一些农民们很冷淡地听了一些著名的教授及政治领袖的名字，我以为农民先要听这些人们的讲演。但是当念到白德内宜的名字时，全部听众即刻兴奋起来了，齐声说道：‘好得很！什么时候把他派来呢？请快一点派来！’在这个冷淡的村庄内，在这种所谓不文明的群众中几乎没有一个人不知道白德内宜的名字……倘若白德内宜不是文学家，那么对于文学恐怕有点不好看罢……”

我们读了这一段话，我们就知道了白德内宜对于一般民众的影响了。当这革命高潮正在澎湃汹涌的时候，在国内战争热烈的空气中，一般所谓真正的（?）诗人吓的吓，跑的跑，缄默的缄默，而白德内宜大放其笔锋，把自己的诗做为红军的大炮，做为攻打田尼庚，哥恰克一切反对革命的工具。脱洛斯基用自己的命令和计划引导红军保障革命，攻打敌人，而白德内宜用自己的诗歌鼓动红军，与脱洛斯基做了同样的事业。没有一个红军的兵士不爱读白德内宜所做的诗的。这一方面因为白德内宜所写的都是为被压迫者说话的，一方面也是因为白德内宜所写的非常的明了，非常的流畅，合乎一般群众所说的语言。凡是在报纸上，演说中，书本上所一时不能够明白的东西，只要白德内宜在诗中一写出来，一般群众就明白是什么一回事了。

读者诸君！你们现在明白了白德内宜所以为群众所爱戴的道理么？

白德内宜从未称过自己为诗人，他只是俄国革命中一个工作者，他只是在社会主义建设中一个服务的人。他所写的诗都是与时事有关系的，我们也可以说，他的诗都是“定做”的——社会群众有什么需要的时候，他就提起笔来写什么东西。他从未想过将自己的诗做为人们消闲的安慰品，做为酒后茶余的资料。他提笔做诗，也就如同农夫拿起锹来挖地，铁匠拿起锤来打铁一样，是有一个实际的目的的，绝不是如一般诗人为无病的呻吟。他的作品，照唯美派的文学家看来，实在有点粗俗，或简直不承认它是诗。若真正要说白德内宜的作品不是诗，那么也没有办法，好在白德内宜自己并不自命为诗人，我们又何必代他辩护呢?

白德内宜只是一个战士，批评他最得当的要算红军首领脱洛斯基了。脱洛斯基在自己批评文学的论文中，很少的时候说过他，然而在自己所写的“革命军事苏维埃”的命令上，很简单明白地将白德内宜批评得再好没有了。一九二三年四月二十三日，“革命军事苏维埃”会长脱洛斯基发出一褒奖白德内宜的命令说：

"节木央·白德内宜为射击劳动群众的敌人的好枪手，为语言中之最勇敢的骑兵，现为全俄中央执行委员会所褒奖，予以红旗徽章。"

在此简单的几句话之中，我们可以看出白德内宜与俄国劳农群众的关系，他的作品有如何伟大的意义。在国内战争的前线上，脱洛斯基的策略当然是于红军的胜利有很大的关系，然而白德内宜的诗，在于红军胜利的历史上，无论如何是要占一个相当的位置的。任你说他的作品是诗也罢，不是诗也罢，可是这种作品却有自己的巨大的作用，为任何诗人的作品所不能够达到的。

白德内宜只承认自己是一个战士。他在他的自咏的诗中说：

我不是首领，而是一个普通兵士，
我很骄傲我能同民众的行列排得紧紧地，
在强烈的战场上我分受民众的命运，
他们的悲哀，他们的羞辱，他们的欢喜。

这是如何伟大的气魄！白德内宜在自己的作品中始终承认自己是与民众一体的，他绝对未曾想过自己是要超出群众之上，可是也就因此，我们能在他的诗中寻出民众的喜怒哀乐来。倘若我们把白德内宜与民众的关系抛却，而来论白德内宜是诗人，或不是诗人，这简直是无意识的事情。他是民众的战士，他的诗是为着民众做的，民众的喜怒哀乐是他的诗料。他能够代表民众的利益，心理，能鼓动民众战斗的情绪，在实际上的确是一个伟大的诗人。

在《我的诗》中，白德内宜说出自己的诗的面目来：

我歌吟……难道说我在“歌吟”？
在战场中嘶哑了我的声音。
我的诗呢……也没有什么光芒，
不是在闪灼的演讲台上，
不是在文明的群众面前，
我高诵着我的粗俗的诗篇。
我不是女神的服务者：
我的粗俗的诗是我的每日的功绩；
祖国的民众，劳动的受苦者呵，
只有你的裁判是对于我重要的！
你是裁判我唯一的真正的法官，
你，我是你的希望和思想的表现，
你，我是看守你的门隅的警犬。

是的！白德内宜是看守民众的门隅的警犬！但是，这对于所谓高尚的诗人，不是一件羞辱的事么？喂！警犬？警犬只是警犬，不能称为诗人罢？诗人怎么能当警犬呢？但是白德内宜情愿当民众的警犬，情愿降低诗人的地位。不过说起来，当民众的警犬，这并不是十分羞辱的事情！当警犬并不是一件容易的事情，当警犬要有当警犬的天才，并不是每一个诗人都能自称为民众的警犬的。当民众的警犬而能博得民众的崇爱，我以为这只是光荣，无限的光荣。至于一般高超的诗人视当警犬为羞辱的勾当，那也只好由他们想去，又有什么办法呢？……

白德内宜真是如警犬一样，凡遇着一件政治事变的时候，他就应时势的需要，提起笔来向民众警告。别人以为很野俗的，不值得诗人注意的，而白德内宜都可以写出自己特别风格的诗来。即如在国内战争时，兵士滥用子弹，白德内宜做出诗来教训他们：

强者不费用自己的力气，
因此在两方的交战时，
他可以捉得着他的仇敌。
对于可诅咒的波兰的“可汗”，
自然有人在那里注意：
他的军火自有法国人，英国人，
好好地送到他的手里。
但是我们防守的武器，
只有我们自己来锻炼；
我们自己制造火药，
我们自己熔铸炮弹。
我们的火药是为着战斗用的，
而不是为着啪啪的好玩；
我们不应当浪费自己的武器，
这是我们的责任使然……

做美妙的诗的诗人们当然不屑以这种无谓的事情做诗料的，当然不愿意做这种诗来冒渎女神，但是我们莫要太轻视鄙夷这种诗，它在国内战争时对于红军的鼓励和作用，可以说是极伟大的。白德内宜自己会不会在前线上放炮射敌，我们不得而知，但是他的诗，他的笔，却比任何一尊过山大炮还厉害些。脱洛斯基在自己的命令上称白德内宜为射击劳动的敌人的好枪手，岂是无因的么？你尽管可以说他是好枪手，而不是诗人，但是他的诗的确做了很大的工作，他的诗的确是民众的兴奋剂。

叙事诗《乡下人》在革命上的意义，就是一千篇的政治论文也抵不上！在革命的初期，革命除了饥荒困苦，什么东西也没有遗给民众。当时也不知说了多少言语，以期平服民众的怨望，但是在这些言语中，任谁个也没有如白德内宜的下列几行诗说得简单而有效：

我们现在真是可怜的人民！
无论你到什么地方去——统是不够，
我们将把一切的余物吃透。
至于我们的余物呵——喂！——
大家都晓得是什么样子的：
民众的劳动成年地，成年地，
才积聚了一点些微的东西，
忽然皇帝爷要高兴战争去，
把我们的国家弄得稀烂破碎……
我们真困苦，再困苦是没有的，
从我们初次与敌人碰头的日子起。
我们现在炽热的血战中，
还没有把我们的敌人破毁，
一切我们周围好战的人们，
总是来进攻我们用着黑暗的势力。
不但在公开的战场上有敌人，
并且在我们的内部也到处皆是：
无论你向什么地方看一看仔细，
这浑蛋的蛆总是在我们的中间作案。
这种令人愁闷的瘟疫，讨厌的东西，
兄弟们，你想一下子驱逐真是不容易！
我们的可怜的国家
深深地害着老朽的病。
多少年代所毁坏的东西，
现在我们想徒手整顿，
在此最短的时间，朋友，

这的确是一个很困难的事情。
为着要得着甜蜜的自由的果实，
为着人民要能尝着这果实的滋味，
朋友们，我们千万莫要着急，
这一定需要许多培养的年月日。

白德内宜本身就是俄国革命史，我们在他的著作中，可以看出无数的农民、工人、兵士在革命过程中的情绪——群众的喜怒哀乐，我们只有在他的诗中可以感觉到，可以寻得出来。十月革命固然涌现出来许多天才的诗人，但是唯有白德内宜一个人能够将民众的情绪表现得真切，包括得不遗。倘若说白德内宜不是真正的民众诗人，那么我就要问，谁个是真正的民众诗人呢？

就是论起技术方面来，白德内宜也是一个真正的诗人。他的确是俄国几位大诗人普希金，克雷洛夫，列尔芒托夫，涅格拉梭夫等的继承者。他能利用民众的俗话做为自己诗的语句，流畅简明，毫不格滞，实为其他与白德内宜同时的诗人所不及。白德内宜的诗有种种不同的声调和体裁，的确可与伟大的平民诗人涅格拉梭夫的作品相比。

在讽刺方面，白德内宜讽刺的天才绝不低于沙特可夫，郭哥里格里，波也杜夫。在童话著作方面，白德内宜是克雷洛夫唯一的继承者，虽然他的童话没有如克雷洛夫的童话所包括的意义之宽广，他的童话总是对于某一件事情而做的，但是在技术方面，在利用民众的俗语方面，白德内宜直可与克雷洛夫并列。

普希金是俄国第一个伟大的天才的诗人，我们可以说白德内宜是他最好的学生，但是白德内宜诗中所含蓄的民众的意义，任你普希金也罢，列尔芒托夫也罢，布洛克也罢，马牙可夫斯基（未来派的首领，俟在第九章再述）也罢，都是没有的。白德内宜的诗简直如红军手中的枪，工人手中的机器，农人手中的锄头……一样，为建设新社会的工具——他能将自己所歌咏的与民众所需要的连合一起，并且我们不因此感觉他有勉强不自然的痕迹。

他的诗是为民众做的，他的天才是为民众生的。

我们不必哓哓争辩白德内宜在文学上的地位，因为这不是重要的事情，重要的是他在俄国革命史上的地位，是他与俄国劳农群众结了不解的因缘。拉狄客（现任莫斯科中山大学校长，第三国际要人）说：“将来关于白德内宜一定要写出许多书来。”其实写出许多书来与否，又有什么要紧呢？白德内宜的诗自有民众在那里高兴地讲着。白德内宜的文学的价值自有民众在那里估量着。

白德内宜现在还不老，大约不过四十岁罢，还是继续地做自己的工作，几几乎在莫斯科《真理报》上，我们天天可以看出他所写的诗来。他的诗如“全俄中央执行委员会”所颁布的命令一样，是有一定的实际的效用的。

四、依利亚·爱莲堡

爱莲堡是一个天才的作家。革命前他早已蜚声文坛，但对于我们有兴味的，是他在革命后的文学著作。革命后迄于今日，他共有四部重要的著作：一、《呼莲尼陀及其学生》；二、《库尔波夫之生与死》；三、《娰娜的爱》；四、《破坏者》。这四部之中每一部著作都能引起我们的注意，都能令我们感觉爱莲堡的天才异于常人，同时我们不能忘记他在自己的书中所提出的问题，是有趣味的、重要的问题。

爱莲堡是一个罗曼谛克。他虽然同情于十月革命，虽然笑骂资产阶级的文明，但他是非共产主义者，这是因为他有点虚无主义的倾向，他富有知识阶级的怀疑的情绪。共产主义者的行为，思想，目的，是应当为着共产主义的，向着共产主义的；他的情绪是应当革命的，坚正的，决定的，而不应含有丝毫怀疑的成分。但是我们的诗人，爱莲堡，他却还脱不了怀疑派知识阶级的习气。不过在最后的两部著作——《娰娜的爱》与《破坏者》——中，爱莲堡似乎变为乐观些，似乎对于革命的将来更确定地承认些，倘若爱莲堡是真正的天才，是真正的聪明人，那他自然不能永远徘徊于虚无的怀疑路上。倘若爱莲堡起初同情于十月革命，只是因为它是破坏者，只是因为它具有巨大的否定的能力；那爱莲堡终久可以看出十月革命不但能破坏旧的，而且能建设新的光荣的将来；不但能否定一切旧有的文明，而且能给我们以新的富有的生活。倘若爱莲堡起初解决不了个性与集体的关系，那他总可以慢慢地觉悟到个性与集体并没有冲突，真正的光荣的个性不是仅仅牺牲自己为着集体，而是要在集体中发展起来。

爱莲堡痛恨资产阶级的文明真是达于极点。关于笑骂资产阶级的文明，描写资产阶级的文明，我想，爱莲堡与法国近代作家马格里特是最好的能手。他俩的作品中有关于资产阶级的文明处，简直是欧洲资产阶级的照妖镜，可以说是把它们丑态毕露出来。在这一层，我们可以说爱莲堡与马格里特是资产阶级文明的劲敌罢。是的，爱莲堡的确是资产阶级的劲敌！虽然当他创造革命的主人翁时，我们不能完全同意，但是当他描写资产阶级时，我们实在要说一声：好，真是痛快淋漓！

《呼莲尼陀及其学生》一书中的重要的主人公呼莲尼陀，他否认一切文明，他的任务是做一个彻底的破坏者，要破坏一切腐败的文明。他不是普通的无政府主义者，因为他所利用的方法与普通无政府主义者的不一样。炸弹手枪罢，这个方法太旧了；宗教罢，到现在的世界，谁个也瞒不过去。用一些什么方法好呢？呼莲尼陀在自己的行动中用尽了许多方法，但都觉得不十分充足。他的学生属于各种各属的人：英国人，法国人，德国人，意大利人，俄国人，黑人及犹太人。资本家枯里——学生之一——知道治社会病只有两种药：洋钱与圣经，但当工人，所谓下层阶级为着物质利益而罢工，轻侮一切神圣的当儿，我们的这位枯里先生也不得不懊恼了。斯没立多维奇，一个俄国的知识阶级，仅仅要寻一个“人”出来，但结果不免要羞愤起来，所谓这个“人”是没有的。意大利人班布奇什么东西也不爱，乱七八糟吐痰，不守任何规则，因之时常在警察局里过夜。……最后德国人斯米德发明一改造人类组织的大纲，要将人类的组织机械化起来。斯米德同时可做德国皇帝的忠臣，也可做社会主义者，这对于他是一样的。在德国他可借军事的力量来组织人类，在俄国他可借无产阶级独裁制来实行自己的计划。斯米德的周围只堆积一些图表，他将一些点子代替人们，企图将人们的情绪，思想，欲望，感情都弄成机械化。

难道说人类的解放，除开用无意识的机械化而外，就没有别的方法么？斯米德看不出别的方法，只企图用机械来组织人类，这当然是谬误的理想。爱莲堡也同斯米德一样，也找不到别的出路。斯米德不问德皇专制也罢，俄国无产阶级独裁也罢，他的想头只是一个机械化，机械化……他不问内容，不问目的，不问方法，结果一个机械化而已。爱莲堡是不是如斯米德抱一样的态度？难道说爱莲堡能坚决地说道：“帝国主义战争——与国内战争是一个样的东西？”我们以为劳农政府与沙皇政府，皇帝杀工人与工人杀皇帝，虽然同是政府，虽然同是杀，但这其间的内容完全是两样。劳农政府是解放人类的工具，而沙皇政府却是压迫人类的；皇帝杀工人，这是为着保持自己压迫者的威严，而工人杀皇帝却是推翻黑暗建设光明的行动。只有昏愦的市侩分不清这些，但是爱莲堡，爱莲堡不应当如此罢……

书中的主人公呼莲尼陀及其学生是最后倾向于一个出路：一切统统都是无意识的。倘若一切统统都是无意识的，那么活着也是不值得的事了，那么我们的主人公只有悬梁自尽的一条路了。但是呼莲尼陀却向自己的学生说出一条救命的路来：也没有创造者，也没有正义，也没有善恶，所有的只是一个现实。现实是什么呢？就是这个烟袋！呵！把烟装好，吸吧，这就是现实……

文学是生活的表现，真正的文学作品没有不含时代性的。俄国革命的初期，革命的怒潮涌得人们精神焕发，大家齐向伟大的事业方面走去，此时没有闲工夫为无聊的东西思想，因之这时期的文学饱含着勇敢的精神，充溢着壮烈的空气。“生活是美妙的呵！美妙的东西是前进，奋斗，创造，胜利，而不是在争斗中对于受伤者之无聊的哭泣……”可是到了国内战争平定后，比较上，有很多时间做为思索的机会，于是一部分的作家又说出别种话了：“你们看看呵！前进是多么困难的事情，人们要快活，要幸福，而革命却妨碍着。革命所给予人们的强制，几乎与从前什么教条法律所给予的一样。”在这种推论的结果，于是革命前的知识阶级的思想又死灰复燃了：“我们又何必呢？我们不必做无谓的牺牲呵！难道说我们自身或我们的儿子能够看见我们所要求的吗？无意识……一切统统无意识……”

爱莲堡这一本书的确代表这种怀疑主义的倾向。一方面痛恨旧的，而对于新的又失望，结果变成了虚无主义。在积极方面，本书对于革命当然无肯定的意义，但是在消极方面，作者咒诅资产阶级的文明，实予旧世界一个很大的打击，同时革命终究是要前进的，终究是要胜利的，绝不会因一二个知识阶级的怀疑，就停止自己的使命的。在本书中，我们更可看出作者倾倒于个性所应有的权利之下：他向儿童具有着无限的尊敬，因为儿童是纯洁的化身，是真正的人类的本体的象征，是没被所谓现代文明所玷污的圣物。真的，将来的人类当要完全是解放的，自由的，纯洁的，而无丝毫现代文明所遗的污痕。我想，呼莲尼陀，也可以说是作者，在现在只对儿童表示尊敬，也许这种尊敬在将来成为对于每一个人的礼物罢。

俄国革命的初期，劳农政府成立了一个压迫反革命的机关——非常委员会，简称之为“切喀”。提起“切喀”这个东西来，不但本俄国的资产阶级为之惊心吊胆，为之痛恨入骨，就是全欧美的资产阶级，也莫不为之咋舌。他们诅咒波尔雪委克是最野蛮的人们；他们说“切喀”是杀人不瞥眼的，最残忍的机关；他们说坐在“切喀”里办事的人都是一些恶魔。不但是资产阶级，就是一些温和的社会主义者也何尝以“切喀”的行为为然呢？他们说：“社会革命是应当的，劳农专政也许是可以的，但是‘切喀’……为什么要

‘切喀’呢?”……为什么要“切喀”呢?这个问题很简单,我们可以回答道:这是历史的必要!劳农群众的政权,只有在资产阶级的反抗力消灭后,才能稳固。共产主义者欲将全人类都变成友爱的兄弟,但此只能在将友爱的障碍物打倒后才可以成功。伟大的友爱只能从伟大的愤恨中产生出来!只有流血才能涌出幸福来!劳农政府为着解放劳农群众本身,为着解放全人类,不得不临时地把态度放残忍些,不得不利用“切喀”以廓清反革命的势力,为什么要“切喀”呢?这是历史的必要!

“切喀”是专门对付反革命的机关,它有不经法庭的手续,而治人以死罪的权力,倘若这个人有反革命的行为。在革命的初期,“切喀”当然杀了许多反革命的分子,因之这种行为遂引起了全世界资产阶级的狂叫。在本俄国的文学上,所谓“切喀”这个东西,成为各著作家的应时的题目。有的当然根本反对这个东西的存在,有的了解这个东西是必要的,但在别一方面总又感觉着太过于残忍了。阿诺谢夫首先在《忙时》一书中涉及到“切喀”的身上。一个“切克斯特”(在“切喀”中工作者),一个最忠实的共产党人,他为着革命,牺牲了所有的个性的生活。当他看见了一个老太婆为着儿子被“切喀”枪毙而晕倒的时候,他不禁有动于衷,而想到如何才能减少枪毙的数量……阿诺谢夫在自己的主人公口中,时常重复“我疲倦了”几个字。文学是生活的表现,当时真有许多很坚毅的革命党人发生了疲倦的情绪。

爱莲堡的《库尔波夫之生与死》为描写“切喀”及“切喀”工作者之有名的著作。在本书中,“切喀”似乎是一些带着魔鬼性的,异于常人的人们之集合体:失望的复仇者,被侮辱的幻想者,固执的理想者,无所谓的姑娘……而我们看不出有一个很有觉悟的,承认自己是在做伟大的事业的一部分的人。伟大的革命的浪潮,伟大的运动的力量,伟大的意识,爱莲堡似乎把它们都送到很远的烟雾的地方,而将一切个人的情绪,精神上的变移,来代替它们。作者似乎把革命当成单个的被生活侮辱的知识阶级的产物,以为这革命的种种行为,乃是这般知识阶级雪耻报仇的现象。库尔波夫学会了嫉视现代生活的表里。他所经受的侮辱不可胜计,在侮辱的海中他涌成为一个革命者,他决定了:“我会怜惜,我也会杀人!”阿上为库尔波夫的同事,也是一个具有魔性的人物,廉洁到不可再廉洁的地步。他完全生活在自己的理想中,而不是与妻子,书包或其他的东西生活在一起。薪俸也少领,吃的是黑面包,饮的是不放糖的茶。他有一天看见自己的老婆同一个大学生发生暧昧之事,只把头偏一偏,而不去追究他们。可是他有一天见着他的老婆吃白面包,于是将手枪拿起指着她说:“倘若我再发现你从投机商人那里买来的东西，我一定要施你以极刑。”第三个同事人安德曼托夫也是一位很奇怪的人物，他莫名其妙地怎么进了党和在“切喀”里做事。他是一个被老婆所侮辱者，时时总是想着：怎么样将自己的与音乐师逃跑的老婆捉着，捉着之后应当如何如何地摆布。

在“切喀”里是不是都坐着这一类神经不十分健全的人物？关于这一点我们没有与爱莲堡争论的必要。自然各式各类的人们都有，也许“切喀”里有一些人们是这样的。但是这并不重要，重要的是爱莲堡用什么眼睛观看俄国生活的怒潮。十月革命乃是历史的必然，乃是人类生活的大变动，乃是群众向光明的欲望之鼓动，乃是群众奋斗的结果，而不是每个个人的内心生活的表现。爱莲堡用孤独者，复仇者，几个单独的个人的眼光，来估量十月革命，这未免减轻了十月革命的意义。所谓监狱，死刑，这乃是社会的悲剧，而对于爱莲堡，这不过是几个野心家或幻想家雪耻的工具。在现代情绪，思想，感觉，欲望沸腾的海浪中，爱莲堡仅仅爱了几点浮泡，而非无涯的深处。爱莲堡在描写个人内心的经过上，几与朵思托也夫斯基差不多。他描写的实在很深刻，很鲜明，但爱莲堡在论断整个的人类的生活的当儿，完全表示出没有力量来。这或者是爱莲堡的很大的弱点罢。

库尔波夫负有发现反革命阴谋的责任。反革命女党人喀佳领了本党的命令，应当将库尔波夫杀死。于是两人相遇着了——库尔波夫爱上了喀佳而喀佳爱上了库尔波夫，于是两方面所有的计划，所有的规律，统统都破坏了。库尔波夫觉着非库尔波夫的生活开始了，似乎生了第三只眼睛，这只眼睛推翻了过去的内心的平衡——这对于库尔波夫是最恐惧的事情！革命在什么地方？自身的任务是什么？喀佳乃是反革命的女党人，爱？这如何可以呢？但是库尔波夫不得不爱喀佳，不得不喜幸喀佳能够践他的约。伟大的革命的公式被一个为库尔波夫应当杀死的姑娘所战胜。个体的生活战胜了集体的任务，于是库尔波夫起了变化。但是库尔波夫终究是革命党人，一方面还是不能完全丢开了革命，同时他又不得不爱喀佳——这个问题到底怎么解决呢？库尔波夫想来想去，以为只有将自己消灭掉才可以解决这个矛盾，于是库尔波夫自杀了。好在库尔波夫临死的时候，意识又恢复到伟大的事业上，还是眷恋于革命的利益。为着革命牺牲个人，为着整个的集体而取消个体的存在，这当然也是历史的悲剧，但是倘若历史需要这个，那我们又怎么呢？

爱莲堡虽然没有坚决地解决这个问题，但我们在库尔波夫最后的呼喊中，也可见得到承认了历史的必要。

《娴娜的爱》一书，是叙述一个法国领事的女儿娴娜与一个红军军官洛波夫恋爱的经过。本书情节离奇，描写生动，表现深刻，真令人读之忘食。

娴娜与洛波夫小时曾在一块儿耳鬓厮磨，中间隔离多年，两无音息。革命起时，娴娜的父亲在克雷姆当领事，娴娜随之。当时波尔雪委克一个名词，所有富有的人无不恐怖，无不痛恨。娴娜又是外国人，道听途说，当然更以为波尔雪委克是凶恶的人类，乃天下最可怕的东西。一日娴娜正遇急难的时候，为一个少年红军军官所救，视之不是别人，乃是洛波夫。娴娜又惊又喜：惊的是洛波夫穿着波尔雪委克的服装，喜的是无意中又遇着从前的可爱的小朋友。娴娜是一个天真的姑娘，她想道："波尔雪委克并不可怕呵！你看安得烈！他的微笑，他对我的神情，是多么的可爱呵！倘若安得烈是波尔雪委克，那么波尔雪委克也是可爱的……"从这时起，娴娜与洛波夫的恋爱史就开幕了。

开幕后，我们看出娴娜与洛波夫是如何地真爱，经过许多千辛万苦；地主黑列白夫是如何地卑鄙龌龊，阴贼险狠；娴娜的叔父是如何地唯利是图，不顾骨肉；巴黎社会是如此地黑暗，以及娴娜在巴黎所吃的苦楚，洛波夫是如何地为娴娜跋涉；一个法国汽车夫——共产党人——是如何地义气……总之，本书能引起读者对于革命党人怀着无涯的同情；对于资产阶级怀着无涯的痛恨。娴娜本不知革命为何物，然因巴黎给了她以无限的苦痛，不得不想起莫斯科，不得不要回到莫斯科来，呵！惟有波尔雪委克才真具着仁慈的心！惟有莫斯科，红色的莫斯科，才是人住的地方！呵！亲爱的莫斯科！亲爱的安得烈……

本书的结束：安得烈误被法国资产阶级刽子手所处死，娴娜回到莫斯科过她将来的生活。可爱的娴娜！可怜的娴娜！娴娜为着安得烈，该尝受了多少艰辛！但是结果呵，安得烈被恶魔的巴黎活吃了。呵！巴黎真是吃人的地方！

《破坏者》（这个译名不大妥当，然暂找不出相当的语字来译它）是描写新经济政策实行后，一个革命党人堕落的经过。新经济政策实行后，共产党人中有三种倾向：第一种，以为新经济政策乃是历史的必要，没有方法可以免去，虽然这是很令人心痛的现象，但还是不应当灰心，应当好好地干下去。第二种，以为打了许多年仗，流了多少次血，到头来还是看见资本主义的复兴，实在是失望的事情，于是有很多人失望，并且有很多人因失望而自杀。第三种，革命情绪浅薄和根底不坚的人，就慢慢地腐化了，变成了投机的商人。本书重要的主人公密沙，本是一革命党人，然生性不属于革命的正轨，其内心生活只能安于工作，安于不休息的争斗，若一停止下来过着安静的生活，即刻就要生变化。在革命时，他拼命流血并不后于他人，可是当战争停止时，他就感觉寂寞了，于是慢慢地腐化下去，而终腐化成为一个投机的商人。这种现象在新经济政策实行后非常地普遍。这是新经济政策的罪恶呢，还是这被新经济政策所腐化的人们的本身的不是？新经济政策是历史的必要，而有些革命党人被它所腐化，这也是必然的现象，无法可消除的。我们只有祝真正的革命党人坚毅地顺着历史的正轨向前进行罢！

爱莲堡在本书中同时就给了我们这个真正革命党人的榜样。密沙的哥哥节麻，他虽和密沙是亲兄弟，然而两人的性情完全不同。节麻在自己的生活中只知道有个党，工作，革命，群众，只是蒙着头顺着轨道往前干，不悲观也不过于乐观。他有一颗慈爱的心，他爱自己的弟弟，密沙做了许多对不住他的事，他都可以原谅他，但当密沙要想来勾引他做坏事时，他就不能忍受下去了。他有铁一般的意志，他很觉着新经济政策给他以很大的苦痛，但他能忍耐着，毫不灰心失意。真正的革命党人恐怕是要应当这样的罢……

我们固不满意爱莲堡把节麻描写得太老实了，但是这并不能减轻本书的价值。爱莲堡最近似乎想努力做一个真正的革命的作家。他甚称誉节麻的行为，也许他的怀疑的态度要更变了一些儿罢？好！我希望有天才的爱莲堡能够顺着正路创作下去！十月革命真是供给了许多文学的材料，现在只待人们来表现它了。我们的作家一定还能写出一些有价值，有趣味的作品来罢！

五、叶贤林

一九二五年，十二月，二十八日，由列宁格勒传出来一个惊动全欧文坛的不幸的消息——苏俄的一位天才的青年诗人叶贤林自杀了。叶贤林自杀的这一年，将满三十岁，而三十岁的天才的青年诗人居然就自杀了，居然就不幸短命死矣，这实在是一件足以令人悲悼的事情！他死了之后，无怪乎全欧的文坛抱着深切的惋惜；也无怪乎俄国革命的领袖，如脱洛斯基，也为文追悼他。是的，叶贤林真是一位天才的诗人，他应当多活几年，多写出一点东西来！而现在刚满三十岁即自杀了，实在是世界文坛上一个很大的损失……

叶贤林自杀的原因，到现在还未有真确的发现，但据一般人猜度，自杀的原因约有三种：一、叶贤林曾与世界著名女跳舞家登肯发生恋爱，可是因为登肯已年过四十，而叶贤林年还未满三十，这其间年龄的相差太远，因之思想、习惯种种，也必定不合，因此，他俩的恋爱的结果不免是一场悲剧：

登肯感觉到自己不能为叶贤林爱的对象，而叶贤林也感觉到这一层，但是他不得不爱她，这么一来，悲剧就不得不发生了。二、醇酒妇人的生活漫无限制，这弄得他生了很深的肺疾，大家都晓得肺疾是很苦痛的一种疾病，叶贤林为它所苦痛得不得了，因之不免有自杀的念头。三、叶贤林是一个罗曼谛克，在革命的爆发的时期中他爱上了革命，因为革命如暴风雨一般，符合于他的心灵的要求，但是当革命平定下来了，从事于和平的建设的时候，他未免发现了许多不满意的现象，因之他又得了一种政治的幼稚病。叶贤林虽然是苏维埃政权的爱护者，但他始终是一个革命的同伴者，他的思想不免有许多是与无产阶级的共产主义是冲突的。

这以上三种原因，也不过是一般人普通的猜度。究竟叶贤林为什么要自杀呢？谁个也不能说出一个肯定的原因来。叶贤林自杀了，我们只有对于他自身，对于苏俄的文坛，甚至对于全世界的文坛，抱着很深切的惋惜。

叶贤林是普希金以后仅有的负有天才的诗人，他的诗的风格虽然与普希金的不一样，但当他对于田园的描写，诗中所含蓄的浓厚的，令人十分感动的情绪，及他所用的语句的自然与美丽……这一切一切，真要令我们感觉普希金以后，他算是第一人了。诗人阿列洵说："倘若普希金是我们的秋天，那么，叶贤林，你呵，你是我们的春天……"由此，我们可以看得见叶贤林在俄国文学史上的位置。叶贤林的风流倜傥，放荡不羁的性格，伟大的天才，诗的意味，都颇与普希金的相似。普希金因为决斗而丧命，是一个早夭的诗人，而叶贤林呢，他比普希金更短命些，他居然将满三十岁而即自杀了。古今来天才的诗人的命运似乎都是一样的……

叶贤林是一个农民的诗人，俄罗斯农民与革命的关系，叶贤林可算是一个化身了。叶贤林是时代的产儿，他的作品充满了俄国乡村的情绪。他的作品所以能十分鼓动人们的心灵的，也就因为他是俄国农民情绪的表现者。叶贤林平常总把自己算为想象主义派的诗人，也许他真是一个想象主义派的诗人。想象主义派对于诗的作品重形象而不重内容，只要求形象的美好，而不问内容的好坏。但是叶贤林的诗的内容是如何呢？他的诗的形象的美好固然足以惊人，但是他的诗内所含蕴的情绪，尤足以令人发生深切的感动。别的想象主义派的诗人，如与他同事的赛尔色涅维奇，马林可夫，很容易做到问形象而不问内容的一层，但是叶贤林却做不到了。在马林可夫等的作品中，的确没含着什么特别意思的，但是我们一读叶贤林的作品，那我们就感觉完全两样了。

叶贤林的诗如我们的疯狂的，沉醉的时代一样，它能给我们以不可言喻的，剧烈的感动。这是因为叶贤林是时代的产儿，而且他是一个天才的诗人，因之在他的作品中所表现的时代的情绪更为深切。

在我们的时代到处都表现着“两重性”：旧的留恋与新的企望。俄国农民最富于保守性，但又很富于暴动性，因为富于保守性，所以农民反对一切新的，变动旧规的；因为富于暴动性，所以农民时常带起锄头来暴动，与新的势力连合一起，十月革命就是这种暴动与城市无产阶级革命连合一起的表现。俄国农民，或者说各国的农民都是如此的，本来具有“两重性”，而叶贤林是这个“两重性”最明显的表现者。

叶贤林来自荒漠的平原，他与俄国的土地有密切的关系。旧的俄罗斯，那里是荒漠的，贫困的，局促的，惨淡的；那里只听得见松子的摇落声，鸡犬的叫鸣！那里的自然界是单纯而朴实的；那里的农民是在愚蠢的可怜的状态中，他们怕鬼神，他们怕一切为他们所不识的新的东西。但是叶贤林留恋这荒漠惨淡的俄罗斯，他为这个俄罗斯歌吟，他以这个俄罗斯的命运为命运。他爱那如方盒子一般的茅屋，那被人忘却的，被人抛弃的野地；他爱那凄凉的庙宇，及那沉默的，然而又时常呼吼的森林。他自己以为是一个在俄罗斯土地上的旅行者，想探求宇宙的真理，为夜星与上帝的歌者。旧的，农民的俄罗斯为叶贤林的亲爱的故乡。他说他无论什么时候，就是到全世界统一，国界消灭的时候，他也是不会把它忘却的。

但是这个俄罗斯也不仅仅是柔顺的，和平的。在穷苦的，局促的，惨淡的状态中，发生了自然的暴动，这种暴动是无组织的，无思虑的，然而它自有它所趋向的目的。在俄国史上，我们可以寻出不少农民暴动的例证，如斯检潘拉金之乱，普加切夫之乱……然总不能成功。一直到十月革命，暴动的乡村与革命的城市联合一起，才真正地达到解放旧俄罗斯的目的。叶贤林自然是同情于解放旧的，被压迫的俄罗斯的人，因之他参加十月革命，成为十月革命的同伴者。

在革命的面前，乡村的俄罗斯心灵上所发生的种种的感觉与情绪，都在叶贤林的诗中表现着。在俄罗斯的深处，不但燃烧着短小的油灯，呻吟着祷告的小语，但同时也蕴藏着涌激的暗潮，闪灼着狂烈的热焰。因此，这个乡村的俄罗斯的歌者，不仅仅是一个柔顺的，美婉的夜莺，而且是一个激烈的暴徒。

黑的恐怖沿着山丘行走，
将贼的憎恨送入我们的花园；

可是我自己也是一个强盗与痞子，
我生来就是一个偷马的好汉。

叶贤林觉着自己有无限的勇气，当他听见秋声吼啸的时候，他可以拿起刀来杀人，他可以为剧烈的争斗。因此，在革命的暴风雨里叶贤林与布洛克一样，对于流血并不惧怕，而并且在恐怖震动的波浪中，可以听出合乎他的心灵的音乐……

但是十月革命的指导人，是城市而不是乡村，是无产阶级而不是农民。十月革命前进的方向，是顺着城市的指导而行的，城市的文化将破坏一切旧的俄罗斯，将改变贫困的，局促的，惨淡的乡村之面目。乡村的俄罗斯的暴动助成了城市的革命，但是城市的革命却根本地摇动了乡村的俄罗斯的基础。电气！电气！电气！电气将吃尽了旧的俄罗斯，使之不能保存固有的面目。呻吟的林语，闪闪的星光，晶莹的夜月，一切一切，一切都是隐秘的世界，但是一遇着电气了，就将改变了自己的声色。旧的俄罗斯，叶贤林心灵上所爱的俄罗斯，眼看是要慢慢地，逐渐地，无声地消沉了……叶贤林深深地感到这一层。他明白城市的魔力，而且对此魔力并不起反感的心理，不过因为他与旧的俄罗斯的土地的关系，未免太深切了，因之他一步踏在新的俄罗斯的领土上，而一步又留在他所爱的旧的，过去的俄罗斯的怀里。

煤油在水里，
好似波斯人的毯子；
在晚上的天空里，
闪亮着星斗粒粒。
但是本良心说，
我可以发誓：
巴枯的电灯，
实比美丽的星光还要美丽。

我感到工业的势力，
我听见人力的声音。
我们不必再需要天空中的星火了，
我们在地上可以做得更显得光明。
我看看我自己，我说，
“我们的时代来了，叶贤林。”

在这几句诗中，我们可以看得见叶贤林对于城市的文化是完全接受了。但是这种接受是他理智的接受，而不是情绪的接受。他一方面感觉得新的俄罗斯终究要胜利，但一方面总忘却不了那旧的，乡村的俄罗斯，那是他的生长地。那里有他所爱听的林语……

十月革命后，乡村的俄罗斯真是渐渐地改变面目了。从前是充满着寂静的，保守的空气，可是现在却充满着兴奋的，新鲜的空气了。与旧俄罗斯土地关系密切的老年人，且不必过问，因为他们的时代，他们的习惯，以及他们的情绪，都完全是过去的了。十月革命生了一般新的乡村的青年，他们的生活是活泼的，情绪是快乐的，兴奋的，希望是很丰富的，因之，他们的倾向是脱离旧的，无希望的，保守的俄罗斯，而走入新的社会主义的共产主义的共和国。这一般新的人物，他们因为受了十月革命的洗礼，受了城市文化的影响，决不感觉到旧的俄罗斯有什么可以留恋的地方，只大踏步走向社会主义的目的。

但是叶贤林呢？叶贤林虽然感觉到新的俄罗斯之必胜利，旧的俄罗斯之必消灭，但是他与旧的俄罗斯的关系太深了，因此他很不容易习惯于新俄罗斯的生活。他回到八年未见的故乡，瞻望一番，似乎人物风俗一切都变了样；故乡已非昔日的故乡，故乡已认不得许久出外未归的儿郎，于是他茫然怅惘，宛然如梦一样。其实这并非做梦，乃是故乡的实质变了，而叶贤林还是抱着旧日的情绪。

呵，故乡！我成为一个可笑的人了。
在我的两腮上飞涨起来了干燥的红晕。
这居民的言语对于我简直是毫不分明，
在自己的故乡内似乎成了一个外邦人。

叶贤林承认自己是一个外邦人，因此他感觉得故乡已不是收容他的场所，他的诗已不是为故乡所需要的了。他并不怨恨，并且还恳求故乡宽恕他。当他听见共产青年团的团员们的歌声的时候，他一方面觉悟到自己是已经要成为过去的人了，一方面承认他们的伟大的将来。

思想的声音向我的心灵说：
“醒了罢！你被什么羞辱了？
这不过是茅屋中的新的人物，
为新的光焰，新的红火所燃烧。

“你已经有一点儿凋残了，
别的青年歌吟着别的歌吟。
他们，呵，他们将成为更有趣味的人们——
已经不是一村而是全地球做他们的母亲。”

叶贤林真是一个天才的诗人，你看他所表现的时代的情绪是如何地真挚而浓厚！他感觉得革命的动力，他肯定革命的胜利，他敬祝着革命的将来。他是俄国革命后一个仅有的能够代表时代情绪的天才诗人。但是他虽然是革命的同情者，而因为他是始终留恋旧俄罗斯的诗人，因此，他不能与革命始终走同一的道路。他说，他能领受一切，他可以将灵魂都交给红色的十月和五月，但只有一张亲爱的鸣琴不愿给予任何人的手里，因为他要这张鸣琴仅仅为他歌吟，细腻地歌吟。这张亲爱的鸣琴是不是那旧的俄罗斯的象征呢？……我恐怕是的罢！因为他说：

就是当全世界
经过了种族的仇视，
消逝了忧怨与虚伪——
我也将重复地歌吟，
歌吟那地球上六分之一，
它的名字叫作俄罗斯。

六、谢拉皮昂兄弟——革命的同伴者

十月革命将旧的俄罗斯整个地送入坟墓去，因之，旧俄罗斯的歌者也不得不随之带上死去的冠冕。外十月革命的文学，也可以说是反十月革命的文学，在实质上已经成为不可燃的死灰了。虽然在十月革命的初期，有许多作者极力拒绝与革命发生任何的关系，参加种种怠工和反革命的行动，但是这一种现象终归是消灭了。他们不但不能挽回历史的轮轴，而且促成自己的速亡。

可是十月革命后，旧的艺术既然是消沉了，而新的艺术又一时不能即速地产生，于是在这新旧交替之间，发展了一种过渡期间的艺术，这种艺术是与革命有关连的，然而又不是纯粹的革命的艺术，如叶贤林、皮涅克、乌谢沃伊万诺夫，尼克廷、基抗诺夫，以及其他如谢拉皮昂兄弟，倘若离开革命，那他们将没有存在的可能了。这一般作家，所谓革命的同伴者，自己很知道这一层，并不否定这一层，有几个作家并且彰明昭著地承认这一层。但是他们对于革命，并不是文学的服务者，有的还生怕自己文学的创造被革命所束缚住了。这一般作者都是正当少壮的年龄，他们与旧的，革命前的一切，没有大关系，他们的文学的面目与精神，差不多都是被革命所建造出来的，因之，无论如何，他们脱不了革命的关系。他们对于革命都表示领受，但是如何领受革命，却各自不同。不过他们具着一个共同点，这个共同点将他们与共产主义分开，有时简直与共产主义相背驰。他们对于革命虽然都表示领受，然而他们领受革命，不领受其全体，而仅领受其部分，并且他们对于革命的共产主义的目的，并不发生兴趣。他们很少明白无产阶级革命的意义，因之，他们的希望和注意力，不加之于城市的无产阶级，而加之于农民的身上。因此，所以我们说这一般作家不是无产阶级革命的艺术家，而不过是它的同伴者而已。

外十月革命的文学，我们可称之为资产阶级的和地主的俄罗斯的文学，而现在这一般同伴者的作品，我们可称之为新的，苏维埃俄罗斯的民粹主义。这种新的民粹主义没有旧的民粹主义的传习，但现在也还没有政治的开展。我们一谈到革命的同伴者的时候，就不免要发生一个问题：同伴者到底能同革命走到哪一条路呢？同伴者能否同着革命走到路的结尾？或者他们走到半路就返转了，而走入反革命的路上去？……这个问题，现在实在不容易解答，因为同伴者能否伴革命到底，这不但视同伴者每个人的性格而定，并且也要看整个的苏维埃社会的基础之如何发达而定。

谢拉皮昂兄弟，为一文学的团体，成立于一九二一年二月一日。初成立的时候，参加者为曹斯前珂，龙慈，尼克廷，格鲁滋节夫，斯克洛夫斯基，卡维林，斯洛尼母斯基，波滋涅耳，女诗人波浪斯嘉牙，后来经过不久，伊万诺夫，基抗诺夫，费丁，皮涅克等相继加入。自从这个文学团体成立后，所谓谢拉皮昂兄弟，在新俄罗斯文学界占据非常重要的地位，其中如伊万诺夫，皮涅克，基抗诺夫等数人，几乎成了新俄罗斯文学的骄子。

谢拉皮昂兄弟宣言他们为一自由的文学的团体，不需要任何的纲领。他们所最需要的是各人保存自己的面目，而不应有相像之点。“我们之中每一个人有他自己的面目和对于文学的趣味。我们不是一派，不是一个倾向，不是一个出场……”他们生怕人家说他们是一派或是一个倾向，但是在实质上，他们有意识地或无意识地，总是属于一派，属于一个倾向。在外表上，他们并不属于一派或一个倾向，但在我们的眼光中看，照他们的思想，历史，行动，他们的确是统一的。他们反对纲领，其实这反对纲领，就是纲领了。他们的纲领近于无政府主义的，而参加了一些社会革命党和马哈诺（马哈诺在十月革命后，曾在南俄叛乱，自命为无政府主义者，其实为暴动的土匪头儿）的世界观。曹斯前珂很公开地给了我们一个公式："若以党人的眼光来判断，那我是一个没有原则的人。好，就让他们这样判断罢！我对于我自己，却下如此的断语：我不是共产主义者，不是社会革命党，不是保皇主义者，我仅仅是一个俄国人。在政治方面说，我是一个无道德的人……在大体上观之，波尔雪委克与我很相近。我很愿意与他们做一些波尔雪委克的勾当……我爱农民的，乡下人的俄罗斯……"

曹斯前珂这些话虽然是为他自己说的，其实就可以算作谢拉皮昂兄弟的纲领。在各种不同的形式上，他们都表示同情于无政府状态的，民团的革命时代；而对于革命的有组织有计划的建设时代，却表示否定的态度。因此，这一般人不能算为革命的作家，他们不明白革命应当向什么方向走，不了解革命的理性。革命的理性是有秩序的，虽然在革命期中免不了混乱，狂暴，无政府种种的现象，然而这只是革命所不可免的过程而不是革命最终的目的，若是作者只对于过程中的现象发生兴趣，而不能领受革命的理性，则自然不能为革命的表现者了。

话虽如此，可是谢拉皮昂兄弟，在俄国文学史上，将占有不可磨灭的地位。自从谢拉皮昂兄弟出现后，俄国文坛的重心更变了。小说的创作进入第一个位置，而抒情的美文却消沉下去了。抒情诗，这是个人的情绪之表露，但是当此暴风雨的时期，谁个有细工夫来将自己的情绪，幻想，秘思，爱情的经过一一地，细腻地，温柔地表露出来呢？歌吟出来呢？就是歌吟出来，怕也没有人要听罢。巴尔芒德和布洛克的抒情诗的时代已经过去了。个人的生活已不成为社会的重心，因之，文学所表现的对象，不是个人的私有的情绪，而是社会的，客观的，群众的行动了。革命将外物的意义升到极高的顶点，它将孤独的幻想者推到街上来了，叫它看看俄罗斯的伟大的广原，战争的炮火，饥荒的图画，国内战争中之可歌可泣的壮烈的行为，以及一切惊动整个全人类的现象……如此，文坛的重心转移了。小说占据了抒情诗的领域。作家的注意力群趋于描写自我以外的事物：在最短的时间中，整个的俄罗斯，几至于穷乡僻壤处处都被描写到了，并且描写得很仔细，很清楚——似乎以前的俄罗斯文学没有做过这层的工作。在这种描写的工作上，所谓谢拉皮昂兄弟，实在占很重要的位置了。

但是文学并不是照像。当我们读谢拉皮昂兄弟的作品时，无论短篇小说或长篇小说，一思索他们的主人公的形象，那我们就感觉到他们——作者的心是如何地跳动；他们的世界观是特殊的，他们有自己对于事变的观点。照他们对于事变的观点，可以规定他们对于革命的态度与了解的程度。他们只是革命的同伴者，而不是革命的表现者……

乌谢沃伊万诺夫在谢拉皮昂兄弟之中，是一个比较年长的，而又是一个最显著的作家了。他写作的对象是革命，也仅仅是革命，差不多我们在他的作品中，寻不出与革命没有关系的事物来。但是他所写的都是关于偏僻的农民的革命，因此，他的题目比较是单纯些。他描写的手段比较他人为抒情些，细腻些，他学哥尔基，学得很有成效。

伊万诺夫的著名作品，为《民团》、《彩色的风》、《铁甲车》，大半都是描写十月革命中，西伯利亚的农民之暴动种种情事。西伯利亚的农民，哥恰克，以及本地的土人，伊万诺夫知道很清楚，并且很明白他们的心理，因之，当他描写他们时，他所描写的甚为真切，使他在文坛陡然享盛名的，是这一部无人不知的《民团》。这是叙述西伯利亚农民暴动及民团战争如何发生的一部书，描写得非常生动，在新俄罗斯文学中算为少有的作品。不过当我们读这一部书时，我们只看得见农民的胡乱的暴动，革命的混沌的现象，而看不见革命的目的，虽然伊万诺夫也曾提到共产主义者尼克廷，暴动的指导人，但我们看不见尼克廷，一个波尔雪委克的心灵到底是什么样子。也许伊万诺夫故意地不进一层看看波尔雪委克的心灵是什么样子，也许他不愿意进一层看看，也许他完全不明了波尔雪委克是什么。

伊万诺夫具有伟大的禀赋，但他只是一部分时代的表现者，而不是时代的伟大的代表。伊万诺夫所同情的是马哈诺土匪式的革命，但是马哈诺土匪式的暴动能不能算为革命呢？革命是要有意识的，是要有秩序的，是要有纪律的，而绝对不是无政府的暴动。虽然在革命期间，紊乱的暴动是不能免的，然而这并不是革命的目的。伊万诺夫似乎未明了这一层罢？

与伊万诺夫齐名的是皮涅克。皮涅克近来似乎成了俄国批评界的焦点了：有的说他的主人公是反十月革命的，有的说他的主人公是领受革命的，有的说他是革命的艺术家，有的说他不过是性欲，癫狂、残痴心理的描写者……究竟皮涅克是怎样的作家呢？依我的意思，说皮涅克是反革命的，这是不公道的，因为他自己声言他是赞同革命的一个人，并且在《第三都城》中，他的农民居然从口中说出音特那信纳尔 Internationale 来了。但是，若说他是代表革命的作家，那也未免为他夸张了。他是同情十月革命的人，而不十分明了十月革命的真意义。他爱护苏维埃俄罗斯，然而不因为苏维埃俄罗斯是世界无产阶级革命的根据地，而是因是苏维埃俄罗斯是俄罗斯人的产品。“革命使俄罗斯与欧洲对立起来了”，“没有什么马克斯，而有的仅仅是俄国的革命，农民的暴动，农民的信仰永远是存在的”。……这是皮涅克的主人公所爱讨论的题目，由此我们可看得见皮涅克对于十月革命的态度了。

皮涅克与伊万诺夫一样，只看见农民在十月革命中的暴动，而不看见无产阶级的作用。在《赤裸裸的年头》中，皮涅克虽然提及了波尔雪委克阿尔里布，然这对于皮涅克不过是戏剧中的配角而已，他并没有用阿尔里布的眼光来观察周围的事物。

在《赤裸裸的年头》一书中，皮涅克想把一九一九年的俄罗斯表现出来。在《第三都城》一书中，皮涅克所给予我们的地域要比较宽大些了。皮涅克得东方和俄罗斯与欧洲和全世界相对抗。密斯特斯密德当往俄罗斯来的时候，写了一封信与自己的哥哥：“我们现在正在经过一个非常的时代，世界文明的中心由欧洲转移出来了，同时，在俄罗斯，这种创造的意志非常地紧张起来……”这几句话是说欧洲在精神上，已经到了衰颓的时期，皮涅克的《第三都城》也就是为着这个而写的。在此书中，皮涅克的农民似乎更革命化了；农民的眼界似乎比较展开些了。“我们今天所以召集这个大会的，是因为要使你们从美洲来的客人们认识一认识我们的情形。你们那儿每一个工人有一架汽车，每一个农人有一架曳车，可是在我们这儿，同志们，老实地说，实在没有这些玩意儿。在我们这儿，谁个有一包马铃薯做为积蓄的，他就是一个很安顿的人了……在我们这儿，破坏，凋败非常之大，但是同志们，我们并不害怕，因为这儿的政权是我们自己的，我们自己是自己的主人公……”这是一个俄国的农民对于美国人的演说词，在这一段演说词之中，皮涅克将饥饿的，破败的，污秽的俄罗斯与文明的西方对比。照着皮涅克的思想，俄罗斯虽贫穷，然而这儿富有创造的意志，这儿正向好的方向走去，这儿是革命，趋向新的革命……是的，真是有许多地方将苏维埃俄罗斯与欧洲的差异看得很清楚了。欧洲的资产阶级的文明已到了衰颓的时期，因为在那儿已无创造的意志了。但是在苏维埃俄罗斯呢，这儿虽然是饥荒与破败，然而这儿有的是勇敢，希望，创造的意志，这儿有的是将来的曙光。

但是，倘若皮涅克很明显地将苏维埃俄罗斯与资产阶级的欧洲对比，那是比较很准确的了，可惜皮涅克似乎未将资产阶级的欧洲与无产阶级的欧洲分得清楚。他所对比的欧洲似乎是一个概括的欧洲，可是我们晓得，概括的欧洲是不存在的。在欧洲那儿有两个欧洲：除开那要衰落的欧洲，资产阶级的欧洲，还有第二个欧洲，这个欧洲是暴动的，革命的，劳动阶级的欧洲。

对于这个欧洲，皮涅克似乎没有注意，虽然皮涅克也曾提起：“工人，失业的工人，他们的母亲与妻子，以及同他们在一块的异教徒，暴烈分子，诗人与艺术家……高喊着第三国际……”但是皮涅克并没有注意地，好好地将他们表现出来。在事实上，这一批工人，失业的工人，暴烈分子，诗人与艺术家的生活对于我们恐怕更重要些罢？

还有一层，在上边我们所提起的一个向美国人演说的农民，他又有几句话说道：“我们这儿现在有劳动的苏维埃的政权了，而对于国外呢，我们预备的有第三国际……”照着这种逻辑，那么，这个第三国际似乎专门是俄罗斯的产物，而与世界的无产阶级没有什么血肉的关系了。但是第三国际是全世界无产阶级的机关，并不是俄罗斯的私有品。欧洲的无产阶级之重视第三国际，并不亚于俄罗斯的无产阶级……

不过在《第三都城》中，皮涅克总是进步了。在《赤裸裸的年头》中，皮涅克的主人翁，差不多都肯定地说，不需要什么 Internationale，也不需要什么德国人马克斯……俄罗斯的革命似乎完全是民族的，与世界没有什么关系。现在皮涅克也居然承认第三国际的作用了，这实在是进一步了。

皮涅克是天才的作家，他的年龄还轻，他还有不可限量的将来。我们很希望皮涅克能够努力下去，不但为革命的同伴者，而且为革命的表现者。

七、十月的花

红色的十月赠予了我们不少的天才的青年诗人。这些青年诗人，他们为红色的十月所涌出，因之他们的血与肉都是与革命有关连的——革命是他们的母亲。他们的特点是：他们如初春的初开放的花朵一样，既毫不沾染着一点旧的灰尘与污秽，纯洁得如明珠一样，而又蓬勃地吐着有希望的，令人沉醉于新的怀抱里的馨香，毫不感觉到凋残的腐败的意味。

我们进入了春日的花业，见着光华灿烂，异香扑鼻，令人注目的花枝非常之多，真有山阴道上应接不暇之势，但这其间倘若我们定神地选择一下，那我们就要看出三朵最有希望的花来：基抗诺夫，别则勉斯基，里别丁斯基。

基抗诺夫（Nicholas Tikhonov）被许多人算为革命的同伴者，这也许是对的，不过他这个革命的同伴者，与俄国的农民的关系非常之深，因之大部分代表着俄国的农民的思想，有时这种思想对于革命是不能相容的。可是基抗诺夫却代表一般无党派的革命的青年，这些青年在革命的过程中，未尽为共产主义及共产主义的党所笼罩着，并且他们很少的时候谈到共产主义和第三国际的命运，但是他们是革命的，他们为红色的十月革命而战，而奋斗，而吃苦，他们是新俄罗斯的保护者。在自传中基抗诺夫说：

“读书的时候曾想将来做一个商人，但是后来却成为一个骑兵了……我屡次参加过巨大的骑兵的战争……也曾做过木匠，做过普及义务教育的教师，扮演过喜剧中的老太婆，防御过尤登尼其对于圣彼得堡的攻击。不停息地站过一百小时的岗，但到一百零四小时，却支持不住了。在非常委员会里，曾同一些委员们吵闹，将来或者还是要同他们吵闹，但是我晓得一件事：那个唯一的存在的俄罗斯，它是在此处的。而其他一些什么别的俄罗斯，书本上的，在外国的，荷包里的俄罗斯，我不知道，并且我也不愿意知道。我爱，我热烈地爱在此处的俄罗斯，并预备永远为它的保护者。……我什么时候也没曾做过一个有资产者……”

这个自传不但是基抗诺夫一个人的，这是成千成万的，在革命时期中生长出来的青年的自传。这些青年对于共产主义或者有许多地方是不明了的，但是他们与革命同甘苦，他们是革命的忠实的儿子。

火焰，绳索，炮弹与斧头，
就如奴仆一样，忠顺地跟着我们走；
在一滴水里卧着滚滚的潮流；
经过小的石头，长成大的山丘；
在被脚践踏的一只竹杖里，
呼号着乌黑的林木。
我们也不知曾几次吃了欺骗的亏，
钟的叮当已成了听成习惯的鸣雷；
钱币消失了自己的响声，
小孩子也不怕死人的尸体。
那时我们首先学会了，
学会了美妙的，苦楚的，严厉的言语。

在这几行诗里，包含着过去的与现在的，行路的总结，血的腥膻，伟大的与可怕的事物。有些人在这些争斗的光焰里，曾热烈地燃烧着，但不能够支持到底。旧的知识阶级的代表，如白内宜，忍受不了这种伟大的刺激，曾羞辱地狂喊道：打倒伟大的原理！鸟笼中的市侩的生活万岁！……但是基抗诺夫式的青年，他们不但在艰难困苦之中，将自己强健起来了，而且学会了美妙的，苦楚的，严厉的言语。倘若艰难困苦的革命对于白内宜之流，是一种可怕的令人不安的现象，则对于基抗诺夫及基抗诺夫式的青年，却是一座红炉，从这座红炉中，可以锻炼出坚硬的钢刀来。

基抗诺夫的诗，大半是歌吟火药，枪弹，风雨，战马，夜宿……人类在争斗时中的心灵。母亲，思春的女郎，家庭的温柔，花草的含情……这对于基抗诺夫是疏淡的，很远的东西了。虽然他也时常忆念起这些，但这也不过是一瞬间的事，而不能鼓励他的心灵了。许多年在争斗生活中的锻炼出来的心灵，自有自己的美妙，欢欣与苦恼。战争成了习惯的生活，在此生活中过惯了的人，自然不易于转入普通的和平的生活。

对于基抗诺夫，木偶的，教堂的，无生气的，枯寂的俄罗斯完全是从根本上消逝了：

> 不，偶像不知道这些口唇的滋味，
> 我赠予黑夜的，并不是那喁喁的祷语。
> ……

又如：

> 对于什么哭泣——这不是我们的事体，
> 或者谁个有迟早的时候，
> 在那破旧的桌子面前，
> 哭出自己的心灵——为我们而泪流……

这是说旧的俄罗斯在铁的基抗诺夫的心上，已经是不存在了。基抗诺夫式的青年，在革命的浪潮中，从争斗，苦痛，流血，奔走及一切颠簸之中，将自己的一颗心锻炼成如铁一般，决不会为那旧的，知识阶级的，一种颓丧的，犹豫的情绪所摇荡。他的一颗心所需要的，是简单，勇敢，严厉，热烈的希望，而不是什么颓丧，犹豫或对于过去的留恋……

> 生活以危险的枪，凛冽的风，
> 严厉地严厉地教导我；
> 它鞭打我用这尖硬的绳索，
> 为着我要成为冷静的，伶俐的，
> 就如铁钉一般的直朴。

在这一种生活之中，人们成为直朴的如铁钉一般。所谓冒险，在此生活中，已成为日常的事情，并没有什么稀奇——基抗诺夫所歌吟的，及他所代表的，就是在此生活中的一般革命的青年。

“我们是地上暴动的忠臣”，是的，基抗诺夫是新的苏维埃的俄罗斯的忠臣。新的苏维埃的俄罗斯，是强有力的，无神甫的，列宁的俄罗斯，唯有此俄罗斯才是人类的祖国。我们爱此俄罗斯，我们不得不爱此俄罗斯的歌者。也许基抗诺夫所代表的青年，不如别则勉斯基所代表的青年一样，他们在歌吟新俄罗斯的时候，还不完全明了共产主义及第三国际的意义，但他们为共产主义的革命所产生出来的，他们始终是十月革命的儿子。

倘若别的诗人得不到一个纯粹的“十月革命的歌者”的荣号，那么，别则勉斯基（Bezeimensky）无论如何可以算得一个纯粹的“十月革命的歌者”了。我们时常说，哪一个诗人领受革命，哪一个诗人不领受革命……可是对于别则勉斯基，他虽然是一个革命的诗人，这领受革命几个字，他却不需要，因为别则勉斯基真是十月革命的儿子。在他一出世（自然是在精神方面说）的时候，革命就把他怀抱住了，命令他为自己的诗人。因此，对于别则勉斯基，无所谓领受革命与不领受革命，反正他生来就是革命的儿子。

别则勉斯基将革命整个地拿了过来，因为革命是他精神上的降生地，在此降生地，他乐观地生活着。在一些歌吟革命，为着革命而歌吟的诗人之中，别则勉斯基观察革命比较更自然一些，更有机体些，因为他是从“十月”的血肉生出来的。当他歌吟革命的时候，就同儿子赞美母亲一样的，毫不觉得什么生疏与勉强。

对于别的诗人或者要将宇宙的范围扩充得大大的，才感觉得革命，才能与革命接触，但是别则勉斯基却不需要这个。布洛克式地领受革命，及他神秘地静听暴动的音乐……这对于布洛克，是他与革命发生关系的条件，但这对于别则勉斯基，或者他简直不明白这是什么一回事。别则勉斯基不但在大的方面，能够找得到革命，而且在琐碎细物之中，也能够找得到革命。

算了罢，一切天上的，
和一切莫名其妙的东西！
多给我们一些简单的铁钉罢！
将天上的抛却！将神秘的东西摔去！
我们多要一些活的人们，
和能知道的土地。

这实在是自然而活泼得很，更有机体些说到十月革命的要求。十月革命是要将天上的东西抛却，建造一个活的人们的，地上的共和国。在别则勉斯基的身上，或者经过别则勉斯基，我们可以看出，并且可以明白新时代的青年的心理，情绪，要求……他们的行动是勇敢的，希望是坚决的；他们的一切都是活泼而富有生趣的，新鲜而毫没有一点陈腐的痕迹。

呵，我能够看见我应当看见的一切，
我的目光可以透视一切的隐藏；
我在工厂里看见将来时代的欢欣，
在金银里我看见那干枯的血光……

别则勉斯基不如别的诗人一样，仅仅只能看见革命的一部分，而他能看见革命的全体。在人民委员会里，在第三国际会议场中，他固然可以看见革命，但他就是在一个小的民警局里，如他自己所说，也可将革命找到。总而言之，他是整个的革命的儿子，从头算到脚，从骨髓算到血肉。

别则勉斯基现在不过二十几岁，年纪还轻得很，自然我们不能说他已经是一个完成的作家。在他的诗里，我们很可以看出他受了未来派马牙可夫斯基的影响，但这并不能算他的弱点，因为没有一个诗人生来就会做诗的，总要经过许多学习的时期。

在所谓无产阶级的诗人之中，别则勉斯基恐怕要算第一朵初开放的花苞了。

在革命的作家之中，描写到革命中之共产主义者的，当然也不少，但大部分都不过是略略挨到而已，并没有把共产主义者当为书中的描写的中心。伊万诺夫的尼克廷，皮涅克的阿尔黑布夫……都是作者所要表现的共产主义者，但是这些作者第一不把他们当为行动的中心人物，第二不用力向他们的心灵深处过细地看一看，因之，他们对于作者，不过是临时所需要的一种配角而已。可是自从里别丁斯基（Libeginsky）的《一周间》出版后，在革命的文学中，我们才真正地看见共产主义者的形象，共产主义者才真正地成了注意的中心点。因此，一个年青的，不知名的作家，因为一部中篇小说《一周间》的问世，忽然跃上文坛，为批评界的对象。

《一周间》在描写革命的著作中，真是要占一个特殊的位置，因为它实在表现出革命中共产主义的形象及他的心灵来。里别丁斯基的两眼特别会看，他看出共产主义者的心灵深处。他不但将共产主义者的形象表出，而且将共产主义者的心灵也表出。倘若我们读别的作家的作品时，只能见到部分的，冷静的，严厉的共产主义者，那我们在《一周间》内所感觉的就不同了。

“……他的思想的道路是如此的：革命要求我们所领的口粮，不要超普通熟练工人所领的数量。可是我是这样地判断：我们就是革命，我们就是我们在会议场中所称呼的先锋队。倘若我们之中每一个负着重要工作的人，都要饥饿，衰弱，甚至死亡，那么，我们的所谓先锋队，当然是要完毕的了。这是一桩很简单的事情！对于他们知识阶级，革命就同一个另外的，神圣的东西，要求牺牲的一样，但是对于我，例如……我可以这样地，如哪一个国王所说的一样：国家——这个就是我。”

这是《一周间》中的一个主人公所说的话。这是何等大胆！这是何等地骇人听闻！但是倘若我们一想起，仔细地想所谓共产主义者的使命，所谓先锋队的责任，所谓革命与工人阶级的关系，那我们就要承认这些话是对的了。不过这里我们要加一层附注：只有真正的革命者才能说这些话，才配说这些话……

书中的情节很简单：在一个县城里，需要筹措燃料，因为没有燃料，就不能运输谷种来种地。保护城市的一营兵，照情势看，要被派遣到离城二十多里路的一座庙宇去，因为那里有很大的森林。在城的周围猖獗着土匪，而城里又暗藏着许多的叛党。若将兵派走了，而剩下城市没有保障，这是很冒险的事情，但是若没有燃料，这也是很大的困难。党部倾向于冒险的一方面。叛党利用城中无兵的机会，暂时占据了城市，而将党的首领很残忍地杀死了许多。后来被派出的一营兵回来复将叛乱平息了。

这一部小书美妙的地方在什么地方呢？在于它表现从事英雄的悲壮的，勇敢的行动之主人公，并未觉得自己的行动是英雄的，悲壮的，勇敢的。所谓伟大的，证明有道德力量的冒险事业，成为日常的必要的工作，因此从事冒险的英雄，也就不觉得自己是在做英雄了。

里别丁斯基将我们引到革命的试验室里，在这里我们看见一些所谓先锋队规定革命的行动，研究革命的过程。革命并不是自然的波浪，而是一种很复杂的，很艰难的艺术，或者可以说是一种科学。俄国革命，它的胜利的条件，在很大的范围内，是因为这次革命有很好的先锋队——知道革命科学的人们。里别丁斯基首先把我们引到革命的试验室里，在这个试验室里，我们看见规定革命，把持革命，引导革命的一些革命的科学者。

在暴动的前一天，负责任的人们如箕曼，洛伯珂，克里明，都是忙碌的，然而又都是不知疲倦为何物的人们。如洛伯珂是很病很病的了，然而他不以自己的病为事，而从事于工作的计划。他们真都是所谓热心的，英雄的，冒险的人们！但关系于这种图画的描写和表现，并不是此书最有力量的，最惊人的部分。里别丁斯基所指示我们的，是死，不是一种最高的，对于革命的道德；最高的道德是要将自己的生命中所有的都献于革命，是死的结果能够促成事业的成功，能够对于革命有利益。不但是死，就是忍饥挨饿，或饮痛吃苦，在道德上的价值，也要以它们对于事业的成效而定。当一个勇敢的不怕死的英雄很容易，而当一个勇敢的不怕死的英雄，同时是成就事业的智士，这就很困难了。然而对于革命，这种人是顶有价值的。里别丁斯基在《一周间》内给予了我们这种有价值的人们……

《一周间》是不是艺术的作品呢？倘若艺术的作品是能够使人用新的眼光观看环境的事物，那么，《一周间》就是一部很有价值的艺术的作品了。在《一周间》内，我们看出革命的辩证的（dialectic），我们看出真正的革命的个性，这种个性是以完成整个的，全部的社会组织为前提，而走入自身的消灭。

"……你看了，正在搬运木柴呢。这木柴可以给我们的谷种。对于农民的骚乱，这谷种简直是水对于火一样。同志们并不是白白地空死了……"

是的，同志们并不是白白地空死了！同志们虽然死了，然而得到了谷种，终于完成了所要做的事业。只要事业完成了，那么，个人牺牲了又算什么呢？……

八、无产阶级诗人

当十月革命如暴风雨一般将旧的俄罗斯的一切，毫不顾恤地扫去的时候，代表此旧俄罗斯的歌者为之苦泣，震怒，羞辱，哀怨，尽力地诅咒这为他们所不明白的，所不需要的，打破他们的蜜梦的革命。可是执行这十月革命的无产阶级，由这阶级跳出来的歌者他们恰恰与旧俄罗斯的歌者相反——他们祝十月革命为劳动者解放的象征，为新生活的开始，拼命地为之歌吟赞美，将所有的希望都放在这革命的身上。在这一种情形之下，也就决定了两种歌者的命运：反革命的歌者被革命的浪潮送到那被人忘却的，荒野的，无人凭吊的坟墓去，而革命的歌者却被革命提上人间的伟大的舞台。

纯粹地出身于无产阶级的无产阶级诗人，在俄国一八九〇年代已经随着俄国无产阶级跃上政治舞台的时候而出现了。但是即最初的诗人如休克列夫涅卡也夫，沙冯……等几个诗人的出现，无论在质量上或数量上，都不足以引起大的注意，因之在文坛上也就占不到势力。这时代的哥尔基，一个俄罗斯文坛的特出者，当然是例外。

到了世界大战的以前几年，所谓无产阶级诗人，如萨莫背特尼克（Samobietnik），格拉西莫夫（Gerasimov），基里洛夫（Kirillov），波莫尔斯基（Bomorskf）……几个到十月革命后，极力参加独立"无产阶级文学"运动的诗人，已经露出头角来了。十月革命后，除了这些革命前已经有点知名的诗人而外，出现了很多的，并且很能引人注目的，青年的无产阶级诗人：亚历山大洛夫斯基（Akxandarovsky），卡思节夫（Gastzev），阿布拉它维奇（Obradovilch），加晋（Kazin），山尼河夫（Sannikov）……到这个时候，所谓无产阶级诗人，不但能引人注目，而且在文坛上占了一部分很大的势力。这是因为他们一方面，在情绪上，思想上，以及在他们的任务上，成为革命的歌者，他们保护革命，而革命也就因之需要他们，培养他们，一方面，他们在技术上已有相当的成就，不似从前的那般幼稚了。

十月革命将文艺的园地开垦得宽大了，从前的文艺，所谓文艺的女神（Muse），不过是少数人的专利品。文艺的创造，只有几个从统治阶级出身的人们才有可能；女神的歌声也只有这几个少数人才能听见，才能领会。可是十月革命却将贵族的文艺的园地渐渐地改成平民化的了，女神也少不得要与劳动者结了姻缘。愚鲁的，无知识的，不文明的劳动阶级，现在居然也产生了自己的诗人，并且这些诗人虽然现在还没有很大的收获，但是他们将来的希望是不可限量的。以现在的情势而论，这一般所谓无产阶级诗人，若与革命的同伴者相比较，即还是很幼稚的，并且这种幼稚的现象，我们也不必为他们讳饰。不过我们普通有"大器晚成"的一句话，这些诗人，以及将要步他们之后的一些诗人，也许在将来能给我们一个很大的收获，也未可预料呢。倘若在今日的俄国文坛上，革命的同伴者还是坐着第一把交椅，还是占着中心的势力，那么在将来的时候，所谓无产阶级的文学或者要征服一切的罢……

革命后的俄国，无产阶级负有创造新文化使命，因之所谓无产阶级诗人，他们就极力提出口号：从别的观念学中将无产阶级的诗解放出来；建设无产阶级之独立的文化……这是当然的，而且是必要的，不过有一些无产阶级诗人太过于主张这个口号了。他们想将一切旧的文化，不问好歹地，一起都推却，反对一切与过去时代的诗人或文学家之任何调和。他们不了解无产阶级虽然负着创造新文化的任务，但是这种新文化并不是从空中就可以创造好的。旧的文化虽然一部分为资产阶级所利用了，但除却这一部分无产阶级所不可采取的以外，还有一些人类共同的价值，我们绝对不可抛弃，而不采取之为建设新文化的材料。倘若不施行这种采取的方法，那么这种无凭无据的创造运动，简直是后退的运动了。

关于这个问题，在无产阶级诗人之中，也可以说在无产阶级环境之中，有两种不同的观点。基里洛夫代表所谓不妥协的，最激烈的一种观点。他说：

我们是英武的恐怖的劳动军——
我们战胜了海洋与陆地的空间。
举着人为的太阳的光将城壁燃烧了，
我们的心灵闪烁着暴动的火焰。
我们被反叛的权力所沉醉了，
“你们是杀美的刽子手呵！”——好就让他们狂喊！
为着明天我们焚毁拉法易尔，
践踏艺术的花，破坏一切博物馆……

这是无产阶级对于资产阶级文化之一时的反动的情绪，然而这种情绪并不是属于正轨的，而且反对无产阶级革命的宗旨，不合于无产阶级的伟大。天才的无产阶级诗人格拉西莫夫对于基里洛夫的这种主张，就表示反对，而另代表着一种别的倾向。在最负盛名的《我们》的一首诗中，他开首说道：

我们将把握一切，我们将认识一切，
将深深地探讨那深渊的底里。
我们的春的心灵，
为那金光焕发的五月所沉醉。
我们骄傲的豪胆没有范围：——
我们是瓦格内尔，文琪，蒂齐安，
我们将建筑 Mont. Blank 似的圆屋顶，
放置在新博物馆的建筑的上面。

是的，这才是充产阶级的任务！这才是无产阶级应有的度量！无产阶级对于旧的文化，应当尽量地采取其中有价值的东西，用之为新文化建设的材料。在无产阶级未将这些材料采取以前，它们形成废物，或为资产阶级压迫无产阶级的工具，但是倘若无产阶级将它们采用了以后，那就可以利用它们反对旧的世界，将它们算做新世界的财产。

无产阶级作家现在所给予我们的作品，都还不是在十分成熟的状态中，这是无可讳言的事实。

“无产阶级艺术不过刚生下而已。在它的发展的途中，无产阶级艺术应造成自己的新形式，这现在还没有分明地表现出来。无产阶级艺术的形式，在现在尚为探求的题目。然而于那一般的特征上看起来，无产阶级艺术的内容，是早已明了的了。无产阶级艺术的内容，是劳动阶级的全生活，即劳动者的世界观，人生观，对于实际生活的态度，以及希求和理想等等。只有这是新艺术家不可不表现的题材。为着阶级的集体，应从这等的织物构成出新的活的结合，且将它们有机地，艺术地，具体表现出来。而且不可不完成那些更得发展，更得扩大到全人类的集团为止的结合。”

苏俄无产阶级文学批评家波格旦诺夫（A. Bogdanov），在他的《单纯与优美》的一文中，将无产阶级艺术这样地下了定义。波连斯基（Poliansky）在《无产阶级文化》杂志上，也发表与波格旦诺夫相同的意见：

“无产阶级文学，在社会革命的火焰里生出，表现着对于社会建设有关系的劳动阶级的热情，欲望战斗，危害，愤激，爱情等等，对于世界，对于实生活，对于无产阶级的活动及其最后的胜利，以自己独特的见解，接触着一切的事物……”

以上这两段文字，大体规定了无产阶级文学的特质。幼稚的无产阶级诗人，及他们的作品虽然是有许多缺点，离完成的时期尚远，然而他们自有他们自己的特质，这种特质是为其他作家，无论资产阶级的作家也罢，革命的同伴也罢，所没有的。这种特质是什么呢？第一，就是他们对于革命的关系，无所谓领受不领受，他们自己就是革命，他们的革命看做解放劳动阶级的方法，因之他们的命运是与革命的命运相同的。当他们歌吟革命，描写革命的时候，他们自己就是被歌吟被描写的分子，因之他们是站在革命的中间，而不是站在革命的外面。第二，就是他们都是集体主义者（Collectivists），在他们的作品里，我们只看见“我们”而很少看见这个“我”来。他们是集体主义（Collectivisin）的歌者。

“我们是英武的恐怖的劳动军。”——基里洛夫。

“我们将把握一切，我们将认识一切。”——格拉西莫夫。

“我们敢断行事，我们是团结的。”——卡期节夫。

“我们将耕掘处女地，开拓处女。”——地沙它维也夫。

“……”

我们无论在哪一个无产阶级诗人的作品中，都可以看见资产阶级诗人以“我”为中心的个人主义差不多是绝迹了。自然，他们有时也有用“我”的时候，但是这个“我”在无产阶级诗人的目光中，不过是集体的一分子或附属物而已。在这一方面说，无产阶级诗人的集体主义，实在是他们对于人类艺术的一个伟大的礼物，因为从此发展下去，共产主义的，全人类的集体的艺术，才有实现的可能。

无产阶级诗人之第三特质，就是他们都是地上的歌者，他们的欲望是在地上，他们所要改造的也是在地上，凡为地上所不需要的东西，一切天上的不可想象的幻景，这都是为他们所鄙弃的。他们是地上的儿子，他们要改变——改变他的姿态，改变他的姿态。这就成为了无产阶级艺术家的标语。沙它维也夫（Sadofiev）表示这种意思最为显明：

破坏呵，成就呵，
我们将努力，将奋发——
用集体的思想之犁，
我们将耕掘处女地，开拓处女地，
比天国更高贵，比太阳更美丽，
我们将陶醉在奇异的欢喜里。

这一种勇敢的，坚毅的，活泼的，乐观的情调，真是给予了我们无限的希望与伟大。无论无产阶级诗人还是在什么幼稚的状态中，但是这一种情调，这一种最宝贵的情调，为其他任何作家所没有的。在这一种关系上，无产阶级诗人现在所给予我们的不可磨灭的价值也就在此。

基里洛夫说：“我们切望一切的人们都在地上饱满，切望听不见为面包的叹息声和呻吟声。我们想将蜜房永远地装储着满满的奇异的甜蜜。在我们的地球上，我们想寻出别一条的辉煌的路。”是的，我们要在地球上，寻出一条辉煌的路来，只有这一条辉煌的路才能引我们走入光明和自由的领域，而不是那些什么天上的玄想和令人见不着形影的上帝……

第四种特质，就是无产阶级诗人是城市的歌者。倘若农民诗人所歌吟的对象是田园，森林，旷野，夜莺，农民的生活，则无产阶级歌吟的是城市，工厂，机器的震动，烟囱的叫鸣，工人的生活。无产阶级诗人将自己的希望都付托于城市，工厂，集体的劳动，他们如伟大的诗人威雨汉（Verhan）一样，歌吟着农村的衰亡，田园的破灭，洛吉诺夫（Loginov）有一首诗将这种意思表示得很显然：

离远些，离远些，离开那荒芜的平原，
离开那颓废的乡村，
离开那飘摇的茅屋，
离开那难耐的寂寞——
只有往城市的，
只有往城市的一条路。
仅仅只有在城市中，

才有运动与争门的可能，
而那荒原是无希望的——
因为这是荒原的命运。
离远些，离远些，离开那荒芜的平原，
走向那工厂与机器的帝国，
走向那繁噪的严厉的城市，
那里才有开始新生活的终索。

倘若农民诗人，如叶贤林，对于那荒芜的平原，颓废的乡村，飘摇的茅屋，怀着无涯的留恋，似乎那里是他的生长地，那里是他的家园，无论如何不可以将它们抛弃，则无产阶级诗人与它们断绝关系，并且很厌恨它们，以它们为无希望的东西。无产阶级诗人以为只有城市，只有集体劳动的工厂，才是创造新生活的根据地，才是一切希望的寄托，因此他们歌吟城市，赞美工厂，就如农民诗人歌吟田园，赞美茅屋一个样的，不过农民诗人所歌吟的调子是细腻的，软弱的，哀怨的，而无产阶级诗人所歌吟的调子却是雄壮的，巨大的，乐观的。

在灼热的，危险的，庞大的，都会的旋风里，
我听到快要来到的快乐的时代之歌了；
在工厂的响动里，钢铁的叫喊里，皮条的怒号里，
我听到未来的黄金的时代之歌了……

——基里洛夫

这一种乐观的雄壮的调子，乍听着似乎不能入耳，但是倘若我们仔细地静听一下，那我们就要感觉得这其间含蕴着无限的将来，波动着伟大的音乐。……

是的，无产阶级诗人都还在未完成的状态中，关于诗形风格语句等等，他们大半都是从别的诗人假借来的，没有什么惊人的完美的独创。在技能方面，才力方面，教养方面，无产阶级诗人比别的诗人都还差得很远，这是不可掩的事实。不过革命的日子还浅，十月革命的后几年，大部分的力量都用之于声内战争，经济奋斗，以及一切物质的事业上面，还没有对文化上十分注意。也许等日子略久一点，我们可以看得见新俄罗斯的新哥德，新拜轮，新哥尔基，新普希金……

伟大的十月革命，无论如何，不能说在文艺的园地里，不能有伟大的收获。十月革命给了文艺的园地以新的种子，把文艺的园地开拓得更为宽阔，因之所培养的花木更为繁多，在此繁多的花木中，我们在将来一定可以看见提高人类文化的，伟大的，空前的果实。

我们试拭目以待罢……

九、未来主义与马牙可夫斯基（Mayakoosky）

俄罗斯革命的初期，文坛上的未来主义者（Futurists），也就同革命的本身一样，轰轰烈烈地跃演于革命的舞台，成了文坛上的霸主。时至今日未来主义（Futurism）渐渐衰颓下来了，不似革命初期的有声有色，但是在俄国文学史上，未来主义总是要遗留一个很大的痕迹的。当象征主义者（Symleoliots）畏缩，消沉，衰颓的时候，而未来主义者夺了他们在文坛上的霸权，极力为革命而呼喊，追逐革命的波浪，同时，他们送给俄罗斯文学的，也有不少的礼物。虽然他们有许多的主张为我们所不赞成，但是我们对于他们那种暴动的，勇敢的，破坏的精神，实不得不表示相当的敬佩。

未来主义发源于意大利，可是它流到俄国的时候，完全改换了面目。在意大利，未来主义与狭义的爱国主义相混合，未来主义者歌诵帝国主义的战争，为资产阶级效力，完全是反动的倾向，可是在俄国，未来主义捉住了社会主义，反对帝国主义的战争，歌颂无产阶级的革命。在表面上看来，似乎有点奇怪：为什么同一文学的派别，而在行动上，思想上，有这样大的差别呢？为什么在意大利未来主义者是反动的，而在俄国未来主义者竟变成了革命的呢？……其实这并没有什么可以奇怪的。社会背景的不同，因之，意大利的未来主义与俄国的未来主义所走的路也就不同了。

资产阶级的文化到了最后的阶段，已经表现其无力，而呈着衰颓的现象了。就在这个当儿，资产阶级的知识阶级中最激烈的分子，他们感觉得旧的世界——旧的一切太狭了，太妨碍他们的个人主义之发展了，于是他们对于旧的资产阶级的生话，以及这生活的一部分——资产阶级的艺术，起了很大的厌恶，而思有以破坏之。于是他们高喊着反对旧的，静的，而主张动的，新的艺术。在表面上看，他们是很革命的，其实他们不过是资产阶级的文化之最后的绝叫者而已。

资产阶级实在是机敏，伶俐，颖悟得很。它会利用一切的观念，思想和倾向。在法国，资产阶级就利用革命这个字，它将世界战争比做“法国大革命”的完成，以引起一般人对于战争的兴趣。在意大利呢？意大利发生了未来主义，这未来主义是主张新的，动的，反对旧的和静的，好，资产阶级就向他们说道：战争！战争！战争是动的，战争是破坏旧的世界的行动。只有战争可以创造新的东西……

意大利的未来主义者就这样成了世界战争的歌颂者。他也宣言战争是最合乎卫生的东西，因为战争可以将一切旧的、腐烂的，无用的东西洗刷去。到世界大战爆发时候，未来主义在意大利发展得已经成熟了，已经成了文学上一个很重要的潮流。同时，未来主义在俄国不过是初见萌芽，还是在被压迫的时代。俄国社会在这个时期正在预备二月革命，慢慢地向德莫克拉西的道路推行。但是这个时期很短，未来主义者正开始在试行提到破坏，积极行动……等等模糊的口号，而还未到成人的时候，俄国的无产阶级的革命已经爆发了。无产阶级革命将幼稚的未来主义者，还是受压迫的，未被社会承认的未来主义者，拿到自己的怀里，成了自己的歌颂者。无产阶级的新世界观被未来主义者含糊地领受了，于是俄国的未来主义与俄国的革命结了缘：俄国的革命将俄国的未来主义推入了社会主义的范围。

革命后提出了创造新艺术的问题。未来主义者号召人们：打倒一切旧的东西！与旧的断绝关系！取消种种的因袭！打倒普希金，朵斯托也夫斯基，托尔斯泰，克罗连珂……这一种激烈的号召，在初看，似乎是很革命的，然而在实际上说起来，这不过是小资产阶级的虚无主义，并不是无产阶级的革命性。未来主义者若以为自己具着资产阶级的根性，而极力想脱离一切旧式的，那种拘谨的对于艺术的眼光，而遂宣言与旧的一切完全断绝关系，这是有意义的，并且有些暖室中的或冬烘的文学先生，他们开口普希金，闭口普希金，丝毫不想越出旧的范围——这些先生们实在要经未来主义痛击一番才好。但是未来主义者若以这个口号来号召无产阶级，这就未免狂妄，而且是无意义的了。无产阶级不但不需要，而且断不能与旧的文学的传习断绝关系，因为它实在不甚知道旧的文学的传习是什么一回事。无产阶级仅仅需要接近旧的文学的传习，好占据着它，并由此征服普希金以为己用。无产阶级自然要建设新的艺术，新的文化，但是怎么样建设呢？用什么东西建设呢？建设在什么地方呢？所谓建设新艺术并不是一种空言，或从半空中下手就可以办得到的。没有旧的艺术，则新的艺术从什么地方产生出来？旧艺术当然是不合于现代的生活，然而这并不是说我们应与旧艺术断绝关系。我们应当采取它，我们应当改造它，我们应当征服一切旧的比较好的东西，为我们建设新的材料。

是的，未来主义者主张与一切旧的断绝关系，打倒一切传习等等，这真是知识阶级的一种激烈的虚无主义而已，并不符合于无产阶级的革命性。所谓无产阶级革命，十月革命，并不是从天上忽然掉下来的，它自有它历史的传习：由一九〇五年革命数到巴黎公社，由巴黎公社再数到一八四八年的革命……若是十月革命没有以前几次革命的传习，试问是不可能的？试问十月革命的成功，是不是大部分因为俄国无产阶级会利用以往的革命的经验？这是一种很显然的事情，真心的革命党人只在革命的传习中生活，革命对于他们是一种习惯，而不是什么一时的高兴，或天外飞来的突然。他们反对旧的世界，旧的文化，旧的一切，然而这只限于坏的，无用的，对于人类有害的一方面，而不是就是一个笼统的断绝关系。自称为文学的左派，未来主义者，口口声声要打倒一切传习，这不过是一种无内容的空叫而已。

由此，这就是真正的革命党人与口头上的革命党人——未来主义者之不相符合的地方了。革命对于真正的革命人，不过是传习的化身而已。他们一方面由他们在理论上所否定的，在实际上所要推翻的世界走将出来，而一方面却进入他们已经预先所领会传习的世界中去。十月革命并不是如未来主义者所想，与历史的往事没有关系，而实实在在地有不可分离的因缘。创造十月革命的人，他们就是继续一九〇五年革命和巴黎公社的人，而不是一点毫无传习的什么荒岛上的鲁滨逊……

在理论方面有许多地方，我们实在不敢与未来主义者同意。但是在事实方面，未来主义对于俄罗斯文学的贡献，却不可以磨灭。在现代俄国的诗里，间接地或直接地，未来主义的确有很大的影响。马牙可夫斯基所给予许多无产阶级诗人的影响，无论谁个都不能否认。俄国的诗到了马牙可夫斯基，实在起了很大的变化，他将一切旧的俗套的，与生活无大关系的字句，都从诗里清洗出去了，而另将一些活的，更与民众生活接近的，所谓街上的，为以前所不敢用的字句，引到诗里来，他造了许多新的诗的字句，这些诗的字句将要永远遗留在俄国的诗里了。

无论谁个都不能不说马牙可夫斯基是一个伟大的天才的诗人。有许多人对于未来主义者，对于未来主义的理论，虽表示反感，然而对于马牙可夫斯基，却一致承认他是一个突出的天才。在诗的语言方面，他打破了因袭的韵律，创造了许多新的字句，一新俄国诗的面目。在人生观方面，他是一个新式的超人，集合主义的超人。他是唯物论者，是积极的唯物论者，而不是消极的定命主义的唯物论者。“几千年来的文明都是集合劳动的创造……正唯要支配此物质，所以要知此物质；正要能集合而生创造力，那时方能与个性以充分的发展……”马牙可夫斯基这一种积极的唯物的人生观，给予了他以伟大的创造力。他的著作诗多而散文绝少。最足以表现他这种人生观的，如长诗《第四国际》诗集《人》。马牙可夫斯基在群众面前承认自己是标语和广告的诗人，这并不是他自己降低自己诗人的人格，而适足以表明他的伟大，他的暴动的精神。在现时代，真正的诗人恐怕要将自己的诗广告当作标语用罢？暖室内或花月下的漫唱低吟的时代已经是过去了。现在诗的领域不是暖室，而是闹喧喧的街道，诗的写处不是字本，而是那街心的广告。马牙可夫斯基能承认自己是广告诗人，这正足以见得他是超出旧轨的天才。

马牙可夫斯基的力量，在于他不将十月革命当作搅乱诗人的工作的外部的力，而把它当作伟大的生活现象。他以革命与他的自身有有机的结合的关系，他并不立在革命的外面，而在革命的中间，张着大嘴如霹雳一般地狂吼。也就因此许多批评家说他真是无产阶级革命的诗人，并说新的艺术是要从马牙可夫斯基开始，马牙可夫斯基是新艺术的化身……关于这层意见，也有持着许多不同的论调的人，他们说马牙可夫斯基不是无产阶级革命的诗人，而只是在无产阶级革命的浪潮中，对于旧的一声巨大的叫吼。因此，马牙可夫斯基是这过渡期中的一个特出的现象，马牙可夫斯基以前不能有马牙可夫斯基，他以后也将不再有第二个马牙可夫斯基，总之，马牙可夫斯基是不可重复的现象……

我们关于这个马牙可夫斯基是不是无产阶级革命的诗人的问题，可以暂且不论。不过我以为倘若别的诗人，与马牙可夫斯基同时的诗人，能够被称为革命的诗人，那么马牙可夫斯基当然更有权利享受这个称呼。

十月革命涌现出许多天才诗人，而马牙可夫斯基恐怕要算这些诗人中最伟大，最存收获，最有成就的一个了。他真是一个稀有的现象，当我们读他的作品的时候，我们感觉着这位诗人大惊人的魄力和不可限制的勇敢。也许他是一个巨大的怪物，这个巨大的怪物只有十月革命才能涌现出来。

附注：未来派的作品简直没有译的可能，若以不完全的中国话来译俄国未来派的作品，那尤其是不可能之不可能了。因此编者只能将马牙可夫斯基的思想略说一说，而不能引证他的作品。这一层还要请读者原谅。

无产阶级革命与文化[1]

我的心灵使我追惋
那八十年前的海涅……
多情的海涅啊！
你为什么多虑而哭泣呢？
多情的诗人，
可惜你未染着十月革命的赤色！
——录侠僧《我的心灵》诗一节

"……想起来那个时候——共产主义者，不信仰神的人们得到了统治权，用自己粗糙的手腕，毫不怜惜地破坏一切温柔的美的偶像（我的心灵所贵重的东西）——我真是恐怖而战栗啊！他们破坏一切为诗人所爱的艺术的幻景；铲锄去我的娇嫩的樱桃树林，而种下粗野的马铃薯；美妙的百合花亦将要被芟去而离开社会上一块土了！……呸！当我想起来那个时候——凯旋的无产阶级将我的诗抛入坟墓与一切旧的浪漫幻想的世界同归于尽——我真抱着无限说不出来的羞辱啊！"

德国伟大的诗人海涅在一八五八年临死不久的时候，写出自己对于将来的悲痛。他明知道无产阶级，粗糙的共产主义者，要得到政权，为世界的统治者；但同时恐惧他们破坏一切为诗人所爱的东西。哎哟！我的多情的海涅啊！你真是空恐惧了！倘若你能活到十月革命之后，亲观俄国无产阶级对于旧有艺术保证无所不至，你又作如何感情呢？

共产主义者也爱百合花的娇艳，但同时想此百合花的娇艳成为群众的赏品；共产主义者也爱温柔的美的偶像，但同时愿把此温柔的美的偶像立于群众的面前；共产主义者对资产阶级之无意识的玩物，非常地厌恶，然对于美

① 载《新青年》季刊第3期，1924年8月1日。署名蒋侠生。

术馆、博物馆及一切可为群众利益的艺术作品，仍保证之不暇，还说甚么破坏呢？共产主义者对于帝王的冠冕可以践踏，但是对于诗人的心血——海涅的《织工》，哥德的《浮士德》，仍是歌颂，仍是歌颂，仍是尊崇！我的海涅啊！你可知道你有许多的作品还为共产主义者所颂读呢？倘若你能听到这颂读的声音，你又作如何感想呢？

海涅真是白恐惧了！

倘若有人说，无产阶级只能作破坏人类文化的事业，无产阶级革命也只是为着讨厌的面包问题，而不能顾及人类文化的前途，那么，我们现在拿俄国无产阶级做一例证，好不好呢？

我们是粗暴的劳动军，
我们战胜海洋陆地的空间；
举着人为的太阳之地照遍都城，
我们的心灵之火也红得动天惊地。
我们立于暴动的权威之上，
让人们对于我们的呼喊……
“你们是杀美的刽子手啊！”
为着明天，我们抛去艺术之花，
我们焚毁宫殿，破坏博物馆！……

——克里洛夫《我们》一节

在无产阶级革命的怒涛中，本身破坏一切艺术的一种倾向，这种倾向，不过是对于资产阶级文化之反动，为一时的无理性的现象。克里洛夫本是无产阶级出生的革命诗人，这一种不顾一切的宣言，实可代表俄国无产阶级对于文化，一种反常的心理。然而当十月革命发生时，对于文化问题之解决有二大趋向……克里洛夫代表无产阶级之一种反常的趋向；我们又可以在无产阶级诗人格拉昔莫夫诗中，看出无产阶级革命对于文化问题之一种伟大纯正的趋向。格拉昔莫夫答复克里洛夫的宣言：

我们统了都拿，我们统了都认识，
我们探讨广大的深渊到底。
这金光灿烂的五月，
使得春天的心灵沉醉，
我们能领受一切，

我们向这新的博物馆高举玉杯。……

这真是无产阶级对于文化的态度啊！“我们统了都拿，我们统了都认识”，这种态度是何等伟大呢？虽然当无产阶级革命时，发生一种反常的潮流，但是这种反常的潮流是一时的，而非永久的。整理过去的文化，创造将来的文化，本是无产阶级革命对于人类的责任，这种责任也只有无产阶级能够负担。所以克里洛夫的宣言终为格拉昔莫夫的宣言所战败了。

十月革命以后，一些攻击共产党的人们，天天闭着双眼，乱骂共产党人为杀美的刽子手，人类文化的蟊贼，——总之，共产党是野蛮分子。现在俄国革命已年六年了，无产阶级政权日益巩固，而对于俄国旧有的文化，所损害在什么地方呢？剧院、博物馆，不但没有被野蛮的共产党所破坏，而且较从前增加得多了。虽然在最短时期中，不能产出伟大的著作家，但是现在俄国文学界总比欧美兴勃得多了。教育因为经济困难不能发展到我们所希望的地步，但是比较未革命以前，一般人民的程度已高得多了。到底无产阶级对于人类文化所损害的在什么地方呢？无产阶级革命对于人类文化有无损害，我们可以在俄国看得出来。倘若反对共产主义者的人们，一定要骂共产党为人类文化的蟊贼，那我们也不愿意多争辩了。

不错，无产阶级革命是为着解决讨厌的面包问题，倘若没有面包问题，十月革命也将不会发生了。但是无产阶级革命的意义就止于解决面包问题吗？正面说无产阶级革命原是为着解决讨厌的面包问题，而在反面了，无产阶级革命也就是对于人类文化之促进。面包为文化之本，面包问题不解决，人类文化永无充分发展的希望：人们不能饿着肚皮，创造出贵重的作品！我们固然知道这美妙音乐，贵重的作品，可以圆满人类最高度的精神生活，但是若面包问题不解决，这美妙的音乐，贵重的作品，纵然不能完全存在，至少也可以说为少数人独享，而其余的多数人们，都无赏鉴、听闻的机会。

无产阶级革命，不但是解决面包问题，而且是为人类文化开一条新途径。

人类的精神生活由其物质生活而定。换言之，人类文化依着物质的——经济的——基础而发展；物质的基础发展到某一定程度，人类文化必与之相符合，而不能超出范围，因为人类文化本身是人类物质生活的产物。某一时代经济发展的形式规定某一时代文化发展的程度：原始共产社会时代的文化是一样，封建制度时代的文化是别一样，而资本主义时代的文化更与前二者不同。经济形式进步，文化也随之发展，所以封建制度时代的文化比原始共产社会时代的文化高，而资本主义时代的文化又比封建制度时代的文化高。

但是因为生产力没有充分发展的缘故，社会中分成统治与被统治二个阶级；因为社会中有阶级的差别，文化亦随之而含有阶级性。统治的阶级为着制服被统治阶级，于是利用文化迷惑被统治阶级之耳目，而别一方面被统治阶级生活于劳苦之中，几无享受文化之机会。不错，文化为全人类的结晶，但因阶级斗争缘故，文化本身不得不蒙着一重阶级色彩了。

试问在现在有阶级的社会中，多数人们能听得美妙音乐么？多数人们有创造贵重作品的机会么？资产阶级占有文化，或藉文化为消磨无产阶级觉悟的工具，可以说，现在资本主义制度下的文化非有害于无产阶级，即与无产阶级没有关系。

试问现代的文化能作为全人类的文化么？现代的文化是阶级的文化！阶级为文化发展的障碍，阶级不消灭，人类文化永无充分发展之可能。

无产阶级革命的目的是消灭社会阶级，建设无阶级社会，实现共产主义。生产机关与工具既属公有，竞争市场的现象必归消灭。用全社会力量发展全社会生产力，生产力当然可以发达到最高程度，而随生产力发展而发展的文化，当然也可无止境地发达起来。阶级既归消灭，文化的阶级性亦随之而失去，全人类的文化方有开始发展之可能。虽然无产阶级革命一时不能创造成全人类的新文化（因为阶级一时不能消灭），然而无产阶级革命却开辟了创造全人类的新文化之一条途径。

照着这一条新的途径走，且看将来人类文化的灿烂光华啊！

倘若现在的社会中，多数人们不能静听美妙的音乐，无创造贵重作品之机会，则在将来社会中，人人都能静听美妙的音乐，都有创造贵重作品之机会，岂不是快事么？

所谓无产阶级文化，是否有存在之可能？主张全人类文化说者，以为文化为全人类所有的，当然没有阶级性，所谓资产阶级文化，无产阶级等等，实是一种成见而已。

我上头已经说过了，文化为全人类的结晶，不应为任何阶级所独占，但是在有阶级的社会中，文化难为全人类产物，其势力不得不为统治阶级所私有。统治阶级，一方面为自己阶级地位巩固计，竭力发展自己阶级的文化，务使其适应自己阶级的利益，而灌输之以自己阶级的思想。阶级的文化就因此而成立了。封建阶级有自己特殊的文化，资产阶级也有自己特殊的文化，在事实上，实不容加以否认。

无产阶级亦与其他阶级一样，在共产主义未实现以前，当然能够创造出自己特殊的文化——无产阶级的文化。而在别一方面说，这种无产阶级的文化为真正全人类文化的开始。真正全人类的文化，在无产阶级完全得到胜利之后，才能实现：无产阶级消灭各阶级之后，全人类为一体，文化再没有含着阶级性的可能。此种共产主义的文化——全人类的文化——现在我们暂且不说，我们所要说的，就是在过渡时代，无产阶级能否创造自己特殊的文化。

无产阶级文化，在欧洲、美洲已经开始发展了。无产阶级既为政治上一大势力，在文化上不得不趋向于创造自己特殊的、而与资产阶级的相对抗。这种趋向经过自己的思想家表现出来。无产阶级亲手创造出许多伟大的无产阶级诗人。

但是在无产阶级未握政权的国家中，此种无产阶级文化，当然发展在极低度，因为物质的力量欠足，无产阶级不能为所欲为的缘故。在无产阶级执政的国家（比如俄国），无产阶级文化的发展程度快得多了。现在俄国无产阶级的诗人，无产阶级的剧院，无产阶级的艺术家……在文化上，已经夺得一部分优越的地位，而努力创造自己阶级的文化，这些无产阶级诗人，剧院，艺术家……可以说为无产阶级文化的代表。

倘若有人问：无产阶级文化是不是可能的呢？我们就回答：无产阶级文化，不但是可能的，而且是必然的。

无产阶级文化在自己社会经济的基础上，当然比资产阶级文化高些，范围宽大些。无产阶级文化的基础是现代的大工业，伟大的机器已经锻炼得无产阶级异常强固，因此无产阶级的文化更有切实的根据。在思想方面，无产阶级，经过自己的伟大思想家，已成立科学的根据，比较资产阶级更强有力得多了。

倘若资产阶级从高等的阶级（贵族）及知识阶级（小资产阶级）中得了许多帮助者，无产阶级从别的阶级中所得来的帮助者必定更多。一些慈心而颖慧的人们，自然对无产阶级抱绝大的同情。有时并且有些伟大的分子从敌对阶级跑将过来，而为无产阶级革命的忠臣。这些阶级的叛贼，在无产阶级革命以前，可以促进无产阶级革命的速度，在无产阶级革命成功以后，更对无产阶级文化之创造上，将有莫大功绩。因此无产阶级的文化，不但是可能的，而且已有很坚固的根据了。

现在且回顾看一看无产阶级革命后的俄国：俄国无产阶级收集了许多由别阶级跑来的一切尊重人类文化的分子，正在一方面发展无产阶级文化，而别一方面同时开始全人类文化的途径呢！倘若同海涅一样忧虑的人们，现在可以觉悟了！

现代中国的文学界[①]

一、开场白

这几年来我在国外，对于中国文学界实多隔膜。我所阅读的报章杂志诗集既然很少，当然不能随随便便地就拿起笔来批评。可是我一踏国土，讲一句实在话，特别对于中国现代的文学界先加注意，这也因为我是一个治文学的人，或者不客气地说，这也因为我自己是一个诗人。我觉着现在创作家如春笋一般，非常之多；而所谓文学的读者，却与创作家成反比例，没有多少。差不多文学的创作者，就是文学的读者，文学的读者，就是文学的创作者。这一种现象，我们能承认它为进步的么？我曾问过我的一个朋友，他从前是很爱读文学的，为什么现在不大爱读新文学界的作品，他回答我说："一切都是滥调子，没有好的，现在中国的文学界糟糕极了！……"我想我这位朋友的话或者是对的。但是我们还是不能武断现在中国的文学界完全没有希望了，或者将来不能产生一个真正的文学家。也许现在中国的文学界已经有了很好的作品，很有天才的创作家，可是因为鱼目混了珠，大家分不清楚，因之就埋没了。这一种混乱的现象之所以造成，因为没有一个真正的批评家，为文学界中的指导者，使鱼目不能混珠，把鱼目与珠分得清清楚楚地。在现在中国的文学界中，好的创作家固然是需要了，可是没有好的批评家，则好的创作家也难产生啊。所以在现在中国的文学界中最需要的还是好的批评家。有了好的批评家之后，不愁好的创作家不能表现出来。

① 载上海《民国日报》附刊《觉悟·文学专号》第1期、第2期，1924年11月16日、23日，本篇未曾刊完，仅此两节。署名蒋光赤。

我呢，上面已经说过，我自己是一个创作家（读者勿误会，创作家一个名词并无多大的尊贵），本不愿干涉批评文学的范围。可是我感觉得现在的文学界太紊乱了，不但内容方面是如此，技术方面也是如此。倘若我们，关心中国文学的人们，任着这样模模糊糊地下去，不来做一番整理和指导的工夫，则中国文学的前途将要到破产的地步，这怕不是我们所希望的罢？因此，我有点忍不住了，不愿意这种现象延长下去，所以要哓哓舌，贡献点我个人关于文学的意见，且大胆地要把现代中国的文学界批评一下。我不愿意吹牛，夸张自己对于文学有什么研究，或者故意要压抑别人，而显现出自己的本领，犯普通所谓文人相轻的毛病。我想无论一个人创作或是批评家，自己的作品应对于社会负责任，而不应拿来做为攻击和互相压抑的工具。当批评家批评某一个创作家的作品时，应抱一很严正的态度，而不应用讥笑的口吻，当创作家的作品被批评时，创作家应谦虚地容受，不应当存“赞我者反之，否则仇之”的观念。

无论如何，我们要努力地振作中国的文学界，我们要努力地使中国的文学趋于正轨，走向那发展而光辉的道上去！我是我们中之一个，我也应当负点责任罢？我现在要哓舌，无论我的哓舌是否有当，总算是尽自己所负的责任之一个表示。我现在将我所读过的作品，下一个小小的批评，或者我的批评是谬误的，但是倘若因我的批评而引出来比较好的批评和批评家，使中国的文学界能够发点生气，则我就很满意了。或者我的批评也有很恰当的地方，也能够对于中国的文学界有点贡献，不至于如石落深窟，没有点儿音响。那就更是我的幸事。至于我自己的作品呢？不用说，当然是很幼稚的，好坏我自己不说，一任人们批评去！

二、粪堆里

商女不知亡国恨，
隔江犹唱后庭花。

——录自杜牧

……好个荒凉的沙漠，无边无际的！一片黄沉沉黯淡的颜色。

不要鲜丽，不要响亮，不要呼吸，不要生活。霞影里的蜃楼，是我孤独凄凉的旅客之唯一的安慰，然而他解不得渴；在沙漠里水草是奇珍，我哪里去取水呢？这是陶畏巨先生荒漠里的几句话（见《新青年》第一号）。不错，荒漠里的生活不是好过的。可是荒漠里的生活总还比粪堆里的生活强些罢？我们且睁开眼睛看看，我们在什么地方生活，在荒漠里，还是在粪堆里呢？

好个臭气熏天的粪堆，无高无下的！臭气逼人，掩着鼻孔罢，要闷死；用口呼吸罢，粪堆里的微生虫一定要胀破你的肚皮。荒漠里时或吹着一阵爽快的凉风，时或寻着一块可以立足地方，但是在粪堆里呢？脚动动是粪，手摸摸是粪，眼看看是粪。喂！好个臭气熏天的粪堆，无边无际的！

倘若谁个不感觉得自己在粪堆里过生活，一定是因为他失了神经作用，或者是因为他也同粪堆里的蛆一样，已经习惯于粪堆里的生活。

我回国先到的地方是威海卫，不是英国所租借的威海卫，而是中国界内的威海卫。喂！我真是想不到！我只当去国后数年，中国应当有点进步才是：又谁知景物依然，江山如旧，威海卫城内满街满巷，差不多到处是粪堆，没有一块儿干净地：臭气熏人，苍蝇乱飞，真是令数年去国的我不能够呼吸。大脚的女子在街上是看不见的，而拖长辫者满眼皆是，他们真是文质彬彬，他们真是东方文化的代表者，他们真是中国的真国粹！

上海粘了洋气，总算是文明的地方了罢？可是在上海的早晨，你听不着别的声音，到处都是刷洗马桶的声音，呼吃匡郎，呼吃匡郎，不绝于耳，喂！好不难煞过人！早晨的空气应当是有点新鲜的，可是新鲜的空气被粪的臭气驱逐到那太平洋的那边去了。中国人是没有呼吸新鲜的空气之幸福的啊！

粪堆啊，马桶啊，苍蝇啊……这都是中国人的生活之象征，中国人的精神生活之象征，到处都是粪堆，马桶，苍蝇！我们到什么地方去求美？我们到什么地方去求爱？我们到什么地方去求奇异的花草？我们到什么地方去求温暖的窝巢？满天空密布着黑雾，霞影的蜃楼也是无从看得见的；满山谷飞流着臭浆，你若说什么温泉，甘露，玉液，岂不是愚妄么？

但是中国愚妄的人们真多啊！他们过着粪堆里的生活，口里喊着什么花呀，月呀，爱呀，美呀，闹得个不亦乐乎，真是要笑死人又气死人了！不错，我也晓得花月爱美之可贵，并且我也热烈地希望花月爱美之实现。谁也不反对花月爱美，除非是疯狂。但是我们现在的责任，不仅仅在于喊花呀，月呀，爱呀，美呀，而最要的是揭露现在粪堆里的生活没有花，没有月，没有爱，没有美。我们要反抗粪堆里的生活。我们要寻一条走到花月爱美的道路！

倘若闭着眼睛喊什么花呀，月呀，爱呀，美呀，而不看看粪堆里的生活到底有花没有，有月没有，有爱没有，有美没有，这岂不是愚妄么？

不感觉得粪堆生活之可恶的人是白痴；不看一看环境是什么景象，而沉醉于幻想里的人是愚妄，感觉得粪堆里没有花月爱美，而仍喊花月爱美的人更是下流了！诗人，文学家是代表社会情绪的，同时也是鼓动，启发，开导社会情绪的；倘若诗人，文学家都陷于麻木不仁的状态，则在社会里从何地方听得着一点响亮之声？……

说到这里，我不得不说现代中国的文学界，除一部分外，好生堕落！我不得不惊异现代多数的新诗人，新文学家之无出息！

所谓“靡靡之音”的文学潮流，现在漫溢全国，我们说好，“靡靡之音”是文学界的颓象；我们说坏些，“靡靡之音”简直是亡国的征象！中国的新诗人们，请睁开眼睛看看！帝国主义如恶魔一般在那里张着一张血口，睁着两双红眼，舞着四双利爪，要来吃我们的肉，吃我们的心肝，吃我们的灵魂，哦！或者我们的肉，心肝，灵魂，已经被它吃了一半了，我们还未觉着罢？野蛮的军阀如虎豹一般对着他们的主人——恶魔一块儿吃我们的肉，心肝，灵魂，只是哼哼地狂叫，要把我们弄得无葬身之地。这是我们现在的生活！这是我们现在的命运！倘若我们不是弱者啊，我们最低的限度要喊一声“反抗！”

我们真是要梦想生来超度么？死后的天国么？可是我已经不能再受痛苦了！我们要被恶魔吃了，我们还喊着爱；我们的身上已密布着伤痕，我们还喊着美；我们已经要死了，还需要什么花月的安慰？哎哟！莫要自欺罢！羞辱！羞辱！羞辱！羞辱……

现代中国社会与革命文学①

时间真快，不觉又是一年！我们想想过去，望望将来，难免都有一番感触。这个感触大约偏向于坏的方面多，因为在过去的一年中，不，过去的许多年中，民不聊生，国无宁日，内有军阀之专横，外受列强的侵略，稍有一点知识而不愿意做亡国奴的中国人，任何一个都要疾首痛心的。

在这一年中，没有一件可以令人满意的事情。在政治方面，不用说，是糟不堪言；就是在科学文学方面，也无什么进步。关于政治，科学……自有人做统计来收束，我现在可以不必多说话。但是我们对文学更有兴趣的人们，少不得要说一说文学界中的成绩。我要声明，我这一篇文章不能算为正式的论文，只可做为一篇无系统的谈话，时间匆促，编辑先生向我要文章，我就勉强做了这一篇。本来我老早就想献一献丑，对于中国现代文学界贡献点意见，可是因为事务太忙，总没得闲空。现在新年到了，借这个机会略说几句，或者能引起大家，于文学界的反省也未可知。

照理说，中国现代的社会应当产生几个反抗的，伟大的，革命的文学家，但是，在实际上，这样的文学家，我们找不出来，这不能不说是一件很不幸，很可惜的事情。一般不明了文学意义的人们，不明了文学与社会的关系的人们，以为文学家无足重轻，有也可以，没有也不要紧，值不得什么尊重。其实这种见解是大谬而特谬的！文学是社会生活的反映，一个文学家在消极方面表现社会的生活，在积极方面可以鼓动，提高，奋兴社会的情趣。如拜伦在十九世纪高呼反抗，自由。我们在这一种高呼中，可以看出当时英国社会生活或者全欧洲社会生活之如何黑暗；在别一方面，拜伦的高呼的确惊醒不

① 载上海《民国日报》附刊《觉悟》，1925 年 1 月 1 日。署名光赤。

少漫漫的迷梦。我们倘若说到人类文化史来，不得不把拜伦看得重重的。这不过是一个例子。中国现代的社会再黑暗没有了，所谓一般的民众受两重的压迫——军阀和帝国主义，再进一层说，所谓一般劳苦的群众们之受压迫，更不可以想象。在这一种黑种状态下，倘若我们听见几个文学家的反抗声，倘若我们听见几个文学家的革命之歌，则我们将引以为荣幸，因为文学家是代表社会的情绪的（我始终是这样的主张），并且文学家负有鼓动社会的情绪之职任，我们听见了文学家的高呼狂喊，可以证明社会的情绪不是死的，并且有奋兴的希望。

但是我们在现代的中国社会找不出几个（就是一个也好!）反抗的，伟大的，革命的文学家。这是什么原故呢？中国的社会的情绪死了不成？或者中华民族没有产生伟大文学家的命运。这我却不相信了。中华民族一定要产生几个伟大的文学家！一定要产生几个能够代表民族性，能够代表民族解放运动的精神的文学家？不过这样的文学家，我现在找不出来，这不能不说是件很不幸，很可惜的事情（或者有人说这事无关轻重）!

但是，革命的文学家虽然没有，而市侩派的文学家，我们却可以找得出来几个。注意！此地所说的“市侩”两个字并不是骂人的名词，不过就作者的人生观及其所描写，所醉心的生活上看来，终规定哪一个文学家是市侩派的文学家，哪一个不是市侩派的文学家。

自从文学革命以来，所谓写实主义一名词，漫溢于谈文学者的口里。我们以为文学是社会生活的反映，当然，不反对写实主义，并且以为写实主义可以救中国文学内容空虚的毛病。不过我们莫要以为凡是写实的都是好文学，都是为我们所需要的文学。中国现在市侩派的小说家的一些作品，不能不说不近于写实主义，但是这些作品有价值吗？不是！叶绍钧可以说是市侩派的小说家之代表，他的作品大部分是写实的，但是作者本身是市侩，——市侩的人生观我们现在不需要，我们并且永远的要反对。他们所描写的不过是“祖母之心”，他们的主人翁不过是市侩，他们所熟悉的不过是市侩的生活。你要说他们硬罢，他们也不硬；你要说他们软罢，他们也不软；他们的人生观就是不硬不软的皮条。

凡是市侩没有不近视眼的，他们或者也感觉到社会不平等，但总看不到不平等之原因在哪里；他们也或者说几句半疼不痒的话，但总不能把头抬高一些，眼放开些。激烈话，他们是不会说的！革命是要教市侩望着生怕啊！

市侩本来没有一定的人生观，我读了《冬夜》一两遍，总不明白作者的人生观如何，作者对于社会的态度是怎样（读者恕我，《西还》我还未读过，或者作者的思想变了）。作者自己的愿望如何。这真是怪事！一部偌大的诗集，而不能给读者明了作者的人格。这是什么创作品？不是从心坎里扯出来，大约是从空中拼出来的。或者有人说作者的哲学艰深，非小子所能了解，那么，我就不多说了。不过在实际上，这并不足惊异，市侩人生观是不一定的，或者竟没有人生观，《冬夜》的作者不过是一个代表了。

好一朵暖室的花！冰心女士博得不少人们的喝彩！我真是对不起，我是一个不知趣的人，在万人喝彩的声中，我要嗤一声扫兴。本来暖室的花是何等的可爱！但是在现在的世界中，只有那无忧无虑丰衣饱食的市侩可以醉心于暖室的花，能以闻得暖室的花香为满足。一切穷苦的人们，或忧心社会的人们，暖室都没有，还说到什么花呢？

冰心女士真是个小姐的代表！“我想弟弟……”“我的母亲……”“姊妹们……”……冰心走来走去，总跳不出家庭的一步。或者她现在美国，有那离中国有数万里的美国，但是她的人生观是小姐的人生观，她的回忆也只限于旧日家庭的生活，她的春水永起不了大浪。读者能够从冰心女士的作品中看出时代和社会的背景么？她与那唐宋以上的小姐有什么分别？小心些！大风起了，暖室也要被吹到，花更要遭难了。

若说冰心女士是女性的代表，则所代表的只是市侩式的女性，只是贵族式的女性。什么国家，社会，政治，……与伊没有关系，伊本来也不需要有这些东西，伊只要弟弟，妹妹，母亲，或者花香海笑就够了。

我们现在所需要的文学家不是这样的！

郁达夫被人目为颓废派，不错，郁达夫是颓废派。但是我们在一本小小的《茑萝集》中，我们已看出现代社会的实况，现代社会所给予人们的痛苦，更看出作者对于现社会制度之如何不满，对于金钱之如何痛咒。作者在积极方面没有指示人们求光明的道路，没有鼓动人们之奋斗的情绪，但是他已经触到了现社会的根本——经济制度。倘若我们不是市侩，我们一定不能安于现社会的生活，我们一定对于现社会的制度有相当的反抗，《茑萝集》的作者的确引起我们的同情，的确能与我们同立在反对旧社会的战线上，的确高出皮条式的文学家百倍！归根一句话，谁个满意于现在的生活，谁个天天说什么花呀，月呀，爱呀……表面上似觉不颓废，其实比颓废派的害处大得多呢！

在中国的文学史上有一部《女神》，在现代中国文学界里有一个郭沫若，这总算令我们差堪自慰了！倘若现在我们找不出别一个伟大的，反抗的，革命的文学家来，那我们就不得不说郭沫若是在中国唯一的诗人了。

我们读了《女神》，我们觉得作者的人格是如何的雄浑！作者反抗的精神是如何的伟大！作者对于现社会的制度是如何的厌弃！作者对于人类的同情是如何的深厚！有人说作者是古典派，这真是燕雀安知鸿鹄志！我们在作者历史的剧中，看出作者的确是能够代表民族性的文学家。那《黄河与扬子江对话》中之一段诗是如何的热烈，是如何的伟大！总之，作者的眼光，作者的思想非一般市侩派所能比拟。他是一个社会主义者，所以他能将现社会的制度挖到深处；他是一个热烈求人类解放的诗人，所以他的歌声能引起了我们的共鸣。

我真希望郭君继续努力，努力勉成一东方伟大的诗人，读者诸君，你们莫要以为我把郭君称赞过火了。其实我并不是称赞他。我为中国文学界高兴！倘若郭君是一个有希望的诗人，必定也不以人家的夸誉，而就自傲，自满起来。郭君！努力罢！

天天喊什么花呀，月呀，爱呀……真叫人喷饭！身上背着几元重的压迫，口中呼吸着不堪闻的臭气，目中看着的不是枪林就是粪堆，还喊什么花呀，月呀，爱呀……勿乃太真是商女不知亡国恨，隔江犹唱后庭花了！

谁个能够将现社会的缺点，罪恶，黑暗……痛痛快快地写将出来，谁个能够高喊着人们来向这缺点，罪恶，黑暗……奋斗，则他就是革命的文学家，他的作品就是革命的文学。有许多人问我革命的文学是什么一回事，我就将这几句话去答复他。

近视眼不能做革命家，无革命性的不能做革命的文学家，安于现社会生活的不能做革命的文学家，市侩不能做革命的文学家。倘若厌弃现社会，而又对于将来社会无希望的也不能做革命的文学家。

现在中国的社会真是制造革命的文学家之一个好场所！我不相信中华民族永远如此的萎靡，永远如此的不振，永远如此的不能产生伟大的，反抗的，革命的文学家！

介绍来华游历之苏俄文学家皮涅克[①]

我们中国对于俄国革命后的文学实在太隔膜了。我们只知道郭哥里，托尔斯泰，梭罗古布，或者更进一步知道一点布洛克，而不知道在俄国现代文坛上舞演的是一般新进的人们，如马牙可夫斯基，白德内宜，叶贤林（不久才自杀死的），乌歇乌·依万诺夫，谢芙伶女士等等，而现在来华游历的皮涅克先生，是这些著名的文学家中之一个。

说也惭愧！皮涅克先生这次到日本游历时，备受该地文学家和著名作家的欢迎，在日本的报纸上也多刊着介绍皮涅克的文章，引起了日本社会的注意。而在我们贵国呢？他来上海已经快一个礼拜了，除开我与他游了几次，考察一下上海的生活，其余的人几乎全都不知道，报纸上至今也没看见他的名字。这未免要使他感着寂寞罢！我呢？一因为怕犯赤化的嫌疑，二因为事忙，也就马马虎虎地不把他声张一下，仅仅偷点工夫陪他逛一逛，玩一玩。我知道这样是很对不起他的，但是中国的环境是如此啊！特别是我们中国的文学界！沉静，寂寞，灰暗，无生气，荒凉到不可言状……

皮涅克先生是俄国革命后一个很著名的作家，俄国批评界无论是赞成他，或是訾议他，但都一致承认他是天才的作家。在他描写革命的生活的手段上，实在许多地方为其他作家所不及。他具有精锐的视力，他的作品另具异样的风格，在俄国现代的文坛上，新进的作家中，只有乌歇乌·依万诺夫可以与他对比，因此，在俄国现代的文坛上皮涅克与乌歌乌·依万诺夫齐名。他的最著名的著作为《赤裸裸的年头》，《第三都城》，都是描写革命浪潮中的生活的长篇小说。我们在这两部著作中可以看出皮涅克先生的天才来，可惜在此一小短篇的介绍文中，我不能将他详细地介绍，读者诸君或者能在我所著

① 载《文学周报》第232期，1926年7月4日。署名蒋光赤。

的《十月革命俄罗斯文学》（陆续在《创造月刊》发表）一文中多得到一点关于他的概念罢。

皮涅克先生的名字在欧洲的文学界中已经是很普遍了，但是在我们中国大部人还是不知道。现在他来到上海了，给我们一个认识他的机会，不，给我们一个认识俄国革命后的文学的机会。我想，我们的文学社会太闭关了，几乎与欧洲的文学社会不通消息，一点儿联络都没有，这的确是一件可引为惭愧的事情。中国的文学家不但要著作些东西给中国人看，并应努力攀登上世界文学的舞台，与世界的文学打成一片。现在皮涅克先生，苏俄文学的代表，到上海来了，这实是我们与欧洲文学发生关系的机会，倘若我们始终置之不问，这不但要使他感觉寂寞，感觉中国文坛之寥落，并且证明我们对于苏俄文学毫不注意。

皮涅克先生年将三十，而已有了惊人的成绩，他的前途的伟大当然不可限量。我们尽管对于苏俄惊疑，然而它的文学的发达，比欧洲任何国的都猛进些，皮涅克先生就是苏俄的一个天才的作家。我们可不问皮涅克先生的信仰是如何，但我们立在文学的观点上，有与他认识的必要。

他这一次来华游历的目的，是要考察中国民众的生活，与中国的文学者见一见面。他向我说，他要将这一次来东方——日本和中国——旅行的印象，好好地报告与苏俄劳动群众。他的责任虽只限于个人的游历，但是游历的结果却关系非常之大，我以为我们千万不可使他仅在中国得了一点寂寞跑回莫斯科去！

现代中国文学与社会生活[①]

倘若承认文学是社会生活的表现，那我们现在的文学，与我们现在的社会生活比较起来，实在是太落后了。固然文学对于社会生活总是落后的，先有了社会生活，然后社会生活的表现才有可能；若先无社会生活的对象，则文学又将何从表现起呢？我们不是空想的唯美主义者，以为艺术是超社会生活的东西，或以为艺术家的创作不受时代的限制，艺术家的心灵是自由的，是超人的，是神秘的，或以为艺术的作品只是自我的表现……关于这种理论已无批驳的必要，因为稍有常识而非疯狂的人，都知道这种理论是空想的，而在现在没有存在的余地了。

然而我们现代的文学对于我们现代的社会生活，是太落后了，这确是不可掩没的事实，我们的时代是什么时代呢？专就我们中国来说罢，我们是中国人，对于中国的社会生活，我们应有认识的必要。在国际上，中国处于帝国主义之最严酷的压迫下；在国内，军阀与反动的封建资产阶级勾结帝国主义，肆行对于劳苦群众的虐待与剥削，同时革命的浪潮日渐飞涨，所谓革命的运动不但是政治的，而且有经济制度改造的意义。中国的被压迫群众不但要求民族的自由，民权的建设，而且要求经济的解放，这弄得革命的浪花四溅，奇彩横生，开一个各国社会所从未会有的局面。在这一种社会生活里面，不但有残酷的压迫，弱者的哀吟，愚者的醉生梦死，怯者的退后，以及种种黑暗的阴影，而且有光荣的奋斗，强者的高歌，勇者的向前，以及一切令人震动的热情，呼声，壮烈的行为。我们不但可以观出现代中国社会生活之无希望的，陈腐的，反动的，旧的，坏的方面来，而且可以寻出有希望的，进步的，新的，康健的原素，并且照大局看来，这种原素将要为产生新中国的

① 载《太阳月刊》1月号，1928年1月1日。署名蒋光慈。

根源。

我们的时代是黑暗与光明斗争极热烈的时代。现代中国的文学，照理讲，应当把这种斗争的生活表现出来。可是我们把现代中国文坛的数一数，有几部是表现这种斗争生活的著作？有几个是努力表现这种斗争生活的作家？我们只感觉得这些作家是瞎子，是聋子，心灵的丧失者，虽然我们的时代有如何大的狂风狂雨，而总不能与他们以深刻的，震动的，警觉的刺激。他们对于时代实在是太落后了。虽然这其间也有几个作家会发表过很刺激的政治论文，或空泛地喊几声所谓革命文学与劳动文学，但是这与作者的《文学家的资格》并没有什么关系，因为我们对于文学家所要求的是文学的革命的作品，而不是一般人所能写到的，空空洞洞的，不可捉摸的论文。倘若某一个普通的人要承认自己是一个革命者，那我们就要他在实际行动上表现出来，徒空口说说是不行的。倘若某一个作家要举认自己是一个革命文学者，那我们就要请他拿出证据来给我们以文学的革命的作品；若空口喊几声时髦的名词“革命文学”……这是没有什么大意义的。

我们的文学为什么对于我们的社会生活太落后了呢？

这是因为中国的社会生活变化太迅速了！

这是因为中国革命浪潮涌激得太紧急了！

现代中国的社会生活因为特殊的情形，改变得太迅速了，几乎令人没有思考的余地。就从五四运动算起罢，这几年间，中国革命的浪潮，就如昆仑山巅流下来的瀑布一样，简直一日千里，不可遏止，京汉路的二七惨案，五卅惨案，香港大罢工，上海工人之占领上海……这些事变如急剧的暴风雨一般，把中国的社会根本地摇动起来，这逼得一般知识阶级不知所措。一部分知识阶级，被革命的浪潮完全送到坟墓里去了，他们或者完全投降反动的势力，或者装聋做哑转过身来，跳入过去的粪堆，做他们所谓“国故的运动”；一部分知识阶级，因为还保存着极端的自由主义之倾向，不愿意滚入反动势力的怀抱，但同时又不能与革命的势力接近，或者也可以说，并不能了解革命的意义……因之徘徊歧路，不知所从；此外还有一部分知识阶级，他们仍然继续地追随着革命的浪潮，为光荣的奋斗，但这是极少数了。

革命的步骤实在太快了，使得许多人追赶不上，文学虽然是社会生活的表现，但是因为我们的社会生活被革命的浪潮推动得太激烈了，因之起了非常迅速的变化，这弄得我们的文学来不及表现，我们的文学家虽然将笔运用得如何灵敏，但当他的这一件事情还未描写完时，而别一件事情却早已发生了，文学家要表现社会生活时，有意识地或无意识地，必定要经过相当的思考的过程，但是我们的社会生活之变化，却没有这样从容的顺序的能度，如此，我们的文学就不得不落后了。

因为作家追赶不上革命的步骤，所以由革命而演成的事象，以至于革命本身的意义，我们的作家都是不会了解的。因为不了解的原故，就是我们的作家想拿起笔来描写时代的生活，也将无从描写起。当作者描写某一件事物时，他必定对于某一件事物有相当的了解，倘若他没有相当的了解，那他将怎样下手呢？不错，我们的时代是黑暗与光明斗争的时代，是革命浪潮极高涨的时代，我们的作家应为这个时代的表现者，但是当作家根本不了解现代生活是什么东西时，我们如何能向他提出应当表现这个时代的要求？这是没有办法的事情啊！若对于革命没有了解，而想写一篇革命的著作，这是不可能的事情。

在情感方面说，我们的作家与旧世界的关系太深了，无论如何，不能即时与旧世界脱离，虽然在理性方面，他们也时常向着旧世界诅咒几句，了解旧世界之不宜存在，但是倘若你教他们与旧世界完全脱离关系，或爽爽快快地宣布旧世界的罪恶，而努力新世界的实现，那他们可就要徘徊而迟疑了。这是因为没有革命情绪的素养，没有对于革命的信心，没有对于革命之深切的同情。但是缺乏这些东西，是写不出来革命的文学作品的，因为这些东西是革命文学家所必有的条件。从在理性方面承认革命，这还不算完事，一定要对于革命有真切的实感，有了真切的实感然后才能写出革命的东西。倘若我们的作家对于旧世界的关系太深，而没有革命情绪的素养，这是没有大希望的事情，顶好还是让他们写出关于他们自己所了解的事物罢。一个旧式的政治家变为一个革命的政治家，固然是一件不容易的事情，但是一个不革命的作家变为一个革命的作家，这尤其是不容易的事情！这当然不是说我们要拒绝不革命的作家变为革命的作家，而是说不革命的作家自有其社会的，阶级的，一切传习的背景，就使他们在理性上已经领受了革命；而在情绪上，他们无论如何脱离不了旧的关系。

这一类的作家在现在中国的文坛上是很多的，他们一方面在口头上表示非常的革命，而在艺术的表现上，却未给我们一点革命的意义的东西。在现在的状况之下，他们并不是革命的商人，我们应当希望他们好好地做革命情绪的修养，慢慢地走到真正革命的路上来。他们并不是毫无希望的，今后他们能否维持自己文学的生命，那就要看他们对于革命接近的程度之如何而定了。他们第一步要努力于现代社会生活的认识，了解现代革命的真意义，决定在革命的浪潮中，谁个真是创造光明的要素。等到第一步办到了之后，他们应当努力与革命的势力接近，渐渐受革命情绪的浸润，而养成自己的革命的情绪。如此，他们才能复生起来，才能有革命的创作，否则，他们一定将要走入衰颓之一路了。时间是最严酷的东西，逼入无徘徊的余地，革命是伟大的试验者，一切过去的情绪与幻想，一定都要经过试验而被捐弃的。……

此外，在我们的文坛上，我们虽然看出有许多作家滚入反动的怀抱里去了，在行动方面，他们极力提倡不良的，俗恶的，欧洲资产阶级的文化，处处与现代革命的潮流相背驰；而在思想方面，他们极力走入反动的，陈旧的，反社会生活的，个人主义的道路。这批假的唯美主义者才真正是革命的敌人。他们只能引导中国的文化向灭亡的，不上进的，衰颓的方面走去，而不能给与以稍微的利益。他们思想与行动的结果，只是使中华民族堕落，只是使中华民族永远沉沦于羞辱的奴隶的地位。虽然他们表面上是非常地欧化，但是在事实上，他们是中国旧势力与欧洲旧势力混合的代表，他们只是统治阶级的工具，这种工具却是对于革命最不利益的东西。这一批作家在艺术的表现上，从未创造出好的东西，在事实上他们也永不会创造出好的东西。他们所走的路极端地与革命的倾向相背驰，与时代的要求相冲突；而在别一方面，只有革命能与作家以创造的活力，只有时代能与作家以有趣的材料，若抛弃革命，不顾时代，是不会创造出好的东西来的。因此，我们对于这一批反动的作家，不但不能希望他们对于革命有什么了解与帮助，而且也不能希望他们在艺术上有什么好的表现。

如上所说，那我们对于中国文坛上的发展就算无希望了么？中国文坛就这样地消沉下去了么？其实这又不然。现代中国的文坛是发展着，并且我们对于这种发展抱着非常大的乐观。这并不是因为旧的作家给与了我们什么好的创作，或是因为他们在准备复生起来，而是因为在革命的浪潮里，涌现出来一批新的作家。这一批新的作家，虽然现在还未成名，还未给予我们很好的成绩，但是他们前途将有非常大的发展。倘若我们对于旧的作家，要求他们认识时代，了解现代的社会生活，要求他们与革命的势力接近，那么，我们对于这一批新的作家，这种要求却没有必要了。这是因为这一批新的作家被革命的潮流所涌出，他们自身就是革命，他们会参加过革命运动，他们富有革命情绪，他们没有把自己与革命分开……换而言之，他们与革命有密切的关系，他们不但了解现代革命的意义，而且以现代的革命为生命，没有革命便没有他们了。

这一批新的作家真是中国文坛的新力量！据我所知道的，他们现在还没有惊人的成绩，他们的名字还没有普遍于人们的耳里，但是他们现在在努力，努力完成时代所给予他们的任务。倘若我们对于旧的作家，希望他们写一些能代表时代精神的作品，那么，我们对于这一批由革命浪潮中涌出的新作家，这一种希望却是成为剩余的了。这是因为他们是新时代的产儿，除开新时代所给予他们的材料而外，他们实在没有工夫再采取一些非必要的材料了。对于旧的作家，与革命没有关系的作家，只感觉得材料的缺乏，来源的枯竭，“做不出来了，……”但是对于新的作家，这关于材料一层，简直不成问题。他们只感觉得没有充分的时间来写出所要写的东西，却不愁没有写的材料。革命该给予了他们多少材料！就是在这一方面讲他们已经较旧的作家为幸福了。

我不愿意故意地夸大，说这一批新作家一定要有伟大的成就，但是我们不得不承认，这一批新作家的确是中国文坛的新力量。有良心的旧的作家，虽然他们也想与革命接近，但是因为与革命的关系，无论形式上，或精神上，实在是太生疏了，所以一时改变不过来，因之，我们也就不能希望他们有什么伟大的振作。至于一般完全滚入反动的怀抱里的作家呢，他们只能唱着“商女不知亡国恨，隔江犹唱后庭花”的歌吟，很羞辱的歌吟，而绝对不会给予我们以振兴中国文坛的力量。因之，振兴中国文坛的任务，不得不落到这一批新作家的身上来了。也许他们在技术方面，还是很幼稚的，但是他们现在正在很热烈地努力，不但在思想方面，他们要战胜一切，而且在技术方面，他们也将要为一切的征服者。

中国文坛之有希望，就同中国社会之有希望，是一样的。在中国社会的中间，我们虽然可以看见许多反动的，陈腐的，非人性的，落后的，不健全的分子，但是同时我们也可以看出许多新的，前进的，创造的力量。虽然现代的中国社会是这样的黑暗可怕，但是光明的灯并没有灭，总有一日会大大地光亮起来。在中国文坛上也是如此，我们一方面看出恶劣的倾向，但是同时我们也可以看出新的现象，我们并且相信这是中国文化的光荣。

无论在现代中国文坛上，或在现代中国社会生活中，我们都可以找出许多很可贵的创造光明的英雄来。在主观上，我们固然希望中国社会的改进与中国文坛的发展，就是在客观上，这种改进与发展的确是成为不可免的现象了。新中国一定有新中国的表现者，一定有新中国的歌者，让我们来庆祝新中国与它的歌者之健康罢！……

1927 年 12 月 10 日于上海

关于革命文学[1]

一

说也惭愧！我本是专门从事革命文学工作的人，而至今却没曾发表过一篇关于革命文学的论文；虽然在《俄罗斯文学》一书中，也会零碎地涉及到革命文学的理论，但对于如何建设中国的革命文学之一问题，却未曾正式地发表过意见。这一方面是因为我惰性太深，而一方面也是因为我不爱空谈理论，我以为与其空谈什么空空洞洞的理论，不如为事实的表现，因为革命文学是实际的艺术的创作，而不是几篇不可捉摸的论文所能建设出来的。

时至今日，所谓革命文学的声浪，日渐高涨起来了。革命文学成为了一个时髦的名词，不但一般急激的文学青年，口口声声地呼喊革命文学，就是一般旧式的作家，无论在思想方面，他们是否是革命的同情者，也没有一个敢起来公然反对。并且有的不但不表示反对，而且昌言革命文学的需要，大做其关于提倡革命文学的论文。虽然他们在艺术的表现上，从未给过我们有革命意义的东西，但是他们能够赞成革命文学，这总不能不说是一种好现象。有的人说，这一般旧式的作家所以也提倡革命文学的，是因为革命文学成了一个时髦的名词，他们是借此来投机的；而且最重要的原因，是他们感觉到自己地位的不巩固，为着维持这个与旧社会有密切关系的地位，不得不迎合时代的需要，以冀博得一般新青年的同情……这种意见是否是对的，我们现在没有讨论的必要，因为这是个人的问题，我们暂且可以不问。重要的是，这些作家与旧世界有很深的关系，在事实上他们的情绪已经是死去的了，然

① 载《太阳月刊》2月号，1928年2月1日。署名蒋光慈。

而他们不得不喊几句革命文学，不得不也来表示自己是赞成革命文学的人，这可见得中国文坛发展到了哪一个阶段，而革命文学成为了一个重要的倾向了。

中国社会革命的潮流已经到了极高涨的时代，在这个时代里，无处不表现着新旧的冲突。在实际的社会生活中是如此的现象，因之在表现社会生活的文学上，也不得不起了分化。一般先进的分子及一切被压迫的阶级，因为要走向自由的路上去，不得不起来反抗旧的势力，因之我们很显然地看出革命与反革命的争斗。同时，在我们的文坛上，一般激进的文学青年，为着要执行文学对于时代的任务，为着要转变文学的方向，所以也就不得不提出革命文学的要求，而向表现旧社会生活的作家加以攻击。这一种现象，在表面上观之，似乎只是文坛上的争论，似乎只是新旧作家的个人问题，其实这种现象自有其很深沉的社会的背景，若抛开社会的背景于不问，而空谈什么革命文学，那是毫无意义的事情。

现在谁也不敢公然地反对革命文学，这实在是可喜的事情。虽然有许多真正的投机的人们，一方面表示赞成革命文学，似乎比谁都激烈些，然而在别一方面却极力诋毁从事革命文学的创作的人为浅薄，为幼稚，为投机，为鲁莽……虽然这是很可恨的事情，虽然这些人们的心理难以猜测，虽然在实际上他们是革命文学的障碍，然而他们无论如何，不敢公然地反对革命文学，这可见得革命文学比不革命的文学神圣些，有威权些；这可见得革命文学在现代中国的文坛上，已经战胜一切反革命的倾向了。

固然，所谓革命文学，现在还在幼稚的时代，没有给予我们以充分的成绩。然而同时我们也不能承认非革命的文学已经走入成熟的阶段了。所谓中国的新文学运动，不过十年的历史，在此短促的十年中，文学当然没有充分发展的可能。这是事实的问题，我们当然不能责备中国文学家的不努力。我们现在的所谓新文学，即所谓白话文学，简直与以前的旧文学，是两件不同的东西。在传习方面，我们从旧文学所得来的非常之少；说一句老实话，一直到现在，中国的新文学还未脱离模仿欧洲文学的时代。在此模仿的时代，中国文学有十分成熟的可能么？固然现代中国文学发展的阶段很快，但不能超出相当的限度。就拿现代中国文坛上几个著名的作家仔细地看一看，喂！哪一个能与西欧的大作家相比！只是幼稚，幼稚，幼稚而已！……

不革命的文学尚且如此地幼稚，那么所谓革命文学不过是近两三年来的事，既没有过去的传习，又没有长时期的发育，如何能免去幼稚的毛病呢？若站在革命文学的观点上，善意地指出革命文学的幼稚，那是应当的而且是必要的；若自身既不是革命的作家，或者正在那里继续写一些反革命的作品，而骂现在革命文学为幼稚，微不足道，那实在是太可笑的，不公道的事情了。站在自己社会的，经济的，阶级的地位上，公开地来反对革命文学或革命文学的作家，那是很可以的事情，不必有什么扭捏的造作；若一方面假惺惺地表示赞成革命文学的理论，而在事实上反对革命文学的作家，说什么浅薄呀，幼稚呀，鲁莽呀，粗暴呀……这只是卑鄙，无耻的行为！

不幼稚便不能走到成熟的时期，不鲁莽便不能打破萎靡的恶空气。我们现在的任务不是在于站在旁观的地位上，骂几句什么幼稚与鲁莽，而是在于要实实在在地从事于革命文学的建设，打倒非革命文学的势力。

二

那么什么是革命文学呢？革命文学的内容是怎样的呢？

说文学是超社会的，说文学只是作者个人生活或个性的表现……这种理论虽然是很谬误的，实没有多批驳的必要。固然，在某一部作品里，可以看出作者的个性或个人生活来，但是同时我们要知道，一个作家一定脱离不了社会的关系，在这一种社会的关系之中，他一定有他的经济的，阶级的，政治的地位，在无形之中，他受这一种地位的关系之支配，而养成了一种阶级的心理。也许作家完全觉悟不到这一层，也许他自以为超乎一切，不受什么物质利益的束缚，但是在社会的关系上，他有意识地或无意识地，总是某一个社会团的代表。倘若这位作家是代表统治阶级的，那他的思想，他的情绪，以及他的行动，总都是反革命的，因之他所创造出来的作品也是如此。倘若这位作家是代表被压迫的，被剥削的群众的，那他的思想以及他的作品，将与前者适得其反，他将歌咏革命，因为革命能够创造出自由和幸福来。

因此，倘若我们要断定某个作家及其作品是不是革命的，那我们首先就要问他站在什么地位上说话，为着谁个说话。这个作家是不是具有反抗旧势力的精神？是不是以被压迫的群众作出发点？是不是全心灵地渴望着劳苦阶级的解放？……倘若答案是肯定的，那么这个作家就是革命的作家，他的作品就是革命的文学。

我们的时代是社会斗争极剧烈的时代，到处都是新旧势力互相冲突的现象，倘若文学是表现社会生活的，那么我们现在的文学就应当把这种冲突的现象表现出来。但是在别一方面，文学并不是机械的照像，文学家自有其社会的特殊的背景。旧式的作家所表现的，何尝不是社会生活的一部分？不过他所表现的，是旧的倾向，是反动的一方面，而忽略了新的，能够创造光明的力量。革命的作家不但要表现时代，并且能够在茫乱的斗争的生活中，寻出创造新生活的原素，而向这种原素表示着充分的同情，并对之有深切的希望和信赖。倘若仅仅只反对旧的，而不能认识出新的出路，不能追随着革命的前进，或消极地抱着悲观态度，那么这个作家只是虚无主义的作家，他的作品只是虚无主义的，而不是革命的文学。这种作家只是社会斗争中的落伍者，他所表现只是不稳定的中间阶级的悲哀。

革命的作家不但一方面要暴露旧势力的罪恶，攻击旧社会的破产，并且要促进新势力的发展，视这种发展为自己的文学的生命。在实际社会的生活中，一切被压迫群众不但是反抗统治阶级的力量，而且是创造新社会的主人。倘若某一个作家不明了这一层，那他将陷入谬误的深窟，永远在迷茫的歧路上徘徊。有很多的作家，他们虽然也攻击社会的不良，虽然有时也发几声反抗呼喊，但是始终在彷徨，彷徨……寻不出什么出路，这对于作者本身的确是很悲哀的事情。但是对于真正的革命的作家，这种彷徨的悲哀，却为剩余的东西了。

我们的社会生活之中心，渐由个人主义趋向到集体主义。个人主义到了资本社会的现在，算是已经发展到了极度，然而同时集体主义也就开始了萌芽。无政府式的个人主义之发展的结果，只是不平等，争夺，混乱，无秩序，残忍，兽性的行为……这种现象实在不能再维持下去了，今后的出路只有向着有组织的集体主义走去。现代革命的倾向，就是要打破以个人主义为中心的社会制度，而创造一个比较光明的，平等的，以集体为中心的社会制度。革命的倾向是如此，同时在思想界方面，个人主义的理论也就很显然地消沉了。

旧式的作家因为受了旧思想的支配，成为了个人主义者，因之他们所写出来的作品，也就充分地表现出个人主义的倾向。他们以个人为创作的中心，以个人生活为描写的目标，而忽视了群众的生活。他们心目中只知道有英雄，而不知道有群众，只知道有个人，而不知道有集体。不错，在社会生活中，所谓个人生活，所谓英雄，当然站有相当的位置，但是现代革命的潮流，很显然地指示了我们，就是群众已登上了政治的舞台，集体的生活已经将个人的生活送到了不重要的地位了。无论什么个人或英雄，倘若他违背革命的倾向，反对集体的利益，那只是旧势力的遗物，而不能长此地维持其生命。

革命文学应当是反个人主义的文学，它的主人翁应当然是群众，而不是个人；它的倾向应当是集体主义，而不是个人主义。所谓个人只是群众的一分子，若这个个人的行动是为着群众的利益的，那么当然是有意义的，否则，他便是革命的碍障。革命文学的任务，是要在此斗争的生活中，表现出群众的力量，暗示人们以集体主义的倾向。颓废的，市侩的，享受主义的，以及什么唯美主义的作品，固然不能算在革命文学之列，就是以英雄主义为中心的作品，也不能算做革命文学。在革命的作品中，当然也有英雄，有很可贵的个性，但他们只是群众的服务者。而不是社会生活的中心。

革命的潮流真是急剧得很，落后的中国社会已经走到一个最重要的阶段了。因为是落后的原故，所以社会斗争的现象，不似欧洲社会的那般单纯。我们国内有残余的军阀，有残酷的，愚蠢的封建资产阶级，有被剥削到极点的劳苦群众；国外有专门侵略我们的帝国主义，而这个帝国主义又与我们的旧势力连合一起，共同压制我们的革命力量，同时我们革命的力量就不得不向这种两重压迫下剧烈的攻击……这真是五花八门，无奇不有；头脑稍不清楚的人，就不容易来认识我们现在的社会生活。中国的革命已经与世界的革命混合起来了，中国的劳苦群众已经登上了世界政治的舞台。近几年来的中国社会，已经不是辛亥以前的中国社会了，因之，近两年来的中国革命的性质，已经不是单纯或民族或民权的革命了。倘若有人以国家主义的文学为革命文学，这也未免是时代的错误，根本与现代中国革命的意义相违背。

我们的革命文学应极力暴露帝国主义的罪恶，应极力促进弱小民族之解放的斗争，因为这也是时代的任务，但同时应极力避免狭义的国家主义的倾向。中国的被压迫群众对于帝国主义的反抗，同时就是对于旧社会制度的反抗，并不是一个简单的中国人反对外国人的问题。因此，不但以英雄主义为中心的作品，不能称为革命文学，就是提倡什么国家主义的作品，也不能入于革命文学的范围。

那么什么是革命文学呢？革命文学的内容是怎样的呢？

革命文学是以被压迫的群众做出发点的文学！

革命文学的第一个条件，是具有反抗一切旧势力的精神！

革命文学是反个人主义的文学！

革命文学是要认识现代的生活，而指示出一条改造社会的新路径！

论新旧作家与革命文学[1]

——读了《文学周报》的《欢迎太阳》以后

一、感激与答辩

《太阳》出世后，很引起一般人的注意，有的并向我们表示着充分的同情，这实在是令我们要引以为快慰的事。最近《文学周报》上，有方壁君的一篇《欢迎太阳》，特地将《太阳》介绍于读者的面前，并敬祝《太阳》时时上升，四射他的辉光……我们对方君的这种诚意，实在要表示着无涯的感激。

不过我们一方面虽然向方君表示感激，但在别一方面，对于方君所提及的关于现代中国文学的问题，又不得不诚意地答辩几句。我们固然很感激方君对于我们的诚意，但是当我们觉着方君有许多意见是谬误的时候，为着实现真理起见，我们应当有所讨论，或者这种讨论，方君也以为是必要的。方君是我们的友人，当不会以我们的答辩为多事。

在过去的中国文坛上，只知道谩骂，攻击与捧场，而不知道有真理的辩论。这是一种俗恶的习惯，不长进的现象，无知识的行动，现在是不应当再继续下去了。因此，倘若我们现在对于方君有什么责问的地方，那只是为着诚意地对于真理的探求，并不是因为怀着什么恶意。方君是我们的友人，在友人的面前，不应有什么虚假的掩饰，或者方君也以为这种意见是对的。

这是闲话，我们且转入正文。

① 载《太阳月刊》4月号，1928年4月1日。署名华希理。

二、文艺的创造者与时代的创造者

在《现代中国文学与社会生活》一文中，光慈还有许多话没有说，至于引起了许多不必要的误会。关于现代中国文学对于社会生活落后之一问题，方君有所补充："我以为我们的文坛所以不能和我们这时代有极亲密的关系，除了蒋君所举的两点，还有个重大原因，便是文艺的创造者与时代的创造者没有极亲密的关系……"这一层意思似乎很对的，然而方君却不能更进一层地说："文艺的创造者仅仅只承认自己是文艺的创造者，而不承认自己也是时代的创造者，因此他们与时代的创造者永远地对立着，或互相避免，而不能发生密切的关系，这么一来，文艺的创造者与时代的创造者，永远是两种人类，没有接近的机会，就是接近，也终免除不了两者之间的隔膜。"

倘若方君的意思是这样的，那么我以为是对的了，然而方君似乎还未了解这一层，始终视文艺的创造者与时代的创造者，为两种不同的东西。倘若文艺的创造者与时代的创造者永远是对立着，倘若文艺的创造者不觉悟到自己同时也应该做时代的创造者，也应该追随着时代或立在时代前面，为光明，为正谊，为人类的幸福奋斗，那么就使他们跑到十字街头，与时代的创造者亲近一下，也是没有什么用处的。

所谓文艺的创造者应该同时做时代的创造者，这并不是说文艺的创造者应该拿起枪来，去到前方打仗，或是直接参加革命运动，去领导革命的群众。倘若某一个文艺者有这样的精力，一方面为文艺的创作，一方面从事实际的工作，那的确是为我们所馨香祷祝的事情。但是在事实上，这恐怕是不可能的。

我们的意思是，文艺的创造者应认识清自己的使命，应确定自己的目的，应把自己的文艺的工作，当做创造时代的工作的一部分。他应当知道自己的一支笔为着谁个书写，书写的结果与时代，与社会有什么关系。倘若一个从事实际运动的革命党人，当他拿手枪或写宣言的当儿，目的是在于为人类争自由，为被压迫群众求解放，那么我们的文艺者当拿起自己的笔来的时候，就应当认清自己的使命是同这位革命党人的一样。若如此，所谓实际的革命党人与文艺者，不过名稍有点不同罢了，其实他们的作用有什么差异呢？所谓文艺的创造者与时代的创造者，这两个名词也就没有对立着的必要了。

然而我们的现代中国文坛的作家，有几个是这样想的呢？时代在咆哮着，呼喊着，震动着，而我们的文艺者却在象牙塔中漫谈趣味，低吟花月，似乎生在另一个时间和空间里，不但不觉悟到自己也应该负着创造时代的使命，而且对于创造时代的人们加以冷眼。这么一来，所谓文艺的创造者仅仅是文艺的创造者而已，永远为时代的废物。

这种现象当然是资产阶级的假唯美主义有以造成的。我们的旧的作家，因为受了这种假唯美主义的毒太深了。实在没有即刻改变过来的可能，有的或至死也不明白：为什么文艺的创造者同时要做时代的创造者呢？怎样做法呢？……因为不明白这个道理，所以他们永远不能走入十字街头，所以他们永远是落在时代的后面，连与时代的创造者发生密切的关系都不可能了。

但是所谓“从革命的浪潮里涌出来的新作家”，在对于自己的使命的观念上，那可就与旧作家大大地不同了。这一批新作家是革命的儿子，同时也就是革命的创造者，他们与时代有密切的关系。他们应当负着时代的使命，同时他们也就明白这种使命是如何地伟大，而应极力以求其实现。换而言之，他们插入文坛，是因为他们负有时代的使命，同时他们承认这种使命是与一般革命党人所负的使命一样。因此，他们一方面是文艺的创造者，同时也就是时代的创造者。唯有他们才真正地能表现现代中国社会的生活，捉住时代的心灵。他们以革命的忧乐为忧乐，革命与他们有连带的关系。但是我们的旧作家对于革命的态度是怎样的呢？……

三、客观呢，还是主观？

旧作家因为自己根本的观念是谬误的，不明白文艺对于时代的使命，所以他们与时代的生活隔离；因为隔离的原故，所以就缺乏实感，得不到新的材料。但是倘若一个作家缺乏对于时代生活的实感，那他无论如何，不会创造能够表现时代的作品来，因为艺术品的创作，虽然由于作家想象之力，但到底总是还要有一点实际生活的根据。

所谓作家要有实感，并不是说艺术品的创作要完全凭本身的经验，因为这是不可能的，而且照这种理论做去，那艺术的范围将弄得太狭小了。若写强盗生活，自己一定要去当强盗；写娼妓生活，自己一定要去当娼妓；写死人临死的心理，自己也一定要去受死一番……那岂不是笑话吗？若如此，那么文艺这件东西可以说完全要消灭了，因为娼妓生活只有娼妓自己才能写，强盗生活只有强盗自己才能写……但是我们到现在还未见到娼妓或强盗写出的文学作品来。

这是当然的事情。无论谁个，倘若他不是呆子，都明白“文艺品的创造全凭本身的经验”是一种谬误的理论。

但是什么是实感呢？实感的意义可分三层：第一，作者对于某种材料要亲近，因为亲近才能有观察的机会；第二，作者要明白某种材料是什么东西；第三，有了上两层，作者应确定对于某种材料的态度。如我们的时代是光明与黑暗斗争极剧烈的时代，是革命浪潮极高涨的时代，在这个时代里，有黑暗势力对于光明运动的袭击，有军阀的荒淫无度，有资本家的虐待工人，有劳苦群众对统治阶级的反抗，有革命党人的光荣的牺牲与奋斗……总之，在这个时代里，所谓材料的一层，是异常地富足而复杂。照理讲，这个时代的作家应当表现这个时代的生活。然而当我们的作家抱着旁观的态度，或者竟坐在象牙之塔的里面，根本不愿问这些事情，不但不用自己的心灵去参加社会的斗争，而且连旁观都不旁观一下，那么，试问他将从何处得到时代生活的实感？他将从什么地方得到新的材料？当他根本不承认文艺家应当参加社会运动时，那他将怎样能与这些社会运动的人物亲近？既然没有这种亲近的实感，便不能了解时代浪潮里所发生的现象，也就不能创造出能表现时代生活的文艺作品来。因为这个原故，所以我以为旧作家已落在时代的后面了，无论如何不能担负表现时代生活的责任，而这种责任只得落在新作家的肩上，因为他们有时代生活的实感。

我们并不拒绝旧作家加入革命文学的战线，倘若他们能改变方向，那他们是极欢迎的。不过一个文学家要改变方向，却不是一件容易的事情。在理性方面，他们也许一时就能承认时代的要求，也许一时就能承认新的倾向，但是在情绪方面，在感觉方面，他们能即刻与旧的世界，和由这个世界所造成的观念，完完全全地脱离关系？这恐怕是一件很困难的事罢？……

照方君的意思，文艺品的创造可以凭借客观的观感，倘若旧作家能用他们的客观的观察，也是可以产生新时代的作品的，方君以为“终是凭借客观的观察为合于通例”。这是旧的写实主义与自然主义的理论，在表面上似乎是很对的，其实倘若我们一仔细地研究起来，那我们就觉得所谓“纯客观的观察”是不可能的事情。

在《关于革命文学》的一文中，光慈曾说过：“一个作家一定脱离不了社会的关系，在这一种社会的关系之中，他一定有他的经济的，阶级的，政治的地位，——在无形之中，他受这一种地位的关系之支配，而养成了一种阶级的心理。也许作家完全觉悟不到这一层，也许他自以为超乎一切，不受什么物质利益的束缚，但是在社会的关系上，他有意识地或无意识地，总是某一个社会团的代表，倘若这位作家是代表统治阶级的，那他的思想，他的情绪，以及他的行动，总都是反革命的，因之他所创造出来的作品也是如此。倘若这位作家是代表被压迫的，被剥削的群众的，那他的思想以及他的作品，将与前者适得其反，——他将歌咏革命，因为革命能够创造出自由和幸福来。”

倘若明白这个道理，那就可以知道所谓纯客观的观察是不可能的。一个作家既然是某一个社会团的代表，那他观察他们的周遭的事物，一定用这个社会团的眼光来观察，虽然眼睛是生在他的头上。若把他当做与社会无关的分子去看，那他的观察，或者可以说是客观的；但是若我们把他当做某一个社会团的代表，那他的观察就成为主观的了。

因为作家所代表的社会心理之不同，所以他们观察事物的结果，也将无一致的可能。例如俄国革命本是一件东西，照理讲（自然照着自然主义的理论而讲），各个作家对于它的观察，应当是一致的。但是在事实上，有些作家描写俄国革命时，把革命骂得一塌糊涂，视波尔雪委克为洪水猛兽；同时，有些作家把俄国革命当成人类社会改造的新纪元，视波尔雪委克为争自由的圣徒……这倒是些什么道理呢？为什么他们对于一件事物之观察的结果，有这样的悬隔呢？谁个是客观的观察者，谁个不是客观的观察者？谁个对，谁个不对？回答这个问题时，那也就要问回答者之属于哪一个社会团了。

诚然，一个作家应当静心地观察他周遭的事物，因为不观察，他将不了解事物的内容。但是同时我们应当知道，就是这种观察只是相对的“客观的”，而没有“纯客观的”的可能。我们不反对观察，但是我们要问一个作家当观察时，是用的哪一种的眼光。

现在是革命浪潮极高涨的时代，谁个也没有权利来禁止旧作家用“客观的观察”，产生新时代的作品。但这不是重要的问题。重要的问题是：旧作家立在什么地位上用他的“客观的观察”？倘若他们还以为自己是超时代的人，还不承认自己应当参加被压迫群众解放的运动，还不会认清楚革命的意义与要求，那么，我敢断定他们无论“客观的观察”观察到什么程度，而新时代的作品是永不会产生的！

我们也同方君一样，希望“旧作家从他们的观察上产生新时代的作品”。但是他们能不能产生新时代的作品呢？我们试拭目以待罢！

四、新的启示呢，还是神秘主义？

方君说，“太阳第一号的小说，一定是实感的描写，可是我就觉得像那《女俘虏》《冲突》《蚁斗》中间的实感，好像并非别人一定没有或观察不到的。作者所贵乎实感，不在实感本身，而在他能从这里头得了新的发现，新的启示，因而有新的作品。欧洲大战的时候，知识界从军者何止千万，然而在战场上看见别人所看不见的，只有巴比塞和拉兹卷等三数人而已。所以我以为一个文艺者的题材之有无，倒不一定在实际材料的有无，而在他有否从那些材料内得到了新发现，新启示。如果实际材料确是有，而并不能从那里得一点新发现，那么，这些实际材料不过成为报章上未披露的新闻而已，不能转化为文艺作品”。

方君的这一段话，倘若仅仅是泛论，而不将《太阳》上的几篇小说，及巴比塞在欧战中的事情指将出来，那我们将要无从讨论起，或者没有讨论的可能。不过方君既将事实指出来了，那我们就不得不和方君说几句话。

方君以为《太阳》第一号的几篇小说中间的实感，都是为别人所有或观察得到的，而没有什么新的发现，新的启示，所以不见得有什么出色的地方。我们不知道方君心目中的新的发现和新的启示是一种什么东西。倘若方君的意思，以为只有别人没有或观察不到的才值得写，也只有这种作品才能给人以新的发现和新的启示，那么方君简直是文学上的神秘主义者了，因之方君所谓好的作品，那只是神秘主义的作品，而不是革命文学。因为只有神秘主义者的实感，才是为别人所没有或观察不到的，因之他们的作品才有新的启示和新的发现，不过这种所谓“新的”，只有作者自己能领会罢了。

我们所说的实感，丝毫没有什么神秘的意味，那是为人人所都能有，而且能观察到的，倘若他们愿意有，而且愿意观察。不过在实际上，不见得人人都愿意有或观察这种实感，就是有这种实感的人，也不见得有文艺的素养，而将这种实感转制成为文艺的作品。有些作家或者根本鄙弃这种实感，或者没有得着这种实感的机会，或者他们对之毫不注意。因之他们所写出来的作品，无论在题材或内容的启示方面也完全含着一种别的意义。

《女俘虏》与《冲突》（关于《蚁斗》暂且不说，因为它不过是长篇小说《罪人》的第一章，现在我们还不能说它是好是坏），在材料方面虽然是新的，然而究竟是人人所能观察得到的，不是奇异的西洋镜。像《女俘虏》那样的故事，就是现在在报章上都可以看得见。像《冲突》那样的故事，就是现在也可以在革命党人中找得许多。照方君的意思，这两篇小说实在没有什么特出的地方。但是在事实上，这两篇小说是不是如方君所说的呢？

我们给方君一个否定的回答：不！

第一，《女俘虏》和《冲突》这是一类材料的本身，已经是一种很新的现象，在我们旧作家中，没有谁个描写过这种材料。第二，这两篇小说的主人翁已经和旧作家的作品中的主人翁不同了。第三，这两篇小说在所谓启示方面，实在已经给了我们一点新的东西，这种新的东西是为旧作家所没有给我们的，恐怕他们将永远不会给我们。这种新的东西是什么呢？那就是在《女俘虏》中所指示的，一群为新生活而奋斗的女英雄，她们虽然是失败了，然而他们的精神，灵魂，永远是高傲而不屈服的，永远是光荣而不忍受污辱的。那就是在《冲突》中所指示的，革命战胜了恋爱，集体生活征服了个人主义。倘若我们走马看花地，或抱着唯美主义的思想，来读这两篇小说，那这两篇小说实在没有什么稀奇。但是倘若我们仔细思考一下，那就要知道这两篇小说对于时代的意义了。

我们不知道方君所说的新的发现与新的启示，到底是一种什么东西。方君若说这两篇小说的技巧方面，还未见得十分完善，那我们是可以承认的，但是倘若方君说这篇小说没有给我们一点新的东西，那恐怕是一种错误了。方君是赞成革命文学的人，当然不是神秘主义者，但是方君的言论，照我们看来，似乎很带点神秘主义的意味。

就拿巴比塞来做例证罢！方君以为“欧洲大战的时候，知识界从军者何止千万，然而在战场上看见了别人所看不见的，只有巴比塞和拉兹古等三数而已”这实在是一种误解！第一，知识界从军者何止千万，然而不见得每一个人都是文艺家，也许也有一部分人看见了巴比塞三数人所看见的东西，然而没有艺术的手腕把它表现出来。第二，也许从军者有很多的文艺家，然而因为他们的思想为资产阶级所麻醉了，就使他们也看见了巴比塞等所看见的系西，然而不愿它描写出来，或对之毫不注意。第三，不但知识界从军者有一部分是反对战争的，而且恐怕有许多农民和工人从军者，是反对战争最激烈的人，同时恐怕还有许多社会主义者在战场上曾积极地做反对战争的运动；不过因为他们不是文艺家，没有把自己的实感写将出来，结果，这一部著名的《火》只得让巴比塞去写了。因为《火》的材料及它在内容方面的启示，是为一部分人所看得到的，《火》把他们心中所要说而不说出的话说出来了，所以才受很热烈的欢迎。若《火》的内容为别人所看不见的东西，那么读者又从何处来了解《火》的好处？既然不了解它的好处，那它又从何处来给予人们以新的启示？不错，巴比塞是一个大的作家，不过他的伟大不在于他发现了什么新的美洲，而是在于他能代表多数人说话，能把旧社会的黑暗痛快地指责出来，同时他指示人们应走哪一条道路。

我们的意见是如此，也许方君以为是不对的？……

五、光慈只承认描写第四阶级的文学吗?

有许多的误会，真是令人难以料到是因何而起的！在《现代中国文学与社会生活》一文中，光慈不过是泛论中国文坛的现势，并没有提到第四阶级文学的几个字，不但没有提到，而且在这一篇文中，他并没有露出一点“只承认描写第四阶级生活的文学”的意思。但方君却说：“蒋光慈的论文，似乎不承认非农工群众对于革命高潮的感应——许竟是反革命的感应，也是革命文学的题材。我以为如果依光慈之说，则我们的革命文学将进了一条极单调而仄狭的路，其非革命文学前途的福利，似乎也不容否认罢?”这一种论断，真是不知道方君何所据而云然！这的确是一种莫名其妙的误会！我们的意思也同方君一样，革命文学的范围很广，它的题材不仅只限于农工群众的生活，而且什么土豪劣绅，银行家，工厂主，四马路野鸡，会乐里长三，军阀走狗，贪官污吏……等等的生活，都可以做革命文学的题材。将一个革命党人的英勇表现出来，固然是革命文学，就是将一个反革命派的卑鄙龌龊描写出来，也何尝不是革命文学呢?问题不在于题材的种类，而在于作者用什么态度，用什么眼光，以何会团做立足点，来描写这些种类不同的题材。倘若我们，作家，同情于被压迫群众，而且决定参加争自由的斗争，那我们不但要表现与我们同一战线的人生活，而且要尽量地暴露敌人的罪恶，因为这也是于革命本身有利益的。倘若我们只承认描写农工群众的文学，那真是要如方君所说，“则我们的革命文学将进了一条单调而仄狭的路，其非革命文学前途的福利”。

但是光慈并没有“只承认描写农工群众的文学”的意思，也从没曾发表过这类似的言论，我们真不知道方君的论断是从什么地方得来的，实在是一桩怪事！

六、小结

本篇论文的题目是《论新旧作家与革命文学》，现在临终结的时候，我且仍归到原题目罢。革命文学随着革命的潮流而高涨起来了。中国文坛已进入了一个新的时代。新的时代一定有新的时代的表现者，因为旧作家的力量已经来不及了。也许从旧作家的领域内，能够跳出来几个参加新的运动，但已经衰秃了的树木，总不会重生出鲜艳的花朵和丰富的果实来。这又有什么办法呢？时代是这样地逼着！……

1928 年 3 月 13 日

革命后的俄罗斯文学名著[①]

俄罗斯不但给了世界以伟大的革命，而且在现今的时代给了世界以伟大的文学。欧战后欧洲各国的文坛都呈着衰颓的现象，独有俄罗斯一国的文坛异常地振作，异常地勃兴，不断地在生长着。似乎伟大的革命为文学开辟了一条伟大的路；顺着这条路走去，俄国文学的发展更有难以预料的伟大的将来。

谁个能证明俄国的革命没有把俄国的文化提高呢？谁个能证明文学与革命没有密切的关系呢？若我们一检阅俄国文学与俄国革命运动的因缘，若我们一研究俄国革命后的勃兴的文坛现状，那我们就可以解决我们现今的关于“文学与革命的关系”的论争了。

现在我且将革命后的俄罗斯文学的名著择要地列出一个表来，待有机会时再一部一部地详细介绍。不过这些仅仅是我所知道而且读过的，其他为我所未读过且又为我所不知道的当然更有许多呢。讨厌的是我们贵国太革命化了，一点儿读书的自由都没有。我们就是想不断地购买俄罗斯的新出版物吧，但是，我们到什么地方去购买呢？说到这里，我不禁对那帝制的日本的文学界欣羡得异常，他们比较的是没有我们这种困难的。

一、哥尔基：1.《沙苗根的一生》。2.《阿尔托曼诺夫的家事》。3.《回想录》。

二、阿·托尔斯泰：1.《爱丽达》。2.《在苦恼中的行程》。

三、维列塞也夫：《碰壁》。

四、爱莲堡：1.《库尔波夫之生与死》。2.《呼宁尼陀及其学生》。3.

① 载《海风周报》创刊号，1929年1月1日，署名魏克特。

《娲娜的爱》。

五、谢拉菲莫维奇：《铁流》。

六、谢门诺夫：《饥饿》。

七、普里司文：《阿尔巴托夫的青年时代》。

八、皮涅克：《赤裸裸的年头》。2.《第三都城》。

九、乌谢沃·伊万诺夫：1.《钢甲列车》。2.《平民》。

十、谢芙林娜：1.《肥料》。2.《开音跛克》。

十一、里别丁斯基：《一周间》。

十二、罗曼诺夫：1.《露西》。2.《爱的分野》。

十三、里丁：《落伍者》。

十四、马拉斯金：1.《不寻常之爱情》。2.《两个和平与两个战争》。

十五、里昂诺夫：1.《巴尔叔克》。2.《贼》。

十六、弗尔曼诺夫：《叛乱》。

十七、卡达也夫：《消耗者》。

十八、尼克廷：《鲁登珂的犯罪》。

十九、白尔金：《爱情胡调与投机》。

二十、格拉得可夫：《水门汀》。

二十一、诺威可夫·普里波伊：《海女》。

以上所举的专指长篇小说，其他诗歌戏剧不在其列。原作者们的派别是不同的，有的属于革命的同路人（谢拉波昂兄弟），有的属于所谓老人派，有的属于青年卫队，有的属于十月，有的无所属。不过这些作者都是倾向于革命的，至少是革命的同情者或不反对革命的。

我很抱歉不能将人名和书名用原文——俄文写出来。中国的印刷业是异常的幼稚，没有几家印刷所能够印刷俄文，我们只好等待将来罢。

岳诃夫，苏联的雕刻家和理想家①

岳诃夫生于西伯利亚 Nercingk 金矿区域内的 cranshajkalio 地方。

这位未来的雕刻家底幼年时代就在金矿区域内消磨过的。矿区二边尽是满布林木的山岭，大人先生的住宅，办事员的房舍，工人们的小屋，冶金的机器和蚂蚁般成群结队的人，这些便是这孩子第一次所见的印象。那时候有一次他初试创造，以树根切成鸟兽和人的形态。

岳诃夫在鞑靼城里底专门学校上了学。在校内四五年级的时候他开始学做诗，他第一次尝试雕刻也就在那期间。

他伯父的天井里开掘了个陶土窑。一次岳诃夫手里撮着把陶土。他拿来做成校内同学们的惊慕微笑探听似的活泼的人头。

后来，学校里尊严地举行个有名寓言家克里洛夫（krilov）死后五十周年纪念节。就为这个纪念节，岳诃夫雕成克里洛夫的半身像，在半身像的台座上又安放了各种在克里洛夫底寓言里所说起的走兽。

一八九五年在专门学校里开除出来，岳诃夫和他的姊姊奔到彼得堡（peter burgo），进了设有历史言语学士会的大学校。又开始了学生生活，演讲，交际，集会，学生运动等等……学生们参入了革命的社会主义运动的漩涡。奉 marx 的群众和资产市民起了激烈的冲突。岳诃夫是奉 Marx 者的嫡派。他在同志们间演说学理，在薄暮时候他就讲解，对于艺术他彻底主张从下层工作做起；那些已经决断了的许多重大的根本的社会问题不成问题了的话，谁还敢当从事于苏俄的艺术呢?！……在发芽的高尚的牺牲自由的理想主义占住了整个的岳诃夫——这也是柴门霍甫终身所抱的同一的理想主义。一年在暑假的时候，岳诃夫在彼得堡附近村庄里仍旧努力他雕刻的工作。他从晨光

① 载《海风周报》创刊号，1929 年 1 月 1 日。署名敦夫。

曦微中动手直做到深夜。他的房间里，露台上，花园中全都堆满了奇特的娱乐的诙谐的雕刻品……这些他不单限于自然形态，他也有理想。

一九〇二年他做了地理学教授，岳诃夫的蒙童教育运动直到现在还继续着。关于岳诃夫的蒙童教育法我们可以彻底的讲，实然他的蒙童教的工作费了他许多时间和精力，可是因此他也获得很多的快乐。

岳诃夫在学校当教授时代每晚上总是专心于雕刻。在一九〇六年岳诃夫的雕刻品的照相册被艺术学院的教务长，雕刻家 Beklemisev 和艺术批评家 Bresko-Breskovski 看见了，他们劝他将他所有的雕刻品都拿出来展览。

一九〇七年的秋季展会里，岳诃夫的雕刻品都被称为成功之作。次年春他的朋友们都怂恿他旅行到巴黎。他在巴黎遂过了夏天的两个月，又将自己的艺术的宝库公开在这个世界的大都城里。

著名雕刻家 Rodin 和他的秘书 Meunier 劝岳诃夫切勿再学那种雕刻教师的死研究说："你有极强烈的个性，所以勿必徒费时间和别的个性作斗。有胆量就单独地工作。你的先生就是本性自己。"

一九一二年的秋后，岳柯夫得到了津贴，就在巴黎住了二年，在 Academdc ia Grancle Chanmiere 学校里雕刻专家 Bonrdelle 工作室里描摩各种的生活状况。有了自己坚固的主张，然后不必依据自然物雕刻，可以创造理想的。所以他决定在这二年之中不回到玩弄陶土时代的独创而仅限于模仿。

一九一四年夏，大战开始前的二星期他回到了俄罗斯。

在岳诃夫往西伯利亚的途中遇到了革命。那地方他觉察了整个国度的变态。那时候远东共和国是缓冲国，一九二一年岳诃夫的大计划——"革命的纪念碑"雕刻成功了，那共和国的注册者把这个纪念碑如赠礼般地送到了 RSFSR 的国民监察院，历经十月革命的四年。

现在岳诃夫在莫斯科还努力地工作着。

分析岳诃夫创造的宗旨，须要严格地区分他的雕刻的方法和学校里艺术雕刻的不同。在岳诃夫的制作中代表他个性的重要的工作是用陶土做的具有深深感动人的心灵的超特的能力。岳诃夫不重视和他思想矛盾的制作——例为"衣服"，这些制作都是为了表现雕刻之模范的特质。

岳诃夫的许多制作用了人民的规范改作为主要的模范的容貌。在理想的禽兽等等的形态中有极多的作品是引起人们的深深的感动。

一个好奇者问岳诃夫为什么他的思想在鸟的模型中表规的。岳诃夫微笑地答道："因为我的灵魂如鸟一般……"岳诃夫制造的是人性化的鸟类，他还制造一种特别的讲不出的鸟文——他造的像有在说话的，歪着头的，还有一切人类的理性的。

例如一只猪面孔的大鸟，这件雕刻品的名称叫《统治者》。作成于帝制时代，因为政治的关系这个名称不能题为俄文，所以当时是写拉丁文的。

看那一对哭着的极悲哀的鸟，互相紧紧的拥抱着。这就是《孤独性的女郎》。把他们真真的孤独如此强大地表现出。……

许多许多的鸟的图形用岳诃夫的陶土品改成的你可以见到：有狡狯地微笑的，有满意地好心的，有好奇地天真的，有厌恶地愤怒的——一切都具有极端的活泼天真和易于记忆的……

岳诃夫的表示他个性的雕刻品的极通俗的，在大战之前他的雕刻品翻印了出乎三十万张的模范明信片和复制的照相片。

可是在岳诃夫的艺术雕刻里最原始的是创造的内心的主意。这是他理想的路途。

岳诃夫一次做了一个凸肚的矮的跛像——幸福的神叫"Jermoska"，对于这个丑陋的跛像他鼓刺着说：最美丽的东西是生在地球上——就是人的灵魂。在这个"Jermoska"的像里面，岳诃夫依了自己的主见表现出那年幼不能行走的过后渐渐驻足在地上而散布幸福的人类的整个的特性。

岳诃夫想一九一七年作成"Jermoska"之后可使勇敢的少年快乐地微笑。此后生的孩子再不需要他的照顾——人类将不需更有系统地教养而会变成自由思想的少年劳动者。岳诃夫确好是这样雕成个新的"Jermoska"。

一九二一年岳诃夫在鞑靼城出版了一部有趣的诗集《灵魂的宫殿》（这书是用俄文写的也有世界语的译本），在这本诗集内表现了他的特异的理想的整个的世界。

岳诃夫个人是懂世界语的，有二次他立志要研究，可是有几种原因不允许他完成他的决心，研究世界语除了那本出名的很高尚的小集《灵魂的宫殿》外，又出版了一册用两种文字——俄语和世界语写成的小书，岳诃夫在这本书里采用几个世界语字来题名的，《在神奇之境底红星的少年先锋队的旅行》，这是一册二个孩子的理想故事。

岳诃夫现在的主要工作仍是雕刻家的工作。关于他艺术的新的特质也公开出来了。岳诃夫现在的颜貌更庄重而有力量。大概他不再雕刻狡狯的通俗的无赖的形态了。最近他雕刻的有红色兵士的勇壮的面容，英国罢战军人的庄严的形态，妇女的良善的舒适的表情……先进的图形代替了对于新时代一致行动的新英雄……

有势力的觉着的创造的行程，庄严的革命的建设，新兴的时代已经来到了。

附志：本文系据 Ne. V. Nkrasov 的原著据世界语本节译而成。匆匆完稿，未能细于校阅；如有错误以后当更正。岳诃夫的思想，有机会也想另文批评。

介绍一个波兰的音乐家门涅司克[①]

门涅司克（Stanislaw Moniuszko）是个极有天才的波兰音乐的歌曲家，也是个波兰歌剧的革命家，他生于一八一九年，于波兰 Minsk 县他父亲的田庄里，这田庄名叫 Ubiel。

他父亲是个博学多能的人道主义者，是个值得尊敬的公民，勇敢的军人，曾为祖国争独立自由而参加战争。他母亲是个有学问的妇人，很会演奏钢琴和歌唱，她极仔细地看护门涅司克早早显现的天才的嫩芽。

门涅司克很自然地感受了优美的音乐的听觉，他在孩提时代早熟记了各种所听得的歌曲的和声而还能用他自己的细小的声浪随便地唱出来。他极爱听村民的奏乐和人们的唱歌，也爱听奇事传说之类，他又参加这迷信人的各种礼节和自己家族的节祭——这一切都强有力地感动了他的空想幻念，这种空想和幻念是他将来采取节拍以表现他音乐的泉渊——从那里他重创人民的礼节的音乐般的图画而韵调是极沉默的。

一八二七年他到 Vorsovion 入了学校，专门音乐的理论，他的音乐教师 F. reyer——波兰歌曲的戏剧家 Elsnet 的学生——是当时颇著名的。

一八三一年，那时候他父亲是穷贫了，移住在 Minsk。他回家来，进了当地的高等学校，他对于音乐的研究历经当地音乐家 D. Slefanowicz 的指引直至一八三五年，那时他离去 Minsk 而到柏林，在 Rungenhagen 教授处研究了四年的高级音乐理论。

在柏林过了四年又还家，把家迁移在 Vilno，他没有家产，和人结了婚，他像一般奏琴家，薪水微薄的音乐家一样的难能求得全日的面包。

不论他对于音乐如何用心力，这二十一岁的音乐家不久就在 Vilno 为全体

① 载《海风周报》第 13 期，1929 年 3 月 23 日。署名魏敦夫。

艺术家运动的引导者：他计划合奏和伴奏的方法，或指挥音乐队奏演；并作曲多题，这些歌曲形成他一个波兰全国的天才剧曲家。他那所作的乐曲在柏林 Bsteksi Bock 书局内出版的，德国的士女们都非常欢迎他的歌曲。

门涅司克有这样的成功，使他很快活的在一八四〇年开始为一组小歌剧作曲（如理想，彩票，kanmanjol，Nova Don Kihoto，Apeninoj 的旅店，黄色睡帽，牧歌，等类），靠他精于艺术的造诣，这一集剧曲就在 Vilno 披露了。

可是比那些小剧曲更著名更值得赞扬的是他自己的四册歌集，那创造的新颖的带有民族性的许多韵律依上了他伟大的音很能感化人心，更有活力地打动了真真的美。而此后作成的依了波兰超群拔萃的诗人的原文底剧曲对于波兰的韵文学上创成和德国 Schubept 让给祖国的同样有价值的贡献品。

一八四七年门涅司克才著他的杰作——哈而加①。歌剧——先尝试二幕，在合奏的形式上无外观之美。一八五三年这部歌剧就 Vilno 舞台上上演，又经过多次修正，大加扩充，就在一八五八年一月一日整个的将四幕② Varsovio 的舞台上排演。

这部歌剧开波兰歌剧史的新纪元，因此激起今后富有活泼气象的创作期底新时代。

大众未来听闻过的成功素没上谒过的热情在 Varsovio 都尊敬这部大作，在别的许多舞台上《哈而加》也获有相当的成功。这部歌剧又拿到 Krakovo，Lvovo poznanio，Küevo，odeso，Mcskvo，Petersbvrso；Praho，Lublano，Vieno 等地去开演。

单在 Varsovio《哈而加》开演了七百次之多，而每次都有同样的引力，虽然它的曲一直带着波兰民族的共通性。此后所开演的波兰歌剧没一部有这样成功的声望。

一八五八年八月，那队伟大地建全地获得功效的合奏队供给门涅司克到外边作新的旅行底救济费，这位波兰音乐家在外边就和 Liszi，Rossini，Meyerbeer 一般人混熟了。

---

① 这是一部歌剧，用波兰文写成的四幕剧，原文是波兰文豪 Wlodzimierz Wolski 作的。Wolski 生于一八二五年，那时正是全欧罗曼主义勃兴之时，所以他的作品带着罗曼色彩的，此剧已有各国译本。世界语译本也有，爱读世界语者，向上海世界语书店购买，可惜中国无译本，现在我已着手从世界语译本译成中文，不久将可置于爱波兰文学者之前。

② 表别个性的《山民的跳舞》有力的活泼的波兰舞。特别优美无比的腔调“松声”，这几幕以前未付印，新近才完全出版的。

门涅司克在巴黎用了调和农民生活的有可惊异的特质的音乐做成剧可爱写真，这就是一部独幕剧《筏夫》同年在Varsovio开演着的。

门涅司克在Varsovio做了波兰歌剧场的经理了。一八六〇年照波兰大文豪Wolski的原文作一部歌剧《女伯爵》，这是一部颇有精彩的佳作，极有魔力而又达到艺术的极境。

一八六一年他又开演一篇独幕剧《Vepbum Nobile》，有美丽舞背景，剧情是活活泼泼地真真实实地引证波兰古贵族的风范习惯。

一八六五年Varsovio舞台表演他的《可怕的朝廷》，这是部伟大的四幕歌剧，有神彩的音乐的背景，在布景上阐明波兰人的家庭生活，习惯，民族的德行和恶德。

因为他的歌剧是有神彩的，有特别的音乐的，有慈悲的内容的，而他的《哈而加》，《女伯爵》，《可怕的朝廷》这三部更受人们的苛爱，最有永久不朽的民族性的波兰歌剧。

继此三部歌剧是据戏剧家Delavinge的剧本作成歌曲的《巴黎》，此剧在一八六九年开演的，门涅司克想在这部歌剧里面用了世界普通的音乐以表现他的英雄气概。可是这可就证明天才的剧曲家仅知表现波兰人的灵魂，这部是没有大成功，而他最后的一部歌剧《祝福》于一八七二年在他死之前不久开演的也是和《巴黎》一样。

现在不再引述门涅司克的全部音乐著作的名称了。除歌剧外他还作了许多的歌曲，如《温柔》，《纳拉》，《Tvardovska女士》，《克利满的柔声》《鬼怪》等，这里所举出的最后二部是他的杰作。《鬼怪》是据Mickiewicz的著作《忌节》作曲的，主要的是用了许多七弦琴，更有震心肺的戏剧力。此外曾经他作曲的有：七部奠祭曲，许多赞美歌，圣诗，宗教用的歌曲，进行曲之类，还有二部祈祷曲，各种歌剧舞曲的乐谱，六部波兰舞蹈曲。又参照他在Varsovio的音乐院的演讲稿编了本《和音读本》。可是他遗传给他祖国的最有价值的财产是他的大约四百首歌曲。

至于这些歌曲的宝库，著名苏俄剧曲家Sieprov这样说过：“他自己毫不踌躇的将这些歌曲归为Schubert和Schunann的大名弥漫着的西欧最上等的抒情歌曲集之类。”同样德国有名的批判家Fink在《Allgemeine Musikal》书上也有相当的批评。他说：“门涅司克最杰出的特质是他的奇事式的谐曲，这些谐曲将他如此尊敬地抬在当时全欧一切剧曲家之上，不论他具有伟大的天才，为什么不能站在最光荣风雅的欧洲的剧曲家的第一把交椅上呢？这个问题A. Polinski教授有确切的解释：“这位天才的音乐家不是达到最伟大的同时者的理论和实用的高点。”真的，门涅司克宁愿研习单纯的易了解的通俗的音乐，不喜研究深奥的音乐。所以他极赞成 Heayden，Mendelsohn，反而不甚喜欢 Beethoven 和 Wagner。

可是门涅司克和别个研究深奥音乐的同样的声望吗？——这句话不需回答，他浸沉人心的灵活的音乐使一切的人，不单单音乐研究者，心醉了。

高尔基的《我的童年》的书前[①]

一、引言

玛克森·高尔基（Maxim Gorky）这一个伟大的名字，已经是普遍在人们的记忆之中了。他的著作固然是成为革命的一种很大的力量；就是他的行动也始终是和革命的脉搏合致的。对于新的俄罗斯的建设，他是和其他运动者一样，竭尽了他所有的全力。我对于这一位典型的世界的作家，这一位伟大的革命者，除了有不尽的钦仰而外，真是什么话也不想说也不能说。而且许多优秀的批评家们对他已有了不少的很正确的意见，更没有需要我再来说话的必要。所以在这《我的童年》的译本的《前言》里，我只想引用已有文字约略的介绍这一位伟大的作家的生平，和对于他的正确的批判，并写一点关于他的《我的童年》的感想，使青年读者，在过去与这一位作家少接触的人，能对他有一个相当的认识。这是在本文里我想完成的事。

二、高尔基的自传

玛克森·高尔基的生平，若果详细的叙述起来，那至少是会成一本很厚的书的。这里只想用他的自传来做一个简明的介绍。

他的自传是如此的被写着：

“一八六九年三月十四日，生于下诺甫哥罗（N-Novogorod）。父亲是军人

① 《我的童年》，林曼青（洪灵菲）译，1932年亚东图书馆出版。本文系1930年11月8日作于上海。署名蒋光慈。

的儿子，母亲是一个城市的妇女，祖父是尼卡拉亚第一世的军官，因虐待部下被免职。祖父秉性严直，行事不苟，父亲在十岁至十七岁间，共有五次从祖父那里逃了出来。他在最后的一次，竟得永远脱离了家庭——从托巴尔斯克（Tobolsk）步行到下诺甫哥罗，在那里做了复布匠的艺徒。很明显的，他是一个才智兼备的人，在二十岁时，便被任为哥尔靖（Kolchin）轮船局在阿斯脱拉汉（Astrokhan）分局的总经理，一八七三年，从我这里传染了虎列拉的恶症，竟不幸死了。据母亲的传说，他是很聪敏，很和蔼而又很愉乐的一个人。外祖父是一个伏尔加（Volga）河畔的苦力，经过三次的远行，遂成为白拉宁（Balakhin）商人石也夫（Zaev）的商队的商品的代办人，不久又从事于染纱的操作，获利颇厚，积钱很多，乃在下诺甫哥罗开设一个大规模的染坊。不数年间，他在城市中购置了几座房屋和三个作场，织花纹染物料，营业很为发达。他又被选为行会会长连任至三年之久，后因推选举手工业首领落第，认为莫大耻辱，亦随辞去行会会长之职。他是一个很迷信的人，专横吝啬达到极点。活了九十二岁，在临终的前一年——一八八八年，他是染过痴癫症的。

“父母结婚是出于他们自己的主意的，因为外祖父对于无亲无眷而前途又没有把握的人，当然不肯将亲生的疼爱万分的女儿轻易许他的。我的生活丝毫没有受过我母亲的影响，因为母亲以为父亲的暴卒原因是在我身上，所以她不甚爱惜我，不久又到别处去，将我交在外祖父手里，开始受辟萨蒂尔（Psoltir）和却沙司洛夫（Ohasoslov）的教育。七岁时进了学校，一共读了五个月的书，无丝毫的成绩，对于学校的校规和同学们，不是非常重视，因为我最喜欢的是离群的生活。在学校里染了痘疮，便抛弃了学校，此后也就没有机会求学了。在那时候，母亲因肺痨急症而死了，外祖母为此懊丧得很长久。外祖母的家庭，人口是很庞杂的，有二个儿子，都已结婚，生了子女，但除外祖母外，没有一个人是爱我的。外祖母是一个很慈蔼而又憨慎的老年人，我将尽一生之力来表示我对于她的敬爱。舅舅们喜欢过着阔绰的生活，就是说，他们在饮食的时候，须饮个痛快，吃个饱满。沉醉是很寻常的事情，沉醉后就互相殴打起来，或同客人闹起架来，有时同自己的妻子吵起嘴来。这一个阿舅捶击他自己的妻子。有时也把我吊打。所以在这一种环境之下，当然谈不到什么智力的影响了，况且我的左右亲友都是一些目不识丁的人们哩。

“八岁时，我在一家鞋铺中做学徒，作了两个月的工，因为，翻掉一盆沸腾得炙手的汤，就被送回到外祖父那里去了。外祖父为了增长我的体力起见，又将我送到图案家做徒弟，一年后，因生活条件的痛苦，便又离开，在轮船里做了厨师的徒弟。厨师名米哈以尔·客托诺维赤·史慕利（Mikhail Autonovich Smury），是一个年青的退伍的下级军官，而又富于体力，深思博学的人；他引起了我对于读书的兴趣。以前我是仇视一切的书籍和报章的，但经过我这先生循循教诱的结果，才使我深信书籍中有无限的意义，我也爱读起书来，第一部使我废寝忘食的是《关于兵士迎救大彼得的故事》这册书。史慕利曾有不少的箱柜装着皮制的小小册子，这可以说是全世界上最为光怪陆离的图书馆，爱卡尔好森（Akkartliauzen）的杰作与涅克拉梭夫（Nekrasov）的著作，堆杂在一处；婀娜·拉喀利弗（Anna Radkliph）的书籍与《近代名人著撰》又放置在一起。这里有六十四年代的《火星》与《信石》以及小俄文字著述的一切书籍。

“从那时候起，所有的书籍一经过我的手，我就差不多都览阅了。在十岁时，即开始作日记，从生活中及书籍中所感受到的心得和感想，全都记起来。以后的生活比较得复杂了：贩卖神像，做过格猎士·蔡利正（Griaz-Tsaritsin）铁路的路警，在陋室中住过一个时候，周游全国者好几次。一八八八年，在喀山（Kazan）为旅客，开始与学生们相识，并参加自修班的工作；一八九〇年，我就感觉到在知识分子中鬼混，不是一个办法，因又开始了流浪的生活。从下诺甫哥，蔡利，正唐（Dou），乌克兰，直至倍萨拉比亚（Bes-sarabia），再由倍萨拉比亚到克里姆的南岸及黑海的科彭（Kubaa），一八九二年十月寓于蒂佛利斯（Tflis），在‘高加索’报纸上第一次发表了我的著作——（Ma-kar Chudra）。这篇文章颇受一时人们的赞扬，自移居于下诺甫哥罗后，渐从事于小说，次第的发表于《伏尔加》报上，该报乐意接受我的小说，每一次都有发表的机会。寄到《俄国新闻》报去的 Emelain Piliae’亦蒙揭载。这里我不能不有这样的一个声明，就是各地报章之易于发表这一类新进作家的文字，确是一件奇怪的事情，我认为这种事实，不是证明出自编辑者的善意，便是他们缺少一种文学的根底。

“一八八三年，我在下诺甫哥罗才与科洛连科（V. G. Karelenko）相识，他在文艺上给与我的帮助，我是没世不忘的。他所指示给我的，实所谓罄竹难书，我得益极深。所以我的第一个教师是当兵的史慕利厨子，第二个是辩护士拉宁（Lanin），第三是‘超社会’的卡留齐尼（Kalujnii），第四个要算是科洛连科了。

“我不愿再写了，在我回忆这几个故人的时候，我已不禁为之神往了。”（本文亦还译）

这自传是写到他成为著作家的时候为止。以后的他的生活中的主要部分，就是他的著作事业。这一些是他的几部回忆录，和关于俄罗斯的文学史的著作里，记载得很多，这里是没有全部介绍的可能了。

三、柯根教授的《高尔基论》

关于玛克森·高尔基的批评，最被我认为正确的是柯根（B. cogan）教授的《高尔基论》，此外如他在《伟大的十年间文学》里所论及的关于玛克森·高尔基的地方，当然也都是非常扼要的。但是在这里，我只想介绍他的短论，做一个具体的说明。

在《高尔基论》里柯根教授写着：

“关于玛克森·高尔基（Maxim Gorky），人们已写了许多书籍，此后也还要写下去吧。他的创造的个性，多样而且复杂到几乎要被人看作完全相矛盾。偶然一看，仿佛觉得高尔基的全文学的活动，在那样式上似乎是混沌着，在关于事物的观察及观念上又似乎互相冲突着矛盾着的在表现于他的初期的故事中的浪漫主义及理想主义的倾向，和我们在《阿尔泰莫诺夫的事件》，《我的大学》及《克林·撒谟庚底生涯》等里所看见的那种特别的写实的手法，或几乎可以称为关于现实的科学的描写的东西之间，横着广阔的海。

“影响了高尔基的那初期的尼采个人主义，是否现在也还残留着呢？我想起关于高尔基的《鹰之歌》时代的热烈的论争。有热情的学生们关于这个论争得尤甚，就是在那时候，也起了这样的疑题——为了什么这鸟想飞升到《无限的苍空》呢，什么是这鸟的敌手呢，到底这鸟是在追求着什么的呢？为那时代之知识的指导者，又是批评界之权威者的米哈伊洛夫斯基（N. Michailovski），或蒲洛特波波夫（Frot opopovo），竟至于想从这《鹰》上，探求政治的问题。这个《战斗的祝福》或战斗而求战斗的这心，叛逆的个人主义者底渴望，既无目的亦不求功果的渴望，对于养育于俄国文学之社会的传统里的新时代，是并不能成为指导的原理的，巴理芒特（Balmont），或梭罗古勃（Sologub）采有那时代的勃留梭夫（Briwsov），对这勇敢的个人主义，不曾呈献了热烈的赞辞吗？还有，当时在俄国的知识阶级之间，尼采底《察拉图斯屈拉》底箴言岂不曾具有魔力吗？然而在人生的现实性，以理性的组织的计划的又确实的勇气为必要的时候，他乃提倡了这《勇猛的狂者》之赞美，却是什么缘故呢？

“一切这些问题，全是起于三十年前的事。但就在那时候，也可以感到高尔基的‘勇气’和巴理芒特或其他人们的勇气，是不同的。于诗的方面，后者（巴理芒特）是呈示着颓废的前兆，而反之，高尔基的‘勇气’却显示着生活的原理。象征主义或世纪末主义者的努力，和资产阶级的环境相结合；确实地愈加变形为陈腐的修辞学了；但高尔基的旋风一般的势力，却摆落了自己的性格的混沌的性质，开拓出进路，而这性格便成了使活动组织起来的鞭策力。就是尼采风的个人主义者，变形为一个社会主义者了。浪漫蒂克的诗人，成为人生的学生了，于是，他开始十分注意地，思虑深深地，研究起人生的材料来了。

“达到共产主义是各人各有他自己的路的。高尔基出发到共产主义的路，是一个强烈的人类的个性。他不将革命看作单是经济关系和政治组织之整理——而以为革命底完成，乃是人类个性的，即从内部的人类的变革，在革命所战争的无数的战线之中，他以为这战线（个性变革），是专属于艺术家的压迫的无数的形态，行于资产阶级支配的时代，但在那时代，高尔基已由此首先觉到，人类个性的破坏人类欲求的被抑压的翼，天才的凝固，沉重的压迫，是妨碍人类的飞跃，要将人类推到地下去的是了。现在将他所写下的可惊的著作的系列读下去的时候，人们大约能够愈加明瞭地看见从个人主义出发的这有名的作家，进向劳动阶级乃至社会主义去的路线吧。在他的《福玛·戈尔兑耶夫》里描写着帝政治下的劳动者们的五月一日的庆祝，而他是次第地被劳动者们的一方所牵引去了。照他的说话则，那被人生所驱逐，所毒害的寂寞的个性，也能在他们之中，愉快地自由地呼吸的。他完全是被艺术的探求之拍车（刺马便进的器具）所刺激，又为了创造力和其扩大，向着无产阶级这里来了。使他急急乎乎上了社会主义的路的最初刺激，并不是社会关系的解剖；那倒是艺术的冲动，他之向这里来，并非因为自己从马克思主义的学说，领会了资本家的个人主义的无政府，非由组织着的集团主义来替换不可，以及资本家是难避的革命的路之障碍物，这革命非由作为阶级的无产阶级来完成不可的事的缘故。他倒是走着对于那感到了对人类的天才开拓着无限的空间的劳动阶级的服役的路，向着这里来的。从这以来，有时他混乱着，有时是踏着革命之路，有时又甚至于‘停止’了。虽然如此，真的艺术家，具有真的意思的高尚的心的人是迟早总要走进革命中，和它携手前进的，高尔基决不曾退却过。而且他无论在什么时候，对自己都是忠实的。

“他的著作的难以否定的效果，首先恐怕总非归于因了他自身的精神问题的要求，对于一切现象都能接近的那他的能力不可的。高尔基不断地说着直接的经验。他决不曾藉哲学化的事，说出话来。他避去推定法。关于这事，我去年夏天在梭连多访问他的时候，是能够实际地知道的。在那里，我有了和他谈及这种题目的机会。偶然一看，他的动作，在知识阶级的人，要觉得有些异样。例如，对于要使或一种类的判断，成为普通的那样的质问，高尔基是举出不分明的有些难于解释的实例来回答的。我向高尔基征求关于苏维埃俄罗斯的政治的意见的时候，他并不直接回答，却说起他在做名誉校长的哈里科夫（乌克兰）近旁的二三学校来，便是一例。学校的生徒们，曾送了信给高尔基，你看，他对我说，在数年前，我也就从这学校来的学生，接到一封信的，可是现在，从这同一的学校，我读到数封信了。但这是怎样的不同，是怎样的急激的进步呵，和我们时代的小孩一比较，是完全两样的，这就是他对于我关于苏维埃政治的质问的回答。在高尔基，革命云者，首先是学校的生徒，是他路上遇见的农民的生徒是工场劳动者，是知识人，是哺育着自己的梦想的那数百万的人们——喜着悲着的多数的民众的生活；惟这些才是伟大的艺术家用以批判历史的事实的标准。从高尔基那里，我们决不能听到高尚的议论。我曾向他征求过关于现代苏维埃文学的意见。关于玛霞珂夫斯基（V. Mai-kovsky）或革拉特河夫（F. Gra dkov），关于无产阶级文学者和‘同路人’的论争，乃至关于讨论无产阶级文学的本质的论争等等，我是预想着他的意见的。但是高尔基，对于这质问并不回答，却说起了那关于乌苏里地方的荒野有所记述的阿尔绥尼夫（Arceniev）的著作。他非常称赞这著作，接着便将关于对于苏维埃文学十分有用的无数的题目，说了下去，关于苏维埃文学很为痛切的诸问题，为苏维埃文学的争论之标的诸种题目，关于流行作家，高尔基的意见是渐次地在新的光之下展开了。因议论的热中而发生的多余的皮壳被脱去，个人的要素被除去，关于我们的文学的现实的问题，便如明了的浮雕地现了出来了。

“高尔基的这特殊的方法，因为是依据于丰富的经验，对着事实的思虑深深地研究的缘故，是有服人之力的。高尔基在看书，看得非常多。他说及我们科学上的文学；说及不是所谓艺术家，还没有被职业的批评家所知的作家，也说及那还没有出版的光荣的‘半’作家，将他们的著作送给他看的人们。然而高尔基，从不曾想创造世间的人物的印象，他彻底地是现实的人。不曾实际地生活着的东西；或和自己的经验没有连络的东西，对于他的良心是螟蛉子。而且在他的观察里是没有余地的。然而高尔基，从俄国的穷乡僻壤的乞食一般的生活，以至达到世界的盛名的顶点止，是经了广阔而又复杂的路而来的。他接触了各式各样的国度，各式各样的人们的，各式各样的人类的集群，各式各样的性格的人们，而这些，却有在这伟大的作家和思想家的人的伟大的精神中，还没有充分地，科学的，尽行整理，寻见了适当的处所之观。

他的最后的著作，尤其《克林·撒谟庚之生涯》，曾惹起了许多的议论，这著作，有许多人不喜欢，说它缺乏统一性，又宽弛，材料是乱杂的。然而在这著作里，依然包含着我们最伟大的人物在半世纪间底观察和经验的总量。这著作，倘若倾向的，这句话，解释为不仅是人生的描写，而是诱导读者去思考，关于人生的最瞬间的问题的这种意思，那么是最倾向的作品。高尔基是从长久以前，便不是为人娱乐而写东西了。他不断地教导人，对人发忠告。在他的著作中，住宿着会指导人们的意志的实际上的目的和欲望。对于在近来所解释的意思上的故事或小说的文学，他是厌了。他在将各式各样的国度的人们，各式各样的阶级的人们，各式各样的教养的人们，例如从著名的科学者或艺术家起，至穷乡僻壤的爱文学的农夫为止的信，读给我听以后，曾将对于这些信的他的答复也读给我听，但我不能寻出可以寻出可以将这书翰文学，和《我的大学》或《克林·撒漠庚》区别开来的境界线，这些著作，是从作为人生教师的高尔基的不断的努力之描写而成的。在这时世画（Geme）之点，高尔基确有着先驱者。莱夫·托尔斯泰（i. ev Tols toy），科罗连珂（Korolenko），乌斯潘斯基（G. Uspensky）以及其他思虑深深的，易于感动的文学者们的那时代的活动，便是这个。由所谓文学的学说而划成的境界线，已被舍弃，诗或小说，是在变形而运用着经济学，道德，心理学的题材了，正像耶斯耶耶·波里恶那（托尔斯泰家所在地）从文学的中心，变成为伟大的思想的中心地的一样，在梭连多的高尔基的家，是成了求真理的人们，不能和近代资产阶级文化妥协的人们的中心地了。于是由活生生的人类个性的强有力的爱，所引到伟大的十月革命的思想要求的这伟大的俄国作家，现在是成着自觉了的人类的良心的声音。因此，高尔基的诞生六十年纪念，不但是在苏维埃俄国内的国民的示威运动而已，到或一程度为止，这为革命的无产阶级之世界的示威运动，乃是不足为奇的事实（本文雪峰译）。

这是关于玛克森·高尔基的全部的简明扼要的批判。在这批判里，展开了玛克森·高尔基的著作的全景，展开了他的作品的社会根据，同时也展开了他的作品与社会的关联……

四、《我的童年》

这里，我请写下译者对于他的回忆录之一的《我的童年》的读后感来作为关于玛克森·高尔基的这一部小说的说明与介绍。

在《我的童年》里玛克森·高尔基写着：“‘但真理是比较怜悯更加有力量的，此外，我所要描写的并不是涉及我自己的事情，而且涉及那狭隘的，窒塞气息的范围内的不快的印象，在这里面居住着——啊，直至这个时候还是居住着——这个阶级的平均数的俄罗斯人。’

“‘当我记起我们的野蛮的俄罗斯生活的这些难堪的恐怖，我时常问着我自己究竟这是不是值得我费了时间去说起它们呢。于是，带着重新的坚信，我应答着我自己——这时值得费时间去说起，因为这是真实的，鄙贱的事实，那并未消灭，甚至存于这些日子——一件事实那必须追踪到它的本源，并且必须从记忆上，人民的灵魂上，和从我们狭隘的鄙贱的生活上连根地拔起来的。’

“‘而且此外还有一个更重要的理由激动着我去描写着这些恐怖。虽然它们是这么讨厌，虽然它们压逼着我们并且把许多美丽的人们磨折，但是俄罗斯人民依然是这样强健和青春在心里面，他能够而且的确会超出这些恐怖之上。因为在我们的这种骇异的生命上面不但我们的兽的方面繁荣而且发达，而是在这兽欲主义中成长了光明的，壮健的而且创造的——一种人道的记号那激动我们向前地去看看我们的革新，到那时候我们全数将生活着，安乐地而又相亲相爱地。’”

读了上面两段文章，不但可以使我们了解高尔基为什么要写这部《我的童年》，同时可以使我们更加深刻地了解高尔基的许多的作品。他不是在写着他自己个人的遭际，而是在写着同他一样的被蹂躏的整个阶级。他不是想把这被蹂躏的阶级绘成一幅悲惨的图画去激动统治阶级的良心（实在呢，统治阶级并没有什么所谓良心），而是极力地写出这班被蹂躏者的灵魂的伟大。他们粗暴，但他们正真，他们时常互相鞭打，但他们仁慈；他们的衣服是破碎不整，言语是零乱芜杂，但他们的性质是善良，他们的襟怀是磊落；他们的环境是黑暗，但他们的希望是新鲜；他们的生活是一种矿坑下的生活，但他们都是勇往直前的生命的战阵上的战士。“很久以后，我切实地感觉到俄罗斯的人民。因为他们的生活是穷困而且污秽，爱于把他们自己带着忧愁娱乐着。把那忧愁戏弄着就和孩子一般，而且他们很少对于他们的不幸感到羞惭。”

自然，《我的童年》里面所描写的许多人物不能概括地都说是代表这被蹂躏的阶级的积极的，向上的人物；但即使便是一些比较坏些的人物也不至于有罪的：“我的继母不曾爱我，我的父亲亦然。外祖父也不曾爱我；为什么我应该和他们住在一块呢？故此我要向着外祖母请她告诉我盗贼住在那儿，我将走到他们那儿去……那时你将明白我，你们全数……我们为什么不合在一块儿逃走呢。”“盗贼并不被计算做了件罪孽在我们的村里；那已变成了一种风俗，而且实际地是唯一的方法，将近饿死的人们恃之以为生。”

“高尔基不曾尝试着去描写一些抽象的或是神异的 Hero 和 Saint，可是在没有教养而且被轻视，被糟塌的群众，他发现了伟大无比的人物，他们都不免有了多少过失，但他们都比任何曾经被描写过的 Hero 和 Saint 值得称许些。为工作所磨损，直至瞎了眼睛到处求乞的 Gregry Ivanoiteh，穷困得周身衣服发臭一见便令人走开的 Boarder 混名 Good business，在一个雨夜被拾起，长成后被十字架压毙的 Tsig anok，被掷下冰河洞里的 Maixin savatye vitch 都是俄罗斯的人民中的最善良者——“Thevery best of her people”。他们都是真正的 Hero，如果说是有所谓 Hero 的说话。惯于谈说故事“嗅了一撮鼻烟，她便会开始地告诉我一些奇异的故事，涉及好心脑的强盗，圣洁的人物，并且涉及全数的野兽和罪恶的鬼怪。”忙于治理家务，“外祖母的烹调，缝缀，忙碌地理着琐事在厨房里和花园上，旋转着理这些和那些，尽了一日之长，像一个大陀螺受了不可看见的鞭而打转着……”敢于正视不幸“噢，你这可怜的东西！你更怕起做乞丐来呵，假定我们真的变成乞丐？你所当做的只是坐在家中，让我到外面求乞好了……他们将拿东西给我，不要害怕，我们将有充足的东西，你能知把你的烦闷丢开。”而且具着一种广大的爱“Disinteirested love for all creation”和一种“不熄灭的，愉悦的，热烈的火焰，那在她的眼睛里把它自己显露出来”的外祖母是不可比拟的 saint。“她憎恨着欺骗，因为她根本上便不晓得欺骗这回事，她可以算得起和圣人并列，虽然她饮着酒和嗅着鼻烟……”“你正像一个圣人……他们苦恼你；而又苦恼你，而你；一点都不计较。”

《我的童年》是高尔基的后期的许多作品中的重要的一部。它是有了目的意识的写实作品，为着“真理”同时为着“确实”。任何人都不能否认这里面所写的是正确的“事实”，任何人都不能否认这里所写的是无私的“真理”。这里面的重要人物都是敬畏上帝，害怕官厅安分守己的普通人物，而且都是四十年前的人物，他们的政治意识是朦胧的；他们都生活着在一种原始的，率直的，任性的状况中。外祖父甚至于说，“在许多观点上他们是好，但他们是更好的当他们在地主的统治之下”。外祖母甚至于说：“此外，我们为什么该记起坏人呢？上帝看察了他们；他明白他们所做的全部；让那魔鬼眷恋着他们吧。”Gregory 甚至于说：“虽然上帝是比我们谁都要聪敏些，他仅干笑着而向着最有智慧的人将闪着目像一个蠢货似的。”

这是一种逼切的写真，可以代表着四十年前俄罗斯的被统治的平民的一般的思想，这种思想自然是不对的，但是这只是因为时代的关系，那时候还是在君主政权的压迫之下，人民没有过问政治的可能，政治意识自然是不能够普遍地发展的。

和政治意识一样，他们的阶级意识亦未尝怎样觉醒，外祖父甚至于说：“他是一个坏人。他要向着全世界用兵，在用兵之后，他要把我们弄成完全平等——没有法律，没有主人；每个人都是一样平等，没有阶级的分别，在同一样统治之下，承认同一样宗教，因此人与人之间的差别，只是他们的名字。自然这些都是无稽之谈。只有大头鱼彼此间是不能分别的……但鱼却是分门别类的。膻鱼是不愿意和大头鱼交结的，而那鲛鱼称拒绝着去和青鱼做朋友……”

虽然上面所举的都是十分确实，四十年前俄罗斯的被压迫的平民的确地是政治意识朦胧，阶级意识还未怎样觉醒，但他们到底是“人”的感情，因此有些地方，他们便不自觉地有了一些愤慨的表示，“那些斯文人自然是被诅咒的，因为他们是更加机警地去隐匿他们的过失；但这不能说他们全数是这样，可是在他们里面很少的人数被证明是好的。其他的人物——他们的大多数是和鼹鼠一样愚蠢；他们会把你所喜欢的东西私自拿去供给他们。我们有了许多的干果壳，但那些干果的仁已经没有而只有干果壳，那些果仁都被吞食去了。在这些地方你可以得到一场教训，人！我们必须去学习着，我们的智慧必须尖锐化起来，现在，但我们仍然是不大锐敏哩”。“我想假若他是富人而且穿得漂亮一些，我便一定不会怕他了；但他是穷困——一件污秽的衣服露出他的外衣之外，他的裤子是不洁而且是补缀着的，而他的赤足所践踏的是一双拖鞋——这些贫人不见得可怖，也不见得便是危险人物……”

“……金钱是全没有意义的东西，我的小友……”

“‘我是同他们不同种类的——你可明白吗？那便是为什么会演成这个样子，我和他们并不相像——’

“‘你想我在鼓励他吗？不！我只是喜欢去玩弄着那些斯文人。’

“‘那是你的一个有趣的好意见，小朋友，’他耳语着。那正是那愚蠢的老羊所应得的责罚——被唾着口沫！第二次丢下一块石片在他腐败的头上！

“‘我们并不是斯文人。没有人肯费心来教养我们。我们必须为着我们自己去把各件事找寻出来，旁的人在著书在建设学堂；但不肯荒废着他们的时间到我们身上来。我们必须寻出我们自己的办法。’”

从上面所引的几段，我们可以看出他们的伟大的品格和不可征服的崛强的态度。他们到底不是可怕的或者是危险的人物哩。他们大都能够坚强地建树着他们自己，不致轻易去做一点坏事情。“If we are ordered to do something wrong our duies to stand firm and be strong.”

只有他们才被称为Hero，只有他们才配称为Saint啊。

总括说一句，《我的童年》这部书的作用是在写出被压迫阶级的精神的伟大，他们是促进人类的原动力，是未来的地上的乐园的建树者。

这是关于玛克森·高尔基的《我的童年》的意见。

五、结论

上几节，已经依次的引用了可尊贵的意见，介绍了玛克森·高尔基的简略的生平，和关于他前全部著作的有力的批判。并写出了《我的童年》的译者对于《我的童年》的和我并无不同的意见。青年的读者们，和玛克森·高尔基的著作没有深切的接触的读者们，在这篇辑的《前言》里，至少是可以获得相当的对于这位伟大的世界的作者的了解。说到更深更详尽的研究，那当然不是本文所容纳得下，也不是我在这里想做到的事。

经济形式与社会关系之变迁[①]

一、人类之由来

数千年来，圣经上神意创造宇宙之说，深入人类的脑海。十九世纪之初，许多学者尚以为动植物之种种类类，皆为神意创造之结果，自古至今，永远存在，亦不增加，亦不减少。从自然科学昌明以来，人类生活形式之发展了然，才一破向来经典之谬说。现代科学指示我们，动植物的种类皆非常态不变者，现代动植物的种类，皆为其前代动植物的种类之改良蜕变的后裔。因为环境的影响，从前的许多种类，现在都消灭了，亦有蜕变而成别一种类的。适者生存，自然淘汰，动植物界发展的过程，也就是死亡成败的过程。

科学指示我们，人类并不能超动物界的范围，他不过是生物种类发展上之最后的一位。人类属于动物界，在等级上——属于哺乳动物的一级。在此阶段内，人类占第一位置，而还与猿猴立于一血系内。人类与类人猿或者是共同的祖先。

二、动物状态中之人类

人类从何时期起，方自低等动物的形式进于高等动物的形式，人类——我们现在实难猜度。不过有一件事却不必疑虑，就是人类，和别的动物一样，他的生理发展之过程很快，逐渐改变身体的外形。人类在此发展的过程中，前部的两肢变为手的形式，异于别种动物。唯有此手的机关后，人类超出动

① 载《新青年》季刊第2期，1923年12月20日。署名蒋光赤。

物界的历史才能开始。人类利用此手的机关为生存竞争之最利的工具。因生存竞争，遂造成人类之协作的和社会的本能：我们知道原始人类取得自己生活的方法，最重要的就是合群打猎，而不能单独行动。因为身体机关的进化，生产工具有改良的可能：在劳动的过程中，在复杂协作的新环境之中，人类的社会本能日渐增长，而为社会发展的动力。

三、原始的宗族共产主义

人类社会之始，人们皆过小共产村或小宗族的生活，如现在非洲、澳洲一些原始民族生活一样。照着古代的遗传和对于现在原始民族的考察，就知道当时的小宗族之经济的生活是共产主义的：共同劳动——渔猎；共同消费——平均分配所得之物；共同防御敌人和猛兽。在这些小共产宗族里，一切物件都属于公众，而没有私产存在。

后来，原始共产主义消灭，仅留一点原始人类生活之追忆：在十八世纪的文学中，到处歌诵此黄金时代，人类自然的生活。其实原始共产主义的范围非常之狭小，此一宗族与其他宗族互相仇敌；其基础建筑在原始的生产工具之上面，不如现代的共产主义以世界的经济基础，范围包括全世界的人类。在原始共产主义社会之中，没有分工，差不多人人都作一样的工作；除能得到最低的生活品而外，没有点儿剩余。原始的共产主义是退后的，穷困的，个性和经济组织不发展的共产主义。故至劳动工具改良，经济生活形式增高的时候，原始的共产主义自然就消灭了。

四、父权（或家长政治）的宗族共产村

工具改良，人类逐渐发展，简单的经济形式——渔猎，应当让出自己的位置与较高的经济形式。采取食物的方法变了；原始的人们不仅屠杀禽兽，并且驯养之，不仅利用他们的肉，并且利用他们的乳毛；于是畜牧成为较高的经济形式了。畜牧需要较复杂的协作相分工。经济的组织既复杂了，于是在此畜牧的共产宗族里。就需要生产的组织人，管理和分配一切生产的工作。此种组织人就是家长 Patriac（Paten 是父的意思，acp 是权的意思）。然而因为畜牧劳动的劳动生产率之增高，于是就利于获得邻近俘虏，强迫之做看守畜牧的工作，奴隶因之发生（数量还小）。畜牧共产村内，逐渐起了分化，公共财产和私有财产（从战争强夺而来）亦因之发现。

五、固定农业之发生

人口的繁殖和人类社会消费的增长，需要比猎牧较高的经济形式。到了某一发展的程度，社会开始生产这样的工具，用之可以从土地中取得生产品，并且利用驯养的兽类耕犁土地，于是农业因之发生，而固定的经济形式成立。然而畜牧与农业的混合之时间，还是非常长久的很。

自从农业发生后，此种共产村内，起了阶级的分化：有土地多者，土地少者，无土地者。奴隶劳动更给土地集中于少数人手内的可能。虽当此时公共的财产如森林牧场还有保存者，在经济生活上却不占重要位置。阶级斗争的景象已经非常的激烈。

六、固定农业之发展的方法

人口繁殖，需要生活工具的源泉——土地之增加供给。使土地增加供给有二方法：一，改良农业生产的工具，仍在原有土地的领域内加一番较好的耕种；二，扩张耕种土地的领域。人类很长久的走着第二条路。固然在几千年之内，不能说农业工具没有点儿改良过，然而此种过程非常的迟缓，有时我们看得出农业工具退步（如罗马帝国时代）。就是近一世纪城市工业用伟大机器生产的方法，而在农业中，十分之九还是伏在旧生产方法之下。

七、固定农业经济基础上之社会关系

我们在最初期的社会史内，已经看出共产村之阶级的分化。此种阶级分化的现象至固定农业时代，更较显明。贫与富和统治与被统治的界限甚清。在古代希腊罗马时代，虽然森林牧场等等尚属一宗族而非个人，然而土地私有权同时已经存在了。土地私有，不自由的劳动发生，奴隶制度因之成立。因为有了奴隶的劳动，富者愈可扩充自己土地的范围，故日益富，贫者因竞争不敌，固日益贫，并且有许多失了土地。

土地渐渐集中于少数人的手里，因之土地的贵族阶级发生。有时因为战争的原故，农民多数要向战争服务，逼不得已把自己的土地贱卖给于大地主。大地主因为利用奴隶的劳动，日益扩充自己政治和经济的势力。成为一完全统治的阶级。于是社会上之对立的战线就成为两个互相仇敌的阶级，大土地占有主与奴隶了。

八、奴隶私有制度下之社会阶级

在奴隶私有制度的社会里，劳动阶级并不仅仅由奴隶构成的。除了奴隶，还是农民和城市中的无产阶级。不过此时生活的形式已经属于奴隶和奴隶领有者之中间的关系了。奴隶劳动在每种经济范围以内，都占重要的意义，而非奴隶的劳动，都失去旧有的意义。然而到了此时的奴隶，又与从前的奴隶不同：从前的奴隶——如在希腊哥墨时代，在共产村内或农人家庭内，所遇到的生活几与农人一样；而现在的奴隶生活却与劳动的家畜无异。

奴隶占有者不仅仅是地主，并且有时商工业的阶级亦成为奴隶的占有者，因为奴隶劳动非常便宜的原故。

总之，在私有奴隶制度之经济形式下面，土地的或一部分财政的贵族是统治的阶级，而奴隶是被压迫的阶级，无经济的和政治的自由。

九、罗马文化之衰落

欲明了欧洲中世纪文化之发展，则应知罗马兴亡之因果。罗马建国基于农民。纪元前五世纪至纪元前一世纪，四百年中间，农民竞争自己经济的生存和政治的影响甚烈，然终陷于失败，因所争者属于小部分自己人民的利益。当时农民帮助统治阶级之侵略政策，从事战争，失去自己私有的土地；有许多农民惯于战争，不再回转做劳动的生活，完全成为兵士。失去体力，不能服务军事，这些前为农民而后为兵士的分子陷于穷困，只得跑入城市——构成无产阶级的队伍。农民经济亦衰落至极，有许多农民自己情愿附属于大地主树荫之下，渐流入农奴的地位。

罗马时代的无产阶级是游民的无产阶级，与现代的无产阶级不同。现代的无产阶级为经济的中心，而当时的无产阶级却为社会的寄生虫。当时罗马的工业范围甚小，且筑在奴隶劳动上面；故当时无产阶级不参加工业经济的生活，而为流民。因为失土地的农民增多，解放的奴隶增多，都加入游民无产阶级的队伍里，城市简直成了消费者的大场合，与现代的城市迥不相同。

当时统治的阶级——土地的贵族之增加收入的方法，就是增加奴隶的数目，扩大土地的范围。在此时期中，技术不但没有改良，反而日形退步。现代的资本家欲扩充自己的利润，趋向技术之改良，而古时奴隶的占有者以战争为增加收入惟一的方法。罗马的统治阶级既征服东方各文明国家之后，不但取其财富，并虏其人民奴隶之，此种奴隶的知识高于主人，于是主人付之以管理国家的事务和私有的经济，而自己惯于骄侈奢佚。于是统治的阶级渐失去管理的技能。

技术既不改良，而奴隶的生活又非常之苦，无工作的兴趣，因之奴隶劳动的生产率低降不已。奴隶劳动渐渐失去意义，对于奴隶占有者无大利益，于是释放奴隶的时期到了，奴隶劳动的生产率低降，结果使奴隶制度的经济一定衰落。

奴隶经济消灭，因之罗马的文化亦就消灭了。

十、封建制度

古代奴隶私有制消灭之后，封建制度 feudalism，因之发生（feud 即土地的意思）。贵族，武士或地去从国主或大诸侯领取本地，作为自己功绩的赏赐。此种土地分与农民耕种，农民每年对于地主一定要纳交若干租课，服役若干日期。

封建制度发展成为经济的形式，约在九世纪。封建制度之发生，实为奴隶私有制度崩坏后之不可免的结果。在德意志等国，所缺乏者非土地，而为耕土地的人，凡是地主都想把持农民固定在自己手里。因为战争等种种的关系。农民欲避免苦役不得已付给地主部分的出产品，托荫于其保障之下，因之农民渐渐失去个人的自由，变为农奴了。

农奴与奴隶的区别，不仅在被压迫的程度之深浅而已。在某一期中（如在家庭奴隶时代中）奴隶的生活实较农奴为苦。最重要的在经济上之差别：农奴有自己的经济，有土地和家属；而奴隶无之。除此而外，农奴结合于自己共产村之内，有时拒绝主人的贪求；中世纪很有农奴和地主之斗争的事实，有时农奴脱去地主的压迫，而为自由的农民。

初期封建制度的经济全为自然经济，每一“经济”消费许多，即生产许多，纯为一种闭关的形式。交易的行为，差不多可以说完全没有。当时地主对于农民的剥削，并没有十分苛刻的性质，到了商业货币经济发现之后，地主趋于奢侈，有严酷剥削农民之可能，于是农民经济生活状况困难已极。农民尽力出卖自己的生产品供给地主的金钱需要，然而农民的生产有限，而地主的需要无穷。从农业经济所榨出的金钱大部分落于商人之手，商人经过地主剥削农民，实为农民之敌。商业资本主义尽力帮助城市之解放，而对付农村，则尽力使其屈于奴隶的地位。

货币经济发现，农民流于破产。从十四世纪起，农民暴动的潮流漫布全欧。封建制度建筑在农奴经济基础的土面，农奴经济既破产之后，封建制度当然消灭，于是在中世纪社会腹中发生一种势力，此新势力即中世纪的城市，为新社会的创造者。

十一、中世纪城市

城市之发生，在德意志诸国，均从八世纪起，而在欧洲其他国家中，有时前一点或后一点。城市大半都从诸侯的乡村出来的，有种种的原因：或者附近诸侯的宫院，住所，或者地理上的位置便利；商人、手工业者皆群集于此便利的地方。人口日渐增加，经济的关系日渐巩固，于是这些地方就变成了城市。城市的居民差不多完全由手工业者和商人所构成。在初期他们还附属于诸侯，贡纳诸侯以货币的租税，后来他们渐向诸侯用若干的金钱赎出自己的义务，比较地成了自由的人民。当时城市成为逃亡所，谁个跑出宫院逃到城市，即开始向诸侯奋斗，脱去农奴的地位；在此种奋斗之中，手工业者占主要位置。结果，城市所以终久能战胜者，原因有二：一方面是城市财富（商业资本）之增长，别方面是手工业者行会组织之坚固。手工业者行会之初组织时，不过带着管理生产的性质，后来成为竞争的组织。他的发生约在七世纪或八世纪。

当行会发生初期，每人皆可成一手工业者。虽然每一手工业者手下有助手学徒，然而此种助手学徒，差不多是主人家庭中之一员，并没有什么仇敌的关系。自从商业渐渐发展，城市财富增加以来，行会成为专利的阶级的组织了。行会闭起门来把助手学徒推之于门外，加之以苛刻的条件。一方面行会拒绝其他初到城市者之加入；此种被拒绝之人因为之无工具物料等等，只得跑到其他手工业者手下，做成雇佣。向之手工业者到了现在，自己不工作了，变为监督的主人，而向之助手，一变而为被剥削的雇佣的工人，绝对没有能成为独立的手工业者的希望。于是助手与主人间之斗争以起，在十四世纪时，助手时有罢工的举动。助手亦组织一联合会与行会对立；不过此种联合会之重要的目的，在于互助通融而已，对于奋斗无甚大用，并且此种助手联合会都是闭关的；他们毫不觉到和其余被压迫的助手们应当有阶级的团结。

十二、商业资本主义

在中世纪城市中，商业阶级占重要的势力。此阶级旧日大半由农奴而来，当城市反对诸侯之时，他也是一个积极的参与者。封建的割据大有碍于商业阶级之行为，故商业阶级趋向帮助王权，反对诸侯，力求统一国家。

当时商业阶级不以一东方市场为满足，开始寻觅新市场，最醉心渴慕者为唯一的印度。此种寻觅的结果，发现许多新土地；此种新土地与其人民乃成为剥削的对象：戕其人民，抢其宝物，种种野蛮的方法，可以说当时的商人都用尽了（此时期所谓最初积累的时期）。然而商人徒贩卖他人的商品，生产机关不在自己的手中，总觉不能厌望。等到积聚丰富的时候，商人不愿限于商业的行为，于是趋向占有产业，自己组织产业，扩充自己的利润。中世纪的法律，规例和风俗皆阻碍新阶级之占有产业，因此商业阶级趋向于工业资本之路，绝对仇视中世纪的制度，如地主政权，行会组织等。

十三、工业资本主义

发展工业资本主义，必先具两个条件：一，充足的金钱资本之积蓄——为了多雇工人，供给生产消费之用；二，自由的工力——无限制的工人数目，可以自由购取。唯在此两种条件之下，工业资本才能一方面尽力扩张生产的范围，别一方面尽力为剥削工人，取得丰富的利润。

金钱资本之积蓄已经完成在商业资本的时期。工业资本之能取得自由的工力，则是封建社会破坏后自然的结果。农民经济破坏，农民穷困已极，结果使多数的农民不得已抛弃乡村，跑入城市，寻觅维持生活之职业。农民经济既然破坏，地主亦就愿意把农民放入城市，自己（地主）另寻其他土地生产的方法。在英国十四世纪之初，地主自己占据土地，做牧羊的事业，驱逐农民，便不得不成群结队离开土地。此种被驱逐的农民一时寻不得职业，都流为盗贼流民。无工作，无土地的无产阶级日增一日，虽当时统治阶级尽力禁止此种无产阶级之行动，任意惩罚他们，然而终无大结果。这些无职业的群众对于工业资本非常的有利益，他可以尽力选择，任意购取。然而此类的群众皆无技术的训练，自然难与熟练的手工业者竞争；工业资本家因想出一条路，遂组织“手工业工场”（Manufacture），在此手工业工场内，每件商品皆由很细的分工制造而成，并非一个人从头到底的工作。此项分工不一定需要很熟练的工人，并且劳动生产率亦因之大为增加。此种手工业工场可以算后来工厂雏形。

手工业工场虽然增加许多生产率，然而因为只是人办的工作，总有一定的限制。资本主义趋向无止境地扩张生产范围，当然不能以手工业工场为限。因此，工业资本家皆竭力趋向机械力量之利用，于是机器生产的时代开端了。

在英国（各国亦然），工业革命发生，社会经济变为机器大生产的形式，旧时的小手工业几破产无遗。此类小手工业者既破产之后，或者变为工厂的无产阶级，或者变为无职业的流民。资本家在此际要用多少工力，就有多少工力。工作的时间延长到极度，工资亦低不堪言。机器工作因为仅仅看守指拨轮机，所以不尽需要成年工人与男工，妇女儿童亦可工作，加之妇女儿童的工资较成年的男工为低，对于资本家非常的有利，于是女工童工反把成年的男工挤去了。自有机器生产以来，资产阶级成为世界的主人，劳动阶级完全陷于奴隶的地位。若长此资本主义存在下去，人类文化将有灭亡之虞，欲拯救人类文化出于灭亡之祸，则除社会革命，无产阶级独裁而外，无他出路！

唯物史观对于人类社会历史发展的解释[①]

一、绪言

倘若说，世界是上帝创造的，
那么，我就要问，上帝由何而产生？
可笑！人类自己创造了上帝，
而反以上帝为万能。

旧经典对于世界之解释，以为世界为神意所创造，生于无有，乃千古不变者，这一种愚笨而幼稚的思想，不能满足现代人类求知的欲望了。几千年人类所积聚的观察及所经过的事实，皆与此类谬误的观念不能相容。现代的科学已发达到较高的一点，凡往昔所不能解释者，现在皆能穷究精微，不遗余力。地质学对于地质的分析，生物学对于动植物界的研究，皆显明地指示我们，世界上没有永远不变之物。一切自然界都在不断的发展中，亦即都在不断的变动中。月球也罢，行星也罢，一切无机体也罢，一切有机体也罢，皆非忽然一时发生者，今日他们在吾人前呈如此的现象，也不知道经过几许的变动而来。

自从达尔文学说出世以来，物竞天择，适者生存，这两句话成了生物界一个定案。人们既知动物的由来及其演变，自然把神意创造宇宙之说抛入天

---

① 载《新青年》季刊第3期，1924年9月17日。署名蒋侠僧。

外云边，不复相信。哥白尼发现地球绕日而行，久已规定对于宇宙的法则之科学的唯物的观念。我们现在可以说，此二人给了人类解释自然界发展的锁钥。

自然界既如此，人类为自然界之一部分，能否逃出自然界的范围？人们说，人类为万物之灵，其发展演进当然非自然界所可比拟，我们可以用科学的唯物的眼光观察自然界，绝不可以用科学的唯物的眼光观察人类的自身。倘若这一句话是对的，那么，人类的历史茫茫，我们将无从研究起；人类社会发展的方向，我们也无从而认识；我们是组成人类社会的分子，我们的行为又应以何为标准呢？

不！人类既为自然界的一部分，当然逃不出自然界范围之外，人类社会的变动为人类社会生活之物资的基础之变动的结果，若把人类社会生活之物质的基础之变动的线索，考得清清楚楚；则知人类社会的发展原有一定的规律，并非没有认识的可能。

马克思以前，唯物史观 Histarieal materialism 未成为科学之时，学者总未寻出人类社会发展的原则，因之，我们也就寻不得一个圆满对于人类社会发展的解释。法国大革命的代表，十八世纪的唯物论者一方面创立唯物的世界观之坚固的根基，解释自然界的真相；但是一涉及人类的历史，他们完全陷于唯心论的幽谷。他们说思想支配世界，理性有管理人类社会的本能。凡一切不合于理性的，皆不宜存在；封建制度不合于理性，当然无长久存在的必要。他们高唱平等、自由及博爱的美歌，咒骂不合理的遗物。但到大革命以后，社会中矛盾的现象不但未减少，并且因之而剧烈；不合理性的事实，不但没有消灭，并且因之而增加；所谓平等、自由和博爱到什么地方去了呢？革命前理性被视为神圣的万能，革命后理性不禁蒙了无限的羞辱！社会中自然有一种潜势力规定社会前进的方向，不与理性的愿望相符合。也好！有了此一番历史的大经验之后，在永远的利益斗争之中，人们不得不另寻社会发展之内部的规律，不依赖单独个人的意志与理性的规律。

这个社会发展的规律被科学的社会主义之创始人马克思寻将出来。马克思首先使历史成为真正的科学，规定一严密的规律，而以唯物的观点解释一切过去历史的事实及现在的现象，预言将来的趋向。马克思指示我们研究人类社会真正的方法，他虽然没有解释唯物史观的专书，但是我们可以在他《经济学批评》的序言中，已可以得到唯物史观之真确的概念。

稀奇！达尔文《物种由来》出世的一年（一八五九年）也就是马克思

《经济学批评》出世的一年。一个探得生物界的隐密，一个发明人类历史的真象。两个伟大的学者给了我们对于世界及人类社会之一明了的概念。

二、生产力发展为人类社会发展的动力

人类离开动物界，能开始创造自己人类的历史，仅仅从他会利用工具，并且会制造工具的时候始。寻找食物或与仇敌奋斗，也有许多高等动物会利用工具，如猿猴抛石打敌手与用树枝砌穴或打果实等。但是他们所利用的是现成的工具，而不知改变工具以适应自己的需要。唯一的会制作工具的动物即为人。因此人能使自然界适应自己，而自己很少的时候适应自然界。一切动物只能适应自然界的环境以图生存，否则无生存的可能，而人逃出此法则以外。一切动物种类的进化仅表现在自身自然的机官（角、牙、爪……）之改良，而人的进化则表现在改良人为的工具，发明人为的工具上面，而非自身的机官。工具成为人手的使徒及人与自然界的中间物。人有了此中间物之后，在生存竞争之中，超出于他动物界，他动物界造应自然界的环境为消极的、肉体的，而人适应自然的环境为积极的、技术的。

但是，人与他动物异者，不仅仅在于能使用工具，采取现成自然界的物品（如植物的果子、生肉……），并且有了的工具之后，人能开始生产物品——使自然界所有的一切物料成为更有益故，更便利的。人开始种有用的一切植物及制造这些植物的果实豢养有用的动物，采取植物的纤维织成衣服，剥取动物的皮毛……这些都为他动物所不能。

利用工具经营生产的事业，人能创造给自己某种程度之生产力的积蓄。生产力发展之后，人类能在劳动的过程中积聚种种的经验，养成种种精神上的习惯、技术的才能，换言之，生产力为人类文化的根本，也就是人类异于他动物之唯一的原因。

因此，唯物史观的第一个原则:生产力发展为人类历史发展的第一要素，或者说，生产力发展为人类历史发展之唯一的动力。

三、人类社会发展与地理环境

马克思说：“人类改变围绕自己的自然界，同时也改变自己私有的特性。”这个意思就是，环绕人类的自然界对于人类的文化及生产力的发展，当然有巨大的影响。人类不能离开自然界而生存，人类劳动的对象亦超不出自然界

的范围，人类受自然环境的影响乃为不可免的事实。”

大家久已知道，落居于某一地理环境之中，人不得不将自己的机体与社会的生活适应此地理环境，这是必然的事情。在热带之下，因为太阳辐射的原故，人们的面貌及皮肤不得不变为黑色。因此，人类的种族就发生区别，我们照着皮肤颜色区分五大人种的差别。并且气候对于人类文化发展的程度及形式，亦有非常大的影响：处在热带的居民，因为自然界的供给已经充足，无再须人工探讨的必要，生活条件毫不发生问题。生活条件既然充足，当然没有鼓起人们勉力劳动，趋向发展的激力。因此，生产力凝滞不进；生产力既不前进，文化自然无发展的可能。在极寒带的地方，自然界枯寂而严酷，居民以最大限度的劳力获得最低限度的生活品；终日奔波于为生活而奋斗之中，没有些许的余时发展自己生产力的可能，生活无成为更富足更变动的机会。他们的文化又从何而发展起来呢？所以我们在最热的地带与最寒的地带，都找不出高度的文化来。人类高度文化发展的地方都处在温带之下，因为温带地方，一方面天然物不十分的充足，还须要人们勤勉的劳动，而别一方面，人们的劳动皆可以得着实效，不至于空费精力。人们除了每日探求生活品之外，还有一部分的余时，在此余时之中，有了发展文化的机会。

至于地面是高原或是平地，河流之多寡，海岸之曲折等等，对于人类文化的发展亦有相当的影响。倘若某民族落居于高原之地、丛山深谷之中，与别民族无交通往来的机会，其文化的发展，当然亦随之而局促。倘若某民族落居于海岸曲折之域，或河流交叉之间，交通既然便利，文化的发展当然有更多的机会。

最后，地土与埋伏在地土下财富的性质，对于生产工具与文化的形式，亦有不可忽视的影响。如某地适于牧畜，某地适于农业，某地适于工业，皆为显然的事实，我们绝不能把适于牧畜的地方变为适于农业的地方（指古代人类社会而言）。

因此，人类社会文化的发展，及此发展的方向、形式、速度，在最初期已为外界物质的势力、自然界的条件、地理的环境所规定，完全不依赖于人类的意志。然而此种发展到了某一方向之后，就要受内部原因最大的影响，生产力要占第一个位置。生产力越发展，则地理环境的影响越减少，人类越能征服外界的条件。现在的欧洲人或美国人无论到某一地方，皆能安然生活，而使自然界屈为己用。

四、生产力与生产关系

人类非唯一的社会动物，但是人类是唯一达到社会共同利用工具的动物。因为人类能共同利用生产的工具，所以除了自然界的环境而外，同时又创造了社会的环境。这个意思就是，人类既然共同向自然界奋斗，在此奋斗的过程中，人与人之间，必相互发生一种关系。这种相互的关系以生产力的状况而定，当生产力变动之时，此种相互的关系亦必随之而变动。马克思称此相互的关系为生产关系。某一时代的生产关系，必与其生产力的状况相符合。马克斯主义当研究社会生活与社会发展的过程时，必以此生产力的分析为出发点。马克思在《经济学批评》的序言中说：

“人们加入一定的，不可免的，不依赖人们意志的关系——生产关系，此种生产关系一定与物质的生产力发展的程度相符合。”

在《哲学之贫困》一书中，马克思又说：

“某一定的社会关系，如麻、布一样，为人们的产品。社会关系与生产力的状况有密切的关系。发明新生产力，人们改变生产的工具，而改变生产工具，供给生活的工具，同时人们亦改变一切自己的社会关系。”

我们在以上所引证的话之中，已得到唯物史观真确的概念。唯物史观以生产力为人类社会之唯一的、物质的、变动的要素，因为生产工具改变，社会关系亦随之而改变；我们若欲研究历史的过程，不得不先自研究生产力始。为明了此义起见，我们可以说出来几条例证。

人类社会生产力的发展可以分为以下的阶段：一、渔猎时及采取植物的果实；二、游牧；三、农业，此时期生活已经固定了；四、最后，各种工业，从手工业到现代机器的生产为止。每一阶段有与生产力相符合的特殊的社会关系——特殊的社会生活的条件。如在原始共产主义时代（渔猎及采取植物果实时代），每一家族采取生活的物品，皆取共同的形式——共同劳动，共同分配，谁个也不能说某一兽为他单独所击杀的；所得的物品既然是共同的结果，当分配物品的时候，当然分不出差别来。在此种制度之下，人们间的关系——亲爱自己的家族，仇视其他的家族与部落。此时代完全为共产主义的，没有私有财产的存在、阶级的区分及贫富的差别。

当渔猎不能供给某一部落的生活之时，于是转而为游牧。人们豢养某种禽兽，食其血肉，衣其皮毛。人们随畜队而飘流，此牧场无用对，则转移于彼牧场。比较起来，游牧比渔猎的生产力高得多了。游牧不需要集体的工作，每人皆知自己所领有的畜队，私有财产遂因之而产生。人们开始制做剩余的物品。从前这一部落从彼一部落所捕获的俘虏十九皆被屠杀，到了现在，此种俘虏不必屠杀，而可以强迫之工作，对于主人供献利益。于是奴隶制度因之而生。

这一种奴隶与主人的关系之发展，在游牧转而为农业的时候更甚。当人口增多，牧场不足的时候，人们不得不固居某一地方耕种可供食的植物，农业遂因之而发生。私有财产的制度更加巩固，奴隶制度更加发展。大家族分散为小家族，每一个小家族耕种自己一片土。于是起了阶级的分化，发生了贫与富，压迫者与被压迫者的斗争。阶级斗争既非常严厉，于是阶级统治的组织——国家因之而发生，且保护富人、反对贫人的法律也因之而出现了。

固定农业的经济为自然的经济，每一家族制造自己所需要的生活品。至生产力更加发展之后，交易的行为因之而起，商业发展不已，自然的经济不得不破坏了。工业随着商业亦日渐发展起来，直到现代大工业的机器生产。在机器工业时代，人们间的关系与自然经济时代大相悬隔。自然经济时代，封建阶级统治农民阶级；现代资本经济之下，资产阶级统治雇佣的无产阶级。若当封建时代，阶级斗争尚未十分剧烈，则现代无产阶级与有产阶级斗争已达到极高点。现代一切国家的、社会的生活，可以说与封建时代大不相同。

综观以上，某时代生产力之发展的程度规定某时代生产关系——人与人的关系。有了固定的农业，地主与农奴的关系成立；有了大工业的生产，资产阶级与无产阶级的关系成立。此种生产的关系，完全不依赖人们的意志，因为每人所参与的生产关系已经是现成的，农奴的儿子生下来即为农奴，绝不能转变为地主，在资本主义社会之中，没有生产工具的人当然要卖自己劳力于资本家，为资本家的雇佣工人。地主非某一农奴所创造的，资本家非某一工人所创造的，乃历史的结果，若某一工人不愿卖劳力于资本家即刻就要挨饿。

生产过程中人们相互间的关系构成经济的结构——社会的基础。一切社会的筑物：国家的组织、法律、道德的观念，科学的与哲学的思想，都建筑在这个基础的上面。每一社会的经济组织与生产力发展的阶段相符合，而某一社会的政治、思想，又依赖此经济组织而立脚。因此，社会生活的变动，政治的、思想的演进，其根本的原因埋伏在经济的组织中，而不应向哲学中、宗教中或文学中去搜寻。

生产力为唯物史观研究社会发展的出发点，非常的重要。若不明了生产力的意义，则研究人类的历史将无从入门。我今因限于时间，不能详述。为使读者更为明了生产力发展与生产关系变动起见，特列一表如下：

生产力发展表

生产力	生产的性质	劳动的生产率	社会的组织	群居的范围
人们自己	最原始的技术，采取现成的生活品	无剩余的生产品	原始的宗教共产主义，剥削无存在的可能	不很大的群队，每一队的人约40～50
人＋牲畜（马、牛）	原始的农业 游牧	剩余的生产品开始发现	宗教的共产主义破坏家族的共产主义奴隶为家族中的一员	公产社　人数为300～500
人＋牲畜＋开始利用风力、水力	较进步的农业及牧业 手工业的技术发展 奴隶与农奴的苦役	有剩余的生产品	农奴制度阶级：武士　神甫　农奴　奴隶　商人	诸侯的采邑有时包括数千人
手工业	在城市中开始发展很高度的手工业的技术	有剩余的生产品	小资产阶级交易的制度 自由的手工业者 自由的农民	城市公社与其周围包括数千人以上
人＋牲畜＋水蒸气的发动机 复杂的机械机器的、煤气的生产。此世纪之末，人与牲畜的作用，肉体的力量没有需要，人仅为重要的指导者	技术非常发展 农村经济 大工业	剩余的生产品的数量甚大	资本主义制度阶级： 大资产阶级， 中资产阶， 小资产阶级， 无产阶级， 贵族变化为资产阶级，农民破产	社会间关系包括无数千万人，起初以一民族的国家为范围，然后推至于全世界的市场

（续表）

生产力	生产的性质	劳动的生产率	社会的组织	群居的范围
机械的发动机（电气化），人仅为一指导者而已	工业与农业联合一起，脑力劳动与体力劳动联合一起 自由的合作	社会必需的劳动减至极低限度，生产率非常的高	将来的共产主义的制度	全人类在一个经济的组织中过生活

五、筑物与基础

我旅行在这广漠的空间里，
无意地吃了许多花果；
我哪知道花果的蜜汁
会变成了我的心灵呢？
我逗留在绵延的时间里，
无意地听了许多哭笑；
我哪知道哭笑的音流
会变成了我的心灵呢？

——佚僧《我的心灵》诗二节

倘若我没有吃过花果，我一定不知道花果蜜汁的味美，倘若我没有听过哭笑，我一定不知道哭笑音流的感力。倘若我不旅行在这广漠的空间里，我将无从而吃花果；倘若我不逗留在这绵延的时间里，我将无从而听哭笑。呸！我之所以有心灵，原来是吃来的，听来的，旅行来的，逗留来的！倘若没先有一个物质的我，则这个心灵的我亦将无从而存在。

哲学上唯心论与唯物论的争点是：先物质而后精神呢？还是先精神而后物质呢？还是精神与物质是并立的呢？——生活规定意识呢？还是意识规定生活呢？关系精神与物质间的关系之规定，不在于抽象的争论，而在于具体的实际的明证。数千年人类实际的经验，近代发展极高度的科学指示我们，精神不过是物质的一个特性，离开物质，精神无存在的可能。当你活着的时候，你能思想，你有无数量的情绪，但当你一死的时候，你将同别的无机体一样，不能起一点作用了。此完全属于哲学范围，现在且不多论。现在且说一说意识与生活的关系。原来意识与生活是精神与物质的变称，不过意义比较宽泛一点。在社会学上，讨论的是生活与意识的问题；而非物质与精神的问题。唯物史观是马克思主义的社会学，当然负有解决此问题——生活与意识的关系的责任。

“非人们的意识规定社会生活的形式，乃社会生活规定人们意识的形式。”这是马克思对于生活与意识的关系之公式。此公式并非武断的，乃从历史过程中寻出来的；我们执此公式对证历史的过程，方不致神昏目乱，无所适从。

原始共产社会之风俗，道德的观念，绝对与农奴社会或小资产阶级社会不同。若把现代资本主义社会的人们同原始共产社会的人们聚起来讨论道德的观念，必定大家莫名其妙，互不了解所说的是什么。在有阶级的社会中，阶级斗争规定阶级的意识，创造出来特别的阶级的心理；此一阶级对于世界的观念，绝不与彼阶级相同。若资产阶级的代表辩护现在社会制度之正当，则无产阶级的代表极力企图推翻现代社会不公道的、非正谊的制度。因此，在现代的社会中，科学也罢，哲学也罢，艺术也罢，宗教也罢，没有不带阶级性的。

我们可以下一定案——意识是生活的反映。意识的形式一定与社会生活相符合；社会生活是变动的，所以意识的形式也是变动的。

我们再举一个例：中国社会数千年生产力凝滞不进，农业与小手工业为社会经济生活的中心，封建制度非常坚固，一切社会思想都是封建式的。但是自从门户开放以来，欧洲资本主义侵入内地，农业的小手工业的生产不能对抗大工业机器的生产，经济基础起非常大的变动，社会生活日形不安，骚乱已极；而同时思想界也随之变动，什么自由、平等、德谟克拉西、民主共和国，闹个不了；若比之海禁未开以前，真有天壤之别罢。

社会经济生活变动，意识的形式当然亦随之而变动。意识的形式包括宗教、国家、哲学、艺术、法律，为社会经济生活的反映，而非社会经济生活的基础。社会经济生活——人们在生产过程中之相互的关系，社会的结构——为一切意识的形式之基础，在此基础之上，建立一切科学、法律、道德、艺术等等的筑物。

现在就要发生问题了：既然一切意识的形式是社会生活的反映，则筑物对于基础是否有反感的作用？一切哲学、法律、艺术发生后，对于社会生活能无影响么？无产阶级独裁之政治的形式是否将资产阶级的生产制度变为社会主义的？社会主义思想是否形成一种力量？倘某种艺术是社会关系的产物，然而此种艺术既成之后，对此社会关系能无反感的作用么？

对于此问题，我们可以肯定地给一答案：筑物对于基础有相当的反感的作用。我们现在可以举几个例子：

中国虽经过一度民主革命，然而经济落后，国际地位低下，中国资产阶级不能完成民主革命的事业，致政权落于封建阶级——军阀之手；一方面帝国主义者，因欲陷中国于殖民地的地位，不辞积力帮助军阀，剥削中国的人民。因此，中国的生产力发展非常之慢，不但无产阶级少发展的机会，即资产阶级亦还未伸起臂来。谁个能否认现在中国军阀与世界帝国主义者合作起来的政治形式，对于社会的经济生活没有巨大的影响呢？

十月革命成功，俄国无产阶级建设苏维埃共和国，唯劳动者有选举权及被选举权，资产阶级在法律上毫无地位。在思想方面，政府积极建设社会主义的文化，分谢旧制度的遗物。在经济方面，积极扩张国有工业，树立社会主义的根基。谁个能否认无产阶级独裁制对于共产主义社会的建设不有促进呢？

就道德方面说。俄国劳动阶级现在差不多大半都明了自己阶级的地位。当工人在工厂做工的时候，以为自己的义务，不仅多尽一点力强固苏维埃俄国，并且多做一点工要帮助全世界的无产阶级革命的成功；因此，怠工、罢工的思念总算减少到最底度。红军为什么这般勇敢呢？因为他们都知道自己是共产主义的战将，是劳动阶级利益的保护者。他们对于苏维埃国家的忠心，实与苏维埃经济建设不小的帮助。

就宗教方面说。在东方——土耳其、波斯、阿富汗诸国，本地资产阶级利用宗教号召国民反对帝国主义对于殖民地的生产关系，莫哈默德的徽名大有功能。中世纪欧洲的执权者垂涎亚洲的财富，组织红十字军东征，一般愚蠢的国民为着要夺回“圣尸”，于是也就不辞辛苦艰难，做宗教的忠仆。结果，从亚洲所劫夺的财富，助长欧洲资本在义的发展，历史给我们的例——宗教对于生产力的影响，非常之多，现在可以不必多举。

综观以上，筑物对于基础有反感的作用，毫无疑义。但是此种反感的作用有没有一定的界限呢？

马克思说：“随着经济基础变动，一切巨大的筑物迟早都是要崩坏的。”这一句话有两层意思：一、筑物的崩坏并不是即刻同基础的变动一起，或者基础变动了，筑物因为习惯、传袭、固泥太深，一时不能崩坏净尽；二、基础变动了，筑物虽快或慢一定是要崩坏的。——由此我们可以说，筑物对于基础是有反感的作用的，但是此种反感的作用有一定的界限。

法国大革命前，封建制度妨碍生产力发展，但到十八世纪之末，生产力已发达到某一程度，资产阶级不得不推翻封建阶级而代之，于是革命爆发，封建制度崩坏。当资产阶级初得势之后，一切资产阶级制度实助长生产力发展，但是到了现在，生产力的发展已与资本私有制相冲突，无产阶级又不得不取资产阶级的产物而代之。但是当无产阶级革命初成功之时，无产阶级独裁制虽能助长生产力发展，然而有一定的界限，不能即刻创造成一个完美的共产主义社会，必定又要经过许多时期。——倘若筑物能根本地更变基础，则历史发展的过程，我们又无从研究起了。筑物当未影响基础之时，先为基础所创造；当筑物发生后，其对于基础的影响，亦只能到某一定的程度，而不能超过范围。

六、个人在历史过程中的作用

人们说：历史是几个“个人”所造成的，若把历史过程中几个伟大的人物除去，还有什么历史之可言呢？没有拿破仑，还有谁个能率领大军横扫欧洲？没有华盛顿，地球上将无合众国之名。没有列宁、脱洛斯基，俄国亦将不致有十月革命之发生。总而言之，历史是几个伟大人物所造成的，无伟大人物，也就没有历史了。

这种见解不仅是一般人的，差不多为历史学家所公认（除了马克思主义派的历史学家）。倘若这种见解是对的，我们又将无从研究历史发展的规律了。我们上头已经说过，历史的发展原有一定的规律，此规律并不为个人的意志所转移。现在说历史是个人所造成的，换言之，历史是个人意志的产物；那末，个人的意志是无定的，我们能不能在此不定的意志中找出历史发展的规律呢？

我们并不否认拿破仑是一个伟大的个人，但是说率领大军横扫欧洲是拿破仑一个人的事情则未免是谬误了。法国大革命之后，新兴的资产阶级精强力壮，乘着推倒本国封建阶级之余锐，极力反对自己的敌人与竞争者（如美国），企图占领欧洲之第一把交椅，掌握世界的霸权，自然趋向征服异地，以扩张自己的势力。当时欧洲各封建制度半崩坏的国家，当然敌不过新兴资产阶级的法国军队。拿破仑不过是一个新兴资产阶级意志的执行者，一个统率军队的大将而已。拿破仑的行动并不为拿破仑意志所指使。倘若没有当时新兴资产阶级的推力，拿破仑能够横扫欧洲么？即使拿破仑有横扫欧洲的伟志，结果也不过是一种幻想，并无实现的可能。拿破仑是一个伟大的个人，但是他的伟大的地方是在于他能执行当时法国资产阶级的意志，适应时代的要求，完成法国大革命的事业。

没有华盛顿，便没有合众国么？笑话！当美国未独立以前，英国以美国为榨取财富的源泉，横征暴敛，无所不至。美国人民（包括各阶级）欲图经济的解放，不得不先求政治的独立。英国虽为美国人民的祖国，但因实际利益的冲突，美国人民不得不脱离英国的羁绊。因此，美国独立的要求久已坚固，并非一工人的意志。恰好华盛顿出而任执行的职务，为群众的领导，以建此伟大的功业。假若没有华盛顿，必定另有别一人出来，不过名字不叫华盛顿罢了。

现在我们再看一看十月革命。俄国无产阶级在一九〇五年已经表现过自己伟大的革命的力量。虽然俄国的资产阶级在最后时期已发展到很高度，使俄国变成为资本主义的帝国，然而因一方面受地主阶级（贵族阶级）的压迫，绝不能昂起头来与西欧各国资产阶级相并立。但是俄国的无产阶级虽较西欧无产阶级为幼稚，而革命性与觉悟的程度却高出西欧的无产阶级，已具有推翻资本制度的力量。欧战发生后，俄国损失最多，因为俄国无产阶级亦最受苦，至一九一七年无产阶级差不多连面包也没有吃了，不得不起而革命。十月革命完全是解决面包问题的革命，并非一二人意志的产物。列宁、脱洛斯基，能适应无产阶级的要求，献身于无产阶级的利益，所以才解为十月革命的领导者。他俩对于十月革命的助力是非常伟大的，谁也不能够否认。或者也可以说，假若没有他俩，或者无产阶级革命之成功没有这般地顺适。但是我们不能说，没有列宁、脱洛斯基，即没有十月革命。十月革命是俄国无产阶级的革命，而非列宁、脱洛斯基二人的产物。

总观以上，个人在历史过程中的作用是伟大的，马克思主义并不否认。不过我们要确定地说：个人不能转移历史发展的规律。倘若某个个人能认明历史的道路，适应社会的要求，出来执行某一进步阶级的意志，才能成其伟大。否则，某个个人欲倒转历史的轮关，违背时代的潮流，即使有天大的能力，亦是徒劳无功，莫得效果。即使某个个人一时地妨碍历史的发展，反背时代的潮流，在历史上也只落得一个反动的罪名，没有“伟大”之可言。如十月革命后的田尼庚、蓝格尔，中国辛亥革命后的袁世凯、张勋、曹锟一些混帐东西有什么“伟大”之可言呢？倘若我们要为人类社会做一点事业，而不愿空费工夫，则应认明历史的道路，群众的要求，而为此要求的执行者。我们绝对不要以为自己如何想，就如何去做；而应考虑群众的心理，作此心理的指导员。例现在中国社会内困于军阀之专横，外迫于帝国主义之侵略，倘若我们能领导群众为民族解放运动，我们一定可以收得很好的效果。

我们可以不做伟大的人物，但是我们要认清历史发展的道路！

七、结论

人类社会的历史绝不允许某一民族或某一国家走别一个道路，而与其他民族及国家所走的道路不同。也许所走的迟快不同，第一个国家在第一个阶级走着，第二个国家在第二个阶级走着，而第三个国家已经走到了第五个阶级。但是所走的道路一定是同一的，例如英国资本主义发达最早，法国次之，俄国尤次之。但是无论英国也罢，法国也罢，俄国也罢，社会的发展都一定要经过资本主义的阶级。既然有了资本主义，于是在资本主义的腹内一定生存着共产主义的胚胎，也就如在封建制度下萌芽了资本主义一样。

俄国七十年代及八十年代，民粹派说：俄国所走的道路不应如西欧一样，因为俄国的国情与西欧不同。西欧的资本主义为害甚大，不适合于俄国，俄国无避免资本主义的可能。俄国建国基于农民，农民有“密尔”的制度，可为社会主义的根基。俄国农民有实现社会主义的能力。但是八十年代后，普列哈诺夫由民粹派转而为马克思主义者的时候，于是马克思派认明在俄国一定要发展资本主义，一定要走西欧所走的道路。马克思派很确定地说，俄国避不了资本主义，在俄国实现社会主义的是将来的无产阶级，而非现在的农民。这两种意见的争辩，孰是孰非，俄国历史已经明明白白指示出来了。现在，十月革命成功之后，我们更有趣味地问一声：究竟俄国的无产阶级实现社会主义，还是农民呢？呸！俄国不但经过了资本主义，而且现在走到了社会主义的开始！俄国无产阶级正在做建设共产主义社会的事业！

现在中国或者也有人们说：中国的国情是特殊的，中国不应走欧美所走过的道路。欧美资本主义发达，致有劳资阶级斗争的惨状，故在中国应免去阶级斗争，而另走别一幸福的道路。中国社会无阶级的分化，没有劳动阶级与资本阶级的分别，故共产主义学说不适于中国。……这种愿望或者是很好的，但是中国近数年来的历史，已经说明这种愿望或主张是荒谬的。谁个能说，现在中国没有资本主义，或是中国资本主义不正在发达呢？谁个能说，现在中国没有劳动阶级呢？香港水手的大罢工，京沪铁路大罢工，湖南纱厂的惨杀案，……岂不是都足证明中国一定要走欧美所走的路之证据么？我可下一定案:中国有资本主义的存在，中国有劳资阶级的斗争，中国将来一定有无产阶级革命。这并非我一个人的愿望，乃是客观的物质的趋势。

生产力为人类社会发展的动力，但是因为生产力未发展到时极高度以前的时候，在生产过程中不得不形成阶级的差别。有了阶级就有了阶级斗争，阶级斗争之最后一步为阶级的消灭——无产阶级战胜资产阶级消灭私有制度，建设共产社会。这是人类社会发展的规律，无论哪一部分社会都逃不出此规律的范围。

我们且看中国社会的将来！

集外诗文

洪　　水[1]

滔滔洪水害如何，
商旅相望怕渡过。
澎湃有声千尺浪，
渔舟遁影少闻歌。

① 蒋光慈少年时，面对家乡沛河大水作七绝一首。此诗系湖北鹤峰燕子食品站郎育才于 1980 年提供。郎是蒋光慈父亲从甫先生的得意门生。

读李超传①

一

读了你的历史，知道了你的身世。
我起了一种感想——呜咽还是涕泪?
呜咽!
涕泪!
是你的际遇;
是我的心事。

二

你不是你父母所生吗，
为什么家财不能承继?
你不是一个很聪明的人吗，
为什么做事不能自主——被人家儿牵制?
哎!
你一生的命运——乖舛!
你满腔的热血——空具!
怨天呵!

---

① 广西籍女学生李超，求学于北京女高师，因反抗封建家庭的威胁和压迫，郁闷气疾而死。胡适作《李超传》，表达了妇女反封建礼教、要求解放的愿望。蒋光慈这首诗就是读胡适《李超传》的感想。载1920年3月1日《青年》第四期。署名蒋侠生。

天不语。
恨地呵！
地无灵。
这倒是谁的罪恶？

三

你看这昏昏的呵！何处不是地狱？
你看这丛丛的呵！何处不是荆棘？
哪里有清洁的空气——可以呼吸？
哪里有明亮的境界——可以做个立足地？
身上徘徊；
天涯无着；
也不怪你郁郁的而死！

四

女士已矣！
空间无止境；
时间不停息；
继斯人之后者——也不知道还有凡几？
现在的青年女同胞呀！
但愿你们振作精神，加倍气力，
来与这黑暗奋斗——
为生者争光；
为死者壮气。

少小怀雄思——笑俗儿[①]

为人当卓绝，
切莫守乡关。
只因家太贫，
愁愿总难填。
或然时运转，
去岁遇机缘；
悠然赴长途，
羞作回头看。
迢迢数万里，
尝遍苦艰难。
路远关山隔，
家音迄杳然。
可怜亲父母，
盼断此云山。
双亲悬念切，
游子何疏顽！
昨宵接家信，
未拆先喜欢。
平安两个字，
折得万金钱。

① 成思注：三叔光慈此诗作于1922年留学苏联时。1921年他在芜湖某中学毕业后，由党派赴苏联留学，和家庭音讯隔绝达一年多之久，后来经我的祖父多方设法，才恢复了通信联系，这首诗是他在接到家信后作的。（载《新民晚报》1961年8月31日）

□□□□□，（原回忆此处缺）
两兄良且贤。
代亲理家事，
我可卸双肩。
行行重行行，
人生一渡船。
始终不懈怠，
总可达江边！

七绝四首①

一

秋深接读故人诗，
风雨联床忆旧时；
不道当年生死友，
而今分道两相驰！

二

只因不做黄粱梦，
海上飘零已数年。
寄语故人身尚健，
箪瓢陋巷亦安然。

三

中原到处血殷红，
欲哭黄花泪亦穷。
无力文章难化剑，
浦江呜恨水空窿。

① 成思注：此诗作于1930年。当时在上海蒋光慈有个同学叫李宗邺（又名李若梅）叛变后，为了炫耀他的声势，从南京寄来一张佩带挎手枪的照片和写的书《哀鸿》，三叔接到后，愤慨万分地把它们掷到地板上，随即拈笔写了这四首诗。（载《新民晚报》1961年8月31日）

四

□□□□□□□，
□□□□□□□。（原回忆两处缺）
闻道刘郎声势赫，
墓陵风雨鬼哀鸣。

（这四首和前面的《少小怀雄思》为蒋光慈遗诗，是中国现代著名藏书家、文学评论家瞿光熙整理并发表在1961年8月31日的上海《新民晚报》上。这一天正好是蒋光慈逝世30周年忌日。1961年春，瞿光熙专程从上海来到安徽六安县莲花庵蒋光慈祖居之地，采访蒋光慈侄儿蒋成思所记。蒋成思是蒋光慈大哥的儿子，在1930年夏曾和爷爷一道去上海和蒋光慈夫妇同住四十余天，当时蒋成思已有十余岁，有一定的记忆能力。“成思注”是原文，也有不确的地方。对有些人和事的评价留有当时的痕迹。——编者注）

赠李宗邺七言诗[①]

阳春未到必经秋，
天道循环有自由。
冲出云围还是月，
共君携手看沉浮。

① 蒋光慈这首七言诗，是留苏期间接到国内同乡同学李宗邺寄赠照片及自题诗后的和诗。哈晓斯采访李宗邺口述后整理并经李宗邺审定。

在战争中[1]

一

倘若战争是小百姓所愿意的，
或是为着小百姓的痛苦所发起，
那末，就是死了许多小百姓，
小百姓也没有什么悲痛而冤屈。
可是战争爆裂了，
小百姓还不知道是什么一回事；
饱的是大将军的腰包，
流的是小百姓的血水。

二

“不好了！快开火了！
快快逃难去！……”
有钱的人逃到租界里，
租界里有洋大人的势力；
但是无钱的人逃到何处呢？
只好住着不动，听着生死！

① 载《文学周报》第141期，1924年9月29日。

三

“不要紧啊！
就是拉夫，也不拉你，
你是穿长大褂子的。
…………”

四

兵士拉了一船小百姓，
预备送到前线去冲夫役；
船刚开到江当中，
遇着大风忽然起；
可怜数百小百姓，
死得无辜向谁语！

五

甲国的资本家对中国的军阀说：
“只管打啊！
怕什么？
我帮助你，
我有的是金钱，
我有的是火药。”
乙国的资本家也对中国的军阀说：
“只管打啊！
怕什么？
我帮助你，
我有的是金钱，
我有的是火药。”

六

望着那兵一队一队地　向前线上开去，
我不禁神惊心动而战栗：
我似觉他们都是能行走的死尸，
都是人模样的无神志的机器。
倘若我上前问他们一声：
“你们为着什么打仗呢?”
他们或者悲哀地不回答我，
或者很诧异地瞅我一眼而不语。

七

老年人说：
“他们打来打去，
横竖是小百姓吃亏，
还有什么说头呢?”
青年人说：
“要想他们不争打，
除非我们把他们打下去。”

《太阳月刊》创刊号卷头语①

弟兄们！向太阳，向着光明走！
我们也不要悲观，也不要徘徊，也不要惧怕，也不要落后。
我们相信黑夜终有黎明的时候，正义也将不终屈服于恶魔手。

我们只有奋斗，因为除开奋斗而外，我们没有出路。
倘若我们是勇敢的，那我们也要如太阳一样，将我们的光辉照遍全宇宙。
太阳是我们的希望，太阳是我们的象征，——
让我们在太阳的光辉下，高张着胜利的歌喉：

我们要战胜一切，
我们要征服一切，
我们要开辟新的园土，
我们要栽种新的花木。

① 载《太阳月刊》创刊号，1928年1月1日。

代表通告书[①]

安徽内地各县学生会公鉴：五四运动以来国人所以奔走号呼者为何事，实以外交失败，国势颠危，救国自救，迫不得已耳。夫军事协定，久已无存在之理由，山东固我国土也，又何能放弃主权，与日本直接交涉耶。乃者北京政府，甘心媚外，违反民意。军事协定，固宜宣布作废，而不宣布；且延长之山东问题，固宜提交国际联盟会解决，而偏倾向于直接交涉，与日本暗中极（竭）力进行，是直为日本之外府，而中华民国卖国之机关。不改革之，国民又何以自救乎。前学生总会，通电北京政府，四日不驳回日本通牒，全国一致罢课。乃北京政府，卖国心坚，置若罔闻。国民若不作最后之牺牲，实无救亡之方法。现在京沪各地，已经宣布罢课，芜湖亦已一致进行，毫不观望。当此千钧一发之际，成败存亡，在此一举，不起奋斗，还待何时。望各地已罢课者，急（竭）力与工商接洽，以达最后之目的；未罢课者，即速宣布罢课，不可再行迟缓。各地学生，为保全良心与人格计，宜抱定决志（心），同芜湖一致之进行。时迫势急，不容稍缓。

芜湖学生会赴沪代表李宗邺蒋侠生启

① 原文刊于1920年4月18日上海《民国日报》，附在《芜湖学生罢课宣言》一文之后。为中国劳动保障部劳动科学研究所哈晓斯整理搜集。

皖人营救合肥校长[1]

……

见报载合肥第二中学校长王蔼如先生，以校内图书馆存有《自由魂》小册一本，被新安武军拿拘入狱。同人等逖听之下，不胜诧异。查王校长在皖办学有年，声誉素著。去年接任二中校务，尤多改革，实吾乡之健拔者也。今新安武军不察所由，竟敢逞其淫威，糊涂从事。试问光天化日之下，人权何存。同人等当此求学时代，无力援助，特此电达，敢请诸同乡父老兄弟同声攻讨，一致力争，以维教育而全人道。幸甚幸甚。临电迫切，无任翘盼之至。

安徽旅沪学生韦素园章人功蒋光赤吴葆萼王逸龙同叩。

① 载1921年4月20日上海《民国日报》。哈晓斯提供。

红　　布①

一

今天早晨大家起来特别地早。我还在梦中，忽然一种如破锣的声音"音特那信纳尔"（Internationale）把我惊醒了；我睁开眼一看，却原来我的同寝室的人都起来了，而雅克斯坐在床上，一只手拿袜子穿，一只手乱摆，挺着喉咙，正在那高唱国际歌呢。雅克斯在同寝室的人之中，平素最迟起来，可是今天他倒比我起来早了。他一眼瞧着我也醒了，就大声地喊我：

"伍特情，伍特情！你好不害羞！今天是我们的佳节，啊，是全世界无产阶级革命的纪念日你忘了吗？你这般地贪睡，好不害羞……"

我听了他的话，倒有点发气，他平素最爱睡暗觉的人，今天忽然起来早一点就这般地讥笑人，实在太没道理。可是转而一想，今天是革命的纪念日，论理，我应当起来早些，他这样地讥笑我，或者也是应当的罢？想到这里，我也就不愿意为自己辩护了，遂勉强回他一句：

"别吹牛，你比我起来也不见得大早呀。"

但尼逊久已起来，他已将一切都收拾了。他很郑重地向我们说：

"快起来，起来吃早饭，吃了早饭，我们要去排队游行呢。谁个不去排队游行，谁个就是偷懒，谁个就不是……快起来！快起来！闲话可以不必多说了。"

但尼逊的话刚说完，忽然我们的寝室门空通一声开了，跑进来了一个波斯人——他的名字叫加散罢？——慌慌张张地东看西望，满口乱喊：

---

① 载《觉悟》，1924年11月10日。

“红布，红布，你们有红布么？快给我一块红布，我好缝在袖子上出去游行啊！你们谁个有红布，快……快……给我罢……”

他使我吓得一跳，他这么样子急躁，我只当出了什么事情，却原来是为着要红布。这位波斯同学平素就爱热闹，好捣乱，今天未找到红布，难怪他这么样的慌张，这么样由高兴而生的慌张。我昨天却预备好了一块红布，好为今天过节用的。我听了他的话，倒觉放心不下，我恐怕他不讲理，硬把我的拿去了。一块红布值得什么呢？可是身上没有挂着一块红布，倒觉没有精彩也似的，在街上走也不大好看。这或者已成为一种惯习的心理了罢？

我把我的一块红布装在荷包里，俟出去游行时终用针将它别在袖子上。讲一句老实话，我实在防备这位波斯同学，不要被他拿去了我的红布。倘若被他拿去了，那我又怎么办呢？

我们谁个也不睬他，但尼逊是一个很硬直的人，遂先开口说：

“你真是怪人！你没有红布，我们又从什么地方弄得呢？……”

这位波斯同学见着但尼逊的一副神气，知道没有得到红布的希望，于是就瞅了我们一眼，气谷谷地走了。

二

莫斯科的十月革命节，我已经过两次了，可是在这两次中，我总都是在涌如潮水一般的队伍里，大家走，我也走，大家停，我也停。等的不耐烦，挤的也要命，而且身子在队伍里，不能够自由地行走。因之热闹也看不着。可是今年的革命节，我倒要看一看热闹了。我打定了主意：今天不同他们一块儿排队了，好自一个人顺着特威尔斯加牙大街尽量地看，尽量地逛它一天。

我的主意打定了。

吃了早饭，我不等他们喊我去排队，自己一个人先溜了出来，我刚出大门，街上的人已经拥挤了不堪。这一队一队的大约是工人罢？是哪一个工厂的？我也没有心思去看他们所举的旗上写些什么，——旗太多了，大的，小的，镶金的，嵌花的，多得很啊！我哪有工夫去看它们上面写的什么呢？

我已经把我昨天所预备的一块红布别在袖子上。我仔细一看来来往往的人们，差不多不是胸前挂一块红布，就是袖子上别一块红布。可是也有没有戴红布的，倘若你看一看未带红布的人的神气，身上穿的衣服，脸上的形相，你就知道他为什么不戴红布了。这个十月革命节不是他所当庆祝的罢？大约于他无大感情，或是一个最可恶的纪念节……

我照着我所预定的计划，一面走，一面看，可是因为人太拥挤了，要费很大的力气才能走得动。走得累了，我于是找得一个很适宜的地点站住看：

这一队是纺织厂的工人罢？

这一面旗子真好看，他们倒很用些心机才做成的呢！

你看，那一面旗子写些什么？全世界无产阶级革命万岁，第三国际……

啊！快看！快看！童子军的队伍来了。

这些小孩子多么高兴！你看他……

我听到童子军几个字，我就很注意地看。真是有趣味！这一队里大的至多也不过十二三岁罢？每人头肩上披着一大块红布，口里唱着歌——好美妙而清正的歌声啊！这是将来的鸣音罢？

> 一、二、三，敲响些巴拉半！（铜鼓俄名为巴拉半）
> 一、二、三，敲响些巴拉半！
> 我们童子军，永远准备好！

可惜我的艺术的天才太薄弱了，不能把他们可爱的模样儿，神情儿，用语言表现出来。但是我深深地觉着，他们是将来的花，他们是新世界的主人，他们是可爱而且是可羡慕的……

一队一队的童子军队伍算从我们面前过去了。从普金可夫斯基街又转出来了一队人，哪一个工厂的女工人罢？前面两个女子，一个很强壮而张着两只大眼，一个却很漂亮，共举一面横旗，口里唱着歌来了。啊！好看！这一队女子的头都裹着红巾，就同红巾女子军队也似的。她们都很高兴而且和协的唱着歌，不知什么原故，“音特那信纳尔”从她们口中唱出来，好听得多呢。

这一队女子过去了，接着又来了一队，我认识一队了，她们是师范专门学校的学生。我很不愿意我被她们所看见，因为在她们学校之中，有三个女学生是与我认识的，倘若我今天被她们所看见，她们必定要疑惑我为什么不排在队伍里，而独自一个人单溜呢？我正预备躲一躲，却早被一个为我所认识的姑娘所看见了，我不好意思，就望她笑了一笑，她似觉要和我说什么话，却身不由主，已被人涌将过去了。

我远远地望见了我们学校的旗帜，我的同学们走来了，不好，我一定不能还在这儿站着看，倘若被同学们看见了，岂不是太无意思？

于是我又且走且望，到处都是红色，满街满巷里飞舞着红旗，差不多莫斯科变成红世界了。莫斯科省苏维埃的周围，房子前面的平场，十月革命的纪念碑，遍布着花。苏维埃的门头上横挂着一块红布，上面写着：

“十月革命的第六年。我们的责任不仅在俄国，同志们！我们要完成全世界无产阶级革命的事业！我们在列宁的指导下努力！”

三

我本预备到红场里去，听听托落斯基的几声“乌拉”，可是走到特威尔斯加牙大街头，一些人们，我也是其中一个，被民警堵住，说：“非排在队伍里的人不能进红场里去，人多了，秩序要紧。”给了我一个扫兴。预备再混入那个队伍里去罢，可是我已经很疲倦了。于是我转过头向回走。

天已经三点多钟了。我刚回到我们的寄宿舍的门口，忽然从那边来了一个老头子，工人的模样儿，满嘴满脸的分不清的黄胡子，身上穿着一件俄国式的短大衣，且走且唱什么“斯墨乐，打瓦立须勿脑谷……”手摆头摇，仿佛很高兴的了不得。他太忘了形了罢？他只顾唱，没有顾及除了他还有走路的人，一个很贵族式的老年妇人（她今天也过节吗？为什么穿得这样华丽呀？）正要经过他的身旁走过，不料也刚唱到出劲的地方，头一摇，手一举，要是没有把她……这位老妇人吓坏！老妇人倒退几步，向他看一看，赶快大踏几步跑到街那边去了。我也不禁觉得好笑。他或者是疯了罢？为什么今天这样高兴呢？

我回到自己的房里，倒身就睡。等我睡醒时，同学们已经游过行，回来了。他们也都疲倦的很。我预备等候他问我，为什么一个人单溜，不去排队游行，可是他们还好，都没有做声。

那一位早晨向我们要红布的波斯同学，不知从什么地方弄得一块红布挂在胸前，现在跑到我们的房子来，很骄傲的样子，手指着红布向我们说：

“你们看，这不是红布么？你们只当我弄不到么？哼……”

这真是他的光荣！

疯　儿[①]

方达是S中学校一个学生。

有一日学生联合会发下了一个通告："日本人杀死了我们中国工人，我们为着争人权，争自由起见，定于明日各校学生齐集N马路游行示威，为反帝国主义的运动。"S中学曾加入了学生联合会，所以也接着了这一个通告。同学们都气愤填胸地预备着明日示威，他是同学中一个年纪最轻的，但是他却很热心，很愤慨。他自己情愿办理用油印印刷传单的事情，来往忙得个不了。每遇着一个同学，他就喊着说："我们这一次一定要拼命，谁个要惧怕，谁个就不是人娘养的！"他说话时，态度非常严重，声音非常动人。有一些同学们本不什么热心，可是看见他这般诚恳，也就不得不起劲了。

第二日，他抱着一束用油印印刷的传单，同着几十位同学一块，来到N马路分散。这时N马路有许多西捕梭巡着，红头阿三个个武装起来，如临大敌也似的；他们禁止学生演讲，散传单，学生硬不听；他是散传单的一个人，是预备着拼命来的，当然是要反抗的。刽子手们见着学生不顺从，便拍拍地放了几排枪，于是轰然大乱，即时有些学生和路人被打倒躺在街上，S公司的玻璃窗上溅了许多鲜血：这时N路上布满着硝磺的烟味和红的颜色，耳膜至此也辨不清楚轰隆嘈杂的声音是哭号，是喊叫，还是咒骂。

他幸亏没有被枪打死，可是他的一个同学C君被流弹送了命，躺在他的前面，还溅到他大褂子上几点血。群众一闻着枪声，当然是拼命地逃避了，但是他预备来拼命的，他曾说，"谁个要惧怕，谁个就不是人娘养的"，所以不愿意逃避。他总是哭号着："反了呀！反了呀！你们这般不讲人道的外国禽兽呀！你们杀罢……杀罢……把我们完全杀死也罢了呀！……同胞们呀！我

① 载《中国青年》第121期5月特号。1926年5月30日。

们还不拼命吗？我们就白白地被洋人残杀吗？……”他的面孔由红而变白，由白而青；他的声音由高亢而嘶哑而低微；他的两眼充满着羞愤的血泪；他的两足由跳跃而至于不能跳跃的地步；他头一发胀，眼一发黑，不禁晕倒在地下了。

他现在在B医院卧着，看护的人除了医生和看护妇而外，还有他的母亲及一个比他小几岁的妹妹。他总是蒙蒙昏昏地躺在病床上，陷于半死不活的状态。他的父母只有他这个儿子，他这般模样，不消说，眼睛哭得红肿了；就是他的小妹妹，见着哥哥要死的样子，也就如失去了最可宝贵的东西，悲痛至不可名状。医生说：“没有什么，他不过因一时的气忿，神经受了大刺激，失了作用，不久便会清醒的。”

他清醒了，能够说话了，但这时的他完全变了常态。当他两眼初次睁开时，四面一望，便一股气跳下床来，大声喊道：“我现在在什么地方呀？我不是已经被打死了吗？妈妈！你们为什么还未被枪打死呀？我要去拼命，我要去拼命……”他喊着叫着，连衣眼也不穿，就慌张向外跑，把看护妇和他的母亲妹妹，吓得一大跳，大家忙把他抱住，又重新把他放在床上，教他躺着不要动。

“儿呀！儿呀！你受惊了，你应当好好地静养，我在这里看护你呢。你去拼命，你向谁去拼命？你现在病了，千万好好静养着！”他的母亲伏在他的身上，两手摩着他的头，很悲哀地这样说。可是他如着了魔也似的，坚执地要同外国人拼命。他说，他不要活了，活着也早晚要被外国人打死；他说，为什么你们这样在屋里坐着，而不去向外国人打仗呢；他又说，外国人杀死中国工人，学生，早晚也要来杀你们女人……他忽然哭叫起来了：“我的明杰呀！你死了，你活活地被外国人打死了，我还有什么活头呢？……你等着我罢，我不忍见着我们的同胞一个一个都被外国人，野蛮的外国人，无人性的外国人，打死了呀！我要去拼命，你等着我罢，好哥哥呀！……”他的母亲和看护妇，见着他这般状态，只急得擦手，简直找不到办法。说话他也不听；他只是哭，只是叫，只是要去拼命。

医生拿药进来要他服，他把药瓶抢到手里，照准医生的面庞掷来，幸亏医生头偏得快，不然就要被药瓶打伤了。他站在床上向医生骂道：“你这狗娘养的医生，你到这里干什么？你不是中国人吗？外国人杀死我们许多工人和学生，你不去拼命，你不去代死了的人报仇，要你在这里干什么？……我还没有死，谁要你拿药来给我吃呀？你能用毒药毒死几个外国人，那你倒不愧一个医生呵！你这卑怯的中国人！你赶紧把我放出去，你不能去向外国人开仗，我是不怕的呵！”说骂着又跳下床来拉着医生的白外衣，教医生同他一块出去向外国人打仗。他的母亲——此时他的父亲不在旁边——连忙得他抱住，“我的儿，你疯了吗？”她这时真急得大哭起来了；她又怕医生生气，一方面又向医生代他的儿子赔不是。医生被他骂得脸发红，起初只是两眼不转睛地望着他，及到他从床上跳下，一把拉着他的时候，却也把脸吓变了色。医生到这时也不知说什么话好；大约他虽然是医生，但像他的这种病，恐怕平生只经过一次。他——疯了的人——虽被大家按在床上不能动，但他的脸还向着医生，他的口中还是不断地喊着：“你们这般卑怯的中国人呵！你们在这般压迫我，把力气都用在我的身上，有什么好处呢？有本事去向外国人打仗，去反抗凶恶的外国人！仅仅在这里欺负我算得什么！唉！……你们这般卑怯的中国人呀！……”

医生定一定神，半晌向他的母亲——此时在按着疯人说：“方太太，令郎这种样子怕是疯了；疯了的病此地实在是没法治——”他听到此地，又要用力挣扎起来，口里大骂道：“呸！放你娘的屁！谁疯了？你们这种样子才是疯了呢！唉！你们这般人自己疯了，反来诬人家疯了，你们这般人好没有良心呵！……你们！你们若不是疯了，为什么禁止我去同那凶恶的外国人开仗呢？……”他把医生的话打断了。他的母亲听了医生的话，又见着他实在是疯人的样子，遂认定他是疯了；她只有这一个儿子，并且当未疯前，他又聪明，又孝顺，又用心读书，她常暗地庆幸自己生了这样好的儿子；又谁知他现在疯了！她这时的心真如被万箭所穿的样子，她的两睛只是凄惨地对着他的儿子的面孔流泪。他的小妹妹在他床边站着，只是瞪着两眼，如白痴一样，默默地望着他，一句话也不响。他大约因为太疲倦了，沉沉地睡去。医生皱着眉，背着手，说一句“真是没有办法”，慢慢地走出去了。

病室沉于静寂的空气中。

如是，他闹疲倦了就睡，睡醒了又大喊大叫，又要与外国人拼命去。他也不十分吃什么东西，但也不见得就即时枯瘦得不堪。医生不敢当面教他服药，只得暗地用方法教他服些清神安心的药，但总不见效验。医生没有办法，他的父母急得也快要发疯了。

在N马路的惨杀中，死了的有二十余人，受重伤的有一百余人，至于受点小伤而逃跑的，在下没有工夫调查，各家报纸也没有记载，谁也不知道有多少。在外国人的眼光中，这次惨杀是应当的，是合法的：中国的学生工人在租界上演讲散传单，实在是有妨害治安；况且他们口中乱喊什么“打倒帝国主义”，“打倒军阀”，“收回领事裁判权”……这简直是暴动！是赤化了！外国人为着防范暴动，取缔赤化，维持租界安全起见，不得不取正当的防卫。所以放枪打死几个野蛮中国人，并不算一回什么事情，没有大惊小怪的必要。并且仅杀了人还不算事，还应把在这一次被捕的一些暴徒审讯一下，定他们一个罪名，使他们知道，而且承认自己是罪人，而西捕放枪杀人是合法的。被捕的有六十几个——学生和工人占多数，方达是被捕中的一个，不过因为他病了，现在还让他在医院中躺着，没有监禁在巡捕房里。

会审公堂开审了。凡一切与这次N马路案件有关系的人，及几十个被捕的“暴徒”，都要一齐到堂听审。方达到这时，神志略清醒些，所以也被提到公堂上听审。在未开审的时候，他坐着也还安静，默默地不发一言。等到中西法官就坐的时候，他坐着也还安静，默默地不发一言。等到中国法官就坐的时候，他向上一看：一切神情就同要开审强盗匪徒的样子，那个鹰鼻子，黄头发，蓝眼睛的外国法官的态度，固然是可恶了，就是那一位穿中国服的法官，面孔上表现出卑贱谄媚而又骄傲的神情，似觉比外国人更可恶！他忽然感觉到世界上最大的羞辱临到他的身上，无论如何，是再不能安静地坐着了。他想道：“把我们许多人杀了，反来要审判我们，凶手审判苦主，这是什么道理呀！这一位狗娘养的中国法官，忘却了自己是中国人，卑贱觍颜地也同外国人一起来审判我们，喂！这简直是莫大的羞辱！简直是岂有此理！这简直是……”于是他心中的火山又爆烈了，他的脸又变了十分凄惨的灰白色。他还只是颤抖着，但没有到发疯狂叫的情形。

审讯时，被审者之中，也有态度强硬的，毫不惧怕；也有胆小的，口里答应支吾。现在临到方达的头上来了。方达具一幅羞辱而愤怒的神情，大踏步走向这边来。

“你姓什么，叫什么名字？”中国法官问。

“我叫方达！”在这四个字的声浪中，我们可听出无涯际的羞愤与强有力的反抗。

“你多大年纪了！”

“我今年十五岁！”

“你在什么学校读书！”

“我在N中学校读书！”

“你的父母花了许多钱，教你在学校内读书，你就应在学校内好好读书才是。况且你年纪又轻，应该谨慎些，为什么也同他们出来，演讲，散传单……做些不守规矩的事情，一味乱闹呢？你知道这是犯法的么？”

"放你娘的屁！"方达至此，无论如何，是再忍不下去了。"谁犯法？谁个乱？中国工人被日本资本家杀了，我们出来演讲营救，唤醒同胞，这是乱闹么？外国人随便任意枪杀我国学生，工人，商人，以至于行路的人，这是我们犯法么？你这亡国奴！你本来是中国人，为什么帮助外国人压迫自己的同胞呢？好没良心的卖国贼呀！……"他骂着骂着，嗽咯吐了一口鲜血，又扑通一声晕倒了。

那一位外国法官不懂得方达说些什么，见着方达这种神情，似觉也表现出很惊异的样子，侧过头来，他向中国法官咕啰了几句，大约是问被审者为什么这种样子，中国法官卑怯地笑着，也向他咕啰了几句，说的是洋话，没有人听清楚说的是什么。忽然台下边有一个人喊着："方达已染了疯症，请予免讯！""呵！原来是疯了！"中国法官似乎寻得了一个被骂的转环，便又向外国法官咕啰了几句，外国法官点一点头，于是中国法官正面向下面宣布道："方达年少无知，情有可原，且现染疯症，应予免讯，着该家人即时领回，以后应严加约束，不得再任其有犯法的胡闹行动。"于是方达的一个为他憔悴的父亲将他抱出，放在一张黄包车上，自己在旁边扶着，慢慢地拖回家来了。

方达被黄包车拖到家时，已有点苏醒；他的父亲一方面将他放在床上，一方面教他的母亲——两眼已哭红肿了的母亲——赶紧熬生姜水与方达吃。方太太把神经哭得昏乱了，东找找，西摸摸，总找不到生姜，只把她的丈夫急得脚乱跳。"你怎么这么样昏呵！你来看护达儿，我来找，我来熬生姜水！走快些！哼！这样昏三倒四地……"结果，还是方达的父亲把生姜水熬好了；但是到把生姜水熬好的时候，方达已经苏醒了，且发出几句声音微弱的，但含着无限悲哀的和愤激的话："唉呀！我的心好痛！气死我了，气死我了……"方达的母亲见着儿子又活了，"我的儿！你醒了呀？……"她又大哭了起来，这种哭是喜欢过度，还是因神经错乱呢？这倒是为心理学家所应研究的。

方达的父亲是前清的举人，民国成立后，他曾做了一任县知事，不久便卸差了；他很有积蓄，大约在做官时从小百姓身上刮来的，虽然一直到现在还没谋着事情，但还可以维持下去，不致发生什么问题。他是一个同善社社员，他说，三教本来是同源，道教不妨害儒教，儒教也不妨害佛教。他相信，若能把儒道佛三教的真精神混合一起，不但能够治国平天下，而且能修身治病，甚至可以长生不老，消除一些魔难。在下对于儒道佛三教的真精神没有领会，不敢断定这种哲学——高超的哲学——是否合乎道理。他的太太，方达的母亲是一位持斋念佛的女善人，对于菩萨的信仰，当然是很坚决的。不过方达在信仰方面，简直与自己的父母大相反对：他诅咒一些宗教的迷信；平素他看见父亲烧香，母亲拜佛，或请瞎子算命，他就要鼓着嘴头痛起来。因此，方达的母亲时常向人说："我的达儿都好，就是一件事情要不得——不信菩萨。"方达的父亲虽然相信同善社是可以感化人的，但总不能把自己的儿子的信仰改将过来。

对于自己儿子的疯病，夫妻俩商量的结果，是：方达一定在N马路撞着了杀神，或什么一种鬼怪，以至于把心神迷乱住了；顶好是请几位道士和几位和尚到家里念念经，施施法，将邪气驱逐掉，方达的疯病一定就会好的。方达既然撞了邪气，非医生所能为力，所以不必再送到医院去了。夫妻俩议决了，于是就开始进行，将和尚道士请到家里来。

和尚们在客堂里把桌子摆好，香烛烧着，经书一开，就阿弥陀佛念将起来，同时锣鼓铃钵就敲得枯通钉铛地响。王道士是以捉妖出名的，大家都说他曾到茅山学过道，本事非同小可。他这一次带领两个小道士，他的徒弟来到方达家，专门是管着画符捉妖的事情，至于念经，是和尚们的责任。王道士将法衣穿将起来，口中念念有词，画了许多符，据说这是太上老君八卦定神符；小道士将所画的符分贴在屋内的各处。贴完了之后，王道士手持宝剑，念了几遍咒，就走进方达的卧房，进行驱邪捉妖的工作。方达喝了点生姜水之后，心神甚为沉静，不过仅仅不能多说话。等到他听见锣鼓铃钵的响声，睁开眼向坐在床沿的母亲问一声："妈妈，这是什么响？什么事情？"他又继续说道，"我的心很跳，我不能听着这种吵闹的声音，请你教他们莫要敲了罢！""我的儿！你把心放安些，没有什么，这是来替你驱邪气的。"方太太刚把话说完，她的丈夫领着穿着法衣，持着宝剑的王道士进到房里来，方达见此情形骇得一跳，一股气坐起来忙问道："什么事？什么事？"他的母亲忙把两手按着他，说道："我的儿！你安心地躺着罢！病了，这个人是来替你驱邪的，邪驱除了，你的病一定就会好的，我的儿，快快躺下，我的儿……"

事情真有出乎意外的！方达的心神本已很沉静了，谁知到了此时，他又疯了起来。他一手把他的母亲推开，翻身跳下床来，顺手在茶几上拿了一个茶杯，就望王道士的法脸上掷来，王道士没有躲得及，用手来挡茶杯，恰好茶杯打在他的手背上，即时流出许多鲜血来。"你这混账东西！我身上有什么邪要你来驱呀？还不替我滚出去！"他说着说着，要来夺王道士的宝剑，王道士这一骇非同小可，妖也不捉了，邪也不驱了，抽步就跑；客堂里的和尚们正在阿弥陀佛念着经，一见王道士这样满脸鲜血，慌里慌张地从屋内跑出来，以为闹出了乱子，大家骇得把经也不念了，一齐起身来拼命地跑他娘！还有随王道士来的两个小道士，见师父这般跑出来，腿即时骇得软了跑不动，不禁大哭喊起来。幸亏疯人被他的父母——夫妻俩用力抱着，不然，又不知要闹到什么结局！

方达重新躺在床上时，又陷于昏迷的状态。老夫妻俩又失望，又悲哀，或者想起王道士捉妖反被疯人赶跑的事情，又要好笑。两人一个坐在床沿上，一个站在茶几的旁边，一会儿对望望，一会儿向方达的面孔望望，一句话也不说，沉默着，沉默着，就如白痴木偶一样，失去了感觉也似的。……

和尚道士既不能为力，方达的父母又逼不得已重新请医生了。好在方达的疯症，的确是因神经过度受了刺激。一冲动就要加厉的。若能安安静静地调养下去，自然就慢慢会自己好起来的。方达的父母听从了医生的话，照着医生的指示调治，果然方达又渐渐地好了。方达的父母见着自己的儿子好了，一种欢喜愉快的神情，自不待说。方达渐渐如常人一样，他的母亲也放心了，不时常老在他的身边守着他。他久已没有看报，有一日他忽然教父亲买几份报来看。自从他好了之后，他的父母对于他更加宝贝，这区区买几份报看的事情，当然是听从的。

父亲将报买了，交给他的儿子，也没说别的话。方达将报接到手里，一个人走到书房前面临街的伸出的楼台，将背倚着楼台的栏杆，静静地看下去。谁知他越看越兴奋，越兴奋越战栗，老毛病又重新发作起来。他最后将报纸撕得粉碎，口里喊着："好万恶的军阀呀！好无良心的资本家呀！可杀的新闻记者呀！贱种，亡国奴，冷血动物……" 当骂的时候，又俯着头看看街上来往的行人——黄包车上坐着衔雪茄烟的洋人，汽车里坐着老爷姨太太，红头阿三手里的哭丧棒只拼命地向着一个黄包车夫打……他的心神一迷，扑通一声跌下来了，——他终于是离开使他发疯的社会而去了！他永远地去了！

原来这一天的各家新闻报纸都载着下列的消息：T 城的军警帮助日本资本家杀死了许多罢工的工人；H 城学生因散传单被捕；S 城总商会会长得了大鹰鼻子国的资本家的贿，设法压迫学生和工人，封闭工会和学生会；……还有一家报纸的评论说："学生爱国是可以的，但不应过于激烈，更不应有赤化的趋向，……"

老太婆与阿三[①]

（小小的短篇）

一、老太婆

去年的冬天。

我住在一家靠近N路的公寓里。每晚在就寝之前，我总是要在N路巡阅一番，似乎成了一种莫名其妙的习惯。

我逐渐地注意到了一个在夜深时还徘徊在巷口前面的老太婆。她已经是有五十多岁的样子。身上穿着很破烂的布衣，面相证明了她是很穷苦的老太婆，不过有时她口衔着香烟，很妖媚地四顾，那一种神情的确和她的年龄外表都不相称。

我渐渐地奇怪起来了。她为什么每天晚上在这巷口前面徘徊呢？难道也像我一样好巡阅马路，有了这么一种习惯吗？她的神情又为什么是那样的呢？……

每次我经过她的面前，她的那一副老苦的缀满了皱纹的面相，总要深深地刺动我的思想：她到底在这儿徘徊着干什么呢？……我几次想过要立住脚步问她一声，但我不知为什么没有这样做的胆量。

有一次，夜已经是很深了，街上来往着很少的行人。我从朋友处回来，一下电车，便见到了老太婆如幽魂也似的，独自在巷口前面徘徊着。“她到底在干什么呢？……”一种好奇心这时陡然鼓起了我的勇气，于是我便向她走去。我决定在这一次要探出这个神秘的老太婆的究竟来。但当她见我走至她

① 载《拓荒者》第1期，1930年1月10日。

的面前，半张着没有牙齿的老嘴向我微笑时，我又没有开口的勇气了。我觉着如果我一开口时，便会有一神什么不可思议的，或也许是很可怕的神秘落到我的身上来。

她不先向我说话，老是半张着没牙齿的老嘴，很可怕地向我微笑着。我想跑开，然而好奇心牵住我，我终于含混地嗫嚅出来一句话：

“你……你在此地做啥事体？……”

“阿拉弗做啥事体，白相相。”

她说完了这两句话，向我更笑得可怕了。在她的老苦的面相上，呈现着一种不寻常的，令人感觉得十分可怕的妖媚。

我不知再向她说什么话为好了。“离开呢还是？……”我还未决定我应当怎样做的当儿，忽然我又听见她的老音了：

“和阿拉一块去白相去，好罢？”

我莫名其妙地向她点一点头，接着便跟她走去。一边走着，一边想道：“今天我也许要小小地冒险一下呢……好，看她将我带到什么地方去……”

我一言不发地在后面跟她走着。过了两分钟的光景，她将我带入一条巷道了。巷道内是异常地乌黑，真是所谓鬼气森森，不禁令我毛发悚然。但是我的好奇心鼓着我的冒险的勇气，也就跟着她进入巷道去。我想，那里或有出入的门路，她的家或者就在那里……

“你将阿拉带到啥地方去呀？”一种不自主的恐怖心终于逼我向她发问了。

在黑暗中我看不见她的动作和表情。她没有即刻回答我。忽然我觉得一只枯瘦的手握着我的右手了。我不禁打了一个寒噤。

“啥……啥事体？”我惊慌地说。

“此地没人，就在此地罢……”

一瞬间我不明白是什么一回事情。忽然我明白了，我的一颗心忽然卜通卜通地大跳起来。我扭开她的瘦枯的手，一句话也不说，便拼命地跑出巷口来了……

这一夜我没睡着觉。老太婆的一副可怕的面相，总是在我的脑海中涌现着。

从此以后，我不再于夜晚上在N路散步了。我生怕再碰见了老太婆的面。

在我们的世界里，有许多不可思议的，同时又是很悲痛又是很滑稽的事情，可不是吗？

1929，12，12。

二、阿三

现在，当阿三被一个罗宋巡捕和一个英国稽查长押住，如囚犯一般，走入西牢的时候，他明白了一切……

那还是不久的事情，阿三在A马路上捉住了一个散传单的学生，和一个呼口号的工人。他们，这些工人和学生，也不知因为什么，时常成群结队地在马路上乱闹。阿三初从那遥远的印度来到上海不久，所以不懂得中国话，更不懂得中国字，因之他不能懂得他们所喊的是些什么，在那红红绿绿的传单上又说着些什么。反正不都是一样吗？阿三是巡捕，他的职责是维持马路上的治安，如果有人散什么传单，喊什么口号，这是于治安有妨害的，阿三就有权利将他捉到官里去。

于是在有一次，他捉住了两个犯法的人。那两个犯法的人，也就如今天阿三被别的巡捕捉住了一样，被他押送到巡捕房里去。据说，这是捣乱治安的暴徒，这是什么波尔雪委克，比什么强盗和绑票更要可恶些。阿三不懂得波尔雪委克到底是什么意思；因为生了一副笨拙的脑筋，也就不曾发生要解释这个名词的思想。上司是怎样说，他便怎样做，上司说波尔雪委克很可恶，那他也就便以为波尔雪委克不是好人了。

"娘个造屄，猪猡！"阿三押住那一个学生和一个工人，一面暗猜着他们到底干些什么，一面想问他们一些话，而且有些话想向他们说，但是因为不会说中国话的原故，便向他们随便地骂了这么两句。上海的印度巡捕也许有很多的不会说中国国话，但是这两句骂人的话，大概他们都是知道的。笨拙的阿三也没有例外。

"娘个造屄，猪猡……"

阿三这样接续地骂着，仿佛着不是骂人，而是在叽咕着什么也似的，在他的紫黑而沉郁的面孔上，找不出什么仇恨的恶意来。不过他右手将手枪握得很紧，不时地在两个囚徒面前摇闪，想借此威吓他们不至于逃走。

"打倒帝国主义的走狗！"

"亡国奴！……"

那两个囚徒也不时地向阿三这样地骂着，但是阿三不明白他们所骂的是些什么，老是回答之以"娘个造屄，猪猡！"

阿三很得意地将他所以为是波尔雪委克的两个犯人押送到巡捕房里去。

今天，似乎又是一个什么纪念日，一些学生和工人们又在马路上乱闹了。

红红绿绿的传单又在马路上乱飞，什么“打倒……打倒……”的口号又在阿三的耳边响动了。唉，真可恶，这些捉不尽的波尔雪委克！……

阿三又忙碌起来了。他又捉住了一个散传单的学生。

“娘个造孱，猪猡！……”

从阿三的口中又流出来这两句骂人的话。但出乎阿三的意料之外，当他将那个学生的衣领抓住了的时候，只见学生现着悲苦的笑容，很诚挚地向阿三用着英语说道：

“朋友，我们都是被压迫的人呵！我们想中国解放，想中国的贫苦群众得到自由……你们为什么要反对我们呢？难道你忘记了你的祖国了吗……我们应当联合起来……”

阿三在一瞬间似乎明白了那个学生所说的话，他所要求的是些什么……最令阿三感动而不得不将抓住了那个学生衣领的一只巨手放开的，是那个学生两眼中所放射出来的一种沉痛的，刺人心灵的光芒。于是阿三轻轻地骂了两句，便回过身去，走开了。

他的迷混而又十分平静的脑海中，不禁起了一点点的波浪：中国解放……印度……英国人……

忽然他的面前现出来稽查长的面目，接着一个罗宋巡捕便将他的肩头抓住了。

“你这狗，你为什么将那个学生放走了？”英国人稽查长问。

“他……他没有罪过。”阿三迟钝半晌才说出来这么一句。

“啊哈！你这狗，你说他没有罪过吗？你也变成了波尔雪委克了吗？”

“我看见你和他说了一些话，随后你把他放走了。”稽查长见着阿三惊怔的不知所云的模样，又接着说道：“你和他说了一些什么话呀？你忘记了你的职守了吗？”

“他……他说他们想中国解放，”阿三如失了魂灵也似地说道，“他没有罪过……”

“啊哈，你这狗，你也是波尔雪委克了。”稽查长举一举手，向罗宋巡捕吩咐道：

“把这狗抓着走！……”

从来不明的波尔雪委克是什么，而且也从没曾梦想到自己会得到波尔雪委克的称号的阿三，现在如囚犯一般，被押进了西牢。“把这狗抓着走！”这一句话即时将笨拙的阿三的脑筋震动得聪明了。于是他明白了波尔雪委克是什么……

1929，12，1。

追悼死者[①]

黄仁死了！

但是黄仁为着什么死的？我们未死的人们，有志改造社会的人们，怀愿拯救中国的人们，一切真正被压迫的人们，应当抚着心仔细地想，想得了之后大声地哭，哭过了之后赶快拭干眼泪，去捉拿那杀黄仁的刽子手——帝国主义和军阀的走狗！朋友们啊！倘若我们不这样做，那我们便永远承认自己是弱者罢，奴隶罢，黑暗的屈服者罢，卑怯的贱种罢……

黄仁白白地死了么？

唉！黄仁是为着反抗帝国主义和军阀，被他们的走狗所打死的！

秋风瑟瑟地哀鸣，飞落的黄叶是悲哭为反抗黑暗而死者的泪片，一片一片的黄叶啊，其打动沉沦于麻木不仁的状态中之人们的懒骨！其打醒一切被黑暗所征服的迷梦！

民国成立后年年有双十节，双十节中有五色国旗的飘扬，亦有欢呼的庆祝；但是庆祝什么呢？好麻木的国民！好可怜的群众！庆祝是你们受压迫的荣幸么？是你们卑怯的表示么？

但是今年的双十节却有很大的意思了。

闹得满城风雨的国民大会，却原来是帝国主义和军阀宣传的工具，我们原来是反对一切侵略的帝国主义，残害人民的野蛮军阀：但是我们的这种行为是为着解放中国的，当然要遭欲葬送中国的人们所反对，于是国民大会的筹备者，主席，……和流氓一气把我们的人打伤了几十个。

而受伤最重的黄仁同志，竟于被打之后一日，在医院中死了！

---

① 原载《民国日报》附刊《觉悟》，1924 年 10 月 26 日。署名光赤。

呜呼，黄仁死了！

天妃宫内遍布着新鲜的血迹，天妃宫是我们的，一切主张公道正谊的人们的，一切受压迫的群众的永远的纪念地。

不料今年双十节开了一朵鲜红的血花，这一朵鲜红的血花，至少也可以给人们一点香的刺激罢，这一朵鲜红的血花至少将来也可以给人们结一个小果罢……

倘若人们能嗅着了它的一点香，能看着它将来的一个果，那么它就不空开一次了。

于是乎黄仁不死！黄仁永远地不死！

前年赵恒惕杀黄爱，庞仁铨，去年萧耀南杀施洋，林祥谦。但是他们之被杀是直接见之于军阀的明令的，而今年黄仁却死于被帝国主义和军阀暗地所雇佣之走狗的手里！

中国法西斯蒂的祸水，已开始澎湃而汹涌了。

朋友们啊！黄仁不过是第一个为法西斯蒂所牺牲者，将来，你看，要被法西斯蒂牺牲的人还多呢！今天黄仁被打死了，明天你……后天他……

爱公道正谊的人们，愿解放中国的人们，一切不甘屈服黑暗的人们，一切被压迫的人们。快起来自卫罢，进攻罢……否则，我们一定要被牺牲啊！

我们将黄仁的血装成亮灯罢，我们手持着这一盏亮灯去奋斗。

我们应当永远地纪念着：

黄仁死了！

黄仁是被帝国主义和军阀走狗所打死的！

我们不要退后而屈服啊！

我们要洗一洗黄仁的血迹！

在伟大的墓之前[①]

在茫茫的人海中沉落了一朵光明闪灼的浪花，
在克里姆宫的城下长卧着一个今古无比的伟人；
历史故意地遗留下这一堆黄土——永远的纪念，
也不知要引起了许多悲痛、哀感、凭吊和歌吟！

我不以死为人生的悲剧，
我最可惜造福人类的人不能长生；
纵让全世界无产阶级号天痛哭，
也哭不醒最亲爱的、无知觉的墓里人！

列宁啊！你生前有改造世界的天能，
你的死难道也如昙花泡影的永逝？
你或者安安稳稳地卧在克里姆宫的城下，
远观世界革命的浪潮，近听赤城的风雨？

列宁啊！你的功业如经天的红日，
我要歌咏你罢，我又何从歌咏起？
你的墓是人类自由的摇篮，
愿你把人类永远摇到自由乡里去！

——录自《新梦临列宁墓》

① 载《新青年》不定期刊第1号，1925年4月22日。署名蒋光赤。

一、去年今日

时间真快，如风车也似地飞转，不觉又是一年了。

今日是列宁——全世界无产阶级革命的首领，去世的周年纪念。在这一年之中，我总常常想到那列宁死后的悲哀，那永远不可忘记的悲哀。去年今日我在莫斯科，今年今日我在中国，空间的距离不可谓不远，时间的距离也不能说太短。但是那列宁死后的景象，那列宁殡葬时的炮声，那工人、农民、学生……的悼歌，那用笔墨言语形容不出来的严肃、沉痛，宛然在我的耳里、眼里，紧紧地固着在我的心里。

我还记得列宁死之前一日，大约在晚上罢？我同几位朋友，他们都是外国人，谈论到历史上的人物谁个伟大些，谈论到十月革命的成功，谈论到列宁的天才与无产阶级革命，谈论到列宁与被压迫的东方，并且谈论到列宁的夫人克鲁布斯加牙，她如何地与列宁同受甘苦……把列宁的一生都谈论到了。我们说到列宁的病，列宁的病能好不能好，列宁的病是革命的不幸，我们的不幸……大家都呈现着无限的悲戚！可恨的病魔！可恨的那行刺列宁之社会革命党的女党员！可恨！……

当时我们没有一个人说列宁要死，我们不愿意说，我们不忍说。我们都是无神论者，我们不是上帝的信徒，但是我们却暗地里祷告，祷告列宁的病快些好，快些好！

我说一句实在话，我从没有关心过别人的病像关心列宁的病一样亲切，列宁是谁呢？列宁的病为什么值得我这样关心？不，我说错了。全世界爱自由的人们，主张人类解放的人们，被压迫的人们，都如我一样关心列宁的病，他们也祷告，祷告列宁的病快些好，祷告列宁永远康健！但是列宁的病为什么值得他们这样关心呢？这不必问，他们自己会说出这个理由来。

我们希望列宁的病快些好，祝列宁永远康健，因为他是现在世界中最有用的一个人，因为他指导我们到光明的路上去，因为他是社会革命的象征。但是希望是无用的，千千万万人们的希望不过自然的法则，“脑髓之呼吸的中心停止动作——绝顶睿智思想的中心窒息了！”这的确是一件憾事！为什么在科学无能为力的地方，怪事是不会完成的呢？

列宁不应当死，列宁更不应当早死！但是列宁死了，列宁更居然早死了！

列宁死了！……

今日是革命首领去世的周年纪念。我今日虽在上海，但不能不想起去年今日的莫斯科：

“列宁死了！”一个朋友对我说。

“什么?”

“我得到确实的消息，列宁已经死了。”

我听了这个消息——好一个不幸的消息！莫名其妙说什么话好，似觉顿时神经失了作用。但是还自语自问地想：

“这个消息不的确罢？这个消息是不应当的确！……”

各机关都悬起哀悼的黑边的红旗了。街上往来人们的面孔上，都呈现着很深刻的悲戚。他们中多数的衣袖上缀着一块黑边红心的布条，我后来也得到这么样一块布条缀在衣袖上，这是说列宁已经死了！列宁真正地死了！

二十二日列宁的灵柩从哥尔基村运到莫斯科来，哥尔基村的农民在后面成群结队地哭送。全俄中央执行委员会会长加里宁，第三国际会长季诺维埃夫，《真理报》主笔布哈林……亲自到车站去抬灵柩，无数万的人们望着灵柩落泪，有的竟放声哭，为什么哭呢？父亲死了，焉得不哭！灵柩抬到劳动同盟社安放，政府为着要使革命的首领与民众更亲近，为着要使工人、农人……与革命的首领为最后的辞别，为着革命的首领永远留在群众的脑海里，议决开放三日，使人人得睹列宁死后的面貌。

这几天莫斯科的人比寻常至少要多一倍。各地派来工人的代表，农民的代表，红军的代表，……几弄得没有房屋可住。他们从那俄罗斯的内地来，他们代表全俄罗斯的工人、农民、一切群众致奠于首领的灵柩之前，表示无数万万人们的心灵对于人类的导师之哀悼。他们冒雪而来，来到莫斯科与他们所谓亲爱的伊立伊奇（列宁的名字）做最后的晤面。他们大约有无限的伤心罢，或者这种伤心是世界上最深刻的伤心。

我住莫斯科三年，从没遇过这几天条候的寒冷！寒度降至零下四十，街上几无行走的可能。但是各地的代表，莫斯科的群众，为着要晤列宁的一面，为着要在灵柩前表示哀悼的心情，居然不怕寒冷，在街上成行成队地排着，至少也要三个小时，才能达到灵柩安放的所在。天气既这般的寒冷，在冰天雪地里站立三四个小时，若无很激烈的热诚，很坚强的忍耐，很结实的信仰，谁也不能够啊！冻僵的也有，冻得说不出话来的也有，冻倒了抬到医院里去的也有，我亲眼看见了许多。他们为的是什么？他们为什么要这般受冻？他们要看列宁，他们情愿地受冷！

一队一队的经过列宁的灵前，人太多了，没有停立久看的可能。大家眼里含着泪，不，有的竟放声哭，那心肠慈弱的女子更不待说了；口里唱着悲哀的悼歌，这悼歌真表示出人间最伟大的、最深邃的悲哀。

在无数万人们的泪海中，在无数万人们的哀歌中，我们看出列宁的伟大，我们看出历史上再没有比列宁伟大的一个人。

二十七日，红色克里姆宫的城下，埋葬了一个今古无比的伟人。

列宁埋葬在无数万人们的泪海中，埋葬在无数万人们的哀歌中，埋葬在无数万人们的心灵里。

这是去年今日的事。

时间真快啊！如风车也似地飞转，不觉又是一年了。在今年的今日，我想起去年今日的事情，想起那无数万人们送葬的情形，想起那时候天气的奇冷，想起那列宁的灵前堆积如山的奠花，想起那难以言表的悲哀，更想起那白发老妇人克鲁布斯加牙——列宁夫人的演说……

二、苏俄的创造者

哦，我的亲爱的母亲！苏维埃的母亲！
哦，美丽的、快乐的时代之摇篮！
你是自由的、光明的海岛，
你是巨钟，做唤醒奴隶的狂喊。

你脱离了那蒙古的、亚细亚的、
万恶沙皇的、奴隶的铁锁；
你抛却那市侩的、惧怕革命的怀抱，
来过这公道的、共产的生活。

——摘译沙度维叶夫《俄罗斯》二节

哦，是的！新的俄罗斯是美丽的、快乐的时代之摇篮；新的俄罗斯是自由的、光明的海岛。

哦，是的！旧的俄罗斯处在蒙古的、亚细亚的、万恶沙皇的制度之下；旧的俄罗斯是黑暗的、野蛮的帝国。

我们把新的俄罗斯与旧的俄罗斯比较一下，我们不得不喊新的俄罗斯是最可爱的，新的俄罗斯是自由的、光明的海岛！我们想想过去，看看现在，望望将来，不禁觉得过去的俄罗斯之令人惧，现在的俄罗斯之令人爱，将来的俄罗斯之更令人希望。

我最亲爱的苏维埃俄罗斯呀！在茫茫的世界中，我只在你这块土地上找得点公道、正谊，我只在你这块土地上看见劳农的群众们脱离了奴隶的生活，我只在你这块土地上听不见那资本家、地主、贵族、军阀的恶声。苏维埃俄罗斯不是诗人幻想的乌托邦，不是毫无缺陷的共产社会，不是那宗教天国……但是劳农的祖国，是世界革命的发源，是被压迫人们的护符。

但是追溯苏维埃俄罗斯之由来，苏维埃俄罗斯产生的过程，我们就不得不想起那已经死了一年的列宁——革命的首领，人类的导师，苏维埃俄罗斯的创造者！不错，历史不是个人所造成的，十月革命是无产阶级的革命，其成功当然不是列宁一个人的力量。说列宁是苏维埃俄罗斯的创造者，似觉有点不妥当。但是，我们要知道，若每个人能澈察历史的进程，顺应群众的心理，代表群众的愿望，——使自己变成为群众的象征，使自己变成为群众的集体，则说他即群众，群众即他，有什么不可心呢？十月革命是无产阶级的革命，但是列宁是无产阶级的化身；苏维埃俄罗斯之能产生，是因为劳农的努力，但是列宁是一个总指挥，列宁一身具有劳农的睿智，他能引导劳农到成功的路上去。

我们说列宁是苏维埃俄罗斯的创造者，又有什么不可以呢？

我们一提到苏维埃俄罗斯，就联想到列宁，一提到列宁，就联想到苏维埃俄罗斯，这的确因为列宁与苏维埃俄罗斯有不可隔离的关系。那无数万的工人以列宁为父亲，那无数万的穷农以列宁为救主，——在群众的意识中，已经坚固地承认列宁是苏维埃俄罗斯的创造者了。

我们提到列宁，提到苏维埃俄罗斯，又不得不联想到被全世界资产阶级咒骂的过激党——共产党了。共产党是列宁一手所创造的党，是在列宁指导之下，从事建设苏维埃俄罗斯的党；现在列宁虽死了，这个党还是照着列宁主义，进行列宁所未做完的事业。现在可以说，没有共产党，即没有苏维埃俄罗斯，共产党是苏维埃俄罗斯的砥柱，是劳农的罗盘。

共产党是无产阶级的代表，但是我们要知道，它是列宁一手所造成的。

俄国社会民主党第二次大会，在一九〇二年——一般的情绪均有将劳动政党变为资产阶级德谟克拉西政党的趋势；当时列宁见着这种危险，毅然反对著名首领马尔托夫的主张，以为无产阶级的政党应如铁一般的结实、统一，它的党员应守无产阶级的纪律。结果，俄国革命的社会民主党——多数派就从此时形成，将来十月革命的首领列宁，亦就在此时预定了。

列宁极力与少数派主义奋斗，极力使多数派的政党在不公开的状态中巩固，极力主张指导罢工的运动为劳动阶级谋利益。在第三次大会中，列宁已经很明确地预定第一次革命——一九〇五年革命之不能避免。

一九〇五年革命失败后，在反动的政潮下，一般从前的革命分子发生颓废的情绪，许多的社会主义者或遁入秘密的天国里，或滚到资产阶级的怀抱里，或为神秘哲学的探讨，总而言之，他们失望了，他们不愿再革命了。但是列宁却高声地呼喊：

“一九〇五年的革命被压迫下去了；但是革命还未消灭呀！”

在一九一二年至一九一四年之间，因着列宁的努力，多数派已形成很坚固的、很实在的工人政党。少数派时时刻刻背叛劳动阶级的利益与资产阶级为无耻的妥协，而多数派却未曾一秒钟不为无产阶级革命而奋斗。

帝国主义国家分赃的大战爆裂了！……

应当反对资产阶级的战争之社会主义者至此抱什么态度呢？

有的失了魂魄，无所措手足；有的直接背叛了社会主义，滚入资产阶级政府的怀抱；有的置之不问，依违于两可之间。他们帮助劳动阶级的互相残杀，他们为资产阶级的祖国做忠仆，他们把什么阶级利益，劳动阶级无国家，全世界无产阶级联合起来……抛到那九霄云外去了！他们……社会主义者！

仅仅一个列宁是无产阶级的救星！他深明了帝国主义战争的内容，他宣言不但反对战争，不但承认资产阶级战争对于劳动有害无益，并主张将资产阶级战争化为无产阶级对于资产阶级的战争——无产阶级革命。

欧洲的大战真给了俄国的劳农以无穷的痛苦！

面包呀……土地呀……和平呀……工厂呀……

在这一种喊叫的声中，列宁指示了劳农一条超生的道路——推翻资产阶级的统治，把政权拿到劳农自己的手里来！

那违背劳动阶级的少数派，那自称代表农民利益的社会革命党，他们在二月革命登上政治舞台了。但是他们上了台之后，所给予劳农的是一些什么呢？工人要求的是工厂，而他们所给予的是帮助资本家压迫工人；农民要求的是土地，而他们所给予的是惩罚扰害地主安宁的农民；大家要求的是和平，而他们所给予的是帮助资产阶级继续战争；大家要求的是面包，而他们所给予的是枪弹。这是他们的罪过呢，还是他们的不聪明？

他们不能代表劳农的利益，无论如何，是不可讳言的了！

只有列宁，只有列宁的党能够偿还劳农的愿望！

“一切政权统归苏维埃！”

列宁发出这个口号，多数派遵照这个口号进行，一切农民、工人跟着走，于是结果开了一朵十月革命的鲜花！从此俄罗斯变为苏维埃共和国，俄罗斯的劳农跃上统治的地位，一切土地、工厂……都夺回到劳农的手里。

哈哈！只有列宁，只有列宁所手创的党——共产党能够偿还劳农的愿望！

俄罗斯的劳农从黑暗的地窟里跳上光明的大道，脱离了奴隶的羁绊，而得到自由的生活，这虽然是自己努力的结果，但是也大半由于列宁，由于列宁的党之指导得力罢。俄罗斯的劳农当然永远忘却列宁不了，当然永远把列宁埋葬在自己的心灵里！列宁的死引起全世界劳农的哀悼，但是俄罗斯的劳农比较着更多流些热泪，更为伤心，更为沉痛！这并不是因为列宁于俄罗斯的劳农厚待些的原故，而是因为俄罗斯的劳农比较任何一国的劳农感受列宁的恩爱更为直接些。

新俄罗斯是美丽的、快乐的时代之摇篮，而列宁是此摇篮的奶娘。

新俄罗斯是自由的、光明的海岛，而列宁是此海岛的开辟人。

海岛的开辟人呀！你将与海岛以并存！

三、世界革命的大旗

你的心是人类的洪钟，
你的心是红的、活的大旗，
哦，世界鹏鸟呀！
你飞腾时羽翼掩了大地。
你雄立在那山之高巅，
向那全世界的无产阶级狂喊：
“万国劳动者联合起来啊！
来！来随我开辟那幸福的乐园！
来！来随我向这旧的世界决战！”

——摘译《卡金》列宁一段

倘若列宁之死仅能引起俄罗斯的劳农之哀悼，倘若列宁之死仅能博得俄罗斯之热泪，则我们将不能说列宁是世界革命的首领，是全人类的先师了。但是列宁之死却引起了全世界劳农之哀悼，博得了全世界劳农之热泪。列宁死的消息传出后，我们无论在地球的哪一个角上，都听着人们的哀悼，都寻着人们的泪痕。

“列宁死了！

亲爱的列宁死了！

……"

但是同时随着这种哀悼流泪的音流，我们又听见欢笑、愉快、诅咒的声波，这是全世界旧的势力、旧的阶级、旧的分子对于列宁死了的表示！

倘若列宁仅被俄罗斯的资产阶级、贵族、神父……所诅咒，而他的死仅引起俄罗斯的资产阶级、贵族、神父……之欢笑、愉快，则我们又不能说列宁是世界革命的首领了。世界革命是对于世界的旧制度总推翻，世界革命的首领是消灭旧世界的催命大将军，列宁自然要为全世界的资产阶级、贵族、神父所诅咒，列宁之死自然要引起全世界的资产阶级、贵族、神父之无限的快乐。

于是全世界劳农的悲哀与全世界统治阶级的快乐同一高的程度！

在这两种悲哀与快乐并行的声中，我们深深地认识，认识了列宁对于人类的意义，认识了列宁是不可比拟的伟大……

十月革命虽然发生于俄国，但是十月革命的意义则不限于俄国，它是全世界革命的开始。十月革命如法国大革命一样，法国大革命开辟了资产阶级统治的世界，十月革命则开辟了无产阶级统治的世界；虽然十月革命未完成世界无产阶级统治，未把全世界的资产阶级推倒，但是它开始了世界革命，它还在继续着前进，全世界资产阶级消灭之时，就是它完成的最后。倘若谁个说十月革命是俄国一国的革命，与世界没有什么大关系，则就未免不了解十月革命的真价值。世界经济的、物质的发展将全世界无产阶级合成一个整体，再不能有严密的国界的、地域的分别。所谓全世界无产阶级的革命，到了现在，不但是需要的，而且是可能的。本来接着欧战，世界革命是应当爆发的，我们的列宁先生也曾如此预料。不料十月革命爆发各国无产阶级因物质条件的妨阻，思想的未完成，不能为即时的响应。这的确是一件很可惜的事情。

但是十月革命是世界革命的开始，十月革命虽未能一时完成世界革命，但它绝不能终止进行，绝不能缩小自己的职任。我们想起十月革命，不得不想起列宁，想起列宁，又不得不想起共产国际——指挥世界革命的总机关。那为世界革命、无产阶级和社会主义的叛贼的第二国际，已经失却自己指挥的作用，于是有所谓共产国际的实现，这个共产国际就是在列宁指挥之下所成立。共产国际是世界革命的总机关，而列宁是它的大旗。共产国际的职任在于完成世界革命，而列宁——大旗的作用在于号召被压迫的群众，做人类解放的象征，规定世界革命的方向。这一面大旗令世界统治阶级和一切仇视新世界的人们见之丧胆，全世界被压迫的民众和一切厌恶旧世界的人们见之兴奋。

哦！好一面照得天地赤红的大旗！

列宁生前因为做了苏俄的人民委员长，不能兼做共产国际的会长，但是这并没有什么紧要，谁个也晓得列宁是共产国际的指导人和化身。我们试一读他的演说，他写与各国工人阶级的书信，我们可以看出他在世界革命运动上有如何大的作用。他不但对于欧美先进国的工人阶级尽力地帮助，并且对于落后的国家，被压迫的民族，也是一样地热烈，也是一样地代他们筹划，俾全人类能够达到解放的目的。

列宁真是全人类的福音啊！……

不幸十月革命未能即时完成世界革命，列宁只能做苏俄的人民委员长，不免关于社会主义的建设、措施，都只能限于苏俄一块土地。但是列宁从未将苏俄看为一个最终的目的，或以为将苏俄治好了就算完事。他永远将苏俄看做东西革命运动的连环，世界革命之一个必要的大本营，全世界无产阶级战胜资本统治的根据地。列宁以为只有把苏俄巩固了，终能使全世界无产阶级运动有所依恃；但是在别一方面若全世界无产阶级的联合机关无势力，则苏俄自身亦将不能保存，因此列宁用自己全身、全心、全力量巩固共产国际。只有如此才能达到劳动阶级解放的目的，只有如此才能促成新的世界之实现。

哥尔基说："……我还继续地想，如我前二年所想一样，对于列宁，俄罗斯不过是开始全世界之一个经验的材料。"

是的！对于列宁，俄罗斯不过是开始全世界之一个经验的材料！

若列宁的眼光只限于苏俄，列宁的愿望只限于解放苏俄境内的劳农，则列宁将不能成其为列宁了。不错，若某一个人愿望将自己一国内的劳农解放，则已经是很伟大，很令人敬佩；但是我们不能拿这个范围来论列宁。列宁的行动、主义是以全世界为标准的，他的愿望是解放全人类，他在人类史上所做的事业，谁也不能够同他相比拟。他所给予全世界劳苦群众的东西，将永远不被忘却，将永远如日月的经天，如江河的行地。他的肉体虽死了，而他的精神将永远地活着，将永远会溶化在人类心灵里。

列宁本身是人类解放的象征，是世界革命的大旗，大旗所放射的异彩将永远炫耀于人们的眼底深处。历史既然产生了一个列宁，列宁既然为人害做了不朽的事业，列宁实无死的可能。也或者那克里母宫城下所掩埋的棺木已经朽了，那棺木内的尸骨已经化了，但是列宁还没有死啊！

列宁不死，列宁永远地不死！

说到这里，我又想起那冰天雪地莫斯科城中的一个小学生，大约是列宁死后的第二天罢？我看见我们寄宿舍隔壁住的一个小学生——他或者十三岁，很聪明，很可爱的一个小孩子！——他没有从前那样高兴似的。我就问他：

“你为什么不高兴呢？”

“你现在难道高兴么？”

我被他这一反问，倒觉不大好意思了。

“不，列宁死了！……”

他听了我的话后，沉吟了一回，说道：

“不错，列宁死了，我很为之悲哀。我的父亲昨天竟哭了。今天他拿了一块大红布，在上面写着：‘列宁是世界革命的大旗，列宁主义是达到人类解放的工具。列宁永远地不死！’他写过之后，又解释给我听，我现在还想着我父亲所说的话。你是不是……？”我父亲说，“‘列宁不但是我们俄国人的，并且是东方人、西方人、中国人、印度人的。’你听见他死了，你也不高兴吗？”

我听了他这一番话，我不知道拿什么话来回答他。现在离列宁之死，已经一年了。际此周年纪念的日子，使我更不得不回忆那冰天雪地莫斯科城中的一个小学生所说的话……

四、黑暗的东方之红灯

在克里姆宫城下
汇聚着无数万无数万人们……
全世界都低着头，抬在肩上，
送这红色的伊立伊奇的灵柩。
在那鞭笞底下呻吟的黑奴
大约现在在那热带的地方痛哭；
那久处于压迫之下的中国人
也将怀着无限的、深沉的忧愁。
亲爱的列宁啊！
你死了，
你居然一逝悠悠！

——译自俄国某诗人《哀列宁》之一节

好一个黑暗的东方！

除开一部分日本人，凡是东方的民族，没有不受那所谓文明的、白色的种族之欺凌剥削。无数万万东方殖民地或半殖民地的劳苦群众，简直是欧美资产阶级之压迫的对象，——欧美资产阶级用他们的力，饮他们的血，吃他们的肉，统治他们的土地，蹂躏他们的文化……无恶不作、无微不至。

可怜被压迫的东方！可怜东方的劳苦群众！

资本主义的发展使先进国的资产阶级不能以仅仅剥削本国劳苦群众为满足，并且剥削本国劳苦群众有一相当的程度，不能太超过范围，这种状况使先进国资产阶级一定要另寻财源，一定要在国外开辟殖民地。可怜经济落后的国家，文化不发达的民族，就因此变为欧美资产阶级之侵略的目的物了！所谓文明人有诡诈的外交政策，有锐利的枪炮，有美妙的机器，有欺骗的知识，当然容易将幼稚的、愚蠢的民族征服下去，野蛮人当然不能与文明人相比，文明人对于野蛮人可以任意残杀、蹂躏、抢掠、压迫……总之，一切黄色民族、黑色民族、非白色民族：都是不开化的民族，都要受白色的、开化的民族的处治。

我们不必远溯美洲开辟的历史，非洲被瓜分的事迹，只要打开欧美资产阶级近百年来侵略亚洲各民族（日本除外）的图画一看，就觉得这一幅图画是用欧美资产阶级的枪炮、欺诈、抢掠、残忍和亚洲民族——中国、高丽、安南、缅甸……——的肉血、性命、财产、痛苦所制成的！现在除一个高丽，日本的殖民地，为日本资产阶级剥削的对象，其余哪一个不在欧美帝国主义者的支配范围内？无数万万的劳苦群众日在奴隶牛马的状态下过生活，日呻吟于帝国主义者的鞭笞下，唉！好一个黑暗的东方！

但是十月革命的响雷一般，不但解放俄罗斯领域内无数弱小民族，并且惊醒了一切东方被压迫的民族，指示出他们求解放的道路，——欲求民族的解放，必要推翻帝国主义，必要与无产阶级革命联合向资本主义世界攻击。于是埃及觉醒了，印度觉醒了，土耳其觉醒了，中国也觉醒了。现在国民革命、民族解放的呼声漫溢于被压迫的东方，东方向着光明的路上走。但是我们说到十月革命对于东方解放运动的影响，又不得不说到指挥十月革命的主帅——我们的先生列宁了。

本来第二国际的首领何尝未注意到民族问题，但是他们所注意到的是开化民族，而亚洲或非洲的未开化民族是不值得他们垂念的。欧美资产阶级的领袖，如威尔逊，又何尝未说过什么民族自决，但是这不过是他们的慈悲心陡发，或者是他们要说几句好听的话给被压迫的民族听听，拿出一个宽心丸给被压迫的民族吃吃，在实际上，他们真愿意民族自决么？倘若弱小民族都自决了，则他们自身——帝国主义者还能生存么？

我们且看一看被压迫民族的首领——列宁——对于民族问题的态度。

在俄国共产党（从前的多数派）形成的初期，列宁已将殖民地和民族问题提出；在当时一至于到现在，谁个也没有他对于这个问题的注意，谁个也没有他对于这个问题的明白。一九〇〇年，列宁在《火星报》著一论文《中国战争》，在此论文中，他指示出欧美资产阶级压迫中国人民的真相。

“中国人对于欧洲人的攻击由何而生？……不错，中国人仇视欧洲人，但是因为什么呢?中国人之所仇视的，不是欧洲的民众，中国人与他们没有接触过，而是欧洲的资本家和服从资本家的政府。中国人能不能不恨这一些人们——他们到中国去只知道榨取、欺诈、抢掠、压迫、剥削，尽做一些残害中国人民的勾当？……”

在满欧洲的资产阶级狂喊中国人野蛮，用枪炮轰击中国人的时候，我们的革命首领独为我们劳苦的群众声辩，独为我们被压迫的民族揭露帝国主义的黑幕。列宁之为弱小民族的救星，大约不自十月革命后始了。列宁对于帝国主义国家压迫弱小民族的行为，始终尽量地指责、反抗，从没有一次放松过。

十月革命轰然一声，把俄罗斯境内东方之弱小民族的锁扣完全解去，——可怜他们处于旧俄沙皇政治之下，也不知受了许多的摧残，许多的痛苦！十月革命后他们才能享得民族平等的权利，他们才能得到抬头的机会。怀古思今，他们对于十月革命的首领诚抱着无涯的感谢！也不怪列宁死了的消息一出，那高加索的山人，土耳其斯坦带小花帽子的回民，那西伯利亚的土人，……他们如丧了考妣，他们的悲哀不减于本俄国的劳农群众。

列宁的愿望当然不仅在于解放俄罗斯境内的弱小民族。共产国际成立后，他在大会中特别规定无产阶级革命与殖民地解放的关系，欧美的先进的无产阶级应极力帮助弱小民族脱离帝国主义的压迫。在他所指导的苏俄政府对于东方的政策，没有一处不是帮助被压迫民族反对帝国主义的侵略，没有一刻不号召被压迫民族起来做解放的运动。啊！也难怪东方的劳苦群众视列宁如圣人一样，视列宁如救苦救难的天神，他们对于列宁之死，如欧美的劳苦群众一样，抱着无限的悲哀，洒了许多的热泪！

三年前，《俄国新闻报》主笔威林斯基旅行中国中部某地遇一苦力，——当时苦力知道他是俄国人，微笑着向他表示对于列宁的敬意。

“他从什么地方知道列宁呢?”威林斯基问他的翻译。

“人人都晓得列宁，从前有过孔夫子，现在就是列宁！”苦力很郑重地这样回答。

中国的苦力把列宁比成孔夫子，我们由此可以知道列宁在中国劳苦群众中的势力了。

在那印度穷乡僻壤的深处，有一个小侍童沙弥，受够了主人的鞭笞，一日忽然外出，数日不回。后来回来了，主人问他到什么地方去了，他回答道：“我受够了你的鞭笞，想到那救世主面前去，他住在那很远的冰天雪地里，他给饥饿的人们面包吃，他完全不虐待自己的侍童。他的名字叫列宁……。”

这是东方劳苦群众普遍地对于列宁的想象。在这一种想象中，我们已经看出列宁变成为神话传说的英雄了。东方劳苦群众总有一日脱离黑暗的压迫，列宁就是在天空高悬着引导他们到光明道上的红灯。

最后我引用巴古追悼列宁大会中伊斯兰教徒代表色哈加迷之一段演说，做为本文的结束：

“……列宁终生只有一个目的：解放全世界劳苦群众脱离资本家的压迫。列宁之死实使全世界劳苦群众抱着无限的悲哀。在列宁的墓前，我们应当说，只有你鼓起了民族觉悟的火光，只有你燃着了民族解放运动的红灯。你的名字将永远在我们之中生活着。我们永远尊重你的事业，永远与你的仇敌奋斗！”

外报鼓吹国际管理中国之又一论调[①]

本月十六各报所译载的《字林报》的社论，真是荒谬绝伦，无可拟比！我们在此一篇社论之中，可以窥见外国帝国主义者之用心狡而且毒，总想实现其国际管理中国的愿望。“欲加之罪，何患无辞?”外国帝国主义者时常说，中国人无自治的能力，中国人野蛮……无非是要证明中国非国际管理或列强非干涉中国内政不可。现在这位做社论的洋先生又发明了中国人的一种特性——中国人不爱和平。这真是一个大发明！这个大发明至少又加了国际管理中国的一个理由了！哼！

《字林报》记者把中国的史事数了一大片，又谓虽儿童亦知古代战斗之英雄，因此下一定案：中国人生性不爱和平。他把中国史上一切野心家及一二武人代表全中国人民，把儿童知道史事当做中国人生性好战的表现。我现在且问这位记者（记者大约是英国人）一声：英国史上是否有武人战将？英国儿童是否连他们的名字一个也不知道？英国史上武人战将是否能代表英国全部人民？英国儿童知道一二武人战将的名字是否证明英国人生性好战？这位高明的记者先生能够回答么?

既然该记者发明了中国人生性不爱和平，当然又要说中国内部和平没有希望了。既然断定了中国内部和平没有希望。那么：

“要想中国内乱停止，只有实行国际管理。”

这一个结论自然就不言而喻了。虽然该记者没有公然地说结论来，而这个结论是必然的，无可言讳的。该记者费了许多心血，把中国的史事数了一大片，所为者何？无非是要做这么一个结论罢了！

中国近十几年来内乱不已，军阀交恶，民不聊生，国无宁日，是中国国

① 载《响导》周报第83期，1924年9月24日，署名光赤。

民不爱和平的原故吗？笑话！中国的内乱完全由于帝国主义扶助军阀肆行侵略所致，怎么能说是中国人不爱和平？因为英美要帮助袁世凯做皇帝，所以才有讨袁之役；因为段祺瑞勾结日本实行卖国，所以才有护法之役；因为英美与日本利益冲突、英美日各嗾使所利用的军阀争斗，所以才有直奉之战；在这一次直系与反直系的战争中，我们很明显地看出英美帮助吴佩孚，日法帮助卢永祥，各自本国把大批军火输向中国来，帮助军阀，延长内乱。中国的内乱本都由于帝国主义之做鬼，为什么扯得上中国人不爱和平呢？中国之所以到了如此的状况，就是人因中国为爱和平过了火，忍受军阀之专横与帝国主义之侵略。倘若不然，军阀久已打倒，帝国主义早已铲去，也不烦《字林报》记者代为鼓吹国际管理了。

本月十五伦敦电云："外间传说各国以军械售与中国交恶之军阀，实出于政治目的与商业作用；每日电报记及此节，请国际联盟从速注意此事，设法请各政府即令禁售军火与中国……"可见各国售军火与中国交恶之军阀，已是很公开的事实，虽欧美资产阶级报纸皆是承认的。外国帝国主义者售军火与军阀，帮助军阀争斗，一方面又诬陷中国人不爱和平，这真是双管齐下的妙法！为什么要售军火与中国军阀？因为有政治目的与商业作用。为什么要鼓吹中国人不爱和平？因为要干涉中国内政，实行国际管中国。帝国主义者之用心何其狠，帝国主义者之手段又何其狡也！

现在国际管理中国的声浪又高涌起来，特别是美英帝国主义者主张最力。被压迫的中国人！和平过了火的中国人！帝国主义不打倒中国内乱永无的停止希望，欲停止内乱则只有打倒帝国主义。我们还是忍受帝国主义的宰割呢？还是群起做国民革命运动，寻一个救亡的方法？

共产不可不反对[①]

倘若我现在主张亲俄，或替共产党辩护，或激烈地喊几声“打倒军阀”、“打倒帝国主义”，则即时我就可以得到一个尊号：苏俄的走狗，受金卢布的驱使者，或野蛮的暴徒。在文明的、自命爱国的先生的口中，必定给我下一个定义：“你这小子是被共产党所诱惑的无半分判别力的青年，不得志的穷汉。”这么一来，我将成为比帝国主义者和军阀更罪大恶极的人了；依着捧喝党的门人及具有美国三 K 党的精神的人们审判，我是罪不容诛，应遭天讨的。

任你说我是什么，我都不愿意否认；不过你倘若说我是受金卢布的驱使者，我要顺便声明我是一个教书匠（喂！在中国现在大学内教书，只能说是教书匠，不能说是教授 Professor），倘若我今天不上讲堂，明天就没有饭吃；我不但没有看见金卢布是什么样子，就是连铁卢布也没有人送给我。这或者是我的倒霉罢？不然为什么醒狮记者，皇党，无政府党，资本家，帝国主义者，军阀，《时事新报》的编辑先生……天天说，一赤化了便有金卢布用呢？唉！总是我倒霉！赤化了还没有钱用，猪头三，阿木林！

闲话少叙，书归正传。我这一篇文章的题目是《共产不可不反对》，我应当照着题目说话才是。如曾琦先生八股式的文章是何等的明了，是何等的文而对题！在《打破混乱与黑暗之时局》文中，一开首就说：“今日中国之时局，一极混乱今黑暗之时局也……”这样做文章的笔法，真是又老到，又中肯！倘若章士钊把科举制度恢复时，这种文章不得取第一名状元，也得取第二名榜眼！好羡煞人呵！

中国现在闹到如此地步，内有军阀之横暴，外受帝国主义的侵略，弄得一塌糊涂！倘若你是一个中国人，你起码要叹息三声。“爱国！爱国！”这成

① 载《洪水》第 8 期，1926 年 1 月 1 日，署名光赤。

为普遍的口号，就使你是帝国主义的走狗，你是军阀的干儿子，你是妥协的反革命主义者，也绝对不会公开地反对。倘若谁个说爱国是不应该的，那么，这小子一定是白痴，一定是浑蛋，或者是日本人或英国。但是，这种白痴的话，我们究竟没听见过。

爱国似乎大家是一致的了。现在我们要看一看，谁个是真正的爱国者，谁个真正能尽爱国的责任。

在中国，也就同在别国家一样，有所谓穷人和富人的差别，有所谓资产阶级和劳动阶级的分化。呵！请曾琦先生们（我又说到曾琦了；这大约因为曾琦先生以提倡国家主义的首领自命，而拼命反对“劳动阶级”这件东西的原故）。恕我！我把资产阶级和劳动阶级分开了，这的确应得煽动阶级斗争的罪名。不过我看见中国社会内的确有资产阶级和劳动阶级的分化，你叫我不说出“阶级”这两个字来，我怎么能够呢？若曾琦先生们（呵！现在我再加说一句戴季陶先生们），施出茅山得过的法术，祭起遮蔽眼睛的法宝，那我倒可以眼不见，心不烦了，但是，这种遮蔽眼睛的法宝，还没见得祭起。我的两眼仍旧要发生效力。

劳动阶级能够真正爱国呢，还是资产阶级能够真正爱国呢？我们现在要把这个问题解决一下，虽然曾琦先生们和戴季陶先生们不高兴“劳动阶级”这个讨厌的东西。

九年前，我也曾同许多朋友们讨论过这个问题。当时大家差不多都以为中国处于半殖民地的地位，内有军阀的专横，外受帝国主义的侵略，不但无产阶级没有好日子过，就是资产阶级也感着不能伸腰抬头的痛苦，中国现象需要国民革命对内打倒军阀；对外打倒帝国主义，而国民革命在实际上是偏向于资产阶级性的，是资产阶级的革命；因此，中国资产阶级应在国民革命中站主力的地位，应比任何一阶级要勇敢些。谁知这几年来的经验告诉我们，中国资产阶级不但不能完成国民革命，不但不是国民革命的主力军，而且逐渐表现出自身之妥协性和反革命性。中国劳动阶级虽然是幼稚，虽然是力量不强，但在每一次反帝国主义和反军阀的运动中，都是出死力，都是站在炮弹的前线上。例如二七京汉路的流血，香港海员的罢工，广州革命政府对于反革命军阀及商团之平服，都足证明中国劳动阶级在国民革命运动中，是不可磨灭的力量，是一支主力军。尤其是在这一次五卅运动中，中国劳动阶级表示出自身反帝国主义之坚决的精神。

我们掉转脸来看一看中国资产阶级是什么态度。在二七工潮中，资本家与军阀及英国帝国主义者勾结一起，残杀无数的铁路工人。广州商团——中国资产阶级的军队，明目张胆反对国民革命政府，与反动军阀及帝国主义者相勾结。广州每一次反动军阀叛变时，所谓买办阶级无不唯力是视以辅助之。这一次五卅事件发生，资产阶级因一时的爱国冲动，为顾全面子起见，也罢了几天市，但是不久便慢慢妥协起来；还是开开门做生意，问你什么爱国不爱国，亡国不亡国，钱横竖是要赚的。上海的工人可以饿着肚皮继续罢工，而上海的资本家却不能少赚几个钱，多罢几天市；相形之下，谁个爱国，谁个不爱国，是显而易见了。

自从中国劳动阶级现身于政治舞台之上，一方面中国国民运动的力量大为之增加，一方面中国资产阶级却因之对于国民革命运动裹足不前，其惧怕劳动阶级的心理，比惧怕帝国主义者和军阀的心理要甚几倍。也就如俄国未革命前的情形一样：俄国资产阶级本很讨厌皇室帝制的腐败，思有以推翻之，但同时可恶的劳动阶级却蓬蓬勃勃起来了，似觉比皇室帝制更可恶十倍；这么一来，俄国资产阶级宁愿与皇室帝制妥协，而以为劳动阶级是一定要压抑的。中国资产阶级何尝不痛恨帝国主义及军阀的专横？但是罪恶滔天的劳动阶级起来喊什么“阶级斗争”，“共产”，“社会主义”……这么一来，可是把中国资产阶级吓得屎尿横流，连国都不要爱了！……亡国倒不要紧，赤化是万万不可以的呵！

资产阶级之所以抱如此的态度，其理甚明，所谓卑之无甚高论，资产阶级的生命是财产，因之它第一个责任，就是保护自己财产之安全；财产安全后，才能说到其它问题。资产阶级之所以要爱国，是因财产的关系；资产阶级之所以不爱国，也是因财产的关系。做亡国奴是可以的，只要财产不完全被损失；向外国人喊祖宗爹爹是可以的，只要财产得保障，倘若不亡国，而产却被人共去了，这如何使得！使不得，使不得呵！……国可不爱，而共产则不可不反对！

法国大革命本是资产阶级的革命，可是到了雅各宾党执权时，一般穷人闹什么面包问题，于是法国资产阶级不革命了，而跑向英德皇帝的面前求援助。俄国革命后，野蛮的劳动阶级把俄国占据了，于是资产阶级不要俄国了，连忙求英美各国政府援助，将俄国封锁起来，务使俄国不达于亡不已。广州革命政府要革命，而陈廉伯先生——商团的首领，却不惜卑膝赧颜向香港政府——英帝国主义的机关——为将伯之呼号。这究竟是什么一回事情？……国可不爱，而共产则不可不反对！

中国资产阶级思想界的代表，《醒狮周报》社的一些先生们天天直着喉咙喊国家主义，其实我们一看该报的内容，则反对帝国主义和军阀之处少，而反对共产党之处多；也许反对帝国主义和军阀，不过是他们的门面语，而反对共产党倒是他们的真心愿。曾琦先生（今日的曾国藩是也；鄙人恐列位不知，特此介绍）。说中国现受三种压迫：一、帝国主义；二、军阀；三、共产党。据他先生的言论前后看来，他反对帝国主义和军阀是一个陪衬，在他的心目中，共产党比帝国主义和军阀还可恨，所以应努力反对共产党。这么一来，所以《醒狮》反对帝国主义和军阀之处少，而反对共产党之处多了，这足证明什么呢？这是说，帝国主义和军阀还不大要紧，就是什么“全民革命”也在其次，我们应极力反对共产党，否则，我们的产被人家共去了，还说什么国呢？……国可不爱，而共产则不可不反对！

朋友们！我宽一宽你们的心罢！中国现在需要国民革命，并无无产阶级社会革命的可能；中国共产党也不主张现在就来共你们的产；又何必这般害怕呢？还是爱国要紧呵！等到帝国主义者和军阀被打倒以后，那时才想法消灭共产也不迟。

并非闲话[①]

一、先从反共产说起——反共产与吊膀子

"夫反共产与吊膀子，迥然两事也；以迥然不同之两事，而硬拉之为一谈，此岂非别扭而且不通也哉？……"在下本欲写将下去，好完成一篇美丽的古文，但重复回头一读，则觉着自己所写的几句文言，简直不成东西。既无"吾兄太炎"章士钊总长老虎口中的风格，又没有"克莱孟梭是吾师"曾琦先生老狮屁下的香味，而又欲自称之为美丽的古文，这岂不是不知自量，而犯狂妄的毛病吗？因此，在下写了这几句之后，就决意不再写所谓士大夫所崇尚的文言文了。好在我生为民国之民，不愿做及第龙门挂名金榜之想，就是做不好文言文，也没有什么大要紧，不算得一回丑事。

这是几句闲话，现在且说说"并非闲话"。

现在顶出风头的，要算反共产这位先生了！无论我们拿任何一种出版物来看，我们都可以找出反共产这几个字来，并且还有一些爱国（？）的先生们，不辞劳苦，精心致意地，专门办周刊杂志为反共产的鼓吹，如《革命（？）导报》、《醒狮周报》、《国魂》、《国光》、《独立评论》、《独立青年》及一些无政命主义者所出版的东西，几乎以反共产唯一的材料，倘若把反共产这三个字取消不说，那他们就不能下笔，好文章就做不成了！反共产有保皇党、无政府党、军阀、资本家、帝国主义者、国家主义者、文明绅士……但他们头上所顶的徽号虽不一样，而他们一口同声，义愤（？）填胸，热心反对共产是一样的。他们这一种联合战线，简直极今古之奇观！例如保皇党可以

---

① 载《新青年》不定期刊第3号、第4号，1926年3月25日、1926年5月25日。署名蒋光赤。

与无政府主义者相联合，文明绅士可以与帝国主义者相联合……五花八门，奇妙无穷，就是孙悟空齐天大圣下世，其所做出来的花样，也不过如此的奇特罢！生今之世，有观看这种从前大战所未有的联合战线之机会，岂不一件幸事吗？幸事，幸事，的确是幸事啊！

我于十分荣幸之中，发现了联合战线中之吊膀子的作用；这种发现虽然比不上牛顿对于地心吸力和安斯坦对于相对论的阐明，但诸位也不能加以小觑呵！即如我把反共产与吊膀子这两件事体拉在一起，就足能够使诸位吃一大惊，并且非同小可。不过在别一方面，我请诸位又不必过于惊奇，因为我所发现的这种吊膀子，说穿了，真是卑之无甚高论，没有什么可以令人惊奇的地方。

“你把反共产和吊膀子拉为一谈，这简直是胡闹！反共产为一事，而吊膀子又为一事，如何有拉得拢的可能呢？”

“反共产是政治上主义上的事情，而吊膀子则为男女间眉去眼来的事情，分明迥然性质不同的两件事情，而你先生居然拉在一起，而且当做文章做，这不是胡闹，就是莫名其妙，此外没有二话讲！”

“……”

我知道如此骂我的人一定很多，但在我未将我的理由说出来时，我认为这种骂是合理的。现在且说一说反共产中吊膀子的作用究竟是什么一回事：

你们大家都知道鼎鼎大名的，以社会党首领而兼复辟党大将的江亢虎先生罢？他不是被段祺瑞聘请为善后会议的会员么？他的这个善后会议的会员从什么地方得来的？段祺瑞请他在善后会议中宣传社会主义？他是被人民选举出来的？不，不是呵！他的这个善后会议会员的地位，是用吊膀子的手段得来的。你们大家当然都知道段祺瑞痛恨共产主义并不亚于曾琦、张作霖或英美日帝国主义者。江亢虎先生冒着社会党首领的资格，极力陈述于段祺瑞陛下之前，表明自己是反共产的大将，段祺瑞龙颜大喜，遂说：“好宝贝！你反对共产吗？这真是我的好小子呵！虽然你冒着社会主义的招牌，但这不要紧，只要你反对共产就可以了。来，来，我娶你做一房小老婆！”于是，呵，于是江亢虎先生就摇摇摆摆地进了善后会议大厅，备尝荣宠之味了。这不是反共产与吊膀子联合一起么？

论起主义来，则保皇主义与无政府主义算是极相反对的了。照逻辑学来说，凡相反对的东西当然是不会相联合的，但是现在世道变了，逻辑先生之道不行，不能再施行自己的法力了。保皇党偏偏能与无政府党联合战线，保皇党报纸的社论，无政府党可以为之执笔。这也许是达尔文进化论是真的罢？

什么东西是都可以进化的，都可以改良的，大约现在的保皇主义变成为改良的保皇主义了，无政府主义变为进化的无政府主义了。在下学识浅陋，对于改良的保皇主义和进化的无政府主义，没有深刻的研究，不敢多有所批评。不过他俩既然能联合战线了，这联合的中间必定有一条牵线，使他俩有联合的机会。

于是在下虽非天才，然由精心寻找之所致，遂发现这条牵线，是“反共产”这位红娘。张君瑞向莺莺送一秋波，悄悄地说一声反共产；莺莺也就点点头，嫣然一笑，柔媚地说：“我的心意同你的一样，你真是我的如意的郎君呵！……”这么一来，诸位，保皇党与无政府就鱼水合欢了。

这种新式的吊膀子，实在是时髦第一，到处风行。陈炯明叛变革命政府时，不曰自己是反革命，而曰自己是反共产，借此可以送秋波于香港，吊膀子于北京。张胡子、吴秀才、李景林、孙传芳……哪一个军阀的通电上，不标明自己是反共产的大将？他们为什么要这样肉麻呢？这件事情很明白了，欲得帝国主义者的欢心，就不得不秋波一大转，而反共产一口号，于是成为吊膀子的工具了。

至于现在专门办周刊杂志鼓吹反共产的一些先生们，虽然蒙着什么什么主义的假面具，但在实际上，又谁知他们不是借着反共产的莺喉，而是博得军阀和帝国主义的宠爱呢？

呵！反共产与吊膀子……

二、谁个主张在现在中国就共起产来？

“夫共产主义乃一极好之理想也，然无实行之可能；若有人不问社会之实际，而冒然胡行共产主义，则吾人必极端反对之也！”文明的绅士文质彬彬地这样说。

“共产主义实行之日，即中国亡国亡种之时，故共产党较军阀与帝国主义者尤为可恨！”国家主义者板起爱国的面孔，大声急呼地这样说。

“今日之中国乃实行三民主义的时候，共产党主张阶级斗争，实行共产，于国民革命本身上有绝大的妨碍。”国民党右派冒着中山先生的招牌，张着反共产的专门特口，像煞有介事地这样说。

“不得了了！不得了了！我们的财产好容易用许多精力赚得来的，共产党要来共我们的产，这还了得！我们非拼命不可！”一般资本家、商人、地主……惊慌失色地这样说。

“共产之祸过于洪水猛兽，赤化之徒实真害国殃民……”军阀在自己的通电上，布告上，口头上，摆着为国为民的架子这样说。

对不起！对不起！我现在又要摹仿两句八股式的文笔，做为以上的结论：“甚矣哉；共产之为害也！国家主义者、资本家、国民党右派、军阀以及文明绅士诸先生，咸以共产为隐忧，甚有饮食不安之大虞，呜呼！共产之为害甚矣哉！”唉！糟糕！这几句又被我写得牛头不对马嘴了！幸亏科举制度未恢复，不然，我一辈子连个秀才也中不了，又怎能像曾琦先生有中状元的希望呢？

举国汹汹，众口啧啧，就同共产的大祸要临头的样子，说不定明天，或后天，或再过一个月，中国共产党就要大共产起来。小子不敏，但对于共产一端，自问也甚为注意，虽不敢自夸为赤化之流，然却深恨白化之人（读者注意！这几句文不文，白不白，真是有点不通罢？不过我说的并非闲话，请读者勿以辞害意！）我想，中国共产党主张现在就共产与否，这是中国共产党自己知道，非他人所得乱为推测。于是我搜集中国共产党所刊行的出版物，寻访中国共产党党人，研究一研究他们是否今天或明天或后天就要实行共产起来。但是没有一种出版物和一个共产党人对我说过，他们现在就要共起产来。他们都似乎说：“中国现在还未到可以共产的程度；我们现在首先的工作是打倒帝国主义和军阀；我们现在虽然从事共产主义的预备，但现在并不主张就共起产来。”我真莫名其妙了！究竟谁个主张在现在中国就共起产来？中国共产党本身既不主张现在就共起产来，那末，可见得今天，明天，后天，或再过一个月，不至于发现共产的恐慌了。为什么出过洋的国家主义者、学问过人的文明绅士们，也跟着军阀、资本家、地主，……吓得屎尿横流，大喊反共产不亦乐乎呢？这些先生们放着国不出爱，放着“外抗列强”不去做，放着“内除国贼”不去行，而天天以反共产为做文章之资料，为自身唯一之天职，这岂非浑蛋也哉？

“不！不！你先生说错了！他们并不是浑蛋：第一，他们以为共产党比军阀和帝国主义者还可恨，国可亡，而共产则不可实行；第二，反对帝国主义者则必受帝国主义的忌视，反对军阀者则必受军阀之摧残，这都是危险的勾当，为智者所不为；智者既不愿冒险反对帝国主义者和军阀，而同时又何乐而不反共产以吊‘帝’‘军’之膀子，反正他们被警察巡捕赶在‘地底下’，无如我何，于是就得到了这个反共产的题目；这个题目比一切都容易做，真是一可以借之以出风头，二可以借此摆摆中兴名将的架子。先生！你想想，这是多么聪明，如何能说是浑蛋呢？”

呵！原来是这么一回事！呵！原来是这么一回事！

三、过去的人

有一天我在W君处，无意地遇着了胡适之博士。我本与他不认识，这是我第一次与他见面。当W君向我介绍，说他是胡适之博士时，我觉着很幸福，因为我虽久仰大名，但从没有识荆的机会，今于无意中遇见了，当然是万幸之至了。不过很奇怪，在欣喜之中，我又暗暗地感觉我们之间，横着一道巨大的鸿沟，并且是很难于掩平的。我仿佛遇见了一个人，能够令我心中隐隐地发生怀疑，悲哀，忿恨，种种的情绪：

难道这就是六七年前新文化运动首领的胡适之？难道这就是六七年前活泼泼的维新人物？……好一副聪明的面孔！好一个不愚拙的头脑！但是他说青年爱国的运动是胡闹，泰戈尔不应为激烈分子所反对，帝国主义是不存在的，最近又说什么反对文化侵略是无理的举动……是思想的落后呢，还是他已跳出新的范围，而甘心倒入旧的怀里，以遂其升官发财的迷梦？可惜！可惜！但是人各有自己的路，人各有自己的愿望，这是没有办法的呵……

胡适之博士，在六七年前，曾受过我的崇拜的。那时的他是主张白话文的，而我是欢迎他的主张的；他是反对旧礼教的，而我却与他更同意，于是他成为我所崇拜的人了。但是我的年纪渐渐大了，知识渐渐长了，感觉渐渐繁杂了，因之要求也就渐渐多起来了；我不但要实行文字革命，并且要建设革命的文学；我不但要废除旧礼教，并且要废除一切不平等的人们间的关系。可是六七年来的胡适之呢？一年一年地过去了，而胡适之还是站在一块地方，一点儿也不向前移动，或者一天一天地渐渐有退后的趋势。他有时竟公开反对一般向前进的新青年，不幸我又是新的青年中之一个，于是我俩的距离相差日见其远，于是我俩中间横着一道不可掩平的鸿沟。但是他，究竟是我从前所崇拜的人，我不得不对于他有点可惜的心情，虽然这种可惜的心情是为他所不愿意领受的。

现在中国社会阶级的分化，实在已经是很明显的了。资产阶级所要求的是美国式的民治，这种民治是胡适之博士始终所主张的，完全属于政治的范围，而生怕一谈论到经济的组织。至于劳动阶级呢，虽然对于民治也很热心，但根本所要求的，却是经济的解放。五六年前的中国社会，所谓阶级的文化，还不十分明显，因之大家所要求的，还不见得有什么差异；可是近几年来的中国社会完全改换了面目。所谓知识阶级这个东西，名目上虽然是思想界的代表，事实上是要依附于其他阶级的。知识阶级本不是整个的东西，有的有升官发财的希望，于是就跟着资产阶级走，为资产阶级财产的辩护士；有的没有升官发财的希望，或对于被压迫者抱深切的同情，于是就跟着劳动阶级走，促进革命的运动。当胡适之博士提倡新文化运动的时候，那时因为中国社会还未表现出阶级的分化，所以那时的知识阶级的要求和口号，几几乎都是一致的；但是现在呢？现在阶级分化的现象已到很明显的地步，革命的浪潮不但增高了政治的意义，并且增高了经济的意义，此时大家没有再含混的可能，不得不把社会的面孔拿将出来，于是中国的知识阶级便分道扬镳了。

这实在没有办法！倘若谁个走入了反革命的道路，便就你硬拉也拉不过来，除非他自己有了觉悟。胡适之博士现在的行动和言论，真令我们要断定他陷入反革命的深窟了。他自己是不是要反革命？是不是在做升官发财的梦？是不是要自甘落伍于新青年之后？是不是？……我们不得而知，并且没有知道的必要。我们只要看着他的行动和言论，是否有反革命的趋向就得了，还问他什么动机呢？也许他太中了美国毒，也许他要升官发财，也许他现在相信自己的行动和言论是对的……

革命的浪潮也不知吓退许多人，把许多人抛到落伍的道上去，也不知送了许多人进入过去的坟墓，加了他们一个死去的冠冕：胡适之博士不过是其中之一个人罢了！

四、诗哲，新中国与打倒帝国主义

“……但如其有人拿一些时行的口号，什么打倒帝国主义等等，或是分裂与猜忌的现象，去报告罗兰先生说这是新中国，我再也不能预料他的感想了”。这一段是诗哲徐志摩先生在《晨报》上介绍罗曼·罗兰先生时所发出的感慨。有趣的鲁迅先生在《语丝》上，对于诗哲的这种感慨，说了几句话：“他住得远，我们一时无从质证，莫非从诗哲的眼光看来，罗兰先生的意思，是以为新中国应该欢迎帝国主义的么？诗哲又到西湖看梅花去了，一时也无从质证。不知孤山的古梅，着花也未，可也在那里反对中国人‘打倒帝国主义’？”

照着诗哲的意思，罗兰先生是不赞成中国人打倒帝国主义或者在欢迎帝国主义的运动中，新中国才有成立的希望，不然，为什么要说这一段话？为什么要发这样深的感慨？

在诗哲的眼光中，什么打倒军阀，什么打倒帝国主义，什么救国……都是一些无理的举动，因为这些与诗的哲学太相反背了。诗哲大约从没说过救国等等的话，更不愿意听什么国民革命，社会革命，阶级斗争等等的口号——诗哲当然是要这样做，因为诗哲的责任在歌咏花月，在赞颂自然，在神游于美丽之宫，在徘徊于象牙之塔，除此而外的事情，与诗哲没有什么关系。只要将自己诗哲的责任完成，还问什么亡国不亡国，做亡国奴不做亡国奴呢？你看印度的诗哲泰戈尔，无论印度如何受英国帝国主义的压迫，无论自己的同胞如何在水深火热之中过生活，无论亡国奴的名词光荣不光荣，他总是优哉游哉，自做美妙神秘的歌吟，这岂不是一个很好的例子吗？现在我们中国也万幸产生了一个诗哲徐志摩先生，与印度相比美，照理，我们是应当引以为光荣的。为着不妨害诗哲的歌吟起见，我们应当欢迎帝国主义，取消打倒军阀等等的口号，什么反抗的运动都不要做了，如此，新中国才可以产生，诗哲的心意才可以快乐。就使段祺瑞怎么样杀北京的学生，日本军舰怎么样轰击大沽口，南京路怎么样溅满了血迹，日本资本家怎么样枪毙中国的工人……这都可以置之不问，因为这是不合乎诗意的呀！呵！美妙的诗意……

不过，我还有几句话要说。徐诗哲在感慨之余，似乎深引罗兰为同志，以为罗兰先生的思想、行动、言论，是和自己一致的。可是就我所知道的罗兰先生，几乎与徐诗哲所想象的罗兰先生完全两样。我以为徐诗哲引罗兰先生为同志，未免是“认贼作父”了。我们且不言徐诗哲的思想是否是新中国的代表，看看罗兰先生到底是一个什么人物。就我所知道的，罗兰先生的虽然慈软，虽然还缺少坚决的果断性，虽然还未曾大声疾呼鼓吹用武力反对强权阶级，但是他的确是旧世界旧欧洲的敌人。他说，旧欧洲在不净的、闷塞的空气中呼吸着；他又很热烈地祝贺每一次他革命的运动；他又说，凡自由陷于危险的地方，都是我的祖国，都是我的生长地。当苏维埃俄罗斯初露头的时候，一般资产阶级的诗人、学者大肆其咒骂，以为俄罗斯的文化要消灭了，可是罗兰先生首先向苏维埃俄罗斯表示敬礼，以为新俄罗斯是人类解放的根据地。这么一来，似乎罗兰先生的思想有点与徐诗哲的诗意不合了；岂但不合，而并且是走的完全相反的两条路！如此，为什么徐诗哲能引罗兰先生为同志呢？这是不是因为诗哲想入非非了？这是不是因为诗哲心自中的罗兰先生变化了？或着法国有两个罗兰先生？诗哲知道的是一个，而我所知道的又是别一个？在下学浅识陋，不敢自下断语，爱遍访名人，问问法国有几个罗兰先生，可是大家都答应过，法国只有今才做六十寿辰的一位罗兰先生。

唉！奇怪！

我也佩服罗兰先生，但我所佩服的不是主张新中国应欢迎帝国主义的罗兰先生，不是赞同中国民众永远要受压迫的罗兰先生，而是为人类解放奋斗的罗兰先生，而是表同情于被压迫群众的罗兰先生。

但是我要向徐诗哲告罪：我所佩服的罗兰先生实在不合乎诗哲的诗意！

五、马克思逃出文庙

我现在下笔写这一段文字，是一篇小说呢，还是一则并非闲话呢？连我自己也不知道。不过自从郭沫若先生提出马克思进文庙一个问题来，我粗笨的脑子也实在为着这个问题想了几次，想的结果不是马克思能进文庙，或是马克思不能进文庙，而是马克思进了文庙又逃了出来。

话说孔老夫子因为尊敬自己的人们太多了，并且大家尊敬的心意都是很诚恳的，为着联络感情起见，遂在自己的文庙里大张筵席，延请门下的信徒，并欲借此机会大讲其道，以期教化人民。凡是孔子的信徒，这一天都可以赴会，这一天赴会的人非常之多，五色人种，六花八面，样样俱全，无奇不备。有些头带红缨帽，身着马蹄袖的黄袍，手里拿着旱烟袋，大摇大摆的躬着腰，据说这是从保皇党同盟会来的，为首的是一位康圣人。有些穿着威严的军装，腰下系着指挥刀，竖眼横睁，不可向迩，据说这是督军团的代表，为首的是张宗昌、吴佩孚。有些小辫子拖得很长，然穿的不美，走路斯斯文文的，据说这是三家村的冬烘先生，为首的是李静齐（？）罢，我可是说不清楚了。有些穿着洋装的少年，也有穿着很时髦的，中国装的，像煞有介事地举着“内除国贼外抗强权”的招牌，据说这是国家主义青年团的健将，为首的是会什么东西，有陶其情跟班。还有一位先生算最出色了，他背着一座孙中山的铜像，累得汗流浃背，杂在众人的中间，挤也挤不动，呈现着怪可怜的样子，据说他是戴季陶先生，不远千里把孙中山铜像从世界公园背到此地，说起来，他也可算是热心之至了！

孔老夫子派子露为招待，因为他善于词令；派颜回为司礼，因为他文雅；派子路为童子军队长维持秩序，因为他有勇。宾客到齐，大家都在文庙的大厅中坐下；孔老夫子坐在上边，正一正衣冠，端然而起立，向诸信徒致词道：

“今天我请诸位来，为的是联络联络感情，并欲就此机会请诸君努力奉行吾道，同心同德地做将下去，以维持斯文不至于堕落……”

孔老夫子话还未说完，带红缨帽的康圣人起立说道：

“吾师之道首在君君臣臣，弟子深明是义。今者幼主失位，国无正君，共和乱闹，邪说横行，弟子虽有保皇之心，而无保皇之力，为之奈何?!”

督军团的代表张宗昌不问康圣人的话说完了没有，便傲然高声地说道：

“老夫子！说起来行道的话，我真是你的好学生！我禁止白话文，我提倡读经，我捉拿过激党，我枪毙了许多不良分子，……你看看我是不是行你的道呢?”张宗昌将自己的功劳表说了一大篇，但还没有说到的，如拿地盘，横征暴敛，害民卖国等等。

国家主义者曾某听了张宗昌的话，似觉又表示欢迎又表示反对的样子，欢迎的是他的捉拿过激党的行为，的确是合乎国家主义的意思；反对的是张宗昌也犯有国贼的嫌疑，倘若国家主义者要贯彻内除国贼的主张，那当然是要反对张宗昌的了。但是张宗昌与曾某总还有一半同志的关系，所以当时并没在孔老夫子面前，说什么难堪的话。曾某开始说道：

“吾师乃我们国家主义者的先进；吾师尊王攘夷，这与我们的外抗强权的宗旨相符合；诛少正卯，这与我们的内除国贼的宗旨相符合。惟有我们国家主义者才真是你的信徒!”

“放屁！难道我张宗昌不是夫子的信徒吗?”张宗昌听了曾某的话不觉勃然大怒，以为曾某太抬高了自己，看不起督办大人了，竟欲上前来打曾某，幸亏子贡哓三寸不烂之舌，废了好大的工夫，才把他安慰住，没有闹大乱子。这时孔老夫子坐在上边，只是皱眉，似觉没有办法的样子。最后，戴季陶先生见着大家都说完了，于是从大殿左边谨谨慎慎地背着孙中山的铜像，走到孔老夫子面前，先鞠一躬，然后说道：

“夫子承尧舜禹汤文武周公之道统，中山先生承夫子之道统，而我今又承中山先生之道统……”

戴季陶先生刚说到此，大厅中忽进来了一位卷胡子长发的老头儿，原来是无产阶级的领袖马克思。马克思久已要与孔子谈谈，交换交换意见，又巧郭沫若所谓四个抬轿子的把他抬进文庙时，正值这次大宴会。他进了文庙的大门，投上了自己的名片，说明自己来文庙的目的，招待员子贡也就把他引进了大厅，恰好这时正是戴季陶说话的时候，忽然大殿中左边有人喊道：

“你是什么东西，要来继承夫子的道统呀？你是推翻皇帝的革命党，你是国民党，……滚出去！我们孔教徒是尊王攘夷的，你那国贼孙文搬了一大套法国、美国、德国、俄国的邪端异说，扰乱华夏……混蛋，该当打进十八层地狱，还说继承道统，真是胆大无耻!”这时大殿上哄哄乱响，人声嘈杂，也辨不出是康圣人的声音，还是曾贤人的声音，何况一班圣贤的跟班小子也在廊下大打大吵。

“打，打，打……”

“打，打，打……”

“孔夫子是我们的!”

“放屁！是我们的……”

“打，打，打……”

于是顿时喧嚷起来，大厅中打得一塌糊涂，也不知谁打谁。这时孔老夫子急得没法，只是喊大家莫要争打，但是谁个也不听他的话。本来是请大家赴宴的，但酒席还未吃成，大家先打起来了；本来是要解释道统给大家听的，但道统还没有解释，大家先为着道统争得不可开交。当童子军队长的子路虽然有勇力，但是到此时，无论如何，秩序是维持不住的了。马克思本想同孔子谈谈，但一进大厅，即见着众信徒为着争道统打起来了，他弄得莫名其妙，以为大家闹出了什么大的乱子，于是连忙逃出文庙，不敢留停一步。走到庭中一看，四个沿途高唱礼运大同的轿夫早已被人打得跑了。没得法子，只好丢下空轿子急步快跑，心想不好：从中国到德国几万里路程，没轿子步行怎能去得，打算也再找几人同伴回去，买座轿子轮流坐着抬着好些。马克思正在想着，信步行来，已走了一里多路。抬头一看，原来是火车站。马克思道：原来如此，此地亦已发生了资本主义，难怪文庙里也起了阶级斗争。说完，他便乘了资本主义的火车到处找中国无产阶级来解围，他心想只有一法：请孔老夫子和这班种种色色的徒子徒孙上天堂，省得在人间骚扰不清。

不得已答复长虹几句话[①]

我对于现代一般青年作家，都抱着有相当的希望，而我对于什么“狂飙运动”的长虹，则觉得其无聊。这并不是因为骂了我两次，我就说长虹不好，而是因为他骂的太无道理，太如疯犬乱吠的原故。一个作家当然应当领受别人对于他的批评，倘若这种批评是合乎批评的原则的，是属于善意的，是立在中正的态度的上面的，但是长虹两次骂我的文章，读者自己能看出是什么一回事情，读者自能断定长虹是一位无理谩骂的先生。他第一次在《弦上》骂我，把我列入汪精卫和冯玉祥一块，读者们，你们说这是不是怪事！我读了他这一次的文章，我简直不能乱断定长虹有没有疯病；或者他竟把我蒋光赤当成蒋介石了。若如此，那真是要使我笑得肚痛！第二次在本刊上骂我，引了我几句诗，就说我根本不配谈诗，根本不配同情于被压迫民众，真是荒谬绝伦。令我笑也不好，气也不好！到这一次，我真敢断定他是莫名其妙的，一位无聊的先生！现在他在《狂飙》上又断定我的诗“不是诗，更无论乎革命诗”，更不得不令我惊异他的狂妄！一个作者本不方便拿起笔来为自己的作品辩护，自称自己的作品是如何的好，但我现在不得已向读者说一句，我的诗虽然不大好，但总还是诗罢，萍水君的一篇文就可以做为例证。我真不愿意为无聊的争辩，我更不愿意与似乎有神经病的长虹争辩！我这一篇文本可不写，但因为恐怕读者误会我不与长虹争辩的意思，不得已才勉强说几句话。至于长虹有没有嫉妒的心意，长虹的作品好不好……我现在不愿意问及，因为我一不是心理学家，二从没读过他的大作。当我去年在北京时，曾在《莽原》上一次读过他的几行未来派的长短句，但即刻就丢下了，因为无论如何没有读下去的兴趣。现在我也没有工夫再搜集他的“诗”的作品。近来因为

① 载《幻洲》半月刊第1卷第8号下部《十字街头》，1927年1月16日。署名蒋光赤。

结婚不久的老婆死了，弄得身心不快之至，什么文章都懒做。现在只努力读外国小说。细心收集一些零碎的材料，规划要动手的一长篇小说的结构，此外什么事都不做，长虹劝我译一些俄国著作，我现在也在打算这件事情。我想译几篇文学批评的文章，使一般不懂批评为何物如长虹其人者，好得点批评的观念，以免蹈无理谩骂如同狂吠的毛病。此外，我还声明一句：以后长虹无论有如何关于我的文章，我皆置之不理。

一九二六，一二，二六，于上海。

鸟笼室漫话[①]

我现在的住处是一间狭小如鸟笼子也似的亭子间，除了一张床，一张书桌和两堆破书外，可以说什么布置都没有。我无以名之，名之曰鸟笼室。在这其间所说的漫话，也就名为鸟笼室漫话。

一、王独清的转变

一九二八年在中国文坛上真是可纪念的一年。平静的中国文坛，到了这一年，突然掀起了一大波浪。我们不但看见了新兴作家的崛起，并且看见了旧作家的转变。所谓转变运动，把一九二八年的中国文坛，添上了许多光彩。这种转变运动固然自有其经济的，历史的，社会的背景，然而这是批评家的事，让批评家去把它指出罢。

最使我注意的，那是创造社两个诗人的转变。冯乃超以一个“凋残的蔷薇恼怒了我……”萎弱的歌者，忽然提高了喉咙，做起来了剧烈的反抗的呼鸣。虽然他还没有呼鸣出来为他自己所愿望的那种革命的作品，但是只有他的心地坦然的努力，值得我们抱着无涯的敬佩。

王独清是一个世纪末的诗人，充满了颓废的色彩。醇酒，妇人，死亡……这是他唯一的题材。谁个能够料到这种病态的歌者，一变而为革命的叫号者呢？无怪乎《十二月十一》出来了之后，给予了读者以非常的惊异。但是这本书不过是作者转变了的证据，而不是作者给予革命的优越的礼物。革命虽然为我们的诗人所接受着了，然而它的实质似乎还没有为我们的诗人所完全了然。

① 载《海风周报》第4号，1929年1月20日，署名魏克特。

革命不仅只是噬噬噬，革命不仅只是火火火，革命还有其更深一层的底里。作者太过于看重了革命的表面，因此我们在这一本书中，所得到的也只是表面的印象而已。……

但是这一本书只有其历史的价值。它不但是作者个人转变了的证据，而且是旧文坛破坏了的时候，一部分旧作家走入新的战线的证据。我们对之只有庆祝，庆祝，庆祝而已！有了这一本书以后，我们就有权利向作者要求更深一层的进展，作者将何以回答我们的要求呢？

二、顾仲起的自杀

听说青年作家顾仲起自杀了。我们虽然还不能确定他真地是自杀了，但是我们却能说，在现今的这种黑暗的时代，若顾君真是自杀了，那是毫不足奇的事情。

在这种黑暗的时代，到处都是残忍，压迫，欺骗，卑污，到处都是令人恐怖的环境。在这种环境里，对于自爱的，有良心的青年，只有两条路：一、努力奋斗下去，积极做破坏现制度的工作；二、消极逃避，将自身毁灭，即所谓实行自杀。意志坚强的青年，现在多半走着第一条路，也许终久可以达到胜利的目的。若意志稍微软弱一点，那就不得不自杀了，因为既不能继续反抗黑暗的势力，又不能投降于敌人的营垒，那么除了自杀，还有什么路可走呢？

顾仲起走的是第二条路。

关于他的作品，我只读过《太阳月刊》上的一篇《献给我的爸爸》。我虽然没读过他的其它的作品，但是我已经知道他是怎样的一个青年了。他的命运如现代很多的青年所经受的一样，是一个从旧社会里逃跑出来的叛徒。他是一个思想很激进的青年。不过这两年来，中国社会起了剧烈的变动，光明的浪潮虽然有一度的高涨，但是黑暗的魔力却终于变本加厉。它也不知道打退了多少意志不强的青年！我们的青年作家顾仲起君，起初是黑暗的抵抗者，现在因为抵抗不住了，只得找一个简便的逃避的路径自杀。于是他自杀了……

这不过是概括的原因。此外当然还有许多为我们所不知道的具体的事实，逼他一定要走入自杀的事实。听说他失了恋，受了女子的欺骗；又听说他的经济状况是非常地困窘。如果这些是使他自杀的原因，那么我们就要问一问，顾仲起的自杀到底是谁个的罪过呢？

是骗了他的那个女子吗？

是向他逼着要房钱的房东吗？

是向他逼着要饭钱的老板吗？

这都是枝叶问题。在现在爱情以金钱为转移的时代，所谓恋爱问题，无论如何不会有圆满的解决，尤其对于穷小子如顾君之类。在现在以私有财产为神圣的时代，当然更不能去责备那面目狞恶的债主。

然而顾仲起，我们的青年作家，是自杀了，这是谁个的罪过呢？……

若政治没有光明的一天，那么这种悲剧是永不会停止的。

鲁迅先生[1]

我近来因为要执行白木先生（即鲁迅先生的令弟周作人先生）对我的劝告，所以什么论文都没有做，只满脑子想一些如何创作的事情。承白木先生不弃，说我还可以做小说，应好好做将下去，不愁无成就之日。那我小子虽不才，又何敢（违）白木先生的这番褒奖？近来计划了许多部长篇小说，虽然不知何年何月才能写将出来。但这在表面上看来，的确与白木先生的期望相符合。也许我近来专门想做小说，而无心思去写些什么论文，还有别的根本的原因，但我现在很愿意说，这原因是由于要执行白木先生的劝告。不过我要声明一句：白木先生说我做论文，是因为我要和成仿吾先生到修善寺去，那的确是太不公道的事情。我既然没留过东洋，而且也从不晓得修善寺是一个什么所在，如何会有这种非分之想呢？据白木先生说，这修善寺是日本顶阔绰的地方，只有资产阶级才可以到那儿去观一观光，穷小子是没有份了。我，不瞒白木先生说，是一个顶刮刮的穷小子，既无资本，又无鲁迅先生之两万多元的版税，当然不会跟成仿吾先生到修善寺去。因此，这关于到修善寺去的事情，我只能眼睁睁地看着成仿吾先生去开心；如果鲁迅先生愿意的话，那我也愿献点殷勤，把这个资产阶级的玩意儿介绍于他。我想，这也许是为他所愿意的罢。有了这样多的版税，不去开开心，那么干吗呢？难道死了能带到土里去么？鲁迅先生较他的令弟对我要亲切些。他居然毫不客气地把我的名字改为“光X”，并且他同皇帝也似的，将我挂了帅，这真是令我惶恐无已，而且又感恩不尽！我想，只有从前的皇帝才能赐给臣民的名和姓，现在鲁迅先生所施给我的，的确有皇帝的风味。他将我挂了帅，这的确是等

---

① 载1929年1月5日的上海《海屋》（半月刊）第1期，署名为“蒋光赤”。安徽滁州市文联吴腾凰提供。

于皇帝的明证。鲁迅先生虽然没曾真正做过皇帝，然而鲁迅先生的行动，的确不得不令人想到他是一个皇帝。古来有一个“素王”的名词，这是指着孔老夫子而言的，也许我们的鲁迅先生就是素王之类罢。我无功而受禄。得了素王的这般圣惠，真是感激得哭也不是，笑也不是。也许这是前生的造化罢。鲁迅先生的令弟不过劝我好好地做小说，而鲁迅先生竟这样地优待我，既改我名而又挂我以帅，真是皇恩浩荡了！闲话少说，书归正转。编辑先生迫不及待地向我要文章，我实在是无以报名。我答应给他一篇小说罢，但是小说的稿子还在肚里，不知什么时候才能生产出来。我答应给他一篇论文罢，但我又生怕违背了白木先生的劝告，而且在这个年头儿，说起论文来，实在不大容易做：提倡革命文学罢，说不定白木先生又要把我送到日本修善寺去，为成仿吾先生当差；反对革命文学罢，说不定一般青年要骂我混蛋，要群起鸣鼓而攻之。唉！实在为难的很！说一点别的事情罢，可是我是一个干文学的人，对于别的事是外行，实在是无从说起。想来想去，没有办法。不得已时，只得把鲁迅先生当一个题目，瞎扯一炮，草草完篇。这既不是论文，又不是小说，请读者自己规定它是哪一类罢。话说鲁迅先生乃当代文豪，弟子满天下，真是无人不知，无人不晓。新文学运动以来，这第一把交椅，为大家所公认，毫无疑义地属于他老先生。这一由于他老先生对于中国文学的确有点功绩，可以说是文学界的老前辈；二也由于他老先生德高望重，为其他一些后生小子所不及。在 1928 年以前，鲁迅先生俨然是文坛上的素王，梁山泊上的大哥。大家对于他只有恭敬，而无诋毁；只有赞仰，而无反抗。他真是文学界的先导，思想界的权威，有谁个敢放一个屁，说一个不字！不料人心大变，大变人心，在 1928 年春天出版了几种杂志，竟公然向鲁迅先生发些不敬的言词，说他的思想已经落后，说他看不清什么时代。这不禁令鲁迅先生发老火，大肆咆哮。这时小子我在旁边看得甚为清楚，虽然赞同那几种杂志的大部分主张，以为它们是时代的必然产物，但对于鲁迅老先生，却也不能忘情。这一因为我对于他还怀着一点好感，因为在这以前他还是有点革命性的，而且他在文学上有相当的功绩；二因为他老先生上了年纪，是受人恭维惯了的，若操之过急，说不定他要发起老火，一至于不可收拾。我们应勉力抱一点周作人先生的态度，和平的、中庸的、慢慢教的态度，果然不幸鲁迅先生发了脾气，不管三七二十一，便一塔刮子向革命文学反攻起来。他由攻击革命的提倡者而攻击及革命文学，由攻击革命文学再攻击及革命的本身，并宣传着说，革命与文学是根本不相容的，这令我暗暗为鲁迅先生叫苦：这样大的年纪，现在居然失了理性了！有人说，这是由于他的小资产阶级的、个人主义的劣根性所致。我不是一个社会学家，不愿追究到这一层。也许他的根性是恶劣的，但是我不愿做如此想。我呢。在文学史上是他的后辈，在威权上是差得十万八千里，在年龄上他比我大一倍，如何敢对德高望重的他有所非议?！所以我自来也就没做文章来骂过他——这固然因为我素来不好骂人。但我实在为他惋惜。偌大的年纪，何苦来要这般生气！未免太小孩子脾气了！以德高望重的鲁迅先生应多向理性方面探讨，而不应任着感情做事。鲁迅先生是有很好的历史的，正不必斤斤为自己的地位而争辩。一个著作家不接受社会的批评，而只哓哓为自己掩护，这是很不好看的事情呵！如果社会还需要鲁迅先生生，那鲁迅先生的地位谁个也动摇不了；若社会已经不需要鲁迅先生了，那鲁迅先生又何苦这般劳而无益呢？平心而论，鲁迅先生总是可敬佩的，尤其是我应当敬佩他。他译了《新俄文艺政策》，又在译鲁纳卡尔基的《新艺术论》，或者又译了许多别的关于新俄文学的东西。这的确是一个很大的功绩。我是一个懂俄文的人，所译的东西在什么地方呢？混蛋！惭愧！所以我尤其要敬佩鲁迅先生！我很愿意这样想：鲁迅先生生近来一切谩骂革命文学的言论，只不过是发了脾气而已，并不是真心地要反对革命文学。不然的话，那他又为什么翻译这一类关于革命文学的著作呢？为着赚钱吗？鲁迅先生不缺少这几个钱用，而且译别的书也是可以赚钱的，只要把鲁迅两个字写在封面上。那么，他到底是为着什么呢？一方面拼命地反对革命文学。一方面又拼命地介绍革命文学的理论。这岂不是发痴吗？这岂不是令人莫名其妙吗？我现在这样的假定着：鲁迅先生反对革命文学，这是他已经落伍了的表示；翻译关于革命文学的著作，这是他一息尚存，还不甘于落伍的表示。有两个鲁迅，一个是向下的，一个是向上的，现在正是这两个鲁迅争斗的时期。我怀着十二万分的热烈的希望，希望那个向上的鲁迅能够战胜！唉，乱七八糟，扯了这一大片，现在权且收住。这一回所说的书是淡而无味，诸君耐性一点，也许鲁迅先生接着就要亲自上台呢。

《十月革命与俄罗斯文学》小引[①]

俄罗斯革命后的文学究竟是怎样呢？一些爱文学的朋友，老朋友或新朋友，总是要向我发这一个问题，这一因为我在俄国住了几年，二因为我又是治文学的。我久想把俄罗斯现代的文学介绍一下，给国内文学界得一个大概的观念，可是想总尽管想，而动笔却不动笔，这或者是因为我惰性太深罢；但在事实上，我实在没有找到多做文章的机会。

我很知道介绍新俄罗斯文学是必要的。对于杜格涅夫，朵斯脱也夫斯基，郭哥里，托尔斯太，柴合甫，或对于哥尔基，大家都知道一个大概了，知道他们是俄罗斯的伟大的文学家；但是他们都久已死了，都成为过去的了，虽然哥尔基还生存着，还在继续着从事文学的著作，但是他已经老了，现在已经不是他的时代了。

现代新俄罗斯的文学到底是怎样呢？

我以为这是大家，特别是爱好文学的人们，急于要知道的。我久想译几部新俄作家的作品，使国人知道新俄罗斯文学与旧俄罗斯文学的异同，但是我又要说我从前所说的话了。我总没有动笔：这一因为我疏懒，二因为无工夫，三因为我不高兴翻译，虽然我相信我自己还有点翻译的能力。但是我想，我到底有介绍新俄罗斯文学的义务，虽然我对于新俄罗斯文学也没有多大研究。现在我就将我所能写得出的，写与对于新俄罗斯文学有兴味的朋友看一看。他日有工夫时，也许我发起奋来，译几部新俄著作，也未可知呢；但是现在我只能写一点介绍的小文章。

---

① 《小引》原载《创造月刊》第1卷第2期，1926年4月16日。署名蒋光赤。结集出版《俄罗斯文学》时，未收入，另作了一个《前言》。

蒋光赤启事①

鄙人为一流浪文人，淡心政治，对于任何政治团体从未与闻。盖以为文人自有其分内事，不应陷入政治之旋涡也。拙著小说《短裤党》一书，乃完成于北伐军初到上海之时，其所叙述尽为孙传芳统治下之事迹，似不致引人误会。况小说家言半多虚构，乌（恐为“焉”字之误、编者）能认之为真邪？不料阅报竟有人诬鄙人为共党，诬《短裤党》为宣传赤化之书，此诚不知何据而云然，幸原书具在，不难覆按，恐各界不明真相，易滋误会，特此登报正式声明。

① 此文刊于《时事新报》1928 年 1 月 12 日第一张第二版，原文无标点。上海作家协会沈栖提供。

为钱杏邨叙事长诗《暴风雨的前夜》所作序文①

这十年来的中国文坛，在小说的创作方面，还可以说有相当的成绩，但是在诗的创作方面，那成绩就微乎其小了。虽然我们也有了许多新诗集，但这其中好的而可以保留的，实在是很少。这是因为什么缘故呢？我想，第一是因为所谓新诗人之流，他们还未脱去旧诗人的根性——以诗为消遣的，吟风弄月的玩物，而不把诗当作一种重要的工作，因之，不过随便写写而已，不去注意内容的伟大和形式的改进。第二是因为我们的言语文学太缺少诗性了，要想做一首有音韵而自然的，同时又不违背我们言韵的好诗来，实在是一件不容易的事情。旧诗因为有一定的死的韵律和格式，还有记忆的和歌诵的可能；可是我们现在的新诗，不但不能放在口中歌诵，而且连记忆都不容易，这实在是对新诗不能发展的一个很重大的原因。

关于后一层原因，我们无法即时把它消灭掉，只得慢慢地走上改进的道路：但是关于第一个原因，我想，我们即时就有纠正的必要，而且这于诗的发展有很重要的关系。因为诗人的态度是消闲的，对于社会生活是漠然的，所以不能写出有什么伟大的意义的诗来。在这十年来的新诗坛内，我们只可以寻出趣味的小诗，莫名其妙的哲学诗，好哥哥甜妹妹的肉麻诗……而很少能寻出能够代表时代精神的呼声，虽然有一二革命诗集的出现，然终不能引起一般读者们的注意。一般的读者为趣味，恋爱所麻醉住了，以为诗只是美的表现，而不应与革命发生什么关系——革命与诗是两不相容的东西。这么一来，就是有很好的，能够代表时代精神的诗的作品出现，也不能给读者社会以热烈的刺激，结果只是没落不张而已。

---

① 此文是蒋光慈为钱杏邨第一本叙事长诗集《暴风雨的前夜》所作序言。该诗集由上海泰东书局 1928 年 7 月初版。标题为编者所加。

时至今日，我们的文坛在开始转变方向了。因为受了社会政治环境的影响，无论作者和读者，对于文学的观念都起了大的变动，所谓革命文学，革命诗，文学应当为革命服务……这些都似乎成了时代的重要潮流，没有人敢公然地反对了，就是有人起来反对，那恐怕他所能得到的回答，只是被唾弃和讥笑而已。这是当然的事情，时代是这样地需要着，任你谁个有什么伟大的力量，也不能将这个潮流堵住啊！我们对此只有欢欣，只有庆祝，只有希望……因为现在是新中国伟大的文学的开始期。

作者这一首长诗，很无疑地是革命文学运动中的一个很重要的礼物。在内容方面不消说是革命浪潮中的产物，完全表现出现代中国革命的情景，它的意义是不会消灭的。就是在形式方面说，虽然不能说有什么伟大的成功，但却不能说不是中国诗坛上稀有的创作。固然，这首诗与布洛克的《十二个》相比，当然相差得很远，——《十二个》不但在意义方面是伟大的，就是在技巧方面，它那种音韵的自然与活跃，也为世界文学的绝唱。中国语的不完全当然很有关系，我们不能够向作者加以苛求，我们只有希望作者顺着这条路儿走去……

我对于这首诗，不愿多有所话说，作者现在还是在继续努力着，不但在诗的方面，而且写出了许多小说，更努力于批语。我想，他的成就还是在于他的将来，这首诗不过证明我们对他的将来应抱着伟大的希望罢了。

华希里

一九二八，五，一八。

《时代文艺》卷头语[①]

在无产阶级文学的运动中，高喊着口号的时期是已经过去了。

现在我们应当好好地从事建设的工作。我们的责任固然一方面在于破坏资产阶级的文学，但是，如果我们自己不能建设无产阶级的文学来代替它，那它还是要将自己的生命继续下去。

根据着我们时代的任务，我们应努力于无产阶级文艺的创作。我们不愿意夸张，因为夸张不是成功的工具；但我们也不愿意自弃，因为自弃是懦弱者的行为。我们惟有不断的，坚定的，向前的努力。

时代的任务是何等的重大！建设时代文艺的工作又是何等等的艰巨！我们诚恳地希望一般革命的文艺青年来同我们一道儿努力。

① 载《时代文艺》第 1 期，1928 年 10 月 1 日。署名维索。

《妇女运动概论》序[①]

在阶级社会未消灭私有财产制度未废除以前，人类整个地总是在黑暗的，不完善的，无趣味的环境中过生活，这种生活的历史可称之为不光荣的历史。当我想起历史上血斗的污痕，现在种种为人类所不应有的种种惨象，不禁时为之心神战栗！喂！好可怕的人类的生活！

在这种可怕的生活现象中，一研究起来，我们更觉得人类的一半——女子的生活尤其可怕！经济的压迫，法律，政治，宗教等等的束缚，家庭制度的不良，虚伪道德的威权……简直使得女子陷于很深的非人生活的惨境。在大体方面，我们稍有良心的人们应努力于全人类的解放；在局部方面，我们爱光明的人们更应辅助被压迫的妇女努力于解放运动。倘若人类的一半没有解放的希望，那末我们所谓全人类的解放岂不是妄言么？

不过妇女运动并不是单独可以解决的，可以完成的；它是与整个的社会运动有密切的关系。人类社会生活黑暗的原因，是由于阶级社会的构成，私有财产制度的存在；倘若这二者消除以后，我以为全人类解放的希望一定可以达到，而妇女问题也就可以解决了。因此，注意妇女运动的人们，应知道阶级社会与私有财产制度，是全人类的公敌，尤其是妇女受压迫的来源；倘若这二者不消除，全人类永无走入光明之道的可能，而妇女更永远不能逃出黑暗的生活。

我友瞿秋白的夫人，杨之华女士，最近著了一本《妇女运动概论》，我读了之后，觉得她的观点非常正确，实可为妇女运动的指南针。她的妇女运动的意义，历史，及现代中国妇女运动所应走的道路，在这一本小册子里说得清清楚楚，给与一般注意妇女运动者一明了的概念。中国近年来谈妇女问题

① 原载《妇女运动概论》，该书由亚东图书馆 1927 年 1 月出版。署名蒋光赤。

者颇不乏人，有的主张什么女性中心说，有的仅囿于什么妇女参政，大半都不明了妇女运动应有的对象。之华女士独能将妇女运动与整个的社会运动联合一起，指明妇女运动与社会革命有不可分离的关系，的确对于现代妇女运动有莫大的贡献。这本小册子虽然是很小的，然而它的意义，在中国妇女运动史上，恐怕是很伟大的罢。

之华女士本身就是一妇女运动的象征。她本出身于富有的家庭，而现在居然以娇弱之身，为自己的理想奋斗，参加一般的劳动妇女解放运动及种种革命的，光明的事业……呵！光荣的女性！女性的光荣！

我相信中国妇女终有解放的一日，而之华女士的这本小册子，及之华女士的个人，将在中国妇女解放运动史上占一很光荣的位置。

翻译小说《信》的文末附志[①]

谢芙林娜女士成了现代俄国文坛的名家，其作风朴直可爱，无女性的缺点。她的中篇小说《粪土》使她成了名。这一篇虽然叙述一件很平凡的牧牛儿的故事，然而我们读了之后，觉得有无限的回味。

译者附志

① 载《海风周报》第4期，1929年1月20日。署名蒋光慈。

《新流月报》第一期编后[①]

本月报的出世，既无宣言，又无卷头语，这或者要使读者有点奇怪。因为这个原故，所以编者不得不在这里说几句话，说明本月报发刊的意义。

本月报发刊的意义很简单。就是想对目前的如火如荼的新时代文艺运动，加上一点推进的力量。我们自己的能力很微弱，努力的结果也许对于文艺的前途没有什么帮助，但是我们一定要尽我们的力量做去，我们相信只要继续不断的努力，终久是不会没有相当的影响的。

至于本月报的内容，说起来也是很简单的。本期所刊载的可以说全是小说。今后也将根据这个条件做去。虽然我们不愿说本月报绝对不登其他种类的作品，但我们发刊这个月报的目的，是要使它成为一个纯料的侧重创作的小说月报，想对今后的创作坛有一点贡献。同时，希望从事文艺的青年，都来和我们一同努力。

这里，我们展到本期的内容的介绍罢。在创作方面，最值得我们注意的，是灵菲的《在木筏上》，全篇描写南洋的木筏生活，是会给予读者以一种新的印象的，至于被压迫者的运命，以及他们是怎样的被践踏的生活着在这人间，也给予了我们的一种强烈的认识。萍川的《流浪人》写的是一个参加革命的朝鲜青年的事件，在这一篇里，不但描写了党人的生活，铁一般的意志，也深刻的表现着；篇中的主人翁留给我们以不少的兴奋和激刺。秀侠的《黎三》，取材于一部分所谓野雉汽车的老板们，从这其间表现出被压迫者的“生之苦斗”，对于这一篇，我们虽然认为在事件的原理的暗示上不怎样的充实，但仅止有这一点缺陷而已。最后，要说到我的《丽莎的哀怨》了，这一篇是我的很大胆的尝试，也只是一个尝试而已；自家当然不能引为满意之作。是成功还是失败，请读者于它发表完时再批评罢。

① 载《新流月报》第1卷第1号，1929年3月1日。署名光慈。

本期的译作也是三篇。先说日本平林子泰的《抛弃》，她是日本普洛派的著名的女作家，今年才二十五岁。从这一篇我们可以得到对她的相当的认识。只要看本篇的末段，我们就可以看出她在思想意识方面和中国的女作家们距离有几何远，虽说这一篇里所表现的意识还不怎样的健全。马拉斯金的《劳动者》，是描写一个劳动者对于过去的生活——工人生活和兵士生活的回叙，表现着从他的苦斗的生活中，体认出两种战争的不同的意义来；他有一种特殊的作风，所表现的意识也是很健全的。讲到谢廖也夫的《都霞》，杏村有一篇随笔，现在且抄在这里来替代我的介绍：在新俄的短篇小说中，曾经看过一篇叫《Thirteen》的，描写一个没有到入“团”的年龄，而渴望着，渴望着迫切的希冀入团的孩子的心理，从侧面写出党人的崇高与伟大。谢廖也夫的《都霞》用的是另一种事实，但手段和目的意识是同样的。都霞是一个贵族的女子，乞得党人华西理的哀怜，让她住在他的房子里。她对于别的男性是很鄙视的，男性，在她看来，都是如她所说，“为什么一切男人们都是这样地混蛋呢？自己先爬来接吻，然后……然后他们什么都不管了。”但是，对于华西理却不作如是想。她屡次的要勾引华西理，结果都失败了。后来，白党反攻过来，华西理跑了。都霞在他遗下的两本书中，发现他写给他的情人的一封“勇敢的”信，她在失望之余，对着这一封信，仿佛强健的人望着残废的人一样。“在本身方面感到单恋的失恋的悲哀了”。同时，“觉得有一种不相识的，巨大的，新的感觉包围了她”。就在这时，白军来搜查华西理，她当然是不知道华西理的所在，然而，她为“新的感觉沉醉了”。她自己觉得崇高，而以华西理的爱人自居了，她，于是，反抗白党的探问，甚至自承与华西理同党。可是，在白党去后，“都霞，立在房子的中间，也就在此地顺着向地板躺下，将手掩住面孔，轻轻地继续着无从安慰的哭泣”。这种表现的手法，是万分值得从事普洛文学作家注意研究的。由此可以想到我们自己试作的一些“抱着柱子固定的转”的笨拙的表现法的可笑。所以为着某一种的意义而去创作时，取材一定要绝对的“求自然”，绝对要避免“抱着”的病态。不过，都霞这一篇的技巧，还有值得我们注意的，那就是她在觉悟之后，在白色圈中所悟到的党人的崇高。这样的表现，当然也许是事实，是比写都霞在“红”的环境中觉悟的更有价值。这种从侧面表现的方法感动人的地方，比从正面写来得深刻。至于题材的本身，也是很令人感动的一出恋爱的悲剧。

介绍完了。我们很希望能够得到读者对于我们的指正。如读者将它视为自己的刊物，那我们将引以为无上的荣幸，我们将极力鞭策自己，顺着新的，光明的，伟大的道路走去，以期不负读者的希望。

《新流月报》第二期编后[①]

若果读者诸君对于本报第一号认为还能满意的话，那我们就很能自信这一回的本报是同样的不会令大家失望的。

在这一回创作之中，我们要特别的介绍平万的《母亲》。他把被损害的人类的母亲的性格，写得是那样的令人感动，我们是能因此去把握到被损害的人们的痛苦的灵魂的。至于那个义子，他描写得又是这样的充满着生命的活力。平万是长于描写儿童的，请看在这一篇里是怎样的写了这个被损害的义子。高尔基在一篇创作里说道："人们是有多少种的：……听上帝的意志……还有人比我坏些……更坏些……"是的，这种事实，在《母亲》里也是同样的存在着……

其次，就是灵菲的《在洪流中》了。这一篇也是描写母爱的，但他所描写的事实是藏匿了从敌人手中逃回来的儿子的母亲的颤抖的灵魂。可是，如此的母亲，是终于毁不了子代的革命的意志的。取材的背景是在洪水泛滥的时代，和他的《在木筏上》一样的会给予我们以新的印象。

杏邨的《那个罗索的女人》，是一个取材于流亡在上海的罗索人的短篇。在这一篇里，我们可以看到，看到被罗索人所尊重的贵族的血统的关系，是怎样的一步一步的被经济的力量所摧毁了。内容的事实是一对罗索贵族青年的结婚和离开……

还有一篇，就是秀侠的《某月某日的那一天》。这是一篇讽刺小说。以一个党人的一天的生活为描写的对象。笔致是轻快的，事实是有趣的，包管读者诸君读了"皆大欢喜"！

还有，就是我自己的《丽莎的哀怨》，和诗稿《给某夫人的信》了。前

---

① 载《新流月报》第 2 期，1929 年 4 月 1 日。署名编者。

一篇是上期的续稿，后一篇，是最近写的一首诗，究竟怎样，我自己不愿下什么批评，还是请大家自己去看罢……

翻译是两篇。端先译的平林泰子的《在施医室里》，事实是承接《抛弃》的，这一篇的写法，和高尔基《二十六男和一女》很是相似。她把在施医室里的生活写得是如此的可怕。读者诸君要认识人间地狱么？这便是地狱的一面。全篇的内容和形式是比《抛弃》更好的，是更丰富的收获……

伯修译的日本女作家洼川稻子的《烟草工场》，是一篇以去年大检举的事实为题材，描写烟草工厂里的女工的生活的小说。作者很精细的把女工的非人的生活暴露了出来。和《在医室里》同样的是“人间地狱”的生活的实写的一面呵！

关于本报这一期的介绍完了。在这里请附带的说明一句：第一号的本报因仓卒出版，未能细加校阅，以致有了不少的错字。这一点，希望读者诸君特别的原谅。

再者，本月报这两期的封面画，都是青年画家郑人仄君画的，谢谢他。

近来按着许多认识的和不认识的朋友的来信，本宜一一答复，但因为生活所迫，实难顾到。

此后来信除关于文艺而认为有答复的必要者，恕不答复，尚祈见谅。

《新流月报》第四期编后[①]

《新流月报》第四期，在三期发行以后九个月的现在，总算又呈现到爱护本报的读者诸君的面前了。

所以首先我们就得向读者诸君道歉，并希望读者诸君原谅我们；《新流月报》的中途停顿，我们实在不能负多少责任，它有它的客观的困难，它也有它不得不暂时停顿的环境。

总之，在当日是不得不停，所以我们停顿了；现在是有了重出的机会了，因此我们又把它编了出来。

本期所有的稿件，三之二是在三月间编好的，现因发行的时期迫促，只得就原编稿略加改动付印，内容以及形式双方的不完善的地方务希读者诸君原谅。所有的新的计划，新的改变，在这一期都来不及实现，只有等到五期了。

从第五期起，我们决计把《新流月报》改名为《拓荒者》，内容也大加扩充，在本期的卷首已有了预告，我们还希望读者诸君多多的予以帮助。

从三月末起，因编辑部地址常有变动，以及本社各个人生活的变动，把许多的来稿的地址遗失了，也有些因时期过久怕投寄不到未曾通知。现在在这里特别申明，请帮助我们的稿件的诸君原谅。并希在阳历一九三〇年一月底前将前寄稿名，署名，以及地址开示。可用各稿当一一通知，否则当一一退还。一九三〇年一月起，来稿无论用与不用，在稿件到后一星期内决定奉复。

我们以无限的热忱，欢迎读者诸君在稿件上以及精神上的援助。

此外，没有什么话要说的了。

---

① 载《新流月报》第4期，1929年12月。

翻译小说《此路不通》的篇末附记[①]

在萌芽的第三期上，鲁迅先生有一篇文章，中间有指责我的地方：一，我反对重译；二，我不努力从俄文译些作品到中国来。关于后者，我没有多说话的必要，因为我认为我的重要的任务不在于翻译，但是进至今日为止，我究竟译了两三部东西，并且现在还在继续抽出工夫译将下去。关于前者，那我就要说鲁迅先生未免有点武断了。我在什么地方说过反对重译的鬼话？不错，在《东京之旅》里我表示过中国的翻译有许多靠不住的，但这并不能证明我反对重译。重译究竟比不译为好，这不但我明白这个道理，就是一个中学生未见得会说出："不明白这个道理"的话来。鲁迅先生武断我反对重译，这岂不是笑话？至于现在有许多翻译令人发生"生硬"和"模糊"之感，这是事实，不必多讳。我想，这并不是重译不重译的问题，而是译者对于原书的理解和他的翻译的技巧的问题。鲁迅先生既然对于翻译很热心，那我就希望他对于此种现象有以纠正之。

① 载《拓荒者》第3期翻译小说《此路不通》篇末，1930年3月10日。署名光慈。

《失业以后》前言①

中国新兴文学短篇创作选之一

在艰苦的三年的奋斗之中，中国的新兴阶级文艺运动，因着客观条件的成熟，不但获得了它的存在权，而且是渐次的把这一运动的基础植立在被压迫的大众之间了。

在三年来整个运动的进展上，虽不能说是有怎样的惊人的成绩，但它是在幼稚与错误之中，慢慢的生长而且健康起来，而且在每一个阶段上，相当的完成了它的任务，除掉文艺运动上的取消主义者，根本上否定这三年来的运动的意义外，这大概谁个都能理解的事吧。

目前，整个的新兴阶级文艺运动，是更加活泼起来了。它不但一天一天的与整个的新兴阶级政治运动很密接的配合起来，更具体的担负起它的对于新兴阶级解放运动的斗争的任务，而且是通过了仅止“倾向正确”与“意识健全”的要求，走向“情绪的新兴阶级化”的克服的一阶级了。

这一部选集里所选的一些作品自然不能说是怎样健康的，也不能说是完全适应于现阶级的要求的，更不能说是最精粹的选集；然而，这些作品，确实是显示了中国新兴阶级文艺的最初的姿态，从写作的时间上也呈现了三年来的作品的发展的一般形式。

读者诸君，请在这一部选集里，去认取中国无产阶级文艺的最初的画像吧！

① 载《失业以后》，《中国新兴文学短篇创作选》，蒋光慈编。北新书局 1930 年 5 月印行。

附记一：

关于这一部选集的分卷与编次，是没有一定的计划的，只要选辑到够一卷的字数的稿件时，就按着各篇的发表时间顺序排印起来。这是希望读者特别注意的。

附记二：

本来很想写一篇比较长一点的序引，因为近来旧病复发，不能工作，只得简单的写下一点随感，作为选集的前言，如果最近病体能够复元，在本书再版时，大概总可重写一篇的。

蒋铁（侠）生复诸葛纯夫的信[1]

亲爱的纯夫先生：

侠生来此，接到手书，那种诚挚的，义侠的，热烈的情感，溢于言表！虽在下愚，也当感激思愤，况我平素自待还不薄，天性还厚的人吗？

你说："无政府主义陈义甚高，究属理想之论，见诸施行，恐未必有当于社会太平之体。不但此也，若果贸然尝试，本欲望求解放恐愈束缚；本欲求自由恐愈恐慌愈不自由。强凌弱、众暴寡，纲维尽去，益将不可收拾。"

纯夫先生！你全把"无政府主义"认错了。无政府主义英文为 An-archisin，是从希腊文 Ana 和 Arche 变来的。他的意思就是反抗官府权力，Gontrary to Outhority，日本人译做"无政府主义"。我们中国底学者，也有译它做"无强权主义"的；也有译做"无治主义"的。中国人向来不肯用脑筋，人家怎样说，他们也便怎样说。一听"安那琪"或"无政府"三个字，好像听见手枪炸弹一样，莫不掩耳疾走；又好像看见毒蛇猛兽一样，避之惟恐不及！其实无政府主义并不像这样可怕，像这样凶恶。无政府主义虽有时为排除它的障碍起见，不能不取直接行动，激烈手段，但这是它的变态，并不是它的常道。

无政府党虽然反对强力，反对拿强力逼人服从的政府，但仍然有个自由结合相约而守的规律，名之曰契约。这种契约是在这个社会的群众出自心愿所订的；不是少数人的私意定的，更不是用威逼利诱的手段，"制礼作乐"底观念强人服从的。不是打消谋公共幸福的权力，不是反对对管理公共事务的的规则；他们所要打消的，是那谋一部分人福祉的权力，是那拿权力逼人服

① 原文收入高语罕主编《白话书信》，第九十八封。上海亚东书局 1921 年 1 月出版。南京大学现代文学研究中心张宗友提供。

从，不要服从的人同意的法律。——见高一涵底《无政府主义学理之上的根据》。——照这样看起来，又有什么越束缚越不自由呢？又有什么不可收拾呢？

要晓得“无政府党绝不是只用手枪炸弹去杀人的，也绝不是毒蛇猛兽，出来就要吃人的；他们的主义是极其慈悲的，他们的方法也是极其平和的。不过你真激之过甚，暴烈手段也不能免。”至于天天养着他们以杀人吃人为事的，究竟是什么人呢？哼！就是披着“老虎皮”扛着“毛瑟枪”的丘八爷！要拿一般人心中的“无政府党”底概念来解释，他们真是“无政府党”咧！

现在我们既认清无政府主义是怎么一回事，那么，若果实行，或不至如你所说有“强凌弱、众暴寡，纲维尽去，益将不可收拾”那样利害！有人说：“无政府主义虽不十分危险暴烈，然而中国人民程度太低，一时难以实行；若果实行，必是害多利少，”也不尽然。因为一种理想的主义都是少数学者因看得社会有了大病，想出医治他的方法。有的主缓攻，有的主急下，有的主清补，方法虽不同，却都是想救命的。扁鹊，仓公所开的一脉案，药帖一定为庸医俗士所警骇，实则为洞见病源，“一针见血”的良方！况且人类生来赋有惰性，进化线因此就曲而不直了！每逢一种新理想主义发生，大家总是反对的，一班少数志士仁人杀身流血以殉其主义。久而久之，反对者方稍觉悟，于是由觉悟而赞成，由赞成而实行。你看！历史上的事实在，哪一桩不是这样？所以人类底进化是曲线的，是一桩极不幸的事！我恐怕“无政府主义”也难逃出这个公例。然由我们现在虽不能实行，也绝不能断定它的永远不能实行的了！你看怎样？

祝你的健康！

弟铁生。一九、十二、二十一。

致王培之的残简①

“……江先生（即指江亢虎，下同——引者）只说：‘……俄国大饥……’他也尝知道。”

“……俄国的无产阶级大都得着工作，得着衣食，真是‘各尽所能，各取所需’！去年的饥荒，已经恢复了！此刻社会非常安谧。……在此地的人，精神上都很快乐……！”

“这是最近友人蒋侠僧君由莫斯科寄他的友人王培之的信中一段。蒋君旅俄已经三年了，他对于‘社会问题’，颇肆力研究，对于新俄罗斯也极注意调查，大概以上的话总非‘虚语’吧？他对于江先生还有一段批评，现在我也要录下来，敢请江先生的原谅！”

“……江亢虎来俄，也曾与我接谈数次。我对于他的批评，是‘好出风头，不知社会主义是什么’，但他自己不以为然，还拿他十数年前著的一本《洪水集》到处送人，真是太不自知！《洪水集》在民国初年来未始无一看的价值，到现在真不值识者一笑了！他此次回国，在国内想是要大吹特吹吧？一般好奇的青年，总都很偶像他吧？我们要设法把这种偶像打破，以免淆乱是非！……”

“江先生我没有领教过，江先生的大著，我也没有拜读过，我对于蒋君的批评，断乎不敢深信！不过蒋君对于新俄有长期的切实的调查，较之江君的（短期的）调查，总要可靠一点，这里是我敢深信的。”

---

① 这是蒋光慈在莫斯科留学期间致国内同学王培之的一封信，被另一位同学汪昆源援引来批驳“中国社会党”首领江亢虎（1883—1954）丑化苏联的言论。汪昆源文章题为《读了时事新报记者的〈社会改造与个人烦闷〉以后》，刊于1923年4月22日上海《民国日报》副刊《觉悟》上。此文为哈晓斯搜集整理。

一封公开的信[①]

抱朴我友：

光阴真是快的很！莫京别后，现在不觉匆匆已一年多了。每欲写信给你，无奈不知你的通信地址，以致徒有心愿。我想，你回国后，事务冗烦，又是谋生，又是做文章，又是做反对苏俄的宣传……一定早把我忘了，不然，为什么你不写信给我呢？我也不怪你不写信给我，你的身体甚弱，加之事务众多，你哪有工夫顾及这些闲事。

可是在你我别后一年多之中，我虽然没有接着你的信，而我却接着了许多国内朋友的信；从他们的信中，略知你近来的言行和主张。我起初对于你有可喜可惊的两种感想。可喜的是：你在莫常常对我说，回国后别不作他种活动，惟专事世界语的宣传，能力本极薄弱，不愿多干预他事。我当时也以你的话为然。不料你一回国后，就大做文章，大做起反对苏俄及共产党的宣传；无论你的文章好不好，你的宣传对不对，你的精神大振作起来了，较之在莫时，或有天壤的区别。你的精神振作了，这实在是我替你以为可喜的事情。可惊的是：我与你在莫同处两年之久，在这两年之中，我始终相信你是一个忠实的共产主义者或一个忠实的革命主义者，绝未料及你有什么反革命的心理或将来要成一个反革命主义者。我想，我这话，你也必以为是真实不虚的。你在莫并没有什么反革命的表示，我的心地很实在，所以我对于你没有点儿怀疑。间或有些同志们说你的思想不正，我总是替你辩护，虽任过而不辞。这是事实，你大约也不能否认罢。不料你一回国后，就把一副面孔完全改换了！这真是可惊的事！我与你同处了两年，完全被你瞒过了，你的手段不可谓不高。哈哈！你有这股欺人的手段，何愁做事之不成呢？佩服！佩

① 原载《民国日报》附刊《觉悟》，1924年8月28日。

服！可惊！可惊！

有些人说，你在莫当侦探：你自己做文章也承认在莫当侦探。我以为，倘若人们说你在莫当侦探，实是神经过敏；而你自己承认自己有侦探的行为，这也未免夸大其词。我虽然没有读过你从前的文章——听说你的文章都在研究系反动的《时事新报》上发表——不知你说些什么，可是以我最愚笨，最不灵敏的脑筋想来，你在莫绝不是当侦探，因为当侦探的都有一定的主人，都有一定的责任，绝对没有无指使的侦探。我且问问你的指使者是谁呢？你的责任又是什么呢？若说你替北京政府当侦探罢，那可是笑话！老兄：你还没有当北京政府侦探的资格呢。二者，北京政府昏头昏脑的，哪有派人到莫当侦探的道理？若说你受某一个军阀或某一个资本家的雇佣罢，则更是没有的事情，因此你自己虽然承认做过侦探，可是我偏代你辩护，我偏不承认你在莫做过侦探。倘若你以为做侦探为很荣誉的事情，那么我就不说话了。天下竟有以做侦探为很荣誉的事情！天下竟有以无政府主义者自命，而以做侦探为很荣誉的事情！

可惜我没读过你回国后所做的一些反对苏俄及共产党的文章，以致我现在无从与你讨论苏俄及共产党一些问题，我想，你自命为无政府主义者，无政府主义者最低的限度，总要不造谣，不说谎话。况且你在俄有一两年，俄文虽然未大学好，可是说普通的话是可以达意的，看普通的报是可以了解的。你大约不至无中生有。从事造谣，瞎说苏俄之如何不好，共产党之如何暴虐。人们说，你现在专以攻击苏俄及共产党为事，造些毫无意识的谣言，我总是半信半疑。我想你虽是不诚实，倒也不致于如此的无聊罢。什么事情不可做，为什么专门无故造谣呢？

今天在《学灯》上读了你的译著及附记，不觉异常欣幸，一年多未见你的只字。今忽于报纸上得之，虽然是不真实的文章，倒也同见你的面一样。

关于你所译著的正文，现在我也没有工夫带来批评。苏俄严厉对待反革命党，在你眼中以为是革命党，是事实，反革命党反对苏俄，咒骂共产党也是事实，谁也不能否认，我并且代为承认。苏格洛夫自称为无政府主义者，喂！或者他是一个无政府主义者。但是光称自己是无政府主义者，这还未证明他不是一个反革命者。当俄国国内战争正炽的时候，不知为着什么，一般无政府主义者与资产阶级反革命党合作，并且要求英法帝国主义者援助，作一些反对劳农政权的勾当：名则反对无产阶级专政，实则为资产阶级当走狗。是啊！他们是无政府主义者；但是同时他们也是反革命党！不，不！我说错了。他们不是无政府主义者，他们是资产阶级的走狗！真正的无政府主义者克鲁泡特金先生在十月革命后，还对于苏维埃政权表示赞助，对于帝国主义者封锁俄国表示反抗呢。

我不知道你所谓“一般真正的革命者与劳动者——”到底指的是一些什么人。社会革命党么？少数派么？无政府党么？他们是真正的革命者？他们帮助资产阶级反对苏维埃政权是革命的行为？喂！抱朴兄！你的脑筋大约不至于是错乱罢。我们要替反革命党辩护时，就直接辩护得了。何必硬称反革命党为革命呢？谁是真正的劳动者？每逢革命之时，那挤破街道，由工厂出来，一队一队的打着红旗，高唱十月革命万岁，劳动阶级的胜利，不是真正的劳动者？除了他们还有谁个是真正的劳动者？你留俄两年，能没亲眼看见吗？喂！抱朴兄！你是一个无政府主义者，你为什么连劳动者都认不清呢？我真要替你抱愧了。倘若你替在苏维埃狱中的反革命党鸣不平，这并非是不可的事情。人各有志，不可相强。不过我们不应当说假话。

你说：“据确实的统计，历来被布尔什维克牺牲的人，已在一百五十万以上，现在狱政治犯与革命者尚有四万五千人！”我恐怕这个“确实的统计”是从你脑筋中制造出来的罢？

我所不解的，为什么无政府党人自命为极左派的革命党，反与资产阶级协作，有时竟为资产阶级的走狗？十月革命后，俄国一部分无政府党人宁与外国帝国主义者和本国资产阶级勾结图谋倾覆劳农政府。现在中国无政府党人正事不做，专以造谣毁谤苏俄及共产党为事。中国现在最需要的是国民革命——打倒军阀，反对帝国主义之侵略；而中国无政府党人反助反国民革命的潮流，在极反动的研究系的报纸上天天做文章反对国民革命，毁谤国民党与共产党。喂！这岂不是咄咄怪事！为什么无政府党人投入研究系的怀里？为什么极反动报纸能登载无政府党人的文章？此中莫测，实可令人寻味了。

我不是无政府主义的信仰者，但是我对于巴枯宁，克鲁泡特金之为人，始终表示伟大的敬礼：他们始终是革命主义者，始终是资产阶级的仇敌。可是现在自命为他们的学生的，堕落不堪，甘作资产阶级的走狗，活活污坏了无政府主义一个名词！倘若他二人有知，定要愤怒下流学生之不成气罢！

抱朴兄！你若真是一个无政府主义者，请你极力向革命的道上走，不必做些无聊的勾当。造谣是一时的，毁谤更属下流！我很希望你从今把中国的无政府主义整理一下，实实在在地做点革命的运动，切勿专以造谣，毁谤为事。无论如何，我们个人人格是要紧的啊！

最后，我还告诉你一两句我个人的事情。我的性情本不长于活动，将来拟多从事文学上的著作。我不怕丑自命为革命诗人，我将来也就勉力造就我成一个革命诗人。我自己虽然没有大出息，但是我总顺着革命道上走。无论我受了多少气与毁谤。但我绝不做反背潮流的事情。

你我的友谊很好，我这封信虽然有许多冲突你的话，我想你大约可以原谅的。

蒋光赤　八月二十三日

抱朴与反革命[1]

抱朴兄：

你在《学灯》上复我的信，我已经拜读过了。我现在对于你真正大失望！我不料你的思想行动竟反革命的到了这般田地！

你始终未承认我是一个真实的革命者，与我在莫曾相信你是一个真实的革命者比较起来，你真是高明得多！你把莫斯科政府当成北京政府一般，这更是你高明过了火，才有这样绝妙的伟论！但是我始终承认我自己是一个真实的革命者，并且始终承认莫斯科政府是代全世界被压迫民众谋利益的政府，——这当然我所说的“革命”与“反革命”与你所说的“革命”与“反革命”之意义毫不相同了。我俩的阶级的立脚点既不同，我俩所说的话也自然风马牛不相及。

你的唯一的目的就是打倒莫斯科政府，这足见得你的志气不小！但是想打倒莫斯科政府的人很多：少数派，立宪党，皇党，新旧资产阶级，国际帝国主义者及你所谓无政府主义者，社会革命党左派与马克西麦里斯特共同联合战线，势力本不算弱！他们自会互相勾搭，统一进攻，勿须你中国无政府主义者再出累死人不知的末力。你大胆说北京政府也是压迫无产阶级的寄生虫，那你就当设法把它推倒才好呀！为什么你只骂运动推倒它的人们，而忘却自己革命党（?）的原形？不！不！骂我们，骂苏俄，这都是为外国帝国主义者及中国官僚，军阀，资产阶级所欢迎的事情，而骂北京政府或运动推倒军阀，这的确是很危险的事情，为聪明的无政府主义者所不为。

假若我们说国际的帝国主义者，少数派，立宪党，皇党，无政府主义者……一切反对布尔色维克的人们是革命党，那也的确可以照抱朴兄的意思

[1] 载上海《民国日报》附刊《觉悟》，1924年9月27日。

说，布尔色维克是反革命党。但是这个反革命党也真利害，居然受农工的拥护，受全世界被压迫的民众的信仰，居然将政权维持到现在！一切革命党（？），无政府主义者，皇党，社会革命党左派……真是太不中用了！为什么到现在还没把反革命的布尔色维克扑灭下去呢？

加拉罕在北京天天喊什么反对帝国主义干涉中国，取消俄皇所订的中俄条约……弄得东交民巷的公使团坐卧不安，这实在是苏俄与国际帝国主义妥协（？）的证据！当一千九百二十年苏俄国内战争正炽之时，无政府党大将马哈诺大骚扰乌克兰一带，外面打着无政府主义大旗，内里却坐着英国的参谋，兵士手里用的是英国的枪弹，这实在是无政府主义者反对帝国主义的证据！这不过是两件很明显的事实啊！其他的证据谁个能细举呢？

列宁死后，不到两月，共产党增加纯粹的工人党员二十万。倘若共产党是反革命的，那真是危险极了！俄国工人渐渐地都突成反革命党了，社会革命还有什么希望？当每个革命纪念节时，满街满巷都是工人的队伍，他们都很高兴地唱着革命歌；我虽然不能如齐天大圣孙悟空会七十二变，能变成某一个最小的动物钻入工人们的心里，看看他们到底对于十月革命的观念如何，但是就外面看来，却不能承认，并且不忍承认他们都是假意的。倘若布尔色维克真是农工的仇敌，那么，俄国农工不全都是愚蠢动物，必早已起来把他们赶去，绝不能维持到今日。倘若有人说，俄国农工被布尔色维克所压迫，敢怒而不敢言，这真是太污蔑俄国农工的人格了。

我不能说十月革命已经完全成功，或在劳农政府统治之下，一切都好的了不得，没有一个人受苦，没有一个怨恨。倘若我这样说，那我就是个浑小子了。十月革命离成功还远，布尔色维克还正在继续革命的工作；劳农政府统治下的缺点未能尽免，因为客观经济的条件不加允许。我们现在只说，现在俄国只是无产阶级专政的国家，而尚非成熟的共产主义的国家。新经济也不过是达到共产主义的一个步骤，是历史过程中所必经的阶段，照理讲，你在俄国住了许多时，应当明白这个道理；哪知你连这个道理也不明白！

中国现在最需要的是国民革命，但是我们现在参加国民运动的，也不过是无产阶级运动在某时期某环境所应有的策略：一方面努力使国民革命早日成功，脱离国际帝国主义的剥削，一方面也是替将来开一新道路。国民革命固然是资产阶级性，但是同时仍不失为全国民性；无产阶级是全国民的一部分，当然有参加的必要。倘若国民革命不成功，吃大亏的还是无产阶级，而资产阶级却可与帝国主义妥协。你据什么理由说，要参加国民革命就要放弃共产主义？共产主义与国民革命有什么冲突？你对于现在的中国情势，简直莫名其妙！或者你希望中国永远堕于殖民地地位，不复有独立的国家，才遂了你们无政府主义者大同的好梦！现在反对国民革命的人们，有意地或无意地，一定都是国际帝国主义的走狗，蛮横军阀的奴才！因为国际帝国主义与军阀怕的就是国民革命，谁个若要反对国民革命，这当然与他们帮助不少。中国无政府主义者反对国民革命，便不免有拥护帝国主义与军阀的嫌疑。或者中国无政府主义者昏头昏脑的，不知道自己所做的勾当；但是他们在无产阶级面前所做的罪恶，是绝对不能容恕的！抱朴兄竟说："我想你若主张打倒军阀，那便应拥护广东的商团，反抗孙文政府。"这实在是拥护帝国主义与军阀的铁证！谁个不知道英帝国主义勾结广东商团反抗革命政府及暗助陈炯明扰粤？据抱朴兄这话看来，当然商团的反革命行动是对的了。若商团的行动是对的，那么，英帝国主义的侵略中国也是应该的，反革命的陈炯明也是应当崇敬的人物！唉！无政府主义者，军阀，帝国主义，帝国主义的走狗……

我因为要造就自己成一个革命诗人，故不愿造谣，更不愿做些违背群众利益的勾当。你说我受苏俄的津贴，真教我笑也不是，气也不是！苏俄有多少钱用不掉，来津贴我这个无用的诗人？倘若苏俄如英美一样的有金钱津贴帝国主义的走狗，军阀……或者我也可得到津贴（哈哈！我岂愿意受它的津贴?）但是苏俄是穷国，没有你所拥护的英国有钱！倘若我替苏俄说句公道话，致遭帝国主义，军阀及其走狗的忌恨，这不算一回什么事，并且这个忌恨我是免不去的。抱朴兄！你尽管造谣罢！

你说你的生活状况很坏，我说我的生活状况也与你差不多，已到深秋了，我的被服还未制！我老希望学校开课时，我可以领点薪金买点东西，但是什么时候领得到，还是一个问题。我转而一想；你所说的未免又是谎话；你拼命在有钱的研究系的报纸上做文章，当然可以得到很多的润笔费，或者研究系中意时，你更可以大领津贴，好丰衣足食地过生活。至于我呢，间或在《觉悟》做点文章，但是这都是无钱的交易，一文不拿！倘若我是一个无骨格的人，我也要（钻）到研究系的洞里，虽做一些反革命的勾当也不算什么，只要能够得到钱，管他什么人格不人格！

最后，我很感谢你介绍给我许多批评俄国革命的书籍及你的大作！我本当把它们收集起来，好拜读拜读。无奈我在学校里任点功课，看书哪，编辑讲义哪，做诗哪，……弄得没有时间做别的事情。倘若后来有可能时，我一定要把它们拜读一下，现在却只得暂且辜负你介绍的好意。就是现在这一封回你的信，也是不得已才写的，以后纵你有工夫不辞下教，我恐怕没有工夫听受了。

关于诗集《新梦》出版情况给读者的信[①]

读者诸君：我的诗集仍名为《新梦》，已交上海书店付印。前《觉悟》上沈君的引言称我的诗集为《莫斯科》。错了。《觉悟》上屡次所发表的我的诗，被手民所排误的地方实属不少，有时竟把标题弄错了。我也不必多声明。谅读者自己会知道。

光赤

① 载《觉悟·文学专号》第2期，1924年11月23日。

致周作人[①]

作人先生：

接来信，知拙著两本已达到，甚慰。

归国以来，完全从事于文学制作，虽无大才，然颇思努力。一切作品当然幼稚得很，不能满人家的意，更不能满我自己的意。倘若你能指示出我的缺点来，使我有所改正，那对于我是荣幸的事情。

在上海时与达夫谈及中国文坛，深觉一般作家不努力，每每一小有成名，即自以为了不得。在内容方面，他们只了解男女学生恋爱等事，这真是一种无出息的现象。未知先生的意见如何呢？

阳春已届，万象更新，未卜燥寒的北京也略有活泼的生意否？

特此，敬颂

著安

蒋光赤　一九二七年三月十日

① 原信手稿藏北京鲁迅博物馆。

读了《穷汉的穷谈》之闲话[①]

——致郭沫若先生的一封信

沫若先生：

在现代的文学界中，我对于你表示相当的敬意。这并不是因为你出风头，你是大文豪，而是因为在你的作品中，我还可以找着点反抗的精神，伟大的气魄，及真正罗曼谛克所应有的心灵。至于小白脸儿式的徐志摩……以及其他一些X式的……或者受一般人们的喝彩，但是我，说一句老实话，总没放在眼里。这也并不是因为他们的作品完全不好，而是因为我与他们是两路人。

去年我初从国外回到上海时，就想找你谈谈，可是我有一种怪皮（脾）气，不爱去拜访不相识的人。这并不是因为拿驾（架）子，而是因为我恐怕遭人的白眼：分明是好意去拜访他，但对方反以为是拍马屁，拿起架子来了，——这件事情倒是我不愿意忍受的。也就因为这个原（缘）故，致使我想找你多少次，而终未找过一次。今天到民智书局买了一本《洪水》，见上面有你一篇文章《穷汉的穷谈》，我觉着这个题目很新鲜，于是未出该书店的门口，就坐着一股气读了。我读了之后，发生一种不可言喻的快感！由此我更相信你是我们所需要的作家；你的见解与众不同；你深明了（瞭）社会的真象；你向穷汉们——我也是其中一个——表示很深切的同情。

灵光先生说："共产党利用共产的美名，以炫惑一般无十分判别力的青年与十分不得志的穷汉。"这句话真是如你所说，"这句话真是好，真正是盛水不漏，真正是把共产党的内容完全道穿了。"灵光先生当然是反共产党的，然而我们却要谢谢他给我们的这个好定义，好解释！我是一个无十分判别力的青年，而又是一个十分不得志的穷汉，所以我被共产党所炫惑住了。以我的经验来说，我完全承认灵光先生的说话是对的。

你用朱熹注论语的办法，把灵光先生的各言注释得清清楚楚地，使一般

① 原载《猛进》周刊第四十七期，1926年1月29日出版。江苏大学史挥戈提供。

人更明了（瞭）灵光先生所言之不误，真是功莫大焉！我不知灵光先生见之感谢你与否，但我却向你表示十二分的同意。据我所遇到而时常看见的中国共产党人，他们有以下的特点：第一，他们是傻瓜，即灵光老生所说之无判别力；他们不晓得共产党是大人老爷先生们所深恶痛绝的，捉住不杀头，也要监禁，而硬要做共产党人，这岂不是傻瓜？第二，他们是不得志的穷汉，或者称为穷鬼；这个理由很明显，像能够做善后会议会员的胡适之先生，总商会会长虞洽卿先生，以及曾琦，灵光……诸先生，有的正在得志，有的有得志的希望，你（这个你不是指沫若先生）就是叫他们三声爸爸，他们也绝对不会被共产党所炫惑。第三，他们都是青年，或者称为不老成的孩子们；老年人有张氏百忍的精神，无轻扬浮燥（躁）的习惯，经验多，利害瞭如指掌，哪能会上共产党的当？惟有不老成的孩子们才好抱不平，才好做危险的事情。——这些特点，沫若先生，你当然是很明白的，勿庸我向你多事解释。我想，你我即都是穷汉，穷汉一定懂得穷汉的心理，我的话当然没有什么为你所不明白的；你那一篇文章的说话，的确我句句都为之首肯。

沫若先生！我们同是治文学的，且说一说我们文学家对于穷汉的态度罢。第一，倘若你住在钱楼里，坐着（在）很软很软的沙发上，吸着很贵很贵的雪茄烟，有的是很多很多的大龙洋，那么，你拿起笔来当然不会写一点同情于穷汉的文章，就是写到一点穷汉的生活，这也抛不开“自作孽，不可活”的思想；但是，倘若你住在一间破烂的亭子间里，卧在地板上，穿着很破很旧的衣服，伏在很不光滑的书桌上，连给孩子们买糖吃的钱都没有，那末，你能拿起笔来诅咒不得志的穷汉，像灵光先生一样么？当然不会！第二，倘若你以为一切都是上帝预先造就的，穷富皆由天定，不可违天行事；或者你虽穷，而仍不安于穷，想到处拍点马屁，弄点钱用用，找点官做做；或者你自信有做资本家的希望，有享老爷福的时候，有置地买房子的可能，那么，你也决不会提起笔来写不得志的穷汉们之妄想——共产，之怪行动——反抗。惟有不得志的穷文学家，而且是穷而没有得志的希望的文学家，才能对不得志的穷汉表同情！因之，对于穷汉们所组织的共产党，也就不持反对的态度！

我总觉得被压者的反抗运动是伟大的。我同情于弱小民族之反帝国主义运动；我同情于平民之反军阀运动；我尤同情于不得志的穷汉之反得志的富汉运动！沫若先生！你大约对于被压迫者的反抗运动之同情心是很大的，我很希望你能保持这种同情心，以成全自己的伟大的诗人人格！

十一月四日

致张资平君的公开信[①]

读了《乐群月刊》二期张资平君骂我的话以后

资平先生：

……

……

资平先生！我介绍过一部稿子给你，那是事实。你的稿子退还了，那也是事实。但是我却没料到你会拿这种事实来造我的谣言。我在《文艺生活》上发表了一封致该报记者的信，那是因为该报记者错记了我的话，使我不得不声明一下，并不是要批评你或嘲骂你。那一封信具在，读者自能了然，有什么嘲骂你的地方呢？不错，我是说过你是恋爱小说专家！……只注意于什么三角和四角……但这也是一般人的意见，并不仅是我对于你的批评。你的哪一个读者不是这样地承认你呢？为什么别人可以说得，而我说一下就要犯了法？你自己想一下，你过去是不是这样的作家？资平先生！而且你应该注意到，我是因为说我的翻译小说附带的说到你，并不是正式的发表我对于你的小说的意见。这样具体的附带的说明一句是可能的，怎么能说我是在"生吞活剥"你呢？怎么能断定我是冷嘲热骂你呢？你不但武断我是冷嘲热骂你，而且提起了我介绍过稿子给你的事情，暗示读者知道我是在借端报复，发泄私愤。资平先生！我知道你会思想，但是没料到你思想得有这般巧妙！

若不是你现在提起我介绍过稿子给你的事情，那我实在会把它忘记到九霄云外了。我承蒙一般认识的和不认识的青年作家的委托，介绍给各书局的

① 载《海风周报》第6、7期合刊，1929年2月1日。

稿子很有几部，这其间被书店老板收印的固有，但被老板退回的亦复不少。若我每次因为介绍不成，就对各书店老板怀起恨来，那么，资平先生，我可以不做别的事情了，我只专门向书店老板借端报复好了。若我是这般地易于生气，这般地度量褊狭，那我简直是一个不知世故的小浑蛋！……资平先生！你现在是转换方向了，你现在也开始在从事于革命文学运动了！革命文学作家考察一切，他的眼光应该是唯物的，不应该是唯心的，假使你对于我的批判不同意的话，你应该根据事理来指出我的错误，你不应该牵涉到其他不关于问题的本身的事……资平先生！你的推测未免太唯心了罢！

你说我对于革命理论没有深刻的研究……这话我是无从答复起，因为革命的理论就是把毕生的精力去探讨，也是探讨不尽的。我当然是说不上有深刻的研究。不过，关于这一点，你应该指出我的理论的错误在什么地方，使我能够认识我的错误，去做进一步的研究！资平先生！你说我“生吞活剥”你，我真不明白，你这样的批评我，究竟是不是在“生吞活剥”呢？至于你说我摆革命文学家的臭架子，这也是血口喷人，不合事实。我在那一封给《文艺生活》记者的信上，不是说过“近来努力读书，自知力薄，不愿对于别人有所批评”么？所谓革命文学家的臭架子在哪里？我告诉你，我生平最讨厌人家摆架子，因此也就怕人家说我摆架子。我有什么架子可摆？资平先生！你未免有点神经过敏罢。

蒋光慈敬上

列宁年谱①

乌拉基弥儿·伊立伊奇·列宁为俄罗斯共产党领袖，十月革命指导者，苏联第一任人民委员长。去岁逝世，哀耗惊动全世界，无产阶级如丧考妣。今将其一生大事按年简述于后，他日有暇，当为之详传也。

一八七〇年

四月十日（俄旧历，即新历四月二十二日。下仿此）生于新比斯克省。父为新比斯克省国民学校组织人。

一八八六年

一月十二日父死。

一八八七年

中学校毕业，秋入加赞大学。

十二月五日，因参加学生运动，被学校开除，并被解送至加赞省柯枯斯金诺乡村。

一八八八年

七月十一日，拒绝复进大学校。

九月，警察禁止列宁出国。

秋，居住加赞，研究马克思学说，与学生团体有结合。

一八八九年

夏，拒绝学校考试。

一八九三年

居住撒麻喇。为撒麻喇马克思主义者小组之一员，著《农民生活中之经济运动》一书。

---

① 载《新青年》不定期刊1月号（列宁号），1925年4月22日。

秋，至彼得格勒（现改名为列宁格勒）。

一八九四年

加入社会民主党之宣传组。组织中央劳动团。

著《国民之友是什么及他们如何与社会民主党争斗》。

一八九五年

四月末，出国，与蒲列哈诺夫、阿克色洛德、撒苏利奇相结合。

九月，回国，办妥转运秘密印刷品事。

组织“劳动阶级解放同盟”，筹备出版秘密报纸《劳动新闻》。

十二月九日晚，警察逮捕“劳动阶级解放同盟”会员，列宁入狱。

一八九六年

狱中着手著《俄国资本主义之发展》。自狱中寄出《俄国社会民主党党纲草案》。

一八九七年

二月末，充军至西比利亚，限期三年。

一八九八年

六月十日，与克鲁布斯加牙女士结婚。

秋，《俄国资本主义之发展》一书完成。

一八九九年

四月，在彼得格勒，《俄国资本主义之发展》出版。

一九〇〇年

一月二十一日，充军期满。

筹划恢复社会民主党中央机关报《劳动报》未成。议决列宁与比得列梭夫出国，“劳动解放团”之助，刊行社会民主党报纸。

五月二十一日，与马尔夫托同被捕。

五月三十一日，被释放。

秋，《火星》开始出版，列宁为编辑员之一。

一九〇一年

为《火星》报指导者，克鲁布斯加牙为《火星》编辑部书记。

一九〇二年

二月，与德国社会民主党人结识，与罗萨·鲁森堡会面。《怎么办》一书出版。

四月，与妻克鲁布斯加牙至伦敦，因《火星》移至伦敦出版。研究，进行党纲及章程草案。

一九〇三年

是年反帝政运动甚激烈，列宁提议赞同自由派提议，共同刊一反帝政报纸，被社会民主党否决。

在全俄社会民主党第二次大会，列宁坚持革命的马克思主义：一、列宁要求每一党员均应参加党的工作，积极的革命工作者能为党员，二、提议建立一真正指导党的机关，三、主张党纲仍旧。

一九〇四年

俄国第一次革命开始。

列宁被选为中央执行委员会之一员。

五月，著《一步向前　两步向后》，指摘少数派之趋向投机主义。

六月，退出中央执行委员会。

十一月，刊行《前进报》，多数派之机关报。

十二月二十二日，《前进报》第一号出版。

一九〇五年

俄国第一次革命爆发。

列宁着手第三次大会之预备。

积极参加第三次大会之工作。为中央执行委员会之领袖。

六月，《民主革命中社会民主派之两种策略》在日内瓦出版，此书说明无产阶级应在将要爆发之革命（一九〇五年革命）中为主力；运动之目的——非将政权转入自由派之手，而应建设劳农之民主独裁。

八月—九月，列宁鼓吹推翻帝政之暴动。宣传无产阶级武装。

十一月初，列宁回国。

十一月，在多数派之公开报纸《新生活》《奋斗》工作，极力揭露维节内阁之反动政策，自由派资产阶级之妥协趋向，少数派之投机主义。

极力为武装暴动之预备。

十二月，武装暴动起，列宁在彼得格勒鼓吹工人组织援助莫斯科之暴动。

一九〇六年

四月，极力与立宪主义及少数派主义奋斗。

在社会民主党联合大会上，列宁为一副报告者：一、关于农民问题，主张国有化之原则；二、关于在现在状况之下无产阶级之阶级的职任问题，指摘少数派所用的方法之谬误；三、关于对国会态度问题，主张拒绝参加。

五月，向彼得格勒工人报告俄国社会民主党联合大会之经过。

七月，刊行多数派之秘密机关报《无产者》，并为之编辑；极力攻击革命党中之颓废的趋向。

十一月—十二月，极力攻击所谓“工人大会”，少数派之投机主义政策及蒲列哈诺夫。

全俄社会民主党大会之后，列宁为多数派之首，制定竞争选举之进行大纲：不与立宪派合作，而单独实行无产阶级之策略。

一九〇七年

一月，列宁主张参加第二国会之选举，欲借之揭露自由派资产阶级之反革命性，民粹派团体之小资产阶级性及少数派之投机主义。

四月—五月，列宁指导国会中多数派代表之工作。极力参加社会民主党伦敦大会之工作。

六月，大会后，列宁回俄，住于芬兰。

七月，在社会民主党第二次临时大会，列宁不赞成拒绝第三届国会选举。

八月，在第二国际斯徒嘉特之大会：一、将自己对于职工会运动之提议转交与罗萨·鲁森堡；二、与罗萨·鲁森堡共同提议，于帝国主义战争爆发时，即开始社会主义革命。大会后，返俄住芬兰。

十二月，列宁再出国。

一九〇八年

俄国反动潮流大盛。列宁移居日内瓦。

八月，至伦敦。

攻击波格旦诺夫、鲁纳卡斯基及巴札诺夫之经验批评主义。

秋，转至巴黎。

十二月二十一日，参加社会民主党在巴黎之临时大会。

一方面极力攻击取消派，一方面又极力反对撤回国会代表派。

编辑《无产者》。

一九〇九年

列宁住巴黎。

五月，在巴黎开多数派之临时大会，与撤回国会代表派分裂。在反对撤回国会代表派与取消派之见地上，与蒲列哈诺夫接近。

《马克思主义与经验批判主义》一书出版。

一九一〇年

一月—二月，中央扩大执行委员会开会，列宁极力指导此次工作。加入《社会民主派》为编辑。

赴第二国际在柯平刚更之临时大会，在协作社委员会工作。

十一月，创立《劳动报》。

一九一一年

列宁建议取消社会民主党中央执行委员会的国外办事处，发起召集临时大会改组中央执行委员会。

夏，列宁在巴黎党校授课：一、经济学；二、马克思与资产阶级经济学说；三、农民问题；四、社会主义之理论与实际。

一九一二年

列宁进行党的复兴之工作。

一月六日—十七日，列宁为社会民主党在普拉加大会之主席，当选为中央执行委员会领袖及第二国际之代表。当选为《劳动报》编辑主任。

四月二十二日，在彼得格勒《真理报》第一号出版，列宁为该报发起人及指导人。

五月九日，在社会民主党巴黎支部报告林拿罢工事变之意义及党对此应有之策略。

列宁指导第四届国会中多数派代表之工作。

住加里西亚。

八月二十六日，多数派名单在五金工会选举通过时五金工人致贺电与列宁，以之为工人阶级之真正领袖。

九月二十五—十月一日，在加里西亚之都纳乡村，多数派开谈话会，讨论民族自决问题，公开组织问题，罢工运动问题，对于民粹派态度问题……列宁为指导人。

一九一四年

六月十八日，俄社会民主党在布留赛开联合大会，此会为第二国际所召集。列宁领袖多数派要求承认中央执行委员会为唯一指导党的机关，取消少数派之组织委员会。

世界帝国主义战争开始，列宁极力攻击社会主义爱国派。意大利政府将列宁逮捕，后列宁逃至瑞士。

列宁提出《关于战争之意见》，交意大利瑞士社会民主党临时联合大会讨论。列宁主张以国内战争制止帝国主义战争，并以为沙皇政府若战败，则对于俄人民为小罪恶。当时深信德社会民主党不致可决政府对于战争之军费案。及得德社会民主党可决军费案时，乃云，“第二国际死矣！”

十月，列宁赴蒲列哈诺夫在拉桑所开宣传保护祖国主义之演讲会。

一九一五年

列宁极力攻击社会爱国派及帝国主义战争。

二月十四日，列宁委立特温诺夫赴协约国社会主义者在伦敦所开之大会，并发表宣言："大家必须断绝与各国帝国主义政府任何种关系，应与奥德革命社会民主派亲善合作。"

二月二十日—三月三日，多数派国外支部在倍恩开临时大会，列宁为指导者，报告多数派最近之职任。

列宁在瑞士工作。

极力进行国际革命社会民主派之联合。

九月五日—八日，列宁为奇穆瓦德会议左派之代表，主张号召交战国无产阶级进行国内战争，因之与列德波尔冲突。列德波尔讥其远离祖国而高呼国内战争。列宁自谓现所处之地位与马克思草定《共产党宣言》时同，终有亲身指挥国内战争之一日，而不畏任何之艰辛。

一九一六年

二月五日—八日，列宁参加倍恩会议，议决召集第二次奇穆瓦德会议，讨论取消战争之方法。

列宁与拉柯夫斯基在倍恩社会主义者大会，指出进行社会革命之必要：战争后，无产革命为不免之现象。

四月二十四日—三十日，秦泰尔会议开幕，列宁为左派之首领，开大会建议应适用消灭战争之最激烈方法：总同盟罢工、怠工、武装暴动。

列宁在倍恩及秋立黑报告：一、俄国社会民主党之农民问题党纲应重行改正，将自治化改为国有；二、社会民主党在俄国之最近职任（工民加入军事工业委员会为一大错误）。

著《帝国主义为资本主义最后新阶段》一书。

极力在瑞士工人中宣传革命的国际主义。

一九一七年

俄国第二次革命发生。

三月，列宁领导旅外俄国国际主义者商量返俄。

四月三日，列宁回俄至彼得格勒。第一次向民众声呼："世界社会革命万岁！"出席全俄苏维埃代表会议。

四月四日，列宁提出草案：一、抛去社会民主派之片段政策，改着共产主义之革命衣装；二、在革命运动中，俄国应当放弃资产阶级议案制度之管理形式，将一切政权交与劳农代表议会。

三月二十四日—二十九日，列宁指导开全俄社会民主党多数派大会，议决案为：一、即速宣布不割地赔款之和平；号召战线上军士互相亲善；二、农民为有组织地占领地主之土地；在旧地主土地上面建设大规模的经济；三、俄国社会民主党之根本职任为建设第三国际。

五月二十二日，列宁在农民代表第一次大会演说：一、占据土地；二、贫农有组织之必要；三、组织模范的集体经济。

六月，在少数派与社会革命党指导之下，第一次全俄劳兵农苏维埃大会开幕。列宁有演说。

七月三日—五日，《真理报》被抄，政府下通缉列宁令，列宁被迫复过秘密之生活。在秘密情状之下，仍指导党的进行，为党的各机关报选文。

列宁企图推翻克伦斯基政府，将政权交于有组织的劳农群众之手。曾向同志云："即速抓政权，否则迟矣！"

八月—九月，列宁住芬兰，此时完成《国家与革命》一书。

九月—十月，列宁函社会民主党多数派中央执行委员会，谓时机已至，应即速推翻临时政府，将政权交于苏维埃。中央执行委员会不赞成，列宁遂冒险至彼得格勒组织暴动。

十月十日，中央执行委员会开会，列宁出席，议决在第二次苏维埃大会时夺取政权。

十月二十五日，彼得格勒起武装暴动。政权转于苏维埃之手。第二次苏维埃大会在列宁指导之下开会。

十月二十六日，发表土地与和平之命令。人民委员苏维埃成立，列宁为委员长。无产阶级胜利。

一九一八年

八月三十日（新历，下仿此），社会革命党暗杀列宁，列宁受伤。

一九一九年

三月三日—七日，第三国际第一次大会开幕，列宁出席。

一九二二年

列宁病势沉重。

一九二四年

一月二十一日，列宁病逝。

蒋光慈启事[①]

敬启者，光慈因身体不健，急待离沪休养，对于《新流月报》编辑事宜，无力顾及；从第三期起辞去主编职务，此后关于一切编辑事宜请向继任者接洽可也。惟在休养之暇，仍勉力为本月报撰稿，以期读者不致过于失望。特此通知，尚乞见谅。

① 载《新流月报》第1卷第3期。1929年4月1日。

《少年飘泊者》作者的声明[①]

编辑先生：

今昨两日我在觉悟上看见寒冰君批评拙著《少年飘泊者》一文。关于《少年飘泊者》在文学上的价值如何，及寒冰君的批评对不对，自有《少年飘泊者》的读者们的公论，作者当然不方便置一词。不过寒冰君所引的原文，有许多错误的地方，不可不加以更正：

原文："……或者这些坟墓中的野魂，生前受尽残酷的蹂躏，不平等的待遇，尝足人间所有的苦痛；但是现在呵，他们是再平等自由没有的了。这里无豪贵的位置，豪贵的鬼魂绝对不到这里来，他们尽有自己的国土……"

引文误为："……或者这些坟墓中的野魂，生前受尽残酷的蹂躏，不平等的待遇，尝足人间的位置，豪贵的鬼魂绝对不到这里来，他们尽有自己的国土……"

这样错误，的确要使《少年飘泊者》在文字上连个"平顺"二字都得不到！其他如"此身飘泊竟何之"误为"此身飘泊意何之"没有什么紧要，我也不必费时更正了。

最后，我要向读者声明一句：《少年飘泊者》的作者所要求于读者的，是读者于读了《少年飘泊者》之后，能够感觉得现在社会之不良，而努力于革命的工作。

蒋光赤　七月十一日

① 发表于1926年7月12日《觉悟》副刊。署名"蒋光赤"。本文由南京大学中国现代文学研究中心李跃力提供。

文艺大众化问题座谈会[①]

座谈会这东西是日本人编辑者发明的，不是先讨论而做一个结论的研究会。这一回，试仿这形式，请下列各位开了一回座谈会，因为我们有许多地方还不惯这座谈会形式，又因笔记术的关系，及在一定的时日要请许多人到，有一个不能到齐的困难，自然这一回也不免这许多欠点。请诸君原谅。

出席者：——沈端先，冯乃超，许幸之，孟超，郑伯奇，陶晶孙，蒋光慈，洪灵菲，潘汉年，俞怀，邱韵铎。

声 开始罢。

陶 开始罢，从什么地方谈起。

郑 你提出问题。

陶 问题自然会有的。先谈大众是什么大众罢，最近听见说大众还可以叫有产大众，不晓得这话什么人说的，《大众文艺》第七期上我写过大众的意义，不过再谈一回大众的内容好吧。

许 大众当然是无产大众，在中国人口上占多数的，有八成是无产的。

陶 日本的统计百分九十五是无产大众。

郑 是生产大众吧。

蒋 我想不站在阶级的立场上说他是无产大众，这问题就用不着说。我看《大众文艺》是不是名符其实，现在我们检查这个，就是怎样使《大众文艺》变成大众的文艺，其次怎样使我们的文艺成为大众的文艺。

郑 没落阶级显著的是小资产阶级。

---

① 载《大众文艺》第2卷第3期，1930年3月1日。

沈 大众的文艺不能是细饼干，要是黑面包。

洪 大众化的口号不普遍，不能成一个运动，我们还没有组织工人，他们不懂我们的文学，这是我们的错误。要把这问题给大众讨论去。我们要组织工人，使他们读我们的作品。

陶 那么，我们谈大众化和通俗化吧。

郑 通俗化这名词是站在高处，以怜悯之情，而使文艺通俗的，就是让步，借此获利，这——（邱、俞加入）就是通俗化。而艺术应是大众东西，文学应该劳动阶级的。那么作者的态度不是把水平放低，自然是要为大众所理解和创造的。

沈 社会主义和社会政策的不同吧。

郑 可以这样说的。

蒋 通俗小说，它在内容是有闲阶级的。自然我们要个正确的意识，内容和外形，由此来的。

洪 大众化的内容，就是普罗文学，一方面利用旧的，大众所理解的形式，以后不断地进行发展新的，写进步的意识，和斗争的生活，不为享乐而著作，要鼓动并组织群众。

郑 通俗小说是封建意识，有闲阶级小商人太太等的东西有许多是神奇的封建遗产。那么大众小说要比这所谓通俗更通俗，加插图，用易于理解的笔调，言语。

沈 现在的白话，不是白话，是白话的文了。大众化具体问题；应把文改为话。

孟 五更调是大众化的形式，大众所需要的文字，我们是不知道的。我们必须到群众中间去，他的内容才能解决。提高他们的文化水准。我们应该彻底向着大众。

冯 伊里支把农民的话记起来的，我们应接近他们，这是对于大众化有帮助的。

郑 Tolstoi 也这样，再有许多土音。

沈 把土音写不出的也很多。

陶 有许多土音，把它勉强写出来，也不过给一部分人念得懂。反要缩小大众化的范围。

蒋 五四运动以来，白话运动还不成功，听不懂的根本不是白话。讲不到接近大众了。我们要用真正的白话。如说大众文艺月刊，以后应该怎样编辑，照什么方式去编；使他稍能大众化一点，我们的杂志一本二十五分，自然工人的工资都还不到二十五分，我想今天只能把编辑方针谈一谈。

郑 请晶孙先把方针谈一谈。

陶 今天的题目虽说是文艺大众化的座谈，不过《大众文艺》负担文艺大众化的任务。那么能够谈到它的编辑方针是很有益。对于编辑方针我也没有许多意见，因为《大众文艺》有历史的关系，和书局的关系，我采了一个渐进的方针，没有能够把他顿时改变，目下先就一般知识阶级启蒙，要靠新启蒙的新作家再来创作新的大众化作品，然后再可以达到杂志的多量的播布。

洪 问题变成两方面了，大众化是整个的问题，《大众文艺》编辑方针又是个问题。现在是讨论前者。

蒋 日本的插画，我们可以办得到?

沈 可以的。

潘 我的意思是把《大众文艺》的编辑和大众化问题合起来讨论。《大众文艺》的方针当然在努力普罗文学，但是我们在座的诸位作者是否在能够合大众的需要？能否应和社会的需要符合起来?

孟 （失记）

郑 《大众文艺》已在注意到大众化，所以对于《大众文艺》的编辑法，是应当拿出讨论，而不应当像一般的编辑法。像讲座，歌谣，漫画，和一般普通需要的理论都可以编入。

洪 我们过去的大众化未曾注意到使各杂志的大众化，应当去叫读者也来讨论大众化。

冯 内容方面除了伯奇所提出的以外，当注意到有工农兵，穷民，学生等的生活描写，结果又可以产生出无数社会群众中的通讯员，这便是我们大众化的初步成功。

潘 不但注意到生活的通讯，并当接受其他各项问题的讨论。

沈 在某种事件的发生，能有通讯员赤裸裸的记录，这便可以和我们的政治任务配合起来。

郑 大众化和作者，除了生活之外应当描写关于和大众生活有关的描写，不仅在前卫者争斗的描写，关于文学方面，不用高深文字，用简单的文字，或可用音标。

潘 我们在通讯中，可以知道一些大众通用的简便的文字。

洪 今晚讨论的结果是关于《大众文艺》的编辑得到相当的结果，不过对于一般杂志和……

沈 我想这问题自然不是一个杂志的问题，我希望将来杂志编辑的人再来谈话。

声 下一回编辑者们又要请一回客了。

陶 已经不早了，今天感谢诸位的意见，《大众文艺》不但得了将来编辑方针上的指示，又得了不少字的稿件。还有许多大众化问题没有谈到，俟别一个机会吧。

（记录者：邱，俞，冯等）

编辑室消息[①]

《拓荒者》第一期

一，本期因预定稿件的篇幅超过，不得已抽去几篇，因此不能和预告符合，希望读者诸君原谅。

二，杏邨的《现代中国文学史论》，也因篇幅关系，移至二期开始发表。本期刊登的近二万言的一篇，是对于茅盾的创作及理论的总检讨。

三，本期国外书籍的批评过多，这是我们自己认为不满的，自下期起，决定国外名著的批评，在量上不得超过国内书籍批评的三分之一。

四，同时增加每月创作批评一栏，检阅国内的创作界全体的主要的新创作。

五，端先将为本刊翻译日本新兴文学的第一部名著小林多喜二的《蟹工船》，在本刊三四期上，大约可以开始发表。

六，光慈的长篇《父与子》决定在本刊三期开始发表。

七，关于本期的创作，和我们理论的步调还不完全的能以互相适应，有一两篇还具有很浓厚的革命的罗曼谛克的气味。然而这是没有办法的事。在整个的过程上，我们只有让它慢慢的向上开展。

八，在译文方面，伊滋乔的一篇，旧时代的伤感气息特别的浓重，且具有虚无的倾向，虽然也曾暗示了光明的前途。这一种情绪，只有从观念形态方面去克服它，中国的新作家中，也不乏具有这样情绪的人，我们特别的发表这一篇，并指将出来，希望有这种倾向的人，要努力的去克服。

① 载《拓荒者》第1期，1930年1月10日。

九，《编给少年读者的故事》的作者，在预告上弄错了，在这里特别申明一下。

十，三色版画一幅，系新俄名画，事实是1917年彼得格勒的夺取。

十一，《再论新写实主义》一文，不但处理了许多文艺上的重要问题；我们也可以移过来，作为对于观点不正确的陈匀水的《论新写实主义》的答复，希望读者特别注意。

十二，以后来稿请写明拓荒者月刊社，如寄给任何个人，如有失落及耽搁情事，本社不负责任。未附邮票者各稿恕不退还。

编辑室消息[①]

《拓荒者》第二期

1. 本期的《拓荒者》因为页数又超过了预定的数目，加以阴历年关印刷所停工，出版期延迟了半月，这是没有办法的事情，在这里，我们特别申明迟出的理由。

2. 关于本期的创作，值得我们特别推荐的，是建南的《盐场》，他在这一篇里，开始了新的技术的尝试。我们认为不满的，是在结束的地方，保留着很浓重的伤感气分。平万的《村中的早晨》为我们的时代画出了新的农民的姿态，这一个人物和辛亥时代的阿Q很尖锐的对照了起来，我们由此可以看到革命怎样的在农村里发展着。

3. 关于本报所刊载的创作，以及本报同人的单行本，以及其他的新兴刊物和创作，自本期起，我们已经开始了自我批判的工作。无论本报同人或其他读者对于这些批判如认为有意见时，不妨尽量寄来发表。我们绝对的主张展开自我批判的工作，对内理论斗争的工作，只有这样，在指导理论和创作双方才能更进一步的得到开展。

4. 在一月号里，为着纪念露莎·罗森堡，我们发表了她的《俄罗斯艺术观》。这个月，是伟大的革命的领袖伊里支的纪念日，为着纪念他，我们又特别的译了两篇关于他的艺术论的论文（有一篇是他自己作的），在这里发表。于此，我们可以看到，伊理支对于艺术的指导理论是如何的正确。希望读者们从他的艺术观里去认取自己在文艺运动中所应担负起的任务。

---

① 载《拓荒者》第2期，1930年2月17日。

5. 乃超的《阶级社会之艺术》是一篇答复梁实秋的《文学有阶级性吗》的论文，在这里面，他阐明了阶级与文学的关系，说的简明扼要。读者应特别注意。

6. 本报同人因为国际革命运动形势的开展，以及对于读者的切要，自本期起，开始增加这一类的论文，我们三期以后的冀图，是想很科学的很详细的介绍各国革命运动——尤其是殖民地的革命运动的情形。

7. 本期因为篇幅关系，“文坛消息”未能加入。以后想多多登载国际讽刺画，欢迎读者的帮助。本期插图有傅利采肖像一幅，生平请参看本报第一期文坛消息。《布尔乔亚的逃亡》是新俄名画，是1917年的写真。

编辑部

编辑室消息①

《拓荒者》第三期

一，本期的《拓荒者》，因了前一期的影响又脱期半月了。我们为弥补这种缺陷起见，决计把四五两期改为合订本。这样，从下期起，便可按期发行了。

二，本月中有两个很主要的纪念日，三八与三一八。我们除在《革命的三月》里论及外，又发表了戴平万君的纪念三八节的《新生》，并新俄名画《新女性》一幅印在篇首，这是女性的新的姿态，作为女性的模范的新的康健的姿态。

三，《拓荒者》在预防一切的挫折与打击，以及交给书店印刷的困难的计划之下，除已有的一千经常订户之外，还希望增加两千订户。若果有三千的经常订户，我们决计收回自己发行，按期出版，决不停刊。这一点，只有希望零购的诸君（本报一二期已销至八千份）改为经常的订户，并尽量的介绍友人订阅，收款处仍暂由现代书局代办。我们的“经常的”主要的撰稿人是郭沫若，蒋光慈，殷夫，洪灵菲，森堡，戴平万，王一榴，冯乃超，沈端先，楼建南，冯宪章，杨邨人，钱杏邨，龚冰庐，莞尔，潘汉年，邱韵铎，华汉，孟超诸君。

四，本期中值得特别声明的有几件事。第一，是洪灵菲君的《家信》，因为全书预计字数多至十万，超过原定字数三分之二，而《拓荒者》上的长篇太多，决计暂停。

① 载《拓荒者》第3期，1930年3月22日。

五，第二，是郭沫若君的稿子虽然寄来了，因为时间太迟，只好移至下期发表。

六，第三，是二月份因旧历年的关系，没有出什么书，所以月评只得停一期。对于《拓荒者》的每期的批评以后也包括在月评内，不再指定作者。

七，《拓荒者》特别提出，欢迎读者诸君的关于工厂的，农村的，学校的，以及一切其他的通信。并特别的欢迎劳动大众的投稿，在技术方面，我们并没有若何固定的标准。同时，我们对于《拓荒者》的批评，特别欢迎读者（每篇最好在四百字内）以及一切新旧书报的批评。

八，关于稿件，现已有专人负责。在本期出版前寄到稿件，不用的，除无通信处的以及未声明要退的稿件而外，已全部退回。再，以后来稿，如未附邮票，恕不退还；未附挂号费，途中失落，本报亦不负责任。

九，本期封面，系王一榴君所作。王君此后将为本报兼作讽刺画，这是很值得报告读者的消息。

十，前期所载《论新兴文学》（成文英译）一文中除起头第二段第二行中的“集团的利益”的一个“集团”外，其他全篇中的“集团”均须改为“党”（即当时的“社会民主党”底略称）。望读者们一概更正！

编者

编辑室消息①

《拓荒者》第四、五期合刊

一，伟大的五一已经来到了，本刊为着纪念这一个伟大的节日，以及整个的赤色的五月，除加入其他刊物，联合发行五一特刊，参加五一及五月其他的示威游行而外。在前面已经又发表了好几篇论文，以及很多的创作。这里，再把五一节的历史，简单的加以介绍于次。

在历史上放着异彩的五一节，究竟是怎么一回事呢？

那是——

在一八七九年，美国工人要求国会通过了“三八制”——即工作八小时，休息八小时，教育八小时。但是政府不批准，资本家不履行，工人仍然受着严厉的压迫和恶劣的待遇！每日做十小时以上的工作，痛苦万分。到一八八四年，工人们始觉悟到政府和资本家是互相勾结的，政府就是资本家利用以压榨工人的工具；若依靠政府去解除工人的痛苦，是万不可能的；要解除工人本身的痛苦，非取直接的革命行动不可。于是遂于是年十月七日在芝加哥召集工人群众联合大会，（与会的有美国与加拿大的劳动者及一般民众）在这一次大会里议决了从一八八六年起，每年五月一日各地工人举行总同盟罢工直接向资本家示威！要资方履行八小时工作制度。

一八八六年五月一日，芝加哥四万余工人依照了一八八四年的决议，实行总同盟罢工；并于各地示威游行。这一次运动的结果，资本家发抖而屈伏了；工人方面获得最大胜利，在五月一日之后数日，有十二万五千工人，在

① 载《拓荒者》第4、5期，1930年5月。

一个月后，有二十万工人，实行了八小时工作制度。但同时在五月三日，麦可克米收刈工场有千余因罢工而被开除的失业工人。召集开会，请国际工人协会的代表司拍司 Spies 到会演说。这个消息却被代表资本家的政府探悉了，马上派遣其所豢养的走狗——警察，以暴力来强迫解散会议！群众不服，遂与之发生冲突，警察当场开枪，击毙工友六人，伤者无数。这场惨剧激励了芝加哥全市的工人及一部分同情工人的知识分子的公愤，第二天（五月四日）司拍司在报上发表了一篇文字鼓吹暴动，这天晚上就有二万多工人齐集在草市场中开会。会议将终之际，忽来二百多名带着手枪的警察，欲以暴力驱散群众，群众愤极，当场有人掷一炸弹于警察队伍里。炸死数人，军警官吏炸伤者六十余人；工人们把这件事宣告全国，一时大大震动，几乎不可收拾。第二天政府军警大加戒严，封闭所有革命报馆，并搜捕前晚与会的主要人物，于是工人的先驱者知识阶级的革命者，司拍司，斐尔登 Fielden，尼伯 Neebe，士瓦伯 Schawab，林格 Lingg，斐士尔 Fischer，恩格尔 Engel，七人同时被捕；还有拍尔森司，当时他本不在芝加哥，因闻他的同志被逮，愤激的结果，便到法庭自首了。隔了两个月，法庭判决林格，拍尔森司，司拍司，斐士尔，士瓦伯，五人的死刑，其余三人因工人民众的要求，判处终身监禁。这些革命先驱者，在法庭上都有极悲壮激昂的演说；一八八六年十一月十日，林格因耐不过监狱中的惨痛生活，饮毒自尽了。次日十一点半钟，拍尔森司等四人唱着壮烈的歌也就上了绞刑台了。

这么一来，工人一方面因五一运动而获着三八制的大胜利，一方面又受了流血的大牺牲；以后全世界各国工人蒙其影响，俱有更进一步的觉悟，一八八九年万国劳动者在巴黎开大会（即所谓第二国际的第一次大会）议决五月一日为万国劳动节，全世界各国的工人，每年到了这天，均须举行总同盟大罢工，联合向资本家示威，要求工人自身生活的改善。自此以后，每逢“五一”各国的劳动者及革命民众俱有热烈的纪念和运动。这种运动是有世界性的，就是整个世界的被压迫阶级向着压迫阶级进攻的阶级斗争。

在上面的事实告诉了我们：五一运动是充分表现工人阶级的觉悟，而以直接行动的方式去改善工人自身的生活。这在劳动史上确开了一个新纪元，但三八制还不是解放工人的彻底办法。三八制实行了，工人的生活虽较前增进一点，然仍受着许多不良的待遇无穷的痛苦；所以五一节可以说是劳动运动初步胜利的纪念，工人欲得着彻底的解放，必须继续五一殉难诸先烈的遗志，猛烈的向前进攻，务期打倒资本家和其用以榨压民众的工具——政府；另行组织我们劳动者自己的政府——苏维埃政府；要这步工作完成了，工人才算获得完全的胜利，五一节才有更深的意义。

二，这一期的本报是四五两月号的合刊，因此，分量特别来得重，出版不免耽搁了许多时日。不过，在内容上，我们自己认为满意的，是在读者们的严厉监督中，比前次各期已有一些进步，尤其是关于政治运动的配合上，我们希望读者常此不断的把对于本报的意见写给我们，使这个刊物能够逐渐改善。我们已经决定从下一期起，将编辑计划大加改变，增加并扩大政治的记载。各种通信，各神通俗的讲座，希望读者踊跃寄稿。

三，关于本期的创作，有几篇是值得特别介绍的。如殷夫《Marchsth》，就是对比的在描写两个阶级的三八。冯宪章的《一月十三》是以一月十三的安迪生事件，作为了描写的对象。孟超的《潭子湾的故事》，是“五卅的故事”，这是特地为纪念五卅而作，马宁的《西伯利亚》，取材于去年的中东路事件，这是关于兵士运动的作品。此外，如取材于去年日本十月三日检举中国革命学生事件的森堡的《两种不同的人类》，标题着反军阀的战争为阶级的斗争的建南的《甲子之役》，以农村苏维埃为描写对象的洪灵菲的《新的结团》等篇也都是很有力的作品。关于小说，附带要说的，就是光慈因为病的关系，《此路不通》没有继续翻译，只得暂停一期。平万预告的《铁的纪律》也因事忙没有写好。

四，诗歌戏剧方面，有特别指出必要的，是朝鲜的作家牛步的《台湾》，很深刻的表现了朝鲜的革命运动的浪潮，死在苏州牢狱中的让白的《在柱头上》，非常强烈的表现了无产党人的铁一般的意志，和火一般的粗暴的呼号。其他许多关于五月的诗歌，其间的一部分不但对革命的五月表示了一种新的认识，也获得了新的技巧。孙伟的一首和随笔中的戈旦的《占领》同是为纪念一九二七年十二月广州事件而作。

五，论文批评与介绍，其间很有些值得讨论的问题，如关于艺术作品的评价的问题，如关于文艺大众化的问题，如“集团艺术”的问题，如戏剧运动以及作品批判的问题，我们希望读者们勇敢的来参加这些问题的讨论；同时，在对敌人的战斗上，关于新月派昀理论检讨问题，关于取消派王独清一班人的文艺理论的社会根据问题，我们也将于下一期更进一步的工作起来，一样的希望读者来参与这些论战。

六，关于四五期合刊，在最后，我们要提出建南的《激流怒涛中的最近日本普罗艺运》一文，来使读者特别注意，我们可以看到日本帝国主义，对于无产阶级艺术运动是在如何的压迫，而日本的艺术运动的同志们又是如何的在突破严重的白色恐怖去努力进行着我们的运动。中国的白色恐怖虽然比之日本来得更为急激，最近，如艺术剧社的被封，与社员的被捕，学校的不断的被封闭，革命学生的成十成百的拘捕，文艺刊物的不断的查禁，文艺组织的不能公开，一切一切，都表示白色恐怖的加紧，但是，我们一定是要突破这种种的压迫来进行我们的运动，同时，也要号召广大的革命的群众来参加我们的斗争，来扩大我们的宣传，来完成我们的解放运动。

七，末了，我们要郑重的声明，《拓荒者》始终是大众的刊物，是左翼作家所共有的杂志，要这个刊物健全，只有大家一同来努力；至于每期的缺陷，也希望大众随时给予指导，使编辑人能随时认识自己的错误而加以克服！

编辑部

附录

蒋光慈传略

蒋光慈，学名蒋如恒，后父改其名为蒋宣恒，又自号侠生，或侠僧，开始发表诗文时用笔名蒋光赤，最后改名光慈，在国民党统治的白色恐怖之中，也曾不断变换自己的笔名，如：华希理、维素、华维素、魏克特、敦夫、陈情等。1901 年 9 月 11 日（清光绪二十七年辛丑农历七月二十九日）生于安徽省六安市金寨县白塔畈（过去属霍邱县）一个小商的家庭里。蒋光慈祖辈家里贫穷，从明朝起流落到安徽，靠抬轿为生。父亲蒋从甫，开一杂货铺，后自学诗文，被当地一塾馆聘为教师。蒋光慈 9 岁时，入该塾馆发蒙。

蒋光慈 11 岁，到故乡五十里外的志诚小学（属河南固始县）读书。当时具有进步思想的国文教员詹谷堂（1924 年入党，后为鄂豫边区党的负责人）对蒋光慈影响甚大。蒋光慈参加了詹谷堂组织的读书会，阅读了大量进步书刊。

1916 年夏蒋光慈高小毕业，考入河南省固始中学。他对校长嫌贫爱富的做法极为不满，集合穷苦子弟打了校长，因而被开除回乡。

1917 年蒋光慈在家从事农业劳动，自学半年。夏入安徽省立第五中学（校址在芜湖赭山）学习。这期间除对《新青年》《每周评论》等有兴趣外，并大量阅读无政府主义的有关著作，很崇拜刺杀俄皇的索非亚，曾作诗道：“此生不遇索非亚，死到黄泉也独身。”他还和校外的钱杏邨（阿英）、李克农等人成立“安社”（“安”即“安那其”的简称），出版油印小报《自由之花》。

1919 年，五四运动在北京爆发。5 月 7 日，芜湖各校成立学联，推选蒋光慈为芜湖学生联合会副会长；并在学校主编《自由魂》，用笔名蒋光赤在《皖江日报》发表诗文。7 月 19 日，蒋光慈带领学生查禁洋货，鼓动罢市。年末，又以外省学生身份参加了河南开封以曹靖华为首成立的“青年学会”。

1920 年，蒋光慈经南京去上海，通过陈独秀、高语罕的关系，加入上海社会主义青年团，并到中国共产党在上海发起组织创办的外国语社学习俄语。学习期间，阅读了《共产党宣言》等革命书籍，积极参加革命活动，印发传单，组织游行等。

1921 年春末夏初，蒋光慈和刘少奇、任弼时、萧劲光、韦素园等携带上海社会主义青年团给第三国际密信，由上海吴淞口乘轮，经日本长崎，走海参崴，到莫斯科，入莫斯科东方共产主义劳动大学中国班学习，专修政治经济学。在留苏期间，蒋光慈取俄名 УТКуН（乌特金）。

1922 年 1 月，共产国际在莫斯科召开远东各国共产党和民族革命团体第一次代表大会，刘少奇、任弼时、蒋光慈等为大会服务，参加编印会刊。是年转为中国共产党党员。在红场，和列宁一起参加星期六共产主义义务劳动。

1924 年 1 月，列宁逝世，蒋光慈写诗《哭列宁》，坚信“死的是列宁的肉体，活的还是列宁的主义。”“列宁的心灵永化在无产阶级的心灵里。”蒋光慈在苏联写了不少热情洋溢的诗篇，这些诗篇大部分后来都收到第一部诗集《新梦》里。初夏，由莫斯科返回北京，转去上海，经瞿秋白介绍，在上海大学社会学系任教。3 月 1 日，在《新青年》季刊第三期发表论文《无产阶级革命与文化》，署名蒋侠僧。11 月 15 日，与沈泽民等组织春雷文学社，在上海《民国日报》副刊《觉悟》上办《文学专号》，仅出两期，长诗《哀中国》和论文《现在中国的文学界》在上面发表。

1925 年 1 月，蒋光慈的第一部诗集《新梦》由上海书店出版。收 1921 年 7 月 4 日—1924 年 7 月 6 日的作品，是作者“留俄三年中的诗集”。这部诗集，批评家钱杏邨曾推崇为“简直可以说是中国革命文学著作的开山祖”。2 月协助郭沫若校译屠格涅夫的《处女地》，参加创造社，在《新青年》上发表怀念列宁的散文《在伟大的墓之前》。4 月去北京参加中国共产党北方区执行委员会工作。5 月中旬，由北方区党委负责人李大钊介绍往张家口冯玉祥将军处，担任苏联顾问翻译。10 月，仍回上海。11 月 1 日，第一部中篇小说《少年飘泊者》完稿，此时，他继续在上海大学任教，并在上海政法大学教俄语，后又在上海斜桥美专代课。12 月为痛悼被军阀杀害的上海总工会副委员长刘华，写《在黑夜里——致刘华之灵》的诗。

1926 年 1 月，上海亚东图书馆出版《少年飘泊者》，这部小说在读者中，尤其在青年读者中引起强烈反响，小说初版后，7 年中就重版 15 次。8 月，与长期通信的河南文学青年宋若瑜结婚，同居一月后，宋因肺病住进江西牯岭医院，11 月 6 日，宋病逝于牯岭。蒋光慈由沪前去安葬。一年以后，蒋光慈出版他和宋若瑜的通信集——《纪念碑》，以示纪念。

1927 年 1 月，诗集《哀中国》、短篇小说集《鸭绿江上》出版，此二书都曾经瞿秋白校阅修改。蒋光慈和瞿秋白二人过从甚密。4 月 3 日，写成反映上海工人武装起义的被称为报告文学的中篇小说《短裤党》。小说发表后，瞿秋白称赞说："暴民专政正是《短裤党》那篇小说的理想。"

"四一二"以后，蒋光慈奔赴武汉，在《农工日报》副刊发表诗歌《到武汉以后》，表示要做中国的拜伦，为争自由而战。"七一五"事变，离武汉仍回上海。10月，中篇小说《野祭》出版。冬，与孟超、杨邨人、钱杏邨一起，按照武汉未完成的计划，着手筹办《太阳月刊》及春野书店。为促进革命的大联合，共同对敌，11月上旬，事先征得郭沫若同意，蒋光慈和郑伯奇、段可情等同志特地去拜见鲁迅，表示联合的意见，鲁迅先生欣然同意，并主张不必另办刊物，可以恢复《创造周报》，作为共同的园地。11月，《短裤党》出版，同时写成中篇小说《菊芬》。

1927年12月3日，上海《时事新报》发表以鲁迅为首，郭沫若（化名麦克昂）、成仿吾、郑伯奇、蒋光慈列名的《创造周报复刊广告》，但当时因种种原因，此联合计划终未实现。

1928年1月1日，《太阳月刊》第一期出版。年初，成立太阳社。社中所有成员均为共产党员。2月，太阳社与创造社召开联合会议，蒋光慈作了关于当前文艺运动的发言。不久两社开始联合批评鲁迅，一场关于革命文学的论争由是开始。

蒋光慈的《哭诉》《菊芬》《最后的微笑》等陆续出版。10月1日，他主编的《时代文艺》创刊，写了卷头语，仅出一期。

1929年1月1日，蒋光慈主编的《海风周刊》创刊；3月1日，主编的《新流月报》创刊。4月，长篇小说《丽莎的哀怨》完稿，这部小说过多地同情白俄贵族妇女，渲染了不健康的情绪，小说出版后，遭到同志们的尖锐批评。11月间，蒋光慈因治疗肺结核病，东渡日本休养。在他的倡议与主持下，成立了太阳社东京支部。在日期间，蒋光慈译完了里别津斯基的小说《一周间》，写成长篇小说《冲出云围的月亮》和日记《异邦与故国》。蒋光慈在创作的同时，写了不少阐述无产阶级革命文艺理论的论文，并译介了苏联的文学创作与理论。

是年冬，回国后，与鲁迅、柔石、冯雪峰、夏衍、郑伯奇、冯乃超、彭康、阳翰笙、钱杏邨、戴平万、洪灵菲等12人组成中国左翼作家联盟筹备小组。同时，太阳社自动解散，该社成员全部加入"左联"。

1930年1月，由田汉介绍，与南国社演员吴似鸿相识，2月结婚。2月，诗集《乡情集》出版。3月，"左联"在上海成立。蒋光慈因病未出席成立大会，大会选他为"左联"常务委员会候补委员，11月5日，长篇小说《咆哮的土地》完稿。当时由于党内的左倾路线的压迫，同时自己也滋长一些消极情绪，书写退党报告请钱杏邨转党组织。数日后，党地下报刊《红旗报》刊登了开除蒋光慈党籍的消息。

1931 年 1 月，白色恐怖日趋严重，柔石等“左联”五烈士被捕牺牲，国民党曾开捕车到蒋光慈住地万宜坊捕捉蒋未遂，蒋被迫迁居。2 月，在电车上被特务盯梢追捕，旋逃脱。

4 月，蒋光慈肺病加剧；6 月化名陈资川，借资住进虹口同仁医院三等病房。临逝世前，仍询问探病友人楼适夷、钱杏邨、杨邨人等，关心江西红军战斗情况。

1931 年 8 月 31 日上午 6 时，蒋光慈病逝，终年 31 岁。即日下午，在细雨霏霏中，由钱杏邨、吴似鸿等送别，葬于江湾上海公墓。

1932 年，蒋光慈的最后一部长篇小说《咆哮的土地》，改名《田野的风》在上海湖风书店出版。

1953 年 5 月 25 日，由上海市文联主持，上海人民将蒋光慈的遗骸迁葬于虹桥公墓。陈毅同志书写墓碑“作家蒋光慈之墓”。

几点说明：

① 关于蒋光慈的祖籍和出生地，过去有种种说法。经编者考证：蒋光慈始祖在西周蒋国（现河南固始蒋集）。后因战乱南迁浙江淳安，明朝回迁六安县武陟山下莲花庵，后迁至白塔畈。蒋的祖籍应为河南，他出生于安徽省六安地区（六安市）金寨县白塔畈。白塔畈过去属六安地区的霍邱县，现划归金寨县。

② 蒋光慈就学的志诚小学、固始中学都属河南省。有的文章和书写为属安徽，错了；这是因为蒋的家乡与河南省界交接，常引起混淆。

③ 蒋光慈赴苏俄留学时间，根据多数材料查证，应为 1921 年春末夏初。

④ 蒋光慈入党的时间，据同去苏俄学习的任弼时及苏联《简明文学百科辞典》等，均说是在 1922 年冬由社会主义青年团团员转为中国共产党党员，和刘少奇等在同一旅俄支部。有些文章将蒋入党时间提前的说法，不确切。

⑤ 关于蒋光慈逝世的确实日期和时间，过去说法不一。《新文学史料》1979 年第 4 辑刊载的李华盛的《蒋光慈病逝的确切日期》，已考证清楚。至于蒋光慈的生卒年龄按虚岁计，是 31 岁，按足岁计，是 30 岁。

本书编者

2016 年 8 月于合肥

蒋光慈生平年表

（1901—1931）

1901 年（清光绪二十七年）　一岁

9 月 11 日（农历七月二十九日），出生于安徽省六安市金寨县南乡白塔畈（过去属霍邱县）一个轿夫家庭里。乳名小巧子。大哥蒋如谦（1891—1931），二哥蒋如让（1893—1931），他排行老三。妹妹蒋如香。他祖父以上几代是轿夫，逃荒流落到白塔畈，寄居在他人的牛棚柴屋里。父亲蒋从甫（1869—1942），自幼在史河两岸的叶集、陈淋子镇当学徒，经自学，能诗善文，后为塾师；祖父死后，父亲回乡经营粮食，做小本生意。母亲陈氏（1872—1947），劳动妇女。

1907 年　七岁

入白塔畈朱丹私塾读书。学名蒋如恒。自幼十分聪明，受到父母宠爱。

1912 年（民国一年）　十二岁

蒋光慈面对家乡滔滔的沛河大水，作七绝一首："滔滔洪水害如何，商旅相望怕渡过。澎湃有声千尺浪，渔舟遁影少闻歌。"（此诗系湖北鹤峰燕子食品站郎育才同志于 1980 年提供，郎是蒋光慈父亲从甫先生的得意门生）。

1914 年（民国三年）　十四岁

父亲送蒋光慈到离家五十余里的河南省固始县县立志诚小学（校址在陈淋子）高小入丁班读书，父又改其名蒋宣恒。皖豫边区著名革命家詹谷堂（1882—1929，金寨县人，1924 年参加中国共产党，商南立夏节起义领导者之一。1929年秋，部队调离后，由于坏人告密而被捕，被国民党反动派杀害）是他的国文教师。

1916年（民国五年）　十六岁

参加詹谷堂组织的“读书会”，阅读进步书刊，追求真理，曾赋诗抒怀，云：“昔日思班子（超），今朝慕列宁。”在校期间，带领同学，砸了地方八保练总、太平天国叛徒李兆寿幼子李荫棠乘坐的轿子，引起轩然大波。

夏，高小毕业。与叶毓情等同学考入河南省固始中学。因受新思潮影响，对校长嫌贫爱富的做法强烈不满，集合贫苦子弟打了校长。年末，被学校开除回乡。

1917年（民国六年）　十七岁

在白塔畈，放牛，自学半年。

夏，经安徽省立第五中学（校址在芜湖赭山）学生自治会会长，同乡李宗邺介绍，未经考试，即插入该校丙班学习。

安徽省立五中原为皖江中学，章士钊、陈独秀、柏烈武、苏曼殊等先后在此任教；并在芜湖长街创办“科学图书社”，是《新青年》杂志最早的“代派处”之一。他们在教学的同时，为推翻满清、建立民国作了许多有益的宣传工作。1916年前后，进步教育家、校长刘希平，新文学倡导者胡适、高语罕，前皖督、佛教哲学的宣传者孙少侯等曾来该校传播新思想。光慈的国文程度闻名全校，受到高语罕等人的重视。

1918年（民国七年）　十八岁

仍在五中学习，自号“侠生”。对社会不满，经常朗诵岳飞《满江红》词，喜爱陆游爱国诗章。常说：“我所以自号‘侠生’，将来一定做个侠客，杀尽这些贪官污吏。”后来发展为反对北洋军阀政府，愤而想当和尚，将“侠生”改为“侠僧”。他说：“我当和尚，也还是做个侠客去杀人。”

克鲁泡特金、巴枯宁等人的无政府主义著作传到芜湖，李宗邺、胡苏明、吴保萼、台逸谷、蒋光慈和外校的钱杏邨（即阿英）、李克农等人成立“安社”（按：“安”即“安那其”的简称），出版油印小报《自由之花》，由李宗邺和蒋光慈主编，寄往各大城市的有关进步团体。他们还公演波兰作家廖抗夫的名剧《夜未央》，并轮流在《皖江日报》副刊《皖江新潮》上发表讨文，反军阀、反列强侵略、反旧式婚姻、反私有制度、反文言文、反穿绸缎、反坐人力车、反官僚校长等。

蒋光慈仰慕《夜未央》剧中的女英雄索非亚，反对家庭包办婚姻。当时，父母包办他与王书英订婚。他极不满此婚事，曾写诗云：“此生不遇索非亚，死到黄泉也独身。”

1919 年（民国八年）　十九岁

五四运动在北京爆发。5 月 7 日，芜湖各校学生代表在乙种商校联会。会上省立五中和二中的代表成立学联，响应北京学生举行罢课的建议。代表推选蒋光慈为芜湖学生联合会副会长。他一直站在斗争前列，并在学校主编《自由魂》。他用笔名蒋光赤在《皖江日报》上发表诗文，被人称为“安徽二赤”之一（按：另一“赤”是学生联合会秘书长王赤华。王原名“持华”，改为“赤华”）。他常说：“要救中国，必须在中国有一个十月革命。”由于劳累奔波，曾不止一次吐血。

5 月 19 日，他带领学生，查禁洋货，打商会，打伤了芜湖商会会长汤善福，揭开了芜湖地区学生运动序幕。

此时，认识北大图书馆管理员蔡晓舟。蔡当时由北京到安庆开书店，经常将《湘江评论》《钱江评论》等革命书刊送给蒋光慈，托他转赠进步同学。

河南开封第二中学学生以曹靖华等为首，成立“青年学会”。蒋光慈经固始中学同学叶毓倩介绍以外省学生身份参加该会。会员十余人（其中有蒋后来的爱人宋若瑜）。

1920 年（民国九年）　二十岁

3 月 1 日，在河南开封曹靖华主办的《青年》杂志第四期上，以蒋侠生名发表诗作《读李超传》。

4 月 4 日，仍以蒋侠生名在《青年》第五期发表《我对于自杀的意见》。

春，中学尚未毕业，经高语罕介绍，与吴保萼一起经南京去上海。通过陈独秀、高语罕的关系，加入上海社会主义青年团，入中国共产党上海发起组创办的“外国语学社”学习俄语，至次年春天。先后同学有：刘少奇、萧劲光、任弼时、曹靖华、韦素园、许之桢、彭湃等。

学习期间，积极参加革命活动。印发传单，做工，游行，阅读《共产党宣言》等革命书籍，思考中国革命问题。

6 月 4 日，给开封河南省立第一女子师范学校学生、“妇女同志会”成员，《女权》杂志主编宋若瑜发出第一封联系信。

1921 年（民国十年）　二十一岁

春，介绍沈泽民赴芜湖第五中学任数学教员。沈在芜湖组织了“芜湖学社”，出版《芜湖》半月刊。

春末夏初，蒋光慈和刘少奇、任弼时、萧劲光、韦素园、吴保萼等携带上海社会主义青年团给第三国际的密信，用商人护照，由上海吴淞口乘货轮，经日本长崎，到达海参崴，冒险奔赴莫斯科。

7 月 4 日，于赴苏途中的乌拉尔山，写出第一首歌颂苏联的诗篇《红笑》（后收入诗集《新梦》）。

秋，入莫斯科东方共产主义劳动大学中国班学习，专修政治经济学。刘少奇负责管理全班事务。《北京晨报》驻莫斯科记者瞿秋白教授俄语，并兼理论课翻译。蒋光慈开始结识瞿秋白。

1922 年（民国十一年）　二十二岁

1 月，共产国际在莫斯科召开远东各国共产党和民族革命团体第一次代表大会。刘少奇、任弼时、蒋光慈等都抽调去为大会服务，并参加编印会刊。

7 月 3 日，与瞿秋白的诗歌《赤潮集》唱和，写下《西来意》一诗。

是年，转为中国共产党党员。

是年，在莫斯科克里姆林宫参观时，见到列宁。在红场，和列宁一起参加星期六共产主义义务劳动。

1923 年（民国十二年）　二十三岁

继续在苏联学习，钻研苏俄文学，从事新诗创作。

6 月，在东方大学担任中国旅法班同学的俄语翻译。

1924 年（民国十三年）　二十四岁

1 月 21 日，列宁逝世。蒋光慈等中国班同学参加了追悼活动。

初夏，与萧三、严宽等，由莫斯科返回北京，在学生公寓见到李霁野、台静农、韦素园等同乡，表示要去上海从事革命文学创作活动。

夏，在上海，经组织分配，在上海大学社会学系任教，兼俄语课。积极培养附中半工半读学生刘华等工运骨干力量，并坚持革命文学创作活动。

8 月 1 日，在《新青年》季刊第三期发表论文《无产阶级革命与文化》，署名蒋侠僧。

秋，给宋若瑜发出第一封表示爱情的信。

11 月 3 日，接到宋若瑜复信。

11 月 15 日，在上海《民国日报》副刊《觉悟》上发表《“春雷文学社”启事》：“我们这几个人——光赤、秋心、泽民、环心组织了这个文学社，宗旨是想尽一点力量，挽回现代中国文学界‘靡靡之音’的潮流，预备每星期日在《觉悟》上出《文学专号》，请读者注意。”《文学专号》是他回国后所办的第一个文学刊物，仅出两期。发表了《我们是些无产者》（诗）、《哀中国》（长诗），《现在中国的文学界》（论文）。

1925 年（民国十四年）　二十五岁

1 月 1 日，在《民国日报》副刊《觉悟》上发表《现代中国社会与革命文学》，倡导革命文学，指出：“谁个能够将现社会的缺点、罪恶、黑暗……痛痛快快地写将出来，谁个能够高喊着人们来向这缺点、罪恶、黑暗……奋斗，则他就是革命的文学家，他的作品就是革命文学。”

1 月，第一部诗集《新梦》由上海书店出版。收 1921 年 7 月 4 日—1924 年 7 月 6 日的作品，是作者“留俄三年中的诗集”。高语罕为本书作序。扉页刻有题词：“这本小的诗集，贡献于东方的革命青年。”

2 月，参加上海纱厂三万工人大罢工运动。

春，郭沫若在郁达夫陪同下于上海第一次会见蒋光慈。他帮助郭沫若校译屠格涅夫的《处女地》。参加创造社。支持瞿秋白恢复出版《新青年》杂志，积极撰稿，并先后发表《在伟大的墓之前》等散文。

4 月 17 日，受党中央派遣去北京，参加中国共产党北方区执行委员会工作。

5 月中旬，由北方区党委负责人李大钊介绍往张家口冯玉祥处，担任苏联顾问的翻译。

夏，在北京与赵世炎一起介绍同乡李云鹤加入中国共产党。（次年，李即任中共河北省委书记）

6 月 16 日，写信给宋若瑜，信中署名蒋光慈。

7 月 20 日，未婚妻宋若瑜偕母亲同往北京，与蒋光慈正式确定爱情关系。8 月 6 日，宋若瑜和母亲离京返开封。

9 月，宋若瑜在蒋光慈的经济支持下，重去南京东南大学教育系复学。

10 月，由张家口去南京，看望宋若瑜，并抵达上海。

秋，在沪与瞿秋白、张太雷住在一起，并经秋白介绍，与孟超相识。

11 月 1 日，第一部中篇小说《少年飘泊者》完稿。

此时，他继续在上海大学任教，并在上海法政大学教俄语，后又在上海斜桥美专学校代课，同时坚持革命文学创作活动。每周末去工厂参加工人运动，或去上海持志大学从事学生运动。

1926 年（民国十五年）　二十六岁

1 月，《少年飘泊者》由上海亚东图书馆出版。

2 月，宋若瑜在开封患重病，蒋光慈由沪赶往探视。

上半年，曹靖华由北京去广州参加北伐。途经上海，光慈在宴席上批评鲁迅“不革命”，靖华与之辩论。

5 月，大哥蒋如谦由安徽老家来沪探望他，并劝婚。蒋光慈拒绝与王书英结婚，后写短篇小说《弟兄夜话》，该小说即取材于这件事。

6 月，俄国文学家皮涅克到“南国社”，适逢“电影剧社”拍摄电影《到民间去》，皮涅克饰俄国诗人，光慈饰翻译兼陪客。由是他与田汉结交。

7 月，宋若瑜抵沪。曾帮助他誊抄《弟兄夜话》手稿。

8 月 15 日（旧历）前，与宋若瑜结婚，当时宋肺病已重。同居一个月后，宋因肺病住进江西牯岭医院。

9 月下旬（或 10 月上旬）蒋光慈去庐山牯岭照应宋若瑜。同时写了《橄榄》《逃兵》等短篇小说。

11 月 6 日，宋若瑜病逝于牯岭。蒋光慈由沪去安葬。

12 月 21 日，为工人运动领袖刘华的牺牲，写了悼念诗《在黑夜里》。

是年，父亲蒋从甫因光慈是共产党，被迫避居六安县莲花庵（今属六安市裕安区），开米行，兼教私塾，维持生计。

年底或次年初，蒋光慈陪同瞿秋白访晤郭沫若。这是瞿、郭两人第一次见面。不久，瞿要蒋电告广州中山大学，中央要郭去任文学院院长。

1927 年（民国十六年）　二十七岁

诗集《哀中国》（瞿秋白题签）由汉口长江书店出版。

1 月，短篇小说集《鸭绿江上》出版。扉页上的题词：“本书纪念亡妻若瑜”。该书曾经瞿秋白审阅修改，蒋瞿二人过从甚密，蒋是瞿家的常客。

4 月 3 日，写成《短裤党》，反映上海工人武装起义，被称为报告文学的中篇小说。小说的素材主要由瞿提供，书名也是他们讨论后拟定的。定稿前，秋白曾殷切地对他说：“要写好深刻真实地反映革命的作品，必须积极地参加实际斗争，深切地了解革命和革命群众。”并希望他今后努力克服粗糙、艺术性较差的缺点。小说发表后，秋白称赞说：“暴民专政正是《短裤党》那篇小说的理想。”

5月，赴武汉。在《农工日报》副刊发表诗歌《到武汉以后》，表示想做中国的拜伦，为争自由而战。同月，钱杏邨、孟超、杨邨人在中共中央宣传部出版科工作。光慈以文会友。其间，瞿秋白曾谈到创办革命文学刊物的问题。他们四人拟办《太阳》刊物，但集稿之际，发生“七一五”事变，遂先后离开武汉。

8月10日下午，在戒严期间，过江与钱杏邨见面。

8月24日，蒋光慈准备取道旱路回安徽老家，钱杏邨为其开了旱路路程单。

8月26日，钱杏邨接紧急函件，离开武汉，书面向光慈、孟超、杨邨人告别。

9月6日，蒋光慈从武汉到芜湖，寻钱杏邨不遇，直接去上海。

9月21日，钱杏邨接光慈由沪发来的索稿信件。

10月6日，写成长诗《哭诉》。

10月20日，中篇小说《野祭》出版。

冬，将笔名“光赤”改为“光慈”。和创造社合作，为《创造周刊》集稿。

冬，与孟超、杨邨人、钱杏邨一起，按照武汉未完成的计划，着手筹办《太阳月刊》及春野书店。并动员瞿秋白参加太阳社。

成立春野书店，决定出版《太阳月刊》(是征得组织许可，经瞿秋白的同意的。杨之华有时为他们传达秋白的意见)。

11月1日，《俄罗斯文学》付印。瞿秋白将他访苏期间写下的《俄国文学史》以《十月革命前的俄罗斯文学》为题，交给光慈，作为《俄罗斯文学》的下卷。光慈在“书前”写道：“关于本书的下卷，我要深深地感谢我的朋友屈维它（秋白的笔名——编者）。因为这是他的原稿，得着他的同意，经我删改而成的。”

11月9日午后，在郭沫若的允可下，蒋光慈、郑伯奇、段可情三人去上海横浜路景云里二十三号访问鲁迅先生，谈联合的意见。鲁迅先生立即欣然同意，并且主张不必另外办刊物，可以恢复《创造周报》，作为共同的园地，他将积极参加。大家都很高兴。郭沫若也表示欢迎。

11月11日，《纪念碑》(与宋若瑜通信的合集）出版。

《短裤党》出版。

11月26日，写成中篇小说《菊芬》。

1928年（民国十七年）　二十八岁

1月1日，蒋光慈等编辑的《太阳月刊》第一期出版。

上海《时事新报》发表以鲁迅为首，郭沫若（化名麦克昂）、蒋光慈、成仿吾、郑伯奇都列名的《创造周报复刊广告》。但刚从日本回国的创造社的一些青年认为这不足以代表一个“新的阶段”，废除了前议，另外创刊《文化批判》。

《太阳月刊》和《文化批判》都从创刊号起连续发表蒋光慈的论文《现代中国文学与社会生活》《关于革命文学》等，引起革命文艺队伍内部创造社、太阳社与鲁迅之间的一场关于革命文学的论争。

年初，发起成立太阳社。党中央负责人瞿秋白、杨匏庵、罗绮园及高语罕等出席成立大会。成员均是共产党员。蒋光慈任太阳社党支部书记，属于上海闸北区文化支部。

1月，蒋光慈认识了诗歌爱好者、上海同济大学学生殷夫，很器重他的诗作，在创作和思想上给予他很大帮助。

2月，《太阳月刊》2月号发表钱杏邨《死去了的阿Q时代》，批评鲁迅。

2月，太阳社与创造社召开联席会议，成仿吾主持，蒋光慈、钱杏邨、杨邨人、冯乃超、彭康、李初梨、郑伯奇、张资平、华汉、李一氓、龚冰庐、李铁声、朱镜我、王独清等参加。蒋光慈作了关于当前文艺运动的发言。两社开始联合批评鲁迅。

3月18日，《哭诉》作为“太阳小丛书”第四种出版。

4月1日，在《太阳月刊》4月号发表《论新旧作家与革命文学》，署名华希里。同期，殷夫以“任夫”笔名发表了第一组长诗《死神来到之前》。

4月1日，《菊芬》出版。

7月1日，为《太阳月刊》停刊号（7月号）写了《停刊宣言》。

9月，长篇小说《最后的微笑》出版。

10月1日，他主编的《时代文艺》创刊，写了《卷头语》，仅出一期。

1929年（民国十八年）　二十九岁

1月1日，主编《海风周报》创刊（共出十七期，5月25日停刊）

3月1日，主编《新流月报》创刊，他写了《编后》（共出四期，第五期改为《拓荒者》）。

4月1日，在《新流月报》第二期扉页上登载《蒋光慈启事》，说因身体不好，不再担任编辑工作，实际是为了斗争的策略，仍继续主编。

4月14日，长篇小说《丽莎的哀怨》完稿。

8月下旬，离沪，25日抵日本东京，养病。

9月5日，译完苏联里别津斯基的长篇小说《一周间》。

9月，太阳社同人楼适夷、冯宪章、森堡等均在东京。为了便于联系工作和共同学习，蒋光慈建议成立太阳社东京支部（支社），并发展青年作者何劲锋等参加。

10月12日，写成长篇小说《冲出云围的月亮》。

10月22下午，去日本左翼文学家藏原惟人处还书，讨论文学问题。

10月30日下午，去藏原惟人处借书，并讨论翻译等问题，相商拟拜访东方普罗作家的老前辈藤森成吉。

11月15日，从东京启程回国。

冬，与钱杏邨一起受党派遣，与田汉联系参加“南国社”活动，使“南国社”迅速左倾。

冬，鲁迅、柔石，冯雪峰、夏衍，郑伯奇、冯乃超、彭康、阳翰笙、蒋光慈、钱杏邨，戴平万、洪灵菲十二人组成“中国左翼作家联盟”筹备小组。蒋光慈在小组成员会议上介绍苏联“拉普”纲领和组织情况。

12月，太阳社自动解散，后该社成员全部加入“左联”。

1930年（民国十九年）　三十岁

1月10日，主编《拓荒者》创刊（从第三期起成为“左联”机关刊物共出五期，1930年5月停刊）。

1月15日，《异邦与故国》（即旅居东京日记）出版。

1月，《冲出云围的月亮》出版，署名华维素。由田汉介绍和南国社演员吴似鸿相识。参加南国社在法国俱乐部召开的扩大茶话会。会上作了“艺术与人民关系”的发言。

2月（春节前几天），与吴似鸿结婚。邀请洪灵菲等十对夫妇参加婚礼。后为吴似鸿改名“苏虹”。意思是：苏者，苏联，虹者，像彩虹一样的美。

2月16日，在党组织的安排下，“左联”筹备小组召开以“清算过去”和“确定目前文学运动的任务”为题的讨论会，决定成立左翼作家联盟。

2月20日，诗集《乡情集》出版。

3月2日，“左联”在上海成立，蒋光慈因病未出席成立大会，会上被选为“左联”的常务委员会候补委员。

夏，父亲蒋从甫携侄儿来到上海万宜坊探望光慈。因白色恐怖严重，行动不自由，老人仅住月余，即返回安徽老家。

秋，老同学李家郕寄来自己投靠国民党的全副武装的照片和自印诗集《孤鸿吟》。光慈接件后掷于地下，并作七绝四首。

10月底，与吴似鸿一起拜访胡也频、丁玲。

11月5日，最后一部长篇小说《咆哮的土地》完稿（1932年改名为《田野的风》出版）。

12月，《咆哮了的土地》在国民党压迫下不能出版。接着，他的许多作品也陆续被查禁，不准销售。

冬，在上海的万宜坊寓处，出于对当时党内的左倾路线的不满，书写退党报告请钱杏邨转交给党组织。10月22日，党中央机关报《红旗日报》上刊登了中共江苏省委开除蒋光慈党籍的消息。

1931年（民国二十年）　三十一岁

1月初，国民党特务捕车开到万宜坊，捕捉未遂，光慈被迫迁居。

1月8日，党的六届四中全会确立了王明左倾机会主义路线的统治地位，瞿秋白被开除出中央政治局。

1月17日，“左联”胡也频等五位作家被捕。得知消息后的当天，光慈立即去“左联”开会商讨营救办法。

2月，在电车上被特务盯梢追捕，旋逃脱。

4月，吴似鸿因肺病，独自去杭州西湖疗养。

4月，病。楼适夷、钱杏邨前去探望。他病情严重，仍关心江西和故乡红军的情况。

夏，贫病交加，生活日窘，情绪悲观。郁达夫曾表示愿意介绍他去中华书局搞翻译工作，未成。

6月，因病重，化名陈资川，住进虹口同仁医院三等病房。

8月，医生诊断为肠结核、肺病二期。他几次要求医生，允许他用安眠药自杀，以减少痛苦，均为医生所拒绝。光慈考虑自己行将离世，写信给父亲诀别。委托亚东书局经理汪孟邹等代拟“遗嘱”，并在“遗嘱”上签字。

8月30日下午，杨邨人去医院探视，光慈用手势询问井冈山和大别山红军战斗情况。

8月31日上午6时，病逝，终年三十一周岁。即日下午，在细雨霏霏中葬于沙湾上海公墓。送葬者有吴似鸿、钱杏邨，杨邨人、楼适夷和亚东书局的汪孟邹、陈啸青等。墓穴号777，更名为蒋资川。

9月15日，“左联”外围刊物《文艺新闻》出版哀悼蒋光慈逝世的《追悼号》。钱杏邨等撰写悼念诗文。

是年，光慈的大哥如谦、二哥蒋如让相继病故。父亲蒋从甫连失三子，悲痛欲绝，写诗曰：“怕临残境发忧白，每到伤心泪滴红。”

1953年5月23日，上海市文联将蒋光慈的遗骸，迁至虹桥公墓安葬，夏衍同志主祭。陈毅市长写墓碑：“作家蒋光慈之墓”。

蒋光慈著译年表

1920 年

读李超传（诗）

载《青年》半月刊（开封二中青年学会主编）第四期，3 月 1 日出版，署名蒋侠生。

我对于自杀的意见

载《青年》第五期，4 月 4 日出版，署名蒋侠生。

1921 年

红笑（诗）

7 月 4 日作于乌拉岭，收入《新梦》。

十月革命纪念（诗）

10 月 25 日作，收入《新梦》。

无穷的路（诗）

12 月 26 日作，收入《新梦》。

1922 年

太平洋上的恶象（诗）

1 月为远东劳动大会作，载1924 年11 月9 日上海《民国日报》副刊《觉悟》，署名光赤，收入《新梦》。

我怎当怎样呢（诗）

2 月 5 日作，收入《新梦》。

劳工歌（译诗）

2 月 19 日译，未署原作者，收入《新梦》。

梦中的疑境（诗）

2月24日作，载1924年月11月9日《觉悟》，署名光赤，收入《新梦》。

听鞑靼女儿唱歌（诗）

2月27日作，载1924年月11月9日《觉悟》，署名光赤，收入《新梦》。

复活节（诗）

1922年复活节作，载1924年11月9日《觉悟》，署名光赤，收入《新梦》。

新梦（诗）

4月30日作，收入《新梦》。

接到第一封家信之后（诗）

6月3日作于达齐，收入《新梦》。

西来意（诗）

7月23日作，诗前有序："读维它所著《赤潮集》，见序文中有"西来意"三字，不禁生感，爰做此诗，并呈维它。"维它即瞿秋白同志，载1924年月11月21日《觉悟》，署名光赤，收入《新梦》。

无题（译诗）

俄国那特孙原作，8月24日译于莫斯科，载1924年月11月22日《觉悟》，署名光赤，收入《新梦》，题作《○○○》，即无题之意。

《○○○》（译诗）

俄国涅格拉梭夫原作，9月21日译，收入《新梦》。

秋日闲忆（诗）

9月27日作于莫斯科乡间，收入《新梦》。

自题小照（诗）

10月18日作，收入《新梦》。

少小怀雄思——笑俗儿（诗）

据蒋光慈侄蒋成思（蒋如谦子）回忆，此诗为蒋光慈1922年作，五言二十八句，现缺第二十一句五字。见1961年8月31日《新民晚报》《蒋光慈遗诗》一支。

1923年

我的心灵（诗）

1月24日作，载1924年11月24日《觉悟》，署名光赤，收入《新梦》。

暴动——追念威尔汉（译诗）

俄国布留梭夫原作，2月4日译，载1924年12月18日《觉悟》，署名光赤，收入《新梦》。

钢刀与肉头——读中国报纸作（诗）

2月12日作，收入《新梦》。

病魔（诗）

3月24日、3月26日、4月3日分段作成，收入《新梦》。

一个从红军退伍归农的兵士（诗）

5月6日作，载1924年12月19日《觉悟》，题作《一个退伍归农的红军》，收入《新梦》。

柳絮（诗）

5月20日作，收入《新梦》。

中国劳动歌（诗）

7月9日作，收入《新梦》。

送玄庐归国（诗）

11月29日作，载1924年12月24日《觉悟》，署名光赤，收入《新梦》。

昨夜里梦入天国（诗）

12月1日作，载1924年12月24日《觉悟》，署名光赤，收入《新梦》。

我要拼命地活着（译诗）

俄国布洛克原作，12月3日译，收入《新梦》。

小诗（诗）

12月12日作，收入《新梦》。

莫斯科吟（诗）

12月12日作，载1924年11月8日《觉悟》，题作《莫斯科》，署名光赤，收入《新梦》。

小诗（诗）

12月20日作，收入《新梦》。

经济形式与社会关系之变迁（论文）

载1923年12月20日出版《新青年》季刊第二期，署名蒋光赤。

1924年

哭列宁（诗）

1月22日作，前有小序，载1925年2月8日《觉悟·列宁号特刊》，署名蒋光赤，收入《新梦》。

与一个理想的她（诗）

10 月 30 日作，收入《新梦》。

人生的格言（译诗）

俄国巴尔茫特原作，1 月 30 日译，收入《新梦》。

《〇〇〇》（诗）

2 月 4 日作，收入《新梦》。

《倘若你是聪明的》（诗）

2 月 5 日作，收入《新梦》。

每回搔首东望（诗）

2 月 8 日作于瓦斯金乡下，收入《新梦》。

月夜的一瞬（诗）

2 月 20 日作于瓦斯金乡下，收入《新梦》。

劳动的武士（诗）

2 月 23 日作，收入《新梦》。

小诗（诗）

十二首，2 月 25 日作，收入《新梦》。

临列宁墓（诗）

2 月 25 日作，收入《新梦》。

新梦自序

3 月 1 日作于莫斯科，收入《新梦》。

十月革命的婴儿——我对于皮昂涅克的敬礼（诗）

4 月 4 日作，收入《新梦》。

怀拜伦（诗）

拜伦殁后百年纪念日（4 月 19 日）作，载 6 月 21 日《觉悟》，署名蒋光赤，收入《新梦》。

赠友（诗）

1924 年上半年，蒋光慈中学同学李宗邺曾作七言诗一首寄赠在莫斯科的蒋光慈，不久，收到蒋光慈步李诗原韵七言诗一首，据李回忆诗如下："阳春未到必经秋，天道循环有自由。冲出云围还是月，共君携手看沉浮。"

与安娜（诗）

7 月 6 日作，收入《新梦》。

怀都娘（诗）

7月作，载9月28日《觉悟》，署名蒋光赤。收入诗集《哀中国》。

无产阶级革命与文化（论文）

载1924年8月1日出版的《新青年》季刊第三期，署名蒋侠僧。

唯物史观对于人类社会历史发展的解释（论文）

载1924年8月1日出版的《新青年》季刊第三期，署名蒋侠僧。

一封公开的信——《驳抱朴》（书信）

8月23日作，载1924年8月28日《觉悟》，署名蒋光赤。

余痛（诗）

载1924年9月7日《觉悟》，署名蒋光赤。

外报鼓吹国际管理中国之又一论调（评论）

载1924年9月17日出版《向导》周报第八十三期，署名光赤。

罢工（诗）

9月25日作，载9月27日《觉悟》，署名蒋光赤。收入《哀中国》。

抱朴与反革命（通信）

9月25日作，载9月27日《觉悟》，署名蒋光赤。

在战争中（诗）

载1924年9月29日出版的《文学周报》第一四一期，署名蒋光赤，该诗分七章，共五十行，未收入专集。

蒋光赤小启事

9月29日作，载9月30日《觉悟》，对《文学周报》编辑把《在战争中》一诗里的军阀“齐燮元”三字改为“兵士”不满，说《时事新报》怕触了齐燮元的怒，而我却不怕。

我本是一朵孤云（诗）

10月1日作，收入《哀中国》。

我们是些无产者（《觉悟·文学专号》宣言）（诗）

10月8日作，载11月16日《觉悟·文学专号》第一期，署名蒋光赤，收入《哀中国》时题作《我是一个无产者》。

诗人的愿望（诗）

10月9日作，收入《哀中国》。

海上秋风歌（诗）

1924年秋作于上海，载《猛进》周刊第32期（1925年10月9日出版），署名蒋光赤，收入《哀中国》。

追悼死者（散文）

载10月26日上海《民国日报·黄仁纪念号》，署名光赤。

红布（小说）

载11月10日《觉悟》，署名光赤。

哀中国（诗）

11月21日作，载11月23日《觉悟·文学专号》第二期，署名蒋光赤，收入《哀中国》。

通信——对诗集《新梦》出版情况给读者的通信

载《觉悟·文学专号》第2期，署名光赤。

现代中国的文学界（评论）

载《觉悟·文学专号》第一、二期，署名蒋光赤。

单恋者之烦恼（诗）

12月4日作，收入《哀中国》。

列宁主义之民族问题的原理——译自俄国斯大林所著之《列宁主义》（译文）

载《新青年》季刊第四期国民革命号，12月20日出版，署名蒋光赤。

第三国际第二次大会关于民族与殖民地问题的议案（译文）

载《新青年》季刊第四期国民革命号，署名光赤。

民族与殖民地问题——列宁在第二次国际大会之演说（译文）

载《新青年》季刊第四期国民革命号，署名蒋光赤。

我们穷人不能再要你了（诗）

载1924年12月25日《觉悟·非基督教特刊》第十九期，署名蒋光赤，未收入专集。

耶稣颂（诗）

12月25日作，收入《哀中国》。

过年（诗）

12月31日作，收入《哀中国》。

1925年

现代中国社会与革命文学（论文）

载1月1日《觉悟》，署名光赤。

纪念碑（书信）

致宋若瑜通信四十封，收在《纪念碑》下卷，除第一封信写于1924年11

月3日外，其余三十九封信写于1925年1月11日至9月4日。蒋光慈宋若瑜通信集《纪念碑》，上海亚东图书馆1927年11月初版。

给——（诗）

1月22日作，收入《哀中国》。

也或者你太过于丰艳了（诗）

2月4日作，收入《哀中国》。

哭孙中山先生（诗）

3月3日作，收入《哀中国》。

在伟大的墓之前（散文）

载《新青年》不定期刊第一号（列宁号），4月22日出版，署名蒋光赤。

列宁年谱

载《新青年》不定期刊第一号（列宁号），4月22日出版，署名蒋光赤。

血花的爆烈（诗）

6月2日作，载1926年6月5日出版的《光明》半月刊第一期，署名蒋光赤，收入《哀中国》。

北京（诗）

8月28日作于北京，载9月11日出版的《猛进》周刊第二十八期，署名蒋光赤，收入《哀中国》。

我要回到上海去（诗）

9月12日作于北京，载《猛进》周刊第二十九期，9月18日出版，署名蒋光赤，收入《哀中国》。

读了《穷汉的穷谈》之闲话——致郭沫若先生的一封信

11月14日作，载1月29日出版的《猛进》周刊第四十七期，署名蒋光赤。

我们所爱者一定在那里（诗）

11月14日作，载11月20日出版的《猛进》周刊第三十八期，署名光赤，收入《哀中国》。

共产不可不反对（杂文）

12月5日作，载1926年1月1日出版的《洪水》第一卷第八期，署名光赤。

在黑夜里——致刘华同志之灵（诗）

12月21日作，载1926年4月16日出版的《洪水》第二卷第十五期，署名光赤，收入《哀中国》。

少年飘泊者（中篇小说）

1926年1月上海亚东图书馆出版，写作时间当在1925年。

《少年飘泊者》自序

1925年11月1日作于上海，收入《少年飘泊者》。

1926年

鸭绿江上（短篇小说）

1月14日完稿，载4月16日出版的《创造月刊》第一卷第二期，署名蒋光赤，收入短篇小说集《鸭绿江上》。

我背着手儿在大马路上慢踱（诗）

载3月12日出版的《猛进》周刊第五十二期，署名蒋光赤，收入《哀中国》。

碎了的心（短篇小说）

3月27日完稿，收入《鸭绿江上》。

五一歌（译诗）

俄国加廖也夫原作，4月19日译，载5月1日出版的《洪水》第二卷第十六期，署名光赤。篇末注："五月一日为世界劳动纪念节，我本答应了《洪水》为此事做一篇文章，但我现在因旅行疲劳，懒于执笔，只好译这一首歌塞责了，光赤附志。"

并非闲话（杂文）

一、先从反共说起——反共产与吊膀子

二、谁个主张在现在中国就共起产来

三、过去的人

四、诗哲，新中国与打倒帝国主义

五、马克思逃出文庙

一、二载《新青年》不定期刊第三号（3月25日出版）；三、四、五载该刊第四号（5月25日出版），署名蒋光赤。

十月革命与俄罗斯文学（论文）

小引

一、死去了的情绪

二、革命与罗曼谛克——布洛克

三、节木央·自德内宜

四、依利亚·爱莲堡

五、叶贤林

六、谢拉皮昂兄弟——革命的同伴者

七、十月的花

八、无产阶级诗人

九、未来主义与马雅可夫斯基

小引及第一节载《创造月刊》第一卷第二期（4月16日出版）；第二节载该刊第一卷第三期（5月16日出版）；第三节载该刊第一卷第四期（6月16日出版）；第四节载该刊第一卷第七期（1927年7月15日出版），以上均署名蒋光赤；第五、六节载该刊第一卷第八期（1928年1月1日出版），署名蒋光赤。七、八、九三节未续载。全文后易名为《十月革命后的俄罗斯》，收入单行本《俄罗斯文学》。

疯儿（短篇小说）

载《中国青年》第一二一期五月特刊号（5月30日出版），署名光赤。

血祭（诗）

五卅流血周年纪念日，收入《哀中国》。

介绍来华游历之苏俄文学家皮涅克（散文）

载《文学周报》第二三二期（7月4日出版），署名蒋光赤。

弟兄夜话（短篇小说）

7月4日作，载《光明》半月刊第五期（9月5日出版）及第六期（9月20日出版），署名蒋光赤。因刊物被查禁未能全部登完。收入《鸭绿江上》。

苏联政治经济概况——斯大林在联共第十四次大会（1925年末）的报告（译文）

载7月25日出版的《新青年》不定期刊第五号（世界革命号），署名蒋光赤。

一封未寄的信（短篇小说）

8月22日作，收入《鸭绿江上》。

徐州旅馆之一夜（短篇小说）

9月3日作，收入《鸭绿江上》。

橄榄（短篇小说）

末注“十五年双十节于牯岭”，收入《鸭绿江上》。

逃兵（短篇小说）

10月17日作于牯岭，收入《鸭绿江上》。

寻爱（短篇小说）

10月24日作，收入《鸭绿江上》。

《鸭绿江上》自序诗

10月28日作，收入《鸭绿江上》及《哀中国》。

致郁达夫（书信）

作于11月，据郁达夫1926年11月17日记："接上海蒋光赤来信，他也是和仿吾一个意见，要我去上海专编创造，作文学生涯……"原信未见。

《新梦》三版自序

收入12月出版的《新梦》第三版。

不得已答复长虹几句话

12月26日作于上海，载《幻洲》第一卷第八期（1927年1月16日出版），署名光赤。

文学与时代（论文）

1926年《心群月》第二期，署名蒋光赤。按：《心群月》系由上海大学心群文艺社编辑。

1927年

《妇女运动概论》序言

收入杨之华《妇女运动概论》，上海泰东图书局出版。

致周作人（书信）

3月10日作，署名蒋光赤，原信手稿藏北京鲁迅博物馆，1980年第五辑《鲁迅研究资料》刊载。

短裤党（中篇小说）

3月间作，上海泰东图书局11月初版，署名蒋光赤。

写在《短裤党》的前面

4月3日作于上海，收入《短裤党》，原题作：《写在本书的前面》。

寄友（诗）

7月7日作于汉口，收入诗集《战鼓》。

哭诉（长诗）

10月6日作，收入《乡情集》时题作《写给母亲》。

野祭（中篇小说）

上海创造社出版部11月初版，署名蒋光慈，附有《书前》。

纪念碑（通信集）

上卷收宋若瑜致蒋光慈书信五十七封；下卷收蒋光慈致宋若瑜书信四十封。上海亚东图书馆11月初，署名宋若瑜、蒋光慈，末注"11月6日作于上海”。1931 年书名改作《最后的血泪及其他》，由上海美丽书店印行。

菊芬（中篇小说）

11 月 26 日完稿于上海，载《创造》月刊第一卷第九、十期（1928 年 2 月 1 日及 3 月 1 日出版），署名蒋光慈。上海现代书局 1928 年 4 月出版单行本。书名曾改作《汉江潮》。

俄罗斯文学（文学评论集）

分上下两卷。上卷《十月革命前的俄罗斯文学》，原系瞿秋白所作，经作者同意由蒋光慈删改后收入本书。上海创造社出版部 12 月初版，署名蒋光慈。附有《书前》一篇，10 月 30 日作于上海。

现代中国文学与社会生活（论文）

12 月 10 日作于上海，载《太阳月刊》创刊号（1928 年 1 月 1 日出版），署名蒋光慈。

1928 年

卷头语（诗）

载《太阳月刊》创刊号（1928 年 1 月 1 日出版），署名光慈。

蚁斗——《罪人》的第一章（小说）

载《太阳月刊》创刊号，署名蒋光慈，即长篇小说《最后的微笑》（原名《罪人》）第一章。

关于革命文学（论文）

载《太阳月刊》2 月号（2 月 1 日出版），署名蒋光慈。

往事——《罪人》第二章

载《太阳月刊》2 月号，署名蒋光慈。即《最后的微笑》第二章。

寨主（翻译小说）

俄国索波里原著，载《太阳月刊》三月号（3 月 1 日出版），署名蒋光慈。收入翻译苏俄短篇小说集《冬天的春笑》。

哭诉（长诗）

3 月由上海春野书店出版单行本，为《太阳小丛书》之一，署名蒋光慈。附有《后记》：去年八月底从汉口到上海，当时满腹牢骚，一腔悲愤，竟无从发泄的机会，爰提笔写了这一首给母亲的长诗。3 月 12 日作于上海。

论新旧作家与革命文学——读了文学周报的《欢迎太阳》以后（评论）

3 月 13 日作，分六个部分：一、感激与答辩；二、文艺的创造者与时代的创造者；三、客观呢还是主观；四、新的启示呢，还是神秘主义；五、光慈只承认描写第四阶级的文学吗；六、小结。转4月1日出版的《太阳月刊》4月号，署名华希理。

冬天的春笑——《冉娜的爱》之第二章（翻译小说）

俄国爱莲堡原著，载《太阳月刊》5月号（5月1日出版），署名华希理，收入《冬天的春笑》。

夜话——《罪人》第三章（小说）

载《太阳月刊》6月号（6月1日出版），署名蒋光慈。即《最后的微笑》第三章。

在火中——纪念一个充当红军的姑娘（译诗）

俄国亚历山大洛夫斯基原作，载《我们》月刊第二期（6月20日出版），署名蒋光慈，收入（乡情集）。

诱惑——《罪人》第四章（小说）

载《太阳月刊》停刊号（7月1日出版），署名蒋光慈，即《最后的微笑》第四章。

最后的微笑（长篇小说）

倾向于1927年11月至本年6月，上海现代书局9月初版，署名蒋光慈。

光慈诗选（诗集）

共收诗十一首，选自《新梦》及《哀中国》，上海现代书局9月初版。

卷头语

载1928年10月1日《时代文艺》第一期。署名维素。

与日本作家谈话

载日本《战旗》1928年7月号。

按：此文源出《鲁迅全集》第四卷（1956年版）第五一〇页注释。

新的露西（译诗）

俄国中贤林原作，载《时代文艺》第一期，署名华维素。收入《乡情集》。

牯岭遗恨（诗）

11月6日（若瑜两周忌日）作，收入《乡情集》。

关于《蒋光慈与记者的对话》

载《文艺生活》周刊第三号（12月出版），署名光慈。

爱的分野（翻译小说）

苏联罗曼诺夫作，1929年6月亚东图书馆出版，初版时署名陈情，重版时署名陈情、蒋光慈合译。

按：《译者小序》作于1928年12月20日，则全书翻译应在1928年。

《爱的分野》译者小序

原注“1928年12月20日于德国柏林”，按：译者当时在上海，为避免反动派迫害，假托在柏林。载1929年6月出版的《爱的分野》。

1929年

革命后之俄罗斯文学名著（国外文坛消息）

载《海风周报》创刊号（1929年1月出版），署名敦夫。篇末有小注。

岳诃夫——苏联的雕刻家和理想（介绍）

载1929年1月1日《海风周报》全刊号，署名敦夫。篇末有小注。

一周间（翻译小说）

俄国里别津斯基原著，载《海风周报》第二期（1月6日出版），署名魏克特，原著为长篇小说，这里仅译出第一章。收入《冬天的春笑》。

信（翻译小说）

俄国谢芙林娜原著，载1月20日出版的《海风周报》第四期，署名蒋光慈。末注：“谢芙林娜女士成了现代俄国文坛的名家，其作风朴直可爱。无女性的特点。她的中篇小说《粪土》使她成了名。这一篇虽然叙述一件很平凡的牧牛儿的故事，然而我们读了之后，觉得有无限的回味。1929年1月8日，译者附志。”

鸟笼室漫话（杂文）

共两则，一、王独清的转变；二、顾促起的自杀。载《海风周报》第四期，署名魏克特。前有解题一节。

从故乡带来的消息（诗）

载1月27日出版的《海风周报》第五期，署名光慈，收入《乡情集》时题作《乡情》。

致张资平君的公开信——读了乐群月刊三期张资平君骂我的话以后

载《海风周报》第六、七合刊（2月10日出版），署名蒋光慈

给某夫人的信（诗）

2月16日作，载《新流月报》第二期（4月1日出版），署名蒋光慈。收入《乡情集》。

最后的老爷（翻译小说）

俄国曹斯前珂原著，载《海风周报》第八、九号（2月24日和3月3日出版），署名蒋光慈。收入《冬天的春笑》。

都霞（翻译小说）

俄国谢廖也夫原著，载《新流月报》创刊号（3月1日出版），署名蒋光慈，收入《冬天的春笑》。

编后

载《新流月报》创刊号，署名蒋光慈。

介绍一个波兰的音乐家门涅司克

载《海风周报》第13号（3月23日出版），署名敦夫。

编后

载《新流月报》第二期，署名编者。

蒋光慈启事

载《新流月报》第二期。

丽沙的哀怨（长篇小说）

4月14日完稿于上海，最初连载于《新流月报》第1—3期，署名蒋光慈，未登完。署名蒋光慈，1929年8月出版单行本。

狱囚（翻译小说）

俄国费尔曼诺夫原著，载4月28日出版的《海风周报》第16号，署名华希理。收入《冬天的春笑》。

战鼓（诗集）

分上下两卷，上卷选自《新梦》（包括高语罕撰写的《新梦诗集序》；下卷选自《哀中国》。上海北新书局6月初版，署名蒋光慈。

冬天的春笑（翻译小说集）

上海泰东图书局6月初版，署名蒋光慈。

致钱杏邨（书信）

8月26日写于东京。据蒋光慈本年8月26日日记："今天写了一一封信给杏邨。我离国的时候，他进了监狱，现在算来，该是他要出狱的时候了。我虽身在异邦，可见我的实未有片时会在我的祖国内的朋友们忘记过。而况杏邨是我最好的朋友……"

一周间（翻译长篇小说）

俄国里别津斯基原著，9月7日译完。1930年1月上海北新书局初版，署名蒋光慈。附有《译者后记》一篇。作于12月。

致洪灵菲（书信）

9月8日写于东京。据蒋光慈本年9月8日日记："复了灵菲一信，我说：'秋凉了，异国的秋风容易动人的思念，我思念上海，思念住在上海的你们……你们千万别要忘记我在此地是很寂寞的呵！’”

冲出云围的月亮（长篇小说）

9 月 12 日至 10 月 12 日作于东京，上海北新书局 1930 年 1 月初版，署名蒋光慈。

我应当归去（诗）

11 月 8 日作于东京，载《新流月报》第四期（12 月 15 日出版）署名蒋光慈。收入《乡情集》。

《新流月报》编辑后记

1929 年 11 月 29 日作，载 1929 年 12 月 15 日出版的《新流月报》第四期，署名编者。

东京之旅（日记）

1929 年 10 月 22 日至 11 月 9 日的日记，载 1930 年 1 月 10 出版的《拓花荒》创刊号，收入《异邦与故国》。

异邦与故国（日记）

旅居东京的日记，自 1929 年 8 月 25 日至 11 月 9 日止。1930 年 1 月由现代书局出版单行本。

《异邦与故国》序

12 月作于上海，收入《异邦与故国》。

老太婆与阿三（小小说）

包括《老太婆》（12 月作）和《阿三》（12 月 1 日作）两篇小小说，载《拓荒者》第一期，署名光慈。

1930 年

《拓荒者》编辑室消息

第一期 1930 年 1 月 10 日出版，共十二节；第二期 1930 年 2 月 17 日，共七节。第三期 1930 年 3 月 22 日作，共十节。第四、五期，1930 午 5 月出版，共七节。

此路不通（翻译小说）

苏联维列赛也夫作，载 1930 年 2 月 10 日、3 月 10 日出版的《拓荒者》第二期、第三期，尚未译完。

七绝四首（旧体诗，七言绝句四首）

1930 年作，载 1961 年 8 月 31 日《新民晚报》，题名《蒋光慈遗诗》，共旧诗五首，这是其中的四首。

咆哮的土地（长篇小说）

一至八章载1930年3月出版的《拓荒者》第三期，九至十三章载1930年5月出版的《拓荒者》第四、五期合刊，未发表完，《拓荒者》即被逼停刊，后全书出版改题为《田野的风》，收入《蒋光赤选集》。

在文艺大众化问题座谈会上的发言

载1930年3月《大众文艺》第二卷第三期。

社会主义的建设与现代俄国文学（译文）

苏联傅利采著，载1930年4月10日出版的《文艺讲座》第一册。

《中国新兴文学短篇选》前言

5月4日作，收入《失业之后》，署名蒋光慈。

失业之后（创作选集）

《中国新兴文学短篇创作选》之一，1930年5月由上海北新书局出版，署名蒋光慈编。

两种不同的人类（创作选集）

《中国新兴文学短篇创作选》之二，1930年8月由上海北新书局出版，署名蒋光慈编。

《我的童年》书前

1930年11月3日作于上海，载林曼青（即洪灵菲）译高尔基《我的童年》，亚东图书馆1930年12月初版，《书前》长达一万余字，对高尔基的生平和作品，有详细的评介，署名蒋光慈。

委员（翻译小说）

俄国里别津斯基著，上海北新书局出版。

碰壁（翻译小说）

俄国维列耶夫著，上海北新书局出版。

按：两书何时出版，不详。目录存蒲梢（徐调孚）编《中译苏俄小说编目，载《中国现代出版史料》（丙编）。

蒋光慈著译书目

新梦（诗集）

上海书店　1925年1月

（作者第一部诗集是旅俄时所作。分《红笑》《新梦》《昨夜里梦入天国》《劳动的武士》四部分。）

哀中国（诗集）

新青年社　1925 年

（本诗集是作者第二部诗集，自俄返国后所作。与《新梦》同为中国革命文学的新诗集。包括《余痛》《我所爱者一定在那里》《星工》《我本是一朵孤云》《诗人的愿望》《海上秋风歌》《怀都娘》《我是一个无产者》《哀中国》等 23 首诗）

少年漂泊者（中篇小说）

亚东图书馆

1926 年 1 月初版

1927 年 2 月 3 版

1927 年 4 版

1928 年 10 月 7 版

1930 年 10 版

1933 年 2 月 15 版

沪宾图书馆 1931 年

鸭绿江上（短篇集）

亚东图书馆　1927 年 1 月初版

上海爱丽书店　1930 年

亚东图书馆　1949 年 4 月 13 版

（内收《鸭绿江上》《碎了的心》《弟兄夜话》《一封未寄的信》《徐州旅馆之一夜》《橄榄》《逃兵》《寻爱》等 8 个短篇）

短裤党

泰东图书局　1927 年 11 月初版

泰东图书局　1928 年 4 月再版

上海爱丽书店　1927 年初版

亚东图书馆　1938 年 12 月重印初版

哭诉（长诗）

上海春野书店　1928 年 2 月印单行本，作为《太阳小丛书》第四种。

纪念碑（蒋光慈与宋若瑜之通讯集）

亚东图书馆

1927 年 11 月初版

1928 年 4 月再版

1928 年 9 月 3 版

1929 年 2 月 4 版
1929 年 5 版
最后的血泪及其他（不详）
野祭（中篇小说）
上海现代书局
1927 年 11 月初版
1929 年 12 月 5 版
1930 年 6 版
创造社出版　1928 年 1 版
菊芬
上海现代书局
1928 年 4 月初版
1929 年 3 月
1930 年 12 月 4 版
最后的微笑
上海现代书局
1928 年 6 月初版
1929 年 12 月
光慈诗选
上海现代书局　1928 年 9 月初版
战鼓
上海北新书局
1928 年 1 版
1929 年 6 月第 1 版
1939 年第 2 版
丽莎的哀怨
上海现代书局
1929 年 8 月初版
1929 年 12 月 2 版
冲出云围的月亮
北新书局
1930 年 1 月初版
1930 年 8 月 8 版

异邦与故国
上海现代书局
1930 年 1 月初版
1930 年 4 月再版
乡情集
北新书局
1930 年 2 月初版
1930 年 3 月 2 版
1930 年 4 月 3 版
一个女性的自杀
上海爱丽书店　1930 年 1 月初版
蒋光慈小说全集
新文艺书局
1931 年 1 月初版
1932 年 1 月 2 版
丽莎集
北新书局　1931 年初版
胜利的微笑
新文艺书局
1930 年 6 月初版
1932 年 7 月 2 版
光华书局　1932 年 7 月 3 版
光华书局　1933 年 1 月 4 版
田野的风
上海湖风书店　1932 年 4 月初版
光慈遗集
现代书局　1932 年初版
一个浪漫的女性（盗版书）
新文艺书局　1933 年 1 月
夜　话
上海生活书店　1936 年
蒋光慈选集
新文学编辑委员会编辑

开明书店 1951 年 1 月初版

（选集包括《少年漂泊者》《短裤党》《田野的风》《入围的月亮》《鸭绿江上》《弟兄夜话》六篇小说。书前附有作者小传和著作年表）

蒋光慈诗文选

人民文学出版社　1955 年 8 月

（本选集分四辑：前三部分是诗选。第一辑选自《战鼓》上卷，收作者 1921—1924 年留苏时短诗 12 首；第二辑选自《战鼓》下卷，收作者 1924—1927 年回国后的短诗 11 首；第三辑收 1927 年以后的诗作；四辑是小说选 5 篇。最后一篇为中篇小说《田野的风》的后半部）

蒋光赤选集（原名《蒋光慈诗文选集》）（2 版 6 次印刷）

人民文学出版社　1960 年 4 月

一周间

（苏）里别津斯基著，北新书局 1931 年 1 月初版

爱的分野

（苏）罗曼诺夫著，蒋光慈，陈情译

亚东图书馆　1929 年 6 月初版

亚东图书馆　1932 年 4 版

冬天的春笑（新俄国小说集）

（苏）索波里等著

泰东图书局 1933 年

俄罗斯文学

蒋光慈编

上海创造社　1927 年初版

失业以后

蒋光慈编辑

北新书局　1930 年 5 月初版

北新书局　1930 年 9 月再版

现代中国作家选集

华光书局　1930 年 9 月

蒋光慈诗集

1930 年 9 月

两种不同的人类

北新书局　1930 年 8 月第 1 版

新文艺诗选
蒋光慈编选
南强书店　1933 年
俄国文学概论
泰东图书局　（待查）
义冢
亚东图书馆　（待查）

编者按：《蒋光慈著译书目》系根据《蒋光赤选集》（人民文学出版社 1960 年 4 月版）所载《蒋光慈著译书目》及其他资料汇编，由于几经时代变迁，资料散佚，不能全部搜检，可能有误；还有些出版年月也无从查对，只告阙如，仅供参考。

论蒋光慈的文学贡献

方　铭

今年是革命文学家蒋光慈诞生 90 周年，逝世 60 周年。无产阶级作家为中国革命文学发展史留下光辉的贡献，历史永远不会忘记。

蒋光慈出生于金寨县白塔畈（过去属霍邱县），早在 1920 年，他和刘少奇、任弼时、萧劲光等到莫斯科东方共产主义劳动大学学习。在十月革命的故乡，他一面汲取马列主义真理，一面进行文艺创作。

蒋光慈最早重视革命文学的理论建设，他是热心宣传马克思主义文艺理论、无产阶级革命文学的倡导者之一。1924 年 8 月 1 日，在《新青年》季刊第三期发表论文《无产阶级革命与文化》，以及后来写的《现代中国社会与革命文学》等文中，从马克思主义关于经济基础决定上层建筑的原理，初步论述了“文学是社会生活的反映”和文学的阶级性诸理论问题。1928 年后，蒋光慈结合当时革命文学问题的讨论，写了《现代文学与现代生活》《关于革命文学》《论新旧作家与革命文学》等论文，连同他写的《太阳月刊》前言与编后记等，都试图用马克思主义的文艺观点，系统地、较为深刻地阐明了一系列文艺理论问题。在文艺与政治的关系上，他已经看到，光暴露“黑暗”，抉剔“罪恶”是不够的，还要“认识现代生活，而指示出一条改造社会的新路径”。蒋光慈阐发革命与文学的不可分割性，把摧毁旧世界与创造新生活作为文学的历史使命并提，无疑在当时起了提高人民信心、鼓舞革命斗志的作用。他还号召作家深入生活，深入革命实际，“要求他们认识时代，了解时代的社会生活，要求他们与革命的势力接近”。他更希望作家坚定革命的立场和信仰。他认为，一个作家，如果“没有革命情绪的素养，没有对于革命的信心，没有对于革命之深切的同情……是写不出革命的文学作品的”。在《关于革命文学》一文中，蒋光慈提出了评判作家革命与否的标准：“倘若我们要断定某个作家及其作品是不是革命的，那我们首先就要问他站在什么地位上说话，为着谁个说话。这个作家是不是有反抗旧势力的精神？是不是以被压迫的群众作出发点？是不是全心灵地渴望着劳动阶级的解放？……倘若答案是肯定的，那么，这个作家就是革命的作家，他的作品就是革命的文学。”如果说，蒋光慈关于革命文学的见解与理论，在过去昭示了无数作家走上为革命而写作的道路，那么对于今天革命观念有些减弱的文艺工作者，蒋光慈的话，仍会像洪钟大吕一样起着振聋发聩的作用。

蒋光慈不但是无产阶级革命文学的倡导者，而且是力行者。在文学创作上，蒋光慈的贡献是诗歌和小说。他说：“生值革命怒潮浩荡之时，一点心灵早燃烧着无涯际的红火。我愿勉力为东亚革命的歌者。”他先后呈献给读者两本诗集：《新梦》和《哀中国》。

《新梦》是以讴歌社会主义给中国新诗坛带来耀眼光辉的。“贝加尔湖的清水/把我的心灵洗净了；/乌拉山的高峰，/把我的眼界放宽了；/莫斯科的旗帜，/把我的血液染红了！”诗人以清亮鲜活的嗓音高唱着热爱社会主义社会，追求真理的情怀；歌颂十月革命的胜利和伟大的列宁；同时怀念正处于黑暗深渊中的祖国和人民，并召唤祖国劳苦大众来斗争，“高举鲜艳的红旗，努力向那社会革命走！”《哀中国》写于1924年至1926年，是在作者从苏联回国后，目击中国黑暗的现实发出的悲愤呼喊。激越的愤慨、庄严的召唤和深沉的悲叹三者交织在一起。

钱杏村在1928年写的《蒋光慈与革命文学》一文中，曾说蒋的诗“简直可以说是中国革命文学著作的开山祖”。在中国新诗史上，郭沫若以《女神》唱出了五四时代的最强音，而蒋光慈鲜明讴歌无产阶级革命的诗篇，为中国的政治抒情诗开辟了一大领域。

蒋光慈后期主要从事小说创作。中篇《少年漂泊者》和《鸭绿江上》等八部短篇小说，以揭露和批判旧社会的黑暗现实为主。《少年漂泊者》采用第一人称的书信体裁，较便于倾诉人物的苦痛和感慨；真切地展示了主人公汪中在旧社会萍漂蓬移，最后走上反抗斗争道路的过程。这部书一出世，便激荡了许多青年的心，不少人因此走上了革命道路。

1929年上海工人举行三次武装起义，蒋光慈及时写出了《短裤党》这篇纪实小说，留下了“中国革命史上的一个证据”（作者自叙《短裤党·写在本书的前面》）在作品里，工人阶级叱咤风云的英雄气概和阶级搏斗的激烈气氛都被作者充分地渲染了出来。大革命失败后，蒋光慈写了《野祭》《菊芬》《最后的微笑》《丽莎的哀怨》，直到1929年写的中篇《冲出云围的月亮》，这些作品有着作者苦闷失落的情绪的印记，也反映了当时“左倾”盲动路线的错误。这时候形成的小说作品中“革命的浪漫蒂克”倾向，是革命文学从幼稚到成熟不可避免的中间环节，蒋光慈充当了这一“过渡”型的代表。在历史的检验中，我们会发现他的不足与缺点，但是作品中那情境的创新与热情的倾注，无疑是对革命小说的一个贡献。

今天纪念蒋光慈，我们怀着亲切的感情读他最后一部巨作《咆哮了的土地》（出版时名《田野的风》），这部作品是以蒋的家乡为背景写党所领导的如火如荼的农民运动以及最后向井冈山的进军。其中李杰、张进德等形象，写得真切生动。现代文学史家公认是蒋光慈最好的接近于成熟的作品，也是革命小说派的代表作。“革命小说在二十年代后期，曾经风靡一时。那时的知识青年中出现过‘蒋光慈热’”。

蒋光慈的生涯很短暂，他只活了 30 岁，但他的文学贡献很大。缅怀他，纪念他，我们要为繁荣社会主义文艺事业努力奋斗！

（原载《安徽日报》1991 年 6 月 8 日）